전향, 순수
전후, 참여
**대한민국 문학의
형성과 매체**

대동문화연구총서 34

전향, 순수 전후, 참여

대한민국 문학의 형성과 매체

이봉범 지음

성균관대학교
출판부

 박사논문을 쓰고 난 뒤 마음의 허기를 느낄 때 A. 하우저의 『문학과 예술의 사
회사』를 뒤늦게 정독한 적이 있었다. 방대하고 버라이어티 한 예술사회사 서술에
신선한 감동과 함께 인간과 사회 그리고 문학예술의 촘촘하면서도 내밀한 관계
는 한국문학사를 읽을 때와는 또 다른 발견의 과정이었다. 문학사와 문학텍스트
를 어떻게 접근해야 하는가에 대한 새로운 안목을 얻게 되었다고 할까. 그러면서
식민지-해방-냉전-열전-분단-혁명이 계기적으로 횡단했던 한국현대사를 문
학의 사회사로 써 보면 괜찮겠다는 만용이 생겨났다.

 이로부터 발원한 객기로 한국현대문학사의 이면과 저변을 매체와 검열을 결
부지어 탐사하는 작업을 본격적으로 시작했던 것 같다. 도서관 지하 서고에 먼지
를 뒤집어 쓴 채 방치되다시피 한 각종 신문과 잡지를 만나는 시간은 무척 신났
다. 이전에는 전혀 알지 못하던 역사적 실제와 마주한다는 사실 자체가 묘한 흥
분을 자아낸 것은 덤이었다. 하지만 그 즐거움은 오래 가지 못했다. 지면 속으로
몇 발짝 더 다가서고 자료가 또 다른 자료를 불러오는 연쇄를 거듭하는 과정을
거치며 자료를 보는 눈이 좀 생기는 순간부터는 고통의 시간이었다.

 여순사건의 재현에서 반란군을 반인륜적 범죄자(禽獸)로 반복 재생하는 김영
랑의 극단적인 시적 형상화에 기겁했고, 김기림, 김수영, 정지용, 황순원 등 수
많은 문학예술인의 전향 (탈당)성명서의 행간에서 반쪽의 남한체제를 승인할 수
밖에 없는 자기 배반의 무기력을 아프게 만났다. 또 검열의 흔적이 고스란히 인
쇄된 민족일보의 너덜너덜한 매호 지면은 그 자체로 충격이었고, 친일/반일, 좌
익, 전향, 부역을 둘러싼 문학예술인들의 녹권(錄券) 투쟁의 격정적 언사에는 환
멸이 저절로 들었다. 그들의 과거 지우기(들추어내기)와 새로 메우기의 인정투쟁
이 동시기 북한에서도 마찬가지였다는 이형동질(異形同質)엔 서글픔과 아울러 내

가 발을 딛고 있는 이 땅의 비극이 날카롭게 환기되기도 했다. 그리고 박정희체제 사회문화 통제, 심리전, 검열의 심층과 정점에 있던 중앙정보부가 법제상으로는 엄연한 합법자라는 사실에 아연할 수밖에 없었다.

여기에 수록한 글은 이런 시간 속의 발견들과 감상적 파동을 담아낸 흔적이다. 문학의 역사적·사회적 존재방식에 깊숙이 관여한 매체, 검열, 전향, 번역, 등단, 문예기구, 법제 등 해방 후 문학제도사 연구라고 하면 너무 거창하나 문학텍스트의 생산—유통—수용 체계의 드러나지 않았던 지점들에 대한 보고로서 최소한의 가치는 있다는 생각에 때늦은 출판에 용기를 낼 수 있었다. 성균관대 대동문화연구원의 후원으로 가능했다는 것이 정직한 표현이다. 검열·매체 등을 키워드로 식민지시기 문학 연구의 새로운 가능성을 개척했던 선구자들의 연구에 자극받은 바도 매우 크다. 수록된 논문들이 발표 당시에는 해방 후 문학제도사 연구가 막 시작 단계였기에 그래도 좀 쓸모가 있었으나 지금은 낡은 것이 분명하다. 다만 문학텍스트를 가로세로로 둘러싸고 있는 사회적 맥락들, 즉 수면 위로 드러나지 않은 빙산(氷山)의 여러 지층에 대한 이해는 문학 연구의 외연이 확장되는 추세와 부합할 수도 있겠다는 생각은 해본다.

그래도 해방 후 문학의 제도사로서 불구적이다. 저자는 해방 후 한국문학을 거시적으로 규정한 요소이자 문학텍스트 안팎을 규율한 핵심 기제로 검열, 매체, 냉전을 꼽았고, 이를 중심으로 연구를 수행해오고 있다. 이 요소의 복잡다단함을 계통과 질서를 잡아 체계화 했을 때 비로소 문학제도사의 본래면목이 어느 정도 드러날 수 있을 터인데 한참 부족하다. 냉전과 한국문학(화)의 연관은 최근 『한국의 냉전문화사』로 출간했고, 검열과 관련한 연구는 하우저 흉내내기를 위해 제외했기 때문에 더 그렇다. 문학예술의 사회사에 대한 미련이 여전하기에 〈검열의 사회문화사〉란 주제로 도전해보려고 한다. 냉전기 검열과 관련한 주요 사건, 작품, 논점(쟁), 금서, 필화, 곡필, 문학재판, 기구(중앙정보부, 공연윤리위원회 등), 법제(행정입법), 검열관 등 50여 개의 소주제를 중심으로 냉전기 사회문화의 저변을 통시적으로 더듬어 보는 작업이다. 게다가 분량의 제약으로 이 책의 주제와 관련한 연구를 다 담아내지도 못했다. 결례이나 책의 빈틈은 참고문헌란에 제시된 저자의 또 다른 논문들을 참조해주시라.

책의 전체적 구성은 해방~1960년대 매체와 문학의 관계를 중심에 놓고 전향, 순수, 전후, 참여 등 문단·문학 장의 거듭된 재편과 유관한 요인들에 대한 탐색을 결합시켜 배치했다. 제1부는 해방기 정치적 해방과 경제적 파탄의 모순 속에서 문학 장의 재편이 이루어지는 역동적 과정과 이로부터 파생된 한국현대문학의 제도적 시원을 고찰했다. 그 저변에는 사회문화적 식민유산(제도, 관념, 관습 등)의 해체와 변형을 둘러싼 다기한 인정투쟁이 거세게 횡단하고 있었다. 1장에서는 해방직후 복수의 정치적 전망과 미디어적 실천 속에서 진보적 민족·민주주의 매체노선에 입각해 당대 사상사적·문화사적 분위기와 담론을 전개한 『신천지』의 실상과 전향공간에서 냉전적 반공주의를 즉자적으로 반영한 보수우익의 대변지로 전환되는 조건과 논리를 구명했다. 2장은 국가보안법 공포 후 사상적 내부평정과 국민 만들기의 제도적 기제였던 전향의 폭력성과 전향의 폭풍이 문화 장전반의 구조 변동에 어떻게 작용했는가를 해방 후 문학(화)운동의 재편에 초점을 두고 살폈다. 전향이 권력에의 굴복이라는 현상적 의미를 넘어 모든 계층을 망라한 서로 다른 욕망이 분출하고 경합하는 역동적인 장이었고, 이를 경과하며 한국문화의 내부냉전 구조가 정착되었다는 사실이 중요하다. 3장은 이와 관련해 정부수립 후 보수우익 중심으로 문학 장의 재편이 이루어지는 복잡한 과정을 『문예』를 통해서 점검했다. 정치적 부산물로 득세한 보수우익 내부의 문학·문단 권력을 둘러싼 헤게모니투쟁이 조선청년문학가협회−한국문학가협회의 계선과 순수문학의 제도화를 축으로 진행된 가운데 『문예』가 한국현대문학의 주류미학으로 군림해온 순수문학의 제도적 기원임을 밝혔다. 4장은 한국문학사의 중요한 식민유산 가운데 하나인 신문과 문학의 관계 변화를 신문의 문학 전략의 전환과 신문연재소설 배치에 초점을 두고 살폈다. 신문이 문학(인)에 압도적인 주도권을 장악함으로써 문학의 상품성이 촉진되고 문인은 상품공급자의 위치로 재정위되는 맥락은 해방 후 문학의 존재방식을 이해하는데 큰 참조점이 된다.

제2부는 열전(한국전쟁)과 혁명(4·19혁명) 사이, 전후의 문화(학)적 구조 변동의 몇 가지 중요한 지층을 탐사해 열전과 혁명의 계기적 연속을 구명해보려 했다. 5장은 자유부인신드롬과 전후 풍속의 혼돈이 내포한 사회문화사적 의미를 풍속담론의 내적 역학에 대한 구조적 분석을 통해 드러낸 가운데 무질서, 미정형으

로 현시된 풍속의 소용돌이가 자유민주주의를 몸으로 생활로 실천하고자 했던 대중들의 근대적 욕망의 발현이자 그것이 전진적인 사회변화를 추동한 원동력으로 작용했다는 사실에 주목했다. 6장은 1950년대 새롭게 형성된 저널리즘과 문학의 관계를 신문매체와 문학, 잡지매체와 문학, 문예지와 문학 등 세 영역으로 나눠 살피고, 이 다층적 관계망 속에서 문학의 영토가 어떻게 확장/축소되는가를 고찰했다. 7장은 번역의 장이 문화제도적으로 재구축된 1950년대 문학번역의 구조와 양상을 국가권력의 근대화기획, 출판자본의 조건과 논리, 문화주체의 문화적 후진성 극복에 대한 의지 등의 구조적 상호 관계를 중심으로 정리했다. 탈일본 및 일본 의존의 모순, 미국중심의 서구 편향이 양립하는 문학번역 지형의 기형성은 당대 번역 장의 구조와 검열이 상보적으로 작용한 필연적 산물이다. 8장은 전후 등단제도가 본격적으로 복원되는 다층적 맥락과 신문의 신춘문예, 문예지의 추천제, 대중지의 현상문예제도를 중심으로 그 실상을 정리하고 등단제도가 문학 장의 구조 변동에 어떻게 관여하는가를 따졌다. 등단제도의 복원은 문단 재편성의 토대였을 뿐만 아니라 문학의 중앙 집중화, 동인지의 마이너리티화, 문단과 대학의 연계 확충, 본격문학의 배타적 규범화 등을 초래한 제도적 요인이었다. 9장은 1950년대 신흥 출판자본의 일원이었던 신태양사의 잡지연쇄 전략과 그 중심인 종합지 『신태양』의 매체전략과 문학의 관계를 정리했다. 문학 중점주의 편집, 육군종군작가단의 ㈜종군문학지, 풍속과 대중문화의 능동적인 반영, 『명랑』·『실화』 등 자매지와의 분업체계, 다양한 형식의 독자 개방은 동시기 『사상계』과 구별되는 종합지의 한 형태였다.

　제3부는 4·19혁명과 5·16쿠데타가 교차하며 등장한 권위주의통치 시대 문학의 존재를 다른 제도적 장치와의 연관 속에서 살폈다. 10장은 1960년대 혁신을 거치며 정비된 등단제도의 내적 역학과 이로 초래된 문단·문학의 질서 변동을 종합적으로 다루었다. 신춘문예, 추천제, 신인문학상의 경합을 통해서 가부장적 문단체제가 약화되는 동시에 동인지운동 및 종횡의 세대교체론을 추동하는 가운데 새로운 문학의 지평을 확대하는 동력으로 작용한 점을 중시했다. 특히 등단제도를 통해 대거 등장한 4·19세대의 문학적 약진과 자기정체성 확립의 인정투쟁이 문단교체론, 세대(교체)론, 참여론 등 당대 사회문화적 의제와 결부되어 개

진되는 과정은 4·19세대 문학의 분기와 함께 이후 한국문학 발전의 근본 자원이 된다. 11장은 1964~65년 전 국민적 한일협정반대투쟁 국면에서 정치권력과 문화주체들 간의 막후 타협으로 출현한 민간자율기구의 존재와 그 심의(검열)의 전반적 실상을 규명했다. 문화주체들이 피검열자에서 검열자로 전이되면서 촉진된 문화계 내부의 분화와 관권검열과 민간심의의 중첩에 따른 문학의 합법적 소통이 불온과 외설의 경계 영역으로 축소되는 것에 주목했다. 12장은 『신동아』가 갖는 매체사적 의의와 더불어 편집노선의 일신을 통해 종합지의 새 모델을 개척하는 과정에서 대중교양의 함양과 문학의 선별적 배치에 주목했다. 논픽션현상의 지속적 실시를 통해 서민주체 수기문학의 진작, 식민지시기를 중심으로 한 한국 근대사를 다룬 장편 역사소설의 특화는 1960년대 다시 발흥한 민족주의와 근대화 추세의 능동적 반영이라는 점에서 의의가 크다. 13장은 학술의 공공성을 매개로 1960년대 권력과 지식인 관계의 동태적 변동을 조감했다. 학술적 전문성에 바탕을 둔 지식인 현실참여의 특징적 양상인 파르티시파송의 광범한 등장은 관학협동의 모델로서 학술의 공공성이 제도적으로 시현될 수 있는 가능성을 넓힌 새로운 경로였다. 특히 파르티시파송의 중심을 이룬 아메리카형 학술관료와 미국연수 경험의 테크노크라트들은 한국적 관료제를 정착시킨 각별한 존재다.

책의 구성과 내용을 요약하니 연구서로서 부족함이 더 확연해진다. 이미 발표한 연구논문을 단행본으로 재구성하는 일을 평소 달갑게 생각하지 않았는데 자초한 셈이다. 한계를 정직하게 인정할 도리밖에 없다. 다만 책에서 다룬 내용이 관련 주제를 연구하는데 작은 보탬이 되기를 바랄 뿐이다.

그나마 이렇게라도 책을 낼 수 있었던 데는 많은 분의 격려와 도움이 있었다. 무엇보다 성균관대 동학들과 함께 한 시간의 덕택이다. 30여 년 전 제대로 공부할 수 있는 조건을 만들어내기 위해 기존의 관습에 대항해 함께 싸우며 울분을 토하고 어깨동무하면서 더 나은 미래를 꿈꾸며 개척하고자 했던 의기가 있었기에 부족하나마 지금의 내가 있다는 생각이다. 그 시절 삼류의 진정성을 뜨겁게 사랑하고 싶다. 가끔은 의기투합의 밀회 장소였던 '마른 잎 다시 살아나'가 그리워지는 것은 나이 듦 때문일까. 이후의 세월에서 몇 명은 취직했고 그중 일부는 벌써 정년퇴직을 했으며, 나를 포함해 상당수는 변변한 직장을 얻지 못한 상태에서도 굴하지 않고 연구자의 길을 올곧게 걸어가고 있으며 누군가는 마음을 저미고 제2의 인생의 길로 행로를 바꿨다. 턱없이 부족하나 그때 함께 한 동학들과 시간에 이 책을 바친다. 그리고 책의 구성에 조언을 해준 권보드래, 이승희, 이혜령, 정종현 선생에게 감사를 드린다. 이분들과의 동행에서 많은 것을 배우고 힘을 얻는다.

　　요즈음 마음이 아직은 늙지 않았다는 것을 확인할 때마다 스스로에게 감사하다. 자료를 찾고 읽으며 메모하는 일에 즐거움을 느끼는 과정을 더 연장하고 싶다. 어쩌면 한 줌도 안 되는 것이겠으나 공부하고 싶은 연구주제가 계속 생기니 부지런으로 감당할 방법밖에 없는 것 같다. "學不可以已"

2022년 12월
이봉범

제1부

한국
현대문학의
제도적
시원

1장

해방 또는 '신천지'의 열림

1. 해방기의 매체와 문학 그리고『신천지』

우리는 문학사에서 매체가 새로운 문학의 출현과 성장의 모태로 기능하면서 문학사의 중요한 결절을 이끌어낸 사례를 여럿 발견할 수 있다. 예컨대 1910년대 단편양식은 신소설을 의식적으로 배제한『靑春』의 매체전략 속에서 탄생할 수 있었으며,『開闢』이 1920년대 기록서사양식과 신경향파문학의 발원지로,『朝鮮文壇』이 근대부르주아문학의 수렴과 확산의 거점으로,『朝鮮之光』이 프로문학의 새로운 비약을 촉진시켜준 기관으로,『文章』이 전통의 再전유를 통해 일제말기 총체적 위기에 봉착했던 조선어문학의 보루로,『文藝』가 한국현대문학의 주류 미학으로 군림해온 순수문학의 진지로 각각 기능하면서 당대 문학의 주류적 흐름을 선도하는 가운데 문학의 역사적 존재방식에 적지 않은 영향을 끼친 바 있다. 물론 그 과정은 매체와 문학 상호간의 전략적 관계에 따라 또 이와 불가분의 상관성을 지닌 검열, 출판, 학술, 번역 등 또 다른 제도적 요인들에 의해 복잡다단한 양상을 보여주지만, 총량적 차원에서 각종 매체가 근대문학의 사회적 확산과 발전에 결정적으로 기여했음을 부인할 수 없다. 그것은 매체가 시대와 문학을 매개하는 핵심 고리로서 한국근대문학 발전의 중요한 물적·제도적 토대로 기능했다는 것을 의미한다. 따라서 매체론적 문학연구, 즉 매체와 문학의 연계에 대한 고찰은 적어도 특정 시대 문학의 역사적 존재방식을 구체적으로 드러낼 수 있는 유용한 방법론적 대안이 될 수 있다고 봐도 무리가 없을 듯하다.

특히 일제말기 극심한 사상적·문화적 탄압에 의해 분산되고 위축되었던 조선문학의 재건에 매체가 주도적 영향력을 발휘했던 해방기는 더욱 그러했다. 8·15 해방 후 제국/식민지의 관계가 해체됨에 따라 사회문화의 제반세력이 진보적 문화기획을 경쟁적으로 입안해 추진하면서 지식인 문화주체들 간에 격렬한 문화적 헤게모니 투쟁이 전개된다. 문화상의 반제반봉건, 즉 일제잔재의 청산과 봉건잔재의 척결을 핵심 의제로 한 조선문학의 재건이 제반세력의 문학 이념(노선)에 따라 이데올로기적 차원으로 왜곡되고 더욱이 당대 정치 환경의 내부적 결절에 의해 그 양상이 이합집산을 거듭하면서 복잡하게 전개되는 과정의 중심에 각종 매체를 둘러싼 다양한 세력들의 경합이 존재했다. 적어도 공론의 장에서 독자적인 표현 기관의 소유 여부 또는 당대 유력한 매체였던 신문·잡지와의 협력관계에 따라 문학주체들의 세력관계가 결정될 정도로 매체의 영향력은 매우 컸다.

물론 그 경합은 해방공간의 유일한 통치세력이었던 미군정의 언론출판 정책 속에서 전개될 수밖에 없었다. 미군정이 식민지시대 조선인의 사상과 표현의 자유를 금압했던 대표적 악법인 치안유지법, 출판법, 예비검속법 등을 폐지하고(법령 제11호, 1945.10.9), 집회취체령, 조선불온문서취체령, 보안법 등 7개 법령을 뒤늦게나마 폐지했음에도 불구하고(법령 제183호, 1948.4.8) 언론출판 탄압의 법제적 근간이었던 (광무)신문지법을 끝내 폐지하지 않았던 것도 신문을 포함한 정기간행물에 대한 통제의 필요성 때문이었다. 실제 신문지법은 해방기의 언론출판 활동, 특히 좌익매체를 규제하는 효과적인 수단으로 기능하게 된다. 즉 출판검열의 폐지와 언론자유의 절대적 보장을 천명했던 미군정이 좌익 매체의 사태(沙汰)에 따른 통제의 필요성이 대두하면서 1946년 5월 29일 법령 제88호(신문及기타정기간행물 허가에 관헌 건)의 공포를 통해 좌익 정기간행물의 신규 발행을 제지하는 동시에 신문지법을 이용해 기존 정기간행물들을 제재하는 전략을 구사함으로써 언론출판계 전반을 장악해 재편할 수 있었던 것이다.[1] 두 법령이 모든 간행물을 대

---

1) 최 준, 『(增訂版) 한국신문사』, 일조각, 1970, 370쪽 참조. 당대 또 다른 유력한 미디어였던 방송도 마찬가지의 상황에 놓여 있었다. 남한의 모든 방송 사업은 해방 후 곧바로 미군정청 공보부 방송국으로 편입되어 방송의 핵심기능인 편성권과 방송권이 미군정에 장악된 가운데 공보부 감독관의 엄격한 검열을 받게 된다. 1948년 6월 1일에야 방송에 관한 기구 및 사업이 '조선방송협회'로 이관되어 방송 주권을 확보하게 됨으로써 비로소 순수한 우리의 방송이 시작될 수 있었다(『자유신문』, 1948.7.5). 해방직후 신문·잡지가 무분별하게 발행된 데는 군정법령 제19호('신문 기타 출판물의 등기', 1945.10.30.)의 등기(등록)제 규정의 영향이 컸다. 이후 군정법령 제72호('군정에 대한 범죄', 1946.5.4.), 군정법령 제88호, 공보부령 제1호('정기간행물 허가정지에 관한 건', 1947.3.26.) 등으로 이어지면서 난립한 신문·잡지가 정비되는 수순을 거친다.

상으로 한 것이지만, 실제 적용에서는 주로 진보적 민주주의를 표방한 좌익 및 중립노선의 간행물에 집중적으로 적용되어 『조선인민보』의 무기정간(1946.5)을 비롯해 각종 행정처분(停刊, 發禁, 販禁 조치) 및 사법처분(체형, 벌금)을 양산하면서 미디어공간을 둘러싼 미군정과 좌익진영의 갈등이 점증되기에 이른다.[2]

그리고 문학의 영역에서 조선문학가동맹을 중심으로 한 좌익계열이 문단의 주도권을 장악할 수 있었던 것 또한 각종 매체를 장악했기 때문에 가능했다. 예컨대 『문화전선』('조선문학건설본부' 기관지), 『예술운동』('조선프롤레타리아문학동맹' 기관지), 『문학』(조선문학가동맹 기관지), 週報『건설』(조선문학가동맹 기관지), 『아동문학』(조선문학가동맹 아동문학위원회 기관지), 『우리문학』(조선문학가동맹 서울시지부 기관지) 등 각종 기관지 뿐 아니라 『해방일보』, 『독립신보』, 『광명일보』, 『중외신보』와 같은 좌익일간지, 『중앙신문』, 『자유신문』, 『서울신문』, 『조선중앙일보』, 『세계일보』, 『경향신문』 등의 중도적 일간지, 『신조선』(『신문예』의 改題), 『신건설』, 『민성』, 『신천지』, 『신세대』 등 중립 성향의 잡지매체 대부분을 포섭함으로써 좌익의 문학노선이 현실적인 영향력을 확대할 수 있었다.[3] 1947년 미군정의 '8월 대공세', 즉 남한에서의 공산주의 활동 불법화 조치 이후 합법적 문학운동 일체가 불가능했던 좌익계열이 적어도 매체 지형이 완전 극우화로 편재되는 전향 공간 이전까지 문화운동의 주도권을 여전히 유지할 수 있었던 것도 이와 같은 매체 장악력의 후광

---

2) 특히 군정법령 제88호는 1950년대 후반까지 법효(法效)를 유지하면서 제1공화국 언론출판통제의 법적 근간으로 작용했다. 신문지법이 1952년 3월 국회에서 정식으로 폐기된 뒤 곧바로 그 대체법안으로 제출된 '출판물법안'(국회 문교위 안)이 부결되고 계속해서 1954년 12월 '출판물임시단속법안'(공보처 안), 1956년 11월 '국정보호임시조치법안'(자유당정책위 안), 1957년 2월 '출판물단속법안'(자유당 안)의 법제화 시도가 여론의 격렬한 반대에 봉착해 무산됨에 따라 제88호가 언론출판통제의 법적 기제로 기능하게 된 것이다. 「소위 '출판물단속법안'의 재준동」(사설), 『경향신문』, 1957.2.13.

3) 정당·사회단체들의 경우도 마찬가지였다. 해방직후 가장 강력한 정치세력이었던 건국준비위원회가 1945년 8월 16일 정치기반의 조직화와 함께 총독부 기관지 『매일신문』(사)을 접수해 『해방일보』의 발행을 시도했던 것에서 그리고 공산주의계열이 '조선정판사사건'으로 기관지 『해방일보』가 발행정지 처분을 당하자 기관지의 비합법적 발행(『노력인민』)과 함께 판권 양도를 활용한 준기관지 신문발행과 출판노동조합의 휴간스트라이크를 통해 우호적 신문들이었던 『조선인민보』, 『현대일보』, 『중앙신문』의 복간을 도모해 매체 장악력을 지속시키려 기도했던 것에서 충분히 확인할 수 있다.

때문이었다.[4]

그에 비해 우익계열은 기관지가 없는 상태에서 중립 성향의 매체에서조차 홀대를 당했던, 가령 자신들만의 최초의 표현기관이었던 임정계 『민주일보』(김규식의 중간노선을 지지)에서 이승만 노선을 지지한다는 이유로 집단 파면을 당하고, 조선청년문학가협회의 대회소집 기사조차 거의 모든 신문에서 보이콧을 당해 극우 『대동신문』의 자매지였던 『가정신문』에만 유일하게 광고된 것에서 확인할 수 있는 바와 같이 독자적인 표현기관을 확보하지 못한 관계로 현저한 문화적 열세에 놓일 수밖에 없었다. 언론기관의 90%가 인공(人共)의 대변지였고, 문학적 표현기관의 90% 이상이 문맹계에서 장악 지휘하는 상황에서 전조선문필가협회와 청년문학가협회 작가들은 모든 문단기관으로부터 배제되었으며 작품의 모든 판로가 보이콧을 당했다는 조연현의 회고,[5] 김동리가 『문예』를 창간하면서 독자적인 매체 창출이 최대의 소원이었는데 그것을 이루어냈다는 성취감을 표명한 것(『문예』 창간호 '편집후기')을 통해 그 정도를 능히 짐작해볼 수 있다.[6]

여순사건 후 범우익문화통합체인 '문총'주최 '민족정신앙양전국문화인총궐기대회'(1948.12.27~28)의 결정서에서 몇몇 신문과 『신천지』, 『민성』과 같은 중도적 잡지 그리고 백양당, 아문각[7] 등의 출판사를 '인공' 지하운동의 심장적 기관으로, 반통일적이고 비민족적 언론출판 기관으로 규탄한 뒤 이의 숙청을 정부에 강력히 요청한 것을 통해서도 우익 진영의 매체적 열세가 정부수립 이후에도 여전했

---

4) 『문학』은 갖은 악조건, 예컨대 3호(1947.4)의 일부가 몰수를 당하고 '3·1기념 임시증간호'(1947.2)의 별책인 시집 『인민항쟁』 5천부가 압수당하는(『경향신문』, 1947.3.5) 등 검열의 극심한 통제 속에서도 8호(1948.7)까지 발간된 바 있다. 5호부터는 발행인을 이태준에서 현덕으로 교체해 발행하지만 극소수의 부수만을 발행하는 파행을 겪는다(『문학』7호, 1948.4, '편집여묵').

5) 조연현, 「해방문단 5년의 회고(二)」, 『신천지』, 1949.10. 김동리 또한 월간물의 95%가 좌익을 위해서만 동원되었으며, 대부분의 저널리스트와 출판업자들이 좌익의 명령에만 복종한다고 통박한 바 있다. 김동리, 「문학운동의 2대 방향」, 『대조』, 1947.5, 6~7쪽 참조.

6) 김동리는 『문예』 창간 이후에도 실질적인 문학운동은 권위 있는 순문예지를 여럿 발행하는 것에서 가능하다는 주장을 개진한다. 김동리, 「문학운동의 구체적 방법」, 『민성』제5권10호, 1949.10, 48쪽.

7) 실제 아문각(이종수)은 조선문학가동맹의 출판기관이라 해도 무리가 없을 정도로 주로 조선문학가동맹(원)의 출판물을 간행했다. 46년판 『조선소설집』과 『조선시집』, 『토지』(농민소설집), 『8·15이후 조선단편소설선집』(전3권, 1947)과 같은 기관물, 『연안행』(김태준), 『오랑캐꽃』(이용악), 『성벽』(오장환), 『새노래』(김기림), 『지열』(조벽암), 『남생이』(현덕), 『3·1운동』(김남천), 『조선어음성학』(이극로), 『표준한글사전』(이윤재) 등을 출판했다.

으며,[8] 아울러 매체의 장악·확보가 자신들의 문화적 기반을 조성하는데 일차적인 선결 요건이었음을 분명하게 보여준다. 위의 사실들은 언론 및 출판기관을 포함한 문학적 표현기관의 장악 정도가 문학노선(이념)과 조직(단체)의 영향력을 능가할 만큼 실질적인 중요성을 지녔다는 것을 시사해준다. 그것은 곧 해방기에서 자신들의 주의주장을 시·공간적으로 증폭시킬 미디어공간을 창출해 확보하는 것이 모든 문화주체들에게 최대의 과제였다는 것을 의미한다.[9] 그 결과 미군정을 정점으로 미디어공간을 둘러싼 미군정과 문화단체의 경쟁과 협력, 좌우 및 중간파 문화주체들 상호간의 갈등과 내부적 분열이 중층적으로 전개되면서 해방기 특유의 문학 지형이 역동적으로 조형되어 갔던 것이다. 그 역학은 정부수립 후에도 나아가 한국전쟁기까지 해방8년사 동안 다양하게 변주되면서 관철되는 특징을 나타낸다.

다른 한편 매체의 입장에서도 문학은 전략적 동반자로 중요하게 선택되었다. 무엇보다 대중접근성이 가장 큰 분야가 문학이었고 또 대부분의 매체가 표방한 진보적 문화건설에 문학 특유의 사회변혁의 가치가 필요했기 때문이다. 대중접근성의 정도를 정확히 계량해내기는 어렵지만, 1946~47년 '서울시도서관부문별열람자수' 통계에서 문학(어학 포함)을 열람한 숫자가 가장 많다는 사실을 통해 어느 정도의 추정이 가능하다. 즉 224,100명으로 의이수공학(醫理數工學)의 216,800명, 종교철학의 62,800명, 정치 법률의 47,300명보다 앞서는 것으로 나

---

8) 결정서의 전문은 『경향신문』, 1948년 12월 29일에 게재되어 있다. 우익의 표적으로 명시된 바 있는 『신천지』의 발행주체인 『서울신문』(사)은 그 내용이 적시된 결정서 5항을 생략한 채 대회소식을 보도했다.

9) 그것은 해방 후 신문이 여론을 자기 의도대로 만들어낼 수 있다는 지도적 기능을 감지하고 건국과 문화재건을 위한 효과적인 수단으로 신문기자를 주 직능으로 택했다는 조연현의 입장을 통해서도 확인할 수 있다. 그는 『민주일보』 기자→『민중일보』 사회부장→『민국일보』 문화부장 겸 사회부장→『문예』 편집자를 역임했다. 조연현, 「지금도 느끼는 '신문은 위험한 무기'」, 한국신문연구소 편, 『언론비화 50편』, 1978, 293~298쪽 참조. 조연현뿐만 아니라 당대 문인들 대부분이 이념적 노선과 관계없이 비슷한 궤적을 밟는다. 가령 박영준은 월간 『신세대』 편집(1945)→『경향신문』 기자, 문화부 차장(1946)→신조사 입사, 편집담당(1947)→『새한민보』 기자(1948)→『국민신문』 기자(1948)→고려문화사 입사 후 월간 『민성』 편집차장, 편집국장(1948)을 역임한 바 있다. 이렇듯 문인들 상당수가 신문 및 잡지의 요직에 두루 포진함으로써 총량적 차원에서 문학(화)이 진작될 수 있는 물적 기반이 그만큼 확장될 수 있었다는 사실을 기억해 둘 필요가 있다.

타나 있는데,[10] 이는 문학에 대한 대중적 수용력이 매우 컸다는 것을 입증해주는 지표다. 또 1947년까지의 정기간행물에 대한 총 334건의 허가건수에서 문학을 중심으로 한 문화관계가 48.54%로 법정관계(7.9%), 경제관계(7.8%), 사회관계(5.7%)를 압도하는 수치와,[11] 1946~47년 도서출판현황에 관한 공보처의 통계에서 국문학이 221종으로 교과서(149종), 역사(123종), 참고서(111종), 정치(85종) 분야보다 월등히 앞섰다는 사실은[12] 출판시장에서 문학의 비중이 매우 컸다는 것을 의미하는 동시에 문학에 대해 적극적인 관심을 지닌 독자층이 비교적 많았다는 것을 말해준다. 이는 1947년에 접어들면서 출판물의 무게중심이 '사상'(사회과학서)에서 '문학'으로 이동했던 것과 밀접한 관련이 있다.[13] 종합지 『백민』이 '민족문학'특집(3권2호, 1947.3)을 계기로 문학중심 종합지로 전신해 매체의 재생산기반을 확보하려 했던 움직임도 이런 정황과 무관하지 않다.

그런데 해방공간의 매체와 문학의 관계에서 특기할 것은 매체가 이미 말해지고 쓰인 담론을 담아내는 도구가 아니라 오히려 그것을 능동적으로 생산하고 증식시키는 사회적 실재였다는 사실이다. 물론 매체들이 생산한 담론의 주류는 정치담론이었다. 특히 신탁통치 파동을 계기로 식민지시대의 민족/반민족의 대립구도가 좌우 이념대립으로 치환되는 이데올로기적 전치가 본격화됨에 따라 매체의 정론성이 전반적으로 강화되기에 이른다. 그 결과 신문은 대체로 그들과 특수관계에 있는 정파의 노선이나 이해관계를 무비판적으로 반영하는 즉자적 정파성을 충직하게 대변하거나,[14] 해방기 모든 갈등의 저변을 형성했던 '기득권 투쟁'과 '면죄부 투쟁'을 이데올로기적으로 포장해 격화시키는 역할을 했다.[15]

10) 조선은행조사부, 『1949년 경제연감』, 1949.10, Ⅳ-255.

11) 신인근(공보부 출판문화과장),「남조선출판계의 동태」, 『서울신문』, 1947.12.27.

12) 조선은행조사부, 『1949년 경제연감』, 1949.10, Ⅳ-251. 1948년도도 마찬가지의 양상을 보인다. 1948년도 출판물분류통계표를 보면, 문학이 208종으로(시가 65종은 별도), 교과서(211종), 참고서(207종)와 엇비슷하며 정치(48종), 경제(20종), 사회(32종), 법률(24종), 종교(31종), 철학(30종), 역사(34종)보다 압도적 수치를 보인다. 『출판문화』7호, 1949.4.15, 63쪽.

13) 1947년을 전후한 출판계의 추이에 대해서는 이중연, 『책, 사슬에서 풀리다』, 혜안, 2005, 81~84쪽 참조.

14) 김민환, 『미군정기 신문의 사회사상』, 나남출판, 2001, 141쪽.

15) 강준만, 『한국현대사산책:1940년대편 1권』, 인물과사상사, 2004, 11쪽 참조. 우승규는 "해방 이

이와 같은 정론성의 압도 속에서도 문화담론이 정치담론 못지않게 매체에서 차지하는 비중이 컸다. 가령 『경향신문』은 창간호(1946.10.6)부터 문화란을 신설해 고정화했고,[16] 『서울신문』은 학예란을 운영하다가 문화란으로 변경해(1948.2.12부터) 문화의 독자성을 강화시키는 등 일간신문 대부분이 문화를 편집 노선의 중요한 한 부문으로 취급해 주1회 타블로이드판 한 면을 문화란에 할애했다. 더욱 중요한 것은 문학을 중심으로 한 문화의 비중이 점진적으로 확대된다는 사실이다. 예컨대 1949년 1월 중요일간지 기사의 항목별 구성 비율을 보면,[17] 정치기사가 36.89%로 여전히 주류를 이루지만 문화의 비율이 경제와 맞먹는 평균 10%를 차지한 것은 문화에 대한 신문매체의 관심이 적극적인 방향으로 전환되었음을 알려준다.

잡지매체 또한 정론성의 편중에 따른 '잡지의 신문화', 즉 잡지 본래의 전문성·개성보다는 정치적 저널리즘의 기능을 수행하면서도 다양한 문화적 자양분을 정론성과 결합시켜 공급함으로써 문화적 활성화에 기여한다. 실제 잡지는 8·15의 정치적 해방과 경제적 파탄의 모순 속에 가치체계의 변동과 교란을 동반하면서 실연(實演)된 해방공간의 문화적 혼란과 미망에 대한 비판적 담론을 쏟아내면서 문화를 통한 '제2해방' 혹은 '진정한' 해방조선을 위한 전망을 끊임없이 모색·제기하는 가운데 문화운동의 중추기관으로 기능했다. 그 과정에서 공통적으로 문학의 본질인 불온한 변혁적 기능이 호명된다.

물론 매체들의 문학 중시를 독자획득을 위한 '문학적 박애주의'[18]의 일면으로

래 분열과 혼란의 책임의 얼마쯤은 신문에 있다"며 신문의 사회적 혼란 조장의 과오를 비판한 가운데 "친일반역도는 죄과를 엄폐하고저, 모리간상배는 돈벌이의 도구로, 정치뿌로커는 정권 획득과 당세 확장의 무기로" 신문을 발행하는 실태를 당대 신문인플레이션의 추태로 적시했다. 우승규, 「조선신문계의 전망」, 『백민』3권3호, 1947.4·5, 20쪽.

16) '문학특집'을 문화란의 첫 타이틀로 설정했으며 백철(「문학을 위한 附議」), 이무영(「강요되는 자기비판」), 김용호(「시의 지향」), 박계주(「나는 놀랐다」)의 글을 게재했다. 여타 일간지에 비해 『경향신문』이 문화란을 창간호부터 개설할 수 있었던 것은 정지용(주간), 염상섭(편집국장), 최영수(문화부 차장), 박영준(문화부 기자→차장) 등 문인들이 요직에 포진하고 있었기 때문에 가능했는데, 중도적 입장을 견지했던 이들이 1947년 초 좌익으로 몰려 퇴출되기 전까지 『경향신문』의 문화란에 실린 문화담론은 비교적 다양한 이데올로기적 스펙트럼을 보여준다.

17) 최 준, 앞의 책, 382~383쪽 참조.

18) I.와트, 진철민 역, 『소설의 발생』, 열린책들, 1988, 69쪽 참조.

볼 수 있다. 일반 독자들에 대한 지면 할애 및 문예물 모집, 예컨대『경향신문』,
『서울신문』의 신춘문예와 잡지들의 현상모집이 재개되어 확대된 것이나 1949년
9월 8일 창간한『연합신문』처럼 학예란의 고정과 더불어 독자의 투고만으로 꾸
민 '민중문화란'을 주 1회 상설화한 것 그리고『태양신문』이 문화면을 확장해 신
인문단과 학생문단을 신설한(1949.10) 것에서 보듯 독자중심주의가 점진적으로
확대된다.『서울신문』같은 경우는 설문 형식으로 '신문에 대한 독자들의 세론(世
論)'을 공모 형식으로 수렴해 편집노선에 적극 반영하는 공격적인 대중성 확보에
나서는데,[19] 그 결과의 하나가 문학의 비중 확대이다.

중요한 것은 그 과정을 통해 기존의 비평적 기준으로는 인정받지 못했던 문학
형식과 해방 후 사회현실과 대응해 신흥하는 문학에 대한 사회적·문학적 저변을
확대하고 잠재적인 독서대중을 발생시킨 적극적인 역할을 환기해 둘 필요가 있
다. 일례로 독서계의 전반적인 침체에도 불구하고 탐정소설만 유독 널리 읽혔던
현상이나[20] 번역서가 베스트셀러의 대부분을 차지했던 것은 이에 대한 매체들의
지속적인 관심과 소개를 빼놓고는 설명하기 어렵다.

이렇듯 해방기의 매체는 총량적으로 문학의 사회적 확산에 결정적으로 기여
했을 뿐만 아니라 문학의 존재방식의 복잡성을 강화시키는 역할을 했다. 물론 해
방공간에서 매체와 문학의 관계는 매우 비균질적이다. 매체마다 문학에 대한 인
식태도와 필요의 차이, 구체적으로는 신문과 잡지, 종합지와 문학지, 정파성에
따라 문학에 대한 배치가 현격히 다르게 나타난다. 또 해방공간의 내부적 결절에
따른 매체전략의 변화 및 문학주체의 거듭된 변용 과정은 이를 더욱 증폭시켰다.
따라서 해방 후 한국문학의 사회적·역사적 존재방식을 파악하기 위해서는 적어
도 매체와 문학의 연계성에 대한 다각적이고 동태적인 검토가 필수적으로 요청
된다.

---

19) 『서울신문』, 1949.12.18. 총 12개의 설문을 제시했는데 대체로 일간신문에 대한 독자대중들의 주
   관심영역, 취향, 바라는 바를 파악하려는 내용으로 구성되어 있다.
20) 『태양신문』, 1949.10.6. 1949년에 접어들어 탐정소설을 포함한 대중문학이 새롭게 발흥하게 된
   데에는 대중오락지가 등장한 것과 밀접한 관련이 있다. 즉 1949년 초 대중오락 월간지『신태양』
   (김세종 발행)과 대중오락잡지『문예』(문예처럼 발행)가 발간됨으로써 이들 매체를 거점으로 대중
   문학이 활성화될 수 있는 매체적 기반이 마련되었다.

종합지『신천지』(1946.2~1954.10, 통권 68호)[21]는 해방 후 매체와 문학의 상관성 및 그 역동적 변화상을 가장 전형적으로 보여주는 매체다.『신천지』가 지닌 의의는 무엇보다 해방직후부터 1950년대 전반까지를 대표하는 종합지로서 이 시기 사회·문화사의 흐름을 입체화하여 보여줄 수 있는 유일한 자료라는데 있다. 해방직후 종이 기근을 초래할 정도로 쏟아진 잡지들이 대부분 단명했고,[22] 비교적 장기간 발행되었던 종합지『민성』(1945.12~1950.5, 통권 45호),『건국공론』(1945.12~1949.11, 통권 28호),『대조』(1946.1~1948.8),『신세대』(1946.3~1948.5) 등과 문학지『백민』(1945.12~1950.3/『문학』으로 改題 1950.5~6)이 최장 한국전쟁 이전까지 발행된 사실을 감안하면, 9년 동안 꾸준히 발간되었던『신천지』는 존속 그 자체만으로도 충분한 의의를 지닌다. 타 잡지를 압도하는 발행기간이 중요한 것은 그에 상응해 해방, 정부수립, 전향, 한국전쟁, 전후로 이어지는 한국사의 가장 격동적인 시기 시대정신의 편폭 전반을 수렴하고 있기 때문이다. 더욱이 전향공간과 한국전쟁을 기점으로 매체 지형의 급속한 재편과 그에 따른 담론의 기조와 편폭의 변화가 극심하게 나타난다는 점을 감안할 때『신천지』의 가치는 한층 배가된다.

실제『신천지』는 전향공간을 경계로 뚜렷한 변모를 보여준다. 전반기(1946.1~1949.7)는 신탁통치 국면을 계기로 사회 전 직능의 좌우로의 분극화, 좌우남북 통일을 주창한 중도파의 광범한 형성, 미군정의 8월 대공세, 남한만의 단독정부 수립, 여순사건과 반공주의의 지배이데올로기화 등으로 이어지는 짧지만 격렬했던 해방직후의 사상사적·문화사적 분위기와 담론을 수렴하고 있으며, 후

---

21) 일부에서는 통권 69호로 기록하고 있으나 68호가 정확하다. 6차례 합병호(2권10호, 3권4호, 3권10호, 4권5호, 5권1호, 8권3호)로 발간된 사실에 주의할 필요가 있다.

22) 설의식은 그 정황을 "신문이 쏟아지고 잡지가 밀린다. 삐라가 깔리고 포스터가 엎핀다. 쓰는대로 글이되고 박힌는대로 책이된다. 활판과 석판이 몸부림친다. 사진판, 등사기까지 허덕거린다. 이러케하야 업는 조히가 물같이 없어진다. 8·15이후의 장관은 실로 유흥계와 쌍벽으로 출판계엿다."라고 묘사한 바 있다(소오생,「출판홍수」,『동아일보』, 1946.3.23.). 실제 1947년 6월 기준 공보출판문화과에 기 등록된 정기간행물 현황을 보면 일간 72(서울 38), 주간 76(서울 62), 월간 144(서울 119), 출판업자 445(서울 375), 인쇄업자 205(서울 100) 등으로 확인되는데, 미군정의 언론출판 탄압이 강화되는 추세에도 불구하고 서울 중심의 정기간행물 발행이 여전히 홍수를 이루고 있었다.

반기(1949.8~1954.10)는 위로부터의 반공국민 만들기와 전향의 강제, 6·25와 전시 및 전후로 연결되는 시대 분위기와 담론을 폭넓게 수렴해내고 있다. 편집노선 또한 이에 대응해 민족 중심, 민중 중심으로 일관하다가 전향공간에 접어들면서부터는 보수우익의 입장을 대변하는 반공지적 색채가 전면화 된다. 요컨대『신천지』는 당대 그 어느 잡지보다 시대정신의 편폭과 그에 따른 매체전략의 변화 및 갱신을 선명히 보여주는 가운데 8·15~전후의 사상사적·문화사적 동향에 대한 오피니언 리더(opinion leader)로서의 역할을 수행한 유일한 매체라는 점이 독보적인 특징이다.

다른 한편으로『신천지』는 당대 문예지에 필적할 만한 문학적 면모를 지니고 있다. 해방 후 현대문학사의 중요 문인들 대부분이 작품 및 평문을 발표했다고 해도 과언이 아니다. 특히 전위시인들(김광현, 김상훈, 박산운, 유진오, 이병철)의 작품과 신진비평가들(김동리, 김동석, 김명수, 김병규, 김병덕, 김병욱, 정태용 등)의 논쟁적 평문이 다수 실려 주목을 요한다. 박인환과 황순원의 작품이 가장 많이 실린 점또한 흥미로운 장면이다.『신천지』의 문학적 면모를 단적으로 보여주는 것은 편집체계, 즉 지면의 배분과 배치인데 매호 평균 1/3의 지면이 문학에 할애되었다. 일례로 제3권5호(1948.6)에는 모두 33개의 글이 게재되어 있는데 논문(11편), 교양물(5편)을 제외한 17편(약 50%)이 문학부문에 할애되어 있다. 이와 같은 문학에 대한 특별한 배려는『신천지』전체 호에 대체로 관철된 편집체제상의 보편적인 현상이다. 문학의 비중은 전체 52개의 특집 가운데 문학관련 특집이 12개인 것에서도 확인된다. 또 연재소설의 규모로 보더라도『신천지』가 당대 발간된 21종의 잡지 가운데 가장 많은 54편의 소설을 연재했다. 이는 종합지『민성』(19편)과『해동공론』(6편)을 압도하는 수치이며 문예지『문예』(27편)와『백민』(11편)을 능가하는 규모이다.[23]

이와 함께 주목할 것은 전향공간을 경계로『신천지』에서 벌어지는 담론 기조의 변화가 문학부문의 변화와 밀접한 상관성을 보인다는 사실이다. 즉 1949년 8월부터 반공 이외의 모든 사상과 세력을 민족반역으로 규정하는 글이 등장

---

23) 한원영,『한국현대신문연재소설연구(下)』, 국학자료원, 1999, 702쪽.

하다가 '태평양문제' 특집(1949.9), 'UN문제' 특집(1949.10), '동구라파 문제' 특집(1949.11)을 연속으로 기획하면서 냉전적 진영론에 입각한 내부평정 작업을 뒷받침하는 방향으로 급선회하는 것이 담론상의 변화를 함축하는 것이라면, 같은 시기 탈정치적 문예물의 급증이 문학부문의 변화를 압축적으로 보여주는 사례다. 특히 보수우익의 관점에서 해방문단을 종합적으로 정리·평가한 조연현의 「해방문단5년의 회고」가 1949년 8월부터 5회 연재되는 것은 그 변화를 상징적으로 보여준다. 이 모든 것은 편집주체의 변화, 즉 정현웅 편집체제에서 김동리 편집체제로의 교체에 따른 필연적인 결과이자 전향공간에서 한층 강화된 검열제도의 작동에 따른 매체전략의 수정이 중요하게 작용한 산물이다. 그것은 전쟁을 겪으면서 더욱 확대 재생산되기에 이른다. 따라서『신천지』는 해방 후 한국현대문학 형성기의 매체와 문학 그리고 문단(학) 권력에 관련한 복잡한 관계사를 집약하고 있는 대표적인 잡지다.

그런데 이 같은 위상을 감안할 때『신천지』가 지금까지 학계의 주목을 크게 끌지 못했다는 것은 퍽 의아한 일이다. 물론『신천지』에 대한 언급이 전혀 없었던 것은 아니다. '해방 후 잡지계의 최후 승리자', '잡지 전장(戰場)의 유일한 생존자'로, 다른 한편으로는 '인공(人共)언론의 근원이며 조선문학가동맹의 공공연한 반(半)기관지'[24] 등『신천지』가 갖는 매체적 위상을 소략하게 거론한 당대적 평가가 대부분이다. 오히려 '미국식 문명과 인종적 우월성을 설교한 미군정의 기관지'로 규정한 북한에서의 평가가 눈에 띤다.[25] 조연현과 신남철의 평가는 실체적 진실보다는 특정 이데올로기(체제)에 입각한 자의적 왜곡의 혐의가 짙다.[26]『개벽』이 천도교기관지로,『조광』이 친일잡지라는 오명을 받은 채 문학사에서 배제되었던 것처럼,『신천지』도 '용공지/반공지'라는 상호 모순된 왜곡을 받고 방치되어 왔던 것이다.

---

24) 조연현, 「해방문단 5년의 회고(四)」,『신천지』, 1950.1.

25) 신남철, 「남조선에 대한 미제의 반동적 사상의 침식」,『근로자』11호, 평양노동신문사, 1955.11.

26) 그것은 김동리 편집체제에서 편집 실무를 담당했던 김윤성의 회고에서도 그대로 나타난다. 그는 우익이『신천지』를 장악하기 이전 정현웅 편집체제의『신천지』는 완전히 좌익의 활동무대였다고 규정하고 있다. 김윤성, 「신문부수를 육박했던『신천지』」,『현대문학』128, 1965.8, 235쪽.

반면 『신천지』에 실린 일부 문학(론)이나 논설은 여러 차원에서 연구자들의 주목을 받아 왔다. 김동인의 「문단30년의 자취」(12회 연재), 조연현의 「해방문단5년의 회고」(5회), 오기영의 「삼면불」(20회)과 「사슬이 풀린 뒤」(4회), 님 웨일즈의 「아리랑」(10회) 등이 대표적인 경우다. 문제는 이 글들을 단편적으로 뽑아 읽는 방식으로는 각각이 함의하고 있는 의미의 심층을 제대로 파악할 수 없다는 점이다. 『신천지』뿐만 아니라 당대 매체에 수록된 대부분의 글은 매체의 정파성과 그것이 반영된 매체전략에 의해 어떻게 형식화되고 배치되어 있는가를 충분히 따져야만 그 본질적 의미에 다가설 수 있다. 해방기 잡지에 대한 관심이 고조되면서 『신천지』에 대한 공식화된 기억의 오류를 비판하고 『신천지』를 중심으로 1940년대 후반 정치담론과 문학담론의 관계를 고찰한 연구가 활발하게 이루어지고 있어서 다행이다.[27] 하지만 이 연구들은 민족과 순수를 둘러싼 다양한 스펙트럼을 보여주는 담론 분석을 통해 『신천지』의 매체적 위상을 정립하려는 의욕에도 불구하고 『신천지』를 구성하고 있는 물질적·제도적 조건에 대한 충분한 검토를 결여하고 있어 『신천지』의 성격과 위상을 제대로 드러내는 데는 미흡할 수밖에 없었다.

이에 『신천지』의 매체 전략과 문학의 상관성에 초점을 맞춰 『신천지』의 전체상을 복원하고자 한다. 따라서 이 연구는 『신천지』에 관한 전체 도면을 그리는 작업이라고 할 수 있다. 이를 통해 좌우 이념대립과 보수우익 문학으로의 귀결로 단순화시켜 온 해방 후 문학에 대한 고정관념을 교정하고, 이 시기 한국문학의 역사적 존재방식의 이면 혹은 저변을 탐사하는데 유용한 준거점 하나를 세울 수 있기를 기대한다. 『신천지』에 대한 복원이자 정당한 복권을 목표로 한다.

2. 『신천지』의 저변과 잡지주체

『신천지』의 전체상을 파악하기 위해서는 잡지를 거시적으로 규정하고 있는 물

---

27) 김준현, 「1940년대 후반 정치담론과 문학담론의 관계─『신천지』를 중심으로」, 『상허학보』27, 상허학회, 2009. 그는 이 논문의 후속 작업으로 『신천지』의 매체노선과 문학담론의 급격한 변화가 나타나는 전향공간에서의 『신천지』 텍스트들을 통해 문단의 재편 과정을 고찰한 바 있다. 김준현, 「단정수립기 문단의 재편과 『신천지』」, 『비평문학』35, 한국비평문학회, 2009.

질적 조건, 특히 『신천지』 매체자본의 성격과 잡지주체에 대한 검토가 우선 필요하다. 무엇보다 『신천지』가 서울신문사에서 발행한 신문사 잡지라는 점이 가장 중요하다. 『서울신문』(서울신문사)은 총독부기관지 『매일신보』(매일신보사)의 후신이다. 8·15 직후 건국준비위원회가 매일신보사를 접수했으나 8월 17일 총독부에 다시 장악된 뒤 좌익 중심의 사원자치위원회(위원장 윤희순) 주도로 발행되다가 10월 2일 적산(敵産)으로 분류돼 미 군정청에 접수되었고, 한인 주총을 통해 우익 중심의 간부진이 편성되었는데 자치위원회의 반대로 무산되면서 11월 10일 미 군정에 의해 정간을 당한다. 이후 미군정과 자치위원회의 타협을 통해 새롭게 간부진을 편성한 뒤 11월 23일부터 『서울신문』으로 제호를 개제하면서 속간되기에 이른다.[28] 서울신문사는 주식의 48.8%가 귀속재산으로 엄밀히 말해 정부기관지이다. 따라서 정부수립 이전에는 미군정의, 이후에는 공보처 직속의 대한민국정부 기관지로서의 제도적 위상을 지닐 수밖에 없었다.

　중요한 것은 형식적·제도적으로는 그러했지만 적어도 전향국면 이전까지는 진보적 민주주의 노선을 견지한 가운데 정부 비판적 논조를 유지했다는 점이다.[29] 그것은 정부수립 후 반정부적 적리(敵利) 신문으로 간주돼 신문지법 위반 혐의로(제11조 및 21조) 남조선과도정부법령 제88호(제4조 '다항')가 적용되어 발행정지(무기정간) 처분을 당한 것에서 확인할 수 있다(1949.5.3). 공보처는 반국가적 보도 태도와 친공산주의 계열과 같은 신문제작의 이념을 일척해야 한다는 논리

---

28) 이때의 간부진은 오세창(사장), 권동진, 홍명희(고문), 하경덕(부사장), 김동준(전무), 조중환, 이원혁(상무), 김무삼(취체역), 상임감사 겸 출판국장(윤희순), 이관구(주필), 홍기문(편집국장), 박승원(정치부장), 주련(경제부장), 최금동(사회부장), 홍기무(문화부장) 등으로 편성되었고, 문인기자로는 이봉구, 조경희, 노천명, 여상현 등이 있었다. 특히 '벽초삼부자(홍명희, 홍기문, 홍기무)'가 요직에 있었던 관계로 당시뿐만 아니라 이후에도 『서울신문』이 좌파언론으로 오인되기에 이른다. 심산 김창숙은 『벽옹 일대기』(태을출판사, 1965)에서 홍기문, 홍기무 형제를 "적색에 물든 자"로 비판한 바 있다. 정인보의 둘째 사위이기도 했던 홍기무는 남북협상 때 월북한 뒤 1949년 9월 밀파(월남) 후 중간파 규합과 남한정부 파괴 및 요인암살 음모 등 국가보안법 위반 혐의로 체포·구속된 경력이 있다(『자유신문』, 1949.12.25). 『매일신보』→『서울신문』으로의 전환 과정에 대해서는 최 준, 앞의 책, 343~345쪽 참조.

29) 그렇지만 좌파의 입장에서 볼 때는 『서울신문』은 반동신문의 대명사였다. 즉 '미 군정청의 기관지였으며, 김구와 이승만의 노선을 적극적으로 따르고 좌익들의 비난으로부터 그들을 보호했고, 남한의 자유와 북한의 압제 및 강제를 대조'하는데 주력했다는 것이다. 파샤 이사악꼬브나 샤브쉬나, 김명호 옮김, 『1945년 남한에서』, 한울, 1996, 223쪽.

를 내세웠으나 실질적인 이유는 정부에 비협조적이었기 때문이었다.[30] 즉 정부 수립 후에도 여전히 신문사 운영에 깊숙이 관여하고 있던 민주독립당원을 중심으로 한 비우익 계열의 간부진과 직원을 퇴진시켜『서울신문』을 장악하려는 정부의 의지가 개입되어 발생한 것이다. 그것은 곧바로 정부주도로 임시주총을 열어 중역진·편집진을 개편하고 49일 만에 속간(6월 20일)되는 것에서 확인된다.[31] 주목할 것은 새로 구성된 간부진에 범우익문화단체인 문총의 핵심 멤버들, 특히 박종화, 오종식, 이헌구, 유치진, 고희동, 김송 등 문인들이 요직에 대거 참여함으로써『서울신문』의 편집과 논조에 큰 변화가 야기된다는 점이다. 이렇듯 서울신문사는 해방 후 '귀속' 여부에 대한 이론(異論)이 분분한 가운데 관권 개입을 둘러싼 갈등을 동반하면서 '정부기관지'라는 세간의 인식과 달리 적어도 전향 공간 이전까지 중립적 논조를 견지해 나간다.[32] 서울신문사의 이러한 독특한 위상과 권한 갈등의 문제는『신천지』의 편집주체와 편집노선 및 그 전반의 변화에 그대로 연동되어 나타난다.

그리고 서울신문사가 1940년대 후반 유일하게 종합미디어 체제를 구축했던 언론기관이라는 점 또한『신천지』의 존재를 이해하는데 중요한 의미를 지닌다. 서울신문사는 일간지『서울신문』, 월간지『신천지』, 주간지『주간서울』(1948.10.18.~50.6.24, 통권 93호)의 언론트리오를 소유함으로써 당대 여론을 능동적으로 주도해 나간 대표적인 매체자본이었다. 동시대 중요 언론기관과 뚜렷한 비교 우위를 보여준다. 예컨대 카톨릭계의 경향신문사가『경향신문』외에 뒤늦게 월간지『신경향』(1949.12~1950.6)과『부인경향』(1950.1~6)을 발간해 매체 영향

---

30) 이 사건의 전말에 대해서는 당시 편집국장이었던 이건혁,「넌 나를 몰라도 나는 너를 안다」, 한국 신문연구소 편, 앞의 책, 201~205쪽.

31) 개편된 간부진은 박종화(사장 겸 취체역 대표), 오종식(전무 겸 주필), 이원혁(상무), 이건혁, 박재욱, 박윤석(감사역), 고희동, 이원혁, 안병휘, 오종식, 김양수, 김길준, 이헌구, 유치진, 박현욱(취체역), 우승규(편집국장), 여상현(사회부장), 김송(문화부장) 등이었다.

32) 우승규,『나절로漫筆』, 탐구당, 1978, 270~271쪽 참조.『서울신문』이 법적으로 정부기관지가 되는 것은 1952년이다. 1949년 정간사건을 계기로 귀속주의 주주 권리를 행사하는 정부의 직접적인 지배를 받게 되지만, 1952년 5월 12일 귀속株의 권리행사가 중앙관재청에서 공보처장에 위임되고 정관 개정을 통해 취체역 회장에 공보처장을 당연직으로 하는 조항이 삽입됨으로써 공식적인 정부기관지가 되었다. 그것은 1960년 4월 19일까지 계속된다.

력의 확대를 도모했으나 한국전쟁으로 인해 월간지 발행이 중단됨으로써 지속성을 지닐 수 없었다. 또 1930년대 신문잡지시대를 주도했던 동아일보사(『신동아』, 『신가정』 등)와 조선일보사(『조광』, 『여성』 등)는 인쇄시설난으로 뒤늦게야 복간되었고 이후 재정난으로 모지(母紙) 발간에 총력을 기울일 수밖에 없는 형편이었다.[33] 서울신문사의 비교 우위는 정부 소유로서 모든 신문사의 경영을 압박했던 인쇄시설난, 용지자재난, 재정난, 필자난(원고난) 등에서 상대적으로 자유로웠기 때문에 가능했다. 『서울신문』이 가판에 의존하던 당시 일간신문과 달리 가두판매를 엄금한 판매전략을 구사하고(1946.1.23), 해방 후 처음으로 조석간제를 도입해(1949.8.15) 공격적인 경영에 나설 수 있었던 것도 이런 배경에서다.

실제 매일신문사가 남긴 자재는 엄청났는데, 사진제판 재료는 4년 치가 비축되어 있었고 6·25때는 차량에 싣고 갈 만큼 원고지가 남아 있었을 정도였다고 한다.[34] 『신천지』가 독보적으로 꾸준한 발행실적을 유지할 수 있었던 것도 서울신문사의 이와 같은 재정적 뒷받침과 아울러 취재 조직과 필자 동원에 압도적으로 유리해서였다. 잡지는 신문과 달라 독자적인 유통망을 건설해 판로를 개척하고 이를 매개로 독자를 획득하는 것이 생존전략의 필수 요소인데, 『신천지』는 『서울신문』의 전국적 유통망을 활용할 수 있었던 관계로 안정적인 재생산이 가능했다. 당시 웬만한 신문의 발행부수와 맞먹는 평균 2만~3만부 이상의 발행부수를 기록할 정도로 상업적·대중적 성공을 거둘 수 있었다.[35] 실제 『서울신문』에는 『신천지』와 『주간서울』의 광고가 평균 주 3회 게재되고 있으며, 『서울신문』 독자들에게는 "경향(京鄕)을 불문하고 가정에 직접 반전(頒傳)"해주는 동시에 1부 30원의 염가로(창간 당시에는 15원) 판매하는 특혜를 제공하기도 했다. 당대 잡지들 대부분이 개인 또는 단체의 영세한 자본으로 발행자체에 목적을 둔 것과 달리 모지를 통한 광고·선전은 물론이고 전국적인 판매망을 활용했던 『신천지』는 상대적으로 유리

---

33) 『조광』은 1946년 3월 속간되었으나 별다른 주목을 끌지 못하다가 1949년 3월 발행이 중단되었다.
34) 「8·15광복에서 6·25전란까지」(초창기의 서울신문 회고 좌담), 『서울신문四十年史』, 서울신문사, 1985, 218쪽.
35) 김윤성은 2만부 이상으로, 최덕교는 3만부 이상으로 기록하고 있다. 최덕교, 『한국잡지백년3』, 현암사, 2004, 460쪽. 그 규모는 1947년 후반 『조선일보』의 발행부수(2만5천~3만5천)와 엇비슷한 수치다.

한 위치에서 판매와 보급의 확대를 통해 독자 획득에 성공할 수 있었던 것이다.

이와 달리 해방기 『신천지』와 잡지계의 쌍벽을 이뤘던 『민성』이 비교적 장기간 안정적 발간이 가능했던 것은 고려문화사의 잡지연쇄 전략 때문이었다. 유명한 이 적산(敵産) 인쇄소를 인수해 설립한 고려문화사는 출판(잡지와 단행본)·인쇄를 겸업한 가운데 월간 『민성』을 중심으로 당시 대중적 수요가 가장 컸던 주간 『어린이신문』, 어린이독본인 월간 『어깨동무』 등 저비용 고효율이 가능한 잡지연쇄, 즉 동일한 경영자(자본) 밑에 특정 목표독자층을 겨냥한 잡지경영의 다각화를 통해 경영의 안정화를 꾀한 바 있다.[36] 그것은 잡지 상호간 적자 보전과 편집(진)의 시너지 효과를 높이는데 유리한 전략이었다.[37] 특히 편집진 대부분이 잡지편집의 경험이 있었던 문필가들, 예컨대 박계주, 임병철, 김영수, 박영준, 최영수, 조풍연, 윤석중, 채정근, 이상로, 임호권, 김창집 등으로 구성함으로써 편집체제의 세련과 더불어 문학의 중요한 발표기관이 될 수 있었다. 임병철, 채정근과 같이 영어에 능통했던 인사의 편집참여로 인해 서구적 잡지체제의 형식, 편집기획의 특이성, 번역물 중심의 단행본 출판이 가능했던 것으로 보인다. 이렇듯 서로 다른 물적 토대와 운동방식 속에서 성장한 『신천지』와 『민성』이 경쟁관계를 형성하면서 해방기 잡지계를 주도했다는 점은 특기할 만하다.

『신천지』가 신문 잡지라는 사실이 중요한 또 다른 이유는 『신천지』가 서울신문사 매체자본의 전략에 따른 분업화된 매체적 위상을 지닌다는 점이다. 그것은 서울신문사가 밝힌 세 매체의 관계 설정에서도 확인이 가능하다. 서울신문사는 『주간서울』을 창간하면서 『서울신문』을 모지(母紙)로 『신천지』를 요지(僚誌)로 『주간서울』을 보좌지(補佐誌)로 각각의 위상을 설정하고 보도 중심의 일간본지, 시사평론 중심의 월간지, 종합시사해설 중심의 주간지 등의 유기적 관계를 바탕으로 한

---

36) 고려문화사에 대해서는 이경훈, 『속·책은 만인의 것』, 보성사, 1993, 412~417쪽. 해방직후 용지난이 극심한 가운데서도 고려문화사가 타 출판사에 비해 잡지 발간과 단행본 출판이 앞설 수 있었던 것에는 일본인이 버리고 간 용지 재고가 1년 정도 소용되는 분량으로 남아 있어 가능했다는 사실을 확인할 수 있다.

37) 을유문화사도 조풍연, 윤석중 주도로 월간 『소학생』, 『학풍』(1948.9) 및 단행본 출판 등 잡지연쇄 전략을 통해 사세를 확장시켜 갔으나 잡지보다는 단행본 출판에 주력한 편이었다.

종합미디어체제의 구축을 선언했다.[38] 따라서 세 매체는 각기 고유한 독자성과 더불어 서울신문사 매체자본의 상호보완적 분업체계 속에 존재한다. 특히 일반 독자층을 겨냥해 각 부문을 망라한 대중계몽을 표방한 『주간서울』이 창간됨으로 써(1948.10)[39] 월간지로서 『신천지』의 기동성 부족이 보완되는 동시에 월간지 고유의 전문성을 한층 제고시킬 수 있는 유리한 조건을 마련했다는 점이 중요하다. 주간종합지 『주간서울』의 발간은 내외정세의 급변에 따른 보도 임무의 중대성과 시사성이 강조되는 국면에 부응한 것으로 주간지를 발간할 수 있는 여력이 없던 『민주일보』, 『자유신문』 등 군소신문사들의 일요판(별책부록 형태) 발행을 촉진시키는 계기가 되었다.

이는 같은 자본이되 독립된 회사 조직에서 발행되었던 1930년대 신문잡지들, 가령 『신동아』가 '신동아사'에서 발간된 것과 달리 『신천지』가 서울신문사의 직할 체제였기 때문에 가능했다. 이 같은 기능적 역할분담 체계 속에서 『신천지』의 편집 방향과 체제가 조정되었던 것이다. 물론 그 내적 분업체계, 즉 서울신문사 매체전략의 분업과 협업시스템이 얼마만큼 밀도 있게 작동했는가를 정확히 가늠하기 어렵지만, 적어도 『신천지』에 게재된 주요 담론들은 『신천지』의 이 같은 독특한 위상을 감안해 살필 필요가 있다. 일례로 김준현이 주목한 바와 같이 문학과 관련된 『신천지』의 중요한 담론 중 하나인 '순수문학론'과 '민족문화론'은 그에 앞서 『서울신문』에 게재된 김동리의 「순수문학의 진의」(1946.9.15.)와 김기림의 「민족문화의 성격」(1946.11.3)을 비롯한 관련 글들을 포괄해 검토해야만 논의의 맥락을 제대로 파악할 수 있다.

한편 『신천지』의 편집방침을 한마디로 요약하면 망라주의(網羅主義)이다. '잡천지(雜天地)'로 별칭될 만큼 국내외를 막론한 정치, 경제, 사회, 학술, 문예 등 각

---

38) 『서울신문』, 1948.9.30.

39) 『주간서울』은 국내외 이슈를 알기 쉽게 해설하는 순수계몽지로서 정치, 경제, 사회, 문화, 기타 교양오락에 중점을 두고 타블로이드 8면으로 간행되었다. 창간호의 내용, 즉 '국민의 식생활은 安堵되는가' '한국문제의 장래와 UN' '민정장관은 왜 사임하였나' '동란의 중국은 어데로 가나' '미국의 경제원조 전망' '상공회의소는 무엇을 하고 있나' '外米는 얼마나 먹었나' '바람 부는 악단의 내막' '학원에서 추방되는 춘원 육당의 저서' '농림부장관 조봉암론', 기타 문학(시, 소설, 수필), 취미, 오락, 교양 등을 망라한 것에서 잡지의 성격을 확인할 수 있다.

방면을 두루 포괄하고 있다. 수록된 글의 종류 또한 연구논문, 평론, 시사해설, 번역물, 대중적 독물, 오락, 생활상식, 해외단신, 르포르타주, 외국기행, 좌담, 설문, 수기, 열차시간표 등 난삽하다 할 만큼 버라이어티하다. 하지만 그 이면을 들여다보면 나름의 내적 체계가 존재한다. 즉 68호 전체를 통틀어서 볼 때 특집, 기획물, 문예물, 르포르타주, 설문(조사), 좌담을 중심에 놓고 일반 독자들의 접근성이 높은 오락물과 계몽적 독물을 그 주변에 다양하게 배치하는 방식의 편집체제를 일관되게 고수했다.

『신천지』의 편집노선을 잘 드러내주는 '원자폭탄'특집(제1권1호)에서 '신생활문제'특집(제9권10호)에 이르는 총 52개의 특집과 이를 보완하는 역할을 한 '정감록의 검토'(제1권6호)를 비롯한 총 35개의 기획물은, 편집주체의 변모 전후로 논조의 확연한 차이를 보여주나, 대체로 당면한 민족현실의 핵심 의제들에 대한 정론(正論)을 설파하고 있다. 특히 전반기는 냉전체제하 해방조선의 좌표를 부단히 모색하는 담론이 주종을 이루는데, 한반도의 운명을 쥔 미소를 중심으로 중국, 일본, 희랍, 태평양, 인도, 동남아시아 등을 두루 포괄하는 세계사적 안목 속에서 수행되는 특징을 보여준다. 동시기 『민성』에서도 국제문제(특히 동남아시아와 이스라엘과 같은 신생국가들)에 꾸준한 관심을 보여준 바 있으나 『신천지』에 비교될 바 아니다. 아울러 해방 후 제기된 정치적 의제들, 이를테면 식민지잔재 청산 문제, 미군정 문제, UN 문제, 중간파 문제, 남북협상 문제 등과 사회문화적 의제들, 예컨대 여성문제, 대학문제, 교과서문제, 민족문화문제, 아메리카(영화), 실존주의, 자유주의 등에 대한 비판적 담론들을 통해 자주적 민족국가건설을 위한 전망 모색에 주력한 특징도 있다.

그리고 바람직한 정부형태, 국제정세와 3차 대전, 미소공위, UN과 조선문제, 미군철수와 통일방안, 한자폐지와 국문횡서 등 특집과 유관한 의제들에 대한 설문조사는 이념적 정파를 초월한 전문가들(이주하, 이강국, 박문규 등 남로당원까지 포함해)의 입장을 두루 섭렵함으로써 당대 여론의 동향을 풍부하게 반영해내는 기능을 한다. '거리의 정보실'이란 고정란을 통해 제시된 27개의 르포르타주는 해방 후 새롭게 부각된 사회병리 현상들에 대한 심층 취재를 통해 거리의 일상적 풍속의 '날 것'에 내포되어 있는 해방의 명암을 사실적으로 보고해준다. 사회현실의 감광판으로서 르포르타주를 기획·연재한 것은 『신천지』만이 지닌 독보적인 특징이다. 이렇듯 『신천지』는 규모와 질량 면에서 여타 잡지들을 압도하는 가운데 당대 오피니언리더로서 타의추종을 불허한 경쟁력을 갖출 수 있었던 것이다.

이와 같은 『신천지』의 망라주의 편집은 한국잡지사의 측면에서 볼 때 1930년대 신문잡지의 편집 전통을 계승한 것이다. 주의주장보다는 민족 혹은 사회 공기(公器)임을 자임하면서 등장한 『신동아』를 위시한 1930년대 신문잡지들은 대중계몽의 시급성과 기업적 방식(상업성)의 정착을 위한 차원에서 잡지 하나로 모든 방면을 대신할 수 있는 망라주의 편집방향을 표방한 바 있다.[40] 해방 후 잡지들 또한 정치적 해방과 경제적 파탄의 모순에 따른 극심한 사회혼란 속에서 정치적 저널리즘과 문화운동기관을 표방했던 관계로 망라주의 편집방식의 종합저널리즘을 지향하게 된다. 언론의 자유를 향유하고자 하나 미디어 보급이 열악한 상태에서 읽을거리가 절대적으로 부족했던 대중들의 다양한 커뮤니케이션 욕구를 반영하고자 했던 것도 작용했다. 대체로 해방 후 잡지들이 정치적 테마를 중심으로 하고 교양물을 가미하는 종합저널리즘의 면모를 보여주는 것은 이 때문이다. 『신천지』의 망라주의 편집방침은 여기에다 창간 때부터 편집주간으로서 편집프레임을 새롭게 구축했던 정현웅의 잡지발간 경험도 작용했다고 볼 수 있다. 그는 1930년대 유력한 신문잡지 『조광』의 편집부 기자 출신이다(1937.11~1940.8).

중요한 것은 『신천지』가 망라주의 편집을 통해 식자층은 물론이고 일반인과 학생층까지 포괄하는 넓은 독자층을 확보할 수 있었다는 점이다.[41] 서울신문사의 물적·인적 뒷받침에다 편집방침의 개성으로 인해 『신천지』는 당시 잡지계를 제한했던 요소들, 이를테면 문자미해득층의 광범한 분포, 대중들의 열악한 구매력, 남북단절에 따른 잡지시장의 현저한 축소에도 불구하고 대중적 성공을 거둘

---

40) 『신동아』의 실무자였던 설의식은 창간호 편집후기를 통해 '망라주의 편집'의 필요성과 의의를 역설한 바 있다. 『신동아』의 망라주의 편집에 대해서는 정진석, 『한국현대언론사론』, 전예원, 1985, 167~172쪽 참조.

41) 『신천지』의 보급과 독자의 접촉 실태를 파악하기는 쉽지 않다. 다만 도시뿐만 아니라 농촌지역에도 보급되어 널리 읽혔다는 것만은 유종호의 회고를 통해 확인이 가능하다. 그에 따르면 해방직후 소학교시절 담임선생님이 『신천지』에 수록된 오기영의 「사슬이 풀린 뒤」를 읽어주었고 본인 또한 잡지에 게재된 김동인의 주장을 반박한 오기영의 글을 읽은 적이 있다고 회고한바 한다. 유종호, 『나의 해방전후』, 민음사, 2004, 140~141쪽 참조.

수 있었다.

한편 『신천지』의 편집진용은 서울신문사의 위상 변화에 대응해 몇 차례의 굴곡을 겪는다. 『신천지』가 서울신문사 직할체제였기 때문에 발행 겸 편집인은 자동적으로 서울신문사 사장이었고(하경덕→박종화), 발행주체가 출판국이었던 관계로 출판국장이 잡지발간의 총괄책임자였다(윤희순→김무삼→이건혁→전홍진→김진섭→장만영). 초기의 출판국은 단행본 출판과 『신천지』 발간이 주 업무였으나[42] 『주간서울』을 발행하게 되면서 출판국 산하에 『신천지』 담당의 월간부와 『주간서울』 담당의 주간부로 업무 분장이 이루어졌다. 그러나 『신천지』의 실질적 편집주체는 판권란에 제시되어 있는 이 같은 제도적 직제와는 조금 다르다. 크게 보아 두 시기로 구분해볼 수 있다. 해방 후 사회문화사, 사상사 전반에 걸쳐 획기적 전환점이 되었던 전향국면을 경계로, 서울신문사 자체적으로는 『서울신문』 정간사건을 분수령으로 정현웅 편집체제의 전반기와 김동리 편집체제의 후반기로 대별된다.

전반기는 하경덕–김무삼–정현웅 라인이 『신천지』를 주도했다. 하경덕은 하버드대학 출신의 저명한 사회학자로 해방직후 미군정과 자치위원회의 타협을 중재해 『서울신문』의 탄생을 주도했고, 과도정부 관선입법위원으로 참여해 『서울신문』이 과도정부 기관지가 되는 것을 막아 『서울신문』의 중립노선을 관철시켰던 초창기 서울신문사의 산증인이자 『신천지』의 산파역이었다. 김무삼은 『서울신문』의 제호를 직접 쓴 인물로 출자자들(김동준, 조중환 등)을 섭외해 서울신문사의 운영자금을 확보함으로써 『서울신문』이 정상적으로 발간되는데 중요한 역할을 했다.[43] 출판국장, 편집국장, 주필을 두루 역임한 그 또한 극좌/극우 정치노선을 배제하고 남북협상을 지지한 '108인 문화인성명'(1948.4)에 참여한 중립적 인사다. 이들의 후원 아래 『신천지』의 편집을 관장한 인물은 정현웅이다. 일제 때 화가이자 『동아일보』, 『조선일보』의 소설삽화가로 또 『조광』의 편집기자로 활동했던 정

---

42) 당시 서울신문사가 펴낸 단행본은 주로 민족계몽의 성격을 강하게 띤 출판물이었다. 1946년 한 해 동안 국사학관련 6권, 어문학관련 3권을 발행하는데, 박은식의 『한국통사』, 『한국독립운동지혈사』, 신채호의 『단재저작집』, 『조선사』, 정인보의 『조선사연구 상·하』, 『오천년간 조선의 얼』, 홍기문의 『훈민정음발달사』, 『조선문법연구』 등이 대표적인 경우다.

43) 「8·15광복에서 6·25전란까지」(초창기의 서울신문 회고 좌담), 『서울신문四十年史』, 서울신문사, 1985, 218쪽.

현웅은 해방직후 범좌익계열미술가 단체인 '조선미술동맹'(1946.11) 중앙위원을 역임한 가운데 『신천지』 창간호부터 실질적 편집책임자로 잡지의 편집노선과 체제를 완성시킨 인물이다.[44] 그는 편집체제뿐만 아니라 필자 동원에 이르기까지 『신천지』가 당대 가장 유력한 잡지로 발돋움하는데 결정적인 역할을 했다. 일례로 『신천지』의 주의주장을 담은 특징적 코너인 '삼면불'을 창안해 고정란으로 만들었으며, 제1권6호(1946.7)부터는 권두언으로 전진 배치시켜 『신천지』의 매체노선을 대외적으로 천명하는 창구로 활용했다.[45] 황순원에게 『신천지』의 지면을 제공한 것이 정현웅이라는 사실은 널리 알려져 있다.

후반기의 편집주체는 김진섭(출판국장)-김동리(출판국차장)-이선구(월간부장)-김윤성(월간부차장) 라인이다.[46] 전반기의 중간파 인사들이 일거에 퇴출되고 보수우익 진영의 문총 소속 문인들이 잡지를 관장하게 된다. 『주간서울』의 편집도 곽하신이 새로 맡는다. 이렇게 『서울신문』, 『신천지』, 『주간서울』 모두가 우익진영에 장악됨으로써 서울신문사는 보수우익의 확고부동한 매체적 거점으로 변신하는 극적 전환이 이루어졌다. 특히 조연현과 투톱으로 『문예』를 편집하던 김동리가 내부적 역할분담론에 따라 『신천지』로 옮겨 편집을 관장함으로써 전반기와 전혀 다른 『신천지』가 탄생하게 된다. 잔류한 좌익계열의 일부 기자와 인쇄노동자들의

---

44) 정현웅(1911~1976)의 해방 후 중요 행적으로는, 주간 『어린이신문』 편집동인(1945, 고려문화사), 조선조형예술동맹'에 참여(1946.4), '조선미술가동맹'과 '조선조형예술동맹'의 통합조직인 '조선미술동맹'의 중앙위원(1946.11), 단선단정을 반대하고 남북 자주통일을 주창한 '문화언론인 330명 선언문'에 참여(1948.7), 전향선언 후 국민보도연맹에 가입, 국민예술제전(1950.1)에 동원되어 이북문화인에게 보내는 메시지 낭독, 6·25 때 남조선미술가동맹 서기장으로 있다가 월북했다. 월북 후 미술제작소 회화부장과 물질문화유물보존위원회 제작부장(1951~1957), 조선미술가동맹 출판화분과 위원장(1957)을 역임한 뒤 사망할 때까지 현역 작가로 활동한 것으로 알려져 있다. 정현웅의 삶 전반에 대한 개관은 조영복, 『월북예술가 오래 잊혀진 그들』, 돌베개, 2002, 107~131쪽 참조.

45) 그것은 오기영의 수필집 『삼면불』(성각사, 1948) '머리말'을 통해서도 확인할 수 있다. "이 책 이름으로까지 인연을 맺은 삼면불이라는 주제는 실상 내 것이 아니라 『신천지』의 것이라는 것을 여기에 고백해야 하겠다. 남의 것을 그냥 슬쩍 실례하였다면 괘씸한 소위로되 『신천지』의 편집자요 『삼면불』의 창안자 정현웅 형이 이 책의 장정을 하여 주었으니까 이로써 나의 실례는 용서를 받은 셈이다. 허기는 이렇게 『삼면불』을 아주 내 것으로 이양을 받는 데는 앞으로 『신천지』에 계속해서 『삼면불』을 써야 한다는 조건이 붙었다."

46) 당시 서울신문사 출판국의 정황에 대해서는 이선구, 「비범한 감성; 서울신문 출판국 시절의 동리 형」, 『동리문학연구』(서라벌문학8집), 서라벌예술대학, 1973, 198~201쪽 참조.

저항이 없진 않았지만 4~5개월 뒤 대부분 자진사퇴함으로써 비교적 수월하게 『신천지』를 장악할 수 있었다고 한다.[47] 이와 같은 편집진의 교체는 망라주의 편집방식이 그대로 유지됨에도 불구하고 편집노선의 급격한 전환과 필진의 뚜렷한 변화를 동반하는 가운데 『신천지』가 탈정치적 종합저널리즘으로 변모하는 요인이 된다. 그 기조는 1953년 5월 복간 후의 장만영-이상로 편집체제에서도 큰 변화 없이 유지된다. 요약하건대 『신천지』는 같은 제호의 서로 다른 두 개의 『신천지』로 존재했다고 볼 수 있다. 이 같은 『신천지』의 역사와 편집주체 및 노선의 변화는 정치사의 변전과 맞물려 극심한 부침을 겪을 수밖에 없었던 해방8년사 매체들의 존재방식을 전형적으로 보여준 사례다.

3. 『신천지』의 매체전략과 문학

　『신천지』의 매체전략은 정론성, 대중성, 세계성으로 요약할 수 있다. 잡지주체의 변용과 편집노선의 급격한 변화를 겪으며 두 개의 서로 다른 『신천지』로 존재했음에도 불구하고 이 전략은 크게 변하지 않는다. 다만 그 내포가 달라질 뿐이었다. 중요한 것은 매체전략과 그 내포의 변화가 담론의 영역에만 국한하지 않고 문학 부문에도 연동되어 나타난다는 사실이다. 즉 담론상의 양극성 못지않은 문학 배치, 즉 문학의 지면점유율, 작가작품의 선택, 양식 등의 뚜렷한 변모가 야기된다. 따라서 매체전략의 문제는 『신천지』의 노선뿐만 아니라 『신천지』에서의 문학적 양상 나아가 매체와 문학의 유기적 연관성을 파악하는데 관건적 요소가 된다. 문제는 『신천지』 내지 잡지주체들이 매체전략을 공식적으로 천명한 적이 없다는 점이다. 다만 편집방침 내지 편집노선에 대해서는 여러 차례 지면을 통해 제시하는데, 특히 창간1~2주년기념호를 통해서 사후 정리 형식으로 밝히고 있어 주목된다.

　그것은 두 차원으로 정리할 수 있다. 첫째는 잡지 이념(노선)의 차원이다. 핵

---

47) 이봉범, 『김윤성』(한국근현대예술사 구술채록연구시리즈93), 한국문화예술위원회, 2007, 120~121쪽 참조.

심은 탈식민 상황에서의 민주독립의 전취(戰取)다. 그것은 '민족주의 혁명 세력과 계급적 혁명세력의 협력으로써 해방조선의 자주독립을 달성'할 수 있다는 낙관적 전망 속에서 '3·1운동'특집과 '독립동맹'특집(제1권2호, 1946.3)을 동시 기획하는 것으로 시작되었으나 신탁통치 문제를 둘러싼 좌우익의 분열과 대립이 본격화되고 정치적 파국이 격화일로를 보이면서 그 목표가 현실적으로 요원해지자 일제잔재와 봉건잔재 박멸이라는 당면 과제를 최우선적으로 해결해나가는 것으로 그 노선을 조정한 가운데 이를 향후 잡지노선으로 설정하겠다고 밝히고 있다.[48] 민족의 완전독립이란 전 민족의 공통된 절대적·근본적 이념에 입각한다는 창간 당시의 다소 당위적 입장에서(창간호 '편집후기') 반제반봉건의 실천을 통한 진보적 민주주의노선으로 매체이념을 조정했음을 간취할 수 있다. 이는 모스크바삼상회의(1945.12.27)→미소대표회의(1946.1.16)→제1차 미소공동위원회 개최(1946.3.20.)→미소공위 결렬과 무기정회(1946.5.6)→좌우합작위원회 개시(1946.7.25.) 등으로 연쇄된 정치적 격동과 그에 따른 당파적 정쟁이 격렬해지는 민족현실과 이에 대한 잡지주체들의 실망이 반영된 것으로 볼 수 있다. 다른 한편으로는 이 같은 정치적 혼란 속에서 해방조선이 나아갈 좌표를 명확하게 설정해 잡지노선으로 채택한 것이라는 점에서 초기보다는 한층 정련·발전된 면모였다. 반봉건과 관련된 사회문화적 의제들에 대한 중점주의 편집이 이루어진 것은 이런 맥락에서다.

둘째는 잡지형식의 혁신을 통한 '산' 잡지, 즉 구체적이며 실제적인 잡지 만들기다. 이는 과거 식민지시기에 풍미했던 관념적·형식적 편집상식과 형태(독일식 관념주의)를 타파하고[49] 대중적 소통을 원활하게 이뤄내겠다는 잡지주체들의 지향이 적극적으로 발현된 면모다. 그것은 잡지상의 일제잔재 청산의 차원에서 서양 잡지의 편집형식을 도입하고, 새로운 필진의 적극적 획득과 대담한 신인 등용, 독자에게 지식의 식량을 제공함으로써 계몽기관의 역할을 수행하겠다는 것으로 구체화된다. 이 두 기본원칙 속에서 『신천지』의 편집체제 갱신, 특히 독특한

---

48) 「본지가 1년 동안 거러온 길」, 『신천지』제2권2호, 1947. 2, 5~7쪽.
49) 편집부, 「2주년을 당하야」, 『신천지』제3권2호, 1948. 2, 5쪽.

지면 배분과 배치가 구축되었던 것이다. 전반기에 시도된 여러 차례의 지면 쇄신 또한 이 틀 안에서 이 같은 원칙을 확대 강화하는 방향에서 추진되었다.

주목할 것은 잡지주체들의 잡지에 대한 인식태도다. 즉 그들은 '잡지는 시대정신과 사회현상의 피할 수 없는 감광판(感光板)이고 그 반작용 역시 가능하다고 보고 있으며, 잡지와 대중생활과의 관계도 마찬가지'(『신천지』제2권2호, 1947.2. 6~7쪽)라는 인식을 지니고 있었다. 잡지와 시대현실, 잡지와 독자대중의 긴밀한 관계와 상호작용에 대한 적극적 인식을 통해 『신천지』가 해방기 미디어공간에서 의제(agenda) 설정자로 기능하겠다는 분명한 의지를 읽을 수 있다. 그 '반작용', 다시 말해 능동적인 의제의 생산과 방향, 수준이 『신천지』에 어떻게 증식·구현되어 있는가, 또 어떤 굴절 과정을 겪는가를 파악하는 것이 『신천지』 이해의 관건적 요소다. 저자가 『신천지』의 매체전략을 중시하는 까닭도 여기에 있다. 바로 그 반작용의 능동성이 『신천지』 매체전략의 실질이기 때문이다. 그것이 구체적·집중적으로 표현된 특집과 기획물을 제시하고 논의를 전개하자.

특집 목록

호수	특집 제목	호수	특집 제목	호수	특집 제목
1권1호	〈원자폭탄〉	4권1호	〈흑인문학〉	8권4호	〈휴전 후 내외정세 비판〉〈국토재건의 구상〉
1권2호	〈3·1운동〉〈독립동맹〉	4권2호	〈창작특집〉	8권5호	〈사회 문제〉〈스포츠〉
1권4호	〈여성문제〉	4권3호	〈희랍 문제〉	8권6호	〈교육 문제〉
1권5호	〈신인창작〉	4권5호	〈콩트특집〉	8권7호	〈일본의 야욕 분쇄하자〉
1권6호	〈중국〉	4권7호	〈중국 문제〉	9권2호	〈신문화의 濫觴期 회고〉〈해외소설〉
1권8호	〈아메리카〉	4권8호	〈태평양 문제〉	9권3호	〈陽春수필 10인집〉
1권10호	〈소비에트〉	4권9호	〈UN 문제〉	9권4호	〈대학과 교육〉〈우리는 이러한 의원을 바란다〉
2권10호	〈전후 일본의 동향〉	4권10호	〈동구라파 문제〉	9권5호	〈綠化수필 10인집〉
3권1호	〈아메리카 영화〉	5권1호	〈원자력 문제〉	9권6호	〈수소폭탄과 세계의 장래〉〈민족의 장래와 공백 문제〉〈잊혀지지 않는 사람들〉(9권10호까지 연속)
3권2호	〈대학 문제〉	5권2호	〈전후세계5개년 총관〉		

3권3호	〈조선의 유모어집〉	5권3호	〈3·1운동기념〉	9권7호	〈디엔비엔 푸의 비극〉 〈동남아제국의 경제사정〉
3권5호	〈창작특집〉	5권4호	〈미국문화〉	9권8호	〈과테말라 반공혁명의 진상〉 〈학생풍기 문제〉
3권8호	〈동남아세아〉	5권5호	〈시국현실과 타개책〉	9권9호	〈신예 소설〉
3권9호	〈실존주의〉	5권6호	〈동남아세아의 실정〉	9권10호	〈신생활 문제〉
3권10호	〈충무공사후 534년 기념〉	8권2호	〈경제 문제〉		

기획물 목록

호수	기획물 제목	호수	기획물 제목	호수	기획물 제목
1권6호	〈정감록의 검토〉	3권1호	〈자유주의〉 〈경제 문제〉	8권1호	〈한일문제〉 〈정치파동 후〉
1권7호	〈해방 후 문화계 동향〉	3권2호	〈UN조선위원단에 기함〉	8권3호	〈휴전 후에 오는 것〉
1권11호	〈교과서 비판〉	3권4호	〈남북협상 리포트〉	8권5호	〈국내경제 부흥책〉 〈학계 餘滴〉
2권1호	〈38선이 열린다면〉 〈민족문화건설〉	4권1호	〈중국문제〉	8권6호	〈문화재의 부흥책〉
2권2호	〈군정에 대한 진언〉	4권2호	〈식민지청산/ 역사적현실〉	8권7호	〈출판문화와 번역 문제〉 〈재건국민생활의 초점〉
2권6호	〈인도〉	4권3호	〈중국문제〉	9권1호	〈새해에 생각나는 사람들; 납치된 각계인사 추모록〉
2권7호	〈인도네시아〉	4권7호	〈금후의 세계〉 〈김구선생 추모〉	9권2호	〈아시아 반공민족회의에 寄하는 문화인의 진언〉
2권8호	〈세계문학의 동향〉	5권1호	〈학제개편에 대한 비판〉	9권3호	〈농촌재건의 초점〉 〈여류소설5인집〉
2권9호	〈중간파〉	7권2호	〈현대와 실존주의〉	9권4호	〈흥미물 8종〉 〈신예詩抄〉

※기획물은 『신천지』가 공식적으로 명명한 것이 아니고 저자가 임의로 구성한 것이다. 『신천지』의 편집노선을 잘 보여준다는 점에서 유의미하다고 본다. 특정 주제를 설정하고 2~3편 이상의 글(작품)을 배치한 것을 기획물로 취급했다.

1) 진보적 민주주의의 정론성과 민중제일주의

해방8년사는 통상 정치의 시대로 일컬어진다. 사회 각 분야의 제반세력이 크게 보아 계급과 민족의 두 구심점을 축으로 분극화되어 첨예하게 대립하는 가운데 정치적·문화적 헤게모니 투쟁을 전개했다. 그 좌/우로의 분화와 집중화 과정에서 파생된 균열과 갈등은 제3세력인 중간파의 급격한 비대화를 초래했다. 이 같은 정치적 역학구도는 당대 매체의 존재방식을 거시적으로 규정한다. 당대 대부분의 저널리즘이 각 정치사회 세력의 입장을 대변하는 역할을 수행하면서 우익지·좌익지·중도지로 분립해 경합을 벌였던 것은 이 때문이다.[50] 『신천지』도 정치 과잉의 시대적 조건에서 출발해 그 굴절(단정수립, 전향 공간, 한국전쟁)과 귀결 및 재편(정전협정, 전후)의 과정을 가로지르며 민족의 공기(公器)로서 오피니언리더를 자임했다는 점에서 필연적으로 정론성을 매체전략의 우선순위로 삼을 수밖에 없었다.

『신천지』의 정론성은 당대 이념 지형 및 매체들의 즉자적 정파성의 동향을 감안할 때, 중도적 노선을 견지했다고 볼 수 있다. 극좌·극우 편향성을 모두 비판·거부하며 '독재와 착취가 없는 자주적 민족국가건설'을 주창하면서 냉전체제하 민족의 좌표를 부단히 모색하는 노선을 전반기까지는 확고부동하게 고수했다. 반제(일제잔재, 미소열강의 간섭) 및 반봉건을 선결 과제로 설정한 것도 이의 해결 없이는 자주적 민족국가건설이 불가능하다고 판단했기 때문이다. 중도적 노선은 서울신문사 자본의 중립 입장에 상응한 것이면서 잡지주체들(하경덕, 김무삼, 정현웅, 전홍준 등)의 중간파적 이념 지향에 따른 산물이기도 하다.

중요한 것은 중도노선이라는 성격 규정의 문제다. 환언하면 『신천지』의 중도적 정론을 어떤 기준으로 규정할 수 있는가는 간단치 않다. 해방기 이념적 대립 구도로 본다면 『신천지』의 정론은 분명 비좌비우 중도의 길을 걸었다. 저널리즘에서 중간노선이 가능할 수 있는가의 문제는 당시에도 논란거리였지만, 『신천지』가 의제 설정과 그 설정된 의제에 대한 시각에서 극좌·극우의 편향성을 초월·지양하고자 하는 편집노선을 일관되게 유지했다는 점에서 타당성을 지닌다. 예컨대 잡지노선을 확실하게 정하지 않은 초기의 대표적 특집물인 '3·1운동'특집(제1권2호, 1946.3)은 3·1운동의 역사적 의의를 조명해 자주독립 촉성의 기초를 마련하겠다는 취지로 이념을 초월한 필진을 대거 동원해 해방기 모든 저널리즘을 통틀어 가장 방대한 규모로 꾸민다. 당시 3·1운동을 당파의 정통성 자원으로 유리하게 전취하려는 좌우익의 투쟁, 즉 '기미독립선언기념 전국대회준비회'(우익)와 '3·1기념전국위원회'(좌익)로 갈라져 기념행사의 주도권 쟁탈과 별도의 기념행사

---

50) 1947년 주요 일간신문의 논조를 통해 그 면모를 확인해볼 수 있다.

개최로(우익은 서울운동장, 좌익은 남산공원) 극명한 분열상을 드러내고 이에 편승한 언론의 고의적 편파 왜곡보도가 횡행했던 상황을 감안하면,[51] 『신천지』의 특집은 그 자체로 불편부당성을 지닌 것이었다.

그것은 3·1운동의 민족사적 의의를 인정하면서도 운동을 영도했던 토착자본 계급의 타협에 의해 실패할 수밖에 없었다며 해방조선의 완전독립은 전투적인 노동계급에 의해 수행되어야 한다는 조선공산당의 입장,[52] 3·1운동의 역사적 배경을 민족자결주의가 아닌 러시아혁명의 성공에 따른 전 세계적 혁명의 조류에서 찾는 가운데 운동을 지도하고 조직할 주체의 결여와 민중생활과 요구를 운동에 연계시키지 못함으로써 실패할 수밖에 없었다는 교훈에 입각해 친일파 민족반역자를 배제한 민주주의 진영의 주도로 민주주의정권과 자유독립국가를 건설하는 것이 3·1운동의 현재적 의의라고 주장했던 민주주의민족전선(민전)의 입장[53] 등과는 확연히 다른 것이었다. 더욱이 엄정 중립을 대외적으로 표방했던 저

신문명	발행부수		논조경향			신탁통치안에 대한 입장
	미군정	사정협회	미군정	사정협회	정진석	
경향신문	61,300	62,000	중립	중간노선	중립	반대
서울신문	52,000	52,000	중립	중립	중립	지지
동아일보	43,000	43,000	우익	극우	우익	반대
자유신문	40,000	40,000	중립	중립	좌익	지지
조선일보	35,000	25,000	중립	우익	중립	반대
독립신보	25,000	40,000	좌익	극좌	좌익	지지
현대일보	25,000	25,000	중간	우익	우익	지지
한성일보	23,000	24,000	우익	우익	우익	반대
대동신문	13,000	23,000	우익	우익	극우	반대
민중일보	12,000	12,000	우익	극우	우익	반대
중앙신문	10,000	10,000	중립	중립	좌익	지지
세계일보	6,000	6,000	중립	중간노선	중립	
조선중앙	2,000	2,500	좌익	중간노선	중립	

※ 미군정, 『조사월보』(1947.9), 조선사정협회, 『Voice of Korea』(1947.11). 최 준, 『한국신문사』(增訂版, 일조각, 1970)에서 인용. 정진석의 경우는 『한국언론사연구』(일조각, 1983)를 비롯한 일련의 한국언론사 연구를 참조해 정리했음. 신탁통치안에 대한 입장은 저자가 조사해 부기함

51) 김규식은 좌우익이 따로 기념행사를 개최한 것을 공히 민족적 양심에서 발원한 것이기에 큰 문제가 없다고 보면서도 이에 대한 신문의 보도가 고의적으로 보도를 거부하거나 편파적이었다며 신문계에 강력한 경고담화를 발표했다. 『동아일보』, 1946.3.4.

52) 「3·1 기념일에 동포에게 고함」, 『해방일보』, 1946.3.1.

53) 이강국, 『민주주의 조선의 건설』, 범우사, 2006, 212~214쪽. 3·1운동을 '신문학운동의 출발점' 또

널리즘들이 신탁통치 국면을 계기로 서서히 정파성의 본질을 확연하게 드러내는 상황, 가령『조선일보』가 의식적으로 임정(臨政)의 기관지 구실을 하고자 했고『동아일보』가 한민당의 당파적 이해관계를 노골적으로 대변하면서 파시즘의 논조를 보인 것과 비교할 때『신천지』의 진보적 민주주의 노선은 특출하다.[54] 모지『서울신문』의 중립적 논조가 다소 무색무취한 기회주의로 비판된 것(매일신보사의 후신이라는 태생적 본질도 작용했다)과[55] 달리『신천지』가 좌우 양쪽으로부터 집중적인 공격을 받았고 특히 우익 진영에서『신천지』를 인공의 기관지로 간주해 제거의 일순위로 거명한 것을 통해서도『신천지』노선의 당대적 좌표를 간접적으로 확인할 수 있다.

이 같은『신천지』의 노선은 여순사건을 취급한 데서도 확인된다. 당시 모든 언론기관이 엄격한 군 검열의 통제하에 정부 발표만을 그대로 싣는 가운데 반란군의 죄악상 폭로와 진압의 정당성을 선전하는데 주력하면서 여순사건을 반공 의제로 설정하는 동시에 '반란실정 문인조사반'(박종화, 김영랑, 김규택, 정비석, 최희연, 이헌구, 최영수, 김송, 정홍거, 이소녕 등 10명)의 답사기 연재를 비롯해 모든 매체가 총동원되어 빨갱이담론의 생산과 부정적 재현에 주력했던 것에[56] 비해『신천지』는 르포르타주를 통해 현지사정을 있는 그대로 담아내려고 했다.

설국환(『합동통신』기자)은 언론에 보도된 것과 배치되는 사건의 여러 진상을 보

는 '조선문학의 기원'으로 평가한 임화 또한 인민들의 반제반봉건투쟁이었던 3·1운동이 패배한 원인을 인민들의 투쟁을 최후까지 영도해 나갈 공고한 전투당의 결여, 민족해방의 유일한 영도계급인 노동계급의 미숙과 당시의 투쟁을 영도하였던 토착자본 계급의 타협과 굴복에 있었다고 평가한 뒤 3·1운동을 계승한 조선인민의 반제반봉건 투쟁의식을 새로운 형식으로 대변하는 계급문학만이 8·15 이후 조선문학이 걸어갈 길이라고 주장했다. 임화,「인민항쟁과 문학운동—3·1운동 제28주년 기념에 제하여」,『문학』(3·1기념임시증간호), 1947.2, 2~4쪽.

54) 해방 후 한민당과 동아일보사의 관계 및 동아일보사의 반민족적 당파성에 대해서는 위기봉,『다시 쓰는 동아일보사』, 녹진, 1991, 274~309쪽 참고.

55) 丹耕,「신문계도 진보적 노선으로」,『춘추』속간 제1호, 1946.2, 74~76쪽. 그는 당시 신문계의 판도에서『서울신문』의 중립 노선을 다음과 같이 비판적으로 평가했다. "서울신문 전체의 편집이나 취재가 모다 좌우 양익 사이를 교묘히 헤엄쳐 나가려는 영리한 말광대의 노름같이 보인다. 이 점은 서울신문의 장기이기도 하나 그 반면 치명적 결함이 되어 있다.(…) 그 완비한 시설과 사진기술에도 불구하고 서울신문이 단연 신문계를 리드 못하는 이유도 여기에 있다고 본다."

56) 여순사건에 대한 언론보도에 대해서는 김득중,『빨갱이의 탄생; 여순사건과 반공국가의 형성』, 선인, 2009, 371~405쪽 참조.

고해주고 있으며, 홍한표(『민주일보』 기자) 또한 '수십 번이나 주저하다 자신이 직접 목격한 내용을 이후에 참고자료로 제공할 의도로 글을 쓴다'는 비장한 각오 아래 사실과 전혀 다른 우익진영 인사들의 정보만 기사화함으로써 사람들을 자극시키는 신문 통신의 행태, 반란군이 전부 공산주의자가 아니라는 점, 부상당한 반란군은 치료조차 하지 않는 비인간적 조치 등을 증언하고 사건 원인에 대한 냉정한 천착의 필요성을 제기했다.[57] 여순사건을 '반란'으로 규정한 것은 여타 언론과 마찬가지이나 적어도 허위 과장의 맹목적 보도를 지양하고 사실에 근거한 객관적 입장에서 여순사건의 진상을 보도하려고 한 매체는 당대 언론에서 『신천지』가 유일했다고 볼 수 있다.

　제주 4·3사건(1948.4.3)과 미군의 독도오폭 사건(1948.6.8)을 다룬 르포도 마찬가지다. 조덕송(한국통신사 특파원)의 4·3사건 현지보고는 반란군을 폭도로 규정하고 있음에도 관의 발표, 특히 사건의 원인을 '공산계열의 남로당 분자가 주동이 되어 선량한 양민을 선동, 협박, 공갈해 경민(警民)을 이간시켜 적구의 세상으로 만들려는 흉악무도한 반란'이라는 일률적 규정의 문제를 적시하고 이와 다른 식자들의 견해를 다양하게 소개했다. 더불어 폭도와 선량한 양민을 엄밀히 분별해 처벌할 것을 주문하는 동시에 섬 전체가 미군으로 뒤덮여 있는 광경과 평화의 여명을 희구하는 보고자의 비원을 교차시켜 제시하고 있다.[58] 이 같은 면모는 당대 여러 세력의 이해관계가 첨예하게 교차되는 정치적 의제들, 가령 미군정, UN조선(한국)위원회, 태평양동맹, 남북협상, 친일파 문제 등의 담론 배치에서도 관철된다.

　필진의 분포에서도 『신천지』의 중도성이 확인된다. 『신천지』의 필진은 잡지의 볼륨만큼이나 다채롭다. 이념적 스펙트럼으로 보면 극우에서 극좌까지 포괄되어 있다. 그 이념적 망라는 잡지주체가 의도한 것이라기보다는 각 의제를 공정하

---

57) 설국환, 「반란지구답사기」, 『신천지』제3권10호, 1948.12; 홍한표, 「전남반란사건의 전모」, 『신천지』제3권10호, 1948.12.

58) 조덕송, 「유혈의 제주도」, 『신천지』제3권6호, 1948.7, 87~96쪽. 한규호(서울신문사 특파원)는 독도사건의 전후 사정을 상세히 보고해주는 동시에 독도가 미군의 폭격 연습지로 사용된 것 자체가 완전한 자주독립 국가를 건설하지 못한 데서 비롯된 민족의 비극으로 규정하고 있다. 한규호, 「참극의 독도」, 『신천지』제3권6호, 1948.7, 97~101쪽.

고도 종합적으로 검토해 발전적 대안을 모색하려고 노력했던 잡지노선의 산물로 보는 것이 적절하다. 즉 의제에 적합한 각계 전문가를 섭외·배치했으며 그 당연한 결과로 『신천지』에 실린 담론들 상당수가 현실 정합성을 지닌 동시에 1950년대 『사상계』의 담론 수준을 능가할 정도의 전문적·분석적인 연구논문의 수준을 보인다. 중요 의제에 대한 지면 논쟁이 많이 실린 것도 이런 배경에서다.

흥미로운 것은 필진의 대부분이 전문성을 갖춘 진보적 성향의 중간파지식인들이었다는 점이다. 특히 눈에 띄는 인사로는 '조선학술원'(1945.8.16 창립)[59] 소속 지식인·과학자그룹(안동혁, 김양하, 박극채, 최호진, 윤행중, 이병도, 김상기, 석주명 등), 백남운의 중도좌파 노선(신민주주의)의 정치적 외곽조직이자 학술문화운동 단체인 '민족문화연구소'(1946.5.6 창립) 소속 진보적 지식인그룹(신남철, 이북만, 옥명찬, 유응호, 유용대, 박시형, 김계숙, 조동필, 최문환, 박동철, 김한주, 이진영, 정진석, 오장환 등),[60] 비판적 자유주의 저널리스트들(오기영, 채정근, 고승제, 이갑섭, 홍종인, 박기준, 최우근, 전홍진, 강영수, 김영상, 설국환, 오소백, 최준 등) 등이 있다. 위 인사들은 개별적으로는 마르크스주의 사회과학자(김한주, 이진영, 정진석 등), 정계에 투신한 정당·사회단체의 중진(윤행중, 박동철, 유용대, 오장환 등), 정치와 거리를 두고 문화학술 운동과 교육활동에 종사한 학자(최호진) 등 다양한 행보를 나타내나 대체로 민족통일전선과 민주주의정권 수립을 지향했던 당시 진보적 중간파인사들의 주축이었다.

그 면모는 '108인 문화인성명'(1948.4)과 '문화언론인 330명 선언문'(1948.7.26)에 잡지주체들과 더불어 이들 필진들 대부분이 참여했다는 것에서도 입증된다. 전자는 김구의 남북협상 제의(1948.3.8)를 지지하는 성원서로 극좌/극우의 정치노선 배제와 단독정부 수립 반대, 통일자주독립을 천명한 것이며, 후자는 그 연

---

59) 조선학술원(위원장 백남운)은 건국사업을 학술계의 좌우합작으로서 수행하고자 한 학술기관이었다. 좌우합작의 정치적 성향으로 인해 철저한 사회주의계열 학자와 자유민주주의 정치노선을 분명하게 고수한 일부 학자들이 참여하지 않았고 친일경력이 뚜렷한 학자들 또한 배제되었으나 조선학술원이 학술 역량을 총동원하여 신국가 건설에 협력하기 위해 창립된 전국적 규모의 유일한 학술단체였다는 역사적 의의는 긍정적으로 평가할 수 있다. 김용섭, 『남북 학술원과 과학원의 발달』, 지식산업사, 2005, 40~43쪽.

60) 민족문화연구소의 성격과 위상에 대해서는 방기중, 『한국근현대사상사연구』, 역사비평사, 1993, 256~265쪽 참조.

장에서 단정을 끝까지 반대하고 자주적 통일독립을 위한 미소양군 철수를 재차 천명한 중도파 문화지식인들의 최후적 집단의사 표시였다.[61] 이미 제헌헌법, 정부조직법이 공포되고(7.17) 대통령과 부통령(이시영)이 국회에서 선출된 상황에서 (7.20) 단정수립 반대가 반정부적 이적 행위로 간주될 수 있는데도 불구하고 단정수립을 민족반역으로 규정하고 통일자주를 주창했다는 사실을 통해서 이들 중간파가 지향했던 진보적 민주주의노선의 명분과 실질을 분명하게 파악할 수 있다. 조연현은 '108인 문화인성명'을 남로당 제5열들의 문화적인 음모로 규정해 맹비난했다.[62]

이로 볼 때 『신천지』가 해방기 중간파의 담론공동체 역할을 수행했다고 봐도 크게 무리가 없다. 물론 이들 중간파 인사들이 『신천지』에만 글을 발표한 것은 아니지만, 『신천지』가 지속적으로 설정한 반제반봉건 의제들의 핵심 필진이었으며 또 저널리즘의 이념적 분할구도가 명료해지고 필진의 블록화가 강화되는 조건에서 『신천지』가 이들에게 안정적인 지면을 제공함으로써 공론 장에서 진보적 민주주의노선의 담론 실천이 가능했기 때문이다.

이와 관련해 저자는 『신천지』의 매체이념(전략)을 중도노선으로만 한정해 평가하는 것은 지나치게 소극적이고 좁은 시각이라는 판단을 가지고 있다. 즉 중도라는 위상 자체가 좌우의 대립구도를 전제한 가운데 성립 가능한 것처럼, 해방기 이념 지형 및 그에 상응한 매체들의 즉자적 정파성이라는 외적 형식성의 차원으로 접근하면 그 중도노선의 역사적 의미가 평가절하 될 수밖에 없기 때문이다. 자칫 잘못하면 이 접근법은 비좌비우의 탈이념 또는 초이념적 내지 불편부당의

---

61) 저자가 조사한 바에 따르면 '108인 문화인성명'에 참여한 조선학술원 회원으로는 이병기, 이순탁, 유응호, 신남철, 김계숙, 김양하, 조동필, 김일출, 허규, 최호진, 최재위, 박동길, 김성진, 백남교, 윤행중, 김봉집이며, 민족문화연구소 회원으로는 김계숙, 신남철, 윤행중, 정진석, 조동필, 최문환, 최호진, 홍기문 등이었다. '문화언론인 330면 선언문'에는 이순탁, 이병기, 윤행중, 김일출, 김성진, 김봉집, 나세진, 백남교, 박동길, 유응호, 이양하, 이균, 이정복, 이명선, 최호진, 최재위, 허규(조선학술원), 박동철, 설정식, 오승근, 유응호, 윤행중, 임병균, 조동필, 최문환, 최호진, 홍기문(민족문화연구소) 등이 참여했다. 두 단체에 동시 참여한 인사가 많다는 것도 확인할 수 있다. 그 외 중요 필진이었던 오기영, 설의식, 채정근, 고승제, 손진태, 이홍종, 이갑섭, 양재하, 김동석, 김병규, 김명덕, 배성룡, 손명현, 허하백, 길진섭, 최정우 등이 서명에 참여했으며, 잡지주체였던 김무삼과 정현웅도 참여했다.

62) 조연현, 「해방문단 5년의 회고(二)」, 『신천지』, 1949.10, 251쪽.

저널리즘이라는 의미 이상을 부여하기 어렵다. 물론 해방기에는 정치(사상)적 중간파가 객관적 실재로 엄연히 존재했다.[63] 오히려 극좌·극우보다도 다양한 스펙트럼의 중간파가 존재한 가운데 대세를 형성했다고 보는 것이 적실하다. 처음부터 좌우합작을 기치로 중도노선을 표방한 그룹도 있지만 신탁통치 정국의 극단적 좌우대립에 따른 정치사상적 분화 과정을 통해 중간파가 비대화되었고, 그 중간파들 간에도 정치적 격변에 의해 또 다시 분화되는 복잡하고 모순적인 과정을 거쳤다.[64]

중간파의 형성과 분화에 대응해 담론 지형, 출판 지형에서도 중간파의 존재가 무시할 수 없을 정도로 하나의 유력한 조류(세력)를 형성하고 있었다. 가령 소군정하의 북조선에 대한 정당한 인식을 위해 펴낸 『북조선의 현상과 장래』(1947)는 북조선의 진상을 최대한 객관적으로 파악하기 위해서 불가피하게 민족진영, 공산진영, 중정(中正)진영 등 세 입장을 동등하게 고려해 배치할 수밖에 없었다는 편집자의 고충 토로는 이를 잘 뒷받침해준다.[65] 즉 해방기는 복수의 정론성이 정치적·문화적 헤게모니 장악을 위한 쟁투를 벌인 정론성의 최성기였다고 할 수 있다. 다시 말해 이념적 분열·대립의 시대라기보다는 동거·공존의 시대로 보는 것이 타당한 인식태도일 듯싶다.[66] 적어도 전향국면에서 군정법령 제55호에 의해 남로당을 비롯해 133개의 정당·사회단체가 등록취소 처분으로 불법화(1949.10.19) 되기 전까지는 이 같은 구도가 지속되었다. 그 복수의 정론성 가운데 『신천지』는 편집노선, 의제 설정, 필진 선정과 배분 등을 고려할 때 분명히 중도노선에 속한다.

---

63) 해방기 중도파(중간파)에 대한 전반적 논의는 김재명, 『한국현대사의 비극; 중간파의 이상과 좌절』, 선인, 2003, 윤민재, 『중도파의 민족주의운동과 분단국가』, 서울대출판부, 2004 참조.

64) 당시 좌파의 입장에서 바라본 중간파의 동태에 대해서는 파샤 이사악꼬브나 샤브쉬나, 앞의 책, 272~276쪽 참조.

65) 김기석 편, 『북조선의 현상과 장래』, 조선정경연구사, 1947.1, '간행사' 참조.

66) 학술적 차원에서는 조선학술원이 해방1주년을 기념해 발간한 논문집인 『학술』제1집=해방기념논문집(서울신문사, 1946.8.25)이 그러한 동거의 서막이자 가장 분명한 동거 공간이었다고 볼 수 있다(윤사순·이광래, 『우리사상 100년』, 현암사, 2001, 372쪽). 조선학술원 회원이자 민족문화연구소원이었던 최호진은 『학술』과 『사회과학논문집』(조선사회과학연구소)에 나타난 경제사조는 지배적으로 사회주의적인 사조였다고 평가한 바 있다. 최호진, 『나의 학문 나의 인생』, 매일경제신문사, 1991, 46쪽.

그렇지만 이러한 정치적·이념적 지도를 그대로 매체의 노선과 직결시켜 논하는 것은 다소 문제가 있다. 무엇보다『신천지』의 지향과 그 매체적, 사회문화적 역할이 불분명해지기 때문이다.『신천지』는 단순히 중도적이라는 술어로 설명될 수 없는 해방조선의 운명과 관련된 국내외의 민감한 의제를 능동적으로 창안해 제시했다. 시각을 달리해 이 시기를 민주주의/반민주주의의 역학 구도로 접근한다면『신천지』의 역할이 좀 더 선명하게 포착될 수 있지 않을까 한다. 자주적 통일국가 건설이 이념과 정파를 초월해 해방조선의 움직일 수 없는 지상과업이었다고 할 때, 그 원칙, 관점, 내용, 절차의 실질에 있어 민주주의/반민주주의의 양 진영으로 확연히 구획할 수 있다.[67] 그랬을 때『신천지』를 포함해 대다수 매체들이 표방한 엄정 중립의 애매성, 즉 특정 당파에 소속되지 않는다는 차원의 대외적 보신책(생존 전략)과는 뚜렷이 구별되는 매체들의 실질적 정체성을 드러낼 수 있다. 그것은 이념적 중간지대에서 부유했던 매체들의 위상을 중도좌파, 중도우파로 재구획하는 자의적 편의성의 문제도 재고하게끔 한다.

이 지점에서 반제반봉건의 민주주의 실천을 주목표로 공식 천명했던『신천지』의 입장이 다시금 주목된다. 그 목표가 갖는 당대적 의미는『신천지』의 담론적 실천, 이를테면 반봉건관련 의제들(여성, 대학, 미신, 경제구조, 토지개혁, 문화, 풍속, 교과서 등), 식민지(친일) 잔재 청산, 민족 자주 및 통일관련 의제(미국, 소련, 전후, 미군정, 좌우합작, 국제연합, 남북협상 등) 등을 통해서도 간취할 수 있지만,『신천지』의 입장을 직·간접적으로 담고 있는 '삼면불'에 보다 잘 나타나 있다. 널리 알려졌듯이 '삼면불'은 제1권2호(1946.3)부터 제2권10호(1947.12)까지 20회가 고정적으로 게재되었다. 오기영이 전담해 집필했으며 제1권6호(1946.7)부터는 지면에 전진 배치시켜 일종의 권두언의 위상을 지녔다.[68] 특히 그 전진 배치의 시점이 미소공동

---

67) 이 구도는 좌익, 우익, 중간의 3분법을 깰 수 있는 장점이 있다. 바꿔 말해 이 구도하에서는 중간파가 존재할 수 있는 이론적 근거가 용납되지 않기 때문이다. 좌우대립 구도로 이 시기를 파악함으로써 빚어지는 많은 문제점을 해소할 수 있는 하나의 대안적 접근법이 아닐까 하는 생각을 막연하나마 해본다. 특히 해방기 문화(학)의 존재방식을 파악하는데 더 유용하다. 좀 더 숙고해볼 필요가 있다.

68) 제1권2호(1946.3)~제1권5호(1946.6)의 4회는 '철심생(鐵心生)'이란 필명으로 그 이후는 '동전생(東田生)'이란 필명으로 집필된다. 오기영의 연보를 살펴보면 철심생은 전혀 언급되어 있지 않다. 당시 다른 저널리즘에 철심생이란 필명으로 글을 발표한 경우는 찾아보기 어려운데 오기영이 철

위원회의 무기한 휴회와 좌우합작 운동이 정파적 이해로 인해 좌초된 가운데 남한사회 전반이 '식민지 잔재의 청산과 지속, 찬탁과 반탁, 좌익과 우익, 혁명과 반혁명, 통일독립국가의 수립과 분단체제의 성립'[69]의 분극화로 치닫는 결절의 상황과 맞물려 있다. 잡지 내적으로는 잡지주체들의 세계정세 인식, 즉 '조선의 문제는 조선의 독자적인 문제가 아닌 국제문제에 연결되어 있다'[70]는 것을 바탕으로 국내 현안뿐만 아니라 중국, 미국, 소련 등 세계열강 및 인도, 인도네시아, 동남아시아 등 탈식민지 국가까지 포괄한 전후 세계사적 지평으로 의제 설정이 확대되는 시점과 일치하고 있다는 것에 주목할 필요가 있다.

이는 삼면불이 오기영 개인의 차원을 넘어 『신천지』의 확고한 매체 지향을 대변하는 역할을 했다는 것을 뜻한다. 더욱이 정현웅이 삼면불란을 창안해 오기영에게 전담시켰다는 점도 이의 한 방증이다. 『신천지』가 권두언을 싣지 않은 것도 이와 무관하지 않다. 오기영이 삼면불을 통해 개진한 해방조선의 진로는 진정한 민족해방과 민주주의 정부 수립이었으며, 그것이 철저한 민중(인민)제일주의에 입각해야 한다는 것으로 요약된다. 그것은 8·15해방을 정치적 해방과 경제적 파탄의 모순으로 파악했던 오기영 특유의 현실 인식에 바탕을 둔 것이다.[71] 그에 따라 자주 독립과 산업 부흥의 달성 나아가 이 두 요소의 상호 보완적 선순환 구조의 확보가 긴급한 당면 과제로 제출되기에 이른다. 총 20회의 삼면불에는 이에 역행하는 좌우 이념대립의 폐해, 정당(정치지도자)의 정략적 행태, 미군정의 경제 실정(失政), 민족반역자들의 준동, 외세 개입 등의 문제와 그 필연적 결과로 야기된 조선민중들의 파탄된 삶을 비판적으로 조명하고 있다.[72] 동시에 민중의

　　심생이란 필명으로 글을 발표했다는 사실은 기억해 둘 필요가 있다.

69) 전상인, 「1946년경 남한주민의 사회의식」, 한림대 아시아문제연구소 편, 『미군정기 한국의 사회변동과 사회사1』, 한림대출판부, 1999, 259쪽.

70) 『신천지』제1권6호, 1946.7, 편집후기.

71) 오기영, 「政治運動보담 生産陣으로─廢墟에서 富潤朝鮮建設이 急中急」, 『조선일보』, 1946.2.13.

72) 그것은 10월 인민항쟁의 원인을 다룬 글에서도 잘 나타난다. 즉 오기영은 인민항쟁이 단순히 쌀 문제로 발생한 것이 아니라 국내 정치세력의 분열에 의해 독립이 막연해졌다는 민중들의 자각적 인식, 민생 파탄과 경제정책의 부재에 따른 민심의 악화, 권력남용 등이 복합적으로 작용해 발생했으며 따라서 군정당국과 정치지도자의 책임이 크다고 비판했다. 오기영, 「民擾와 民意」, 『민성』

힘에 대한 무한한 신뢰, 민중(민족) 단합을 통한 자주적 민족국가 건설에 대한 낙관적 전망을 지속적으로 설파한다.[73]

오기영의 이 같은 지향은 현실정치의 구속에 의해 실현가능성이 희박해진 단정수립 후에도 견지된다. 그것은 '대한민국의 완전한 주권 회복 문제, 미군 주둔과 주권의 관계, 한미협정의 불평등성, 미국의 경제원조와 한국경제 재건의 괴리' 등을 분석적으로 고찰하는 가운데 대한민국의 수립이 곧 온전한 자주독립이 아니라며 단독정부를 통렬히 비판하는 데서 정점을 이룬다.[74] 특히 미국 경제원조의 본질상 우리 민족은 '빚진 종' 노릇을 하게 될 것이며, 이 빚진 종은 철저한 반소반공을 해야 할 의무가 부과되는 것이라는 통찰은 이후 대한민국의 행보를 날카롭게 예고해준 것이었다.

물론 오기영의 이념적 지향과 굳건한 신념을 『신천지』의 매체 노선과 등치시킬 수는 없다. 그러나 삼면불과 『신천지』의 긴밀한 연관성을 감안할 때 『신천지』는 자주적 독립국가 건설이라는 민족적 대의 아래 반제반봉건 과제를 중심으로 민중의 토대 위에서 민주주의적으로 해결하려 했던 진보적 민주주의 노선의 잡지였다고 평가해도 무리가 없다. 이는 앞서 언급한 『신천지』가 정치적(이념적) 중간파들의 담론구성체 역할을 했다는 진술과 배치되는 것은 아니다. 결합적 관계로 보는 것이 『신천지』 정론성의 실체를 객관적으로 드러낼 수 있다고 본다. 따라서 『신천지』의 이 같은 노선은 좌우 양측으로부터 협공을 받을 수밖에 없었다.[75]

제11호, 1946.10, 3쪽 및 8쪽.

73) 잡지주체들 또한 민족의 진로가 암울해지는 조건 속에도 자주적 민족국가 건설에 대한 낙관적 전망을 지니고 있었다. 즉 해방 후 무지각한 애국주의자, 급조된 영웅주의자, 사대주의, 독선주의가 난무하고 친일파, 민족반역자의 집요한 도량이 정치, 경제, 문화방면에 혼란과 분쟁을 야기하고 있지만 '낡은 이념은 새로운 이념에 의해 소멸될 것이며 역사는 결코 역행하지 않아 새로운 이념, 새로운 힘에 의해 전진하는 것'이라는 강한 신념을 견지하고 있었다. 『신천지』제1권7호, 1946.8, 208쪽(편집후기).

74) 오기영, 「독립과 자주독립—남한적 현실에 대한 일고찰」, 『신천지』제3권9호, 1948.10, 13~19쪽. 이 논문은 오기영의 연보나 그의 4권의 저작집에도 수록되지 않은 것으로, 그가 1949년 초 북행(귀향)하기 전에 쓴 마지막 글로 판단된다. 눈여겨 볼 것은 글 말미에 '이하 48자削—편집부'가 명기되어 있는 점이다. 1948년 9월 언론정책 7개항을 발표하면서 강력하게 추진된 정부의 언론 통제에 따른 편집진의 자체검열의 산물로 보인다.

75) 「본지가 1년 동안 거러온 길」, 『신천지』제2권2호, 1947.2, 5쪽. 흥미로운 사실은 『신천지』가 우익으로부터의 질책에 대해서는 민주주의의 모든 원칙을 내세웠고 좌측으로부터의 질책에는 언론의

이 시기 모든 중도 지향이 반동주의자/친공주의자로 규정·매도 속에서 생존해야 했던 것처럼 『신천지』도 마찬가지였다. 중요한 것은 그 협공 속에서도 『신천지』가 정부수립 후 전향국면 이전까지 그 노선을 확고하게 고수하면서 진보적 민주주의 담론공동체 역할을 수행했다는 사실이다. 『신천지』가 해방 후 매체사의 의미 있는 자료로 취급되어야 하는 또 다른 이유다.

그런데 『신천지』의 노선이 전향국면을 경과하면서 잡지주체의 교체와 맞물려 급변한다. 편집진 교체 후 첫 호 권두언에 그 면모가 잘 나타나 있다. 당면 과제로 38선 철폐, 민생문제 해결, 반민족자 처단 등을 설정하고 이 모든 과제가 결국 남북통일에 귀일된다고 강조한 뒤 그것이 사상전, 선전전에 달려 있다며 (반공)사상대책 수립의 필요성을 제기한다.[76] 이는 북한 및 남한 내 좌익세력을 적으로 타자화한 것을 전제로 한 것이다. 남북분단의 승인과 반공노선의 노골적 표명은 곧바로 이어진 '태평양동맹'특집에서 전면화 된다. 정일형은 공산세력 침투의 방파제로서 이승만이 선창한 태평양동맹 결성이 아시아민족의 생존권과 직결된 중차대한 사안으로 우리에게 부여한 역할과 책임을 자각해 급속한 실현에 앞장서야 한다고 주장했다.[77] 또 이건혁은 태평양동맹은 대서양동맹과 더불어 냉전체제 속에서 공산주의 진영에 대항해 세계의 적화를 방지할 수 있는 민주주의 국가의 보루이며 따라서 분단 상황에 처해 있는 우리가 동맹 결성의 주창자가 되어야 한다고 강조한다.[78] 동아시아 반공블록(연합체)의 성격을 갖는 태평양동맹이 냉전질서를 체제 내화하여 정권의 불안정성을 돌파하고 국가 주권을 절대화하기 위한 전략적 차원에서 구상·제안된 것이다. 제1공화국의 지배이데올로기에 공명

독자성을 내세워 방어했다고 밝힌 점이다. 민주주의원칙으로 우익의 공격에 대응했다는 것은 『신천지』가 진보적 민주주의 노선을 걸었다는 것과 무관하지 않다. 조연현이 『신천지』를 좌익지, 인공 언론의 근원, 조선문학가동맹의 공공연한 반(半)기관지로 규정한 것도 이의 연장선에 있다.

76) 오종식, 「8·15의 숙제」(권두언), 『신천지』제4권7호, 1949.8, 6~7쪽.

77) 정일형, 「태평양동맹의 정치적 구상」, 『신천지』제4권8호, 1949.9, 6~15쪽.

78) 이건혁, 「태평양동맹의 의의」, 『신천지』제4권8호, 1949.9, 92~94쪽. 그는 한 발 더 나아가 공산주의 진영을 '사람을 기계처럼 부리는 붉은 세력, 자유와 평등을 새 계급으로 말살하여 버린 공산세력, 밀고와 감시로 부모형제를 이간시키는 魔의 힘, 표면은 민주주의요 실제는 일인독재인 크레믈린 세력을 추종하는 자로 규정하고 있음에 반해 미국은 어느 한 나라도 착취한 사실이 없는 민주주의 국가로 미국에 대한 경제원조가 그 대표적 실례라고 강조한다. 냉전적 인식 태도, 반공과 친미가 공서하는 사상 구조의 일면을 잘 보여준다.

한 상태에서 반공국가 만들기, 반공국민 만들기를 논리적으로 뒷받침하는 담론이 지면을 장악하기에 이른다. 그것은 문화정책의 기조를 공산당의 파괴적 음모를 분쇄하기 위한 반공 선전계몽에 두어야 한다고 주문한 이헌구의 글에서도 확인된다.[79] 진보적 민주주의 노선에서 냉전적 반공주의 노선으로의 극적 전환, 이 또한 『신천지』를 주목해야 하는 이유다.

이와 같은 『신천지』의 정론성은 문학에도 연동되어 관철된다. 해방기 문학운동은 정치 변동에 대응해 '전조선문필가협회'가 결성된(1946.3.13) 시점부터 문학 관련 제반세력이 좌우로 분화 및 집중화되는 분극화(分極化) 현상이 뚜렷해진다. 이후 분극화가 가속됨에 따라 대규모의 중간파가 생성·비대해지고 각 세력의 문학적 헤게모니 투쟁이 치열하게 전개된다. 이념적 노선을 초월해 문학의 정파적 정론성이 더 강조될 수밖에 없었다. 문학(예술)의 자율성에 기초한 순수문학을 주창한 우익문단도 예외가 아니었다. 이 같은 시대적 조건에서 매체와 문학의 전략적 동반자 관계가 형성될 수 있었다. 매체의 입장에서는 문학 특유의 사회변혁의 기능이 필요했고 문학의 입장에서도 복수의 민족문학 건설을 위한 물적·제도적 기반을 확충하는 일이 긴급했다. 매체와 문학의 이념적 결속이 더 확장되는 국면이 전개된 것이다. 자신만의 표현기관이 허약했던 우익문단이 독자적인 매체를 획득하기 위한 시도를 공격적으로 추진했던 것도 이런 맥락에서다.

『신천지』에서의 문학 비중은 12개의 문학 관련 특집, 수록된 작품의 양, 필진의 분포, 지면점유율 등을 감안할 때 해방기 저널리즘 중 가장 큰 규모다. 문예지에 방불한 수준이다. 매호 평균 250면 이상의 볼륨으로 잡지 발간이 안정적이었기 때문에 가능한 결과였다. 이는 『신천지』가 당대 유력한 문학 발표기관이었다는 것을 뒷받침해주는 객관적인 근거가 된다. 그러나 이보다 더 중요한 것은 『신천지』가 문학에 대해 어떤 인식태도를 갖고 문학을 적극적으로 호명했는가에 있

---

79) 이헌구, 「문화정책의 당면과제–민족정신앙양과 선전계몽의 시급성」, 『신천지』제4권8호, 1949.9, 21~25쪽. 그의 폐색된 냉전적 반공주의는 반공세계문화인대회를 제창하는 것에서 절정을 이룬다. 즉 당대 세계질서를 선/악, 정의/불의, 평화/전쟁, 자유/굴종의 양분적 대립구도로 파악하고 그 최종적 심판, 즉 반공자유 진영에 의한 마의 장벽 분쇄를 위해 반공자유세계문화지식인의 단합과 총궐기가 필요한데, 남북통일의 과업을 이뤄야 하는 우리가 선도자가 되어야 한다는 것이다. 이헌구, 「반공자유세계문화인대회를 제창한다」, 『신천지』제5권1호, 1950.1, 312~315쪽.

다. 서둘러 말하면『신천지』가 표방한 진보적 민주주의 노선을 문학을 매개로 강화하기 위한 전략 아래 탈식민과 민주주의적 민족문학 건설의 방향과 기초를 정립하려는 것으로 수렴된다.

그것은 두 차원으로 나타난다. 첫째는 문학상의 당면 과제를 의제화해 담론화하는 작업이다. 이에 따라 선택된 핵심 의제가 식민지시기 문학사에 대한 비판적 정리와 새로운 민족문학의 건설을 위한 전망의 모색이다. 전자는 우선 일제의 탄압에 의해 질식·왜곡된 문학사를 새롭게 복원하는 일로 구체화된다. 이를 대표하는 것이 김동인의「문단30년의 자취」(3권3호~4권7호, 12회)이다. 방대한 분량만큼이나 한국근대문학의 태동에서부터 일제말기 문인들의 동향에 이르기까지 근대문학 안팎 전반을 포괄한 최초의 근대문단사라고 할 수 있다. 비록 자기중심적 서술, 예컨대 자신의 문학적 업적에 대한 강조, 친일 행적에 대한 희석의 욕망이 드러나기도 하지만 체험에 바탕을 둔 서술이기에 비교적 객관성을 담보하고 있다. 특히 매체(신문, 잡지, 동인지)와 문학, 검열과 문학의 관계에 대한 서술은 식민지시대 문학의 역사적 존재방식을 이해하는데 매우 유용한 정보를 제공해준다. 이 문헌의 가치는 1950년대 후반 성행한 초창기 한국문단사의 회고·정리에 앞선 것으로 이후 한국문학(단)사 서술의 유력한 전거로 활용된 사실을 통해서 확인할 수 있는 바다.

이런 기록화와 병행해 은폐되었거나 왜곡된 식민지시기 역사적 사실을 발굴해 정당한 의미를 부여하는 작업도 활발하게 이루어진다. 김산(장지락)의『아리랑—조선인 반항자의 일대기』(1권9호~3권1호, 14회)과 오기영의『사슬이 풀린 뒤』(1권2호~1권5호, 4회)가 대표적이다.『아리랑』은 님 웨일스의 동 저서(1941)를 국내에 최초로 번역 소개한 것으로, 항일독립투사의 일대기다. 14회로 연재가 중단되었지만『아리랑』은 역자 신재돈이 적시했듯이 민족의 성스러운 기록이자 민족해방투쟁사의 빛나는 기록이다. '실화소설(實話小說)'이란 표제를 달고 연재된『사슬이 풀린 뒤』는 사회주의 혁명가 오기만의 비극적 생애를 중심으로 저자의 가족사를 기록한 수기문학이다. 이 작품은 3·1운동~해방 기간에 일제에 의해 철저히 파괴된 오기영 일가의 가족사 복원이라는 의미를 지니고 있지만, 단순한 가족사를 넘어 식민지시대 항일운동, 특히 사회주의운동의 진상을 객관적으로 증언·기록하고 있다는 점에서 민족사적 보편성을 지닌다. 이 수기의 의의는 식민지시대 항일운동의 역사가 해방 이후의 정치적 역관계 속에서 윤색·왜곡되기 이전의 모습을 보여준다는데 있다.[80] 간과해선 안 될 것은 이 두 문헌이 잡지주체들의 의식적인 노력으로 실렸다는 점이다. 역자의 말(『아리랑』), 저자의 말(『사슬이 풀린 뒤』)을 통해 확인할 수 있다. 그것은 민족수난사 혹은 일제의 야만을 증언하기 위한 것이라기보다 민족주의 항일운동, 사회주의 항일운동 모두를 포괄한 민족해방운동의 역사를 반추해 자주독립의 전망을 모색하고자 했던 잡지주체들의 의지였다. 창간호에 「혁명자의 私記; 종로서 콤그룹사건」(全厚), 「내가 만나 본 독립투사─국경의 흑선풍」(채정근), 박은식의 「한국독립운동지혈사」를 초역(抄譯)해 나란히 실은 것도 이 차원이었다.[81]

그리고 『신천지』가 지향한 문학적 목표는 해방기에 당위론적 문학 과제로 제기된 새로운 민족문학의 건설이었다. 물론 이를 체계적인 문학론 형태로 제출한 것은 아니다. 또 그럴 수도 없었다. 『신천지』는 문학잡지가 아니며 또 특정 문학세력이 독점적으로 관장한 매체가 아니었기 때문에 불가피한 일이었다. 그 대신 민족문학의 본질과 실천 방법을 둘러싸고 적대적 대립관계를 형성했던 계급주의적 민족문학론과 순수문학적 민족문학론에 대한 합리적 비판을 통해 민족문학 건설의 방향과 전망을 타진하는 전략을 취했다.

---

80) 한기형, 「해방 직후 수기문학의 한 양상」, 『상허학보』9, 상허학회, 2002, 257쪽. 최근 『동진 오기영 전집』(전6권, 모시는 사람들, 2019)이 발간됨으로써 양심적 자유주의자 오기영에 대한 복원 나아가 민족해방운동사 및 해방기 통일민족국가 수립을 지향한 민족주의운동사의 숨은 진상을 파악할 수 있는 길이 열렸다.

81) 이러한 잡지주체들의 의지는 민족해방운동과 관련된 각종 수기, 증언을 게재한 것에서도 확인할 수 있다. 연재물로는 「내가 만나본 독립투사」(1권1호~2호), 「혁명자의 私記」(1권1호~2호), 「민족해방의 영웅적 투사 이재유 탈출기」(1권3호~4호), 「학병거부자의 수기」(1권3호~5호) 등이 있으며, 「독립동맹과 의용군의 투쟁사」, 「무정장군 일대기」, 「팔로군에 종군했던 金命時 여장군의 반생기」, 「김일성장군 부대와 조선의용군 간부(좌담)」(1권2호), 「노령 북만 혁명가를 망라한 철혈투의 맹호대」(1권3호), 「아아 호가장─조선의용군은 이렇게 싸왔다」, 「광복군에 편입되었다가」(1권4호), 「팔로군과 그들의 생활」, 「일본공산당의 조선인지도자 김천해론」(1권6호), 「한용운 선생의 옥중기」(2권3호), 「몽양 여운형 투쟁사」(2권7호), 「왜정 시 혁명가의 옥중생활」(2권8호) 그 외에도 특집의 일환으로 포함된 수기가 다수 실렸다. 동시대 『민성』에도 「정열의 투사 도산 선생」(1호), 「김일성장군 회견기」(2호), 「세계에 용맹을 떨친 광복군」(4호), 「순국열사 안중근」(5호), 「서백리아의 조선독립군 비사」(13~14호) 등이 실려 있다.

이 과정에서 『신천지』가 가장 중요하게 취급한 쟁점은 문화(학)지상주의 또는 순수문화(학)주의의 문제였다. 김병규의 「문화의 정치성」(제1권9호, 1946.10)에서부터 김명수의 「예술성의 문제와 문학대중화—문학주의비판」(제4권2호, 1949.2)에 이르기까지 비교적 오랫동안 집요하게 순수문학주의의 문제성을 비판한 문건을 게재한다. 해방기에 순수문학주의의 문제를 처음으로 공론 장의 의제로 설정하고 아울러 순수문학론이 주류 문학론으로 정착되는 시점까지 이 문제를 비판적으로 검토했던 매체는 『신천지』가 대표적이었다. 『신천지』가 계급문학보다 순수문학주의를 비판한 문건을 집중적으로 배치한 것은 문학과 정치, 문학과 현실의 절연을 본질로 하는 순수문학의 탈역사성(몰역사성)을 민족국가(문학) 건설에 역행하는 봉건잔재의 산물로 간주했기 때문이다. 순수문학론은 『신천지』의 매체 노선과도 정확히 배치되는 것이었다. 그렇다고 계급문학을 일방적으로 옹호한 것은 아니다. 조선문학가동맹이 주창한 인민적 민족문학론을 적극적으로 대변한 문건이 실린 적은 거의 없다. 이런 맥락에서 소위 '순수문학논쟁'이 『신천지』를 주 무대로 벌어질 수 있었던 것이다.

『신천지』가 순수문학 논쟁의 무대가 된 것은 돌발적인 것이 아닌 『신천지』의 문학전략에서 의도된 산물이라는 점을 이해하는 것이 중요하다. 따라서 논쟁의 핵심 당사자인 김동리와 김동석·김병규의 일부 문건만을 대상으로 논쟁을 추이를 살펴서는 안 된다.[82] 모지인 『서울신문』에 게재된 김동리의 「순수문학의 진의」(1946.9.15)를 포함해 김병규의 「문화의 정치성」(1권9호, 1946.10), 김동석의 「조선문화의 현단계」(1권11호, 1946.12), 김영건의 「민족문학의 진수」(2권1호, 1947.1), 김명수의 「예술성의 문제와 문학대중화—문학주의비판」(4권2호, 1949.2) 등을 포괄해 다뤄야만 『신천지』가 이 논쟁을 주도한 의도를 온전히 파악할 수 있다. 『신천지』에 국한해 보더라도 김병규의 「문화의 정치성」에 이미 순수문학주의의 본질과 그 치명적 약점, 순수문학과 계급문학의 관계적 위상 등이 상당부분 논구되어 있으며, 조지훈의 순수문학론과 작품을 대상으로 문학주의가 지닌 비합리성과 반역

---

82) 순수문학 논쟁과 관련해 호명된 『신천지』 소재 문건은 김병규, 「순수문제와 휴맨이즘」(2권1호, 1947.1), 김동석, 「순수의 정체—김동리론」(2권10호, 1947.12), 김동리, 「생활과 문학의 핵심—김동석 군의 본질에 대하야」(3권1호, 1948.1) 정도다.

사성을 규명한 김명수의 글에는 순수문학논쟁이 어떻게 귀결되어 문학적으로 현현하는지가 잘 분석되어 있다. 『신천지』가 동시기 및 이후에 특히 우익문단으로부터 좌익지로 규정당해 공격을 받았던 것도 이 때문이다.

순수문학 논쟁이 지닌 비평사적 의미에 대해서는 이미 여러 논자들에 의해 규명되었기에 재론이 필요치 않지만, 이와 관련해 순수문학을 둘러싼 논쟁을 시야를 좀 더 넓혀 동태적으로 살필 필요가 있다는 점만은 강조하고 싶다. 즉 김동리·조연현/김동석·김병규의 순수문학논쟁을 포함하되 미소공위의 휴회, 단정수립의 가시화, 좌익문학 활동의 불법화 조치 등으로 조선문학가동맹의 전술 변화가 단행되면서 야기된 순수문학(및 민족주의문학)에 대한 일련의 비판까지를 포괄해 검토했을 때 그 의미망이 밝혀질 수 있다. 조선문학가동맹의 입장에서 보면 순수문학은 매국문학이고 테러문학이며 민족반역자의 문학이었다.[83] 순수문학/계급문학이 쌍방향적 매국문학/구국문학의 대립구도로 전환되면서 촉발된 문단의 이합집산, 즉 우익 내부의 순수문학과 민족주의문학의 가시적 분화, 중간파들의 우익으로 대거 편입, 좌익의 최후적 공세 등의 역학관계가 포착될 수 있다. 이러한 흐름 속에 『신천지』의 일관된 순수문학주의 비판이 관여돼 있는 것이다.

이 같이 당대 문학의 현안 및 쟁점을 의제화해 공공성을 부여하는 전략은 문학비평의 방법론에 대한 지면 제공에서도 나타난다. 백철(「신사상의 주체화 문제-이태준, 안회남, 박영준의 작품에 관하야」, 3권6호)의 작품비평과 이에 대한 김명수(「문학비평의 대중적 기초-백철 씨의 비평태도와 관련하여」, 3권9호)의 비판을 배치해 문학비평의 쟁점을 부각시키는 동시에 당대에 요청되는 과학적 비평이 무엇인지를 모색할 수 있는 대화의 장을 제공했다.[84] 이렇듯 『신천지』는 문학상의 중요 의제를 공

---

83) 이와 관련된 문건은 조선문학가동맹 기관지 『문학』에 집중적으로 게재되어 있다. 「인민항쟁과 문학운동」(임화, 3·1기념특집호, 1947.2), 「문학주의와의 투쟁」(권두언, 제3호, 1947.4), 「민족의 원수를 격멸하자」(권두언, 제4호, 1947.7), 「매국문학론」(김영석, 제4호, 1947.7), 「테로문학론」(김상훈, 제4호, 1947.7), 「문화의 위기」(권두언, 제7호, 1948.4), 「문화를 구출하자」(문련서기국, 제7호, 1948.4), 「독선과 무지」(김병규, 제4호, 1948.4), 「구국문학의 방향」(권두언, 제8호, 1948.7), 「순수의 본질」(정진석, 제8호, 1948.7) 등을 들 수 있다.

84) 그것은 이 시기 성행하고 있던 문학개론 저술에 대한 비판적 검토에서도 마찬가지로 나타난다. 특히 문학권위자였던 백철과 김기림의 문학개론이 공히 문학에 대한 과학적 인식과 정확한 사

론화함으로써 또는 능동적으로 담론의 장으로 기능함으로써 문화적 권력과 영향력을 강화하는 한편 민족문학 건설의 실천자로 자신의 위상을 정립할 수 있었다. 그것은 시의성과 중대성을 지닌 정치적 의제를 다루는 경우, 가령 냉전체제에 대한 양극적 주장을 나란히 배치해 냉전문제를 쟁점화·공론화시켜 공공의 의제로 부각시키는 전략을 구사한 것에서도 확인할 수 있다.[85]

둘째는 새로운 시대감각과 가능성을 지닌 신인들을 발굴해 지면을 할애함으로써 그들의 문학적 실천을 통해 새로운 민족문학 건설의 교두보를 마련하고자 했다. 전반기의 세 차례 창작특집(1권5호, 3권5호, 4권2호)과 신인창작란(2권7호, 4권6호)의 작가배치를 통해 그 점을 분명히 확인할 수 있다. 특히 엄선한 신인들만으로 꾸민 신인창작 특집(1권5호)이 압권이다. 해방기 잡지에서 신인만으로 창작특집을 기획한 경우는 드물다. 박산운의 「고향에 도라와서」, 김상훈의 「田園哀話」, 김만선의 「鴨綠江」, 패소로의 「淑姬」, 최의순의 「노랭이집」, 황건의 「旗ㅅ발」, 김학철의 「밤에 잡은 俘虜」, 심숭(沈崧)의 장편 『哀生琴』 등 총 8편의 작품을 수록하고 있는데, 잡지주체들의 논평처럼 기성작가들이 지니지 못한 해방조선에서 요구되는 새로운 내용과 형식을 갖춘 작품들이다.[86] 잡지 그것도 종합지가 필력이 검증되지 않은 신인의 작품을 더군다나 첫 창작특집으로 기획하는 것은 큰 모험에 속한다. 나병 환자의 애환을 그린 심숭의 장편은 10회(1권5호~2권4호) 연재를 제공하는 파격을 보였다. 이 같은 신인에 대한 적극적 배려는 "日帝의 弊毒에 좀먹어 固陋해진 過去 朝鮮文學에 대한 제 스스로의 反題"(제2권2호, 7쪽)였다는 설

관이 결여됨으로써 문학사, 문학조류를 소개 해석하는데 그쳤다고 비판한 뒤 문예학적 방법에 입각한 문학개론의 가능성을 타진한 바 있다. 이남수, 「문학이론의 빈곤성」, 『신천지』 제4권3호, 1949.4.

85) 이동주(이용희)와 박기준의 논쟁을 말한다. 이동주의 「전쟁으로 가는 길」(제3권8호, 1948.9), 박기준의 「평화로 가는 길-이동주 씨의 '전쟁으로 가는 길'에 대한 논평」(제3권10호, 1948.12), 이동주의 「미소위기의 의의와 군사론-박기준 씨의 '평화로 가는 길'을 보고」(제4권2호, 1949.2), 즉 주장-반론-재반론의 형식을 띤 이 논쟁은 이 시기 냉전체제에 대한 지식인들의 전형적인 인식을 잘 드러내주고 있다. 이동주가 미소냉전 체제에서 양국 간 군사적 대결이 타협의 여지가 없는 상태에서 결국 전쟁과 평화의 양자택일로 귀결될 수밖에 없는데, 전쟁(3차 대전)을 통한 해결이 유력한 길이라고 주장한 데 반해 박기준은 국제정치 질서의 역학상 미소의 대결이 전쟁에 의한 해결로 나가지 않을 것이 분명하다며 미소의 평화 지향의 진로와 우리의 경우를 일치시켜 곡절 많은 평화에의 길로 나가야 한다고 강조했다.

86) 「신인창작특집을 꾸미면서」, 『신천지』 제1권5호, 1946.6, 101쪽.

명에서 시사 받을 수 있는 바와 같이, 문학적 식민지잔재 및 봉건잔재를 청산하고자 했던 잡지주체들의 의도가 관철된 결과였다. 동시기 『백민』, 『소학생』, 『예술조선』, 『문학』 등에서 등단제도(현상공모제, 신인추천제)를 가동해 신인 등용을 중시했던 전략과는 다른 면모다.

신인들에 대한 두드러진 배려는 전반기 내내 지속된다. 그 결과로 시 분야에서는 이른바 해방 후 전위시인(김광현, 김상훈, 박산운, 유진오, 이병철)을 필두로 이성범, 김동림, 임선장, 이해관, 김철수, 유종대, 임병철, 임호권, 윤태웅, 조영출, 김철수, 박인환, 조인행, 김상원, 박거영, 이수형, 설정식, 상민, 정진업, 홍윤숙 등, 소설에서의 김만선, 패소로, 전재경, 유리섭, 김일안, 이성표, 손소희, 이규원, 이종수, 김현구, 임서하, 정만우, 김명선, 이은휘, 정원섭, 강형구, 이석징, 전홍준, 채규철, 송종호, 윤상서, 염인묵 등, 희곡(시나리오)에는 최광운, 조현 등, 비평에서는 김동석, 김병규, 김명수, 김병덕, 김병욱, 김영건, 정태용, 이남수 등의 작품이 실렸다. 무명작가가 상당수였음을 확인할 수 있다. 그렇다고 기성작가를 배제한 것은 아니다. 황순원, 김기림, 박태원, 채만식, 여상현, 오장환, 이용악, 김광균, 안회남, 박영준, 임서하, 곽하신, 김영랑, 신석정 등의 작품도 실렸다. 종합지의 속성상 지면 개방은 필수적이다. 다만 『신천지』가 신인들에게 작품 발표를 위한 지면 제공에 적극적이었다는 사실은 기억해 둘 필요가 있다. 월남 후 지면이 없어 곤란을 겪던 황순원에게 지면을 제공하여 「술 이야기」를 비롯한 비판적 리얼리즘계열의 단편이 집중적으로 발표될 수 있었던 것에서 그 의의를 확인할 수 있다.

그런데 유의해서 볼 것은 작가·작품의 배치에 일정한 기준이 존재했다는 사실이다. 즉 일제잔재, 봉건잔재의 척결에 입각한 민족문학 건설에 적합한 작가·작품의 엄선주의였다. 기존의 작가적 명성보다는 잠재적 가능성을 지닌 신인을 대거 등용한 것, 김상훈, 황순원의 작품이 많이 실린 것도 이런 맥락에서다. 특히 이재수의 난을 형상화한 시나리오 『烽火 –일명 제주도 이재수의 난』(제1권7호~11호, 4회)의 연재가 이를 잘 대변해준다. 반제반봉건 민중항쟁이었던 이재수 난(1901년)의 형상화는 작자가 '위태로운 지경에 처한 우리 민족의 앞길을 비출 거대한 봉화'(제1권7호, 1946.8, 201쪽)로 그 현재적 의미를 부여하고 있는 것처럼 잡지주체들이 대망한 새로운 민족문학의 표본이 되는 작품으로 선택되었다. 이 민중항쟁에 대한 형상화가 현기영의 장편『변방에 우짖는 새』(1983), 영화「이재수의 난」(1999)에서 뒤늦게 이루어진 것을 감안하면『봉화』는 문학사적으로도 그 의의가 매우 크다. 작자 최광운은 무명 신인이었다.

문학 분야의 필진 구성을 표면적으로 보면 조선문학가동맹 회원과 좌익관련 문예조직에 가담했다가 이탈한 중간파 문인들이 대대수를 점유하고 있으나 그것이 문학 이념적 성향에 따른 필자 선택의 결과는 아니었다. 마찬가지로 좌우 양쪽에 지면을 의도적으로 공평하게 배분한 산물도 아니다.

이러한 엄선주의는 새로운 문학 양식의 배치와도 밀접하게 관련되어 있다. 예컨대 주로 항일운동을 소재로 한 수기문학, 장편연재의 활성화, 탐정소설의 번역 연재, 전통적 서정시와는 뚜렷하게 구별되는 이야기성을 갖춘 장시(전위시인들의 작품), 희곡(시나리오)에 대한 적극적 배려[87]로 나타난다. 물론 이러한 실험이 새로운 양식 창출로 진전되었다고 보기 어렵고 또 문학적 완성도도 확실하게 보증할 수 없으나 새로운 민족문학건설을 활성화하기 위한 시도로서 충분한 의의를 지닌다고 할 수 있다. 하지만 이러한 새로운 시도를 포함해『신천지』의 반제반봉건 민족문학 건설을 위한 적극적 의지는 주체 변용과 더불어 후반기『신천지』에서는 완전히 사라지고 만다.『신천지』가 보수우익문학 중심의 문단재편의 매체로 기능하면서 대부분의 지면은 문단권력을 장악한 기성들로 채워진다. 정부수립 후 국가보안법 체제에서 우익문단이 제일 먼저 장악하려고 했고 또 장악한 매체가『신천지』였다는 것은 시사하는 바가 크다. 문학적인 측면에서 보면『신천지』는 보수우익의 매체 거점이었던『문예』를 보좌하는 수준을 넘지 못하는 위상을 지니게 되는 것이다.

지금까지 살펴본『신천지』의 문학노선과 그 실천의 적극성을 참작할 때,『신천지』가 구체적인 문학담론의 방향 제시, 새로운 문학이론과 양식을 수립, 작가 발

---

87) 전반기의 경우『봉화』연재를 비롯해 김남천의「3·1운동」(1권2호), 박노아의「무지개」(2권5호), 조현의「의자연석회의」(3권9호)와「쪼간이」(4권6호) 등이 실렸다. 종합지라는 점에서 또 동시기 잡지의 희곡 배치와 비교할 때『신천지』의 희곡 중시는 특징적인 것이다.

굴과 후원에 큰 성과를 거두지 못했다는 평가는[88] 재고의 여지가 많다. 더욱이 반제반봉건과 좌우합작이라는 『신천지』의 중도노선이 이의 원인이며, 오히려 편집주체 변용에 의한 편집노선이 전환되는 후반기 『신천지』에 가서야 새로운 문학담론을 창출할 수 있었다는 견해는 다분히 현상적 이해이며 전반기 『신천지』에 대한 지나친 소극적 평가라고 판단된다. 후반기의 역할도 의미 있는 것이지만 『신천지』 전체를 통틀어 봤을 때, 전반기 『신천지』의 역할이 매체사적·문학사적으로 백미다. 분단체제의 고착과 이념적 획일성이 강요된 한국사회에서 장기간 거론조차 불가능했던 식민유산의 청산과 관련된 사회문화적 의제들을 집중적으로 다뤘다는 점에서 더욱 그렇다. 중도노선이라는 『신천지』의 이념적 지향과 위상이 문학에 과잉 적용된 것으로 판단된다.

이와 관련해 해방직후 중간적 문학노선의 매체는 『신천지』, 『민성』보다는 김동석이 주재한 문예지 『상아탑』(1945.12.20~1946.6, 통권7호)이 가장 적합한 경우로 보인다. 주간으로 출발해 5호(1946.4)부터 월간 형태로 바뀐 『상아탑』은 표제에 함축되어 있는 바와 같이 좌우 이념에 휩쓸리지 않는 양심적 인텔리와 문화인을 주체로 한 조선의 문화건설을 표방했다.[89] 김동석, 오장환, 박목월, 박두진, 조지훈, 김학철, 배호, 서정주 등의 주옥같은 작품(평론)이 실려 있는데,[90] 지령이 매우 짧음에도 이 문예지를 주목하는 이유는 이념적 분화와 대결이 가장 격렬했던 시기에 발행되었음에도 불구하고 탈이념의 문학주의 편집노선을 끝까지 견지했기 때문이다. 문학적 중간파가 극소수를 제외하곤 좌우 진영에서 이탈한 인사들로 비대화된 점을 감안할 때, 『상아탑』은 순수중간파의 면모를 가장 잘 드러내주는 매체라고 할 수 있다. 『상아탑』의 창간과 폐간의 과정이 해방직후 문화적 순수중간파의 운명을 시사해준다.

---

88) 김준현, 「1940년대 후반 정치담론과 문학담론의 관계」, 『상허학보』27, 상허학회, 2009, 77~78쪽.

89) 「문화인에게」(창간사), 『상아탑』창간호, 1945.12.10, 1쪽. 그 중립성은 "고려교향악단이 한국민주당 결성식에 반주를 하고 경성삼중주단이 프로예술을 표방하게 된 것"을 불순한 예술적 행동으로 비판한 것에서 단적으로 확인된다.

90) 몇 가지 예를 들면 김동석의 「예술과 생활-이태준의 문학」(1~2호), 「임화론」(3~4호), 「시를 위한 시-정지용론」(5호), 오장환의 「병든 서울」(1호), 「종소리」(2호), 조지훈의 「비가 나린다」(3호), 「완화삼」(5호), 「낙화」(5호), 박목월의 「나그네」(5호), 「삼월」(5호), 「봄비」(6호), 「윤사월」(6호), 박두진의 「장미꽃 꽂이시고」(1호), 「따사한 나라여」(5호), 「해」(6호), 김학철의 「상흔」(6호) 등이 있다.

2) 대중화 전략과 민중 계도

『신천지』의 정론성이 시대의 성격과 그에 따른 매체의 대응 차원에서 대두되었듯이 대중성도 동일한 배경을 함축하고 있다. 『신천지』가 평균 25,000부 이상 발행·판매되었다는 것은 대중 획득에 성공한 지표로 볼 수 있다. 1947년의 단행본 출판이 3천~5천부, 1948년에는 천 부였다는 것을 감안하면, 『신천지』의 발행부수는 엄청난 규모다. 해방기 출판·독서계를 제한했던 요소들, 이를테면 문맹층의 광범한 분포(해방 당시 78%→1948년 41%), 남북교류 금지와 분단의 제도화에 따른 독서시장의 현저한 축소, 독자대중의 열악한 구매력 등을 고려하면 더욱 그렇다. 물론 그 성공은 일차적으로 『신천지』가 서울신문사라는 매체자본의 품안에서 탄생·성장했기 때문에 가능했다. 특히 잡지의 경우 독자적인 유통망을 개척해 판로를 뚫어야만 수익성 창출이 가능한데 『신천지』는 서울신문사 유통망을 활용할 수 있었기에 수익성은 물론이고 안정적 재생산이 상당부분 보장되어 있었던 것이다.[91]

이와 더불어 『신천지』가 당대 복수의 정론성이 경합하는 장에서 헤게모니를 장악하기 위해 전문화 전략과 대중화 전략을 병행한 결과이기도 하다. 즉 당대 집단적 열망이었던 자주적 독립국가 건설을 위한 의제들을 정론을 통해 설파하는 전문화 전략, 즉 담론의 전문성과 독자대중의 교양적 욕구를 수렴하고 독서인의 수요를 창출하기 위한 대중화 전략이 상호보완적인 상승작용을 일으키면서 여러 계층에 걸친 대중적 호응을 얻을 수 있었던 것이다. 정론성을 바탕에 둔 대중성의 확장이었다. 앞서 언급한 미소 냉전체제의 향후 전망을 둘러싼 논쟁은 독자들의 찬부 양론이 뒤섞인 항의 전화가 쇄도해 편집진이 당황했을 정도였다고 한다(제3권10호, 109쪽). 이를 통해 『신천지』의 전문화 전략이 일반 독자층에게도 적지 않은 반향을 일으켰다고 추정할 수 있다.[92] 『신천지』가 문학을 적극적으로

---

91) 해방기 잡지들 대부분이 단명에 그친 것도 이런 이유에서다. 특히 식민지시기에 발행되다가 일제 말기 휴간했던 잡지들이 대부분 해방 후 속간(중간)하게 되나 과거 확보한 독자적 유통망이 붕괴된 상태에서 판로에 어려움을 겪을 수밖에 없었다. 월간 『춘추』 같은 경우 속간과 동시에 서둘러 지사를 설치하나(청주, 전주, 목포, 개성 등) 전국적 유통망을 재건하는 데는 역부족이었다.

92) 매체의 대중적 영향력은 동시기 재일한국인사회에서도 확인할 수 있다. 윤희상에 따르면 미군정 하 재일한국인사회에서 좌우, 중도로 분립해 존재했던 신문잡지가 당시 재일한국인들의 의식과

호명해 중시했던 이유도 문학이 전통적으로 예술분야 가운데 불온성과 대중접근성이 가장 컸기 때문이다.

『신천지』의 대중화 전략의 핵심은 민중 계몽이었다. 『신천지』가 표방한 민중제일주의의 소산이다. 해방직후라는 시대적 조건이 강제한 측면도 없지 않다. 따라서 여타 시기의 잡지들에서 보편적으로 나타나는 상업화 전략과는 거리가 멀다. 이는 두 방향으로 전개된다. 첫째는 민중들의 지적 계몽이다. '국어 강좌', '상식 강좌', '용어 해설'과 같은 지식의 소개와 해설을 통해서 민중들의 일상생활과 밀접하게 결부돼 있는 생활상식, 교통정보 등을 제공하는 방식으로 구현된다. 2호부터는 '玉樓夢(오락실)'란을 고정적으로 개설해 해방 후 급격하게 변모된 사회문화적 현상을 강담, 풍자, 익살의 형식으로 소개한다. 독자투고 형식으로 이 지면을 개방하기도 했다. 미디어보급이 저조한 상황에서 정보에 소외되어 있던 독자대중들에게 이 방식은 유효한 것이었다. 해방기 매체가 공통적으로 생활정보지 내지 대중학습서의 측면을 일부 지니게 된 것도 이 같은 시의성 때문이다.

그런데 민중 계몽의 효과를 극대화 했던 것은 각종 설문조사다.[93] 전반기만 보더라도 자주독립과 정부형태, 미소공위와 유엔문제, 국제정세와 3차 대전, 통일문제 등 민족국가 건설과 직결된 민감한 정치적 현안과 한자 폐지, 철자법과 국문 횡서, 교과서, 미국영화 등 중요 사회문화적 쟁점 등 매우 다양하다. 3~4개로

태도를 변화시키는데 중요하게 작용했다고 평가한다. 특히 재일한국인들이 남북한 중 어느 한쪽을 다른 한쪽에 대해 더 긍정적으로 받아들이도록 하는데 매우 중요한 요인이 되었다는 것이다. 윤희상, 『그들만의 언론』, 천년의 시작, 2006, 194쪽.

93) 『신천지』가 시행한 설문조사 내역이다.

권·호수	설문 제목	권·호수	설문 제목
제1권1호	완전독립의 시기는/어떤 형태의 정부	제4권10호	출판문화에 대해
제1권3호	한자폐지 가부와 국문횡서 가부	제5권3호	사교댄스에 대해
제1권4호	3차 세계대전 가능성/국제정세 수습책	제5권4호	번역 문제/국회의원선거 문제
제1권11호	미소공위 속개 여부와 그 성과	제5권5호	어린이 문제
제2권9호	철자법 문제/한자(어) 문제/교과서 문제	제8권4호	나와 독서
제3권1호	UN과 조선 문제/아메리카영화에 대해	제9권1호	수입문화의 기본문제
제4권5호	미군철퇴와 통일문제	제9권2호	어떠한 參選法이 좋은가
제4권9호	민주주의에 대해		

세분된 하위 항목에 평균 15명 이상의 관련 전문가들의 답변을 싣고 있는데, 대체로 찬부가 극명하게 엇갈리면서 내용 자체가 각 현안에 대한 사회 여론의 동향을 집약한 축소판의 성격을 띤다. 동시기 신문이 여론조사의 결과를 통계수치로 제시한 것과는 다르게 구체성을 지녔다는 점이 중요하다. 물론 설문조사는 잡지 내적으로 『신천지』가 기획한 특집과 기획물을 보충하는 보완재로서의 위상을 지니지만, 다른 한편으로는 일반 독자들이 여론의 향배를 종합적으로 인지하고 현안에 대한 의식과 태도를 정하는데 중요하게 작용했을 것으로 보인다. 사회 저명인사들의 의견인지라 그 작용력이 한층 컸을 것이다. 여기에 '귀환학병진상보고'(제1권1호), '세계는 어디로 가나'(제3권8호), '인플레와 통화개혁'(제3권9호) 등 10번에 걸친 좌담(정담) 배치까지 감안하면, 이 같은 『신천지』만의 독특한 민중 계도 방법은 풍문과 억측이 횡행하던 시대에 일반 독자층이 현실을 직시하는데 유효한 통로가 되었다고 볼 수 있다.[94]

둘째는 민중들의 이목이 집중된 사회현상이나 각종 사건을 심층 보도해 독자들의 이해를 도모하는 방법이다. 이를 위해 『신천지』가 선택한 수단이 르포르타주(reportage)다. 『신천지』에는 수기와는 별도로 르포가 아주 많이 게재됐다. 동시기 신문과 잡지에도 르포가 더러 실린 편이지만 『신천지』는 편집체제의 중요 영역으로 배치했고 지속성을 지녔다는 점에서 타 매체를 압도한다. 신문사잡지가 갖는 장점이 적극적으로 발현된 면모다. 주로 전문성을 갖춘 신문기자들(이봉구, 오소백, 조덕송, 설국환 등)이 담당함으로써 기사 내용이 심층적·종합적일 수 있었다. 여순사건, 제주 4·3사건, 독도오폭사건 르포에서 확인했듯이 신문의 단편적 보도기사, 문인들의 기록문학적 성격의 르포와도 엄밀히 구별된다. 잡지매체가

---

94) 자주적 민족국가건설의 과정에서 민중계몽(교화)은 긴급한 과제였다. 식민지적 제도, 기구뿐만 아니라 민중들의 습속에까지 만연되어 있던 식민지잔재, 봉건잔재를 청산해 근대적 시민으로 신생하는 의식적 혁명 과정이 그 토대이자 실질이 되기 때문이다. 하지만 국가의 부재, 각 정당이 민중을 단순한 동원 대상으로 취급하는 상황에서 이 과제는 주로 저널리즘이 수행하게 된다. 서로 다른 국가체제가 수립되고 국가주권의 보편화와 위로부터의 국민 창출이 본격화되는 단계에 이르러서야 민중계몽의 문제가 국가적 의제로 설정된다. 물론 국가권력에 의한 관제적 계도가 중심을 이룬다. 북한에서도 민주조국의 건설에 적합한 새로운 도덕, 교양을 갖춘 인간형을 제시하고 계도하려는 목적하에 다양한 교양서들이 발간되는데, 맑스레닌주의적인 관점에서 민주주의 도덕의 원칙을 정리한 태성수의 『민주주의 도덕 교양의 제문제』(인민교육사, 1949.3)의 '自序'에 그 정황이 잘 설명되어 있다.

갖는 고유의 전문성이 유감없이 발휘된 것이다. 따라서 담론으로는 포착되지 않는 또 포착할 수 없는 해방기 사회문화적 현상의 실상과 그 이면을 『신천지』의 르포를 통해 접할 수 있다.

특히 『신천지』가 1권4호부터 고정란으로 설치한 '거리의 정보실'은 해방과 독립의 간극 속에서 광범하게 시현되었던 미정형의 사회문화적 병리 현상, 가령 탐관오리의 매관매직, 친일파 준동, 전재민, 정신병원, 입시지옥, 매매춘, 아편, 댄스열풍, 공창과 사창, 밀무역 등에 대한 심층 취재를 통해 거리의 일상적 풍속의 '날 것'에 내포되어 있는 해방의 명암을 사실적으로 보고해준다.[95] 더욱이 사실보도에 그치지 않고 이 같은 병리적 현상이 발생할 수밖에 없는 사회구조적인 요인, 실태, 당사자의 입장, 미군정(정부) 정책과의 관련성, 해결의 방향 등 을 두루 포괄한 종합적 검토를 수행하고 있어 사회현실의 감광판으로서의 기능에 충실했다고 볼 수 있다. 당시 번성했던 생활윤리 담론이나 문학적 재현 및 표상과는 또 다른 아래로부터의 민중생활의 조명이다.

이 같은 르포는 『신천지』가 정치적 의제의 커뮤니티 공간으로서의 기능을 수행한 것과는 또 다른 차원의 여론 형성에 주도적인 역할을 할 수 있는 효과적인 방법이었다. 아울러 언론탄압이 점증하면서 빚어진 제한된 보도와 비평 환경 속에서 민중들에게 문제의 진상에 접촉시킴으로써 자연스럽게 현실에 대한 이해를 강화시키는 기능을 했다. 물론 민중들을 피계몽의 대상으로 간주한 것은 『신천지』도 예외가 아니었다. 그러나 르포를 통해 일반 독자층과 긴밀한 유대관계를 형성해 매체의 대중적 지반을 확대해나가는 전략을 구사한 것은 『신천지』만의 독보적인 특징이 아닌가 한다. 이 전략은 1950년대 잡지계를 주도했던 대중잡지에 가면 보편적인 현상으로 자리를 잡는다. 이해를 돕고자 '거리의 정보실'에서 다룬 르포의 내용을 밝히면 아래와 같다.

---

95) 해방공간에서의 르포르타주의 실재와 그 의의에 대해서는 이봉범, 「해방공간의 문화사」, 『상허학보』26, 상허학회, 2009, 40~47쪽 참고.

권 · 호수	르포의 제목	권 · 호수	르포의 제목
제1권4호	김계조와 국제문화사	제3권10호	아편굴에서 만난 여인
제1권6호	십자로의 박흥식	제4권1호	고문치사사건 공판기
제2권1호	가면무도회:서울의 桃色圓舞曲	제4권2호	10시 지난 서울의 풍경
제2권3호	삼팔선 遭難記	제4권4호	심판대의 反民者들
제2권7호	거처불명의 육백만원-탐관오리	제4권5호	요부들의 소굴
제2권9호	무역풍에 들뜬 물새들	제4권6호	이 풍진 세상을 만났으니
제3권3호	폐허의 인육시장	제4권7호	헬로껄의 비애/땐스와여학생/나체의 홍수
제3권4호	청계천 노점 풍경/陋巷遍踏記	제5권2호	서울의 밤
제3권5호	번지 없는 부족들:전재민 소굴을 찾아서	제7권2호	돗떼기 시장을 해부함
제3권7호	지옥의 통행증:동문서답하는 중등교 입시	제9권1호	환도 후의 부산 모습
제3권8호	망상들의 세계:정신병원 방문기	제9권2호	환도 후의 대구 모습
제3권9호	개방된 사람의 禁獵區	제9권4호	변모한 서울
	지하정조 경매장:공창제 폐지	제9권5호	동백선 통신

3) 세계사적 지평과 번역

그리고 『신천지』의 매체전략에서 특기할 것은 세계성(cosmopolitan)이다. 시대사적·민족사적 요청에 적극적으로 부응한 산물이다. 해방기는 해방조선의 진로가 냉전적 세계체제의 규정 속에서 모색되어야 했고, 서구적 근대의 전유가 문화적 후진성을 극복하는 유력한 대안으로 부상하면서 세계성에 대한 욕망은 계층·세대·지역을 초월해 보편적 현상으로 자리를 잡는다. 그것은 미국의 대한 문화정책과 대중들의 민족국가 건설에의 열망 내지 근대적 주체로 신생하고자 하는 욕망이 복잡하게 교차·착종되면서 한층 격렬한 양상을 보인다. 서구의 보편성에 기댄 문화적 근대화는 기본적으로 번역을 매개로 가능하다. 이에 당대 매체들은 좌우를 불문하고 전후 세계질서의 동향과 관련한 사건사고를 경쟁적으로 보도했으며 서구사상과 문화를 직수입하여 번역 소개하기에 총력을 기울인다. 그 정도는 해방직후 타블로이드판 2면 분량의 신문지면의 1/3이상을 차지할 정도로 외국통신기사의 번역이 넘쳐났다. 잡지들 또한 선진 서구 사상과 문화와 관련한 번역물로 지면의 상당부분을 구성했다.

『신천지』는 매호 평균 25~30% 정도가 번역물이었을 정도로 세계성의 문제를 중시했다. 잡지 볼륨에 비례해 그 총량을 추산해보면, 마찬가지로 세계성에 높은 관심을 보였던『민성』은 물론이고 각 일간신문을 상회하는 규모였다. 특히 해방조선과 전후 세계체제의 유기적 연관성에 주목해 세계사적 지평으로 의제 설정을 확대시켰던 잡지주체들의 의식적인 지향과 맞물리면서 기사의 단순번역보다 저명인사의 전문성을 갖춘 글(논문) 번역이 점증해 우위를 차지하는 특징을 나타낸다.[96] 월터 리프먼, 에렌부르크, 에드가 스노, 궈머뤄(郭沫若) 등의 글이 집중 번역된 것도 이런 맥락에서다. 이에 상응해 옥명찬, 김영건, 채정근, 최정건, 윤태웅, 신재돈, 박시형, 안동혁, 강용흘, 윤영춘, 김병규, 전창식, 김종욱, 배영, 김일중 등 미소, 프랑스, 중국, 일본 등 각 분야의 전문가들이 번역을 담당함으로써 번역의 전문성과 신뢰성을 높일 수 있었다. 익명적 필명이나 영문이니셜로 역자를 밝히고 있던 신문과 비교되는 지점이다.

『신천지』의 세계사적 지평은 특정 지역에 편중되지 않고 해방조선의 현실과 밀접한 관계가 있는 모든 지역을 대상으로 할 만큼 그 폭이 매우 넓다. 정치경제 분야는 물론이고 사회문화 분야까지 그리고 여행기, 신문기사, 재판기, 논문, 문학작품 등 여러 형식의 글을 망라하고 있다. 주로 특집과 기획물, 예컨대 아메리카, 소비에트, 중국, 일본, 동남아시아, 인도네시아, 인도, 발칸반도, 동구라파, 국제연합, 원자력(폭탄), 전후 질서 등의 주제를 다루는데 집중적으로 배치되며 기타 시사성이 있는 글의 번역이 별도로 꾸준히 게재되는 양상을 보인다. 그것이『서울신문』과 국제문제에 대한 해설에 독보적이었다고 평가받는『주간서울』과의 분업체계 속에서 상호보완적으로 이루어진 것임을 다시 환기해 둔다.

이 같은『신천지』의 세계사적 지평과 번역 소개는 당시 국제정세와 새로운 사

---

96)『신천지』소재 번역물은『신천지』와『주간서울』의 발간을 총괄한 서울신문사출판국의 단행본발행과 유기적으로 연계되어 대중적 보급이 확장되는 특징이 있다. 가령『신천지』에 발췌 게재된 W. L. 월키의『하나의 세계(원제: One World)』의 단행본 출간(옥명찬 역, 1946.5), 잡지에 연재되었던 미소를 비롯한 세계 주요국가 정세에 관한 개별적인 논문들을 체계적으로 집성한『전후의 세계동향』(1948) 등이 대표적인 경우다. 당시 신문사 중 가장 왕성한 단행본출판을 선도했던 서울신문사출판국의 단행본 출간에서 중요한 경향을 보인 것이 학술·문화서적인데, 윤희순의『조선미술사 연구-민족미술에 대한 단상』(1946), 고유섭의『조선미술문화사논총』(1949), G. 니크랏체의『西伯利亞 諸民族의 原始宗教』(1949), 석주명의『제주도 방언』(1947).『제주도의 생명조사서-제주도 인구론』(1949) 등 제주도총서 시리즈(전5권)가 주목된다.

상, 지식에 목말라 있던 지식인 및 일반 독자층에게 다양하게 보급하는 창구 역할을 함으로써 빠른 기간 안에 잡지의 대중적 권위를 획득하는데 유효하게 작용했다. "해방 후 시사에 관한 것으로 우리가 새로운 지식을 얻은 것은 에드가 스노를 통하여 동구라파의 전후사정 혹은 엘앤부르그를 통하여 얻은 미국의 내용의 일부 등 열손가락으로 꼽을 수 있는 정도였다"[97]는 진술은 『신천지』의 사회문화적 영향력이 만만치 않았음을 뒷받침해준다. 이들의 글이 가장 많이 번역 소개된 곳이 『신천지』이기 때문이다.

다른 한편으로는 해방기 번역이 당대 이념적 선전활동의 주요한 매개체로서 지식의 해방구, 치열한 이념의 각축장으로서의 정치성을 노골적으로 드러냈다고 할 때,[98] 『신천지』 또한 이러한 번역의 정치성이 작동했다고 볼 수 있다. 번역이란 해석된 행위이자 새롭게 의미를 만들어 내는 행위로서 번역의 정치학, 즉 번역을 통해 기존의 정치적 질서로의 편입을 용이하게 하거나 번역된 텍스트의 대상 집단의 '읽는 효과'를 통해 새로운 정치적 지평을 만들어 내는 행위가 개입될 수밖에 없다.[99] 이에 입각했을 때 『신천지』의 번역은 잡지가 표방한 진보적 민주주의 노선을 강화해[100] 담론 장을 둘러싼 권위 투쟁에서 유리한 입지를 확보하는데 결정적 요인이 되었을 뿐만 아니라 현실정치의 역학 속에서 그것의 실천적 현실화의 일 통로로 기능했다고 볼 수 있다. 그것은 『신천지』의 번역 대상이 이 노선에 적합한 텍스트, 즉 미소를 중심으로 해방조선과 유사한 처지에 놓여 있던 탈식민지 국가들에 관심이 집중된 것에서 확인할 수 있다.[101] 이념적 취사선택

---

97) 홍한표, 「번역론」, 『신천지』제3권4호, 1948.5, 140쪽.

98) 박지영, 「해방기 지식 場의 재편과 번역의 정치학」, 『대동문화연구』68, 성균관대 대동문화원, 2009, 474~475쪽. 이 논문은 『신천지』, 『민성』을 대상으로 해방기 번역과 지식의 내적 역학을 동태적으로 치밀하게 고찰하고 있다.

99) 김현미, 「문화번역:근대적 성찰의 비판적 작업」, 『문화과학』27호, 문화과학사, 2001, 136쪽 참조.

100) 그것은 『신천지』에 실린 김영건의 글에 잘 나타나 있다. 그는 진보적 민주주의국가 건설을 추구하는 조선에 있어 외국문화의 섭취가 긴급하고 중요한 과제라는 전제 아래 문화적 배외주의(쇄국주의)에 대한 경계, 문화의 국제적 교류 촉구, 외국문화와 민족적 독자성의 유기적 관계에 대한 인식 등 5가지 과제에 관해 토의할 것을 제의한 바 있다. 이는 『신천지』의 노선과 부합하는 주장으로서 국제적 문화교류와 번역의 필요성에 대한 잡지주체들의 인식을 대변해준다. 김영건, 「외국문화의 섭취와 민족문화」, 『신천지』제1권7호, 49~55쪽.

101) 탈식민지 국가뿐만 아니라 2차 세계대전 중에 민족해방투쟁을 전개했던 사례도 더러 소개하였

혹은 좌우 이념 진영에 대한 공평한 배분과는 다른 차원이다. 따라서 번역을 매개로 한『신천지』의 세계성은 정론성과 상치되지 않는다. 오히려 정론성과 대중성을 제고하는데 긍정적으로 기여했다.

한 가지 유념할 것은『신천지』의 관심이 서구 편향에 기운 것이 아니라는 점이다. 민족의 전통문화에 대한 합리적 비판과 계승의 태도도 뚜렷하다. 민족문화, 충무공, 조선의 유모집 등의 특집에서 그리고 '韓末破片'의 고정적 연재, 고유섭, 김태준 등의 논문과 김성칠의 '燕岩文粹'국역 연재, 박시형의『동국세시기』국역 연재 등이 꾸준히 게재되었다. 과거 문화유산에 대한 재검토와 장점의 정당한 계승의 필요성이 제기되고 그 구체적인 방법으로 고문학의 수집, 학습, 연구, 보급이 주창되었음에도[102] 불구하고 실제에 있어서는 그 실천이 미미했다는 점을 감안하면,『신천지』의 전통문화에 대한 관심과 소개는 의미 있는 작업이었다고 할 수 있다.

『신천지』의 세계사적 지평과 번역 실천은 문화(학) 분야에서도 여실히 나타난다. '抛棄·苦悶·絶望의 哲學'이란 타이틀로 사르트르의 사상과 문학을 집중 조명한 '실존주의'특집(제3권9호),[103] 흑인문학의 성격, 양상, 의의, 작품 등을 종합적으로 고찰해 제시하고 있는 '흑인문학'특집(제4권1호)[104]의 사례만으로도『신천지』가 얼마나 신조류에 개방적이었고 직면한 민족문화 현실에 적극적으로 인식·대응했는가를 능히 헤아릴 수 있다. 이 외에도 전후 각국의 문학(단), 이를테면 프랑스문화계(제2권7호), 중국문단(제2권8호), 구라파문단(제2권10권~제3권3호), 소련

다. 독일과 소련에 맞서 영웅적인 민족투쟁을 전개했던 폴란드의 치열한 항쟁을 3회에 걸쳐 번역 소개한 것이 대표적인 경우다. 이 문건도 편집부 사정으로 불가피하게 연재를 중단한다고 부기하고 있는데, 강화된 검열 때문이었다. 「굴복을 모르는 국민—波蘭반란의 63일간」(채정근 역),『신천지』제1권9호~11호.

102) 김태준, 「문학유산의 정당한 계승방법」(보고연설), 조선문학가동맹, 『건설기의 조선문학』, 온누리, 1988, 119~120쪽.

103) 김동석, 「실존주의비판―'싸르트르를 중심으로」; 양병식, 「사르트르의 사상과 그의 작품」; 박인환, 「사르트르의 실존주의」; 사르트르, 「문학의 시대성」; 사르트르, 「벽(LEMUR)」(실존주의 소설)

104) 김종욱, 「흑인문학개관」; 송원식, 「흑인문학가군상」; 유리씨스·리, 「미주흑인의 시와 사조」; 김종욱 역, 「흑인시초」(7편); 죠지·슈일러, 「깜정 戰士들」(단편); 제임스 라이트, 「크리스마스 休暇」(단편); 리차드·라이트, 「흑인의 생활윤리」; 토마스·생크톤, 「미국에 있어서의 백인과 흑인」; 「전후 미국의 흑인문제」; 리차드·라이트, 「土種兒」(단편); 故 배인철, 「쏘·루이스에게」; 윤태웅, 「고 배인철 군에 대해서」

문단(제2권10호), 세계예술계(제3권6호), 일본문학계(제4권5호)등의 동향을 소개하고 있으며 작품 번역도 활발하게 이루어진다. 추리소설의 거장 아가서 크리스티의 탐정소설 『국제살인단』은 4회 번역 연재했다(제2권7호~10호, 송규정 역). 잘 알려졌다시피 해방직후에는 좌우문단을 초월해 국수주의 태도의 배격과 세계적 보편성을 호흡해야 한다는 차원에서 세계문학의 섭취가 공히 강조되었다. 그것은 조선문학가동맹의 강령(국수주의 배격, 조선문학의 국제문학과의 제휴), 조선청년문학가협회 강령(민족문학의 세계사적 사명의 완수를 기함)에 잘 함축되어 있다. 그러나 이같은 노선의 천명에도 불구하고 구체적 실천으로 연결되지 못했다.

이런 맥락에서 『신천지』의 세계문학과 유대 관계에 바탕을 둔 문학적 실천의 의의가 두드러진다. 그 사회문화적 영향력은 "신천지는 정부수립 이전까지는 가장 많이 읽혔던 종합잡지로 나도 신천지를 통해서 전후 파리의 샹제르망카페에 진을 치던 프랑스실존주의 문학과 예술가들에 관한 소식 같은 것을 얻어듣곤 했다"는 최정호의 회고를 통해서도 확인된다.

문학을 포함해 『신천지』의 세계성과 번역에는 전후기 뚜렷한 단층이 존재한다. 즉 세계사적 관심의 지평이 해방조선과 유관한 모든 지역을 포괄했던 것에서 자유(민주) 진영, 특히 미국 편향으로 기울어진다. 이에 대응해 번역도 대상 지역과 텍스트의 편향이 초래된다. 번역진의 교체도 역연하다. 그것은 누차 거론했듯이 전향국면을 경과하면서 매체의 구도 자체가 극우로 재편되고 냉전적 반공주의가 획일적으로 강제되는 상황적 조건이 작용했던 필연적 산물이다.

흥미로운 사실은 후반기에 오히려 세계문학(화)에 대한 관심과 수입·번역의 중요성에 대한 인식이 증대된다는 점이다. '미국문화'특집(제5권4호)을 비롯해 '현대와 실존주의'(제7권2호), '출판문화와 번역'(제8권7호)과 같은 기획물, '수입문화의 기본문제'(제5권1호), '외국문화 수입과 소화의 방도문제'(제5권4호)에 관한 관련 전문가들의 의견과 방향 타진 등 선진 외국문화의 섭취 문제를 중요한 문화적 의제 가운데 하나로 삼고 있다. 여기에는 문화적 후진성에 대한 자의식의 점증과 사상적 내부평정 작업이 완료돼 남한사회가 비교적 안정을 찾게 되면서 문화에 대한 관심이 고조된 시대적 분위기가 작용했다고 볼 수 있다. 문학의 경우 계급문학이란 타자를 상실한 순수문학이 그 이론적 구체성과 발전방안을 모색해야 하는 절박한 처지에서 서구문학에 대한 관심이 증대될 수밖에 없었다. 그에 따라 빈곤한 민족문학을 타개할 수 있는 방법론 내지 세계문학과 통하는 유일한 통로로 번역의 중요성이 부각되기에 이른 것이다.[105] 그것이 전통과 근대의 관계를 둘러싼 치열한 논쟁을 동반하면서 1950년대 문학의 주요 논제가 되었다는 것은 주지의 사실이다.

결론적으로 『신천지』의 매체전략인 정론성, 대중성, 세계성은 잡지의 편집체제로 구현된 가운데 담론의 차원뿐만 아니라 문학의 차원에서도 전·후기 전체를 일관하면서 특유의 잡지 미디어크라시(mediacracy)를 지닐 수 있었다. 특히 이 세 전략적 요충이 배치되지 않고 잡지 내적으로 상호 유기성을 높임으로써 『신천지』가 타 매체를 압도하는 오피니언리더로서의 역할을 충실하게 수행할 수 있었다. 이는 『신천지』가 신문사잡지로서 상대적으로 유리한 물적 조건에 힘입은 바 크지만, 이에 귀속되지 않는 『신천지』만의 독자성을 잘 보여주는 것이다. 그리고 이 시기 매체(이념) 지형을 좌·우·중도의 현상적인 구도로 구획해 『신천지』에 기계적으로 적용하면 『신천지』가 수행한 노선과 그 가능성을 온전히 규명하기 어렵다는 사실도 확인했다.

이 연구는 『신천지』에 대한 전체적인 도면을 다시 그리는 것에 초점을 두고 있다. 따라서 잡지의 저변을 형성한 물적·인적 토대와 잡지의 운동방식을 규정한 매체전략 및 그것과 문학의 관련성을 거시적으로 조망하는데 주력했다. 『신천지』가 전향국면을 경계로 잡지주체의 급격한 변용과 함께 전반기와는 전혀 다른 잡지로 탈바꿈되는 일련의 과정과 그 의미에 집중한 것도 이 때문이다. 논의가 전반기의 위상과 그 역할에 치중된 것은 이 시기 『신천지』에 대한 정당한 이해가 선행되었을 때 비로소 이 같은 변모의 맥락과 의의가 제대로 포착될 수 있다는 판단에서였다. 특히 전반기 『신천지』가 일관되게 지향한 진보적 민주주의국가 건설과 민중제일주의의 노선이 이후 상당기간 동안 차선(단정수립) 세력에 의해 반민족적 이적 행위로 낙인을 받았다는 점에서 『신천지』의 복원과 정당한 복권의 필수적인 전제라고 생각했다. 이 연구가 『신천지』 나아가 해방8년사의 매체사, 문

---

105) 백철, 「번역문학과 관련하여」, 『문예』창간호, 1949.8, 147~150쪽.

화(학)사, 사상사 연구가 좀 더 활성화되는데 작은 보탬이 되었으면 한다. 『신천지』는 해방–분단의 제도화–탈식민과 냉전의 교차–열전–전후사회를 가로지르며 당대의 시대정신을 응축한 텍스트이자 보고(寶庫)다.

2장

대한민국 문화의 근원-전향과 내부냉전

1. 단정수립 후 전향 공간의 특수성

단정수립 후 한국문화의 구조적 변환을 추동했던 요인으로는 단정수립에 따른 냉전반공 체제의 구축, 디아스포라(월북 및 월남)에 의한 문화인들의 이합집산, '국민보도연맹'의 결성과 전향의 강제, 국가보안법의 제정 및 반공주의 지배이데 올로기화와 위로부터의 반공국민 만들기, 사회문화 전반의 규율장치로 기능했던 검열제도의 본격적인 작동 등을 들 수 있다. 이 연구는 이러한 요인들의 상호 작용으로 조성된 국민보도연맹 결성에서 한국전쟁 전까지의 사상사적, 문화사적 특수 공간이 지닌 문화사적 의미를 문화인의 전향을 통해 고찰하고자 한다.[1]

그것은 무엇보다 전향문제가 이 시기 문화전반의 지형이 새롭게 조형되는 과정에 핵심적인 매개 역할을 했기 때문이다. 즉 냉전체제의 산물인 전향은 동시에 그것을 체제 내화시켜 효율적인 내부평정 작업의 기제로 활용되는 가운데 좌파 문화인은 물론이고 이데올로기적 중간지대에서 남북분단의 고착화 시도에 끝까지 저항했던 양심적인 상당수 중간파 문화인들에게 체제 선택 및 남한체제에의 동화를 강요함으로써 문화영역에서의 이념적인 적대와 갈등을 확대재생산하는 계기가 된다. 또 전향국면에 접어들어 비전향 좌파 문화인을 전향시키기 위한 통제수단으로 활용되었던 검열이 지리적 공간(남/북)의 선택 문제로 그 기조가 전

---

[1] 김재경은 문화인을 협의의 차원에서는 언론인, 교육자, 문필인을, 광의의 차원에서는 이 부류 외에 예술가, 미술가, 음악가, 과학자를 포괄하는 개념으로 사용한 바 있는데, 이 글에서는 당시 저널리 즘뿐만 아니라 사회문화 영역에서 보편적으로 사용된 언론출판과 문학예술에 관여했던 인사들을 통칭하는 의미로 사용한다. 김재경, 「문화인의 공로」, 『현대일보』, 1948. 10. 19.

환되기에 이른다.[2] 더욱이 단정수립 전후 문화적 의제로 급부상했던 친일 반민족주의자 처단 문제와 좌우합작 및 남북협상을 통한 민족통일 요구가 왜곡, 와해되는 맥락 또한 전향과 밀접하게 관련되어 있다. 이렇듯 전향문제는 단정수립 후 권력과 사상 및 문화와 관련한 복잡한 관계사를 집약하고 있다고 볼 수 있다.

다른 한편으로 전향은 해방 후 문화의 제반세력이 '계급'과 '민족'의 두 구심점을 축으로 분극화(polarization)되어 첨예하게 대립하면서 전개되었던 민족문화운동이 급격하게 재조정되는 결정적인 계기로 작용한다. 그 과정은 문화주체의 변용을 포함해 문화 장 전반의 구조 변동을 통어할 만큼 광대하고 심원했다. 특히 문화주체의 변용 과정은 탈식민 상황에서 다양하게 추진되었던 각종 진보적 문화기획의 좌절이라는 의미뿐만 아니라 문화제도권을 둘러싼 문화주체들 간의 헤게모니 투쟁을 야기했다는 점에서 중요한 의미를 지닌다.

이 점을 문학예술분야로 좁혀 살펴보면, '조선문학가동맹'을 비롯해 '조선문화단체총연맹'(이하 '문련') 산하 문화관련 9개 하위조직에 소속되었던 좌파 문화인들에게는 남한에서의 활동 자체가 완전 봉쇄되었고, '108인 문화인성명'(1948.4)과 '문화언론인 330명 선언문'(1948.7)을 통해 통일 민족국가 수립을 끝까지 주창했던 중간파 문화인들 또한 막다른 상황에서의 동요와 도태의 과정을 밟게 된다. 반면에 '조선청년문학가협회'를 포함한 '전국문화단체총연합회'(이하 '문총') 소속의 보수우익 문화인들에게는 매체, 조직, 이념 등에서 주도권을 확보하면서 문화제도권 전반을 장악할 수 있는 호기로 작용했다. 따라서 문화주체들에게 있어서 전향공간은 권력에 대한 굴복이라는 현상적 의미를 넘어 막다른 상황에서의 타개책, 환멸, 좌절, 성장의 모순적 의미를 내포한 가운데 서로 다른 욕망이 분출, 경합하는 역동적 장이 되었다고 봐야 한다. 그 교차와 모순은 문화주체들의 해방 후 전력과 지배이데올로기로서의 반공주의에 대한 동의 여부에 따른 필연적인 산물이지만, 거시적으로 볼 때는 해방 후 문화운동의 분극화 현상, 즉 좌/우로의 분화와 집중의 과정에서 파생한 균열과 갈등이 해소되는 과정이기도 했다. 오히려 후자로 인해 형성된 문화적 중간파의 비대화가 전향을 둘러싼 주체들의 갈등을 증

---

2) 이중연, 『책, 사슬에서 풀리다』, 혜안, 2005, 296쪽.

폭시키는 역할을 했다.

따라서 단정수립 후의 전향문제를 전향에 대한 일반적 규정, 즉 국가권력의 강제에 의한 공산주의 사상의 포기로 접근해서는 이 시기 전향이 함의하고 있는 문화사적 의미를 온전히 구명하기 어렵다. 물론 당시의 전향이 생성 중인 그래서 여전히 취약했던 반공국가를 선험적·절대적인 것으로 승인하고 적극적으로 내면화하기를 강요하는 국가권력의 강제적 행위였음은 분명한 사실이지만, 위에서 살펴본 바와 같이 단정수립 후의 전향은 각 주체들의 사상개조 차원을 뛰어넘는 문제성을 지니고 있다는 점에 유의할 필요가 있다. 더욱이 전향이 해방 후 문화운동을 수렴하는 동시에 장기적 효과 면에서 왜곡된 형태로나마 남한의 문화제도의 거푸집을 주조하는 기능을 했다는 점에서 좀 더 세밀한 접근이 요청된다.

그럼에도 단정수립 후 문화인의 전향에 대한 본격적인 연구는 소략한 편이다. 대체로 문화(인) 통제정책으로 단순화하거나 아니면 문인들의 월북과 연관시켜 사상적 체제선택의 문제로 다루어졌을 뿐이다.[3] 주목할 것은 단정수립 후 (3차) 월북과 전향의 관계에 대해 신중하게 접근할 필요가 있다는 점이다. 3차 월북문제를 전향의 결과로 간주해 냉전체제하 문인들의 비극성을 강조하는 것은 전향의 일면성만을 드러내는 것에 불과하다. 물론 전향 후 고문의 위협에 시달리다가 월북했던 독은기(본명 김춘득. 조선영화동맹 중앙집행위원)와 같은 경우도 있었지만, 실상 그의 월북의 주된 원인은 전향이 강제한 체제 선택이었다기보다는 문화활동의 제약과 이에 따른 극심한 생활난 때문이었다.[4] 따라서 단정수립 후 월북문제는 전향문제를 포함해 국가권력의 문화정책 전반의 차원에서 종합적으로 검토될 필요가 있다.

이와 관련해 단정수립 후 남한문학의 변모 과정에서 전향이 갖는 의미를 천착한 김재용의 연구는 유용한 참고가 된다.[5] 그는 국가보안법 제정과 국민보도연맹의 조직으로 구체화된 냉전적 반공체제의 강화와 억압의 제도화가 작가들에게

---

3) 권영민, 「월북문인을 어떻게 볼 것인가」, 『월북문인연구』, 문학사상사, 1989, 조영복, 『월북예술가 오래 잊혀진 그들』, 돌베개, 2002.

4) 김성칠, 『역사 앞에서』, 창작과비평사, 1993, 230쪽.

5) 김재용, 「냉전적 반공주의와 남한문학인의 고뇌」, 『역사비평』, 역사비평사, 1996 가을호.

미친 영향을 살피는 가운데 조선문학가동맹 소속의 좌파문인들의 분화 양상을 그들이 현실적으로 선택할 수 있었던 전향, 지하운동, 월북의 세 가지 행로가 갖는 의미를 정치하게 분석한 바 있다. 그리하여 이 시기 문학의 동향을 비교적 동태적으로 체계화하는 성과를 거두었음에도 불구하고 전향의 문제를 조선문학가동맹 소속의 좌파문인들로 한정해 고찰한 결과, 냉전체제하 문인들의 비극성과 문학의 황폐화를 검증하는 수준에 머무를 수밖에 없었다. 특히 전향공간에서 좌익/우익의 대칭성을 두드러지게 강조함으로써 전향공간이 내포하고 있는 구조적 역학을 제대로 포착할 수 없었다.

이런 맥락에서 당대 전향의 공식적 절차 의식이었던 '탈당(퇴)성명서'를 발굴·집성하고 이를 바탕으로 전향의 제도화 양상과 전향을 통한 냉전국민의 형성을 고구한 조은정의 최근 연구는 이 시기 전향 의제 안팎을 둘러싼 구조적 역학을 파악하는데 시사하는 바가 크다.[6] 국가보안법 제정으로 전향의 범위가 규정된 법적 토대 위에서 사상 심사를 통해 반공국민이 대량적·집단적으로 발생하고 자발적인 전향성명서 발표 및 국민보도연맹 가입이 제도화 되는 일련의 과정을 통치기술의 차원에서 체계적으로 분석한 뒤 전향제도를 통해 냉전국민이 탄생하는 맥락을 문화냉전, 내부냉전과 접목시켜 문화사적 의미망을 확장시킨 관점도 중요하다. 특히 3,900여 건에 해당하는 전향성명서 DB화와 전향성명서의 지역별 분포 양상과 그 유형에 대한 분석은 그가 도출해낸 전향의 관주도성 및 집단적 자기검열이라는 의미 이상으로 이 시기 전향 연구의 기초 자료로서 매우 유용하다.[7]

---

6) 조은정, 「해방 이후(1945~1950) '전향'과 '냉전국민'의 형성─전향성명서와 문화인의 전향을 중심으로」, 성균관대 박사논문, 2018.

7) 전향성명서의 지역별 분포와 그 양상은 당시 전향의 폭풍이 중앙뿐만 아니라 지방 모두를 포괄한 전국적인 사상 평정작업이었다는 사실을 입증해주는 자료로서 가치가 매우 크다. 실제 전향의 공식적 입사 절차였던 탈당(퇴)성명서 발표에서 주목되는 현상은 중앙의 일간지뿐만 아니라 특정 지방을 거점으로 하는 일간신문들, 예컨대 『국도신문』, 『호남일보』, 『영남일보』, 『대구시보』, 『부산신문』, 『민주중보』, 『마산일보』, 『충청매일신문』, 『호남신문』, 『자유민보』 등에도 탈당성명서가 지속적으로 발표되었으며 특히 지방신문일수록 일가족을 비롯한 집단적 탈당성명서가 두드러졌다는 점이다. 이는 해방직후 활성화된 좌익단체의 지방조직화의 산물로 이 같은 전국적인 분포는 결국 열전을 거치며 대량학살의 비극으로 귀결되기에 이른다.

단정수립 후 전향공간의 구조적 역학을 동태적으로 파악하기 위해서는 당시 전향제도의 특수성에 대한 이해가 전제되어야 한다. 1930년대 전향과의 비교를 통해 살펴보자. 두 시기의 전향은 전향제도의 본질상 유사한 점이 많으나 미세한 지점에서는 여러 차이가 존재한다. 첫째, 외부로부터의 협박을 통한 사상개조의 강제라는 본질적 동일성에도 불구하고 1930년대의 (사회주의자들의)전향이 제국/식민지의 틀 속에서 사상과 신념을 바꾸는 적극적인 전향이라기보다는 동요와 모색의 형태가 주류를 형성했다면, 단정수립 후는 포섭과 배제의 논리 구조에 입각한 위계화된 반공국민 만들기의 틀 속에서 적극적인 전향을 통해 체제에 동화되어야 했다. 그것은 정치적 상황, 즉 제국의 식민지지배의 상대적 안정화와 미완성국가로서의 위기 상황의 반영이며 전향 주체의 입장에서 보면 열린 가능성과 닫힌 가능성의 차이이기도 하다.[8] 그 차이는 전향의 규모와도 밀접한 관련이 있다. 문학으로 한정해 보면, 1930년대의 전향이 카프맹원들로 한정돼 시행된 반면에 단정수립 후는 좌파는 물론이고 좌익진영과 우익진영에서 각각 이탈한 중간파 문인과[9] 애초부터 계급/민족, 정치/순수의 대립의 발전적 지양을 강조하는 가운데 좌우의 어떤 조직과도 직접적인 연계를 갖지 않았던 자유주의자들까지 전향의 강제성에서 자유로울 수 없었다.

　　아울러 전향공간에서 비교적 자유로웠던 반공주의 문인들 또한, 비록 전향을 강요받지 않았다 할지라도, 전향공간의 매카시즘적 분위기 속에서 전향자에 버금가는 감시와 동원의 대상이 되었고 다른 한편으로는 그 주체가 되는 가운데 전향국면에의 능동적인 참여를 통해 존재증명을 해야 했다는 점에서 그들조차 전

---

8) 1930년대 중반 사회주의자들의 전향의 배경과 양상에 대해서는 홍종욱, 「해방을 전후한 주체 형성의 기도」, 윤해동 외, 『근대를 다시 읽는다1』, 역사비평사, 2006 참조.

9) 1948년 12월 '중간파문학'을 처음으로 정식화한 백철은 중간파라는 용어가 저널리즘에서 편의상 명칭된 것으로 이들 그룹의 문학적 이념(지향)을 제대로 반영하지 못한다는 판단 아래 '신현실주의파'로 재명명하고 신리얼리즘이 그들이 지향해야 할 문학적 방향임을 강조한다. 그가 중간파(신현실주의파)로 간주한 작가는 염상섭을 필두로 계용묵, 박영준, 최정희, 황순원, 손소희, 주요섭, 이무영 등이다. 백철의 전언에 따르면, 단정수립 직후 중간파문인들이 별도의 문학단체 결성을 위해 준비위원회를 구성해 활동했지만 문학계의 분열을 심화시킨다는 우려 때문에 자진 철회했다고 밝히고 있다. 그의 진술을 통해 단정수립 후 중간파의 실체와 규모를 추정할 수 있다. 백철, 「현상은 타개될 것인가—주로 기성작가의 동향에 관한 전망⑤⑥」, 『경향신문』, 1949.1.11~12.

향의 폭풍을 비껴갈 수 없었다. 오히려 '민족주의자와 애국적 문화인에까지' 전향이 무차별적으로 강제되면서 일부 문화인이 이북을 동경케 하는 역효과를 야기한다고 보수우익 진영이 우려할 정도였다.[10] 이와 같은 전폭성은 동시기 억압과 자율이라는 상호 모순적인 조건 속에서 주체의 결단과 책임에 의해 전향이 이루어진 일본의 전후적 전향 형태와도 구별되는 점이다.[11] 이렇듯 이념적인 성향과 직접 관계없이 아니 그 어떤 이념을 견지하고 있더라도 단정수립 후는 모든 문화인이 자신의 사회문화적 위치 바깥으로 추방당하는 극적인 환골탈태, 그 해체와 생성의 와중에서 단정수립 후의 문화는 격렬한 지각 변동을 거치게 되는 것이다.

둘째, 전향의 방법과 절차에서도 단정수립 후는 대외적인 전향 선언(탈당성명서)을 발표하고 전향자포섭단체인 국민보도연맹에 의무적인 가입을 통해 공식적인 전향자로 인정되는 수순을 밟았다는 점에서 비공식적인 전향이 우세했던 1930년대 전향과 다르다. 1930년대 전향은 대부분이 당사자의 공식적인 전향 표명보다는(박영희와 백철은 예외) 전향제도를 보완하는 방편으로 활용된 '집행유예'라는 법 제도(보호관찰이 수반된)를 통해 전향자로 제도적인 공인을 받았다.[12] 단정수립 전에도 더러 탈당성명서의 작성·발표를 거쳐 전향 작업이 이루어진 바 있다. 1947년 미군정의 8월 대공세 후 남로당원의 탈당성명서가 발표되기 시작했고(『한성일보』, 1947.11.14, 『부산일보』, 1947.11.14. 등), 특히 2차 미소공동위원회 결렬 후 한반도문제가 유엔으로 이관되면서 조성된 단선단정 국면에서 남로당을 비롯한 민주주의민족전선, 문련, 민애청, 전평, 전농 등 좌파 사회·문화단체의 간부들을 중심으로 한 전향이 서울지검 정보부 및 수도경찰청을 경유해 빈번해진다. 대체로 검거·체포 후 공안당국의 전향공작에 따른 결과였으며 의무는 아니었으나 개인별 및 집단별 탈당성명서의 두 유형으로 그리고 일간신문의 본문 기사로 발표되는 특징이 있었다. 단정수립 후에도 인정식, 김만형(조선미술가동맹 서기장)의 경우처럼 국가보안법 위반 혐의로 체포된 뒤 국민보도연맹에 강제

---

10) 채동선, 「문화정책 偶感」, 『문예』 창간호, 1949, 8, 173쪽.
11) 후지타 쇼조, 최종길 역, 『전향의 사상사적 연구』, 논형, 2007, 165~168쪽 참조.
12) 김동환, 『한국소설의 내적 형식』, 태학사, 1996, 176~177쪽.

편입되어 전향자로 공인되는, 일종의 법(국가보안법) 제도가 활용된 사례가 더러 있었지만,[13] 대체로 '공산계열개전자 포섭주간', '남로당원자수주간', '좌익자수주간', '좌익근멸주간' 등을 설정해 자발적인 전향을 유도하는 형식을 취했고, 전향자들의 효율적인 통제 관리를 위해 그 창구도 국민보도연맹으로 단일화시키는 특징을 나타낸다.

더욱이 공식적인 전향을 표명했다 하더라도 여전히 '전향좌익분자'라는 규정 속에서 지속적인 감시와 통제를 받게 된다. 이 점은 전향자에 대한 국민보도연맹의 지도방침에도 구체적으로 명시되어 있다.

* 신념: 대한민국 정신에 대한 의뢰성 ①무산계급 독재나 자본가독재도 아닌 진정한 민주주의 국체 관념 ②공산주의 이론의 모순과 대한민국의 위대한 영도자 이대통령의 건국이념에의 투철 * 자기반성, 즉 전비회개: 자기비판을 솔직 용감하게 중의에 선포함으로써 마음에 희망과 자유를 획득케 할 것 * 투쟁: 전기 신념에 입각한 대한정신을 수립하고 이에 저촉되고 공산주의와 맹렬하고 전진적인 투쟁을 전개하여 자기전향을 실천으로서 명시할 것 * 배상필벌: 실천을 통하여 완전히 전향하고, 대한민국에 공헌이 현저한 자에게 대하여는 그의 배경, 정실에 구애되지 않고 그 공적을 즉시 신상하고 만약 그 실천이 모호하거나 반역하는 프락치행동이 발각되는 경우에는 즉시 경찰에 고발하여 최엄벌을 가하게 한다.[14]

---

13) 국가보안법과 국민보도연맹의 관계에 대해서는 강성현, 「국민보도연맹, 전향에서 감시·동원, 그리고 학살로」, 김득중 외, 『죽음으로써 나라를 지키자』, 선인, 2007, 128~133쪽 참조. 그에 따르면 국가보안법의 과도한 확대 적용은 좌익사상과 무관한 사람들까지도 빨갱이 혐의를 씌어 체포한 후 조사해 사안이 경미하거나 전향가능성이 존재하면 형의 선고를 유예하거나 비교적 가벼운 형량을 언도해 이들이 석방되면 모두 국민보도연맹에 가입시켜 조직을 확대했다고 한다. 따라서 국민보도연맹은 명목상 전향자단체였지만, 실질적으로는 좌익사상과 무관한 사람들이 광범위하게 가입이 강제되었던 정체불명의 단체였다고 규정하고 있다. 실제 양민을 빨갱이라고 협박해 국민보도연맹에 가입시키려는 경찰의 압력 때문에 피의자가 자살한 사건을 당시 보도에서 자주 접할 수 있다(『자유신문』, 1950.3.26.).

14) 「전향한 보련원 지도방침 수립―4대 기본원칙」, 『자유신문』, 1949.12.1.

위의 4대 기본원칙을 통해 국민보도연맹이 단순히 전향자를 보도(保導)하는 단체가 아닌 전향자 통제 단체이자 좌익섬멸 단체의 성격을 지니고 있음을 알 수 있다. 주목할 것은 전향문화인들에 대한 통제는 일반전향자의 통제 방식과 달리 검열제도를 적극적으로 활용해 이루어진다는 점이다. 이를테면 중등교과서에 수록된 좌익작품을 삭제 조치하고(1949.10),[15] '좌익계열문화인'을 3급으로 공식 분류해(1949.11) 월북문화인(1급)의 저서를 판매 금지하고 남한에 잔류하고 있는 좌파문화인(2급 29명, 3급 22명)의 경우는 전향을 표명하고 국민보도연맹에 가입하지 않으면 저서와 작품을 판금시키겠다고 언명함으로써[16] 미전향자의 전향을 종용하는 강력한 회유책으로 검열이 작용했다.

동시에 전향을 공식 표명한 후에도 '전향문필가 집필금지조치'(1949.11~50.2), '전향문필가 원고심사제'(1950.2), '원고사전검열조치'(1950.4)와 같은 집중적인 표적검열을 통해 전향문화인 통제를 뒷받침해주는 제도적 장치로 활용된다. 당시 전체 문화인 규모 대비 전향문화인의 비중이 상대적으로 높았던 데는 검열의 압력이 주효했기 때문이다. 요컨대 전향문화인들은 위장 전향이란 의심을 지속적으로 받는 가운데[17] 네 차원, 즉 서울시경, 공보처, 국민보도연맹, 동업자들로부터 검열을 받았을 만큼 문화 활동에 강력한 구속을 받게 된다.[18] 문화인들의 경

---

15) 문교부는 중등교과서에서 국가이념에 위배되는 좌익작품에 대해 삭제할 저작자와 저작물의 내용을 구체적으로 제시한 바 있다. 대상 저작자는 정지용, 김남천, 박태원, 안회남, 오기영, 현덕, 박아지, 박노갑, 김동석, 박팔양, 조운, 이용악, 이근영, 이선희, 엄흥섭, 오장환, 김태준, 신석정, 김용준, 조중흡, 박찬모, 인성희 등이다. 『서울신문』, 1949.10.5. 일부는 이미 월북한 상태이지만, 상당수는 여전히 남한에 상주하고 있는 작가들로, 이들의 저작을 좌익작품으로 규정한 것 자체가 이들의 전향을 종용하는 강력한 회유책으로 볼 수 있다.

16) 『조선일보』, 1949.11.6. 국민보도연맹이 결성되기 이전에도 문련 소속의 좌익문화인의 탈당을 강제하는 검열이 시행된 바 있다. 가령, 서울시경은 문련 산하 각 문화단체에 소속된 예술인들로서 탈당하지 않으면 금후부터 무대 출연을 금지하겠다고 공표한 뒤 곧바로 공연검열을 가혹하게 시행했다. 『조선일보』, 1949.4.20.

17) 「문화인의 전향에 대하여」(사설), 『동아일보』, 1949.12.7.

18) 문화인들의 전향의 진정성에 대한 의혹은 국가권력보다는 오히려 동업자들에 의해 강도 높게 제기된다. 특히 조연현은 전향문인들이 민족문학 진영의 문학인들을 의식적으로 기피해가면서 경찰이나 국민보도연맹을 통해서만 전향을 형식적으로 표명한 방식을 비판하는 가운데 그들의 전향이 사상적(세계관적) 전향이 아닌 신변의 안정과 보장만을 얻기 위한 형식적 전향이라는 의혹을 제기한 바 있다. 조연현, 「해방문단 5년의 회고⑤」, 『신천지』, 1950.2. 그는 이후에도 전향문인들에게 이념적 전향이었음을 확실하게 증명하라는 요구를 지속적으로 제기하면서 전향문제를 보

우 전향문제는 검열제도와 상호 보완하면서 시행된 결과 그들에게는 전향 후 사상의 문제보다도 문화적 활동, 즉 생계(존)의 곤란에 봉착하게 되었고 따라서 국가의 동원에 적극 협력할 수밖에 없는 처지에 놓이게 된다. 1930년대의 경우처럼, 전향 후 개인적 차원에서 전향을 은폐하거나 극복하고자 하는 시도 자체가 불가능했다고 볼 수 있다.

다른 한편으로 전향문화인들은 국민보도연맹 가입 후 산하 문화실에 편입되어 체제우월성을 합리화하는 이론 개발과 반공주의 동원의 문화행사, 가령 '민족정신앙양종합예술제'(1949.12.3.~4), '국민예술제전'(1950.1.8.~10) 등과 같은 종합예술제와 '학술문예종합강좌'(1950.5.1~7), '문학강좌'(1950.6.21.~24)와 같은 대중강연에 동원되어 냉전반공 사상의 선전 작업을 강요받게 된다. 대중적 인지도를 갖춘 각계 저명인사들은 반공프로파간다의 최적임자였다. 전향문화인들에게는 일반 전향자들에게 적용되었던 탈맹(脫盟)의 기회조차 부여되지 않았다.

단정수립 후 전향공간의 이 같은 특수성을 감안할 때, 당시 문화인의 전향에 대한 접근은 권력과 사상 그리고 주체의 구조적 상관성을 바탕으로 한 문화사적, 제도사적 관점이 필요하다.[19] 이에 본 연구에서는 전향의 조건과 과정 그리고 귀결의 양상을 종합적으로 검토해 단정수립 후 전향의 문화사적 의미를 구명하는 데 초점을 두고자 한다. 효율적인 논의를 위해 문학 분야를 중심으로 살필 것이다. 문학이 해방 후 문화운동의 중추적 역할을 담당했으며 그 결과 문인들이 전향문화인의 대종을 이루는 가운데 제반 문학주체들의 정체성이 부딪치고 갈등하며 타협하는 면모를 잘 보여주고 있기 때문이다.

수우익문단 내부의 헤게모니 투쟁을 효율적으로 수행하기 위한 전략으로 활용한다.

19) 전향에 관한 연구가 활발한 일본에서도 논자에 따라 전향에 대한 다양한 관점을 보여준다. 이를테면 吉本隆明은 전향을 일본 근대사회의 구조를 총체적인 비전으로 파악하려다 실패했기 때문에 지식인 사이에서 일어난 사고의 변환이라 규정했고 本多秋五는 전향문학 개념에 중점을 두고 공산주의자가 공산주의를 포기하는 의미의 전향에 초점을 맞추어 전향 작품을 다루고 있으며, 窪川鶴次郎은 전향을 국가권력에 대한 굴복이라는 점과 계급적 배반이라는 시각으로 문학작품을 분석하고 있다. 이에 대해서는 노상래 편역, 『전향이란 무엇인가』, 영한, 2000 참조.

2. 해방 후 문화운동의 분극화와 전향

전향문화인의 전체적인 규모, 전향의 이유와 경로에 관해서는 아직까지 그 전모가 구체적으로 밝혀진 바 없다. 규모는 일차적으로 국민보도연맹 측의 공식 통계를 통해 확인해 볼 수 있다. 즉 '공산계열개전자포섭주간'(1949.10.25~11.7)과 그 연장으로서의 좌익세력자수전향기간(1949.11월 말)까지의 기간에 자수한 전향문화인은 문련 산하의 문학가동맹(94명), 연극가동맹(24명), 음악가동맹(10명), 영화가동맹(8명), 과학자동맹(12명) 등이다.[20] 김수영, 조풍연, 여상현, 이수복, 황순원, 박인환 등 문인 상당수가 이 시기에 전향성명서를 발표했다. 하지만 이 통계는 1차 전향포섭기간에만 그것도 서울지역에만 해당하는 수치에 불과하다. 이후로도 전향이 한국전쟁까지 계속해서 강제적으로 시행되었고, 공식적인 전향의 대표적인 형식으로 간주되었던 각 중앙일간지에 공고된 탈당(퇴)성명서에 문화인들의 성명서가 많이 포함되어 있다는 사실을 감안하면 그 숫자를 정확히 계량하기 어렵다.[21]

더욱이 1949년 12월 이후로는 전향정책의 기조가 이전의 '자수'를 권유하는 다소 유화적인 차원에서 '좌익근멸'을 기치로 좌익계열에 가입한 경력이 있는 자들을 즉결처분시키겠다는 폭압적인 방식으로 전개되면서 전향자 수가 급격하게 증가하는 현상을 고려하면 더욱 그러하다.[22] 게다가 국민보도연맹의 조직이 전

---

20) 이 기간 동안 서울지역의 자수자 현황은 남로당(4,324명), 민애청(1,768명), 민학련(1,959명), 여성동맹(150명), 출판노조(296명), 전평(2,272명), 전농(578명), 보건연맹(8명), 근민당(234명), 인민당(18명), 인민위원회(414명) 등 총 12,196명으로 보도되었다. 흥미로운 것은 문필가들의 전향을 대단히 이채로운 경우로 보도하는 가운데 정지용, 황순원, 정인택, 이원수 등의 실명을 공개하고 있다는 점이다. 『자유신문』, 1949.12.2.

21) 당시 각 중앙일간지에는 규격화된 탈당(퇴)성명서, "해방 후 혼란기에 좌익계열의 모략과 감언이설에 유도되어 (…) 탈당(퇴)을 성명함과 함께 차 대한민국에 충성을 다할 것을 맹서함"이라는 전향선언이 연일 게재된다. 가장 많이 게재된 신문은 『자유신문』인데, 이 신문에는 6·25 전쟁 발발 다음날까지 게재된 바 있다. 그런데 이와 같은 전향선언 방식은 전향공간 이전에 이미 등장하고 있다. 저자가 조사한 바에 따르면 『대동신문』 1948년 12월 21일자에도 "일시의 과오를 청산하고 좌익계열을 탈출했음을 본의로써 성명한다"는 성명서가 광고되고 있는데, 이를 통해 미루어 볼 때 개인적 차원의 자발적 전향은 국민보도연맹 발족 전 국가보안법 제정·공포에서 비롯되었다고 볼 수 있다.

22) 『경향신문』, 1949.12.5. 실제 신문에 게재되는 전향성명서의 양과 규모도 이때부터 크게 확대되

국적으로 확대되는 가운데 김정한, 조운의 경우처럼 지방의 좌익문화단체와 관련해 전향할 수밖에 없었던 전향문화인까지 포함하면 그 규모는 훨씬 커진다. 저자가 조사한 바에 의하면, 해방 후 문화의 각 분야에서 뚜렷한 활동을 했던 전향문화인의 규모는 최소한 200여 명 정도로 추산된다. 그 명단을 밝히면 대략 다음과 같다.

정지용, 김기림, 김영석, 이병기, 박태원, 백철, 염상섭, 양주동, 홍효민, 인정식, 임학수, 설정식, 설의식, 김철수, 박노갑, 김상훈, 황순원, 박영준, 이무영, 김상훈, 김용호, 김병욱, 김영수, 정비석, 노천명, 김수영, 박인환, 김광덕, 김병규, 정인택, 이근영, 김광균, 신석정, 김정한, 조운, 이주홍, 이원수, 송완순, 최병화, 엄흥섭, 박노아, 유정, 윤태웅, 배정국, 이봉구, 이성표, 이수복, 임서하, 지봉문, 현동염, 강형구, 서항석, 양미림, 여상현, 박계주, 배호, 손소희, 송지영, 박인환, 박거영, 이규엽, 최운봉, 정현웅, 송돈식, 김정화, 이쾌대, 임호권, 채정근, 임호권, 조풍연, 김의환, 김용환, 최재덕, 정종여, 김만형, 신한, 신용, 김한, 허달, 김일해, 독은기, 신막, 박은용, 이재명, 유석준, 전원배, 임문빈, 김봉한, 김준, 황주원, 주재황, 이건호, 이형호, 주유순, 한인석, 이삼실, 정열모, 이석범, 서계원, 장추화, 정진석, 김정혁, 임병호, 허집, 장동명, 최칠복, 이명우, 변기종, 유희, 김봉수, 황영일, 최병태, 최익연, 김광현, 김수돈, 윤복진, 오지호, 엄문현, 이응수, 최재형, 김일해, 전홍준, 문철민, 김막인, 박용호, 김원복, 이순애, 황남, 백성민, 정민, 정인방, 한평숙, 노광욱, 김영주, 현지섭, 한동인 등[23]

는 것을 확인할 수 있다. 이전까지는 주로 서울지역의 개인 또는 단체명으로 발표되다가 점차 지방의 행정단위로 그것도 대규모의 형태로 변모한다. 일례로 충남 금산군의 경우 한꺼번에 2,076명의 실명으로 집단 전향성명서를 발표했다. 『조선일보』, 1949.12.20.

23) 조선문학가동맹원·연극동맹원 일부의 전향성명서 실제는 조은정, 앞의 논문, 185~187쪽 참조. 김수영, 김영석의 전향성명서에 남로당 가입이 명기된 것이 눈에 띈다. 전향문인 대부분은 조선문학가동맹 가입을 명시하는데, 조선문학가동맹을 "남로당계열", "남로당 산하(솔하) 단체", "좌익단체" 등으로 규정하고 있다.

위의 전향문화인들을 모두 사회주의자(공산주의자)로 보기 어렵다. 해방직후 이념적 지형에서 좌파(익)으로 분류될 수 있는 경우도 많지 않다. 좌우 이념 구도 그 어느 쪽에도 속할 수 없는 비판적 성향의 진보적 지식인 또는 문화적 중간파들이 대부분이다. 물론 조선문학가동맹, 조선연극동맹 등과 좌익 진영의 범문화 조직인 문련에 가입하여 요직을 역임하면서 구체적인 실천 활동을 전개한 인사도 있지만, 이들 또한 골수 좌익분자(남로당원)라고 규정하기 어렵다. 남로당 전비(前非)을 언명한 경우는 극소수다. 핵심적인 좌파들은 이미 모두 월북한 상태였기 때문에 당연한 결과다.

주지하다시피 1946년 초반까지 조직 내적인 헤게모니 투쟁 문제 때문에 프롤레타리아문학동맹의 핵심 멤버들의 월북했고(1차 월북), 1947년에서 단정수립까지의 기간 동안 미군정기의 '8월 대공세'(남한에서의 공산주의 활동 불법화)로 조선문학가동맹을 중심으로 한 문화통일전선운동을 주도적으로 이끌었던 임화, 김남천, 이원조 등이 남로당 주체세력의 월북에 맞춰 이미 월북한 상태였던 것이다(2차 월북).[24] 또 단정수립 후까지 잔류해 있던 좌파들도 김태준, 유진오, 이용악처럼 전향공간에서 전향을 거부하고 지하운동 투쟁방식을 택해 잠적했거나, 김동석, 조벽암, 상민, 허준의 경우처럼 국민보도연맹 결성 직후 문학 활동의 자유를 찾아 소극적인 월북을 감행하게 된다(3차 월북).[25] 따라서 위의 전향문화인들은 김기림, 박태원, 정지용, 송완순, 설정식, 김용호 등 몇몇을 제외하고는 해방 직후 좌파 문화조직에 잠시 몸담았던 전력 정도를 지닌 인사들이었다고 할 수 있다. 그러므로 단정수립 후 문화인 전향의 대상자들은 엄밀히 말해 좌파라기보다는 비판적 성향의 문화적 중간파들이었다고 봐야 한다. 바로 이 점이 단정수립 후 전향공간의 특수성이자 전향을 둘러싼 문화주체들의 헤게모니 투쟁을 복잡하게 만드는 원인이 되었던 것이다.

그렇다면 비판적 성향의 진보적 지식인 또는 문화적 중간파들이 주류를 이룬 단정수립 후 전향문제를 어떻게 볼 것인가의 문제가 대두된다. 저자의 판단으로

---

24) 월북문인들의 문단적 위치와 월북 과정에 대해서는 권영민의 앞의 책을 참조할 것.
25) 김재용, 앞의 글, 참조.

는 이런 현상이 나타나게 된 데에는 무엇보다 해방 후 민족문화(학)운동 전개 과정의 특성과 밀접한 연관이 있다. 해방 후 민족문학운동은 문학 관련 제반세력이 서로 대립되는 두 개의 극으로 분화·집중되는 분극화를 통해 전개되었다. 처음부터 그랬던 것은 아니었다. 좌익 측의 통합 문학단체인 '조선문학가동맹'의 결성(1945.12.6.)과 범(凡)좌익문화통합 조직인 '문련'이 결성되고(1946.2.24.), 이에 대항한 우익 측의 범문학단체인 '전조선문필가협회'가 결성(1946.3.13)되면서부터 본격화된다. 적어도 1946년 초까지 문인들의 문학단체의 참여는 명확한 이념적 분할에 의해서라기보다는 문의(文誼)가 작용한 바 크다. 이를테면 백철이 '조선문학건설본부'에 참여해 기관지 『문화전선』 편집을 2호까지 맡아 간행한 것이 임화와의 친분 때문이었던 것처럼,[26] 식민지시대부터 조성된 문의에 의해 일련의 문학 활동, 즉 단체에의 참여, 기고(寄稿) 및 저술 출판, 신문사 및 잡지사의 기자(편집자) 취직 등이 활발하게 이루어졌다고 볼 수 있다. 실제 조선문학가동맹의 조직 확대와 기구 정비의 계기가 된 '전국문학자대회'(1946.2.8~9)의 경우도 대회에 참여 서명한 120명의 문인들(중복 제외)의 경우도 조선문학가동맹 조직에 직접 참여하지 않은 문인이 많은 것으로 볼 때, 참가자들이 조선문학가동맹의 이념 노선에 적극적으로 동조한 것으로 단정하기 어렵다.[27]

그러던 것이 전조선문필가협회가 결성되는 시점부터 분극화 현상이 뚜렷하게 나타난다. 즉 전조선문필가협회 결성을 둘러싸고 문련 서기국은 〈문화영역에 대두하는 분열주의자들에게 권고함-소위 '전조선문필가협회' 발기에 대하여〉라는 성명서를 통해, 전조선문필가협회를 민족문화 건설을 위한 통일전선을 파괴 착

---

26) 백철, 『문학적 자서전』, 박영사, 1976, 322쪽.
27) 최원식은 대회 참석자 명단에 곽하신, 서정주, 최태응, 김달진, 유치환, 이한직 등이 참여한 것을 근거로 조선문학가동맹이 우리 문학사상 처음으로 이루어진 문인들의 좌우합작 조직으로 출발했다고 평가한 바 있는데, 이는 다소 과장된 평가라고 할 수 있다. 합작이란 실질적 의미를 지닌 결집체라기보다는 범문단조직에 불과하다고 볼 수 있다. 조선문학가동맹 엮음, 최원식 해제, 『건설기의 조선문학』, 온누리, 1988, 6~7쪽 참조. 청년문학가협회 창립 멤버였던 김윤성의 구술 증언에 따르면, 당시 전국문학자대회에 여러 우익 문인이 참가했던 것은 수적, 조직적 열세에 놓여있던 우익 쪽이 좌익 문학단체에 대한 탐색전 차원이었다고 밝힌 것은 이를 뒷받침해준다. 이봉범, 『김윤성』(한국근현대예술사 구술채록연구시리즈 93), 한국문화예술위원회, 2007, 79쪽 참조.

란하는 분열주의자로 규정하고 우익 진영을 향해 처음으로 맹공을 가했다.[28] 이에 대응해 전조선문필가협회 결성준비위원회는 문련에 〈문화단체총연맹에 보내는 성명서〉를 발표한다. 문련이 민주주의 민족문화 건설이라는 기만적인 강령을 내걸고 신탁통치를 지지하는 민족반역 집단이라는 것이다.[29] '분열주의집단'/'민족반역집단'이라는 상호 규정이 이념적 분할과 경계를 명확하게 보여주는 것은 아니지만, 양 단체의 조직구성원의 성향을 비교해볼 때 적어도 그 구획이 비교적 뚜렷하게 드러난다.[30] 이후 '조선청년문학가협회'(1946.4.4.)와 범(凡)우익 문화단체인 '문총'(1947.2.12)이 결성되고, 정치적·이데올로기적 지형의 급변, 즉 식민지 시기의 민족/반민족의 대립이 신탁통치 파동을 계기로 좌우의 이념적 대립으로 치환되는 이데올로기적 전치(轉置)가 점차 격화되는 과정에 상응하여 문학운동의 분극화 현상은 확대 강화되기에 이른다.

본 연구에서 주목하는 것은 좌우의 분극화 과정을 논리적으로 규명하는데 있는 것이 아니라 그것이 야기한 결과에 있다. 먼저 지적할 것은 좌우로의 분화와 통합의 과정이 각 진영 자체의 집중화를 동반하면서 진행된다는 점이다. 그것은 두 세력 간의 이해(利害)와 문학관의 근본적인 모순이 존재한다는 것이 전제되어야 그 상호 안티테제는 성립된다. 물론 그것은 사회문화적 제반 세력의 역관계를 반영하면서 조정된다. 통합과 집중화가 가장 명확하게 나타나는 지점이 조직의

---

28) 『서울신문』, 1946.3.12. 성명서의 주요 내용을 옮기면 다음과 같다. "좌우편향을 경계하면서 유린되어왔던 민족문화를 재건하고 조국의 민주주의적 건설을 위하여 노력 (…) 문화영역만은 일관하여 통일을 유지하였음은 우리 문화종사자의 한 자랑이었다. (…) 조선문필가협회는 반개 년에 긍한 우리의 각고노력 성과인 문화영역의 통일을 가장 불순한 방법으로 파괴착란하려는 책동이다."

29) 『한성일보』, 1946.3.12. 성명서의 핵심 내용은 다음과 같다. "(…) 일부 정당의 책동적 요구로 전체의 이름을 빌어 (…) 속으로는 독립하려는 조국을 소련의 일련연방하랴고 꾀하면서 그 현실적 역사적 불합리를 감출랴고 민주주의 민족문화건설의 기만강령을 붓치고서도 막사과삼상회의를 맹목지지하며 신탁통치를 원조니 후견이니 하는 괴 해석을 하는 민족적 반역을 감행하였음은 (…)"

30) 전조선문필가협회도 조선문학가동맹과 마찬가지로 우익뿐만 아니라 좌익문인들을 포함한 범문단조직을 의도·추진했다. 준비위원회에서 총 437명의 추천회원 명단을 발표했는데, 이 가운데는 임화, 김남천, 이태준, 권환 등의 핵심 멤버를 제외한 조선문학가동맹 소속 문인들을 대거 포함시킨 바 있다. 눈에 띄는 것은 조선문학가동맹에 소극적이었던 한설야, 홍명희, 이동규 등과 재북작가였던 김조규, 유항림, 최명익까지 포함시키고 있다는 점이다. 이들 중 정식 가입한 문인은 이봉구, 임서하, 송남헌 등 몇 명에 불과하다.

결성과 그 확장이다.

이 맥락에서 눈에 띄는 것이 좌익문화단체의 지방조직의 활성화이다. 조선문학가동맹은 1946년 하반기부터 지부 결성에 박차를 가하는데, 서울시지부 결성(『서울신문』, 1946.8.9)을 시작으로 부산지부 결성(『부산신문』, 1947.6.17, 위원장:김정한), 대구지부 결성(『영남일보』, 1947.6.18, 위원장:윤복진) 등이 순차적으로 이어진다. 가장 체계적이고 실질적인 조직체계를 지닌 서울시지부는 물론이고[31] 지방지부 또한 뚜렷한 조직체계를 갖추고 기관지 발행 및 정치투쟁, 특히 미소공동위원회를 지지하는 선언을 공통적으로 발표한다. 문련 또한 경남도연맹(『자유신문』, 1947.3.20., 위원장:엄문현, 집행위원:김정한 외 23명)을 시작으로, 전남도연맹(『경향신문』, 1947.3.29., 위원장:송홍, 부위원장:조운 외 3명), 서울시연맹(『경향신문』, 1947.6.20.), 경기도연맹(『경향신문』, 1947.7.30) 등이 계속해서 결성된다.[32] 좌익진영의 지방조직 확대는 문화건설의 기본노선을 반제, 반봉건, 반국수주의 민주주의 민족문화의 수립으로 설정하고 문학(화)대중화 및 계몽화를 적극적으로 추진한 결과로 볼 수 있다(문련 전남도연맹 결성식에는 김남천, 이서향, 박영진이 임석한 바 있다). 지부가 결성된 지방도시에서도 중앙에 못지않게 좌익진영이 문화관련 조직, 매체를 장악한 가운데 활발한 문화운동을 전개한 것으로 판단된다. 예컨대 1949년 7월 문총 경남본부가 대한민국의 정통성을 재확인하고 좌익 성향의 일간신문과 주간 『문예신문』, 월간 『문화건설』과 『중성』 등을 반문화인들의 기관으로 규탄하고 무력화시키려는 시도를 보인 것은 이를 뒷받침해준다.[33]

이에 비해 우익진영의 지방조직은 자연발생적인 차원에서는 존재했을지 몰라

---

31) 1946년 11월 개편된 서울시지부의 조직체계와 임원을 살펴보면, 집행위원(염상섭, 홍효민, 강형구, 이병기, 조남령, 이주홍, 임선규), 서기국(강형구, 임원호, 이용악, 박영준, 이병철, 김용호, 김철수, 김상원, 오장환, 김광현, 지봉문, 정원섭, 홍구), 문학대중화운동위원회(위원장:김영석, 위원:강형구, 김남천, 김광균, 김동석, 김만선, 김용호, 김철수, 김광현, 김기림, 나선영, 노천명, 박노갑, 박찬모, 변두갑, 배호, 설정식, 안회남, 오장환, 윤태웅, 이명선, 이봉구, 이용악, 이병철, 임원호, 조허림, 조벽암, 조남령, 함세덕, 현덕, 홍구, 홍효민). 『조선일보』, 1946.11.29.

32) '전북문화인연맹'(위원장:채만식) 결성대회 소식이 신문에 게재된 바 있는데, "막부삼상결정을 지지한다는 메시지를 브라운 소장에게 전달키로 결의"했다는 내용으로 보아 이 단체도 좌익계열의 문화단체로 판단된다. 『서울신문』, 1947.2.23.

33) 『자유신문』, 1949.7.19.

도 공식적으로 결성된 바 없다. 중앙 조직을 결성하고 운용하기에도 벅찬 상황이었다. 그런데 지방조직 문제가 중요한 것은 전향의 폭과 밀접한 관계가 있기 때문이다. 즉 좌익진영의 지방조직에 참여했던 문화인들은 전향공간에서 전향을 선언할 수밖에 없었다. 문련 경남도연맹 위원장 엄문현과 조선문학가동맹 부산지부 위원장 김정한이 전향하는 것에서 확인 가능하다.[34] 일간신문에 게재된 탈당(퇴)성명서 가운데 문련 및 산하 단체에 가담했던 지방 인사들의 것이 많다는 것도 이를 뒷받침해준다. 요컨대 우익진영과 극명하게 대비되는 좌익진영의 지방조직의 활성화는 전향공간에서 익명의 전향자를 양산하는 원인이 되었던 것이다.

둘째, 좌우로의 분극화 현상은 각 진영의 내부적 균열을 불가피하게 야기했다. 각 진영의 통합과 집중이 강화될수록 진영 내부에서는 조직의 주도권을 놓고 가시적 혹은 비가시적인 헤게모니 투쟁이 전개될 수밖에 없다. 그것은 문학적 이념, 통일전선과 같은 문학운동의 실천적 운동을 둘러싼 노선 투쟁을 기본 축으로 하면서 계급, 세대, 성별, 지역 등 다양한 요소가 변수로 작용한다. 더욱이 해방 직후에는 좌우를 막론하고 친일의 문제가 중요한 변수로 작용하고 있었다. 이에 따른 갈등과 대립은 대타적 동일성을 유지하기 위해 또 내적 결속력을 높이기 위해 은폐되기 십상이지만 이념적 대립 구도가 확연해지고 그에 따라 조직이 상대적인 안정기에 접어들면 언제든지 표면화될 수 있다. 해방 후 문학에서도 이 점을 쉽게 발견할 수 있다. 좌익의 경우에는 분극화가 본격화되기 이전에 조선문학건설본부와 조선프롤레타리아예술문맹의 대립이 조선문학가동맹으로 통합되면서 단일한 문화 통일전선이 구축된 바 있다.[35]

문제는 우익진영이었다. 중앙문화협회→전조선문필가협회와 조선청년문학가협회→문총으로 이어지는 우익 문화(학)단체의 변모 과정은 문학(화)의 위상

<hr />

34) 김기진, 『끝나지 않은 전쟁 국민보도연맹』, 역사비평사, 2002, 29쪽.

35) 김남천은 문화운동이 당면한 기본 임무로 프로계급문화의 수립 혹은 사회주의문화의 수립을 주장한 조선프롤레타리아예술연맹의 노선을 극좌적·공식주의적 편향으로 규정하고, 그 극좌적 이론의 토대가 된 것을 조선혁명의 현 단계에 대한 기본적인 규정의 착오와 1925년에 시작된 프로예술운동을 어떻게 보느냐 하는 데서 오는 역사의 평가에 대한 혼란이라고 언급한 바 있다. 김남천, 「민족문화건설의 태도 정비」, 『신천지』, 1946, 8, 136쪽.

설정 문제, 세대적 차이, 친일의제에 대한 입장, 민족문학에 대한 규정, 순수문학론의 본질, 문학의 정치적 참여 등을 둘러싼 내부적 갈등과 대립을 은폐하면서 이루어졌다고 할 수 있다. 전조선문필가협회와 청년문학가협회가 문단의 주도권을 두고 잠시 대립한 바 있지만 그것이 적극적으로 표출된 것은 아니었다. 우익의 경우는 엄밀한 의미에서 서로 다른 정체성을 지닌 문인집단의 변주 과정으로 간주해도 과언이 아니다. 좌익진영과의 엄청난 비교 열위에 따른 불가피한 선택이었는지도 모른다. 그 내부적 균열은 미온적·잠재적 형태로 존재하는 가운데 민족주의와 반공주의라는 시멘트로 통합되었던 것이다.

그런데 전향공간에 접어들어 상당한 정도의 헤게모니적 지도력을 확보하게 되면서 그 균열이 본격적으로 표출되는 가운데 치열한 문화권력 투쟁이 전개되기에 이른다. 물론 단정수립 후, 특히 여순사건과 국가보안법 제정을 계기로 좌우의 세력 관계가 역전·재편된 바 있지만 여전히 좌익 잔류와의 대립을 통해 내부적 동질성을 공고히 해야 하는 현실적 제약으로 인해 또 문단의 주도권을 확보했음에도 그것이 정치적 환경의 부산물에 불과했던 관계로 대립보다는 통합이 여전히 요구되었다. 요컨대 우익 내부의 복잡한 균열 양상은 전향공간의 역동성을 증폭시키는 중요한 원인이 된다. 백철의 회고처럼, 우익문단의 균열은 전향공간에서뿐만 아니라 피난지 부산문단, 1950년대 예술원 파동 및 문단의 분화에까지 관철되는 고질적인 것이었다.[36]

셋째, 분극화 현상은 문화적 중간파의 비대화를 초래했다. 해방직후에 순수한 문화적 중간파가 존재했다고 보기는 어렵다. 좌우의 문학 진영에 적극적으로 가담하지 않고 침묵을 지키거나 계급/민족, 정치/순수의 중간지대에서 제3의 노선을 지향한 문화인도 얼마간 있었지만, 이들 또한 대체로 좌익 문화단체에 잠시 몸담았다가 이탈한 존재들이었다. 대표적인 중간파 문인으로 간주되는 백철, 홍효민, 김광균, 염상섭 등도 마찬가지이다. 순수한 중간파가 없었음에도 1946년 중반부터 조선문학가동맹의 반제반봉건 민주주의민족문화 운동 노선에 공명했

---

36) 백철, 앞의 책, 477−478쪽. 해방 후 우익문단의 변천사에 대해서는 김철, 「한국보수우익문예조직의 형성과 전개」, 『실천문학』, 1990.6 참조.

던 상당수 부르주아 문화인들이 대거 이탈하는 가운데 비좌비우의 문화적 중간 파들이 급격하게 대두된다. 이러한 현상은 정치적 중간파가 형성되는 과정과 대응되는 것이었다.

파냐 이시악꼬브나 쌰브쉬나에 따르면, 1946년 여름 좌우합작을 실현할 주체세력으로서 중도파가 형성돼 확장되는 흐름에 따라 우익과 좌익 모두에서 중도로 대거 유입되는 독특한 현상이 발생하였다고 한다. 우익진영에서 중도파로 옮겨간 것이 민족문제 및 민족해방 과제의 해결에 관련되어 있었다면, 좌익진영에서 중도파로 옮겨간 것은 사회문제와 국가발전의 방법론에 있었다고 각각 그 원인을 설명하는 가운데, 중도파는 정치세력의 분화와 경계 구분이 일어나는 독특한 '연병장'으로서 당시까지 중도파는 정치적 견해 및 지적 경향이 여러 가지 색으로 혼합된 '파레트'에 불과하다고 평가한 바 있다.[37] 문화적 중간파 또한 문화세력의 이합집산의 연병장이었고 상호 이질적인 문화적 입장이 뒤섞여 있는 '파레트'였다. 다만 그 파레트는 좌우로부터 각각 '회색적 반동주의자', '기회주의적 친공주의자'로 매도당하면서도 문화의 자유와 문화의 정치적·사회적 실천을 거부하지 않았다는 공통점을 지니고 있었다.[38]

중요한 것은 문화적 중간파의 규모가 문화운동의 분극화가 가속화되면서 확대된다는 점이다. 그 규모를 가늠해볼 수 있는 것이 좌우 및 중간파를 막론하고 해방 후 최초의 거족적인 구국운동이었던(『조선중앙일보』, 1948.4.14) '108인 문화인 성명'(1948.4.14)과 '문화언론인 330명 선언문'(1948.7.26)이다. 전자는 남북협상(전 조선정당단체연석회의)을 지지하는 성원서로서, 구체적으로 극좌/극우의 정치노선 배제, 단독정부 수립 기도 반대, 통일자주독립 등을 주장했다. 언론출판인, 학자 (교수), 문학예술인 등이 망라되어 있다.[39] 후자는 그 발전적 형태로서 「조국의 위

---

37) 파냐 이시악꼬브나 샤브쉬나, 김명호 역, 『1945년 남한에서』, 한울, 1996, 274쪽.

38) 신형기, 『해방직후의 문학운동론』, 제3문학사, 1988, 189쪽 참조. 김남천은 중간파란 사실상 존재하지 않는다며 그 존재를 인정하지 않으면서도 저널리즘에서 운위되는 중간파란 좌익에서 탈락했든 우익에서 탈퇴했든 '假裝한 우익'(변절자, 기회주의자)에 불과하다고 비판했다. 특히 좌익 중간파(중도좌파)는 민주진영의 무장 해제와 분열을 기도하고 반동파에 위무하는 어용좌익임을 집중 공박한다. 김남천, 「欺瞞·機變·原則」, 『문화일보』, 1947.5.30.

39) 『우리신문』, 1948.4.29. 중간파 문화인의 윤곽을 확인하는 차원에서 성명서에 참여한 명단을 모두 밝힌다. 이순탁, 이극로, 설의식, 이병기, 손진태, 유진오(兪鎭午), 배성룡, 유재성, 이준열,

기를 천명함」이라는 장문의 성명서를 발표했는데,[40] 그 골자는 단정은 민족을 반역하는 결과를 초래할 것이라고 강력하게 경고한 뒤, 조국의 자주적 민주재건을 위해서는 남북을 통한 자주적 통일건설이 시급히 요청되며 이 과제는 좌우의 이념을 초월한 문제임을 거듭 천명한다. 또 통일자주독립을 위한 가장 현실적인 방법으로 미소 양군의 철수를 강력히 요구하는 가운데 특히 당시 많은 사람들의 이목을 끌었던 전력문제를 비롯한 경제 파탄, 독도사건, 제주도사건 등을 미국의 세계정책에 따른 폐해로 간주한다. 선언문에 참여한 330인은 월북한 일부를 제외하고 앞서 '108인 문화인성명'에 참여했던 인사들 대부분이 참여했다.[41]

두 성명서에 참여했던 문화인들을 모두 중간파로 규정하기는 어렵다. 그러나 외부적 압력으로 부과된 단선단정 국면과 남한만의 정부수립이 기정사실화되는 정치 현실에서 자주적 통일 민족국가(민족문화) 수립을 일관되게 주장했다는 점을 감안할 때 이들을 비좌비우의 문화적 중간파로 간주해도 무리가 없다.[42] 적어도 해방직후 좌우 이념(진영)의 양극 구도에 귀속될 수 없는 인사가 대대수라는 점은

이홍종, 정구영, 윤행중, 박은성, 김일출, 박은용, 채정근, 송석하, 박용덕, 이돈희, 조동필, 홍기문, 정인승, 정희준, 문동표, 이관구, 임학수, 오기영, 신영철, 오승근, 양윤식, 김시두, 김기림, 유응호, 김정진, 김양하, 정순택, 박준영, 김용암, 정계성, 허하백, 홍성덕, 박동길, 최문환, 박계주, 이부현, 고승제, 이건우, 장기원, 허규(許奎), 최호진, 박용구, 김병제, 유열, 김무삼, 이달영, 김성수(金成秀), 고경흠, 염상섭, 백남교, 장추화, 이양하, 이의식, 김봉집, 하윤도, 이재완, 정래길, 김계숙, 최정우, 신막, 안기영, 정진석, 성백선, 최재위, 나세진, 정지용, 강진국, 안철제, 정열모, 김태화, 백남진, 양재하, 장현칠, 손명현, 오건일, 홍승만, 박철, 윤태웅, 이준하, 황영모, 유두웅, 전원배, 김재을, 이겸로, 신의경, 고병국, 김석환, 김분옥, 박태원, 김진억, 이갑섭, 송지영, 백석황, 이만준, 신남철, 오진섭, 차미리사, 윤석중, 조박, 허준

40) 『조선중앙일보』, 1948.7.27.

41) 두 성명서에 모두 참여한 문화인으로는 이순탁, 설의식, 이병기, 손진태, 염상섭, 정지용, 배성룡, 김양하, 이홍종, 윤행중, 최문환, 박동길, 이양하, 김무삼, 박은용, 채정근, 송석하, 홍기문, 정인승, 이관구, 임학수, 오기영, 김기림, 정지용, 박계주, 고승제, 허하백, 최호진, 박용구, 고경흠, 장추화, 윤태웅, 전원배, 허준, 박태원, 송지영, 이준열, 유재성, 김진억, 양윤식, 장기원, 안기영, 신막 등 상당수였다. 그리고 '330명 선언문'에 새로 참여한 문화인 가운데 눈에 띄는 문인으로는 길진섭, 김병규, 김동환, 김동석, 박영준, 박화성, 설정식, 신석초, 이석훈, 이용악, 안회남, 엄흥섭, 이무영, 이원수, 조운, 조벽암, 채만식, 현덕, 배호, 이쾌대, 정현웅 등이 있다.

42) 남북통일 및 민주주의정부 수립을 천명하며 단선을 반대한 '52문화예술인공동성명'(1948.5.8.)에서도 이 같은 면모가 나타난다. 좌익이 주도한 이 성명서에 참여한 인사들을 보면 김영건, 배호, 안회남, 이쾌대, 현덕, 석은, 조벽암 등 좌익예술인이 참여했을 뿐만 아니라 박태원, 곽하신, 이명선, 임서하, 정인택, 정종여, 이인찬, 강계식, 최재덕, 김연실 등 범 중간파로 분류할 수 있는 예술인의 참여가 상당수였다. 「매국단선을 결사반대」, 『조선중앙일보』, 1948.5.9.

분명하다. 첨예한 대립관계를 드러냈던 복수의 민족국가(민족문화) 노선이 구국운동(애국/매국)으로 재편되는 흐름의 산물로 볼 수 있다. 성명서 및 참여한 문화인들이 전향공간과 관련해 중요한 의미를 지니는 것은 이들 중 상당수가 잠재적 위협세력으로 규정당해 전향을 강요받거나 그렇지 않더라도 의혹과 통제의 대상이 된다는 데 있다. 요컨대 해방 후 문화운동의 분극화가 내재한 제반 문화세력들의 중층적인 갈등과 대립이 전향공간의 특수성을 배태·초래한 근원이었다는 사실을 다시 한 번 환기해두고자 한다.

이와 관련해 문화인들의 전향의 기준과 경로를 살펴볼 필요가 있다. 일반인들과 마찬가지로 문화인들에게 적용된 전향의 명시적인 기준은 없었다. 다만 국민보도연맹을 법적으로 뒷받침했던 국가보안법 제1조, 즉 "국헌을 위배하여 정부를 참칭하거나 그에 부수하여 국가를 변란할 목적으로 결사 또는 집단을 구성한 자는 左에 의하여 처벌한다."는 조항의 '결사 또는 집단'에 조선문화단체총연맹이 포함되어 있다는 사실을 감안할 때, 좌익 (문화)단체에 참여했던 전력이 중요한 기준이 되었다고 볼 수 있다. 더욱이 국가보안법의 운용 과정에서 소급 처벌 규정의 적용, 즉 해방 후 좌익단체에 가입한 사람이 국가보안법 공포 이전까지 반대, 탈퇴하지 않은 경우에도 국가보안법의 저촉 대상이 됨으로써(제4조) 해당자들도 전향 선언이 불가피했다. 따라서 전향자의 범위가 상당히 클 수밖에 없었다. 1949년 10월 18일 미군정법령 제55호(제2조)에 의거하여 16개의 정당과 117개의 사회문화단체가 전격적으로 등록취소 처분된 뒤 문화인의 전향이 본격화되기 시작된 것으로 미루어 보아, 당시까지 좌익 문화조직의 구성원이었거나 탈퇴했어도 과거 이들 단체에 한 번이라도 이름을 올린 사람이라면 전향성명 발표와 동시에 국민보도연맹에 의무적으로 가입했던 것으로 보인다.[43] 범위와 대상이 과도하고 자의적인 확대로 인해서 단기간에 대규모의 범법자가 양산될 수밖

---

43) 등록취소 처분된 133개(정당 16개, 단체 117개) 단체 가운데 문화 관련 단체로는 범좌익문화조직이었던 조선문화단체총연맹(문련)을 비롯하여 그 산하의 조선문학가동맹, 조선미술동맹, 조선연극동맹, 조선음악동맹, 조선영화동맹, 조선과학자동맹 등 문학예술 단체가 망라되어 있고, 민주주의민족전선(민전) 및 전국농민동맹, 남조선여성동맹, 조선민주애국청년동맹 등 그 산하 단체 모두가 대상이었다. 소수의 극우 사회문화단체를 제외한 좌익 잔여의 정당 및 단체 모두가 포함된 것이다.

에 없는 가운데 좌익과 무관한 사람들까지 대량탈당을 통한 전향이 강제된 것이다. 그것은 전향한 문화인들을 면모를 통해서 확인할 수 있는 바다.[44]

하지만 그것이 일관성 있게 적용된 것은 아니다. 가령 프롤레타리아예술동맹에 가입했던 윤곤강, 김해강과 조선문학가동맹에 가입했던 정태용, 곽하신 그리고 민주주의민족전선의 중앙위원이었던 채동선 등은 전향하지 않았다(심증은 있으되 아직 물증을 발견하지 못했다는 것이 더 정확한 표현이다). 다른 한편 일련의 좌익 문화단체에 전혀 참여하지 않았던 박인환은 전향선언을 발표한 바 있다. 박인환의 경우는 그가 『국제신문』 필화사건(1949.3)으로 인해 국가보안법 위반 혐의로 송지영과 더불어 불구속 송청된 사실을 감안할 때, 그의 전향은 국가보안법의 과도한 확대 적용의 한 예로 간주할 있다.[45] 그렇다고 전향 주체들의 자기검열의 수준 차이에 따라 전향 여부가 결정되었다고 보기도 어렵다. 다만 "사회와 당국에 한번 좌익이란 지목을 받은 것이 좀처럼 청산을 인정치 않아 국민보도연맹에 자수할 수밖에 없었다."는 한 전향자의 발언을 통해서,[46] 문화인들도 당국으로부터 좌익분자로 낙인을 받은 이상 국민보도연맹에 가입해 공식적인 전향자로 인정받는 가운데 최소한의 신변 보장을 도모해야 하는 역설적 상황이 전향을 촉진시켰을 가능성이 매우 크다. 실제 박영희, 오영진 등이 특별한 전향 사유가 없었음에도 국민보도연맹에 가입한 뒤 문화실의 중책을 맡은 바 있다.

당시의 전향이 이렇게 이념적 무차별성, 직능 및 지역을 초월한 전국성을 보인 데는 명확한 기준이 없는 불분명함이 크게 작용했다고 볼 수 있다. 암묵적 가

---

44) 손소희가 대표적인 경우이다. 그녀는 박영준과 시인 R씨(이병철로 추정)의 보증으로 조선문학가동맹에 가입했는데, 전국문학자대회에 참석한 것 빼 놓고는 조선문학가동맹을 비롯한 좌익 문화단체에 관련된 활동을 한 적이 없다. 그녀의 경우를 통해 좌익 문화단체에 가담했던 적이 있는 문화인들 대부분이 전향에서 자유로울 수 없었음을 추정해 볼 수 있다. 손소희, 『한국문단인간사』, 행림출판, 1980. 44쪽.

45) 박인환의 사례로 통해 볼 때, 전향공간에서 국가보안법 위반 혐의로 체포되었던 좌익 문화조직의 활동가들, 이를테면 조선문학가동맹 인천지부 소설부 '송종호'(『조선일보』, 1949.8.13), 문련 중앙조직부 책임자 오세춘(『조선일보』, 1949.9.6), 문련 서기장 김진항 외 40명(『서울신문』, 1949.10.11), 문학가동맹 서울시지부장 조익규 외 17명(『조선일보』, 1949.10.19), 남로당 서울시 문화부 예술과 책임자 김성택 외 13명과 문련 서울시지부 선전부 책임자 최운철 외 5명, 문화부 책임자 김성호 외 6명(『서울신문』, 1949.10.27.) 등은 체포 후 전향이 강제된 혐의가 크다.

46) 「애국의 길로 매진」(전향자좌담회), 『태양신문』, 1949.11.2.

이드라인이 오히려 강력한 폭발력을 발휘한 셈이다. 물론 자진 자수에 대한 처벌 경감의 당근책이 유효한 점도 있었다. 국가보안법상 국가보안법 위반에 해당하는 자가 자진 자수를 할 때는 형을 감경 또는 면제할 수 있다는 규정(제5조)의 연장선에서 시행된 자발적 전향자에 대한 이 같은 당근책은 내부평정의 성과를 내기 위한 국민보도연맹의 고육책이었으나 미전향자를 포섭하는데 상당한 효력을 발휘한다. 자수 기간을 거치며 전향자가 급증했던 것도 이 때문이다. 아무튼 광범위하고 자의적인 규정이 문화인들의 전향에 적용된 것을 통해 문화인들에게 끼친 전향의 전폭성 및 폭압성을 유추해볼 수 있다. 대량 탈당 및 대규모의 전향자가 생산된 이 같은 조건과 논리는 1930년대 전향과 확연히 구별되는 점이다.

그런데 문화인들의 경우 검경 및 국민보도연맹의 강제이든 박영준처럼 자기검열에 의한 자발적 전향을 선택하든 간에 그들의 전향은 '자수'라는 형식을 띠고 국민보도연맹에 가입하는 것을 통해 공식성을 얻게 된다. 정지용을 비롯해 대다수 문화인들의 전향이 1949년 11월 일련의 자수기간에 이루어진 것을 통해 미루어 짐작할 수 있다. 흥미로운 것은 이 과정에서 문화인들 내부의 인적네트워크가 작용했다는 점이다. 국민보도연맹의 본격적인 조직 확대작업에 따라 당시 사무국장이었던 박영희의 권유에 의해 정지용, 박태원, 김기림, 백철, 배정국 등이 가입한 사실은 이를 뒷받침해준다.[47] 색출-포섭-전향의 체계가 직능별로 확대·구체화되는 추세에 따라 문화인들에게도 집중적으로 적용된 것으로 보인다.[48]

전향한 문화인들은 모두 국민보도연맹 중앙본부 '문화실'에 편입된다. 문화실은 문학, 음악, 미술, 영화, 연극, 무용 등 각 전문분야별로 편성되었고 기관지 주간『애국자』(1949.10 창간), 좌경지식인들의 사상전향을 위한 월간『창조』의 발행과 이론연구를 위한 이론연구부를 별도로 두고 있었다.[49] 문화실의 활동은 지도

---

47) 백철, 앞의 책, 369쪽.
48) 이는 자수전향 기간에 각 분야별로 전향을 독려하는 사업이 자체적으로 추진된 것과 관련이 있어 보인다. 가령 문교부에서는 좌익자수강조주간에 호응하여 학원 내의 좌익학생과 그에 부화뇌동하는 학생들을 순화시키고 애국애족의 정신계발을 위한다는 명목으로 '학원반성강조주간'(1949.11.17.~30)을 설정해 전향을 유도했고(『자유신문』, 1949.11.8), 육군에서는 과거 불온사상을 가진 군인들 대상으로 '전향주간'을(『조선일보』, 1949.11.18), 해군에서도 자수주간(1949.12.1-31)을 설정해 전향 사업을 적극적으로 추진한 바 있다(『동아일보』, 1949.12.8).
49) 월간『창조』는 반공이념지를 표방하고 1950년 5월 2일 경 편집회의까지 마쳤으나 6.25로 발간되

위원 오제도와 문화실장 양주동 그리고 촉탁으로 박영희, 김용제 등이 주축이 되어 운용되었는데, 특히 양주동의 역할이 컸다.[50] 1950년 초에는 정지용, 오영진이 이어받아 문화실을 주재했다. 문화실이 전개한 주 활동은 반공사상의 선전·선무 사업이었다. 이는 국민보도연맹의 방침, 즉 "전문적 연구를 적극적으로 하여 과학성에 입각한 조리 정연한 이론으로 전향 탈당자뿐만 아니라 일반국민들까지도 언론으로 기관지 등으로 일대 국민운동으로 일으켜 민족정신을 고도로 앙양시키겠다"[51]는 목적에 따라 전향한 각 분야 지식인 권위자들의 전문적 능력이 현실적으로 필요했다. 문화인들은 국민보도연맹에서 활용 가치가 가장 큰 집단적 대상이었다. 실제 전향공간에서 문화인들은 반공이데올로그이자 그 선전자로서 다양하게 활용된다. 여순사건 때 '문인조사반'(박종화, 김영랑, 이헌구, 정비석, 최영수, 정홍거)을 조직해 반공민족 형성에 기여했던 우익문인들은 전향공간에서도 공보처 선전대책중앙협의회의 지방계몽사업(1949.10.23~11.3)에 영화·연극반과 함께 문인강연단(박종화, 이헌구, 김영랑, 오종식, 유치진, 조연현 등)으로 파견돼 반공 선전사업을 벌인 바 있다.[52] 강제적 동원과 능동적 참여라는 그 동기만 달랐을 뿐이었다.

전향문화인들이 동원된 대표적인 선전·선무사업은 국민예술제 개최다. '민족정신앙양 종합예술제'(1949.12.3.~4), '국민예술제전'(1950.1.8.~10), '학술문예종합강좌'(1950.5.1.~7), '문학 강좌'(1950.6.21.~24) 등이다. 앞의 두 예술제는 전향문화

지 못했다고 한다. 당시 편집회의에 참석한 인사로는 오제도, 정희택, 이하성(서울시경 사찰과장), 이은택(서울시경 보도주임), 박영희, 양주동, 이선근(국방부 정훈국장), 정백, 엄흥섭 등 9명이었다. 국민보도연맹의 운영에 검·경·군이 적극 개입했다는 사실을 확인할 수 있다(「이 한 장의 사진, 그때 그런 일들은 22」, 『경향신문』, 1984.1.7).

50) 선우종원, 『사상검사』, 계명사, 1993, 172쪽.

51) 『동아일보』, 1949, 4.23. 그것은 국민보도연맹의 강령을 통해서 확인할 수 있다. 1. 오등은 대한민국 정부를 절대지지 육성을 기함. 1. 오등은 북한 괴뢰정권을 절대반대 타도를 기함. 1. 오등은 인류의 자유와 민족성을 무시하는 공산주의사상을 배격·분쇄를 기함. 1. 오등은 이론무장을 강화하여 남북로당의 멸족 파괴정책을 폭로 분쇄를 기함. 1. 오등은 민족진영 각 정당·사회단체와는 보조를 일치하여 총력결집을 기함.

52) 『문예』4호, 1949, 11, 123쪽. (반공)선전사업은 당시 공보부가 제일 중요하게 간주한 사업이었는데, 그것이 국가기관을 넘어 민간차원으로까지 확대되는 양상을 보인다. 이승만이 선전문화사업의 추진 협력을 요망해 '대한문화선전사'(이사:고희동, 김동성)라는 재단법인이 설립돼 활동을 벌인 것이 한 예다. 『자유신문』, 1950.5.5.

인들의 전향을 대외적으로 천명하고 반공정신을 고취시키려는 목적에 따라 프로
그램도 비슷하게 구성되었지만, 주최의 성격과 프로그램 참여자가 크게 다르다.
전자는 '한국문화연구소'가 주최하고 문총이 후원한 민간 주도로 전향문화인뿐만
아니라 당시 보수우익의 이른바 문화 권력자들이 공동으로 참여하는 형식이었다
면, 후자는 국민보도연맹 주최로 산하 문화실 소속의 전향문화인들이 총동원된
자체 예술제였다.

　전자는 여순사건 및 국가보안법 제정 후 문화제도권의 조직, 매체 등을 장악
한 보수우익들이 전향자수 기간에 전향을 선언하지 않은 좌익문화인들에게 일종
의 투항메시지를 보내는 동시에 전향공간에서 문화적 주도권을 확대·강화하려
는 목적을 노골적으로 드러낸 프로파간다 기획이었다. 총괄기획자 한국문화연구
소는 오영진이 주도한 보수우익, 특히 월남반공주의자들이 주축을 이룬 문화단
체다. 애초 프로그램상 당시까지 전향하지 않은 설정식에게 시 낭독을 맡겼고,
박용구에게 김순남에게 보내는 메시지를, 윤용규와 문철민에게도 이북문화인에
게 보내는 메시지 낭독을 각각 강요했다는 것은 보수우익들이 전향의 가이드라
인을 제시하고 비전향자의 전향을 독려하는 한편 반공주의("민족정신 앙양") 인정
투쟁을 통해서 문화헤게모니를 공고히 하겠다는 다목적의 포석이었음을 말해준
다.[53] 보수우익의 문화인들이 문화인 전향에 있어서 국가권력 및 국민보도연맹
이상으로 영향력을 행사했다는 것을 확인할 수 있는 지점이다. 엄밀히 말해 이
예술제도 국가권력(경찰)과 보수우익의 합작품이었다.[54] 프로그램도 서울시경의
검열을 받았다.

　주목할 것은 일간신문에 사전 광고된 것과 달리 실제 예술제 공연에서는 프
로그램 담당자의 변화가 많았다는 점이다. 가장 중요한 이북문화인에게 보내는

---

53)　실제 박용구는 국민보도연맹이 일제말기 대화숙(大和塾)의 변형태로 인간 양심의 타락을 의미하
　　는 것으로 간주하고 있었는데, 전향하지 않은 자기에게 사전에 통보도 없이 종합예술제에서 김순
　　남에게 메시지를 보내는 것으로 결정된 신문광고를 보고 쇼크를 받아 이 땅에서 더 이상 아무 일
　　도 할 수 없다고 판단해 일본으로 밀항을 감행했다고 증언한 바 있다. 한국정신문화연구원 한민
　　족문화연구소 편, 『내가 겪은 해방과 분단』, 선인, 2001, 518쪽 참조.
54)　이병기에 따르면, 그가 이극로에게 보내는 메시지를 낭독하게 된 경위는 서울시경 조찰과 검열
　　계의 요구에 의해서였다고 밝힌 바 있다. 낭독의 대가로 3천원을 받았다고 한다. 이병기, 『가람문
　　선』, 신구문화사, 1969, 154쪽.

메시지낭독자였던 박용구, 윤용규(영화동맹), 문철민(무용동맹) 등이 불참한 가운데 정인택, 한형모, 장추화로 각각 교체되었으며, 설정식을 비롯해 노천명, 김영랑, 최태응 등도 참석하지 않았다. 예술제 진행에 상당한 난항을 겪었던 것이다. 사상적 전향 자체를 거부한 신념이 주된 이유였겠으나 동시에 동업자들의 강제적 동원에 따른 표적으로 지명된 당사자들의 반발 때문으로 추정된다. 특히 이북문화인에게 보내는 메시지낭독의 축소 및 낭독자 변경이 가장 심했던 것은 전향문화인들에게 있어 메시지낭독이 엄청난 인간적 모멸로 작용했을 것으로 보인다.[55]

　이북문화인에게 보내는 메시지낭독은 정부수립 후 우익진영이 가장 선호한 대내외 프로파간다 수단이었다. 서울방송국의 대북 라디오심리전이 본격화 되는 것에 상응해 전파를 이용한 방법이 주로 구사되나 지면을 통한 방법도 동원되는 가운데 종합예술제에서 핵심 프로그램으로 정착되는 과정을 거친다. 다만 전향 공간에서의 메시지낭독은 그 이전과 현격하게 다른 것이었다. 즉, 『신천지』가 기획한 '38이북의 벗에게 보내는 편지'가 냉전질서의 체제 내화에 따른 민족분단이 기정사실화되는 정치 현실에서 남북(체제)을 초월한 지식인의 역사적 소명을 환기해보자는 취지였음에 반해,[56] 전향공간에서는 그것이 지배체제의 우월성과 그 공고화를 위한 선전 도구로 악용되었기 때문이다. 정인택(북조선문학예술동맹에)과 한형모(북조선영화동맹에)의 메시지낭독은 월남·귀환을 촉구하는 경고문이었다. 잡지 『대조』(4권1호, 1949.1)에 실린 조연현(한설야 씨에게 보내는 서한), 최태응(김일성 씨에게)의 메시지가 개인적 차원이라면 종합예술제에서는 공식적 차원에서 전향자 또는 전향대상자들에 의해 집단적 방식으로 강제되었다는 차이가 있다. 이 종

<hr />

55) 행사를 사전 광고한 『자유신문』의 프로그램과(12월 1일자), 사전 광고 및 예술제의 성과를 보도한 『동아일보』의 기사(12월 6일자)와 비교해보면 많은 차이를 발견할 수 있다. 특히 이북문화인에게 보내는 메시지 낭독에서 뚜렷하게 나타난다. 참고로 예술제에서 메시지낭독을 한 사람은 정지용(이태준에게), 정인택(북예총에게), 김만형(길진섭에게), 김기림(이원조에게), 장추화(최승희에게), 신막(강진일에게/북조선문화동맹에게), 이병기(이극로에게), 허집(북조선연극동맹에게), 황영일(이서향에게), 유동준(북조선문학동맹에게), 김영주(북조선미술동맹에게) 등이다.

56) 『신천지』제2권3호, 1947.4, 124~127쪽. 홍종인과 이헌구가 이북에 있는 익명의 벗에게 보내는 편지형식으로 내용에는 다소 차이가 있으나, 해방의 의미가 퇴색하고 민족의 진로가 불투명한 상황에서 지식인의 고뇌를 피력하는 공통점을 보여준다.

합예술제의 선전 효과는 매우 컸다. 성황리에 치러짐으로써 언론의 격찬을 받는 가운데 미전향자들의 전향을 유인하는데 상당한 효력을 발휘하는 한편 보수우익의 문화인들의 입지가 한층 강화되기에 이른다. 자수기간에 전향을 거부했던 설정식, 배호, 유정, 문철민 등도 이 예술제 직후 전향을 선언하고 국민보도연맹에 가입한 바 있다.

그리고 국민예술제전(1950.1.8.~10)은 국민보도연맹 서울시본부 문화실 소속의 각계 문화인이 총동원된 국민보도연맹 주최 종합예술제다. 시공관에서 정지용의 사회로 1일 3회씩 총 9회에 걸쳐 진행된 대규모 행사였다. 프로그램에 참여한 문화인들 모두가 전향선언 후 국민보도연맹에 가입한 인사들이었다는 점에서 앞의 한국문화연구소 주최의 예술제와 뚜렷하게 구별된다. 참여자의 면면은 전향성명서 발표의 여부를 떠나 전향자로 특정해도 틀리지 않다. 전향성명서 발표자(명단)와 더불어 당시 문화인 전향자를 확증할 수 있는 또 다른 준거 자료로서 의의가 있다.

프로그램은 강연(정갑, 김기림, 송지영, 박태원, 설의식, 인정식, 홍효민, 전원배, 염상섭, 최병태), 시 낭독(설정식, 양주동, 여상현, 박인환, 임학수, 정지용, 김상훈, 김용호, 송돈식, 임호권, 김병욱, 박거영), 이북문화인에게 보내는 메시지 낭독(정인택, 정현웅, 최운봉, 김정화, 이쾌대, 김한, 김용환, 손소희, 박계주, 엄흥섭, 박노갑, 김정혁), 사상적 전향 및 자수를 주제로 한 연극 〈도라온 사람들〉(박노아 작/허집 연출), 무용 〈영원한 조국〉(김막인 작·연출/문철민 伴奏詩), 음악(현악합주, 테너독창, 이중창 기타), 영화 〈보련특보〉(보련문화실영화부 제작, 김정혁 기획, 허달 제작) 등 다채로웠다.[57] 이북문화인에게 보내는 메시지 낭독자가 12명인 점이 눈에 띈다. 신문의 전언에 따르면, 정지용이 사회를 보았고 정갑의 강연이 큰 호응을 얻었으며 대회장소인 시공관이 꽉 찰 정도로 연일 대성황을 이루었다고 한다.[58] 문학, 음악, 무용, 영화, 연극 등 예술의 각 분야에서 지명도가 높은 전향문화인들이 총동원되었다는 점에서 그 반향의 정도를 충분히 짐작하게 한다. 이 종합예술제는 조연현의 지적처럼

---

57) 보다 구체적인 내용은 『자유신문』 광고(1950.1.7)와 『경향신문』 기사(1950.1.9)를 참조.
58) 『자유신문』, 1950.1.10.

전향자들이 '사상적으로 전향할 수 있다는 용의와 태도를 처음으로 민중 앞에 공개[59]'한데 의의가 있으며, 그것은 전향자가 잠재적 불온세력이라는 사회·문화적 규정을 제도화하는 계기로 작용했다. 이 종합예술제 개최 후 지봉문(『경향신문』, 1950.1.11.), 김영석(『동아일보』, 1950.3.19.) 등이 전향성명서를 발표한다. 남로당계열 단체들의 세포망에 대한 검거 선풍이 강화되고 전향 공작이 거세짐에 따라 지명도가 있던 좌익문화인들의 선택지가 전향으로 굳어지는 추세에 이 종합예술제가 존재한다. 물론 이용악의 경우와 같이 끝내 전향을 거부하고 수배 상태에서 체포된(1950년 2월 6일 남로당서울시문화예술사건) 뒤 징역 10년을 선고받고 수감된 사례는 매우 드물었다.

그리고 국민보도연맹 주최의 '학술문예종합 강좌'와 '문학 강좌'는 전문적·학술적인 행사로 당시 지식엘리트들을 동원하여 강사진을 구성했다. 강사진은 김기림(『영시단의 신 동향』), 설정식(『현대시의 제문제』), 박태원(『대중소설론』), 이삼실(『서양민족국가에서 배움』), 전원배(『유물철학의 비판』), 김병규(『현대불문학의 주조』), 한인석(『UN평화의 건설과 파괴』), 이석범(『공산주의 이론의 비판』), 채정근(『쩌낼리즘론』), 서계원(『대한공업건설 문제』), 김정화(『현대영화론』), 정열모(『한국고대문화의 특질』), 박은용(『근대음악론』) 등이다. 강사진은 모두 전향문화인이다. 흥미로운 것은 청강료 500원을 책정했고 예매를 통해 수강생들을 공개 모집했다는 점이다(예매처는 백양당, 탐구당, 동지사). 당시 국민보도연맹이 운영 자금을 제대로 확보하지 못해 어려움을 겪었다는 사실을 감안할 때, 강좌수강료를 받은 것은 이를 충당하기 위한 고육책이었던 것으로 보인다. 미국문화관에서 개최된 '문학 강좌'는 '학술문예종합 강좌'의 연장선에서 이루어졌는데, 확인 가능한 강사진은 정지용(『시작법』), 양주동(『고전문학』), 김기림(『문장론』) 정도이다. 다만 시 낭독을 포함한 다채로운 행사가 곁들어졌다는 기사를 볼 때, 단순한 문예 강연이기보다는 일반대중을 상대로 한 프로파간다의 일환으로 기획된 일종의 문화제였던 것으로 보인다. 이 같은 강좌가 6·25발발 전날까지 시행되었고 다른 한편으로 전향성명서 발표가 이때까지 지속된 것으로 미루어 볼 때 국민보도연맹이 전향자 색출-포섭-프로파간다의 시

---

59) 조연현, 「해방문단5년의 회고⑤」『신천지』, 1950.2, 220쪽.

스템을 집요하게 추진했다는 사실을 확인해준다.

이렇게 전향문화인이 동원되었던 일련의 기획을 소상하게 살핀 것은 전향 의제에 대한 그 어떠한 보고보다도 당시 전향문화인이 직면했던 현실적 상황과 고뇌 나아가 전향이 문화적 지형의 변환에 간여했던 저변을 탐색하는데 유용한 정보를 제공해주기 때문이다.[60] 위 행사들의 목적은 제도적으로 비전향 또는 준(準)전향자에 대해서는 전향을 촉진하고, 완전전향자에 대해서는 전향을 확보·관리하는 역할을 했기 때문이다. 더욱이 그들은 한국전쟁까지 끊임없는 감시와 통제 속에 반공이데올로그로서, 또 그 선전자로서 자신을 존재 증명해야 하는 가운데 공공연한 이념적 적대를 조장하는데 기여하는 처지로 전락했던 것이다. 반공자작시를 낭송하고 "남한에 남아 있으면 그만이지 뭘 더 증명을 하라고 이런 짓을 시키는지 어디 성가셔서 살 수가 있나"[61]라고 항변했던 정지용의 고뇌가 이를 잘 집약해준다. 그러나 그 '성가심'은 전향문화인들에게는 남한에서의 생존을 위해 필요한 필수적 조건의 일부에 불과했을 따름이다.

3. 전향 공간의 문화적 역학

전향 공간에 조성된 사회문화적 분위기는 단정수립 후에 발생한 몇 가지 사건을 살펴보는 것으로 족하다. 반민족행위처벌법 국회 통과(1948.9.7→1949.8.22 국회에서 폐지안 통과), 여순사건 발생(1948.10.20), 국가보안법 공포(1948.12.1), 정부 남북협상반대 성명(1949.1.19), 학도호국단 결성(1949.3.8), 국민보도연맹 창설(1949.4.21), 남로당 국회프락치사건(1949.5.20.), 미 국무성 미군철수 발표(1949.5.20→6.29 철수 완료), 농지개혁법 공포(1949.6.21), 김구 피살(1949.6.29.) 등 계기적으로 연속되는 흐름은 전반적으로 반공독재국가 건설로 수렴되는 과정으

---

60) 이 행사들은 국민보도연맹 중앙본부 주최의 것만을 제시한 것이다. 지방지부의 행사도 이에 못지 않게 다양하게 개최되었을 것으로 추정된다. 비근한 예로 국민보도연맹 맹원 4천 명이 참집한 서울시지도본부 주최의 '국민사상선양대회'(1949.12.18.)를 들 수 있는데, 이 행사에도 다수의 전향문화인들이 동원되었으며 특히 인정식은 '북한괴뢰집단에 보내는 메시지'를 낭독한 바 있다. 『자유신문』, 1949.12.20.

61) 백철, 앞의 책, 372쪽.

로 볼 수 있다. 친일잔재 청산과 통일문제를 둘러싼 사회 제반세력의 각축이 반공 정국으로 반전되는 이 과정에 전향제도가 존재한다. 다시 말하면 정부가 수립되었음에도 불구하고 여전히 국가의 능력,[62] 즉 국가의 지배를 보증하는 지방통제능력, 국가를 정당화할 수 있는 지배이데올로기의 확산 침투능력, 사회경제관계의 규제능력이 미약한 가운데 지배체제의 안정적인 재생산이 시급히 요청되는 상황에 전향제도가 동의의 조직화를 통한 국가권력의 정당화를 위한 기제로 활용된 것이다.

물론 그것은 강제와 동의가 동시에 작동하는 모순적 과정이었다.[63] 국민보도연맹이 대외적으로는 좌익전향자에 대한 '保導'(교정과 교화)라는 성격을 표방했지만 실질적으로는 전향자통제 단체, 좌익섬멸 단체, 민중통제 단체로서 기능했다는 것은 이를 뒷받침해준다.[64] 실제 전향제도는 상당한 성과를 거둔다. 남로당을 포함해 좌익 잔류들뿐만 아니라 근로대중당, 민족대동회, 근민당과 같은 중간파(정당),[65] 자주적 민주국가건설을 표방하고 남한만의 단독선거를 반대했던 아나키스트들,[66] 나아가 통일을 주장하는 민족진영 일부 등 반정부세력 일체가 국가권력의 통제그물망 속에 포획되는 결과를 낳는다. "현재 서울에 있는 좌익계열

---

62) 윤충로, 『베트남과 한국의 반공독재국가형성사』, 선인, 2005, 42쪽 참조.

63) 이는 중앙일간지에 '탈당성명서'와 '반공정신의 고취'를 선양하는 광고가 동시에 게재되는 것에서도 확인할 수 있다. 즉, 일간지 특히 1950년 초 『서울신문』과 『경향신문』을 보면 대규모의 탈당성명서와 함께 '민족총단결로 실지회복에', '나라를 위한 일편단심, 너도나도 국채(國債) 한 장씩', '반공도 국채, 통일도 국채', '한 장의 국채 호국의 탄환'과 같은 슬로건과 이에 참여한 단체 및 개인 명단이 연일 보도되고 있다.

64) 국민보도연맹의 결성 배경, 성격, 조직 체계, 민간인학살로서의 보도연맹사건에 대한 대표적인 연구 성과로 한지희, 「국민보도연맹의 조직과 학살」, 『역사비평』, 역비평사, 1996 가을; 김기진, 『끝나지 않은 전쟁 국민보도연맹』, 역사비평사, 2002; 김선호, 「국민보도연맹의 조직과 가입자」, 『역사와 현실』45, 한국역사연구회, 2002; 강성현, 「국민보도연맹, 전향에서 감시 동원 그리고 학살」, 김득중 외, 『죽엄으로써 나라를 지키자』, 선인, 2007 등을 들 수 있다.

65) 『조선일보』는 '사설'을 통해 대한민국 정부가 진정한 의미의 민족진영의 총본영이 되어 있는 이상 중간파란 존재할 수 없으며, 따라서 민족주의자라면 대한민국을 지지하고 계급주의자라면 인공국을 지지할 수밖에 없다며 중간파들에게 대한민국에 귀일할 것으로 재차 촉구한 바 있다. 「중간파의 살 길」(사설), 『조선일보』, 1949.12.21.

66) 아나키스트들이 사상적 독자성을 확보하지 못하고 해방 후 좌우대립 구도 속에서 우익 진영에 편입되는 과정에 대해서는 이호룡, 『한국의 아나키즘-사상편』, 지식산업사, 2001, 345~353쪽 참조.

은 8·15 이전 공산운동으로 돌아갔다"[67]는 진단은 과장된 것이 아니었다.

전향제도의 정치·사회적 효과는 문화적인 영역에서도 뚜렷하게 나타났다. 첫째, 매체 지형이 전반적으로 극우보수로 편재되었다. 물론 미군정기에 이미 극좌신문 대부분은 정·폐간되었고(『조선인민보』, 『현대일보』, 『중앙신문』 등), 이승만정권 출범 후 '언론정책 7개항'조치와 (광무)신문지법 및 미군정법령 제88호에 의거해 신문정비가 대대적으로 시작됨으로써 좌익계와 진보적 민족주의계열 신문들의 정·폐간이 속출했는데,[68] 전향공간에 접어들어서는 정부발표 기사나 반공 사건을 소극적으로 다루어도 정·폐간조치가 남발되어 비판적 중립지조차 존재할 수 없는 경색된 상황이 초래되었다.[69]

잡지매체 분야는 그나마 대중적 영향력을 확보하고 있던 『신천지』(1946.1~1954.10, 통권68호)와 『민성』(1946.4~1950.5, 통권45호)이 전향공간에서 편집진이 교체되면서 중립 논조에서 반공지로 급선회하게 된다. 특히 『신천지』는 여운형, 백남운 등 중도좌파의 노선을 지지하는 가운데 '민족문화연구소'소속 지식인들(신남철, 이북만, 옥명찬, 유응호, 박시형, 김계숙, 조동필, 최문환, 박동철 등), '조선학술원'소속의 전문가그룹(안동혁, 김양한, 최호진, 이병도, 김상기, 최현배 등), 비판적 자유주의 저널리스트(오기영, 채정근, 고승제, 이갑섭 등) 등 중도성향의 지식인들이 대거 필진으로 참여해 해방 후 사상적·문화적 동향에 대한 '오피니언 리더'로서의 역할을 수행하다가 전향공간을 계기로(1949년 8월호부터) 분단정부의 정통성을 뒷받침하는 반공지로 변모해갔다. 동시에 편집장 정현웅을 비롯해 필진으로 참여했던 상당수가 전향을 선언하게 된다. 요컨대 검열제도와 상보적 관계를 이루면서 진행된 전향공간에서의 매체 지형의 극우화 현상은 친일청산, 민족통일 등 민족 당위적 의제의 철저한 배제는 물론이고 합리적인 사상·문화담론의 생산, 소통 자체를 원천적으로 봉쇄하는 결과를 야기했다.

---

67) 『자유신문』, 1949.11.1.

68) 대표적인 예로 『제일신문』 정간(48.9.13), 『세계일보』 폐간(1949.1.13), 『국제신문』 폐간 (1949.3.5.), 『화성매일신문』 폐간(1949.6.6)을 들 수 있다.

69) 일례로 『서울신문』 정간 사건(1949.5.15.~6.20), 즉 주식 중 과반 이상이 정부주였던 『서울신문』이 정부에 비협조적 논조를 보이자 '반정부 이적행위'를 했다는 이유로 무기정간을 당한 사건을 들 수 있다.

둘째, 문화주체의 변용을 제도적으로 추동했고 그 과정에서 해방 후 민족문화 건설의 중심 의제들이 결정적으로 왜곡 또는 와해되었다. 물론 이것을 전향제도 의 산물로만 단정할 수 없다. 해방 후 진보적 문화기획은 1947년에 하반기에 접 어들어 좌절되었다고 봐야 한다. 미군정의 이른바 '8월 대공세', 즉 남한에서의 공산주의 활동의 불법화를 선언함으로써 좌우의 세력관계가 급격히 우익 우세 로 전환되고 모든 좌익세력은 월북 내지 비합법적 활동으로 내몰린다. 더욱이 미 군정의 검열정책이 본격화되면서 합법적인 문화 활동이 봉쇄되는 상황은 좌익의 문화운동을 더욱 위축시켰다. 예컨대 1947년 1월 '흥행취체에 관한 고시'로 문화 의 정치선전 행위 일체가 공식 금지되고, 12월 좌익의 합법적 출판물이 경찰에 의해 압수 혹은 발매금지되는 좌익서적 몰수사건으로 인해 좌익의 문화 활동은 합법적인 공간에서조차 더 이상 유지하기 어려운 상황에 봉착하게 된다.[70] 가장 강력한 문화운동을 전개했던 조선문학가동맹도 제2차 미소공위에 일말의 기대 를 건 가운데 예술대중화 운동, 문화공작대 파견, 구국문화 투쟁을 전개하나 한 반도문제가 유엔으로 이관되면서 조성된 단선단정 국면에서는 온전한 합법적 대 중문화운동을 전개하기가 불가능했다. 이 같은 열악한 상황에서 대부분의 지도 적 문화주체들이 월북함으로써(일부는 지하투쟁을 전개) 문화영역에서의 주체 변용 이 1차적으로 이루어졌다고 볼 수 있다. 따라서 전향제도는 이후 잔류한 일부의 좌익세력과 해방 후 문화운동의 분극화에 의해 야기된 문화적 중간파들의 사상 적 전신을 강제한 2차 주체변용의 계기였다고 봐야 한다. 그 변용의 방식과 폭이 1차 때와는 비교할 수 없을 정도로 제도적 강제성을 지녔고 전폭적이었다는데 특징이 있다.[71]

그런데 전향공간에서의 문화주체의 변용 과정은 문화제도권을 둘러싼 주체들

---

70) 이 시기 문화영역에서의 좌우갈등은 출판물 검열을 둘러싼 대립으로도 표면화된다. 문련에서는 좌익출판물 발금조치에 대한 항의를 지속적으로 전개했고, 문총에서는 『1948년도판 조선연감』 (조선통신사 발행)의 판금조치를 검열당국에 요구한 바 있다. 『경향신문』, 1948.1.8.

71) 전향공간에서의 2차 주체변용을 가장 압축적으로 보여주는 것이 해방 후 전위시인들의 분화이 다. 모두 조선문학가동맹 서울시지부 맹원이었던 이들은 전향공간에서 유진오(俞鎭五)는 지하투 쟁→투옥, 김광현과 김상훈은 전향 선언, 이병철과 박산운은 월북함으로써 서로 다른 행보를 보 여준 바 있다.

의 헤게모니 투쟁을 복잡다단하게 야기했다. 즉 그것은 좌파(및 중간파)의 소멸과 우파의 주도권 확보라는 현상적 결과를 넘어 모든 문화주체들의 욕망이 서로 중첩되거나 교차하면서 한국문화의 새로운 제도화를 추동했던 요인으로 작용한다. 물론 이 과정을 관장한 것은 우익 문화주체들이다. 그들에게 이것은 "錄券에 쓰여진 권리"[72]였다. 하지만 그 녹권, 즉 대공전선의 투사였다는 것이 곧바로 그들의 문화적 헤게모니를 보증해주는 것은 아니었다. 무엇보다 녹권의 문화적 정당성과 권위가 취약했고, 그것을 제도화할 수 있는 물질적 기반, 즉 조직·매체 등이 미약했다. 비록 단정수립 후 여순사건을 계기로 '민족정신앙양전국문화인총궐기대회'를 개최해(1948.12.27.~28) 분단정부인 대한민국의 정통성을 재확인하는 가운데 민족정신의 앙양과 국가정당성의 선전계몽자임을 자임한 바 있지만, 그것은 우익반공진영의 자구책에 불과했다.

게다가 민족주의·반공주의 시멘트로 봉합되어 있던 우익문화 단체의 내부적 균열이 좌익이라는 타자를 상실하면서 표면화되기 시작하면서 문화주체들의 갈등을 한층 증폭시켰다. 따라서 해방 후 한국문화는 전향공간에 접어들어 우익문화 주체들에 의해 비로소 건설된다고 볼 수 있다. 주목할 것은 그 녹권의 행사가 야누스적 양면성을 지니면서 행사된다는 점이다. 즉 그들은 문화제도권 내에서는 상당한 정도의 자율성을 향유하는 가운데 주도권을 행사했지만 외적으로는 국가권력에의 종속성을 면치 못했던 것이다. 그 길항관계, 즉 권력과 문화(혹은 지식)의 결탁과 갈등 그리고 문화주체들 내부의 균열과 마찰이 첨예화되면서 문화의 재편성이 추진되었던 것이다.[73]

이와 같은 구조적 역학관계를 가장 잘 보여주는 분야가 문학이다. 전향공간에 보수우익 문인들에 의해 주도된 문학의 재편은 조직(문단), 매체, 이념의 차원이 상보적인 관계를 이루면서 진행된다. 좌익이라는 타자를 상실한 보수우익은 민족주의·반공주의 시멘트로 봉합되어 있던 내부적 균열이 현실화되면서 사분오열된 상태에 처한다. 문학 이념 및 노선, 지역적, 세대적 유대에 기초한 다양

---

72) 신형기, 앞의 책, 191쪽.

73) 이봉범, 「1950년대 문화 재편과 검열」, 『한국문학연구』34, 동국대 한국문학연구소, 2008, 12~13쪽.

한 분파가 분립해 경쟁하기에 이른 것이다. 이런 상황에서 우익진영의 통합과 문학적 정당성 확보 문제가 긴급한 과제로 대두된다. 『문예』의 창간(1949.8)이 그 첫 번째 결실이다. 미공보원의 후원으로 창간된 『문예』는 독자적인 표현기관을 소유하지 못한 관계로 '조선청년문학가협회'대회 소집기사 광고조차 『가정신문』에만 광고할 수 있었던 그들에게 독자적인 매체 창출은 우익진영의 문학적 정당성과 권위를 획득해나가는데 확실한 교두보를 마련했다는 의미를 지닌다. 실제 『문예』는 그들의 문학이념인 순수문학(론)을 현대문학의 강력한 주류로 제도화하고 정통성을 확보하는 매체적 거점 역할을 했다. 하지만 『문예』가 처음부터 그런 역할을 명실상부하게 수행한 것은 아니다. 오히려 초기에는 우익문예 진영 내부의 분열을 '문학주의 원칙'을 통해 봉합하는 기능을 한다. 따라서 『문예』는 청년문학가협회 멤버를 주축으로 한 반공주의 세력, 전향문화인, 중간파 등을 아우르는 느슨한 반공주의적 순수문학의 표현기관이었다고 보는 것이 적실할 것이다.

전향공간에서 문학 재편의 틀이 갖춰지게 되는 것은 조직의 결성을 통해서다. 『문예』라는 독자적인 매체 확보를 바탕으로 범 우익문화단체인 '문총' 산하에 '전조선문필가협회'와 '조선청년문학가협회'로 공서하고 있던 문인단체가 '한국문학가협회'(1949.12.17.)로 단일화된 것이다. '한국문학가협회'의 결성은 두 가지의 의미를 내포하고 있다. 첫째, 문단의 단일조직을 표방했지만 내부적으로는 전향문인들(좌파 및 중간파)을 포섭하면서도 타자화 하는 가운데 문인 내부의 위계화를 조성했다. 총 179명의 추천회원 명단 가운데 김기림, 정지용, 박태원, 임학수 등 약 45명(25%)이 전향 문인이었다.[74] 이들을 포용했음에도 이들의 전향의 진정성에 대한 의혹을 강도 높게 제기하면서 실질적으로는 문단 활동에서 배제하는 이율배반적인 태도를 통해 이념적 구획을 확대 재생산했던 것이다.

둘째, 조선청년문학가협회의 핵심 멤버들이 조직 결성을 주도하면서 문단의 헤게모니를 쟁취하는 계기가 된다. 전조선문필가협회의 핵심멤버들(김광섭, 김영랑, 이헌구, 함대훈, 오종식 등)이 주로 권력과의 연계를 통해 문화행정의 요직에 진출했음에 반해 좌익과의 이론투쟁을 선도했고, 문학적 전문성을 인정받고 있던

---

74) 전체 명단은 『동아일보』, 1949.12.13자에 실려 있다.

조선청년문학가협회 회원들이 작품본위의 '문학주의' 원칙을 표방하면서 조직의 주도권을 장악하는 것은 필연적인 결과였다. 이를 통해 이른바 '문협정통파(김동리, 조연현, 서정주 등)' 중심의 문단 재편이 완성되는 것이다.

문협정통파의 문단헤게모니 장악은 곧 그들이 주창해온 순수문학=민족문학이 주류적 문학담론으로 격상되는 과정이기도 했다. 문제는 순수문학론의 문학적 권위와 정당성이 취약했다는 점이다. 순수문학은 좌익진영의 '정치'·'계급'과 경합하는 과정에서는 텅 빈 중심으로서 우익진영의 구심점 역할을 했으나 그 구도가 와해되자 이론적 결함이 점차 드러나게 된다. 1950년 초 '순수문학론'과 '휴머니즘'을 둘러싼 백철/김동리·조연현의 논쟁이 이를 잘 보여준다. 김동리의 순수문학을 주관적 관념론으로, 당대 문학의 주류인 휴머니즘을 회고적인 신비성·감상적인 인정에 불과하다는 백철의 평가는 적어도 그 이론적 결함의 핵심을 정확히 간파했다고 볼 수 있다.[75] 반면 문협정통파의 이론적 자기갱신은 답보상태였다. 작가론을 통해 순수문학론을 세련화하고 조연현처럼 도스토예프스키 연구를 통해 문학관 및 세계관의 근거를 마련하려는 시도를 보여주나 뚜렷한 성과를 거두지 못한다. 오히려 그들이 주력한 것은 과거, 즉 해방직후 문학운동을 이념대결로 재구성하여 자신들의 문학적·이념적 정당성과 문단 권력의 토대를 강화하는 전략을 구사한다.[76] 승자의 입장에서 '錄券'의 내용목록을 확충해 그것을 신성불가침한 것으로 규범화했던 것이다.

이러한 욕망을 전형적으로 보여주는 것이 조연현의 「해방문단 5년의 회고」(『신천지』, 1949.8~1950.2)이다.[77] 그는 해방문단을 '혼란기-정치주의문학의 전성기-투쟁기-정돈기-문단재건기'의 계기적 흐름으로 개관하는데, 주목할 것은 여타의 사적 개관과 달리 '정치주의문학 진영'과 '순수문학 진영'의 대결로 구획하고 있다는 점이다. 좌우 이념대립을 전면화 시키지 않고 정치주의문학과 순수문학

---

75) 백철, 「소설의 길 1~6」, 『국도신문』, 1950.2.28~3.5.

76) 류경동, 「해방기 문단 형성과 반공주의 작동 양상 연구」, 『상허학보』21, 상허학회, 2007, 22~23쪽.

77) 그 외에도 김광섭의 「해방 후의 문화운동개관」(『민성』, 1949.8), 이헌구의 「해방4년문화사-문학」(『민족문화』, 1949.9) 등이 있다.

의 문학(론) 대결로 구도를 설정한 것은 조연현의 의도된 전략으로 판단된다. 즉 자신들이 독점해온 순수문학(론)을 정치주의문학과의 극명한 대비를 통해 사후적으로 정당화하고 순수문학의 위기 국면에서 인정투쟁을 위한 포석으로 볼 수 있다. 순수문학론의 갱신이 불능인 상황에서 그 이론적 발전보다는 증언에 입각한 외연의 분할을 통해서 문학적·역사적 정당성을 획득하려 했던 것이다. 아울러 '정치주의에서 문학을 독립시키는 가운데 문학의 자율성(순수성)과 그 존엄을 확보하려'했던 조선청년문학가협회의 일관된 독자성을 강조함으로써 민족주의 문학을 지향한 전조선문필가협회와의 구별 짓기를 통해 순수문학적 문단 내부의 위계를 재설정하는 동시에 문협정통파가 문단헤게모니를 장악하기 위한 전략까지 내포하고 있었다.

그것은 중간파에 대한 평가에서도 나타난다. 즉 중간파문인의 '형성–분화–전향'의 과정을 체계적으로 분석하는 가운데 이들이 순수문학 진영의 적이었음을 필요 이상으로 과도하게 적시하고 있다.[78] 중간파는 조선청년문학가협회의 순수문학 행위를 제거하고 문학을 정치와 교환하려는 사업에 가담하면서 순수문학 진영에 이중의 고통을 안겨준, 따라서 조선문학가동맹의 맹원들보다도 더 큰 순수문학의 적으로 단정한다. 특히 중간파를 조선문학가동맹에 적을 두었던 김광균과 같은 경우를 '우익적 중간'으로 조선문학가동맹에 가담하지 않았던 백철·서항석 등을 '좌익적 중간'으로 구분하고, 후자의 거듭된 기회주의적 행보를 파렴치한 행동으로 치부함으로써 그들의 향후 문단활동을 위축시키는 굴레까지 만들고 있다.[79] 그 연장에서 전향문인들의 전향의 진정성에 대한 의혹을 강력하게 제기하고 이를 통해 전향문제를 문단 내부의 헤게모니 투쟁을 위한 전략적 수단으로 적극 활용한다. 조연현이 구사한 전략은 문단의 주도권을 장악했음에도 그것을

---

78) 조연현이 중간파로 규정한 문인은 김광균, 이봉구, 장만영, 염상섭, 서항석, 박영준, 박계주, 김영수, 손소희, 계용묵 등이다. 그가 설정한 중간파의 근거는 조선문학가동맹에의 가담 여부보다는 조선문학가동맹의 문학적 이념 및 노선에 대한 공명 내지 지지의 수준이었다.

79) 이 시기 조연현의 백철에 대한 비판은 대단히 집요했다. 백철을 '개념비평'의 대표적 인물로 규정한(1948년) 이후 특히 백철의 역작인 『조선신문학사조사』를 '무용의 제본(製本)'으로 폄하하고 그의 문학의식을 문학관의 빈곤으로 인해 맑스주의에 언제나 압도당하고 그것에의 비굴한 타협과 복종으로 일관했다고 혹평한 바 있다. 조연현, 「개념의 공허와 모호성」, 『문예』 창간호, 1949.8, 158쪽.

제도화할 수 있는 물적 토대가 미약한 상태에서의 고육책이었다. 다만 조연현을 비롯해 보수우익 문인들의 해방 후 문학에 대한 사적 개관이 전향공간에 집중적으로 작성된다는 것은 문단 재편의 주도권을 둘러싼 우익문학 주체들의 갈등이 표면화된 것으로 볼 수 있다.

그런데 전향공간에서 우익 문화주체들이 주도했던 문화 재편 과정은 앞서 언급했듯이 해방 후 민족문화건설의 핵심 의제들이 왜곡·와해되는 과정이기도 했다. 친일반민족주의자 처리 문제가 대표적인 경우이다. 대다수 문인들이 친일의 문제에서 자유로울 수 없었으나, 문단 내부에 명문화된 친일 규정이 존재하지 않았고 따라서 대인적 처벌의 사례도 없었다.[80] 그럼에도 좌익진영에서는 일정한 가이드라인이 존재했다. 예컨대 조선문학가동맹이 친일파 문인 배제 원칙을 세워 1944년 제4회 '조선예술상' 문학상을 수상한 이무영의 가입을 불허한 것과,[81] 이광수의 『꿈』과 박영희의 『문학의 이론과 실제』가 출간된 것에 대해 발매 금지와 출판사에 엄벌을 요구하는 건의서를 민정장관에게 전달하고 이광수·박영희 등 친일파의 언론·출판·집필 활동을 금지하라는 성명서를 발표하는 것을 통해 확인할 수 있다.[82] 반면 우익진영은 친일 문제에 대한 공식적인 입장을 피력한 바가 전혀 없다. 오히려 출판계에서 대한출판문화협회가 '반민족 및 친일파 저자 출판을 거부하는 결의문'(1948.4)을 채택해 자율적으로 친일파의 저술을 제어한 바 있

---

80) 다만 모윤숙의 경우에서 확인되는 것처럼 적극적 친일파를 경원시 했던 분위기는 문단 내에서 존재했던 것으로 보인다. 즉 "친한 탓으로 무흠했던 과거의 사사로운 단점도 모두 들추어내어 속칭 민족반역자 아니면 친일파 부류에다 걸치지 않으면 모리배나 혹은 악당 공산주의자라 서로 흘뜻는다.", "이 괴상야릇한 언론자유규정 아래선 자신의 입에서 무슨말이 나올가가 무서워서도 친구와 아는이 만나기가 꺼려진다", "조선해방은 친구를 겁내게하고 비겁하게 하였다."라는 발언에서 충분히 짐작할 수 있다. 모윤숙, 「友人恐怖症」, 『백민』제3권3호, 1947.5, 28쪽.

81) 손소희, 앞의 책, 43쪽.

82) 『우리신문』, 1947.7.8. 친일파에 대한 좌익진영의 총공세는 특히 제2차 미소공동위원회가 재개되는 국면에서 한층 고조되는데, 문련은 친일도당인 한민당, 한독당 등이 미소공위의 사업을 정면으로 또는 내부적 파괴를 획책할 것이라는 우려와 경계 속에 미소공위에서 친일파·민족반역자를 배제할 것을 강력히 촉구하는 장문의 성명서를 발표했다('六萬五千의 文化人藝術家는 主張한다', 1947.5.29). 문련 산하 단체들, 예컨대 조선문학가동맹('문화발전의 억압을 일삼는 일제잔재의 가면을 베끼자'), 조선연극동맹, 조선과학동맹 등의 담화 발표가 같은 기조로 이어졌다. 성명서 전문은 『문화일보』, 1947.5.30(1면) 참고.

다. 박영희의 '신문학사'가 출판사를 구하지 못해 사장된 것도 이 때문이다.[83]

그런데 반민특위가 발족되면서 상황이 급변한다. 반민특위가 신문·문화·예술 각 방면의 친일행위자 명부를 4등급으로 분류해 등록을 완료하면서 조사 및 검거 대상 문인명단이 공개되고,[84] 저널리즘에서 문화예술계의 친일행위의 심각성과 그 척결의 중요성이 거론되면서 친일문제가 다시 한 번 문단의 화두로 대두된다.[85] 실제 이광수와 조연현의 친일행적에 대한 공개비판이 『국제신문』(주필: 송지영, 편집국장: 정국은)에 게재되어 큰 파장을 불러일으켰다. 특히 김민철이 가한 이광수의 친일행적에 대한 저격은 해방 후에 출판된 그의 저술이 연이어 베스트셀러가 되면서 대중적 인기를 구가하고 있던 상황과 반민특위의 처단이 예측되는 분위기가 겹치면서 세간의 이목을 끌었다. 그는 식민지시기 이광수의 변절과 반민족행위는 조선인민에 의해 이미 영원히 번복될 수 없는 판결을 받았고 다만 향산광랑(香山光郎)의 언행과 이광수의 문학을 구별해야 한다는 일부의 견해에 강력한 이의를 제기하며 이광수의 해방 후 저술, 즉 장편『꿈』(면흥서관, 1947), 장편『원효대사』(재간, 생활사, 1948), 장편자전소설『나-소년편』(생활사, 1948), 수필집『돌벼개』(생활사, 1948) 등에 대한 집중적 분석·비판을 통해 이광수(문학) 자체가 봉건과 일제잔재이며 그의 해방 후 글쓰기는 민족의 처단을 피하려는 술수에 불과하다고 통박한다.[86] 『나』를 비롯한 이광수의 해방 후 작품이 자기비판의 인

---

83) 백철에 따르면, 박영희의 '신문학사' 원고가 1948년 말경에 완성되었는데 모든 출판사가 친일파의 글이라 하여 출판을 거부하고 혹은 다른 사람의 명의로 출판을 요구해 결국 매몰될 수밖에 없었다고 한다. 백철, 앞의 책, 348쪽.

84) 『평화일보』, 1949.1.25.

85) 「반민족 문화인 없나-예술면에 일제잔재 상존」, 『서울신문』, 1948. 9.3. 이 신문은 간접적인 반민족행위(문예, 연극, 음악, 영화, 교육)가 직접적인 행위(경찰, 헌병)보다 오히려 중하다고 진단하면서 정신문화면에서의 일제잔재 척결의 필요성을 강조하고 있다.

86) 김민철, 「위선자의 문학-이광수를 논함①~⑨」, 『국제신문』, 1948.10.16-26. "춘원이 인간적으로는 위선자이지만 그의 문학은 좋다는 사람들의 옳지 못한 춘원관 또는 문학관을 분쇄하기 위해서"라고 밝히고 있듯이 그의 비판은 해방 후 이광수의 문학관에 내재된 반민족주의(민족주의→황도주의→방공주의)를 드러내는 것에 치중하고 있다. 『나』의 내용을 근거로 해서 이광수 문학 전반을 리비도 충동으로 간주하는 다소의 인신공격적인 면이 없지 않으나 해방 후 이광수의 글쓰기에 대한 실체를 해부한 보기 드문 평문이라는 점에서 주목할 필요가 있다. 당시 이광수의 자전소설 『나』는 "고백소설인 동시에 그의 참회록의 제1권이다"라는 문구로 광고됨으로써(『한성일보』, 1948.7.10. 2면) 독자들의 관심을 끌었으며, 이후에도 『나』와 그 후속편 『스무살고개』는 춘원 인생 전부에 대한 반성이요 참회로서 큰 의의를 지닌 귀중한 문헌으로 평가된 바 있다(『이광수전집6』,

상을 줌으로써 널리 읽힐 수 있었으나 실상은 위선적인 반민족주의 문학관의 연장이라는 것이다. 아울러 조연현의 친일문제에 대한 이상로의 비판과 그의 논조, 즉 조연현의 친일행적으로 볼 때 반민족행위자처벌법에 의해 반드시 처벌될 것임을 확신한다는 주장은 당시 조연현이 차지하고 있던 문단권력의 위상을 감안할 때 대단히 파격적인 일이었다.[87] 이상로는 조연현이 주도한 조선청년문학가협회 창립 멤버로서 조직의 운영에 적극적으로 참여한 지기였고, 해방 후 처음으로 친일행적(1937~45년 9년간의 전쟁협력자)을 실증적으로 집성한 『親日派群像』(민족정경문화연구소 편, 1948.9)에 조연현은 포함되어 있지 않았으며, 조연현이 당시 우익진영의 대표적인 이론가였다는 점에서 반향이 매우 컸다.

이를 통해 문화인들의 친일문제가 단정수립 후에도 문단에서 강력한 폭발력을 지닌 뇌관이었음을 추정해볼 수 있다. 그러나 전향공간에서 반민특위가 공산주의에 동조하는 것으로 왜곡되어 비난받는 분위기가 점차 고조되면서 친일파에 대한 비판적 담론도 공산주의에 동조하는 논의로 왜곡되어 감으로써 친일문제는 문단 내부에서 공론화될 수 있는 여지가 완전히 사라지게 된다. 물론 그것이 친일행적에서 자유로울 수 없었던 문인들의 한계에서 기인한 바도 있겠으나 전향공간의 폐쇄성, 즉 냉전적 경계를 내부로 끌어들여 좌우 이념대립의 극단화 및 지리적 공간(남/북)의 선택이 압도하는 분위기 속에서 친일문제가 거론되는 것은 사실상 불가능했을 것이다. 이 일련의 문단재편 과정은 또한 민족통일에 대한 거족적인 민의가 좌절되는 것이기도 했다. 특히 중간파 문화인들이 주도했던 남북협상을 통한 통일요구가 단정수립으로 좌절되고 그 이후에도 이들에 의해 제기된 자주적인 민족통합과 유관한 정치·문화적 의제들, 『신천지』의 경우로 한정하면 '식민지잔재 청산문제', '냉전적 세계체제에 대한 비판', '민족의 진로문제' 등에 대한 비판적 담론들이 전향공간에 접어들어 완전히 사라지게 된다. 그 빈자리

삼중당, 1971, 592-594쪽 전영택의 해설).

87) 이상로, 「문단공개장─부일문학청년이 말로」, 『국제신문』, 1948.10.12.~14. 그의 비판은 "반민족당에 호적을 둔 '조(德田)연현' 그 죄의 결과는 장차 집행될 반민족행위처벌법 제4조제11항에 해당하며 불원 목이 달아날 것이다"는 전제 아래 일제말기 『동양지광』과 『국민문학』에 발표된 조연현의 부일행적과 해방 후 새로운 죄상(?)을 낱낱이 열거하고 있어 신빙성을 높여준다. 조연현의 친일행적에 대한 최초의 폭로였던 셈이다.

에 '구국문학', '애국(매국)문학', '시국문학'이 새 주인으로 입성하게 되는 것이다. 곧 이어진 한국전쟁은 구국문학, 애국(매국)문학 등 극단적인 냉전정치성에 침윤된 문학론의 입지를 확고부동하게 만드는 결정적인 계기로 작용했다. 이러한 국면 전환은 반민족행위처벌법의 폐지와(1951.2.14) 부역행위특별처리법의 제정(1950.12.1)이 교차하는 것과 상응한 결과이기도 하다.

4. 전향 의제와 문화사

전향은 권력과 사상 및 문화에 관련한 복잡한 관계사를 집약하고 있는 대표적인 의제다. 특히 단정수립 후의 전향은 남북분단이 제도화된 상태에서 포섭/배제의 이율배반적 논리구조에 입각한 반공국민 만들기의 틀 속에서 사상과 신념을 바꾸는 동시에 남한체제로 동화를 강제하는 것이었기에 사회주의자는 물론이고 반공주의자까지도 전향에서 자유로울 수 없을 만큼 광대한 규모로 진행되었으며, 전향성명서 발표와 국민보도연맹 가입의 의무화를 통해 전향의 공식성을 부여한 뒤 조직적·체계적으로 감시·동원하는 시스템이 가동되었다는 점에서 1930년대 전향과는 큰 차이가 있다.

문화적인 측면으로 볼 때 전향은 문화주체의 변용을 포함해 문화 장 전반의 구조 변동을 규율하는 기제로 작용한다. 그것은 해방 후 각종 진보적 문화기획이 왜곡·좌절되는 과정이었으며 동시에 문화제도권을 둘러싼 문화주체들 간의 주도권 투쟁을 촉발하는 계기였다. 따라서 문화주체들에게 있어서 전향은 권력 또는 체제에의 굴복이라는 현상적 의미를 넘어 서로 다른 욕망이 분출하고 경합하는 역동적인 장이 되었던 것이다. 더욱이 해방 후 문화운동의 분극화로 야기된 문화적 중간파의 비대화가 전향을 둘러싼 주체들의 갈등을 더욱 복잡하게 만들었다. 물론 그 과정은 국가권력의 통제, 예컨대 검열제도와 상보적 관계를 이루면서 진행된다. 따라서 권력과 문화의 결탁과 갈등 그리고 문화주체들 내부의 균열과 마찰이 첨예화되면서 문화적 재편이 이루어지는 중심에 전향이 존재했던 것이다.

문제는 단정수립 후의 전향 의제가 초래한 폭풍이 당시로만 국한되지 않았다는데 있다. 오히려 그 후폭풍이 냉전분단체제하 남북한을 가로지르며 장기 지속되었다는 점이 더 심각하다. 무엇보다 당시의 전향이 냉전에 규율된 정치적·사상적 맹목성이 극단적으로 작용한 결과 자발적이든 강제적이든 전향을 선언하는 것 자체가 사회주의자라는 신원을 가시화시키는 표상체계이자 역설적인 방식으로 이루어진 사회주의자 선언으로 규정될 수밖에 없었다는 사실이다. 더구나 단정수립 후 전향이 사회주의자뿐 아니라 중간파, 아나키스트, 자유주의자 심지어 비타협적 민족주의자들까지도 포괄한 전폭적이고 강제적이었던 관계로 방대한 규모의 전향자를 양산했다. 법적 처벌의 유무와 상관없이 전향자로서의 신원이 반공국가의 잠재적 위협세력으로 규정됨으로써 당사자는 물론이고 가족들까지 연좌제의 족쇄에 갇혀 항상적인 생존의 위협에 시달려야만 했다. 감시와 관찰대상자로 그치지 않고 자신이 빨갱이가 아님을 끊임없이 증명해야만 생존을 영위할 수 있었다. 전향이 내포한 이 같은 사상적 폭력은 한국전쟁을 거치며 월북 의제와 다른 한편으로는 부역(반역) 의제 및 민간인 학살과 결합되면서 한국사회의 내부냉전을 한층 격화시키는 요인이 된다는 점에 문제의 심각성이 존재한다. 그 과정은 단죄, 보복, 낙인과 동시에 은폐, 방기, 왜곡 등이 착종된 공모와 배제의 역사였다.

전향당사자였던 문화인들의 경우도 예외는 아니었다. 전향 곧 대한민국을 선택한 이들은 한국전쟁 초기 조선인민군 점령하에서 또 한 번의 전향이 강제되는 상황에 맞닥트린다. 특히 잔류파 문화인의 상당수는 자진이든 강요된 것이든 종군 남하한 임화, 김남천 등 남로당계 문인들을 주축으로 한 문화인 동원정책에 포섭 또는 투항(자수)함으로써 재전향의 길을 걸을 수밖에 없었다. 조선문화단체총연맹(대표:김남천)을 비롯해 서울시 임시인민위원회의 고시3(각 정당·사회단체는 규정에 따라 등록할 것을 고시함)의 등록의무화 지침에 따라 등록을 완료한 184개 정당과 사회단체 가운데 문화 관련 등록단체의 명부를 살펴보면 전향자가 대부분을 차지하고 있다는 사실을 확인할 수 있다.[88] 남로당 가입→전향성명서 발표

88) 1950년 7월 5일 등록된 남조선문학가동맹(대표:안회남)을 포함해 각 문화단체에 가담한 문화인들의 구체적 명단은 한국안보교육협회, 『1950·9 서울시임시인민위원회 정당·사회단체등록철』, 1990 참조.

및 국민보도연맹 가입→전시 남조선미술동맹 및 인민군전선사령부 문화훈련국 소속의 선전활동→부역혐의로 체포 및 서대문형무소에 구금 등의 행적을 보인 코주부 김용환의 경우가 그 드라마틱한 곡절을 잘 보여준다.[89] 정지용, 채정근과 같이 재전향 후 일부는 (납)월북이 되고 또 다른 상당수는 부역자로 낙인을 받은 채 남한에 남지만 남북한 모두에서 공히 엄혹한 사상 검증과 함께 결국 버림받는 비운을 맞는다.

남한에서 (재)전향자 문화인 대부분은 부역자라는 사상적 올가미가 덧씌워진 가운데 국가권력과 문화계 내부의 동업자들로부터 이중의 표적 감시를 받으며 문화 활동을 할 수밖에 없었다. 문화계 전체 그리고 각 분야별 내부냉전이 장기 지속되는 흐름에서 전향자(반역자)라는 표식은 벗어날 수 없는 영원한 굴레였다. 문학의 경우 국가권력의 공적 검열 이상으로 전향, 부역 등 사상적 의제를 기축으로 한 문단 내 검열의 상시적 작동이 더 큰 위력을 발휘한 바 있다. 어쩌면 이들의 삶을 압도적으로 구속한 것은 (비)가시적 검열체제 속에서 스스로에게 부과한 또는 강제된 자기검열의 고통이었을 것이다.

북한의 경우도 전향자는 반역행위로 간주되었다. 설정식이 대표적인 사례다. 1953년 8월 남로당계숙청사건 때 설정식이 반역죄로 사형 선고를 받은 죄목 가운데 하나가 1949년 12월 전향 후 국민보도연맹에 가입하고 반동적 문학작품을 창작 발표한 혐의였다.[90] 탈당성명서 발표 후 전향해 국민보도연맹 문화실에서의 근무 경력과 기관지 『애국자』에 시를 발표했던 김상훈의 경우와 같이 전향 및 국민보도연맹에서의 활동이 뚜렷했던 전향자들, 특히 남로당계인 경우는 더더욱 북한에서 상당한 불이익을 받은 것은 사실이다.[91] 물론 (납)월북한 전향자들이 북

---

89) 김용환, 『코주부 漂浪記』, 융성출판, 1983, 128쪽. 그는 자신의 부역행위와 관련해 적치하에서의 부역자는 부역자(附逆者)와 부역자(賦役者)로 엄밀히 구분할 필요가 있다는 의견을 개진한 바 있으나 한국사회에서 수용되기 불가능한 항변이었다.

90) 김남식, 『남로당 연구자료집(제Ⅱ집)』, 고려대출판부, 1974, 570~571쪽. 설정식은 공판 과정에서 체포령이 내려진 상태에서 수도경찰청에 5명의 좌익적 인물을 고발하는 내용을 포함한 전향성명서(자수서)를 제출한 뒤 국민보도연맹에 가입, 국민예술제전 석상에서 시 「붉은 군대는 물러가라」를 낭송하고 이를 『애국자』에 게재했다고 말한 바 있다. 아울러 자신이 완전히 변절한 것은 국민보도연맹에 가입한 때부터였다고 답했다.

91) 김상훈의 탈당성명서("본인이 해방 후 문화단체총연맹과 문학가동맹에 가입하였으나 본 단체

한에서 모두 숙청된 것은 아니다. 정현웅처럼 남한에서는 월북 부역자(친일반민족행위자 규정 포함)로 단죄되었으나 북한에서는 물질문화유물보존위원회 제작부장(1951~1957)을 역임하는 등 전문가적 활동을 이어갔으며 조선미술가동맹에서 발간한『조선미술사』에는 식민지시대 조선의 진보적인 화가로 평가되었다. 엄흥섭은 제일신문사 편집국장 때 포고령 제2호 위반 혐의로(북조선인민공화국 찬양 기사 게재) 구속됐다 무죄 석방된(1948.11.18) 뒤 전향 후 국민보도연맹에서 주요한 임무를 수행했으나 전시 월북 후 숙청을 당하지 않았고, 1980년대 이후 일련의 북한(소설)문학사 서술에서 비중이 대폭 확대되었다(국민보도연맹에서의 그의 행적이 공개되지 않았을 가능성이 크다). 북한에서 단정수립 후 남한에서의 전향 전력이 어떻게 처리되었는가에 대한 면밀한 실증적 접근이 더 요구되는 대목이다.

다만 거시적으로 볼 때 전향(자) 경력, 특히 남로당계 전향 문인·예술가는 냉전기 남북한에서 반역의 동의어로(異形同質) 규정되어 국가의 이름으로 단죄되기는 마찬가지였다고 할 수 있다. 그것은 남북한 문화사 모두에서 추방된 역사적 미아가 되는 과정이기도 했다. 그 오도된 역사가 1980년대에 남북한 공히 전향(자)에 대한 다소 유연한 접근을 통해 복원의 가능성이 확대되었지만 여전히 불충분한 가운데 복권의 단계로까지는 진전되고 있지 못하다. 실사구시의 방법으로 남북한 모두에서 배제된 이들 (재)전향자들을 남북통합적인 차원에서 복원(권)하는 일은 문화(학)사가 우리에게 부여한 소명이다. 단정수립 후 전향 의제를 다시금 주목해야 하는 이유이기도 하다.

가 대한민국 국책에 어긋남을 깨닫고 이에 탈퇴함 단기 4282년 11월 4일 김상훈")는 『한성일보』(1949.11.5)에 발표되었다.

3장

순수문학이라는 제도-『문예』와 문학 권력의 창출

1.『문예』의 위상

『문예(文藝)』(1949.8~1954.3 통권21호)는 단정수립 후부터 한국전쟁 직후까지 발행된 순문예지다.[1] 한국전쟁으로 말미암아 12호부터는 휴간과 속간을 거듭해 월간지로서의 면모를 제대로 보여주지 못했으나, 전시 상황이었고 또 문학의 발표매체가 육군종군작가단에서 발행한 『전선문학(戰線文學)』(1952.4~1953.12, 통권7호)과 국방부기관지였던 『승리일보』 정도였다는 사실을 고려하면 『문예』의 존속 자체가 의미 있는 것이다. 문학, 특히 소설 발표의 주 무대였던 일간신문이 정상적으로 발행되지 못했고 발행이 정상화된 후에도 지면이 대폭 축소된 상태에서 문학의 비중이 약화될 수밖에 없었다. 또 전시에 부산과 대구를 거점으로 『희망』, 『신태양』 등 대중종합지가 창간되어 문학의 발표기관으로서 일익을 담당했으나 지면 제공 이상의 기능을 감당하기엔 역부족이었다.

그렇다고 『문예』의 의의가 유력한 문학 발표기관이라는 것으로 한정되지 않는다. 한국문학사 및 문단사의 차원으로 보면 여러 지점에서 중대한 의의를 갖는다. 첫째, 순문예지의 복원이다. 식민지시기 『조선문단』과 『문장』으로 연속된 순

---

1) 전시 부산에서 문예사가 발행한 팸플릿 『현대문학』(1951.7)도 발행주체가 문예사였다는 점에서 『문예』의 연장으로 볼 수 있다. 이 『현대문학』에는 조연현과 유동준의 평론, 손소희와 한무숙 그리고 허윤석과 박용구의 상호비평 등 총 6편의 글이 수록되어 있다(『국제신보』, 1951.7.15). 순문예지 『문예』에 앞서 동명의 대중오락잡지 『문예』(문예서림 발행, 편집위원:조용만, 최준, 강상운, 문철민 등)가 창간되어 이 잡지를 기반으로 대중소설이 다수 발표된다. 실체가 잘 알려지지 않은 대중오락잡지 『문예』의 창간호에는 정비석의 『牧丹』(애정소설), 윤백남의 『紅旗』(혁명소설), 김내성의 『백장미』(범죄소설), 이성표의 『일지매』(역사소설) 등의 장편과 최영수의 『적산가옥』(유모소설), 에스라 니콜슨의 『似顔』(탐정소설), 김재원의 『연금술』(실화소설), 이종실의 『망향』(연애소설) 등 단편이 여럿 실렸다.

문예지의 전통이 1941년 『문장』폐간 후 단절된 상태로 해방직후까지 이어졌다. 『백맥』, 『죽순』, 『주막』 등 20여 개의 (종합)동인지가 경향(京鄕)에서 등장하여 새로운 문학의 가능성을 시험하려는 시도가 나타나나 대부분 단명했다.[2] 조선문학가동맹의 기관지 『문학』을 비롯해 산하 지부와 위원회의 기관지로 『우리문학』, 『아동문학』 등 문예지가 창간되어 진보적 민족문학운동의 매체 거점으로 기능했으나 미군정의 검열로 인해 정간과 속간을 거듭하거나 대부분 단명했으며 정상적인 발간이 불가능한 상황에서 편집내용 또한 왜소할 수밖에 없었다. 따라서 『문예』의 창간은 순문예지의 전통을 복원한 동시에 문학의 대사회적 기능을 촉진시킬 수 있는 독자적 기관을 확보했다는 의의를 지닌다. 이뿐만 아니라 『문예』는 1950년대 3대문예지 나아가 이후에 등장한 수많은 문예(학)지의 전범적인 모델이 된다. 그것은 문학 노선, 편집전략, 편집체제, 추천제를 비롯한 등단제도 운영 등 잡지 운용 전반에 해당된다.

둘째, 보수우익이[3] 문학 장을 장악하는 물적 토대가 된다. 해방 후 좌우 이념 대립에 편승한 문단의 대결구도와 이로부터 파생된 복수(複數)의 민족문학운동이 단정수립 후 국가보안법 체제에서 점차 종식되는 과정에서 보수우익, 특히 조선청년문학가협회 중심의 문단재편이 『문예』를 거점으로 본격화되기에 이른다. 자신들의 문학노선과 담론을 생산·전파할 수 있는 독자적인 매체를 소유하지 못해 좌익문학(단)에 항상 수세적 위치에 놓였던 보수우익의 입장에서 『문예』의 창간은 각별했다. 종합지 『백민』이 문학중심 종합지로 전환하면서 보수우익의 문학운동에 큰 보탬이 되었으나 문단구심체의 역할을 하기는 많은 한계가 있었다. 더욱이 『문예』창간과 동시에 해방기 최고의 권위와 영향력을 지녔던 종합지 『신천지』를 장악해 관장하게 됨으로써 조선청년문학가협회가 문단재편의 주도권을 쥘 수 있었다. 매체의 장악과 곧이어 결성된 한국문학가협회 조직의 상보적 결합을 통

---

2) 해방직후 간행된 문예동인지의 실태에 대해서는 노고수, 『한국동인지80년사 연구』, 소문출판, 1991, 232~235쪽 참고.

3) 이 연구에서 '우익'이란 해방 후 민족주의와 공산주의의 구별이 지닌 문제를 비판하는 가운데 새로운 조선건설의 주체 설정 여하에 따른 박치우의 개념 규정, 즉 지주 및 자본가의 계급적 이해를 대변하는 세력을 보수우익으로 규정한 것을 수용해 사용한다. 박치우, 『사상과 현실』, 백양당, 1946, 223쪽.

해서 이른바 문협정통파(김동리, 서정주, 조연현)의 시대가 개막된 것이다.

셋째, 순수문학이 한국현대문학의 주류 미학으로 제도화되는 결정적인 발판이 된다. 『문예』가 순수문학(론)의 거점이 되는 과정은 복잡하다. 순수문학론의 이론적 체계를 확립하는 적극적인 작업과 함께 식민지시기부터 보수우익문학을 대변했던 민족주의 문학론과의 구별 짓기, 즉 담론 투쟁을 동시적으로 진행한다. 그것이 중간파까지 포괄한 민족주의 민족문학자들을 포섭/배제하는 전략을 구사하는 것과 맞물려 이루어지는 특징이 있다. 이보다 더 강력한 장치는 추천제다. 창간 초기부터 추천제를 실시하여 순수문학을 배타적으로 규범화 하고 확산시킬 수 있는 제도적 기반을 창출했던 것이다. 잡지 발간이 순조롭지 않은 전시에도 추천제만은 지속시켰을 정도로 가장 역점을 둔 사업이었다. 그리고 이승만 정권의 지배이데올로기에 대한 지지·공명 속에 사상적 내부평정작업을 뒷받침하는 동시에 문단 내부의 내부평정을 주도해 순수문학 진영의 결속을 강화한다. 전향과 전시 부역자 처리를 이들이 주도했다. 어쩌면 순수문학의 규범화는 문학론 이상으로 이 같은 사상적 기제가 더 강력하게 관여된 산물인지 모른다. 순수문학론의 정치성이 태생적이었던 것의 또 다른 일면이다.

이렇게 볼 때 『문예』는 일개 문예지라는 의미를 넘어 여러 측면에서 한국근현대문학사 전개에서 획기적인 전환을 이루어낸 위상을 지닌다. 이는 『문예』의 성격과 그 위상에 대한 규명이 현대문학사와 문단사의 기원 그리고 장기간 주류 미학으로 군림한 순수문학론의 시원을 밝히는데 긴요한 대상이라는 것을 의미한다. 이에 비추어 볼 때 『문예』에 대한 연구는 매우 소략한 형편이다. 대체로 문단사의 관점에서 우익 문예조직의 대표적인 발표매체였다는 것으로 수렴된다.

12호 '전시판'(1950.12)부터 편집 실무를 맡았던 박용구는 『문예』에 대한 간단한 리뷰를 통해 전쟁의 혼란 속에서 문화 활동을 이끌었던 대표 잡지였다고 평가하고 있으며[4], 『문예』를 실질적으로 관장했던 조연현은 잡지의 창간에서 폐간에 이르는 전 과정을 당대 문단상황과의 연관 속에서 소상하게 밝힌다.[5] 그에 따르면

---

4) 박용구, 「문예」, 한국문인협회 편, 『解放文學20年』, 정음사, 1966, 171~174쪽.

5) 조연현, 「『문예』지의 창간과 폐간」, 『내가 살아온 한국문단』(조연현문학전집1), 어문각, 1977, 조연현, 『남기고 싶은 이야기들』, 부름, 1981, 제2장.

단정수립을 계기로 좌익문예 진영과의 대타성이 해소된 뒤 비등하던 본격문학에 대한 요구에 부응하여『문예』가 탄생했으며, 그것은 곧 문단 주체세력의 문화기관 접수와 병행한 독자적인 표현기관의 창출이자 우익문학의 매체 거점을 확보하는 과정이었다는 것이다. 또한 1954년 예술원 선거를 둘러싸고 벌어진 이른바 '문총' 파동(또는 예술원파동)에 따른 문단조직의 분화가 있기 전까지『문예』는 한국문단의 가장 권위 있는 매체로 문단적 질서의 구축과 문학적 권위의 사회적·제도적 확립의 구심체였다고 고평했다.

특히 조연현의 회고는『문예』및 해방 후 한국문단의 동향을 파악하는데 유력한 전거로 작용해왔을 만큼 풍부하면서도 비교적 객관적인 내용을 담고 있다. 그럼에도 문단적 차원으로만 접근할 결과『문예』의 물적 토대였던 정치적 맥락, 즉 국가권력과의 유착 문제 나아가 이 조건과 함수관계가 있는『문예』의 이념적·문학적 지향과 같은 본질적인 문제는 생략되어 있다. 해방 후 한국문단의 최고 권력자로서 그 권력의 형성 및 정착의 첫 매듭에 해당되는『문예』의 본질을 긍정적으로만 부각시킨 것은 어찌 보면 불가피한 일이다.

『문예』주체뿐만 아니라 이후 연구에서도 문단사의 관점은 여전히 유지된다. 김철은 1950년대 우익 문예조직의 형성과 전개를 조명한 글에서 우익문예 진영의 범문단조직체인 '한국문학가협회'(이하 문협)와『문예』의 연관에 주목한 가운데『문예』가 우익문예 조직의 대표적인 발표매체로 그 물적 기반이 극우반공체제에 있었으며 그것이 전쟁을 거치면서 국가권력과 완전한 유착·종속을 통해 재생산 기반을 확보하고 관 의존적, 권력 지향적 성격이 고착되는 과정을 소상히 밝히고 있다.[6]『문예』의 물적 토대와 재생산구조의 특징을 정확히 간파하고 있음에도 잡지 내용에 대한 검토를 생략한 채 도출한 결론이기에 다소 설득력이 약하다.『문예』의 물적 기반이 국가권력에 있었던 것은 분명한 사실이나 중요한 것은 그런 조건 속에서 어떻게 문학적 권위를 확보했으며 또 그 권위가 어떻게 작동하면서 특정 문학담론을 배타적으로 구축하느냐에 있다. 그 문제는 문예조직과 매체의

---

6) 김 철, 「한국보수우익 문예조직의 형성과 전개」, 『한국전후문학의 형성과 전개』(『문학과 논리』제3호), 태학사, 1993, 38–47쪽.

일방적 관계를 넘어서는 차원에서 해명 가능하다.

다른 한편으로 조연현 연구의 차원에서 『문예』의 위상을 점검한 논의가 있다. 모든 문학상의 주의 주장, 모든 문단적 세력을 초월한 초당파적 편집방침과 작품 본위의 편집원리가 『문예』를 1950년대 초반 가장 권위 있는 문예지로 성장시킨 동력이며 그 필연적 결과로 조연현의 문학적 권위가 확고해졌다는 논의,[7] 단정 수립에 대응되는 새로운 문학 장의 구축이 요구되는 상황에서 새로운 문학적 이념형을 정립하고 제도화할 수 있는 문학담론의 필요성을 선취하고 그것을 『문예』 라는 매체를 통해 현실화시켰다는 논의[8] 등이 이에 속한다. 둘 다 조연현 개인의 비평적 욕망과 그가 문단적 권력을 획득해가는 맥락에서 『문예』가 갖는 위상을 규명하고 있다. 그의 문단권력이 확고해진 것은 『현대문학』에 있으며 『문예』를 그 전사(前史)로 배치하는 공통점을 또한 지닌다.

이 연구들이 지적한 바와 같이 조연현과 『문예』는 불가분의 관계를 지닌다. 주재자(主宰者)였다는 것뿐만 아니라 단정수립 후 그의 친일행적과 해방 후 행적이 문단에 폭로되면서 '문단페스트균', '사악한 독종의 버러지'로 매도되는[9] 위기상황을 돌파하는데 있어서도 『문예』의 창간은 매우 유용한 것이었다. 또 해방 후 조선문학가동맹계열의 계급문학(유물론적 인간관)과의 논쟁적 대결과 함께 한국문학사의 거시적 차원에서 (탈)근대문학과 순수문학의 이론적 정합성을 체계화하려는 조연현의 비평적 도정에서 『문예』의 존재는 그 어떤 것보다 중요하다. 그러나 조연현의 회고와 마찬가지로 조연현론의 차원에서 『문예』를 규명하는 것은 이 잡지가 갖는 풍부한 의미와 가능성을 제한적으로 드러내는 한계를 지닐 수밖에 없다.

이와 달리 최근에는 『문예』에 수록된 작가작품에 주목하여 『문예』의 성격과 위상을 재평가하려는 연구가 몇 편 제출되었다. 가령 『문예』에 수록된 시를 대상으로 이전 시기 시와의 연계와 변별성을 서정적 주체에 초점을 맞춰 탈이념적(정치

---

7) 김명인, 『조연현, 비극적 세계관과 파시즘 사이』, 소명, 2004, 131~146쪽.

8) 임영봉, 『상징투쟁으로서의 한국 현대문학 비평사』, 보고사, 2005, 108~113쪽.

9) 이상로, 「문단공개장─부일문학청년의 말로」, 『국제신문』, 1948.10.12.~14.

적) 주체와 순수문학의 관계를 고찰하거나,[10] 『문예』소재 모윤숙의 기행문과 황순원 등의 작품을 대상으로 농촌이라는 공간적 인식을 기반으로 한 민족의 상상과 그것이 냉전체제하 반공과 어떻게 접속되어 나타나는가를 분석한 연구다.[11] 매체의 성격 규명에 치중된 기존 연구와 달리 지면 내부로의 접근법을 통해 『문예』의 문학적 실상과 그 의미의 확대를 꾀한 성과에도 불구하고 매체와 소재한 문학의 갖는 유기성의 천착으로까지는 진척되지 못했다는 인상이다. 다만 『문예』의 발간 기간을 고려할 때 『문예』와 냉전의 관계 문제는 『문예』가 지닌 가능성과 연구의 지평을 확대할 수 있는 방법이라는 점에서 주목할 필요가 있다.

이렇게 연구사 검토를 다소 장황하게 한 까닭은 기존 연구에서 이미 『문예』가 지닌 유의미한 논점들이 대부분 거론되었기 때문이다. 다만 그 논점들의 상호 관련성에 대한 논급이 치밀하게 이루어지 못한 결과 『문예』의 일면만이 부조된 한계를 드러냈다. 이 연구는 첫머리에 제시한 『문예』의 문학사적 위상과 그 의의를 두 가지 논점으로 다뤄 실체적으로 구명하고자 한다. 첫째는 단정수립 후 국가보안법 체제에서 역동적으로 전개된 문학 장의 구조변동과 『문예』의 관계다. 이는 보수우익문학 진영이 문단적·문학적 헤게모니를 장악하는 과정과 아울러 우익문학 내부의 투쟁을 거쳐 문협정통파가 주도권을 획득하는 일련의 과정에서 『문예』가 어떤 위상과 역할을 하는가에 대한 고찰이다. 둘째, 『문예』가 어떤 전략을 통해서 순수문학을 배타적으로 규범화하고 이를 제도적으로 정착시키는가를 구명한다. 추천제에 초점을 두고 논의할 것이다. 『문예』의 추천제는 단순히 신인 등용문이라는 의미를 넘어 순수문학론의 가장 확실한 재생산 장치로 기능했기 때문이다.

---

10) 주명중, 「해방기 잡지 『문예』에 나타난 시 세계 고찰」, 『한국시학연구』44, 한국시학회, 2015, 39~68쪽.

11) 이민영, 「한국전쟁기 문예지 『문예』와 냉전지리학의 구성」, 『한국근대문학연구』42, 한국근대문학회, 2020.

2. 단정수립 후 문학 장의 재편과 『문예』

단정수립 후 한국문학은 대체로 다음과 같은 환경 속에 놓여 있었다. 첫째, 극우반공체제가 성립되면서 반공 이외의 어떠한 사상 조류도 공론의 장에서 거론될 수 없는 폐색의 상황이 도래했다. 배타적 권위를 획득한 반공이데올로기는 모든 사회적 가치를 압도하는 무소불위의 가치로 군림하고 다른 한편으로 '빨갱이'를 대량 양산하여 체제이탈적인 일체의 표현을 원천 봉쇄했다. 이 과정 전반이 반공주의를 독점한 국가권력의 (반공)국민 만들기 프로젝트 차원에서 진행되었기 때문에 전폭적이었고 또 강압적이었다. 일시적으로 민족(친일/반일)과 이데올로기(친공/반공) 의제가 공존·병치했으나 여순사건을 빌미로 제정된 국가보안법 공포를 계기로 이념적 의제가 한국사회 전반을 규율하는 기제로 대두한다. 문학예술도 사상적 기제의 맹목성으로부터 자유로울 수 없었다. 오히려 사상적 규율, 즉 반공주의가 가장 집요하게 문학예술 전반을 탈바꿈시킨다. 제2차 미소공동위원회가 좌절된 후 조성된 단선단정 국면에서 좌우 진영 모두에서 제기했던 애국(매국)문학 또는 구국문학이 강제된 반공주의와 결합하면서 민족문학이란 외피를 쓰고 더 확대 강화된다. 이 같은 국면 전환은 문학예술에 위기로 작용했으나 보수우익에게는 세력화를 위한 절호의 기회가 되었다. 국가의 대북심리전과 대내심리전, 특히 빨갱이 담론의 생산과 재현에 문학(인)의 가치가 증대되면서 국가와 문학(인)의 유대관계가 확장될 수 있는 기반이 조성되었기 때문이다. 문제는 친일파가 빨갱이를 민족(국가)의 이름으로 단죄하는 형국이 전개되었다는 점이다. 그 칼날이 외부의 적보다 내부의 적, 즉 창출된 비국민을 겨냥했다는 점도 특징적이다.

둘째, 국가권력에 의한 검열이 공세적으로 시행되면서 사회·문화통제가 극단화되었다. 당시의 국가보안법은 민족분단을 법률적으로 승인하는 것이자 사회 내부의 적을 반국가(체제) 범죄로 처벌할 수 있는 합법적 장치였다. 여기에다 식민지유제 법령(신문지법), 미군정법령(제88호, 제115호 등)이 존속된 상태였고, 제1공화국이 남발한 각종 행정입법, 가령 언론정책 7개항(1948.9) 등이 동시다발적으로 적용되면서 표현의 자유가 극도로 억압되고 언론·출판, 문학예술, 학술 등 문화전반이 국가보안법의 사상통제에 사로잡힌다.[12] 비(非)반공은 철저하게 배제되고 역설적으로 반공(친화적)이 과잉되는 담론 장이 조성될 수밖에 없었다. 좌익계열의 잡지(『문장』, 『문학』 등)와 저서에 대한 발매금지령(1948.12.14), 이전 검열을 통과했던 국내외 영화에 대한 재검열(1948.10), 일어판 영화상영 금지(1948.10), 중등교과서에서 친일작가와 좌익작가의 작품 삭제(1949.9), 불순교과서 허가 취소와 절거(切去) 소각(1949.11), 연극 각본 사전검열(1949.9), 불온·저속 레코드 판매금지(1949.9), 문화인 자수 촉구와 미자수자 서적 발매금지(1949.11), 월북문인 저서 판매금지(1949.11), 저속출판물 단속(1949.12), 국산영화 검열 강화(1950.1), 전향문필가 원고심사제(1950.2), 일본서적 번역출판 제한(1950.5) 등 사상, 민족, 풍속 검열이 착종된 자장 속에 문학예술이 포획되었다.[13] 금압을 기조로 한 일련의 검열로 인해 문학예술의 영토가 축소되고 문화인들의 활동 영역이 대폭 제한되는 것은 필연적이었다.

검열의 대상도 광범했다. 좌익에게만 겨냥된 것이 아니다. 좌익관련 언론출판 기구, 문인, 텍스트가 표적이 되지만 이념적 성향을 초월해 반정부적 경향, 논조, 내용에까지 검열의 촉수가 미쳤다.[14] 북조선 기사와 관련한 『민성』압수조치, 『문예』창간호에 대한 용공 혐의 등 매체에 대한 통제력이 강화되는 경향이 또한 대두한다. 사전·사후검열, 이중검열, 재검열, 지방에서의 삼중검열 등 검열의 방식도 한층 다변화된다. 사상검열의 경우 국가보안법상의 처벌 규정, 즉 좌익단체에 가입한 사람이 국가보안법 공포 이전까지 반대, 탈퇴하지 않은 경우에도 국가

---

12) 이에 대한 자세한 검토는 이봉범, 「반공주의와 검열 그리고 문학」, 『상허학보』15, 상허학회, 2005 참고.

13) 지방의 경우는 더 심했다. 중앙에서 검열에 통과된 것이라도 지방 사정에 맞게 다시 검열을 받아야 하는 상황이 비일비재했다(『자유신문』, 1948.10.9.). 정부수립 후 검열을 반공주의의 일면화 혹은 자동성으로 보는 것은 다소 문제적인 인식 틀이다. 당시 검열은 배일(排日), 반공, 민족, 풍속 등의 논리가 착종·길항하는 가운데 국가권력의 對사회지배력이 미약했던 연유로 검열정책이 실행되는데 많은 혼선과 갈등이 수반된 점을 염두에 둘 필요가 있다.

14) 정부수립 1년 동안(1948.8.15~1949.6.4) 신문과 통신 9개, 주간 6개, 순간 2개, 월간 41개, 월 2회간 1개 등 총 59개의 정기간행물이 정·폐간을 당했는데(최준, 『한국신문사』, 일조각, 1970, 386쪽), 경영 부진인 경우도 있으나 대부분 신문지법과 군정법령 제88호가 적용된 강제 폐간이었다. 『국민일보』, 『대한일보』, 『민중일보』 등 우익계열의 정기간행물도 폐간 처분되었다. 이들 우익지에는 정부의 7개 언론정책 위반 혐의가 적용된 것이다.

보안법의 저촉대상이 되었기 때문에[15] 사상적 재검열이 정당화되었다. 이 같은 무차별적 검열로 특히 전향선언 후 국민보도연맹에 가입한 전향문화예술인들은 문필활동의 최대 위기를 맞는다. 정부수립 후 중도파 민족주의자와 문학예술인의 상당수가 월북을 감행할 수밖에 없었던 이유다. 이 시점의 월북은 대부분 체제(이념) 선택보다는 문화 활동의 보장 및 생계를 위해서였다.

셋째, 좌우 이념 대립에 기초한 문학 장의 구도가 붕괴되면서 문학운동의 질적 전환이 요청되었다. 해방직후 극단적 이념투쟁의 국면에서는 문학보다는 정론(정파성)이 우선시되었고 그것은 필연적으로 창작의 침체와 문학 영토의 현저한 위축을 초래했다. 이는 좌우 진영 모두가 가장 애석하게 여긴 문제다. 정부수립 후에는 더 이상 이러한 선택/배제의 적대적 메커니즘을 통해서 문학이 존립할 수 없다는 문학계의 인식이 보편화되면서 새로운 문학운동에 대한 전망 모색이 활발하게 이루어진다. 다만 좌우 이념을 지양한 대안적 문학을 제시할 수 있는 능력을 문학계가 갖추고 있지 못했다. 문학 장의 헤게모니를 장악했으나 여전히 문학정치에 익숙한 보수우익문인들에게 대타성의 상실이란 승리이자 동시에 공허였다. 더욱이 문학 장의 재편이 사상적 내부평정과 결부되어 진행되었기 때문에 보수우익의 분열과 내부적 대결구도가 생성되면서 더 요원해진다. 더 치열한 사상투쟁을 거치며 문화계의 내부냉전이 정착된다. 게다가 남북분단의 제도화는 문학 시장의 대폭 축소를 초래했기 때문에 문학의 사회문화적 토대를 새롭게 재건·구축해야 하는 과제가 부과되고 있었다.[16]

넷째, 출판문화 환경과 독서현상의 뚜렷한 변화가 나타난다. 해방직후 출판은 가장 강력한 문화운동 기관으로 부상했고 따라서 좌우익을 막론하고 출판을 통한 계몽·선전·교육적 기능을 수행하는데 전력투구하게 된다.[17] 상대적으로 도덕

---

15) 오제도, 『국가보안법실무제요』, 서울지방검찰청, 1949, 17쪽. 이 조항이 명문화되어 있는 아니었으나 국가보안법의 운용에서 적용 법위를 확대시켜 나타난 현상이다.

16) 남북문화 교류의 차단은 『백민』2호가 평양에서 압수되는 1946년 초부터 가시화되기 시작했고 그것이 분단의 제도화와 더불어 완전한 단절로 치달으며 문학의 최대 위기로 부상한다. 이는 곧 문학시장의 대폭 축소를 의미하는 것으로 1930년대 이후 독서열이 가장 높았고 따라서 가장 큰 출판시장이었던 함경도 및 이를 포함한 이북과의 교류 단절은 단정수립 후 문학 장의 재편 과정에서 주요 의제로 대두되기에 이른다. 이경훈, 『속·책은 만인의 것』, 보성사, 1993, 300쪽.

17) 해방 후 출판문화의 전반적인 동향에 대해서는 이중연, 『책, 사슬에서 풀리다』, 혜안, 2005, 1-2

적 우월성을 점하고 있던 좌익 측이 주도했다. 하지만 이념적 구획과는 무관하게 한글로 쓰인 출판물은 모두 매진되었고 사상 관련 서적이 주종을 이루었다. 당대 정치 상황, 출판자본의 이해, 독자대중의 수요가 환상적으로 접합되면서 나타난 특이한 문화현상이라고 할 수 있다. 그러나 1947년에 접어들면서 출판의 다양화·전문화가 진행되는 가운데 출판물의 무게중심은 사상의 세계에서 문학의 세계로 점진적으로 이동하게 된다. 여기에는 무엇보다 정치 상황의 전변이 작용했지만 더욱 중요한 원인은 독서대중들의 취향 변화에 있었다. 독서대중들이 과도기적인 혼란기를 겪은 뒤 독서에 대한 판단력을 갖게 되면서 독서의 자율적 선택권을 행사할 정도로 수준이 높아졌다. 즉 맹목적 난독에서 감식안 및 비판안을 갖춘 선택적 독서가 가능해진 것이다.[18] 그 선택의 중심에 문학이 놓여 있었다. 왜 독자들이 문학을 선택했는가의 문제와는 별도로, 아래 도표에서 확인할 수 있듯이 문학은 이후 계속해서 출판(물)의 중심에 존재하게 된다. 바야흐로 도래한 문학의 시대에 어떻게 대응할 것인가 하는 문제는 문인들의 생계문제와 직결되면서 해결해야 할 가장 큰 과제로 부각되기에 이른다.

연도	전체 출판물	문학/어학	참고서/교과서	사회과학
1946년	552종	77종/	/26종	141종
1947년	957종	148종/	111종/123종	132종
1948년	1,176종	243종/	227종/209종	121종
1949년	1,641종	344종/17종	342종/262종	147종
1952년	1,393종	239종/138종	159종/	182종
1953년	1,110종	404종/139종	81종/	151종
1954년	1,558종	574종/153종	117종/295종	274종

※이 표는 저자가 조선은행(한국은행)에서 펴낸 『경제연감』및 매년 12월 초 『동아일보』에 발표된 도서출판 현황을 종합해 재정리한 것이다. 문학 분야의 동향을 쉽게 파악하기 위해 몇몇 분야만을 비교 제시했다.

출판문화 환경과 관련하여 한 가지 더 고려해야 할 것은 단정수립을 전후하여 매체의 세력분포에 미묘한 변화 조짐이 나타난다는 점이다. 즉 해방직후에는 일

부 참조.

18) 장만영, 「기업화의 전야」, 『경향신문』, 1948.12.28. 이재욱, 「독서와 당면과업」, 『경향신문』, 1949.2.1.

간신문이 절대다수였고 잡지는 대중성이 부족한 특수기관의 잡지 및 동인지, 팸 플릿 정도가 고작이었는데 1948년에 접어들면서 전문성을 갖춘 잡지가 서서히 등장한다. 이는 정치사회적인 안정 국면이 도래하면서 독자의 관심 영역이 정치 적·사상적 분야에서 실용적·문화적 방면으로 점진적으로 이동하는 경향과 근대 적 학교교육을 받은 학생층이 잠재적 독서층으로 부상하게 되는 상황 그리고 한 글보급운동이 전개되어 총인구에 대한 한글해득자 비율이 급속하게 높아지는 추 세와 대응되는 현상으로 볼 수 있다.[19] 요컨대 여전히 신문매체의 위력이 강했지 만, 전문적이면서 새로운 지식을 생산하고 전파하기에 유리한 잡지매체가 출판 계의 새로운 세력으로 급부상하게 되는 것이다. 그러나 문학과 관련된 문예지는 아직 출현하지 못했다.

다섯째, 문학의 안정적인 재생산구조를 창출하는 과제가 대두되었다. 문학의 생산─유통─수용의 메커니즘이 일제말기 극심한 문화통제로 파괴되었고, 해방 직후 또한 좌우 모두 문학 장의 헤게모니 투쟁으로 점철된 나머지 문학의 사회문 화적 입지는 대단히 취약한 형편이었다. 이에 대한 자성의 기운이 일면서 정부 수립 후 이를 승인한 가운데 다양한 대안이 제출되어 각축을 벌인다. 염상섭, 백 철, 김기림 등이 창작과 평론을 통해 나름의 구체성을 지닌 대안적 방향을 모색· 제기하지만 지속성을 갖지 못했다.[20] 이들은 곧바로 전향자가 되면서 남한체제 에 완전히 동화되기를 요구받았고 지속적인 통제, 특히 문단 내부의 동업자로부 터 위장전향의 의혹과 감시를 받았기 때문이다.[21]

---

19) 한글해득자 비율의 추세를 살펴보면 1945년 22%→1946년 41%→1947년 70%로 그 흐름이 가 파르게 높아졌다(조선은행조사부, 『1949년 경제연감』(1949.10) 부록 (242)(243) 참조). 덧붙여 해 방 후 3대 메이저출판사가 거의 같은 시기에 '문고본'을 발간하는 것, 예컨대 민중서관의 민중문 고, 정음사의 정음문고, 을유문화사의 을유문고가 등장하는 것은 이 같은 출판환경의 변화와 밀 접한 관계가 있다.

20) 백철은 1949년 1월 문단을 계급문학파, 민족주의문학파, 중간파로 분류한 뒤 좌파의 조급성과 우 파의 완고성을 비판하면서 당대 현실을 그려낼 수 있는 중간파(신현실주의파)의 정당성을 역설했 다. 백철, 「현상은 타개될 것인가」, 『경향신문』, 1949.1.5.

21) 조지훈은 1950년대 후반 지성의 전반적 위축이 일제 때보다는 이 전향의 시기에 직업을 했다가 는 반공전선에서 이탈당할까 하는 기우와 생명의 위협을 당하지 않을까 하는 공포에 의해 조성된 지식인들의 겁기(怯氣)에 일차적인 원인이 있다고 진단하는데, 그의 발언을 통해 전향제도의 폭 압성과 그 반향이 어디까지 미쳤는지 가늠할 수 있다. 「격동기의 지성; 문필인들은 말한다」(좌담 회), 『동아일보』, 1959.2.15~16.

반면에 김동리, 서정주, 조연현 등 청년문학가협회의 핵심 주체를 중심으로 한 문학중심주의가 유력한 대안으로 부상한다. 본격문학에 입각한 문학의 사회적 인정투쟁이 전개되기 시작한 것이다. 이들이 본격문학을 무기로 전면에 나서는 과정은 우익진영의 세대교체를 의미하는 것이기도 했다. 그 과정은 문인조직의 결성, 독자적인 매체의 확보, 새로운 문학담론의 창출, 등단제도를 통한 작가 육성 시스템 구축 등 다양한 면모로 전개된다. 이들은 전향국면에서 내부적 사상 투쟁의 전면에 나서지 않고 매체의 확보, 즉『신천지』의 장악과 김동리의 관장, 『문예』의 창간과 조연현의 주도를 비롯한 본격문학에 근거한 문학 장 재편을 기획하고 암중모색하는 행보를 보인다. 당시로서는 아주 특이한 면모였다. 서정주만이 정부수립 직후 잠시 이승만과의 인연으로 문교부 초대 예술과장으로 있었다.[22]

단정수립 후 문학은 이 같은 복잡하면서 역동적인 조건 속에서 새로운 조정의 국면을 맞고 있었다.『문예』의 탄생과 전개는 이 조건들과 밀접하게 연관되어 있다. 넓게는 위의 조건들의 상호연관적인 교직(交織) 속에, 좁게는 다섯째 조건과 직결되어 있다. 조금 부연해보자. 단정수립을 전후해 민주주의민족전선, 문련, 조선문학가동맹 소속 좌익계열의 문인들이 대거 사라지고(월북 또는 잠적),[23] 잔류한 좌익과 중도파 민족주의문인들은 전향 선언을 계기로 문학 활동을 포함한 일체의 공적 활동이 극도로 제한되는 가운데 거의 공백이 되다시피 한 문학 장의 주도권을 차지한 세력은 청년문학가협회 소속의 젊은 문인들이었다. 이것은 어찌 보면 당연한 것이었다. 좌익의 진보적 민족문학론과 맞설 수 있는 논리를 갖춘 이론가는 이들밖에 없었고, '순수문학 논쟁'과 단선단정 국면에서 좌익이 주창한 애국(매국)문학론의 일방적인 공세를 역전시킨 공적(전리품)도 이들의 몫이었기 때문이다.

---

22) 서정주, 『나의 문학적 자서전』, 민음사, 1975, 181~185쪽.

23) 조선문학가동맹을 비롯한 좌익 문화단체 일체가 공식적으로 불법화된 것은 1949년 10월 군정법령 제55조 '정당에 관한 규칙'제2조 가항이 적용돼 등록취소 처분을 당했기 때문이다. 하지만 정부수립 후 공세적 사상통제로 이미 좌익문학 운동은 현저히 제약되면서 비합법적 공간으로 축소된다.

그러나 20대 후반, 30대 초반의 나이에 갑자기 문단의 주류세력으로 부상한 이들은 새로운 딜레마에 봉착하게 된다. 문단의 주도권을 장악했지만 그들의 문학노선(순수문학론)의 사회문화적인 정당성을 확보할 수 있는 기반이 매우 취약했다. 범우익문화예술통합단체인 '전국문화단체총연합회'(1947.2.12 결성, 이하 문총)가 있었지만 유명무실한 존재였다. 비록 문총이 단정수립 직후 여순사건을 기화로 '민족정신앙양전국문화인총궐기대회'를 개최해(1948.12.27-28) 대한민국의 정통성을 재확인하고 좌익 성향이 강했던 『신천지』, 『민성』, 『문장』 등의 잡지와 백양당, 아문각 등의 출판사를 비민족적 언론출판기관으로 규정해 무력화시키기 위한 결정서를 채택하는 등 공격적인 행보를 보여주었지만[24] 이것은 당시 정치사회적 전변의 부산물에 불과했다. 더욱이 문총의 핵심 주체들은 반공주의를 접점으로 정부의 내부평정을 대리하는 하위파트너로 전신하며 문학정치의 길로 나서는 경향이 농후해진다.

문단의 세력 판도도 완전히 보수우익 편으로 기운 것이 아니었다. 단정수립 후 문단 구성은 보수우익이 득세했으나 다양한 이질 세력이 공서하고 있었다. 좌우 및 중간파로 분립했던 이전의 질서가 해소되지 않았다. 국민보도연맹은 공산/민족진영 간의 분열·대결이 최후적 정리기에 도달했음에도 민족진영의 수세가 여전하고 민족진영 내 노골적인 분파 대립과 창작 능력의 저열함으로 인해 전투적인 반공문학을 공격적으로 전개하지 못하고 있는 실정이라고 진단한 뒤 한국전체의 문단 지도를 북한문단 및 잔류 공산문인(김기림, 김동석, 이용악, 정인택, 설정식, 채만식, 박태원, 박노갑 등)의 공산진영과 우익 및 중간우익층의 민족진영, 친일문학자 그룹 등으로 삼분하고 있다.[25] 이러한 비판 속에서 반민족행위처벌법

---

24) 이와 같은 우익문예 진영의 공격적인 행태는 지방에까지 영향을 미친다. 가령, 문총 경남본부는 문총의 결정서 양식과 똑같은 방식으로 도내(府內) 모모신문과 주간 『문예신문』, 월간 『문화건설』과 『중성』 등을 반문화인들의 기관으로 매도 규탄했다(『자유신문』, 1949.7.19). 그러나 이에 대한 반발도 만만치 않았다. 『민성』은 문총의 결정서(5)에 대한 반박성명서를 발표하며 저항했으며, 문총이 노렸던 『서울신문』과 서울신문사에서 발행하고 있던 최대종합지 『신천지』를 장악하게 된 것도 1949년 8월에야 가능했다.

25) 오인만, 「문단의 정리와 보강」, 『주간 애국자』(국민보도연맹기관지)제2호, 1949.10.15.(11면). 오인만은 우익문단의 득세 현상이 문학단체 자체의 조직 활동과 작가들의 작품 활동의 실력으로 좌익문단을 압도해서 승리한 것이 아니고 대한민국의 정치력의 여택(餘澤)인데도 불구하고 중간층

의 시효가 상실된 상황에서 문학적 활동이 재개될 친일문학가들을 민족진영의 보강 자원으로 활용해 세력 균형의 역전을 꾀할 필요성을 주문했다. 실제 박영희, 김용제 등 친일문학인이 국민보도연맹 산하 문화실의 중책을 맡았다. 친일문인과 전향문인의 포섭이 우익문단 재편의 동력이 되어야 하는 아이로니컬한 상황이었다. 한국문학가협회 발족 때 거명된 추천회원 기준으로 볼 때 총 179명의 추천회원 가운데 전향문인이 약 45명(25%)을 차지했다. 조연현의 「해방문단 5년의 회고」시리즈(1949.8)는 바로 이러한 문단의 복잡성과 분열·갈등을 보수우익 그것도 청년문학가협회 중심으로 재편하기 위한 기획의 일환으로 작성된 것이다. 이 텍스트의 논리 정연함과 구별 짓기 및 겨누는 칼날에 배어 있는 조연현의 욕망은 섬뜩하고도 치밀하다.

그리고 본격문학의 인정투쟁을 효과적으로 수행할 수 있는 발표기관 역시 부재했다. 신문의 다수를 친화적으로 포섭했으나 시사적·정치적 정보 전달에 치중할 수밖에 없는 매체의 특성상 문학지식의 생산과 전파에 효과적이지 못했다. 잡지『민성』,『백민』,『대조』등도 문학에 매우 우호적이었으나 청년문학가협회가 주도적으로 관장할 수 없었다. 바로 이런 배경에서『문예』가 창간된 것이다. 물론『문예』의 창간은 모윤숙과 미공보원의 후원에 의해 가능했다.[26] 그러나 열악한 출판 환경, 특히 살인적인 지가(紙價) 상승 때문에 자본 또는 권력을 배경으로 할 때에만 비로소 출판 사업이 가능했던 당시의 일반적인 경향을 감안하면,[27]『문예』의 물적 기반 자체가 잡지성격을 규정하는 절대적인 요소라고 볼 수는 없다.

『문예』는 이들을 주축으로 한 우익문학 진영의 문학적 정당성과 지배적 권위

과 분산층을 포섭할 역량도 아량도 보이지 못하는 우익문단의 태도를 공산진영의 분열 전술에 속는 제5열의 과오로 규정하며 강한 불만을 제기했다.

26) 모윤숙은 『문예』창간이 자신의 자금과 USIS(united states information service, 미국공보원)의 용지 보조로 가능했다고 회고한 바 있다(『모윤숙문학전집5』, 성한출판사, 1986, 194쪽). 김병익은 모윤숙이 유엔총회 대표단으로 참가해 구미를 돌아본 뒤 잡지 창간을 결심하고 마대사관 문정관 슈바커를 설득, 1년 동안 종이를 원조해 줄 것을 승낙받는 한편 남대문로의 적산빌딩을 인수받아 『문예』창간이 이루어졌다고 정리했는데(김병익, 『한국문단사』, 일지사, 1973, 199~200쪽), 모윤숙의 주장과 상치되는 것은 아니다. 다만 모윤숙이 『문예』의 산파역이자 발행인이었지만 조력자 이상의 역할을 한 것은 아니다.

27) 박연희, 「출판문화에 대한 소고」, 『경향신문』, 1949.3.19.~22.

를 획득해나가는 교두보 역할을 하게 된다. 창간호 '편집후기'에서 권위 있는 순문예지 발행이 최대의 소원이었는데 그것을 이루어냈다는 김동리의 성취감이나, 문화전선의 투쟁 과정을 거쳐 이제는 승리를 입증해야 한다는 조연현의 당찬 포부는 『문예』라는 독자적인 표현기관의 확보가 얼마나 그들에게 절실했는가를 반증해준다. 독자적인 매체 확보를 바탕으로 '한국문학가협회'라는 통합(단일) 문인단체를 조직해내고(1949.12), 이 조직과 매체를 발판으로 그들의 순수문학론은 한국현대문학의 강력한 주류로 제도화 되고 정통성을 보증 받을 수 있는 실질적 토대가 구비된 것이다. 조직과 매체가 특정 문학그룹이 존재할 수 있는 근본적인 토대라는 것은 주지의 사실이다. 해방직후 이른바 '중간파'가 나름의 시의적절한 논리를 견지했음에도 물적 토대를 갖추지 못한 결과 결국 좌우 대립구도가 해소되면서 역사에서 사라져버린 것이 비근한 예다.

이와 관련하여 『문예』주체들[28]이 어떻게 문학 장을 재편하고 순수문학을 제도화했는가를 따져볼 필요가 있다. 그 단서를 『문예』의 창간사에서 찾아보자.

解放 以來 이 땅에 簇出된 모든 文化團體 또는 個人들의 例外없는 슬로강은 民族文化(또는 民族文學)를 建設하자는 一語에 지나지 않았다. 그러나 아무리 많은 文化團體 또는 文化人들이 아무리 거리마다 골목마다 民族文學을 建設하자고 웨쳐봐야 그러한 슬로강의 되풀이만으로써 民族文化 民族文學이 建設되는 것은 아니다. 或者는 이 標語를 政治宣傳에 濫用하였고 或者는 이 것을 個人 企業에 盜用했을 뿐이다. 民族文學 建設의 光輝있는 偉業은 아즉도 亂麻와 荊棘 속에 놓여 있을 뿐이다. 文人이 붓을 잡는 것은 一部 政治文學靑年들이 誤信하는 바와 같은 '蟄居'도 아니요 '逃避'도 아니다. 붓대를 던지고 黨派 싸움이나 政治行列에만 加擔하는 것이 現實을 알고 文化를 建設하는 方法이라 생각하는 것은 세상에 흔히 있는 '거짓'의 하나다. 우리는 이러한 '거짓'을 拒絶해야한다. 小說家는 小說을 쓰고 詩人은 詩를 쓰는 것만이 民族文

---

28) 여기서 『문예』주체란 편집책임 및 실무자(조연현, 이종산, 홍구범, 박용구, 하한수)를 비롯하여 추천제의 고선자로 막강한 영향력을 행사했던 김동리, 서정주를 가리킨다.

學 建設이 具體的 方法의 第一步가 되리라고 우리는 믿어야 한다. 모든 文人은 우선 붓대를 잡으라 그리고 놓지 말라. 이것이 民族文學 建設의 憲章 第一條가 되어야 한다. 그러나 모든 詩 모든 小說이 다 民族文學이 되는 것은 아니다. 그 아름다운 맛과 깊은 뜻이 能히 民族 千秋에 傳해질수 있고, 世界文化 殿堂에 列할수 있는 그러한 文學만이 眞正한 民族文學일수 있는 것이다. 우리는 이러한 眞正한 民族文學의 建設을 向하여 붓을 놓지 말아야 한다. 그리하여 우리의 生命을 文字에 색여야 한다.

本誌의 使命과 理想은 以上 말한 바에 있다. 卽 民族文學 建設의 第一步를 實踐하려는데 있다. 本誌가 모든 黨派나 그룹이나 情實을 超越하여 眞實로 文學에 忠實하려 함은 黨派나 그룹보다는 民族이 더 크고 情實이나 私感보다는 文學이 더 높은 것이기 때문이다. 民族文學 建設의 共同目的을 達成하기 위하여 모든 文人은 本誌를 通하여 그 빛나는 文學的 生命을 색여주기 바란다. 本誌는 이러한 生命을 빛내임에 微力과 誠意를 다 하려 한다.

김동리가 쓴 이 '창간사'에는 『문예』가 탄생하게 된 맥락과 아울러 『문예』의 지향과 매체전략 등 잡지를 둘러싼 제반 사항이 잘 집약되어 있다. 우선 당파와 그룹을 초월한 범 문단적 표현기관으로 잡지의 성격을 설정하고 있다. 문단의 공기(公器)임을 자처한 것이다. 이러한 개방성은 한국문학사에서 존재한 문예지가 공통적으로 표방했던 원칙이다. 1920년대 중반 『조선문단』이나 1930년대 후반 『문장』이 모두 문예주의에 입각한 문단의 공기임을 표방한 것은 배타성·폐쇄성을 본질로 하는 동인지와 다른 문예지만의 본질적 속성이다. 그러나 『문예』의 개방성은 당시 사분오열되어 있던 우익문예 진영의 미묘한 상황을 봉합하기 위한 의도가 강하게 반영되어 있다. 비록 문단의 주체세력, 조연현식 표현으로 '해방 직후부터 對共文化戰線을 조직 지휘해온 문단의 투사들'[29]이 문단의 주도권을 장악했지만 그 이면에는 이념적(문학노선), 지역적[30], 세대적, 인적 유대에 기초한

---

29) 조연현, 『내가 살아온 한국문단』, 어문각, 1977, 238쪽.

30) 곽종원은 한국문학가협회가 결성된 이후에도 문단 내부에 이해관계에 따라 여러 잡음들이 발생했는데, 대표적인 것이 문인들의 동향 간의 친소관계에 따른 섹트(sect)설이 공공연하게 퍼져 있

다양한 세력이 분립해 경쟁하고 있었다. 작품보다는 그 작가가 어느 문학계열에 소속되어 있느냐가 우선시될 정도로 영향력이 막강했다.[31] 백철과 임화의 관계에서 확인되듯이 문인들 간의 교유(친소) 관계, 즉 문의(文誼)도 문단 내 질서에 상당한 영향을 끼쳤다. 전근대적 유제라고 할 수 있으나 이는 사상성 못지않게 적어도 한국전쟁기 서울점령 및 평양점령 때 월북·월남의 요인으로 작용할 만큼 상당기간 효력을 발휘한다. 코주부 김용환이 정부수립 후 뒤늦게 남로당에 입당한 것도 문의로 인해서다.

『문예』창간호가 발간된 후 곧바로 좌파 전력이 있는 전향문인 최정희·황순원·염상섭 등의 작품을 실었다는 이유로 용공적인 편집으로 오인돼 조연현이 기관원으로부터 조사를 받게 된 연유도[32] 이런 복잡한 역학관계의 결과로 볼 수 있다. 이 문제는 1954년 예술원파동을 겪으면서 문단의 분열과 재편성이 완료되기까지 우익문단의 잠재적 불안요소로 작용하게 된다. 아무튼 『문예』는 청년문학가협회를 중심으로 한 반공우익세력, 다수의 전향 중간파문인(백철, 김광균, 홍효민, 염상섭 등), 친일문인 등을 아우르는 느슨한 반공주의연합의 표현기관이자 단일한 문학조직인 한국문학가협회의 (준)기관지로서의 위상을 지닌다. 그로 인해 빠르게 자리를 잡으면서 문인들뿐만 아니라 문학 지망생들 나아가 일반 독자들로부터 폭발적인 반응을 얻게 된다. 창간호 4,000부가 발행 10일 만에 매진되고 그 추세가 지속돼 9호는 6,000부가 곧바로 매진되었다. 종이가 없어 증쇄할 수 없을 정도였다. 당시 시가 2~3천부, 소설이 4~5천부 정도면 최고 판매부수였고, 잡지 가운데 취미·오락잡지 정도가 제대로 팔리는 형편이었음을 감안하면 상당히 높은 수치이다.[33]

이보다도 더 중요한 의의는 『문예』가 예술의 자율성론 또는 문학우선주의에 입각한 순수문학론이 본격적으로 개진되는 장이자 구심체였다는데 있다. 그것은

었다고 회고했다. 곽종원, 「해방문단의 이면사4」, 『생활의 예지를 찾아서』, 지혜네, 1996, 174쪽.

31) 당시 『백민』을 주관하고 있던 김송은 단정수립 후에도 3개 이상의 당파가 존재하고 있었고, 그것이 문학전반에 부정적인 영향을 끼치고 있다고 비판했다. 김송, 「自己의 文學-續·血液의 文學」, 『경향신문』, 1948.11.6.

32) 조연현, 위의 책, 248~249쪽.

33) 김창집, 「출판계의 一年」, 『신천지』, 1950.1.

『문예』주체들이 내건 당면 목표, 즉 진정한 민족문학의 건설과 그 방법론은 작품 본위의 문학적 실천이라는 점을 표 나게 강조하는 것에 집약되어 있다. 기실 해방 후 우익문학 진영이 좌익 진영과 맞서 내걸었던 민족문학이란 슬로건은 단일한 이념적 성격을 지닌 것이 아니었다. 민족혼 앙양론, 순수론 등 집단적 차원의 논의에서부터 개인적 차원에 이르기까지 다양한 스펙트럼을 내포하고 있었다. 다만 좌익진영의 정치, 계급과 맞서는 구도에서 공서하고 있었을 뿐이었다. 하지만 그 다양한 스펙트럼은 정치 상황의 판도 변화에 따른 좌익문학과의 대결 구도가 해소된 뒤 자체 내의 이론적 변별이 뚜렷하게 드러나게 되고, 그 과정에서 김동리로 대표되는 본격문학(순수문학)=민족문학이 주류 담론으로 자리를 잡게 되는 것이다.[34]

　돌발적인 것은 아니었다. 청년문학가협회가 발족될 당시부터 발원한 일이다. 조연현은 계급문학을 문학의 파시즘화로 규정하고 정치·주의로부터 완전히 분리된 문학의 절대적 자율성을 문학의 본령으로 제창하며 계급문학뿐만 아니라 중간파문학, 보수우익의 민족주의문학을 비문학으로 간주·비판했다.[35] 문학이념과 세대적 구획에 바탕을 둔 청년문학가협회의 인정투쟁의 욕망(전략)이 그 시점부터 분명하게 작동했던 것이다.

　중요한 것은 『문예』가 창간사에서 주창한 민족문학의 실체다. '진정한', '그 아름다운 맛과 깊은 뜻이 능히 民族千秋에 전해질 수 있고, 세계문화전당에 列할 수 있는 문학'과 같은 수사를 걷어내면 이들이 명시한 새로운 민족문학의 정체성은 문학(창작)우선주의라는 원칙을 천명한 것에 불과하다. 당파, 그룹, 정실 등을 배격한 범주 설정, 즉 구별 짓기만이 두드러진다. 창간사라는 점을 감안하더라도 시대와 민족적 당면 과제와 정합성을 갖는 민족문학론은 아니었다. 마련하지 못했다고 보는 것이 더 적절하다. 『문예』을 통해서 그리고 김동리, 조연현의 이후 문학론의 개진에서도 이전 좌익문학과의 대결에서 입안된 추상적 차원의 '생리론'(조연현), '구경적 생의 형식' 혹은 '제3휴머니즘'(김동리)의 동어반복 이상의 이론

---

34) 신형기, 「해방직후 문학비평의 흐름」, 『해방3년의 비평문학』, 세계사, 1988 참조.
35) 조연현, 「문학의 위기」, 『청년신문』, 1946.4.2.

적 진전을 찾아보기 어렵다. '식민지시기 순수문학이 일제의 야만적인 문화 탄압에 맞서 조선문학이 순수주의로 가장해 자기의 정신을 방어하기 위한 전략적 방편으로서 일제적 국민문학에 비해 근소하나마 민족적이며 미미하나마 인민의 정신을 반영했기에 우월성을 지닐 수 있었음에 반해 해방직후에서의 문학의 순수성 옹호는 반민족적·반인민적 매국문학에 불과하다'는 임화의 비판이[36] 여전히 유효하게 적용될 수 있는 지점이다.

『문예』가 표방한 문학주의(창작우선주의)라는 원칙은 문단에 무리 없이 수용된 반면 순수문학에 대한 시비는 한국문학가협회 결성 직후부터 불거졌다. 백철과 김동리·조연현 간 논쟁을 통해서다. 백철은 근대 산문문학의 대표양식은 장편소설이라는 전제 아래 김동리의 장편이 실패한 것을 그의 작가적 성격과 연관시켜 비판한다. 즉, 김동리의 순수문학론은 주관적인 관념론에 가까우며 인간에 대한 해석이 넓지 못하고, 문학관 또한 현실을 속시(俗視)하는 결과 현실을 폭넓게 조망할 수 없다고 진단한 뒤 문학관의 대담한 반역을 촉구했다. 그러면서 당대 문학의 주류인 휴머니즘이 한 개 낡은 의리, 회고적인 신비성, 감상적인 인정에 흐르고 있음을 비판한 뒤 정치적·과학적 의지에 입각한 현실파악과 리얼리즘의 의의를 강조한다.[37] 이에 대해 김동리는 백철의 비평을 곤봉비평으로 규정한 뒤 휴머니즘은 로맨과 리알의 조화·합류된 개념으로 이를 리얼리즘 자체로 착각하는 백철의 관점을 군맹무상(群盲撫象)의 한 예로 간주한 가운데 그를 기계적 개념론자에 불과하다고 혹평한다. 그러면서 유물론적 객관론을 본질로 하는 리얼리즘의 초극의 필요성을 강조한다.[38] 다시 백철의 재비판과 조연현의 백철 비판으로 이어지면서 순수문학 논쟁 이후 가장 치열한 논쟁이 벌어지게 된 것이다.[39]

문학의 근대성(근대의 완성, 근대의 초극)에 대한 생산적인 논점을 부분적으로 지니고 있었으나 인신공격적인 논쟁으로 흐르면서 더 이상의 진척을 보지 못한

36) 임화, 「인민항쟁과 문학운동」, 『문학』(3·1기념임시증간호), 1947.2, 2~4쪽.
37) 백철, 「소설의 길-신춘작품평에 대하여」, 『국도신문』, 1950.2.28.~3.5. 『백철문학전집 1』(신구문화사, 1968)에는 부제가 '민족문학의 본령은 장편소설이다'로 개제되어 있다.
38) 김동리, 「현대문학의 길-백철의 "소설의 길"을 駁함」, 『국도신문』, 1950.3.18.~21.
39) 백철, 「소설의 리얼리즘-리얼리즘 체험은 운명적인 과제이다」, 『백철문학전집1』, 조연현, 「본격소설에의 길-백철 씨의 오류에 대하여 상/하」, 『경향신문』, 1950.4.6-8.

다.[40] 이 논쟁을 통해서 우익문학 진영 내에서 순수문학론을 둘러싼 이견이 만만치 않았으며, 민족문학=순수문학론이 얼마나 왜소하고 논리적 허점을 지니고 있었는가를 재차 확인할 수 있다. 『문예』주체들의 순수문학론이 이론적 답보상태를 보이면서 그들이 급변하는 정치 상황에 급속히 종속되어 갔던 것은 어쩌면 당연한 수순이었다. 특히 조연현, 모윤숙이 전시 잔류(은신)파라는 신분적 약점에도 불구하고 권력(검찰)과의 결탁을 바탕으로 문단 내 부역자 처리를 주도하는 과정을 거치며 이들의 정치성은 더욱 노골화된다.[41] 『문예』 또한 서울수복 후 전시 문인들의 변모된 동향을 정리·발표하는 것을 통해 내부냉전을 뒷받침했다.[42] 다만 『문예』주체들이 전시 문학 활동의 표본으로 간주되던 종군(문학)활동에 유독 참여하지 않은 것은 매우 이채로운 장면이다.

40) 이 논쟁의 경과와 의의에 대해서는 김윤식, 『백철 연구』, 소명출판, 2008, 449~457쪽 참고. 청년문학가협회 그룹 중심의 문단재편이 문단의 천하평정(정치적 천하평정)이지 문학의 천하평정이 아니었다는 김윤식의 평가는 당시 문협정통파의 문단적, 문학이론적 입지를 간명하게 요약해 준다. 백철은 후일 이 논쟁이 자신의 실언에 의해 촉발된 것이었다고 그 계기를 밝히고 있으나 이 논쟁이 그만큼 문학상의 중요한 주제를 놓고 벌인 것이었기 때문에 당시 문학상에 플러스된 것이 있었다고 평가했다(백철, 『속·진실과 현실』, 박영사, 1975, 381쪽).

41) 조연현, 「부역문인에 대해」, 『서울신문』, 1951.11.11.~12. 서정주도 부역자심사에 적극 참여했다. 그에 따르면 군검경합동조사본부가 부역자명단을 제공하면서 심사를 의뢰했는데 기준은 5등급, 즉 A(총살), B(장기형), C(단기형), D(說諭석방), E(무죄)였다고 한다. 잘 알려졌다시피 심사위원회가 일률적으로 D, E등급으로 처리해 모두 석방된다. 실제 사형선고를 받았던 조경희, 노천명이 이 덕분에 생명을 부지할 수 있었다. 흥미로운 것은 그 심사위원이 김동리, 조연현, 서정주였다는 점이다. 여기에는 오제도와 함께 담당검사였던 정희택이 조연현과 인척관계였던 것이 작용한 바 크다. 서정주의 언급처럼 어마어마한 심판을 이들이 내리게 된 것이다. 서정주는 이를 다행이라고 생각하면서도 리스트 속의 인물들은 일생을 두고 심사위원회에 감사해야 할 줄 알아야 한다고 일침을 놓은 바 있다. 서정주, 앞의 책, 1975, 229쪽 참조.

42) 「문단은 다시 움직인다」, 『문예』(전시판), 1950.12.5. 이 명단은 비교적 사실에 입각해 작성되었다. 괴뢰군에게 피살된 문인(이해문), 괴뢰군에게 납치된 문인(이광수, 정지용, 김기림, 김진섭, 김을윤, 홍구범, 공중인, 최영수, 김동환, 박영희, 김억, 이종산, 김성림, 조진흠), 전상사망자(김영랑), 괴뢰군과 함께 자진북행한 자(박태원, 이병철, 이용악, 설정식, 김상훈, 정인택, 채정근, 임서하, 김병욱, 송완순, 이시우, 박은용), 괴뢰군과 함께 수도를 침범했던 자(이태준, 이원조, 안회남, 김동석, 김사량, 이동규, 임화, 김남천, 오장환, 배호), 북행했다가 귀환한 자(박계주, 박영준, 김용호), 부역被疑로 수감 중에 있는 자(홍효민, 전홍준, 노천명, 이인수), 괴뢰군 치하에 완전히 지하 잠복했던 문인(박종화, 모윤숙, 오종식, 유치환, 이하윤, 장만영, 김동리, 조연현, 최인욱, 유동준, 김광주, 최태응, 박두진, 강신재, 방기환, 설창수, 임옥인, 한무숙), 괴뢰군 침공시 남하했던 문인(김광섭, 이헌구, 오상순, 서정주, 조지훈, 박목월, 구상, 이한직, 조영암, 김윤성, 김송, 서정태, 임긍재, 이원섭, 박용구, 김말봉). 반역자라는 지칭은 없으나 '문인'과 달리 자진월북자, 부역자 등 '자'로 지칭된 부류는 내부적으로 반역자라는 의심과 참회를 요구 받았다.

그럼에도 주목할 것은 『문예』가 가장 중시했던 문학본위의 방법론이다. 창작계의 침체 및 작품수준의 저하 문제는 당대 문단의 최대 현안으로 문인들 모두가 공감하고 있던 문제다. 이런 상황에서 『문예』가 작품우선을 강조한 것은 문예지의 본질 발현이라는 의미뿐만 아니라 문인들의 보편적인 욕망을 반영한 것이었다. 이는 문인들 대부분이 잡지의 집필자로 참여하고 있는 것에서 확인 가능하다.[43]

그렇지만 그 이면을 들여다보면 작품본위의 원칙에는 엄격한 선택/배제의 논리가 작동하고 있다는 것을 간파할 수 있다. 창간사의 '정치선전에 남용', '개인기업에 도용', '정실', '사감'에 함축되어 있는 바와 같이, 문단에서 여전히 강력한 힘을 유지하고 있던 비문학적 세력에 대한 배제를 겨냥하고 있는 것이다. 즉, 작품 활동보다는 문단적 활동이나 이념투쟁에만 종사해 온 비창작적인 문인들, 대중의 취미에 영합해 상업주의적·통속적 작품만 쓰는 수준 낮은 작가들,[44] 출판기념회와 같은 세몰이를 통해 권위를 행사하는 기성 대가들[45], 문단사교를 통해 작가로 출세하려는 신인작가 및 문학 지망생들[46] 등 당시 문단에 팽배하고 있던 비문학적 경향에 대해 '문학주의'라는 원칙으로 배제시켜 문단을 재편하겠다는 전략이었다. 3호와 4호에 『백조』와 『문장』에 대한 회고를 각각 게재한 것도 이와 무관하지 않다. 이는 창작 및 비평에서 중심적 위치를 차지하고 있던 『문예』주체들의 자신감의 표현인 동시에 순수문학론을 중심으로 문학 장을 새롭게 재편하려

43) 당대 문학가들의 참여도는 『백민』5권2호(1949.3)와 『문예』7호(1950.2)에 수록된 문학가명단에 등재되어 있는 168명의 문학가(중복 제외) 중 약 75%가 『문예』1~11호(1949.8~1950.6)에 글을 발표하는 것에서 확인된다. 위 168명 가운데 문인이 아닌 예술가들이 상당수 포함되어 있다는 사실을 감안하면 당대 문인들 대부분이 『문예』의 집필자로 참여했다고 볼 수 있다. 덧붙여 대구, 부산, 마산, 진주, 광주, 전주, 대전, 강릉을 거점으로 동인지 활동을 하고 있던 지방 문인들을 중앙으로 수렴해 문학 장의 전국적 확대를 이끌어낸 것도 특기할 점이다.
44) 특히 소설의 경우 신작보다는 재판이 많았고 책값이 상당히 고가인 관계로 판매가 전반적으로 부진했지만 유독 탐정소설만은 잘 팔렸다.「가을의 독서계」(『태양신문』, 1949.10.6)
45) 당시 문화계의 유행 풍조 가운데 하나가 출판기념회다. 과거에도 출판기념회가 없었던 것은 아니나 해방 직후에는 출판한 경우 거의 예외 없이 출판기념회를 개최할 정도로 그 정도가 심했다. 일간신문 광고란을 보면 모 출판기념회 준비위원회 구성과 명단에 대한 기사를 자주 목격하게 된다. 오죽하면 출판기념회를 여러 번 갖는 것을 자랑으로 여기거나 발기인에서 빠지면 야단을 치는 사람이 많은 현실을 개탄하기까지 한다. SS생, 「出記' 무용론」, 『경향신문』, 1949.3.24.
46) 최태응, 「신인의 육성」, 『경향신문』, 1949.2.9.

는 욕망의 발현이다.[47] 이와 같이 순수문학의 배타적 구축 과정은 순수문학을 옹호하고 고수하려는 논리 못지않게 타자를 배제하는 논리가 함께 작동하고 있었다. 그것은 이후 문학과 비문학의 경계 획정 문제가 중요한 비평적 과제로 제기되면서 한층 공고화된다. 물론 이들이 타자로 설정한 비문학은 순수문학의 잔여적인 경향 전체를 포괄한 것이었다.

3. 등단제도의 확립과 순수문학의 제도적 정착

1) 해방기 등단제도

등단제도는 1920년대 문학의 자율성과 전문성에 대한 관념이 성립되고 전문적인 문인활동의 장으로서 문단이 형성되는 과정에 부합하여 등장한 이래 문학장의 규모 확대와 안정적인 재생산을 담보할 수 있는 가장 확실하면서도 효과적인 제도적 장치였다. 특히 문예지의 추천제는 잡지의 생존을 좌우하는 요소이자 잡지의 문학적 권위와 영향력을 창출·지속할 수 있는 원천이었다. 일제말기 『문장』과 『인문평론』의 관계가 이를 잘 보여준다. 『문장』이 잡지주체들이 최대의 업적으로 꼽을 만큼 가장 역점을 둔 사업이 추천제였고, 매체의 권위와 추천제가 순환 관계를 유지하며 특유의 문학적 영향력을 발휘했던 반면에 『인문평론』은 등단제도를 상시적으로 운영하지 않았다. '창간1주년기념 현상모집' 정도가 있을 뿐인데,[48] 그것도 장편소설(傳記小說과 生産小說, 심사위원:김남천, 임화, 이원조, 최재서)과 평론(작가론, 심사위원:임화, 이원조, 최재서) 두 종목으로 제한해 이루어진 것으

---

47) 이는 『문예』주체뿐만 아니라 당대 신인들의 보편적인 욕망이었다고 볼 수 있다. 청년문학가협회의 주된 멤버이기도 했던 김광주는 기성 대가들의 문학태도, 즉 계급문학, 문단정치를 부정하고 문학예술의 본령을 '순수', '고고', '진리'로 설정한 가운데 실력을 위주로 한 문단질서의 필요성을 강조한다. 김광주, 「無軌短想」, 『문예』3호, 158~160쪽.

48) 당선작으로 장편생산소설에 윤세중의 『白茂線』 한 편만 뽑았고, 평론부문은 당선작을 내지 않았다. 그 외에 1940년 10월호에 '신인창작집'이라는 특집 형태로 유항림의 「符號」(김남천 추천), 김영석의 「월급날 이러난 일들」(유진오 추천), 이석징의 「도전」(임화 추천)을 추천했으나 일회적인 행사로 그쳤다. '신춘문예현상모집'(단편소설, 시, 평론)을 공고했지만 실시되지 못했다. 『인문평론』이 등단제도에 소극적이었던 것은 『문장』과 달리 창작보다는 인문과학, 철학, 역사, 해외문학을 중심으로 한 제안과 평가에 주력했던 잡지 전략의 필연적인 결과다.

로 매체의 존립을 위한 고육책으로서의 성격이 강했다. 생산소설 부문에서 국책을 다룬 것을 고려하겠다는 광고나 작가론으로 한정한 평론의 대상도 인문사가 기획한 『전작장편소설총서』의 일환으로 출판된 작가(김남천, 이효석, 유진오)의 작품으로 제한한 것에서 잘 드러난다. 두 잡지를 단순 비교하는 것은 적절성이 다소 떨어지나 적어도 문예지에서 추천제가 지닌 위상과 그 의의는 분명하게 확인할 수 있는 대목이다.

이러한 역사적 경험은 해방 후에도 지속되었다. 『문장』 이후로 추천제가 시행되지 못했기 때문에 추천제의 가치가 더 증대되었다. 하지만 등단제도는 쉽게 복원되지 못했다. 아니 복원될 수 없었다. 신춘문예든 추천제든 적어도 등단제도가 운영되기 위해서는 무엇보다 매체의 역량이 튼실해야 하는데, 해방 직후에는 발간의 정기성과 안정성을 지닌 매체가 드물었을 뿐만 아니라 모든 매체가 선전과 계몽 등 정치운동에 주력할 수밖에 없었기 때문에 등단제도에 관심을 기울일 겨를이 없었다. 『문예』의 추천제 실시는 바로 이 같이 오랫동안 자취를 감추었던 추천제의 복원이라는 것에 일차적인 의미가 있다.

이보다 더 중요한 것은 『문예』 주체들의 전략에 의해 의도적으로 기획된 산물이라는데 있다. 다시 말하면 순수문학을 옹호하고 그것에 배타적인 권위를 부여하여 순수문학의 사회적·문학적 정당성(정통성)을 획득하기 위한 효과적인 전략으로 기획된 것이 추천제였던 것이다. 작품본위 원칙이 순수문학을 제도화하기 위한 배제의 논리였다면 추천제는 선택(강화)의 논리로 작용했다. 물론 이 두 가지는 상호 결합되어 작동한다.

우선 해방기 등단제도의 양상을 살펴 『문예』의 추천제가 권위를 지닐 수 있었던 배경을 파악해보자. 해방기 등단제도는 비록 산발적이긴 해도 전혀 없었던 것은 아니다. 그 방식 또한 과거 등단방식의 여러 양상과 관습이 그대로 계승되어 나타난다. 첫째, 동인지를 통한 등단방식이다. 해방직후에 등장한 동인지로는 『白脈』(1945.9, 구경서, 김윤성, 한모, 조남사, 남정훈 등)을 비롯하여 박찬모를 중심으로 한 좌익성향의 『新人文學』, 준동인지 성격의 『藝術部落』(1946.1, 조연현, 곽종원, 곽하신, 조지훈, 이정호, 유동준, 최태응, 이한직, 임서하 등), 『백맥』의 후신인 『詩塔』(1946.4)이 있었다. 지방에는 대구의 『竹筍』(1946.7~1949.7, 이호우, 이윤수, 이설주,

이효상, 이영도, 김동사, 김요섭, 박양균, 신동집 등), 진주의『등불』(1946, 설창수, 백창현, 이경순, 노영란 등)과 그 후신인『嶺南文學』과『嶺文』(조진대, 강학중, 김보성 등)이 있었다.[49] 주로 시 동인지로 대부분 단명했지만, 김윤성이『백맥』창간사에서 천명하고 있는 바와 같이 기성문인들에 대한 실망과 공식적인 등단제도가 부재한 상황에서 문학청년들의 새로운 문학에 대한 갈망이 동인지 형태로 표출된 것으로 볼 수 있다. 김경린, 박인환, 김수영 등이『새로운 도시와 시민들의 합창』이라는 엔솔러지를 발행한 것도 마찬가지다.

특히 지방에 거점을 두고 발간된 동인지들은 독자적인 규모와 체계를 갖추고 꽤 오랜 시간 지방문단의 활성화에 기여했는데, 가령『죽순』같은 경우는 추천제를 상례화 하여 윤근필(6집), 김요섭(8집), 최계락(10집), 천상병(11집) 등의 신인을 배출했다. 그러나 동인지 특유의 폐쇄성과 공식적인 등단제도의 성립으로 말미암아 신인들의 동인지운동은 약화될 수밖에 없었다. 아무튼 동인지를 포함해서 지방에 산재되어 있던 지방문단지를 거점으로 활동하던 신인들 대부분이『문예』의 추천제에 응모·추천된다는 사실은 눈여겨 볼 지점이다.

둘째, 신문매체의 (현상)신춘문예 방식이다. 식민지시대 대표적인 등단제도였던 신춘문예는 해방직후 명맥만 유지되는 형편이었다. 1947년『경향신문』은 단편소설을 포함 총 6개 분야의 신춘문예를 실시했는데, 단편소설(2석-김웅, 이동빈), 시(1석-천성환, 2석-김종길), 문학평론(가작-조석동=조연현), 동화(가작-양금선), 동요(1석-김석규, 2석-이석봉), 전설(가작-김종열)의 당선자를 뽑았다. 심사평을 게재했으나 선자는 익명이었다.[50]『서울신문』은 우익진영에 장악된 뒤 심사위원회

---

49) 이형기,「同人誌」, 한국문인협회 편,『해방문학20년』, 1966. 참고로 6·25전쟁 중에 등장한 동인지들로는 부산의『新作品』(고석규, 김성욱, 김윤, 김재섭, 김춘수, 송영택, 이수복, 천상병 등)과『現代文學』(조향, 정상구 등), 강릉의『靑葡萄』(황금찬, 이인수, 최인희, 함혜련 등), 마산의『靑葡萄』(김춘수, 김세익 등), 전주의『南風』(은안기, 이철균 등), 목포의『詩精神』과 광주의『新文學』등이 있었다. 이 동인지들은 피난 중이던 기성문인들이 대거 참여했던 관계로 엄격히 말해 동인지라고 보기는 어렵지만, 문학 활동이 전반적으로 침체될 수밖에 없었던 전시에 그 명맥을 유지했다는 점에서 중요한 의미가 있다.

50)「경향신문」, 1947.1.4(4면). '선자의 말'(P生)에 따르면 소설은 50여 편, 시는 2백여 편, 기타 50여 편이 응모하였으며 작품수준이 전반적으로 낮아 1석(당선)을 낼만한 작품이 거의 없는 가운데 신인 등장을 희구한 기대가 어긋난 것에 큰 실망을 표명했다. 조연현이 문학평론에 응모한 것이 이색적이다.

를 결성하고 논문·문예작품현상 형식으로 1950년 신춘문예를 시행해서, 시(김홍섭 가작1석, 윤운강 가작2석, 김돈식 가작3석), 소설(김성한 당선, 오유섭=오영수 가작 1석, 윤주섭=윤주영 가작2석), 희곡(이춘기 당선, 김을진·김준 각각 가작 1석), 논문(임풍·이창렬 각각 가작1석, 양승욱 가작2석) 분야를 모집했다. 또 『동광신문』은 1949년 현상신춘문예를 실시해 단편소설(吳焕洙 가작)만 당선자를 냈고, 『국제신문』은 1948년 장편소설현상 모집을 통해 한무숙의 『역사가 흐른다』를 당선작으로 뽑았다. 그러나 신춘문예 및 신문매체의 현상문예제는 규모, 횟수, 체계 등 모든 면에서 엉성한 편이었다. 전후 주요 일간지의 신춘문예제가 본격적으로 시행되기 전까지 신춘문예는 등단제도로서의 역할을 제대로 수행하지 못했다.[51]

셋째, 잡지의 (현상)추천제 방식이다. 종합지 『백민』은 신인추천을 통해 유호(7호, 1947.3), 홍구범(8호, 1947.5), 강학중(19호, 1949.5) 등을 발굴했고, '신인창작특집'(15호, 1948.7)을 통해 박용구, 이선구, 조진대, 박연희 등 역량있는 신인들을 소개해 문단의 일원으로 공식 편입시켰다. 그러나 『백민』의 추천제는 제도적 차원에서 이루어진 것이 아니라 잡지 편집에 관여했던 김동리를 비롯한 기성문인들의 비공식적·개인적 추천이었기 때문에 지속성이 없었다. 권위도 미약했다. 이후 『백민』이 『문학』으로 개제되면서(1950.5) 매년 2회 현상작품 모집을 계획·공고했지만 전쟁으로 시행될 수 없었다. 『협동』(조선금융조합연합회 기관지)의 경우 27호부터 논문과 창작의 추천제를 시행해 주로 서정주의 고선으로 꽤 많은 시 추천이 이루어지지만 잡지의 성격상 동인만을 대상으로 한 추천이었기에 한계가 있었다. 서정주의 선후감이 돋보일 뿐이다.

오히려 주목되는 것은 신인상 제도를 통한 신인발굴이었다. 『예술조선』이 대표적인 경우로 1948년 3회에 걸쳐 '신인상작품모집'(분야:소설·시·평론·수필, 심사위원:박종화·김진섭·김동리·한흑구·서정주·조지훈)을 통해 다수의 신인들을 발굴한다. 면면을 훑어보면, 1회에는 입상(이원섭·이종산), 가작(정한숙·김돈식·정용하·태륜기·김인묵), 발표외 가작(박태을·남죽암·이영자), 2회에는 가작(김규동·박광옥·임성길·지금송·홍

---

51) 전시 1951년 『전북일보』가 신춘문예를 시행해 최일남, 송금순, 진정자 등의 당선자를 냈으나 일회적인 행사에 그쳤다.

사건), 발표외 가작(정순조·김재범·안동영·남두식·이강웅), 3회에는 가작(김성림 외 7인), 발표외 가작(이용 외 6인)이 있다. 입상자 이상으로 주목되는 것은 응모 규모가 엄청났다는 점이다. 1회 응모작이 시 375편, 단편 44편이었고, 또 몇 개월에 걸쳐 3회가 시행되는 동안 매번 비슷한 응모 수가 나타나는 것을 통해 당시 문학지망생들의 규모가 어느 정도였는지 가늠해 볼 수 있다. 성황을 이루던 『예술조선』의 신인상작품모집은 불행히도 이 잡지가 폐간되면서(1948.8) 중단된다. 기타 1945년 12월 월간 『무궁화』가 '신인문예작품현상모집'(장편·단편·희곡·한시)을, 1946년 『주간소학생』이 '현상모집'을(김종길 동시 당선), 조선문학가동맹기관지 『문학』이 1948년 4월 '신인모집'을, 1948년 10월 속간된 『문장』이 추천제 실시를 각각 공고했으나 본격적으로 시행된 것은 거의 없었다.

그 외 일간신문 및 잡지에 작품을 발표하면서 작가의 반열에 올라서는 경우도 있었다. 잡지 쪽으로는 신인발굴에 관심이 컸던 『백민』에 작품을 발표하면서 등장한 손소희(1946.10), 박연희(1946.10), 박용구(1948.7), 유주현(1948.10), 오영수(시, 1948.10) 등이 대표적인 경우다. 해방직후 신진들에게 가장 많은 지면을 제공해준 『백민』이지만 작품성보다는 발표 매수와 같은 비문학적인 이유로 발표가 보류되거나 아니면 토막토막 잘려 실리고 심지어는 편집자의 요구에 따라 작품을 창작해야 하는 경우가 비일비재했다.[52] 그리고 신인들이 잡지에 작품을 싣기 위해서는 대가들의 소개장이 필요했고 그로 인한 병폐 또한 극심했다.[53]

그에 비해 신문매체는 상대적으로 발표 기회가 많았고 그 절차 또한 까다롭지 않았다. 연재물은 대가들의 몫이었지만[54] 작품성만 인정받으면 '문화란', '독자란'에 충분히 실릴 수 있었다. 특히 『연합신문』은 '민중문화란'을 설치해(1949.1) 학술논문·문화단평·소설·평론·시·제언 등 다양한 분야에 걸쳐 신인들의 원고를 모집 게재했다. 아울러 3회 이상 당선 게재될 때는 기성 집필인과 동등한 대우를 보장해줘 신인들의 큰 호응을 얻었다. 일종의 신인란과 추천란이 결합된 작품소개란

52) 최태응, 「신인의 육성」, 『경향신문』, 1949.2.9.
53) 백철, 「신인과 문학태도―지성빈곤의 일 증상」, 『경향신문』, 1948.10.29.
54) 당대 주요 일간신문의 연재물(소설) 목록은 한원영, 『한국현대신문연재소설연구 (하)』, 국학자료원, 1999, 부록 2 참조.

이라고 할 수 있다. 이를 통해 손창섭, 장용학, 이영순, 김남조, 윤복구, 김성림, 전봉래, 전봉건, 손동인, 최계락, 김광림 등이 작가로 입문하게 된다. 또『태양신문』은 기존 문화면을 확장해 '신인의 欄'(신인문단, 학생문단)을 신설(1949.10), 고료 지불과 문단 추천을 소개하는 조건을 내걸고 신인뿐만 아니라 당시 독서계의 중심계층으로 부상한 학생들의 글쓰기 욕구를 수렴해낸다. 유경남, 윤갑병 등이 이를 통해 등장했다. 신문매체의 독자란은 독자의 참여를 유도하면서 매체의 사회적 영향력을 확대하려는 의도의 산물이지만, 문단 진출의 통로가 몇 년 동안 막혀 있던 1920년대 초·중반 출생 문학청년들에게는 가장 효과적인 등단 코스로 각광을 받게 된다.

이상의 개관을 통해 해방기에는 등단제도가 정상적으로 복원·운영되지 못함으로써 문단(인)의 공급과 수요의 극심한 불균형이 나타났음을 확인할 수 있다. 새로운 신인들이 원활하게 공급되지 못함으로써 결과적으로 문학 장 자체가 과거에 비해 현저하게 축소될 수밖에 없었다. 그것은 문학의 사회적 위상을 불안정하게 만드는 요인으로 작용한다. 정부수립을 계기로 사회정치적 안정기에 접어들면서 매체들이 새로운 신인 발굴·육성에 눈을 돌려 여러 조치를 강구한 것도 이 때문이다. 다만 해방기의 등단제도는 제도적 권위를 인정받지 못했다. 기존 등단제도가 지닌 권위의 원천이던 엄격성과 투명성을 갖추지 못했고 등단작 또한 문학성을 공인받지 못했기 때문이다. 따라서 이 시기에 등단한 신인들 대부분이 이후 재등단의 과정을 거친다.『문예』의 추천제가 시작부터 강력한 흡인력을 발휘했던 것도 이런 배경에서다.

2) 문학·문단 권력의 창출과 순수문학의 생산기지

『문예』추천제는 문학청년들의 폭발적인 호응을 얻으면서 빠른 시간 안에 대중적 권위를 확보한다. 글쓰기를 욕망하는 문학청년층의 광범한 존재와 이를 제도적으로 흡수하려는『문예』의 기획이 일치했기 때문이다.『문예』의 추천제는 창간호에 공고를 내고 곧바로 시작되는데, 그 규정은 계속해서 변화한다. 모집 영역은 처음에는 시(서정주 選), 시조(이병기 選), 소설(김동리 選) 등 3분야로 시작했다가 7호(1950.2)부터는 희곡(유치진 選)이, 11호(1950.6)부터는 문예평론(조연현 選)이,

13호(1952.1)부터는 시나리오(오영진 選)가 계속 추가되어 전체적으로 시·시조·소설·희곡·평론·시나리오 등 문학의 대표적인 규범 장르가 망라된 구성이었다. 고선자(考選者)는 서정주, 이병기, 김동리로 시작해 8호부터는 시는 김영랑, 서정주, 유치환(11호에 모윤숙 추가), 소설은 박종화, 염상섭으로, 평론은 백철(17호)로 확대 개편되고 이에 상응해 고선방식도 1인 고선에서 윤번제로 바뀐다. 추천 규정 또한 처음에는 3회 추천으로 추천완료를 규정했으나 곧바로 2호부터 시와 소설은 2회 추천으로 다시 8호부터는 시는 3회로 원상 복귀시키고 새로 추가된 평론·희곡·시나리오는 2회 추천으로 확정된다.[55]

이와 같은 변화는 추천제가 대중적·문단적 권위를 공인받으면서 문단적 권력으로 자리 잡는 사실과 관련된다. 선자 개개인의 권력뿐만 아니라 『문예』자체가 하나의 권력기관으로 부상한 것이다. '신인추천제의 권위가 이미 그 절정에 달해 있으며, 우리 문단이 공인한 유일한 신인등용처가 되었다'(9호 편집후기)는 편집주체의 자부심에서 단적으로 나타난다. 강신재, 이형기, 전봉건, 송욱, 이동주 등 9호까지 추천된 신인들의 면면으로 볼 때 편집진의 긍지가 과장만은 아니었다. 전시에도 추천제만은 중단하지 않았고, 20호부터는 '동인작품추천모집'을 신설해 전국 각지에 산재되어 있는 동인지들을 흡수하려는 의도로까지 확장된다. 권위와 제도가 상호 보완하면서 상승작용을 일으켰던 추천제의 전형적인 사례다.

그러면 『문예』가 여러 난관에도 불구하고 추천제를 고수, 확대하려 했던 까닭은 무엇인가. 무엇보다 그들이 내건 작품본위의 순수문학 규범을 제도화하는데 추천제만큼 효과적인 장치가 없기 때문이다. 추천제의 본질적 특성에서 기인한다. 작품성에 대한 절대적 기준이란 것이 존재하지 않는 한, 매체 및 선자의 입장과 권력이 전폭적으로 그리고 일방적으로 개입·작동하는 것이 추천제의 특장이다. 『조선문단』과 이광수, 주요한이, 『문장』과 소위 '문장파'(이태준, 정지용, 이병기)가 오랫동안 문화 권력을 유지했던 것도 이 때문이다.[56] 더구나 용공·통속·정실

---

55) 시조의 추천은 한 번도 없었다. 1952년 '시조가 현대문학이 될 수 있는가'의 주제를 둘러싸고 벌어진 정병욱과 이태극의 논쟁에서 확인되듯이 해방 후 시조장르가 주변화 되는 상황의 반영이었다.

56) 그 권력은 종종 저항을 야기한다. 가령 『문장』의 시 고선자로 당시 막강한 문단적 권력을 지녔던

을 배제한 순수문학을 매개로 문학 장의 헤게모니를 장악하고 재편하려 했던『문예』주체들의 입장에서는 추천제를 통한 창작의 대중적 확대와 창작의 규범적 가이드라인의 제시는 필수조건이었다. 이를 통해 순수문학을 제도적 차원에서 지속적으로 재생산하는 효과를 창출하는 것은 당연한 결과다. 요컨대 추천제는『문예』가 순수문학의 생산기지로서의 성격을 확고하게 구축하는 원동력이었던 것이다.

【부록】에 제시되어 있는 추천제의 결과는 이 같은 매체의 영향력과 그 효과를 잘 입증해준다. 먼저 당선자 면면을 훑어보면 많은 수가 중고신인들이다. 앞서 언급한 비공식적인 등단코스를 거친 어느 정도 문재(文才)를 인정받은 신인들이 대다수다. 이원섭은 「기산부」, 「죽림도」가『예술조선』제1회 신인상 입상, 최계락은 동시 「수양버들」의『소학생』추천(1947)과 「古家寸想」이『죽순』추천(1949.4), 천상병은 「공상」 외 1편이『죽순』에 추천(1949.7), 박양은 「섭리」를『경향신문』에 발표(1949.4.21), 김성림은 「소설」(수필)이『예술조선』3회 신인상 가작, 전봉건, 이철균 등은『예술조선』신입상에 응모, 전봉건과 손동인은『연합신문』민중문화란에 작품 발표(1949), 서근배는 「슬픈 화해」을『경향신문』에 발표(1947.9.26), 장용학은 「희화」를『연합신문』에 발표(1949.11.19), 손창섭은 「얄구진 비」를『연합신문』에 발표(1949.3), 곽학송은 「마음의 노래」가『대전일보』에 14회 연재(1951.6.22), 최일남은 「歲暮」가『전북일보』신춘문예에 당선(1951.3.16.~24). 박상지는 「無題話」가『문화세계』현상 당선(1954.1) 등 다른 매체를 통해 작품을 발표했던 신인들이『문예』추천을 통해 재등단하는 절차를 밟았다. 이러한 사실은『문예』추천제의 권위와 흡인력이 어느 정도였는가를 예증해준다.

한 가지 더 눈여겨 볼 대목은 각 지방에서 활동하고 있던 동인지 및 지방문예지를 무대로 문학 활동을 하던 신인이 많다는 점이다. 박양균은『죽순』(대구), 최

정지용이 좌담회에서 동료들로부터 공개적인 비판을 받는 것이 한 예다. 지용이 추천한 후진들이 모두 '지용이즘'이다(양주동), 지용의 '에피고넨'들은 언어만 가지고 시가 되는 줄 안다(김기림), 선자를 바꾸지 않으면 에피고넨만 만들어낼 것이다(모윤숙, 이원조) 등 추천제를 통해 획득된 정지용 및『문장』의 권력을 정면 비판한다. '나한테 가까운 놈한텐 가장 엄하게 했다'는 정지용의 항변이 있었지만,『문장』이 19호부터(1940.9) 1인 고선에서 문단 내 기성작가 한 사람의 추천으로 방식을 변경하는 것은 이런 정황과 무관치 않다. 「문학의 제문제」(신춘좌담회),『문장』13호, 1940.1.

계략, 송영택, 이형기는『영남문학』(진주), 천상병, 송영택, 이수복은『신작품』(부산), 송영택, 천상병은『처녀지』(부산), 김세익, 김대규는『청포도』와『낙타』(마산), 최두춘은『생리』(통영, 1937), 이철균은『남풍』(전주), 이종학, 권선근은『호서문학』(대전), 황금찬, 최인희, 이인수는『청포도』(강릉) 등 이 잡지들은 당대 중앙문단에 못지않은 영향력을 지녔던 지방문예지들이다. 이는『문예』가 지방문단을 흡수해 문학 장의 전국적인 확대를 도모했다는 것을 의미하는 동시에『문예』의 순수문학이 전국적으로 확산·삼투되는 과정이라고 봐도 무리가 없다. 순수문학(론)을 매개로 한 전국적인 네트워크의 형성이 가능해진 것이다.[57] 물론 여기에는 각 지방에 영향력을 행사하고 있던 대가들이『문예』의 주요 집필자·조력자라는 점이 작용했다.

한편『문예』추천제의 권위는 매체의 영향력과 더불어 추천제 제도 자체의 권위와도 밀접한 관련이 있다. 그 권위는 전문성에서 발생하며 그 전문성의 중심은 고선자의 위상이다. 즉 당대 전문성과 대중적인 권위를 확보하고 있는 전문작가를 고선자로 설정하는 것이 추천제의 관건이다.[58]『조선문단』의 추천제가 이광수의 권위에,『문장』이 문장파의 권위를 통해 문단적 권력을 확보한 반면『신인문학』이 장만영, 장수철, 정사천, 김용호 등을 배출했음에도 권위 창출에 실패한 것이 그 단적인 예다.『문예』추천제의 권위 또한 당대 최고의 전문성을 갖춘 고선자들, 가령 김동리, 서정주, 조연현, 유치진 등에 힘입은 바 크다. 물론 투명성을 갖춰 독자의 신뢰를 확보하고 추천신인들에 대한 무한 책임을 보장한 것도 요인

---

57) 문예지가 지사 및 분사라는 유통망을 구축해 전국적인 네트워크를 형성하는 과정은 일찌감치 하나의 전통으로 자리 잡았다. 그것은 특정 문예지식(담론)을 보급하고 문예취미를 함양시켜 독자들을 견인해내는 효과적인 방편이 되기 때문이다. 또한 매체가 재생산구조를 확보할 수 있는 생존전략이기도 했다.『조선문단』이 하얼빈지사를 포함해 28개의 지·분사를,『문장』이 동경지사를 비롯한 24개의 지사를, 노자영이 주재한『신인문학』이 진남포지사를 포함 31개의 지사를 각각 설치한 바 있다.『문예』또한 강릉지사 외 2개 지사를 설치하나(9호) 6·25로 인해 중단됐다. 대신 지방문단과의 유대를 통해 문학 장의 확대를 꾀한 것으로 보인다.

58) 그것이 때로는 부작용을 낳기도 한다. 가령 1930년대 중후반 대표적인 소설 고선자였던 이태준을 겨냥해 투고 요령을 공개적으로 밝힌 기사를 통해 확인할 수 있다. "기교파 작가인지라 소설 내용이 제 아무리 좋다 해도 글씨가 지저분하고 구두법을 무시하거나 한글법대로 안 쓴 작품이면 작품으로 취급치 않는다 하니『中央』지에 투고하시는 문학청년은 이 점을 주의할지어다."『조선문단』속간2호, 1935.4, 175쪽.

이었다.[59]

특히 김동리와 서정주는 소설과 시의 고선을 전담하다시피하면서 순수문학의 지도자로서의 위상을 확보한다. 고선자의 영향력은 고선의 절대권을 쥐고 있다는 것뿐만 아니라 선후평(選後評)을 통해 특정 문학론을 배타적으로 전파하고 창작의 공식적인 적절성의 기준을 부과한다는 데 있다. 선후평이 일종의 '형식부과 전략'의 효과를 거두게 되는 것이다. 즉 작품창작의 공식적 기준을 제시하는 가운데 표현에의 접근 통로와 표현 형태를 동시에 규제함으로써 형식을 결정할 뿐만 아니라 내용도 결정하며 나아가 수용 형태 역시 결정하는 것이다.[60] 김동리는 개인의 취향을 고집하지 않겠다고 천명했지만(3호 선후평), 추천이 "선발에만 목적이 있는 것이 아니고 지도에도 의무가 있다"(8호 선후평)는 자세로 소설 창작의 규범적 기준을 선후평을 통해 계속 제시한다. 단편양식에 부합하는 간결한 구성, 묘사, 문체, 시점의 중요성, 표준어 사용의 의미, 개성적이면서 보편적인 인간성을 갖춘 인물, 개성적 스타일의 가치, 주제의 심각성, 플롯의 완결성, 뚜렷한 스토리 전개 등 소설장르의 문학성에 관련된 덕목을 강조한다.

문제는 공공연하게 순수문학이 고선의 핵심 기준이라고 밝힌 데 있다. 손창섭 소설을 추천 완료하면서 그의 소설에 나타나는 통속소설적 요소의 위험성을 지적하는 가운데 본격문학 혹은 순수문학의 우월성을 배타적으로 강조한 부분에 잘 나타나 있다(16호 선후평). 김동리의 이 같은 태도는 통속문학 혹은 대중문학(16호), 경향문학(7호, 14호), 리얼리즘문학(3호), 사소설적 경향(17호) 등에 대한 배제를 수반하면서 선후평 전반의 기조가 되고 있다. 비록 경향문학, 대중문학으로 발전할 가능성을 가진 사람도 일정한 수준을 보여주면 고선하겠다는 다소 유연한 입장을 표명했지만, 이는 이미 순수문학을 내면화한 김동리의 단순한 수사였을 따름이다.

그렇다면 김동리가 생각하는 가장 모범적인 작가(品)는 누구인가. 바로 강신재이다. 문장은 조금 미숙하나 확호한 문학의식, 범상치 않은 주제의 고도성을 갖

---

59) "사사로이 원고 보내지 말고 정정당당히 추천의 관문을 통과하라"(8호 편집후기), "추천시인들에 게 대해서 끝까지 책임을 지려고 한다."(5호 편집후기)

60) 삐에르 부르디외, 정일준 옮김, 『상징폭력과 문화재생산』, 새물결, 1995, 228~229쪽.

추고 있어 불원간 문단의 유니크한 존재가 될 것임을 확신하고 있다(4호 선후평).

강신재는 1950년대 섬세하고 감각적인 문체와 서정적인 이미지의 구현을 통해 인간의 본질문제를 천착한 대표적인 작가이다.[61] 요컨대 김동리의 고선 기준과 선후평은 작가들에게 혹은 문학 지망생들에게 순수문학의 규범을 창작의 기준으로 정할 것을 암묵적으로 강제하는 역할을 하게 되는 것이다. 그것은 김동리가 순수문학의 심판자이자 지도자로서 자신의 위치를 스스로 규정하는 과정이기도 했다.[62]

시 고선을 담당했던 서정주는 특정 기준을 강조하기보다는 시의 본질에 충실할 것을 요구하는 수준이었다. 400편이 넘을 정도의 투고자 중에서 극소수를 추천했음에도 『문장』의 시 추천에 훨씬 못 미친다는 세간의 평가를 곤혹스럽게 생각했던(6호) 서정주는 다소 엄격한 고선을 하게 된다. 적어도 시문학사에 보탬이 되는 수준이어야 한다는 것이다. 따라서 연애시, 구호시는 물론이고 개념적이고 감상성에 치우친 작품은 일차적인 배제 대상이었다. 그 기준을 순수문학으로 단정키 어려우나 『문예』에 추천된 시 작가작품을 일별해보면 대체로 전통적인 서정에 입각한 서정시가 주류를 이룬다. 당대 새롭게 대두하던 실험적인 모더니즘 시는 거의 없다.[63] 전봉건, 송욱이 추천됐지만 적어도 이 단계에서 그들의 시를 모더니즘으로 보기는 어렵다. 이는 소설과 달리 서정주, 유치환, 모윤숙, 박목월 등이 윤번으로 추천했던 사정과 해방직후 우익진영의 시가 反이데올로기에 바탕을 둔 순수시나 『청록집』간행을 계기로 테두리가 굳어진 서정주의의 기조가 주류화 되는 맥락에서 이해 가능하다.[64] 특히 이원섭, 이동주, 이형기, 박재삼 시의 풍부한 서정과 익숙한 리듬, 정한과 비애의 정서는 해방 후 시의 주류로 부상한

---

61) 김미현, 「강신재 소설에 나타난 서정성 연구」, 문학사와비평연구회, 『한국근대문학 연구의 반성과 새로운 모색』, 새미, 1997 참고.

62) 김동리 자신도 『문예』추천 시기를 작가로서 전성기였다고 술회한 바 있다. 『김동리 전집 8』, 민음사, 1997, 254쪽.

63) 이는 『문예』에 실린 시의 경향에서도 확인된다. 잡지에 시를 발표한 시인은 약 52명인데 그 중 모더니즘에 가까운 것은 김수영의 1편, 김구용의 3편, 조향의 1편 정도고 나머지는(약 220편) 대부분 전통서정시 계열이다.

64) 김용직, 『해방기 한국 시문학사』, 민음사, 1989, 235~241쪽.

전통서정시의 도도한 전개가 신인들에게도 어떻게 파급되었는가를 잘 보여준다.

지금까지 『문예』가 해방 후 순수문학의 생산기지가 되는 연원을 살펴보았다. 매체 및 『문예』를 주도적으로 이끌었던 잡지주체들의 문학적 지향과 해방 후 처음 정상적으로 운영된 추천제를 통해 순수문학을 문학적 규범으로 정립·옹호하는 한편 비순수문학에 대한 배제를 함께 작동시키면서 『문예』는 순수문학의 보루가 되었던 것이다. 그 배제는 순수문학 이외의 새로운 문학의 출현을 억제하고 작가들의 상상력을 일정하게 제한하는 효과를 거두게 된다. 즉 추천제는 가장 확실한 순수문학의 재생산구조였던 것이다.

그런데 그 순수문학은 단정수립과 분단, 6·25전쟁과 분단의 고착화, 1950년대 반공냉전 논리의 전일화로 이어지는 정치사회적 환경과 맞물리면서 한층 강화될 뿐만 아니라 역설적으로 자신의 비순수성을 노골적으로 드러내는 모순된 행보를 보여주게 된다. 이러한 모순된 행보는 이후 참여문학, 민족문학, 대중문학이라는 타자와의 대타관계(이항대립)를 통해서 끈질긴 생명력을 유지해나갔던 것이다.[65] 어쩌면 더 강력한 원천은 북한체제 및 북한문학(사회주의문학)의 존재다. 냉전분단의 특수한 현실이 순수문학의 생명력의 최대 자원이었던 셈이다. 분단과 열전을 거치며 남북한 공히 적대와 배제를 축으로 문학사의 정전을 만들어가는 과정, 그렇지만 상호간의 부정(폄하) 이상으로 내접(內接)을 통해서 각기 자기중심적 문학사를 편성해가는 일그러짐 속에 순수문학의 또 다른 좌표가 있다.[66]

---

65) 이경수, 「순수문학의 구축과정과 배제의 논리:1950-60년대 전통론을 중심으로」, 문학과비평연구회, 『한국 문학권력의 계보』, 한국출판마케팅연구소, 2004, 참조. 그러나 순수문학이 한국전쟁과 그로 인한 분단의 고착화를 겪으면서 만들어진 개념이자 1950~60년대의 전통론에서 대립 관계를 구축해 나감으로써 발견된 것이라는 견해는 수긍하기 어렵다. 이미 단정수립 후부터 『문예』를 중심으로 순수문학의 거푸집이 만들어졌으며 아울러 그것의 제도화가 진행되고 있었다.

66) 북한의 전후복구건설기(1953~56)에 격렬하게 전개된 문예계의 반종파투쟁, 즉 부르주아미학사상 잔재 제거를 통해서 레닌적 당문학론에 기초한 사회주의적 사실주의 문학을 정립하는 일련의 사상적 미학적 투쟁과 1956년 8월 종파사건을 거치며 임화, 이태준, 김남천 등 남로당계뿐만 아니라 박종화, 염상섭, 모윤숙, 서정주, 황순원 등 당대 남한문학 전체를 타자화 하고(반동적 조류), 특히 이태준 및 그가 주도한 구인회의 계승자들(남한의 순수문학)에 대한 비판이 집요하고 극렬했다(한설야 외, 『문예전선에 있어서의 반동적 부르죠아 사상을 반대하여(자료집 1~4)』, 조선작가동맹출판사, 1956-1960). 남한의 문학이 그 과정에서 구성적 외부로 배치되었다는 점에 각별히 주목할 필요가 있다. 이 시기 북한문예비평에 대한 전반적인 고찰은 김성수, 『북한문학비평

4. 해방10년 문학 · 문단사와 『문예』의 유산

『현대문학』은 해방10년을 인류사에서 유례가 드문 파란이 중첩했던 시기로 규정한 뒤 8·15해방과 함께 새롭게 출발한 우리 문단의 역사를 아래와 같이 개관하고 있다.

> 밖으로는 共産主義의 暗黑的인 暴力侵略과 싸워야 했으며 안으로는 民族文學의 正當한 질서와 路線을 確立하기 爲하여 또한 싸우지 않으면 아니 되었다. 한편에 銃을 잡고 한편에 붓을 잡아야 했던 것이 지나간 十年 동안의 우리 文壇의 實情이었다. 이러한 戰時的인 混沌속에서도 民族文學建設을 爲한 우리 文壇의 구체적인 努力은 쉬지 않고 進行되었던 것이니, 八一五解放 以後로부터 지금까지 나타난 모든 作品量과 새로이 登場된 新進文人들의 輩出은 이를 證明해 보여주는 것이 아닐 수 없다. **文壇이 이러한 實質的인 功績에 本誌의 前身的인 役割을 敢當해 나온 『文藝』誌와 그 傳統을 繼承 發展시킨 本誌의 役割이 얼마만치 重大했던 것인가는 구지 本誌가 說明해야 될 것은 아닌 줄 안다.** 아무리 偏見에 支配된 사람이라 할지라도 本誌 및 本誌의 前身이 이루어 놓은 業績에 대해서는 다른 말을 할 수는 없을 것이다. 지나간 十年 동안에 이루어 놓은 이러한 文壇的 正統은 지금부터 將來할 우리 文壇의 基本的인 地盤으로서 이를 基礎하여 韓國 現代文學의 빛나는 前進이 한 層 더 强力히 推進되지 않으면 아니 될 것이다.(강조-인용자)[67]

문단의 주도권을 장악한 전향공간 때부터 줄곧 강조해 표방했던 논리가 격정의 언사를 가미해 그대로 반복되고 있다. 대공(對共)투쟁 및 민족문학 건설을 위한 투쟁을 해방문학10년사의 핵심적 업적으로 옹립하고 그 거점으로서 『문예』의 독보적 지위를 부여하는 것은 충분히 수긍할 만하다. 눈여겨 볼 대목은 그 흐름

사』, 역락, 2022 참조.
67) 「八·一五 十周年에 際하여」, 『현대문학』, 1955.8, 13쪽.

을 문단적 '정통'으로 규정하고 있다는 점 그리고 그 정통성이『현대문학』에 있고 따라서『현대문학』이 향후 한국문단의 기본적인 지반이라는 선언이다.『현대문학』이 한국문학가협회 또는 문협정통파의 매체 거점이었다고 볼 때, 이 세력이 정통성 문제를 공식적으로 제기한 것은 아마도 이 글에서 처음인 것 같다. 당시 문단의 분열과 상호 대립이 치열했던 정황을 감안하면 정통성 문제가 제기된 맥락을 짐작할 수 있다. 그것은 해방10년 문학·문단의 정통성을 자기중심적으로 전유해 문단헤게모니를 재장악하려는 문협정통파의 현주소를 가장 잘 보여주는 증표다. 따라서 이들의 해방문학10년사 정리가 성찰의 시선보다는 자긍심 과잉 쪽으로 기울어진 것은 당연하다. 저자의 판단으로는 그 현주소란 문협정통파 및 순수문학론의 '위기'로 이해하는 것이 보다 정직한 관찰이라고 생각한다.

그 위기에 대한 지적은 우익 문인들이 해방10년을 기록하는 작업에서 재차 확인할 수 있다. 문인들의 해방문학10년사에 대한 수많은 회고 가운데 특히 이헌구와 조연현의 시각에 뚜렷한 차이가 있다는 사실에 주목할 필요가 있다. 이헌구는 해방10년의 문학을 진정한 독립과 자유를 전취하기 위한 투쟁과 고난의 시기로 규정하고 그 족적을 정부수립 전후로 나눠 검토한다. 해방공간의 문학을 '영혼 죽은 사나이'(임화를 중심으로 한 좌파의 문학예술가들)의 발호에 맞선 자유문학인들의 필사적인 저항이 전개된 시기로 규정하고 그 문학적 양상을 자유문학인들의 문학 활동에 초점을 맞춰 살핀다. 대체로 개괄적·퇴영적 영탄에 매몰된 것으로 평가했다.[68] 즉 좌익계열의 당 문학에 맞서 자유와 독립을 전취해야 하는 문학적 과제 앞에 어떤 체계 있는 이론의 전개나 작품의 질적 비약 없이 현실도피적·자기중심적 태도로 일관했다는 것이다. 일부의 문인이 '문학의 순수성'을 옹호하기 위해 노력한 바 있으나 그 순수성은 거창한 역사적·시대적인 현실을 형상화하기에는 너무나 소극적이요 편협한 문학 관견에 불과한 것이었다고 냉정하게 비판한다. 이러한 소극성은 한국전쟁기의 적치90일, 부산 피난문단에까지 지속돼 저항시 한 편 생산해내지 못하는 지경에 이르렀고 적전(敵前) 분열의 시대반

---

68) 이헌구,「摸索途程의 文學-歷史的 現實把握의 脆弱性」,『조선일보』, 1955.8.15~16.

역의 과오를 범했다며 순수문학론의 반역성을 들추어낸다.

이 같은 사적 고찰을 통해 그가 정초한 한국문학의 역사적 책무는 '겨레의 독립과 자유정신을 발양 수호하는 문학'이며 이를 실현하기 위해 문학인들은 '자유민주대한의 완전 통일의 그날까지 불요불굴의 저항의지와 조국애'를 불사르는 용사가 되어야 한다고 주장한다. 따라서 문학의 순수성, 한국문학의 독자성·주체성에 대한 논의는 비록 중대한 과제에 속하나 위의 사명에 후순위일 수밖에 없다. 민족문학의 목표를 공산당의 분쇄, 즉 사상투쟁(대공투쟁)으로 설정했던 해방기 때 그의 신념이 변주된 것임을 발견할 수 있다.

이헌구의 소론에서 주목되는 것은 순수문학에 대한 평가절하다. 그가 이 문제를 구체적으로 논급한 것은 아니나 순수성을 문학의 본질적인 일 요소로 간주하고 해방공간에서의 순수문학(론)의 무력함을 지적한 것에서 또 당대 한국문학이 나아갈 방향성을 모색하는 과정에서 문학의 독자성(순수성)을 후순위로 배치한 것을 통해 간취할 수 있다. 여기에는 당시 문단 분화과정에서 이헌구가 처한 위치가 반영된 것으로 볼 수 있다. 다른 한편으로는 순수문학론의 문학적 권위가 그렇게 확고했던 것만은 아니라는 방증이 될 수도 있다. 그 점은 전시문단을 평가한 이봉래의 글에서도 확인된다.[69] 그는 전시에 문학자들이 사회에 참가하는 의무를 방기한 데서 문학의 불행·빈곤이 초치되었고, 저항정신을 상실하고 세속적인 것과 악수함으로써 '反현대적'인 위안으로서의 문학을 희롱했다고 비판한 뒤, 순수문학의 무력을 그 표본으로 제시한다. 즉 순수문학이 자신의 연명을 위해 리얼리즘을 좌절시켰다는 비판이다.

반면 조연현의 기록은 정반대의 논리를 보인다. 해방문학10년사 정리를 가장 왕성하게 행한 문인은 조연현이다. 먼저 해방문단10년사를 정리하는데, 문단사적으로 이 시기를 해방된 한국문단이 새롭게 개척되고 건설된 '문단형성기'로 본다.[70] '해방직후의 문단의 제 양상', '좌우의 대결과 중간파의 동향', '조선문학가동맹의 내분과 순수문학진의 공세', '대한민국의 성립과 문협의 발족', '6·25사변

---

69) 이봉래, 「회고와 반성; 피난 3년간의 문화운동」, 『경향신문』, 1953.11.5~9.
70) 조연현, 「한국해방문단10년사」, 『문학예술』, 1954.6.

과 전시문단의 형성' 등의 소제목에서 확인할 수 있듯이 해방문단10년사를 계기적 연속성의 차원에서 총정리하고 있다.

몇 가지 특징적인 내용만을 정리해보면, ①전조선문필가협회와 조선청년문학가협회의 구별 짓기다. 인적 구성의 차이와 문학노선의 차이를 통해서다. 문필생활인을 총동원시킨 전조선문필가협회가 적극적인 정치투쟁에로 활동 범위를 넓힌 데 비해 조선청년문학가협회는 문학투쟁으로서 독립촉성 운동을 대행하려 했으며 따라서 조선문학가동맹과의 대결에서 언제나 조선청년문학가협회가 전면에 나섰다는 것이다. 그러면서도 적색 문화운동을 퇴치하는 데서는 언제나 굳건한 동지적 관계를 맺어 왔다고 양 조직의 유대 관계의 의의를 부분적으로는 인정한다.

②순수문학 내지 민족문학이 안출된 배경에 대한 설명이다. 문련과 문총의 대결구도 속에서 문학을 당의 문학/인간의 문학, 정치주의문학/순수문학, 계급문학/민족문학 등으로 구획해 전자를 타도하기 위한 이론적 근거, 방법론적 산물이었음을 강조한다. 따라서 순수문학(민족문학)은 하나의 슬로건이었다는 것이다.

③중간파 문학에 대한 평가와 위계화 작업이다. 중간파는 작품의 내용보다는 현실적인 처신을 더 중시한 문학개념의 일종으로 간주하고, 좌익적 중간파(우익에 사상적인 근거를 가졌으면서도 문맹에 참여한)와 우익적 중간파(좌익에 사상적인 근거를 가졌으면서도 문총에 참여한)로 구분한 뒤 이 그룹을 적색 매국도당인 조선문학가동맹의 동맹군이었다는 사실을 적시한다. 중간파의 존재가 망각되고 있으나, 문학의 기록으로서 남겨진 그들의 문장은 영원히 남아 있을 것이라고 쐐기를 박음으로써 그들의 전력을 다시금 부각, 각인시키고 있다.

④순수문학 논쟁의 의의와 성격을 밝히고 있다. 조선문학가동맹의 잔류세력이었던 이론적 투쟁분자들과의 투쟁을 겪으면서 비평 활동이 더욱 활발해졌고 이론적 재무장도 가능했는데, 그 논쟁의 구도는 정치적으로는 공산당/민주주의, 독재주의/자유민주주의, 문학적으로는 공리주의/순수문학, 정책주의/인간주의, 계급의식/민족의식, 공식주의/생명주의로 요약한다. 그러면서 당시 좌익을 후원한 좌경언론(인)에 대한 '원한'을 상기시킨다. 순수문학 논쟁이 자신들의 비평적(이론적) 갱신의 계기로 작용했다는 지적은 이 논쟁을 좌우대립의 차원으로만 접

근했던 기존의 입장을 재고해 볼 필요성을 제기한다.[71]

⑤한국문학가협회의 의의에 대한 재강조다. 전국문화인총궐기대회를 계기로 전조선문필가협회 문학부와 조선청년문학가협회가 합동으로 추진해 결성한 한국문학가협회는 중간파문인과 전향문인을 포섭해 참여시킨 전 문단적 기관이자 한국문단을 대표하는 유일한 문학단체로서의 지위를 확호하게 추인하고 있다.

⑥전시문단의 중심에 한국문학가협회를 배치하고 있다. 즉 전시문단은 문단적으로는 한국문학가협회를 통하여 문총의 전시활동에 직결되어 있었다는 것이다. 곽종원의 일련의 해방문단10년사도 조연현의 관점과 대동소이하다.[72]

전반적으로 조연현이 전향공간에서 작성했던 「해방문단5년의 회고」(『신천지』, 1949.8-1950.2)의 반복이자 정련화라고 볼 수 있다.[73] 중요한 것은 이 글이 발표된 시점이다. 왜 1954년 6월에 그가 반복된 문단사를 제출했을까? 『문학예술』이 글을 의뢰한 것 같지는 않다. 예술원파동이 격화된 것과 관련이 깊다. 1954년 3월 25일 예술원선거가 시행되고(문협정통파 모두 예술원회원으로 피선) 그 결과를 둘러싼 반박과 재반박이 난무하는 상황에서 반대파를 제압하려는 의도가 개입된 것으로 보인다. 김동리가 자신들을 공격하던 박계주를 과거 행적, 즉 『민성』이란 적색잡지의 편집자로 자유진영 예술가들에 대한 모략중상을 다했다고 그의 사상 전력을 거론해 제압하려 했던 것도 마찬가지의 맥락이었다.[74]

---

71) 순수문학논쟁을 포함해 이 시기 좌우 대립을 조악한 문학이념 논쟁으로만 접근하는 것은 일면적인 인식으로 판단된다. 전향 공간 이전까지의 보수주의 문학론자들의 좌익문학(론) 비판의 논리적 거점을 살펴보면 계급주의 문학도 성립이 가능하다는 다소 열린 시각을 보여주는 논자가 많으며 아울러 유물론에 대한 어느 정도의 학습(파악)이 이루어졌다는 것을 어렵지 않게 확인할 수 있다. 실제 김동리는 김병규와의 논쟁에서 계급주의 문학도 문학(관)으로 분명히 성립할 수 있으나 인간성에 기초를 둔 문학이 제일의적 문학이라는 신념을 개진한 바 있다. 보수주의 논자들이 유물론에 대한 학습이 어떤 경로로 어느 만큼 이루어졌는지는 좀 더 정치한 분석과 실증이 요청되는 논점이다. 다만 유물론 관련 서적이 당대 열악한 출판환경 속에서도 지식인 독자들에게 널리 수용되었다는 사실, 일례로 보챠로프·요아니시아니 공저(김영건·박찬모 공역) 『유물사관 세계사 교정』(전 5권, 백양당, 1947.8)이 1년 만에 3판을 발행(1948.8.20)한 것을 보면 보수주의자들에게도 어느 정도의 접근성이 있지 않았을까 추측된다.

72) 곽종원, 「해방문단10년 총결산—문단적인 회고와 작품적 수확」, 『현대문학』, 1955.8. 곽종원, 「문단분포시비론—광복10년의 축도를 더듬어」, 『동아일보』, 1955.8.16.

73) 그 반복적 확대는 해방문단 20년을 정리하는 자리에까지 거듭된다. 조연현, 「해방문단20년 개관」, 『한국신문학고』, 문화당, 1966.

74) 김동리, 「예술원 실현과 예술운동의 장래」, 『현대공론』, 1954.6, 73쪽.

이 같은 조연현의 전략 내지 문협정통파의 정통에 대한 자긍은 1955년 들어 한층 강화된다. 해방문학10년을 결산하는 자리에서 그는 이전 해방문단10년사 정리의 틀을 그대로 적용하되 문협정통파의 문학사적 위상을 한층 공고하게 정립시키고자 한다.

이 단체는(전조선문필가협회와 조선청년문학가협회:인용자) 공산주의를 거부하고 진정한 민족문학을 수립한다는 근본문제에 있어서는 동일했지만 단체의 성질에는 약간의 차이가 있었다. 그것은 전자는 순문학단체가 아니고 체육까지도 포함한 정치 경제 등 광의의 문필인 집단임에 반하여 후자는 순문학단체였으며 전자가 민족주의문학이라는 것을 어느 정도 정론적인 성질을 띠워서 생각하는 성질을 가졌다면 후자는 그것을 순수문학의 개념을 통하여 실현코자 했던 때문이다. 그러므로 전자는 대체로 정치적인 행동이 강했고 후자는 문학적인 행동이 강했던 것이다. 이러한 이 두 단체의 성질상의 차이는 자연히 '문학가동맹'계에 대한 문학적 공세를 '청년문학가협회' 계통에서 도맡아 나갈 수밖에 없게 했던 것이다. 문학가동맹계의 문학을 '당의 문학'이라고 비판하고 민족주의 내지 민족주의 진영의 문학을 '인간의 문학'으로서 옹호한 책임적인 문학투쟁의 공로는 그 대부분이 이 청년문학가협회계의 문인들에 의한 것이다.[75]

두 단체의 구별 짓기를 넘어 엄정한 가치평가를 행하고 있다. 한마디로 민족문학투쟁의 녹권(錄券)을 청년문학가협회 쪽으로 귀일시키고 있는 것이다. 따라서 두 단체의 동지적 관계를 언급했던 것도 소거했다. 동시에 이를 바탕으로 한 문단주류론을 개진한다. 즉 좌익문학과의 투쟁을 통해 그 공적과 문학적 정당성을 확보한 청년문학가협회=순수문학이 문단의 주류로 자리 잡게 되는 것이 필지의 현상이며 그것이 『문예』의 창간과 한국문학가협회의 결성으로 명실상부한 위상을 확보했다는 것이다. 그 이후는 순수문학론의 본격적·자동적 전개로 설명된다. 즉

---

75) 조연현, 「문화계 10년의 회고; 시·문학」, 『한국일보』, 1955.8.15.

전시문학의 성과(종군기, 애국시 등)도 순수문학의 성과요, 예술원의 발족도 본격(순수)문학을 촉진시켜 주는 제도적 토대요, 자신들의 매체 거점이었던『현대문학』은 순수문학의 유일한 심장적 존재가 되는 것이다. 요컨대 청년문학가협회=순수문학이 해방10년 문학의 주류였고 앞으로도 그래야 한다는 논리이자 신념이다.

이 지점에서 문협정통파가 해방10년 문학의 정통이자 정당성의 근거로 제시한 순수문학이 과연 얼마만큼의 권위와 영향력을 지녔는지 의문이 든다. 해방문학10년사를 거론한 논자들이 대공투쟁을 민족문학의 최대 명분으로 간주한 것,[76] 순수문학이 좌익계열 문학과의 투쟁에서 이론적 거점으로 작용했다는 것, 한국문학가협회가 문단 재건의 획기적 계기였으며『문예』가 본격문학의 요람이었다는 것에는 대체로 동의하고 있다.[77] 그러나 청년문학가협회=순수문학의 정통성, 순수문학 주류론은 문협정통파만의 자기규정이었던 것으로 보인다. 특히 순수문학(론)은 오히려 문학의 부진, 빈곤을 초치한 주범으로 간주되고 있었던 실정이다. 좌익문학(계급문학)과의 투쟁에서 획득한 명분이 그 시효를 상실한 1950년대에도 문학적 권위로 여전히 군림하는 상황, 이것이 당대 순수문학(론)의 모순적인 현주소가 아닐까. 문제는 순수문학의 무기력과 왜소성을 스스로 인정하는 이 같은 모순적 행보가 이후에도 꽤 오래 지속되었다는데 있다.

한국문학사의 최고문예지『현대문학』이『문예』의 후신이라는 것은 공지의 사실이다.『문예』주체들 뿐 아니라 순수문학 지향, 민족문학 표방과 같은 이념적·매체적 지향의 동일성과 조연현을 비롯한 편집(실무)진 및 추천심사위원의 승계 등을 근거로 후대에도 이 점은 그대로 받아들여진다.[78] 다만 그뿐이다. 당대와

---

76) 연극과 영화의 경우도 마찬가지다. 오영진은 "진실로 과거의 10년은 제국주의와 공산주의 등 낡은 사상을 우리 연극 영화계에서 말살 정리하고 새로이 씨 뿌려 자라나기 시작"했다고 평가한다 (「구사조의 청산기」, 『조선일보』, 1955.8.16.). 유치진(『한국일보』, 1955.8.15.), 이해랑(『동아일보』, 1955.8.23)도 좌익과의 투쟁에서 승리함으로써 민족연극이 가능했다고 본다.

77) 문협정통파와 지속적인 대립 관계를 형성했고 문협정통파로부터 기회주의적 중간파의 맹주로 지목되었던 백철도 이 부분만은 인정하고 있다. 백철, 「이제부터가 창조기−다난한 재건기를 회고함」, 『경향신문』, 1955.8.15~17. 염상섭도 한국문학가협회와 『문예』의 공적은 높게 평가하고 있다. 염상섭, 「좌익암약과 피난문학의 저조」, 『동아일보』, 1955.8.15.

78) 이성교, 「1950년대 『현대문학』출신들과 명동 풍경」, 한국문인협회, 『文壇遺事』, 월간문학출판부, 2002, 72쪽. 『현대문학』측에서도 '본지추천작가명단'을 발표하면서 '심사원, 편집인, 추천방식의 동일, 기타 유기적인 전통적 연관성을 가진 『문예』지의 추천작가도 이에 포함'한다고 밝힘으로써

달리 『현대문학』의 입지와 문학적 권위에 가려 『문예』는 문학사에서 그 위상에 맞는 주목을 받지 못해 왔다. 그런 점에서 이 연구는 『문예』의 복원이자 정당한 자리매김이라는 의의를 갖는다.

앞서 거론한 우익문인들의 기록화에 공통적으로 언명된 것처럼 『문예』는 단정 수립을 계기로 문단질서가 우익진영 중심으로 급격히 재편되는 흐름에서 야기된 내부 분열과 여전히 서로 다른 문학노선이 각축을 벌이는 국면에서 문단 통합의 공기로서 기능했으며 다른 한편으로는 문학주의 원칙과 순수문학론의 제도적 정착을 통해서 청년문학가협회 중심의 문협정통파가 문단·문학권력을 창출·구축한 매체 거점이었다. 그 과정은 포섭과 배제의 전략을 통해서 이루어졌다. 현실정치 참여로 경사된 민족주의문학, 전향중간파 문인, 친일문인 등 이질적인 경향을 포섭해 단일한 문단조직을 이끌어내는 동시에 이들을 문학주의 원칙을 명분으로 배제 또는 주변화 시킴으로써 문단헤게모니를 장악할 수 있었다. 이는 순수문학(론)의 배타적 권위와 정당성을 창출하는 과정이기도 했다.

더불어 추천제를 운영해 그 정당성을 제도적으로 구축하고 더욱 공고하게 만든다. 『문예』주체들은 순수문학의 지도자 또는 심판자로서의 위상과 권위를 부여받았고(자처했고) 『문예』 또한 순수문학의 보루가 된다. 따라서 『문예』는 한국현대문학의 주류 미학으로 군림해 온 순수문학의 기원이라고 할 수 있다. 다만 일시 봉합된 잠재적 갈등은 전시부터 문단 개조 내지 혁신론이 문단의 중심 의제로 대두하고 이에 대응해 순수문학에 대한 이의가 제기되면서 오래 지속될 수 없었다. 순수문학론의 이론적 갱신이 불능인 상태에서 구심력도 급속하게 약화된다. 이 같은 맥락에서 『문예』의 효용이 크게 떨어진다. 문단의 분열과 재편성이 거세지는 예술원파동 국면에서 『문예』가 폐간되는 것은 자연스런 일이었다.

『문예』의 존재는 한국문학가협회와 불가분의 관계를 갖는다. 이로 말미암아 『문예』는 보수우익문학의 대변지로 평가받았다. 부인할 수 없는 사실이다. 다만

두 잡지의 혈연관계를 공식적으로 천명한 바 있다(『현대문학』2권1호, 1956.1, 256쪽). 실제 『문예』의 폐간으로 추천을 완료하지 못한 정병우, 황금찬, 이수복, 한성기, 이종학, 박재삼, 송영택, 최일남, 김양수 등이 『현대문학』을 통해 추천 완료했고, 『문예』에서 추천받은 임상순, 박재삼이 『현대문학』창간부터 편집실무진으로 참여해 무엇보다 인적 연속성이 두드러졌다.

보수우익문학=순수문학(론)이라는 도식을 『문예』에 과도하게 적용하는 것은 다소 유의할 필요가 있다. 보수우익문학은 조연현식으로 정리하면, 정치적으로는 공산당, 독재주의 문학적으로는 당의 문학, 정치주의 문학, 계급문학, 공리주의 문학, 정책주의, 공식주의 등의 안티테제가 원리이자 내용이다. 텅 빈 개념이다. 1949년 전향공간에서 보수우익이 최종 승자가 되었으나 승리는 곧 위기의 시작이었다. 순수문학의 이론적 갱신이 불가능한 상태에서 그 위기에 응전하는 방법은 배제의 동학이었다. 위의 안티테제의 프레임으로 '경계 짓고 영토화 하기'의 연속이 이후 보수우익문학의 역사를 구성했다.[79] 사상적 기제가 결합됨으로써 이 전략은 파괴력을 지녔다. 그러나 외형적으로 타자에 대해 대단히 공격적이 포즈를 취하나 실제는 수세적·방어적 차원의 전략에 불과했다. 그 일련의 행보가 보수주의문학의 입장에서는 저항의 역사로 기록될 수 있겠으나,[80] 새로운 문학적 가능성이 억제되고 스스로를 순수문학의 성채에 가둔 왜곡의 역사로 보는 것이 적절한 관찰이다. 어쩌면 순수문학의 견고한 성채가 무너지는 과정이 우리 문학의 현실파악 능력의 과정이며 리얼리즘 문학의 발전과정이라는 문학사적 역설이 성립된다는 것에[81] 순수문학의 역사적 좌표가 존재하는지 모른다.

『문예』가 남긴 것은 이 같은 파행을 보인 보수우익문학 및 순수문학의 기원에 해당한다는 점에서 부정적인 면이 많다. 그러나 『문예』의 문학주의 원칙은 내포가 협소한 채 문학의 영토를 제한하는 부정적 기여를 했으되 그 가치와 이로부터 파생된 관념, 제도, 관습은 여전히 유효성이 적지 않다. 문학의 영토가 점차로 위축되고 사회문화적 입지가 흔들리는 작금의 현실에서 음미의 여지가 크다. 추천제를 비롯해 『문예』가 이후 한국 문예지의 전범 모델로 간주된 이유를 따져볼 필요가 있다.

---

79) 이봉범, 「해방10년, 보수주의문학의 역사와 논리」, 『한국근대문학연구』22, 한국근대문학회, 2010, 50~51쪽.

80) 그 저항의 역사는 순수문학의 위기의 점증이자 자기모순을 증폭시키는 과정이었으며, 이는 1970년대 후반 이른바 '사회주의적 사실주의'논쟁에서 정점을 이룬다. 이 논쟁의 성격을 이동하는 새로운 시대의 변화를 따라잡지 못한 보수우익세력의 저항의 제스처가 집약·표면화된 것으로 보았다. 이동하, 『한국문학과 비판적 지성』, 새문사, 1996, 104~105쪽.

81) 서경석, 「전후문단의 재편과정과 그 의의」, 『한국전후문학의 형성과 전개』, 『문학과 논리』3호, 태학사, 1993, 23쪽.

【부록】잡지 『문예』의 추천제 당선자 목록

▶추천 소설(희곡 및 평론 포함)

작품	작가	선자	호수	비고
「얼굴」	강신재	김동리	2호(49.9)	선후평 게재/4편의 후보작에 대한 細評
「美髮」	이상필	김동리	3호(49.10)	선후평 게재/4편의 후보작에 대한 세평
「정순이」	강신재	김동리	4호(49.11)	선후평 게재/3편의 후보작에 대한 세평 *당선소감(강신재)
「東拔龍」	정지삼	김동리	5호(49.12)	선후평 게재/6편의 후보작에 대한 세평 *당선소감(이상필)
「沈文爕氏」	이상필	김동리	5호	
「罪日記」	박신오	김동리	7호(50.2)	선후평 게재/5편의 후보작에 대한 세평
「搖籃期」	정지삼	김동리	8호(50.3)	선후평 게재/5편의 후보작에 대한 세평 *당선소감(정지삼)
「許先生」	권선근	김동리	8호	
「命令은 언제나?」	임상순	김동리	9호(50.4)	선후평 게재/5편의 후보작에 대한 세평
「지동설」	장용학	김동리	10호(50.5)	선후평 게재
「濁甫」	서근배	김동리	11호(50.6)	선후평 게재/2편의 후보작에 대한 세평
「港口」	서근배	김동리	13호(52.1)	선후평 게재 *당선소감(서근배, 장용학)
「未練素描」	장용학	김동리	13호(52.1)	
「公休日」	손창섭	김동리	14호(52.5)	선후평 게재/5편의 후보작에 대한 세평
「감」	권처세	김동리	15호(53.2)	선후평 게재/6편의 후보작에 대한 세평
「아무리 옷이 날개 라지만」(희곡)	노능걸	유치진	16호(53.6)	희곡선후평 및 소설선후평 게재 *당선소감(손창섭)
「死線記」	손창섭	김동리	16호(53.6)	
「眼藥」	곽학송	김동리	17호(53.9)	선후평 게재/후보작 6편에 대한 세평
「寫實의限界-허윤 석론」(평론)	천상병	조연현	18호(53.10)	선후평 게재/소설은 심사했으나 추천작을 내지 않음
「獨木橋」	곽학송	김동리	19호(53.11)	선후평 게재/후보작 5편에 대한 세평 *당선소감(곽학송)
「쑥이야기」	최일남	김동리	19호	
「유치환의『隨想 錄』」(평론)	김양수	조연현	19호	
「家族」	박상지	김동리	20호(54.1)	선후평 게재/후보작 6편에 대한 세평
「가재골」	정병우	김동리	20호	
「瑤池鏡」	권선근	김동리	21호(54.3)	선후평 게재/후보작 3편에 대한 세평 *당선소감(권선근, 임상순)
「장서방」	임상순	김동리	21호	

▶추천 시

작품	작가	선자	호수	비고
「언덕에서」, 「길」, 「손」	이원섭	서정주	4호	선후평게재/400편 이상 응모/추천 보류 (장호성, 김성림, 유종호)
「누나의 무덤가에서」	손동인	서정주	4호	*당선소감(이원섭)
「비오는날」	이형기	서정주	5호	선후평 게재 게재/추천보류(허박년, 김규동, 손동인)
「湖水의 노래」	김성림	서정주	5호	
「별과 나무 밑에서」	박양 (朴洋)	서정주	5호	
「願」	전봉건	서정주	6호	선후평 게재
「黃昏」	이동주	서정주	6호	
「바다에서」, 「鐘」	김성림	서정주	7호	선후평 게재
「薔薇」	송욱	서정주	8호	선후평 게재 *당선소감(김성림)
「四月」	전봉건	서정주	8호	
「새댁」	이동주	서정주	8호	
「婚夜」	이동주	서정주	9호	선후평 게재/이동주 시 총평
「비오는 窓」	송욱	서정주	9호	
「코스모스」	이형기	서정주	9호	
「落照」	최인희	서정주	9호	
「祈禱」	전봉건	서정주	10호	
「산골의 봄」	손동인	서정주	10호	
「江가에서」	이형기	모윤숙	11호	
「別離」	손동인	모윤숙	11호	
「비개인 저녁」	최인희	모윤숙	11호	
「木花」	정석모	모윤숙	11호	
「哀歌」	최계락	유치환	13호	선후평 게재 *당선소감(손동인)
「無題」	최두춘	유치환	13호	
「강물」	천상병	유치환	13호	

작품	작가	선자	호수	비고
「임」, 「눈」	최두춘	유치환	14호	선후평1·2 게재 /100여 편 응모/추천보류 (하근찬, 최인희, 송영택, 최계락) *당선소감(최두춘)
「갈매기」	천상병	모윤숙	14호	
「驛」	한성기	모윤숙	14호	
「窓」	박양균	모윤숙	14호	
「念願」	이철균	서정주	15호	선후평 1·2 게재
「꽃」, 「계절」	박양균	모윤숙	15호	
「언덕에서」	김세익	모윤숙	15호	
「少年像」	송영택	모윤숙	15호	
「길」	최인희	모윤숙	16호	선후평 게재
「한낮에」	이철균	서정주	16호	
「미루나무」	이종학	모윤숙	16호	
「曠野」, 「汽車」	김윤기	모윤숙	17호	선후평 게재/500여 편 응모 *당선소감(송욱, 최인희, 박양균)
「病後」	한성기	모윤숙	17호	
「少女像」	송영택	모윤숙	17호	
「慶州를 지나면서」	황금찬	박목월	17호	
「아까샤잎」	이종학	모윤숙	18호	선후평 게재 *당선소감(천상병)
「流星」	최해운	모윤숙	18호	
「五月에」	김세익	모윤숙	18호	
「江물에서」	박재삼	모윤숙	18호	
「傷心」, 「밤」	김대규	유치환	20호	선후평 게재
「冬栢꽃」	이수복	서정주	21호	선후평 게재/약 300편 응모/추천 보류 (유완호, 차영서, 이인수, 금선학, 노영수) *당선소감(이철균)
「소리」	이철균	서정주	21호	

4장

신문소설의 재등장과 식민유산의 전환

1. 신문, 그 이상의 미디어

한국의 근대 신문, 특히 민간신문은 신문 이상의 미디어로서 기능했다. 『독립신문』을 비롯한 개화기의 신문들은 자주독립과 개화자강을 목표로 근대화의 견인차 역할을 했으며, 민족지와 친일지로 분립돼 치열한 대립이 전개됐던 애국계몽기의 민간신문 또한 애국계몽운동의 중심기관으로, 민중의 대변기관으로 자임한 가운데 구국운동과 국민계몽을 적극적으로 전개한 바 있다. 하나의 기업으로서 상업적 이윤추구를 본질로 했던 서구 신문과는 출발부터가 다른 것이었다. 그것은 근대전환기라는 시대적 특수성이 크게 작용한 것이지만 다른 한편으로는 신문주체 및 그 발행동기에서 예정된 결과였다고 볼 수 있다. 16~17세기에 등장한 서유럽의 근대적 신문이 인쇄업자, 통신우편업자들(大商人)에 의해 '뉴스'를 주력 상품으로 영리를 추구하기 위한 수단에서 발행되었던 것과 달리 우리의 경우는 근대주의자들(개화주의자)의 '이니셔티브'에 의해 개화와 계몽을 위한 수단에서 발행되었던 발행 동기의 근본적 차이에서 야기된 필연적 현상이었다. 이 같은 인위적, 도구적 차원에서 생성된 우리 신문의 태생적 본질은 신문의 사회적 지위와 역할에 대한 특유의 사회적 통념을 생산해낸다. 신문은 '사회의 목탁(木鐸)'(공공성)이라는 배타적 권위를 부여받았고 신문 주체들은 지사로 인식되었으며 대중들의 신문에 대한 역할 기대는 과도하리만큼 컸다.

이러한 관념은 신문이 양적·질적으로 발전하는 가운데 다양한 변용의 과정을 거치지만 쉽게 무너지지 않고 아주 오랫동안 지속된다. 오히려 확대 강화되었다고 보는 것이 맞다. 1920년대 일제의 조선인 발행신문의 창간이 허용되고 3대 민간지가 조선인의 유일한 합법적 의사표현의 수단이 되면서 신문은 대중들로부터 '정부'로서의 위상과 권위를 부여받았다.[1] 국가 부재, 국권 상실의 시대에 민간신문은 사회에서 가장 큰 영향력을 지닌 상징권력이 되었던 것이다. 그만큼 신문에 대한 사회적·대중적 기대 수준이 높아졌다는 것을 말해준다. 그러나 민간신문의 입장에서 봤을 때 이 같은 격상된 지위와 권위는 신문제작의 현실적 입지를 약화시키는 원인으로 작용하기도 했다. 일제의 가혹한 언론 탄압과 민중들의 과도한 역할 기대라는 모순적 존재조건에 의해 활동의 폭이 제한될 수밖에 없었기 때문이다.[2] 식민지지배 아래에서 일제권력과 대중들의 상반된 역할 요구를 모두 충족시킨다는 것은 현실적으로 불가능했다. 게다가 동일한 조건하에서 저널리즘 본연의 기업성을 발양해야 하는 난관에 처해 있었다. 사회적으로 강제된 (?) 다른 한편으로는 민중들의 요구를 적극적으로 수용해 자임했던 공공성과 기업성의 이중적 부담 속에서 신문 제작이 불가피했던 것이다.

이러한 상황적 조건에서 1920년대 민간지는 제한된 권능에서나마 공공성을 발휘해 민족지, 민족의 표현기관으로서의 자신의 역할을 규정하고 이를 수행하였다. 그 면모는 기사 압수처분 건수를 통해 확인해볼 수 있다. 3대 민간지가 본격적으로 정립(鼎立)된 1924~25년에 254건으로 1920~23년의 139건을 넘어섰으며, 이후 완만한 감소세를 보이지만 1930년까지는 연 평균 93건의 압수처분이 이루어진다.[3] 1931~36년의 연 평균 26건과 확연한 차이를 나타낸다. 압수건수 모두를 공공성의 발현, 즉 항일논조 때문이라고 단정할 수는 없으나 적어도 민간지가 민족적인 입장을 대변하는 논조를 분명하게 지녔다고 봐도 크게 무리가 없다. 총독부 도서과 2대 과장으로 당시 언론통제의 실무자였던 다치다 기요다쓰(立田淸辰)의 발언, 즉 "언문신문지(민족지)의 종래 논조는 조선통치의 방침에 비난을 가하는 것이 그 유일한 本務라고 생각하고 있는 것이 아닌가 하는 의심을 품을 정도였다."[4]는 품평도 이를 뒷받침해준다.

그것은 1920년대 중반 확산일로에 있던 민족해방운동의 발전도상에서 다소의

1) XY생, 「현하 신문잡지에 대한 비판」, 『개벽』, 1925.11, 46쪽.
2) 박용규, 「신문의 사회문화사」, 유선영 외, 『한국의 미디어 사회문화사』, 한국언론재단, 2007, 179쪽.
3) 정진석, 『한국언론사』, 나남, 1990, 451쪽 참조.
4) 정진석, 『극비 조선총독부의 언론검열과 탄압』, 커뮤니케이션북스, 2007 참조.

경제적 손실을 감수하더라도 공공성 위주의 경영 전략이 신문의 존립기반을 다지는데 필요했고 아울러 그것이 시대 여건상 기업성의 신장에도 긍정적으로 작용할 수 있었기에 가능했다고 볼 수 있다. 물론 사회주의자들 및 비타협적 민족주의자들이 대거 포진된 편집진용과 민간지간의 정론성 경쟁이 촉매 역할을 했다.[5] 1920년대에 3대 민간지 도합 9차례의 발행정지(정간)와 약 898건의 기사 압수처분(『매일신보』제외)으로 신문발간이 원활하게 이루어지지 않아 독자들의 불만을 샀음에도 불구하고 민간지들이 대체로 경영의 안정을 찾을 수 있었던 것은 공공성(정론성)을 매개로 대중적 요구에 부응했기 때문이었다.

그러나 주지하다시피 1930년대에 접어들어 민간지들의 정론성은 급격히 위축·약화된다. 1931년 만주사변을 계기로 합법공간에서의 일체의 민족운동이 불법화되고 언론 탄압이 가중되는 시대적 조건에서 민간신문들이 정론성을 적극적으로 펴기란 불가능했다. 정론성의 거세는 기업성의 확대로 현시된다. 자본의 축적을 바탕으로 벌어진 민간신문들 간의 치열한 증면경쟁, 광고경쟁이 이를 더욱 촉진시켰다. 지면 대부분이 흥미 위주의 사실 보도가 주류를 이루고 독자획득 및 광고수입 증대를 위해 문화, 예술, 가정, 생활면의 확충이 이루어진다. 이런 맥락에서 학예면의 기능이 중시된다. 이 같은 상업성의 강화는 독자들의 신문에 대한 요구 변화, 즉 민족적인 것보다 근대적인 것을 더 많이 요구하게 됨으로써 일제에 대한 비판적 논조가 신문구독의 결정적 이유가 되지 못했던 것[6]과도 맞물

---

5) 1924년 후반 (혁신)『조선일보』가 민중의 대변지를 표방하고 공격적인 신문제작에 돌입하면서 『동아일보』와 『조선일보』의 정론지로서의 선명성 경쟁이 본격적으로 시작되고 이어 1925년 8월 『동아일보』의 조석간 6면제 실시에 따른 증면 경쟁이 추가되면서 양 신문의 1차 대립 국면이 조성된 바 있다. 양 신문의 정론성 경쟁은 해방 후에도 지속되는데, 특히 1985년의 '민족지'경쟁에서 정면충돌한다. 즉 동아일보사가 『동아일보』만이 유일한 민족지이며 『조선일보』는 총독부 시책에 추종해온 신문으로 비판을 가하자(조용만, 「동아일보 민족혼 일깨운 탄생」, 『동아일보』, 1985.4.1), 조선일보사가 유일한 민족지로 출발한 『동아일보』가 그 후 진정한 민족의 발전을 위해 얼마나 이바지했는가에 대한 반성을 촉구하는 동시에 『조선일보』는 1924년 혁신을 단행한 후 명실상부한 민족지로 민족적 지지를 받았다고 역공을 폈다(선우휘, 「동아일보 사장에게 드린다」, 『조선일보』, 1985.4.14). 이에 『동아일보』가 재차 『조선일보』는 친일신문으로 창간된 것이라는 주장을 굽히지 않자(4.17), 『조선일보』는 양 신문의 창간 과정과 활동상을 소개하면서 『동아일보』의 역사 왜곡을 조목조목 비판하며 대응하기에 이른다. 이에 대해서는 조선일보 사사편찬실, 『조선일보 역사 단숨에 읽기 1920~』, 조선일보사, 2004, 180~183쪽 참조.

6) 박용규, 앞의 글, 182~183쪽 참조.

린 현상이다. 어찌 보면 자본제적 상품으로서 저널리즘이 비로소 본연의 궤도에 진입한 징표라고도 할 수 있다.

상업성의 강화 추세로 인해 민간신문의 상징권력으로서의 위상은 현저히 추락한다. 당연히 신문의 행태에 대한 비판적 여론이 비등하게 된다. 그 핵심은 민족적 현실을 망각하고 상업적 이윤에만 치중한다는 것이었다. 그러나 일각에서는 신문의 공공성과 상업성을 이원론적으로 인식하는 태도에 대한 문제제기도 없지 않았다.[7] 과도한 상업성 추구를 경계하면서도 신문의 상품성 발현을 저널리즘의 자연스러운 현상으로 받아들여야 한다는 것이다. 그렇지만 이러한 태도는 신문에 종사하는 언론인의 소수 의견일 뿐 신문의 공공성에 대한 강조는 1930년대에도 여전히 지배적이었다고 봐야 한다. 이렇듯 1920~30년대 민간신문들은 대중들의 기대지평을 내재한 채 공공성/상업성의 충돌, 분열을 노정하면서 저널리즘으로서 성숙, 발전하는 과정을 겪었다. 식민지하 조선 언론이 갖는 특수성의 발현이었다고 할 수 있다.

중요한 것은 그 과정에서 신문의 공공성/상업성에 대한 대립적 인식태도가 배태된 가운데 공공성을 신문의 본령으로, 상업성을 신문의 타락으로 간주하는 편향이 사회적 통념으로 폭넓게 자리 잡았다는데 있다. 그 통념은 해방 후에도 완강하게 고수된다. 신문 안팎에서 보이지 않는 규율로 작용했다고 해도 과언이 아니다. 신문의 위기가 논의될 때마다 한국 신문의 창세기에 대한 향수가 운위되고, 근대 신문의 지사적·계몽적 정신과 1920년대 민간지의 정론성이 신문비판의 유력한 준거로 활용되는 사례를 자주 목격하게 된다. 가령 여론형성의 중추세력인 지식인 100명을 대상으로 한 경향신문의 심층조사(1971)의 항목 중 '신문의 사명'에 대한 조사 결과에서 그 일단을 확인해볼 수 있다. 즉 지식인들이 답한 신문의 사명은 정경(政經)과 사회논평을 싣는 것(50.5%), 서민생활에 직결되는 각종 정보를 싣는 것(19.4%), 초기의 신문처럼 대중을 계몽하는 지도기사에 치중하는 것(18.4%), 정부 및 정치세력의 비정(秕政)을 폭로 규탄하는 것(7.6%) 순으로 그 결과

---

7) 설의식, 「신문도 상품 이원론적 본질시의 오진」, 『철필』2권1호, 1931.2.

가 나타나 있는데,[8] 이 같은 결과는 상업주의와 非정론성에 치중하는 경향이 신문 제작의 대세를 형성하고 있음에도 불구하고 한국 신문의 전통을 형성해온 이념과 정론을 위주로 한 공공성을 신문의 사명으로 여전히 인식하고 있다는 것을 알려준다.

이 같은 인식태도는 비단 지식인층만이 아닌 신문기자 및 독자들에게도 마찬가지였다. 6대 중앙일간지와 3개 통신사의 편집국 기자 및 논설위원 820명을 대상으로 한 설문조사에서 나타난 기자들의 신문관, 즉 신문의 보도방향이 '객관적 보도만을 해야 한다'(20.8%)는 것에 비해 '대중을 지도하고 실정을 비판하는 유도적 보도가 필요하다'(78.9%)는 의견이 압도적이었던 결과에서 신문인들도 정론성과 계몽성을 신문의 주된 사명으로 간주하고 있었음을 확인할 수 있다.[9] 그리고 신문들이 본래의 사명과 구실을 제대로 하고 있는가에 대한 독자들의 입장, 즉 '제 구실을 하고 있다'(6.1%)와 '아주 만족하다'(4.7%)보다는 '그저 그렇다'(41.6%), '불만이다'(29.2%), '전혀 제 구실을 못하고 있다'(6.1%) 등 불만족이 주류를 이루는데, 그 이유가 신문이 권력금력(權力金力)에 휘둘리거나 부정부패 근절에 적극적이지 못하는 것에 있었다는 것[10]을 감안할 때 신문의 정론성에 대한 독자들의 기대 수준이 여전했다는 것을 알 수 있다.[11]

한편 신문이 신문 이상의 미디어로서의 기능은 문화적인 측면에서도 찾아볼 수 있다. 특히 1920~30년대 민간지의 문화적 기능은 특기할 만한 것이었는데,

---

8) 「한국 신문 오늘의 문제」, 『경향신문』, 1971.4.6.

9) 「신문인구」, 『조선일보』, 1967.3.5.

10) 「京鄉에 바란다—여론조사에 나타난 독자의 소리」, 『경향신문』, 1969.10.6. 1966년의 독자조사 결과에서도 마찬가지의 면모가 나타난 바 있다. 독자 31,527명을 대상으로 한 『경향신문』의 자체 조사에서, 신문으로서 사명과 제 구실을 하고 있는가에 대한 독자의 응답 결과 '그저 그렇다'(40%), '불만스럽다'(27.7%), '전혀 못하고 있다'(8.1%) 등으로 전반적으로 부정적 평가를 내리고 있으며, 신문이 나아갈 방향으로는 '부정부패 일소와 고발의 소임'(69%)이 압도적이었다. 「신문을 보는 눈, 경향신문 독자조사 결과 분석」, 『경향신문』, 1966.10.6.

11) 여대생 독자층에서도 마찬가지의 결과가 나타난다. 1964년 이화여대 신문학과에서 서울시내 여대생 1,300명을 대상으로 한 매스컴 여론조사 결과에 따르면 87.5%의 신문구독자(라디오청취자 6.3%, 텔레비전시청자 3.7%)들이 신문이 지향해야 할 바에 대해 정확하고 빠른 뉴스 보도와 더불어 '정확한 여론을 인도하고 논평해야 한다'는 의견이 27%에 달했다. 「여대생과 매스콤」, 『경향신문』, 1964.4.9.

임화의 민간지 20년에 대한 논평에 그 면모가 잘 집약되어 있다. 그는 민간지가 조선의 신문화에 기여한 바를 ①조선 사람의 문화적 제력(諸力)의 진작과 촉발을 위한 중심기관 ②중앙과 지방의 문화적 교섭을 매개해 봉건적 유물을 타파하고 문화적 창조력을 전국적으로 계발, 조직한 점 ③민중의 자주적 사회활동의 보도 및 선양기관 ④민중의 의견의 발견과 의견교환의 중요한 무대 ⑤조선인을 국제생활에 접근시킨 점 ⑥문학의 발전, 특히 비평, 이론, 장편소설의 생성발전 및 보급에 지대한 공헌 등으로 요약했다.[12] 그 중 ⑥에 끼친 학예란 및 연재소설의 공헌을 신문학사상 영구히 기록될 것이라고 높게 평가한 점이 주목된다. 더욱이 연재소설은 순조선문으로 고정시킴으로써 민간지의 직접적인 문맹타파운동―가령 『조선일보』의 문자보급운동과 『동아일보』의 브나로드운동과 같은―과 더불어 조선어 문자보급에 상당한 역할을 했음을 강조한다. 물론 그는 민간신문의 역사를 단순한 사업이었을 시대와 상업으로서의 의의와 지위를 획득한 시대를 엄밀히 구별해서 살펴야 한다고 본다.

김남천 또한 신문이 조선에서의 새로운 문학 및 문단의 형성에 절대적인 영향을 끼쳤다고 평가한다. 그는 저널리즘(일상성, 시사성)과 아카데미즘(전문성)을 대립적으로 설정한 가운데 문학이 발표와 인정에 대한 욕망에서 비롯된 것이기에 필연적으로 저널리즘적인 속성을 지닐 수밖에 없다고 본다. 이 같은 문학과 저널리즘의 결합이라는 일반성은 조선에서도 관철되어, 조선에서의 새로운 문학의 형성이 저널리즘의 형성과 거의 동시기에 있었고 문단질서의 조성도 전적으로 민간신문의 영향하에서 이루어지게 되었다는 것이다. 저널리즘 가운데 특히 신문이 문학과 결합하게 된 것을 우리 근대 신문의 계몽성에서 찾는다. 즉 상업적 동기에서 등장한 잡지(출판) 저널리즘과 달리 출발부터 계몽의 성격을 분명하게 지닌―비록 후에는 상업주의적으로 기울었지만―신문이 저널리즘의 본질에 부합하는 동시에 일반민중의 요망을 담아내기에 효과적이었기에 신문의 역할이 강조될 수밖에 없었다는 것이다. 따라서 신문이 문학의 생장에 있어서나 문단적 질서와 전통의 양성에 있어 절대적인 영향력을 가졌을 뿐만 아니라 문학작품의 기본

---

12) 임 화, 「신문화와 신문」, 『조광』제11권9호. 1940.10. 76~81쪽.

성격을 주조하는 기능까지 했다. 예컨대 장편소설, 비평, 평론은 운명적으로 신문의 기반 위에서 성장할 수밖에 없었으며, 그로 인해 여러 특수한 면모를 드러낸다. 주로 신문 학예란을 통해 성장한 문학비평은 특정시기에는 지나친 정론성을 나타내면서 사회적·정치적 비평까지를 대행하는 역할을 했으며, 조선 장편소설은 신문소설로밖에 발전할 수밖에 없었다는 것이다.[13]

임화가 민간신문의 문화적 기능에 초점에 맞추고 있다면 김남천은 신문과 문학의 결합이 이루어진 맥락과 그에 따른 신문문학의 특수성을 강조하고 있다. 그렇지만 기본적으로 (민간)신문이 조선의 문학 및 문단의 제도적 토대였다는 사실과 그 역사적 의의에 대해서는 인식을 같이하고 있다. 신문과 문학의 결합에 있어 전환적 국면이라 할 수 있는 1930년대 중후반의 동향에 대한 구체적인 논급보다는 주로 (민간)신문의 긍정적인 역할을 부각시키고 있는데, 이는 아마도 이 글이 『동아일보』, 『조선일보』가 폐간되면서 20여 년 동안 조선 문학의 중요 기반이던 민간지가 사라진 전혀 새로운 국면에서 작성된 때문으로 보인다. 그럼에도 이 논의들은 식민지시대 조선 문학의 역사적 특수성으로 간주되는 신문문예의 중요한 지점들을 두루 포괄하고 있어 그 의의가 자못 크다. 민간신문이 문학에 끼친 영향이 실로 다대하다는 것에 이론의 여지가 없을 것이다. 위에서 언급된 것 외에도 등단제도(신춘문예)를 통한 문인의 대량 배출, 식민지조선에서만 존재했던 민간신문사의 종합지 발간과 산하 출판부의 문학관련 단행본 출판도 간과할 수 없는 민간신문의 중요한 문학적 의의이다.[14]

이 같은 민간신문의 문화적 기능은 신문 지면의 문화예술 관련 기사의 점유율과 중요도에서도 확인된다.[15] 1920년 문화면이 없는 상황에서도 문예기사의 비

---

13) 김남천, 「신문과 문단」, 『조광』제11권9호, 1940.10, 92~95쪽.

14) 김병익은 문단사의 관점에서 신문이 '창작활동의 본거지', '창조의 작업장'이라는 의의를 지녔다고 평가했다. 그 구체적 실례로 이광수의 「문학이란 하오」(『매일신보』, 1916) 이후 문학과 그것의 각 장르이론의 전개, 김기진의 「무정 122회를 독하다가」(『매일신보』, 1917) 이후 작품평을 확보, 김동인에 반박하는 염상섭의 「여의 평자적 가치를 논함에 답함」(『동아일보』, 1920) 이후 문학논쟁에 참여, 포츠생의 「오뇌의 무도의 출생한 날」(『동아일보』, 1921) 이후 서평란의 개설과 비평작업의 관례 형성 등이 신문에 의해 비로소 시작되었으며 기타 해외문학의 대량 소개, 독자투고의 기회 제공 등을 높게 평가했다. 김병익, 『한국문단사』, 일지사, 1973, 95~96쪽 참조.

15) 이준우, 「한국신문의 문화적 기능 변천에 관한 연구」, 연세대 박사학위논문, 1988, 75~85쪽 참조.

중이 18.2%를 차지했고, 1929~1940년에는 대체로 매년 25%를 상회하였으며, 1930년대 증면경쟁이 본격화된 1935~1940년(1일 평균지면 10~12면)에는 1970년 대보다도 더 많은 문예기사가 게재되어 문화면 내지 문예기사의 황금기를 이루었다. 문예기사의 활성화와 더불어 문예면에서의 문학의 비중도 절대적 우위를 차지했다. 1920년 문학기사 건수가 28%로 1위를 차지한 이래 문화면의 대상 분야가 다양하고 광범위하게 확대되어 감에도 불구하고 문학의 절대적 우위가 꾸준히 지속돼 1929년 37.4%, 1935년 29.8%, 1940년 30.1% 등을 차지했다. 이를 통해서도 1920~30년대 민간신문의 문화면은 문학이 절대적 우위를 차지하는 가운데 규범, 교육, 사상, 의학, 과학 등이 중점적으로 다루어지면서 사회적으로 활성화되고 있던 신문화운동을 반영·추동시켰던 대표적 기관이었다는 것을 확인할 수 있다. 1920년대 중반 라디오방송이 개시된 뒤 20세기 문명은 라디오 문명이며 이후의 시대가 라디오 문명의 독점 무대인 동시에 신문지 몰락의 시대가 될 것이라고 예언된 바 있지만,[16] 대중미디어로서의 신문의 압도적 역할은 식민지시기를 관통했다. 적어도 신문은 근대문학의 제도적 성립과 문학에 대한 사유방식, 관념 및 관습을 형성하는데 큰 영향을 미친 '제2의 신'으로서의 위상과 권능을 지녔다고 볼 수 있다.[17]

이 같은 1920~30년대 3대 민간신문의 문화적 민족주의의 기조 속에 학예면을 거점으로 더욱 유착되었던 신문과 문화(학)의 상호 공고한 결합은[18] 후대에 와서 하나의 기형적인 근대성으로 평가된 바 있다. 즉 한국의 근대문화가 저널리즘 본연의 상업주의와 이에 반대되는 문화성이 시사성을 매개로 상반(相反) 혹은

---

16) 『조선일보』, 1925.7.29.

17) 토니 슈바르츠(T. Schwartz)는 전통적으로 사람들의 사유방식, 가치관, 세계관을 형성하는데 가장 큰 영향을 미쳐온 것이 종교였는데 이를 미디어가 대체한 가운데 신과 같은 강력한 역할과 권력 기관으로 부상한 현상을 '제2의 신'으로 명명한 바 있다(토니 슈바르츠, 심길중 역, 『미디어: 제2의 신』, 리을, 1994).

18) 1925년 민태원은 조선에서의 신문/문학의 운명적 결합은 양자 간의 지향의 유사성, 즉 신문이 정부 내지 異黨의 공격 기관에서 신사실과 신소식의 정확한 보도로 논조가 바뀐 가운데 점차 흥미 중심의 보도가 확충되고, 문학은 자연주의, 사실주의가 주류를 이루는 가운데 순문학 작품(및 문학론)이 점증하면서 '신문문학'이 성립되었다고 본다. 그 신문문학으로 인해 일부 특수계급의 전유물이었던 문학이 민중화되었으며 나아가 새로운 문학, 특히 계급문학(프로문학) 발생이 촉진되었다고 평가했다. 민우보, 「쩌내리씀과 문학」, 『생장』, 1925.3, 42~43쪽 참조.

상용(相容)하면서 발전하는 모순성에 저널리즘 문화의 의의가 존재한다는 것이다.[19] 다시 말해 저널리즘이란 문화기업 위에 반영된 상업주의이기 때문에 문화성을 무시하고는 상업주의가 성립될 수 없었고 따라서 문화성을 효과적으로 이용해서 자신의 이익을 도모하는 가운데 저널리즘에 커다란 문화성이 부여되어 있었다. 특히 그 문화성이 불순하고 경박한 면이 없지 않았지만 시사성을 매개로 한 것이기에 하나의 시대성, 즉 문화에 대한 어떤 방향을 제시하는 기능을 수행하는 특색을 지녔다는 것이다. 그 모순된 양면성이 어떻게 조정되어 발현되는가 하는 문제는 식민지시기뿐만 아니라 해방 이후에도 신문의 문화적 기능을 규명하는데 중요한 준거가 된다.

이 연구가 주목하고자 하는 것은 민간신문과 문학의 공고한 결합 그리고 이에 수반되어 나타난 여러 특징적 현상들이 당대에만 국한된 것이 아니라는 점이다. 긍정적이든 부정적이든 이 같은 식민유산이 해방 후에까지 지속적으로 영향을 미쳤다. 그 범위 또한 넓다. 신문과 문학의 결합과 직접적으로 관련된 유산들, 예컨대 신문에 있어 문학의 전략적 중요성과 문학배치, 등단제도의 활용, 문학담론의 생산과 형성의 거점 역할을 했던 학예면의 존재와 그 문학적 위상과 기능, 신문과 문단의 긴밀한 관계, 문인기자의 존재와 역할, 장편중심 연재소설의 생성과 보급 등은 하나의 전통으로 군림하면서 긍정적으로 계승되기도 하고 폐기되거나 확대 재생산되는 복잡한 과정을 거친다. 아울러 이로부터 파생된 관행과 내면화된 관념들, 이를테면 신문문예에 대한 문인들의 인식태도, 신문과 문인의 네트워크, 특정신문과 집필자 간의 배타적 섹트화와 집필 도덕, 연재소설의 게재절차, 연재소설에 대한 경멸적 태도, 순수/통속의 이분법적 사고 등도 마찬가지의 경로를 밟는다. 신문문예의 존재와 성격을 규정했던 검열과 관련된 제반 문제도 그러하다. 요컨대 해방 후 신문과 문학의 관계는 당대적 조건에서뿐만 아니라 식민유산과의 연속(단절)과 전환의 맥락에서 정립되었던 것이다. 그것이 식민지시기 신문에 대한 사회적 통념이 지속되는 것과 맞물려 있음은 두말할 나위가 없다.

---

19) 백 철, 「저널리즘과 문화성」, 『현대문학』, 1955.1, 96~97쪽.

해방 후의 신문도 과거와 마찬가지로 신문 이상의 미디어로서 기능했다고 볼 수 있다. 그 기능의 범위와 수준은 시기적으로 큰 편차를 드러내지만, 대체로 신문의 존재방식을 근본적으로 규정하는 요소인 정론성과 기업성이 어떻게 조정되느냐에 따라 결정된다. 신문과 문학의 관계도 이의 규정을 받는다. 물론 여기에는 지배권력/신문/문인(독자 포함) 상호간의 이해관계가 변수로 작용한다. 저자의 판단으로는 이 중층적 관계를 가장 잘 보여주는 지점이 신문(연재)소설이라고 생각한다. 실제 문화주의를 매개로 한 신문과 문학의 혈연관계가 해체·변형되는 가운데서도 유독 신문소설만은 신문문예의 중심적 위치를 여전히 고수하고 있었다. 오히려 신문소설의 전성기로 일컫는 1930년대보다도 확대 발전된 형태였다. 식민지시기에 비해 문화면의 지면점유율이 떨어져 1954~1978년 평균 연 15~20% 수준을 보였음에도[20] 신문연재소설은 평균 2~3편이 게재되거나 다소 증가하는 추세를 나타내는데, 이 같은 현상은 문화면에서 문학의 점유율이 대폭 급감하는 추세였다는 점을 감안할 때 신문에서 차지하는 신문연재소설의 비중이 어떠했는지를 잘 드러내준다. 그로 인해 신문소설은 '문학의 대표자의 지위를 가지고 독자 위에 군림했으며 일반 독자들에게도 신문소설은 문학의 대표적인 이미지로 연상[21]되기에 이른다. 문단에서도 신문소설은 무용론/활용론이 첨예하게 대립된 중요 비평적 의제였다. 이에 해방 후 신문소설의 존재양상을 식민유산의 해체와 전환에 초점을 두고 거시적으로 조망해보고자 한다. 작품에 대한 검토보다는 그 존재와 관련되어 있는 여러 제도적 요인들을 살피는데 초점을 둔다.

2. 권력, 신문, 문학의 관계와 신문의 문학전략

해방 후 매스커뮤니케이션의 발달사를 이야기할 때 통상 8·15 해방~1950년대는 신문의 시대, 1960년대는 라디오의 시대, 1970년대는 텔레비전의 시대라 일컬어지며, 그것이 8·15해방~1950년대의 정치의 시대, 1960년대의 경제의 시대,

---

20) 이준우, 앞의 논문, 226~228쪽 '문화면 구성비율의 연도별 추이' 참조.
21) 유종호, 「신문소설의 공과」, 『동아일보』, 1961.9.26.

1970년대의 사회의 시대라는 시대정신의 주류와 각각 밀접하게 대응된 현상으로 평가한다. 상대적인 구분이며 다소 편의적인 도식일 수 있겠으나, 신문의 사회적 위상과 기능의 변천을 여러모로 시사해준다는 점에서 유용한 참조가 된다.

이 지적처럼 8·15 해방~1950년대는 신문과 정치가 결합해 신문의 정론성이 두드러졌던 연대다. 1920년대 민간지의 정론성에 버금가는 수준을 보여준다. 이 시기에 존재했던 모든 신문은 예외 없이 정론지였다. 물론 그 정론성은 정부수립 전후로 큰 차이가 있다. 해방직후의 정론성은 철저한 이념적 정파성을 띤 것이었다. 특히 신탁통치 국면을 계기로 이전의 민족/반민족의 대립관계가 좌우이데올로기 대립으로 치환되면서 그러한 정론성이 한층 강화된다. 정치세력의 분화와 대립적 질서에 대응해 신문이 그들과 특수 관계에 있는 정치세력과 결탁하는 추세가 확대 강화됨에 따라 신문은 정치활동의 도구로, 특정 계급의 계급적 이해를 선전하고 관철시키는 수단으로 기능하기에 이른다.

그런데 이념적(정파적) 정론성은 당시 신문의 생존에 있어 양가적으로 작용했다. 일제말기 친일신문의 정론성에 환멸을 가졌던 대중들에게 신선한 자극을 제공함과 동시에 그들의 정치적 요구를 수렴해냄으로써 광범위한 대중적 지지를 획득할 수 있었고, 그것은 곧 신문의 존재기반을 다지는데 유리하게 작용했다. 다른 한편으로는 가뜩이나 경영 기반이 취약했던 신문의 생명을 단축시키는 역효과를 야기한다. 특히 미군정과 이승만 정권에 비판적이었던 좌익 및 중도계열 신문들은 계속된 탄압으로 정·폐간의 비운을 맞을 수밖에 없었다.

정부수립 후, 특히 1950년대에의 정론성은 민권지로서의 성격을 지닌다. 그것은 새롭게 조성된 권력과 신문의 관계, 즉 이승만 정권의 권위주의적 강압 통치 아래 관권/민권, 특권/인권을 기본 축으로 신문들이 비교적 단일한 자유민주주의 전선을 형성했던 것과 밀접한 관련이 있다. 물론 해방직후와 같은 정파성이 일소된 것은 아니었다. 『동아일보』와 민주당, 『경향신문』과 가톨릭의 관계에 보듯 소유구조에서 비롯된 신문과 정치세력의 결탁이 일정기간 지속된 바 있다. 그러나 그 정파성은 체제 내적 차원의 분립이었을 뿐 신문계의 자유민주주의 전선을 해칠 만큼의 파괴력을 지닌 것은 아니었다. 오히려 그것이 민권지로서의 정론성을 강화시키는데 기여한다.

1955년 '정부비판의 한계성' 논란, 즉 정부기관지였던 『서울신문』이 '대공전선의 제일선을 담당하고 있는 초비상시에 국가적 질서의 존립에 중대한 영향을 끼칠 우려가 있는 경우에는 사상의 자유, 언론의 자유를 제한할 필요가 있으며, 이 한계를 이탈하는 것은 국가와 민족의 안위를 해롭게 하는 것으로 그것은 곧 적을 이롭게 하는 이적행위의 하나'로 규정한 뒤 『동아일보』와 『경향신문』을 지목해 반국가적 언론기관으로 몰아감으로써 야기된 갈등 국면에서 중립적 입장을 보였던 『한국일보』, 『조선일보』까지 對정부투쟁에 적극적으로 참여하기에 이른다. 게다가 1952년 3월 폐기된 신문지법의 대체법안인 '출판물임시단속법안'(1954.12), '국정보호임시조치법안'(1956.11), '출판물단속법안'(1957.2)의 연이은 입법 시도에 맞서 신문들은 민권수호를 넘어 민주주의 쟁취로 정론성의 지평을 넓혀 간다. 그로 인해 1950년대 후반 권력과 신문의 대립은 극단적으로 치달을 수밖에 없었으며 결국 『경향신문』의 발행허가 취소 사건(1959.4)으로 파열된다. 이렇듯 1950년대 신문은 민권지로서의 자기 위상을 정립하고 매진함으로써 사회적 권위와 영향력을 획득하게 된다. 신문은 자유민주주의의 상징권력이 된 것이다.

그런데 이 시기 신문이 정치적 선정주의라는 비난을 무릅쓰고 정론성을 강화하는 전략을 일관되게 구사했던 것은 그것이 생존의 필수적 조건이었기 때문이다. 신문 안팎으로 상업주의적 기반이 미약한 가운데 판매수익에 의존해 재생산 기반을 마련할 수밖에 없는 여건에서 정론성은 신문판매의 유일한 전략적 수단이었다. 그 전략은 정치적 불만과 저항의식이 팽배했던 대중들의 호응이 있었기에 유효성을 지닐 수 있었다. 가장 선명한 정론성을 보였던 『동아일보』와 『경향신문』이 타 신문을 압도하는 각각 30만 부, 15만 부 내외의 발행부수를 기록했다는 것에서 이 전략이 나름대로 주효했음을 알 수 있다.

그러나 정론성 강화 전략은 일정한 한계를 지니고 있었다. 우선 권력과의 지속적인 대립으로 그 수준이 제한적일 수밖에 없었다. 신문이 정부비판의 수준을 초월해 반독재투쟁의 사회적 거점으로 기능함으로써 신문은 지배 권력의 항상적인 탄압과 관리의 대상이 된다. 그것은 검열에 의한 직접적 탄압과 독점적으로 보유한 자원을 선별적으로 배분하는 간접적 통제에까지 전방위적으로 구사된다. 이승만의 신문정비론(1954.10)에서 확인되듯 인위적인 신문정비까지 시도하려

했다. 이전에 비해 신문검열이 무자비하게 자행된 것은 아니다. 신문지법이 폐기된 이후 법적 근거가 없는 상태에서의 검열은 오히려 권력에게 부담을 줄 수 있었다. 더러 미군정법령 제88호나 국가보안법을 적용해 검열을 시행한 바 있으나 큰 부작용을 야기했을 뿐이었다. 그럼에도 불구하고 신문은 검열의 공포에 시달려야만 했다. 정·폐간의 위험이 존재했기 때문이다. 『동아일보』, 『경향신문』의 사례에서 보듯 실제 정간을 당하면 신문의 신뢰도에 치명적인 손상을 입는다. 따라서 신문은 정론성의 수위를 스스로 조절해야만 했다.

둘째로 정론성만으로는 신문의 재생산구조를 확립하는데 한계가 있었다. 우선 대부분의 신문이 정론성에 그것도 정파적 정론성에 치중했기 때문에 신문의 제일의적 사명인 공정보도에 큰 손상을 초래했고 따라서 독자들의 신임을 지속적으로 받기 어려웠다. 1950년대 말 독자 여론조사를 보면,[22] 신문에 대한 독자들의 불만 중 '여러 신문을 보지 않고는 정확한 것을 알 수 없다'(73%), '당파적 경향이 너무 많다'(67%) 등이었다는 것은 이의 반영으로 볼 수 있다. 다른 하나는 정론성의 일반화가 지면의 획일화를 초래한다. 신문의 개성이 상실된 것이다. 신문들 간에 사활을 건 출혈경쟁을 벌이는 상황에서 개성의 상실은 치명적 약점이 된다. 물론 이는 모든 신문에 공통적으로 적용되는 현상이다.[23] 이에 대응하기 위한 차원에서 모든 신문이 주목한 것은 문예면이었다. 현실적으로 지면상에서 특색을 살릴 수 있는 것은 문예면밖에 없었기 때문이다. 그 중에서도 특히 신문소설을 주력상품으로 선택하고 집중적으로 배치한다. 보다 근본적으로는 정론성과는 별도로 새로운 판매 전략을 강구하는 것으로 나타난다. 그 대안으로 등장한 것이 상업주의이다. 바야흐로 정론성과 더불어 상업성이 신문의 생존전략으로 대두되기에 이른 것이다. 상업신문을 공식적으로 표방했던 『한국일보』의 창간이 이를 촉발시켰다.

---

22) 「신문독자의 각종 여론조사결과」, 『동아일보』, 1960.1.5.

23) 신문지면의 획일화 혹은 규격화는 1970년대까지도 신문에 대한 독자들의 불신의 가장 큰 이유였다. 1971년 『경향신문』의 한국 신문에 대한 독자 여론조사에서 신문에 대한 불신임의 이유가 '각 신문이 특징이 없고 규격화되었기 때문'(24.7%), '사실보도에 충실하지 않기 때문'(20.6%), '정치권력에 아부하기 때문'(15.9%) 순으로 나타나 있다. 「한국 신문 오늘의 문제」, 『경향신문』, 1971.4.6.

1960년대에는 전반적으로 신문의 정론성이 약화·거세된다. 4·19혁명 직후
에는 정론성이 최고도로 발휘된 바 있지만, 오히려 그 정치적 선정주의는 군사
정부에 언론정화의 명분을 제공하게 된다. 5·16직후 비상계엄하 포고 제1호
(1961.5.16.)에 의한 사전검열제의 시행,[24] 계엄사령부발표 제4호(1961.5.18.)에 따
른 사전검열 지침 및 보도금지 사항 통고, 포고 제11호(1961.5.23.)에 의거한 신문
통신을 비롯한 정기간행물의 대대적 정비 및 사이비기자의 대량구속, 경계계엄
하 국가재건최고회의령 제15호('언론출판보도 등은 국가보안상 유해로운 기사·논설·만
화·사진 등을 공개해서는 안 된다')에 의한 강력 규제, 명예훼손 기사 게재 금지와 등
록의 취소 조항을 골자로 한 '정당등 등록법안'(전8조, 1961.7.18.)과 등록 취소 및
납본 의무를 강화한 '신문통신등의 등록에 관한 법률'(전15조, 1963.12.12.) 제정 등
으로 이어지는 위압적 언론통제 정책으로 언론계가 대거 정비된다.

분할통치에 의한 언론통제가 더 주효했다. 즉 이윤추구를 선호하는 언론의 기
업적 속성을 백분 활용한 채찍/당근의 양면적 통제전략을 구사해 권언유착을 유
인해내는 한편 언론사조작의 이원화(경영과 편집의 분리)를 조장해 언론의 내부결
속력을 분쇄시킴으로써 언론의 정론성을 약화·무력화시키는 방법을 장기적으로
구사했다.[25] 이 전략은 경영합리화라는 미명 아래 경영진을 통로로 구조적·간접
적 통제와(권력/신문자본의 유착) 결부되어 강력한 효과를 발휘하는 가운데 언론전
반을 순치시키는 성과를 거둔다.

물론 권력과 신문이 첨예하게 대립하면서 정론성이 고조된 한 국면이 있었
다.[26] 한일국교정상화를 계기로 한 6·3사태와 언론파동에서다. 그렇지만 언론
의 자율적 규제강화를 명분으로 여야합의로 제정된 언론윤리위원회법안(전20조
부칙)—과거 신문지법의 부활로 볼 수 있는—에 의해, 비록 언론계와 박정희의 막
후협상으로 시행 보류되었지만, 언론은 완전히 권력에 포획된다. 강력한 제재력

---

24) 군사혁명위원회 포고 제1호는 무려 59년 만에 2020년 12월 1일 국회 본회의에서 폐지안을 의결
함으로써 공식 폐지됐다.

25) 이에 대해서는 조상호, 『한국언론과 출판저널리즘』, 나남출판, 1999, 109쪽 참조.

26) 물론 그 정론성은 공정성 시비를 불러일으켰다. 사실보다는 편파적인 논평에 치우친 관계로 '한
신문만 읽으면 편견에 사로잡히고, 여러 신문을 읽으면 분열증에 걸릴 수밖에 없다'는 발언에서
그 정도를 헤아려 볼 수 있다. 강원룡, 「신문의 공정」, 『경향신문』, 1964.4.9.

을 지닌 언론윤리위원회법이 보류되었다고 하더라도 언제든지 시행가능성이 존재했기 때문에 잠재적 족쇄로 기능했다. 적어도 1980년 언론기본법이 제정·공포되기까지 이 법은 언론통제의 가장 강력한 장치로 활용되었다. 이 같은 정론성의 상실은 상업주의 전략의 극대화로 나타난다. '독자를 위한' 상업신문을 임무로 내걸은 『신아일보』의 등장은 이 같은 변화를 상징적으로 보여준 예다.[27] 그것은 과점체제를 형성한 거대 언론기업(조선, 동아, 중앙, 한국)의 무제한적 이윤추구와 경쟁구도에 의해 더욱 조장·확대된다. 산업화, 도시화에 따른 생활수준의 점진적 향상, 도시 화이트칼라의 이상비대화, 과잉소비 풍조 등 대중사회적 시대분위기도 상업주의의 만개에 일조했다. 그 결과 1960년대는 신문뿐만 아니라 방송, 잡지, 출판 등 모든 매스미디어에 상업주의가 만연하게 되고, 그 추세가 1970년대까지 확산되는 가운데 외설성이 신문문예의 주요 쟁점으로 부각되기에 이른다.

한편 8·15 해방~1950년대 정론성의 강화는 문학의 비중을 약화시킨다. 무엇보다 지면점유율의 대비에서 확연히 나타난다. 정치기사가 지면의 절반 정도를 차지하고 문학은 그에 1/5수준 정도 할애되었다. 해방직후 타블로이드 2면 체제에서는 물론이고 『서울신문』이 최초로 조석간 4면체제로 증면한 뒤(1949.8)에도 크게 변함이 없었다. 모든 신문에 조석간 8면 체제가 보편화된 1958년 이후에도 다소의 등락은 있었어도 그 추세가 그대로 유지된다. 이제 신문은 문학이 없어도 존재할 수 있는 시대가 된 것이다. 1930년대와는 완전히 다른 신문과 문학의 관

---

27) 한국신문사에서 신문이 상업주의를 목표로 내걸고 창간한 것은 『한국일보』에 이어 『신아일보』가 두 번째였다. 『한국일보』는 "신문의 독자성은 신문경영의 기반 위에서만 이루어질 수 있는 것이며 신문의 질적 향상이란 또한 기업적 자활로써 이루어진다는 신념을 새롭게 하고자 한다. 우리는 근대경제학 이론을 신봉하고 새로운 자유경영사회의 옹호를 자각 리얼리즘에 입각한 상업신문의 길을 개척해 나가지 않으면 안 될 것이다."(1954.6.9, 창간사)에 제시되어 있는 바와 같이 종래의 신문과 달리 원활한 기업적 경영에 입각한 상업주의의 개척을 사명으로 천명했다. 『신아일보』의 경우는 창간사(1965.5.6)에서 '이 신문은 먼저 독자를 위한 상업신문입니다'라고 전제한 뒤 '발행자나 제작자는 이 신문 한 장 한 장이 상품으로서의 가치를 지닌 것을 명심하여 자신을 가지고 독자여러분에게 대하려는 것입니다"라며 독자를 위한 상업신문을 社是로 천명했다. 『한국일보』의 상업주의가 신문계의 후발주자로서 정론성에 치중했던 기존 신문과의 차별화 전략의 차원에서 대두된 것이었다면 『신아일보』는 이와 더불어 철저한 독자영합주의에 입각한 상업주의였다는 점에서 큰 차이를 보인다. 『신아일보』의 독자를 위한 상업주의는 동시기 재벌을 배경으로 탄생한 『중앙일보』의 등장과 함께 신문계 전반이 성장 위주의 경영전략으로 전환하는 기폭제가 되었다는 데 의의가 있다.

계가 조성된 것이다. 이로 인해 1920~30년대에 형성되었던 신문과 문학과 관련된 유산들의 변용이 불가피했고 아울러 신문과 문학의 관계가 재조정될 수밖에 없었다.

해방직후에는 그 관계가 그대로 유지된 면이 없지 않다. 『서울신문』에는 학예면의 개설이 일정기간 지속되었으며, 학예면을 문화면으로 변경시킨 『동아일보』, 『조선일보』에서도 문화면의 중심에 문학을 배치했다. 새로 창간된 『경향신문』도 문화면을 신설해 고정화시켰다. 대체로 주1회 정기적으로 문화면을 개설했기 때문에 총량적으로는 문학의 비중이 상당히 축소된 것이었다. 다만 문화면에서 문학이 중심을 차지했다는 점에서 문학의 가치는 여전히 살아있었다고 볼 수 있다. 물론 작품보다는 문학기사(번역물 포함)가 위주였다.

그렇지만 그 양상은 한국전쟁 후 신문발행이 정상화된 이후로는 완전히 달라진다. 문화면의 정기적 개설이 여전했고 여기에다 부록 형태로 문화 지면이 다소 확장되어 감에도 불구하고 문예는 과학, 독서, 가정, 여성, 학술 등과 교대로 평균 주1회 배정되었으며 그 지면구성 또한 기존의 문학에다 오락, 연예, 방송, 음악, 무용, 미술, 영화 등이 추가로 편입되어 다양화된다.[28] 적어도 문예물에서만은 지배적 위상을 점했던 문학의 입지가 완전히 추락하게 되는 것이다. 이전 문학이 점유하고 있던 자리는 영화와 연예가 대체한다. 그 추세는 1970년대까지 지속된다.

해방직후에 문학 중심의 문예면 구성이 가능했던 것은 문인들이 대부분의 신문에 기자로 포진해 나름대로 편집권을 확보하고 있어서였다. 염상섭과 정지용이 『경향신문』의 편집국장과 주간으로 각각 신문의 편집을 주관했던 것이 한 예다(박영준, 최영수는 문화부 기자). 『자유신문』같은 경우는 문화면을 강화하기 위해

---

28) 예술의 제 분야를 균등히 배분하는 신문문화면의 체재에 대한 문인들의 불만과 비판이 지속적으로 제기된 바 있다. 주된 근거는 문학이 활자문화로서 타 예술분야와 그 사회적 실현방식이 전혀 다르다는 것이었다. 즉 영화는 극장, 음악은 음악회나 레코드, 연예는 전파매체, 무대예술은 무대에서 각각 실현됨에 비해 문학은 지면을 통해서만 실현되는 것이기 때문에 문화면의 지면은 문학에 전폭적으로 할애되어야 한다는 논리였다. 나아가 과거에 비해 극도로 축소된 지면 할당을 하고도 신문문화면이 문단을 지배하려는 풍조가 여전하다는 것은 모순이라는 것이다. 「무소속문인 鼎談」, 『현대문학』, 1968.4, 23쪽.

김기창을 삽화가로 촉탁한 바 있다(1947). 주지하다시피 1930년대는 문인기자(기자작가)의 전성기였다. 특히 카프해산을 계기로 문인들이 신문에 몸을 담게 되면서 3대 민간지의 학예부를 중심으로 '문인기자집단'이 형성된다. 『조선일보』에는 염상섭, 현진건, 김동인, 김형원, 김기림, 채만식, 홍기문, 함대훈, 이원조, 한설야, 주요한, 이육사, 백석, 김기진, 이병각, 조경희, 안석주, 김규택(화가) 등이 있었고, 출판부에는 이은상, 윤석중, 백석, 노자영, 최정희, 노천명, 김내성, 계용묵, 이헌구, 이석훈, 최영주, 정현웅(화가), 최근배(화가) 등이 있었다. 『동아일보』(『신동아』 등 자매지 포함)에는 이광수, 현상윤, 설의식, 주요한, 이익상, 서항석, 현진건, 최승만, 윤백남, 주요섭, 이은상, 변영로, 임병철, 박영준, 이하윤, 정래동, 홍효민, 이무영, 심훈 등이 있었다. 『매일신보』(최상덕, 최서해, 조용만, 백철, 최금동, 조풍연, 이봉구, 이승만(화가) 등)까지 포함하면 대부분의 문인들이 신문기자로 재직했었다고 볼 수 있다.

물론 이들은 한 언론사에 지속적으로 소속되어 있기보다는 여러 신문사를 옮겨 다녔다. 김기림과 같이 공채인 경우도 있었지만 대부분 인적네트워크에 의해 움직였기 때문이다. 문인기자 집단이 문단권력을 행사하거나, 각 신문사 학예부의 섹트주의가 형성돼 문인들의 집필 범위가 제한되는[29] 문제도 없지 않았지만, 이들로 인해 학예면이 문학담론의 중요 생산장이 되고 이로써 1930년대 문단과 문학 경향에 중대한 변화가 초래된 바 있다.[30]

이 같은 문인기자의 전통이 해방직후에는 지속된다. 앞서 언급했듯이 주요 신문사의 기자로 종사하거나 아니면 신문편집의 주도적 역할을 담당하기도 했다. 상당수는 잡지기자로 활동한다. 이들의 문학적 기여 문제는 좀 더 섬세한 고찰이 필요하지만, 문학의 위상과 사회적 기능을 유지하는데 어느 정도 기여했을 것으로 추정해볼 수 있다. 하지만 1950년대에 접어들면 문인기자의 전통은 완전

---

29) 조용만, 『울밑에 핀 봉선화야』, 범양사출판부, 1985, 125쪽. 삽화가의 경우도 마찬가지였다. 중요 삽화가들 대부분이 신문에 소속된 기자였던 신분관계가 작용한 듯하다. 『조선일보』에는 안석주, 김규택(웅초), 정현웅이 『동아일보』에는 이상범, 노수현, 이마동이 『매일신보』는 이승만이 각각 대부분의 삽화를 담당했다.

30) 문인기자와 학예면의 관계에 대해서는 조영복, 「1930년대 신문학예면과 문학담론 형성의 의미; 조선일보를 중심으로」, 『한국언론학술논총』, 커뮤니케이션북스, 2003 참조.

히 사라진다. 문인기자는 문화부 소속의 몇몇에 불과했다. 특히 중앙일간지의 경우에는 매우 드물었다. 저널리스트들이 주로 문화면을 관장했다. 『조선일보』의 경우 윤고종(1954.1~57.1), 곽하신(1959.11~60.5), 조덕송(1960.10~61.10), 유경환 (1972.12~73.6) 등이 문화부장으로 재직한 바 있으나, 문화면의 편집권을 경영진이 관장하는 상태에서 이들의 영향력은 미미할 수밖에 없었다. 연재소설의 작가 선정에 부분적으로 참여하는 정도였다. 과거 『매일신보』계열 문인기자들(최상덕, 조풍연, 이봉구 등)이 여러 신문의 편집책임자로 참여했지만 이들 또한 신문 내부에서의 영향력은 마찬가지의 이유로 제한적이었고 봐야 한다. 선우휘, 서기원 같은 경우는 저널리스트로서의 활동으로 봐야 한다.

중요한 것은 이런 문인기자의 숫자보다는, 물론 이와 관련이 있는 것이지만, 문화면의 전문성이 결여되었다는 데 있다. 문화면에서의 문학의 질적 저하가 두드러졌다. 시대정신을 반영한 문학담론의 생산은 불가능했고 의미 있는 논쟁의 장으로도 기능하지 못했다. 단편적인 문학 기사나 정기적인 작품평(월평, 계간평, 연간평 등) 정도가 실리는 정도였다. 그 원인으로는 문화면을 '의붓자식'으로 취급한 신문사의 제작태도와 함께 문화면의 특성을 제대로 살릴 수 있는 일관된 편집 방침의 부재, 문화면 제작자의 전문성 결여 등이 지적된 바 있다.[31] 8면 체제에서는 여기에다 문화면 편집의 중점이 학술, 문화에서 취미, 오락으로 옮겨지고 독자층의 질적 저하와 수적 증가에 대응하여 토픽 중심, 뉴스 중심의 문화면 내용 구성이 강제됨으로써 문화면의 액세서리화가 가중되는 형편이었다.[32]

과거 문화면(학예란)의 전통과 전혀 다른 양상으로 전개된 문화면에 대해 문인들은 전통의 왜곡으로, 신문의 타락으로 간주했고 그 결과 문화면은 문단적 관심을 받지 못했다. '새로운 맛이 없는 형식적인 문화란'(46%)이 독자들의 신문에 대

---

31) 「신문 문화면에 대한 시시비비」(좌담), 『연합신문』, 1950.1.22, 임권재, 「신문문화면에 대한 시비」, 『문화세계』, 1953.8, 102~105쪽.

32) 홍사중, 「악세사리 문화면」, 『사상계』, 1962.7, 196~199쪽 참조. 홍사중은 신문문화면이 액세서리화된 이유로 ①신문자체가 문화면을 액세서리 시하고 있다는 것, ②문화에 대한 독자의 태도를 그대로 반영시키고 있다는 것, ③필자들 스스로에게도 문화를 액세서리마냥 여기고 있다는 것, ④우리나라의 문화자체의 성격이 액세서리적인 요소를 지니고 있다는 것 등을 들고 있다.

한 불평 중 네 번째로 많았다는 사실[33]에서 확인할 수 있듯이 독자들의 불만 또한 매우 높았다. 1950년대 중반부터 문학전문성을 갖춘 잡지문인들이 대거 포진한 잡지(문학지, 종합지, 대중오락지)가 문학의 거점기관이 된 것과 정확히 비교된다. 문학의 비중 축소와 더불어 문화면의 수준 저하는 신문에서 문학의 존재를 주변화시키는 요인이 되었던 것이다.

이러한 조건에서 신문이 문학에 대해 압도적인 주도권을 잡는다. 신문에 있어 문학은 하나의 상품에 불과하며 문인은 그 상품을 공급하는 기능적 존재일 뿐이었다. 그 관계 변화를 상징적으로 보여주는 것이 김팔봉의 연재소설『군웅』의 게재중지 사건이다(1955.11). 이 사건은『서울신문』에 연재 중이던 이 장편이 연재가 거듭되면서 흥미가 떨어지고 독자들의 호응이 격감되었다고 판단한 신문사측이 연재중지를 일방적으로 통보하면서 발생했다. 과거 검열이나 정·폐간과 같은 불가피한 상황에서 연재가 중단된 경우는 더러 있었으나 흥미문제로 연재를 중단한 것은 초유의 일이었다. 신문이 더 이상 문학적 고려를 하지 않게 되었다는 것을 잘 보여준 사례이다.

당연히 문인들의 반발이 거셌다. 염상섭을 주축으로 '한국작가권익옹호위원회'를 결성해 이 사건을 반문화적 테러행위로 규정하고 서울신문에 집필거부를 선언한 '61인 성명서'로 강력하게 대응함으로써 신문과 문인의 힘겨루기가 본격화된다.[34] 성명서 발표를 계기로 연재가 재개됨으로써 외형적으로 신문사가 문인들에 굴복한 모양새였지만, 실질적으로는 신문의 압도적 주도권은 이후에도 계속됐으며 더욱 강화되는 추세를 보인다. 물론 문인들도 신문에 대해 경멸적 태도로 일관했다. 문단은 신문에 절대적으로 의존하지 않아도 존립할 수 있는 여건이 조성되어 있었기 때문이다. 즉 3대 문예지를 거점으로 순수문학의 영토를 확보했기 때문이다. 따라서 신문으로부터 문단적 자립과 문학적 독립이 어느 정도

---

33) 「신문독자의 각종 여론조사결과」,『동아일보』, 1960.1.5.
34) '61인 성명서'의 일 구절을 통해 당시 신문과의 관계에 있어 문인들이 처한 위상을 여실히 확인할 수 있다. "작가들로 하여금 자기들의 상행위의 앞잡이로 또는 판매부수를 올리는 선전요원으로 부려먹으려 함으로써 노예화하려 들었고, 따라서 그 작자의 작품세계를 파괴함으로써 한국의 장편소설을 기형적인 방향으로 이끌어왔음은 세계의 어느 나라에서도 볼 수 없는 한국 태반의 신문사가 취한 악폐라 하겠다.",『동아일보』, 1956.9.22.

가능했다. 종합지 및 무수히 난립한 대중지들도 이에 큰 보탬이 되었다. 이 같은 신문에 대한 문단의 경멸적 태도가 확산되면서 신문문학, 특히 신문연재소설에 대한 과잉된 부정적 태도가 더욱 고착됐으며 본격/통속(대중) 문학의 위계적 인식이 강화된다.

그런데 1950년대 중반부터 대두된 신문의 상업주의가 구체적으로 드러나는 것은 우선 지속적인 증면이다. 증면 경쟁은 『서울신문』이 1955년 1월 1일 조석간 각 2면제를 단행하고 이에 대응해 『동아일보』, 『한국일보』가 조간 4면제를 시행함으로써 촉발된다. 1956년부터는 『조선일보』가 5·15 정부통령선거를 계기로 발행부수가 늘자 조간 2면, 석간 4면의 6면 체제로 전환하자(1956.4.1), 『경향신문』도 이에 가세해 조간 2면, 석간 6면의 6면제와 더불어 1958년 8월부터는 매달 타블로이드판 4면의 부록을 발행하는 체제로 확대했다. 1958년에는 그 경쟁이 더욱 확대되는데, 1958년 10월 『서울신문』이 조석간 8면제를 전격 단행하자 12월 27일부터는 『경향신문』, 『동아일보』, 『조선일보』, 『연합신문』이, 1959년 1월 6일부터는 『한국일보』가 뒤따르면서 조석간 8면 시대가 열린다(지방지도 대부분 이 즈음에 2면에서 4면으로 증면한다). 평균 조석간 10면 발행체제였던 1930년대 수준으로까지는 복구되지 않았다 할지라도 해방직후의 타블로이드 2면 체제에 비해서는 엄청난 증면이라 할 수 있다. 1960년대에도 주 56면 발행에서 더 이상 증면되지 않는다. 1962년 7월 군사정부가 '권장'이란 이름으로(실제는 정론성을 약화시키기 위한 일 방편으로) 조석간제를 폐지하고 단간제 발행을 지시한 뒤(단간제하 중앙지는 매일 12면, 주 합 52면 가능) 증면의 가능성이 보장되었지만 1964년 6월부터 대부분의 일간지가 용지부족의 이유로 주 36면으로 감면한다. 1970년이 돼서야 주 48면이 회복된다.

신문들이 앞서거니 뒤서거니 증면경쟁을 벌였던 것은 광고수입의 확대, 독자 획득을 통해 수익성을 개선하기 위한 때문으로 보인다. 그러나 어찌 보면 시대적 상황에 역행하는 것이었다. 당시 사회문화적, 경제적 상황을 감안할 때 광고의 원천이 일천했고, 신문의 난립에 따른 신문구독자의 분산과 발행부수의 지속적 증가가 제한될 수밖에 없었다. 따라서 광고수입의 부분적 증대를 감안하더라도 증면에 상응한 독자확보(판매부수)가 원활하게 이루어질 수 없었으며, 실제 그런 결과가 초래돼 증면책이 오히려 신문자본의 수익성을 악화시키는 원인이 되었다. 신문 간 무한 경쟁체제가 야기한 무모한 전략적 선택이었다고 봐야 한다. 신문자본간 경쟁뿐만 아니라 정치경제적 상황(특히 전쟁 고원경기)에 의해 추동된 1930년대 증면경쟁과 전혀 차원이 다른 것이기도 했다.[35]

조석간 8면제가 정착된 이후에도 『동아일보』의 광고수입은 전체 수입의 약 30%에 수준에 그쳤으며, 수익구조에서 광고수입이 50%가 되는 것은 1969년에 이르러서였다. 결국 이 때까지 수익성은 지대(판매) 수익에서 창출할 수밖에 없었는데, 증면에 따른 독자확대 수준이 이를 뒷받침해주지 못하는 형편이었다. 더구나 신문용지 가격의 지속적 상승이 신문자본의 수익성을 근본적으로 제약하고 있었다. 결국 신문구독료의 단계적 인상이 불가피했고, 자매지(신문사잡지) 발간을 중지하고 모지에 총력을 기울이는 긴축 경영을 펼 수밖에 없었다. 증면이 문학에 끼친 영향은 거의 없다. 증면 이후의 지면 구성을 살펴보면, 영화를 중심으로 한 광고의 확장, 연예기사와 같은 대중적 독물의 대폭적 확충, 독자란, 문화란, 지방란의 확대 등이 눈에 띤다. 문화란이 확장되었어도 그것이 문학에 할애되지는 않는다. 다만 증면경쟁과 더불어 이루어진 부록경쟁의 결과로 문학 분야의 지면이 다소 늘어나는 정도였다. 『한국일보』가 일요판 부록(타블로이드 8면)에 소년소설을 릴레이로 연재한 것이 대표적인 사례이다. 정부수립 직후 『민주일보』가 별책부록 '일요민주'를 발행하면서(1948.9.1) 야기된 일요판 발간 경쟁이 재연된 것인데[36] 그것조차 1959년 11월 22일에 폐지된다. 이 점도 문예면 중심의 증면이 된 1930년대와 뚜렷이 대비되는 지점이다.

상업주의 산물의 또 다른 하나는 문학에 대한 적극적인 고려다. 신문은 문학에 대한 지면 배분을 대폭 축소했음에도 불구하고 상품성이 큰 문학만을 선별해

---

35) 1930년대 신문의 증면경쟁의 배경과 문예면 증면의 이유와 결과에 대해서는 한만수, 「만주침공 이후의 검열과 민간신문 문예면의 증면; 1929~1936」, 『한국문학연구』37, 동국대 한국문학연구소, 2009 참조.

36) 별책부록 '일요민주'는 주간 내외정세에 대한 평론·해설과 취미·오락기사로 구성했다. 별도의 주간지를 발간할 여력이 없던 신문사들이 주간종합지의 대안으로 일요판을 채택하면서 경쟁적으로 발간하는데 종이 사정이 열악해지는 상황에서 대한신문업무협회의 결의에 의해 1950년 2월 1일부터 모든 일요판 발행이 중지됐다(『자유신문』, 1950.1.29.). 일요판 발행이 일간신문이 담당하기 버거운 신속한 보도와 선전 계몽의 용도로 발간되었다는 사실에 주목할 필요가 있다.

특화시키는 다소 모순적인 전략을 구사했다. 여전히 문학만큼 가독성이 높은 매력적인 상품은 없었기 때문이다. 상품성을 기준으로 한 선택과 집중의 전략이다. 이는 우선 문학을 통한 독자창출 수단, 즉 독자문예란의 설치, 부정기적인 독자현상모집, 신춘문예의 본격적인 재가동이다. 신춘문예가 규범적 문학장르 외에 시나리오, 영화소설, 라디오드라마, 소년소설 등 신흥하는 문예까지 포함하는 장르적 잡종성을 보인 것은 이 때문이다. 그 장르적 잡종성은 1960년대로 넘어가면 낡은 문학으로 간주되는 시조, 한시까지 부활시키는 것으로 확대된다.

다른 하나는 장편 연재소설의 집중적 배치다. 다시 말해 신문이 최고의 문학상품으로 택한 것이 연재소설이다. 신문소설이 과거에도 신문의 주력 문학상품이었다는 사실을 감안하며 특기할 것이 못 된다고 간주할 수도 있으나, 신문에서 차지하는 비중은 과거와 비교할 수 없을 정도였다. 1950년대 중반 이후 신문에서 단편소설이나 시를 찾아보기란 매우 어렵다. 1960년대에 접어들면 신춘문예당선작 외에는 단편 게재는 없다고 해도 과언이 아니다. 더러 중편 정도가 연재될 뿐이다. 그 자체만으로는 상품이 될 수 없는 매우 비자본제적인 양식인 단편소설에[37] 신문이 관심을 둘 리가 없었을 것이다. 시도 마찬가지이다. 이제 신문소설은 1930년대에 못지않게 아니 능가하는 제도적 토대, 즉 신문의 품안에서 무한 성장의 발판을 마련한 것이다. 신문소설이 신문의 발행부수를 좌우하는 결정적 요소이자 신문의 품위를 드러내주는 지표로까지 기능하는 시대, 신문판매의 첨병이 되는 시대가 도래한 것이다. 이에 수반되어 소설 삽화의 중요성도 강조된다.[38]

신문 연재소설이 신문의 간판상품으로 군림하면서 여러 새로운 문단(학)적 현상이 야기된다. 먼저 연재소설 상품 조달을 위한 동원의 대상으로 전락한 작가들에게 암묵적인 신문선택적 글쓰기가 강요되면서 이를 둘러싼 작가층의 분화가

---

37) 서영채, 『소설의 운명』, 문학동네, 1996, 235쪽.

38) 시각언어로 일컬어지는 삽화는 출판문화의 활성화와 대응해 1950년대부터 그 중요성이 더 강조된다. 연재소설에서의 삽화는 그림으로써 글의 내용과 시각적인 면에서 이를 보충해주는 역할을 하며 삽화가 졸렬할 때 그 소설을 읽으려던 독자의 흥미는 반감될 수밖에 없다. 따라서 삽화는 소설을 읽게끔 독자를 어느 정도 유도하는 의의가 있다. 조능식, 「시각과 언어」, 『경향신문』, 1955.9.28.

나타난다. 신문의 입장에서는 연재소설의 상품성에 사활을 건 이상 그 가치를 극대화하는 쪽으로 돌진하는데, 그 과정에서 제일 중요한 것이 집필 작가의 선택이었다. 그것은 문학적 권위와 아울러 대중적 성공가능성이 보증된 작가를 섭외하는 것이 신문의 성패를 좌우하는 결정적 요소가 되었기 때문이다. 염상섭과 정비석이 섭외 1순위였다. 또 과거 대중작가로 명성을 날렸던, 즉 필력이 검증된 박종화, 김말봉, 박계주, 김내성, 장덕조, 이무영, 박영준 등이 선호되었다. 작가(작품)의 선택은 1930년대 양대 신문사가 운영했던 자체 심사기구, 즉『조선일보』의 장편소설심사위원회, 『동아일보』의 연재물심사위원회를 계승·부활시킨 기획위원회를 별도로 운영해 엄정하게 심사했다.

　신문사들은 이들 검증된 기성작가들을 활용하는 한편 문단의 주목을 받고 있던 신인을 선별해 지면을 대폭 지원함으로써 새로운 인기작가, 가령 유주현, 최인욱, 김광주, 박경리, 강신재 등을 만들어가기도 했다.[39] 그 흐름 속에서 작가들은 신문소설의 지닌 본원적 매력 때문에 신문선택적 글쓰기에서 자유로울 수 없었다. 작가들 입장에서 볼 때 문단의 과밀화에 따른 발표기관의 절대적 부족에서 오는 작가들 간의 치열한 경쟁에다[40] 전국적 포괄성을 지닌 신문매체의 영향력 그리고 신문소설의 고유한 특장, 즉 매일매일 광범위한 독자에게 가장 쉽게 접촉·전파되고 지속적인 영향을 준다는 점에서 작가들은 신문이 의도한 목적과 방향에서 결코 자유로울 수 없었다. 특히 신문(소설)은 그 어떤 매체보다 대중적,

---

39) 해방 30년 5대 중앙일간지의 연재장편 발표 편수에 대한 당대 조사결과를 보면 정비석이 18편으로 최다작이었고, 그 다음으로 유주현 13편, 최인욱과 박영준이 12편, 안수길이 11편, 장덕조가 10편, 김광주와 박경리가 9편, 박종화와 박계주가 8편, 박화성이 7편, 이무영과 강신재가 6편, 염상섭과 김팔봉이 5편 등이었다. 『동아일보』, 1977.3.5.

40) 그것은 문인증가와 발표기관의 불일치에서 오는 고질적 문제로 1960년대 이후 그 불일치가 증폭되면서 문인들의 신문선택적 글쓰기가 대폭 확대된다. 문단 규모의 양적 팽창은 1975년 통계를 통해 확인해 볼 수 있다(김형윤, 「문학인맥 30년」, 『문학사상』, 1975.9, 249쪽). 당시 작품 활동을 하는 문단인 총수는 1,100명이며, 세부적으로 시인 565명, 소설가 245명, 평론가 77명, 희곡작가 52명, 아동문학가 109명, 수필가 52명의 분포를 나타낸다. 다소 엄격한 기준을 적용해 아동문학가와 수필가를 제외하더라도 939명에 이른다. 그 팽창의 정도는 이전의 문인 수에 대한 공식적 통계, 이를테면 1949년 3월 기준 133명(『백민』, 1949.3, 257쪽), 1950년 2월 기준 140명(『문예』, 1950.2, 188쪽), 1955년 5월 기준 173명(『현대문학』, 1955.6, 216쪽), 1959년 11월 기준 379명(『자유문학』, 1959.11, 250쪽) 등과 비교해보면 확연해진다. 1949년에 비해 670%의 증가이다. 상당수의 납·월북 문인과 작고 문인을 감안하면 그 증가폭은 더욱 확대된다.

사회적 명성의 보증과 물질적 보수면에서 매력적인 상품이었다. 그 매력은 신문 연재 기간 동안에만 그치지 않고 단행본 출판과 기타 연극·영화화되어 연쇄적인 환금성을 지님으로써 더욱 높아진다. 『자유부인』이 본보기다. 실제 1950~70년 대 신문연재소설의 상당수가 연재 종료 후 곧바로 단행본으로 출간되는 특징을 나타내며, 대중적 성공을 거둔 연재소설 대부분이 영화화됐다.

따라서 작가들은 자기문학의 상품화를 인정하고 신문에 귀의하느냐, 아니면 철저히 거부하고 다른 출구를 찾을 것이냐 하는 기로에 놓이게 된다. 신문소설 쓰기는 이제 문인들에게 작가윤리와 결부돼 인식되기에 이른다. 작가 개개인의 윤리적 결단에 따라 명분론, 즉 신문소설 쓰기를 매문행위로 간주하고 기피하는 부류와 현실론, 즉 신문문화면을 적극적으로 활용하는 신문친화적인 글쓰기로 나간 부류로 나뉘지만 문단적 차원으로 볼 때는 대체로 현실론의 방향이 승하게 된다. 작가들에게 신문소설은 '타협의 문필노동'[41] 즉, 현실과 신문사와 생활과 독자와 타협하면서 차선책이나마 신문소설 나름의 문학성을 제고해야 하는 새로운 난관에 봉착하게 된 것이다. 실제 신문소설을 경멸했던 대다수의 순수문학론자들도 1960년대에 이르면 점진적으로 신문소설 쓰기에 참여한다. 그것은 문학작품의 상업성을 적극적으로 옹호함으로써 작가의 사회적 지위를 향상시킬 수밖에 없다는 문인들의 인식의 전환과 맞물려 증폭된다.[42]

유념할 것은 그 흐름이 1970년대에 접어들면 완전히 새로운 차원으로 전환된다는 점이다. 즉 1960년대까지는 타협적 문필노동이라는 차원에서 신문 연재소설을 인식하는 태도가 주류를 형성했으나, 최인호, 조해일, 조선작, 황석영, 박완서, 김주영, 한수산, 송영, 이정환 등 1970년대 신문소설을 석권하다시피 한 신진작가들에 의해 신문연재에 대한 과거의 의식적 기피태도와 불가피한 타협이라는 태도 모두가 거부되고 아울러 당대 대중들의 삶과 의식을 사실주의적 방법

---

41) 김광주, 「破格·破型·破則의 작품—신문소설에 바라는 것」, 『경향신문』, 1956.5.8~12.
42) 1969.3.11~13 국제펜클럽 한국본부가 주최한 세미나(「한국작가의 사회적 지위」)를 통해 문인들의 이 같은 인식의 변화를 감지할 수 있다. 인세, 고료, 저작권 등과 같은 소극적 권익보호를 통한 방법보다 작품의 상업성을 적극적으로 옹호함으로써 작가의 사회적 지위를 개척해나갈 수밖에 없다는 의견이 다수 개진된 바 있다. 『중앙일보』, 1969.3.15.

으로 형상화해 문학적 성과와 대중적 인기를 동시에 성취해냄으로써 신문연재는 나름의 문학적 독자성을 인정받기에 이른다.[43] 그것은 본격/대중소설의 고질적 대립 인식이 신문소설 창작을 통해 해소되는 과정이었으며 신문소설에 대한 문단(인)의 부정적 관념을 수정시키는 데도 상당한 기여를 했다. 작가들에게 있어 신문연재는 대중사회로의 변모와 결부돼 더 이상 윤리적 결단을 감행해야 하는 선택 사항이 아닌 문학적 실천의 효과적 장이 된 것이다.

그리고 신문 연재소설의 통속화가 가일층 촉진된다. 신문이 연재소설을 특화 상품으로 선택한 이상 그 상품성을 극대화시키는 것이 최우선적인 목표로 설정됨으로써 문학성에 대한 고려는 배제될 수밖에 없었다. 독자대중의 호응도가 배치의 핵심 기준이 된다. 신문에는 제2의 '자유부인', 제2의 정비석이 절실했을 뿐이다. 그것은 앞서 『군웅』 게재중지 사건에서 보듯 엄격하게 적용되었다. 따라서 1930년대에 존재했던 불문율과 같은 집필 도덕이었던 신문/작가의 폐쇄적 섹트화는 사라진다.[44] 연재라는 형식에서 오는 신문소설 본래의 제약성에다 신문의 상품성 극대화가 맞물리면서 신문소설은 통속화의 길을 걸을 수밖에 없었다.

물론 신문소설의 통속화는 신문소설의 등장부터 있어왔다. 특히 애국계몽기에는 대중적 교화운동의 차원에서 또 부녀자를 비롯해 새로운 독서계층으로 부상한 대중들을 신문독자로 유인하기 위한 방편으로 신문소설의 유용성이 부각되면서 거의 모든 신문들이 신문소설을 연재했다.[45] 그 특유의 발생 동기로 인해 신문소설은 계몽성과 통속성을 강하게 지닐 수밖에 없었으며, 이후 이 두 요소의 조화, 긴장, 대립의 다양한 결합을 노정한 채 적어도 1930년대까지는 장편소

---

43) 김병익, 「70년대 신문소설의 문화적 의미」, 『신문연구』, 관훈클럽, 1977 가을, 48~49쪽 참조.

44) 문인기자가 소속 신문 외에 동업지에는 어떠한 글을 게재해서도 안 된다는 규칙을 말한다. 가령 "『조선중앙』에 끝까지 있었다면 나는 동아와 조선에는 장편을 못 실어 보았을는지도 모른다. 중앙의 객원으로 소설만 써대기로 하였다. 소설만 써대는 직분으로 『황진이』를 쓰다가 거의 끝날 무렵에 정간된 것. 그래서 조선에 『화관』을 쓸 수 있었다."(이태준, 『무서록』, 서음출판사, 1988, 134쪽)를 통해서 그 일단을 확인해 볼 수 있다. 문인기자에게만 국한된 것은 아니었다. 일례로 방인근이 『동아일보』에 『마도의 향불』을 연재하는 도중에 『매일신보』에 『방랑의 歌人』을 동시 기고해 게재한 것을 『동아일보』가 규지하고 『동아일보』에 실려 나가게 된 글을 인쇄 직전에 판을 깎아 버리고 연재를 중단시켜버린 바 있다(『동아일보』, 1955.8.19). 김동인도 이 사실을 증언해주고 있다(김동인, 「문단30년의 자최(八)」, 『신천지』제4권1호, 1948.1, 218~219쪽).

45) 천정환, 『근대의 책읽기』, 푸른역사, 2003, 76~77쪽 참조.

설의 주류로 나름의 긍정적 기능을 발휘했다. 그것이 1950년대 이후로는 신문의 상업성이 극대화됨으로써 계몽성이 대폭 약화 내지 제거되다시피 하고 통속성이 현저하게 강화되는 추세를 보이게 된 것이다. 계몽의 유용한 도구로서의 신문소설의 역사적 기능이 신문자본의 운동방식의 전환과 더불어 그 시효를 상실하게 된 것이다.

중요한 것은 그렇다고 신문소설 전반을 일괄해 통속소설로 볼 수 없을뿐더러 그 통속성을 비문학으로 단정할 수는 없다는 사실이다. 엄정한 옥석가리기가 필요하겠지만, 신문소설 특유의 오락적 기능과 시대성을 아울러 갖춰 일정한 문학적 성취를 이루어낸 연재소설이 해방 후에도 다수 존재했다. 『무정』이후 한국 신문 연재소설 가운데 사회적으로 영향을 준 10대 작품에 정비석의 『자유부인』, 박종화의 『임진왜란』, 유주현의 『대원군』, 최인호의 『별들의 고향』이 선정되었다.[46] 이들 작품뿐만 아니라 상당수의 신문 연재소설이 일부 지식인계층의 극단적 부정론과 평단의 외면 속에서도 상품성과 문학성을 겸비한 가운데 소설의 지평을 개척·확대하는 성과를 거둔 바 있다.

설령 통속적 성향을 농후하게 지녔다 하더라도 거기에는 시대성과 사회성을 풍부하게 지니고 있었다. 전쟁, 민주주의와 관련된 소재와 내용을 주조로 했던 1950년대 신문 연재소설, 예컨대 『자유부인』, 『失樂園의 별』, 『日蝕』등은 전후사회의 변모를 새로운 시대정신으로서 그려내고 있으며, 『자유부인』같은 경우는 당시의 풍속적 수준으로 비추어보면 시대를 앞서 나간 면도 있었다.[47] 또 1970년대 도시화된 대중의 풍속, 삶의 양식, 그들의 일상적인 세속적 의식을 형상화한 일련의 신문소설들, 가령 최인호, 박완서, 조해일, 조선작, 황석영 등의 작품은 당대 대중사회 및 대중문화적 구조를 예리하게 반영해내고 있다. 아울러 최인호의 지적처럼 통속성, 대중성을 강하게 지닐 수밖에 없는 신문소설이 국민들의 독

---

46) 오인문, 「신문연재소설의 변천」, 『신문연구』, 관훈클럽, 1977 가을, 68쪽. 식민지시기의 작품으로는 이광수의 『무정』과 『흙』, 심훈의 『상록수』, 홍명희의 『임거정전』, 박계주의 『순애보』, 김말봉의 『밀림』 등이었다.

47) 1950년대 신문소설의 새로운 전개에 대해서는 정태용, 「신문소설의 새로운 영역」, 『사상계』, 1960.4 참조.

서 장려, 작가와 독자 사이의 거리를 좁혀 주는데 큰 기여를 했다는 사회문화사적 의의도 묵과할 수 없다.[48] 당대 뿐 아니라 지금까지도 통념으로 자리 잡고 있는 순문예지=본격문학/신문(소설)문학=통속문학이라는 피상적 인식 태도, 상품성과 문학성에 대한 상호배제적 인식에서 벗어나 신문소설의 통속성에 대한 적극적인 평가가 필요하리라 본다. 신문소설의 통속화가 비등하면서 문학/비문학의 극단적인 분할구도가 일정 기간 지속된 점만은 환기해둘 필요가 있다.

3. 신문 연재소설의 양상과 그 저변

그렇다면 해방 후 신문 연재소설의 규모는 어떠했을까? 전체 편수보다는 식민지시기와 비교를 통해 그 특징적 양상을 검토해보기로 한다. 이를 위해『동아일보』와『조선일보』만을 대상으로 한다. 부정확한 점이 꽤 많으나 두 신문의 사사(社史)에 제시된 목록을 기준으로 한다. 보통 10회 이상 연재된 경우를 연재소설로 분류하는 관례를 따른다.

『조선일보』는 1920~30년대 20년 동안 총 138여 편이 연재되는데 단편은 89편이고(70~100회의 중편 9편 포함) 장편은 49편 정도다. 장편 중에서 번역(안)물은 7편이다(1920년대가 대부분). 연재장편의 추이를 보면 대략 1927년부터 매년 평균 3~4편이 연재된다. 단편은 1927년까지 주류를 이루다가 1930년대는 단편릴레이형식으로 게재된다. 가령 1934.9.22~12.28(7편), 1936.2.23~5.3(4편), 1936.5.8~7.18(4편), 1938.4.10~12.24(11편, 여류단편릴레이–백신애, 최정희, 이선희, 장덕조 등), 1938.9.3~12.24(3편, 신인단편릴레이–허준, 박노갑, 김동리) 등이다. 특징적인 연재로는 한용운의 소설 연재, 즉『흑풍』(1935.4.9.~36.2.1, 241회),『박명』(1938.5.18.~39.3.12, 223회),『삼국지』(1939.11.1.~40.8.11, 폐간으로 인해 281회 중단)와 홍명희의『임거정전』4회 연재, 즉 1928.11.21~29.12.25(301회), 1932.12.1~34.9.4(541회), 1934.9.15~35.12.24(239회), 1937.12.12~39.7.4(264회) 연재된 점이다. 삽화는 1924년부터 실리기 시작해 상시화 되는데,

48) 「신문소설을 말한다」(鼎談),『신문연구』, 관훈클럽, 1977 가을, 86쪽.

안석영이 37편(1927.5~36.7, 장편은 15편), 정현웅이 14편(1937.1부터, 장편 4편), 김규택이 17편(1933년부터) 등이 주로 담당했다.

해방~한국전쟁 전까지는 단편릴레이 6편(1948.12.1.~49.6.14)과 장편 2편(박태원의 『군상』과 염상섭의 『난류』)이 게재된다. 1950년대부터는 『취우』로 시작해 철저히 장편 위주가 되는데 그 흐름은 1970년대까지 관철된다. 다만 단편릴레이 5편(1955.7.12~9.13-최인욱, 안수길, 김이석, 박영준, 최정희)이 있었다. 삽화는 해방직후 단편릴레이는 김규택이 담당했고, 이후부터는 다양했다. 여러 편에 참여한 삽화가로는 김영주(7편), 이승만(3편), 김세종(4편), 박고석(3편), 우경희(8편), 황봉덕(3편), 김기창(2편) 등이다. 장편 연재소설이 곧바로 단행본으로 출간된 경우는 1970년대까지 19편이다(1950년대는 8편). 1950년대는 구세대 작가들이 주로 집필했고, 1960년대에 접어들어 비로소 해방 후에 등단한 작가들이 집필하기 시작했다.

『동아일보』의 경우는 20년 동안 총 127편이 연재되는데, 장편은 53편, 단편이 74편이었다. 번역(안)물은 1925년까지 두드러지며 그 후 단편이 몇 편 연재되다가 1933년부터는 사라진다. 『조선일보』보다 비교적 일찍부터 장편이 연재되며 1928년부터는 장편의 비중이 커진다. 이광수(13편/장편 8편), 염상섭(4편), 윤백남(8편/대부분 장편), 김동인(7편), 이무영(5편), 장혁주(3편/모두 장편) 등이 다작을 연재한 작가다. 소년소설이 더러 실렸다(1930년부터 8편). 1930년 12월부터 연재가 중단된 소설이 12편으로 『조선일보』에 비해 비교적 많은 편이다. 삽화는 1923년 6월부터(노수현) 실리는데, 이상범이 압도적으로 많아 43편(1928~36년), 노수현이 13편(1937년부터 집중적으로), 홍득순 11편(1937년부터) 등이다.

해방~한국전쟁 기간에는 단편 1편과 장편 3편(박종화의 『홍경래』, 김동리의 『해방』, 윤백남의 『태풍』)이 실린다. 1952년 8월 『野花』(윤백남)부터는 대부분 장편연재였다. 단편은 1956.3~6의 단편릴레이(5편), 1961년 1편, 1967.8~9(3편) 정도만이 눈에 띌 정도이다. 1962년 7월 손창섭의 『부부』 연재에서부터 비로소 해방 후 등단 작가의 연재가 시작된다. 삽화는 1950년대는 이상범이 주로 담당했으며, 1960년대부터는 다양해지는데, 이일녕 5편, 김영주 4편, 이순재 4편, 김세종 4편, 김경우 4편, 우경희 2편, 천경자 2편 등이다. 연재장편이 곧바로 단행본으로 출간된 경우는 1950년대 6편, 1960년대 11편, 1970년대 9편 등 총 26편이다.

두 신문의 사례지만 식민지시대에는 연재소설 중 장편연재의 비중이 50% 정도였음에 비해 해방 후 신문 발간이 정상화되는 1952년부터는 단편릴레이 기획 외에는 장편연재가 대부분이다. 다른 신문들도 엇비슷한 양상을 보인다. 『서울신문』은 1956년까지는 단편연재가 많다가 그 이후부터는 장편연재가 대부분을 차지하고 있으며, 『경향신문』은 1954~55년에 단편릴레이가 집중적으로 이루어지다가 그 이후부터는 장편연재가 주류를 이룬다. 1964.10~65.8의 중편릴레이(3편)가 눈에 띌 정도이다. 『한국일보』는 일요부록을 제외하면 창간호부터 장편연재(염상섭의 『미망인』) 중심이었다. 1975.7~11의 단편릴레이(5편)가 있었을 뿐이다. 이를 통해서 볼 때 중앙일간지의 경우 1950년대부터는 과거와 비교가 되지 않을 정도로 장편중심의 신문연재가 이루어졌음을 분명히 확인하게 된다. 앞서 언급한 신문의 상업주의 전략과 궤를 같이하는 현상으로 볼 수 있다.

신문 연재소설의 변천에서 특기할 것은 삽화가의 조직이 처음으로 탄생한 점이다. 1958년 일간신문 연재소설에 삽화를 그리는 삽화가들, 즉 이승만, 김기창, 이순재, 김영주, 박고석, 우경희, 김훈 등을 중심으로 '삽화가동인회'(회장:이승만)가 결성되어 삽화가의 권익 보호와 함께 삽화의 독자적 가치를 제고하려는 움직임이 등장한다. 실상 삽화는 신문 연재소설을 위해 필요한 하나의 보완재라는 관념이 고정화 된 상태에서 신문사와 연재작가 및 원문(소설)의 종속적 위치로 배치되는 것이 일반적이었다. 소설이 신문에 연재되고 나면 원고가 되고 출판까지 되지만 삽화는 연재와 동시에 그 가치가 실종될 수밖에 없는 한계에 대한 문제의식에서 비롯되었다.[49] 1959년부터 정기적인 삽화가동인 전시회를 통해 삽화의 가치를 증대시키는 노력과 병행하여 조선일보사와 공동 주최로 전국어린이사생대회를 개최하여 삽화가 양성 및 삽화에 대한 저변 확대를 시도한다. 어린이사생대회는 1970년대까지 이어졌다.

상업주의와 별도로 신문 연재소설의 존재양상에는 검열이 깊숙이 개제되어 있다. 신문소설은 연재소설이기 때문에 연재가 중단된다는 것은 연재소설로서의 생명을 상실하는 것이다. 신문사뿐만 아니라 작가에게도 치명적인 손상을 준

---

49) 「삽화가들은 말한다」(삽화가동인 좌담), 『조선일보』, 1959.4.26~28(3회).

다. 따라서 연재 중단은 불가항력적인 경우를 제외하고는 있을 수 없는 일이다. 1920~30년대에서는 크게 보아 4가지 정도의 이유 때문에 발생했다. 첫째, 작가의 개인사정, 특히 신병 때문에 중단되는 경우다. 가령 『재생』이 이광수의 신병으로 연재 도중(120회)에 중단됨으로써 김동인의 번안소설 「유랑의 노래」(36회)로 대체된다. 물론 연재가 재개되어 218회로 마무리된다. 둘째, 신문의 정·폐간으로 인해 중단되는 경우다. 예컨대 『동아일보』가 일장기말소사건으로 무기 정간되면서 김말봉의 『밀림』이 중단된 사례와 1940년 8월 두 민간지의 폐간으로 인해 『동아일보』의 『봄』(이기영), 『浪浪』(박노갑), 『조양강』(윤승한)이, 『조선일보』의 『삼국지』(한용운), 『청춘무성』(이태준) 등이 각각 중단된다. 셋째, 총독부의 검열로 인해 강제로 연재가 중단되는 경우다. 가령 현진건의 『흑치상지』(1939.12~40.1)가 민족의식을 고취시킨다는 이유로 52회 만에 중단된다. 이 같은 중단은 1931~33년과 1938년 후에 집중적으로 발생한다. 일제의 민족탄압이 극심했던 시기와 부합한다. 넷째, 앞서 언급했듯이 신문과 문인의 섹트화로 인해 중단되는 경우다. 신문사의 부당한 처사 때문인데, 표면화된 것은 방인근의 사례가 있었을 뿐이다. 다만 이 경우도 신문소설의 존재에 직·간접적으로 작용했다고 판단되어 포함시켰다. 식민지시기에는 주로 검열에 의해 중단되었다는 것을 확인할 수 있다.

1950년대 이후의 연재 중단도 과거와 비슷했다. 작가의 신병 때문에, 신문의 폐간으로 중단되는 사례가 극소수 있었고, 검열로 인해 중단되는 경우가 대부분이라는 것도 여전했다. 주목할 것은 그 검열의 주체가 다양해졌다는 점이다. 정치권력, 신문사 자체, 독자, 민간자율기구의 자율심의 등이다. 먼저 정치권력의 검열로 인한 중단은 직접적으로 칼날을 들이대기보다는 신문사를 경유해 이루어진다. 예컨대 정비석의 『인생화첩』(『국제신보』, 1951.10)의 연재 중단은 소설내용이 일반사회에 악영향을 끼친다는 관계당국의 주의 환기를 신문사가 수용해 연재 중단을 결정하고 작가가 이를 받아들임으로써 42회 만에 중단된다. 정비석은 동 신문에 독자에 대한 사과문을 발표했다(1951.11.20). 그리고 이종환의 『인간보』(『서울신문』, 1955.5)는 양공주의 생활 안팎을 해부했다는 이유로 공보실의 행정명령을 받고 22회 만에 중단된다. 신문사는 연재중단 이유를 작가의 개인사정으로 공고했다. 연재 중단으로까지는 이어지지 않았지만 형사 입건된 경우가 있다. 검찰이 박용구의 『계룡산』(1964.6)을 형법 제243조(음란 등의 반포) 위반혐의로 작가와 삽화가를 입건한 경우인데, 외설죄 성립 여부를 둘러싼 논란을 야기했지만 무난히 연재돼 470회로 종료된다.

신문사 자체의 검열로는 김말봉의 『태양의 권속』(『서울신문』, 1952.2.1~7.9)과 앞서 언급한 『군웅』 게재중지 사건을 들 수 있다. 전자는 신문사측이 일방적으로 연재 중단을 단행해 139회 만에 중단되는데, 작가가 이에 불복해 손해배상 소송을 제기했다. 이 같은 경우는 표면화되지 않았을 뿐이지 항상적으로 존재했다고 볼 수 있다.[50] 신문사측의 내용변경 요구를 둘러싸고 작가와 마찰을 빚은 바 있는 『자유부인』의 사례에서 보듯, 정치권력과 마찰을 빚을 수 있거나 독자의 흥미를 유발하지 못할 경우에는 여러 방법을 동원해 신문사측이 연재소설에 개입했을 가능성이 매우 높다. 신춘문예의 운영에서도 제도가 복원된 당시부터 심사위원 이상으로 신문사측의 입김이 강하게 작용한 바 있다.

그리고 독자의 검열이 사건화된 것은 정비석의 『혁명전야』(『한국일보』, 1960.5)가 연재 중단된 것이 대표적인 예다. 4·19혁명 이전의 암울했던 시절의 사회상을 그려보겠다는 취지로 연재되었으나 3회 연재분의 연대생들에 대한 묘사가 문제가 되어 연대생들이 강력히 항의하자 신문사측이 게재 중지를 결정하고 작가는 해명서를 발표한다. 엄밀히 말해 독자라기보다는 이익단체의 명예훼손과 관련돼 빚어진 사건이다. 곽학송의 『한강』(『서울신문』, 1964.10.1~65.3.23, 147회)은 조병옥이라는 실명을 쓴 주인공이 안재홍, 여운형, 김규식 등의 친일행위를 폭로하고 김규식의 아들이 일본의 간첩이었다고 묘사하여(65.3.22~23일 분) 그들의 후손이 항의한 바 있어 신문사측에서 자진해 곧바로 연재를 중단시켰다. 이 같은 사례는 실제 1960년대에 급격히 증가한다. 역사소설은 후손들의 항의에 시달려야만 했고, 실명소설은 프라이버시 침해에 대한 항의와 고소가 빈발했다. 연재가 중단되지 않았다고 할지라도 손창섭의 『부부』에 대한 기독교단체 부인들의 위협과 같이 등장인물과 관련된 직업 또는 계층의 압박이 연재에 유형무형으로 지장을 초래

---

50) 잡지의 경우도 출판사의 연재중단 조치가 더러 있었다. 일례로 『사상계』에 연재 중이던 최정희의 『人間史』(1960.8~12)가 출판사의 일방적 통고로 연재 5회 만에 중단된 바 있다.

했다. 이렇듯 거의 모든 신문 연재소설은 독자들의 훼예(毁譽)의 검열을 통과해야만 했다.[51] 독자의 검열, 즉 간섭의 정도는 점점 증대되어 1970년대에는 신문사의 간섭을 넘어서는 수준으로 나타난다.[52]

신문 연재소설에 가장 큰 영향력을 발휘한 검열은 1960년대 중반부터 시행된 신문윤리위원회(이하 '신륜')의 자율심의, 즉 검열이었다. 1967년 3월부터 연재소설은(삽화 포함) 신륜의 정식 심의대상에 추가 포함된다. 종교단체 비방, 실명소설에서의 타인의 프라이버시 침해, 정상성을 상실한 성 묘사, 존속 직계의 상간 또는 윤간, 미풍양속 파괴 등 9개 항목으로 구성된 심의기준에 의해 전국에서 발행되는 모든 일간지에 수록된 신문소설을 대상으로 본격적인 심의(자율심의와 제소심의)가 이루어진다. 1967년 8월 30일 방기환의 『단종애사』(『매일신문』 연재) 478회분 공개경고, 삽화는 1967년 7월 19일 유호의 『잘 아실텐데』(『서울신문』연재, 삽화가 박래현) 164회분 공개경고로 시작해 이후 주의환기, 비공개 및 공개 경고처분 위주로 점증해 1970년대에 233건의 결정이 있었다.[53] 1967~73년까지는 연 평균 10회 정도였다가 1974년부터는 연 34회로 급증한다. 1974년 1월부터 발동된 긴급조치, 특히 긴급조치 9호(1975.5.13)로 민간자율기구의 전면적 재편과 검열의 확대로 인해 대중문화예술에 대한 부정적 통제의 강화와 함께 퇴폐, 왜색, 저질 등을 반국가적 요소로 규정하고 국민총화를 좀먹는 사회 내부의 적이자 이적행위로 단죄했던 시책의 산물이다.[54]

신문연재소설에 대한 규제는 신문윤리강령과 그 실천요강을 준거로 이루어지는데, 대부분 '품격'장("신문은 그 공공성에 비추어 마땅히 높은 품격과 긍지가 요구되며 특

---

51) 정비석, 「어딘가 미진한 채 『욕망해협』을 쓰고 나서」, 『동아일보』, 1964.7.18.

52) 박완서, 「우리시대의 정직한 단면을 보이려, 연재소설 『휘청거리는 오후』를 마치고」, 『동아일보』, 1976.12.30.

53) 신문윤리위원회의 심의결과에 대해서는 한국신문윤리위원회, 『한국신문윤리30년』, 1994, 810~811쪽, '연도별 심의실적' 표 참조.

54) 이에 대해서는 이봉범, 「유신체제와 검열, 검열체제 재편성의 동력과 민간자율기구의 존재방식」, 『한국학연구』64, 인하대 한국학연구소, 2022, 388~399쪽 참조. 긴급조치 9호 위반과 관련된 중요 사건으로 15종의 일반도서 및 정기간행물 판매금지 조치(1975.8), 장시 「10장의 역사역구」로 인한 작가 김명식 구속사건(1976.4), 「노예수첩」으로 인한 작가 양성우 구속사건(1977.6), 「미친 새」로 인한 작가 박양호 구속사건(1977.10) 등이 있다.

히 저급한 행동이나 그 誘因이 되는 행동은 일체 용납되지 않는다.") 및 신문윤리실천강령 '독립성' 장 제3항("기사의 작성 및 취사정리에 있어 정치상의 선입견 또는 특정한 개인 또는 기관·단체의 이익을 위하여 고의로 사실을 과장 또는 減殺해서는 안 된다. 특히 외설 기타 부도덕의 과대한 보도로써 미풍양속을 저하시켜서는 안 된다.")이 적용되었다. 그 구체적인 위반 사실을 심의결정을 통해 분류해 보면, 남녀의 정사장면을 노골적으로 묘사, 과도의 선정묘사로 사회적 책임 위반, 음담패설로 신문품격 저하, 친족제도의 건전한 도덕관 훼손, 성도덕의 가치관 저하, 잔혹한 부도덕성 묘사로 인한 적(北)에 역이용 우려, 청소년 독자들에게 선정을 강요, 강간 및 불륜의 합리화로 남녀의 애정 모럴 오도(誤導) 등 18가지로 나타난다.

심의방식은 자율심의와 제소심의가 병행되었다. 자율심의는 신륜 산하 심의실이 담당한 전국 모든 일간신문의 신문 연재소설에 대한 자체 조사결과를 바탕으로 이루어지는데, 작게는 1회분에서 크게는 몇 십 회분에 이르기까지 그 심의 범위가 다양했다. 가령 최인호의 『내 마음의 풍차』(『중앙일보』, 1973.10.15~74.3.14, 127회)는 49~82회(1973.12.10~74.1.21) 총 34회분(작품 전체의 1/4)이 모두 "반사회적이고 저속한 언동을 상세하게 묘사하여 청소년독자층을 오도할 우려가 많다"는 이유로 공개경고 처분을 받은 바 있다(심의 제639호). 제소심의, 즉 제소사건에 대한 심의는 연재소설 관련 이익단체 및 개인이 프라이버시 침해 내지 명예훼손으로 제소하는 경우가 대부분이었는데 신륜의 신문소설 검열이 공식화된 이후 급격히 늘어난다. 신문윤리강령 5장 및 그 실천요강의 '타인의 명예와 자유'에 관한 조항의 설정 때문이었다. 『혁명전야』 사건처럼 독자의 항의를 신문사가 독자적으로 판단해 조처하는 것에서 신륜으로 창구가 일원화된 상태에서 신륜이 심의·조정자의 역할을 수행하게 된 것이다.

그 빈도가 자율심의에 비해 상대적으로 적었고 또 피소인이 해당 작가가 아닌 신문사였지만 자율심의에 못지않게 작가들에게 큰 구속력을 발휘한다. 예컨대 『동아일보』에 연재되던 한수산의 『年末의 눈』을 대한의학협회가 '회원의 실추된 명예가 회복될 수 있고 납득할 수 있는 내용의 사과를 구'한다는 요지로 제소한 바 있는데, 작가 한수산의 사과문을 수리하는 조건부로 제소가 취하된 사건이 있었다(제소 제784호).[55] 1970년대 신문소설의 가작으로 평가되었던 『도시의 사냥꾼』, 『장길산』, 『사계의 후조』, 『바람과 구름과 비』, 『밤의 찬가』 등 대부분의 연재소설이 공개경고의 제재를 받은 바 있다. 프라이버시 침해, 명예훼손까지 포함하면 그 숫자는 엄청나게 늘어난다. 심의대상이 되었지만 미결정된 경우는 이보다 더 많았다.

그 수효 자체보다도 중요한 것은 민간자율기구(신륜)와 신문자본 및 작가(삽화가)의 갈등관계가 정착되었다는 데 있다. 이전까지의 권력/문학의 대립과는 전혀 다른 대립구도가 조성된 것이다. 이로 인해 이데올로기적 제약과는 별도의 차원에서 소재의 자유를 제한받게 됨으로써 신문소설 창작의 자유가 중대한 위협을 맞게 된 것이다.[56] 물론 긍정적인 효과도 있었다. 신륜 제제 조치의 1/3이 외설적 표현에 관한 것이었다는 것을 감안할 때, 저속, 외설로 치닫던 신문소설의 고질적 병폐를 시정하는데 민간검열이 부분적이나마 긍정적 기여를 했다고 볼 수 있다. 1960년대 후반~1970년대 신문소설의 상당수가 문학적 성과와 더불어 대중적 인기를 획득할 수 있었던 것도 이와 무관하지 않다.

한 가지 간과할 수 없는 것은 신문소설에 대한 이 같은 제재가 신문에 게재되었기 때문에 성립될 수 있었다는 점이다. 같은 수준의 외설적 묘사라 하더라도 잡지나 단행본에 게재될 경우에는 제재를 엄격히 받지 않았다. 신문소설의 숙명이었다. 지배이데올로기에 대한 저촉이 매체 전반에 적용되었던 것과는 분명히

---

55) 한수산의 사과문(『동아일보』, 1976.3.12)의 일 구절. 즉 "본의 아닌 오해를 초래하게 되었음을 작가로서 깊이 사과드리는 바입니다. 이는 결코 본인의 창작의도가 아니었던바 차후 본 작품 「연말의 눈」을 창작집에 게재할 때 문제의 대사를 삭제함은 물론 완전 개작할 것을 아울러 약속드립니다."를 통해 제소심의가 작가의 창작활동에 끼친 영향의 일단을 확인해볼 수 있다. 신문사측의 답변서에도 밝히고 있듯이 연재소설과 관련된 이해당사자들의 빈발한 명예훼손 제소는 특정직업인이나 특정계층에 대한 문학적 표현을 거의 불가능하게 만들었으며 나아가 소설 창작에 소재의 자유를 크게 제한하는 문제를 야기했다.

56) 1967년에 조연현이 5년 이상 작가 230명에 대한 설문조사('한국작가의 실태')의 33개 항목 중 '표현의 구속' 항목의 결과를 보면, 창작활동에 있어 제약을 전혀 받지 않는다가 55명이고, 경우에 따라 받는다가 140명, 많이 받는다가 31명으로, 전체의 3/4정도가 표현의 구속을 받는다고 답하고 있다. 그리고 구속을 받는 경우 그것이 정치적인 것이 원인이 되었다는 것이 105명이고, 46명이 윤리적 도덕적인 원인을 들었다. 후자의 경우는 신문윤리위원회를 비롯한 6개 윤리위원회의 민간검열의 본격적 시행과 밀접한 관련이 있다. 조연현, 『문예비평』(조연현문학전집4), 어문각, 1977, 141쪽 및 『동아일보』, 1967.10.7.

다른 면모이다. 이렇게 신문소설에 유달리 윤리의식이 강조 혹은 강요된 것은 신문 매체의 고유성에서 기인한다. 즉 신문은 적어도 1970년대까지는 인쇄매체 중 불특정 대중을 상대로 하는 대량매체의 역할을 담당하는 공기(公器)일 뿐 아니라 남녀노소를 두루 포괄하는 특수한 가정적인 미디어로 생활필수품이라는 특수한 지위를 지녔기 때문에 교육적 기능이 강조될 수밖에 없었다.[57] 이 점이 신륜이 신문소설을 규제하기로 결정한 주된 명분이자 이유였고 여론의 큰 지지도 받았다. 창작의 자유에 대한 침해 논란이 거세게 일었고, 그 시행 과정에서는 외설, 부도덕, 미풍양속의 한계 설정에 대한 문제가 지속적으로 제기되었음에도 불구하고 1970년대까지 신륜의 자율심의는 신문소설에 대한 광범위하면서도 강력한 검열 기능을 발휘하게 된다(주간지의 심의주체가 도서출판윤리위원회로 이관된 1976년 4월 이전까지는 주간지에 수록된 소설도 포함해서). 그 결과로 문학예술의 윤리성을 둘러싼 예술/외설 논란, 문학(소설)의 순수성/대중성의 논란이 확대 강화되기에 이른다.[58] 신문소설은 신문 본연의 공공성과 상품성과의 조화와 균형을 이루어야만 존재할 수 있는 시대가 전개된 것이다. 그 과제가 작가에게 뿐 아니라 신문사에도 마찬가지로 부과되었다는 점이 중요하다.

이와 같이 정치권력, 신문사, 민간자율기구, 독자 등으로 다변화된 신문소설에 대한 검열이 중요한 것은 신문 연재소설의 존재방식에 상당한 규정력을 발휘했기 때문이다 지배이데올로기에 저촉이 되는 것은 물론이고 풍속, 세태와 관련된 소재조차 간섭을 받게 됨으로써 신문소설은 대단히 한정된 범위 내에서 존재할 수밖에 없었다. 그 범위는 신문소설의 테마와 형상화 방식에까지도 미쳤다.

---

57) 최일수, 「신문소설과 윤리」, 『신문연구』, 관훈클럽, 1977 가을, 51~53쪽 참조. 신문 한 부의 공람률에 대한 조사결과를 보면 1명 공람 3%, 2명 공람 17%, 3명 공람 28%, 4명 공람 18%, 5명 공람 7%, 6명 공람 7%, 7명 이상 공람 10%였으며 최고 300명 공람까지 있었다(『동아일보』, 1960.1.5). 이 여론조사가 전국 114개 국민학교 학부형 5,423명을 대상으로 한 것이었다는 점을 감안할 때, 2~4명의 공람이 주종이었다는 것은 신문 한 부에 대한 가정 내 공람이 세대를 초월해 이루어졌다는 것을 말해준다. 이를 통해 가정미디어로서 신문의 지위가 중요하게 거론된 맥락을 충분히 헤아려 볼 수 있다.

58) 1970년대 신문연재의 주축이었던 최인호, 황석영, 김주영, 정을병, 천승세, 조선작, 이병주, 한수산, 유현종, 홍성유 등의 연재소설에 대한 신문윤리위원회의 심의 결과를 바탕으로 대중문학과 에로티시즘의 관계에 대해 논의한 연구는 장백일, 『외설이냐 예술이냐』, 도서출판 거목, 1979, 139~256쪽 참조.

그날그날 단속(斷續)되는 신문 연재소설의 형식적 제약 —그 제약을 보완하기 위해 모든 신문이 '지금까지의 줄거리'를 간헐적으로 제시하는 보완책을 구사했다 —그 이상이었다고 봐도 과언이 아닐 것이다. 신문소설의 문학성 논란, 즉 통속성의 문제를 검토할 때 반드시 고려해야 할 사항이다.

검열과 통속성의 인과 관계에 대해서는 섬세한 분석이 필요하지만, 과거 식민지시대에 비해 다변화되었던 검열이 통속화를 차단시키기도 하고 동시에 촉진시키기도 하는 모순적 역할을 수행했다고 판단되며 따라서 양자 간에는 밀접한 연관성이 존재한다는 것만은 충분히 인정될 수 있다고 본다. 다만 신문소설의 구성 주체인 작가, 신문사, 독자 등 그 어느 일방의 문제로 통속성의 원인을 논급하는 것에서 벗어나 작가의 윤리와 형상화 능력, 신문자본의 상업주의 전략, 신문 연재소설의 근원적인 형식적 제약성, 검열의 영향 등의 상호 관련성 속에서 통속성을 살필 필요가 있다. 그랬을 때 비록 신문소설이 통속성의 테두리를 벗어나지 못했다 할지라도 그 안에 내재된 시대성·사회성을 온전히 규명해낼 수 있을 것이다.

한편 신문 연재소설의 존재에 깊숙이 작용한 요인은 독자다. 신문사도 작가도 비록 동기가 달랐을지라도 독자와의 타협을 중시했으며 독자들 또한 신문소설의 단순 독자 이상으로 신문소설에 적극적으로 개입한 바 있다. 해방 후 신문소설이 사회적 관심을 끌게 된 것은 신문발행이 정상화된 휴전 전후부터였으며, 특히 『자유부인』은 신문소설의 중요성을 일반에게 인식시켜 준 중요한 역할을 했다.[59] 그렇다면 독자들의 신문 연재소설에 대한 선호도는 어느 정도였을까? 신문에 대한 독자여론 조사의 여러 결과를 통해 그 정도와 변화 양상의 윤곽 정도는 파악이 가능하다. 1950년대 말에는, 제일 먼저 읽는 기사로 1위 정치기사(42%), 2위 사건기사(15%), 3위 국제정세 뉴스(14%), 5위 사진·만화(5%), 6위 경제기사(4%), 7위 문예(3%), 8위 소설(3%)의 순으로 나타났다.[60] 16개 항목 중 8위였다. 1966년 11월의 조사(『조선일보』, 1967.3.5)에서는 서울과 지방(청주)에 다소 차이가 있는

---

59) 정태용, 앞의 글, 268쪽.

60) 「신문독자의 각종 여론조사결과」, 『동아일보』, 1960.1.5.

데, 서울은 국내정치 기사, 사회면 기사, 국내경제 기사, 사설, 물가시세 순인 반면 청주는 국내정치 기사, 사회면 기사, 소설, 물가시세, 국내경제, 지방란의 순이었다. 지방에서 소설이 세 번째로 선호되었다는 사실은 특기할 만하다. 지방의 독자가 서울에 비해 연재소설에 더 많은 관심을 가지고 있음을 확인할 수 있다.[61]

독자여론 조사를 꾸준히 시행한 『경향신문』의 결과에 선호도의 추이가 잘 나타나 있다. 1966년 10월에는 정치기사(13.3%), 사회기사(10.6%), 경제기사(9.2%), 국제뉴스(6.8%), 소설(6%) 순으로 전체 24개 항목 중 5위였다. 문화관계 기사(3.3%)보다 더 선호되었다. 독자들의 요청사항 가운데 지방기사의 확충(28.5%) 다음으로 연재소설을 포함한 문화교양 기사의 확대(15.2%)였다는 것에서도 신문소설에 대한 관심이 높았다는 것이 확인된다. 1969년 10월에는 국내정치(17.2%), 사회면(14.5%), 국제정치(12.3%), 물가시세(7.8%), 재정경제(7.6%), 특집(6.9%), 연재소설(5.9%) 순으로 7위를 차지했는데, 종래 국내외 정치정세에 많이 쏠렸던 독자들의 관심이 시민생활과 가장 밀접한 경제기사로 뚜렷하게 옮아가는 변화를 보임에도 신문소설에 대한 관심은 여전히 유지되고 있었다. 스포츠(5.3%), 문화(4.5%), 가정(3.3%)보다도 더 선호되었다. 1971년 4월에는 문화·학술(21.1%), 정치기사(18.9%), 사회기사(15.8%), 국제동향과 사설(각각 11.1%), 경제기사(8.9%) 순이었으며 연재소설은 하위에 속했다. 연재소설에 대한 인기가 떨어진 것이 특기할 만하다고 이 신문은 전했다. 1972년 4월에는 24항목 중 정치기사(12.7%), 경제기사(7.3%), 국제뉴스(6.9%), 지방판(6.4%), 스포츠기사(4.8%) 순이었고 연재소설은 3.8%로 10위였다. 스포츠기사에 대한 관심이 증가한 가운데 연재소설은 전해에 비해 상승한 면을 보였다. 연재소설의 양을 늘리고 질을 높이라는 요구가 독자의견의 11번째였다. 1973년 4월에는 24개 항목 중 9위였다.

거론한 독자여론 조사가 분명한 객관성과 과학성을 지녔다고 보기는 어렵다.

---

61) 일본도 비슷한 양상을 보인 바 있다. 1958년 일본신문협회의 조사발표에 따르면 24개 항목 중 소설이 농촌에서는 제3위, 중소도시는 제5위, 대도시에서는 제10위로 나타나 있는데, 신문소설에 대한 선호가 전반적으로 높았으며 도시보다는 지방에서의 선호가 매우 높았던 것은 우리와 유사했다. 김우종, 「신문소설과 상업주의」, 『신문연구』, 관훈클럽, 1977 가을, 37쪽.

표본설계와 회수율, 설문의 합리성 등에 많은 문제를 노출했다. 신문소설에 대한 열독률 및 그 순위도 세대, 직업, 성별, 지역 등의 편차를 충분히 고려해야만 데이터로서 가치를 지닐 수 있다.[62] 다만 여러 한계를 감안하더라도 신문소설에 대한 선호(열독률)가 꽤 높은 편이었으며 그 정도가 큰 증감 없이 지속된다는 사실만은 추출할 수 있다. 더욱이 신문소설이 신문이 감당해야 할 독자적 기능도 아니고 본래적 사명도 아닌 비본질적 요소라는 것을 염두에 둘 때 그 선호도는 무시하지 못할 수준이다.

신문소설에 대한 관심이 비교적 높았던 것은 문학 장르 중 소설이 가장 많이 읽혔던 문학시장의 사정과도 관련이 있어 보인다. 전기한 조연현의 사회학적 조사, 그중 독자성향 조사에 따르면 독자들에게 가장 선호된 장르가 소설이다. 즉 소설이 53%, 시 27%, 평론 12%, 수필 12% 순이었으며 중간독물, 고전관계, 희곡 등의 순서로 되어 있다.[63] 문인 분포는 시인이 압도적으로 많았지만(소설가 73명, 시인 113명) 독자들에게 많이 읽히는 것은 단연 소설이었다. 『현대문학』독자와 각종 문예강연회에 참석했던 사람들을 대상으로 한 조사이기에 신문소설의 독자성향과 다소 차이가 존재할 수 있으나 소설에 대한 욕구가 독자들의 문학적 욕구의 대부분을 차지했다는 사실은 신문소설의 열독률과 밀접한 관련이 있을 것으로 판단된다.[64]

요약하건대 신문소설에 대한 독자들의 일정 수준의 열독률과 선호는 신문소

---

62) 가령 1964년 4월 서울시내 여대생 1300여 명에 대한 여론조사에서의 기사선호도는 해외토픽이 단연 인기였고, 가정란, 연재소설, 사회면, 만화, 문화면 순으로 열독률이 높았으며 논평, 시사해설, 사설을 제일 싫어하는 것으로 집계됐다(『경향신문』, 1964.4.9). 비슷한 시기 모든 계층을 포괄한 표본조사의 결과와 분명한 차이를 드러낸다.

63) 조연현, 『문예비평』, 어문각, 1977, 136쪽.

64) 한 가지 더 이 조사에서 주목할 것은 학문적인 대상으로서 또는 직업적인 필요에서보다는 흥미와 교양의 차원에서 문학의 독자가 형성되고 있다는 설문결과이다. 이러한 추세가 1970년대 신문소설의 독자층 분포와 관련이 있을 것으로 추측된다. 1970년대 신문 연재소설의 독자층은 여성, 특히 주부층이 압도적이었다. 60~70%를 차지했으며, 매일매일 꾸준히 읽는 것도 주부층이었다(『신문소설을 말한다』(鼎談), 『신문연구』, 관훈클럽, 1977 가을, 85쪽). 1970년대 중반 이후 신문에서 가장 눈에 띄게 강조된 것이 여성면인데 그것은 가정에서 신문을 읽는 여성·주부가 구매결정권 및 구독료 지불권을 가지게 되었다는 사실과 깊은 관계가 있다(이준우, 앞의 논문, 198쪽). 이러한 현상과 1970년대 신문소설 독자층에서 주부층의 약진이 갖는 관계를 섬세하게 따지면 신문 연재소설의 사회문화사적 의미를 파악하는데 유익할 것으로 보인다.

설 발전의 유력한 기반이 되었다고 할 수 있다. 물론 열독률만을 가지고 이런 결론을 내리는 것은 불충분하다. 신문소설 독자층의 규모, 독자층의 분포도, 열독률의 지역, 세대, 계층별 차이, 공람률, 독자들의 문학 취향 등과 그 추이에 대한 면밀한 검토가 필요하다. 다만 1970년대까지 신문소설이 신문의 간판 (문학)상품으로 지속된 조건에서 신문사와 작가 모두 독자들의 높은 열독률에 내재된 기대수준을 충족시키는데 진력할 수밖에 없었을 것이며, 그 과정에서 신문소설의 양적·질적 발전이 가능했다는 것만은 인정될 수 있다고 본다. 증면과 직접적인 상관관계가 없는 상태에서 1950년대 후반부터 대부분의 신문에 평균 2~3편의 신문소설이 연재되는, 달리 말해 신문소설의 높은 지면점유율과 그 장기 지속성이 이를 잘 뒷받침해준다.

4. 신문소설에 대한 문단·문인의 인식

해방 후 신문소설에 대한 문단의 인식은 시기별로 다소의 차이는 있지만 대체로 부정적이었다. 과소평가의 수준을 넘어 극단적 혐오, 즉 문학의 모독이며 매문행위로 평가 절하했다고 보는 것이 사실에 더 가깝다. 식민지시기에도 김동인의 경우처럼 신문소설 쓰기를 훼절로 인식한 문사가 더러 있었으나,[65] 이보다는 신문소설을 비예술적이며 통속적으로 간주하는 통념을 비판하면서 신문소설을 통해서도 충분히 본격소설에 도달할 수 있다는 긍정적 인식태도[66]가 주류를 형성한 바 있다. 그 주류적 흐름이 신문과 문학의 관계 조정을 거치면서 부정적 인식 일방으로 변환된 것이다. 따라서 신문소설=비문학의 도식이 고착된 가운데 아예 비평의 대상에서 신문소설을 제외시켰다. 그 저변에는 신문들이 문학(소설)을 판매정책의 수단으로만 취급해 독자에 영합하는 통속문학을 대량 생산한다는 강한 불신이 자리 잡고 있었다.

이 같은 불신은 기본적으로 '신문이라는 특수 지면에 연재된다는 사실, 전체

---

65) 김동인, 「문단 30년의 자최(八)」, 『신천지』제4권1호, 1949. 1, 213쪽.

66) 한설야, 「장편소설의 방향과 작가」, 『조선일보』, 1938. 4. 3~6.

독자가 공통적인 흥미를 가지고 읽게 해야 한다는 사실, 신문기업주의 요구 조건에도 어느 정도 응해야 한다는 조건이 하나로 응결되어 성립하는 신문소설 장르의 특수성[67]에서 기인한다. 여러 제약을 내포한 그 특수성으로 말미암아 신문소설은 '퇴폐적이요 세기말적이요 관능적이고 시류적인 독자층에게 아부와 추파를 보내는 도구'로 전락한 가운데 문학의 발전을 가로 막는 암적 존재라는 것[68]이 1950~60년대 문단의 대체적인 중론이었다. 신문과 문학의 화해불가능성을 근거로 신문을 무대로 한 작품발표를 의도적으로 단념해야 한다거나, 아니면 신문에 통속소설을 쓰지 않기 위한 작가들의 공동 결의 혹은 문단 자체의 심사기구를 설치해 통속적 신문소설을 제거하자는 다소 비현실적인 극단론까지 제출된 바 있다.[69]

눈여겨 볼 지점은 신문소설에 대한 부정론이 다른 어떤 요소보다도 발표 매체의 외적 형식, 즉 신문(社) 자체에 대한 불신이 크게 작용했다는 점이다. 신문소설이 등장한 때부터 생성되었던 독자층에 대한 폄하의 태도가 여전히 지속된 상태에서 독자의 낮은 수준과 집필 작가의 안이한 제작 태도가 신문소설의 통속화의 원인이라는 주장이 계속 제기되었지만, 이 요인들 또한 신문의 극단화된 상업주의 행태의 불가피한 산물로 간주하는 경향이 지배적이었다. 소재, 내용, 형상화 방법 등 신문소설 전반에 대해 신문사가 압도적인 지배권을 행사하는 구조에서 그리고 연재 도중이라도 독자의 호응이 떨어지면 얼마든지 중지시키는 비문학적 테러행위가 자행되는 현실에서 신문소설의 질적 저하의 주된 책임은 신문사에 있다고 본 것이었다. 신문소설의 통속화를 과거에 비해 강도 높게 신문의 죄과로 돌렸던 데에는 식민지시기의 경험, 즉 신문과 문학의 혈연관계 속에서 신문소설이 계몽적 민족주의의 기능을 수행하는 가운데 (장편)소설의 발전에 지대한 공헌을 했던 것과 그 관계가 해체된 1950년대 이후 신문사가 신문소설을 기형적 방향으로 이끌어가는 당대적 현실 사이의 극명한 대비에서 오는 문인들의 불만, 회의, 환멸이 크게 작용했다고 볼 수 있다.

---

67) 정비석, 『소설작법(중판)』, 정음사, 1981, 179쪽.

68) 김광주, 「破格·破型·破則의 작품—신문소설에 바라는 것」, 『경향신문』, 1956.5.8~12.

69) 「문학과 신문문화면」(좌담회), 『자유문학』, 1957.9, 89~93쪽.

물론 신문소설에 대해 적극적으로 인식한 '소신'신문작가들도 존재했다. 이 일군의 작가들은 우선 신문이 제공하는 지면을 적극적으로 활용해야 할 현실적인 필요를 강조한다. 김내성은 단행본 출판이 출판경기의 저하로 부진하고 문학전문지 및 대중잡지의 한정된 지면 제공 속에서 그래도 가장 많은 지면을 작가들에게 제공하고 있는 신문의 문예면을 적극 활용해야 하는 것이 작가의 권리이자 의무라고 주장한다.[70] 지방지 및 조석간의 문화면을 포함해 한 달에 5천매 이상의 원고를 소화하고 있는 광대한 신문지면과 높은 발행부수 그리고 광범위한 독자층을 상대로 함으로써 작품의 사회적 영향력을 확대하는데 유리한 신문지면을 과소평가해서는 안 된다는 것이다.[71] 그러기 위해서는 무엇보다 신문소설을 대중소설로 단정해버리는 문단의 일방적 통념에서 벗어나 신문소설에 대한 정확한 인식이 우선적으로 요청된다고 본다. 그 정확한 인식이란 말 그대로 '신문에 게재하는 소설'(실체 내용)을 말하는 것으로, 신문 및 작가들이 공유하고 있는 무지한 대중을 대상으로 제작한 신문소설(관념 내용)과는 뚜렷이 구별되는 의미를 지닌다. 아울러 무교양 대중이라는 독자 인식의 편견을 버리고 수비안고(手卑眼高)한 독자층의 예술향수의 태도 변화에도 관심을 기울일 것을 주문한다. 요컨대 김내성은 신문소설을 과소평가하는 것을 능사로 삼는 것에서 신문지면을 문학의 한 도장으로 활용하는 능동적 대응으로의 인식적 전환을 촉구했던 것이다.

신문소설을 적극적으로 인식했던 작가들의 견해도 이에서 크게 벗어나지 않는다. 문학의 상품화가 불가피한 비극적 연대에 살고 있다는 자의식을 여러 차례 표명한 바 있는 김광주는 신문소설에 대담하게 진출해 문학 활동의 영토를 개척

---

70) 김내성, 「신문소설의 형식과 그 본질」, 『현대문학』, 1957. 2, 62쪽.

71) 반면 김우종은 신문소설의 지면점유율 대비 그 효용성의 문제를 근거로 신문소설의 무의미성을 주장한 바 있다. 즉 매일 신문에 2~3편의 신문소설이 실리는 1970년대를 기준으로 했을 때, 삽화를 포함해 신문소설 1편이 한 지면의 2단을 횡으로 차지, 총 4~6단을 점유하고 있는데 그 지면을 문화면 기사로 바꾸었을 때 적어도 10행짜리 비교적 조그만 기사가 40개 실릴 수 있는 분량이라는 것이다. 신문의 문화 활동의 보도라는 본래의 기능을 감안할 때 문화면과 또 다른 지면의 하단을 독점하고 있는 신문소설이야말로 신문의 상업주의의 대표적 산물인 동시에 신문본래의 기능을 침해하는 것으로, 이는 한국 신문의 후진성을 가장 잘 보여주는 경우라고 평가한다. 차라리 신문영리를 위한 당의정에 불과한 신문소설을 없애고 서평, 문학연구 및 창작활동의 양상을 소개하는 것이 문단, 독자 모두에게 유익하다는 것이다. 김우종, 앞의 글, 36~39쪽.

하는 것이 작가들이 현실적으로 취할 수 있는 최선의 선택이라고 봤다.[72] 백철은 신문소설이 여전히 장편소설이 발표되는 유일한 기회이자 소설발전을 위한 유력한 무대로 기능하고 있다는 사실을 적시한 가운데 일간신문의 메커니즘을 선용해 과거 신문소설의 죄과, 즉 통속성을 넘어설 수 있는 신문소설의 재출발을 문단적으로 논의할 필요성을 제기했다.[73]

둘째는 문학의 대중성을 제고하는데 신문만큼 유리한 것이 없다는 논리이다. 잡지와 비교할 수 없는 발행부수에다 회전율(월 1회 60매 내외의 잡지소설/일 9매의 24시간 수개월의 신문소설) 그리고 광범위한 독자층을 상대로 한 신문소설이야말로 문학의 사회적 대중화를 꾀할 수 있는 가장 효과적인 수단이라는 것이다. 문제는 대중성을 어떻게 제고하느냐에 있었다. 이 점과 관련해 통속성과 엄밀히 구별되는 대중성에 대한 정립을 중심으로 한 논의가 활성화되기에 이른다. 김내성은 대중성과 통속성은 근본적으로 표현 목적과 표현 수단의 차이에서 변별되는데, 그것은 결국 한 작품의 예술적 감흥이 보편성을 띄는가에 달려 있다고 본다.[74] 신문소설은 구성을 제외한 모든 요소에 있어서 보통의 소설과 다름이 없어야 하는데 당시의 신문소설들은 신문사의 상업의식과 독자의 흥미를 위하여 모든 요소에다 통속성을 가미함으로써 필연적으로 작품이 지닌 대중성과 통속성의 대결을 초치케 했으며, 그 결과로 주제, 등장인물의 성격, 환경과 절연된 성행위의 묘사, 우연성의 남발, 부자연스러운 스토리 연결 등이 범람하고 있다고 비판한다. 그 원인을 작가들이 대중성과 통속성을 (무)의식적으로 혼동, 착각한 데 있다고 진단한 그는 작가의 역량에 의해 얼마든지 예술성과 조화를 이룬 대중성을 구현할 수 있다고 본다.[75]

---

72) 김광주, 「신문소설에 관하여」, 『경향신문』, 1955.3.8.

73) 백 철, 「신문소설 공죄론—요는 무대조건을 선용할 것」, 『동아일보』, 1955.11.28. 조연현은 장편소설이 신문연재 형식을 거쳐 나타나는 것은 특수한 출판사정에서 유래된 좋지 못한 현상으로 간주하고 그로 인해 신문 연재소설이 장편이면서 장편소설의 본질과 거리가 먼 사건의 연속만 그대로 계속되는 하나의 긴 소설에 그칠 수밖에 없다고 비판한 바 있다. 조연현, 「신문연재소설의 위기」, 『동아일보』, 1953.6.4~5.

74) 김내성, 「신문소설에 바라는 것」, 『경향신문』, 1956.5.3~5.

75) 통속작가라는 문단 안팎의 비판을 받았던 김내성의 이 같은 낙관적 전망은 그의 모든 소설론의 기조를 이루고 있다. 탐정소설을 하나의 문학적 장르로 인정시키기 위해 쓰인 탐정소설론에서도

이무영 또한 신문소설의 통속성의 지표로 많이 거론되었던 성 문학은 소재 자체가 문제가 아니라 그 소재를 요리하는 작가의 통속성, 즉 인간의 진실성과 무관하게 취급하는 것이 문제의 핵심이라고 보는 가운데 문학의 대중성과 통속성을 협잡하려 드는 작가의 태도를 강하게 비판한 바 있다.[76] 유동준은 대중성이 소설의 첫 조건이요 최종의 목적이라는 전제 아래 당시의 신문소설 대부분이 통속소설에 불과하다는 반성적 성찰에서 출발해 일정한 모럴을 갖추는 방향으로 신문소설의 대중성을 강구해야 한다고 주장했다.[77]

문학 및 신문소설의 대중성에 대한 강조는 한국전쟁 이전부터 제기된 바 있다. 특히 1949년 한국문학가협회가 결성되고 『문예』를 거점으로 한 순수문학의 배타적 규범화가 제도적으로 추진되면서 빚어진 문학 장의 폐쇄화, 왜소화에 대한 비판의 맥락에서 등장했다. 이의 비판을 선도한 백철은 순수문학의 현실도피적 감상주의와 더불어 당시 대두하고 있던 비속적 대중문학을 문학의 편향과 사도화로 각각 규정해 비판하는 가운데 독자대중의 생활현실에 입각한 소설화를 통해 순수문학과 대중문학의 이원화를 지양한 본격적 대중문학의 가능성을 타진한 바 있다.[78] 문학의 사회적 고립을 탈피하기 위한 방편으로 모색된 대중성 논의가 신문소설이 소설문학의 주류로 부상하는 것과 대응해 신문소설의 대중성/통속성 문제가 1950년대 후반 문단의 중요 의제가 되기에 이른 것이다. 그 일환으로 전개된 위의 논의들은 대체로 장편소설 발표의 유력한 무대가 신문인 이상 이를 선용해야 한다는 현실적 필요성을 전제로 통속성을 제거하고 극복하려는 의지적 노력을 통해 대중성과 문학성을 겸비한 본격적인 장편소설의 제작이 가능하다 또는 실현해야 한다는 것으로 수렴된다. 소설의 본질이 대중적이고 그 대

그는 일종의 수수께끼인 탐정소설의 본질상 인간성이 결여되기 쉽고 문학 본연의 예술성을 구현하는데 불리한 면이 많지만 일반소설의 수법으로 일정하게 변형시키면 작가의 역량에 따라 얼마든지 예술적 작품을 제작할 수 있다고 본다. 통속성을 철저히 배격하는 가운데 탐정소설을 본격적인 소설로 격상시켜 문학의 대중성을 제고하고자 했던 그의 이론적·실천적 노력은, 최인호가 언급했던 것과 같이, 이후 신문소설 작가들에게 상당한 영향을 끼친다. 김내성, 「탐정소설론」, 『새벽』, 1956.3 참조.

76) 이무영, 「문학의 순수성과 통속성」, 『동아일보』, 1956.7.5.
77) 유동준, 「신문소설의 생태」, 『동아일보』, 1957.11.5.
78) 백 철, 「삼천만의 문학, 민중은 어떤 문학을 요망하는가」, 『문학』, 1950.5, 121~125쪽.

중성과 통속성의 경계가 결국 삶의 문제성을 어떻게 형상화하느냐에 따라 좌우된다고 할 때,[79] 작가의 능력에 의해 통속성의 극복이 가능하다는 논리도 충분히 성립 가능하다. 실제 신문에 신문소설적이면서도 본격적인 순수소설을 쓰겠다는 의욕을 보인 작가도 있었다.[80]

그러나 이 같은 당위적이면서도 다소 낙관적인 전망에도 불구하고 현실은 오히려 정반대로 나타나 신문소설의 통속화가 가속되기에 이른다. 신문소설에 대한 차등의식이 만연한 문단 전반이 의식적으로 신문소설을 배제시킨 데다 신문의 간섭이 노골화되는 상황에서 작가들의 노력만으로는 감당하기 어려운 과제였다. 더욱이 정치권력의 신문규제 강화와 신문소설에 대한 관권 및 민간검열이 동시적으로 시행된 1960년대에는 신문소설의 존립 자체가 위협받는 상황에 처하게 되고 작가들은 소재선택의 자유만이라도 보장해달라고 요청해야 하는 궁지에 내몰린 상태였다.[81] 사회적·문단적 차원에서 신문소설이 통속문학, 외설문학의 대명사로 간주된 채 그 원인의 하나로 지목된 작가 의식 혹은 작가 능력의 부재를 둘러싼 소모적 논란이 빈발했을 뿐이다.

1964년 백철과 정비석의 논쟁이 대표적인 사례다. 백철은 신문소설이 통속소설의 경지로 추락한 일차적 원인이 신문의 상업적 전략에 있지만, 작품의 주권자로서 작가의 책임 또한 이에 못지않다며 『욕망해협』(정비석), 『계룡산』(박용구)의 무책임한 애욕 묘사를 예로 들며 신문소설 작가들의 사회적 윤리성에 대한 자각과 대중계몽자로서의 자의식을 요청했다.[82] 당사자로 지목된 정비석은 신문소설의 질적 향상을 권고하는 것에는 동의하나 백철이 작품의 구체적 의도를 제대로 포착하지 못한 가운데 애욕소설이란 선입견만 가지고 군맹상평(群盲象評) 했다며

79) 권영민, 「대중문화의 확대와 소설의 통속화 문제」, 『한국민족문학론 연구』, 민음사, 1988, 513쪽. 그는 한 인간의 살아가는 이야기를 놓고 그 삶의 문제성을 보편화, 일상화, 전체화 하는 가운데서 본격적인 대중적 의미를 획득할 수 있음에 비해 반대로 특수화, 예외화, 개별화의 과정에 빠져들면 통속성에 치우칠 위험이 다분하다, 결국 소설의 본격성과 통속성의 거리는 삶의 문제성에 대한 형상화 과정의 서로 다른 방향에서 비롯된다고 본다.

80) 박연희, 「신문에 순수소설을」, 『동아일보』, 1958.1.5.

81) 「외설과 작가의 양심」, 『한국일보』, 1973.11.9.

82) 백 철, 「신문과 신문소설」, 『동아일보』, 1964.4.20~22.

비판하자,[83] 이에 백철이 비평 무시는 작가들이 궁할 때 하는 소리에 불과하다며 정비석은 재능을 낭비하지 말고 본격소설을 쓰라고 맞받아쳤다.[84] 1960년대 신문소설론의 수준을 대변해주고 있는 이 같은 작가와 비평가의 인식공격성 논쟁조차도 신문의 상업적 의도에 의해 조장된—백철, 정비석 모두 신문사의 요청에 의해 어쩔 수 없이 작성했다고 고백하고 있다—것이었다. 소설장르 특유의 대중적 본질, 신문소설의 문학대중성 제고의 상대적 유리함에 천착해 신문소설에 적극적으로 대응할 필요를 개진했던 일련의 논의도 결국 작가의 능력에 의한 통속성 제거라는 앙상한 결론으로 귀착되고 만다. 그것은 신문소설=통속문학=비문학이라는 문단의 통념이 확대되는 과정이기도 했다. 본격문학의 위기에 대한 반성적 성찰에 입각해 통속성의 대두를 문학 전반의 차원에서 역사적·구조적으로 접근하고자 했던 1930년대 후반 통속소설론에서 크게 후퇴한 수준이었다.

다만 그 같은 문단의 통념이 확대되는 흐름 속에서도 순수문학론자들이 신문소설의 성장에 상당한 부담과 위기의식을 지니고 있었다는 것은 주목할 만하다. 무엇보다 신문을 거점으로 증식된 대중소설이 문학시장을 잠식해갔기 때문이다. 순수문학의 유력한 독자층이었던 학생층의 단순재생산도 버거운 실정이었다. 이에 대항해 순수문학 진영이 조직(한국문학가협회)과 매체(3대 문예지)를 통한 순수문학의 제도적 규범화를 강화하는 한편 대중문학(신문소설)을 철저히 부정·배제하는 이원 전략을 구사함으로써 순수문학의 배타적 권위와 정당성을 보전하려 고투했으나 순수문학의 사회적 고립을 타개하기란 쉽지 않았다. 그 타개책의 일환으로 모색된 것이 중간소설론이다. 중간소설을 매개로 순수와 통속의 대립관계를 조정해 통속문학의 순수문학화를 유도해야 한다는 논리였다. 여전히 순수문학의 우위성에 입각해 있었고 실현가능성 또한 희박한 제안이었지만, 당시 확산 일로에 있던 신문소설의 대중화를 다분히 의식한 조치였다고 볼 수 있다. 이 같은 위기의식을 내포한 채 외적으로는 신문소설에 대한 부정론을 완강하게 고수하다가 1970년대에 접어들어서부터는 그 포즈조차 더 이상 유지하기 어렵게 된

---

83) 정비석, 「신문소설작가의 비애」, 『동아일보』, 1964.4.29~30.
84) 백 철, 「창작과 비평의 분야」, 『동아일보』, 1964.5.11~13.

다. 그 징후는 1971년 한국문인협회가 주관하는 한국문학상작(제8회)으로 『동아일보』에 연재된 박경수의 장편연재소설 『흔들리는 山河』(1970.3.13~71.1.13, 259회)를 선정한 것에서 나타났다.[85]

지금까지 신문의 공공성/기업성 및 문화성/상업성의 모순된 양면성이 시대 변화와 대응해 어떻게 조정·발현되는가를 중심으로 해방 후 신문의 문화적 기능을 개관해보았다. 그리고 이 중층적 관계를 가장 잘 보여주는 지점인 신문 연재소설의 존재 양상과 저변 그리고 문단의 신문소설에 대한 인식도 살폈다. 신문과 문학의 관계 변화에 따른 식민유산의 해체와 변형에 초점을 맞춘 거시적 조망으로 해방 후 신문문예의 사회적 존재방식을 규정했던 신문, 권력, 문단(인), 독자의 동태적 상호관련성에 대한 치밀한 분석에는 미치지 못했다. 신문 연재소설을 배제하고 한국근현대소설사를 구성한다는 것은 불구적이다. 신문소설은 사라졌으되 여전한 신문소설=비문학이란 고정관념을 넘어 신문소설에 대한 좀 더 객관적인 이해와 문학사적 평가가 필요한 이유다.

---

85) '상록수'계열의 이 신문 연재소설이 한국문학상 수상작이 된 것은 순수문단에서 경시되고 있던 신문소설이 처음으로 대상작이 되었다는 점에서 대단히 파격적인 일로 받아들여졌다. 한 신문은 그 의의를 '신문소설에 대한 새로운 관심을 환기하는 동시에 독자의 타성적인 독서취향과 작가의 안이한 창작태도에 경종을 울리는 자극제'가 되었다고 평가한 바 있다. 『동아일보』, 1971.11.9.

제2부

열전과
혁명 사이,
전후 문학 장의
재구조화

5장

전후 풍속과 자유민주주의

1. 『자유부인』과 전후 풍속

1950년대는 열전(전쟁)과 혁명(4·19)의 사이에 존재한다. 10년 단위의 시대 구분이 갖는 한계를 수긍하더라도 '1950년대'란 연대의 설정은 필요하고 또 유효하다. 대체로 1950년대가 정체의 시대, 불모의 시대로 규정된 결과 이 시대의 진상이 제대로 포착되지 못했기 때문이다. 1950년대의 내부로 접근하면 이질적이고 다종다양한 요소가 얽히고설켜 그야말로 난맥상을 보여주는 역동적인 시대상과 만나게 된다. 딱히 한마디로 정리하기 어려운 이질성과 복잡성을 나타낸다. 문화적인 영역은 더 그렇다. 1950년대가 단순히 열전과 혁명 사이에 낀 공백지대가 아니라면 이 시대를 어떻게 접근해야 하나? 이로부터 촉발되어 당대의 실상을 복원하려는 시도가 다방면으로 이루어졌으나 그것이 변혁과 회임의 가능성을 배타적으로 강조하는 또 다른 편향으로 흐른 감이 없지 않다. 섣부른 성격 규정보다는 미정형의 소용돌이 자체에 주목하여 그 양상과 저변을 탐색하는 작업이 더 활성화될 필요가 있다. 그랬을 때 한국전쟁과 4·19혁명의 역사적 조우가 필연적 맥락으로 이해될 수 있을 것이다.

이 연구는 한국전쟁 후 정치적 폐쇄성과 경제적 낙후성에 비대칭적인 역동성을 나타낸 사회문화적 동향을[1] 풍속에 초점을 맞춰 재구성하고 그 풍속이 내장하고 있는 시대성과 역사적 전망을 고찰하고자 한다. 1950년대 한국사회의 특징을 상징하는 키워드가 풍속이며, 풍속으로 응집된 당대인들의 욕망이 문화적 역

---

1) 이에 대한 자세한 논의는 이봉범, 「1950년대 문화 재편과 검열」, 『한국문학연구』34, 동국대 한국문학연구소, 2008 참조.

동성의 자원이자 동력이라고 판단하기 때문이다. 풍속, 즉 특정 시대의 유행과 관습은 에두아르트 푹스의 지적처럼, 그 시대의 특징이 가장 잘 보존되어 있으며 아울러 시대를 움직이는 삶의 전반적인 법칙을 알려준다는 데 그 의의가 있다.[2] 다시 말해 각 시대의 풍속은 경제적인 관계에 지배되는 것은 물론이고 그 경제적 토대에 대응되는 도덕관념 그리고 이와 관련한 각 계급의 특수한 이해관계가 복잡하게 얽혀 있는 역사적 실재다.

푹스의 관점은 전후사회의 풍속을 역사화 하는 작업에도 유효하다. 가령 한국전쟁 후 증가일로에 있던 매매춘은 성 도덕의 변화를 드러내주는 징표일 뿐만 아니라 정치의 빈곤으로 인한 농촌의 피폐, 국민경제의 전반적인 파탄, 중산계급의 몰락, 실업자의 점증, 인구의 자연증가 등과 같은 정치사회적 문제가 인과적으로 작용해 발생한 사회구조적인 산물이었다.[3] 아울러 그것이 기성의 공리(公理)가 권위와 지배력을 상실한 가운데 새로운 성 도덕의 표준 제정을 둘러싼 제 세력의 이해가 첨예하게 충돌한 사회문화적 중심 의제였다는 점에서 성 풍속은 전후사회의 본질을 함축해준다. 풍기 문란으로 재단(裁斷)된 전후 풍속의 소용돌이는 자유(주의)에 대한 오인과 남용으로 발생한 일부 계층의 방종, 타락, 퇴폐로만 볼 수 없다.

전후 풍속문제가 사회문화적 의제로 집약되어 공론화된 것은 정비석의 『자유부인』(『서울신문』, 1954.1.7~8.6)을 통해서다. 이는 『자유부인』이 한국전쟁으로 야기된 문화변동과 서구문화의 유입에 따른 문화접변이 교차하면서 급격히 재편되는 전후 사회문화의 동태를 풍속의 차원에서 적절히 재현해냈다는 것만으로 제한되지 않는다. 오히려 텍스트 외적 차원의 당대 풍속과 관련한 근본적이면서도 의미 있는 변화의 여러 요소가 존재한다. 무엇보다 작가와 지식인 간 그리고 일반대중들 간의 대 논전이 벌어짐으로써 댄스, 성, 정조와 순결, 연애, 아프레게르, 결혼

---

2) 에두아르트 푹스, 이기웅·박종만 옮김, 『풍속의 역사 I 』, 까치, 1988, 1쪽.

3) 「매음녀의 생존권」(사설), 『동아일보』, 1955.12.12. 그것은 1959년 기준 전국적으로 30만여 명에 이르는 13세~50세의 매춘부들의 매춘 동기를 분석한 글에서도 확인할 수 있다. 생계를 위한 돈벌이 수단으로서의 자발적 동기, 기만·유인·폭력·협박·강제와 같은 무의지적인 동기, 실연·불륜·강간에 의한 정조 상실의 동기가 매춘부로 전락한 중요 이유로 파악되어 있다. 「사창은 불사조처럼」, 『여원』제5권7호, 1959.6, 275~279쪽 참조.

과 가정, 미망인, 매매춘 등 전후 풍속의 여러 요소가 공론화되고 이에 상응해 풍속 내지 풍기담론이 촉발되는 결정적 계기로 작용했다는 점이 중요하다.

풍속의 문제는 과거, 가깝게는 해방기에도 중요한 사회문화적 의제였다. 방종, 퇴폐, 향락, 타락, 반민족 행위로 단죄된 해방기 풍속의 카오스는 해방조선의 시대성이 각인된 문화적 현상이다. 그것은 일제의 경제, 사상 기타 오락 향락 방면의 극심한 핍박에 대한 반동의 격렬한 폭발, 자유방임 정책에 따른 서구적 풍조의 전염, 민의가 배반된 해방 후 경제 및 정치상황의 왜곡과 그에 따른 대중들의 만성화된 체념의 응축된 발현이자 해방조선이 향해 가고 있던 자본주의 사회구조의 필연적 독화(毒禍)였다.[4] 다른 한편으로는 해방과 독립의 간극 속에서 자유를 통해 '해방'을 꿈꾸며 새로운 역사의 주체로 신생하고자 했던 대중들의 근대적 욕망이 저변을 이루고 있었다. 정부수립 후 이 같은 미정형의 혼란을 정비하려는 일련의 법적·제도적 모색이 한국전쟁으로 좌절되면서 전후로 이월되었다.

따라서 전후 풍속은 이렇게 유예된 의제와 전쟁으로 새롭게 등장한 문제가 한꺼번에 중첩되어 대두하면서 그 담론의 폭이 넓고 격렬할 수밖에 없었다. 특히 정부가 수립됐음에도 대중들의 일상생활을 규율하는 민법·형사법이 제정되지 못함으로써 일제 때 제정된 법률(또는 일본법)의 적용을 받게 되는 대중들의 모순적 처지, 즉 근대시민으로 신생했으나 여전히 신민(臣民)의 상태를 탈피하지 못한 상황은 이를 더욱 추동했다. 더욱이 국가권력을 포함한 제반세력들 특유의 조건과 의지가 개입하면서 풍속담론은 문화적 주도권을 둘러싼 헤게모니 투쟁으로 비화되기에 이른다. 그 양상은 '박인수사건'(1955.5)을 계기로 내파되면서 한층 격화된다.

『자유부인』으로 공론화된 풍속 담론의 전개에서 특징적 면은 일반 대중들의 적극적인 참여 현상이다. 우선 『자유부인』의 독자수가 최소 120만~150만이었다는 것에 주목할 필요가 있다. 연재 당시 『서울신문』의 발행부수와 단행본(전2권, 정음사, 1954) 판매부수를 합해 약 20만, 개봉관인 수도극장에서의 26일간 유료

---

4) 이에 대해서는 이봉범, 「해방공간의 문화사—일상문화의 실연과 그 의미」, 『상허학보』 26, 상허학회, 2009, 41~43쪽.

관람객 약 10만과 2~4관의 관객을 합쳐 약 120만, 서울을 비롯해 전국 주요 도시에서 상연된 연극관람자 약 10만, 따라서 소설을 읽었거나 연극 및 영화를 관람하는 등 『자유부인』 텍스트를 접촉한 대중이 전국적으로 적어도 120만(일부 겹치는 숫자를 제외하더라도)이었다고 추산할 수 있다.[5] 또한 익히 알려진 작가와 대학교수의 논전[6]과는 별도로 독자들 간에 연재 여부를 둘러싼 찬반양론의 팽팽한 격론, 가령 서울신문사가 여론의 추이를 살피기 위해 서울시내 각 판매소를 동원한 자체 여론조사에 따르면 연재 중단을 요구한 20%와 연재 계속의 70% 그리고 수효는 적더라도 연재 중단을 요구하는 주장이 적극적이고 강압적이었다는 결과와 군인, 교원, 농민, 실업가, 상인, 공무원, 가정부인, 남녀학생을 포괄한 각계 각층이 서울신문사에 보낸 투서에 나타난 공격과 격려의 양론까지 포함하면 대중들의 폭발적인 참여 정도를 능히 짐작해볼 수 있다.

이로 볼 때 '자유부인 신드롬(syndrome)'이라 해도 무방할 만큼 『자유부인』은 동시대 뭇 대중과 함께 호흡한 텍스트였다. 『자유부인』의 작자는 정비석이 아닌 당대 사회현실이었으며, 주인공은 대중 자신이었다고 봐도 무리가 없다.[7] 자유부

---

5) 정비석, 「'자유부인'의 생활과 그 의견」, 『신태양』제6권1호, 1957.1, 99~100쪽. 정비석은 이 글에서 『자유부인』의 창작동기와 제호 탄생의 배경을 설명해주고 있는데, 이를 통해 당대 풍속의 일면을 감지할 수 있다. 즉 서울을 비롯한 대도시에서 가장 거슬리는 풍경이 백주대로상을 종횡무진 횡행하는 유한부인들, 돈과 권력을 가졌다는 특수가정부인들의 댄스파티, 계 회합과 같은 탈선행위가 여성해방, 민주해방으로 간주되는 풍조에 소설로 때려볼 작정으로 『자유부인』을 창작했다는 것이다. 또 이 부류의 여성들을 민중의 적이라는 의미에서 '적산부대(敵産部隊)', '상류인생'이니 하는 야유적 제호를 생각했다가 당시 흔히 쓰는 자유에다가 부인을 합쳐서 자유부인으로 해 유한부인들을 조소하는 의미를 갖도록 했다고 한다. 그러면서 이 소설이 각광을 받았던 것은 『자유부인』 자체가 그 시기의 풍속을 현실 그대로 그렸기 때문이라고 자평한다.

6) 서울대 법대 황산덕 교수의 조언으로(『대학신문』, 1954.3.1) 촉발된 이 논전은 정비석이 응수−상호 재반박의 과정을 거치며 격화되는데, 특히 황산덕이 정비석의 작가적 태도 및 『자유부인』을 "야비한 인기욕에만 사로잡혀 저속 유치한 애로작문을 희롱하는 문학의 적이요 문학의 파괴자요 중공군 50만 명에 해당하는 조국의 적이 아닐 수 없다"(『서울신문』, 1954.3.14)는 비난을 통해서 사회문화적 이슈로 부각되기에 이른다. 당대 풍속에 대한 지식인들의 인식 태도의 문제와는 별개로 이 논전은 『자유부인』의 선전 효과를 높이는 결과를 초래한 가운데 자유부인신드롬을 촉진시키는데 기여한다. 『자유부인』은 이광수의 『흙』과 『사랑』, 심훈의 『상록수』(동아일보현상문예 당선작, 1935.9), 박계주의 『순애보』(매일신보 1천원현상소설모집 1등 당선작, 1939.1), 김내성의 『청춘극장』(전5권, 청운사, 1954)으로 이어지는 해방 후 소설 베스트셀러의 계보를 이으면서도 당대 풍속을 재현했다는 점에서 큰 차이가 있다.

7) 그것은 작가의 소설쓰기 방식과도 관련이 있다. 정비석은 소설을 쓰기 위한 기간적(基幹的)인 지식을 신문에서 공급받는다고 밝힌 바 있는데 특히 『자유부인』은 『청춘산맥』, 『민주어족』과 달리 어

인은 일시적 유행어가 아닌 하나의 시대적 숙어(熟語)로 정착된 것이다. 요컨대 『자유부인』은 전후 풍속의 동태적 변화와 이에 결부된 대중들의 욕망을 수렴하는 동시에 확산시키는 매개 기능을 했던 것이다.

하나의 문화사적 사건으로 기록되기에 충분한 자유부인 신드롬은 전후의 사회문화적 동향을 파악하는데 유력한 거점을 제공해준다. 대중들의 능동적 참여 부분이 특히 그러하다. 그렇다면 『자유부인』의 무엇이 대중들을 열광케 했을까? 대중들은 『자유부인』을 통해 무엇을 얻고자 했으며, 무엇을 실현하려 했는가? 박인수의 공판(1955.7.8)이 방청권을 발부했음에도 불구하고 6~7천 명의 방청객이 들어차 재판이 연기될 수밖에 없었던 그 대중적 참여 열기까지 감안하면, 이에 대한 해명은 전후사회를 관류하고 있던 시대정신을 탐색하는데 유효한 통로가 될 것이다.

이승만 정권의 권위주의 지배에 순응했던 대중들이 '내재적인 민중생활상의 요구에 기초하면서도 자기들의 소시민적 의식을 매개로 한국사회의 현실에 대한 비판을 민주적 요구로 제기[8]하면서 점차 사회에 대한 부정적·비판적 인식을 표현하는 방향으로 그 태도가 전환되는 징표로 보아야 하는가, 아니면 한국전쟁의 '수난의 경험이 의욕의 저상(沮喪)이나 염세지향적인 것이 아니고 오히려 현실에 대한 더 강한 긍정과 낙관 그리고 현세 지향적'[9]이었던 전후 대중들의 공적 소극성과 사적 적극성의 모순된 집단심성의 발로인가. 그것도 아니면 '남자들은 자기 자신이 박인수가 되지 못한 것을 무척 유감스럽게 여기는 눈치였고, 여자들은 박인수 같은 남자와 교제해 볼 기회를 은근히 기대하는 그래서 박인수는 법의 심판을 받고 사회의 규탄을 받는 죄악의 사람이라기보다도 일약 영웅적 존재가 되는'[10] 대중들의 지적 빈곤 내지 속물적 욕망의 발산인 것인가. 또는 결혼 전부터

떤 전문적인 지식을 필요로 하는 내용이 아니기 때문에 순연히 신문사회면 기사의 통계로써 얻은 결과만 가지고 썼다고 한다. 정비석, 「소설과 모델문제」, 『동아일보』, 1956.6.2.

8) 오유석, 「1950년대 남한에서의 민족주의」, 유병용 외, 『한국현대사와 민족주의』, 집문당, 1996, 116쪽.

9) 라종일, 「한국전쟁의 의미; 한국의 입장」, 김철범 편, 『한국전쟁을 보는 시각』, 을유문화사, 1990, 87쪽.

10) 정비석, 「박인수의 경우」, 『전망』제1권2호, 1955.10, 143쪽.

내통하던 정부(情夫)가 있었던 살인용의자를 미인스타로 윤색해 살인죄마저 용서하게 만든 옐로저널리즘의 상업성과 이에 뇌동한 대중이 공모해 만든 합작품이었던 '김정필사건'의 재판(再版)에 불과한 것인가.[11] 어느 한쪽으로 귀속시킬 수 없는 복잡성이 전후 자유부인 증후군의 문제성이라 할 것이다.

분명한 것은 당시 대중들은 조봉암이 일컬었던 '피해대중'으로만 존재하지 않았다는 사실이다.[12] 점차 생활에의 의욕과 자각이 움트면서 대중들은 동원과 감시를 통한 국가권력의 국민 만들기에 순응하면서도 이에 전적으로 포섭되지 않는 일탈적 주체로 존재했다고 볼 수 있다. 자유부인 신드롬에 대해 여러 해석이 가능하나 적어도 대중들의 지적 빈곤 혹은 속물적 욕망의 발산으로만 볼 수 없다. 신체와 생활의 차원에서 근대적 주체로 신생하려는 대중들의 근대적 욕망의 거대한 분출로 보는 것이 사실에 더 가깝다. 일상적 문화가 그 일탈을 욕망하는 분출구로 작용하면서 풍속의 거대한 변화가 초래되었다는 잠정적 가설을 설정해 두고자 한다.

『자유부인』이 지닌 또 다른 사회문화사적 의의는 전후 문화텍스트의 검열, 특히 풍속검열의 존재 양상을 잘 보여준 점이다. 1950년대는 지배이데올로기의 광범한 확산과 침투를 위한 목적에서 반공주의 검열 및 반일주의 검열을 핵심으로 한 사상검열이 정략적으로 엄격하게 시행되었다.[13] 제도적 차원에서 나름의 형식적 합법성을 기조로 한 유입 통로의 차단에서부터 허가 취소와 발행 정지

---

11) 「엉터리없이 만들어내는 신문기자의 미인제조 비술」, 『별건곤』, 1928.8. 1924년 20살의 여인이 남편을 독살한 혐의로 사형판결을 받았으나 대중적 관심과 동정 여론이 일면서 무기징역으로 다시 12년 구형으로 감형이 된다. 항소심 재판에 수천 명의 인파가 몰려들어 근처 도로가 마비되고 (「인산인해의 재판소」, 『시대일보』, 1924.10.11), 그녀의 구명을 위한 대중들의 투서가 판검사에게 쇄도했다는 기사(『동아일보』, 1924.9.8)를 통해 이 사건에 대한 대중의 관심과 참여 정도를 짐작할 수 있다.

12) 그것은 1956년 5·15 정·부통령선거에서 발현된 대중들의 민주주의 정치의식을 통해서 확인할 수 있다. 한태연은 선거 결과가 갖는 의의를 첫째, 현 정부에 대한 지지/반대로 확연히 나뉜 것은 국민을 억누르는 어떠한 권력도 단연코 인정할 수 없다는 국민들의 저항의 표시이며, 둘째 정체(정치인의 사고)와 진보(국민의 자각)의 정반대 현상은 비생산적 정치권력의 종언을 고하는 조종을 의미하는 것으로 분석한 가운데 5·15선거는 "쓰레기 속에서 장미의 꽃을 피우게 한" 민주국민의 승리로 평가했다. 한태연, 「5·15는 민주국민의 승리」, 『대학신문』제149호, 1956.5.28.

13) 1950년대 문화정책과 검열의 관계 양상에 대해서는 이봉범, 「1950년대 문화정책과 영화 검열」, 『한국문학연구』37, 동국대 한국문학연구소, 2009 참조.

와 같은 비합법적 통제 수단을 모두 동원해 선제적·공세적으로 추진되었다. 이에 비해 풍속 차원의 검열은 반일주의 검열과 연동돼 일본문화에 대한 금압 정책을 폈음에도 불구하고 상대적으로 온건한 편이었다. 가시적으로 드러난 것을 보면, 『챠타레이부인의 연인』과 「구관조」(조향)의 관능묘사로 인해 주간지 『썬데이』2호가 판금된 사건(1952), 김광주의 「나는 너를 싫어한다」의 인물모델 문제로 『자유세계』 창간호가 (광무)신문지법이 적용되어 압수 파기 및 전문 삭제된 사건(1952),[14] 『서울신문』에 연재 중이던 이종환의 『人間譜』(1955.5.6~27)가 양공주의 생활 안팎을 해부했다는 이유로 공보실의 행정명령으로 연재 22회 만에 게재 중지 처분을 당한 것, 대중지 『부부』가 풍기 문란한 편집으로 공보실에 의해 판금 처분된 사건(1958), 대중지 『야담과 실화』가 신문에 게재한 광고문 가운데 서울시의 처녀 60%가 처녀성을 상실했다는 문구로 인해[15] 강제 폐간(판권 취소)되는 사건(1959) 정도가 있을 뿐이다. 전시에 발생한 김광주 필화사건을 제외하면 사건의 파장도 거의 없었다.

풍속교란, 풍기문란의 온상으로 누차 지목되었던 외화(外畵), 대중잡지, 만화 등에 대한 검열의 가시적 흔적을 찾아보기 어렵다. 『자유부인』은 이 같은 풍속검열의 작동과 관련한 저간의 사정을 잘 시사해준다. 정비석에 따르면, 『자유부인』

---

14) 80매 분량의 이 단편은 권력자(선전부 장관) 부인이 중년성악가를 댄스홀과 호텔로 유인해 희롱한다는 줄거리로 되어 있는데, 순박한 가정(성악가의 부인)과 돈과 권력층의 유탕(遊蕩)을 대조시켜 특권층의 병리적 세태를 풍자한 작품으로 볼 수 있다. 그런데 그 부인이 당시 공보처장(이철원) 부인을 모델로 한 것이라는 풍문이 돌고 이에 공보처장 부인이 김광주를 직접 만나 소설을 취소하라고 요구하나 김광주가 거절하자 공보처장 측근이 무차별 폭행을 가하고 강제로 사과문을 쓰게 하는 일이 발생하면서 권력/예술이 자유의 대립으로 비화되어 큰 파장을 일으켰다. 이 사건으로 『경향신문』에 연재 중이던 『태양은 누구를 위하여』까지 중단되는 등 경제적·인적 고초를 겪었던 김광주는 뒤에 이 소설의 영화화를 승낙하고(각색:김소동, 감독:권영향, 수도극장, 1957.5.22.), 제3창작집 제호를 '나는 너를 싫어한다'로 붙이면서 그 이유를 "어디까지나 대한민국은 법치국가라는 것이다. 한 개 작가가 자유로운 공상과 허구로써 만든 문학작품이 영화화되거나 단행본으로 나오는데 어떤 부당한 권력의 탄압이나 제재를 받아야 하는 우리의 대한민국이 절대로 아니라는 것을 나를 끝까지 믿고 살 수 있는 행복스러운 백성으로서의 자신을 버리기 싫기 때문"이라며 권력의 부당한 횡포에 대해 우회적인 비판을 표시한 바 있다(김광주, 『筆禍·舌禍·人禍; '나는 너를 싫어한다'사건 이후 내게 남은 것은 무엇인가』, 『신태양』, 1957.1, 108쪽). 이 스캔들이 갖는 문화사적 의미는 헌법상 표현의 자유(또는 학문과 예술의 자유)을 둘러싼 정치권력/사회·문화세력의 길항이 집약·분출된 사건이자 문단(학)이 정치권력에 종속되는 한편 문단 내 분열(화)이 본격화 되는 계기로 작용했다는데 있다.

15) 오종식, 『硯北漫筆』, 민중서관, 1960, 213쪽.

연재 도중에 국가공무원의 체면을 손상시켰다는 이유로 치안당국에 두어 차례 불려가 취조를 받았고, 모 여성단체 사무국장이 서울시경찰국에 고소장을 제출해 조사를 받았으며, '『자유부인』은 대한민국의 혼란상을 여지없이 폭로함으로써 이적행위를 감행했으니 자유부인의 작가는 제5열이다'는 투서가 특무부대에 접수되어 서울신문사를 통한 신원조사를 받았다고 한다. 또 소설이라 할지라도 한글간소화를 적극적으로 반대하는 내용을 두고 신문사측이 내용 변경을 요구했으나 이를 자신이 거부함으로써 소설 중간에 '7행 삭제', '몇 십자 삭제'와 같은 형식으로 발표될 수밖에 없었다고 증언했다.[16]

정비석의 진술을 통해 풍속검열과 관련한 두 가지 사실을 유추해 볼 수 있다. 첫째, 풍속검열에 있어 검열당국의 직접적인 통제보다 미디어 자본의 자체 검열(간접검열)이 더 크게 작동했다는 점이다. 그것은 독자적인 재생산조차 버거웠던 1950년대 신문자본의 열악한 조건과 불가분의 관계가 있다. 즉 당대 신문자본이 공통적으로 관권/민권의 대립구도 속에서 민권수호투쟁을 통해 문화적 상징권력을 확보해 필사적인 생존의 활로를 모색하려는 움직임과 더불어 정치권력의 물리적 지원에 상당부분 의존할 수밖에 없는 모순된 상황으로 말미암아 검열의 통제를 벗어나기 위해 신문자본 스스로가 보다 엄격한 기준을 적용했을 가능성이 높다.[17] 정치권력의 입장에서도 언론출판의 내용물을 직접 검열·통제하는 것보다 해당 미디어의 경제적·물리적 자원, 특히 용지 할당을 통제하는 것이 경제적이며 그 효과 또한 실질적일 수 있다. 따라서 사상검열과 달리 풍속검열은 사회적 물의를 야기하지 않는 한 직접적인 칼날을 들이댈 필요가 없었다. 이 점이 전후 담론 장에서 급진성을 띤 풍속담론이 번성할 수 있었던 제도적 요인으로 작용했다.

둘째, 대중이 또 다른 검열자로 등장했다는 점이다.[18] 국가권력의 절대적 우

---

16) 정비석, 「'자유부인'의 생활과 그 의견」, 『신태양』제6권1호, 1957.1, 102~104쪽.

17) 당시 『서울신문』 문화부장이던 이덕근의 회고에 따르면 신문사측이 여론을 의식해 작자의 원고를 임의로 수정 가필해 정비석과 마찰을 빚었다고 한다. 이덕근, 「연재소설 『자유부인』과 그 논쟁」, 한국신문연구소, 『언론비화 50편』, 1978, 634쪽.

18) 여기서 대중의 검열자란 이어령이 김수영과 벌인 이른바 '불온시논쟁'(1967~68)에서 제기했던 것과는 그 표현 의미가 조금 다르다. 즉 이어령은 당대 문화의 위기를 정치권력의 검열, 문화기업

위 속에 정치를 비롯한 공적 영역에 대해선 소극적·순응적 멘탈리티로 무장하여 불이익을 동반할 가능성이 있는 참여에 대해 극히 소극적인 태도를 지녔던 일반 대중들이[19] 적어도 자신들의 현실생활과 밀접한 관련이 있는 사안에 대해서만은 커뮤니티 공간에 적극적인 참여를 감행했던 것이다. 여기에는 도시로의 인구 유동과 급격한 도시화, 교육의 확대, 사회적 리터러시의 증대, 매스커뮤니케이션의 성장, 사회적 평등의식의 확산 등과 같은 사회구조의 변화에 따른 정치의식의 변화가 촉진되는 흐름과 이승만 정권이 견지했던 자유민주주의적 제도의 틀 속에서 제한적이나마 언론자유의 공간이 존재했던 조건 등이 복합적으로 작용했다고 추정할 수 있다.

이런 적극적인 참여가 일회적으로 그친 것이 아니고 점진적으로 확대되어 간다는 점이 더 중요하다. 그 방식 또한 철저한 타락(?)을 통해 구원을 도모하는 역설적 모럴의 양식, 문화텍스트의 소비, 사건사고에 대한 즉자적 반응에 머무르지 않고 사회문화적 의제에 관한 담론 장에서의 자발적이고 능동적인 발언·참여로까지 다양하게 나타난다. 당대 대중들은 '집권층에 무조건적으로 맹신·복종한 신민(臣民)형의 정치성향[20]'에서 그들 스스로가 벗어나고 있었던 것이다. 따라서 문화상품의 생산주체들은 영합의 형태든, 계몽의 형태든 과거와 달리 대중을 크게 의식할 수밖에 없었다. 1950년대 중후반 계급 갈등보다도 사회문화적 의제를 둘러싼 갈등이 상대적으로 비등했던 것도 이런 대중들의 자발성과 무관하지 않다. 이렇듯 『자유부인』은 전후 풍속의 사회적 존재에 관여되어 있는 국가권력, 저널리즘, 일반대중 사이의 관계망을 잘 드러내주는 보기 드문 텍스트다.

『자유부인』을 통해 확인할 수 있듯이 전후에는 풍속을 포함해 일상적 문화전반이 이질성을 내포한 미정형의 혼란으로 표출된다. 그 저변에는 한 신문이 적시한 바와 같이 현대적(탈근대적)인 것, 봉건잔재적인 것, 아프레게르적인 것의 착

가들의 지나친 상업주의, 소피스트케이트해진 대중의 복합적 압력에서 찾는 가운데 문화인의 주체성과 창조적 상상력을 실질적으로 구속한 것은 관의 검열보다는 대중의 맹목성과 이에 굴복한 문화인에 있다며, 이 보이지 않는 대중의 힘을 대중의 검열자로 명명한 바 있다.

19) 김동춘, 『분단과 한국사회』, 역사비평사, 1997, 21쪽.
20) 한배호, 「준경쟁적 권위주의 지배의 등장과 붕괴」, 한배호 편, 『한국현대정치론 I 』, 오름, 2000, 513쪽.

종, 즉 "사회의 기저엔 굳센 봉건의 유산이 있고, 그 위에 설익은 근대가 진행되었고, 현실사회의 템포의 괴리로 현대정신은 명동청년의 대사"[21]가 되는 양상이었다. 또 이것에 포섭되지 않는 근대적인 것, 식민지잔재적인 것까지 포함해 비동시적인 것들이 다양한 지층을 이루며 공서하고 있었다.[22] 그것은 비록 계층적, 세대적, 젠더적, 지역적 편차가 존재하나 개인의 생활과 의식에서도 대체로 마찬가지의 양상으로 현시되었다고 볼 수 있다. 그 결과 고상한 것/저속한 것, 공식적/비공식적, 합법적/비합법적, 전통적/외래적 등 상호 모순적인 표상들이 한데 뒤섞여 범람한다. 그 혼란은 과도기적, 전환기적 현상이란 술어로 설명할 수 없는 파괴력을 내포하고 있었다.

　　그런데 그 소용돌이는 국가의 근대화 기획과 전후 재건사업이 본격적으로 추진되는 1955년을 기점으로 공식적, 제도적 조정의 절차를 밟게 된다. 그 과정에서 풍속의 문제가 사회문화적 의제로 급부상한다. 그 담론적 전개는 대체로 '도덕(윤리)의 표준정하기'라는 틀 속에서 수행된다. 국가권력은 '국민도의의 확립'을 목표로 도의운동을 정책적으로 시행하는 한편 행정단속과 검열을 동원해 풍기의 관장자로 나선다. 대통령이 담화를 발표해 부녀자들의 생활태도와 몸가짐까지 간섭한다. 미디어들은 풍속을 매개로 사회문화 부문의 의제를 주도함으로써 문화적 상징권력을 확보하려는 전략 속에 풍속과 관련한 담론을 대량으로 생산해 전파시킨다. 정치권력의 강압적·획일적 정책에 저항하면서도 또 다른 가이드라인을 자체적으로 제시하는 모순적인 행보를 보인다.

---

21) 「한국문화의 재검토」, 『한국일보』, 1958.1.17.

22) 문화 또는 풍속과 관련한 법과 제도의 측면에서는 미군정 잔재도 작동하고 있었다. 일례로 군정법령 제88호('신문급기타정기간행물 허가에 관한 건', 1946.5.29.)가 적용되어 『경향신문』이 폐간되는 사건(1959.4.30)에서 확인할 수 있는데, 공보처가 허가취소의 법적 근거를 제88호로 밝히자 이에 불복한 경향신문사 측이 법원에 가처분신청을 제출하고 이에 서울고법이 폐간처분 효력정지 가처분을 확정함으로써 제88호의 위헌여부 문제가 논란이 된다. 특히 헌법100조(현행법령은 이 헌법에 저촉되지 아니하는 한 효력을 가진다)에 대한 해석의 차이, 즉 경향신문사 측이 제88호가 실효되었다는 논거도 헌법100조였고, 법원 측이 유효하다는 주장의 근거도 역시 헌법100조였던 관계로 폐간처분의 합법성 여부가 팽팽히 맞서나 법원의 판결 직후 공보처가 무기정간 처분을 내림으로써 종결된다. 이 사건뿐만 아니라 신문지법이 폐지된(1952.3) 후 제88호는 1950년대 언론출판 통제의 법적 기제로 활용되다가 5·16 직후 '외국정기간행물수입배포에 관한 법률'(1961.12.30) 제정을 계기로 공식 폐지된다(부칙②).

중요한 것은 성 도덕표준이 현실적으로 존재하지 않는다는 데 있다. 따라서 각 세력의 특수한 이익에 기초해 기존의 도덕표준을 변경하거나 창안해야만 했다. 문제는 그 과정이 도덕표준의 가이드라인으로서 강력한 구속력을 발휘하는 법률이 새롭게 제정되지 못하고 법리상으로는 여전히 법적 효력을 지닌 식민지 법률의 권위가 부정되는 상황으로 인해 지난할 수밖에 없었다. 그 결과 서로 모순된 이해만큼이나 다양한 도덕표준이 제기되었고 자신들의 이해관계에 대립하는 것은 부도덕하고 부당한 것이 된다. 당시 풍속담론 대부분이 방종, 퇴폐, 향락, 타락과 같은 부정적 내용으로 구성된 것은 이 때문이다. 요약하건대 도덕표준을 중심으로 전개된 전후 풍속담론은 각 세력의 투쟁과 타협, 갈등과 교류가 일어나는 장이었다고 할 수 있다. 풍속의 소용돌이에 대응한 풍속담론상의 인정 투쟁이 무엇을 향한 것인지를 살펴보는 것도 이 연구의 주요 관심사다.

2. 열전과 혁명 사이, 전후 풍속의 혼돈과 시대성

1950년대 역사는 한국전쟁의 폐허란 자장 속에서 전개되었다. 그 폐허더미의 황원(荒原)은 6·25의 체험과 결부돼 논리와 합리로는 쉽게 석명되지 않는 비극, 참혹함, 무질서로 기억되고 재생된다. 전쟁 체험의 수준과 수용 방식에 따라 비극의 농도는 다를지언정 그 기억은 대체로 '아아 50년대! 라는 불치의 감탄사'[23]에 포괄된다고 할 수 있다. '6·25는 미소의 패권주의와 냉전논리가 강요한 실험적인 대리전'[24]이라는 수준의 전쟁 인식은 한참 뒤에나 가능했다.

전후에는 전쟁과 그것이 초래한 공포와 외상이 생활과 의식을 절박하게 압도하는 가운데, 특히 젊은 세대에게는 전쟁의 참혹함을 되새김질하기보다는 애써 망각하고 새롭게 눈뜬 신사조에 맹목적으로 탐닉하는 풍조가 주조를 이뤘다. 최일남은 '불확실성으로 점철된 안개'속에서 피(被)위안 심리와 도착의 순간성에 의탁해 비극을 희석시키려는 절망적 몸부림으로,[25] 고은은 '실존주의와 코스모폴리

23) 고 은, 『1950년대』, 청하, 1989, 19쪽.
24) 김병걸, 『실패한 인생 실패한 문학』, 창작과비평사, 1994, 149쪽.
25) 최일남, 「50年代의 안개」(1981), 『장씨의 수염』, 나남, 1986, 336~337쪽.

탄적인 비애가 만원을 이룬 감탄사의 세대, 절망적인 디오니소스의 감탄사만이 이유가 된 세대[26]로 당시 자기세대의 정체성을 설명한 바 있다.

이에 비해 4·19세대의 일원인 박태순은 전쟁 후 1950년대 한국사회를 국제정세의 타율적 조건 위에서 분단고착화가 장치되고 개막된 신식민사회로서, 구체적으로는 지배층의 기반 확보 노력이 제일 두드러진 시기이며 경제적으로는 양공주가 벌어들인 외화와 미군의 소모품 전략물자가 중요한 경제적 토대를 이루고 있던 한국근대사 전개과정에서 또 다시 맞이한 퇴보적인 시대로 규정한 가운데 폭력과 허무주의의 논리로 이 시대(1953~54년)의 본질을 해부한다.[27] 즉 겉으로 풍미한 자유·민주보다는 폭력이 1950년대의 실질적인 이데올로기라는 인식에 기초해 힘의 즉물성에 의지하는 행동주의자, 자신의 더 나은 삶을 개척하기 위해 일단 모든 것을 겪어보자는 비선택적 체험주의자, 자기 실존을 고통스럽게 응시하면서 문학예술을 통해 허무를 넘어서려는 문화주의자 등 세 인물의 지적 방황과 서로 다른 행동양식의 상호관련을 통해 1950년대 불가사의한 역사의 근원을 소설적으로 탐사한다.

소설을 통해서이나 이 작업을 통해 박태순이 도달한 지점은 그 행동양식들이 공통적으로 품고 있던 유토피아 지향은 현실 논리에 의해 패배할 수밖에 없었으나 그 패배가 역사적 현실에 대한 성찰('사학도')로 전위되는 과정에 새 역사의 역할을 위한 하나의 진통이 잠재적 형태로 내장되어 있다는 발견이다. 그 진통이 어떤 형체를 갖추고 전개되었는지는 더 이상 밝히고 있지 않지만, 중요한 것은 전쟁의 폐허란 자장이 현실에서의 극한적 절망과 그 반대급부적인 표출인 미래에 대한 절대 희망이 함께 자성(磁性)을 이루고 있었다는 인식이다. 그 희망의 자성은 한국전쟁이 만들어낸 또 다른 역사적 산물이었다.

기실 한국현대사의 총체적 변동의 계기가 된 한국전쟁은 비극의 원천이었지만, 시각을 달리하면 과거의 낡은 유산을 파괴하고 새로운 사회질서가 구축되는 결정적이고 획기적 전환점이기도 했다. 박명림은 한국전쟁의 역사적 위상을 설

---

26) 고 은, 앞의 책, 30쪽.
27) 박태순, 『어느 사학도의 젊은 시절』, 심설당, 1980, 5~18쪽.

정하는 자리에서 '분단의 역설'을 제기했다. 즉 한국전쟁은 장기 지속적으로 민족 분단의 고착과 상시적 남북대결 구조의 정착, 세계냉전의 동아시아적 축도로서의 한반도의 냉전 전방 초소화, '한국전쟁 이후 체제(the post-Korean war system)에서의 균등화·평등주의·균질화의 확산, 보편이성의 상실에 따른 외눈박이 인식질서를 본질로 하는 분단의 정신구조 형성, 남북대결과 체제수호의 핵심으로서 군대의 비대화와 정치화, 절대절망과 집단 경쟁의지의 생성, 반공주의와 민주주의의 분리에 바탕을 둔 한국 민주주의 발전, 성찰이 부재한 문화전변(혁명) 등과 같은 결과를 초래했지만,[28] 그 전쟁이 남긴 질서는 남북한 모두에게 체제경쟁에서 우위에 서기 위한 자원의 추출과 집중, 동원을 최고 수준으로 가능케 하였고 폭발적인 사회발전을 이루어내게 했다는 것이다.[29] 그것이 비록 민주주의의 유예나 개인 지배, 독재를 정당화시키는 근거가 되는 모순성을 지녔지만 한국전쟁이 건설적인 배반성을 지녔다는 지적은 한국전쟁 후 남한체제 미시적으로는 1950년대 한국사회를 이해하는데 유용한 논리적 거점을 제공해준다.

같은 맥락에서 전쟁의 역설이 제기되기도 했다. '한국전쟁 축적구조', 즉 한국전쟁이 전근대적 계급관계를 중심으로 한 낡은 유제를 깨끗이 청소하고 그 자리를 평등주의, 개인주의, 황금만능주의, 경쟁이데올로기가 대체·확산되는 시민혁명의 과제를 철저히 수행함으로써 한국자본주의의 고도 자본축적이 가능하게 되었다는 주장이다.[30] 한국전쟁 과정에서 형성된 자본의 절대적 우위 아래에서의 억압적·종속적 노자관계가 이후 고도축적의 기초가 되었다는, 다시 말해 한국전쟁이 동아시아 냉전체제와 한미일 영구 군비경제의 구도를 확립하여 한국자본주의 발전의 원점에 해당하는 의미를 지닌다는 분석 또한 전쟁의 역설적 긍정성에 주목한 견해다.[31] 그 역설은 특히 사회문화적 영역에서 풍부하게 발견된다.

강인철은 한국전쟁의 역사적 중요성이 국민통합의 달성과 근대화를 위한 사

---

28) 박명림, 『한국 1950 전쟁과 평화』, 나남, 2002, 31~41쪽 참조.

29) 박명림, 『한국전쟁의 발발과 기원(II)』, 나남, 1996, 889쪽.

30) 정진상, 「한국전쟁과 전근대적 계급관계의 해체」, 경상대학교 사회과학연구소, 『한국전쟁과 한국 자본주의』, 한울, 2000, 51~55쪽.

31) 정성진, 「한국전쟁과 영구군비경제」, 경상대학교 사회과학연구소, 위의 책, 125쪽 참조.

회문화적 기반의 조성이라는 점에 주목하면 더욱 두드러진다는 전제 아래 한국전쟁으로 인한 사회문화적 변동의 폭과 내용을 다각적으로 분석해 1950년대 근대화의 특징적 양상을 규명한다. 그의 해석에서 주목되는 것은 경제적 근대화를 위한 비경제적 조건의 형성, 다시 말해 자본주의적 산업화와 문화의 역사적 결합 방식의 중요성에 착안해 1950년대 한국사회가 이 조건들의 형성에 결정적으로 중요한 시기였으며, 이와 관련해 근대적인 사회통합을 위한 사회적·문화적 기초의 형성과 함께 산업화를 촉진할 가능성이 높은 방향으로 전통의 근대적 재해석 내지 변용이 활발하게 이루어졌고, 아울러 근대화가 모든 지역과 사회계층을 동일한 강도와 정도로 전개되는 것이 아닐 뿐 아니라 근대화의 과정은 반근대화 내지 재전통화까지 포함하여 복합적이고 역동적인 과정으로 전개되었다는 분석이다.[32] 이 같은 근대화의 모순적 전개는 불균등성을 동반하면서 전후 풍속에도 연동되어 나타난다.

그런데 전후 풍속의 소용돌이는 한국전쟁으로 야기된 것뿐만 아니라 8·15해방 후의 유산이 지속된 면도 크다. 10년이란 짧은 기간 압축적 변화의 연속선상에 전후 풍속의 난맥상이 존재한다. 그 변화의 진폭과 실상은 당대 저널리즘의 각종 특집에 묘사·재현되어 있다. 그 연속성의 일단을 파악하기 위해 우선 해방 직후 서울의 풍경을 먼저 제시한다.

1946년 10월 서울, 중앙청에 성조기가 휘날리고 급조애국자들의 정치집회와 테러가 난무하는 도심 한가운데로 매번 연착하는 초만원의 전차에는 순경의 검속을 비웃기라도 하듯 소매치기가 극성이고 그 옆으로 미군들(및 그 부인네)의 인력거 경주가 아스팔트 위를 질주하며 탑동공원에 운집해 있던 실업자

---

32) 강인철, 「한국전쟁과 사회의식 및 문화의 변화」, 한국정신문화연구원 편, 『한국전쟁과 사회구조의 변화』, 백산서당, 1999, 197~203쪽. 그는 1950년대 근대화 과정의 복잡성이 '한국사회에서 독특한 유형의 근대성이 원형적으로 형성된 일종의 틀 형성의 시기'로 규정하면서 그 양상을 다음과 같이 설명하고 있다. "1950년대의 한국적 근대는 도시를 중심으로 한, 축소된 가족주의와 확대된 가족주의의 동시적 발전을 축으로 한 가족주의의 근대적 재편, 근대적인 자원과 투입의 도시로의 집중과 집적, 신문·잡지·라디오방송·영화 등 대중매체의 발전에 기초한 근대적이고 미국적인 대중문화의 형성, 농촌 내 힘 관계의 역전에 기초하여 도시의 미국적 근대성에 반발하는 농촌의 재전통화를 모두 포함하며 또 그것들을 핵심적 구성요소들로 삼는 것이었다."(300~301쪽).

일부가 그 가족들을 동반하고 '일, 집, 쌀!'을 외치며 배고픈 행진을 하고 있다. 가로에는 괴상한 두발 화장을 한 '못된 껄'이 껌을 씹으며 조선말 일본말 영어가 뒤범벅된 '나무흐도 새로운 뉴—슨데'를 발하며 댄스교습소로 향하고 즐비한 왜물 노점에는 일본인들이 버리고 간 각종 물건들이 외국인을 상대로 고가로 팔리고 있다. 청계천변에는 옷과 신발가게, 순댓국과 대포술집, 간이 이발소와 사진관, 고본옥, 자전거 수리점, 공중도박장, 사주 관상 손금을 보는 점집, 침 뜸 사마귀 뽑기를 하는 집, 두개골과 골동품 등 온갖 도적질 한 물건들이 싼 값에 팔리고 있고 그 밑으로는 뼘과 미군깡통 마분지박스 등 폐품을 수집해 파는 일명 '고급거지'가 오판수다리에서 수표다리까지 진을 치고 있다. 포스터와 삐라가 겹겹이 붙여진 건물 옆 골목으로 접어들면 쓰레기통과 공중변소의 오물들이 길이 막힐 정도로 넘쳐 나고 약 3천 명의 부랑아와 걸인들이 '서양담배 쪼코래또 다이야찡 삽쇼'를 외치면서 누비고 있으며 배급소에는 쌀 배급을 받기 위해 부녀자들이 아침부터 장사진을 치고 난투극까지 벌이지만 일부는 허탕을 치고 배급소직원의 불친절에 화를 내며 집으로 발걸음을 옮긴다. 명동 뒷거리 회현동의 PX거리에는 수시로 '바가지 바가지'(헌병)를 외치는 소리가 왁자지껄한 가운데 전재민 소년소녀들의 양품(洋品) 장사가 번창하고, 서소문에는 약 20만 명에 이르는 아편쟁이들에게 마약을 공급하는 소매상과 여기에 목숨을 저당 잡힌 중독자들이 수시로 드나들고, 청량리의 뇌병원(정신병원)에는 정원을 초과한 과대망상가들로 들끓고 있으나 저녁에 전기가 잠깐 공급되는 동안만 전기치료를 할 수 있는 실정이다. 동대문 밖 서울경마장에는 남녀노소 각계각층을 망라한 사람들이 교통이 차단될 정도로 모여들어 허황한 희망을 꿈꾸고, 장충동의 국립전재민수용소는 돼지막의 단층 건물에 2천명이 수용되어 꼽추생활을 하는 가운데 대부분 품팔이노동자로 생계를 꾸리고 있다. 여기에 수용되지 못한 전재민들은 용두동과 왕십리에서 수표교까지 상자주택과 토굴에서 생활한다. 신마찌(新町)와 병목정에는 공창뿐만 아니라 사창가가 조성되어 매음의 문성성시를 이루고 그것은 남산 도처와 삼각지의 미군 상대 매음굴로 이어져 하나의 거대한 인육시장을 형성하고 있다. 도심 극장뿐만 아니라 황금정 육정목 근방의 가설극장에서도 악극단 공연과 영화를 보기 위해 모여든 사람들로 언제나 만원이고 이곳을 밀회 장소로 애용하는 중학생들이 삼삼오오 모여 있다. 영락동 전차정거장 근처에는 '사교댄스연구소'라는 간판을 단 유한마담구락부가, 황금정 근처 빌딩지하에는 양인(洋人) 상대의 인텔리 여성들의 '깨구리무도회'가 번성하고 있다. 어디 그뿐이랴. 밤이 되면 해방 후 우후죽순처럼 생겨난 무허가 카페, 빠, 댄스홀, 요정으로 인력거에 몸을 실은 군정 통역관과 정치브로커 모리배 간상배들이 모여들어 신흥계급(신흥금만가와 정치브로커)과 전재민들(접대부)이 어우러지는 무아경의 홍등가를 연출하면서 한 달에 약 1억 원을 소비하고 있다. 서울역에는 매일 밤 일확천금의 꿈을 좇는 무역풍에 들뜬 모리배와 명사들의 가방이 일본과 마카오로부터 오는 밀수품을 받기 위해 부산행 열차에 가득가득 실려 떠나간다.

위의 이야기는 『서울의 표정』 시리즈(『경향신문』, 1946.10.6.~11.9, 22회 연재)를 저자가 재구성한 것이다. 소설의 한 장면을 연상케 하는 이 같은 서울의 풍경은 그러나 서울의 엄연한 역사적 현실이었다. "카오스의 도가니", "난민들의 총집결처", "생존을 위한 원시적인 정글", "전국의 친일반역자들의 도피처" 등으로 묘사되거나[33] "완전한 무질서", "아사리판", "무법천지"로 기억되는[34] 이 서울의 혼란상은 전후 풍속의 실상과 그리 멀지 않다.

『동아일보』의 '해방10년의 특산물'시리즈(1955.8.16~25)는 해방10년 동안의 변모된 특징적 세태 10가지를 변태적 특산물이란 다소 희화적인 표제로 소개하고 있다. 첫 번째로 꼽은 것이 자유선풍이다. 민주주의의 두 원리인 자유와 평등이 해방과 더불어 이 땅에 소개되어 열광적인 환대를 받았으나, 자유는 '남편 몰래 댄스하는 자유, 전차 간에서 술주정하는 자유, 깊은 밤중에 라디오를 틀어 벅석대는 자유, 좁은 길 자동차를 세우고 혼자 다니겠다는 자유' 등 '자유로 안 통하는 데가 없고 자유면 못할 일이 없을 정도가 되어 그저 자유, 자유, 자유로, 악의 자

---

33) 김병걸, 앞의 책, 118~119쪽.
34) 리영희, 『역정』, 창작과비평사, 1988, 112쪽.

234 전향, 순수, 전후, 참여—대한민국 문학의 형성과 매체

유, 방종의 자유'가 범람하고, 평등 또한 무조건적인 동등권으로 오인돼 사제 간의 동등권, 부부 간의 동등권 요구가 빗발치는 세태를 꼬집고 있다. 그러면서 아직은 미미하지만 점차 자유와 책임, 평등과 존중의 관계에 대한 인식이 싹트면서 자유민주주의 본래의 궤도에 진입하고 있는 것에 긍정적인 평가를 내리고 있다.[35]

양공주의 범람도 주요 특산물로 간주하는데, 고급주택에 정식부인으로 들어앉은 양부인에서부터 직업적 양공주에 이르기까지 그 수효가 한창 번창했을 때는 2만을 넘었으며 극소수의 일부 탈선여성 외에 대부분은 불가피한 생활사정으로 몸을 팔게 된 구호대상자들이라고 본다. 1954년 봄부터 미군부대가 대거 철수하면서 이들 대부분은 스스로 사창굴로 잠입해 고된 생활을 이어가는 형편이며, 사회적으로는 여전히 타락 여성의 전형으로 인식되나 일부는 적성휴전감시단철거 국민운동에 궐기해 외인 상대를 거부한 애국파도 있다며 이들을 기막힌 주요 구호대상자로 간주하고 있다.[36] 당사자들뿐만 아니라 그 부산물인 혼혈아 문제까지 포함해 양공주의 범람은 해방과 한국전쟁으로 인해 새롭게 발생한 사회문제였다. 특히 '해방어린이'로 지칭되는 수천 명에 이르는 혼혈아들이 취학 적령이 되면서 이들에 대한 편견과 국민교육의 문제가 사회적 쟁점으로 부각되기에 이른다.[37]

그리고 인육시장, 즉 사창의 창궐을 해방의 부산물 중 가장 가공할 특산물로 거론한다. 필요악이라는 해석과 여권회복 간의 첨예한 논쟁 끝에 공창이 폐지(1948.2.14)된 후 더욱 번창했던 사창이 한국전쟁에 따른 생활고와 사회윤리의 이완으로 인해 전쟁미망인, 직업여성, 양공주, 여학생, 양가규수까지 대거 합류해 인육시장이 급성장한 가운데 검진제도가 제대로 실시되지 않아 망국병인 화류병이 양가까지 위협하는 실정이라는 것이다.[38] 1952년 5월의 통계에 따르면 검진

---

35) 『동아일보』, 1955.8.15.

36) 『동아일보』, 1955.8.18. 전시에도 양공주들은 온갖 사회적 비난 속에서도 친목단체인 '백합회'를 결성해 북진통일궐기대회에 참여하거나 반공석방자 원호기금을 기탁하는 등의 사회적 활동에 적극적으로 참여했다(『조선일보』, 1953.7.10).

37) 「혼혈아와 국민의무교육—감정의 융화가 선무」, 『서울신문』, 1953.5.1.

38) 『동아일보』, 1955.8.25.

을 받은 여성이 댄서 2만 997명, 위안부 22만 7,387명, 접대부 2만 4,950명, 밀창(密娼) 2만 6,623명, 기타 1만 532명으로 나와 있는데,[39] 공식적으로도 윤락여성의 규모가 31만이 넘었다는 사실을 확인할 수 있다. 전후에는 그 규모가 더 늘어나는 추세였다. 단순히 성 모럴의 변화로 해석하기 어려운 사창이나 매음의 성행은 풍기, 국민보건, 도덕, 여성인권 등 여러 차원에 걸쳐 대두된 전후 풍속의 최대 쟁점으로 부각된다.

『한국일보』의 '광복10년 풍물수첩'특집(1955.11.29~12.7) 또한 해방 후 새롭게 등장한 특징적 풍물 8가지의 변천상을 소개하고 있다. 그 중 풍속의 변화와 관련된 것은 남녀평등의 진전이다. 정관계 요직에 여성의 진출이 현저해지고, 신형법의 공포로 간통쌍벌제가 법제화되어 쌍벌고소의 위력이 가시적으로 드러나고 있으며, 남편의 경제적 무력에 대응해 계를 통해 수백만환의 거액을 현금으로 취급하면서 회사를 상대로 한 고리대금업에 나선 여성이 늘면서 여성의 경제적 영향력이 막강해진 것 등을 그 예로 제시한다. 그 현상이 일부 대도시에서만 나타나고 농촌은 여전히 가부장 중심의 의식과 질서가 온존하고 있는 도농 간의 극심한 편차를 문제로 적시하지만 이는 민주주의 발달과정의 과도기적 현상으로 불가피하다고 본다. 정작 문제로 삼는 것은 여남평등을 슬로건으로 내세운 신여성의 여권(女權)에 대한 강조가 왜곡된 형태로 발현되어 댄스를 못하는 남편을 버리고 가출하거나 시부모와 함께 살 수 없다며 별거를 당연시하는 경향이 농후해지는 것과 같은 역효과이다. 그 부정적 관점은 도미 유학보다는 부덕(婦德)의 신장을 통한 남녀평등의 민주적 향상이 요청된다는 주장으로 수렴된다.[40]

또 다른 풍속의 특징적 면모로 제시한 것이 요정과 다방의 증가일로 현상이다. 당국에 등록된 음식점 수가 1만 2,516개소, 다방이 1,004개소에 달하는데 부패, 협잡, 오직과 같은 사회악의 온상으로서 1인당 술값이 공무원 보수의 2개월분에 해당하는 평균 5~8천환인데도 불구하고 휴업계를 낸 곳이 한 곳도 없이 번창하고 있다며, 한국전쟁 이전 상공부를 가리켜 먹자판이라 했던 것이 사회전

---

39) 서중석, 『이승만과 제1공화국』, 역사비평사, 2007, 202쪽.

40) 『한국일보』, 1955.12.6.

반에 파급되어 먹고 먹이고 먹자판에 느느니 술집이라고 통박하고 있다.[41]

당시 신문이 바라본 전후 풍속의 난맥상은 대체로 해방 후 수용된 자유민주주의에 대한 오인과 남용에 그 기원이 있다는 분석이 주종을 이룬다. 그것이 전쟁을 거치면서 증폭된 가운데 고질화되었다는 것이다. 하지만 해방10년의 압축적 변화는 여러 풍속이 공인된 사회현상으로 자리를 잡아가는 과정이기도 했다. 댄스가 대표적인 경우이다. 해방직후 낙랑클럽과 미군들이 유행시킨 댄스가 일반에 전파되어 '두 집 건너 댄스홀'이 있을 정도로 사교의 수단으로 유행되었던 댄스 붐은[42] 1950년대 중반에 오면 대중오락의 대표적 양식으로 정착된다. 한 신문의 실태조사 자료에 따르면,[43] 1956년 서울에 성업 중인 사교무도장은 미도파, 동화, 모감보 등 총 17개소와 100개로 추산되는 교습소 및 비밀댄스홀이 있으며 하루에 평균 3천여 명이 댄스를 즐기는 형편이라고 한다. 댄스홀에 출입하는 계층은 40%가 상인, 30%가 군인을 포함한 공무원과 은행원, 나머지 30%는 가정부인을 포함한 여성과 대학생들이며, 구체적인 직업별로는 중소기업체 사장과 중역이 가장 많고 그 다음이 고급관리와 군인, 전쟁미망인, 상류계급의 가정부인, 은행과 무역회사의 여직원, 여대생들이며 교원층과 종교가들은 극히 드물며, 연령층은 30~40대의 중년층이 단연 압도적이라고 한다.

시비의 논쟁단계를 넘어 댄스가 도시를 중심으로 생활에까지 스며들어 광범하게 유행되고 있었다는 것을 확인할 수 있다. 이 같은 현상은 중년층의 경제적 안정과 생리적 심리상태, 상류층 가정부인의 남편과의 동등권에 대한 욕구, 전쟁미망인들의 성적 고독 등 여러 요인이 작용한 가운데 전후사회의 아프레게르 심리현상이 반영된 것으로 또는 한국사회가 근대적인 양상을 띠게 된 한 표지로도 간주할 수 있다.[44] 관계당국이 댄스홀을 용인하는 것으로 정책을 전환한 것도 크게 작용했다. 문제는 댄스를 건전한 오락으로 육성해야 한다는 또는 할 수밖에

---

41) 『한국일보』, 1955.12.7.

42) 「범람하는 꼴불견」, 『자유신문』, 1945.10.7.

43) 「댄싱열을 해부하다」, 『서울신문』, 1956.11.4.

44) 변시민, 「정화책이 필요; 건전한 레크레이슌으로」, 『서울신문』, 1956.11.4.

없다는 공통된 지적에도 불구하고[45] 관계당국은 댄스홀은 허가하지만 순수한 교습소는 단속하는 모순적인 행정을 펼치고, 댄스관련 이익단체는 당국의 단속, 억압이 불건전성을 조장한다며 약 40%에 이르는 비밀댄스홀의 허가를 촉구하고, 봉건적 모럴이 완강하게 잔재하고 있는 사회일반에서는 강한 반발을 보이며 이에 대립하는 측과 생활수단, 오락, 사교의 차원에서 육성해야 한다는 입장이 충돌하는 등 서로 다른 입장이 교차 갈등하면서 댄스는 사회적 공인을 받는 과정을 거쳐 제도적으로 정착되기에 이른다.[46] 물론 그 과정은 여러 가지 문화적·사회적 쟁점, 이를테면 여성의 정조문제, 기혼 여성의 성윤리 문제, 가정의 문제 등을 동반하면서 전개된다.[47] 댄스를 둘러싼 이 같은 시대적 문맥은 여타 풍속의 상당 부분에서도 마찬가지로 나타난다.

계(契)의 성행도 해방10년의 압축적 변화의 산물이다. 전후사회에서 사금융의 막강한 실세였던 계는 자금원, 소비절약, 저축 등 여러 측면에서 당시 경제를 지

---

45) 장경학, 「댄스시비; 대중오락으로 육성시켜야 된다!」, 『신태양』, 1956.4, 148쪽. 그는 댄스가 10년을 두고 시비거리가 되었고 『자유부인』의 오선영 때문에 국민에게 댄스에 대한 그릇된 인상을 주고 있지만, 오늘날 엄연한 풍속으로 자리를 잡았고 따라서 댄스를 대중오락으로 육성시키기 위해서는 싸게, 쉽게, 간단하게 그리고 보건을 유지할 수 있는 환경을 갖춘 시설을 갖도록 관계당국의 정책적 배려가 필요하다고 주장한다.

46) 댄스는 전후 풍속 변화의 중요한 표지로 당시 문학의 대표적 제재 가운데 하나였다. 대체로 봉건적 모럴과 근대적 욕망의 윤리적 갈등을 서사구조로 취하는데, 댄스는 가정파괴, 인륜파괴, 양속파괴 등 풍기문란의 주요인이자 부박한 일탈 행위로 취급되는 것이 주조를 이룬다. 가령 염상섭의 「댄스」(『신태양』, 1956.8)는 안정적 가정의 부인인 '문희'의 비밀댄스홀 출입과 이에 따른 외도를 한편으로 하고 봉건잔재의 관념을 지닌 나머지 인물들(샐러리맨 남편, 오빠, 명순네 집) 간의 댄스 및 가정의 가치에 대한 갈등을 그리고 있다. "몸이 한가롭다는 것이 거리의 유혹에 끌리기 쉽게 한 것이 사실", "인제 겨우 남편의 조선옷 치다꺼리에서 벗어나서 김치 깍두기를 담그고 간장 고추장을 담가먹어야 할 신세를 면치 못한 조선여자가 댄스란 아이꼽게 뭐야, 가서 빌어라"(오빠의 말)에서 확인되듯이 댄스열이 생활의 여유에서 오는 일탈이며 가정부인의 향락에 불과하다는 것이다. 겉과 다르게 남편도 댄스에 큰 호기심을 가지고 댄스홀을 아내 몰래 출입하는 이중성, 과거 신분적 유제가 생활상에 그대로 지속되어 명순엄마가 옛 상전의 딸인 문희를 상대하는 것과 같은 당대 풍습의 세부를 잘 드러냈음에도 불구하고 댄스에 대한 부정적 태도가 작품 전반을 지배함으로써 그것이 지니고 있는 근대적 욕망의 의미를 파악하는 데까지는 이르지 못한다. 다만 문희가 남편과 자식에 대한 미안함과 자신의 욕망 사이에서 끝내 남편에게 용서를 구하거나 귀가하지 않는 것으로 끝맺는 장면이 인상적이다.

47) 이에 대해서는 주창윤, 「1950년대 중반 댄스 열풍; 젠더와 전통의 재구성」, 『한국언론학보』53, 한국언론학회, 2009 참조.

탱해 주던 근간이었다.[48] 1955년 3월 계의 실태에 대한 한국은행조사부의 자료에 의하면,[49] 경향(京鄕)을 막론하고 계가 존재하지 않는 곳이 없고 매반(每班)에 적어도 2~3세대는 계에 가입하고 있었다. 가입자의 계층도 사회적 지위의 고저나 생활 정도의 빈부 구별 없이 각계각층에 뻗어 있었다. 극빈자층은 물론이고 중소 상업자, 중류생활 봉급자층에서 특히 성행하고 있었다. 그 양상도 단순한 친목 내지 상호부조의 수단, 순수한 저축의 목적, 영업조달의 목적, 고리 추구의 목적, 순사치 혹은 사교를 목적으로 하는 계 등 다양했다. 당시 전국적인 계의 계약 고가 약 100억 환으로 추산되는데, 금융기관의 예금이 166억 환, 대출금이 180억 환인 것과 비교해보면 계가 얼마나 번성하고 있었는지를 단박에 알 수 있다. 계가 초래한 피해도 엄청났다. 계조금을 마련하느라 가정 파탄, 자살, 남편을 빼앗기는 자, 살인, 횡령이 빈발하고 계주에 대한 고발사건, 사기행위가 보도 안 되는 날이 없을 정도였다. 실제 광주계소동이 벌어졌을 때 고소건수가 500건, 경찰이 조사한 건수는 한 달에 400건이 넘었으며 이혼 20건, 자살 6건, 자살미수 3건이 발생해 계 문제가 의정단상에까지 파급되었고 국회가 현지조사단을 파견할 정도였다. 경제적으로도 건전한 신용제도를 파괴하고 정상적인 금융질서를 교란시키는 것은 물론이고 경제의 악순환을 조장시켜 인플레이션을 앙진(昂進)시키는 폐해를 야기했다. 현찰로 운영되는 계의 특성상 은행의 현찰 회수를 어렵게 하고 정부의 국고금 지출에까지 지장을 끼칠 정도였다.[50]

이렇게 계가 만연했던 것은 전후 경제구조의 총체적 파탄에 일차적인 원인이 있었다. 인플레이션의 앙진으로 인한 화폐가치의 하락, 저금리 정책에 따른 은행의 낮은 수신고와 대출 억제, 공금융기관의 관료화와 특권화, 실질임금과 물가앙등의 협상 차에 따른 생계비 부담의 점증, 공금융의 낮은 이자에 따른 중소자금의 고리수익성 가능 등 계가 성행할 수 있는 객관적 조건이 구비되어 있었던 것이다.[51] 이와 함께 계의 일반화는 가정생활의 한 변혁, 즉 그전까지 부인에게 경

---

48) 이동욱, 「계가 사회에 미치는 영향」, 『전망』, 1955.9, 67쪽.

49) 한국은행조사부, 「'사금융'계'의 실태」, 『전망』, 1955.9, 87~98쪽.

50) 「사설계 폐해 막심」, 『한국일보』, 1954.12.8.

51) 조동필, 「과거의 계와 현재의 계」, 『전망』, 1955.9, 77쪽.

제적 활동이 없었던 것이 점차 가정생활 수준이 높아감으로써 주부도 어떠한 경제적 수입을 가져야 한다는 필요와 인식이 크게 작용한 한국여성들의 경제적 자립의 한 과정이기도 했다.[52]

그러나 다른 한편으로 계의 성행은 전쟁 전 사금융의 역할을 했던 '사설무진'(私設無盡)이 변형되어 나타난 것이기도 하다. 1949년 회사 수 106개, 종업원 3760명, 가입자 수 14만 8377명, 계약고 약 1억 3473만환(1949년 한국은행 경제연감)의 규모로 발호했던 사설무진이 당국의 불법화 조치와 단속으로 인해 대폭 축소되고 전쟁으로 인해 총파탄이 난 뒤 전후 혼란기에 강한 유대성과 신뢰성을 바탕으로 한 계로 대체되었던 것이다. 물론 담보가 필요 없고 단기간 자금 회전이 가능한 계의 속성이 작용한 바도 크다. 이러한 계의 변형은 전후 사회경제상의 반영인 동시에 민심의 동향이 각인된 시대성을 지니고 있다. 그것은 계에 대한 당시 대중들의 인식에서도 여실히 확인할 수 있다.[53]

이렇듯 긍정적이든 부정적이든 간에 해방10년 동안 연속된 풍속의 압축적 변화는 1950년대 후반에 이르면 사회전반에 비동시적인 문화 현상으로 착종되어 나타난다. 당대의 자료를 종합해보면 근대화의 지표들이 가파르게 상승했음에도 불구하고 근대적, 현대적(탈근대적), 봉건잔재적, 아프레게르적인 요소가 사회제도, 일상생활, 의식 등에 광범하게 작동하고 있었다는 것을 확인할 수 있다. 중요한 것은 위 요소가 각기 일정한 세력과 영향력을 지니면서 존재했다는 사실이다. 따라서 어느 한 부분을 특화해 당대사회의 성격을 포괄적으로 규정짓는 것은 위험하다. 오히려 그 착종의 양상을 정확히 파악하고 그 세력균형이 어떻게 조정되어 나가는지를 살피는 것이 중요하다.

---

52) 엄요섭, 「한국사회 10년사」, 『사상계』제3권10호, 1955.10, 213쪽. 여성운동의 관점에서 계 선풍은 남녀평등의 존엄한 이념과 이를 향한 운동의 도상에 일어난 큰 차질이자 희생으로 평가되었다. 이예행, 「여성운동의 중간결산」, 『동아일보』, 1955.12.31

53) 계란 무엇인가라는 질문에 대한 일반대중들의 답변에는 자가용차를 낳아주는 어미닭, 자유부인을 만드는 곳, 남편 집안구속을 털어버리는 곳, 주부 불장난의 아궁지, 남녀동등권의 경제적 실천형태, 가정의 경제권을 독점시켜 주는 무기, 민족자본을 가꾸어주는 모습, 재정금융의 질서를 어지럽히는 근본, 은행자금을 송두리째 뺏어가는 장본인, 고리대금의 소굴 등 매우 다양한 형태로 나타났는데, 이를 통해 계가 지닌 시대성의 저변을 확인해볼 수 있다. 이창렬, 「계란 무엇인가」, 『여성계』, 1955.9, 76~77쪽.

먼저 당시 대도시 거리에 풍미했던 '현대적'이란 "자본주의가 건강을 잃게 되면서 나타난 서구사회의 성격"인데 "한국에선 그것이 의제적인 것에 지나지 않기 때문에 서구의 현대정신처럼 처절한 해체 정신이 없는" 하나의 경박한 유행 풍조에 불과하다고 평가하는 것이 대체적인 시각이었다.[54] 현대의 성격은 제1차 세계대전 후 자본주의 경제의 구조적 특질에 따른 모순의 격화, 이른바 일반적 위기에 즈음해 대두되었지만 뚜렷한 역사적 내용을 지니고 있지 못하고 있다고 본다. 그것은 근대가 중세에 대한 반역을 내용으로 하고 있는데 비해 현대란 근대적인 것의 해체에서 출발했기 때문이며, 따라서 서구적 현대는 과도적, 정신적 황무지 단계에 놓여 있다는 것이다.

반면 한국은 그 사회구조의 기저가 현대는커녕 근대 이전 단계이고, 한국적 근대화 과정이 외부적, 타율적으로 강제되었고 뚜렷한 시민계급이 부재했던 관계로 왜곡된 근대화가 불가피했으며 해방 후에도 여전히 정치기구, 경제기구, 생활제도 전반에 전근대적 유산이 완강하게 작동되고 있다는 것이다. 게다가 시간적 위치가 탈근대적 모색이 왕성하게 벌어진 서구와 마주침으로써 서구적 현대정신이 사이비 형태로 양산될 수밖에 없었다는 것이다. 비록 한국전쟁의 폐허 속에서 현대에 대한 자각이 나타나나 근대적 자아가 미성숙된 상태에서 그것은 안이한 현실도피나 허무에의 정념의 의장 구실을 할 뿐이라고 본다. 전반적으로 전근대로부터의 탈피가 한국사회에서는 우선적 과제로 설정되어야 한다는 논지이다. 황산덕, 한태연 등의 견해에 전적으로 기댄 또 저널리즘의 시각이 깊숙이 개입된 정리이지만 현대적인 요소가 당대에 어떻게 전개되었는지 또 이에 대한 당대적 인식이 어떠했는지를 잘 보여준다.

봉건잔재에 대한 정리도 마찬가지의 의미를 지닌다. '영화라는 말을 들어도 눈을 흡뜨는 완고한 아버지'(어떤 학생), '살림에는 치를 떨면서 년이 생기면 돈을 마구 쓰는 남편'(어떤 주부), '딸을 낳으면 서운해 하는 남성들'(어떤 女醫) 등과 같은 봉건적 유제가 한국사회의 근대화를 집요하게 가로막고 있다는 문제의식 아래

---

54) 「한국문화의 재검토①; '현대적'이라는 것」, 『한국일보』, 1958.1.17.

그 구체적 양태를 제시하고 있다.[55] 봉건제에 대한 학문적 논쟁의 성과 가운데 특히 공동체라는 가부장적 조직의 문제가 한국사회에 가장 큰 영향을 끼치는 유제로 중시한다. 즉 '자급자족적이고 개인의 창의가 짓밟히게끔 가부장적 조직으로 엮어져 있는 고립된 지역사회 공동체가 봉건유제의 용기(容器)'가 되기 때문이다. 그것은 당시 농촌사회에서 확연히 나타나는데, 생산관계에서는 봉건지대적, 농노적 요소가 거의 사라졌지만, 비록 전란에 따른 인구이동으로 퇴색한 면이 없지 않으나, 농촌사회의 제 관계, 즉 사상, 관행, 의식(儀式)에서는 여전히 봉건유제가 뿌리박고 있다는 것이다.

당시 농촌사회는 봉건유제의 잔존과 더불어 재전통화한 요소까지 결합해 도농 간 근대화의 현격한 차이를 드러내고 있었다.[56] 여기에는 전 국민의 80%를 점유한 농촌의 피폐성, 일례로 1954년 1년 동안 223만 호의 농가가 생계가 아닌 영농을 위해 짊어진 부채가 200억 환(농가당 평균 8971환)에 달하고[57] 매년 부채가 누적되면서 절량농가가 속출하고 이농이 증가하는 악화일로의 농촌경제 실정이 작용한 바 크다. 이승만 정권의 경제적 동원(economic mobilization)과 정치적 탈동원(political demobilization)의 농촌사회 통제정책이 주효하면서 농촌으로부터 제기되는 정치사회적 갈등을 체제 내로 흡수했던 정황도 영향을 끼쳤다고 볼 수 있다.[58] 이런 조건이 전통적 사회문화를 농민사회에 재생산시키고 농촌사회의 근대적 성장을 방해했던 것이다.

---

55) 「한국문화의 재검토②; '봉건잔재'라는 것」, 『한국일보』, 1958.1.23.

56) 그것은 문화 향유에서도 뚜렷하게 나타난다. 1959년 기준으로 전국 영화관의 분포는 총 210관 중 서울에 42개관, 지방 5대도시에 71관이 집중되어 있었으며, 나머지도 대부분 중소도시 이상에만 존재했다. 그리고 서울의 개봉관 9개관(관객 수는 평균 2주 흥행에 3만 이상) 중 국산영화 상설관이 4개, 외국영화 상설관이 5개인데 비해 지방은 대부분이 국산영화 상설관이었으며 외국영화는 1개월에 1편 내지 2개월에 3편 정도 상영하는 수준이었다(『합동연감』, 1959.9, 461쪽). 농촌지역의 문화적 향유의 낙후성은 도서판매에서도 분명하게 나타난다. 농촌은 노인과 부녀층을 중심으로 유교윤리서적, 점복술서, 딱지본 고대소설의 최대 시장이었는데, 1958년 3월 기준 명심보감이 3만부, 천자문 2만부, 토정비결 만오천부, 춘향전, 심청전이 각 5천부 이상이 팔렸다. 그 숫자는 도시 독서층이 가장 많이 구매한 까뮈의 「전락」이 7천부였던 것과 비교해보면 굉장한 규모였다. 「날개돋힌 명심보감과 고대소설」, 『한국일보』, 1958.3.19.

57) 『한국일보』, 1955.1.8.

58) 김태일, 「농촌사회의 구조변화와 농민정치」, 한배호 편, 앞의 책, 498~507쪽 참조.

중요한 것은 봉건유제가 농촌에서뿐만 아니라 사회전반에 관철되어 나타난다는 사실이다. 첫째, 가족관계의 경우 해방 후 사회경제적, 법제적 변혁의 결과 집안의 해체 과정, 가계(家系)의 계보적 연속 관념의 약화, 가장 권위의 후퇴, 상속제의 변화, 가족구성의 단순화, 본가분가적 색채의 쇠퇴, 결혼의 당사자 의식이 높아가는 추세였지만, 농촌은 농가경제의 취약성으로 인해 근대적 소가족화에 반발해 세대가족을 고수하고 있고, 도시를 중심으로 소가족화한 경우에도 장남만은 결혼하더라도 부모와 동거하는 원칙이 유지되는 관습이 여전했다. 이런 역행은 민주주의적 인격의 자연적 형성을 가로막는 장애가 되며, 특히 어린이들이 전근대적 환경에서 퍼스낼러티를 형성함으로써 민주주의의 장기적 발전에 큰 장애가 되었다.

둘째, 교육계 경우 관에 대한 예종의식, 여교사에 대한 차별의식은 당연한 것으로 간주되며, 현모양처의 교육목표도 인간의 완성보다는 남편과 자녀에게 적당한 여성상을 배양하는 것으로 변질되어 시행되고 있다.

셋째, 임노동 관계의 경우 노동력의 등가교환보다는 노동력을 상품으로 의식하지 못한 가운데 자본가와 노동자의 관계를 전인적 상하관계, 신분관계로 인식해 노동력이 매매됨으로써 통일적인 노동시장이 존재하지 못한다.

넷째, 규범의식의 경우 권위주의적 정신태도, 탈법적 정치의식, 법보다는 대인관계를 위주로 한 지배 질서, 규범보다는 가족과 윤리에 타협하는 의식이 만연되어 있으며, 우매한 미신, 유교적인 윤리의식, 회화에 있어서의 존칭 문제, 관존민비 사상, 남녀관계에 있어서의 차등의식 등에서도 봉건유제가 지배하고 있었다.

따라서 근대화를 지체 내지 왜곡시키는 봉건 유제의 척결이 전후사회의 후진성을 극복하는 제일의적 실천 과제가 되어야 한다는 것이 중론이었다. 한국전쟁이 근대적 요소를 사회의 요소요소에 침투시킨 것은 주지의 사실이다. 신분과 함께 이념이, 수직적 위계와 함께 수평적 분업에 대한 구조와 의식이 확산되었으며 사회 조직과 제도의 측면에서는 근대성이 가장 깊이 확산되었다. 그러나 근대가 전통을 완전하게 대체한 것이 아니었으며, 위에서 언급했듯이 정신구조, 사람들의 생활, 사회관습의 수준에서 전통성은 근대성과 함께 높은 수준의 연속성을 갖고 병존했다.[59] 아버지의 병을 고치기 위해 소녀가 자기 허벅다리를 베어서 효도했다는 '야만성'이 여전히 사회 미담으로 고평되는 상황이었다.[60] 한국의 전통문화가 막 성장하기 시작한 민주주의보다 너무 강하다는 외국인의 지적도 이를 잘 뒷받침해준다.[61]

한편 전후에는 한국전쟁을 고비로 오랫동안 한국사회를 받쳐온 논리가 해체되고 온갖 모순이 집중적으로 분출되는 가운데 가치체계의 급격한 전환에 따른 상실감과 정신적인 황무지 상태에서 아프레게르적인 것이 증식되었다. 이 신문 자료에서는 아프레게르의 생태와 그 사회적 배경을 집중적으로 탐색하고 있는데,[62] 사상적으로는 파괴적·반항적이고, 생활적으로는 본능적·충동적이며, 죄악 감과 자의식 없이 오로지 육체와 실용적 가치만을 숭상하는 것이 주된 특징이라고 규정한다. 아울러 그런 생태는 참혹한 전란이 초래한 불안과 허무의식, 그들을 지배해온 권위나 도덕에 대한 증오 나아가 영(靈)의 발견에 따른 원시성이 반영된 시대적 산물로, 일종의 망각을 위한 처절한 몸부림이라는 것이다. 당시 아프레게르에 대한 사회적 인식은 대단히 부정적이었다.[63] 기성 질서, 가치체계와 구별되는 문화의 단층적 성격을 지칭하는 아프레게르가 전후 사회적 병리현상을 총칭하는 의미로 변질되어 사용되었다.[64] 남녀동등권을 운위하는 것조차 아프레 여성의 반항적 구호로 간주되는 실정이었다.

---

59) 박명림, 『한국전쟁의 발발과 기원(Ⅱ)』, 나남, 1996, 886쪽.

60) 오소백, 「따지고 싶은 몇 가지 사회문제」, 『신태양』, 1958.5, 164쪽.

61) 카린 버커, 「나는 한국문화를 이렇게 본다」, 『신태양』, 1959.6, 162쪽.

62) 「한국문화의 재검토③: '아프레게르'라는 것」, 『한국일보』, 1958.1.30~31.

63) 남한 전후사회의 아프레게르적 향락상은 북한에서도 비판되었다. 신남철은 댄스파티를 비롯한 남조선의 부패 타락한 문화를 미국의 생활문화의 복사판으로 규정하고, 그것이 절대다수의 근로자 인민의 착취와 그들의 영락 위에 이루어진 것으로 비판한다. 그러면서 '깽스터리즘'(조직적 테러범죄)과 '센세이슈날리즘'(흥분도발)을 남한에서 성행하는 미국적 생활양식의 주 내용으로 꼽는다. 신남철, 「남조선에 대한 미제의 반동적 사상의 침식」, 『근로자』11호, 평양노동신문사, 1955.11, 285쪽.

64) 『신천지』, 1954.10, 62쪽. 김광주는 전후파 용어의 의미가 곡해되고 또 값싸게 유행되는 현상에 이의를 제기하면서 정상적인 전후파와 외도적인 전후파를 엄밀히 구별할 필요성을 제기한다. 항간에서 흔히 말하는 아프레는 외도적 전후파, 즉 자신의 정신적, 육체적 소모처를 주로 향락에만 치중하여 떠도는 무리로 규정하고 그들의 찰나주의를 비판한 바 있다. 김광주, 「젊은 세대 남녀들의 三形態-전전파, 전후파, 종합미래파」, 『희망』, 1955.9, 124~125쪽.

그것은 아프레게르에 대한 문학예술의 표상에서도 확인된다. 아프레게르가 본격적으로 운위되던 전시에서의 표상은 최태응의 장편 『전후파』(『평화신문』, 1951.11~1952.4)에 잘 나타나 있다. 이 소설은 전선이 고착된 1951년 전방과 후방을 대비시켜 전후파의 실상과 그 의미를 탐색한 작품이다. 이 때 전후파란 전선의 참혹한 상황과 절연된 후방의 향락적·퇴폐적 풍조 일반을 일컫는 용어로 사용되는데, 주로 양갈보들의 생태를 통해 그려진다. 전쟁미망인, 월북사회주의자의 부인, 여대생, 직업적 양공주 등이 집단 거주하는 서울 한 구석의 양갈보 소굴은 "마음껏 멸시하고 욕을 해도 좋아요. 대가만 에누리하지 않을 남자라면 언제든지 얼마든지 소개해 주세요."[65]라는 발언에서처럼 생존을 위한 여성들의 필사적인 고투가 벌어지는 삶의 현장이다. 하지만 그 현장은 무력한 이성주의자 지식인 동규에게는 동정은 가되 여성이 지녀야 할 기본 조건을 상실한 매춘부의 소굴에 지나지 않는다. 아프레게르가 전쟁 뒤에 오는 필연적이며 불가항력적인 현실과 시간이라는 제자 여옥의 발언에 그가 "생사의 기로에서 전쟁의 한가운데서 전후를 자처하고 개인적 이해와 사정에 좌우되고 만다면 반드시 그 다음에 올 진짜 전후를 어떻게 맞이하며 무슨 여력으로 그 다음까지 버틸 수 있단 말인가"(75쪽)라고 응대하는 것은 당연하다. 국가와 민족의 존립이 우선되어야 한다는 것이다. 패전 후 아프레게르를 청산하고 산업부흥에 여념이 없는 일본을 그 실증적 사례로 든다.

그의 인식태도는 종군문인으로 활약하는 친구를 우연히 만나 전선에 종군하는 계기로 더욱 철저해진다. "상상을 못했던 경이의 세계, 말기 없는 애국과 민족혼의 세계에서 구지지한 일신상의 애정 문제니 생활 문제니 하는 일에 머리와 가슴을 축낸다는 사실은 염치없고 부끄러운"(97쪽) 것이라는 체험과 자각을 통해 생의 의의를 발견한 그는 종군강연을 통해 아프레게르의 부당성을 설파하는 일

---

65) 권영민 편, 『최태응 문학전집2』, 태학사, 1996, 67쪽. 아프레(걸)에 대한 부정적 표상은 특히 신문 연재소설에서 두드러진다. 정비석의 『여성전선』(『영남일보』, 1952.1.1~7.9), 김내성의 『실락원의 별』(『경향신문』, 1956.6.1~1957.2.25), 장덕조의 『백조흑조』(『국제신보』, 1958.5.14~12.31)가 대표적인 경우인데, 이들 작품을 통해 아프레게르에 대한 부정적 인식이 1950년대 전체에 걸쳐 나타난다는 것을 확인할 수 있다. 이 점에 대해서는 최미진, 「1950년대 신문소설에 나타난 아프레걸」, 『대중서사연구』18, 대중서사학회, 2007 참조.

에 주력한다. 그 논지는 대체로 '전시상황에 처해 있는 우리에게 전후라는 말부터가 허락될 수 없으며, 후방의 임무는 전쟁을 승리로 이끌어야 한다는 절대적 인식과 의지를 갖고 총력전을 전개하는데 있다'(211~215쪽)는 것으로 요약된다. 전체적으로 전방/후방, 영혼/육체, 애국/매국의 극단적인 대립구도 속에서 전후파를 후자의 의미로 규정하고 있다. 한마디로 전시하 아프레게르는 '썩어진 후방'(219쪽)을 말하며 매국적 인간군상이라는 것이다.

아프레게르에 대한 부정적 표상은 전후의 혼돈과 맞물리면서 확대 강화된다. 유부녀 아프레걸의 생태를 다룬 영화『전후파(아푸레겔)』(조정호 감독, 미림영화사, 1957)가 이를 잘 보여준다. 이 영화의 스토리는 간단하다. 남편을 불구자 취급하고 가출한 리라(윤인자)가 우연히 해직을 당한 뒤 사회적·가정적 고민으로 방황하는 철호(김진규)를 유혹해 향락의 생활을 보내던 중 철호가 잠꼬대로 아내를 부른 것을 목격한 리라가 아내가 있는 것이 자신을 기만한 것이라며 이에 대한 최후적 발악으로 자살한다는 것이다. 이런 일이 언제 있었느냐는 듯이 아내가 있는 안락한 가정으로 돌아가는 철호의 모습과 대비되어 그려진다.

필름이 존재하지 않아 잡지에 소개된 영화스토리를 통해 정리해본 것인데,[66] 아프레게르에 대한 평을 한 '영화후기'가 주목을 끈다. '해방은 우리에게 폐허의 자유를 선물하였고, 이 폐허 속에서 자유를 부르짖으며 뛰쳐나온 수많은 젊은이들은 확실히 보수적이 아닌 무엇인가 새로운 꿈을 꾸고 있는 것이다. 그러나 이들의 눈을 처음 놀라게 한 것은 지나친 유행에 따르는 반나체의 여인, 초현실적인 복장, 이 모든 현실은 전쟁 중 헐벗고 굶주린 사람들에게는 커다란 쇼크가 되었다. 여기서부터 이들의 정확한 판단력은 흐려지며 오로지 향락을 위한 금전의 노예가 되는 것을 서슴지 않고 실천하고 있다. 이들에게는 다만 오늘의 향락이 있을 뿐 내일이란 것은 없다. 자기의 향락을 위해서는 자식이 부모를 죽이고 남편은 아내를 버리고 남편도 또한 아내와 자식을 서슴지 않고 버릴 수 있는 것이 소위 아푸레겔(전후파)들의 기질이다. 눈앞에 보이는 인간의 야성적인 욕망의 충

---

66) 「전후파; 우리에게 있는 건 오늘 뿐—돈과 육욕에 우는 리라의 말로」, 『아리랑』, 1956.12. 영화제작사인 미림영화사는 영화 제작기간에 아프레게르를 표현할 수 있는 평이하고 간단한 단문을 현상 모집하는 이벤트를 실시했다(1956년 10월 '구만환 현상')

족을 위하여서는 모든 것을 희생시킬 수 있는 인간상!'. 이 후기는 당시 아프레게
르에 대한 사회일반의 인식을 함축하고 있다.

이러한 부정적 인식은 남성지식인들의 전유물이 아니었다. 상당수 여성지식
인들도 마찬가지의 입장을 보인다. 일례로 이명온은 전후파 여성의 도덕성은 육
체가 생활을 보증해준다는 인식 아래 성행위는 육체노동이 되고 정조는 생활도
구로 화한 것에 있으며, 그것이 일부 여성에 국한되지 않고 일반성을 띠게 된 것
이 현대윤리의 실체라며 청산을 촉구했다.[67] 즉 민주(여성)와 대립관계로 설정하
고 있는 아프레게르(여성)는 사회 공공의 적이자 국가 위신과 민족의 권위를 훼손
하는 존재라는 것이다.

지금까지 살펴본 바와 같이 비동시적인 요소가 착종돼 난맥상을 드러낸 전후
풍속에는 해방과 한국전쟁이 초래한 해방10년의 역사가 각인되어 있다. 그 난맥
상은 두 역사적 격변에 의해 형성되고 변화한 것이면서도,[68] 해방10년의 자유민
주주의의 실천의 역사와도 밀접한 관련이 있다. 즉 사회제도와 대중의 심각한 괴
리 내지 단층이 혼돈의 또 다른 원인으로 작용하고 있었다고 할 수 있다. 다시 말
해 제도는 꾸준히 근대적인 것으로 변하면서 상당한 수준에서 그 골격을 형성하
고 있었으나 대중은 식민지적, 봉건적 유제에 여전히 긴박된 결과 사회전반의 근
대화가 지체되는 도정에서 빚어진 각종 혼란이 전후 풍속의 혼돈으로 표출된 것
이다. 배성룡은 이 같은 현상을 '수구유신(守舊維新)', 즉 제도적 차원의 '유신'과
그 실천·의식상의 '수구'의 기묘한 결합으로 평가했다.[69] 그 제도와 대중의 괴리,
제도와 실천의 간극이 어떻게 조정되어 가는가의 문제가 전후 풍속의 중요 지점

---

67) 이명온,「민주여성의 진로」,「신천지」, 1954.6, 94~95쪽. 다소 극단적이나 성 도덕의 건전 여부가
    국가사회 성쇠의 바로미터라는 관점에서 특히 여학생의 풍기문란이 지닌 심각성을 비판하며 정
    조를 생명과 같이 존중해야 한다는 전근대적인 의견도 여성계 일부에서 꾸준히 제기되었다(조현
    경,「여학생의 풍기와 성도덕」,「경향신문」, 1955.7.17~18).

68) 엄요섭, 앞의 글, 207쪽. 그는 구문화의 파멸과 모든 제도, 문화용어, 습관 등의 급격한 변동의 모
    순에 따른 사회 변전이 해방10년사의 전부였다고 평가한다. 조연현 또한 "8·15해방에서 온 일제
    적인 기성 권위로부터 해방된 자유와 6·25사변으로 인한 전통적인 권위의 파괴에서 오는 방종이
    우리 민족의 도덕적 감정이나 윤리의 행위를 변경시켜 놓은 것"을 해방 후 중대한 사회적 변화로
    보았다. 조연현,「문학과 그 주변」, 인간사, 1958, 103쪽.

69) 배성룡,「해방과 민주질서 10년의 과정」,「신천지」, 1954.8, 27쪽.

이라고 할 수 있다.[70] 그 조정의 진통은 풍속과 관련한 담론적 실천 과정에 잘 나타나 있다.

3. 풍속담론의 내적 역학

전후 풍속담론은 도덕표준 정하기라는 틀 속에서 전개된다. 도덕과 비도덕(부도덕)을 경계 짓고, 특정 도덕관념을 보편적인 사회적 실재로 정립하고자 하는 투쟁이었다. 그것은 국가권력을 포함해 사회 제반세력들이 자신의 특수한 계급적 이해관계를 관철시키고자 하는 투쟁의 성격을 지닌다. 도덕이란 각각의 특수한 계급이익에 따라서 다양하게 변화하는 시대의 모든 삶의 이해관계에 기초를 둔 사고방식이기 때문이다.[71] 도덕(표준)이 사회의 변화, 특히 경제적 토대의 변화에 따라 변하는 것은 상식이다. 그러나 전후의 경우는 앞서 살폈듯이 해방10년의 압축적 사회 변화에다 기성의 가치체계가 한국전쟁에 의해 완전한 파괴된 상태에서 전면적인 새 출발을 할 수밖에 없었던 시대적 조건으로 말미암아 그 과정이 순조롭게 진행될 수 없었다. 이와 관련해 당대 풍속담론이 네거티브적인 내용으로 구성된다는 것도 염두에 둘 필요가 있다. 그것은 도덕의 본질, 즉 도덕적인 것은 관념의 차원에서 존재하는 것인 반면 부도덕적인 것은 현실사회에서 스스로 행해지는 것이기 때문이다. 따라서 풍속담론의 기조가 그 부도덕적인 현상에 대한 시비를 중심으로 한 풍기(風紀)의 성격을 지니게 된다.

이 과정에서 선편을 쥔 세력은 한국전쟁을 거치며 역설적으로 구조적 안정성을 확보한 국가권력이었다. 그것은 국가권력의 대사회적 통제력을 강화해 지배체제의 안정적 재생산을 위한 목표 속에서 수행된다. 따라서 현존 사회의 성립 조건을 유지하고 강화하는 것을 도덕적인 것으로 공식화하는 방향으로 전개되는 것은 필연적이다. 그 결과 기존의 지배적 도덕관념을 온존시키려는 보수적

---

70) 한 신문은 공창제의 폐지와 사창의 번성이라는 모순에서 확인할 수 있듯이 해방 10년의 제도적 혁신이 이상(理想) 하나로만 또는 문서상으로만 이루어짐으로써 오히려 역효과를 야기하고 있다고 비판했다. 「어두움 속의 사창굴」(사설), 『한국일보』, 1955.12.12.

71) 에두아르트 푹스, 이기웅·박종만 옮김, 앞의 책, 48쪽.

성향을 띠게 된다. 아니면 적어도 지배질서를 위협하지 않는 제한된 범위 내에서의 변화만을 용인한다. 부녀자의 생활태도를 거론한 대통령의 이례적인 담화(1954.11.16)에서 확인할 수 있다.

근래에 와서는 전란 이후로 부녀들 중에 조신(操身)해서 단아한 태도와 언사를 지키지 못하고 길에서 물건을 사거나 파는 데 있어서나 또는 타인들과 접대하는 데 있어서 상스러운 언사와 막된 사람들의 언사를 보이며 음성이 높고 행동이 무례해서 남이 보면 예의 없는 사람으로 알게 되니 우리 부녀 전체에도 좋은 명예를 주기 어려우니 여태(女態)를 많이 보유해서 미개한 사람들의 태도를 아무쪼록 벗어나야 할 것이다.[72]

전후 혼란된 환경하에서라도 단아한 몸가짐을 가져 조상으로부터 물려받은 미풍을 살려야 한다는 요지의 담화이다. 자유부인 신드롬을 다분히 의식한 조치였다. 국민의 행동거지까지 챙기는 대통령의 행태에서 또 '조신(操身)', '여태(女態)'와 같은 담화에 사용된 용어를 통해 가부장적 분위기와 유교적 권위주의의 작동과 영향을 엿볼 수 있다. 그 같은 권위주의는 '신생활복(재건복)' 착용을 의무화시키고자 했던 것에서도 나타난다. 국회는 1955년 7월 9일 현하 경제사정에 비추어 생활간소화의 철저를 기하기 위해 또 활동에 편하고 손이 덜 가는 옷을 입음으로써 국가재건에 힘쓰는 시간을 늘리자는 취지에서 신생활복 착용을 의무화하는 법안을 통과시켰다.

정부도 이에 앞서 관변단체와의 협의를 통해 복장간소화의 요령을 정하고 전국적인 실천을 결의한 바 있다(7월 1일). 비록 그 방안이 명분상으로는 부분적 타당성이 있다 할지라도,[73] 정부가 나서 복제(服制)의 통일을 국민에게 강요하는 것

---

72) 『동아일보』, 1954.11.17. 이에 앞서 이승만은 '유교의 교훈을 지켜 동방예의지국 백성이 되자'는 요지의 담화를 통해(1954.10.1) 서양문화(제도)의 무분별한 도입에 따른 무제한적 자유방임 현상을 비판하고 유교의 교훈을 우리 국민이 걸어가야 할 근본적인 생활태도로 명시했다.

73) 한 논자는 외국원조에 의존하고 있는 국민 경제생활의 실정상 신생활복 착용과 같은 생활혁신 운동은 필연적으로 요청되는 것이며, 이의 현실화를 위해서는 지도층의 시범이 선결되어야 하고 아울러 국민세포 조직망을 통해 민중 자각에서 용출하는 신생활운동의 지도·계몽작업이 지속적으

은 정치적 통제력의 수단이며, 풍습 또는 시민의 사생활 양식에 대한 이유 없는 간섭에 불과한 것이었다.[74] 이런 비판과 아울러 신생활복이 일제의 국민복과 미군전투복을 섞어 놓은 옷이라는 비난이 일면서 결국 법안도 사문화된다. 정부는 모든 국민에게 제복을 입히려 했지만, 이미 해방된 '개성'은 획일화에 완강히 저항했고 쉽게 승리했다. 전시 계엄령하에서 몸뻬, 반소매 착용의 강제적 장려에 순응했던 대중들은 더 이상 존재하지 않았던 것이다.[75]

이러한 국가권력의 산발적·미온적인 태도는 1955년에 접어들어 급변한다. 근대화 기획의 본격적인 추진과 함께 풍기의 능동적 관장자로 나선다. 그것은 우선 국가기구를 동원한 강압적 행정단속을 강화하는 것으로 나타난다. 휴전 후 처음으로 사창 단속을 시작한 것을 비롯해 대대적인 왜색일소, 청소년범죄 검거, 계단속, 댄스홀 단속, 사치품 단속 등을 전국적으로 시행한다. 검열이 공세적으로 실시되기 시작한 것도 이 시점이다. 하지만 표면적으로는 다대한 성과를 거두었음에도 불구하고 그런 대증요법으로는 퇴풍(頹風) 일소가 불가능했고 실효성 또한 의문시되었다. 가령 왜색일소의 경우 일본어 간판 및 메뉴 이름, 밀수입된 일본제 사치품, 일본서적 등을 망라한 단속에도 불구하고 백화점에 일제 밀수품이 범람하는 것은 왜색이 문제가 아니라 왜심(倭心)이 근원이라며 이 왜심의 뿌리를 뽑지 않으면 왜색의 발본색원이 불가능하다는 비판론까지 제기된다.[76]

그리고 사회적으로 문제시되었던 과도한 양풍을 단속대상에서 제외시킨 것도 행정단속의 정당성을 약화시켰다. 사창근멸주간까지 정해 시행된 사창 단속 또한 일부 지방에서는 '당국의 지시로 매음업자들의 포주조합과 위안부회가 구성되고 조합의 이름으로 각종 세금을 당국에 납부하고 있으며 이들에게는 검진 이외의 일체의 취체를 폐지함으로써 법률로 폐지된 공창제도를 관계당국이 오히려 부활시키는 행태가 발생하기도 했다.[77] 그리고 행정단속의 합법성도 문제였다.

<hr />

로 추진되어야 한다는 논리를 폈다. 김형익, 「신생활복론」, 『한국일보』, 1955.5.10.

74) 「국민복 논의」(사설), 『한국일보』, 1955.7.9.

75) 『서울신문』, 1953.5.5.

76) 김상기, 「왜색과 왜심」, 『한국일보』, 1955.9.22.

77) 「공창제의 부활인가」, 『한국일보』, 1955.3.5. 이 신문은 일제시대와 꼭 같은 구조와 조직으로 된 신생 공창제도에 대해 관계당국자들은 "일제시의 공창제와 다를 게 없지만 미풍 유지와 공중보건

일례로 주기적으로 강도 높게 시행된 사창 단속의 경우 신형법 제242조(영리 목적의 음행매개행위 처벌 조항)에 의해 매음이 범죄로 구성되는 것은 분명하나, 식민지시대의 구법이었던 '경찰법취체규칙'(조선총독부령 제40호)이 1954년 4월에 신법 '경범죄처벌법'으로 폐지되었는데 이 신법에는 매음행위를 처벌할 수 있다는 명문 규정이 들어있지 않기 때문에 경찰이 매음녀를 치안재판에 회부하는 것 자체가 법적 근거 없는 일종의 공권력의 과잉 행사라는 비판에 직면해야 했다.[78]

다른 한편으로는 공권력을 무한정으로 행사할 수도 없었다. 이승만 정권의 지배이데올로기가 자유민주주의였다는 점(비록 그것이 반공과 의미적 동일성을 지녔다 하더라도) 그리고 그것을 실현할 수 있는 뚜렷한 주체세력이나 사회적 기초가 결여된 상황에서 지배 권력이 그것의 담당주체가 될 수밖에 없었던 조건에서[79] 과도한 공권력 행사는 지배 체제의 정당성을 스스로 훼손시키는 결과를 초래했기 때문이다. 아울러 이에 대한 시민사회의 저항이 과거와 달리 적극적으로 표출되고 있었다는 것도 국가권력으로서는 큰 부담이었다. 물론 이데올로기적 차원에서는 국가권력이 분명한 이념적 헤게모니를 장악하고 있었으며, 또 다른 지배이데올로기였던 반공주의와 반일주의는 각각 전쟁 체험과 식민지 경험에 따른 대

상 할 수 없는 일"로 치부한다고 비판했다.

78) 「매음녀의 생존권」(사설), 『동아일보』, 1955.12.12. 경범죄처벌법은 일제강점기 경찰법취체규칙과 표제만 다를 뿐 조항은 대동소이했고 또 이 법의 시행으로 야간통행시간 제한을 비롯해 국민의 기본권과 일상생활 전반을 구속하는 결과를 초래한다는 점에서 계엄령 실시와 같은 효과밖에 없다고 비판되었다(「경범법 실시에 제하여」, 『동아일보』, 1954.4.22). 특히 제1조9호("타인의 사업 또는 私事에 관하여 신문지·잡지 기타 출판물에 허위 사실을 게재하거나…")는 문화검열의 법적 수단으로 변질·이용되었다. 가령 김성환은 『동아일보』 '고바우' 만화(1958.1.23)가 경무대를 모욕한 혐의로 즉결재판에 회부돼 과태료 처분을 받았다. 제1조9호가 사회비판 만화(또는 가십만화)에 첫 적용된 이후 경범죄처벌법은 유신체제, 제5공화국에 이르는 장기간에 걸쳐 사회(풍속) 통제, 도서검열의 법적 기제로 확대 이용되었다.

79) 김경일, 「1950년대 후반의 사회이념; 민족주의와 민주주의」, 한국정신문화연구원 현대사연구소 편, 『1950년대 후반기의 한국사회와 이승만정부의 붕괴』, 오름, 1998, 35쪽. 박현채는 민주주의를 수용하는 주체가 반민족·반민주·반민중적이었고 또 이에 앞서는 민주적 변혁이 주어지지 않았던 관계로 전후 미국적 민주주의의 도입은 허구였다고 평가했다. 그의 지적대로 이승만 정권은 민주적 제반운동에 대한 탄압을 통해 민주주의적인 다원적 사회구성을 거부하는 파쇼적 정치체제였으며 자유민주주의 지배이데올로기는 체제정당화를 위한 형해화된 통치이데올로기로 전락했으나 일반대중들에게는 전근대적 유제에 속박된 삶으로부터의 해방의 기제로 작용했다는 점도 아울러 고려될 필요가 있다. 박현채, 『민족경제론의 기초이론』, 돌베개, 1989, 196쪽 참조.

중들의 동의 기반을 바탕으로 지배력을 확장시킬 수 있었으나 문화적인 차원에서는 그렇지 못했다.

그것은 언론통제의 법제적 근간이었던 (광무)신문지법이 1952년 3월 국회에서 정식으로 폐기된 뒤 곧바로 그 대체법안으로 제출된 '출판물법안'(국회문교위원회 안)이 부결되고 계속해서 '출판물임시단속법안'(공보처 안, 1954.12), '국정보호임시조치법안'(자유당정책위원회 안, 1957.2), '출판물단속법안'(자유당 안)의 법제화 시도가 여론의 격렬한 반대에 봉착해 무산되는 것에서 단적으로 확인할 수 있다. 적용 당사자였던 언론출판 자본뿐만 아니라 지식인, 일반대중에 이르기까지 적어도 문화적 반민주성에 대한 시민사회의 연대적 저항은 국가권력이 계속해서 무리수를 두게 할 정도로 큰 영향력을 발휘했다. 1956년 정·부통령 선거를 계기로 선거를 통한 대중들의 정치적 저항의 징후도 가시화되기 시작했다. 이런 정황에서 단속 위주의 풍기 관장은 비능률적일 수밖에 없었고 역효과까지 유발하게 된다.

따라서 이에 병행해 아니 이보다도 국가권력이 더 주력한 것은 일종의 정풍(整風)운동인 '국민도의운동'의 강력한 추진이다. 1955년 원단부터 전후 재건에 필요한 청신한 기풍의 진작을 위한다는 차원에서 정책적으로 국민도의 확립을 제창하고 사회 각 분야별로 도의실천운동을 하향식으로 전개시킨다.[80] 이를 계기로 정치도의, 경제도의, 교육도의, 사회도의라는 용어가 유행어로 횡행하고 각종 도의담론이 양산되기에 이른다. 국민도의운동의 배경과 성격은 최남선이 쓴 동포에 대한 호소문에 잘 집약되어 있다. 그는 한국(인)이 처한 위기의 근원은 정치의 부패나 타락, 생활의 빈곤에 있기보다는 양심의 마비와 도의의 퇴폐에 있으며, 양심과 도의를 회복하고 작흥(作興)하는 것이 한국의 존폐를 좌우하는 절대적 분기점이라며 일대 정신운동, 즉 도의운동을 전개해야 한다고 주장한다.[81] 이

---

80) 신남철은 국민도의운동이 파쇼적 문화정책을 이론적, 도덕적으로 뒷받침하기 위한 방편에서 제창된 것으로, 미제의 잉여상품 판매시장, 전쟁도발의 군사기지로 완전히 전변되어 버린 남반부를 해방시키려는 조선 인민의 투쟁을 반대하는 파쇼사상의 선전운동이라고 비판했다. 신남철, 앞의 글, 291~292쪽 참조.

81) 최남선, 「광명한 한국으로」, 『한국일보』, 1955.1.1.

를 통해 우리민족의 당면 과제인 국토통일과 민족부활이 가능하다는 것이다. 나아가 그 의의를 3·1운동에서 찾고 있다. 즉 3·1운동은 정치운동이라기보다는 윤리운동의 성격이 강하다고 평한 뒤, 독립선언서의 주장을 근거로 3·1운동의 정신을 윤리성, 양심성, 전진성으로 정리한다. 그러면서 토지, 인구, 권력이 국가 성립의 3요소로 알려져 있지만 이보다도 상위에 있는 것이 양심, 윤리, 실덕(實德)이라며 이의 회복의 필요성을 강력히 요청한다.[82] 나아가 이를 실천하기 위한 방안으로 19세기 초 독일 민족부흥의 토대가 되었던 '도덕동맹'을 본뜬 전 국민적 도덕동맹의 결성을 제안한다.[83]

목표와 방향에서 지배 권력의 입장을 잘 대변하고 있는 최남선의 논지는 민간 차원에서 상당한 호응을 얻게 된다. 대체로 국토통일, 산업부흥, 민주주의 확립의 전제조건으로 도의를 옹립하고 이에 반하는 퇴폐, 패륜, 향락, 무질서, 사적 이기심, 비양심, 몰염치 등은 사회악이며 따라서 시급히 근절해야 한다는 것이다.[84] 이런 바탕에서 처음에는 관제운동의 성격을 지녔던 국민도의운동이 민관 합동의 정풍운동으로 자리를 잡으면서 급속히 확산될 수 있었다. 물론 휴전직후 사회일반에서 자발적으로 일었던 '재건국민생활운동'의 흐름을 반영해 정책화한 것도 일조했다.

국민도의운동의 사회적 파장은 매우 컸다. 특히 교육 분야에 현저했다. 1956년부터 '교육으로 도의사회를 건설하자'는 구호 아래 도의교육이 교육정책의 핵심 목표로 설정되고, 이에 따른 교과과정 개편, 교수요목, 초등학교 및 중학교의 국정 도의교과서 편찬, 도의교육위원회의 설치와 상설화, 국민윤리강령의 제정 등이 일사불란하게 시행된다. 그것은 4·19혁명 전까지 지속적으로 추진된다. 도의교육의 목표는 문교부가 제정한 '도의교육요강'에 잘 나타나 있는데,[85] 관후고

---

82) 최남선, 「3·1운동의 윤리성」, 『한국일보』, 1955.3.1.

83) 최남선, 「도덕동맹을 제창함」, 『한국일보』, 1955.4.9. 그가 해방 후 도덕 파괴의 주요인으로 꼽은 것은 아메리카니즘의 맹렬한 침입이다.

84) 「도의진작의 선봉은」(사설), 『한국일보』, 1955.1.11., 홍형린, 「국민도의의 재건」, 『경향신문』, 1957.5.4.

85) 「도의교육요강; 초등학교 및 중학교」, 『문교월보』제31호, 1957.3, 20~21쪽. 요강에는 이 목표를 구체적으로 달성하기 위한 도의과정의 구성표와 초등학교 및 중학교 각 학년의 교육 요목을 밝

결(寬厚高潔)한 인간성을 기른다, 통일성 있는 생활태도를 형성한다, 창조적인 문제해결을 배양한다, 권로역행(勸勞力行)의 생활을 확립한다, 청신하고 명랑한 사회생활을 영위할 능력을 기른다, 애국애족의 사상을 공고히 한다 등이다. 그것은 교사들에게 하달한 지도요강의 내용, 즉 관후고결한 인간도야, 애국애족의 사상고취, 협동심과 책임감의 양성, 권로역행의 정신앙양 등에서 재차 확인할 수 있다.[86]

주목할 것은 당대 저명한 학자, 교육자, 대학교수, 언론인 등이 대거 참여해 도의교육의 목표, 방침, 내용 등 전반에 영향력을 행사하고 있었다는 사실이다. 도의교육위원회를 통해서인데, 그 구성을 1957년 11월 기준으로 보면 중앙위원과 지방위원으로 구분된 5개 분과로 되어 있고 인원은 중앙위원 42명, 지방위원 85명으로 규모가 꽤 컸으며[87] 그 규모는 계속 확대되는 추세를 보인다. 또한 대한교육연합회와 같은 민간교육단체와 연합해 관민협동으로 추진되는 특징도 나타낸다. 타 분야에 비해 교육에서의 도의운동(교육)이 가장 강력하게 전폭적인 후원 아래 시행될 수 있었던 것은 국가권력의 힘이 직접 미칠 수 있는 제도적 조건과 함께 장기 지속적으로 도의운동의 실질을 기할 수 있기 때문이었다. 아울러 반공방일 교육을 도의교육 요강의 주요 항목으로 배치한 것에서 확인할 수 있듯이, 청소년들에게 지배이데올로기를 용이하게 전파해 내면화시키고자 했던 권력의 의도가 작용한 면도 없지 않다. 도의교육을 '민족의 지상과제인 국토통일을 위해 정신통일이 필요하고 따라서 정신생활을 순화하여 하나로 통일시키는 교육'[88]이라고 천명한 문교부 장관의 발언이 그 유력한 단서다.

그런데 국민도의운동이 어느 만큼의 효과를 거두었는지 계량해내기는 어렵다. 다만 한국전쟁 후 사회적 무질서와 윤리적 혼란을 수습하고 새로운 국가재건

히고 있다. 초등학교 도의과정 구성일람표를 보면, 자기실현(정직, 성실, 명랑, 노력, 인내, 침착, 자주, 정결, 자제심 등), 인간관계(효도, 우애, 친절, 겸허, 책임, 사제애 등), 경제직업(검소, 저축, 국산 등), 공민책임(인명, 자유평등, 희생헌신, 정의향토심 등), 반공방일(독립정신, 반공정신, 방일사상) 등으로 편성되어 있다. 반공방일을 중요 항목으로 배치한 점이 눈에 띈다.

86) 「도의 지도의 당면 목표」, 『문교월보』제30호, 1956.11, 160~163쪽.

87) 『문교월보』제37호, 1957.11, 29쪽.

88) 최규남, 「국토통일과 교육」, 『문교월보』제31호, 1957.8.

을 의도한 운동이었다는 점에서 당시 국가권력이 강력하게 추진했던 근대화기획의 드라이브에 긍정적으로 기여했을 것으로 판단된다. 국민통합의 기제로도 작용했을 것이다. 하지만 역효과도 있었을 것이다. 특히 정치도의의 차원에서 국가권력의 비민주성이 공격당하는 논리적 근거로 작용할 수 있었기 때문이며, 실제 국민도의 실현의 우선적 과제로 정치 및 정치지도층의 도의 확립이 요구된 바 있다.[89]

이런 정치적 차원과는 별개로 국민도의운동을 통해 국가권력은 가장 강력한 도덕표준의 설정자라는 표상을 획득할 수 있었다는 점이 중요하다. 이는 풍기를 주도적으로 관장하는 주체로서의 입지를 다지는 효과를 거둔다. 그 면모는 5·16 쿠데타 세력과 유사하며 시기적으로는 앞선 것이다.[90] 유의할 것은 그 권능이 행사되는 과정에서 대중들과 갈등관계를 동반할 수밖에 없었다는 점이다. 그것은 도의운동의 양면성, 즉 전통적 가치의 보존과 민주적 요소의 진작이라는 요소를 모순적으로 지니고 있는 것과도 밀접한 관련이 있다.[91] 특히 척결의 대상으로 상정된 도의 퇴폐의 항목 중 상당수는 대중들의 근대적 욕망과 직결된 것으로 충돌이 불가피했다. 요컨대 사회통합 또는 국민통합의 일 기제로 전개된 전후 국민도의운동은 내부적으로 국가권력과 대중 간의 마찰과 균열을 동반한 채 각기 자신의 이해관계를 관철시키기 위한 투쟁의 장으로 기능했다고 할 수 있다. 지배와

---

89) 「도의진작의 선봉은」(사설), 『한국일보』, 1955.1.11.

90) 그것은 '혁명공약'의 3번째 항목, 즉 "구정권 하에 있었던 모든 사회적 부패와 정치적인 구악을 일소하고 청신한 기풍의 진작과 퇴폐한 국민도의와 민족정기를 바로 잡음으로써 민족 민주정신을 함양하며"에 집약되어 있다. 실제 5·16후 쿠데타 주체들은 풍기관장자로 군림하면서 국민도의 확립을 위한 다양한 사업을 의욕적으로 시행했다. 특히 재건국민운동본부 발족(1961.6~1964.8)과 동시에 시행된 국민의 도의·재건의식을 높이기 위한 관주도적 범국민운동인 국민재건운동은 각급 행정구역 최말단에까지 미친 조직 구성과 저명인사들의 총동원 및 교육, 선전·계몽 사업, 생활개선 사업 등을 통해 군사정부의 대사회적 지배력 확보에 중요한 자원으로 작용했다. 국민재건운동의 7가지 실천요강 중 하나가 국민도의 앙양이었다.

91) 주창윤은 도의운동이 국가권력과 지배적 도덕담론의 매개 관계, 즉 국가권력은 전후 윤리적 혼란을 극복해 국가재건을 위한 필요에서, 지배적 도덕담론은 전후 조장된 가치관의 혼란과 사회윤리의 붕괴를 우려한 공동의 이해 속에 진행된 결과 국가권력과 도덕담론이 전통을 소환하게 된다고 주장한 바 있다(앞의 글). 저자가 보기엔 전쟁 직후에 지배적 도덕담론이 존재했는지 의문이며 아울러 전후에 기존의 도덕표준이 지배력을 상실한 상태에서 국가권력이 이를 전취하려는 목적에서 도의운동을 전개했던 것으로 판단된다. 전통의 소환을 도의운동과 등치시킨 것 또한 다소 일면적 이해로 보인다.

저항이 길항하고 있었던 것이다. 그 긴장관계가 전후사회를 움직였던 또 다른 동력이 아니었을까.

한편, 저널리즘은 풍속 문제를 매개로 문화부문의 의제를 주도함으로써 문화권력을 확보·강화하려는 전략 속에서 풍속과 관련한 담론을 대량으로 생산해 전파시킨다.[92] 그 양상이 1955년 박인수사건을 계기로 대폭 확대되는데, 이는 자유부인파동과 박인수사건을 거치면서 성, 학생풍기, 댄스, 정조 등과 관련한 현실적 퇴풍(?)에 대해 비등해진 항간의 여론을 수렴해야 하는 저널리즘의 본래의 기능이 적극적으로 발휘된 측면도 있으나, 그보다는 엽기적인 사건을 이용해 독자획득을 꾀하려는 신문의 판매 전략이 다분히 작용했다고 볼 수 있다.[93] 여기에는 신문 발간조차 순조롭지 못했던 신문계가 1955년부터 자구책으로 선택한 증면책과 상업주의기조의 강화에 따른 신문계 내부의 사활적 경쟁이 작용한 바 크며, 성적 관계, 범죄, 연애중심의 추문 기사를 위주로 한 옐로저널리즘의 대두가 관여되어 있었다.[94]

실제 박인수사건 직후 제일 먼저 쟁점으로 부상한 것이 박인수사건 자체보다도 이 사건을 보도하는 언론의 태도에 대한 시비였다. 일례로 김기두는 박인수

---

92) 그 전략의 일환으로 저널리즘이 적극적으로 활용한 의제가 인권 문제다. 유엔의 인권선언 선포(1948.12.10)에 의거해 매년 주기적으로 인권/특권, 민권/관권의 대립구도를 부각시켜 전후 한국사회의 비민주성을 고발하는 방식이다. 일례로 『동아일보』는 '우리의 인권' 시리즈(1955.12.11~21, ⑩회), 즉 평등, 생명, 고문, 결혼, 법의 무차별, 집회결사, 노예(하녀), 언론, 일할 권리, 목표 등의 인권유린 실태와 이와 직접 관련된 인권선언조항을 연재함으로써 민권(인권) 수호의 보루로서 자신의 위상을 정립하고자 시도한다. 다른 저널리즘도 비슷한 양상을 보이는데, 그 과정에서 인권과 풍속의 연관성이 제기된다. 관권에 의한 인권유린 이상으로 대중의 생존권 문제, 상하관계·가족관계·대인관계에서의 전근대적 유제의 구속이 인권 유린의 중요한 원인으로 작용하고 있었기 때문이다. 「생존권과 인권유린」(사설), 『한국일보』, 1955.12.10, 「인권옹호의 날에 즈음하여」(사설), 『대학신문』124호, 1955.12.5.

93) 그것은 당시 미디어공간을 주도했던 잡지, 특히 대중잡지에서 현저하게 나타난다. 풍속과 관련한 흥미본위의 선정적 기사를 통한 판매 전략은 당시 대중지들의 일반적인 편집노선이었다. 박인수사건과 관련해 보더라도 『아리랑』은 박인수사건이 함축하고 있는 현대 청춘남녀의 생태를 다룬다는 취지로 (실화)소설을 집필케 해 게재한다. 그 작품이 박흥민의 「女風」(1956.12)인데, 박인수사건의 내용을 그대로 복사하다시피하고 있다. "흥, 저이들이 나에게 처녀를 바쳤던가? 처녀는 남에게 주고 날더러 처녀를 유린했다고 괘심한 아푸레들 같으니 내가 믿는 처녀는 미용사 뿐이야"(72쪽)라는 주인공의 항변으로 끝맺는 대목은 대중지가 어떻게 풍속문제를 반영해내고 있었는가를 잘 보여준다.

94) 이해창, 「옐로 쩌나리즘의 시비」, 『대학신문』73호, 1954.4.21.

사건에 대한 신문의 무차별적 보도는 '타락한 성도덕에 대한 사회적 경고가 젊은 세대에게 각성을 주기보다는 사회전체의 성도덕 수준을 저하시키고, 유사 박인수적 족속에게는 안도감과 위안감을 제공하며, 청소년들의 모방범죄를 조장할 수 있다'는 논리로 신문의 보도태도에 통렬한 비판을 가한다.[95] 이에 대해 독규남은 피해여성도 공범이라는 전제 아래 '부도덕한 사건의 보도가 건전한 청소년들에게 더욱 경계와 명심의 재료가 되고 무궤도한 그들에게는 가혹한 자책과 준열한 비난의 근인(根因)이 될 것이라며 김기두의 비판은 지나친 기우에 불과하다고 반박한다.[96]

이 사건을 다루는 언론의 방식에 대한 비판은 저널리즘 상호간의 이전투구의 양상으로 전개되기도 했다. 『여원』이 주최한 '박인수모의공판'을 둘러싼 『여원』과 『동아일보』, 『한국일보』와 정비석의 논쟁이 그 예다. 『여원』이 세간의 이목을 집중시켰던 박인수사건을 풍기문제의 차원에서 흥미롭고 새로운 방식으로 취급해보자는 취지에서 사회 저명인사들로 구성된 모의공판을 개최하려 했으나 내무부 치안당국의 지시로 중지된다. 이를 두고 『동아일보』는 '대중의 에로취미에 영합하려는 무리들이 사건을 묘하게 캣취하여 발재(發財)의 수단'으로 삼으려는 것으로 비난하자(1955.10.16), 『여원』은 잡지가 지니는 중요성과 그 희생적 운영에 대한 지식이 결핍된 방약무인의 논평으로 맞받아친다. 다른 한편에서는 『한국일보』가 '피의자가 인권을 향유할 권리가 있는데도 불구하고 재판 중에 있는 사건을 장난감으로 취급하려는 주제넘은 처사'로 비판하자(1955.10.15) 모의공판에 변호인 역할을 맡기로 예정되어 있던 정비석이 잡지사도 언론기관이며 따라서 재판 도중에 있는 사건이라도 이를 여론화하여 대중의 관심을 환기시키는 것은 지극히 당연한 처사라고 반박한다.[97] 이에 『한국일보』가 다시 모의공판이 지닌 명예손상 문제와 법정에 대한 영향 문제를 거론하며 언론이 견지해야 할 윤리문제에 대한 신중한 접근의 필요성을 제기한다.[98] 그 외에도 모의공판의 적절성 문제

---

95) 김기두, 「형사사건의 재판과 보도」, 『동아일보』, 1955.7.3~4.

96) 독규남, 「신문보도의 공정성」, 『동아일보』, 1955.7.8~9.

97) 정비석, 「비평에 공정을 기하라」, 『한국일보』, 1955.10.17.

98) 「하나의 언론의 윤리－박인수사건 모의공판의 경우」(사설), 『한국일보』, 1955.10.18.

에 대한 관련 전문가들의 첨예한 논쟁이 이어졌다.

물론 위의 사례들을 풍속문제를 다룬 저널리즘 전반의 태도로 일반화할 수는 없다. 다만 정비석이 지적한 바와 같이 이 시기 저널리즘이 과거와 비교해 거의 이성을 상실할 정도로 성 풍속 문제를 중시했다는 것만은 분명히 확인할 수 있다.[99] 실지로 1950년대 후반 저널리즘 지면에서 풍속기사의 점유율이 점증했으며 그 내용도 보도와 논평은 물론이고 좌담회, 토론회, 기획특집 등 다채로웠다. 그것은 저널리즘이 풍속과 관련한 여론의 동향을 수렴하는 것이면서 동시에 그 여론을 긍정적이든 부정적이든 간에 일정한 방향으로 정향시키는 기능을 했다는 것을 의미한다. 저널리즘이 국가권력과 구별되는 또 다른 차원의 풍기관장자, 즉 도덕표준을 둘러싼 국가권력과 시민사회(일반대중)의 갈등의 조정자 내지 완충지대로 기능하는 독특한 위상을 지녔던 것이다. 누차 민족의 도의를 타락시키고 풍기문란을 조장하는 주범으로 지목되었던 저널리즘이[100] 풍기를 주도하는 권력자로 둔갑해 일정한 영향력을 발휘하는 국면이 도래한 것이다.

그런데 풍기관장자로서 저널리즘의 역할은 풍속에 관한 의제 설정에서 두드러지게 나타난다. 풍속과 관련한 사건사고의 보도기사야 객관적 전달에 그치겠지만, 의제 설정 자체는 저널리즘 특유의 의도가 개입되어 있다고 볼 수 있다. 즉 풍속상의 중요 의제를 능동적으로 공론화함으로써 풍속담론의 장으로 기능하는 동시에 이를 통한 문화적 권력과 영향력을 확대하려는 전략의 소산이었던 것이다. 물론 그 담론의 폭은 전통적 가치를 옹호하는 보수적인 것에서부터 자유, 평등, 민주, 교양과 같은 근대적인 것, 반공적인 것, 사회민주주의적인 것에 이르기까지 매우 넓고, 그것도 각 저널리즘이 표방한 정론성의 기조나 편집노선에 따라 공중(公衆) 계몽의 기조에서부터 흥미본위의 상업적 선정성에 이르기까지 매우 다양하게 나타난다. 따라서 그 의도에 대한 정치한 분석이 요구되나 쉽지 않은 문제다.

다만 그것이 전후 검열에 의해 조성된 담론 장의 특성, 즉 반공담론 이외의 철저한 봉쇄와 동시에 근대담론을 포함해 급진적인 성향을 지닌 담론이라도 반공과

---

99) 정비석, 「박인수의 경우」, 『전망』제1권2호, 1955.10, 137쪽.
100) 임한영, 「무너져가는 성도덕과 학원」, 『조선일보』, 1955.7.9.

친연성이 존재하는 한 무한 생산·소통될 수 있었던 상황적 조건 때문에 가능했다는 점만은 환기해두고자 한다. 폐쇄적 개방의 문화지형 속에서 성 담론을 비롯한 풍속 담론이 신문, 잡지 등을 기반으로 과잉 증식된 현상이다.[101] 이 연구에서는 저널리즘이 가장 비중 있게 취급한 풍속 의제가 어떻게 다루어지는가를 통해 풍기조정자로서의 저널리즘 일반의 위상을 살펴보는 것으로 한정한다.

당대 저널리즘이 지속적으로 강조해 의제화한 것은 성 도덕과 학생 풍기이다. 댄스, 정조, 결혼, 미망인, 아프레걸, 매춘 등에 대해서도 다루고 있으나 대체로 이 두 의제로 수렴된다. 전후 풍기문란의 대표적 온상으로 또 독자대중들의 근대적 욕망이 가장 절실하게 시현되는 지점인 관계로 가장 격렬한 갈등을 야기한 의제라는 저널리즘의 판단이 작용했다고 볼 수 있다. 학생풍기에 관한 저널리즘 담론의 특징은 4회에 걸친 한 좌담회에 잘 농축되어 있다.[102] 박인수사건을 계기로 쟁점화 된 남녀학생의 일반적 풍기 실태와 그 타개책을 모색한다는 취지 아래 마련된 이 좌담회가 주목되는 이유는 당시 학생풍기에 대한 관계당국, 교육계, 일반사회적 입장 간의 첨예한 대립과 당대 쏟아져 나온 학생풍기 담론의 내용을 종합적으로 드러내주고 있기 때문이다.

그것은 학생풍기의 실태에 대한 진단에서부터 나타난다. 중고등·대학의 교육당국자들은 우려할 정도가 아니라고 본다. 즉 일부 학생들에게서 나타나는 성 의식의 개방성, 폭력사태, 극장출입과 같은 문제를 빌미로 학생풍기의 문란을 과잉 일반화하는 경향이 농후하고, 그 판단 준거도 30~40년 전의 기준을 적용한 것에 불과하며, 또 기성층의 여론이 일면적으로 부각됨으로써 과장, 왜곡이 존재한다는 것이다.[103] 반면 사회의 관측은 학생풍기가 대단히 문란해졌고 따라서 심각

---

101) 이에 대한 자세한 분석은 이봉범, 「1950년대 문화 재편과 검열」, 『한국문학연구』34, 동국대 한국문학연구소, 2008, 33~39쪽 참조.

102) 「학생풍기 문제를 얘기하는 좌담회」, 『동아일보』, 1955.5.19~22. 참석자는 이정희(국회문교분위원), 안용백(문교부 고등교육국장), 정해수(문교부장학관), 조재호(경기고 교장), 권중휘(서울대 학생처장), 심태진(선린중 교장) 등이며 사회는 김동명이었다.

103) 장준하는 새 세대의 윤리나 기풍이 그 세대와 더불어 독자적으로 일시에 일어난 것이 아니라 그 전 세대에서 물려받은 것을 바탕으로 형성되는 것이라며 젊은 세대의 도의 퇴폐를 책망하기 전에 우선 그 잘못의 근원이 다름 아닌 기성세대, 즉 外寇의 사슬에 허덕이던 당년에는 비굴과 아첨과 배반의 實例를 가는 곳마다 퍼뜨렸고, 민족의 자유를 찾은 뒤에는 이 자유를 악용하여 모

한 사회문제로 대두했다고 본다.

원인에 대한 진단도 학교·가정·사회의 공동책임이라는 인식을 공유함에도 불구하고 주요인에 관해서는 의견 차이가 크다. 대체로 경제적 파탄, 도의교육의 소홀, 교육자의 자격과 질의 저하, 사친회를 비롯한 학교사회의 만연된 비리, 행정단속의 불철저, 외국영화·대중잡지·신문소설 등 매스미디어의 선정성, 정조관념의 희박 등을 원인으로 꼽는데, 도의교육의 경시와 정조관념의 희박만은 공통적이다. 특히 유물론적 인생관(공산주의)과 한국전쟁의 영향에 따른 학생층의 분방한 정조관념이 학생풍기 문란의 주요인으로 강조하는 면모를 보인다. 이에 대한 개선책 또한 검박소질(儉朴素質)한 기풍 확립, 입시위주 교육에서 탈피한 실질적 정서교육 구현, 제복(교복) 도입을 통한 감시와 제재 강화, 전통적인 윤리도덕의 확고한 고수, 외화수입 금지, 학교의 단속 강화 등 다양하게 제출된다.

주목할 것은 여러 지점에서 의견 차이를 보임에도 불구하고 '표준을 정해서 제시하지 않고는 풍기문제를 논하는 것은 무리'라는 견해가 지배적이라는 점이다. '새로운 사태에 적응할 만한 도의가 형성'되어야 하며(권중휘), '민주적 도의기준이 세워지면 전통적인 요소와 민주적인 요소의 충돌로 야기되는 과도기적 학생풍기 문제는 자연스럽게 해결'(심태진) 될 수 있다는 것이다.[104] 학생풍기뿐 아니라 풍속과 관련된 기획특집, 좌담회 등을 살펴보면 논자들의 서로 다른 입장이 첨예하게 대립하는 면모를 확인하게 되는데 논자 개인의 현실인식과 가치관의 차이에서 기인하는 바 있지만,[105] 이 같이 사회일반이 동의할 수 있는 권위 있는 보편적

리, 협잡, 모략중상, 암투를 일삼아 민족의 명맥과 국가의 운명을 危地에 몰아넣은" 자신들에 대해 반성이 우선적으로 요구된다고 주장했다. 「새 세대를 아끼자」(권두언), 『사상계』, 1956.4.

104) 오종식도 소년 비행(非行) 내지 범행의 원인이 성인과 소년 간의 행동기준상의 현저한 차이, 즉 소년들에게는 엄격하게 제지하거나 금압하면서도 정작 부모세대는 그 기준에 일탈하는 행위를 당연시하는 모순당착의 사회현실이 주된 원인이며, 따라서 그 현격한 차이와 모순을 조정하고 지양할 제도, 규범상의 행동기준의 표준적 규정이 우선적으로 마련되어야 한다고 강조한다. 오종식, 「소년비행의 遠因」, 앞의 책, 220쪽.

105) 김내성은 전후사회 지성인들이 당면한 가장 큰 과제가 합리적인 모럴의 탐구(비판기준의 모색)에 있다고 보는데, 문제는 그 모럴의 형성이 정치율에 입각한 법률선, 인습률에 입각한 도덕선, 신앙률에 입각한 종교선, 진실률에 입각한 철학선, 심미율에 입각한 예술선 등의 조화와 통일에 의해 가능함에도 불구하고 일부의 선의식을 동원하여 관념, 행동을 비판하는 것으로 모럴을 형성해가거나 또는 위의 상호 배치되는 선의식으로 인해 명쾌한 단안을 내리지 못하는 것이 당대 지성인들이 처한 보편적인 고민이라고 분석한 바 있다. 김내성, 「현대지성인의 고민」, 『동아일

도덕표준이 부재하기 때문에 야기된 바도 크다. 이를 통해 도덕표준 정하기가 저 널리즘 풍속(기) 담론을 관류하는 요체 가운데 하나였다는 것을 유추해볼 수 있 다.

그것은 박인수사건의 담론화에서도 확인할 수 있다. 보수적인 성문화가 최초 로 도전받은 사건인 만큼 이 사건은 당대 성 풍속에 대한 서로 다른 입장들이 가 장 풍성하면서도 첨예하게 충돌하는 지점이 된다. 『희망』이 기획한 '박인수 혼인 빙자간음피의사건 지상공판'에 그 면모가 잘 나타나 있다.[106] 담당판사 권순영의 논지는 무죄 언도가 박인수족속의 속출을 장려할 것이라는 세간의 여론에 대응 해 무죄의 이유를 밝히는데 있다. 그는 도덕적 차원과 법 차원은 엄격히 다르며, 죄형법정주의와 증거력에 의거할 때 이 사건은 여성의 정조를 보호하는데 취지 가 있는 신형법의 혼인빙자간음죄 조항에 입각하더라도 이 사건의 피해여성들은 스스로가 정조를 포기해버렸고 박인수와의 성교도 결혼을 전제로 한 것이 아닌 동물적인 교미에 불과하다고 볼 수 있으며, 또 피해여성이 비공개 심문에 불응함 으로써 법적으로는 무죄일 수밖에 없다는 것이다. "정조라고 하여 법은 다 보호 하는 것은 아니다. 법의 이상에 비추어 가치가 있고, 보호할 사회적 이익이 있는 정조만을 법은 보호한다. 따라서 정숙한 여성의 건전한 정조만을 법은 보호하는 것"(53쪽)이라는 것이다.

이에 반해 담당검사 조인구의 논지는 '박인수는 유죄다'로 요약된다. 그는 사 건의 경위와 피해자들의 진술내용을 소상히 밝히는 가운데, 특히 유일하게 박인 수의 처벌을 요구한 송모의 경우는 두 번째 이후의 관계가 결혼을 전제로 한 것

보』, 1956.4.7.

106) 「박인수 혼인빙자간음사건 지상공판」, 『희망』, 1955.9, 48~53쪽. 원래 공무원자격사칭혐의로 체포된(1955.4.30) 박인수에 대해 검찰이 혼인빙자간음죄로 기소하면서 전국적인 파장을 일으 킨 가운데 '한국판 카사노바 박인수사건'으로 이슈화되면서 전후 여성의 정조문제가 공론화되기 에 이른다. 이 기획은 7월 9일 형법 제304조(혼인빙자간음) 및 동 230조(공문서부정행사)를 적 용해 징역 1년 6개월이 구형된 뒤, 7월 22일 '법은 정숙한 여성의 정조만을 보호한다'는 법 이론 하에 혼인을 빙자한 간음죄에 대해서는 증거불충분(형사소송법 제325조 적용)으로 무죄, 공문 서부정행사죄에 대해서만 벌금 2만환에 구류 83일을 선고함으로써 사건이 일단락된 뒤 마련된 것으로 사건(재판) 관련자, 즉 판사(권순영), 검사(조인구), 이대 학생(이영희), 피고(박인수) 등 의 입장을 나란히 싣고 있다. 잘 알려졌다시피 검찰의 항고로 2심에서는 유죄로 인정되어 징역 1년을 선고받았으며 대법원 상고가 기각되면서 유죄가 확정되었다.

이기 때문에 형법상 혼인빙자간음죄가 충분히 성립될 수 있다고 본다. 그러면서 과연 송모의 행위가 법의 보호가치가 없을 만큼 부패한 것인가에 의문을 제기한 가운데 '제2, 제3의 박인수가 출현할 가능성을 막을 수 있는 최대의 노력을 소홀히 할 수 없다'며 상소의 불가피성을 독자들에게 전한다. 그리고 이화여대 학생 이영희는 이 사건에 연루된 극소수의 이대생을 이대의 전형적인 경우로 간주하고 이대를 망국대학으로 치부하는 일반사회인들의 편견에 문제를 제기한다. 항간에 떠도는 이대생들의 사치, 호화, 향락상은 극히 일부에 국한된 현상인데도 불구하고 박인수사건과 이대를 결부시켜 여대생들의 풍기문란을 논하는 것은 예전부터 내려온 이대에 대한 왜곡된 편견이 재생산된 것에 불과하다고 항변하고 있다.

박인수의 입장은(출감직후 기자회견의 내용을 수록) 자신이 나쁜지 피해여성이 나쁜지는 법과 사회에서만 평가할 수 있는 사안이며, 다만 '요즈음 사회풍기와 여학생들의 풍기가 어떻다는 것을 사회에 전하는 하나의 산 증거'(51쪽)로 사건의 의미를 부여한 뒤 '자신이 희생된다고 해서 땅에 떨어진 윤리와 도덕이 바로 잡히리라고는 믿지 않으며, 사건이 되풀이되지 않기 위해서는 무엇보다 도처에 성업 중인 비밀댄스홀을 폐쇄시키는 것이 가장 중요하고 결정적인 문제'라고 주장한다. 자신보다도 사회 환경이 문제라는 것으로, 자신의 행적을 정당화했던 법정 진술과 크게 다르지 않다.

이 기획을 통해 두 가지 사실을 확인할 수 있다. 첫째, 박인수사건 뿐 아니라 사회문제로 대두된 풍속상의 변모·혼란에 대한 상호 이질적인 당대 여론의 저변에 다양한 판단기준이 혼재되어 있다는 점이다. 각기 서로 다른 이해관계만큼이나 다양한 비판의 척도가 동원된 인정투쟁이 풍속담론을 관류하고 있었던 것이다. 그것은 법의 차원을 상회하는 수준이었다. 김내성은 현행 형법을 척도로 삼았음에도 박인수사건에 대한 판결의 배치(背馳)는 '법문 해석의 차이에서 기인했다기보다도 비판의 척도를 달리하는 인생관조의 태도'[107]에 있다고 보았는데, 이는 기존 관념이나 윤리가 시대적실성을 상실한 상태에서 사회구성원 전반을 규

---

107) 김내성, 「비판의 척도」, 『동아일보』, 1956.2.26.

율할 수 있는 지도적 도덕 표준이 부재했다는 것을 말해준다.

둘째, 바로 이 지점에서 저널리즘의 역능이 강조되었다는 사실이 중요하다. 위의 『희망』의 기획에서 보듯 풍속과 관련한 이질적인 여론을 수렴해 커뮤니티 공간을 제공함으로써 중지(衆智)를 모으는 거점으로서의 역할 뿐 아니라 대중독자에 대한 지적 계몽을 동반한 합리적 대안의 모색자로서의 권능을 발휘하고자 했다. 그것은 저널리즘 스스로가 자임한 바이기도 하지만, 독자들의 기대 수준이기도 했다. 일례로 한 독자는 저널리즘이 사실의 보도와 논평, 찬반양론의 공정한 배치를 통한 여론화 작업을 넘어 하나의 사회문제로 대두된 풍속 사태에 대응한 적정한 대책을 능동적으로 모색하는 저널리즘의 지도적 역할을 주문한 바 있다.[108] 그 권능의 영향력을 계량해내기는 쉽지 않지만, 적어도 사회적으로 확산되고 있던 대중들의 욕망에 의거한 새로운 도덕의 기점을 형성하는데 저널리즘이 일정한 기여를 했다는 것만은 유추가 가능하다. 기성의 관념과 도덕기준에 의거한 억압, 매도, 질책 등의 무용론과 기존 도덕체계로 선회시키려는 일부의 의도가 지닌 반역사성에 대한 공론 정도는 저널리즘을 통해 확보되었다는 점에서 그렇다.

4. 소용돌이 풍속의 사회문화적 함의

이렇듯 저널리즘을 매개로 풍속을 둘러싼 개인과 개인, 집단과 집단, 계층과 계층의 갈등과 교류가 누적적으로 반복되면서 의미 있는 변화를 추동해 가는 거대한 소용돌이가 곧 전후 풍속의 혼란으로 현시되었던 것이다. 그것이 지역적, 계층적, 세대적 불균등성을 동반하면서 전통과 윤리를 파괴하는 비도덕적·반사회적 탈선행위로, 자유민주주의의 오용과 남용에 따른 부박한 일탈로 부정·폄하되는 것이 주류를 이루었지만, 그 무질서에 내포되어 있던 대중들의 근대적 욕망은 전후 사회문화적 근대화 흐름과 결부돼 한국사회 변화의 큰 동력으로 작용했다고 볼 수 있다.

---

108) 김지산, 「성도덕의 전기와 그 대책」(독자투고), 『한국일보』, 1955.7.20.

이 같은 의미 있는 변화가 가시화되는 것은 일차적으로는 1950년대 후반 일련의 법제화 과정에서다. 1953년 7월 형법상 간통雙罰制가 채택됨으로써 과거에 비해 남녀동등권에 진전을 가져왔던 것에서[109] 일보 전진해 신민법(1958.2.22, 법률 제471호)에서는 여성의 법적 지위가 상당한 수준으로 보장되기에 이른다. 이 신민법이 단행한 여성의 권리신장의 주요한 내용으로는 ①처의 무능력제도의 폐지(여자가 혼인하더라도 행위무능력자로서 일정한 행위를 하는데 부의 허가를 필요로 한다는 기존 규정의 철폐), ②부부별산제(夫婦別産制, 처가 자신의 재산도 혼인 중에는 관리할 수 없고 남편에게 자유로운 관리사용, 수익권을 인정하는 관리공통제의 폐지), ③혼인과 협의이혼의 자유, ④재판상 이혼원인의 부부평등(간통은 처의 경우에만 이혼 원인이 되고 남편의 경우는 간통죄로 처벌을 받았을 때만 이혼 원인이 되는 규정 폐지), ⑤양자법 혁신(남계혈통주의의 가본위양자제도의 혁신), ⑥분가(分家)의 자유, ⑦모계혈통의 계승 인정, ⑧재산상속 순위에 있어서의 여성의 지위 향상(재산상속에 처, 미혼녀, 출가한 여식도 아들과 같은 순위로 공동상속인이 되며 특히 처에게는 남편의 代襲상속권도 인정) 등이 있다.[110] 개인의 자유와 남녀평등의 원칙을 충실히 구체화하는 데는 미흡했다 할지라도, 가족생활의 민주화와 여성의 법적 지위 향상에 일대 혁신을 단행했다는 것만은 당대에서도 공인된 평가였다. 이는 여성의 성을 사회의 건전성을 위협하는 비정상적이고 위험한 것으로 치부하여 가족과 국가를 위한 성으로 제한·통제했던 시대적 강압에 맞서 여성의 성에 대한 재발견과 함께 성을 통해서 여성의 주체적 욕망을 구현하려는 시도가 담론과 창작으로 서서히 진작되어 가던 흐름과 잇닿아 있다.[111]

이 같은 법제화의 성과는 법리의 차원, 특히 반식민(일본 민법의 철폐)의 당위가 반영된 것이지만, 풍속문란의 저류를 형성하고 있던 일반대중들의 근대적 욕

---

109) 그것은 (여성)단벌제, 쌍벌제, 폐기(남녀 모두 불벌)의 오랜 논란을 거쳐 국회에서 단 3표 차이로 통과돼다. 이와 함께 근로여성의 임신, 생리휴가를 법적으로 보장하는 노동법(현 근로기준법)도 1표 차이로 통과된 바 있다. 한국부인회총본부, 『한국여성운동약사』, 1986, 28쪽. 박인수사건 재판에서 논란이 됐던 혼인빙자간음죄는 2009년 11월 26일 헌법재판소의 위헌 결정에 의해 비로소 역사 속으로 사라지게 된다.

110) 좀 더 자세한 내용은 이태영, 「신민법과 여성의 지위」, 『조선일보』, 1958.12.28.

111) 이에 대해서는 이정희, 「전후의 성담론 연구—종전에서 4·19 이전 시기의 여성잡지와 전후세대 여성작가의 소설을 중심으로」, 『담론201』8-2, 한국사회역사학회, 2005 참조.

망을 적극적으로 반영한 산물이기도 하다. 신민법안이 1954년 10월 국무회의를 통과해 국회에 제출되었음에도 불구하고 법리 문제와 더불어 시대정합성의 문제가 제기되면서 공전을 거듭하다가 제정·공포되는 곡절을 겪었던 과정은 당시 풍속의 소용돌이에 내재된 동시대인의 욕망과 요구가 법제로 반영되는데 치열한 대립이 수반되었다는 사실을 웅변해준다. 특히 민법이 한 나라의 민주주의 발전을 좌우하는 막강한 영향력을 지닌 법률임을 감안할 때,[112] 신민법의 성과는 풍기문란으로 분식된 대중들의 근대적 지향이 지닌 제도적 성취로 평가해도 무리가 없다. 포지티브한 차원이든 네거티브 차원이든 근대화가 전후 한국사회의 움직일 수 없는 시대정신이라고 인정할 수 있다면, 대중들은 이론(이념)의 차원보다는 몸으로 생활로 그 정신을 체현하고 있었으며 그 무정형의 실천이 전진적 사회 변화의 중요한 원동력으로 작용했다고 볼 수 있다. 전후 풍속의 소용돌이는 비록 무질서, 미정형의 혼란으로 나타났으나 일상적 삶의 차원에서 분출된 대중들의 자유민주주의의 실천이었다.

그것은 '서양문화의 무비판적 모방에 따른 사이비근대성과 문화적 식민주의'[113]의 부정성을 상쇄하고도 남음이 있다. 다소 비약하자면 『사상계』가 1958년에 접어들어 정부수립 10년 동안의 만성적 침체, 허탈을 과도기, 초창기, (준)전시로 위안하며 체념했던 것을 반성하고 '민주주의와 근대화를 두 축으로 한 건설의 데커드(decade)'[114]를 주창할 수 있었던 배경에도 이 같은 동시대 뭇 대중들의 아래로부터 분출되었던 사회개조의 욕망이 자리 잡고 있었다고 볼 수 있다. 이것이 한국전쟁 후 소용돌이 풍속이 지닌 사회문화사적 의의가 아닐까.

---

112) 「민법제정의 중요성」(사설), 『대학신문』166호, 1956.11.12.

113) 김행선, 『6·25전쟁과 한국사회 문화변동』, 선인, 2009, 63쪽.

114) 「언제까지나 초창기는 아니다」(권두언), 『사상계』, 1958.1, 23쪽.

6

6장

저널리즘과 문학

1. 1950년대 매체론적 문학연구의 유효성

근대문학이 근대가 창출한 제도 가운데 하나였고, 또 다른 층위의 제도들, 이를테면 매체, 검열, 출판, 학술, 대학, 등단 제도 등과 불가분의 상관성을 지닌다는 사실은 이즈음 국문학계에서 널리 인정된 가운데 관련 연구가 활성화 되고 있다. 각종 문화제도와 그 상호 관련의 구조적 역학이 문학의 역사적·사회적 존재 방식을 구체적으로 드러낼 수 있는 장점을 지닌 때문으로 판단된다.[1] 매체와 문학의 관계로 한정해 보더라도, 『開闢』이 1920년대 기록서사양식과 신경향파문학의 발원지로, 『朝鮮文壇』이 근대부르주아문학의 수렴과 확산의 거점으로, 『文章』이 전통의 재전유를 통해 일제말기 총체적 위기에 봉착한 조선어문학의 보루로, 『新天地』가 해방기 비좌비우(非左非右)의 진보적 민족문학 진지로 각각 기능하면서 당대 문학의 주류적 흐름을 선도하는 가운데 문학의 사회적 위상을 격상시키는 동시에 근대문학의 영토를 획기적으로 넓히는 긍정적인 결과를 이끌어 냈다는 것은 익히 알려진 사실이다. 특히 『문장』은 준(準)동인지적 성격을 탈피한 가운데 문학적 권위 확립과 상업적 성공을 아울러 이루어내 일찍이 볼 수 없었던 문학의 예술성=상품성의 가능성을 시현함으로써 후대 문학지들의 전범으로 작용한 바 있다.[2] 이 같은 사례는 저널리즘(정기간행물)이 시대와 문학을 매개하는 핵심 고리로서 한국근대문학 발전의 중요한 물적·제도적 토대로 기능했다는 사

---

1) 문화제도론적 연구의 필요성과 그 의의에 대해서는 한기형, 「근대문학과 근대문화제도, 그 상관성에 대한 시론적 탐색」, 『상허학보』19, 상허학회, 2007 참조.

2) 『문장』의 문학적 권위 확립에 대해서는 이봉범, 「잡지 『문장』의 성격과 위상」, 『반교어문연구』22, 반교어문학회, 2007 참조.

실을 잘 보여준다. 물론 그것이 식민권력(또는 국가권력)의 검열을 비롯한 여러 문화제도적 요인과의 복잡다단한 길항과정 속에서 배태·생장된 것임은 두말할 나위가 없다.

그것은 1950년대 문학사에도 적용될 수 있다. 1950년대는 한국전쟁으로 사회문화의 물적·제도적 토대 전반이 붕괴됨에 따라 국가권력을 포함한 사회문화의 제반세력이 새로운 문화건설을 표방하고 각종 근대적 문화기획을 경쟁적으로 입안·추진하면서 문화주체들 간의 격렬한 헤게모니 투쟁이 전개된 바 있다. 그 투쟁은 문화제도적 장치들(학·예술원, 국립극장, 국전, 무대예술원 등)을 둘러싼 이권 획득 경쟁에서부터 문화 권력을 보증하고 재생산하는 핵심 기제인 매체를 둘러싼 경쟁에 이르기까지 매우 다양하게 나타난다. 특히 후자의 비중은 독자적인 표현 기관의 소유 여부나 신문·잡지 등 저널리즘과의 관계 정도에 따라 문화주체들의 세력 관계가 결정될 정도로 매우 컸다. 예컨대 장준하를 중심으로 한 서북 출신 월남지식인들이 문화 권력의 주도권을 장악할 수 있었던 것은『사상계』라는 독자적 표현기관을 소유했기 때문에 가능했으며, 김동리·조연현·서정주 등 이른 바 '문협정통파'가 문단권력을 공고히 유지할 수 있었던 것 또한 순수문예지『문예』,『현대문학』을 빼놓고는 설명하기 어렵다. 이는 1950년대 저널리즘의 영향력이 문학 이념과 조직에 못지않은 실질적인 중요성을 지니고 있었다는 것을 말해준다.

신문이 지닌 영향력은 김팔봉의 신문연재소설『群雄』의 게재중지 사건(1955.11)을 통해 어렵지 않게 가늠해볼 수 있다. 이 사건은『서울신문』에 연재되던『군웅』(1955.11.20~56.6.23, 214회)이 연재가 거듭되면서 흥미가 떨어지고 독자들의 호응이 격감되었다고 판단한 신문사측이 연재중지를 일방적으로 통보하면서 발생했다. 당대 팔봉의 문단적 위상과 팔봉이 이 사건 직전『동아일보』에『統一天下』(1954.3~1955.10.25)를 562회 연재하면서 대중작가로서 입지를 굳혔던 사실을 고려할 때 대단히 파격적인 조치였다. 문단 원로에 대한 예우 문제가 논란되기도 했지만, 이 사건에는 그 같은 팔봉 개인의 문제를 초월한 중대한 문학사적 의미가 내포되어 있다고 봐야 한다. 그것은 한마디로 신문과 문학의 관계방식의 변화를 상징적으로 보여준다는데 있다. 즉 오랫동안 문화주의를 매개로 공고한 혈연관계를 맺어왔던 신문과 문학의 관계가 철저한 상업적 이해관계로 변전되는 양상이 본격적으로 가시화되어 나타난 것이다.[3] 그것은 곧 신문이 더 이상 문학(인)에 대해서 문화적 고려를 하지 않게 되었다는 의미한다. 신문에 있어 문학은 교환가치의 크기에 따른 선택적 소비대상, 즉 상품일 따름이며 이에 상응해 문인은 그 상품을 공급하는 기능적 존재로 취급될 뿐이었다. 그렇기 때문에 문인들의 거센 반발이 충분히 예상됨에도 불구하고 연재소설 중단조치를 전격적으로 단행할 수 있었던 것이다. 이에 전영택, 염상섭을 주축으로 한 문인들이 '한국작가권익옹호위원회'를 결성해 이 사건을 반문화적 테러행위로 규정하고 『서울신문』에 집필 거부를 선언한 '61인 성명서'로 강력하게 대응함으로써 신문과 문인(학)의 힘겨루기가 본격화되기에 이른다.

(前略) 작가들로 하여금 자기들의 상행위의 앞잡이로 또는 판매부수를 올리는 선전요원으로 부려먹으려 함으로써 노예화하려 들었고, 따라서 그 작가의 작품세계를 파괴함으로써 한국의 장편소설을 기형적인 방향으로 이끌어왔음은 세계의 어느 나라에서도 볼 수 없는 한국 태반의 신문사가 취하는 악폐라 하겠다. 비단 상기한 사실들이 서울신문사에만이 아니고 과거에 일부 타사에도 있었고 잡지사에도 있었으나 우선 제일착으로 서울신문사에 항의하는 동시에 널리 문화계에 호소하는 바이다. 따라서 서울신문사가 한국작가 전체에 대하여 신문지상을 통하여 정식 사과하고 차후 그러한 악행을 하지 않기를 맹세해오지 않는 한, 우리 전 작가는 동지에 기고할 것을 거부하기로 결정하며 아울러 성명하는 바이다. (강조-인용자)[4]

성명서 발표를 계기로 서울신문사의 부당한 처사가 여론화되자 서울신문사가

---

3) 물론 그 이전, 즉 전시에도 『서울신문』에 연재되던 김말봉의 『太陽의 眷屬』(1952.2.1~7.9)이 139회 만에 게재중지 되는 사건이 발생한 바 있다. 김말봉이 신문사측의 일방적인 게재중지 조치에 불복해 '작품 박해와 명예 손상'을 이유로 1천만 원 배상청구소송을 제기했지만 전시 상황에서 여론화되지 못하고 흐지부지 처리되고 만다.

4) 『동아일보』, 1956.9.22.

문화부장을 경질하고 연재를 재개시킴으로써 사건은 일단락된다. 외형적으로는 신문사가 문단에 굴복한 모양새였지만, 문학에 대한 신문의 압도적 주도권은 서울신문사만이 아닌 당대 저널리즘 전반에 나타나는 보편적 현상이었으며, 그것도 1950년대 후반으로 갈수록 더욱 강화되는 양상을 보인다.[5] 그것은 곧 신문과 문학의 전통적 관계, 조연현식으로 표현하자면 '저널리즘의 평등적 지배에 바탕을 둔 상호협력의 관계'가 단절되는 문학사적 의미를 함축하고 있다.[6]

중요한 것은 그 같은 단절과 동시에 새롭게 조성된 신문과 문학의 관계, 즉 신문의 일방적 지배 속에 강화된 상업주의적 기조는, 위 성명서에 명시되어 있는 바와 같이, 신문의 문학배치도를 전반적으로 재편시키는 가운데 작가들에게 신문 선택적 글쓰기를 직접적·암묵적으로 강제함으로써 작가층의 분화를 촉진시켰을 뿐 아니라 신문자본의 이윤을 극대화하기에 유리한 문학만을 선별적으로 보급함으로써 당대 작품 경향 및 문학의 지형을 왜곡된 형태로 이끄는 연쇄적 효과를 야기한다는데 있다. 후술하겠지만 여기에는 당대 신문자본이 처한 상황, 즉 정치권력과의 첨예한 대립과 신문자본 간의 무제한적 경쟁체제 속에서 생존의 활로를 필사적으로 모색해야 했던 신문의 매체전략이 깊숙이 작용하고 있었다. 이 같은 사실은 신문이 1950년대 문학의 사회적·역사적 존재방식을 거시적으로 규정한 중요한 기제였다는 것을 시사해준다.

잡지 또한 신문 이상의 문학적 영향력을 지니고 있었다. 오히려 신문을 능가하는 문화적 권능을 지녔다고 보는 것이 타당하다. 그것은 '학원세대'라는 독특한 문화현상을 통해 확인이 가능하다. 근대전환기 '일본유학생세대'나 1960년대 '4·19세대'와 같이 특정한 역사적 공통체험에 따른 문학적 세대 형성의 경우는 더러 존재했지만 특정 매체가 하나의 문학세대를 구성한 예는 우리 문학사에서

---

5) 그 면모는 염상섭의 발언을 통해서도 확인할 수 있다. "신문인, 잡지인까지 하나에서 열까지 흥미 인기만을 노리는 것은 독자에 영합하려는 판매정책을 주안으로 하는 것뿐이지 진정히 문학에 이해가 있고 문학과 독자층의 수준을 높인다는 본래의 사명의 일단에는 등한한 때문"이고, 소설 제목부터 독자의 흥미를 끌 수 있도록 요구한다며 『한국일보』의 첫 연재 장편인 자신의 『미망인』도 장기영 사장 자신이 제목을 붙였다고 한다. 염상섭, 「소설과 현실―『미망인』을 쓰면서」, 『한국일보』, 1954.6.14.

6) 조연현, 『한국신문학고』, 문화당, 1966, 171쪽 참조.

찾아보기 드문 현상이다. 1952년 11월에 창간된 청소년잡지『학원』의 '학원문단'
및 '학원문학상'(1954~1967) 출신 문인들을 지칭하는 '학원세대' 혹은 '학원파문인'
의 존재는 매체가 전국적 차원에서 특정 계층의 문학적 감수성을 발양하고 하나
의 공감대로 접착시키는 거점이 될 수 있었음을 분명하게 보여준다.[7] 물론 이 세
대의 공감대에는 여러 요소가 공서하고 있었다. 칼 만하임의 사회학적 세대 해
석, 즉 세대의 상황, 관련, 통합이라는 세 가지 측면을 적용해 보면 대략 1930년
대~40년대 초반 출생으로 8·15 전후 초등학교에 입학해 주로 이중언어적 소통
을 했고 해방, 정부수립, 한국전쟁으로 이어지는 역사적 격변을 청소년기의 예민
한 감성으로 견뎌낸, 따라서 세대의 사회적 통합의 가능성이 원천적으로 존재했
다고 볼 수 있다.

중요한 것은『학원』이 그 원천적 가능성을 결합해 상호 작용시킨 통합의 거멀
못이었으며,[8] 그 중심에 문학이 자리 잡고 있다는 사실이다.『학원』은 학원문예
작품 모집뿐만 아니라 문학 중심의 편집노선과 정비석의『홍길동전』을 비롯해 잡
지에 연재되었던 소설을 단행본화 한 '학원명작선집'(1953), 기타 '세계명작문고'
(전60권, 1956), '세계위인문고'(전60권, 1956) 등을 꾸준히 발간하면서 문학을 매개

---

7) 1954~1967년 11회 시행된 '학원문학상'은 이제하, 유경환, 황동규, 정공채 등 시인 84명, 송기숙,
  유현종, 이청준, 김주영, 김원일, 최인호, 황석영 등 소설가 44명, 기타 평론, 아동문학, 희곡 부문
  에서 20여 명을 배출해냈다. 1회 심사위원은 김용호, 장만영, 서정주, 조지훈, 조병화(시), 마해송,
  정비석, 김동리, 최정희, 최인욱(소설) 등이었고 이후 박목월, 노천명, 양명문, 김규동, 박남수, 박
  영준, 안수길, 김이석 등이 참여한 바 있다. 1회 때 응모작이 시 4천 편, 산문 1천 편 이상이었다는
  것을 통해서『학원』의 인기가 어느 정도였는지 충분히 짐작해 볼 수 있다. 또 창간과 함께 다달이 시
  행된 '학원문예작품모집'(학원문단)에서의 추천작과 응모작의 규모 및 그 지역적 분포(중고등학교)
  를 통해『학원』의 전국에 걸친 포괄성과 영향력을 실감할 수 있다.
8) 그것은 진덕규의 회고에 잘 나타나 있다. "『학원』바로 그것 때문에 우리는 전쟁터의 소년소녀들이
  었지만 꿈을 키울 수가 있었다.『학원』이 있었기 때문에 미래를 설계할 수 있었고, 멀리 떨어진 세
  계를 바라보면서 가까이 있지 않은 낯모르는 친구에게도 만나고 싶다는 충동을 가질 수가 있었다.
  나뭇짐을 팔아서 모은 돈으로 30리 길을 달려 막 도착한『학원』을 살 때면 이미 마음은 먼 하늘가
  를 맴돌게 한다. (…) 유경환, 이제하, 마종기, 황동규의 시들을 대하면서 그리고 홍성원의 산문을
  보면서, 아! 이 친구들은 어떻게 이처럼 좋은 글을 쓸 수 있을까라는 찬탄이 절로 나올 정도였다.
  그때 우리들을 가르쳐주신 선생님들에게는 죄스러운 이야기지만, 우리는 학교에서 배운 것보다도
  『학원』에서 배운 것이 더 많았다."『조선일보』, 1983.7.29. 그 외에도 '문학에 눈뜰 무렵의 최초의
  스승'(이성부), '어디 사는 누구의 글이 뽑혔나 하는 것이 커다란 화제'(김광규)라는 진술을 통해서
  도 그 정도를 확인할 수 있는 바다. 학원김익달전기간행위원회 편,『학원세대와 김익달』, 1990, 35
  쪽.

로 확고한 독자적 기반을 구축한 바 있다. 학생지라는 점을 감안하더라도 소비
품광고를 전혀 싣지 않은 가운데 창간 2년 만에 당대 일간신문 중 최고발행부수
를 보인『동아일보』를 능가하는 8만부까지 발행됐다는 것을 통해 그 인기를 능히
짐작해볼 수 있다.[9] 더욱이 학원세대의 매체적 자기연속성, 즉『새벗』및『소년세
계』→『학원』→『사상계』로의 연쇄를 통해 증식된 특유의 감성과 교양은 1950년
대뿐만 아니라 장기적인 효과 면에서 볼 때 한국문학과 지성의 풍요로움의 진원
이었다는 점에서 중요한 의미를 지닌다. 그것은 일본잡지『문예춘추』,『중앙공론』
과 접촉해 교양을 획득했던 앞 세대와는 분명히 다른 것이었다. 이렇듯 학원세대
의 역사성은 1950년대 잡지의 사회적 위상과 그 영향력을 가늠해보는데 충분한
자료가 된다.

『학원』에서 시사 받을 수 있는 바와 같이, 실제 1950년대 매체의 분포에서 특
징적인 현상은 잡지가 전시부터 신문을 능가하는 시장지배력과 사회적 영향력
을 확대하면서 미디어공간을 주도했다는 점이다. 그것은 대체로 '제한된 전선
(戰線)'(애치슨), 즉 전선이 비교적 장기간 고착된 시기에 피난지 부산과 대구를 본
거지로 한 잡지들, 예컨대『희망』(1951.5),『신조(新潮)』(1951.6),『청춘』(1951.8),『새
벗』(1952.1),『자유세계』(1952.1),『사랑의 세계』(1952.1),『여성계』(1952.7),『소년세
계』(1952.7),『주간문학예술』(1952.7),『신태양』(1952.8),『학원』(1952.11),『사상계』
(1953.4),『신시대』(1953.5),『문화세계』(1953.7)와 휴전직후『문화춘추』(1953.10),『현
대여성』(1953.10),『실화』(1953.11),『현대공론』(1953.11) 등이 창간되면서 가시화된
다. 잡지시장의 협소화, 독자구매력의 감퇴, 유통 질서의 붕괴, 용지를 비롯한
제작비의 앙등이 불가피한 전시 상황에서 그것도 대중오락지, 종합지, 여성지,
문예지, 학생지, 아동지 등 다양한 성격의 잡지가 등장했다는 사실 자체도 흥미
로운 현상이지만, 무엇보다 이들 잡지들이 독자적 출판 자본에 의해 발간된다
는 것에 주목해야 한다. 이는『신동아』(1931)를 필두로 1930년대 이후 잡지매체
를 주도해오던 신문사잡지들, 가깝게는 해방기 서울신문사잡지『신천지』(1946)·

---

9) 최덕교,『한국잡지백년3』, 현암사, 2004, 525쪽. 1950년대『학원』에 대한 전반적 고찰은 김한식,
「학생잡지『학원』의 성격과 의의」,『상허학보』28, 상허학회, 2010 참조.

『주간서울』(1948), 조선일보사잡지 『조광』(복간, 1948), 경향신문사잡지 『신경향』(1949)·『부인경향』(1950) 등이 한국전쟁을 계기로 사라지는 것과 교차되면서 잡지계가 일대 구조 조정의 국면을 맞게 되었다는 것을 의미한다. 그 과정에서 당대 유력한 잡지출판 자본이었던 희망사, 신태양사, 학원사, 사상계사, 삼중당 등 5개사가 저비용 고효율이 가능한 '잡지연쇄 전략', 즉 같은 경영자 밑에 특정 목표 독자층을 겨냥한 잡지경영의 다양화를 통해 세력을 확장해 나가면서 잡지의 분업화·전문화가 촉진된다. 1950년대 잡지 지형에서 종합지보다 전문지나 특수지가 우위를 차지했던 것은 이 때문이다.

잡지연쇄의 보편화와 이에 가세한 잡지들이 새롭게 등장하면서 분야별 잡지 매체의 경쟁 구도가 뚜렷하게 형성됨으로써 잡지들의 치열한 생존경쟁이 불가피해지는데, 중요한 것은 잡지자본의 존립을 위협할 정도로 무제한적인 출혈경쟁을 벌이는 과정에서 잡지매체의 운동방식에 질적 변화가 초래된다는 점이다. 무엇보다 상업적 이해관계를 최우선시하는 개인적 출판자본의 잡지가 대거 등장해 문화적 영향력을 확대해감으로써 잡지의 문화적 명분이 급격히 퇴조하고 상업성이 압도하는 양상으로 변전된다. 따라서 해방기 잡지들이 공통적으로 보여준 정론성 중심의 즉자적 정파성도 약화 내지 소멸될 수밖에 없었다.

그리고 그 질적 변화는 편집체계의 근본적인 변화를 강제한다. 즉 목표독자층에 부합할 수 있는 특화된 내용 중심의 편집노선이 일반화된다. 따라서 과거 종합지들이 공통적으로 보여준 망라주의 편집노선은 현저하게 약화될 수밖에 없었다. 편집체계의 변화가 중요한 이유는 대부분의 잡지들이 문학 중심의 편집노선을 선택했기 때문이다. 『신태양』를 예를 들어 살펴보면, 제4권제3호(1955.3)에는 모두 28개의 기사가 게재되어 있는데, 논문(8편; 28%), 교양독물(3편; 10%)을 제외한 17개(61%)가 문학부문에 할애되어 있다. 『신태양』이 대중지에서 종합지로 탈바꿈한 후인 제8권제8호(1959.8)에도 42개 기사 중 15개(35.7%)가 문학에 할당되어 있음에 비추어볼 때, 『신태양』 지면의 1/3 이상을 문학이 차지했다고 볼 수 있다. 문학에 대한 잡지들의 이 같은 적극적인 배려는 잡지의 종류에 따라 그 차이가 존재하나 1950년대 잡지에 나타나는 보편적인 현상이었다. 이는 당대 대부분의 잡지들이 문학을 전략적 동반자로 중요하게 선택했다는 것을 말해준다. 이와 같은 문학중심의 편집노선은 필연적으로 당대 문학의 존재방식에 적잖은 영향을 끼치게 된다. 잡지의 폭증에 비례해 지면이 확대됨으로써 문학의 영토가 대규모로 확장되는 것은 물론이고 신문과 또 다른 차원에서 당대 문학의 독특한 지형, 서둘러 말하면 소설과 실화(實話) 중심으로 문학 지형을 조형하는 역할을 한다.

지금까지 1950년대 저널리즘과 문학의 상관성을 개략적으로 살펴보았다. 이를 통해 매체와 문학의 연계에 대한 다각적인 검토가 1950년대 문학의 역사적 존재방식을 재구하는데 필수적이며 또 유효한 작업이 될 수 있다는 것을 어느 정도 확인할 수 있었다. 문제는 당대 매체와 문학의 관계가 균질적이지 않다는데 있다. 신문과 잡지가 다르며, 잡지도 종합지·문예지·대중오락지에 따라 문학에 대한 인식태도와 그 배치가 현격히 다르게 나타난다. 그만큼 매체는 문학의 존재 방식의 복잡성을 극단적으로 강화시키는 역할을 했다고 볼 수 있다. 더욱이 정치 환경의 변전에 따른 매체전략의 변화와 문학주체의 세대교체에 따른 변용 과정은 이를 더욱 증폭시킨다. 따라서 각 매체별로 또 이를 바탕으로 한 신문과 잡지 영역으로 범주화해 실증적·분석적 작업이 제대로 수행되어야만 1950년대 매체와 문학의 상관성에 대한 종합적인 재구성이 가능할 것이다.

하지만 본 연구는 각도를 달리해 거시적인 차원에서 매체와 문학의 상관성을 범주별로 살펴 당대 문학 지형의 독특한 재편을 추적해보고자 한다. 그것은 각 매체의 문학중시 전략과 그 실제가 매체 범주 간 밀접한 연관성 속에서 안출되었다고 판단하기 때문이다. 가령 문학지가 당대 문학지형을 순수(본격)/통속으로 극단화해 순수문학의 배타적 규범화에 주력한 것은 신문과 대중잡지를 거점으로 증식된 통속소설(문학)의 주류화에 대한 방어적 전략의 산물이라는 의미가 짙으며, 『사상계』가 1955년부터 문학 중심의 편집노선으로 전환한 것 또한 김성한 주간 체제하 『사상계』의 자기갱신이라는 차원뿐만 아니라 문학중시 전략으로 대중적·상업적 성공을 거두고 있던 대중지들에 자극 받은바 매우 크다. 대중오락지의 소설 특화전략과 소설의 다양한 양식 분화 현상도 마찬가지로 문학지의 신문소설에 대한 극단적 혐오와 배제, 그리고 신문의 장편소설연재 편중의 문학배치를 감안하지 않으면 온전히 설명하기 어렵다.

다른 한편 이러한 관점을 취한 것은 1950년대 매체와 문학의 상관성에 대한 그동안의 연구가 대체로 개별 매체의 차원에서 수행된 결과, 문학의 재편 내지 존재방식을 해명하는데 한계가 있었다는 점을 감안해서다. 특히 문학지를 통해 당대 문학 장의 재편 과정을 고찰한 일련의 연구가 이른바 3대 문학지만을 대상으로 설정해 비교하는 방식을 택함으로써 문학지 간의 경쟁과 이를 바탕으로 한 순수문학 위주의 문학 장 재편을 논급하는 수준에 머무르는 문제를 드러낸 바 있다.[10] 그리고 신문과 문학의 관계는 신문소설의 현황과 특징을 고찰하는 수준에서,[11] 잡지와 문학의 관련은 『사상계』에 치중해 논급되거나 『학원』을 비롯해 개별 잡지의 차원에서 다루어짐으로써 당대 잡지와 문학의 구조적 관계를 거시적으로 고찰하는 수준으로까지는 진전되지 못한 실정이다. 따라서 매체와 문학의 관련을 거시적·종합적 차원에서 고찰하는 이 연구는 1950년대 매체론적 문학연구의 갱신을 모색하는 의의를 지닌다고 할 수 있다. 논의의 효율을 위해 당대 매체를 신문, 문학지, 기타 잡지로 대별해 각각의 매체가 처한 상황과 문학을 전략적 동반자로 선택하는 맥락 그리고 문학배치의 특징을 매체 간 상호연관성을 통해 살펴 매체가 문학 지형에 끼친 영향을 논하는데 치중하고자 한다.

2. 신문저널리즘과 문학

1) 신문저널리즘의 상황과 매체 전략

앞서 오랫동안 문화주의를 매개로 숙명적 혈연관계를 맺어왔던 신문과 문학의 관계가 1950년대에 접어들어 질적으로 변화했다고 언급한 바 있다. 그런데 그 변전, 즉 문화적 명분의 쇠퇴와 철저한 상업적 이해관계로의 관계 조정은 당대 신문자본이 처한 상황과 불가분의 관계를 지닌 문화적 현상이었다. 1950년대 신문자본은 대체로 이승만 정권의 권위주의적 강압 통치에 대항해 민권수호 투

---

10) 이봉범, 「전후 문학 장의 재편과 잡지 『문학예술』」, 『상허학보』20, 상허학회, 2007, 손혜민, 「잡지 『문학예술』 연구」, 연세대 석사학위논문, 2008, 김준현, 「전후 문학 장의 형성과 문예지」, 고려대 박사학위논문, 2008, 조은정, 「1950년대 문학 장의 형성과 『현대문학』지 연구」, 성균관대 석사학위논문, 2009.

11) 대표적으로 김동윤, 『신문소설의 재조명』(예림기획, 2001)과 한원영, 『한국현대신문연재소설연구 (하)』(국학자료원, 1999)를 들 수 있다.

쟁을 벌임으로써 신문의 문화적 권력과 영향력을 유지·강화하는 전략을 구사했다.[12] 전시 '부산정치파동'(1952.5, 대통령직선제 강행), '헌법개정파동'(1954.11, 이른바 '四捨五入'파동) 등 이승만 정권의 장기집권을 위한 법적·제도적 토대 구축을 둘러싼 정쟁을 비롯하여 통치효율성의 제고를 의도한 각종 법제화 시도, 이를테면 '정부조직법개정안'(1955.1), '지방자치법개정안'(1956.2), '협상선거법'(1958.1), '新국가보안법'(1958.12, 이른바 '2·4파동') 그리고 '출판물법안'(1952), '출판물임시단속법안'(1954.12), '국정보호임시조치법안'(1956.11), '출판물단속법안'(1957.2)과 한글 간소화방안, 신문정비론 등 언론 및 문화 자유와 직결된 사안을 둘러싸고 정치권력에 날카롭게 맞서 민권수호투쟁을 전개함으로써 신문들은 해방기와 또 다른 의미의 강한 정론성을 띨 수밖에 없었다.

더욱이 관권/민권의 대립구도 속에서 대부분의 신문이 정치적 담론의 장(場)으로 기능하는 가운데 각 정치사회세력의 입장을 대변하면서 여당지(『서울신문』, 『연합신문』, 『국도신문』, 『자유신문』)/야당지(『동아일보』, 『경향신문』)로 분립해 경합을 벌이는 상황은 정론성의 기조를 한층 강화시킨다. 그것은 여당지의 대표격인 『서울신문』이 「정부비판에 대한 한계성」(사설, 1955.1.11), 즉 '대공전쟁의 제일선을 담당하고 있는 초비상시에 국가적 질서의 존립에 중대한 영향을 끼칠 우려가 있는 경우에는 사상의 자유, 언론의 자유를 제한할 필요가 있으며, 이 한계를 이탈하는 것은 국가와 민족의 안위를 해롭게 하는 것으로 그것은 곧 적을 이롭게 하는 이적행위의 하나'로 규정한 것에 야당지와 중립지(『조선일보』, 『한국일보』)가 헌법 제28조2항에 의거해 '법률에 의하지 않는 언론 및 사상의 자유에 대한 제약과 통제의 불법성'을 규탄하고 이에 대한 반론, 재반론이 격렬하게 이어지면서 가시화된다.[13] 이후 『서울신문』이 '괴뢰오식사건'으로 인

---

12) 최 준, 『(개정판) 한국신문사』, 일조각, 1970, 423쪽.

13) 그것은 같은 시기 해방10주년을 기념하는 논조에서도 확연히 나타난다. 대한민국이 유엔의 승인을 받은 한반도 유일의 합법정부임을 재천명한 가운데 해방10주년의 감격을 남북통일로 승화시켜야 한다는 공통된 입장을 보임에도 불구하고, 『서울신문』(「리대통령의 8·15기념사와 우리의 각오」(사설), 1955.8.15)은 이승만의 기념사('공존이란 망상이며 타협으로 얻은 평화는 굴욕이다')를 받들어 평화공존을 주장하는 국내외 세력을 이적행위자로 간주하고 세계적 반공투사 이승만의 영도 하에 공산적도들의 침략을 격퇴 섬멸하는 공격 정신으로 반공구국의 대도에 매진할 것을 촉구한 반면, 『동아일보』(「조국광복 10년」)는 위정자에 의한 헌법질서 문란과 민생의 빈궁화가 심각

한『동아일보』의 무기한 발행정지 처분(1955.3.17, 4.18 복간)과『경향신문』의 국회결의 기사 오식(1955.4.1)을 표적 삼아 두 신문을 반국가적 기사를 날조 보도하는 반국가적 이적행위의 언론기관으로 몰아가고,[14] 이승만이 내외 기자회견(1956.9) 석상에서『동아일보』와『경향신문』을 '정부를 때리기만 하는 신문'으로 공식 규정한 뒤 단속의 필요성을 언급함으로써 그 분할구도가 더욱 조장되면서 명료해진다.

이렇듯 신문계가 여당지/야당지로 양극화돼 정치논쟁의 대리 전장으로 비화되는 형국이 1950년대 내내 지속되면서 대대수의 신문은 권력의 언론통제 정책에 저항하는 동시에 신문 내부의 논조 경쟁을 통해 언론자유 및 민주주의 '전취(戰取)'에 주력할 수밖에 없었던 것이다. 적어도 그 세력관계는 임계점에 도달해 파열되는 시점, 구체적으로는『경향신문』의 발행허가 취소 행정처분(1959.4.30)이 발생할 때까지 팽팽하게 지속된다.

간과해선 안 될 것은 신문이 이 같은 정론성 논조 경쟁을 통해 자신들의 권위와 영향력을 확보하는 것이 지극히 제한적일 수밖에 없었다는 사실이다. 신문계 전반이 정론성을 우선적으로 강조하는 정론지의 최성기(最盛期)에서 정론성 그 자체는 차별화된 매체 전략으로서 그 가치가 약화될 수밖에 없기 때문이었다. 물론 정부 및 여당의 실정을 감시·비판하는 논조의 선명성이 문화주도권을 둘러싼 상징권력의 중요한 토대로 작용했으며 또 신문이 이를 적극적으로 활용한 점이 없지 않다. 가령 야당지의 대표격이었던『동아일보』가 자사를 야당지로 규정하는 것에 대해 그런 규정 자체가 신문의 독립성을 훼손하는 시대착오적 발상이자 언론탄압의 수단이라며 강한 반감을 표명하지만, 정부비판과 민주주의를 위한 투쟁 노선에 자부심을 느낀다며 계속해서 그 길로 매진하

하다며 제도 개선을 통한 국정쇄신을 강조했고,『경향신문』『해방10주년과 통일발전의 길』은 원자과학의 발전을 통해 국가재건과 방위의 과제를 달성하고 개성의 자유와 존엄이 보장되는 평화로운 민주주의사회를 희구하는 논조를 각각 보인 바 있다.

14)「언론인은 양식을 살리라; 동아 경향양지의 탈선을 조감하여」,『서울신문』(사설), 1955.4.8.『서울신문』은 두 신문의 과실에 대해 그것이 의식적 과오라면 기사의 과장을 통해 자가의 私利를 목적한 신문 판매정책에 기인한 것으로, 무의식적인 것이었다면 평소부터 축적해오던 습성적 잠재의식에서 노출된 마각으로밖에 판정할 수 없다며 당시 야당지로 지목되었던 두 신문에 양수겸장의 공격을 가한다.

겠다고 반복적으로 천명함으로써,[15] 다시 말해 반민주적 권력과의 첨예한 대립 각을 세워 당대 민주주의의 '상징권력'을 선점하려는 적극성을 보인데서 그 면모를 확인할 수 있다. 『동아일보』가 당시 중앙일간지 중 최고 발행부수를 기록한 것도 이와 무관하지 않다.

이런 면모는 『동아일보』만이 아닌 모든 신문에 나타난 공통된 현상이었다. 한 논자는 도하(都下) 신문 대부분이 정당의 판가리 싸움터에 개재해 자기의 정치적인 위치를 찾으려고 혈안이 되면서 의식적인 여·야당지의 구별 또는 한 정당의 프로파간다를 일삼는다고 비판한 뒤, 이를 저널리즘의 패배, 신문의 자살로 비판한 바 있다.[16] 그럼에도 불구하고 그 상징권력이 신문자본의 존립을 보장하는 수준으로까지 연결되었다고 보기 어렵다. 이승만이 '신문정비론'에서 적시했던 것처럼, 적어도 10만 부 이상 발행해야만 안정적인 경영이 가능한 상태에서 이를 충족시키는 수준의 발행부수를 가진 중앙일간지는 하나도 없던 것이 당대의 실정이었다. 따라서 신문자본들은 안정적 이윤 확보를 위한 새로운 전략을 모색할 수밖에 없었다. 그에 따라 신문들이 선택한 것이 지속적인 증면책(增面策)이었다. 정론성 경쟁과 동시에 증면 경쟁이 벌어졌던 것은 결코 우연이 아니다.

서구의 현대 신문들이 '신문연쇄', 즉 같은 경영자 밑에 각 지역별로 신문을 경영해 비용(편집비, 영업비 등)의 중복 부담을 최소화해 수익성을 높이는 전략이 보편화되었던 것에 비해 우리의 경우는 국토가 좁고 비교적 교통이 발달해 중앙의 신문이 임의로 그 세력을 뻗칠 수 있는 조건으로 인해 신문연쇄가 사실상 불가능한 현실에서[17] 증면은 신문자본이 취할 수 있는 유력한 돌파구였던 것이다. 증면은 민간 신문자본뿐만 아니라 정부기관지인 『서울신문』까지 포함된 신문계의 전반적 현상이었다. 증면 경쟁은 『서울신문』이 1955년 1월 1일을 기해 조석간 각 2면제를 단행하고 이에 대응해 『동아일보』가 조간 4면제(전일 석간 발행), 『한국일보』가 4면제를 시행함으로써 촉발된다. 1956년부터는 『조선일보』가 5·15 정부

---

15) 「신문도의 장래를 위하여」(사설), 『동아일보』, 1955.10.5, 「야당과 신문」(사설), 『동아일보』, 1956.9.21, 「언론의 자유는 전취되어야 한다」(사설), 『동아일보』, 1958.1.13 등.

16) 김기영, 「신문의 진로」, 『전망』창간호, 1955.9, 148~149쪽 참조.

17) 이해창, 「현대신문소고」, 『동아일보』, 1955.6.23~24.

통령 선거를 계기로 발행부수가 늘자 조간 2면, 석간 4면의 6면제로 바꾸었으며 (1956.4.1),『경향신문』도 이에 가세해 조간 2면, 석간 4면의 6면제로 더불어 1958년 8월부터는 매달 타블로이드판 4면의 부록을 발행하는 체제로 확대했다. 1958년에는 그 경쟁이 더욱 확대되는데, 1958년 10월『서울신문』이 조석간 8면제를 전격 단행하자 12월 17일부터는『경향신문』,『동아일보』,『조선일보』,『연합신문』 등이, 1959년 1월 6일부터는『한국일보』가 뒤따르게 되면서 조석간 8면 시대가 열린다. 지방지도 증면 경쟁에 예외가 아니어서, 1957년 10월부터『국제신보』, 『대구매일신문』,『대구일보』,『영남일보』 등이 2면에서 4면으로 지면을 확대한 바 있다.[18] 여기에다『한국일보』가 1954년 11월 7일부터 타블로이드 8면 부록으로 일요판을 발행하면서 촉발된 부록 경쟁까지 포함하면 증면이 신문자본의 생존을 건 전략이었음을 역력히 확인할 수 있다.[19]

증면의 원인에 대해서는 보다 세심한 분석이 요청되지만, 증면된 지면의 대체적인 내용 구성, 즉 영화를 중심으로 한 광고의 확장, 연예기사와 같은 대중적 독물의 대폭적 확충, 독자란·문화란·지방란의 확대 등을 감안할 때 광고 수입의 확대 및 독자 획득의 전략적 요청 때문이었던 것으로 추정할 수 있다. 하지만 이 과정 또한 순탄치 않았다. 전후의 열악한 경제사정에다 부정부패가 극심해 신문이 이권을 챙길 수 있는 권력 기관으로 인식되면서[20] 신문이 난립하는 상황은 신문 구독자의 분산과 발행부수의 지속적 증가를 제한했다. 또 국한문혼용체 위주의 신문기사가 한문 문맹이 다수였던 독자들의 신문접근성을 가로막고 있었다.[21] 따라서 광고 수입의 부분적 증대를 감안하더라도 증면에 상응한 독자 확보(판매부수)가 원활하게 이루어지지 못한 결과 증면책이 오히려 신문자본의 수익성을

---

18) 당대 신문 증면의 구체적 양상에 대해서는 문화방송경향신문 편,『문화경향사사』, 1976, 116~117쪽 참조.

19) 이 일요판은 무리한 증면의 한 증표로 볼 수 있다.『한국일보』 문화면 편집자는 일요판이 신문보도와 잡지의 편모가 뒤섞인 기형적 증면이며 이에 대한 조정의 필요성을 언급한 바 있다. OBC, 「문화면 편집자의 변」,『한국일보』, 1954.11.1.

20) 김을한,『한국신문사화』, 탐구당, 1975, 298쪽.

21) 김성진, 「신문잡상」,『서울신문』, 1956.10.29. 이의 대안으로 서울신문사가 1956년 10월 18일부터 '한글판서울신문'을 발행하는데, 시의적절한 조치로 평가받으면서 독자들의 큰 호응을 얻은 바 있다.

악화시키는 요인으로 작용하기에 이른다. 조석간 8면제가 정착된 이후에도 『동아일보』의 광고 수입은 전체 수입의 약 30% 수준에 그쳤다.[22]

게다가 신문용지가격의 지속적 상승과 용지 대부분을 수입에 의존해야 하는 형편에서 신문용지 수입정책의 파행, 즉 수입 금지나 다름없는 실수요자수입제한 정책으로 인해 국제시가보다 70% 이상의 고가로 구입해야 하는 사정은 신문자본의 수익성을 근본적으로 제약했다.[23] 이에 신문자본은 신문구독료의 단계적 인상과,[24] 자매지 발간을 중지하고 모지(母誌)에 총력을 기울이는 긴축 경영을 통해 신문사간 출혈 경쟁에 따른 적자를 보전하고자 노력하나 이 또한 역부족이었다.[25] 『한국일보』가 독자확보에 큰 기여를 한 유력한 상품이었던 일요판 부록 발행을 용지난 때문에 5년 만에 폐지한 것(1959.11.22), 『조선일보』가 8면제에서 월요일 조간 4면을 폐지하여 주 52면으로 감면하고 연이어 감면책을 구사한 것이 그 단적인 예다. 요약하건대 1950년대 신문계는 시장원칙에 입각한 무제한적 경쟁체제 속에서 생존의 활로를 적극적으로 모색해야 하는 절박한 상황에 놓여 있었던 것이다.

---

22) 동아일보80년사편찬위원회, 『민족과 더불어 80년:동아일보 1920~2000』, 동아일보사, 2000, 329쪽.

23) 「신문용지의 원조와 입찰에 대하여」(사설), 『조선일보』, 1955.7.27. 용지난은 한국전쟁으로 인해 국내 제지공업 시설의 76.8%가 파괴됨으로써 가중된다. 1953년에 접어들어 제지공장이 복구·재가동되어 용지생산량이 점차 증가하지만 소요 수요량을 충족시키기에는 턱없이 모자라 1954년에는 국내생산량의 2.5배 분량을 수입할 수밖에 없었다고 한다. 1950년대 내내 지속된 용지 공급과 수요 사이의 극심한 편차로 인해 고가의 외국용지를 사용해야 했던 신문 및 출판사들은 만성적인 경영 압박에 시달릴 수밖에 없었다. 이에 대해서는 최 준, 앞의 책, 388~389쪽 참조. 용지의 공급과 수요 사이의 극심한 불균형은 출판계에도 마찬가지의 영향을 끼쳐 출판사업의 30~40% 축소가 불가피한 실정이었다. 「출판문화를 압살 말라」(사설), 『동아일보』, 1955.12.29.

24) 1950년대 신문구독료는 월 133환(1953) → 225환(1954) → 300환(1955~56) → 383환(1957)→408환(1958)→500환(1959)으로 매년 인상되는데 여기에는 증면에 따른 인상 요인도 작용했지만 그보다는 신문사들의 경영 압박이 크게 영향을 끼쳤다고 볼 수 있다. 물론 당시 신문구독료는 영화 1회 상영요금보다 낮거나 엇비슷한 수준으로 비교적 저렴한 편이었다. 『1960년판 합동연감』, 합동통신사, 1959, 1026쪽.

25) 서울신문사가 1954년 11월에 자매지 월간 『신천지』와 주간 어린이신문 『소년서울』(1953.9.1 창간)의 발간을 중지한 것과 경향신문사가 종합지 『신경향』을 전시에 의욕적으로 복간했으나 (1952.6) 곧바로 발행 중지한 것이 대표적인 사례다. 특히 전시 3년여 동안 갖은 악조건 속에서도 4차례 『신천지』 전시속간판을 간행할 정도로 잡지 발간에 적극적이었던 서울신문사가 돌연 자매지 발행을 포기한 것을 통해서 당대 신문이 처한 조건을 능히 짐작해 볼 수 있다. 1950년대에 신문사잡지가 존재하지 않았던 것도 이와 같은 신문자본의 열악한 형편 때문이었다.

그로 인해 신문의 통속화가 과거와 비교할 수 없을 정도로 강도 높게 추진될 수 있었다. 더욱이 1954년 6월『태양신문』을 인수해 창간한『한국일보』가 '상업주의'를 매체 전략으로 공식 천명하고 공격적인 행보를 전개함으로써 신문의 상업화 추세에 따른 지면의 통속화는 거스를 수 없는 대세로 정착된다. 특히 광고에 대한『한국일보』의 선도적 접근, 예컨대 한국 신문 최초로 광고부내에 광고상담소 설치·운영(1956.4.1), '바른 광고와 훌륭한 상품 권장'을 내세운 자체 광고윤리요강 및 게재기준 발표(1958.12.8), 사고(社告)를 통해 '연말연시 광고면에 상품 광고지면 확보를 위해 신년축하광고 사절'을 발표하는 등 광고를 통해 수익성을 개선하려는 적극적인 시도는 당대 신문계에 신선한 자극을 제공한 바 있다.[26] 그것은 1950년대 신문계가 신문 경영이 산업이고 신문도 하나의 상품이라는 근대 신문의 보편성에 한 발 더 가까이 다가섰음을 말해준다. 신문의 문화주의 명분의 쇠퇴는 그 필연적 귀결이었다. 문제는 한 논자의 지적처럼, 일간신문의 지면이 순수한 민족문화운동의 가장 중요한 영토를 제공해왔다는 전통이 여전히 강하게 남아 있는 상태에서 신문의 이 같은 현대적 성격이 당대 일간신문의 전체 구조와 이념에 관철되기 시작했다는 점이다.[27] 그 결과 신문(제작자)과 문학예술(문인)의 불화 내지 마찰이 그 어느 때보다 격렬할 수밖에 없었던 것이다.

2) 장편소설과 아동문학 연재의 특화

본 연구가 관심을 갖는 것은 이 같은 신문자본의 변화된 운동방식이 문학에 어떻게 관여했는가에 있다. 즉 그 문학적 영향과 효과 문제다. 우선 신문 지면에서의 문학점유율로 볼 때, 1950년대 신문에서 문학이 차지하는 비중이 1920~30년대와 비교해 현저히 축소되어 있음을 발견할 수 있다. 1930년대 신문의 학예면이 문학 중심이었던 것, 그것도 거의 매일 문학작품이 실렸던 것에 비해 1950년대는 문화란의 일부로서 문학이 배치되었고, 심지어 신문에 문학작품이나 문학관련 기사를 싣지 않는 경우도 비교적 많았다. 물론 이 같은 현상은

---

26) 한국일보30년사편찬위원회,『한국일보30년사』, 한국일보사, 1975, '年誌' 959~966쪽 참조.
27) 박기준,「신문 저널이즘과 문화」,『서울신문』, 1956.10.19.

해방기부터 나타난 바 있다. 해방직후 모든 신문은 식민지시대 학예면을 문화란으로 변경해 문화 관련 기사를 취급했다. 『경향신문』이 창간호(1946.10.6)부터 문화란을 신설해 고정화했고, 『서울신문』은 학예란을 그대로 유지하다가 1948년 2월 12일부터 문화란으로 변경해 문화의 독자성을 부여하는 등 일간신문 대부분이 문화란 지면을 주 1회 정기적으로 개설한다.

지면의 분포는 대체로 문학뿐만 아니라 연극, 미술, 음악, 영화 등에 균점되는 양상을 보인다. 그만큼 신문에서 문학의 비중이 축소됐다고 볼 수 있다. 그것은 타블로이드판 2면 발행도 버거웠던 한국전쟁기에도 그대로 나타난다. 문제는 신문 발행이 정상화되는 전후에 이 같은 양상이 더욱 심화된다는 점이다. 문화란은 지면이 점차 확대되어 감에도 불구하고 과학, 독서, 가정, 여성, 학술 등과 교대로 평균 주 1회 배정되었으며, 그 구성 또한 기존 문학예술의 제 분야에다 오락, 연예, 방송 등이 추가로 편입되어 세분화·다양화된다. 증면 과정에서 문학 배치가 다소 증가하는 양상을 보이기도 하지만, 1920~30년대 문예면 중심의 신문 증면과는 사뭇 다른 양상이었다.[28] 과거 문학이 점유하고 있던 자리를 영화가 대체해 나가는 형국이었다. 따라서 지면상으로 볼 때는 적어도 신문은 문학의 공급 없이도 안정적인 발간이 가능한 상황이 발생하게 된 것이다.

그 원인은 여러 가지로 분석될 수 있다. 첫째, 신문과 문인의 관계 변화이다. 식민지시대는 물론이고 해방직후에도 문인들은 신문의 편집주체로서 중요한 위치를 점하고 있었다.[29] 이른바 '작가기자' 또는 '문인기자'시대였다. 그러나 전후

---

28) 한만수는 1930년대 신문의 증면 경쟁이 단순한 민간신문 자본 사이의 경쟁뿐만 아니라 당시의 정치경제적 상황, 특히 전쟁 고원경기와 불가분의 관계를 지닌다는 전제 아래 문예면 중심의 증면이 이루어진 이유를 검열과 지면의 연성화, 상품차별화의 필요성, 경제적 효율성, 독자요구의 변화 등으로 제시한 바 있다. 신문의 문예면 증면의 원인과 효과를 검열 및 자본과의 유기적 관련 속에서 살펴 당대 문학의 존재방식의 변화를 고찰한 연구의 관점은 본 연구를 수행하는데 중요한 시사점을 제공했다. 한만수, 「만주침공 이후의 검열과 민간신문 문예면의 증면, 1929~1936」, 『한국문학연구』37, 동국대 한국문학연구소, 2009.

29) 해방기의 경우 『경향신문』은 창간 때부터 정지용(주간), 염상섭(편집국장), 박영준(문화부 차장)이 『서울신문』에는 홍명희(고문), 홍기문(편집국장), 여상현, 이봉구, 조경희, 노천명(기자)이 1949년 6월 복간 후에는 박종화(사장 겸 취체역 대표), 이헌구, 유치진, 오종식(취체역), 우승규(편집국장), 여상현(사회부장), 김송(문화부장) 등 문인들이 주요 간부진에 포진된 바 있으며, 이런 현상은 다른 신문들도 크게 다르지 않았다.

에는 특히 학·예술원의 창설을 계기로 학술과 예술, 언론과 문예의 제도적 분화가 촉진되고, 문예 분야도 문학, 연극, 음악, 미술, 영화 등으로 분업화·전문화가 추진되는 흐름 속에서 신문에서 문인들의 입지는 문학 상품을 공급하는 존재에 불과한 처지가 된다. 얼마간 문화부 소속 문인기자가 존재했으나 그들의 위상은 개인적 차원 이상이 아니었다.[30] 학예면뿐만 아니라 신문 전체를 관장했던 과거와는 확연히 구별되는 위상 전략이다. 그것은 문학사적으로 볼 때 저널리스트와 문인의 분화가 처음으로 가시화되기 시작했다는 것을 의미한다. 따라서 그에 상응해 신문에서 문학의 비중이 크게 약화될 수밖에 없었다.

둘째, 저널리즘 영역의 재편도 크게 작용했다. 1950년대 매체 분포의 특징적 양상은 신문과 잡지가 문화주도권을 둘러싼 경쟁 그리고 신문 내 경쟁 및 잡지 내 경쟁이 중층적으로 이루어지면서 매체의 권역이 대폭 확대된다. 그것은 문학의 입장에서 볼 때 발표 지면의 확장을 의미하며, 문단의 입장에서는 신문에 절대적으로 의존하지 않아도 존재할 수 있는 여건이 조성된 것이다. 즉 문단적 자립과 문학적 독립이 어느 정도 가능해진 것이다. 여기에는 순수문예지가 문학의 중요한 거점 역할을 수행하는 점도 크게 작용했다. 그 결과 '신문 학예면=문단'의 등식이 해체되는 가운데 신문 문학(특히 신문장편소설)에 대한 문단의 경멸적 기풍이 확산되고 대중(통속)문학에 대한 위계적 인식이 한층 강화되기에 이른다. 그러나 신문에서의 독립 내지 의도적 거리두기는 잡지(종합지, 대중지)에 대한 상당한 의존이라는 또 다른 결과를 야기한다. 이는 문단 내부의 구조적인 문제, 일차적으로는 문인 폭증과 지면의 현격한 불일치에서 오는 불가피한 산물이었다. 신문에서의 문학 축소와 잡지에서의 문학 격증이 맞물려 나타나는 독특한 현상이 발생한 것이다. 식민지시기 문인기자와는 다른 잡지문인기자가 대거 등장한 것도 이 때문이다.

셋째, 당대 신문이 처한 현실적 상황, 앞서 언급했듯이 정론의 선명성 경쟁을 통한 상징권력의 확보와 독자의 창출, 광고수입의 증대를 통한 재생산기반을 확

---

30) 『조선일보』를 예로 들면, 1920~30년대 문인들이 학예부장을 전담하다시피 했지만(안석주, 염상섭, 이광수, 김형원, 홍기문, 김기림 등), 1950년대는 문화부장으로 윤고종(1954.1~57.1), 곽하신(1959.11~60.5) 정도가 있고 대부분은 저널리스트들이 담당했다.

충해야 하는 이중적 부담 속에서 수익 구조 창출에 유리한 지면이 우선적으로 고려될 수밖에 없었던 점도 크게 작용했다고 봐야 한다. 즉 수익성이 큰 기사가 우선적 대상이 될 수밖에 없는 국면에서 문학은 영화나 연예보다 후순위로 배치되는 것이다. 더욱이 문인기자를 고용하지 않은 상태에서 과거와 같은 수준의 문학 지면 편성은 고비용의 부담을 떠안아야만 했다.[31] 따라서 신문은 문학에 대한 지면 배분을 축소하는 동시에 수익성(상품성)이 큰 문학만을 선별해 배치하는 다소 모순적인 전략을 구사한다. 또 기성 문인들의 작품을 싣기보다 일반 독자들의 투고를 활성화하는 방향으로 독자창출 전략을 구사한 것도 마찬가지의 맥락에서다.

그런데 지면 대비 문학점유율이 낮았다고 하더라도 신문이 문학을 결코 홀대시한 것이 아니라는 사실에 주목할 필요가 있다. 여전히 문학만큼 가독성이 높은 매력적인 상품이 없었기 때문이다. 따라서 신문은 문학을 매개로 한 독자와의 긴밀성을 강화하는 전략을 다양하게 구사한다. 그것은 대체로 두 가지 차원으로 나타난다. 하나는 문학을 통한 독자창출 전략의 지속적 확대이며, 다른 하나는 상품성이 큰 문학의 선택적 집중 배치 전략이다.

이 점을 구체적으로 살펴보면, 우선 독자 창출을 위해 구사된 것은 독자문예란의 설치와 부정기적인 독자문예현상 모집 그리고 신춘문예 제도의 본격적 가동이다. 특히 신문계의 후발주자였던 『한국일보』가 상업주의를 공식적으로 표방

---

31) 이것은 1930년대와 뚜렷이 구별되는 점이다. 한만수의 연구에 의하면 1930년대 문예면 중심의 증면이 가능했던 한 요인이 문예가 상대적으로 경제적 효율성이 컸기 때문이었다고 한다. 즉 당시 신문의 여건상 문예면은 비용을 최소화하면서 수입증대의 의미도 있었고 수익구조의 창출에 유리했기 때문이라는 것이다. 한만수, 앞의 글, 271~274쪽 참조. 1950년대는 신문이 처한 상황을 감안할 때 문학은 경제적 효율성 면에서 저비용 고효율의 상품이 되기 불리했다. 당시 신문의 증면과정에서 문학 지면을 적극적으로 배치하지 않은 것도 경제적 효율성이 낮았기 때문으로 판단된다. 경제적 효율성 측면에서 당대 신문이 새롭게 선택한 것이 각종 문화 관련 행사의 주최 내지 후원 사업이다. 즉 음악회, 전람회, 콩쿠르, 스포츠대회의 정기적 개최가 대표적인 사례다. 『조선일보』의 경우로 한정해보면, 1954~59년에 『조선일보』가 정기적으로 주최(후원)한 행사로는 신인음악회, 국민학교무용콩쿠르, 전국학생미술전람회, 전국국악대회, 전국여고생문예콩쿠르, 현대작가초대미술전, 전국아동예술대회, 전국남자중고교음악경연대회, 전국국민학교아동사생대회, 전국여고음악콩쿠르, 전국국민학교아동무용콩쿠르, 전국어린이글짓기백일장, 서울유치원유희회, 고교야구선수권대회, 단축마라톤대회 등 매우 다양했고 지속적이었다. 『조선일보70년사(제3권)』, 조선일보사, 1990, 6−32~36쪽 참조.

하고 공격적인 독자창출의 행보를 보임으로써 모든 신문들이 경쟁적으로 독자 중심주의 노선을 한층 강화하기에 이른다. 『한국일보』는 창간 직후부터 매주 일 요판에 '독자문예'란을 신설하고 일반 독자를 대상으로 한 '현상장편(掌篇)모집'을 시행해 매주 한 번씩 당선작과 선후평을 게재하는 한편 '독자소식란'(1954.12), '독 자상담실'(1955.3), '독자사진현상'(1956.11), '3만환현상 글 만들기란'(1957.1), '나의 제언란'(1957.6), '독자들 차지'란(1957.7), '여자의 마음(독자투고란)'(1957.11), '독자 질의란'(1958.1), '한국독자시단(시조와 한시 현상)'(1959.8), '독자만화란'(1960.2) 등으 로 그 범위를 확대시켜 가면서 "독자를 위한, 독자의 신문 제작"[32]에 주력한다.

신춘문예에 대해서도 타 신문보다 공격적이었다. 시(시조), 단편, 희곡, 동화, 평론 외에 타 신문에서는 찾아보기 어려운 시나리오, 영화소설, 라디오드라마, 소년소설 등 신흥하는 문예까지 포함하는 엄청난 장르적 잡종성을 보인다. 이러 한 장르적 잡종성은 다양한 대중을 독자로 견인해 포섭하기 위한 판매 전략의 일 환이자 거의 모든 계층과 문화 영역을 대상으로 하는 문화적 페스티벌을 벌임으 로써 신문의 영향력을 전 방위적으로 확산시키려는 신문 매체전략의 산물이었 다.[33] 독자투고란의 잡식성도 마찬가지의 맥락이었다.

『한국일보』는 한 발 더 나아가 소수의 당선자를 뽑을 수밖에 없는 신춘문예의 제도적 특성을 존중하되 기회의 폭을 확대하기 위한 방편으로 춘하추동 쿼터로 신춘문예를 실시해보겠다는 적극성까지 보인다.[34] 『한국일보』의 이와 같은 독자 중심주의는 새로운 바람을 일으키면서 『태양신문』의 인쇄부수 8천부를 이어받은 6개월 만에 5만 부의 발행부수를 돌파하는 성공을 거두게 된다.[35] 물론 독자투고

---

32) 『한국일보』, 1958.1.1. 1950년대 모든 신문이 지면의 제약에도 불구하고 독자투고란을 상시 운 영한 것은 독자획득뿐만 아니라 사회 제반문제에 대한 여론을 형성해 신문의 영향력을 확대하려 는 목적도 아울러 지니고 있었다. 하지만 신문이 의도한 만큼 원활하게 이루어진 것 같지는 않다. 한 신문은 독자투고가 저조한 것을 독자들의 민주주의의 경험 부족, 생활의 빈곤에 따른 발표 의 욕의 저하, 투고를 권위의 실추로 간주하는 편견 등이 복합적으로 작용한 데서 그 원인을 찾고 있 다. 「신문과 독자는 떨어져 있나」(사설), 『한국일보』, 1958.2.3

33) 박헌호, 「동인지에서 신춘문예로–등단제도의 권력적 변화」, 박헌호 외, 『작가의 탄생과 근대문학 의 재생산제도』, 소명출판, 2008, 102쪽.

34) 『한국일보』, 1955.1.11.

35) 서광운, 『한국신문소설사』, 해돋이, 1993, 330쪽 참조.

의 활성화를 통해 독자를 창출하는 전략은 1920년대 잡지를 중심으로 널리 활용된 바 있으며, 신춘문예 또한 독자획득과 신문의 문화적 영향력 확보를 위한 유력한 수단으로 1920년대부터 신문의 주력 상품이었다. 중요한 것은 독자 획득의 차원에서 신문과 독자를 직접 연결시키는 유용한 방법인 독자투고가 『경향신문』의 '자유담'란(1951.4.30)에서 시작해 모든 신문에 보편화되고 아울러 신춘문예가 1955년을 기점으로 동시다발적으로 시행되었다는 점이다. 그 경쟁은 필연적으로 제도 운영의 차별화를 동반하는 가운데 문학의 사회적·대중적 기반을 확충하는 긍정적 결과를 이끌어낸다. 특히 신춘문예는 지방일간지까지 가세하면서 한국전쟁으로 분산·위축되었던 당대 문단(학)의 물질적·제도적 토대를 마련하는데 다대한 기여를 했다. 나아가 신춘문예의 장르적 원심력(개방성)은 문예지 추천제의 구심력(폐쇄성)과 길항·교착하면서 1950년대 문학의 영토를 조정하는데 큰 영향을 끼치게 된다.

한편 상품성의 극대화 차원에서 신문이 선택한 대표적인 문학상품은 소설, 특히 장편소설 연재였다. 장편연재는 과거에도 신문의 주력 상품이었다는 사실을 감안하면 특기할 것이 못 된다고 간주할 수 있으나, 신문에서 차지하는 비중은 과거와 비교할 수 없을 정도로 막강했다. 신문의 발행부수를 좌우하는 결정적 요소였을 뿐만 아니라 신문의 품위를 드러내주는 지표로까지 기능했다.[36] 연재소설이 신문보급의 첨병 역할을 하는 시대가 도래한 것이다. 이 같은 현상은 그만큼 연재소설의 독자가 많았다는 것을 의미하기도 한다.[37] 그 배경에 대해서는 심층적인 분석이 필요하나 신문기사 중 연재소설이 몇 안 되는 순국문이었다는 점이 크게 작용했을 것으로 판단된다. 따라서 그 당연한 결과로 신문은 연재소설을 특화시켜 배치한다.

---

36) 이덕근, 「연재소설 '자유부인'과 그 논쟁」, 한국신문연구소 편, 『언론비화 50편─원로기자들의 직필수기』, 1978, 639쪽.

37) 연재소설의 독자층 규모를 파악하기란 사실상 불가능하다. 신문의 발행부수 또는 판매부수를 통해 대강을 가늠해볼 수는 있겠으나 이 또한 지극히 비합리적일 수밖에 없다. 다만 『한국일보』가 연재소설 『민주어족』(정비석, 1954.12.11~55.8.8, 228회) 연재 종료 직후 '독자평'을 모집한 바 있는데, 그 응모 편수가 1천 편이었다는 것을(다소의 과장 보도를 감안하더라도) 통해 그 규모가 상당했다는 것만은 확인할 수 있다. 『한국일보』, 1955.8.23.

이는 당대 신문의 문학배치도를 살펴보면 단박에 확인된다. 지면의 제한
에도 불구하고 시, 수필, 평론(월평 중심), 문학관련 번역물 등이 두루 배치되
는 양상을 보이나 이들 장르들은 간헐적으로 실렸을 뿐이고[38] 소설이 지면 대
부분을 차지하는 것이 상례였다. 소설 가운데 단편과 장편의 비중은 신문에 따
라 다소 차이가 존재한다. 『서울신문』은 해방기부터 특화시켜 기획한 단편릴
레이가 지속돼 1952.1.1~28(김동리 외 4명), 1953.7.11~12.28(강신재 외 4명),
1956.3.4~12.31(유주현 외 6명) 등 3차례, 『조선일보』는 '단편릴레이'란 타이틀로
1955.7.12~9.13(최인욱 외 4명), 『동아일보』는 1956.5.3~6.30(곽하신 외 4명)에 각
각 릴레이형식으로 단편이 연재된 바 있다. 5대 중앙일간지를 통틀어 봤을 때
1956년까지는 장편과 단편이 엇비슷한 비중을 갖고 교대로 때론 겹쳐 게재됨에
비해 1957년 이후로는 대부분 장편연재로 통일되는 양상을 보인다. 단편과 장편
연재가 함께 또는 두 편의 장편이 동시 연재되는 경우가 나타나기도 한다. 아울
러 장편연재가 전시 신문발행이 정상 궤도에 진입한(판형으로는 타블로이드판에서
배대판으로 확대) 1952년을 기점으로 모든 신문에 보편적으로 나타난다는 사실도
특기할 만하다.[39]

신문의 연재소설 중시 전략은 연재뿐만 아니라 연재 전 '작가의 말'을 포함한
연재소설 광고의 반복적 게재, 연재 종료 후 작가의 연재소감과 권위 있는 평론

---

38) 특히 시는 과거에 비해 상대적으로 퇴조 현상이 뚜렷하게 나타난다. 지면의 제한을 감안하더라도
기념시(축시), 추도시 외에 순수 창작시가 게재되는 경우는 드물었다. 기획을 통해 시가 연속으로
게재되는 경우, 가령 『동아일보』에 '봄·시·그림'이란 타이틀로 조지훈('線」), 박남수('죽음으로 세
운 우주 속에서」), 서정주('鶴의 노래」), 조병화('봄」), 전영경('봄 騷動」, 신동준('潤」) 등의 작품이
시리즈로 발표됐던 것은 매우 이례적인 현상에 해당한다. 『동아일보』, 1956.3.31~4.8.

39) 『서울신문』은 김말봉의 『태양의 권속』(1952.2.1), 『동아일보』는 윤백남의 『野花』(1952.8.15), 『조
선일보』는 염상섭의 『취우』(1952.8.1), 『경향신문』은 안동민의 『聖火』(1952.5.20) 등이 연재되기
시작하면서 본격적인 장편연재가 이루어진다. 지방일간지도 마찬가지여서 『부산일보』는 김장수
의 『愛憎岐路』(1952.11.5), 『대구매일신문』은 박영준의 『애정의 계곡』(1952.3.1), 『영남일보』는 정
비석의 『女性戰線』(1952.1.1), 『대전일보』는 홍효민의 『끝없는 사랑』(1952.9.1)으로 시작한다. 이
는 1940년대(일제말기~해방기) 거의 끊기다시피 한 신문 장편연재가 전반적으로 재개된다는 문
학사적 의의를 지니고 있다. 물론 해방기에도 장편연재가 더러 있었지만(특히 박태원의 『임진왜
란』, 『群像』과 같은 역사소설 연재), 장편보다는 단편 게재가 우세했다. 더불어 그것은 1960년 이
후 장편연재 위주의 신문소설 배치의 전사에 해당되기도 한다(1960년대 신문에서 단편을 찾아보
기란 매우 힘들다).

가의 연재소설평 게재를 정례화 하는 시스템을 작동시킨 것을 통해서도 충분히 확인할 수 있는 바다. 『한국일보』는 여기에다 연재 종료 후 독자평 모집을 매번 실시했다. 이와 같은 장편연재의 지면 배치상의 특징은 1950년대 신문과 장편연재소설의 긴밀한 관련성의 증표이자 단편/장편 소설의 장르적 위계가 역전되는 징후를 드러내주는 현상으로 볼 수 있다.

장편연재소설이 신문의 주력 상품으로 급부상함으로써 이를 둘러싼 신문과 문인(문단)의 갈등이 첨예하게 대두할 수밖에 없었다. 그것은 주로 신문소설의 문학적 위치에 대한 양자 간 이해의 차이에서 비롯된다. 신문의 입장에서는 연재소설의 상품성에 사활을 건 이상 그 가치를 극대화하는 방향으로 추진시킬 것임은 불문가지일 것이다. 그것이 구체화되는 지점은 우선 집필 작가의 선택이다. 이는 문학적 권위와 아울러 대중적 성공 가능성이 보증되는 작가를 섭외하는 것이 신문의 성패를 좌우하는 결정적 요소로 대두했기 때문이다. 일례로 소설로써 신문을 살려보겠다는 확고한 신념으로 사양길에 든 『태양신문』을 인수해 『한국일보』를 창간한 장기영이 병석에 있던 염상섭을 삼고초려해 결국 첫 연재소설로 『미망인』(1954.6.16~12.6)을 실었던 것, 또 실무자를 보내 목포에 칩거 중이던 박화성을 설득해 『고개를 넘으면』(1955.8.9~56.4.13)을 받아내 그를 문단에 복귀시킨 것, 『자유부인』으로 대중적 명성을 획득한 정비석과 교섭해 곧바로 『민주어족』(1954.12.10~55.8.8)을 연재시킨 일화를 통해 신문이 작가 선택에 얼마나 고심했는지 또 작가 섭외 문제가 신문자본에 얼마나 큰 부담으로 작용했는가를 역력히 확인할 수 있다.[40]

문제는 그와 같은 자격을 갖춘 작가를 초빙하기가 매우 어려웠다는 점이다. 모든 신문들이 몇몇 인기 작가를 섭외하기 위해 경쟁하다보니 명망 있는 연재작가의 품귀 현상이 발생했기 때문이다.[41] 그 경쟁과 품귀 현상은 원고료에도 연동

---

40) 한원영, 앞의 책, 1174쪽, 서광운, 앞의 책, 323쪽 참조.

41) 이런 맥락에서 염상섭은 당대 저널리즘 전체를 통틀어 섭외 1순위 작가였다. 특히 매체마다 첫 연재소설로 염상섭 작품을 싣기 위한 경쟁이 치열했는데, 염상섭의 권위와 영향력을 감안할 때 당연한 결과로 보인다. 염상섭이 첫 번째 연재소설을 집필한 매체로는 『한국일보』의 『미망인』뿐만 아니라 전시에 『조선일보』가 정상화되면서 『취우』가, 『현대문학』의 『지평선』(1955.1), 『자유세계』의 『홍염』(1952.2)과 그 후신인 『신세계』의 『死線』(『홍염』의 속편, 1956.4), 『삼천리』의 『화관』

돼 신문사로 하여금 대중성을 획득한 작가는 거액의 고료를 지불하더라도 초빙하게끔 만들었다.[42] 그렇다고 필력이 검증되지 않은 신인에게 집필을 의뢰한다는 것은 신문의 입장에서는 매우 큰 모험에 속했다.

실제 1950년대 중앙일간지의 신문연재소설 집필자 중 신인은 한 명도 없었다.[43] 그 결과 신문이 선택한 소수의 기성작가들에게게만 연재가 집중되는 현상이 발생한다. 그 양상을 5대 중앙일간지로 한정해 살펴보면(1952~1960년 초) 쉽사리 확인된다. 즉 정비석이 7편(『자유부인』, 『유혹의 강』, 『연가』, 『슬픈 목가』, 『민주어족』, 『낭만열차』, 『비정의 곡』), 김말봉이 5편(『태양의 권속』, 『푸른 날개』, 『화관의 계절』, 『생명』, 『환희』), 장덕조가 4편(『원색지대』, 『광풍』, 『격랑』, 『낙화암』), 박화성(『고개를 넘으면』, 『사랑』, 『내일의 태양』), 박종화(『임진왜란』, 『삼국풍류』, 『여인천하』), 염상섭(『취우』, 『젊은 세대』, 『미망인』), 박계주(『별아 내 가슴에』, 『대지의 성좌』, 『구원의 정화』), 박영준(『태풍지대』, 『형관』, 『열풍』), 김광주(『석방인』, 『장미의 침실』, 『흑백』) 등이 각각 3편, 김팔봉(『통일천하』, 『군웅』), 김내성(『애인』, 『실락원의 별』), 이무영(『계절의 풍속도』, 『창』), 안수길(『제2의 청춘』, 『부교』), 최인욱(『애정화원』, 『초적』), 정한숙(『여인의 생태』, 『처용가』), 박용구(『노도』, 『풍류명인야화』) 등이 각각 2편씩 연재했다. 그 외 최독견, 최정희, 임옥인, 김영수, 윤백남, 주요섭, 안동민, 유해준, 조흔파, 홍성유, 한무숙, 유호, 김예승이 1편씩, 그리고 『서유기』, 『삼국지연의』, 『대 징기스칸』 등의 번역물이 연재된 바 있다.[44]

(1956.9), 『자유공론』의 『代를 물려서』(1958.12) 등이 있다.

42) 일례로 정비석을 둘러싼 『국제신보』와 『부산일보』의 치열한 경쟁을 들 수 있다. 정비석에 따르면, 『자유부인』을 쓰고 이름이 널리 알려지자 『국제신보』 서울지사장이던 이형기의 요청으로 연재소설을 쓰기로 언약한 상황에서 『국제신보』와 라이벌 관계에 있던 『부산일보』가 그 사실을 알고 자기와 절친한 사이였던 정음사 사장 최영해를 통해 고료와는 별도로 백만 환이라는 거액을 내세워 그 연재소설을 빼앗아가려고 했다고 한다. 당시 연재소설의 월정고료가 십만 환이었던 것을 감안하면 『부산일보』가 제시한 조건은 매우 파격적이었다고 할 수 있다. 정비석, 『작가 아닌 문장가』, 『세월도 강산도』(최영해선생화갑기념송사집), 정음사, 1974, 60쪽.

43) 김경항은 문단에 악성전염병처럼 창궐하고 있는 대중소설을 문학을 대중의 괴뢰화로 만드는 것으로 비판하는 가운데 문단의 젊은 제너레이션이 완전한 작가로 성장하기 위한 토대 마련과 문학의 활로를 개척하기 위한 전초전으로 당시 거대한 세력을 점유하고 있는 저널리즘의 독재성을 불식하기 위한 과감한 투쟁이 필요하다고 역설한 바 있다. 김경항, 「대중문학의 재비판」, 『동아일보』, 1955.6.29.

44) 지방일간지까지 포함하면 작가별 연재 편수는 꽤 달라진다. 하지만 중앙일간지에 연재했던 작가들 대부분이 집필자였다는 사실에 유의할 필요가 있다. 비교적 안정적 발행을 했던 『부산일보』, 『대구매일신문』, 『영남일보』, 『대전일보』, 『광주일보』 등을 통해 살펴보더라도 중앙지 집필자 외에

이렇듯 신문연재가 소수 작가에게 독점됨으로써 이른바 '직업적' 대중작가의 새로운 탄생이 촉진되는 결과를 야기한다. 기존 염상섭, 박종화, 김말봉, 박계주 외에 정비석, 박화성, 김내성, 장덕조, 김광주, 정한숙 등이 성공한 대중작가의 반열에 올라서게 되는 것이다.

이 과정을 통해 자연스럽게 신문연재소설의 통속화가 촉진된다. 신문이 연재소설을 특화 상품으로 선택한 이상 그 상품성을 극대화시키는 것을 최우선적인 목표로 설정하게 됨으로써 문학성에 대한 고려는 약화될 수밖에 없었다. 달리 말해 독자대중의 흥미 내지 호응도가 배치의 핵심 준거가 된다. 신문이 문학 또는 문인에 대해 압도적인 주도권을 행사했던 정황은 이를 더욱 가속시켰다. 신문에 있어서는 제2의 『자유부인』, 제2의 정비석이 절실했을 뿐이다. 그것은 과거와 비교할 수 없을 정도의 수준으로, 대중성이 신문연재의 제일의적 원칙으로 확고하게 자리 잡았다는 것을 의미한다. 앞서 언급한 『군웅』 게재중지사건에서 확인할 수 있듯이 대중성 획득이 가능하다고 판단되더라도 연재 도중에 독자의 호응도가 떨어지면 가차 없이 연재를 중지시킬 정도로 엄격하게 작동했다. 1930년대 신문연재소설 배치에서 보인 어느 정도의 문학적 고려와 함께 사회운동적 고려는[45] 더 이상 성립하기 불가능하게 된 것이다.[46] 따라서 1950년대에서는 소설사

신문연재를 했던 작가로는 김장수, 방인근, 이병구, 이주홍, 손소희(『부산일보』), 오상원, 홍영의, 곽하신, 곽학송, 이선구, 최근덕, 유일지, 황호근(『대구매일신문』), 이봉구, 박연희, 김송, 최창대, 홍영의, 이정수(『영남일보』), 홍효민, 이병구(『대전일보』), 최태응, 승지행(『광주일보』) 등이 있는데 대부분 1편 정도 연재하는데 그쳤다.

45) 조연현, 앞의 책, 176쪽.

46) 여기에는 신문자본의 매체전략 외에 검열을 비롯한 여러 제도적 요인들이 복합적으로 작용했다고 봐야 한다. 검열의 영향력은 이종환의 『人間譜』(1955.5.6~27) 게재중지, 즉 『서울신문』에 연재 중이던 『인간보』가 뚜렷한 이유 없이 공보실의 행정명령으로 연재 22회 만에 연재중지된 사건을 통해 확인해볼 수 있다. 신문사측에서는 '휴재(休載)' 공고를 거듭하다 그 이유를 작가의 개인 사정으로 밝혔으나 양공주의 생활 안팎을 해부했기 때문이라는 것이 당시 문학계의 세론이었다. 22회까지의 줄거리, 즉 고등교육을 받은 '쥬리애'가 한국전쟁으로 말미암아 가산을 잃고 호구지책으로 양공주가 되어 흑인혼혈아를 낳는다는 내용인데, 양공주에 관한 담론과 양공주 문제를 다룬 작품들이 이전에도 꽤 많았다는 사실을 감안할 때, 이 사건은 검열당국의 무분별한 간섭에 따른 해프닝이라고 볼 수 있겠으나 이보다는 민감한 사회문제에 대한 적극적인 문학적 취급도 검열의 포위망에 걸려들 수 있었다는 것을 시사해준다. 특히 게재중지가 신문사측의 자발적 결정이 아닌 검열당국의 일방적 조치로 단행되었다는 점에서, 신문연재소설의 위상을 고려할 때 신문사측이 검열의 촉수를 염두에 두고 스스로가 보다 엄격하게 자체 검열을 했을 것으로 판단된다. 그것은

(문학사)의 새로운 경향 내지 지평의 확대를 보인 1930년대 신문연재소설들, 이를 테면 『흙』을 비롯한 이광수의 계몽주의적 연재소설, 『고향』을 비롯한 이기영의 연재소설 등 사회성과 문학성을 겸비한 완성도 높은 연재소설을 더 이상 찾아보기 어렵게 된다.

물론 1950년대의 모든 신문연재소설을 통속적 작품으로 규정하는 것은 무리다. 또 통속화 자체를 무가치한 비문학으로 간주할 수는 더더욱 없다. 당대 신문연재소설을 폭넓게 연구한 김동윤에 따르면, 1950년대 신문연재소설은 소설사적으로 세태소설의 양식을 계승하였다는 점, 대중사회의 도래와 더불어 대중소설이 본격적으로 발돋움하는 계기를 만들었다는 점, 제한적이나마 비판의식을 표출하는 기능을 수행했다는 점에서 나름의 문학사적 의의를 충분히 지닌다고 한다.[47] 저자 또한 적어도 1950년대 신문연재소설이 문학의 대중적 독자기반을 확대시키는데 기여한바 매우 크며, 특히 신소설을 대체한 본격적 근대소설이 대중과의 소통에 소극적으로 대응하면서 순문학의 성채에 스스로를 결박시켰던 견고한 틀에 충격을 가하는 동시에 소설(문학)의 상품적 가치를 복원·제고시킨 점은 마땅히 높게 평가해야 한다고 생각한다. 이에 대한 본격적 논의는 추후의 과제로 남겨두고, 여기서는 이 같은 일련의 과정이 문학계에 어떻게 작용했는가를 살펴보는 것으로 논의를 한정한다.

그런데 신문연재소설에 대해 당대 문단이 보인 반응은 대체로 극단적인 부정의 태도, 즉 문학의 모독이며 매춘행위로 평가 절하한다. 따라서 신문소설을 문학이란 범주에서 제외해야 한다는 강경일변도의 견해가 대세였다. 그 저변에는 신문이 문학을 판매정책의 수단으로만 취급해 독자에 영합하는 통속문학을 대량 생산한다는, 신문 그 자체에 대한 강한 불신이 자리 잡고 있었다. 일부에서는 신문과 문학의 근본적 화해불가능성을 근거로 신문저널리즘에 대한 과거의 애착을

신춘문예에서 테마의 불건전성, 강렬한 현실비판, 미국문제 등을 다룬 작품을 신문사측이 엄격하게 배제한 것에서도 확인할 수 있는 바다. 좀 더 정치한 분석이 필요하나 적어도 신문연재소설의 통속화에 검열이 깊숙이 작용하고 있었다고 봐도 무리가 없을 듯하다. 1950년대 검열의 전반적 양상과 특징에 대해서는 이봉범, 「1950년대 문화정책과 영화 검열」, 『한국문학연구』37, 동국대 한국문학연구소, 2009 참조.

47) 김동윤, 앞의 책, 209쪽.

단호히 일소하고 신문을 터전으로 한 작품 발표를 단념해야 한다는 극단론을 펴기도 한다.[48] 그렇지만 신문이 통속문학의 진원지라는 공통된 인식에도 불구하고 이에 대한 작가들의 입장 내지 대응에 미묘한 균열이 존재했다. 발표매체의 외적 형식성에 고착돼 신문소설=통속성=비문학이란 도식으로 신문소설에 대해 극단적 부정론을 전개한 순수문학론자들이 입장이 주류를 이뤘지만, 다른 한편에서는 "신문소설이라는 특수한 분야로 대담하게 진출함으로써 신문소설의 질적인 문학적인 위치를 향상시키는데서 건전한 문학 활동의 영토를 개척"[49]하는 보다 적극적인 대응을 주문한 논자도 상당수 존재했다.

일종의 '소신 신문작가'라고 일컬을 수 있는 이들 작가들은 대체로 현대사회에서 문학과 저널리즘의 타협은 불가피하다는 것, 또 대중을 등지고 상아탑 속에 안주하고 있는 순수 혹은 본격문학은 시대착오적(자아도취적)이라는 인식을 공유하고 있었다. 일부 작가들은 한 발 더 나아가 신문을 발표지면으로 선택했다면 자기문학의 상품화를 철저히 인정하고 대중을 위한 글쓰기에 철두철미해야 한다는 입장을 견지하기도 했다.[50] 물론 그 대중적 글쓰기는 김팔봉이 적시한 바와 같이, 대중의 기호에 적응하면서도 대중의 기호를 향상시키는 진정성('완전한 대중성')을 갖춰야 한다는 분명한 목표를 지닌 것이었음은 두 말할 나위가 없다.[51]

주목할 것은 이 같은 지향의 문학적 성취 여부를 떠나, 신문소설에 대해 전향적 인식이 극단적 부정론 못지않게 문학대중화의 차원에서 또는 발표기관의 확보를 위한 현실적 필요성으로 인해 문단 전반에 확산되고 있었다는 사실이다. 그것은 한국전쟁 이전 김내성, 백철, 정비석 등 소수 문인들이 문학대중화의 방법적 대안으로 대중문학을 개진했던 상황[52]과는 뚜렷이 구별되는, 거스를 수 없는

---

48) 박기준, 앞의 글.

49) 김광주, 「신문소설에 관하여−한 개 작가의 입장에서」, 『경향신문』, 1955.3.8.

50) 김팔봉, 「『화관의 계절』을 끝내며」, 『한국일보』, 1958.5.6.

51) 『한국문학의 현재와 장래』(좌담회), 『사상계』, 1955.2, 219~220쪽 참조.

52) 특히 백철은 '문학은 대중성을 거부할 필요가 없고 또 거부할 길도 없다'는 전제 아래 대중을 무시하는 현실도피적 감상주의와 많은 독자를 얻는 것을 탐욕하는 비속주의를 문학의 편향과 문학의 사도화(邪道化)로 각각 규정·비판하고 독자대중의 생활현실에 입각한 소설화를 통해 대중문학과 순수문학의 이원화를 지양시킨 본격적 대중문학이 가능하다고 주장한 바 있다. 백철, 「三千萬의 文學−민중은 어떤 문학을 요망하는가」, 『문학』(『백민』개제)23, 1950.5, 121~125쪽 참조.

하나의 흐름으로 대두했다는 점에서 중요한 의미를 지닌다. 여기에는 1950년대 새롭게 조성된 신문-문학의 관계, 신문-작가-독자 관계에 대한 문인들의 인식 변화가 개재되어 있었다고 볼 수 있다.

이와 같은 신문-문학의 관계 조정은 거시적으로 두 가지의 의미 있는 변화를 야기한다. 첫째는 신문 선택적 글쓰기를 둘러싼 작가층의 분화를 추동했다. 신문 연재소설의 상업주의 극대화는 작가들로 하여금 어떤 형태로든 신문 선택적 작품을 생산하게끔 강제한다. 작가 입장에서 볼 때 발표기관의 절대적 부족에서 오는 작가들 간의 치열한 경쟁에다 전국적 포괄성을 지닌 신문매체의 영향력 그리고 신문연재소설 고유의 특장, 즉 매일매일 수많은 독자에게 가장 쉽게 접촉되고 지속적인 영향을 준다는[53] 점에서 작가들은 신문이 의도한 목적에서 결코 자유로울 수 없었다. 신문연재소설은 신문사뿐만 아니라 작가들에게도 그 어떤 매체보다 대중적·사회적 명성의 보증과 물질적 보수면에서 가장 매력적인 상품이었기 때문이다. 문학은 바야흐로 가장 치열한 생존경쟁의 장이 되는 가운데 자기문학의 상품화를 명백히 인정하면서 그 상품화 속에 끌려들어가야만 되는 비극적인 연대에 살고 있다는 김광주의 자조,[54] 과거 문단의 울타리 역할을 충실히 해왔던 신문이 상업주의에 지배되어 타락으로 치닫는 것에 화가 나지만 밥을 먹는 이상 밥을 부정할 수 없는 자신의 처지가 슬플 뿐이라는 김이석의 탄식은[55] 이같은 정황을 잘 뒷받침해준다.

따라서 작가들은 '밥'이 되는 문학 또는 대중이라는 후원자와 적극적으로 소통하는 문학을 생산할 것인지를 선택해야 하는 기로에 봉착하게 된다. 대중문학, 특히 신문연재소설을 문학의 적으로 간주해 경멸했던 기성작가들 대부분이(황순

---

53) 김우종, 「신문소설의 사회적 영향─작가의 태도가 문제」, 『동아일보』, 1959.8.1. 그는 신문소설의 사회적 영향력이 당대 가장 대중적인 예술로 부상하고 있던 영화보다도 광범위하고 크다고 보았다. 곽종원은 신문소설의 요건 및 특징을 '신문의 사명이나 기능에 따라 광범한 독자를 차지한다는 것, 독자의 지적 수준의 차가 천차만별이라는 것, 형식면으로 볼 때 매일 연재의 도를 쌓아가므로 그날그날 하나의 이야기로서 정리가 되어야 한다는 것, 대중적인 흥미가 진진해서 다음을 기다리도록 기교를 부려야 한다는 것, 전 가족이 한자리에서 읽고 즐길 수 있어야 한다는 것' 등을 꼽았다. 곽종원, 「신문소설의 공과」, 『동아일보』, 1958.5.28.

54) 김광주, 앞의 글.

55) 김이석, 「쩌널리즘 소고」, 『동아일보』, 1959.1.5.

원을 제외하고) 신문연재소설에 관여했던 것은 주지의 사실이다. 명분과 실리의 괴리, 우리는 이를 통해 신문연재소설을 중심으로 번성한 1950년대 대중문학이 작가들의 문학관보다도 신문매체의 전략, 작가의 처지 등이 복합적으로 작용한 상황적 조건이 더 크게 개입해 나타난 문학적 현상임을 간취할 수 있다. 그래도 선택의 기회가 있었던 기성작가들은 나은 편이었다. 신인들에게는 그 기회조차 허락되지 않았다. 요컨대 신문연재소설은 신문—작가—독자의 함수관계를 축으로 신문이 문학에 개입·작용하는 영향력의 중요한 통로가 됨으로써 작가들에 대한 신문의 지배력이 그 어느 때보다 강화되기에 이른 것이다.

둘째, 문학/비문학의 극단적인 분할구도가 고질화되는 계기가 된다. 본격(순수)문학이라는 용어 자체를 부정한 논자도 더러 있었지만, 1950년대는 문단 주류세력에 의해 본격/통속의 이분법적 구도가 완강하게 작동했다. 더욱이 그것이 문학/비문학이란 가치론적 범주로 환원되면서 문학의 범주 문제가 중요 관심사로 대두한다. 물론 그 구도는 단정수립 후부터 작동했다. 단정수립 후 순수문학진영이 문학주의 원칙을 통해 문단(학)의 주도권을 장악하는 과정에서 또 『문예』를 거점으로 한 순수문학의 제도적 규범화를 기도하는 과정에서 확고한 문단적 지위를 확보하게 되었다. 흥미로운 것은 비문학의 범주가 대중문학, 경향문학, 리얼리즘문학, 사소설적 경향 등을 포괄한 것에서 점차 대중문학이 비문학의 대명사로 전환되었다는 사실이다. 대중문학이 비문학의 표적이 된 데는 그만큼 신문과 대중잡지를 거점으로 증식된 통속(대중)소설이 주류적 흐름으로 대두하면서 문학(독서) 시장을 잠식해 갔기 때문이었다. 이에 대항해 순수문학진영이 순수문학의 제도적 규범화를 한층 강화해 그 문학적 권위를 선양하는 동시에 대중문학을 철저히 배제·부정하는 전략을 구사함으로써 순수(문학)/통속(비문학)의 분할 구도가 더욱 고질화되었던 것이다. 특히 신문연재소설에서 광범하게 다뤄진 성의 문란과 그것을 취급하는 작가들의 안이한 태도를 문제 삼아 신문연재소설을 비문학으로 규정하는 것이 두드러졌다.[56] 일부 논자에 의해 성

---

56) 곽종원, 「문학적인 것과 비문학적인 것—최근의 성문학 경향에 대하여」, 『동아일보』, 1958.4.20 ~22. 그는 또 다른 글에서 신문소설의 성 문란이 성행한 데에는 작가의 책임뿐만 아니라 독자의 책임(감상력)도 일부분 존재한다며, 신문소설이 인생문제를 심오하게 천착해 들어가는 철학적 요

도덕 추구의 미학적 가치와 그 윤리적 의미의 긍정성이 적극적으로 개진된 바 있지만,[57] 그것은 서구의 경우에 해당될 뿐 우리의 대중문학은 이에 미치지 못하는 것으로 폄하된다.

문제는 그 분할 구도가 점차 구속력을 상실한다는데 있다. 순수/대중문학이 병립해 상호 배제하는 형국이 고착되면서 문학의 위기가 증폭되었기 때문이다. 순수문학이 당시 가장 유력한 독자층이었던 학생층으로부터도 외면 받는 상황은 순수문학론자들에게는 감당하기 어려운 위기였다. 1950년대 후반 순수문학과 통속문학의 접경지대라고 할 수 있는 '중간소설'이란 대안으로 돌파구를 찾고자 했던 일련의 시도, 가령 흥행적인 문학(통속문학)과 고립적인 순수문학을 지양하려는 선의의 중간소설을 통해 작가와 독자의 교두보를 마련해야 한다는 대안이 제출되었지만[58] 그 개념의 막연함만큼이나 실효성을 거두기 어려운 것이었다.[59] 이 고육책은 오히려 그러한 분할 구도가 얼마나 고질적이었는지 다른 한편으로는 순수문학이 얼마나 왜소한 입지에 처해 있었는가를 역설적으로 보여주는 것에 불과했다. 따라서 1950년대의 순수문학은 대중문학과 대타항의 관계를 갖는다고 볼 수 있다. 해방기 조선문학가동맹의 진보적 민족문학론(계급문학론)에 대응된 순수문학론이 그 내포의 상당한 변용을 거쳐야 할 만큼 대중(통속)문학이 대세를 형성하고 있었던 것이다. 신문연재소설의 만개가 이를 추동한 요인의 중심

소가 있다면 노골적인 성 묘사는 크게 문제되지 않는다고 본다. 인생문제 탐구를 신문소설의 기본 성격으로 설정한 그가 이를 가장 잘 구현한 모범작으로 꼽은 것이 정비석의 『민주어족』이다. 곽종원, 「신문소설의 공과」, 『동아일보』, 1958.5.28.

57) 조연현, 「간통문학론-성도덕추구의 유형과 그 방향」, 『문학과 그 주변』, 인간사, 1958, 34~49쪽 참조.

58) 유주현, 「중간소설이라는 것-외롭지 않은 문학」, 『동아일보』, 1958.8.23.

59) 중간소설(론)은 전후 일본의 중간소설 논의를 본뜬 것이다. 전후 일본문학에서 '중간소설'은 순문학과 대중문학의 중간에 위치하는 소설을 가리키는 의미로 패전 직후 林房雄와 久米正雄가 처음 사용하였으며 재미있는 읽을거리를 요구하는 독자층의 기호에 영합한 고급스런 대중소설이 다수 창작되고, 『日本小說』(1947년 창간), 『小說新潮』(1947년 창간)와 같은 잡지를 거점으로 증식되면서 舟橋聖一, 丹羽文雄, 田村泰次郎, 石坂洋次郎 등의 중간소설 작가들이 인기를 누렸다. 중간소설이 의미 있는 것은 중간소설의 흥행으로 순문학이 쇠퇴하고 이에 상응해 순문학과 통속문학의 경계가 모호해지는 가운데 점차 대중문학이 주류로 부상하는 계기가 되었다는데 있다. 미국에서도 같은 맥락에서 피들러(Leslie A. Fiedler)가 중간소설(Middlebrow Fiction)을 주창한 바 있다. 전자(영상) 매체로의 권력 변환과 대중문화가 확산된 1960년대 난해한 예술소설의 죽음을 선언하고 중간소설이 대중문화 시대의 대표적 문학 장르라는 선언이었다.

에 있었다. 1970년대 산업화시대에 만개한 상업주의문학 또는 대중문학과 순수문학의 첨예한 대립 관계가 1950년대에 이미 배태되고 있었다고 봐야 한다.

한편, 신문이 연재소설과 함께 특화시킨 또 하나의 주력 상품은 아동문학이었다. 식민지시대는 물론이고 해방 후에도 아동문학이 주로 아동관련 잡지를 통해 생산·소통된 점을 감안할 때, 이는 매우 독특한 현상이다. 실제 식민지시대에는 『소년』(1908.11~1911), 『붉은져고리』(1912.11~1913.5), 『아이들보이』(1913.9), 『새별』(1913.11) 등 최남선이 주재한 1910년대 소년잡지들을 비롯하여 1920년대 방정환이 창간한 『어린이』(1923.3), 기독교전도잡지 『아이생활』(1926.3),[60] 무산아동잡지 『별나라』(1926.11) 그리고 1930년대 가톨릭기관지의 하나로 창간된 『가톨릭소년』(1936.2), 조선일보사가 자매지로 발간한 『소년』(1937.4)·『유년』(1937.9) 등 다양한 성격의 잡지들이 발간되어 아동문학 진작의 거점 역할을 한 바 있다.[61]

해방기에도 주간 및 월간잡지, 이를테면 임병철이 발간한 주간 『어린이신문』(1945.8)을 비롯해 조선아동문화협회 발간의 『주간소학생』(1946.1, 윤석중 편집)→월간 『소학생』(1947.5), 월간 『아동문학』(조선문학가동맹 아동문학위원회 편), 『진달래(아동구락부)』(1947, 김철수 편집), 『새동무』(1947), 『어린이세계』(1947.3, 김영만 편집), 『어린이』의 복간(1948, 고한승 편집), 『소년』(1948, 방기환 편집), 『어린이나라』(1949, 이종환 편집) 등 비교적 짧은 기간 동안 아동잡지의 창간이 봇물을 이룬 바 있다. 현암사 사장 조상원의 회고에 따르면 1949년에 가장 대중적 성공을 거둔 잡지가 『신천지』, 『민성』과 같은 성인잡지가 아닌 아동지 『소학생』이었다고 하는

---

60) 『아희생활』(1926.3~1944.4)은 식민지시대에 발간된 아동잡지 중 가장 수명이 긴 잡지로 국내아동문학뿐만 아니라 「집 없는 아이」, 「프란더스의 개」, 「사랑의 학교」 등 세계명작을 연재, 소개함으로써 문학교육의 산실 구실을 톡톡히 했다. 황금찬은 『아희생활』이 문학의 종합대학이었으며 이를 통해 문학에 눈 뜨게 되었다고 회고한 바 있다(한국잡지협회, 『잡지예찬』, 1996, 318쪽). 일본 아동잡지도 꽤 유통된 것으로 추정된다. 차범석은 보통학교 4학년 때부터 일본의 소학관 발행 『소년구락부』를 정기 구독해 탐독했는데, 그의 소개에 따르면 이 잡지는 연재만화, 모험소설, 순정소설, 과학소설, 탐정소설, 토막상식, 지상학습 등 내용이 매우 다채로웠으며 소수의 독자층이지만 당시 지식의 공급처로서 중요한 역할을 했다고 한다(같은 책, 289~293쪽). 소학관 발행의 『소년구락부』, 『소녀구락부』, 『유년구락부』가 우리 아동잡지의 편집에 끼친 영향을 추적해보는 것도 흥미로운 작업일 듯하다.

61) 식민지시대 아동잡지에 대해서는 어효선, 「한국아동지60년」, 『세대』, 1968.2 참조.

데,[62] 이를 통해 당시 아동지의 대중적 흡인력을 충분히 유추해볼 수 있다. 1950
년대에도 전시에 창간된『새벗』(강소천 편집),『소년세계』(이원수 편집),『학원』, 전후
의『학생계』,『중학시대』,『새싹』,『국민학교 어린이』,『만세』등 아동 및 소년관련
잡지들이 등장해 소년소설을 중심으로 한 아동문학의 붐을 조성했다.『학원』,『학
생계』,『중학시대』는 주로 중학생을 목표독자층으로 삼은 잡지였지만, 동화, 동
시, 동요, 소년소녀소설 등 아동문학의 중요 장르를 편집의 고정란으로 설정해
배치함으로써 아동문학 발표기관으로서 일익을 담당했다.

주목할 것은『새벗』,『학원』등 소수 잡지를 제외하고 1950년대 아동 및 소년
관련 잡지들이 대부분 단명했다는 사실이다. 당대 잡지들의 발행기간이 비교적
오래 지속된 것과는 대비되는 현상이었다. 재정난 때문만으로 보기는 어렵다. 그
것은 아동잡지는 물론이고 아동문학 출판 전반에 상업적 영리주의가 전면화 되
면서 나타난 불가피한 현상으로 보는 것이 온당하다.[63] 물론 아동문학의 상업주
의가 대두한 것은 1940년대 말 소년소설이 아동문학계를 석권하면서부터다. 특
히『소학생』에 연재된 정인택의「봄의 노래」가 독자들로부터 커다란 호응을 불러
일으키자 그것이 유행병적인 붐을 타고 잡지와 단행본을 통해 양산되는데, 이로
인해 전래동화적 스타일에서 벗어나지 못하고 있던 아동문학계가 혁신되는 동시
에 통속적인 아동문학이 출현하는 결정적 계기가 되었다.[64]

소년소설은 이후 흥미 위주의 오락적 명랑소설, 순정소설, 탐정소설, 모험소
설 등으로 분화되는 가운데 아동문학의 주도적 장르로 부상한다. 그 과정에서 소
년소설류의 수요 급증이 야기되고 지면 부족에 허덕이던 작가들이 대거 아동문학

---

62) 조상원,『책과 30년』, 현암사, 1974, 70쪽.

63) 이봉래는 아동문학의 주류가 출판 상업주의에 이용당해온 통속작가의 손아귀에서 놀아나고 있다
    고 당대 아동문학계를 통렬하게 비판한 바 있다. 이봉래,「아동문학론」,『신천지』, 1954.7, 63쪽.

64) 이재철,『한국현대아동문학사』, 일지사, 1978, 386~387쪽 참조. 물론 소년소설을 모두 통속적
    작품으로 보기는 어렵다. 소년소설이 공상적·환상적 비현실성을 중심으로 한 전통적인 의미의 동
    화와 달리 현실 생활에 바탕을 둔 본격소설의 일종이라는 점에서 현실적 리얼리티를 담보하기엔
    오히려 유리하다고 할 수 있다. 그렇지만 그 가능성이 출판자본의 영리 추구에 잠식되어 봉쇄되
    면서 오락성·흥미성 위주의 소년소설이 주류화 될 수밖에 없었다는 사실에 주목할 필요가 있다.
    소년소설의 장르적 특성에 대해서는 박민수,『아동문학의 시학』, 양서원, 1993, 180~185쪽 참
    조.

쪽으로 전신하거나 아니면 겸작(兼作)하는 것이 성행하게 된다. 특히 시인들의 아동문학으로의 전신이 두드러졌는데 김시철에 따르면, 시인들 수가 너무 많이 늘어나기 시작하면서 웬만해선 빛을 보기 어려웠다는 점, 아동문학의 시장 규모가 점차 커졌다는 점, 시장 규모에 대응해 기하급수적으로 늘어나는 수요에다 원고료 수입도 만만치 않아 아동문학이 그 어느 문학 장르보다 수익성이 높았기 때문에 나타난 필연적인 결과였다고 한다.[65] 윤복진, 현덕, 정인택 등 해방기 아동문학 분야의 실력 있는 작가들 상당수가 6·25 와중에 월북함으로써 전문성과 권위를 지닌 아동문학작가가 극소수였던 상황이 이를 더욱 부추겼을 것으로 판단된다.

아동문학을 둘러싼 이 같은 변화된 환경은 아동문학의 전문성에 대한 논란을 불러일으키는[66] 동시에 아동문학의 통속성이 강화되는 상황적 요인으로 작용한다. 따라서 상업성에 경쟁력이 떨어지는 잡지들은 도태될 수밖에 없었다. 순수한 아동전문지를 표방한 가운데 당대 아동문학의 가장 높은 성취를 보여주었던 『소년세계』(1952.7~1956.3)가 37호만에 자진 폐간한 것도,[67] 반대로 『만화세계』, 『七天國』, 『만화소년소녀』와 같은 만화전문 아동지나 통속적 아동독물 중심의 『만세』가 아동잡지계를 주도한 것도 모두 이 때문이다. 『학원』이 1960년대 이후까지 안정적으로 재생산된 것 또한 이와 유관하다. 상업성을 배제한 가운데 아동문학의 발전을 주도해왔던 종교관련 소년잡지나 아동단체가 발간하는 기관지 형태의 잡지들은 자취를 감추게 된다. 『아이생활』을 이어받아 '대한기독교서회'에서 발간한 『새벗』이 예외적으로 꾸준히 발행되었지만, 『새벗』 또한 1950년대 후반에 접어들면서 상업주의적 흐름을 수용한 가운데 오락적 아동독물을 대폭 실을 수밖에 없었다. 이구동성으로 양심적 아동출판업자를 대망하지만 상업적 대세를

---

65) 김시철, 『김시철이 만난 그 때 그 사람들(3)』, 시문학사, 2010, 96쪽.
66) 아동문학의 비전문가들이 소년소설, 한정동의 표현으로 하면 "성인문학에다 아동문학의 탈을 씌운 작품"(한정동, 「아동문화향상을 위하여」, 『서울신문』, 1955.4.30)을 양산하면서 작가들의 실력 문제가 대두되고 그리하여 아동문단에서 잡초 제거의 필요성이 논란되기도 했다(이원수, 「아동문학」, 한국문인협회 편, 『해방문학20년』, 정음사, 1966, 64쪽). 이와 반대로 아동문학 작가들이 성인소설을 창작하는 것에 대한 비판도 강했다. 즉 일반작가보다 작가적 역량이 훨씬 떨어지는 아동문학작가들이 무분별하게 성인소설에 손을 댐으로써 소설의 질을 저하시킨다는 것이다. 조연현, 「아동문학인의 진출―안이와 미숙의 특수지대」, 『한국일보』, 1955.4.26~27.
67) 목해균, 「아동독물과 학교교육」, 『동아일보』, 1955.8.25.

저지하기란 불가능했다. 휴전 후 계속된 아동대중잡지의 등쌀로 아동문학의 저속화를 막을 길이 없었다는 윤석중의 자조를 통해서 그 심각성을 확인할 수 있다.[68] 이렇듯 아동잡지의 번성, 아동문학 작가층의 확대,[69] 아동문학에 대한 사회적·문단적 관심 고조 등 아동문학 진작의 새로운 전기가 마련되었음에도 불구하고 상업적 아동문학이 아동문학계를 압도하면서 초래된 아동문학의 빈곤이라는 모순적 상황 속에서 신문의 아동문학 특화가 관여되어 있었다.

신문이 아동문학에 적극적인 관심을 보인 것은 6·25 전시 때부터였다. 해방기에도 부정기적으로 '어린이난'을 개설해 주로 교훈성이 수반된 아동문학 작품과 계몽적 어린이담론을 게재한 바 있는데, 그것이 전시에 들어 크게 확장된다. 『서울신문』의 '어린이 차지', 『조선일보』의 '소국민 차지'와 같이 주 1회 정기적으로 '어린이난'을 고정란으로 배치하거나, 『주간 소년서울』(1953.9), 『주간 소년태양』과 같은 자매지 형태의 소년지를 정기 간행해 전시 및 휴전직후 유소년들의 정서 함양과 교육적 기능을 수행했다. 대체로 전시 정치경제적 혼란 속에서 빈궁과 함께 사치와 퇴폐적 풍조에 내몰린 유소년들을 보호하려는 아동교육적 또는 아동문화운동적 성격이 짙었다. 이에 대응해 수록된 작품도 국내외에 걸친 동화·동요 중심의 순수 아동문학작품이 비교적 많았다. 영리보다는 유소년에게 읽을거리를 제공하겠다는 의도가 강했다고 볼 수 있다. 교과서가 절대적으로 부족하고 부진한 아동출판물조차도 평균 20여 명에 1권 정도(10만/200여 만 명)의 구매력밖에 안 되는 형편과 대다수 유소년들이 탐정엽기적 저속물에 무방비로 노출된 상태에서

---

68) 윤석중, 「小波 以後의 兒童文學」, 『서울신문』, 1959.2.12.

69) 작가층의 지속적 확대는 아동문학 단체의 탄생으로 이어진 바 있다. 1954년에 60명 회원으로 발족한 '한국아동문학회'(대표: 한정동), 1957년 마해송을 중심으로 결성된 '동화작가협회', 윤석중이 주재한 '새싹회'가 상호 경쟁하는 상황이었다. 그 경쟁 구도는 아동문학선집 출간(한국아동문학회), 어린이헌장 제정(동화작가협회), 학급문고 출판과 소파상 제정(새싹회) 등 각 단체마다 차별화된 사업을 유인하면서 아동문학 발전의 기초를 마련하는 긍정적 결과를 야기한다. 그러나 이들 단체가 당시 문단 분열의 산물, 즉 한국아동문학회가 한국문학가협회 아동문학분과위 소속으로, 동화작가협회가 한국자유문학자협회 아동문학분과위 소속의 단체로 결성되었기 때문에 단체의 활동이 그 대립 구도의 자장 속으로 제한될 수밖에 없었다. 한 신문은 단체가 무성함에도 아동문학이 부진한 이유가 문단 대립의 족보가 아동문학 단체에 그대로 침윤됐기 때문이라고 진단한 바 있다. 『한국일보』, 1958.5.6.

신문이 기여한바 컸다고 평가할 수 있다.[70]

흥미로운 사실은 신문이 경영난으로 인해 모지에 주력할 수밖에 없었던 1955년 이후에 오히려 아동문학에 대한 신문의 고려가 능동적인 방향으로 전환된다는 점이다. 그것은 우선 지면 배치에 잘 나타난다. 5대 일간신문 모두가 본 지면뿐만 아니라 주1회 부록으로, 구체적으로 『서울신문』은 일요일 부록 '어린이차지', 『동아일보』는 월요일 부록으로 '소년동아', 『조선일보』는 일요 부록으로 '소년조선일보', 『경향신문』은 일요일 부록으로 '우리차지', 『한국일보』는 일요판에 '어린이' 등 어린이난을 고정적으로 개설했다. 『연합신문』, 『평화신문』 등 군소신문도 마찬가지의 지면 배치 양상을 보인다. 그 구성은 대체로 상식, 세계 각국 소개, 명사들의 조언, 동화·소년소설을 중심으로 한 작품 게재, 세계 명작 해설, 어린이만화 등 다채로웠다. 특히 소년소설의 신문연재가 보편화된 것은 과거에는 찾아볼 수 없었던 1950년대 신문의 독특한 현상으로 아동문학 발전의 유력한 토대가 되었다.[71]

둘째로 신춘문예를 부활시키면서 동화, 동시, 동요, 소년소설 등 아동문학 관련 장르를 망라해 개설함으로써 신진작가를 발굴하고, 당시 점증하고 있던 아동문학에 대한 사회적·대중적 관심을 적극적으로 수렴해내는 동시에 확산시키는 역할을 한다. 그것은 아동문학의 후원기관으로 자기의 위상을 정립시켜 독자층을 확대하려는 신문의 의도된 전략이 반영된 것으로 볼 수 있다. 아동문학이 아동뿐만 아니라 그 부모 나아가서는 다수의 성년까지도 포괄하는 비교적 넓은 독자층을 지닌 특수성에 신문이 주목했기 때문이다. 이렇듯 신문은 아동잡지들의 쇠퇴와 교차되면서 또는 그 쇠퇴를 촉진시키면서 아동문학의 매체적 거점으로 확고한 위치를 차지하기에 이른다. 아동문학을 배제시켰던 문예지와 극명히 대조되는 양상이었다.[72] 『한국일보』를 통해 그 면모를 확인해보면 다음과 같다.

---

70) 남상영, 「전시와 아동—특히 교육문제에 대하여」, 『서울신문』, 1953.3.15. 유소년 독물의 부족과 접근성을 확보하기 위해 국립중앙도서관에서는 1953년부터 소장하고 있던 아동문고를 무료로 개방하는 사업을 시행했는데, 하루에도 수백 명씩 모여드는 성황을 이루었다고 한다.

71) 이원수, 「교양을 위한 노력」, 『조선일보』, 1955.9.4.

72) 문학잡지는 여전히 아동문학을 문학의 주변장르로 인식하는 가운데 소극적으로 취급한다. 『문학예술』이 문학지로서는 처음으로 마해송의 단편동화 「후라이치킨」을 게재하면서 아동문학에 대한

작품	작가	장르	삽화가	게재 연월일	총 횟수
옛날 항아리	곽하신	소년소설	김훈	1954.11.7~1955.4.10	22
하늘은 푸르다야	이종환	소년소설	김영주	1955.4.7~1955.5.6	30
가로등의 노래	이원수	소년소설	김영주	1955.5.8~1955.6.10	30
연두색 그림	이보라	동화	김영주	1955.6.12~1955.7.3	4
나비이야기	방기환	동화	김호성	1955.4.17~1955.7.3	12
마음좋은 게와 간사한 쥐	임석재	동화	김호성	1955.7.10~1955.7.17	2
백조의 선물	최태호	동화	강도암	1955.6.30~1955.7.5	6
하이얀 길	최요안	소년소설	한홍택	1955.7.7~1955.8.17	32
고아 데빗드	박화목(譯)	소년소설	김호성	1955.7.15~1955.11.13	18
은하수 밝은 거리	박성수	소년소설	안상운	1955.7.24~1955.10.16	12
앙그리께	마해송	장편동화	한홍택	1955.8.21~1955.10.26	60
사랑과 마음	한경호(譯)	동화		1955.10.30~1955.11.27	5
눈송이 꽃송이	이종환	소년소설	한홍택	1955.11.28~1955.12.30	30
기쁨의 눈물	한정동	동화		1956.1.1~1956.1.29	5
별 속의 눈동자	장수철	소년소설	안상운	1956.1.30~1956.3.8	35
목마 타던 시절	이무영	소년소설		1955.11.27~1956.3.4	15
인어 아가씨	이재화(譯)	동화		1956.4.1~1956.9.16	23
잃어버렸던 나	강소천	동화	안상운	1956.3.26~1956.5.3	35
별하나 나하나	김영일	소년소설	안상운	1956.5.8~1956.6.12	34
바람은 바람들끼리	김요섭	소년소설	안상운	1956.6.16~1956.7.18	30
웃지 않는 아이	방기환	소년소설	안상운	1956.7.21~1956.8.31	37
휘파람 불며 불며	박홍민	소년소설	안상운	1956.9.3~1956.10.30	38
바람아 조용히	김영일	소년소설		1956.9.23~1956.12.9	12
기러기 우는 밤	목해균	소년소설	안상운	1956.11.30~1956.12.29	30
세 발 달린 개	박경종	동화	김태형	1956.12.16~1957.3.3	9
만화선생	임인수	소년소설	안상운	1957.1.1~1957.2.3	30
꽃말씀	박정주	동화	안상운	1957.3.17~1957.4.7	4
오, 멀고 먼 나라여	김요섭	소년소설	백영수	1958.12.13~1959.5.31	24
장글·북	키플링		백문수	1958.12.6~1959.1.18	6
흰구름 따라서	장수철	소년소설	백인미	1959.6.9~1959.10.25	21
소년탐정 에밀	케스트나	소년소설	백문수	1959.10.11~1960.1.31	15
꾸러기 행진곡	강소천	동화	김태형	1959.11.1~1960.3.27	20

적극적인 관심을 표명한 바 있지만 일회적인 것으로 그치고 만다(『문학예술』제3권제6호, 1956.6. '편집후기' 참조). 상대적으로 대중지가 아동문학에 적극적이었다. 가령 『신태양』이 마해송의 창작 동화 『부례랑과 신장』(일명 '예술과 인생')의 연재(1955.3~4), 『희망』이 이종택의 「촌 정거장」, 김 영일의 「다람쥐」(1955.8) 등 소년소설을 실은 바 있다. 비록 간헐적이었지만 대중적 인기를 끌고 있던 아동문학을 수렴하고자 했던 대중지의 의식적인 노력을 확인해볼 수 있는 대목이다.

위에서 보듯『한국일보』는 5년 6개월 동안 번역 포함 총 32편(총 686회)의 동화·
소년소설을 실었다. 같은 기간 장편 11편, 단편 10편(신춘문예 소설당선작이 대부분)
이 실린 것을 감안하면,『한국일보』의 소설(문학) 배치는 장편과 아동문학 두 부류
로 채워졌다고 볼 수 있다. 본 지면과 일요판부록 '어린이'난에 절반씩 각각 할애
되어 연재되는데, 어린이를 주 대상으로 한 동화는 일요판부록에 소년소설은 본
지면에 배치되는 특징을 보인다. 신문 4면에 장편소설과 소년소설이 나란히 연재
되는 새로운 신문지면 편집을 처음으로 선보인 것이다. 집필진은 마해송, 강소천,
이원수, 장수철, 한정동, 김요섭 등 전문성을 갖춘 아동문학 권위자를 중심으로
박홍민, 임인수와 같은 신진 아동작가 그리고 이무영, 곽하신 등 아동문학을 겸
작했던 작가 등 매우 다양했다. 이 같은 면모는 비단『한국일보』만이 아닌『경향신
문』,『동아일보』,『연합신문』등 거의 모든 신문에 나타나는 보편적인 현상이었다.

그런데 신문의 아동문학 배치에는 몇 가지 중요한 특징이 있다. 첫째, 동화와
소년소설 중심의 아동문학 배치가 두드러졌다는 점이다. 해방기 어린이잡지가
동요, 동시, 동극 중심인 것과 동시대 유소년잡지가 동요, 동시, 동화, 소설 등
아동문학을 대표하는 네 장르에 골고루 지면을 할애했던 것과는 뚜렷이 비교되
는 현상이다. 특히 당시 아동문학의 주류로 부상하고 있던 소년소설의 전면적 배
치가 눈에 띤다. 수용자(독자)의 호응도를 문학 배치의 기준으로 설정했던 신문의
매체전략이 아동문학에도 그대로 적용된 것으로 볼 수 있다.

둘째, 단편동화 및 소년소설이라 할지라도 전작 형태가 아닌 연재로 싣는다.
『한국일보』의 경우 30회 이상 연재된 작품이 13편에 이른다. 이는 신문 지면의
협소함으로 인한 불가피한 현상으로 볼 수도 있겠으나, 연재 완료 후 뿐 아니라
연재될 때마다 계속적으로 독자에게 영향을 끼칠 수 있는 연재 형식의 장점을 십
분 살린 신문의 전략이 아울러 작용했을 것으로 추정된다. 모든 작품에 삽화를
동원해 작품의 완성도를 높이려 했던 것도 이 때문인 것으로 보인다. 이 또한 단
편동화를 전작으로 게재했던 잡지들과는 분명히 다른 면모다. 신문의 전국적 포
괄성에다 연재 위주의 아동문학 배치는 아동문학의 대중적 확산의 중요한 통로
가 되었다고 할 수 있다.

셋째, 장편동화가 장기간 연재된다. 장편동화의 신문 연재는 1950년대 신문

에 와서 처음으로 나타난 현상으로 주목할 만하다. 그것도 신문 본 지면에 배치해 특화시켰다는 점에서 더욱 그렇다. 연재소설과 달리 대중성 확보가 검증되지 않은 장편동화의 연재는 신문의 입장에서는 위험성이 큰 모험이었지만, 그 연재가 인기를 끌면서 신문의 중요 문학상품으로 부상하고 그 여파로 모든 신문이 장편동화 연재에 심혈을 기울이게 되었다. 그 과정에서 가장 인기 있는 작가로 섭외된 이가 마해송이다. 그의 장편동화 연재는 『동아일보』에 『사슴과 사냥개』(1955.1), 『한국일보』에 『앙그리께(2부)』(1955.8.21~10.26, 60회)), 『경향신문』에 『앙그리께(3부)』(1956.6.29~9.19, 82회), 『연합신문』에 『물고기 세상』(1956.7), 『경향신문』에 『모래알 고금』(1957.9.10~58.1.22) 및 『모래알 고금』후편(1959.1.7) 등으로 이어지면서 신문장편동화 연재라는 새로운 영역이 개척되는데 선구적 역할을 했다.[73] 이 같은 신문의 장편동화 연재는 일부 유소년지의 동화 연재와 함께 아동문학 진작의 획기적 계기를 마련했다는 점에서 중요하게 평가될 필요가 있다.[74]

요약하건대 1950년대는 신문이 대중성·시장성이 큰 특정 아동문학을 선별해 집중 배치함으로써 아동문학의 대중화 및 통속화가 촉진되는 새로운 전기를 맞이하게 되는 것이다. 아동문학의 입장에서 보면 그것은 아동문학의 장르적 분화를 촉발시키는 계기였으며 동시에 아동문학의 주도권이 초창기 동요·동시 중심에서 아동 산문장르, 특히 소년소설로 전환되는 과정이었다.[75] 신문이 1950년대

---

73) 마해송의 장편동화 연재는 1960년에까지 이어져 『멍멍 나그네』가 『한국일보』에 130회 (1960.4.5~9.4) 연재된 바 있다.

74) 당대 잡지의 동화 연재는 『새벗』이 유일하다. 1950년대로 한정해 살펴보면, 정영택의 「어머니가 그리워서」(1952.2~7), 이종환의 「갈매기의 노래」(1952.3~11), 김내성의 「꿈꾸는 바다」(1952.7~53.10), 박화목의 「밤을 걸어가는 아이」(1953.3~54.1), 방기환의 「잃어버린 구슬」(1954.1~10), 홍효민의 「새벽별」(1954.7~10), 최태호의 「리터엉 할아버지」(1954.12~55.10), 윤영훈의 「앵무새」(1955.2~3), 방기환의 「구두닦는 골목」(1955.7~9), 강소천의 「해바라기 피는 마을」(1955.7~56.8), 이소양의 「임금님과 보석」(1955.9~56.5), 김이석의 「해와 달은 누구를 위해」(1955.11~56.12), 조남사의 「수돌이의 모험」(1956.4~57.9), 이영희의 「사랑나무 꿈나라」(1956.7~57.4), 강소천의 「꽃들의 합창」(1957.4~58.3), 박용구의 「푸른 하늘 흰 구름」(1958.3~59.1), 박경리의 「은하수」(1958.6~59.7), 이종기의 「꿈꾸는 섬」(1958.8~9), 한낙원의 「화성에 사는 사람들」(1959.4~60.5), 황영애의 「소라처럼 바위처럼」(1959.7~12), 이원수의 「아이들의 호수」(1959.7~60.11) 등이 연재된 바 있다. 『새벗』에 실린 작품 전체로 볼 때 연재물은 비교적 적은 편이었다. 대체로 단편은 물론이고 연재물에도 김내성, 김이석, 박용구, 박경리 등 아동문학을 겸작한 작가들의 작품이 비교적 많았으며, 동화와 소년소설이 엇비슷한 비중으로 실렸다.

75) 이원수, 앞의 글.

아동문학의 지형 재편을 주도한 실질적 주체였다는 사실에 주목할 필요가 있다. 이 시기 아동문학에 대한 연구가 주로 잡지와 단행본 위주로 진행되었다는 것을 감안할 때, 신문의 역할 나아가 신문과 아동문학의 밀접한 상관성에 대해 보다 종합적인 연구가 아동문학사의 차원에서 이루어질 필요가 있다.

3. 잡지저널리즘과 문학

1) 잡지저널리즘의 존재 방식과 독자층

잡지가 신문과 더불어 아니 그 이상으로 시장지배력과 사회문화적 영향력을 발휘한 시대가 1950년대다. 그것은 익히 알려진 『사상계』만의 몫은 아니다. 당대 잡지 지형에서 『사상계』가 지닌 대중적 영향력은 제한적이었다. 『사상계』가 지연·학연·종교적 유대와 교수(학자)·문인·언론인으로 편성된 편집위원회 구성 인자들의 네트워크를 활용해 1950년대 저항담론구성체 내지 사회운동의 공론 장으로 뚜렷한 족적을 남긴 것은 분명한 사실이지만[76] 전문성에 치우친 학술연구지의 색채를 농후하게 지녔던 관계로 일부 계층(교수, 대학생, 교원 등)으로 독자층이 국한될 수밖에 없었다. 그 대중적 소통의 문제는 『사상계』가 급성장해 6만 부 이상의 발행부수를 안정적으로 확보한 1960년대 초에도 여전히 지속된다.[77] 물론 이 점이 『사상계』의 권위를 실추시키는 결정적 결함으로 보기는 어렵다. 다만 『사상계』의 권위와 사회문화적 영향력을 배타적으로 강조해 1950년대 잡지의 역할을 『사상계』 위주로 살피는 것은 재고할 필요가 있다는 점만은 환기해 두고자 한다. 『사상계』 반대편에는 일반대중에 착근한 다종다양한 대중잡지들이 번성하고 있었기 때문이다. 1955년 기준으로 2천부의 『사상계』와 9만부의 『아리랑』이

---

76) 『사상계』의 편집진은 계속 확대되는 추세를 보이는데, 1960년에 이르면 편집 진영과 영업 진영이 각각 40~50명씩이었다고 한다. 동시기 종합지 『세대』, 『새벽』이 불과 4~5명이었던 것과는 비교가 안 될 정도로 큰 규모였다. 『조선일보』, 1960.8.3.

77) 『동아일보』, 1961.5.6. 『사상계』의 고도의 전문성은 종합지로서 『사상계』의 장점이자 한계로 자주 거론된 바 있다. 한 신문은 『사상계』가 특히 학문적 기사만을 다룸으로써 일반 종합지와는 확연히 색채가 다르지만 그것이 광범한 독자대중과 소통하는데 장애로 작용하는 문제를 지적한 바 있다. 『한국일보』, 1957.7.1.

마주하고 있었다.

대중잡지들이 번성하는 중심에는 '잡지연쇄'라는 1950년대 잡지출판 자본의 독특한 존재방식이 놓여 있었다. 앞서 언급했듯이 잡지연쇄는 잡지의 분업화와 전문화를 촉진시킨 결정적 요인이었으며, 그로 인해 놀라울 정도로 잡지의 전문화·세분화 현상이 초래된다. 당시 5대 출판자본의 경우를 통해 살펴보더라도 희망사는 『희망』을 기반으로 『여성계』(1954년 '여성계사'로 독립), 『문화세계』(1954), 『야담』(1955), 『주간희망』(1955), 『혜성』(1958)으로, 신태양사는 『신태양』을 비롯해 『실화』(1953), 『명랑』(1956), 『소설공원』(1958)으로, 학원사는 『학원』, 『여원』(1956년 '여원사'로 독립), 『향학』(1956), 『현대』(1957, '여원사'발행)로, 삼중당은 『아리랑』(1955), 『만세』(1956), 『소설계』(1958), 『화제』(1958)로, 청춘사는 『청춘』(1951), 『야담과 실화』(1955.11)로 잡지출판을 각각 다변화한 바 있다. 이 같은 잡지연쇄의 보편화는 특정 목표 독자층을 겨냥한 특수지 중심의 잡지 지형을 형성하면서 분야별 잡지매체의 경쟁 구도를 야기한다. 학생지의 『학원』·『학생계』(1954)·『학생다이제스트』(1954), 대중지의 『희망』·『신태양』·『청춘』·『삼천리』, 정론적 종합지로서의 『사상계』·『자유세계』·『현대공론』·『세대』·『새벽』·『전망』, 『사조』, 『현대』, 여성지의 『여성계』·『여원』·『주부생활』(1955)·『신가정』, 오락지의 『아리랑』·『명랑』·『화제』·『혜성』, 『흥미』, 야담과 실화 중심 고전물 잡지의 『야담』·『실화』·『야담과 실화』, 소년지의 『새벗』·『소년세계』·『만세』, 소설전문지의 『소설공원』·『소설계』·『대중문예』·『이야기』(1957), 순문예지의 『현대문학』·『문학예술』·『자유문학』 등으로 분립해 치열한 경합을 벌였다.

이 같은 잡지 구도가 형성된 것은 한국대중매체사에서 초유의 일일 것이다. 이로부터 비롯된 출혈 경쟁은 잡지출판 자본의 존립을 위협할 정도로 무제한적이었다. 학생지의 경우를 통해 그 양상을 살펴보면, 7만부 정도의 『학원』과 5만부 내외의 『학생계』가 편집 면에서 제목과 작자가 다를 뿐 영웅소설, 역사소설, 탐정소설, 소년소설, 유머소설, 만화 등의 동일한 목차와 구성을 보여주며, 발행기일을 경쟁적으로 앞당겨 조판 인쇄요금을 대폭 인상시켰고,[78] 유익성이 떨어

---

78) 1955년에 접어들어서부터는 『신태양』, 『희망』, 『실화』, 『야담』, 『아리랑』 등 대부분의 월간 대중잡

지는 부록 경쟁으로 부록만큼의 손실을 감수해야 했다. 한 논자는 채산성을 무시한 출혈 경쟁이 독자, 잡지사, 일반사회 모두에 아무런 실익을 주지 못하는 '비극'으로 평가한 바 있다.[79] 과당 경쟁에 따른 수익성의 악화는 학생지뿐만 아니라 다른 분야에도 나타난 당시 잡지계에 만연한 보편적 현상이었다. 실제 잡지계는 1957년을 넘어서면서부터는 구독대상자의 수가 제한된 상태에서 과당 경쟁으로 인해 기업적 채산성을 맞출 수 없을 정도로 발행(판매)부수가 격감하고 필자난(원고난)까지 겹쳐 총체적 위기를 맞게 된다. 교과서출판으로 자본을 축적한 을유문화사가 잡지시장에 새롭게 뛰어들면서 계간지(『지성』, 1958.6) 형태로 잡지 발행을 시도한 것도 이런 정황과 무관하지 않다.[80]

그럼에도 불구하고 경쟁구도에 따른 적자생존의 원칙이 관철됨으로써 몇 가지 의미 있는 변화가 잡지계에 나타난다. 첫째, 편집노선의 자기갱신을 통해 비교적 장기간 발행기간을 유지한다. 해방기 잡지들이 발행 자체에 목적을 두고 간행돼 창간호 혹은 2~3호를 발행하고 폐간되거나 단속적 발간이 많았던 것과 비교해 1950년대 잡지들의 평균 수명은 긴 편이었다. 잡지의 세분화가 일반화되는 가운데 새로운 독자층 창출에 잡지들이 심혈을 기울이게 되면서 최소한의 목표 독자층 확보가 가능했기 때문이다. 아울러 잡지 자본이 수익성 제고를 목표로 채택한 잡지연쇄 전략으로 인해 잡지 상호간에 적자를 보전할 수 있는 시스템이 마련된 것도 주효했다. 신태양사가 『신태양』이 적자를 내는 데도 불구하고 장기간 발행할 수 있었던 것은 자매지 『명랑』, 『실화』의 대중적 성공으로 적자 보전이 가능했기 때문이었다. 『학생계』가 5만 부의 발행부수를 기록하다가 『학원』과의 경쟁에서 패하면서 자진 휴간한 것도 적자 보전이 불가능한 비(非)잡지연쇄 자본의 한계가 작용했다.

이보다도 더 중요한 요인은 독자의 취향 변화와 잡지출판 시장의 추이에 능동적으로 대응한 잡지자본의 탄력성에 있었다. 예컨대 『신태양』은 창간호부터 공

지들이 원래 발행일보다 보통 한두 달 앞서 발간해 서점에 보급하는 것이 상례화 된다. 『경향신문』, 1955.9.10.

79) C·S·C, 「학생잡지에 공황」, 『한국일보』, 1954.7.12.

80) 『지성』창간호, 1958.6, 236쪽(편집실).

산주의 격멸의 선봉기관임을 자임하는 가운데 반공 중심, 대중 중심의 편집노선으로 일관하다가 1956년부터는 전후 현실에 대한 비판과 의견 개진을 기조로 한 교양중심의 종합지로 탈바꿈한다. 이후 수차례 편집노선의 변화, 즉 현대인의 생활교양지(1956.4), 이론보다는 현실문제의 비판과 분석 중심의 지성지(1957.3), 독자가 요구하는 공약수적 내용을 반영한 생활지(1959.8)로의 지속적인 편집노선 갱신을 통해 전후사회의 사회문화적 동향을 동태적으로 수렴하고자 했다. 비록 그것이 『사상계』의 매체전략과 편집체제를 모방한 것이라 해도 그만큼 전후현실의 실상을 아래로부터 민첩하게 수렴해내고자 했던 『신태양』의 의식적 노력으로 평가할 수 있다. 『학원』이 통권 82호(1959.12)부터 중고등학생들의 문단등용문을 위한 순수문예지로 변신한 것도 마찬가지의 맥락이다.[81] 이런 요인들이 복합적으로 작용한 결과 1950년대에 창간된 잡지들 상당수가 100호 이상 발행되면서 1960년대까지도 생명력을 유지한다. 익히 알려진 『사상계』, 『현대문학』, 『여원』, 『학원』뿐 아니라 『실화』, 『명랑』 등이 이에 속한다. 대중지 『명랑』은 간행 주체의 변경을 거쳐 300호 이상을 발행하면서 1980년까지 생명을 지속한 바 있다. 이는 고정부수를 확보해 항구적인 발행 태세를 갖춘 기업으로서 성립한 잡지가 이 시기에 등장하기 시작했다는 것을 뜻한다.

둘째, 대중지들이 잡지 시장을 주도하는 독특한 현상이 발생한다. 그것은 『희망』, 『신태양』, 『여성계』 등 전시에 창간된 잡지들이 대중적 성공을 거두면서 잡지계의 선편(先鞭)을 쥔 것과 밀접한 관련이 있다. 즉 대중지 발행을 통해 독자적 (재)생산기반을 구축한 개인 출판자본, 특히 희망사와 신태양사가 수익 창출을 위해 잡지연쇄 전략을 구사하는 가운데 목표독자층을 겨냥한 또 다른 대중지를 발간하고 이에 편승한 대중지들이 가세하면서 대중지의 확장이 가속된다. 더욱이 이 같은 전략이 잡지계에 수익창출의 성공적 모델로 인식되면서 후발 잡지 자본도 마찬가지의 전략을 구사함으로써 이 같은 현상이 증폭된다. 잡지계의 후발주자였던 삼중당이 1955년 대중지 『아리랑』을 창간해 폭발적 인기를 누리면서

---

81) 『학원』제8권제12호, 1959.12, 13쪽. 최정희는 『학원』의 이 같은 전략 변경을 문예를 통한 청소년들의 교양 함양에 크게 기여할 것이라고 긍정적 평가를 내린 바 있다. 최정희, 「사랑하는 소년소녀들에게」(권두의 말), 『학원』, 1959.12, 14~15쪽.

안정적 기반을 확보하자 곧바로 소설전문지 『소설계』(1958), 오락지 『화제』(1959)』를 발간하는 것이 그 대표적인 사례다.

여기에는 이들 잡지자본이 철저한 상업성을 추구할 수밖에 없는 개인적 잡지자본이었다는 점이 작용한 바 크다. 즉 문교당국의 교과서출판 지원정책, 구체적으로는 융자 알선과 생산 및 판로의 전폭적 지원에 의해 독점적 이윤추구가 가능했던 대한검인정교과서주식회사를 이끌었던 정음사, 을유문화사, 민중서관 등의 출판자본과 달리 자력에 의해 이윤추구를 모색해야 하는 이들 잡지자본이 원활한 수익구조를 창출하기 위해 공통적으로 선택한 방편이 대중잡지였던 셈이다.[82] 그런 특성은 대중지들의 편집노선에 고스란히 반영된다. '독자층의 범위를 제한하지 않기 위해 각계각층에서 읽을 수 있는 시사, 사회비판, 교양, 취미, 문예, 오락, 해설, 보도 등 대중잡지로서 기사의 범위를 최대한으로 확장', '처음엔 지식인의 구미를 무시하고서라도 대중에게 파고 들어가는 전략'(신태양사: 『신태양』, 『실화』), '특정한 지식, 취미, 연령 등의 한계를 고려하지 않고 오락, 취미, 교양, 직업, 연령, 지역을 달리하는 독자 전반을 아우르는 따라서 전문성보다는 폭을 넓히는 방향으로 중학3년 이상의 지적 수준에 맞춰 편집'(희망사: 『희망』, 『야담』) 등 철저히 대중성 획득에 주안점을 둔 편집방침에 잘 나타나 있다.[83]

이를 통해 대중지들은 일정수의 독자를 확보해나가면서 잡지계의 주류로 확고한 위상을 점하게 된다. 협소한 시장 규모, 독자구매력의 점락(漸落), 독자의 구미를 돋울만한 저술의 빈곤, 생산의 과잉, 제작비(특히 용지)의 앙등, 유통구조의 혼란에 따른 판로의 애로, 외상거래의 만연, 대금회수의 문제, 금융 혜택에서의 배제 등이 복합적으로 작용해 고사 지경에 처해 있던 일반출판

---

82) 학원사만큼은 교과서 출판과 밀접한 관계를 지니고 있었다. 학원사는 그 전신인 대양출판사가 중학생참고서와 학습부교재 및 사전류 출간(1949)을 통해 축적한 자본으로 성립했으며 『학원』을 창간한 것도 이의 연장선에 있었다. 이후에도 학원사는 1957년 중등교과서(작문, 조형미술, 과학 등)와 대학교재(논리학, 고등물리 등 총 7종)를 발행해 가장 많은 판매부수를 기록한 바 있다.

83) 「대중잡지의 현재와 장래」(설문조사), 『경향신문』, 1955.9.15. 이 설문은 당시 유력한 대중지 편집장에게 5개 설문(편집방침, 제작시설, 운영과 편집의 실제, 당국의 출판정책에 대한 입장 등)을 보내 그 답변을 바탕으로 대중지의 실태를 조사하기 위한 목적으로 기획되었다. 참여한 대중지(편집장)는 『희망』(이상룡), 『실화』(공중인), 『신태양』(홍성유), 『여원』(이종환), 『아리랑』(임순묵), 『여성계』(최백산) 등이었는데, 대중지들의 실태를 잘 보여주는 자료적 가치를 지닌다.

계[84]와 정반대로 다수의 대중지들은 일간신문의 발행부수를 상회하는 최소 3~4 만부, 최대 7~8만부가 평균적으로 판매되는 상황이었다. 해방기 최고 발행부수를 기록했던 서울신문사잡지 『신천지』의 2만부를 훨씬 넘는 규모이다. 한마디로 대중잡지의 전성시대가 도래한 것이다. 물론 대중지들은 대중적 취향에 영합한 상업주의의 전형으로 그리고 방종, 퇴폐, 향락, 타락을 조장하는 풍기문란의 주범으로 줄곧 지탄의 대상이 된 바 있다. 대체로 성이나 성행위를 설명한 기사, 치정관계를 흥미본위로 폭로한 스캔들, 비정상적인 애욕생활의 묘사를 위주로 한 에로기사제일주의의 편집태도가 공통적으로 지적됐으며,[85] 심지어는 모랠러티(morality)가 부재한 대중지에서 개성적·보편적 인간상과 문명상을 기대한다는 것은 광인의 잠꼬대라는 극단적 부정론도 개진된 바 있다.[86] 귀중한 물자 낭비의 표본으로도 취급되었다. 북한에서조차 대중지의 선정성이 비판되었다.[87]

하지만 대중지가 잡지시장의 권역을 확대하고 새로운 독자층을 견인하면서 학교 교재 내지 준교재 중심의 문화적 후진성을 면하지 못했던 당대 출판계를 진작시킨 긍정성을 무시할 수 없다.[88] 실제 대중지들의 이면을 들여다보면 편집기획의 갱신을 통해 새로운 영역을 개척하려는 적극적인 움직임을 목격할 수 있다. 에로틱한 것, 스릴러, 엽기적인 독물 등 대중오락지의 통상적인 내용물 이상으로 시사물, 고전독물, 문예물, 르포르타주 등도 큰 비중을 차지하고 있었다. 그

---

84) 「출판계가 사는 길」(사설), 『한국일보』, 1954.10.27.

85) 「대중잡지의 빗나간 편집방향」(사설), 『한국일보』, 1958.2.22.

86) 양기석, 「대중잡지의 윤리성―폭로기사에 대한 반감」, 『한국일보』, 1958.1.14.

87) 북한에서는 남한 대중지의 선정성을 미국생활 양식의 침투에 초점을 맞춰 비판한 바 있다. 신남철은 "남조선의 악명 높은 월간잡지 『여성계』, 『신태양』, 『희망』을 비롯한 수다한 대중잡지들은 미국식 생활양식의 선전자로서 미제의 사상 침략의 구미에 맞는 내용으로 편집"되어 있다며, 그 미국식 생활양식으로 '깽스터리즘(조직적 테러 범죄)과 '센세이슈날리즘'(흥분도발)을 꼽았다. 신남철, 「남조선에 대한 미제의 반동적 사상의 침식」, 『근로자』11호, 평양노동신문사, 1955.11, 295쪽.

88) 최 준, 「부진정체의 1년」, 『한국일보』, 1955.12.27. 그 면모는 『여원』을 통해서도 확인할 수 있다. 『여원』이 잡지계에 기여한 점으로 여성지로서 본격 상업잡지의 체제를 제시, 표지인쇄로서 처음으로 원색인쇄 분야를 개척, 광고모체로서의 잡지의 효율성을 개척, 여성지의 독자인구를 개척한 점을 꼽는데, 특히 여성독자를 잡지로 대거 견인한 가운데 여성지의 독자적 존립가능성을 시현한 공로는 한국여성잡지사의 의미 있는 사건으로 평가할 수 있다. 고정기, 「한국의 여성잡지60년」, 『세대』, 1968.4, 408쪽.

점은 특히 시장에서의 경쟁력 확보를 위해 특화 전략을 구사할 수밖에 없었던 후발 잡지들에서 현저했다. 예컨대 『명랑』은 영화스토리를 『아리랑』은 만화, 국극, 고전스토리, 탐정물을 각각 특화시켜 대중잡지계에 커다란 파문을 던지는 동시에 독자들의 폭발적인 호응을 얻어 단기간에 가장 인기 있는 잡지로 발돋움한다. 『아리랑』의 고전스토리의 인기가 치솟자 이에 자극받아 『야담』이 창간되기까지 한다.

한 논자는 이 같은 현상을 대중오락지의 매너리즘에서 오는 하나의 반동적 현상으로 평가한 바 있는데,[89] 대중 획득을 위한 방편으로 독자의 취향에 적극적으로 부응할 수 있는 또는 독자의 취향을 선도해내는 차원의 새로운 기획들이 경쟁적으로 쏟아져 나오면서 대중지의 지평이 확대된다는 점에 주목할 필요가 있다. 그 과정에서 대중지가 주간지의 역할을 대행하기도 한다. 즉 시사문제를 전문적으로 취급할 만한 주간지가 부족한 상황에서 모든 대중지가 당시 실생활과 직결된 시사물을 적극적으로 다뤄 신문과는 또 다른 차원의 여론 형성에 기여한다. 때로는 오락성과 결부돼 신문과 논란을 빚기도 하지만, 일반대중들의 생활 향상과 교양을 높이는데 기여한 대중지의 역할을 무시할 수는 없다.

전후 국민생활의 전반적 궁핍과 산업경제의 총파탄이라는 동일한 조건 속에서 유독 대중지들이 많은 독자들을 안정적으로 확보할 수 있었던 것에 대해서는 보다 정치한 분석이 필요하지만,[90] 적어도 대중지들이 끊임없는 자기갱신을 통해 고유의 영역을 개척하면서 대중적 영향력을 유지했다는 사실을 기억해 둘 필요가 있다.[91] 당시 양서(良書)의 빈곤, 독서열의 저하, 경제적 빈곤 등을 출판

---

89) 최 준, 「대중잡지의 지향」, 『한국일보』, 1955.6.3.

90) '저속한 대중지가 출현한다는 것은 암초에 쌓여 있던 성이 해방되려는 과도기에 있어서는 오히려 있을 수 있는 반동적인 현상('한국일보』, 1958.2.21)으로 진단하고 있는 것을 감안할 때, 대중지의 번성은 전시·전후 사회문화적 환경과 대중들의 욕망 그리고 이를 예리하게 간파해 수렴해낸 대중지 편집방침이 복합적으로 작용한 산물로 판단할 수 있다.

91) 대중지의 범람은 1950년대 검열제도와도 밀접한 관련이 있다. 대중지가 공안양속(公安良俗)을 해치는 주범으로 끊임없이 여론화됐음에도 불구하고 대중지에 대한 검열의 작동은 미미했다. 『부부(夫婦)』(전봉건·김시철 편집)가 공보실에 의해 판매금지처분을 당했으나(1958.2) 이는 국회에서 박순천이 문제를 제기해 발생했으며, 『야담과 실화』가 풍기 문란한 편집으로 폐간(1959)되고 그 후신인 『夜話』가 '하와이근성의 시비'란 글로 물의를 일으켜 자진 폐간한 사건 정도가 있었을 뿐이었다. 저자는 대중물(지)이 번성한 요인을 당대 검열의 영향으로 조성된 폐쇄적 개방의 문화

계 부진의 원인으로 꼽는 것에 대해 한 신문은 대중오락지의 판매가 굉장하다는 점을 들어 대중들의 독서 취향에 보다 근본적인 원인이 있다고 진단한 바 있는데,[92] 그 독서 취향의 동태와 대중지들의 자기갱신이 맞물려 있었던 것이다.

셋째, 모든 잡지들이 대중성을 확보하기 위해 문학을 적극적으로 활용한다. 잡지가 문학 중심의 편집노선을 지향한 것은 비단 1950년대만의 특징적 현상은 아니나 그 정도 면에서 1950년대 잡지의 문학 비중은 압도적이었다. 그것은 두 가지 양상으로 나타난다.

①문학이 잡지의 편집체제 중심에 배치된다. 종합지는 물론이고 대중오락지에까지 별도의 '문예란', '특설문학란', '소설연재란', '대중문예란' 등을 고정해 특화시킨다. 오히려 대중지는 잡지의 성패를 문학에 둘 정도로 적극적이었다. 아예 문학을 잡지의 노선으로 전면화해 공표한 잡지도 상당수였다. 가령 『아리랑』은 '소설과 화보의 대중오락지' 및 '소설과 실화(實話)의 가정잡지'로 , 『희망』은 '문예오락대중잡지'로, 『화제』는 '실화(實話)와 탐정잡지'로, 『대중문예』는 '흥미진진한 소설잡지'로, 『이야기』는 '오락소설잡지'를 각각 표방했다. 1950년대 후반 기존의 종합지·대중지와 차별화된 새로운 잡지건설을 목표로 창간된 일련의 전문지들도 마찬가지였다. 예컨대 종합학구지를 표방한 『사조』(1958.6 창간)가 석사학위논문 게재, 한국명저 해제와 같은 새로운 기획에도 불구하고 수상(隨想)과 문예를 고정해 배치했고, 남성판 『여원』을 목표로 남성지식인을 목표독자층으로 창간했던 『현대』(1957.11)도 연재소설을 특화했으며, 계간교양지를 처음 시도한 『지성』(1958.6 창간)은 '문학을 중심으로 현대사조 전반에 걸친 지성적인 고도의 교양지'를 표방했는데[93] 평론, 시, 창작(단편), 국내외 작가작품론, 국내소설번역 등 문학잡지를 방불할 정도로 지면 전체가 문학으로 구성되어 있다. 1958년 대중잡지 자본들이 소설전문지, 즉 『소설공원』(신태양사), 『소설계』(삼중당), 『대중문예』(대중문예사) 등을 창간해 문학잡지와 경쟁하는 것을 통해 대중지들의 문학 중시전략의

지형, 즉 검열체제 안에서 허용된 일탈로 평가한 바 있다. 이봉범, 「1950년대 문화 재편과 검열」, 『한국문학연구』34, 동국대 한국문학연구소, 2008, 33~39쪽.

92) 「좀 더 양서를 출판하라」(사설), 『한국일보』, 1957.10.25.

93) 『지성』창간호, 1958.6, 11쪽 '창간사', 『지성』2호, 1958.9, 498쪽 '편집실'.

정도를 단적으로 확인할 수 있다.

이 같은 문학 중심의 편집노선은 잡지편집책임자들 대부분이 문인이었기 때문에 가능했으나, 잡지의 입장에서도 전통적으로 문예 가운데 상품성이 가장 컸던 문학을 전진 배치시켜 독자 확보의 안정성을 겨냥했던 전략의 산물이었다. 1950년대에 접어들어 문학이 잡지의 중요한 전략적 동반자로 적극 선택됨으로써 문학의 상품성이 촉진될 수 있는 계기가 마련된 것이다. 그것이 잡지들의 경쟁이 치열해지면서 1950년대 내내 관철되는 가운데 잡지와 문학의 관계 방정식을 전환시키게 된다. 즉 문학의 상품성이 강조되는 가운데 신문, 문예지 외에 대부분의 잡지가 독자에 부응할 수 있는 문학을 강력하게 요구함으로써 작가들은 이를 공급하는 직업적 전문가가 되는 일종의 시스템이 구축되는 것이다. 그것은 특정 대중작가에만 국한된 것이 아닌 문단의 모든 계층에 작용하는 일반적 현상이었다. 여기에는 문단인구의 급증과 발표지면의 부족에서 오는 작가들의 불가피한 선택과 아울러 물질적 보수의 필요에 따른 작가들의 능동적 참여도 크게 작용했다.

흥미로운 것은 대부분의 문인들이 신문의 상업주의 전략에 대해서는 극단적 부정의 태도로 일관했던 것과는 달리 잡지에 대해서는 호의적인 입장을 취하면서 적극적으로 참여한다는 점이다. 그 결과 잡지, 특히 대중지에는 순수문학/대중(통속)문학의 극단적 분할과 그에 따른 매체적 편중, 즉 문예지(순수문학)/신문(통속문학)을 초월한 문학의 종합 전시장이 되는 특징이 나타나게 된다. 따라서 발표 형식(매체)을 절대화해 대중지=통속물로 보는 것은 근시안적 접근이다. 대중지 어떤 것을 들춰보더라도 가편(佳篇)으로 평가되는 작품들을 쉽게 만날 수 있다. 저속한 잡지로 비난받았던 『청춘』에 김성한의 「창세기」, 「바비도의 최후」가 실린 것은 빙산의 일각일 뿐이다. 요컨대 1950년대는 문인잡지기자의 시대라는 독특한 현상에 힘입어 대중지가 또 다른 문학의 중요한 영토가 되었다는 사실을 숙지할 필요가 있다. 물론 문학배치의 구체적 양상은 잡지마다 다르게 나타난다.

②대부분의 잡지들이 독자문단을 설치하거나 독자투고 및 독자현상문예를 실시해 다양한 계층의 독자들을 흡인하려는 전략을 구사한다. 『학원』이 학원문예작품모집과 학원문학상을 정기적으로 시행해 문학을 매개로 한 독자획득에 주

력한 것은 앞서 언급했거니와 『신태양』도 독자문예란의 상설화와 함께 '체험실화원고현상모집'(창간호), '100만환현상실화대모집'(1952.12), '3만환대현상모집'(1954.6), '1만환현상단편소설모집'(1953.7, 박용구 입선), '창간2주년기념10만환대현상'(1954.10), '고등·대학생현상문예작품모집'(1955.5, 하근찬, 이제하, 이희철, 이영순 등 당선)등 부정기적인 현상모집과 추천제 실시(안동림 추천), 일간신문과 동일한 방식의 '신춘문예작품현상'을 1958년부터 실시한 바 있다(강상구, 이영철 등 당선). 『희망』도 독자문예란뿐만 아니라 명랑소설, 탐정소설, 엽편소설, 실화, 만화 등 5종목의 현상문예제를 지속적으로 실시해 허문녕, 유은종 등 다수의 대중소설작가를 발굴했다. 『희망』은 편집국에 '독자문예係'를 두고 독자문예란을 관리할 정도로 적극적이었다.

　『아리랑』은 만화신인공모전을 상설화해 신인만화가를 다수 등용시키는 한편 소설을 중심으로 한 파격적인 '10만환~30만환대현상'을 12회에 걸쳐 실시했으며, 1958월 2월부터는 '대중소설 및 만화추천제'를 정기적으로 실시했다.[94] 매호 실시되었던 대현상(일종의 퀴즈)에는 엄청난 규모의 응모, 가령 1955년 7월 현상에는 47,100통이 접수돼 58명의 당선자를 낼 정도로 독자들의 호응이 폭발적이었다.[95] 기타 『실화』(10만환현상모집), 『소설계』(단편소설50만환현상모집), 『야담과 실화』(20만환현상문예), 『여성계』(고등·대학생문예현상), 『혜성』(30만환교육영화시나리오모집), 『대중문예』(10만환현상문예작품모집) 등 모든 대중지들이 경쟁적으로 문학 중심의 현상제도를 상시 운영함으로써 문학지망생뿐만 아니라 학생, 부녀, 소년, 농민, 군인 등 여러 계층을 두루 대중지로 끌어들여 대중지가 일반대중들의 문예경연장이 되게끔 하는 역할을 한다. 특히 『신태양』의 추천제와 신춘문예, 『희망』의 현상문예제도, 『아리랑』의 추천제는 심사위원 명단, 심사절차, 선후평 등 운영의

---

94) 『아리랑』의 대중소설추천제는 2회 추천완료제였으며 심사위원은 박종화, 김팔봉, 장덕조, 정비석, 조흔파, 방인근 등이었다. 구체적인 모집 종목은 명랑소설, 순정소설, 탐정소설의 소설류와 야담, 실화, 고백수기 등이었다. 응모 현황을 보면 1958.1~3에는 소설 3,800편, 실화 1,500편이 있고, 1958.9에는 순정소설 436편, 명랑소설 543편, 야담 47편, 실화 218편, 탐정 136편 등 총 1,380편이 응모한 바 있다. 다소의 과장을 감안하더라도 만만치 않은 규모라고 볼 수 있다. '애독자작품응모권'을 첨부한 투고를 우선적으로 심사한다는 것을 공시해 추천제를 독자 확충의 수단으로 적극 활용하고자 했음을 확인할 수 있다.

95) 『아리랑』, 1955.9, 79쪽.

체계성·투명성을 갖췄으며 발굴한 신인에게 지면을 파격적으로 할애해주는 등 신문과 문예지의 등단제도 운영과 비교해도 손색이 없을 정도였다. 이 모든 것은 비록 대중지들의 독자획득 전략에 따른 결과였다 할지라도 그만큼 문학의 대중화 및 문학의 사회적 저변을 확장시키는데 큰 기여를 했음을 부정할 수는 없다.

그렇다면 잡지, 특히 대중지의 사회문화적 영향력은 어느 정도였는가 하는 문제가 제기된다. 이를 규명하기 위해서는 발행부수와 독자 수 그리고 유통망에 대한 면밀한 실증을 통해 잡지의 대중적 인지도, 독자층의 반응, 상업적 가능성 등을 종합적으로 살피는 작업이 선행되어야 한다. 그러나 1950년대 잡지의 윤곽조차 아직 명확히 밝혀지지 못한 상태에서 또 신문과 달리 잡지는 발행부수에 관한 공식적 통계자료가 존재하지 않은 관계로 이 점을 논하기란 쉽지 않다. 다만 신문에 보도된 기사와 각종 회고를 종합해보면 발행(판매) 부수와 독자층 분포의 추이 정도는 어느 정도 파악이 가능하다. 크게 보아 1957년 중반을 전후로 뚜렷한 변화가 나타난다. 이전까지 잡지시장을 주도한 것은 대중지로 최고 9만~최소 3만의 발행부수를 보였는데 그것이 1957년 4월에 접어들어 독자가 격감하고 반품이 많아지면서 대중지들이 발행부수를 하향 조정하는 현상이 발생한다(『한국일보』, 1957.7.1). 그럼에도 여전히 대중지들이 최고의 판매부수를 기록한다. 『아리랑』과 『야담과 실화』가 각각 4만부, 『사상계』와 『여원』이 각각 2만부 정도가 판매된다(『경향신문』, 1957.10.24). 1955년과 비교해 볼 때 『아리랑』은 9만부→4만부로 격감했고, 『사상계』는 2천부→2만부로 급증하는, 즉 교양·계몽잡지가 대중오락지의 판매를 억제하면서 점차 잡지계에서의 위상을 높여가는 추세를 보여준다. 그것은 을유문화사업부(서점)의 한 달간(1957.9) 잡지판매 실적을 2년 전(1955.12)과 비교한 자료에서도 그대로 나타난다. 즉 『사상계』(100부; 1957.9/80부; 1955.12), 『여원』(60), 『현대문학』(70/50), 『문학예술』(50/30), 『아리랑』(70/120), 『희망』(50/100), 『명랑』(40/70), 『신태양』(30/80), 『실화』(70/150), 『야담과 실화』(80) 등이다(『경향신문』, 1957.10.24).

한 신문은 이 같은 현상을 독서대중의 취향 변화, 즉 경쾌한 독서에서 진지한 독서로의 발전적 변화로 평가하면서 오락적인 것보다는 계몽적인 것 나아가 학술적인 것으로 진전시켜 문화적 후진성을 극복할 필요가 있다고 강조한 바 있다

(『한국일보』, 1957.10.25). 다른 한편으로는 대중지가 편집체제 및 표제의 변화를 아무리 꾀하더라도 여전히 천편일률적이고 중복된 편집내용으로 인한 독자대중의 염증과 그에 따른 독자 이반(離叛)이 그 원인으로 지적되기도 했다(『동아일보』, 1958.6.5). 이런 추세가 확대되면서 『사상계』는 1960년에 6만부의 발행부수를 기록한 바 있다(『조선일보』, 1960.8.3). 이를 통해 볼 때 1957년을 경과하면서 독자층의 규모가 고정된 상태 혹은 새로운 독자를 창출해내기 어려운 객관적 여건에서 잡지계 내부의 조정이 나타난 것으로 판단할 수 있다. 『현대』, 『지성』, 『사조』와 같은 특수지가 창간되고 대중잡지 자본이 소설전문지를 동시적으로 발간한 것도 이런 조정 국면과 무관하지 않다.[96]

중요한 것은 대중지의 구매력이 어느 정도까지는 여전히 유지되고 있었다는 점이다. 희망사가 『희망』 외에 대중오락지 『혜성』을 1958년 3월에 창간해 공격적 경영에 나선 것도 대중지의 시장성이 있었기에 가능했던 일이었다. 1957~1961년까지 『신태양』, 『명랑』, 『실화』(신태양사), 『희망』, 『혜성』(희망사), 『아리랑』, 『화제』(삼중당), 『여원』 등이 치열한 경쟁 구도 속에서도 계속 발간된 것으로 미루어 볼 때 대중지의 수익성 창출이 어느 정도는 보장된 상황이었음을 추정해볼 수 있다. 그 수익성을 증대시키기 위한 대중지들의 치열한 광고 전쟁이 이 시기부터 나타나 일간신문의 광고란을 장식하는 것도 이런 맥락에서다. 따라서 1950년대는 대중지의 전성시대였다고 해도 무리가 없을 듯하다. 대중지는 적어도 대중적 경쟁력(영향력) 면에서 당대 유력한 잡지 『사상계』, 『현대문학』을 압도했던 것만큼은 분명하다.

독자층의 분포는 잡지의 실질적 영향력을 가늠해볼 수 있는 중요한 지표가 된다. 그렇지만 이와 관련된 신빙성 있는 자료나 통계를 찾아보기 어렵다. 종합지의 독자층과 당시 대표적 독자층이었던 대학생들의 독서경향에 관한 조사 자료 정도가 있어 그 대강을 파악해볼 수 있을 정도다. 종합지 『사상계』, 『새벽』, 『세계』를 대상으로 한 독자층 조사에 따르면, 『사상계』가 6만부, 『새벽』과 『세계』는 각

---

96) 『현대』의 주간을 역임한 김영만의 회고에 의하면, '여원의 남성판'을 지향한 『현대』의 창간 목표는 일본의 『문예춘추』와 같은 국민잡지라고 일컬을 만한 대중화된 교양잡지를 만드는 것에 있었다고 한다. 한국잡지협회, 『잡지예찬』, 1996, 47쪽.

만 부 정도 발행되고 있으며 독자층은 거의 일치해 학생층이 2/3를 차지하고 나머지 일반층은 주로 도시보다 지방이 많고 지방에서도 교원층이 거의 전부를 차지했다. 『사상계』가 도시와 지방이 각각 반반으로 특히 부산에서만 1만 명의 구독자를 확보하고 있는 것에 비해 『새벽』은 도시보다 지방이 많고 특히 군인층의 반응이 좋았다.[97] 학생층 중심의 종합지 독자층 분포를 확인할 수 있다. 문제는 그 학생층이 학교를 졸업하면 잡지 구독을 중단하는 현상이 태반이라는데 있다. 그것은 일반층을 대상으로 한 독자 획득이 원활하게 이루어지지 않는 한 종합지가 유지되기 어려운 조건임을 말해준다. 이런 점에서 『사상계』가 증가일로의 발행부수를 기록한 것은 특기할 만하다.

이화여대 '교육연구회'에서 조사한 대학생들의 독서경향에 대한 통계자료에 의하면, 여대생들이 매월 구독하는 월간지는 문·이과 할 것 없이 『여원』, 『사상계』 순이고 그 비율은 문과(20.6%)보다 이과(22.5%)가 조금 높았으며, 남대생의 경우는 문과생의 약 65%가 『사상계』를 구독하는데 비해 이과는 40%에 불과하고 특이하게도 외국잡지 구독률이 문과보다도 이과의 경우가 약 10% 높은 것으로 나타나 있다.[98] 『사상계』와 대학생의 긴밀성이 재차 확인된다.[99] 이 두 자료는 비록 1960년의 자료이지만 1950년대 잡지독자층 분포의 몇 가지 요점, 즉 잡지의 권역이 서울뿐만 아니라 지방까지 포괄한 비교적 광범위했으며, 학생층이 중심이되 독자층이 다양했다는 것 또 잡지의 전문화 추세와 목표독자층의 함수 관계 등을 시사해준다는 점에서 의의가 있다.

그러면 1950년대 잡지계를 주도했던 대중지의 독자층은 어때했을까. 몇몇 대중지가 자체 운영한 '독자사교실'을 통해 독자층 분포의 윤곽을 확인할 수 있다. 독자사교실은 말 그대로 구독자 상호간의 교우를 돕고자 대중지가 독자들의 신

---

97) 「종합지를 통해 본 우리나라의 독서층」, 『조선일보』, 1960.8.13.
98) 「대학생들의 독서경향」, 『조선일보』, 1960.1.28. 연구보다는 교양을 위해 독서한다는 학생이 전체 60% 이상을 차지하는 흥미로운 결과도 목격할 수 있다.
99) 1950년대 후반 10만 명에 육박하는 대학생이 『사상계』를 비롯한 학술잡지의 고정독자층을 형성한 데에는 대학생들의 지적 조건도 중요하게 작용했다고 봐야 한다. 즉 '대학생 중 극소수를 제외하고는 원서를 자유롭게 읽을 만한 외국어 실력을 갖지 못했고, 30대 전후 층이 손쉽게 구독할 수 있는 일본서적을 이용할 만큼 일본어를 해득하지 못한' 외국어 해득의 낮은 수준은 당대 학술지가 대학생들에게 널리 수용되는 중요한 배경이 되었다(『동아일보』, 1958.6.5.).

청을 받아 지면에 게재하는 독자코너다. 『희망』(독자통신), 『신태양』(독자구락부), 『아리랑』(독자사교실)이 운영했다. 특히 당대 최고의 발행부수를 기록한 『아리랑』이 관리부서(조사부 통신계)를 둘 정도로 대단히 적극적이었다. 1955년 9월에 '애독자사교실' 운영을 공고하고 1955월 12월부터 고정란으로 배치해 제공한다. 대체로 성명, 연령, 성별, 직업, 주소를 중심으로 하고 기타 학력이나 경력, 오락 및 취미 등을 포함하기도 한다. 애독자명단을 문학, 영화, 미술 등 취향별로 분류해 소개한 경우도 더러 있었다. 처음에는 다양한 항목을 소개하다보니 지면 관계상 소수만 제공했다가 독자들의 참여가 폭증하자 성별, 연령, 주소 정도만을 소개하면서 매호 200명 내외의 명단을 제공하는 양상을 보인다.

처음으로 제공된 1955월 12월의 경우 21명을 소개했는데(344~346쪽), 성별로는 남성이 19명, 지역은 지방이 20명, 연령은 18~40세(20대 초반이 14명), 직업은 고등·대학생(5명), 군인(4명), 회사원(3명), 공무원(2명), 교사(2명), 농업(2명) 등이었으며, 학력은 중학 중퇴 및 졸업(5명), 고졸(3명), 대학 재학 및 졸업(4명), 독학(2명) 등으로 나타나 있다. 1956월 10월의 경우(총 80명), 남성이 76명, 지역은 지방이 58명, 직업은 군인이 35명, 공무원, 회사원, 농업, 공업 등이 각각 5명, 연령은 16~33세(10대 후반 19명, 20대 초반 38명, 20대 후반 24명) 등으로 분포되어 있음을 확인할 수 있다. 1957년 12월의 경우(총 162명), 지역은 지방이 147명(서울 15명), 성별은 남성이 145명(여성 17명), 직업은 학생이 58명, 군인이 50명, 교사 6명, 공무원 5명, 연령은 10대 후반(59명), 20대 초반(74명), 20대 후반(29명) 등이었다. 총 385명을 소개한 1956월 9월에도 엇비슷한 양상이 나타난다.

이들 자료와 여타 애독자사교실의 내용을 종합해보면 『아리랑』의 독자층 분포는 대체로 남성구독자가 90%, 지방거주 독자가 90%, 학생층과 군인이 각각 30% 이상, 16세~28세의 연령층(특히 10대 후반에서 20대 초반)이 주로 구독했다는 것을 알 수 있다. 종합지의 독자층과는 뚜렷한 차이를 보여준다. 잡지의 농촌지역 독자층과 관련해 한 가지 염두에 둘 것은 농촌지역에서도 독서 패턴의 뚜렷한 계층화가 존재했다는 사실이다. 즉 젊은 세대와 달리 노인과 부녀층은 여전히 유교윤리서적(사서삼경, 『명심보감』, 『동몽선습』 등), 점복술서(『토정비결』, 『관상보감』등), '붉은 딱지'로 명명되었던 고대소설(『춘향전』, 『장화홍련전』등)을 주로 소비하는 특징이 나타난다. 1958년 3월 출판사, 인쇄소, 도매상의 의견을 종합한 판매 실적을 보면,[100] 『명심보감』이 3만부, 『천자문』 2만부, 『토정비결』은 15,000부, 『춘향전』과 『심청전』 각 5,000부로 1957년 노벨문학상 수상자 까뮈의 『轉落』(7천부), 이광수의 『흙』(3천부)과 비교해 볼 때 엄청난 판매부였다고 할 수 있다. 이들 서적의 95%가 지방의 노령층과 부녀층에 의해 소비되었으며, 유교적 전통이 강한 지역(충청도가 40%, 전라도가 30%)에 판매가 쏠리는 특징이 나타난다. 여기에는 장날과 서당을 거점으로 행상인을 통한 판매경로가, 또 이들 서적이 해방 전에 조판된 지형(紙型)을 그대로 사용함으로써 농촌의 수요층에게 친숙했던 점 등이 크게 작용했다고 볼 수 있다. 농촌지역의 계층별, 지역별 독서경향에 대한 실증적 자료의 보충이 더 필요하나 적어도 농촌지역의 젊은 세대가 잡지, 특히 대중지의 주 수요층이었다는 사실은 분명히 간취할 수 있다.

표본을 통해 추출한 결과이기에 성급하게 일반화하기엔 다소간 주저되는 바 있으나 적어도 『아리랑』의 독자층, 나아가 대중지 일반의 독자층이 지닌 특징적 면모를 드러내주는 일 자료로 간주해도 무리가 없을 듯하다. 특히 지방, 그것도 각 지역에 골고루 분포된 독자들이 대중지를 구독했다는 사실은 1950년대 잡지 출판계의 동향을 이해하는데 귀중한 단서를 제공해준다. 여기에는 특히 1950년대 리터러시(literacy) 문제 및 출판유통 체계와의 관련성을 읽어낼 수 있다. 해방 후 문맹퇴치의 속도와 수준은 현저했다. 특히 의무교육완성5개년계획(1954~58)과 문맹퇴치5개년계획(1954~58.11)이 국가권력 주도 아래 정책적으로 시행됨으로써 문맹률이 8·15해방 당시 78%→41%(1948년)→14%(1954년)→8.5%(1957년)→4.1%(1958년)로 감소하는 현저한 효과를 거둔 바 있다. 1958년 11월 기준 562,982명의 문맹자 남게 되었는데, 잔존 문맹자 대부분이 농산어촌(農山漁村)에 거주하는 성인층이었다.[101]

이 같은 문맹률의 추이 및 농촌지역의 실정과 대중지의 구독 사이에 모종의

---

100) 「날개돋힌 명심보감과 고대소설」, 『한국일보』, 1958.3.19.
101) 「문맹56만을 조속히 퇴치하라」(사설), 『자유신문』, 1958.12.8. 이 신문은 매년 1월 상순경부터 3월 중순경까지의 농한기를 이용해 연간 한사람 앞에 60환의 터무니없는 예산으로 문맹퇴치운동을 전개한 결과 농촌지역에서의 문맹퇴치가 소기의 목적을 달성할 수 없었다고 비판하고 있다.

함수관계가 있었다고 추측할 수 있다. 즉 일반 대중들의 취향과 관심사를 적극적으로 반영하는 동시에 순국문 표기로 인해 대중지의 가독성이 높을 수밖에 없었으며 따라서 대중지에 대한 대중들의 접근성이 컸을 가능성이 높다. 당시 신문과 종합지(특히 『사상계』)의 국한문혼용 표기, 단어 구사, 문장 구조 등과 대중지의 표기법이 확연히 다르다는 것은 한 페이지만 비교해 봐도 단박에 감지할 수 있다. 활자미디어에 대한 독자들의 취향 변화, 즉 읽는 것에서 보는 것으로의 변화에 신문이 부응하지 못한 것,[102] 반면 천연색 화보를 비롯해 각종 볼거리가 만재해 있는 대중지에 대한 독자들의 선호가 작용했다고도 볼 수 있다. 이러한 대중지의 지면 특성이 단기 속성으로 문맹을 탈피한 농산어촌 지역의 성인층에게 수용될 가능성이 높았을 것이다. 적어도 국문해득을 유지하는데 대중지가 선택되었을 가능성이 존재하고 그것이 지방의 군, 면 단위 독자층 형성으로 나타났을 것으로 판단된다. 위에서 언급한 『아리랑』 1955년 12월의 애독자사사교실에서 농촌 지역 독자의 학력이 무학자, 독학자인 경우가 꽤 있었다는 점도 한 방증이 된다. 『아리랑』이 모든 독자층을 포괄한 전독(全讀) 잡지를 표방한 가운데 농촌소설, 농촌야담 등을 고정적으로 게재한 것도 이와 무관하지 않다.

다른 한편으로 지방의 도서보급의 열악함, 도서접근성이 취약했던 상황과 대중지 수용의 관계도 고려될 필요가 있다. 전후 양서(良書)의 출판과 보급 실태는 양적·질적 측면 모두 매우 열악했다. 전문학술서적의 경우는 번역이 활성화되지 못한 상황에다가 외서가 공정환율제의 적용을 받게 됨으로써 웬만한 경제력이 없고는 접근조차 어려운 형편이었다.[103] 그 상황은 '식자층의 정신적 기아상태'란 말로 자주 표현된 바 있다.[104] 이런 악조건 아래에서 도서관을 이용하는 것이 유

---

102) 김기영, 앞의 글, 148쪽.

103) 1950년대 문학예술의 존재방식에 무역(수입)정책, 환율정책이 미친 파급 효과는 매우 컸다. 외서(外書), 외화(外畵)의 도입이 특정 지역(국가)에 편중되거나 수입이 지지부진하게 되면서 문화진작에 지장을 초래하게 되는 것에는 이데올로기문제 이상으로 각종 경제정책이 작용한 바 크다. 이에 대해서는 이봉범, 「1950년대 문화정책과 영화 검열」, 『한국문학연구』37, 동국대 한국문학연구소, 2009, 446쪽 참조.

104) 계용묵은 새 지식에 목마르나 그것을 해결할 방도가 없다며 그 원인이 도서접근성의 어려움에 있다고 자조한 바 있다. 문인들이 경제적 사정으로 서울우체국 뒷골목에 찾아가 정가의 4~4.5배의 가격으로 책을 구입하는데 문학관계 서적은 그나마 쉽지 않다며, "20세기 후반기의 공기를

일한 방편인데, 당시 도서관 실태 또한 대학도서관이 없는 것은 보통이고 공공도서관조차 150여 만 인구의 서울에 총 3개소, 수용 능력은 천 명 미만, 장서 총수는 50만 권에 불과했으며, 지방의 경우는 제3 도시인 대구에조차 공공도서관이 없었을 만큼 처참한 실정이었다.[105] 점차 개선되었다고는 하나 지방의 독자들은 그만큼 도서 선택과 접근의 가능성이 낮을 수밖에 없었다. 이 같이 독물(讀物)이 절대적으로 부족한 형편에서 상대적으로 저렴한 대중지의 선택가능성이 존재했을 것으로 판단된다. 1955~56년 기준으로 320~350면의『아리랑』의 1부 평균 가격은 200환으로 동시기 영화 1회 상영료 342~400환보다 매우 저렴한 편이었다.[106]

지금까지 서술한 대중지의 수용 맥락에 대한 검토는 일부 자료에 바탕을 둔 것이기에 잠정적일 수밖에 없다. 이 문제를 포함한 대중지의 생산-유통-수용 전반에 관한 폭넓은 접근이 여전히 요청된다. 아무튼 이 모든 사실을 종합해볼 때, 1950년대 잡지의 권역과 대중적 영향력은 매우 광범위했다고 볼 수 있다. 각 잡지의 발행(판매) 부수와[107]『사상계』와 같은 종합지의 독자층, 대중지들의 독자층,『여원』,『여성계』,『학원』과 같이 뚜렷한 목표독자층을 지닌 잡지들까지 포함해 그 총량을 계상해보면 1950년대가 잡지의 전성시대라는 표현이 결코 무색하지 않을 수준이라는 것만은 분명히 확인할 수 있다. 신문사잡지가 존재하지 않았던 1950년대에 신문과 맞서며 미디어공간의 한 축을 이끌었던 잡지의 위상과 역할에 대한 출판(잡지)사적 연구가 필요하다.

호흡하면서 전반기(前半紀)에 앉은 티끌을 털지도 못하고 그대로 뒤집어쓰고 문화를 운위하지 않아서는 안 되는 고뇌"가 자신뿐만 아니라 문인들 전반이 처한 상황이라고 개탄한다. 계용묵,「문화와 서책」,『동아일보』, 1956.3.29.

105) 조근영(국립도서관장),「독서인의 고층」,『조선일보』, 1955.8.24.

106) 잡지 가운데 대중지들의 가격이 비교적 저렴한 편이었다. 1955년을 기준으로 할 때『희망』은 4*6판 200면 분량에 평균 200환,『실화』는 국판 220면에 50환,『청춘』은 160면에 150환 정도로『사상계』(국판 280면에 300환),『현대문학』(국판 210면에 300환)의 2/3가격이었다.

107) 잡지의 권역과 발행(판매) 부수의 관계를 따질 때 공연물(영화, 연극 등)의 일회성과 구별되는 인쇄물 수용이 지닌 특성, 즉 구독자 외에 또 다른 독자에 의한 회람 내지 윤독의 가능성을 충분히 감안해야 한다. 따라서 인쇄물, 특히 잡지 독자의 실수(實數)는 발행부수의 몇 배로 계상해 판단할 필요가 있다.

2) 대중지의 문학특화 전략과 그 양상

문학중시 전략의 공통성에도 불구하고 잡지의 문학배치 양상은 각 잡지의 문학에 대한 인식태도에 따라 큰 차이를 보인다. 문예지는 열외로 하더라도 종합지와 대중지의 문학배치 양상이 다르다. 종합지는 대체로 문예면을 고정란으로 할애해 문학작품을 게재하는데, 1950년대 후반으로 갈수록 그 양상이 점차 확장되는 추세를 나타낸다. 『사상계』의 경우 1955년 김성한 주간체제 이전에는 문예면을 별도로 두지 않고 매호 2~3편의 시, 소설(특히 외국소설)을 게재하다가 그 이후로는 문예란(또는 문학란)을 신설·고정해 시, 창작, 비평 등을 게재하고 수필란을 별도로 둬 문학의 비중을 대폭 강화했으며 아울러 점증하는 양상을 보인다.[108] 그 과정은 문학작품의 양적 증대뿐만 아니라 1920~30년대 단편의 재수록, 문학 관련 문화론, 아카데미즘의 성과를 수용한 문학연구 논문, 문학교양물, 외국문학 번역 등 문학의 범주가 확장되는 흐름이었다. 매호 평균 20%에 가까운 외국 문학작품 및 평론(문학론)이 수록되는 특징적 양상을 보이기도 한다.

『사상계』의 문학편집에 있어 특히 소설의 비중이 매우 컸는데, 국내·외 및 신구세대를 아우르면서도 몇몇 작가들로 한정되는 특징이 나타난다.[109] 『사상계』의 소설중시 전략이 야기한 고무적인 현상은 장용학의 「비인탄생」(1956.1~1957.1)을 비롯해 「백지의 기록」(오상원), 「맥령(麥嶺)」(이무영), 「역성서설」(장용학) 등 전작 중편 연재의 활성화와 손창섭의 『낙서족』(1959.3), 안수길의 『북간도』(1959.4)와 같은 장편연재가 이루어진다는 점이다. '단편작가10인선'(1959.9), '단편소설10인집'(1959.12)의 특집에서 보듯 여전히 단편중심의 편집노선을 고수하면서도 장편연재를 시도한 것은 문예지의 장편연재의 본격화와 더불어 1950년대 소설문학의 의미 있는 변화를 추동했다는 점에서 중요한 의미를 지닌다. 요컨대 문학중심의 편집노선과 동인문학상 제정(1956), 신인추천제(1960년부터는 신인상)와 같은 『사상계』의 문학중시 전략은 발행부수의 획기적 증가와 선순환 회로를 형성하면서 1950년대 문학발전의 중요한 토대가 되었다.

---

108) 『사상계』 수록 소설 및 비평 목록은 김건우, 앞의 책, 부록(256~298쪽) 참조.

109) 1950년대 『사상계』에 5편 이상의 소설을 발표한 작가로는 염상섭, 이무영, 선우휘, 서기원, 오상원, 이호철, 송병수 정도였다.

1956년 4월부터 교양 중심의 종합지로 탈바꿈한 『신태양』의 경우도 추천제와 신춘문예를 자체적으로 시행해 신인을 발굴하는 한편 문예란(문학란)을 상설해 이전과 달리 대중문학을 철저히 배제하고 순수문학 작품 및 비평을 확충함으로써 문학의 영토 확장에 기여한바 크다. 종합지임에도 문학지의 색채가 너무 강하다는 비판을 받을 정도였다.[110] 특히 47호(1956.7)부터 '창작평'을 신설해 전호에 게재된 단편들을 평가하는 시스템을 구축하고 유망한 신인에게 지면을 할애하는 동시에 이에 대한 합평을 할 정도로 비평을 강화시킨 점은 문예지를 방불한 수준이었다.[111] 『사상계』의 동인문학상을 본떠 이효석문학상을 제정(1956.4)하기까지 했다. 교양계간지였다가 곧바로 문예계간지로 정체성을 정한(3호'편집실', 1958.12, 274쪽) 『지성』은 평론, 수필, 작가작품론, 시, 창작(소설) 등 6개 영역으로 구획해 각 영역의 독자성을 부여함으로써 문학전문지로서의 면모를 뚜렷하게 보여준다. 계간지였던 관계로 철저한 작품엄선주의가 가능했고 역으로 이를 위해 계간지 형태로 발간한 결과 수록된 글의 전문성이 돋보인다. 특히 당대 지식인들에게 널리 수용된 엘리엇, 벤, 카프카, 말로, 헤세, 루쉰 등 외국작가 중심의 작가작품론과 카뮈, 울프 등 저명 외국작가의 소설 번역에 중점을 둔 것은 여타 문예지를 능가한 수준이었다. 국내평판작, 즉 「귀환」(김성한), 「쇼리 김」(송병수), 「유예」(오상원) 등의 영역(英譯)을 최초로 시도했다. 이 같은 높은 수준의 문학번역 작업은 잡지 발행사인 을유문화사가 (을유)번역문화상을 주관했기 때문에 가능했다.

이렇듯 1950년대 후반기에 종합지들이 문예지와 차별화된, 특화된 문학중시 전략을 구사함으로써 문학의 전문성이 제고될 수 있는 또 다른 제도적 토대가 마련되었던 것이다. 하나의 종합지가 문학중심 편집체재-추천제-문학상의 선순환 구조를 구축해 문학적 영향력을 발휘하는 시스템이 이 시기에 이미 정착되었다는 사실은 눈여겨 볼 대목이다.

대중지들도 문학중심의 편집노선을 지향한 것은 마찬가지이나 그 구체적 실

---

110) 『한국일보』, 1957.7.1.

111) 일례로 1957년 신춘문예 당선자인 정연희(『동아일보』)와 하근찬(『한국일보』)에게 지면을 제공하고 이들 작품에 대해 이어령, 최일수, 곽종원, 임긍재, 박영준, 이무영 등 6명이 합평을 실시했다. 『신태양』제6권7호, 1957.8.

제는 종합지와 사뭇 다르다. 또 대중지에 따라, 특히 목표독자층이 분명한 대중지와 일반대중지에도 차이가 있다. 편집체제 전반으로 보면 대체로 문학(특히 소설), 논픽션(실화, 수기, 야담, 사화 등), 연예, 만화 등 네 영역이 중심을 이루고 각종 흥미독물이 주변에 배치되는 공통점을 보인다. 과거 정치, 경제, 사회문화 전반을 망라한 종합지의 편집체계와 구별되는 또 다른 의미의 망라주의 편집구성이었다. 일종의 잡지의 신문화, 즉 잡지의 개성보다는 백화점식 진열로 모든 사람의 관심을 끌려는 방책이었다. 일반대중에 파고들어야 하고 그것도 독자층의 범위를 최대한으로 넓혀야 하는 대중지의 운동방식이 반영된 필연적 산물이다. 이 글에서 이 같은 대중지들이 종합지임에도 불구하고 정론 내지 교양 중심의 종합지와 구별해 다룬 것도 이 때문이다.

문학 편집으로 한정해보면 세 가지의 특징적 현상이 나타난다. 첫째, 대중지마다 조금씩 차이를 보이긴 하나 대체로 순수문학과 대중문학을 적절하게 안배한다. 특히 소설에 두드러지게 나타나는데, 『청춘』, 『삼천리』, 『실화』, 『야담』, 『야담과 실화』, 『아리랑』, 『명랑』, 『화제』, 『혜성』, 『이야기』 등과 같이 취미오락지의 성격을 적극적으로 표방한 대중지에서는 대중소설이 압도적인데 비해 교양의 색채를 강하게 띠고 있던 『희망』, 『신태양』, 『여성계』, 『여원』, 『주부생활』과 같은 대중지는 순수소설을 중심에 두고 대중소설을 특집형식으로 배치해 나름의 균형을 맞추려고 했다. 이를테면 『희망』의 '대중문예'특집(1952.11), '해외걸작괴기소설선집'(1954.7), 『신태양』의 '대중소설'특집(1955.8), '해외탐정소설'특집(1955.10), '명랑소설'특집(1955.11), '해외괴기소설집'(1955.12)과 같은 경우가 그 예다. 또 단편은 주로 순수소설, 연재장편은 대중소설로 분할해 배치하는 특징도 나타난다. 여기에는 광범한 대상독자층을 감안한 순수, 대중소설의 배분·절충이 필요했기 때문이다.

아울러 잡지연쇄에 따른 소설배치의 분화 전략이 작용했다고 볼 수 있다. 즉 『신태양』이 순수소설과 탐정소설·명랑소설 등 대중소설을 병재(竝載)하다가 자매지 『실화』, 『명랑』을 창간하자 『신태양』은 순수소설 중심으로 『실화』와 『명랑』은 다양한 대중소설을 집중적으로 배치하는 것과 같은 전략이다. 동일 자본 희망사의 『희망』과 『야담』·『혜성』의 관계도 마찬가지다. 그 결과 1950년대 대중지들의 문학배치는 순수·대중문학을 아우르는 종합선물세트의 면모를 보인다. 그것은 문예지(순수문학)와 신문(통속문학)의 분할구도가 고착된 당대 매체(문학)지형에서 대중지가 그 완충지대로 기능했다는 것을 말해준다. "순문학적 경향과 대중문학적 경향이 커다란 거리를 가진 채 서로 별도의 독립된 세계로 존재"[112]했던 1950년대 문학 지형에서 대중지들의 완충적 역할은 당대 문학의 역사적 존재방식을 이해하는데 중요한 시사점을 제공해준다.

둘째, 시의 주변화가 현저하다. 『희망』, 『신태양』, 『여원』, 『아리랑』 등에서 매우 드물게 시가 실리는 것에 불과했다. 특이하게 『신태양』만은 시의 배치가 소설에 못지않았다. 대중지에서의 시의 배제 내지 주변화는 시의 상품성과 밀접한 관련이 있다. 전통적으로 소설에 비해 상대적으로 상품적 가치가 희박한 시가 대중지의 영리적 기획과는 합치되기 어려웠다고 볼 수 있다. 실제 1950년대 시단(詩壇)은 1957년 2월 '한국시인협회'가 발족되고 새로운 시적 감수성을 갖춘 신진들이 대거 등장해 시의 중흥을 위한 토대가 확충됐음에도 불구하고[113] 문단 내부적 차원을 벗어나 사회적·대중적 지평을 개척하는데 실패했다는 것이 당시의 중론이었다. 그 사회적 고립성은 시 장르의 본래적 순수성과 더불어 상품성의 부족이 큰 영향을 미쳤다고 봐야 한다. 당시 간행된 시집의 절반 이상이 저자의 희생적 자비 출판에 의한 것이었다.[114]

셋째, 야담, 사화(史話)와 같은 전근대적 문학의 번성이다. 『야담』, 『야담과 실화』와 같은 야담전문지는 물론이고 대중지 대부분이 야담, 사화, 야화(野話), 전설 등을 고정란으로 편성해 게재한 바 있다. 그 정도는 『월간야담』과 『야담』을 중

---

112) 『1960년판 합동연감』, 합동통신사, 1959.9, 453쪽.

113) '한국시인협회'가 결성되고 기관지 『현대시』의 발간(1957.9), 한국시인협회상 제정(제1회 수상자 김수영), 연간사화집 『시와 시론』의 발간(1958) 등의 사업이 본격적으로 추진되면서 시의 전문성을 제고할 수 있는 토대가 마련된다. 주목할 것은 한국시인협회의 탄생이 최초의 전문단적 시인 단체라는 의의뿐만 아니라 1950년대 문학의 전문화 추세를 잘 보여준다는 점이다. 그것은 비평 분야에서의 '현대평론가협회' 결성(1957.2)에도 적용된다. 비평의 문단적 종파성을 배격하고 비평정신의 확립과 한국문학이 지향할 이념 설정을 목표로 결성된 현대평론가협회는 매월 '현평문학강좌' 개최, '현평문학상'(소설과 시) 제정 등 비평 영역의 사회적 확대를 적극적으로 시도한 바 있다. 특기할 것은 현대평론가협회의 주체들(이어령, 고석규, 이철범, 정한모 등 총 12명)이 모두 비『현대문학』 출신의 신진비평가였다는 사실이다. 『경향신문』, 1957.2.15.

114) 조연현, 『한국신문학고』, 을유문화사, 1977, 194쪽.

심으로 번창했던 1930년대, 『백민』을 중심으로 그 명맥이 유지됐던 해방기 때와는 비교할 수 없을 수준으로 대중지 오락 독물의 중심적 위치를 차지했다. 정사(正史)와 대응되는 야사(野史) 내지 외사(外史)의 문학화 작업이 1950년대에 최고조로 성행한 원인이나 역사가 오락물로서 광범하게 소비되면서 야기된 사회문화적 영향에 대한 고찰은 별도로 수행하기로 하고, 여기서는 그 특징적 양상만을 언급하기로 한다.

무엇보다 야담, 사화와 관련된 다양한 종류의 이야기문학이 무질서하게 혼재되어 양산된다. 넓게 보아 사화라는 공통점에도 불구하고 그 실제를 보면 전설, 신화, 야담, 야사, 강담(講談), 연의(演義) 등이 혼동되어 있고 역사소설과도 뒤섞여 다뤄진다. 특히 『아리랑』은 창간호부터 특화시켰던 '야담·사화란'에 야담, 전설, 사화, 궁중비화, 역사소설 등을 한 범주로 취급하는 편집체제를 일관되게 고수한 바 있다. 이런 무분별과 혼동으로 인해 사화의 문학화는 비문학적 오락물의 대명사로 또 그 작가군은 '야담작가'라는 경멸적 용어로 명명·취급되었다. 물론 이 혼동을 갈래화해 사화의 문학적 가능성, 특히 대중문학으로서의 가치를 제고하려는 시도도 없지 않았다. 홍효민은 사화란 史實(정사, 야사)의 단순 기록이 아닌 의리를 밝히고 구체적인 사실에다가 문장의 맛이 살아있어야 하며 따라서 사화는 역사적 안목을 갖춘 과학이자 문학이어야 제 가치를 지닐 수 있다고 본다. 아울러 그 면모를 갖추었다 하더라도 사화는 본격적 근대문학, 즉 근대적인 사상과 예술성이 결여된 일종의 설화문학으로서의 정체성을 지니기 때문에 역사소설과 분명하게 구별되어야 한다고 주장한다.[115]

사화에 대한 이 같은 구체적 접근이 시도되었음에도 불구하고 야담·사화는 1950년대 내내 혼동과 무질서를 동반한 채 또 문학의 범주에서 배제된 채(하위문학으로 취급되는 것을 포함해) 대중지를 거점으로 무한 증식되기에 이른다. 그 증식은 1960년대 『야담전집』(전15권, 신태양사, 1961)을 비롯한 여러 야담전집류로 수렴되어 나타난다. 이에 대응해 야담·사화 작가군이 새롭게 형성된 점도 지적해 둘 필요가 있다. 과거 야담작가로 명성을 얻었던 김동인, 윤백남, 차상찬, 이보상

---

115) 홍효민, 「史實과 史話」, 『동아일보』, 1958.5.9.

등 작고한 작가 및 백대진, 홍효민, 윤고종 등이 대중지를 통해 문학적으로 부활하게 되고, 최종준, 김경, 박찬홍과 같은 신진 야담전문작가군이 등장해 각광을 받게 된다. 소설, 실화와 더불어 1950년대 대중지가 생산·소통시켰던 야담·사화에 대한 종합적 검토가 요청된다. 더욱이 야담류를 문화콘텐츠로 활용하려는 시도가 활발해지고 있는 이즈음 1950년대 대중 독물의 주류를 형성했던 야담·사화의 생산–수용의 메커니즘에 대한 분석은 대단히 유용하리라 본다.

이로 볼 때 대중지의 문학 배치의 핵심은 소설에 있었다고 볼 수 있다. 중요한 것은 대중지의 소설 특화전략과 그에 따른 순수·대중소설을 아우른 소설문학의 다양성과 역동적 전개는 소설의 대중적 확산은 물론이고 소설의 상품성이 촉진될 수 있는 유력한 발판이 되었다는데 있다. 대중잡지자본의 상업주의적 기조가 상품성이 제일 큰 소설을 선택적으로 특화시키고 그 대중지에 의해 소설의 상품성이 확대·강화되는 상보적 순환관계가 형성되면서 그 흐름이 증폭되기에 이른다. 그로 인해 몇 가지 특징적 현상이 나타난다.

우선 소설장르의 다양한 분화가 현저해진다. 그것은 특히 대중오락지에서 두드러지게 나타나는데, 어떤 대중오락지를 보더라도 역사소설, 탐정소설, 괴기(엽기)소설, 명랑소설, 유머소설, 추리소설, 순정(애정)소설, 청춘소설, 현대소설, 시대소설, 풍자소설, 실화소설, 영화소설, 모델소설, 실명소설, 폭로소설, 스포츠소설 등 다양한 유형의 대중소설들이 만재해 있다. 매호 게재되다보니 그 규모가 엄청나다. 장르적 변별성이 엄격했다고 보기 어렵다. 또 소설적 완성도를 갖추지 못한 작품도 많다. 비정상적인 애욕문제, 성행위, 치정관계를 다룬 작품이 태반인 것도 사실이다. 이 같은 소재의 유형성에 대중지들이 안일하게 저회함으로써 대중문학 자체의 위기가 초래되고 있다는 비판을 받기까지 했다.[116] 그렇지만 이 수다한 대중소설을 일괄해 저급문학 내지 비문학작품으로 단정할 수는 없다. 물론 옥석을 가릴 필요는 있겠지만, 이 대중소설들이 주로 일반대중들에 의해 향유되었다는 엄연한 사실을 부정할 수 없기 때문이다. 대중지들의 상업주의적 경쟁의 산물로만 볼 수 없는, 대중소설과 독자층 그리고 전시 및 전후 현실과의 긴

116) 「대중잡지의 빗나간 편집경향」, 『한국일보』, 1958.2.22.

밀한 상호관련성에 대해서는 심도 있는 고찰이 필요하리라 본다. 특히 당대에서 '비정상적'이라고 누차 폄하되었던 근대적 욕망과 관련된 주제들이 오락적 기능 이상으로 일반대중들에게 끼친 영향에 대해서는 주목을 요한다.

다만 이 글에서는 대중지를 거점으로 만개된 일련의 대중소설과 작가층의 관계에 주목하고자 한다. 소수의 작가에게 독점된 신문과 달리 대중지의 집필자는 매우 다양하다. 신구를 초월한 거의 모든 작가들이 대중소설에 손을 댔다고 볼 수 있을 정도다. 염상섭, 박종화, 김말봉, 박계주, 정비석, 김내성, 김광주, 이무영, 박영준, 박화성, 정한숙 등은 신문뿐만 아니라 대중지에서도 가장 인기 있는 대중작가였으며, 조흔파, 조풍연, 유호, 방인근, 김송, 김용제, 김중희 등은 신문보다는 대중지에서 탄탄한 입지를 구축한 작가군이었다. 곽학송, 추식, 최정희와 같은 순수소설작가도 대중소설을 다수 집필했다. 여전히 황순원만은 찾아볼 수 없다. 대중지를 통해 대중적 명성을 획득한 새로운 작가층, 이를테면 천세욱, 박흥민, 허문녕, 조능식 등이 등장하기도 한다.

더욱 주목되는 것은 대중소설의 장르적 분화에 따른 전문적·직업적 대중소설가가 탄생한다는 점이다. 대중소설 중 가장 많은 독자층을 확보하고 있었던 그래서 대중지들이 가장 심혈을 기울였던 탐정소설에는 김내성을 중심으로 천세욱, 허문녕, 우현민, 조능식, 석랑, 임거문, 김중희 등이, 명랑소설에는 조흔파, 조풍연, 최요안, 유호, 박흥민, 사광일 등이 각 대중지의 고정 필자로 활동했다. 허문녕, 박흥민은 대중지가 현상추천제를 통해 발굴한 작가였다. 『희망』, 『아리랑』이 탐정소설, 명랑소설의 현상추천제를 실시한 것은 앞서 언급한 바 있다. 이렇듯 1950년대 작가 대부분이 대중소설을 집필함으로써 대중잡지가 신문과 또 다른 차원에서 대중소설이 증식되는 매체적 거점이 되었다. 대중소설에 대해 극단적 혐오감으로 일관했던 작가들이 그 대중소설을 증식시켰던 실질적 주체였던 것이다. 이는 대중지가 작가들의 주 활동무대였다는 것을 의미하기도 한다. 대중소설뿐만 아니라 대중지의 순수단편 그리고 대중지의 또 다른 핵심 편집영역이었던 사화, 야담, 실화 등의 집필자 대부분이 문인작가였다는 사실까지 감안하면 더욱 그러하다.

여기에는 신문, 종합지, 문예지의 지면 제약과 폐쇄성에 따른 진입(집필) 기회의 어려움으로 인한 대중잡지로의 문단적 이동이 불가피해진 것과 아울러 대중지가 주는 물질적 보수, 대중적 명성의 매력이 작용했다고 볼 수 있다. 한마디로 문인과 대중지 상호의 이해관계가 일치되었기 때문이다. 이로 볼 때 1950년대의 상당수 소설가들이 순수소설, 소년소설, 대중소설 등을 넘나들며 밥이 되는 문학, 곧 대중을 얻기 위한 글쓰기에 주력했다는 것을 알 수 있다. 대중소설의 범람은 다른 한편으로 대중지가 신문, 문예지와 뚜렷하게 구별되는 소설문학의 중요한 표현기관으로서 그것도 기존의 비평적 기준으로는 인정받지 못했던 소설 형식, 특히 탐정소설, 명랑소설을 개척해 나름의 영향력을 행사하는 가운데 고유한 영토를 확보하고 있었다는 것을 말해준다. 그 과정을 통해 소설의 상품화가 촉진되고 대중문학의 사회적 저변을 확장시켜 잠재적 독자대중을 창출하는 긍정적 역할을 수행한다. 그것은 문학사적으로 정부수립 후 부분적인 개화를 보였던 탐정소설 중심의 대중소설의 전면적 개화이자 1960년대 신문사발행 주간지, 여성지, 월간지를 거점으로 범람한 대중소설, 신문의 주력상품으로 부상한 무협소설의 전사(前史)라는 의미를 지닌다.

둘째로 장편연재가 활성화된다. 신문의 장편연재와 맞먹는 비중으로 모든 대중지들이 창간호부터 장편연재를 시도하는 특징을 보인다. 『여원』은 창간호부터 최정희, 정비석, 박용구의 장편소설 3편을 동시에 연재했으며, 『아리랑』도 창간호부터 김내성, 정비석, 김용제의 장편 3편을 함께 연재한다. 야담전문지 『야담』에서조차 3편(김광주, 최인욱, 김만중의 『구운몽』)이, 주간지 『주간희망』에도 2편(조흔파, 조풍연)이 각각 창간호부터 동시에 연재되었을 정도였다. 통상적으로 장편연재가 잡지 발행이 안정적 국면에 접어들었을 때 비로소 가능했던 과거의 사례에 비추어 볼 때, 매우 독특한 현상으로 간주할 수 있다. 이는 역설적으로 연재장편이 널리 읽혔다는 것을 말해준다.

처음에는 연재소설을 싣지 않았던 잡지들도 점차 장편 연재를 중요시하면서 복수의 장편소설을 연재한다. 예컨대 1955년 11월 기준으로 『신태양』은 4편(김내성, 유주현, 임옥인, 임상순), 『희망』도 4편(조흔파, 박계주, 김순희, 고 채만식)이 게재된다. 연재장편 모두 삽화까지 동반해 완성도를 높이려고 했다. 앞서 말한 대중지의 소설 특화와 소설의 상품성 증대의 상보적 관계 중심에 장편연재가 존재하고 있었던 것이다. 중편연재까지 포함하면 그 규모는 엄청나게 늘어난다. 그 것은 한국전쟁 전 연재소설의 전성시대를 이끌었던 대중오락지의[117] 수준을 무색하게 할 정도였다. 1950년대 중요 대중지에 연재된 장편소설의 목록은 아래와 같다.

잡지	연재 장편소설(작가)
희망	『사랑의 화첩』(이무영), 『파도에 부치는 노래』(김말봉), 『별아 내 가슴에』(박계주), 『여인의 노래』(곽하신), 『비가온다』(장덕조), 『별 없는 성좌』(박영준), 『어찌 하오리까』(방인근), 『월야의 창』(정비석), 『와룡선생 상경기』(조흔파), 『지옥의 시』(박계주), 『임경업장군전』(박종화), 『광활한 천지』(최정희), 『흐르는 성좌』(조흔파), 『나 혼자만이』(박계주), 『길』(김말봉), 『제3의 평화』(김순희), 『玉娘祠』(고 채만식) 등
신태양	『번지 없는 주막』(정비석), 『다정도 병이련가』(장덕조), 『이별의 여음』(김송), 『사상의 장미』(김내성), 『기다리는 사람들』(임옥인), 『바람, 옥문을 열라』(유주현), 『낙조의 종』(임상순), 『육체의 길』(박영준) 등
여성계	『슬픈 여인상』(김송), 『女史』(조흔파), 『구원의 약속』(방인근), 『별의 전설』(조흔파), 『백조의 曲』(김내성), 『황진이』(조흔파), 『인생찬가』(최정희), 『청맥의 계절』(최인욱), 『妻』(추식) 등
여원	『태평성세』(박용구), 『흑의의 여인』(최정희), 『산유화』(정비석), 『성춘향』(조흔파), 『외로운 사람들』(김영수), 『청춘광야』(이종환), 『연연무한』(박계주), 『方肯塔』(김말봉), 『夜來者』(정비석), 『絃歌』(장덕조), 『청춘의 불문율』(강신재), 『심연의 안테나』(조풍연), 『바람뉘』(박화성)『후조의 귀로』(홍성유)『인간실격』(정비석) 등
아리랑	『폭군 연산군』(정비석), 『붉은 나비』(김내성), 『異說 김삿갓』(김용제), 『삼총사』(김내성), 『세도시대』(박종화), 『산넘어 바다건너』(조남사), 『哀戀의 다이알』(추식), 『사랑의 십자가』(정비석), 『구혼결사대』(조흔파), 『속·춘향전』(정한숙), 『탐정을 찾아내라』(천세욱), 『純情哀詞』(정비석), 『화려한 悲戀』(곽학송), 『나는 미스얘요』(유호), 『산적굴의 미녀』(우현민) 등
명랑	『아름다운 황혼』(장덕조), 『탈선 사장』(조흔파), 『고생문』(유호), 『어떤 여기자의 비련』(정비석), 『인현왕후』(정한숙), 『청춘화첩』(천세욱), 『그 여자의 주검』(방인근), 『骨生館夜話』(유호), 『장미와 악마』(석랑), 『골목안 사람들』(조흔파), 『푸른相思樹』(장덕조), 『파도와 모래의 합창』(박영준), 『내일이면 웃으리』(천세욱), 『애욕의 강』(이규엽) 등
주간희망	『玉丹春』(조흔파), 『신혼특급』(조풍연), 『대지의 합창』(정비석), 『궁예왕』(박계주), 『사랑의 풍속』(장덕조), 『빙화』(이무영) 등
삼천리	『花冠』(염상섭), 『햇님 달님 별님』(방인근), 『붉은 대문』(임어당/김용제역), 『이성계』(김송)
청춘	『청춘마라손』(조흔파), 『地熱』(박영준), 『서울의 하늘』(김송), 『유한매담』(방인근), 『그 여인의 수기』(박선자), 『연애입지전』(조흔파) 등

※확인이 가능한 일부만 제시한 것임을 밝혀둔다.

---

117) 김송, 「作壇時感」, 『백민』, 1950.3, 130쪽.

위의 잡지 외에도 대중지『화제』(『태풍』; 김내성, 『황야의 애증』; 박계주), 『주부생활』(『너와 나의 청춘』; 최정희, 『월하의 미소』; 박영준, 『行路難』; 김말봉), 『신시대』(『불꽃 속에서』; 손소희, 『바람의 향연』; 김말봉, 『사상의 장미』; 김내성, 『西伯利亞의 별』; 박계주,『아내에의 고백』; 앙드레 지드), 『사랑의 세계』(『계승자』; 김말봉), 『현대여성』(『애인』; 김내성, 『평행선』; 김말봉), 『주간태평양』(『황진이』; 윤백남), 『자유세계』(『홍염』; 염상섭), 『실화』(『마인』; 김내성, 『정열의 애인』; 방인근, 『결혼올림픽』; 조흔파), 『혜성』(『脂肪山脈』; 조흔파), 『야담』(『玉昭君』; 김광주, 『바다의 왕자』; 최인욱, 『원술랑과 阿羅낭자』; 조흔파) 등이 있다.[118] 이 또한 확인이 가능한 일부만 제시한 것이다.

전체적으로 볼 때 조흔파의 활약이 돋보인다. 정비석, 박계주, 김말봉, 장덕조, 김내성, 박영준 등 신문연재를 통해 대중작가로 확고한 입지를 굳혀가던 작가들 외에도 방인근, 최정희, 유호, 김송, 조풍연, 천세욱 등이 대중지 연재장편의 주요 집필자였음을 확인하게 된다. 역사소설, 명랑소설, 탐정소설, 애정소설 등 다양한 소설장르가 골고루 연재되었다는 것도 알 수 있다. 특히 명랑소설과 탐정소설이 대중지에서 단편은 물론이고 연재장편에서도 중요하게 취급되는 흥미로운 장면을 목격할 수 있다. 이에 따라 조흔파와 김내성이 대중지의 가장 인기 있는 섭외 1순위 작가로 부상하게 된다. 명랑소설이란 장르의 효시로 평가받는 조흔파(본명 조봉순)는『현대여성』의 주간으로 있으면서 1954년『학원』에『얄개전』을 비롯하여『협도 임꺽정전』,『푸른 구름을 안고』등을 연재해 학생층에게 얻은 선풍적 인기를 바탕으로 대중지 단편 명랑소설의 일인자로 또 20여 편이 넘는 장편소설을 연재하기에 이른다. 그의 명랑소설은 학생층에서부터 일반대중에 이르기까지 독자층이 매우 넓고 많았으며 따라서 전란과 전후 가난 속에서 허덕이던 독자들에게 재기의 의지를 북돋아주는 역할을 했다고 평가할 수 있다.

1930년대부터 탐정소설을 창작해『청춘극장』(전5권)에서 절정을 이룬 바 있는[119]

---

118) 교양의 성격이 짙었던『문화세계』에는『풍우기』(김동리), 『벽화』(이무영), 『현대』에는『남포의 계절』(김동리), 『별 없는 하늘』(박영준), 『애원의 언덕』(정한숙) 등이 각각 연재된 바 있다.

119) 『청춘극장』은 출간 당시에도 최고의 베스트셀러였지만 전시에도 이어져 엄청난 인기를 끌었다. 그 인세로 김내성이 피난지 부산에서 큰 집을 장만했다는 사실을 통해 그 정도를 능히 짐작해볼 수 있다. 백 철, 『속·진리와 현실』, 박영사, 1976, 472쪽.

김내성 또한 1950년대 탐정·추리소설의 일인자로 저널리즘이 경쟁적으로 섭외하려 했던 작가였다. 그의 소설은 『애인』(『경향신문』, 1954.10.1~1955.6.30), 『실락원의 별』(『경향신문』, 1956.6.1~1957.2.25) 등의 신문연재, 위 목록의 『사상의 장미』, 『붉은 나비』, 『백조의 곡』 등의 대중지 연재, 『학원』 연재와 동시에 '학원명작선집'으로 간행된 『황금박쥐』, 『검은별』, 『쌍무지개 뜨는 언덕』 등 거의 모든 대중적 저널리즘에 연재된 바 있다. 특히 그의 탐정소설(외국탐정소설의 번역물 포함)의 인기는 대중지에서 확연하게 나타나는데, 이미 발표되었던 『마인』(1939), 『태풍』(1942)의 재연재, 『사상의 장미』의 『현대여성』과 『신태양』의 경쟁, 『신시대』에 연재되고 있던 『애인』의 『경향신문』 연재 등이 이를 잘 보여준다. 『삼천리』가 탐정소설 기획으로 김내성의 「이단자의 사랑」(1956.9)과 「악마파」(1956.10)를 연속으로 싣는 것에서도 나타난다. 김내성의 소설세계를 논하는 것은 본고의 영역 밖이지만,[120] 그의 일련의 탐정·추리소설과 탐정소설론은 1950년대 부상하는 역사적 양식이었던 탐정소설이 하나의 독자적 소설장르로서 문학적·사회적 입지를 마련하는데 크게 기여했던 것만은 특기할 필요가 있다.[121]

간과해선 안 될 것은 대중지에 연재된 장편들의 영향력이 연재로만 국한되지 않고 다양하게 확산되었다는 점이다. 즉 연재가 이루어진 잡지(출판사)가 연재소설을 단행본으로 출판하거나 아니면 또 다른 단행본출판사에 의해 단행본으로 출간됨으로써 대중지의 연재물 대부분이 단행본 형태로 독자에게 재차 수용되었던 것이다.[122] 그것은 앞서 언급했듯이 1950년대 대중지 발행 주체가 개인적 출판 자본이었던 관계로 이들 잡지자본이 원활한 수익구조를 창출하기 위한 차원에서 잡지발행과 단행본 출판을 겸영했기 때문이다. 1970년대 이후 재출간되는 경우도 꽤 많았다.

---

120) 김내성 장편소설에 대한 전반적 고찰은 이영미, 「추리와 연애, 과학과 윤리」, 『대중서사연구』2, 대중서사학회, 2009.6 참조.

121) 김내성의 탐정소설론으로는 「아인슈타인박사와 탐정소설」(『백민』, 1950.3), 「탐정소설론」(『새벽』, 1956.3~5) 등이 있다.

122) 연재장편의 단행본 출판과 관련해 윤리 문제가 대두한 바 있다. 즉 작가, 신문사, 출판사 간의 상호 이해관계로 인해 신문의 연재가 끝나기도 전에 단행본이 출간되거나, 발매되고 있는 단행본에 수록된 작품이 연재되는 경우가 빈번했다. 부정적 사례이긴 하지만 이를 통해 연재장편의 대중적 인기를 짐작해볼 수 있다. 「연재소설과 단행본」, 『한국일보』, 1954.8.23.

다른 한편으로는 이들 연재장편 상당수가 신문연재소설과 더불어 각색되어 영화화 된다는 사실이다.[123] 역사물과 명랑물이 대표적인 경우로 당대뿐만 아니라 그 이후에도 지속된 바 있는데, 이는 대중지에 연재되면서 대중적 인기(상품성)가 검증되었기 때문에 가능한 일이었다. 따라서 대중지에 연재된 장편의 실질적인 영향력은 매우 광범위하고 컸으며 지속적이었다고 할 수 있다. 요컨대 1950년대 대중지의 연재장편은 라디오·텔레비전과 같은 매스미디어의 보급이 열악한 상황에서 매스미디어의 주된 역할을 했다고 볼 수 있다. 다시 말해 1960년대 초 민영방송이 생긴 후 라디오와 텔레비전의 연속극으로 대중들의 관심이 대거 옮겨가기 전까지 대중지의 다양한 대중소설과 연재장편은 일반 독자와 밀착된 상태로 비교적 긴 생명력을 유지했던 것이다. 이 모든 사실을 감안할 때 문학사(소설사)에서 배제되었거나 아니면 미처 포착하지 못했던 1950년대 대중지 및 대중지에 수록된 소설들에 대한 재조명이 요청된다.

그런데 대중지와 소설의 복잡한 관련성은 1958년에 경쟁적으로 등장한 소설전문지에 보다 더 잘 나타난다. 소설전문지의 존재 자체가 소설문학의 확고한 문학적·사회적 위상의 보증서라고 할 수 있는데, 흥미로운 것은 이들 소설전문지가 1950년대 소설 지형을 그대로 압축해 담아내고 있다는 점이다. 즉 순수소설(『소설계』)과 대중소설(『대중문예』) 그리고 그 절충적 중간지대(『소설공원』)의 공존이다. 순수소설 잡지를 표방한 『소설계』(1958.9 창간, 삼중당)는 각호 30편 이상의 저명 작가들의 순수소설을 엄선해 싣고 있다. 창간호에는 "대가, 중진, 중견, 신인"을 망라한 36편의 소설을 싣고 있는데, 일부 대중소설을 포함한 것에 비해 2호부터는 순수소설만으로 편집하는 특징을 보인다.[124] 2호를 보면 염상섭, 박종화,

---

123) 일례로 정비석의 경우, 1956년까지 그의 소설이 영화화된 것은 『여원』에 연재된 『산유화』를 비롯해 『자유부인』, 『속 자유부인』, 『여성전선』, 『여성의 적』, 『청춘의 윤리』 등 6편이었다. 이봉래, 「映畵街路-은막이면야화」, 『아리랑』, 1957.1, 158쪽.

124) 『소설계』의 특징적 기획으로는 '소설창작법'란을 고정해 김동리, 박종화, 박화성 등의 글을 연재한 것, 각종 현상모집, 가령 창간기념50만환 단편소설현상모집(심사위원:박종화, 김동리, 이무영, 박영준, 김송, 최정희, 백철), 신인단편현상모집(1959년 1월부터) 등이 있다. 당시 대표적인 삽화가들(김기창, 김영주, 이승만, 천경자, 우경희, 박고석 등 약 18명)이 삽화를 담당한 점도 특징이다. 『소설계』가 소설전문지로 각광을 받았던 데는 『아리랑』의 편집주간으로 잡지를 본궤도에 올려놓은 김규동이 창간호부터 잡지편집을 주관한 것이 큰 영향을 끼쳤다.

김기진, 전영택 등 문단원로에서부터 김동리 박영준, 박계주, 김이석 등 중진, 이범선, 박경리, 추식, 한말숙 등 신인에 이르기까지 총 33편이 실린다. 또 3호는 '중편소설특집'을 기획해 박영준, 손창섭 등의 중편소설 13편과 단편 15편 총 28편을 실었다. 이 같은 규모와 중량을 지닌 소설기획은 이전에는 보기 드문 일이었다. 일제말기 『문장』이 기획한 '창작32인집'(임시증간호, 1939.7),[125] '창간2주년 기념 창작34인집'(1941.2)과 해방기 『백민』이 창간 4주년 기념으로 기획한 '33인집'(1950.2)[126] 정도가 있었을 뿐이다. 위의 기획들은 공히 잡지의 권위와 영향력을 보증해주는 유력한 증표로서 잡지의 안정적 재생산구조가 확보된 상황에서나 가능한 작업이었다. 그러던 것이 1950년대 후반에 오면 매달 등장하는 일상적 기획이 된 것이다.

『대중문예』는 '흥미진진한 소설잡지'를 표방한 가운데 현대소설, 탐정소설, 명랑소설 등 대중성이 짙은 소설들을 주로 싣는다. 1958년 11월호의 경우 김말봉, 방인근, 장덕조, 조흔파, 정비석, 김용제 등 대중작가로 정평이 난 작가의 대중소설 14편과 3편의 탐정소설(석랑, 허문녕, 조능식), 3편의 명랑소설(유호, 박흥민, 추식) 등 총 20편이 수록되어 있다. 『대중문예』는 대중지들에서 중점적으로 다뤘던 대중소설의 대표적인 중요 경향을 수렴해낸 1950년대 대중소설의 결정판으로서의 면모를 여실히 나타내준다. 오락소설잡지 『이야기』(1957.12 창간) 또한 대중소설만을 특화해 중점적으로 다룬 바 있다. 이에 비해 '소설과 취미잡지'를 표방한 『소설공원』(1958.11 창간)은 순수소설과 대중소설을 겸비한 편집을 지향했다. 창

---

125) 이 창작집은 '문단유사이래 최초의 위관(偉觀)'(이태준), '조선서는 처음 보는 기록적 업적'(정인택)으로 『문장』주체들이 자찬할 만큼 당시 소설계를 대표하는 작가의 작품을 망라해서 수록한, 당시에는 그 누구도 쉽게 시도할 수 없었던 명실상부한 소설창작집의 면모를 보여준다.

126) 이 33인집은 당대 대한민국 작가 38인을 택해 집필하려 했으나 몇 작가의 작품을 얻지 못해 33인집으로 구성되었다. "반민족적인 일체를 격파하고 민족전체를 속박과 억압에서 완전히 구출 전화시킬 수 있는 새로운 루넷쌍스적인 휴매니즘"의 문학정신을 고취하려는 의도에서 기획되었다. 당시 민족이 처한 현실에 적극적으로 참여하려 했던 잡지주체들의 적극성을 간취할 수 있다. 이 33인집은 "대한민국이 수립된 후 문화계에 있어서 의의 있는 첫 행사"로 자평하고 있듯이 당시 문단이 직면하고 있던 창작활동의 전반적 침체를 넘어설 수 있는 가능성을 보여주었다는 점에서 중요한 의의를 지닌다. 뒤이어 특집형식으로 꾸민 '시단27인집'(『백민』, 1950.3)도 마찬가지이다. 이 33인집의 출간 배경과 성격에 대해서는 『백민』20호 김광섭의 권두언('33인집을 내면서』)과 편집후기를 참조.

간호를 보면 염상섭, 오상원, 손소희, 박경리의 순수소설과 정비석, 김광주, 정한숙, 조흔파, 장덕조의 대중소설 등 24편을 수록하고 있다. 대중지에서 흔히 볼수 있는 역사소설, 풍자소설, 실명소설, 실화소설과 같은 타이틀로 작품을 게재하고, 인기배우모델소설(조풍연의 「겨울에 피는 꽃」), 홍성유·정연희의 작품을 부부경작(競作) 소설로 명명해 싣는 등 독자들의 관심을 유발할 수 있는 편집이 눈에 띈다. 이렇듯 소설전문지는 1950년대 대중지와 소설의 관계를 압축적으로 보여주는 상징적 축도로 당대 소설의 생산과 소통의 메커니즘을 잘 나타내준다.

이렇게 볼 때 1950년대는 신문의 통속적 장편연재와 종합지의 순수소설 중심의 문학 배치 그리고 대중지의 순수·대중소설의 공존 여기에다 문학지의 본격소설 중시까지 포함하면 총량적으로 소설의 전성시대라고 간주해도 무방할 듯하다. 여러 번 언급했듯이 상품성·대중성이 가장 큰 문학, 그 가운데서도 소설을 모든 저널리즘이 전진 배치함으로써 빚어진 현상이었다. 더욱이 매체와 소설문학의 블록화 현상, 즉 신문저널리즘의 통속적 장편연재와 문예지의 본격소설의 분할 구도 속에서 그 중간지대로서 대중지가 수행한 역할은 대단히 중요한 문학사적 의미를 지닌다고 할 수 있다. 저자가 대중지에 주목한 까닭도 여기에 있다.

4. 문예지와 문학

1950년대 저널리즘과 문학의 관계에서 가장 특징적인 것은 본격적 순문예지가 출현해 문학적 권위의 확립과 기업적 성공의 가능성을 시현한 점이다. 주지하다시피 1950년대 중후반『문학예술』,『현대문학』,『자유문학』등 이른바 3대문예지가 동시적으로 발행돼 치열한 각축을 벌임으로써 문학의 획기적이고 긍정적인 변화를 야기했다. 추천제의 상시적 운영을 통한 신인의 대량 배출, 단편중심의 소설 지형이 장편으로의 점진적 이동, 본격적인 문학평론과 아카데미즘의 성과를 적극적으로 수용한 문학적 연구논문의 게재, 번역문학의 활성화, 고전 및 근대문학 자료의 발굴, 체계적인 문학사(소설사, 시사 포함), 전문성을 갖춘 비평, 본격적 작가론 게재 등은 전례가 없던 문학적 현상이었다.

1930년대 말『문장』과 1940년대 말『문예』에서도 이 같은 면모가 부분적으로 나타난 바 있으나, 1950년대는 이들 문예지와는 비교할 수 없을 정도의 규모와 체계를 지니고 있었다. 예컨대 장편연재의 경우 과거 문예지에서도 시도한 바 있지만 완결 짓지 못한 것에 비해 1950년대는 염상섭의 『지평선』(『현대문학』, 1955.1~6)을 비롯해 김동리의 『사반의 십자가』(『현대문학』, 1955.11~57.4), 최정희의 『태양의 계곡』(『현대문학』, 1957.5~58.7), 주요섭의 『1억5천만대 1』(『자유문학』, 1957.6~58.4), 『망국인군상』(『자유문학』, 1958.5~59.12) 등이 발표된 바 있는데,[127] 이 같은 문예지의 장편연재는 단편중심의 소설사, 신문 및 잡지저널리즘의 대중소설 연재와 같은 매체의 제약에 따른 소설양식의 편향성을 극복하고 소설의 본격적 형태인 순수장편소설이 태동할 수 있는 제도적 토대를 마련했다는 점에서 중요한 문학적 현상으로 간주할 수 있다.

더욱이 『현대문학』과 같이 문예지가 독자적 재생산기반을 구축함으로써 위에서 언급한 긍정적인 변화가 지속되는 가운데 제도적으로 정착된다는 점에서 그 의미가 배가된다. 그것은 문학이 신문 및 일반 잡지저널리즘에서 독립해 자신이 독자적 영토를 확보할 수 있었다는 것을 의미한다. 특히 『현대문학』은 잡지자본의 안정, 판매부수의 점증에 따른 기업적 성공의 가능성, 추천제와 문학주의 원칙을 토대로 한 문학적 권위의 확립, 지속성에 대한 신뢰와 안정감 등을 바탕으로 문학의 강력한 거점 기관이 됨으로써 문학의 신문예속성을 탈피하는데 중추적인 역할을 했다.

그런데 순문예지의 이 같은 위상과 역할은 장기적으로 볼 때 긍정성과 아울러 부정성 또한 내포하고 있다는 사실을 간과해서는 안 된다. 그것은 당시 순문예지의 존재방식과 밀접한 관련이 있다. 이는 곧 순문예지를 당대 매체 지형 전체의 지평에서 접근해야 한다는 것을 뜻하는데, 지금까지는 3대문예지의 분립과 경쟁을 대체로 예술원파동을 계기로 촉발된 문단권력 투쟁의 산물로 간주했다. 한국문학가협회와 한국자유문학자협회 간의 대립, 더 거슬러 올라가면 청년문학협

---

127) 『문학예술』도 「찬란한 대낮」(최정희), 「월남전후」(임옥인) 등 중편 연재와 아울러 장편 연재를 시도했으나 휴간으로 불발에 그치고 만다. 안수길에 따르면, 박남수의 권유로 1958년 1월부터 『북간도』 1부를 『문학예술』에 연재하기로 하고 150매 분량의 1차분을 조판까지 마쳤으나 아시아재단의 용지 지원 중단에 따른 잡지의 폐간으로 빛을 보지 못하다가 개작과 내용을 덧붙여 6백매 분량으로 만들어 『사상계』(1959.4)에 전재(全載)했다고 한다. 『학원』, 1959.12, 80쪽.

회(이른바 문협정통파)와 전조선문필가협회의 대립구도가 형성된 가운데 두 그룹이 상호배제를 통해 독자적 생존을 모색하는 일련의 과정의 중심에 동시다발적으로 등장한 문예지가 존재했다는 점에서 부분적으로는 타당하다고 본다. 매체, 특히 문예지가 문학(문단) 권력을 보증하고 재생산하는 핵심 기제라는 점을 감안할 때, 바로 이를 위한 인정투쟁의 도구로 문예지가 적극 활용되었다는 점에서 더욱 그러하다.

물론 그 과정에서 역설적으로 문학 발전의 새로운 전기가 마련된다. 예컨대 반공주의와 내접된 순수문학의 터전을 공유한 지반 위에서 벌어진 경쟁이었기에 더욱 차별화된 매체전략이 요구되었고 따라서 각 문예지가 편집노선의 차별화를 시도하면서 위의 긍정적인 변화가 증폭될 수 있었다. 그 차별화는 문학노선(이념)에서부터 편집 체제, 지면 배치, 필진 구성, 추천제 운영, 아카데미즘과의 관계, 독자창출 전략, 문학대중화 방법 등에 이르기까지 매체 안팎 전반에 걸쳐 나타난다. 이렇듯 문예지의 경쟁으로 인해 순수문학의 생산−수용의 권역이 크게 확대될 수 있었던 것이다.

하지만 3대문예지의 존재방식 내지 운동방식을 보다 근본적으로 규정한 것은 신문과 대중지를 거점으로 번성한 대중문학의 세력화였다. 순수문학론의 이론적 갱신이 불가능한 상태에서 확산일변도에 있던 대중문학은 순수문학 진영에는 엄청난 위협으로 다가온다. 물론 순수문학 진영은 순수문학/비순수문학(리얼리즘문학, 모더니즘문학, 대중문학, 참여문학 등)으로 문학을 분할하고 문학성 원칙에 입각한 선택/배제의 메커니즘을 엄격하게 작동시켜 순수문학의 제도적 규범화를 공고히 한다. 휴전직후 한국문학가협회를 정비하면서 세칭 모더니스트에 속하는 소장파들을 전체로 배제하거나[128] 아니면 추천제를 활용해 새로운 문학 경향의 (신인)출현을 차단 혹은 그 가능성을 억제하는 방식으로 어느 정도의 성공을 거둔다. 자신들이 관장하고 있던 문예지의 지면 배분을 활용해 그 효과를 극대화하기도 한다.

그러나 대중문학만은 이들의 힘이 미치지 않는 독자적 매체를 거점으로 소통

---

128) 백 철, 『문학의 개조』, 신구문화사, 1959, 263쪽.

되었고 아울러 수용자층을 다변화해 급속도로 확장해 나가는 추세에 그것을 막을 실질적인 수단은 없었다. 김동리를 중심으로 중간소설론, 즉 중간소설을 매개로 대중문학의 순수문학화를 하나의 방법적 대안으로 제출하지만 그것은 오히려 순수문학의 무기력, 고립성을 노출하는 결과를 초래했을 뿐이다. 순수문학자임을 자임하고 있던 당대 대부분의 작가들이 상업적 대중문학에 취한 태도는 극단적 혐오와 부정을 드높이는 것뿐이었다. 하지만 그 명분론 또한 대중문학을 통한 사회적 명성과 물질적 보수라는 현실적 처지 앞에서는 무력한 것이었다. 따라서 순수문학 전체로 보면 순수/대중(통속) 문학의 대립 구도, 위계적 인식을 극단적으로 확대시켜 순수문학의 견고한 성채를 고수하는 방법밖에 없지 않았을까. 순수문학(본격문학)에 대한 결벽증의 확대재생산, 그로 인해 빚어진 결과는 순수문학이라는 매우 협소한 지반 위에서의 문학적 활황이었다. 요컨대 1950년대 순수문학 진영이 문예지를 거점으로 한 순수문학의 주류화를 통해 자신들의 문학권력을 확대하고 권위를 재생산하는 것에 주력하게 만든 데에는 대중문학이라는 또 다른 주류가 그 원인(遠因)으로 작용하고 있었다는 것에 주목할 필요가 있다.

지금까지 매체와 문학의 관련을 거시적·종합적 차원에서 검토해 1950년대 문학의 역사적 존재방식을 살펴보았다. 시론이며 매체 간 상호관련성에 초점을 둔 결과 섬세한 분석에까지는 이르지 못했고, 문제를 해결하는 것보다는 오히려 또 다른 문제의식, 논의의 필요성을 여럿 제출한 감이 없지 않다. 그리고 저널리즘과 문학의 상관성과 관련해 또 다른 중요한 저널리즘이라고 할 수 있는 출판저널리즘(단행본) 문제는 다루지 못했다. 문학의 정리와 보존의 중차대한 기능을 지닌 관계로 문학의 입장에서는 더욱 절실한 의미를 갖는 출판저널리즘은 그 실증적 자료 조사에 어려움이 있다 하더라도 반드시 규명할 필요가 있는 과제다. 그것도 문학만이 아닌 단행본 출판 전반 속에서 살펴 문학의 존재방식과 대중적 영향의 저변을 탐색하는 차원으로 이루어져야 의미 있는 작업이 될 것으로 판단된다.

가령 출판계가 내부 조정을 거쳐 정상적인 궤도에 진입함으로써 출판문화의 전문성·다양성이 정착되는 1958년 시점에 세계문학전집·한국문학전집류의 기획 출판을 비롯한 문학관련 단행본 출판이 활성화된 것은 문학의 출판 상품으로서의 가치와 대중화 수준의 중요한 지표로 간주할 수 있으나, 이를 동시기 문고

본 출판, 자습서출판 붐 등 출판계 전체의 동향과 함께 다루었을 때 비로소 객관적인 의미 부여가 가능해질 수 있다. 이 시기 국정·검인정 중고교 교재에 대응한 수 천 종의 자습서 판매, 예컨대 영어교재 『스탠다드』(고광만)의 자습서 가운데 '창원사' 자습서가 2만부, 국어 국정교과서의 '동아출판사' 자습서가 3만부, 대입수험서로 인기를 끌었던 『영어구문론』(유진), 『국사개관』(이병도), 『경제원론』(홍우)이 각각 만부 판매된 것과[129] 『흙』(3천부), 『轉落』(7천부)을 동렬에 놓고 판단해야만 문학 관련 단행본 출판의 현황과 의미를 제대로 파악할 수 있을 것이다. 다만 본 연구를 통해 저널리즘 상호간 구조적 역학관계 속에서 1950년대 문학의 독특한 지형이 어떻게 형성되었는가는 충분히 논구되었다고 본다. 이를 계기로 1950년대 문학연구 나아가 해방 후 매체론적 문학연구가 활성화되기를 기대해본다.

---

129) 「출판계의 '그레샴' 법칙」, 『한국일보』, 1958.4.14.

7

번역 장의 형성과 구조

1. 1950년대 번역 장 조형의 특수성

1950년대는 한국번역(문학)사에서 번역의 장이 문화제도적으로 재구축된 연대다. 번역물의 경이적 폭증 및 번역의 표준적 규범을 둘러싼 담론투쟁이 지속적으로 전개된 당대 번역의 특징적 양상에 기댄 평가만은 아니다. 이보다는 번역이 사회문화 전반의 핵심 의제로 공론화된 가운데 공론의 장에서 나름의 자립성을 지닌 번역의 다양한 주체들, 이를테면 국가권력, 출판자본, 문화주체(독자 포함) 등이 각기 분명한 의도와 실행력을 갖추고 상호 인정투쟁을 벌이면서 번역의 제도화가 이루어졌다는 것에 근거한 판단이다. 국가권력은 문화적 후진성 극복과 문화 유신(維新)을 목표로 내걸고 번역을 통해 학술 진흥을 성취한 메이지시기 일본과 전후 독일을 모델로 한 '외국도서번역 간행사업'을 정책적으로 추진했으며, 출판자본은 문화계몽기관을 자임하며 전(선)집, 단행본, 문고본 등 다양한 번역 출판 활동을 전개했다. 코즈모폴리턴(cosmopolitan)을 자처한 문학주체들 또한 한국문학의 재건이라는 명제를 강조하면서 번역문학을 통한 민족문학의 세계문학으로의 지양을 꾀했다.

물론 이 같은 명분 이면에는 각 주체가 처한 상황적 조건에 따른 정치적 셈법이 깊숙이 개재되어 있었다. 국가권력은 對사회문화적 통제력을 강화해 지배체제의 안정적 재생산을 도모하기 위해, 출판자본은 상업적 이윤의 극대화와 시장 개척을 위해, 문학주체는 생계유지의 수단, 문학적 자양분의 섭취, 문단권력의 확보를 위해 각각 번역을 호명하고 가능한 자원을 총동원해 번역의 주도권을 선취하려 기도했다. 그 경합은 일정한 세력 균형 속에 새로운 '번역의 표준정하기'라는 틀 속에서 전개된다. 문제는 그 번역표준이라는 것이 현실적으로 존재하지 않는다는 데 있다. 따라서 각 번역주체는 각자의 특수한 이해관계에 기초해 암묵적으로 용인되었던 기존의 규범적 질서를 변경하거나 창안해야만 했다. 그 결과 서로 모순된 이해만큼이나 다양한 번역표준이 제기될 수밖에 없었으며 번역론을 둘러싼 부정과 부정의 담론투쟁이 불가피했다. 요약하건대 번역표준을 중심으로 전개된 당대 번역담론 투쟁은 각 세력의 투쟁과 타협, 갈등과 교류가 일어나는 장으로 기능하는 가운데 번역의 제도화를 촉진시키는 매개가 된다. 그 과정에서 번역은 일시적 유행어가 아닌 하나의 시대적 숙어(熟語)로 정착된 가운데 번역계에 획기적이고 긍정적인 변화들이 야기되기에 이른다.

그런데 1950년대 번역 장의 조형은 통시적으로 볼 때 번역을 발판으로 근대화를 이룩하려고 했던 과거 번역문화의 수렴이자 확산이라는 이중적 의미를 지닌다. 그 수렴의 과정은 탈식민 내지 반식민의 문제와 내접되어 있다. 다시 말해 식민지시기 이래 누적되어온 번역 실천과 직접적으로 관련된 유산들과 이로부터 파생된 관행과 내면화된 관념들, 예컨대 창작 및 연구 대비 번역의 열등적 위상, 직역(충실성)/의역(가독성)의 이분법적 대립 인식, 오역 지적 위주의 번역비평, 중역(重譯), 특히 일본어중역의 범람과 이에 대한 극단적 혐오, 번역출판의 저작권에 대한 윤리적 불감증, 새것(외국의 것) 콤플렉스와 전통 부정, 외국어능력자의 번역능력에 대한 과도한 신뢰 등에 대한 연속/단절과 전환의 맥락에서 번역 장이 정초되었던 것이다. 그것은 해방직후 미군정기 및 단정수립 후의 번역 유산도 아울러 포함한 것이었다. 특히 좌우익을 막론하고—비록 그것이 특수 관계에 있는 정파의 노선이나 이해관계를 무비판적으로 반영하는 즉자적 정파성을 충실하게 대변한 것이었다고 하더라도—세계문학과의 굳건한 제휴를 통해 민족문화건설을 주창한 가운데 서구 사상과 문화를 적극적으로 수용·번역함으로써 번역의 새로운 전기를 마련했음에도 불구하고 이념(정치)의 절대성에 압도되어 기형적으로 주조된 번역 지형의 전환까지도 내포한 것이었다. 어쩌면 두 겹의 탈식민 과제를 수반했다고 볼 수 있다.

그 작업이 합리적으로 원활하게 수행된 것은 아니다. 번역의 제도적 위상 제고, 번역의 직능적 전문화와 같은 긍정적 결과를 이끌어낸 바 있지만 식민유산이 온존·강화된 측면도 이에 못지않았다. 식민잔재 청산의 당위성에서 비롯된 과도한 반일감정에 따른 부정의 반동이 번역론의 합리적 모색을 방해했을 뿐만 아니라 제1공화국 지배이데올로기의 일환이었던 반일주의의 규정력, 게다가 1952년부터 시작된 한일회담이 네 차례 거듭 파행되면서 야기된 재식민화에 대한 우려가 전사회적으로 고조되는 시대상황의 구속성이 크게 작용했다고 볼 수 있다. 김병철은 우리의 근대번역문학이 일본적 요소로부터 탈피해가는 도정으로, 반면 해방 후 현대번역문학은 번역문학의 완벽성에로 전진해가는 것으로 다소 희망적 관찰을 피력했지만,[1] 후자의 도정 또한 이데올로기적 규율에 맞서는 것과 더불어 식민유산의 청산을 수행하는 지난한 과정이었다고 봐야 한다.

확산의 과정은 당대적 결실보다는 오히려 후행적 차원에서 더 큰 의의를 지닌다고 볼 수 있다. 그것은 가시적 및 비가시적 측면 모두에서 관찰할 수 있다. 가시적으로는 당대 번역의 경험과 성과가 과정적으로 수렴되는 것에서 확인된다. 가령 폐쇄적 개방의 문화지형에서 지배이데올로기, 특히 냉전적 반공주의와 친연성을 지닌 일체의 사상과 문화가 무차별적으로 도입·번역됨으로써 번역물의 총량적 증대가 야기되고 그것이 세계문학전집 출판의 사례와 같이 조정의 절차를 거쳐 일정한 체계로 수렴되는가 하면 이 전집류와 기타 단행본 및 문고본의 번역출판을 토대로 1960년대 이후 헤밍웨이, 니체, 지드, 셰익스피어, 임어당 등의 전집과 같은 기획 번역출판이 활성화되는 일련의 문학번역사적 흐름에서 1950년대 번역의 발전적 후행 과정을 확인할 수 있다.

비가시적인 영향은 쉽게 계량화하기 어려우나 김수영과 김현의 예에서 단서를 찾아볼 수 있다. 즉 김수영의 경우 번역을 통해 탈식민적 의식세계를 모색하는 가운데, 다소 비약하자면 번역이 저항과 문학적 혁신 수단으로 기능하는 것에서, 김현의 경우는 외국문학을 선험적으로 것으로 인정하고 받아들인 오류를 자기반성하고 문학의 고고학이란 새로운 방법론을 안출하는 과정에서 각각 그 흔적을 발견할 수 있다.[2] 1950년대 번역의 당대적 의의를 평가 절하하고자 함은 아니다. 다만 현재의 번역학의 수준으로 볼 때 1950년대 또한 번역(문학)의 후진

---

1) 김병철, 『한국현대번역문학사연구(상)』, 을유문화사, 1998, 7쪽 참조.
2) 김현과 번역의 관계에 대한 포괄적인 분석은 조재룡, 『번역의 유령들』, 문학과지성사, 2011, 326~393쪽 참조.

성을 여전히 여실하게 보여준다고 하더라도 장기지속의 관점에서 1950년대 번역을 접근해야 한다는 점을 환기해두고자 함이다. 김병철이 1960년대를 번역문학의 르네상스적 개화기로, 1950년대를 그 시초의 연대로 규정한 것도 이런 계기적 연속성을 염두에 둔 것이었다.

공시적 차원에서 1950년대 번역 장은 또 다른 층위의 제도적 요인들과 불가분의 상관성을 지닌 채 조형된다. 즉 검열, 매체, 출판, 학술 등의 문화제도와 영향을 밀접하게 주고받는다. 먼저 검열제도는 외국서적의 유입 차단과 번역 후 행정단속의 두 차원으로 광범하게 이루어진다. 양서(洋書)의 수입은 경제적 여건(달러보유 문제)을 근거로 불허되다가 1954년 가을 『에브리맨스 라이브러리』세 세트가 신용장(letter of credit)에 의해 최초로 수입 허가된 이래 미국의 원조, 특히 ICA 원조자금을 이용한 관급성 수입과 민간업자(실수요자 포함)의 수입 두 경로로 이루어지는데, 엄격한 추천기준을 적용했다. 적성 서적의 수입과 판매에 대한 검찰의 기준, 즉 공산주의의 선전 선동을 목적으로 한 도서는 금하되 이론적·학술적인 것은 예외로 한 규정과 이를 반영한 동시에 추가 규정을 명시한 문교부의 추천기준이 이중으로 적용되었다. 문교부의 외서 수입(기증, 탁송, 휴대의 경우를 포함) 추천기준은 판매용 및 개인용과 실수요자용 도서로 세분했다. 전자는 학술도서에 한해서 후자는 국회, 법원, 군정보기관 등 공공기관에 소요되는 것으로 국한시켰는데 문교부 추천 승인을 받았더라도 금지될 수 있었다. 국시(國是), 즉 반공주의에 저촉된 일체의 경우는 원천적으로 불허되었으며 심지어 공산주의적 서적을 주로 간행하는 출판사의 여타 출판물까지도 수입을 금지시켰다. 문학의 경우는 이에 덧붙여 장르상 평론은 괜찮아도 작품은 무역법상 사치품으로 취급되어 1950년대 후반까지 수입이 금지되었다.[3] 그로 인해 노벨문학상 수상작품조차 국내에서는 구득할 수 없는 넌센스가 벌어지기까지 한다.

허가를 받아 수입되었다고 하더라도 그것을 번역 출판하고자 할 때는 또다시 검열당국의 허가를 재차 받아야 했으며, 나아가 번역 출판되었다 하더라도 검열당국에 의해 발매금지, 반포금지, 압수조치 등 행정처분이 행사되었다. 원서든

---

3) 「外書 읽히는 동태」, 『동아일보』, 1958.9.23.

번역본이든 외서는 이중삼중의 검열을 통과해야만 사회적 유통·수용이 가능했던 것이다. 일서(日書)의 경우는 이보다 더 가혹했다. 학계의 끈질긴 요청에 의해 전시 부산에서 서적의 종목과 수량을 제한한 가운데 학술연구에 필요한 경우에만 수입이 승인되었는데, 그러한 규정은 1954년 이후에 한층 강화된다. 특히 민간차원의 수입은 실수요자의 증명이 첨부되어야만 그것도 제한된 범위 내에서 수입이 가능했으며 교양서적은 불허되었다.[4] 문교부가 추진한 '외국도서번역 간행사업'에서도 일서는 원칙적으로 배제되었고, 국문출판의 일본에서의 인쇄수입도 일체 금지되었다. 영화의 경우 일본작품의 모작 또는 표절은 두말할 나위가 없고 한 구절 이상의 일본어 사용과 일본의 의상과 풍속을 영화화할 수 없었다. 명백한 차별 조치였다고 할 수 있다. 따라서 1950년대 공식적인 수입절차를 거쳐 번역 출판된 일서는 없었다고 볼 수 있다.

그런데 검열과 번역의 관계에서 간과해서는 안 될 요목은 첫째, 경색된 외국 문화 수입조치로 인해 번역의 영역이 위축되었음에도 불구하고 다른 한편으로는 번역물의 과잉이 초래된다는 점이다. 그 내용도 반공주의만이 아니고 자유, 민주, 교양과 같은 근대 지식·사상 전반이 두루 포괄되었으며 사회민주주의 경향까지도 번역 게재·출판된다는 것에 주목할 필요가 있다. 사상통제 및 지배이데올로기의 확산과 침투에 역점을 둔 당대 검열정책이 초래한 역효과였다.[5] 즉 반공 이외의 지식과 사상에 대한 사전봉쇄에도 불구하고 그 결과가 반공담론의 과잉뿐만 아니라 자유민주주의에서 탈정치적 대중물에 이르기까지 다양한 조류의 번역이 가능했던 것은 반공주의를 공고히 하기 위한 불가피한 방편이었기 때문이다. 반공주의를 정점으로 자유민주주의와 반일주의가 수직적 위계관계를 형성했던 당대 지배이데올로기의 내적 파열이었다고 볼 수 있다.

둘째, 검열의 반복적 일상화로 인해 문화주체들의 내면화된 자기검열이 번역의 영역에서도 정착되었다는 점이다. 가령 사르트르가 코뮤니즘에 전향을 했기 때문에 『구토』 번역본을 발행 금지시켜야 한다는 임긍재의 견해, 러시아혁명 후

---

4) 「외서수입의 지나친 제한은 찬성할 수 없다」(사설), 『조선일보』, 1957.9.5.
5) 이에 대한 구조적 분석은 이봉범, 「1950년대 문화 재편과 검열」, 『한국문학연구』34, 동국대 한국문학연구소, 2008, 33~39쪽 참조.

의 문학작품이 인간성이 왜곡된 사회의 산물이기에 번역의 대상에서 배제시켜야 마땅하다는 손우성의 주장[6] 등은 반공주의의 내면화의 정도를 잘 보여준다.

출판제도 역시 당대 번역의 존재방식에 큰 영향을 끼친다. 거시적으로는 번역의 활성화에 크게 기여했다. 한국전쟁을 계기로 새롭게 등장한 희망사, 신태양사, 학원사, 사상계사, 삼중당 등의 출판자본과 비교적 안정적 재생산구조를 확보하고 있던 을유문화사, 정음사 등 거의 모든 출판사들이 공히 번역, 특히 문학번역물을 특화시키는 전략을 구사한 가운데 사활을 건 경쟁구도가 조성됨으로써 번역의 수요가 급증하게 된다. 문학번역물은 교과서출판과 더불어 1950년대 출판자본의 특화 상품이었다. 이 같은 전략이 단행본에서 시작해 문고본, 전(선)집 분야로 확대됨으로써 번역의 수요가 공급을 능가하는 현상이 발생하게 되고 그에 따른 원고난, 역자난이 가중된다. 그 번역 붐의 흐름이 가속되어 번역문학사의 획기적 계기로 평가되는 세계문학전집의 기획 출판으로 귀결되기에 이른다. 그 과정에서 중복출판, 무단출판, 추월경쟁에 따른 졸속출판, 역자 도용, 출판사 간의 역서 전매 행위 등 번역출판의 부도덕성이 불거졌지만, 번역의 사회적 저변 확대 및 잠재적 번역수요를 창출하는 등의 긍정적 효과를 야기하게 된다.

한 가지 더 주목할 것은 이들 출판자본이 대체로 잡지를 겸영했고 아울러 잡지연쇄전략을 구사함으로써 번역이 잡지에서도 중시된다는 사실이다. 물론 『사상계』의 번역이 구미 편중을 보이듯[7] 각 잡지의 편집노선에 따라 번역 대상이 특정되지만 총량적으로 볼 때 잡지의 번역수요는 단행본을 상회하는 수준이었다. 특히 잡지는 외국문헌의 번역과 더불어 한국문학의 외국어번역에도 적극적으로 참여한다. 어쩌면 후자를 선도한 대표적 기관이었다. 한국 최초의 계간지 『知性』이 국내평판작의 영역(英譯), 즉 김성한의 「귀환」(「COMING HOME」, 강봉식 역), 송병수의 「쇼리 김」(「SHORTIE KIM」, 류의상 역), 오상원의 「유예」(「RESPITE」, 서의돈 역) 등을 번역 게재한 시도는 한국문학의 외국어번역을 촉진시키는 촉매 역

6) 손우성, 「문화건설과 번역문학」, 『신천지』, 1953.12, 157쪽.

7) 『사상계』의 번역 실상과 그 출처에 대해서는 권보드래, 「『사상계』와 세계문화자유회의; 1950~1960년대 냉전 이데올로기의 세계적 연쇄와 한국」, 『아세아연구』54-2, 고려대 아세아문제연구소, 2011 참조.

할을 한다.

다른 한편 출판자본이 번역의 불구화를 조장하는 데 기여한 바도 매우 컸다. 번역출판의 대상 선택에 압도적인 주도권을 행사하고 실제 번역과정에서도 영리 추구를 위해 과도한 간섭, 이를테면 번역자에게 생략을 무리하게 강요함으로써 최소한의 충실성 규범조차 지킬 수 없게 만드는 일이 횡행했다. 그 정도는 당국의 제약을 능가하는 수준이었다.[8] 그 과정에서 번역가는 청부 번역의 기능인으로 배치되고 따라서 번역주체의 번역 실천은 극히 제한적일 수밖에 없었다. 이렇듯 정치권력과 더불어 출판자본이 번역텍스트의 결정에 전폭적 권능을 행사했다는 사실은 당대 번역이 문화권력 및 이데올로기와 자본의 영향 속에 존재했다는 것을 시사해준다.

위에서 살펴본 바와 같이 1950년대 번역 장의 형성은 이중삼중으로 중역된 근대적 유산을 극복하는 것과 동시기 문화제도와의 상호 작용이 교차되는 가운데 복잡다단한 과정을 거칠 수밖에 없었다. 더욱이 번역과 밀접한 연관성을 지닌 문화제도적 장치들 또한 번역제도와 마찬가지로 탈식민의 차원에서 생성 중에 있었기 때문에 그 복잡성이 증폭된다. 이 같은 사실은 한국번역(문학)사에서 1950년대라는 특정 시공간이 중시되는 이유가 되며 나아가 1950년대 번역을 살핌에 있어 번역(작품)에 직간접적인 영향을 끼친 구조적인 요인까지 포괄·접근해야 함을 요청한다고 볼 수 있다. 그것은 단순히 번역 상황을 점검하는 수준을 넘어 번역이 당대 한국사회의 정치적, 문화적 사유의 재편에 어떻게 개입했는가를 묻는 작업으로까지 논의의 지평을 넓혀야 한다는 것을 뜻한다. 이는 번역텍스트에 대한 징후적 독해, 즉 번역의 표피를 가능케 한 심층 특히 드러나지 않지만 당대 번역의 특징적 실존에 관여된 사회문화적 변인들을 찾고 읽어내는 작업을 통해 가능할 것이다.

한편 번역주체들의 서로 다른 동기에서 번역이 촉발되었다고 하더라도 그것이 번역의 지점으로 집결될 수 있었던 것은 문화적 후진성에 대한 통절한 자의식 때문이었다. 번역주체들이 공통적으로 지닌 그 자의식이 1950년대 번역을 활성

---

8) 한교석, 「번역문학과 그 양식」, 『자유문학』, 1958. 2.

화시킨 근원적 동력이었다고 봐도 무리가 없을 듯하다. 그 자의식은 과거에도 여러 차례 비등한 바 있지만 1950년대는 한국전쟁을 통해 세계사를 구체적, 현실적, 체험적으로 느끼고 생각할 수 있게 됨으로써 그 강도가 한층 강렬할 수밖에 없었다. 그렇다면 당대 문화적 후진성의 실제는 어떠했을까? 다음 두 편의 글이 적절한 예시로 보인다.

미국공보원을 통하여 미국의 마천루식 문화를 한국에 부식하려고 노력하는 미국무성의 호의에 의한 수다한 미국소개서로서의 배부, 개개의 각종 기관의 적당한 노력의 대가로 또는 애걸복걸 고군분투하며 베풀어진 미국도서의 약간의 수집품, '언크라'나 문교부다 꿈에 깨어난 듯이 간혹 학교나 대학에 배부해주는 구제물자 비슷한 낡은 도서나 얼마쯤의 구입도서, 기타 약간의 독지가의 노력으로 기증되는 '콜렉션' 그리고 우리 국내에서 생산되는 얼마쯤의 그 볼품없는 도서군, 이것들이 통틀어서 우리가 세계문화수준에 육박하려고 무수한 대학 고교 중학 국민학교 학술원 무슨 연구소 무슨 문화인등록 무슨 문화상 하고 현란하고도 다채로운 이구창화(異口唱和)하기를 공업입국이라 하고 기고만장 원자력시대에 대결하려 들고 있는 우리나라 정부의 웅장무비(雄壯無比)한 국책수행에 그 기초로서 대응하는 지적자료원의 총합인 것이다.[9]

출판계에서는 온갖 부문에서 번역물의 간행계획이 입건되고 있어 세계적인 최대장편의 하나인 톨스토이의 『전쟁과 평화』도 벌써 수처에서 간행이 경쟁되고 있다는 소식을 듣거니와 일전에는 출판기관에서도 세계문학전집 전30권의 방대한 계획을 세우고 역자의 선정에까지 논의가 진전되었다가 난관인 것이 역자 문제이어서 모처럼 세웠던 전집간행계획은 아깝게도 수포로 돌아가고 말았다고 한다. 그 이유는 문장의 능력은 미준(未準)하나 외국어가 능숙한 외국어학자에게 맡기자느냐 혹은 외국어는 능숙하지 못해도 문장능력이 충분한 현역문인에게 맡기자느냐 하는 문제에 들어가 외어(外語)의 능력은 미준하더

---

9) 고재창, 「외국문헌도입과 그 행정문제」, 『동아일보』, 1954. 4. 25.

라도 문장이 있는 현역문인에게 일역(日譯)을 대본으로 맡기자는 것이 타당한 것이라는 논리가 승리를 얻게 되었다. 그러나 여기에는 다만 하나의 부대조건이 있는 것으로 그것은 일역대본의 번역을 일단 외어에 능숙한 외어학자에게 내맡겨서 외서와 대조하여 시정을 하기로 하고 그것을 두 사람의 공역(共譯)으로 하는 것이 완전을 기하는 타당한 방법이라는 결론에 누구나 이의도 없이 귀착되었다. (중략) 석 달 동안에 칠만오천 환 수입으로는 이 번역에 착수할 사람이 없으리라는 데서 이 모처럼의 계획은 고스란히 와해가 되고 만 것이었다. 이 와해를 요약해서 말하면 외어의 능력과 문장의 능력을 겸비한 일도양면용(一刀兩面用) 소유자가 없는 것으로 학계가 직면한 수치스러운 일임에는 틀림없으나 그것이 사실임에는 또한 어찌하는 도리가 없다.[10]

첫 번째 인용문은 외국문헌의 도입 및 보급 실태에 대한 국립도서관원의 비판적 보고이다. 그의 지적처럼 문화적 독립과 경제적 자립(공업입국)을 근간으로 한 전후재건사업에 절대적으로 필요한 지적자료원이 주로 한국부흥을 위해 제공된 원조불로 구입한 도서 정도였던 것이 당대의 객관적 실정이었다. 그것도 정부의 검열제도의 수준을 벗어나지 않는 범위 내에서 민간상사의 손을 거쳐 도입되었기 때문에 정실(情實)이 개입될 수밖에 없었고 따라서 실효성이 적은 서적들이 대부분이었다. 각 학문분야의 기초적 참고문헌인 외국 전문학술지의 경우 해방이후 발간분이 완질로 구비된 것이 한 분야도 없는 반면 소량 잔존한 식민지시기의 수입분은 온전히 보존되어 있는 도서관의 대조적 풍경이 그 실상을 잘 대변해준다. 국회도서관 및 국립중앙도서관과 전국의 (대학)도서관에 분산적으로 소장되어 있던 외국학술간행물 및 서적의 목록화도 부재했다.[11] 기초학문 관련 외서의 가치와 그 도입의 필요성이 사회문화적으로 요청됐음에도 불구하고 그 실

---

10) 계용묵, 「작품의 번역과 역자문제-문장을 구사할 수 있는 표현능력」, 『경향신문』, 1954.11.11.

11) 외서 및 외국학술잡지의 목록화는 1960년대 중반에 들어서야 가능했는데, 국회도서관의 『학술잡지 종합목록:외국편』(1966)을 시작으로 국내 46개 학술도서관의 협조를 얻어 국립중앙도서관이 간행한 『외국도서 종합목록 1970』(1971)의 간행을 계기로 본격화된다. 특히 국립중앙도서관은 1973년 이후 외국도서목록협정에 가입한 전국도서관 소장의 외국도서목록 카드를 활용·집성한 종합목록을 매년 갱신하여 출간함으로써 학술연구에 필요한 외국도서 이용의 편리성을 높였다.

태는 대단히 문제적이었다. 무엇보다 유네스코, 운크라(UNKRA), 미 해외공보처(USIA) 및 미 민간재단(아시아재단, 한미재단 등) 등의 원조·기증에 의존했던 관계로 서목(書目)의 선택에 우리의 자주성이 반영될 수 없었다.[12] 그리하여 정신생활의 양식마저도 외국에 의존하는 半식민지적 처지에 놓여 있다는 비판이 거세게 일었다.[13]

문제의 핵심은 정부가 외서도입을 독점적으로 관장했다는데 있다. 그 권능은 앞서 언급한 검열제도(수입추천과 사후검열)를 통해서뿐만 아니라 통상 및 외환정책에 의해서도 발휘된다. 입법 및 행정기관과 달리 일반 지식인이나 실무자의 외서수입은 사실상 불가능했다. 우선 결재할 달러가 없었고 민간수입업자의 경우 설령 종교불이나 암거래불로 달러를 확보했다고 하더라도 세제 혜택과 같은 특혜가 없는데다 공정 환율이 적용되어 수입단가가 높을 수밖에 없었기 때문에 채산성이 전혀 맞지 않게 된다. 더욱이 일서는 양서와 달리 ICA弗의 사용이 허용되지 않아 불가피하게 수출불을 사용해야 했기 때문에 정가의 7배 이상으로 수입을 해야만 했다.[14] 일서든 양서든 설령 수입되었다 하더라도 고가 판매가 불가피했으므로 독서기근을 해결하기란 태부족이었다. 따라서 정부가 수입도서의 서목 선정에 최대한의 자유를 보장하고 정부보유불로 수입할 수 있는 길을 터주어 수입도서가격의 적정화를 기하지 않는 한 원활한 외서 도입은 실현될 수 없는 실정이었다. 문화적 쇄국의 주범이 정부로 겨냥된 것은 이 때문이다. 외서수입을 둘러싸고 국가권력/학계, 문화예술계, 출판계의 대립구도가 조성된 것 또한 당연하다.

물론 정부 주도의 외서수입은 점차 증가한다. 1955년 문교부 집계에 따르면, 한 해 동안 미국 47건(58,165권), 영국 26건(29,414권), 프랑스 4건(4,970권), 서독 7

---

12) 1950년대 譯詩集 『20세기 英詩選』(신생문화사, 1954)을 출간한 바 있는 김종길 선생의 증언에 따르면, 운크라의 도서원조에 의해 경북대에 현대영시관련 엔솔러지가 미국으로부터 바로바로 들어와 이를 두루 참조했다고 한다. 이봉범 구술채록, 『김종길; 한국근현대예술사 구술채록연구 시리즈 74』, 한국문화예술위원회, 2006, 147~148쪽.

13) 「외서수입의 길을 트자」(사설), 『한국일보』, 1955.6.23.

14) 권영대, 「日書輸入에 대하여」, 『한국일보』, 1960.7.25. 수출불 중에서도 특히 고가인 일본지역불을 사용하게 되어 이중으로 불리한 상황이었다. 4·19혁명 후에야 비로소 ICA弗 사용금지 조치가 철회되는데, 이 시기 일서의 수입이 급증한 것도 이와 무관하지 않다.

건(820권), 일본 59건(35,886건), 기타 15건(17,660권), 총 158건 146,915권의 외서가 수입되었다고 한다.[15] 그 구체적인 서목을 알 수 없으나 정부의 검열을 통과한 만큼 정부가 역점을 두었던 자연과학, 기술부문이 주종을 이루었을 것으로 추정된다. 더 중요한 것은 수입도서가 점증한다고 하더라도 그것이 과연 적재적소의 실수요자에 보급될 수 있었는가의 문제이다. 문맹률이 급감했음에도 외국원서를 독해할 수 있는 인구는 지극히 적었다. 일서의 해독능력은 성인층에 국한되었고 양서(주로 英書) 또한 일부의 소수만 해독이 가능한 상황, 비록 점차 전자가 감소하고 후자가 증가했다 할지라도 그러한 과도기적 현상이 1950년대 내내 지속되는 상태는 독서계의 근본적인 위기 요인으로 작용했다.[16] 다시 말해 번역을 경유하지 않는 한 외서 도입의 의의는 반감 내지 퇴조될 수밖에 없는 또 다른 난관이 도사리고 있었던 것이다.

후자의 인용문은 당대 번역의 풍토를 여실히 보여준다. 지금까지 알려지지 않았던 세계문학전집의 간행이 1954년에 이미 기획 추진되었다는 사실과 더불어 이 기획이 와해된 일련의 과정을 통해 문학번역과 관련된 당대 논의의 수준을 확인할 수 있다는 점에서 주목이 된다. 우선 출판자본이 문학번역에 적극적으로 참여함으로써 번역의 기운이 고조되었다는 점과 여기에는 미첼의 『바람과 함께 사라지다』을 비롯해 번역문학에 대한 대중적 수요가 급증하는 상황이 중요한 기반이 되었다는 사실을 확인할 수 있다. 그로 인해 전30권의 대형 기획과 같은 번역문학전집류가 출판자본의 간판상품으로 등장했다는 것은 당대 번역시장의 규모를 가늠케 해준다.

또한 번역출판의 수익성이 번역을 성사시키는데 중요하게 작용했다는 점도 확인할 수 있다. 출판 자본은 수요자들의 경제력과 구매력을 감안해 번역단행본의 가격을 낮게 책정해야 했으며 그로 인해 번역료가 낮게 책정됨으로써 번역자를 섭외하기 어려웠던 사정은 번역에 있어 출판자본이 압도적 우위의 위치에 있었다 할지라도 그 주도권을 일방적으로 행사할 수 없게 만드는 구조적 관계가 자

---

15) 「1955년도 외국서적수입 통계」, 『연합신문』, 1955.12.27.

16) 조근영, 「독서인의 苦衷」, 『조선일보』, 1955.8.24.

리 잡고 있었다. 위의 세계문학전집의 경우 4*6판 500항 1권 초판 3천 부 1할 인세 정가 500원, 이 체계에서 번역자에게 돌아가는 번역료는 15만 환에 불과했다.

그리고 당시 번역론의 지평이 '최적의 번역'에 있었다는 것도 나타난다. 번역, 특히 문학번역은 번역의 불가능성이 존재한다는 원칙론과 우수한 번역가가 적고 번역출판물의 필요성이 시급하다는 현실론이 공존한 상태에서 그렇다면 최적의 번역을 어떤 방법으로 이끌어낼 것인가가 논점으로 부각된 맥락을 잘 보여준다.[17] 위의 세계문학전집의 경우를 통해 일역대본을 대상으로 문장력을 갖춘 문인이 최적의 번역 적임자이며 다만 최적의 번역에 완전을 기하기 위한 차원에서 외국어학자에게 원서 대조의 역할을 맡기는 방법이 당시의 수준에서 이끌어 낼 수 있는 최상의 결론이었음을 알 수 있다. 충실성(직역)-외국어학자/가독성(의역)-문인의 대립은 당대 번역비평의 중심 논제였다.

문인들은 대체로 일본어중역이 불가피한 과도기적 상황에서 일어 해득력과 문장력을 고루 갖춘 문인들이 문학번역을 주관해야 한다는 입장을 견지했다.[18] 아울러 일본어중역을 포함해 중역, 삼중역도 시의성이 있다고 주장한다. 위 글의 필자인 계용묵도 번역의 우열은 역필(譯筆)의 능력이 원작의 의미를 살리느냐에 있다는 전제 아래 문인 중심의 중역이 차선의 방안이라고 본다. 이러한 입장은 일본어 및 영어 해득력이 미비한 번역의 주독자층(청년학생층)을 고려한 것이었다. 반면 외국어전공자들은 대체로 번역의 질을 문제 삼으면서 충실성의 규범을 강조한다. 따라서 일본어 중역은 가당치 않으며, 어학능력을 구비한 역자에 의해 번역이 이루어져야 한다고 본다.[19] 물론 다른 견해를 피력한 논자도 있었다.

---

17) 문학텍스트와 달리 실용적인 텍스트는 의미와 형식의 결합이 상대적으로 느슨하기 때문에 직역이 적정하다고 간주하는 것이 상례지만, 1950년대 한국현실에서는 오역이 아니더라도 실용적 텍스트의 직역도 많은 난점이 존재했다. 번역기술이 미성숙했기 때문이다. 가령 당대 번역의 수요가 높았던 신문통신 기사의 경우 '의역을 하면 원문과 전혀 다른 것으로 되어버리고, 직역을 하더라도 외신에서 사용되는 언어가 그 사회에서 일반인들이 사용하는 생생하고도 새로운 말이기에 그 내용을 제대로 표현해낼 수 없는' 문제가 항상적으로 발생했다. 이에 대해서는 심연섭, 「外信飜譯의 문제」, 『문화세계』, 1953.11, 84~89쪽.

18) 정비석, 「번역문학에 대한 私見」, 『신천지』, 1953.12, 159~165쪽.

19) 오화섭, 「번역문학소고」, 『경향신문』, 1954.7.25. 오화섭은 일본어중역을 극력 반대하면서도 불어

가령 손우성은 가독성을 중시하는 가운데 원역이 어렵거든 중역이든 삼중역이든 무방하며 현실적으로 충실성을 갖춘 양심적 번역은 너무나 과한 욕심이라고 보았다.[20] 번역의 질을 우선적으로 강조하는 논의 자체가 오히려 번역문학의 맹아를 미리 저지해버리는 역효과를 낳는다는 우려를 표명한 논자도 있었다.[21]

위의 분업과 협업에 기초한 공역(共譯)의 방식이 최적의 번역을 위한 최선책이라는 합의 도출된 결론은 실현가능성도 문제이려니와 이 같은 대립구도를 봉합한 것으로 볼 수 있다. 중요한 것은 이 구도가 1950년대 내내 지속된다는 사실이다. 그에 대응해 번역론의 지평이 상호 오역시비, 단독번역/공동번역을 둘러싼 번역의 효율성 논란, 일본어중역/영어중역의 우열 등으로 한정될 수밖에 없었다.[22] 즉 번역 비평 또는 번역 실천의 규범을 정하는 도정이었다. 특히 그것이 문단(학) 내 권력투쟁과 결부되면서 한층 격렬해진다.

지금까지 1950년대 번역 장의 형성을 중심으로 당대 번역적 상황의 대강을 조감해봤다. 다소 장황하게 검토한 이유는 1950년대 번역의 특징적 존재방식을 좀 더 섬세하게 파악하기 위함이었으며 다른 한편으로는 1950년대 번역의 정치학, 즉 (문학)번역이 당대 정치적, 문화적 사유와 질서 재편에 어떻게 개입했는지를 논구하기 위한 거점을 마련하려는 욕심 때문이었다. 이와 관련된 연구는 박지영에 의해 선구적으로 이루어진 바 있다.[23] 저자의 문제의식도 박지영과 대동소이하다. 다만 이 연구는 번역 장의 중요 구성주체인 국가권력, 출판자본, 문학주

및 독어텍스트의 경우는 번역적임자가 없다는 이유로 영어중역을 하는 것이 바람직하다는 다소 모순된 주장을 피력한다.

20) 손우성, 「생의 營養, 번역문학의 과제」, 『동아일보』, 1954.9.4. 손우성은 '일본의 명치, 대정시대 같이 광신적 외국숭배열이 일어나서 전통적 국수주의와 법석이는 한편 제대로 꼴을 갖추지 못한 번역물이라도 대중이 탐독했으면 좋겠다'는 소망을 여러 차례 표명한 바 있다.

21) 박태진, 「번역문학에 대한 是非」, 『문화세계』, 1953.9, 69쪽.

22) 번역의 우수성을 둘러싼 논란에 대한 비판도 거세게 일었는데, 번역의 목적은 '외국어를 해득하지 못하는 사람에게 그 외국어로 된 문화적 소산을 소개하는데 있으므로 번역의 우수성을 판단하는 기준은 독자의 多少에 있다'는 논리에 입각한 비판이 주종을 이루었다. 박상식, 「'표현의 재현'으로서의 번역」, 『한국일보』, 1959.10.1.

23) 박지영, 「'번역'의 시대, 번역의 문화 정치—1950년대 번역정책과 번역문학장」, 『대동문화연구』71, 성균관대 대동문화연구원, 2010. 박지영, 「1950년대 번역가의 의식과 문화정치적 위치」, 『상허학보』30, 상허학회, 2010.

체 상호간의 구조적 역관계를 중심으로 번역의 정치학의 작동 양상을 살핀다는 데 차이가 있다는 점을 밝혀둔다. '어떻게 읽었나'와 '무엇을 읽었나'의 상호제약성에 초점을 둔 번역의 정치학 문제이다.

2. 국가권력의 근대화 기획과 번역

1950년대 국가권력은 근대화의 실질적 주체이자 자유민주주의의 능동적 실현자였다. 그것은 근대(화)가 시대정신으로 부상하였음에도 불구하고 그것을 실현할 수 있는 주체세력이나 사회적 기초가 결여되었기 때문에 국가권력이 그 담당주체가 되었던 것이다. 단정수립 후 전향의 소용돌이에 의해 일반국민 및 문화지식인들의 사상적 무장해제, 즉 반공이데올로기로 획일화되고 더욱이 한국전쟁을 통해 내부평정작업이 완수됨으로써 시민사회적 토대는 완전히 붕괴되었다. 비록 이승만정권이 미국의 동아시아전략에 포획된 가운데 정치적 지배구조에 제한을 받아 대미종속성 내지 신식민성을 지닐 수밖에 없었고 따라서 지배체제의 불안정성을 드러냈지만 국내적으로는 일정 정도의 이데올로기적 헤게모니를 확보한 가운데 사회전반에 막강한 자율성을 행사한다. 이런 맥락에서 국가권력의 근대화기획이 입안되었고, 국가권력을 중심으로 강력한 근대화가 추진되기에 이른다. 물론 그것이 아래로부터 비등한 대중들의 근대적 욕망과 결합돼 시대정신으로 자리 잡을 수 있었다.

위로부터의 근대화기획은 본질적으로 국가권력의 통치 효율성을 제고하기 위한 수단으로 기능한다. 즉 이를 통해 정치경제적인 측면뿐만 아니라 사회문화적인 측면에까지 세력 관계를 재편해 국가의 대사회 통제력을 확대함으로써 지배체제의 안정적 재생산기반을 구축하고자 하는 정략적 의도를 분명히 지니고 있었다. 가령 사회문화 분야의 중요 근대화기획이었던 의무교육제도, 문맹퇴치운동 등은 국민형성적 효과를 창출하면서 1950년대 반공국민으로의 국민정체성을 확립하는데 중요한 역할을 했다.[24] 그러나 다른 한편으로는 사회문화적 근대화

---

24) 강인철, 「한국전쟁과 사회의식 및 문화의 변화」, 정신문화연구원 편, 『한국전쟁과 사회구조의 변

의 기반을 확충하는 긍정적 효과도 유발한다. 의무교육완성6개년계획(1954~58)의 실시로 취학률은 88.44%(1954)에서 96.13%(1959)로, 취학아동수는 2,405,301명(1954)에서 3,785,050명(1959)으로 향상되었으며, 5년에 걸친 문맹퇴치운동(1953~1957)의 결과 문맹률은 26%(1953)→12%(1955)→8.5%(1957)→4.1%(1958)로 급감했다. 1930년 전후 언론기관의 문자보급운동과는 차원이 다른 것이었다. 그 성과는 당대뿐만 아니라 이후 한국사회의 근대화에 초석이 되었음은 주지의 사실이다. 이 같은 양면성은 1950년대 근대화기획에 대해 균형적 시선으로 접근해야 한다는 것을 요구한다.

번역과 관련해 국가권력이 추진한 근대화기획은 외국도서수입과 도서번역사업이다. 물론 전자는 번역과 직접적인 연관은 없다. 다만 번역(될) 가능성을 염두에 둘 때, 그것이 번역대상도서의 선택에 일정한 영향을 끼쳤다는 점에서 나름의 연관성을 상정할 수 있다. 특히 애초에 특정텍스트를 번역하기로 결정하는 단계에서부터 번역의 문화권력 및 이데올로기가 작동한다는 점에서 중요성을 지닌다. 앞서 언급했듯이 외서수입 권한은 실질적으로 국가권력이 독점하고 있었다. 수입추천의 항목에서부터 그 절차까지 장악하고 있었다. 더러 외서수입의 절차와 허가를 둘러싸고 주무 부처, 특히 출판을 비롯해 문화행정 전반을 관장했던 공보처(1955.1부터는 문교부로 이관)와 상공부, 법무부 간에 권한갈등이 야기됨으로써 제한적 범위 내에서의 수입조차도 행정적으로 까다로워져 문화쇄국을 조장한다는 비난을 받기도 했다. 그 분란의 과정을 거쳐 외서수입의 체계가 정비되는데, '외국도서인쇄물 추천기준 및 추천절차'(1957.8.30)로 수렴된다.

1) 판매용으로는 학술연구 참고용 및 교양서적에 한하여(日書는 학술도서에 한함) 추천하되 다음의 것은 제외한다. ①대한민국과 국가원수를 비방 또는 모욕하고 적성(북한괴뢰포함) 국가 선전 찬양과 적성국가에서 발행한 것 ②공산주의자 및 그 추종자의 저작물과 주로 공산주의서적을 간행하는 출판사의 출판물 ③미풍양속과 공공질서를 해할 우려가 있는 것과 청소년의 도의 및 정서

화』, 백산서당, 1999, 208~209쪽.

교육에 유해한 것 ④국내에서 발행한 도서와 유사한 내용의 것.

    2) 실수요자용으로서 다음 사항의 내용을 추천한다. ①공공기관에 있어서 그 직무수행의 참고자료로 인정되는 것에 한하되 해당기관의 기능을 고려하여 필요치 않은 사항은 인정치 않는다.

    3) 기타에 있어서는 기증품, 탁송품, 휴대품, 재산반입 등의 경우에는 전기 ①, ②항에 준하여 추천하되 수요자가 확인되는 일서로서 학술도서에 한하여 인정할 수 있다. 단, 이 경우에 있어서 자연과학계 도서는 추천을 요하지 않는다. [25]

    문교부가 중심이 되어 내무, 법무, 재무, 상공, 체신부 및 공보실의 수차 협의를 거쳐 국무회의에서 통과된 것이었다. 판매용, 실수요자용, 기타로 구분해 비교적 체계를 갖추고 있는데, 영리 목적의 판매용인 경우 수입의 제한 폭이 엄격하게 적용되었음을 알 수 있다. 학술도서를 제외한 일본서적, 非반공 서적, 외설로 간주될 수 있는 서적 등이 엄금되고 있는 이 규정은 외화, 레코드수입에서도 그대로 적용됐다. 실수요자용은 공공기관의 직무수행과 관련된 것으로, 주 실수요자라고 할 수 있는 대학, 학회, 학술단체하고는 무관했다. 기증도서일 경우에도 일서의 자연과학계에 대한 다소의 관대가 있었지만, 마찬가지의 적용을 받았기 때문에 학술도서 및 교양서적의 도입은 공사(公私) 양면에서 매우 제한적일 수밖에 없었다. 실수요자의 실질적인 학술연구의 참고도서 도입을 도모한다는 애초 이 행정령의 취지를 무색하게 하는 제약이었다. 특히 판매용의 경우 수입허가를 받았다고 하더라도 이를 발매하기 앞서 해당기관장의 검인을 재차 받아야 했다. 검인을 받지 않았을 시 발매 또는 반포금지 처분을 당했다.

---

25) 「외국도서인쇄물 추천기준 및 추천절차에 관하여」, 『문교월보』, 1957.11.25, 96쪽. 이 추천기준은 승계·확대되어 1980년대까지 시행된다. '외국정기간행물수입배포에 관한 법률'(1961.12.30, 법률 제903호), '도서수출입추천기준 및 절차'(1967.8.2, 문공부공고 제1019호), '간행물의 수입수출 등에 관한 사무처리 요강'(1968.12.28, 문화공보부 예규 제1호), '외국간행물수입배포에 관한 법률시행규칙'(1976.4.15, 문화공보부령 제50호) 등을 통해 외국정기간행물 수입배포의 법적 규정으로 기능했다. 이 법률과 시행령, 예규 등의 행정입법은 모두 관계당국이 사전에 외국간행물 및 외서 수입에 개입하여 추천하게 함으로써 사실상 사전허가제나 다름없는 구실을 했다. 「외서 추천, 검열 완화하라」, 『동아일보』, 1971.8.2.

전체적으로 외서수입의 폭이 매우 좁았으며 그나마도 특정 지역(국가)에 편중될 수밖에 없는 구조이다. 번역대상의 폭도 그만큼 협소해지는 것이 불가피했다. 잔존한 일본서적이나 미공보원 및 외국원조기관이 기증한 도서의 활용가치가 증대될 것은 역연했다. 또 비공식 루트로 밀수입된 것이 판매되거나 무단 번역이 성행할 수밖에 없었던 것도 같은 맥락이다. 행정권을 발동해 밀수입의 주 대상인 일본서적에 대한 단속을 지속적으로 시행하나 광범하게 산재한 수요자가 존재했기에 근절은 불가능했다고 볼 수 있다.

눈여겨볼 대목은 외서수입의 재원이 대부분 외국원조였다는 사실이다. 1953년 UNKRA(유엔한국위원단)계획에서 1958년 ICA(국제교류처)원조까지의 문화교육 부문 원조 총합 불화액(拂貨額) 약 3천1백만 달러 가운데 외서구입비로 사용된 것은 78,884달러였다. 그것도 UNKRA원조에서만 배정된다. ICA와 AFAK(미국대한원조) 원조는 직업훈련과 같은 기술적 영역에 전부 할당되었다. ICA계획에 의한 서울대학교 원조액 약 540만 달러도 모두 교사건축비로 소용된다.[26] 따라서 외서수입에 책정된 금액이 많지 않았다. 그렇다고 정부예산에서 배정되었다고도 볼 수 없다. 총 정부예산 중 문교예산은 1954년 9.4%에서 1955년에 21%로 확대되고 그 비율이 점차 증가했지만, 1959년 기준으로 문교예산 가운데 80.2%가 의무교육비로 할당된 것을 감안하면[27] 외서수입비의 책정은 없었다고 봐야 한다. 더욱이 원조자금 중 불하액과 별도로 대충자금(counterpart fund) 675만 달러가 제공되었지만 이 또한 외국서적 구입에 전혀 투입되지 않았다. 민간에서 정부불로 외서수입을 강력히 요구한 것도 이런 맥락에서였다. 그리 많지 않은 금액과 특정 지역에 편중된 그것도 원조에 전적으로 의존해서 이루어진 것이 당대 외서수입의 실체이다. 물론 민간영역을 고려할 때 외서수입의 총량은 늘어나겠지만 급증했다고 보기 어렵다. 수익성이 크지 않았기 때문이다. 원조와 관련해 유념할 것은 비록 원조의 주축국이 미국이었다고 하더라도 적어도 공적 차원에

---

26) 「외국원조기관의 변천과 문교 분야에 있어서의 외원사업」, 『문교월보』, 1959.5.20, 62~69쪽 참조. 해방 후 외국 원조기관의 원조 내역과 그 성과에 대해서는 「각 외국 원조기관 업적의 大要」, 『문교월보』, 1959.7.20, 67~70쪽 참조.

27) 『합동연감』, 합동통신사, 1960, 464~465쪽.

서의 외서수입은 미국의 영향력이 일방적으로 관철되기 어려웠다는 점이다.

번역과 직접 관련된 근대화기획은 도서번역사업이다. 1953년 문교부가 중심이 되어 학술의 각 분야에 걸친 우수한 외서를 번역 간행해 보급한다는 취지로 문교부 내 외국도서번역 간행사업을 담당하는 부서와 위원회를 설치한 뒤, 곧바로 문교부령 제30호(1953.7.6)에 의해 외국도서번역 심의위원 규정을 제정하고 학문의 전 분야를 대상으로 한 도서 선정과 선정된 도서의 번역·출판에 대한 계획을 입안함으로써 도서번역이 국책사업으로 추진된 것이다.[28] 이른바 '외국도서번역간행사업 5개년 계획'(1953~1957)이다. 물론 이 사업은 정부수립 직후부터 국가차원의 번역기관 설치에 대한 문화지식인들의 끈질긴 요청, 특히 전시 '문교부 내 번역국 설치 및 민간협의운영' 요구가 반영된 산물이었고[29] 아울러 21부문 28인의 권위 있는 학자들로 구성된 번역심의위원이 대상도서와 역자의 선정을 주관했다는 점에서 관민(官民) 합동이라는 성격이 강했다. 향후 30년 계획으로 매년 1천 권씩 3만 권의 외서를 번역하겠다고 문교당국이 공식 천명할 만큼 중점을 둔 사업이었다.

민간의 요구가 대폭 반영되었고 또 관련전문가들이 적극적으로 참여·주도했기에 큰 기대를 모았으나 번역과 출판 모두에서 초기부터 난관에 부딪친다. 재정 문제였다. 본격 시행된 1954년에는 『법에 있어서의 상식』(비노크라토프/서돈각 역), 『농학개론』(J.W 페타이슨/조백현 역) 등 5권을 번역 출판하는데 그친다. 그것도 애초 책정된 정부예산 6백만 원이 30% 삭감된 상태에서 UNKRA원조 2백만 원의 용지대금이 제공되었기에 가능했다.[30] 자유아세아위원회가 용지와 원서를 원조해주겠다는 약속을 실행하지 않아 더욱 곤란했다. 더욱이 민간업자(합동도서주식회사)에 위탁해 출판하는 시스템에다 적자보전을 해주지 않았기 때문에 출판업자들이 소극적으로 대처했다. 1955년부터는 원고료와 함께 조판비의 상당액을 국고금으로 보조하는 구급책을 씀으로써 도서 가격의 저렴화를 꾀하고 도서발행을

---

28) 이 사업의 입안과 추진 경과에 대해서는 「도서번역사업의 연혁과 전망」, 『문교월보』, 1959.7.20 참조.

29) 「문화정책 총 비판」(지상좌담회), 『대학신문』, 1952.9.15.

30) 『대학신문』, 1954.6.9.

촉진할 수 있어 이 해에 18권의 번역도서가 발행되는 성과를 거둔다.

하지만 중진(重鎭)중점주의 원칙을 고수해 지지부진할 수밖에 없는 번역과정도 문제이려니와 출판된 도서의 태반이 전문적 학술서이기에 독자층이 제한되어 있었고 판로 또한 원활하지 못해 재정난이 가중됨으로써 여러 차례 위기에 봉착한다. 행정력을 동원해 관공서를 중심으로 판로를 개척해보지만 역부족이었다. 번역 탈고된 역서조차 발행되지 못하게 되자 민간 출판자본(민중서관, 청구출판사)을 끌어들여 발간을 권고하고 급기야 1959년부터는 국고에서 직접 발행하는 방향으로 선회하는 등 갖은 우여곡절 끝에 1953.7~1959.12까지 152권의 외서를 완역할 수 있었고 그 중 94권을 출판 완료한다.[31] 결코 만만치 않은 성과이다. 당시 출판 환경을 감안할 때 국가권력이 번역, 출판, 배포의 주체가 된 관제 번역출판이었기에 가능했다고 볼 수 있다. 1958년부터는 아시아재단의 지원을 받은 바 있다. 출간된 도서목록은 다음 〈표1〉과 같다.

당시 신문에서 보도한 목록과는 다소의 차이가 있다. 문교부의 공식적 집계이기에 위의 목록이 정확할 것이다. 플라톤의 『심포지엄(饗宴)』, 다윈의 『종의 기원』, 루소의 『사회계약론』, 사르트르의 『존재와 무』, 칸트의 『형이상학서론』·『실천이성비판』, 러셀의 『교육학』 등 고대에서 현대에까지, 인문학에서 자연과학까지를 포괄한 광범위한 분포를 보인다. 세부 분야도 종교, 철학, 교육학, 심리학, 법학, 경제학, 정치학, 언어학, 수학, 지리학, 물리학, 화학, 농학, 공학, 의학, 약학, 원자학 등 기초학문의 제반 분야를 골고루 망라하고 있다. 면수도 웬만한 출판자본은 엄두도 내기 어려울 만큼 대체로 크다.

몇 가지 눈에 띄는 경향은 첫째, 자본주의/사회주의(공산주의)의 대립에 기초한 자본주의체제의 우월성을 설파한 이론서의 번역이다. 『공산주의의 사회학과 심리학』은 공산주의를 혼란과 비극을 부단히 일으키는 암적 존재로 전제한 가운데 그 부정적 실체를 규명하고 있으며, 『자본주의 대 사회주의』는 자본주의와 사회

---

31) 완역을 마친 나머지 58책도 1962년까지 모두 출간된다. 1960년에는 에리히 프롬의 『정신분석과 종교』(박경화 역)를 비롯해 26권, 1961년에는 브라이스의 『현대민주정치론』(하/서석순 역)을 시작으로 14권, 1962년에는 오스본의 『미학입문』(조우현 역)을 비롯해 20권이 각각 간행되었다. 아울러 새로 2권이 추가 번역돼 출판되었다(『한국출판연감』, 1963, 532~537쪽 '목록' 참조). 모두 대한교과서주식회사가 발행했다.

〈표1〉 문교부 도서번역사업의 번역도서 일람표

도 서 명	저 자	역자	쪽수	도 서 명	저 자	역자	쪽수
서양철학사(상)	버드런드·럿쎌	정석해 한철하	483	현대구라파사(상)	제·살윈·사파이로	신한철	795
〃 (중)	〃	〃	340	〃 (하)	〃	〃	639
〃 (하)	〃	〃	580	전쟁과 평화	죤·포스트·덜레스	한규종	381
민주주의와 교육	존·듀이	오천석 임한영	676	광상의 성인	A.란M.빗트맨	손치무	359
자유론	J·S·밀	한태수	212	실험의학의 원리	크라우데·보사드	이영택	613
현대신학의 제형	메킨도쉬	김재준	539	전설의 시대	J.벌핀취	이하윤	485
고등미분적분학	필립·프란크린	장기원	624	불란스혁명사	죠지·레게버	민석홍	299
동물생태학(상)	피어스	김호직	353	언어와 진리와 논리	에이야	이영춘	631
〃 (하)	〃	〃	465	중국문화사총설	錢穆	차주환	375
외교학개론	해롤드·니콜손	이정우 정일형	220	양돈법	아더·L·안더손	윤상원	674
응용도학	후랑크·M·뭐너어	김봉우	393	한국동란사	로버트·T·오리	김봉호	277
공업제도학	토마스·E·후렌취 찰스·제이·버크	김봉우	720	잔치(饗宴)	풀라톤	조우현	173
이승만 박사전	로버토·티·오리버	박마리아	652	지사학(地史學)	D.드럼버	김봉균	825
소득(所得)	피구우	최호진	166	서양미술사	라아나흐	장발	453
자본주의대사회주의	피구우	송기철	128	고주파공학	타르멘	이재곤	803
그리스도교와 문명	에밀·뿌른너	김재준	222	영어교수의 이론과 실제	C.C.프리즈	전형국	335
쉑스피어의 이야기들	찰스램 메리램	피천득	454	종의 기원	C.R.다윈	김호직	450
심리학개론(상)	보오링 렝펠트 웰드	고순덕	603	행정학	H.A.시온 D.W.시미스불크 V.A.톰프손	김영훈	760
〃 (하)	〃	〃	592	윤리학원리	G.E.무어	정석해	402
시련에 선 문명	아놀드·J·토인비	조의설	315	교육학	버드런드·럿쎌	임한영	394
형이상학서론	임마뉴엘·칸트	박종홍	192	방사선과 생세포	F.G.스피어	이민재	330
역사의 한 연구(상)	아놀드·J·토인비	정대위	430	민주적 생활을 위한 효과적 연설법 (한·영합본)	로버트·T· 오리버	홍홍순	230
〃 (중)	〃	〃	411	〃 (영문판)	〃	〃	116

도 서 명	저 자	역자	쪽수	도 서 명	저 자	역자	쪽수
〃 (하)	〃	〃	501	국세법발달사	A.누스철바우	서석순	522
법에 있어서의 상식	비노크라도프	서돈각	255	고등회계학	W.H.파톤	조익순	783
농학개론	J·W·페타이슨	조백현	443	정치학개론	T.H.스테븐슨	한규종	337
화성학	월터어·피스톤	박태준	410	인간의 본성과 운명 (상)	R.니흐버	이상설 양유선	406
금속재료학개론	윌미암·호모버크	박희선	403	〃 (하)	〃	〃	430
화학공장의 설계	비만트	양동수	852	지도의 실제	A.E.트랙슬러	어기형	634
분석화학의 기초이론	그루나·하그	신윤경	337	현대민주정치론	V.J.Bricl	서석순	700
목야경영법	A·W.샘프손	조백현	850	약리학(상)	구르헬빌즈	이우주	696
철근콩크리트	더·피보디	정인준	443	〃 (하)	〃	〃	
생물화학교본	밋첼	이춘영	954	경영계획과 경영통계	B.E.캣즈	송태영	498
관개의 이론과 실제	O·W.이스라엘슈	박성우	537	실천이성비판	임마뉴엘·칸트	최재회	365
존재와 무	싸르트르	손우성	471	미국헌법발달사	벤자멘·덕·라이트	문홍주	370
아메리카 회화사	플렉스너	박갑성	196	개관세계사	르네·세디오	정운룡	451
현대 미국미술의 종류	죤J·A.보오	박갑성	341P	신앙과 역사	라인홀트·니버	조형균	398
조림학원론	F.S.보러	현신규	347	중국미술사	휴고·만스터·버그	박충집	252
중국 선사시대의 문화	안더슨	김상기 고병익	413	인간의 권리	유네스코	이극찬	458
공산주의의 사회학과 심리학	주우루스·몬렌라드	배운학	465	회사회계기준시설	W.A.페틀튼 A.C.레이틀	소진덕	290
교육사상사	로버트·알리히	한기언	578	미생물학개론	톰프손	안재준	766
화학분석의 조작법	G.A.뉴쓰	최호영	659	곤충학	H.H.로스	백운하	700
십대 경제학자	요셉.A.슘페데	백창석	467	작물의 생산	T.B.헛째슨 T.K.울프 M.S.김브시	김인권	335
전기공학의 이론과 실제	그레이	이종일	863	공업발효학	L.A.언더코프러 R.J.힉키	김호식	694
한국기행	에룬스터·롭펜스	한우근	335	백터해석	I.G.코헨	김정훈	268P
사회경약	J.J.룻쏘	남용기	253	척추동물의 비교발생학	A.F.휴트너	강영선	630
				영어문형연습 (상/하)	C.C.프리즈	전형국	581

주의를 『전쟁과 평화』는 제2차 세계대전 이후의 자유세계와 공산세계의 정책을 각각 대비적으로 고찰하고 있는데, 주 논점은 후자의 비판에 있다.

둘째, 주로 미국의 최신 대학교재로 사용되고 있는 기초학문 각 분야의 개론서 번역이다. 『금속재료학개론』, 『외교학개론』, 『화성학』, 『조림학원론』, 『철근콩크리트』, 『생물화학교본』 등은 당시 미국 각 대학에서 해당분야의 교과서로 채택된 개론서였다. 『농학개론』, 『동물생태학』, 『양돈법』, 『목야경영법』, 『공업제도학』, 『관개의 이론과 실제』, 『화학공장의 설계』 등 이공계통의 정평 있는 이론서도 해당 분야의 중요 교재로 채택된 것들이었다. 이론서 및 개론서 번역의 미국 편중을 시사해준다. 『아메리카회화사』, 『현대 미국미술의 종류』, 『미국헌법발달사』 그리고 영미법 중심의 법학입문서 『법에 있어서의 상식』 등까지 감안하면 그 편중의 정도를 능히 가늠해볼 수 있다.

셋째, 『민주주의와 교육』, 『자유론』, 『역사의 한 연구』, 『현대민주정치론』, 『사회경약』, 『종의 기원』, 『존재와 무』 등 우리 학술지식계에 지대한 영향을 끼치는 서양고전이 번역되어 관급(官給)되었다는 점이다. 이 같은 관급적 번역출판사업의 파급 효과가 어떠했는지는 측정하기 쉽지 않다. 다만 정부 각 부처를 위시해 해외주재 각 공사관, 외국의 저명한 도서관, 전국의 공공도서관 및 특수도서관, 문화단체, 각 대학 도서관 등에 무료로 배부했다는 사실로 미루어 볼 때 그리고 '동물학, 식물, 광산학, 물리학, 화학, 실업학 교과서들이 일본교과서를 번역해 교수'했던[32] 해방기의 실정을 고려할 때 기초학술자료에 목말라하던 교육계나 실수요자들에게 상당한 기여를 한 것만은 충분히 유추해볼 수 있다. 실제 이들 번역도서의 상당수는 대학교재로 지정된 바 있다.

오히려 학술번역의 기풍을 진작시켰다는 것에 더 큰 의의를 부여할 수 있겠다. 이 번역 사업을 계기로 학술명저의 번역이 다방면으로 촉발된다. 서울대는 전시(1952년)에 출판위원회(이하윤, 권중휘 등 총 10인)를 자체적으로 구성해 외국번역출판 사업을 추진했으나 예산문제로 지지부진하던 것이 이 사업을 계기로 재가동되어 1955년에 10여 권의 번역서를 간행한다. 특히 을유문화사의 학술번역

---

32) 「문교와 문화운동」, 『국민보』, 1947.1.29.

출판이 두드러졌는데, '歐美新書'(1955~1965, 전50권), '飜譯選書'(1956~1972, 전31권)가 대표적인 기획이다.[33] 민간출판자본 가운데 유독 을유문화사가 이 같은 학술번역출판을 기획할 수 있었던 것은 유엔출판부와 한국 총대리점 계약을 체결해 동 출판사가 간행하는 모든 도서를 국내에 독점 공급할 수 있었고, 미공보원으로부터 번역료 지원을 받았기에 가능했다. 아울러 1955년 중고등학교 교수요목 변경에 의해 검인정교과서출판의 폭이 8과목 40종으로 확대됨으로써 획득한 수익이 이 기획에 투입되었다.[34] 장기적인 효과면에서 볼 때는 이 사업의 번역심의위원회가 법정기구화 되고 국문도서번역분과, 외국문도서번역분과, 한문고전번역분과위원회로 분화·확대되는 것을 계기로('도서번역심의위원회규정', 1960.12.2, 국무원령 제114호) 외서 번역출판사업이 국책사업으로 지속 확대될 수 있었다는 점도 간과할 수 없는 의의이다.

흥미로운 사실은 문학예술에 관한 번역출판이 극소수라는 점이다. 문학작품은 거의 없다. 추후에 간행된 58권에도 문예와 관련된 것은 『미학입문』(오스본/조우현 역), 『중국문학사』(胡雲翼/장기근 역) 2종뿐이고 대부분 자연과학분야의 기초이론서였다. 을유문화사의 번역기획에도 마찬가지이다. 그러면 당시 범람한 문학

---

33) 1950년대에 '구미신서'는 32권, '번역선서' 9권이 각각 발간된 바 있다. '구미신서'의 목록을 간행 순서로 밝히면, 『원자보고서』(이버스 딘/조순탁), 『대전환기』(루이스 알렌/송욱), 『자유와 문화』(존 듀이/이해영), 『서양의 미래』(드 뷰스/민석홍), 『사회주의의 종말론』(이스트먼/이기홍), 『고귀한 생애』(트루블러드/엄요섭), 『아메리카 연구』(데오토카스/김기두), 『새 세계의 새 희망』(B.러셀/이극찬), 『민주주의와 국제정치』(피어슨/조효원), 『행복의 탐구』(메키버/안병욱), 『노동문제 50년사』(사이러스 칭/오윤복), 『생활의 설계』(R.리노우/이만갑), 『20세기 자본주의혁명』(A.벌리/김두희), 『미국사대요』(F.디슬스웨이트/이보형), 『소비에트사회사』(로스토우/이만갑), 『미국정부형태론』(그리피스/조효원), 『맑스주의론』(마이어/양호민), 『바다의 신비』(라첼 칼슨/조상진), 『현대사』(한스 콘/민석홍), 『경제윤리』(차일드, 케이터/양호모), 『공공사회의 철학』(월터 리프맨/이극찬), 『생산성 향상과 경영개선』(G.허튼/장기봉), 『문화의 이론』(T.S엘리어트/김용권), 『경제논쟁의 이론과 실제』(갈브레이드/박희범), 『현대와 자유』(S.E 모리슨/이극찬), 『평화를 위한 교육』(허버트 리드/안동민), 『민주주의 원리 신강』(매키버/오병헌), 『역사와 영웅』(시드니 후크/민석홍), 『良識과 핵전쟁』(D.C 피터/김용철), 『철학과 행복』(자크 마리땅/김재희), 『보수주의론』(피터 비레크/이극찬) 등이다. '번역선서'의 경우는 『아동심리개요』(뷰레르/이진숙), 『미국문화사』(M.컨리프/송욱), 『현대교육사조』(와일즈/이종수), 『과학과 현대』(화이트헤드/김준섭), 『듀이 선집』(어윈 에드먼/오천석), 『현대도덕철학』(필립 라이스/김태길), 『정치권력론』(B.러셀/이극찬), 『행정학원론』(레오나드 화이트/민병태 외), 『경제발전의 이론』(마이어, 볼드윈/성창환) 등이다. 문고판인 '구미신서'는 교양정도가 높은 독자층에 인기가 많았다. 「외서번역물이 우세」, 『서울신문』, 1959.3.28.

34) 『을유문화사50년사』, 1997, 130~131쪽.

작품번역의 출처가 어디였을까? 대체로 일본어중역이었을 것으로 짐작된다. 물론 일부는 미공보원으로부터 흘러나왔을 것이다. 실제 전시에 미공보원의 후원으로『주홍글씨』(호돈/최재서), 『개척자』(위라 카터/여석기), 『바람과 함께 사라지다』(미첼/양원달) 등이 번역 출판되었고 이후 멜빌, 포, 존 스타인백, 마크 트웨인, 오헨리 등 미국근현대작가의 소설이『미국의 현대시』, 『미국의 현대소설』, 『미국의 현대극』 등이 역간된 바 있다.[35] 하지만『세계문학전집』을 포함해 당시 서구문학 작품의 번역을 충당하기에는 부족했다고 봐야 한다. 내발적 차원에서 미국문화의 국내 전파에 기여한 단체들, 대표적으로 '미국문화연구소'(1955.7)의 활동을 감안해서도 그러하다.[36] 한국의 번역물 대부분, 특히 정기간행물 및 단행본의 문학 분야가, 제정러시아의 소설들이 불역본에 의해 많이 읽힌 19세기 미국의 경우와 같이, 일본의 영향 속에 있다는 외국인 교수(A McTACCART)의 지적도 이를 뒷받침해준다.[37] 또『세계문학전집』 간행이 일본의 전집을 갖다 놓고 진행했다는 최재서의 발언에도 주의를 기울일 필요가 있다.[38]

따라서 국가의 번역사업에 미국의 직간접적인 개입을 비약하거나 미공보원의 활동을 강조해 (문학)번역사업의 의도를 미국화(Americanization)으로 특화시키는 견해는 재고의 여지가 있다. 1950년대 번역의 정치학이 서구중심주의, 자유민주주의, 반공주의 이데올로기를 대중적으로 확산시키는 것과 유관하더라도 그것은

---

35) 양원달, 「번역문학」, 한국문인협회 편, 『해방문학20년』, 정음사, 1966, 71~75쪽. 당시 미공보원의 후원에 의해 역간된 미국문학의 기획번역으로는『미국의 현대시』(L·보오건/김용권), 『미국의 현대소설』(F·J·호프맨/주요섭), 『비평의 시대-현대미국비평사』(W·V·오카너/김병철), 『미국의 현대극』(A·S·다우너/여석기), 『미국의 단편소설』(R·B·웨스트/곽소진) 등 5권으로 구성된 '20世紀 美國文學硏究叢書'(수도문화사 刊)와 『사랑은 죽음과 함께』(쫀·패트릭/오화섭), 『지평선 넘어』(유진·오닐/오화섭), 『우리 邑內』(소온톤·와일더/오화섭), 『피크닉』(윌리암·인지/이근삼), 『밤으로의 긴 旅路』(유진·오닐/오화섭) 등 5권으로 짜인 '現代美國戲曲傑作選'(수도문화사 刊)이 대표적이다.

36) '한미 간의 문화학술의 교류 및 연구를 목적'으로 설립된 '미국문화연구소'에 참여한 임원은 유진오, 박종화, 변영로, 이희승, 모윤숙, 서정어(고문), 이한직(대표운영위원), 조지훈, 왕학수, 김용갑, 오영진, 김종길(전문연구위원) 등이다. 주요 사업으로는 월간종합지『展望』의 간행, 학술서적의 번역 및 출판, 미국학술서적의 기증 알선, 반공선전을 목적으로 하는 방송, 문화영화의 제작 배급, 한국명저의 영역 및 출판, 연구원의 해외 파견 등이다. 『동아일보』, 1955.7.22.

37) 『대학신문』, 1955. 2.21.

38) 「르네쌍스가 가까웠다-번역문학 부움이 의미하는 것」(좌담회), 『사상계』, 1959.9, 280쪽.

다방면으로 접근해 고찰할 필요가 있다.

한편 국가권력이 번역에 개입하는 또 다른 방식은 검열제도를 활용한 번역(허가)권의 독점적 행사이다. 이는 당대 번역 장의 형성과정 및 번역 지형을 불구적으로 주조해내는 데도 결정적인 역할을 한다. 그 독점권을 한마디로 요약하면 '외국출판물을 번역하여 출판하고자 할 때에는 공보처장의 허가를 받아야 한다.' 는 규정이다('출판물에 관한 임시조치법안'제21조, 1955.1.21). 번역출판의 자유를 명백히 부정하는 조항이다. 문제는 이 법안이 제정·공포되지 못하고 사문화되었다는 사실이다. 1952년 3월 광무신문지법이 국회에서 공식 폐기되고 난 뒤 국가권력이 그 대체법안으로 출판물법을 4차례 제정하려고 시도하다가 사회문화계의 강력한 저항에 부딪쳐 좌절된 바 있다. 위 법안은 그 일환이었다. 따라서 번역출판을 검열할 수 있는 합법적 근거는 존재하지 않았다. 있다면 사상관련은 국가보안법, 성 풍속관련은 형법을 원용하는 것이었다. 다만 번역출판물을 단속하는 행정권 발동은 미군정법령 제88호에 의거해 이루어진다. 일본의 정기간행물 및 (번역)단행본의 단속에도 군정법령이 항시 적용되었다. 법체계상 불법임에도 불구하고 일본서의 번역출판은 허가를 받아야만 했다. 다음의 사례에 잘 나타나 있다.

〈日本書籍飜譯許可申請書〉

左記書籍을 國文으로 飜譯하야 出版코저 하오니 許可하여 주시옵기 趣旨書及元本添附玆以仰願하나이다.

記

著書名 少年期

著者 波多野勒子

譯者 鄭旦心(大邱市 三德洞 一街 一七)

檀紀 四二八七年 九月十四日 大邱市 公平洞 一三

玄岩社(四二八四年 十二月 二十四日 第一0八二號 登錄)

代表 趙 相 元

〈공보 제一八O號〉

檀紀 四二八七年 九月二三日 공보처장

玄岩社 대표 趙相元 귀하

〈일본서적 번역출판허가 신청 반려의 건〉

　귀하가 단기 四二八七년 九월 一四일자로 신청하신 일본서적 「少年期」의 번역 출판건은 현 시국하 이를 승인할만한 긴급 필요성을 인정할 수 없아와 승인치 않기로 결정하여 일건서류를 반려하오니 여차 양승하시기 무망하나이다.[39]

　일본서적의 번역출판 허가 여부를 둘러싼 현암사 사장 조상원과 공보처의 왕복서한이다. 허가 반려의 이유가 번역의 긴급성을 인정할 수 없다는 것인데, 그것은 곧 번역출판의 허가가 당국의 자의에 좌우되었다는 것을 일러준다. 이 같은 비합리적 번역허가는 1959년 『아리랑』이 일본소설을 번역해 전재했다가 전부 삭제조치 당한 것에서 보듯 이후에도 그대로 관철된다. 재일공산당 계열의 불온출판물 유입 차단과 저속성 그리고 민족적 양심을 고려한다는 명분을 내세웠다. 식민경험의 트라우마에 따른 반일 국민감정과 해방직후 저속한 일서 번역물이 범람해 출판시장을 왜곡시켰던 구조가 지속되는 것에 대한 자성의 움직임 등으로 인해 대중적 지지를 받은 것도 사실이다. 국가권력의 배타적 번역(허가)권이 지배 이데올로기의 대국민 확산과 침투에 동원되는 정략적 도구성의 면모를 잘 보여주는 지점이다.[40]

　따라서 일서의 경우 일부 전문학술서를 제외한 여타 서적의 수입 차단, 밀수입된 서적의 압수조치, 게다가 번역출판조차 허가권을 이용한 봉쇄 등 세 차원의 제재로 인해 합법적 출판활동이 제한·위축되는 것이 불가피했다. 특히 문학작품이 공식적으로 번역돼 유통되는 것은 불가능에 가까웠다. 해방 후 일본문학작품

---

39) 조상원, 『책과 30년』, 현암사, 1974, 253~254쪽.
40) 한 신문은 4·19혁명 직후 일서번역물의 범람이 이승만정권의 독선적인 반일정책 붕괴의 반동에서 온 문화적 현상으로 진단한 바 있다. 「일본문학번역과 작가」, 『경향신문』, 1960.10.12.

의 번역 현황에 대한 조사결과에 따르면, 1950~1959년 동안 가가와 도요히코의
『나는 왜 크리스찬이 되었는가』 등 총 7편이 번역 출판된 것에 불과했다.[41] 비공
식적으로 도입된 것이었고 대부분 무단출판이었다.

그렇다고 이 같은 사실이 일본문학(서)이 읽히지 않았다는 것을 의미하지는 않
는다. 문화적 식민지 혹은 일본 추종의 아류에 떨어질 위험성에 대한 경계의식[42]
이 팽배했음에도 불구하고 오히려 과거에 비해 더욱 왕성하게 수용되었다고 볼
수 있다. 일본어서적의 효용가치 때문이었다. 즉 일어를 제외한 외국어 실력이
전반적으로 미숙했던 상태에서 일본어교육을 받은 일반 독자나 지식인들, 특히
교직관계자들에게 일본어서적의 효용성은 남달랐다.[43] 일본서의 수요자층이 광
범하게 분포된 상태였고 또 외서의 수입이 제한적이었던 조건에서 일서의 효용
성은 과거에 비해 증대될 수밖에 없었던 것이다. 물론 이때의 일서는 전후 최신
의 조류가 아닌 대체로 식민지시기부터 잔존한 것들이었다. 잔존한 것이나마 일
서는 굳이 번역을 하지 않아도 수용가능성이 비교적 높았던 것이다. 해방직후 순
한글서적이 읽기 더 어려웠던 사정으로 일서가 애용되었던 풍조의 잔영이었다.

일서 '번역'의 효용가치는 일어해득능력이 없는 새로운 독자들이 수요층으로
대거 편입·확대되는 1960년대에 접어들어 자연스럽게 대두하기에 이른다. 4·19
혁명 직후부터 일서의 번역물이 봇물을 이루면서 붐을 이룬 것은 이의 반영이
다.[44] 번역의 중개 과정을 거치지 않은 일본문학의 수용, 그렇다면 이 시기 일본

---

41) 김근성, 「무엇이 번역되었나」, 윤상인 외, 『일본문학번역 60년 현황과 분석』, 소명출판, 2008, 30
   쪽. 번역된 문학작품은 가가와 도요히코의 『나는 왜 크리스찬이 되었는가』와 『死線을 넘어서』, 구
   라타 햐쿠조의 『사랑의 인식과 출발』, 니와 후미오의 『일본은 패했다』, 후지와라 데이의 『내가 넘
   은 삼팔선』, 야스모토 스에코의 『구름은 흘러도』와 『재일 한국소녀의 수기』 등이다. 야스모토 스에
   코의 번역물 2편은 동일한 작품의 다른 번역본이기에 엄밀히 말해 총 6편이었다고 할 수 있다. 본
   격문학이기보다는 대부분이 수기류이다.

42) 이하윤, 「일본문학작품의 한국어번역」, 『경향신문』, 1960.9.2.

43) 『1963년도 출판연감』, 40쪽 참조.

44) 그 번역 붐은 이전과 비교해 전후일본의 대중물이 주류를 이루며 해적판이 독서시장을 압도하는
   특징을 보인다. 특히 菊田一夫의 『軍의 名은』, 原田康子의 『挽歌』, 五味川純平의 『人間의 條件』,
   三島由紀夫의 『美德의 よろめき』 등 전후일본의 베스트셀러 대중소설 대부분이 번역되어 우리나
   라에서도 베스트셀러가 되며 이 번역본과 더불어 해적판이 양산되면서 일본의 영향 내지 지배에
   대한 우려가 증폭되기에 이른다. 물론 일본의 정평 있는 신인문학상인 介川賞 수상작, 『세계문학
   전집』 및 『전후세계문제작품집』(신구문화사) 등에 정선된 일본작가편, 橫光利一, 川端康成, 谷崎

문학의 원문을 읽은 이들이 누구이며 그것이 한국문학 재건에 어떻게 작용했는가의 문제가 제기된다. '이들'은 앞서의 지적처럼 식민지시기 일본어교육을 받은 당시 30세 전후의 독자층으로 예상되는데, 대학생을 포함해 일어해득력이 없는 지식인들의 지적·문학적 원천은 무엇이었을까? 다시 말해 4·19혁명 후 일서가 다량으로 수입되고 『일본전후문제작품집』(신구문화사, 1960), 『일본문학선집』(1960)을 비롯해 일본문학(서)의 번역 간행이 성행한 가운데 일본문학이 서구문학과 더불어 문학의 중요한 자양분이 되었던[45] 시점까지의 원문 위주 일본문학의 수용을 어떻게 평가해야 하는가의 문제는 1950년대 번역(문학)의 정치학을 논할 때 중시될 필요가 있다.

그러면 공적 차원의 일본문학(서) 번역의 부재에도 불구하고 번역계의 '그레샴의 법칙'의 주범으로 지적된 일어중역의 범람은 어떻게 조성된 것일까? 그것도 검열제도에서 일차적인 원인을 찾아볼 수 있다. 앞서의 외서수입 기준에 명시되어 있는 바와 같이 학술 및 교양서적의 수입에서 제외시킨 것이 4개 조항이었지만, 그 범위는 대단히 넓은 것으로 봐야 한다. 크게 보아 非반공으로 규정될 수 있는(親共 또는 敵性의 의미보다 폭넓은) 국가, 인신(저작자)을 두루 포괄한 것이기에 외서도입은 구미의 자유민주주의 이념에 부합한 저작물로 제한될 수밖에 없었다. 적어도 1950년대에는 소위 제3세계 저작물의 번역은 거의 없었다. 구미서적의 수입조차 행정적 절차의 까다로움과 경제성의 부족, 즉 수익성이 온전히 보장되기 어려운 출판시장의 열악함으로 인해 원활하지 못했다. 실제 번역 원본을 구할 수 없는 경우도 허다했다. 이에 덧붙여 이조차도 번역해낼 수 있는 번역가가

潤一郎, 太宰治, 大岡昇平 등 일본현대문학의 대표적 작가들의 작품 등에 대한 단행본으로의 번역이 병행되지만 당시 일서 번역붐은 대중소설과 논픽션류와 같은 잡서가 주종을 이루었다. 영화, 음반, 방송극 분야는 그 정도가 더욱 심각해 일본대중가요의 표절·복사음반이 전체 제작음반의 50~60%를 차지할 정도였다. 이에 대한 자세한 내용은 「한국 속의 일본을 고발한다―해적판」, 『신동아』, 1964.11, 86~95쪽 참조.

45) 대표적으로 김승옥의 사례에서 확인할 수 있다. 김승옥은 대학생 때 소설을 쓰게 된 가장 큰 동기가 당시 번역되기 시작한 일본소설, 예컨대 슈우사꾸(遠藤周作), 오오에 켄자부로오(大江健三郎), 시이나 린조오(椎名麟三) 등의 소설을 읽고 받은 충격 내지 자극 때문이었는데, 이러한 일본소설이 과거에 막연하게 헤르만 헤세, 앙드레 지드 읽고 서양문학에서 받았던 느낌과는 다르게 훨씬 실감나고 절실한 것으로 느껴졌다고 고백한 바 있다. 최원식·임규찬 엮음, 『4월혁명과 한국문학』, 창작과비평사, 2002, 30~31쪽.

극소수였다. 따라서 일어중역이 가장 손쉬운 방편이 되리란 것은 어렵지 않게 예상할 수 있다.[46] 공급과 수요의 불일치에서 온 원고 내지 저자부족으로 일서번역 및 일어중역이 성행했던 해방직후의 상황[47]과는 본질적으로 다른 맥락이다. 특히 문학작품은 수입이 원천 금지되었기 때문에 사정이 더욱 열악했다.

그렇다면 이런 악조건 속에서 실제 464권의 문학작품의 역간, 구체적으로 전집류 187권과 문고류 277권의 번역물은[48] 어떻게 생산된 것인지, 다시 말해 무엇을 대상텍스트로 한 번역인지 궁금해지지 않을 수 없다. 김병철의 통계가 원본 번역한 것만을 통계로 잡은 것인지는 알 수 없다. 설령 그렇다 하더라도 이 집계에 포함되지 않은 어쩌면 이를 상회하는 문학작품의 번역은 대체로 일어중역이었을 것으로 판단된다. 원본을 대상으로 한 것이라도 적어도 일본어판을 참조했을 것이다. 물론 여기에는 출판자본의 투기적 개입이 크게 작용했다. 문학번역물 특화전략을 거의 모든 출판자본이 구사했기 때문에 빚어진 번역문학의 공급 부족이 일어중역을 한층 더 조장했다고 볼 수 있다.

더욱이 저작권법이 공포(1957.1)되었음에도 불구하고 국제저작권협회(UCC)에 가입하지 않았던 관계로 국내저작물과 달리 외국저작물에 대한 저작권보호가 유명무실하게 되고 또 부칙조항에 의해 해방 전 저작권 양도계약이 무효로 됨으로써 출판사가 외서번역을 남용했던 것도 작용했다. 이렇듯 검열제도에 의해 새롭게 축조된 번역 지형은 지식수입원이 서구 편향으로 그리고 일어중역이 횡행하게끔 하는 번역적 상황을 제도적으로 창출했던 것이다. 이는 검열제도가 해방직후 정치적 목적과 출판자본의 영리성이 결합되어 좌익서 번역 중심으로 구성되었던 번역계의 구조적 변환을 추동했다는 것을 의미한다.

이와 관련해 미공보원의 번역 개입을 살펴볼 필요가 있다. 미공보원의 활동은

---

46) 가령 게오르규의 『제2의 찬스』(정음사, 1957, 정비석·이진섭·허백년 공역)의 경우 원작이나 영어판을 구할 수 없어 일어판중역이 불가피했다고 한다. 이진섭, 「기이한 인연」, 『세월도 강산도』(최영해선생화갑기념송사집), 정음사, 1974, 92쪽. 원역 『제2의 찬스』(전2권, 정음사, 이세정 역)는 1994년에 출간된 바 있다.

47) 이중연, 『책, 사슬에서 풀리다』, 혜안, 2005, 164~168쪽, 조풍연, 「더한층 곤경에」, 『개벽』, 1948.1, 60~62쪽 참조.

48) 김병철, 앞의 책, 22~25쪽.

위의 을유문화사의 번역출판에 번역료지원을 제공한 것에서 확인되듯이 당대 번역에 직간접적으로 관여했다. UNKRA원조와 같은 각종 원조사업을 통한 간접적 지원뿐만 아니라 사상계사의 단행본출판 및 잡지 간행에 지속적으로 물적 지원을 제공한 것과 같이 당대 상당수의 출판 자본에 원조를 제공했다. 민간영역에의 원서 기증도 꾸준했다. 출판자본들이 미공보원의 지원을 받으려고 치열한 경쟁을 벌였으며, 심지어 그 지원 여부가 출판자본의 존폐를 좌우한 경우도 있었다. 미공보원과 번역의 관계에 있어서 압권은 미공보원이 직접 번역사업을 시행한 것이다. 출판과를 중심으로 1951.3~1961년까지 310권을 번역 발간해 군, 대학 등에 무상으로 기증했다.[49] 미국의 정치, 역사, 경제, 문예 등을 망라하고 있으며 당연히 미국의 이념과 사상 등을 담은 저작들이었다. 그중 상당수가 대학교재로도 선택됐다. 이러한 미공보원의 활동은 기본적으로 미국화라는 거대한 문화적 기획의 일환으로 시행된 것이었다. 즉 미국의 이상과 방식을 한국인의 일상에 심음으로써 지속적인 정치적 영향력을 확보하려는 미국정부와 새로운 시장의 개척과 그에 대한 지속적 지배를 관철시키려는 미 자본이 만들어낸 합작품으로, 문화적 미국화의 중요한 통로였다.[50]

문제는 그것이 관철되는 방식과 효과의 정도이다. 앞서 검토한 바와 같이 번역출판이 폐색된 환경에서 미공보원의 번역 사업이 상당한 영향력을 끼쳤을 것은 불문가지다. 1950년대 한국의 탈식민과 근대화가 '미국 따라하기'를 통해서만 이루어질 수 있다는 인식이 팽배한 상태에서[51] 지적, 문화적 대미의존도가 암묵적으로 조장되었을 것이며, 그것이 아래로부터 대중들이 자발적으로 수용한 미국 대중문화 내지 미국적 생활양식과 소비에 대한 욕망과 결부돼 전반적으로 미국화의 흐름을 고조시켰을 것이다. 또 당시 지배이데올로기, 특히 자유민주주의와 반공주의의 강화에 큰 영향력을 발휘했다고도 볼 수 있다. 번역서 310권 중

---

49) 김용권, 「문학이론의 번역과 수용(1950~1970), 『외국문학』, 한국외국어대 외국문학연구소, 1996.8, 15~20쪽 참조.

50) 김 균, 「미국의 대외 문화정책을 통해 본 미군정의 문화정책」, 『한국언론학보』 44-3호, 한국언론학회, 2000년, 68~69쪽 참조.

51) 김연진, 「'친미'와 '반미' 사이에서—한국 언론을 통해 본 미국의 이미지와 미국화 담론」, 김덕호·원용진 엮음, 『아메리카나이제이션』, 푸른역사, 2008, 272쪽.

50여 권이 공산주의 비판 관련 서적이었다는 점에서 지식인들에게 반공의 논리적 기반을 제공하고 그들의 의식세계를 정향시키는데 기여했을 것으로 충분히 추정할 수 있다.[52] 지배/종속의 관계조성에 따른 학문적 신식민성의 틀이 만들어졌다고도 볼 수 있다. 한국전쟁 이후 미국이 남한에 대해 전개한 냉전문화정치가 적 만들기(enemy making)와 친구 만들기(friend making)의 동시진행형, 즉 소련을 위시해 중국, 북한을 괴뢰로 낙인찍는 선전 과정이자 남한주민을 비롯해 자유세계 전반에 걸쳐 친미적 시민을 창출하는 문화교류과정이었으며 그것이 1950년대는 특히 교육자나 언론인과 같은 엘리트집단에 초점을 두고 이루어졌다는 점에서 더욱 그러하다.[53]

다만 이러한 정황적 조건만으로 당시 미국(미공보원)의 번역사업의 효과를 위와 같이 단정 짓기는 여러모로 곤란한 지점이 존재한다. 정치경제 분야와 달리 문화영역에서의 미국의 영향력을 식별해내기 어렵다는 것과 그것이 내발적 요인과 어떻게 접합되어 현시되었는가에 대한 문제도 구체적으로 따져봐야 한다. 즉 미국화가 번역의 다른 문맥과 절합(articulation)의 방식에 따라 갖게 되는 의미 맥락에 주목해야 한다. 가령 미공보원의 전략과 의도가 새것 콤플렉스에 침윤된 지식인들과 또 영리추구를 본질로 하는 출판자본과 어떤 접점을 이루며 굴절되는가에 대한 검토가 요청된다. '미국의 국무성이 서구문학의 대명사같이 되었고 우리 작가들은 외국문학을 보지 않는 것을 명예처럼 생각하게 되었고, 다시 피부에 맞는 간편한 일본문학으로 고개를 돌이키게 되었다'는 김수영의 전언은[54] 이의 필요성을 뒷받침해준다. 신태양사와 같은 상당수의 출판자본이 일본어중역에

---

52) 박지영, 「'번역'의 시대, 번역의 문화정치」, 『대동문화연구』71, 성균관대 대동문화연구원, 2010, 495쪽.

53) 정일준, 「미국의 냉전문화정치와 한국인 '친구 만들기':1950, 60년대 미공보원(USIS)의 조직과 활동을 중심으로」, 학술단체협의회 엮음, 『우리 학문 속의 미국』, 한울, 2003, 23~34쪽 참조. 주한 미공보원의 번역에의 개입도 이런 차원에서 이루어졌음을 미공보원이 작성해 미공보처에 보낸 '한국계획'(1960)을 통해서 확인해볼 수 있다. 정일준이 발굴 소개한 '한국계획'의 구체적 프로젝트의 프로그램 중 도서번역에 해당하는 내용은 '미국문학에 관한 4권의 책과 미국의 다른 문화적 성취에 관한 2권의 책 출판을 지원한다.', '현지 저자의 책들, 특정 한국인의 미국인상기를 지원할 것이다.'로 되어 있다.

54) 김수영, 「히프레스문학론」, 『김수영전집2』, 민음사, 1989, 204쪽.

더 집중했던 일종의 풍선효과도 마찬가지이다. 더욱이 1950년대는 적어도 미공보원의 프로그램이 민주주의 제도의 발전에 적대적이고 국가전체의 이익을 위해 미국과 진심으로 협력하는데 무관심하거나 반대한 이승만정부에 의해 제약을 받았고 따라서 프로그램 대부분을 자체적으로 실행해야 하는 조건이었다는 점에서[55] 미공보원의 번역을 통한 미국화 기획은 여러 매개과정을 거칠 수밖에 없었다.

이 부분에서 지적하고자 하는 것은 미공보원의 번역사업이 미국의 대한 문화정책의 차원에서 치밀하게 추진된 것이었다고 하더라도 당시 국가권력의 번역정책과 검열정책의 영향 속에 있었다는 점이다. 미공보원의 문화전략 내지 번역정책의 의도가 일방통행적으로 관철되었던 것이 아니라는 점, 또 그 영향력이 막강했다고 하더라도 그것이 국가권력의 정책으로 조성된 번역적 상황이 전제됨으로써 가능했다는 점을 간과해서는 안 된다. 따라서 1950년대 일본어중역의 성행과 미공보원을 위시한 미국기관의 번역물 증대가 병행된 번역 장의 특징적 양상은 일차적으로 국가권력의 외서수입 및 번역 정책과 불가분의 관계를 지닌 산물이었다는 점을 환기해두고자 한다.

3. 출판자본의 이율배반적 출판전략과 번역

1) 출판자본의 저변과 번역 논리

1950년대 번역의 활성화에 기여한 또 다른 핵심주체로 출판자본을 꼽을 수 있다. 출판자본의 번역에의 기여는 번역출판의 양적 증대는 물론이려니와 그 보급의 실질적 주체로서 번역의 잠재적 독자층을 개발하고 새로운 수요를 자극함으로써 번역시장을 개척·창출해낸 것에서 돋보인다. 그 일련의 과정은 번역의 문화적 가치를 제고하고 번역의 질을 한 단계 끌어올리는 성과를 수반한다. 더욱이 외서수입 및 번역출판권을 독점적으로 행사한 국가권력의 유·무형의 통제 속에서 다른 한편으로는 경영기반이 매우 취약한 토대 위에서 일궈낸 성과이기에 그 의의가 자못 크다.

---

55) 정일준, 앞의 글, 35쪽.

물론 출판자본의 번역 중시는 이전에도 존재했다. 가깝게는 일제의 극심한 문화통제에 대한 반동이 격렬하게 폭발한 해방직후에 대부분의 출판자본은 민족문화건설의 명분과 영리 추구라는 본래적 목표의 혼재 및 길항을 내장한 채 번역출판을 통한 새로운 민족문화 건설을 전망했으며, 그 지향이 사회문화세력의 정치적 의도와 공명을 일으키면서 한층 촉진된 바 있다.[56] 1943년 8월 일제의 출판 활동에 대한 강제금지조치로 출판 사업을 접어야 했던 정음사, 영창서관, 한성도서, 박문서관 등의 민족출판자본과 고려문화사, 을유문화사, 백민문화사, 백양당, 아문각 등 새로 등장한 출판사가 가세함으로써 출판물의 홍수시대를 열었고 이에 대응해 번역출판이 급증했던 것이다.

　그러나 번역서가 출판물을 크게 좌우할 수준은 아니었다. 예컨대 당대 교재 및 학습참고서와 더불어 출판의 대종을 이루었던 문학출판의 경우 1946년 문학 단행본 가운데 번역이 차지하는 비중이 30%로 꽤 높았으나, 미군정기 전체로 보면 18% 정도에 그친다.[57] 번역물보다는 창작물 출판이 우세하였다고 볼 수 있다. 더욱이 번역출판이 출판자본의 근대기업화에 크게 기여하지 못했다. 다시 말해 을유문화사와 정음사 같은 몇몇 출판사를 제외하고는 번역출판의 수익을 통해 출판자본의 재생산구조를 확립하는데 이르지 못했으며, 게다가 지배 권력의 통제 및 경영기반의 악화로 인해 기획성 있는 번역출판이 불가능했고 번역출판의 지속성 또한 유지하기 어려웠다. 이 같은 번역적 상황에서 해방기 번역출판은 각 정파의 이념적 주의주장의 선전매개자로서의 정치성과 영리 위주의 모리(謀利)의 극단성을 노정한 채 그 역사적 시효를 마감하고 1950년대로 이월된다.

---

56)　해방기의 번역적 상황과 그 정치학에 대해서는 박지영, 「해방기 지식 場의 재편과 '번역'의 정치학」, 『대동문화연구』68, 성균관대 대동문화연구원, 2009 참조.

57)　조대형, 「미군정기의 출판연구」, 중앙대 석사학위논문, 1988, 95~96쪽 참조. 『출판대감』(조선출판문화협회, 1949)의 목록을 통해 문학번역서의 양을 확인해보면 1945년 2종, 1946년 10종, 1947년 10종, 1948년 18종에 불과하며, 문학서 가운데 외국문학서의 비율은 1946년 17.5%, 1947년 14.9%, 1948년 15.7% 정도였다. 물론 이 통계에 잡히지 않은 모리 번역출판을 감안하면 그 비율이 다소 증가할 수 있겠으나 20%를 넘지 않았을 것으로 판단된다. 번역출판이 활발했던 다른 영역, 가령 역사분야는 한국학관련 출판이 우세하였다는 점에서, 사상분야는 비록 좌익서중심의 번역이 주종을 이루나 그 흐름이 정부수립 후 일서 및 좌익서 축출 조치로 급감했다는 것을 감안할 때 이 시기 전체 출판물 중 번역서가 차지하는 비중이 압도적이었다고 보기는 어렵다. 물론 그것이 이 시기 번역출판의 의의를 경감시키는 요인으로 간주할 수는 없다.

해방기에 비해 1950년대는 모든 출판자본이 번역을 특화상품으로 채택하고 그에 따른 번역출판의 경쟁구도가 정착됨으로써 양과 질 모두에서 번역(문학)출판의 획기적인 변화를 야기한다. 그 변화를 집약적으로 보여주는 지점이 번역이 당대 출판자본의 근대기업화에 근간이 된다는데 있다. 그것은 해방기에 조성된 극단적 번역지평의 조정 과정이었으며 번역 장의 제도적 형성을 출판자본이 주도하는 것으로 나타난다. 여기에는 1950년대 출판자본이 처한 특유의 조건과 논리가 개재되어 있었다.

첫째, 출판자본의 세대교체와 더불어 신흥출판자본이 대거 등장해 출판계의 규모가 급격히 확대됨에 따라 이를 채우는 내용과 형식의 출판물 공급이 시급히 요청되었다. 그러나 그 불가피성에 비해 출판물의 생산은 이를 충당하기가 현실적으로 불가능했다. 한국전쟁으로 말미암아 출판 기간시설이 대부분 파괴되었고 해방기에 활동했던 저명한 저술가(각계 학자 및 문학예술가)의 상당수가 (납)월북함으로써 원고난이 가중됐기 때문이었다. 이 같은 수급의 불일치에서 오는 난관이 번역의 출판수요를 구조적으로 추동하기에 이른다. 특히 재생산구조의 안착이 절실했던 신흥 출판사들에게는 상대적으로 적은 제작비에 높은 수익률까지 기대할 수 있는 번역출판이 유리했다. 국제출판협회와 국제저작권협회에 가입하지 않았던 관계로 원저자와 출판사에 대한 저작권 및 출판권에 대한 양도계약이 없이도 자유롭게 번역출판이 가능했던 것이 이를 더욱 조장했다. 1957년 1월 저작권법이 공포된 후에도 외국저작권 보호가 출판사의 자율(양심)에 맡겨졌기에 사정은 마찬가지였다.[58] 그 중에서도 일어 중역 출판이 자극될 수밖에 없었다. 외

---

58) 흥미로운 사실은 지적 저작물의 소유권을 관장하는 협약인 저작권법이 오히려 번역출판의 입지를 축소시킨다는 점이다. 번역의 스캔들이란 개념으로 번역행위에 존재하는 다양한 차원의 불평등 관계, 즉 지배/종속의 관계들에 주목한 베누티는 그 한 요인인 현 저작권법이 원저자에 특권적 지위를 부여한 가운데 번역의 공간을 협소하게 만들고 번역에 불이익을 초래케 하는 문제점과 그 맥락을 역사적으로 추적하고 원저자 개념 및 그에 따른 저작권 개념을 대체할 수 있는 해결책을 과거의 판례를 통해 모색한 바 있다(로렌스 베누티, 임호경 옮김, 『번역의 윤리』, 열린책들, 2006 제3장 참조). 우리의 경우도 마찬가지여서 국제저작권협회 가입(1987년) 이후 무분별한 중복번역이 방지되는 긍정적 효과에도 불구하고 저작권 문제가 개입됨으로써 벌어지는 경쟁적 저작권 확보 싸움과 저작권을 획득한 출판사의 번역권 독점과 부실 번역이 나타나는 등 전반적으로 저작권법에 따른 새로운 번역이 봉쇄되는 역효과가 비등하는 실정이다. 이 점에 대해서는 윤지관, 「번역의 정치학; 외국문학 번역과 근대성」, 『안과 밖』, 영미문학연구회, 2001, 46~47쪽 참조.

서수입통제에 의해 양서에 대한 접근성이 한정된 데다 전문번역가가 부족한 형편에서 일어 중역만큼 영리성을 담보할 수 있는 번역대상은 없었다. 유럽서(러시아, 이탈리아 등)의 영어 중역출판이 부분적으로 나타난 것도 이런 맥락에서다.

둘째, 당대 대부분의 출판자본이 문어발식 종합출판을 지향함으로써 번역의 양적 팽창과 더불어 번역대상의 영역을 다변화시켰다. 그 종합출판은 두 차원, 즉 학술서, 교과서(대학 교재 포함), 교양서, 문예서, 아동서 등 분야별로 다른 하나는 그것이 단행본, 문고본, 전(선)집, 백과사전 등의 형태로 나타난다. 게다가 이러한 행태의 서적출판과 함께 잡지발행까지 겸영하는 전략 및 나아가 잡지연쇄 전략까지 구사한 출판자본이 상당수였다. 이전 해방기에 정음사와 을유문화사가 추구했던 종합출판전략이 확대되어 만개한 것이었다. 그로 인해 각 부문별로 치열한 생존경쟁이 불가피해짐으로써 출판물이 폭증하고 이에 대응해 번역출판도 총량적 증대가 이루어진다.

문학번역만 보더라도 김병철의 통계에 의하면 전집류는 23종 187권, 문고본은 277권으로 해방기(1945~1950)의 71권의 번역단행본 출판과는 비교가 되지 않는 수준이다. 다른 분야의 번역 정도는 확인할 수 있는 자료가 없으나 대체로 마찬가지의 수준을 보였을 것으로 추정할 수 있다. 당시 문교부의 도서출판 분류표 기준에 따른 출판현황 집계를 살펴보면, 사회과학(역사, 법정, 사회)은 1952년 182종, 1953년 179종, 1954년 325종, 1955년 288종, 1956년 428종, 1957년 257종, 자연과학(공학, 산업 포함)은 1952년 234종, 1953년 183종, 1954년 184종, 1955년 164종, 1956년 175종, 1957년 142종 등이 각각 발행되었는데,[59] 1950년대 후반 출판물의 국내/외국번역물의 비율이 대략 65%/35%로 나타난다는 조사 보고를[60] 적용했을 때 사회과학은 580여 종, 자연과학은 380여 종이 번역본이었을 것으로 추산할 수 있다. 다소 무리한 추산일 수 있겠으나 번역의 대강의 규모와 다변화 정도를 어느 정도 헤아려볼 수 있겠다. 앞의 을유문화사의 '구미신서'(문고본)의 경우에서 확인할 수 있듯이 실제 1958년부터 봇물을 이룬 문고본

---

59) 『1958년 경제연감』, 한국은행조사부, Ⅲ-332 통계편 참조. 1953~1958년 문교부 집계를 저자가 종합적으로 검토해 집계한 결과임을 밝혀둔다.

60) 「이 가을 독서는 전집 붐」, 『조선일보』, 1959.10.19.

의 경우는 거의 전부가 번역물이었다.[61]

이 같은 번역의 다변화는 각 부문별 경합번역 및 중복번역 출판을 야기하는 폐단을 수반하기도 했다. 종합출판이었기 때문에 각 출판 자본은 번역의 내적 분업시스템을 구축할 수 있었고[62] 따라서 번역대상도서의 구입과 선정, 번역가의 확보, 번역의 기획 등에 효율성을 기할 수 있는 장점이 있었으나, 출판자본의 생존을 좌우한 경쟁구도는 출판사간 속도경쟁, 출혈경쟁을 강제하면서 졸속 출판, 무단 출판과 같은 부정적 출판관행의 범람을 야기했으며 이와 연동된 중역, 오역, 표절, 매명, 대리번역 등 번역(가)의 문란도 조장하게 된다. 특히 수요가 많았던 문학번역은 외국베스트셀러 번역물의 경합 및 무단중복출판이 두드러져 제58회(1958) 노벨문학상 수상작 『의사 지바고』는 한 해에 6개 출판사에서 동시 간행된 바 있으며, 『오 헨리 작품집』(단편선)은 1959년 대동당 판본에서부터 20여종이 번역되면서 원전은 사라지고 번역본이 또 다른 번역본을 낳는 악순환이 나타나기까지 했다. 번역요람기의 부득이한 부산물이었다고 볼 수 있다.

셋째, 당대 출판자본의 운동방식이 번역의 특정한 지형을 주조해내는데 큰 영향을 끼친다. 1950년대 출판 자본은 대체로 문화성과 기업성의 이율배반적인 관계에 처해 있었다. 물론 상업성, 즉 영리 추구는 출판자본의 본질이자 내면의 목표이다. 그런데 그것이 문화와 결합되어 출판저널리즘으로 존재할 때는 문화성을 무시하고는 실현되기 어려우며 따라서 문화성을 효과적으로 이용해서 자신의 목표를 도모할 수밖에 없다. 비록 출판저널리즘이 근대주의자들의 이니셔티브에 의해 개화 및 계몽의 수단으로 등장한 신문저널리즘에 비해 출발부터 상업주의적 성격이 훨씬 강했다고 하더라도 문화성을 전연 도외시하기란 불가능했다. 오히려 기업성을 적극적으로 발양하기 위해서라도 출판에 대한 시대적 요청과 대중들의 기대수준을 일정하게 충족시키는 전략이 필요했고, 그것이 시사성(시대

---

61) 김창집, 「출판계의 현황과 그 과제(하)」, 『동아일보』, 1959.9.6.

62) 이 시스템은 무엇보다 출판자본의 수익성 제고에 여러모로 장점이 있었다. 가령 번역단행본 출판을 전(선)집 형태로 수렴해 재출간하거나 잡지에 번역물을 연재하고 추후 단행본으로 출판하는 방식은 투자(제작비) 대비 수익의 안정적 창출을 확보하는데 단연 유리했다. 사상계사가 B.무어의 「現代 쏘聯정치의 모순과 고민」을 『사상계』지에 연재(1954.8~1955.4)한 뒤 곧바로 단행본(1955)으로 출판한 것이 비근한 예다.

성)을 매개로 한 상업성과 문화성의 모순적 결합 형태로 시현되는 가운데 출판저
널리즘은 나름의 문화건설기관으로 독자적인 기능을 감당해왔다. 비록 소수였다
할지라도 식민지시기 한성도서, 학예사, 박문출판사 등은 이윤추구보다는 국권
회복과 민족계몽에 일익을 담당하는 출판활동을 전개한 바 있다.

그 모순된 양면성이 어떻게 조정되어 발현되는가는 시대에 따라 다르게 나타
나는데, 1950년대는 외국 선진문화의 수입과 번역을 매개로 한 출판활동이 기업
성과 문화성을 절묘하게 조화시킬 수 있는 시대분위기(근대화의 시대정신)가 조성
됨으로써 번역출판이 극대화될 수 있었다. 해방직후에도 같은 논리로 번역이 민
족문화건설의 전망을 담보하는 유력한 방편으로 대두돼 출판의 일 주류로 부상
했으나 모색의 차원에 머물렀을 뿐 그 건설의 구체성으로까지 진전되지 못했던
것[63]에 비해 1950년대는 이 같은 호조건을 바탕으로 번역의 지형을 주조해내는
동시에 지식 내지 문학예술의 장을 재편해내는 영향력을 발휘할 수 있게 되는 것
이다. 물론 그것은 번역 지형의 축소를 지불한 대가이다. 그로 인해 번역대상의
이념적 스펙트럼이 대폭 축소되는 동시에 특정 지역, 즉 구미(歐美)의 번역 밀도
가 그만큼 높아진다.

한 가지 유념할 것은 문화성과 상업성의 조화가 출판과 문화의 상호이해에 의
존한 것이라는 점이다. 이를 출판과 문학의 관계를 통해서 살펴보면, 출판은 판
로가 보장된 상품성이 큰 문학이 우선적으로 필요했고 문학(인)은 신문에 버금가
는 명예와 보수뿐만 아니라 문학의 항구적 보존 및 정리에 가장 유효한 형식인
출판이 절실히 요구되기 때문에 출판저널리즘의 기획에 적극 부응하게 되면서
양자의 접점이 형성된다.[64] 번역과 관련해 그 이해가 합치되는 지점이 특히 대중

---

63) 그것은 시대적 제약, 특히 지배 권력의 문화통제력이 작용한 바 크지만 좌/우를 막론하고 대부분
의 출판자본이 문화성(민족문화 건설)과 영리성을 원활하게 조정해내지 못하고 어느 한쪽으로 편
중된 운동방식을 구사함으로써 초래된 바도 이에 못지않았다. 따라서 전자를 배타적으로 강조한
경우(대표적으로 대성출판사)뿐만 아니라 후자만을 좇은 군소출판사들이 모두 출판현장에서 사
라진 것은 어쩌면 필연적이었을지 모른다(이중연, 앞의 책, 142~147쪽 참조). 이중연은 후자와
관련해 해방기 영리위주 출판이 심화돼 나타난 출판의 실제로 친일파의 저술·작품, 종이 독점, 저
속한 책(통속소설, 유행가집), 아동만화, 번역서 등 5가지를 꼽은 바 있다.

64) 조연현, 「문학저널리즘考」, 『韓國新文學考』, 문화당, 1966, 187~188쪽 참조. 한국전쟁 후 시집
이 대부분 자비출판으로 간행된 것도 이런 맥락에서이다. 출판의 영리적 기획과 합치되지 못한

적 소설과 문학 전(선)집류였다. 1950년대 국내 문학창작출판 뿐 아니라 번역출판에서도 소설이 압도적인 비중을 차지한 것 또 한국문학 및 세계문학 전(선)집이 간행될 수 있었던 것도 이런 맥락에서이다. 그것은 역사적으로 볼 때 신소설 이래 문학의 상품성이 회복·제고되는 긍정적 효과를 수반하는 과정이기도 했다.

그 상호이해의 의존관계는 한국문학의 해외소개에서도 마찬가지로 적용된다. 한국문학의 세계적 진출에 대한 논의가 세계시장에서 경쟁력 있는 작품을 선별 해내는 것이 관건적 요소라고 누차 공론화된 바 있지만,[65] 실제로는 작품의 우열 자체보다는 외국출판사의 수지타산이 맞아야 하는 것이 우선적이며 따라서 상대 편 독자의 구미에 맞는 작품의 선택과 우리말에 능한 외국인의 번역으로 가독성 을 높여야 하는 것이 선결과제였다.[66] 어떤 경우이든 번역은 출판자본의 상업성 이란 타율적 제한 속에서 실현될 수밖에 없는 것이었다.

그리고 한국문학사 최초로 1950년대에 등장한 각종 번역문학상은 그 조화의 일환으로 기획된 상품이었다고 볼 수 있다.[67] 번역문학상은 출판자본과 문화(학) 단체를 중심으로 다수 제정되었는데, 자유아세아위원회(1954년 아시아재단으로 개 칭)의 주관으로(문총이 협찬) 자유문학상과 함께 번역문학상을 제정한 것이 그 시 초이다. 의욕적으로 '당분간 영어로 된 문학에 국한해 번역한 대표적인 것에 수 여'한다는 미국(문학)에 대한 경사를 노골적으로 표방했음에도 불구하고 7회 동안

상태에서 문학의 보존을 위한 불가피한 선택이었다고 볼 수 있다. 반면 출판자본들이 국내시집 출판보다는 외국시인 전(선)집의 형태로 기획 번역출판에 서서히 주목하게 된 것도 마찬가지의 차원이다. 교양문화사의 『세계시인전집』(전20권)이 그 시초라 할 수 있는데, 발레리(박이문 역)를 1회 배본으로 시작해 휘트먼(양주동), 테니슨(피천득), 보들레르(박남수), 베를렌(이환), 예이츠 (송욱), 릴케(구기성), 헤세(박찬기), 엘리엇(김종길) 그 외 괴테, 바이런, 셸리, 키츠, 하이네, 위 고, 말라르메, 랭보, 파운드, 오든 등으로 연속된 이 전집은 원역을 지향함으로써 상당한 주목을 받았다.

65) 「한국문학의 과제」(좌담회), 『현대문학』, 1966.6. 국제펜클럽 한국본부에서는 일찌감치 외국에 소 개할 만한 작품에 대한 '작품월평회'와 작가작품 연구를 중심으로 한 '외국작품연구회'를 정기적으 로 개최한 바 있다. 백철, 정인섭, 손우성 등이 주도했다. 『조선일보』, 1957.2.6.

66) 박태진, 「우리文學의 海外紹介에 대한 私見」, 『사상계』, 1962 임시증간호, 476쪽.

67) 1954년부터 대한출판협회가 주체가 되고 국립도서관과 공동으로 '독서주간'(1954.11.21~27)을 설정하고 범국민 독서운동을 전개한 것도 마찬가지의 맥락이다. 애초에 표방했던 문화발전과 독 서생활을 향상시킨다는 취지와 더불어 출판계의 활성화를 위해서는 무엇보다 독서인구의 창출이 시급하다는 출판자본들의 절박함이 결합된 캠페인이었다고 볼 수 있다. 실제 도서판매책의 상술 이라는 비판이 있었다(『경향신문』, 1954.11.22). 이 캠페인도 미공보원의 후원과 원조가 있었다.

(1954~1959) 매년 자유문학상은 시상한 반면 번역문학상은 한 차례도 시상하지 않았다. 당시 유일의 문인단체이자 최고 문단권력기관이었던 한국문학가협회가 주관한 한국문학가협회상(1955~1960)도 마찬가지여서 시, 소설, 희곡, 평론 등 규범문학 외에 수필, 아동문학, 번역을 포함시키는 다소 파격적인 설정을 시도했으나 번역은 한 번도 시상한 적이 없다.

본격적인 시상이 이루어진 것은 '문화적 후진성을 시급히 극복하고 번역문화의 의의를 고조'시키겠다는 취지로 을유문화사가 주관한 '을유번역문학상'이 유일하다. 1957년 11월 강봉식의 『巨人』(이골 구젠코, 사상계사)을 제1회 수상작으로 선정하는데, 20만 환이라는 상금도 파격이려니와 후보작들의 높은 수준과 엄격한 심사과정을 거침으로써 번역문학의 진작에 획기적인 기여를 한다. 일시 중단되었다가 1961년 제2회부터는 '한국번역문학상'으로 개칭하고 국제펜클럽 한국본부로 이관돼(을유문화사가 상금 후원) 1975년까지 시행되었다.[68] 비록 시행되지 못했지만 『사상계』의 '사상계번역상'[69]까지 포함해 출판자본의 번역(문학)상 제정은 당시 한국사회의 (문화적)후진성을 극복할 수 있는 유력한 대안으로 '번역'을 적극 호명했다는 점에서 번역의 사회문화적 의의를 제고하고 번역의 질을 한 단계 끌어올리는데 출판자본이 주도적인 역할을 했다고 평가할 수 있다. 그것은 문화성과 번역수요의 창출을 통한 상업성이 상용(相容)한 일 단면이다.

다른 한편 출판 자본은 문화성과 상업성이 배치될 경우에는 철저하게 상업성을 추구하는 것으로 자신의 이익을 도모한다. 저작권법의 제정 과정에 그 면모가 잘 나타난다. 1955년 국회 문교위의 초안 상정에서 1957년 1월 제정 공포(법률 제432호)되기까지 법리 논쟁과 더불어 이해관련 단체의 권리 확장을 둘러싼 첨

---

68) 1958년에도 '을유번역문화상'으로 명칭을 개칭하고 심사위원진(양주동, 박술음, 김준섭)을 꾸려 3개월간 심사를 했으나, 11월 13일 최종심사에서 마땅한 대상이 없었는지 심사위원 전원의 요청으로 심사대상 기일을 1959년 3월로 연기한 바 있으나 끝내 중단된다. 『지성』, 1958.12, 275쪽.

69) 『사상계』는 초기에 원고모집 형식으로 '번역논문 及 문예물'을 모집하다가(1953년 7월호, 246쪽 '社告') 1955년 10월 "한국의 후진성을 극복"하기 위한 일 방편으로 '사상계번역상'을 독자적으로 제정하고 그 수상 규정을 공고한 바 있다(1955년 10월호 3쪽). 1년마다 국내 주요잡지에 게재된 번역물을 대상으로 심사, 수상하기로 했으나(상금 10만 환) 시행되지 못했다. 다만 이 상은 '(김)동인문학상', '사상계논문상', '신인문학상' 등과 더불어 사상계사가 제정한 대표적인 상으로 사상계주체들의 번역에 대한 높은 관심을 확인해볼 수 있다는 점에서 나름의 의의가 있다.

예한 대립이 야기된 바 있다. 후자는 문총 중심의 저작권자측과 대한출판문화협회 중심의 출판권자측이 저작권보호 기간(제37조)을 비롯해 저작권(출판권)과 관련된 중요 쟁점들, 이를테면 출판권의 설정기간, 저작물 개작의 권리, 출판의무의 기간, 번역권의 소멸기간, 벌칙 조항 등에 대해 양측이 팽팽히 맞서고 문교부가 중재하는 형국을 보이는데, 출판권자측은 일방적으로 저작권자만을 옹호하고 있다는 논리를 폈고[70] 저작권자측은 저작권의 상대적 우위를 강조하면서 출판계의 입장을 영리상의 권리에 편중된 처사로 비판했다.

공포된 법안은 출판계의 식민지적 유산이 해소되는 긍정적인 결과를 유발했음에도 불구하고 출판권자측에게는 대체로 불리했다. 저작권자에 비해 상대적 우위에서 이루어졌던 종래의 출판 관행이 더 이상 통용될 수 없게 되고 그것이 고스란히 출판업자들에게 과중한 부담으로 전가되면서 수익성의 악화로 나타난다. 그로 인해 영리위주의 출판이 더욱 강제되었으며 출판자본들은 출판전략의 수정을 통해 새로운 기획을 추진하기에 이른다. 1950년대 후반 일어번역물, 일어중역출판의 점증과 전(선)집 및 문고본의 대거 등장은 이 같은 위기를 돌파하기 위한 출판자본의 고육지책이었다.

저작권법이 번역에 미친 영향은 무엇보다 번역권(제25조)과 외국인저작권 보호(제46조) 규정의 명문화에서 비롯된다. 즉 외국인저작권도 내국인과 동일하게 보호해주고 저작권에 관한 국제조약에 가입하는 것을 원칙으로 함으로써[71] 법 그 자체로는 무단 번역 등 번역과 관련한 그동안의 각종 폐단을 해소할 수 있는 기반이 마련된 것이다. 그러나 한국사회의 후진성을 감안해 번역권의 5년 단기소멸제도를 택하고(일본은 10년, 베른협약에서는 7년 규정), 경제적 손실의 우려에 대한 공감대 속에서 저작권 국제조약에의 가입을 무기한 유예하는 등 실제 법운용이 파행을 겪으며 오히려 부정적 효과가 양산된다. 특히 국제저작권조약에 가입되지 않아 번역과 관련된 위법 및 출판윤리에 저촉된 경우라도 사실상 제재가 불가능했기 때문에 번역서의 무단출판, 중복출판이 더욱 심화되고 그에 비례해 오역

---

70) 출판권자측의 논리는 민장식, 「저작권법안 시비―출판인의 입장에서 제언」, 『경향신문』, 1956.1.4 참조.

71) 이항녕, 「문화질서와 저작권」, 『지성』, 1958.9, 64쪽.

이 증가한다. 출판권이 설정된 번역출판물에 대한 침해가 있을 경우에만 출판자본 상호간의 권익 보호 차원에서 자율규제가 있었을 뿐이다.[72] 후진성에 대한 적극적인 참작이 (번역)후진성을 더욱 조장하고 심화시키는 결과를 초래한 것이다. 그것은 베누티가 주목했던 부정성, 즉 저작권법에 의해 원작자(author)와 원본성(originality) 그리고 사적 소유권(property)이 중시되고 번역권에 대한 원저자의 배타적 독점권 및 번역가가 원저자에 종속됨에 따라 번역공간이 협소해지는 법적 제한성과는 정반대의 결과였다고 볼 수 있다.[73]

2) 세계문학전집 및 문고본의 번역 실제와 성과

지금까지 살펴본 조건과 논리 속에서 출판자본이 일궈낸 번역출판의 성과는 양과 질 모두에서 괄목할 만한 수준이었다. 특히 단행본보다는 전(선)집과 문고본 시리즈가 번역출판의 주류를 이루었다는 점에서 의의가 더욱 크다. 번역에 대한 장기적 기획하에서 비로소 가능한 산물이기 때문이다. 문학번역을 중심으로 개괄해보면 우선 전(선)집류를 꼽을 수 있다. 1958년 11월 1일 동아출판사의 『세계문학전집』을 필두로 정음사의 『세계문학전집』(1958.11.25)과 을유문화사의 『세계문학전집』(1959.8.25)이 연이어 기획 출간되면서 문학전집 붐이 조성된다. 최초의 한국문학전집(전36권, 민중서관, 1958)보다 다종의 세계문학전집의 기획 출판 및 배본이 먼저 시작되는 특이한 면모였다.

'세계문학의 본격적 이식'을 표방한 동아출판사의 전집은 사르트르·까뮈편을 제1회 배본으로 제1기 20세기편 18권, 제2기 19세기편 22권, 제3기 고전편 10권 등 총 50권을 계획했으나 제1기만 출간하고 중단된다.[74] 정음사의 전집은 로

---

72) 대한출판문화협회, 『대한출판문화협회50년사』, 1998, 117쪽 참조. 출판자본들도 번역의 질을 높이기 위해서는 판권의 정당화가 긴요하다는 입장을 견지했으나 경제적 타격 때문에 선뜻 나서지 못했다고 봐야 한다. 「출판계의 당면문제를 말한다」(좌담회), 『경향신문』, 1962.5.1.

73) 로렌스 베누티, 임호경 옮김, 『번역의 윤리』, 열린책들, 2006, 87~88쪽 참조.

74) 중단의 이유는 정확히 알려진 바 없다. 다만 동아출판사가 1959년 12월 국제문화연구소와 공동으로 월간종합지 『세계』를 창간한 사실을 감안할 때 수익성을 감안한 출판전략의 변화에 따른 결과로 중단 이유를 추정해볼 수 있다. 『세계』는 '우리 문화의 후진성을 시급히 극복하고 세계문화의 대오에 참가'하기 위해 주로 영, 미, 불, 독의 저명한 학보와 잡지의 최신호에 게재된 지식을 번역해 소개하는 것을 편집의 중점으로 삼았다. 1960년 5월호까지는 내용이 거의 모두 번역이었

렌스의『무지개』(김재남 역)를 제1회 배본으로 출발해 1965년 50회 배본을 했으며 나중에 100권으로 연장되었고, 을유문화사의 전집은 어윈 쇼오의『젊은 사자들』(김성한 역)을 제1회 배본으로 시작해 1965년 제60회 배본을 했으며 이후 100권으로 완결된다. 한국번역(문학)사의 획기적 성과라는 당대 및 이후의 평가에 전혀 손색이 없는 규모와 체계를 갖추고 있다. 다만 출간과 배본의 도정을 고려할 때 이 전집들의 성과를 1950년대로 한정해 논의하는 것에는 신중할 필요가 있다. 실제 을유문화사의 1950년대 발간본은『젊은 사자들』,『팡세』,『쿼바디스』,『엘리어트선집』등 4편뿐이었고 1960년까지는 14편이었다.

그럼에도 불구하고 이 전집들이 돌발적인 산물이 아니라 1950년대 문학번역이 과정적으로 수렴된 결과물이라는 점에서 1950년대 번역의 성취를 충분히 가늠해볼 수 있다. 그 성취로 꼽을 수 있는 것은 첫째, 번역(문학)의 질을 한 단계 끌어올렸다는 점이다. 즉 세계문학전집을 계기로 번역의 조류가 일어중역기에서 원역기(原譯期)로 변환됨으로써[75] 번역의 질을 담보할 수 있는 토대가 마련된 것이다. 원역 자체가 질을 결정적으로 보장해주는 것은 아니지만 적어도 원작에 충실하게 됨으로써 원역은 번역을 통한 문화적 근대화의 실질적 가능성을 한층 높이는데 긍정적으로 작용한다. 덧붙여 을유출판사 같은 경우는 원전의 분량에 관계없이 '완역주의(完譯主義)'를 관철시킴으로써 원역과 완역이 겸비된 번역의 정도(正道)가 확립되는 밑거름이 된다. 아울러 번역비평의 지평이 본격적인 충실성/가독성의 규범 논의로 진전되면서 함량미달의 번역행위, 즉 오역은 물론이고 번안, 초역, 축역(縮譯), 경개역(梗槪譯) 등을 걸러내는 데도 기여한다. 당시 문화지식인들이 보편적으로 공유하고 있던 이중번역된 근대에 대한 콤플렉스에서 벗어나는 계기가 된 것도 무시하지 못할 성과이다.

원역기로의 전환은 기본적으로 전문성을 갖춘 번역가들이 세계문학전집에 참여했기에 가능했다. 세 전집의 1950년대 출간본의 역자들은 모두 해당분야 외국어전공자들이다. 최재서, 강봉식, 정병조, 김재남, 장왕록, 유영, 양병탁, 김

다. 야스퍼스, 사르트르, 알베르스, 리챠즈, 르네 웰렉 등의 논문이 눈에 띈다.

75) 한교석,「번역문학의 昨今」,『동아일보』, 1959.3.13.

병철, 여석기, 오화섭, 이기석 등(영문학), 안응렬, 이휘영, 손우성, 김붕구, 양병식, 방곤, 조홍식, 이환, 이진구, 오현우 등(불문학), 박종서, 강두식, 구기성, 박찬기 등(독문학), 함일근, 김학수, 이동현, 차영근(러시아문학) 등은 대부분 현직 대학교수로 재직하고 있는 상태에서 전집뿐만 아니라 문고본에서도 번역을 주도했다.[76] 주요섭, 김광주, 김성한, 김종길 등 창작활동을 한 문인도 참여했는데, 이들도 외국어전공의 전문성을 갖춘 역자로 충실성과 가독성을 겸비한 번역수행에 상대적으로 유리했다. 더욱이 이들 30대의 역자들은 외국어뿐만 아니라 일어에도 능통했기에, 일어판을 참조했는지는 확인하기 어렵지만, 번역의 질을 제고하는데 유리한 조건을 지니고 있었다. 물론 이들이 번역의 최적임자인가에 대한 논란이 일기도 했다. 국어문장구사 능력을 온전히 갖추지 못한 상태에서 그들의 번역활동이 외국어능력에 전적으로 기댄 랑그 차원의 기계적 번역을 벗어날 수 없으므로 본격적 번역문학에 미달한다는 논리로, 주로 전집 번역에서 배제된 문단측의 반발이었다.[77]

둘째, 번역문학의 대상이 다양해진 가운데 세계문학전집의 새로운 체제를 주체적으로 확립하는 계기가 된다. 번역의 대상은 초기(1958~1960년)에 발간된 것만 보더라도 지역(국가), 시대, 장르의 차원 등에서 고루 나타난다. 지역은 불란서, 영국, 미국, 러시아, 스페인 등으로, 시대는 고전에서 20세기 현대문학에까지, 장르는 소설, 시, 희곡, 평론은 물론이고 서간, 철학에세이까지 포함되었

---

76) 특정 학술단체가 기획하는 번역총서가 활성화되고 여기에 해당분야 번역전문가들이 참여함으로써 번역의 전문성이 고취되는 사례가 대두한 것도 주목된다. 가령 한불문화협회가 기획한 『불문학총서(전12권)』(신태양사, 1958) 간행이 대표적인 경우로 『수상록』(몽테뉴/손우성), 『고전극전집』(몰리에르/이진구), 『파르므의 승원』(스탕달/오현우), 『외제니 그랑데』(발자크/조홍식), 『지상의 자양』(지드/이휘영), 『왕도』(말로/김붕구), 『구역』(사르트르/방곤), 『목로술집』(졸라/홍순민), 『파리새의 여인』(모리악/최완복), 『인간의 대지』(생텍쥐페리/안응렬), 『불시전집』(이선구, 이하윤), 『불단편선집』(정명환) 등에서 그 면모를 확인해볼 수 있다. 이와 함께 특정 작가작품의 전문적 번역자의 등장, 예컨대 안응렬이 생텍쥐페리, 김재남이 셰익스피어를 각각 도맡아 줄곧 번역한 것도 번역의 질을 향상시키는데 유리하게 작용한다.

77) 정병조, 「번역문학의 과제」, 『사상계』, 1962 임시증간호, 468쪽. 외국어전공자들의 번역에 대해 지적된 또 다른 문제점으로는 그들이 번역을 여기나 부업으로 인식하는 안이한 풍조와 의역의 부족, 특히 우리말 어휘와 문장의 잘못된 구사로 인해 국어교육을 직간접적으로 좀먹게 한다는 국어학계 및 국어교육계의 비판 등이 있었다. 후자에 대해서는 최창식, 「번역문학의 현황─우리말 어휘에 대한 제의」, 『동아일보』, 1959.8.25.

다.[78] 『일리어드 오딧세이』(정음①), 『팡세』(을유⑦), 『카라마조프가의 형제들』(정음⑩ ⑪), 『20세기의 지적 모험』(알베르스, 을유④), 『근대영국희곡선』(을유⑬), 『北歐선집』 (정음⑫), 『20세기시집』(동아⑰), 『영미수필선』(을유⑰) 등을 통해 그 대강을 확인해 볼 수 있다. 완미한 형태는 아니나, 이념적 제약에 의해 러시아와 중국의 현대문 학을 비롯해 특정 지역, 시대, 작가작품의 번역이 통제된 조건 속에서의 다변화 라는 점을 눈여겨봐야 한다.

그것이 가능했던 것은 세 출판사 간의 사활을 건 경쟁구도 때문으로 보인다. 막대한 부채를 투입한 모험적 기획이었기에 치밀한 계획이 필요했고[79] 따라서 속도 경쟁과 더불어 최대한 중복출판을 삼가게 된다. 동일 국가의 경우 작가의 안배를 그리고 동일 작가라고 하더라도 작품의 선정이 다르게 이루어진 것이다. 일례로 을유문화사가 ⑤번으로 예고한(『지성』, 1958.9. 237쪽) 모리악의 『테레즈데 크루』는 끝내 간행되지 않았는데, 아마도 동아출판사가 ⑧번으로 모리악을 출간 예고했던 사정을 감안해 포기한 것으로 판단된다. 물론 중복출판의 사례도 더러 있었다. 헉슬리의 『연애대위법』은 을유문화사⑥(주요섭 역)과 동아출판사⑪(김우 탁 역)이 겹치고 이후로도 『고백록』(루소), 『여자의 일생』(모파상), 『배덕자』(지드), 『나 나』(졸라), 『벽』(사르트르), 『파우스트』(괴테) 등이 이중 번역되었다. 하지만 가능한 한 타사와의 중복을 피하기 위한 노력이 상호간에 전개되고 그에 대응해 번역대 상의 지평이 넓어진 것만은 경쟁구도가 갖는 긍정적 산물이었다. 그 과정에서 문 학번역이 소설 위주, 특히 노벨문학상작이나 외국 베스트셀러 중심으로 이루어 진 기존의 번역 관행이 극복될 수 있었다. 1980년대 세계문학전집 발간 붐이 재 차 일면서 1950~60년대 전집이 고전 위주이며 그것도 구미에 편중되어 있다고 호되게 비판된 바 있으나,[80] 당대적 수준에서나 번역문학사의 차원에서 1950년

---

78) 을유문화사와 정음사의 두 전집 총 200권을 대상으로 한 지역별 분포에 대한 정기수의 분석에 따르면, 프랑스 52편, 영국 40편, 미국 34편, 러시아 25편, 독일 21편, 일본 6편, 중국 4편, 스페인 3편, 기타 등으로 되어 있다. 출판사별로 볼 때 정음사는 프랑스가 34편, 러시아가 20편으로 상대적으로 비중이 매우 크며, 반대로 을유문화사는 영국(26편), 독일(15편), 중국(4편)의 비중이 크다. 정기수, 『한국과 서양-프랑스문학의 수용과 영향』, 을유문화사, 1988, 211쪽.

79) 김창집, 「출판계의 현황과 그 과제-출혈을 강행하는 경쟁(상)」, 『동아일보』, 1959.9.5.

80) 「고전, 구미 위주의 틀을 벗는다, 세계문학전집」, 『경향신문』, 1981.12.1.

대 세계문학전집의 이 같은 성과는 마땅히 인정되어야 한다.

한편 이 세계문학전집들이 과연 이전의 틀과 다른 체제를 확립했는가에 대해서는 논란의 여지가 많다. 앞서 최재서의 발언을 언급했듯이 일본출판사의 기획을 그대로 도입했고 상당수가 일어판을 중역했다는 것이 당대나 이후에도 누차 지적되었다. 서구 고전중심의 세계문학에만 치우친 것도 일본판 세계문학전집의 기획을 안이하게 흉내 낸 산물로 평가된 바 있는데,[81] 저자가 축마서방(筑摩書芳) 판 『세계문학전집』(전70권, 1945)과 비교해봤을 때 그 같은 면모가 없는 것은 아니나 단정적인 결론을 내리는 것은 지나친 평가라는 인상을 받았다. 더욱이 일어판 중역이라는 것은 확증하기 어렵다.[82] 설령 일본의 기획을 모방했다손 치더라도 당시의 사정을 고려했을 때 이를 흠결로만 간주하는 것은 문제가 있다. 일본의 영향 속에서도 작품 선정과 번역 태도에서 탈일본의 정신이 강하게 자리 잡고 있었기 때문이다.

을유문화사의 편집원칙은 오히려 철학, 사상, 여행기 등을 포함시켰던 미국의 '모던라이브러리'의 영향이 강했다고 볼 수 있다.[83] 일본의 영향과 탈일본의 길항 속에서 종래의 세계문학전집과 달리 지역, 장르, 시대를 아우르면서 나름의 일정한 체계(계통)를 세우려 한 의식적인 번역적 실천은 번역문학사의 새로운 단계로의 진입을 알리는 징후였다고 할 수 있다. 그것이 원역 및 완역주의 원칙을 동반했기에 더욱 의미가 크다. 아울러 출판자본에는 수익성을 약화시키는 요인으로 작용했지만 과도한 광고와 선전, 할인, 월부, 위탁판매 방식과 같은 다양하면서도 적극적인 판로 개척을 통해 세계문학에 대한 센세이션을 일으키면서 대중적인 보급을 확대시켰던 것[84] 또한 번역(문학)의 위상과 의의를 높이는 과정이었다.

---

81) 「제3세계 현대문학 번역 활기」, 『경향신문』, 1987.4.6.

82) 동시기 경쟁적으로 출간된 아동문학관련 전집(문고본 포함)은 중역의 혐의가 짙다. 『세계명작전집』(전50권, 동국문화사), 『세계명작문고』(전50권, 학원사), 『세계위인문고』(전50권, 학원사), 『세계소년소녀문학전집』(전50권, 계몽사), 『세계소년소녀문학선집』(전12권, 신태양사) 중에 계몽사를 제외하고는 역자가 표기되어 있지 않다. 번역출판의 핵심인 역자를 밝히지 않은 점은 당대 출판관행을 고려할 때 중역일 가능성이 매우 높다. 이원수, 「아동도서출판과 아동문학」, 『동아일보』, 1959.8.11.

83) 『을유문화사50년사』, 을유문화사, 1997, 179~182쪽 참조.

84) 세계문학전집의 대중적 보급과 관련해 특기할 사항은 1960~70년대 국민독서운동의 일환으로 시

번역사업의 애로가 역자의 능력보다는 경제력, 즉 판매부진에 있다는 주장[85]을 감안할 때 더욱 그러하다.

전집류 이상으로 1950년대 번역의 성취와 의의를 잘 보여주는 것이 문고본의 번역출판이다. 무엇보다 이전의 문고 붐과는 그 정도와 내용이 확연히 다르다. 문고시대의 개막은 일제말기(1930년대 말) 조선문고, 박문문고, 현대문고의 경쟁을 통해 시작된다. 학예사의 '조선문고'(1939.1~41.2, 40종 기획과 20종 간행)는 '학문과 예술의 만인화'를 위해 '조선에 있어서 진정한 서적 해방'을 표방하고 김태준 『원본 춘향전』을 비롯한 우리 고전의 해제와 『이기영단편집』 등 문학창작집을 간행했다. 애초에 기획한 서목을 보면 『아리스토텔레스시집』, 『일리아드』, 『하이네시집』 등 서구 고전도 포함시켰으나 『현대영시선』(임학수 역편) 외에는 출간되지 못했다. 박문서관의 '박문문고'(1939.1~43)는 양서보국(良書保國)을 목적으로 '동서고금의 고전과 양서를 총망라'해 18종을 간행하다가 1943년 8월 일제의 출판활동 금지조치로 인해 강제 중단된 뒤 해방 후 속간해 4종 6권을 발간했다. 우리 문학의 고전과 현대물을 아우르기는 조선문고와 마찬가지였다. 광한서점의 '현대문고'(2종 간행. 영창서관에서 속간해 5종 추가발행)는 엄흥섭의 『세기의 연인』을 일착으로 한설야, 방인근 등 모두 당대 작가의 창작집이었다.

이 시기 문고들은 일제의 극단적 사상문화 탄압에 맞선 문예부흥과 학예보급 의지의 표현이었으며[86] 국학을 통한 민족문화의 수호와 지식의 대중화에 크게 이바지했다고 볼 수 있다. 더욱이 그 상호 경쟁구도가 문화진영의 분화를 반영,

---

행된 마을문고운동의 '마을문고 선정도서'(『마을문고』, 1966.6)에 을유문화사의 『세계문학전집』(1~60권)과 정음사의 『세계문학전집』(전·후기 총50권), 기타 타 출판사판이지만 『대지』, 『노인과 바다』, 『누구를 위하여 종을 울리나』, 『마지막 잎새』 등이 선정됨으로써 농촌의 (청년)독자들에게 까지 광범하게 수용되었다는 점이다. 『마을문고』에 『부활』, 『테스』, 『안네의 일기』, 『레미제라블』 등에 대한 독서회원들의 독후감이 상당수 게재된 바 있다. 이에 대해서는 김경민, 「1960~70년대 독서국민운동과 마을문고 연구」, 성균관대 석사학위논문, 2012, 92~99쪽 참조.

85) 홍효민, 「근대문화와 번역사업」, 『경향신문』, 1959.3.19. 3개 출판사의 경쟁적 세계문학전집 발간이 당시 출판 및 독서시장의 실정으로는 "相殘의 고배를 免키 어려울 것"이라는 비관적 예측(「무풍지대의 우리문단」, 『서울신문』, 1959.8.26.)에도 불구하고 두 출판사가 애초의 계획을 완수해가는 도정은 번역문학의 제도적 정착을 추동하는 과정이었다는 점에서 그 의의를 다시금 강조하지 않을 수 없다.

86) 이중한 외, 『우리출판100년』, 현암사, 2001, 82쪽.

즉 조선문고는 대부분 경향파, 박문문고는 민족주의자 위주로 각각 편성함으로써[87] 발행권수에 비해 당대의 지적 산물을 포괄하는 다양성을 드러내주는 특징이 있다.

해방직후에는 박문문고의 속간과 더불어 '국민교양의 이상적 계몽'을 목표로 한 '정음문고'가 듀이의 『학교와 아동』(강정덕 역)을 시작으로 김성칠 역주 『열하일기』(1950.2)까지 25종 30책을 발간해 문고의 전통을 이어간다. 조선의 고대문화에 관한 국학고전이 위주였으며 해외문학의 번역 소개가 더러 이루어진다. 1948년부터 참여한 을유문화사의 '을유문고'는 '문화와 사상의 범국민적 보편화'를 내걸고 박태원의 『성탄제』(1948.2.10)를 처음 출간한 뒤 한국전쟁 전까지 26권을 출판했다. 35종을 기획했으나 사상관련 서적, 이를테면 맑스·엥겔스의 『도이취 이데올로기』(김명구 역), 맑스의 『철학의 빈곤』(허동 역), 엥겔스의 『공상사회와 과학사회』(홍우 역) 등은 발간되지 못했다. 단정수립 후 사상 통제(검열)의 산물로 보인다. 지드의 『전원교향곡』(안응렬 역)과 『좁은 문』(김병규 역), 하디의 『슬픈 기행』(임학수 역), 메리메의 『카르멘』(이휘영 역), 모파상의 『감람나무 밭』(최완복 역), 호든의 『하이데커박사의 실험』(주요섭 역) 등 외국문학 번역이 상당수를 차지하는 특징이 있다.

이 같은 문고출판의 전사를 수렴해내는 가운데 1950년대 말 문고본의 전성시대가 도래한다. 이전과 다른 이 시기 문고 붐의 특징적 양상으로는 첫째, 대부분의 출판자본이 자체 기획적 문고출판을 동시다발적으로 시도함으로써 문고가 출판물의 주류를 형성한다는 점이다. 1958년 신양사의 '교양신서'를 시작으로 1959년부터는 '양문문고'(양문사), '박영문고'(박영사), '위성문고'(법문사), '경지문고'(경지사), '강호문고'(강호사), '아카데미문고'(아카데미사), '현대신서'(대학기독교서회), '현대문고'와 '여성교양신서'(여원사), '세계명작문고'(동국문화사), '사상교양문고'(상구문화사), '생활총서'와 '위인문고'(학원사), '사상문고'(사상계사), '교양문고'(신구문화사), 기타 정음사, 일신사, 고구려문화사 등이 대체로 '시민교양의 이상적 계몽'을 목표로 연이어 문고출판에 참여함으로써 단행본출판을 압도하는 전례 없는 문고전성시대가 전개된 것이다. 규모도 만만치 않아 '교양신서'는 1958~59년에

87) 전영표, 『출판문화론』, 대광문화사, 1987, 77쪽.

64권, '사상교양문고'는 1959년에 24권이, '양문문고'는 1960년 5월 기준 100권 (1959년까지는 65권)이 간행되었다. 그 발간이 1960년대로 이어지면서 그 양이 급증하는데, '박영문고'는 41권(1960.5 기준), '위성문고'는 68권(1963), '사상문고'는 44권(1963)의 규모를 보인다. 을유문화사의 '구미신서'와 '번역선서'가 이 흐름에 자극받아 발간이 촉진되고 '탐구신서'(탐구당)가 새로 등장해 더욱 치열한 경쟁구도를 형성한다.

문고본의 전성이 번역과 관계 맺는 지점은 문고본의 대부분이 번역서이며 동시에 그 분야가 매우 다양하다는 점과 가장 많은 대중적 수용이 이루어졌다는데 있다. 이를 '양문문고'를 중심으로 살펴보도록 한다.

〈표2〉 양문문고 1기 100권(1960.5 기준)

번호	책명	저자	역자	가격	비고
1	二十世紀哲學	몰턴 화이트	申一澈	300圜	六版
2	여름밤의 꿈	세익스피어	金在枏	200	六版
3	作家論	싸르트르	林甲	350	六版
4	黃昏의 이야기	슈테판 쓰봐이크	朴贊機	350	六版
5	約婚女	채호프	金鶴秀	350	六版
6	女子와 男子	어스킨 콜드웰	金秉喆	400	六版
7	사랑의 核心	그레이엄 그린	朴肯洙	700	六版
8	말없는 美國人	그레이엄 그린	文一英	400	六版
9	戰後世界文學槪觀	런던타임스	李哲範·金明哲	350	六版
10	콜롱바	메리메	丁奇洙	350	六版
11	裸心	보들레르	李桓	350	五版
12	여섯개의나뽈레옹	코난 도일	趙容萬	300	五版
13	透明人間	H.G.웰즈	朴琦俊	350	五版
14	結婚의 生態	퍼얼벅	李浩成	600	五版
15	二重人間	루이스 스티븐슨	柳玲	300	五版
16	까스트로의 修女	스탕달	丁奇洙	400	五版
17	現代文學의 가는 길		柳玲(편역)	350	五版
18	椿姬	듀우마 후이스	孫宇聲	450	五版
19	實存哲學이란무엇인가	O.F.볼노브	崔東熙	350	五版
20	어느女人의境遇	어스킨 콜드웰	李基錫	500	五版
21	쏘아나의 異端者	하우프트만	姜斗植	350	四版

번호	책명	저자	역자	가격	비고
22	나의 世界觀	아인슈타인	申一澈	300	四版
23	放浪兒	아인헨돌프	李榮久	300	四版
24	唯物論과 革命	싸르트르	林甲	250	四版
25	사랑은 죽음보다	모파쌍	方坤	550	四版
26	아름다와라 靑春이여	헤르만·헷세	丘翼星	300	四版
27	美國文學의 展開	로버트.E.스필러	梁炳鐸	600	四版
28	어느 개의 告白	후란스 카프카	丘翼星	300	四版
29	草琴	트르만 캐포트	金秉喆	350	四版
30	貧民窟	고리끼	咸大勳	200	四版
31	보물섬	루이스 스티븐슨	崔鳳守	450	三版
32	愛憎의 避暑地	슬로온 윌슨	李基錫	550	三版
33	知性과 사랑	헷세	李炳璨	700	三版
34	靑春時節	헷세	尹順豪	300	三版
35	天才와 女神	학슬리	鄭炳祖	250	三版
36	가시돋친 白合	어스킨 콜드웰	李浩成	400	三版
37	사랑과 罪惡	W.S.모옴	李鍾求	550	三版
38	英文學史	에번즈	高錫龜	500	三版
39	戰爭日記	카롯사	李孝祥·陳英哲	350	三版
40	讀書術	에밀 파게	李彙榮	300	三版
41	사랑하는 사람들	A.모라뷔아	安東民	350	三版
42	日本帝國興亡史	라이샤워	康鳳植	300	三版
43	사랑의 風土	앙드레·모르와	元潤洙	500	三版
44	베니스의 商人	세익스피어	金在枏	250	三版
45	神은 죽었다	하이덱가	崔東熙	300	三版
46	大尉의 딸	푸쉬낀	李東鉉	350	再版
47	괴상한 사람들	셔어웃·앤더슨	張旺祿	450	再版
48	산타루치아	골즈워디	朴基盤	350	再版
49	感情의 混亂	슈테판·쓰봐이크	朴贊機	300	再版
50	몽빠르나스의 悲戀	필립	鄭秉熙	300	再版
51	그림자 없는 女人	호프민스탈	李孝祥	250	再版
52	征服되지 않는 處女	W.S.모옴	李基錫	300	再版
53	키리만자로의 눈	헤밍웨이	梁炳鐸	400	再版
54	젊은 未亡人	슈니쓸러	朴鍾緖	350	再版
55	그리스도敎社會의 理念	T·S·엘리오트	朴琪烈	250	再版

번호	책명	저자	역자	가격	비고
56	안개낀 母像	모빠상	吳鉉壎	350	初版
57	타골 詩集	타골	朴喜璡	350	初版
58	브룩필드의 鐘	제임스·힐튼	李基錫	250	初版
59	群盜	쉴러	朴贊機	400	初版
60	말괄량이 길들이기	세익스피어	金在枏	250	初版
61	사랑의 凱歌	뚜르게네프	金鶴秀	300	初版
62	순박한 마음	프로벨	閔憲植	300	初版
63	마을의 로미오와 줄리엣	G·켈러	李炳璨	250	初版
64	멋진 新世界	학슬리	權世浩	500	初版
65	正常과 異常의 分析	HA오버스트리트	白尙昌	450	初版
66	잃어버린 사랑	알렝·프로니예	金義貞	450	初版
67	가엾은 거리의 樂師	그릴팔써	池樫	300	初版
68	颱風	세익스피어	金在枏	200	初版
69	佛敎의 眞理	버어트	朴琦俊	300	初版
70	死刑囚最後의 날	빅또르·위고	金鵬九	250	初版
71	첫사랑	뚜르게네프	金鶴秀	250	初版
72	暴君	김동인		350	初版
73	외로운 사람들	하우프트만	尹順豪	300	初版
74	더러운 손	싸르트르	崔性珉	350	初版
75	檢察官	고골리	李東鉉	300	初版
76	해는 또다시 떠오른다	헤밍웨이	金秉喆	550	初版
77	길 잃은 사람	헤르만·헷세	姜斗植	500	初版
78	뜻대로 하셔요	세익스피어	金在枏	250	初版
79	永遠한 男便	도스또예프스끼이	車榮根	500	初版
80	자랑스러운 마음(一)	펄·벅	張旺祿	600	初版
81	자랑스러운 마음(二)	펄·벅	張旺祿	350	初版
82	幸福으로의 意志	토오마스·만	朴贊機	450	初版
83	肉體의 惡魔	레이몽·리디게	吳鉉壎	300	初版
84	하늘牧場	존·스타인벡	柳玲	500	初版
85	짝사랑	뚜르게네프	金鶴秀	300	初版
86	로렌스文學論	로렌스	金秉喆	600	初版
87	잃어버린 그림자	시밋소	丘冀星	250	初版
88	비계 덩어리	모빠쌍	方坤	300	初版
89	가난한 사람들	도스또예프스끼이	李東鉉	450	初版

번호	책명	저자	역자	가격	비고
90	테스(一)	토마스·하아디	金龍澈	600	初版
91	테스(二)	토마스·하아디	金龍澈	500	初版
92	새벽의 競走	윌리엄·포크너	李日洙	300	初版
93	結婚의 幸福	똘스또이	李東鉉	300	初版
94	悲劇의 誕生	니이체	李章範	350	初版
95	크리스마스 캐럴	디킨즈	權明秀	300	初版
96	마농 레스꼬	아베·쁘레보	李桓	400	初版
97	來日의 原子戰	포울링	李吉相	400	初版
98	隊長 불리바	고골리	董玩	350	初版
99	結婚과 道德	러슬	金永喆	450	初版
100	大學時節	슈토름	尹順豪	300	初版

※ 65번까지가 1950년대 발간본이며 번역어는 당시의 표기를 그대로 살림

위 양문문고 가운데 99책이 번역본이다. 아닌 것은 『폭군』(김동인)이 유일하다. 번역의 압도적 비중은 다른 문고에서도 마찬가지로 나타난다. '교양신서'는 60권 중 『켈렌의 법이론』(장경학), 『현대정치의 제문제』(신상초), 『독서의 지식』(안춘근) 등 3권만이 국내작이고, 박영문고는 41권 가운데 최재서 편 『교양론』과 『휴머니즘』 두 편 뿐이다. 위성문고는 3권/68권, 사상문고는 2권/44권의 비율이다. 과거 문고가 활성화되었던 시기에 비해 번역서의 비중이 매우 컸던 것은 좁은 시장, 구매력의 정체, 도서공급의 포화상태로 야기된 수익성 악화를 돌파하기 위한 일환으로 출판자본이 염가의 문고본을 전략적으로 채택한 상황에서 번역물이 판로확보에 상대적으로 유리했기 때문으로 보인다. 국내창작물보다는 번역문학물의 수요가 많았던 당시 독서시장의 동향[88]을 십분 활용한 전략이었다. 특히 양문사,

---

88) 「외서번역물이 우세」, 『서울신문』, 1959.3.28. 서울시내 남녀대학생 690명의 독서경향에 대한 조사보고를 보면 원서보다는 번역문을 읽는 비율이 4배(문과)~8배(이과) 높았으며, 현재 읽고 있거나 읽었던 것 중 가장 감명 깊었던 책은 대부분 서구의 고전, 특히 『적과 흑』, 『팡세』, 『카라마조프의 형제』, 『테스』, 『부활』, 『죄와 벌』 등과 같은 외국소설류였다. 남녀 문·이과를 통틀어 『테스』와 『죄와 벌』을 가장 감명 깊었던 책으로 꼽은 것이 눈에 띈다. 문학번역물의 대중적 매력을 여실히 확인할 수 있는 대목이다(「대학생들의 독서경향」, 『조선일보』, 1960.1.28.). 그 면모는 당대 서적 유통의 일익을 담당했던 노점의 경우에서도 마찬가지로 나타난다. 미국잡지, 예컨대 『Home』, 『Vogue』와 같은 유행잡지, 『Readers Digest』, 『Pegeant』와 같은 다이제스트물, 『Atlantic』, 『Harper』, 『Saturday Review』 등의 종합잡지와 『북경에서 온 편지』(펄 벅), 『무기여 안녕』(헤밍웨이), 『안네의 일기』(안네 프랑크), 『人間羈絆』(모옴), 『에덴의 동쪽』(스타인벡), 『보봐리 부인』(플로베르), 『테스』

박영사, 동국문화사 등 교과서출판을 위주로 했던 소형 출판자본들은 1956년 교과서 전면 개편으로 빚어진 과당 경쟁으로 인해 안정적 수익성 창출이 더 이상 불가능해짐으로써 더욱 적극적으로 문고본 출판에 심혈을 기울이게 된다. 당시 문고본이 염가의 소형판임에도 불구하고 단행본보다 호화 양장으로 꾸몄던 것도 이의 반영으로 볼 수 있다.

문고본에 있어 번역서의 압도적인 비중 이상으로 중요한 의미를 갖는 것은 그 번역의 폭이 매우 넓고 다양하다는 점이다. 위 양문문고의 경우 '민족문화의 계몽을 위해 문학, 철학, 자연과학, 사회과학 등'을 망라해 출판하겠다는 애초의 취지와 다소 다르게 문학의 비중이 매우 큰 편이다. 문학 중에서도 근대문학작품이 압도적이며, 작가별로는 셰익스피어, 투르게네프, 도스토예프스키, 사르트르, 헤세, 펄 벅, 콜드웰 등이 3편 이상 번역되었다.

물론 번역의 분야와 대상은 각 출판사의 편집노선에 따라 다르게 나타난다. '교양신서'는 문학이 41권/총60권이고, 41권 중 문학평론 및 이론에 해당하는 것이 『사르트르의 사상과 문학』(알베르스/정명환 역), 『실존주의는 휴매니즘이다』(사르트르/방곤), 『소설의 미학』(티보데/유억진), 『소설의 양상』(포스터/정병조), 『20세기문학의 결산』(알베르스/이진구·박이문) 등 총13권으로 비중이 큰 편이며, 8편이 실존주의관련서라는 점이 눈에 띈다. 까뮈 4편, 사르트르와 오스카 와일드가 3편, 괴테, 헤밍웨이, 스타인벡, 지드 등이 각각 2편 번역되었다. 러셀의 저서가 3편-『철학이란 무엇인가』(강봉식 역), 『교육론』(유석진), 『권위와 인간』(이극찬)-번역된 점이 눈에 띈다. '박영문고'는 아예 인문사회과학분야(제1분류)와 문학 분야를(제2분류) 분리해 편성했는데, 아리스토텔레스(2권), 칸트(5권), 루소(4권), 괴테(5권), 베버(2권), 헤세(2권)의 저작이 여럿 번역되었다. 『시학』(손명현 역주), 『순수이성비판』(전4권, 최재희 역주) 등 고전이론서는 가독성을 높이려 역주 방식을 택했다. 이와 별도로 김소월, 김영랑, 하이네 등 국내외 시인들의 시집을 '코스모스문고'로 명명해 출간한 점은 비록 소량이지만 박영문고만의 독특한 기획이었다. '위성문고'

(하디) 등과 같은 포켓북이 일반서점보다 매상이 높았는데, 특히 디킨즈, 하디, 셰익스피어, 헤밍웨이, 모옴 등의 번역본이 많이 팔렸다고 한다(『조선일보』, 1959.12.3.).

는 문학 관련이 23권/총68권으로 비교적 적은 편인데, 톨스토이, 투르게네프, 도스토예프스키 등 혁명 전 러시아문학의 번역에 많은 할애를 한 것이 특징이다.

그리고 '사상문고'는 44권 가운데 문학 분야는 『巨神의 墮落』(I.구우젱코/김용철 역)이 유일하다. 정치, 경제, 사상, 역사 등의 번역서가 대부분인데, 공산주의, 자유주의, 민족주의 등 근대정치사상관련 번역이 많은 것이 특징적이다. 그중 공산주의관련서가 14권으로 대종을 이루는데 대체로 비판서다. 『巨神의 墮落』도 소련사회의 암흑면을 파헤친 소설작품이다. 사상계(사) 주체들의 이념적 지향 내지 그 편향을 능히 짐작하게 하는 대목이다.[89]

이 같은 차이들은 당시 문고본의 번역 대상이 매우 넓었다는 사실을 입증해준다.[90] 더욱이 문고본에서 동일한 작가를 번역대상으로 한 경우는 꽤 있으나 작품상의 중복출판은 거의 없다. 그리고 셰익스피어, 괴테, 헤밍웨이, 투르게네프, 하디 등 세계문학전집과 겹치는 작가작품은 더러 있지만 번역자가 같은 경우는 없다. 총량적으로 볼 때 작품과 이론(평론)을 포함해 문학번역이 가장 큰 비중을 차지하고 있는데, 이를 통해 1950년대 번역의 주류가 문학이었다는 점을 다시금 확인할 수 있다.

이렇게 양과 폭 양면에서 이전과 비교할 수 없을 정도의 볼륨을 갖춘 1950년대 문고 붐은 세계문학전집과 더불어 번역의 위상을 제고하는데 중요한 역할을 한다. 물론 양에 비례해 질적 성취를 이루어냈다고 단정하기는 어렵다. 어떤 번역본이 원역/중역인지 또 그 비율이 어느 정도인지를 분별해내기는 불가능하나 모두 원역이었다고 보기는 어렵다. 간행의 속도를 참작할 때 중역의 비율이 높았

---

89) 그 면모는 사상계사의 초기 번역출판에서도 그대로 나타난다. 『교육과 두 개의 세계』(제임스B.코난트/임한영), 『공산주의 이론과 실천』(마류우·M 스카트/정봉섭), 『정의와 사회질서』(에미일·브룬너/전택부), 『미국과 세계』(프레데리크·언거 편/신상초 외), 『완역 미국사』(헨리·스탈·컴마저 공저/조효원), 『현대 쏘련정치의 모순과 고민』(무어/강봉식), 『민주교육의 기반』(러그/안병욱) 등에서 반공친미의 이념적 지향을 어렵지 않게 읽어낼 수 있다.

90) 기타 '지경문고'(지경사)는 『국가』(전3권, 플라톤/김영두), 『유토피아』(토마스 모어/왕학수), 『죽음에 이르는 병』(키엘케골/김형석) 등 사상철학 중심이었고 문학은 『황금벌레』(포/조용만) 등 소수였다. '사상교양문고'(상구문화사)는 플라톤의 『국가론』과 아담 스미스의 『국부론』을 제1회 배본으로 시작해 『공리주의』, 『파우스트』(2회 배본), 『순수이성비판』, 『법의 정신』(3회 배본), 『윤리학』, 『종의 기원』, 『동물철학』(4회 배본) 등이 순차적으로 역간되는데 제1기 고전편(전26권) 모두 사상관련서였다.

을 것으로 추정된다. 다만 번역진이 모두 해당 분야 외국어전공자들이며 동시에
특정 작가작품의 전문적 번역가로 정평이 나 있는 역자가 배치되었다는 점에서
어느 정도의 질적 수준을 이루어냈다고는 볼 수 있다. 공역(共譯), 역주(譯註)의
방식이 폭넓게 활용된 점도 번역의 질을 높이는데 긍정적으로 작용했을 것이다.

문고본과 번역의 관계에서 특별히 강조되어야 할 지점은 문고본의 대중적 파
급력이 컸다는 사실이다. 세계문학전집을 능가한 수준이었다. 세계문학전집이
체재나 내용면에서 세계적 수준에 육박하고 있다는 평가를 받았음에도 불구하고
주로 지식층, 실업가층의 장서용으로 배본된[91] 것에 비해 문고본은 (대)학생층을
중심으로 한 실수요자들에게 널리 보급·수용되었다. 같은 문고본인 '구미신서'는
지식층과 학생층 모두에게 인기가 많았다. 당시 출판물의 주된 수요자인 학생층
에게 사전류와 참고서류 외에는 매기(買氣)가 매우 저조한 상황에서 문고본의 대
폭적인 수용 양상은 출판자본의 문고본전략이 유효했다는 것을 말해준다. 양문
문고의 4권을 번역했던 관계로 출판사측이 10일에 한 번씩 인지를 찍으러 왔다
는 김병철의 회고를[92] 통해 문고본의 매기를 충분히 짐작해볼 수 있다. 여기에는
문고본이 염가라는 장점이 일차적으로 작용했겠지만, 이에 못지않게 당시 문고
본기획의 방향이 교양과 실용에 그것도 서구의 최신 지식의 번역에 맞춰져 대중
들의 취향·요구에 부합할 수 있었던 것도 크게 작용했을 것으로 보인다. 그것은,
아직 전모를 확인하지 못했지만, 아카데미문고의 출판위원 제도(선우휘, 양흥모)
운영에서 보듯 전문성을 갖춘 기획력의 산물이기도 했다.

이렇듯 문고본은 대중들의 독서취향에 부응하는 동시에 이를 통해 잠재적 독
자를 개발하는 선순환 과정을 구축하며 지식의 대중화, 번역물의 사회적 저변 확
대에 중요 통로로 구실했다. 1927년부터 발간되기 시작한 'これとナミ文庫(岩波
文庫)가 일본의 번역문화에 획기적인 공헌을 했던 것과 마찬가지로 1950년대 문
고 붐 또한 한국의 번역문화 확산에 일익을 담당했다고 볼 수 있다. 게다가 양문
문고의 셰익스피어번역 5편이 1964년 양문사의 셰익스피어전집으로 수렴되는

91) 「전집간행물 붐」, 『동아일보』, 1959.3.31.
92) 김병철, 앞의 책, 193쪽.

예와 같이[93] 번역문고본은 당대를 넘어 이후 각종 작가 전(선)집 역간의 중요한 기초가 되었다는 점도 간과할 수 없는 의의라고 할 수 있다.

번역문학의 수용과 관련해 한 가지 특기할 것은 1950년대 후반 번역문학의 제도화의 징후가 나타난다는 점이다. 번역문학이 번역의 주류로 부상하고 대중적 수용이 활발해지면서 번역문학의 질적 향상을 위한 실질적 방안이 필요하다는 의견이 다수 제기된 바 있다. 가령 단순한 번역활동을 넘어 작가의 소개, 작품에 대한 해설, 현대문학사조의 변천상에 관한 연구 등이 수반됨으로써 민족문화의 신진성이 극복될 수 있어야 한다는 것이다.[94] 그 연구에의 요청과 밀접한 관련이 있는 것이 대학의 연구 활동, 특히 학위논문이다. 1950년대(1960년 포함) 석·박사 학위논문의 목록[95]을 보면 박사논문은 10편에 불과하고 그나마 현대문학 관련은 없다. 석사논문은 국문학 76편(고전문학 56편, 현대문학 20편), 외국문학 94편(미국문학 18편, 영문학 61편, 중문학 10편, 불문학 4편, 독문학 1편) 등으로 근현대문학 분야는 20:84로 외국문학의 비중이 압도적이다. 대상 외국작가별로 보면 셰익스피어가 13편, 헤밍웨이 5편, 워즈워드 4편, 로렌스, 포우, 아놀드, 키츠 등이 각각 3편, 헨리 제임스, 디킨즈, 헉슬리, 아놀드 등이 2편이다. 지도교수는 최재서, 이휘영, 여석기, 양병탁 등 외국문학전공자이자 명망 있는 번역가들이었다. 이 같은 사실은 1950년대 근대문학연구의 주류가 외국문학, 특히 영미문학이었다는 것을 일러주며, 아울러 연구대상이 당대 번역의 주요 대상 작가작품이었다는 점에서 번역과 문학연구의 관계를 짐작하게 해준다.

---

93) 양문문고의 셰익스피어 번역을 전담했던 김재남(1922년생, 경성제대 영문과 졸업)은 셰익스피어탄생 400주년인 1964년 양문사와 전집발간을 계획하고 착수했으나 정음사가 전집 역간사업에 가세해 속도경쟁이 치열해지면서 도중에 양문사가 포기하고 대신 휘문출판사가 김재남을 지원해 우리나라 최초로 개인全譯 『셰익스피어전집』(전5권)이 출간된다. 정음사도 셰익스피어학회에 역자 선정을 의뢰해 19명의 학자로 편성된 집단全集譯 정음사판 『셰익스피어전집』(전4권)이 동시에 출간되기에 이른다. 세계에서 7번째 그것도 두 출판사에 의해 셰익스피어전집이 발간되는 놀라운 성과에도 불구하고 이 전집 간행을 둘러싼 양 출판사간의 단독역/집단역, 원역/일본어중역, 오역 등을 둘러싼 번역논쟁 시비는 그간 한국번역문학사의 부정적 측면이 한꺼번에 드러나는 계기가 되었다. 셰익스피어번역논쟁 시비에 대해서는 김병철, 앞의 책, 222~229쪽 참조.

94) 손우성, 「번역문학의 과정」, 『경향신문』, 1959.4.27.

95) 한국연구도서관, 『한국 석·박사학위논문 목록; 1945~1960』, 1960, 이종소, 『한국 석사·박사학위 논문 총목록; 1945~1968』, 은하출판사, 1980.

물론 학위논문의 성과와 번역의 직접적 연관성을 거론하는 것은 신중할 필요가 있다. 그렇지만 대학의 문학연구에서 외국문학이 강세를 띔으로써 번역에 대한 관심이 높아지고 동시에 번역의 활성화가 외국문학연구를 촉진하게 하는 상보성은 충분히 상정할 수 있다고 본다.[96] 1950년대에 주로 번역된 작가작품에 대한 학문적 연구(학위논문)가 1960년대에 들어 기하급수적으로 확대되는 것도 그 한 방증이다. 이 같은 연구의 활성화와 다른 한편으로 잡지, 특히 『신태양』, 『사상계』와 같은 종합잡지의 서양고전에 대한 대중용 리뷰(review) 시리즈도 번역에의 관심을 환기시키는데 기여했다고 볼 수 있다.[97] '번역론 서설'이 1957년 『조선일보』 신춘문예 평론부문에 당선된 것(당선자 이상훈, 심사위원 이헌구), 「국문학에 있어서의 번역의 사적 고찰」과 같은 번역관련 연구가 국문학 석사논문(1959년 서울대)으로 제출된 것 등도 번역의 제도화 과정을 잘 보여주는 사례이다. 요약하건대 번역의 주도적 주체로서 출판자본에 의해 조성된 (문학)번역 붐이 번역의 제도화를 자극·촉진시키는 기제가 되었던 것이다.

4. 문화주체의 세계주의와 번역─『문학예술』을 중심으로

국가권력 및 출판자본과 마찬가지로 1950년대 문화지식인들이 번역에 대

---

96) 그것은 셰익스피어의 경우, 즉 1950년대 강단에서 최재서를 중심으로 한 학문적 연구 작업(최재서는 1961.6 동국대에서 「셱스피어」로 박사학위를 받았다)과 셰익스피어 번역에 전념한 김재남과 같은 번역가의 활동이 세계문학전집 및 문고출판을 계기로 더욱 촉진되는 가운데 셰익스피어학회가 창립되는(1963.9 미공보원 회관) 일련의 도정을 통해서 그 면모를 확인해볼 수 있다.

97) 1950년대에 동서양 古典에 대한 리뷰를 처음으로 개설·고정시킨 것은 『신태양』이다. 제4호(1952.11)부터 '명작감상란'으로 시작해 이후 '명작해설란', '문학감상란'으로 명칭을 변경하면서 지속되는 가운데 『레미제라블』, 『춘희』, 『죄와 벌』, 『햄릿』, 『이방인』 등 30여 편의 서양고전을 문인들의 해설을 곁들여 소개했다. 『사상계』는 '고전해설란'을 1955.9(『일리아드와 오딧세이』─강봉식)~1959.11(『종의 기원』─강영선)까지 41회, '사상과 생애'란을 1956.8(소크라테스)부터 1959.7(레오나르도 다빈치)까지 31회를 각각 연재해 해당전문가들이 동서양 인문고전 및 사상가들을 소개했다. 1959.7부터는 '21세기작가연구'란을 개설해 저명작가들의 작가작품론을 연재한다. 세계문학전집 간행에 즈음해 신문에서도 서양고전 리뷰가 연재되는데, 『경향신문』은 '작품과 작가'란을 통해(1959.3.14 앙드레 말로의 『王道』를 시작으로), 『한국일보』는 '나의 古典'란을 통해(1959.10.21 최재희의 『법철학개요』(헤겔)를 시작으로) 각각 연재된 바 있다. 신문 및 잡지의 고전연재물들은 당대 (인)문학 중심의 교양 형성에 크게 기여했을 것으로 판단된다.

해 적극적으로 인식하고 참여했던 동력은 한국사회의 (문화적)후진성에 대한 자의식이었다. 이념, 세대, 젠더, 분야 등을 초월한 그 자의식은 근대화기획의 정당화 기제 및 그 강력한 추진의 심리적 조건으로 작용하는 가운데 '세계주의(cosmopolitanism)'의 시대정신을 형성해낸다. 물론 1950년대 세계주의는 여러 갈래를 지닌 것이었지만, 적어도 한국사회가 후진성을 극복하고 발전하기 위해서는 세계의 보편적 가치를 수용·섭취해야 하고 이를 발판으로 우리도 세계적 일원으로 발돋움해야 한다는 논리만은 기본적으로 공유하고 있었다. 더욱이 한국전쟁을 통해 세계사적 동시성을 경험함으로써 그 기조는 사회 전방위적으로 가속화되었으며, 심한 조급증으로 나타나기까지 한다.

서구 근대문화에 대한 '단기강습'이 후진성 극복의 유력한 대안으로 제시되기도 했다.[98] 주지하다시피 그 세계주의의 '세계'는 다름 아닌 미국 편중의 서구중심주의였다. 아울러 그것은 과거 일본을 통한 근대성 도입에서 미국을 통한 근대성 도입을 강조하는 수입 경로의 변화를 의미하는 것이기에 탈일본적이며 따라서 민족주의적 색채도 부분적으로 가미되어 있었다. 일본(문학)은 후발주자로서 의존해야 할 역할모델(개화기), 식민 지배를 추동하는 헤게모니문화(일제강점기)에서 한국문화의 근대적 의제 설정의 부정적 타자로 호출·배치되기에 이른 것이다.[99]

이 같은 세계주의의 지형과 내포는 일차적으로 문화지식인들의 냉전의식에 바탕을 둔 세계인식의 산물이었으며, 그것이 당시 지배이데올로기와 공명 관계를 이루었기 때문에 확고한 시대정신으로 자리 잡을 수 있었다. 자유민주주의와 반공주의 그리고 반일주의로 구성된 지배이데올로기의 배타적 규정력과 이에 따른 정치적·문화적 사유의 획일화 속에서 세계주의=미국화가 구조적으로 배태될 수밖에 없었던 것이다. 남한에 대한 미국(미공보원)의 미국화프로그램도 이의 제약에서 자유로울 수 없었다. 요컨대 세계주의=미국화의 구조적 맥락이 미국에 대해 상대적인 자율성 속에서 문화지식인들의 내재적·자발적 요청에 의한 것

98) 백 철, 「외국작품과 번역」, 『문예』, 1953.12, 39쪽.
99) 윤상인, 「한국인에게 일본문학은 무엇인가」, 윤상인 외, 앞의 책, 27~28쪽 참조.

이었기 때문에, 객관화되고 상대화된 대미인식으로 변화하는 1960년대 이전까지,[100] 미국화는 유력한 발전모델로서의 위상을 지니는 가운데 이상화된 형태로 그리고 압도적이고 지배적인 방식으로 전개되는 특징을 보인다. 무비판적인 모방과 맹종에 대한 경계, 가령 이론적 훈련과 기초의 역사적 과정을 무시한 채 최고 수준화된 실용적 제도만을 수용하려는 경박함에 대한 위험성을 촉구하는 견해가 누차 제기되었으나[101] 그러한 신중론조차 제대로 된 미국화를 위한 차원의 논의였을 뿐이었다. 이로부터 폐쇄적인 번역적 상황이 초래되는 것은 필연적이었다. 지배 권력의 이데올로기 규율과 출판자본의 시장논리 이상으로 문화지식인들의 세계주의도 번역 지평을 기형적으로 조형해내는 요소로 기능했던 것이다.

그런데 문화지식인들의 세계주의가 이데올로기적으로 규율된 것이었다고 할지라도 자발성을 기초로 했기 때문에 그 지향 안에는 주체들의 사회문화적 위치에 따른 다양한 입장과 생각이 교차하고 있었다고 봐야 한다. 외국선진문화의 도입과 번역에 관한 입장을 예를 들어보더라도[102] 우리문화의 후진성 극복의 가장 유효한 수단이 번역문화의 진흥에 있다는 공통된 신념에도 불구하고 세계성과 전통의 관계 설정, 수입의 태도, 번역대상의 선택, 번역의 방법, 번역의 관장 주체, 원역과 중역의 유효성, 동양서/서양서 번역의 중점, 양심적 번역을 위한 방도, 번역어 연구의 방법 등을 둘러싸고 서로 다른 의견이 제출된 바 있다. 특히 세계성과 전통의 관계 설정에 있어서는 양자의 유기적 관련을 강조하면서도 전통 중시(자주적 입장, 민족적 긍지의 필요 포함)의 입장과 전통, 풍토, 생리를 뛰어넘는 개방적 수용의 입장이 첨예하게 맞섰다. 또 번역사업의 실효성을 거두기 위한 사업의 적합한 주체로 국가 주도/민간 주도의 입장으로 크게 엇갈렸다. 반면에 일본서의 번역과 일어중역에 대해서는 대체로 그 현실적 필요성을 인정하는

---

100) 임희섭, 「해방 후의 대미인식」, 류영익 외, 『한국인의 대미인식―역사적으로 본 형성과정』, 민음사, 1994, 244쪽.

101) 김두종, 「외국문화수입의 첩경」, 『대학신문』, 1953.11.16. 이 같은 신중론은 소수의 저항담론을 수반한 채 1950년대 후반 미국화 담론의 중심을 형성하면서 선별적 수용과 선용의 문제를 중심으로 1960년대까지 지속된다. 김진만, 「한국문화 속의 아메리카니즘」, 『신동아』, 1966.9, 259~261쪽 참조.

102) 「수입문화의 기본문제」, 『신천지』, 1954.1, 152~163쪽. 번역문화의 기본 문제에 대한 문화계인사 30인의 설문조사다. 최현배, 정인승, 김말봉, 오화섭, 이봉래, 권중휘, 김광주 등이 참여했다.

분위기였다. 문인, 학자, 문교관료. 출판업자 등 번역과 관련해 이해관계가 다를 수밖에 없는 처지 때문에 빚어진 결과로 보인다.

그렇지만 범위를 좁혀 문인들 입장을 살펴보더라도 마찬가지의 양상이 나타난다. 그 면모가 잘 드러난 것이 문교부의 도서번역사업 추진 결정에 대한 문인들의 대응으로 기획된 '飜譯文學에 關한 提議'란 평론릴레이다.[103] 번역문학의 의의, 주체, 방법, 대상 등이 주된 논점인데, 조연현은 제2의 창작행위로서 번역문학의 핵심이 문장력에 의한 가독성에 있다고 간주한 뒤 문장력과 비평의식을 갖춘 문인이 번역의 주도적 주체가 되어야 한다고 역설했다. 곽종원, 유동준, 오석천 등도 이러한 기조의 연장선상에서 과도기적인 조치로 문장이 능한 문인에 의한 중역과 일본어중역을 원역과 병행할 필요성, 무조건적인 수입에 대한 경계, 국가권력이 번역을 주도하는 것에 대한 반대의사를 표명했다. 이에 비해 이봉래는 언어문제에 대한 과도한 집착, 문학번역의 가능성 시비, 새로운 외국문학에 대한 배타적 태도 등으로 번역문학에 무관심한 문인(단)의 공통된 경향을 아시아적 후진성에 기인된 편견과 유아독존으로 비판하면서 민족문학을 고차원의 세계문학에까지 지양시키기 위해서는 번역문학에 대한 전폭적인 개방이 필요하다고 강조한다. 외국문학의 도입에 대한 세대 간의 극명한 입장 대립을 엿볼 수 있다.

실제 구세대들은 신세대 문인들의 서구문학(이론), 특히 모더니즘과 실존주의에 대한 극도의 경사를 자기비하의 흉내내기에 불과한 것으로 일관되게 비판했다. '치졸, 엉뚱한 짓'으로 치부하는 인신공격까지도 서슴지 않았다.[104] 반면 이봉래 뿐 아니라 대다수의 신세대들, 특히 외국문학을 전공한 전위적인 문학청년들은 보편주의와 세계주의의 미로 속에서 신세대우위론에 입각한 전통단절론의 기치 아래 외국문학(이론)에 대한 광신적 수용으로 치달았다.[105] 즉 한국문학사(전통)

---

103) 「飜譯文學에 關한 提議」, 『경향신문』, 1953.3.19~4.2. 참여한 문인은 조연현(「第二의 創作行爲」), 이봉래(「世界文學의 影響」), 곽종원(「過渡期的 措置」), 유동준(「古典의 體得」), 오석천(「生理와 對象」) 등이다.

104) 최인욱, 「20세기 비판의 시야:주체정신을 확립」, 『경향신문』, 1955.2.13.

105) 김 현, 「테러리즘의 문학—50년대 문학 소고」, 『김현문학전집②』, 문학과지성사, 1991, 243~245쪽 참조. 상당수의 기성 외국문학전공자들도 마찬가지의 입장을 견지하고 있었다. 일례로 불문학자 최완복은 "외국문학을 섭취하는 태도에 있어서는 과감하여야 하며 어느 시기 동안은 우리 문학의 고유성이라든가 전통 같은 것을 잊어버려도 좋"을 만큼 "자기방기, 자기희생"의 태도가

와 결별한 가운데 자기만의 우상, 이를테면 엘리엇(송욱, 민재식), 카뮈와 사르트르(장용학), 말로(오상원), 알베르스(이어령), 프루스트(박이문), 랭보(이일), 딜란 토마스(성찬경), 릴케(김춘수), 앙드레 브르통(조향), 발레리(황운헌) 등을 전폭적으로 수용하고 창작에 적용함으로써 새로운 문학건설을 도모한다. 그것이 새것 콤플렉스의 문학적 반영으로서 모방에 그친 점이 크고 또 무차별적으로 수입, 전파, 소멸되는 무정형의 혼란으로 표출되었다고 할지라도 당대 문학에 새로운 활기를 불러일으키는 동시에 번역문학의 활성화를 야기했던 것만은 긍정적으로 평가할 필요가 있다.

이렇듯 1950년대는 직역/의역, 원역/중역의 번역태도를 둘러싼 외국어학자/문인의 대립과 함께 세계성과 전통을 둘러싼 문단내부의 세대적 대립이 복합적으로 작동하면서 번역문학이 진작될 수 있는 기초가 마련될 수 있었다. 물론 번역문학을 둘러싼 논쟁의 구도가 외국문화 수용의 개방 수준, 번역 태도와 같은 초보적 사안에 갇힌 결과 번역주체로서의 능동적 역할이 제한될 수밖에 없었다는 점도 놓쳐서는 안 된다. 그 결과 외국문학과의 적극적인 교섭을 통해 한국문학의 재건을 대망했으나 결국 중심부(구미) 문학이 주변부(한국)로 전이되는 불평등 관계가 구조적으로 정착되는 부정적 효과를 유발하기에 이른다.

이와 관련해 1950년대 세계주의 문화기획의 가능성과 성취 그리고 한계를 집약적으로 보여주는 것이 문예지 『문학예술』(1954.4~1957.12. 통권33호)이다. 『문학예술』은 그 전신인 『주간문학예술』(1952.7~1953.3, 총11호) 때부터 세계주의를 확고한 편집노선으로 천명하고 한국문학의 현대화를 기획·실험한 대표적인 문화주체이다. 그 세계주의 노선은 서구문학의 적극적인 번역 소개와 수용한 서구문예이론을 토대로 문학의 현대화담론을 생산·전파하는 것으로 구체화된다. 그것은 원응서를 비롯해 외국어전공자들이 잡지 안팎으로 포진해 있었기 때문에 가능했던 것으로, 실제 『문학예술』은 외국문학편집을 위해 다달이 영어, 불어, 독일어로 된 문학지 및 종합지를 구입·윤독 후 텍스트를 선별한 뒤 그것을 다시 외부의 관련전공자들(박태진, 김수영, 곽소진, 김용권 등)에게 위촉해 편집자문을 받는 시

필요하다고 주문한 바 있다. 최완복, 「외국문학도입의 태도」, 『동아일보』, 1958.6.18.

스템을 상시적으로 가동했다.[106]

　더욱이 그 같은 세계주의기획을 자체 운영한 추천제도(특히 번역추천)와 월평제도를 통해 제도적으로 구현시킴으로써 권위와 정당성을 창출해내는데 성공한다. 즉 추천제를 통해 문학제도권 밖에서 활발하게 개진되고 있던 현대성을 갖춘 새로운 문학(모더니즘, 실존주의문학)이 제도권 안으로 진입할 수 있는 매체적 거점 역할을 했으며, 특히 한국문학사에서 유일무이한 번역추천을 통해 전문번역가 발굴은 물론이고 번역 제도화의 토대를 마련했다. 이호철, 최상규, 송원희, 선우휘, 송병수 등(소설), 박희진, 민재식, 신경림, 박성룡, 성찬경, 인태성, 박이문, 허만하 등(시), 이어령, 이환, 이교창 등(평론), 유종호, 채동배, 이기석(번역) 등 당선자 대부분이 외국문학을 전공한 현대적 감수성의 소유자들이었다.[107] 월평제도를 활용해서는 서구문학이론에 의거해 새롭게 창안해낸 문학(비평)방법론의 정당성을 추인하는 동시에 구세대문학에 대한 비판과 부정의 인정투쟁을 전개한다. 특히 이어령, 유종호 등 자사 추천을 통해 등단한 신진비평가들이 월평을 주도하는데, 이들의 구세대문학에 대한 극단적인 혐오와 비판은 일종의 전통 부정을 내포하고 있다는 점에서『문학예술』의 세계주의가 당대 전통 부정론(단절론)과 내접된 것임을 시사해준다.[108]

　이렇듯『문학예술』은 서구문학이론의 수용을 통한 '현대'문학의 담론공동체로 기능했다. 이 점이 중요한 것은 (문학)번역이 단순히 서구이론을 소개하는 차원을 넘어 당대 문학적 사유와 문학 장의 재편을 의도했고 또 일정한 성취를 이루어냈다는데 있다. 식민지시기 해외문학파, 해방 후 세계문학과의 굳건한 제휴를 통해

---

106) 원응서,「문학예술」, 한국문인협회 편, 앞의 책, 174쪽.『문학예술』이 주로 참조했던 외국잡지는 영어잡지로는 미국발행의『애틀랜틱(Atlantic)』과 영국발행의『파르티잔 리뷰(Partisan Review)』,『런던 매거진(London magazine)』,『인카운터(Encounter)』, 불어잡지는『프뢰브(Preuves)』, 독일어 잡지는『데어 모나트(Der Monat)』였다.『사상계』의 번역출처에 대한 권보드래의 조사결과(권보드래, 앞의 글, 258쪽)와 비교해 봤을 때,『문학예술』의 번역출처가『사상계』와 대체로 같다는 것을 확인할 수 있다. 1950년대는『문학예술』이『사상계』보다 이들 잡지에 대한 활용도(의존도)가 더 컸다.

107)『문학예술』추천제의 의의와 당선자 목록은 이봉범,「전후 문학 장의 재편과 잡지『문학예술』」,『상허학보』20, 상허학회, 2007 참조.

108) 이에 대해서는 손혜민,「잡지『문학예술』연구」, 연세대 석사학위논문, 2008, 47~55쪽 참조.

민족문학건설을 주창했던 문학단체들의 번역 활동이 산발적이거나 구호에 그친 것과는 차원이 다른 것이었다.[109] 그러면 『문학예술』의 번역 실제를 놓고 번역의 정치학이 어떻게 작동했는지를 살펴보도록 한다.

〈표3〉 『문학예술』 수록 문학작품 번역

작품	작가	역자	호수	비고
「두 마리의 鶴」	리아든 코나	원응서	54.4	소설/애란 출생
「콘수엘로」	알베르토 모라비아	원응서	54.6	소설
「皇帝의 使者」「法道의 門」	F. 카프카	송석재	55.6	소설
「따뜻한 江」	어스킨 콜드웰	김성한	55.8	소설
「過失」	필립 오크스(英)	곽소진	55.9	해외단편(소설)
「惡魔의 日記」	아이작크.B. 싱거(美)	원응서	55.9	해외단편(소설)
「葬禮式」	장 쥬네(프랑스)	노희엽	55.9	해외단편(소설)
「리비의 歸還」	유도라 웰티(美)	곽하신	55.9	해외단편(소설)
「로뮤류와 레뮤」	알벨또 모라비아(伊)	박태진	55.9	해외단편(소설)
「괴짜」	투루만 커포오트(美)	김성한	55.9	해외단편(소설)
「멋진 對話」「히스테리」「레스토오랑에서」	T.S. 엘리올(美)	양주동	55.9	시
「쉬이잠들어가진말라」	딜란 토오마스(英)	신동집	55.9	시
「祝願」	시드니 킹 랏셀(美)	원응서	55.9	시
「義務」	루네 샤르(佛)	오차원	55.9	시
「어느 交響曲」	도마소 기그리오(伊)	최재형	55.9	시
「祈禱者」	탐비무투(인도)	홍성숙	55.9	시
「木蓮花」	앙드레 상송(佛)	곽소진	55.10	소설
「딜란 토오마스 追憶」	도리언 쿡크(英)	김종길	55.10	시
「肖像畵」	만코빗츠(露)	김수영	55.11	소설
「나무·바위·구름」	카아슨 맥칼라즈(美)	이기석	56.1	번역 추천(소설)
「개구리 노름」	제스 스튜어드(美)	김성한	56.2	소설

---

109) 해방직후 좌우를 막론하고 세계문학과의 교류를 강조한 가운데 외국문학의 번역소개 및 비판적 연구를 중요과제로 제기한 바 있다. 조선문학가동맹은 제1회 전국문학자대회에서 김영건의 보고연설(「세계문학의 과거와 장래의 동향」)을 통해 배타적인 국수주의의 준동을 경계하고 세계문학과의 교류를 통한 진보적 민족문학건설을 천명한 뒤 '조선문학의 국제문학과의 제휴'를 강령으로 채택하고 중앙집행위원회 산하에 '외국문학위원회'를 설치했다. 우익의 조선청년문학가협회 또한 외국문학부(이한직, 여세기, 김광주, 한흑구, 이종우, 송욱)를 별도로 설치한 바 있다. 하지만 모두 구체적 활동으로 전개되지 못했고 따라서 실질적인 성과도 없었다. 1950년대에도 대표적 문학조직인 한국문학가협회, 한국자유문학자협회 공히 외국문학분과를 설치·운영했으나 독자적인 사업을 전개하지 못한 것은 마찬가지였다.

작품	작가	역자	호수	비고
「1942년의 希臘아데네」	V. K. 그레고리	이기석	56.4	번역 추천(소설)
「土曜日날 밤」	M. I. 하우스피안	김수영	56.5	소설
「사냥꾼들」	해리쓰 다우니	최승묵	56.6	'51 오 헨리 문학상
「흰 동그라미」	죤 벨 클레이튼	최승묵	56.6	47년 오 헨리상
「韓國의 女戰士」	謝冰瑩(대만)	송지영	56.8	소설
「炎熱 新婚旅行」	알벨트 모라비아	곽소진	56.9-10	소설
「秋夜微吟」 三題	루이스 보오간 外	양주동	56.11	譯詩
「菊花꽃」	죤 스타인벡	남용우	56.12	소설
「디렌마의 가정」	카아슨 매칼라스	이기석	57.2	소설
「'루이스'의 女子」	서머셀 모오엄	남용우	57.5	소설
「歸鄕」	그레암 그린(英)	유종호	57.6	해외단편집
「그들은 大理石을 보지 못한다」	에른스트 슈나벨(獨)	노희찬	57.6	해외단편집
「갸륵한 「안티고네」	엘리자베스 랑겟사(獨)	최과	57.6	해외단편집
「不眠의 밤」	어네스트 헤밍웨이	채동배	57.7	해외단편
「바람과 겨울 눈」	월터 V. T. 크라아크	김수영	57.7	해외단편
「나는 끊임없이 생각한다」	스티븐 스텐더(英)	박희진	57.8	해외단편
「畵家」	죤 어쉬버리(美)	신경림	57.8	해외단편선(시)
「再顯」	로베에르 간조(佛)	이일	57.8	해외단편선(시)
「音樂先生」	내타니엘 라마	남용우	57.8	해외단편선(소설)
「어머니의 손」	라버어트 폰테인	이기석	57.9	해외단편선(소설)
「아침해」	메리 띠지	조두영	57.9	해외단편선(소설)
「茶 한 잔」	카터린 맨스필드	최승묵	57.11	소설
「太陽과 그늘」	레이 부랫드베리	채동배	57.11	소설
「오, 머나먼 나라여」	스탠리 리쳐즈	김형순	57.12	희곡

〈표4〉 『문학예술』 수록 평론번역

비평문	비평가	역자	호수	비고
「藝術·人生·生活에 對하여―릴케, 짓드, 봐레리의 미발표 서한을 중심으로」	르네 랑	박태진	54.4	
「파제예브 저 『靑年近衛隊』의 改作問題」	보리스 슈브	곽소진	54.4	슈브(반공주의자)
「來日에 指向하는 美國演劇」	로이드 모리스	박태진	54.6	譯出
「美國小說의 感性」	도날드 릿취	곽소진	54.6	
「내가 사귄 愛蘭作家들」	단세이니	송욱	54.6	현대세계문학(2)
「野獸의 주검」	대비드 실베스터	원응서	55.6	
「詩와 機械」	W. H. 오덴	이수석	55.6	
「獄中의 藝術家」	A. 까뮈	김광제	55.6	

비평문	비평가	역자	호수	비고
「現代佛蘭西小說論」	C. E. 마뉘	박태진	55.6	현대세계문학(3)
「漂流하는 現代詩」	하아버트 리이드	박태진	55.6	
「劇作家로서의 詩人」	아키벌드 맥레이슈	곽소진	55.7	
「제로 포인트-전후서독의 문학과 문화적 입장」	H. E. 홀투젠	한교석	55.7	현대세계문학(4)
「젊은 作家에게 주는 글」	스티븐 스텐더	이현원	55.8	
「繪畫에 對한 몇 가지 意見」	루시안 프로이드	이대원	55.8	
「浪漫的 革命」	하아바트 리이드	박태진	55.10	
「니이체와 릴케」	월터 코프만	노희엽	55.10-11	
「作家와 現代」	알벨 까뮤	박태진	55.11	
「모더니스트運動에의 弔辭」	스티븐 스펜서	유종호	55.11	번역 추천
「文學과 批評」	G. M. 또뜨비	이환	55.11	
「포올 클로오델의 位置」	티에리 몰니에	박태진	55.11	
「美國詩의 傳統」	해이든 캐루스	권응호	56.1	
「小說家의 機能」	죠이스 캐리	유종호	56.1	번역 추천
「文化의 定義를 위한 노오트」	T. S. 엘리오트	김용권	56.2	
「T. S. 엘리오트 文化論 批判」	R. P. 블렉크머 C. 그린버어그 W. 필립스 I. A. 리챠즈	김용권	56.2	「Partisan Review」誌(44년 하계호)에 수록된 글 번역
「佛蘭西的 沈黙과 美國詩」	해롤드 로오젠벅	허박년	56.2	
「最近 美國小說의 動向」	윌리암 밀러	채동배	56.2	번역 추천
「文學生活의 回顧」	스티븐 스펜더	곽소진	56.3	
「現代批評論」	스티븐 스펜서	유종호	56.4	
「彫刻考」	소올. 바이저맨	문우상	56.4	
「美國演劇과 人間精神」	엘머 라이쓰	최승묵	56.4	
「20세기 音樂에 있어서의 進化觀」	윌리엄 오오스틴	최승묵	56.5	
「最後 歐羅巴藝術의 現況」	허어바트 리이드	김용권	56.5	
「作家가 본 批評家」	존. 스타인베크	곽소진	56.5	
「文學的傷害罪에의 抗辯」	리아차드 헨서	채동배	56.5	번역 추천
「文藝批評의 性格과 系譜」	S. E. 하이만	유종호	56.6	
「파스칼의 '팡세'論」	T. S. 엘리오트	정하은	56.6	
「反抗의 文學」	알베레스	박이문	56.7	
「싸르뜨르의 言語觀-병든 언어」	이리스 마도크	유종호	56.8	
「現代文學演劇은 얼마나 現代的인가」	죠셉 웃드 클룻취	곽소진	56.8	
「批評의 境界」	T. S. 엘리오트	최승묵	56.9-11	

비평문	비평가	역자	호수	비고
「어느 獨逸벗에게 주는 書翰」	엘베에르 까뮤	박이문	56.9-10	
「딜란 토마스와 美國」	E. 하아드위크	채동배	56.10	
「詩郎讀' 序言」(遺稿)	딜란 토마스	박태진	57.2	
「뉴 크리티시즘」	R. W. 스톨먼	김용권	57.4-5	
「'지이드'의 調和를 위한 無限한 探究」	토마스 만	김수영	57.6	
「詩에 關한 書翰」	후랑시쓰 스카아프	고석규	57.9	영국
「토마스 만의 人間主義」	M. 유우쓰나	이한구	57.10	
「靑年과 成人의 比喩」	죠오지 바아커	김수영	57.10	
「獨逸戰歿大學生의 手記」		조성	57.10	
「非人間的인 속의 人間性」 (그레암 그리인 회견기)	(런던 체류 중인 박태진의 인터뷰)	원응서	57.11	'문학과 생활' Ⅰ
「作家와 時代와의 關係」 (쟝 콕토와의 회견기)		편집실	57.12	'문학과 생활' Ⅱ

작품 및 평론의 서구문학에 대한 문호 개방과 적극적인 수용을 확인할 수 있다. 실제 『문학예술』의 번역 비중은 창작의 경우 전체의 약 25%, 평론은 약 50%를 차지할 만큼 매우 컸다. 동시기 경쟁관계에 있던 『현대문학』과 『자유문학』, 특히 '고전의 정당한 계승과 현대적인 지양'을 편집노선으로 채택했음에도 한국문학의 전통 중시와 서구문학의 수용에 소극적이었던 『현대문학』과 뚜렷한 대비를 보인다. 『문학예술』의 서구문학 중시는 창간호부터 '현대세계문학'란을 개설하고 이후 '해외단편', '해외단편집', '해외단편선'란 등을 개설한 것에서 또 외국문학론의 번역을 매호 목차 앞자리에 배치하는 지면 배치상의 특수성에서도 확인할 수 있다. 서구문학 수용의 분포를 보면 무엇보다 대상 지역, 문학가의 다양성을 보인다. 미국, 영국, 프랑스, 독일, 러시아, 이탈리아 등을 아울렀으며 엘리엇, 스펜더, 헤밍웨이, 존 스타인벡, 토마스 만, 사르트르, 카뮈, 지드 등의 작가작품론과 모더니즘, 신비평, 실존주의, 신고전주의, 신낭만주의 등 20세기 서구문학의 신조류(운동)의 주류적 경향을 대부분 포괄하고 있다.[110] 참조했던 외국잡지의 출

---

110) 그 면모는 『주간문학예술』때부터 나타난다. 『주간문학예술』은 '자유세계와의 지식의 교환, 심리적 교류로 상호이해와 공감'을 깊게 한다는 취지 아래 외국작가작품을 번역 게재하는데, 노만·카즌즈의 「내부인간과 외부인간」(1호), 존·메이스필의 「시의 완성」(2호), 알베르스의 「新퓨리탄이

처와 상응한 결과였다.

주목할 것은 그 다양성 속에서도 미국문학의 비중이 크다는 사실이다. 번역된 작품 중 '오 헨리(O. Henry)상' 수상작을 포함해 미국문학이 절반을 넘고 신비평 관련 문학론이 압도적이었다. 특히 신비평은 백철의 「뉴 크리티시즘에 대하여」(1956.11)를 비롯해 스톨만의 「뉴크리티시즘」(1957.4~5)의 번역과 이철범의 「네오크리티시즘」(1957.5)과 「네오 크리티시즘 시이론의 양상」(1957.6) 등 신비평 소개, 유종호의 번역추천작인 스펜더의 「모더니스트운동의 이해」(1955.11), 신비평을 적용한 실제 비평인 송욱의 「시와 지성」(1956.1) 등을 잇달아 집중적으로 게재함으로써 신비평이 새로운 문학방법론으로 정착할 수 있는 이론적 기반을 선구적으로 구축하는 성과를 거둔다. 기타 연극을 중심으로 한 미국문예의 동향과 미국여행기(오영진, 유치진, 최완복)도 꾸준히 연재되었다.

이 같은 미국 편중의 서구문학 수용은『문학예술』이 미공보원과 아시아재단의 재정 보조(용지 지원)를 받았고 잡지주체들이 대부분 영문학전공자였다는 점 등 『문학예술』의 물적 토대와 깊은 연관을 지닌 것이지만, 이보다는『문학예술』의 세계주의 지향이 미국(문화)을 매개로 한 현대화기획이었다는 것을 일러준다. 손혜민은『문학예술』의 미국담론이 미국은 구라파와 차별화된 선진문화권인 동시에 문명, 풍요, 자유민주주의의 상징, 즉 근대화, 세계화의 표상으로서 의미가 부여되고 있으며 그것은 곧 1950년대 아메리카니즘의 초기적 징후를 드러내주는 동시에 문학담론의 헤게모니가 유럽에서 미국으로 이동하는 양상을 보여주는 것으로 평가한 바 있다.[111] 후자의 평가는 다소 비약된 면이 없지 않으나 적어도『문학예술』이 1950년대 지식인담론의 주류를 형성했던 세계주의=미국화의 문학적 반영이자 그 추동의 거점으로 기능했다는 것만은 충분히 인정될 수 있다고 본다.

『문학예술』의 외국문학 번역도 미국문학을 중심으로 한 현대화기획과 대응한

즘」(8호), 스티븐 스펜더의 「국한된 리얼리즘」(9호/방곤 역), 허버트 리드의 「문학상에 있어서의 主義」(9호), 카로르·안토니의 「사회주의와 문화의 자유」(10호/방곤 역) 등 약 25편의 평론과 데이빗 모튼의 「幻想」(시) 등 5편의 작품, 그리고 '국외현대작가 푸로필'란을 개설해 윌리엄 포크너(1호), 아르테 쾨슬러(2호), 보봐르(4호), 조지 오웰(5호), 알베르트 모라비아(6호), 모리악(9호), W·H 오덴(11호) 등을 소개한 바 있다.

111) 손혜민, 앞의 논문, 62~74쪽 참조.

지평을 보인다. (문학)번역을 매개로 새로운 문학담론을 창출해 문학 장을 재편하고자 기도한 이상 주체의 의지가 강하게 개입되는 것은 필지의 사실이다. 번역자가 중립적이고 초월적인 매개자가 아니라는 것은 상식이다. 그 주체의 의지는 번역 대상의 선택/배제의 원칙으로 관철되는바, 그 결과는 위의 표에 잘 나타나 있듯 미국을 위시한 서구문학, 특히 20세기 최신문학이었다. 비서구는 대만 여류작가 셰빙잉(謝冰瑩)의 소설 한 편뿐이다. 반공문학 작가이기에 가능했다.[112]

그것은 번역추천제의 운용에도 적용되었다. 번역 심사는 원응서가 도맡아 봤는데, 그의 추천기준은 '譯의 충실성과 시효성이 있는 최신의 작품'이었다 (1955.2, 1956.5 飜譯鷹記). 후자를 우선시해 역의 충실성을 갖췄다 하더라도 시효성이 없다면 절대 추천하지 않았다. 심사위원의 입장이 일방적·지배적으로 작동하는 추천제의 특징을 감안할 때, 응모작의 번역대상이 최신 서구문학으로 주어진 것이나 다름없었고 따라서 스티븐 스펜더를 비롯해 최신의 경향을 번역한 것만이 선정된 것은 필연적인 결과였다. 추천제가 세계주의의 (재)생산의 제도적 장치로 활용된 것이다. 다른 부문의 추천도 예외는 아니었다. 그렇다고 譯의 충실성을 경시한 것은 아니다. 그것은 가장 기본적인 요건이었다. 번역문학도 문학이어야 한다는 전제 아래 원어뿐만 아니라 도착어(우리말)에 능숙해야 함을 강조한 가운데 고유명사의 역어, 문장의 전후관계 등 번역에 필요한 기술적 요건을 가이드라인으로 여러 차례 제시한 바 있다. 응모자에 비해 추천자가 3명에 불과했던 것도 이 같은 엄격성 때문이었다. 당시 번역문학 비평의 지평이 직역(충실성)/의역(가독성)의 우열 시비에 갇혀 있던 것과 비교해보면 상당한 수준이다. 이렇듯 『문학예술』이 번역추천제를 통해 번역문학의 제도화를 도모하는 한편으로 문학적 완성도를 중요 기준으로 설정해 번역문학의 질적 수준을 높이는데 기여한 공적은 한국번역문학사에서 획기적 의의를 지닌 것으로 평가받아야 한다.

한 가지 유념할 것은 『문학예술』의 번역을 잡지로만 국한해 판단해서는 안 된다는 점이다. '중앙문화사'의 번역출판까지를 포함시켜야 한다. 중앙문화사는 오

---

112) 그녀의 『女兵自傳』이 1964년 을유문화사版 세계문학전집 19번으로 번역출간(김광주 역)될 수 있었던 것도 대만 그리고 반공문학 작가였기에 가능했다.

영진이 창립한 출판사로 『문학예술』과는 자매관계를 지닌다. 『문학예술』의 발행처가 문학예술사로 되어 있지만, 오영진 및 잡지주체들의 인적 네트워크로 양자 간에는 공고한 유대관계가 지속적으로 유지되었다. 중앙문화사는 서구의 사회과학이론서와 문학서를 주로 번역 출판했는데, 전자는 공산주의비판서가 주종을 이뤘다. 『레닌에서 흐루시쵸프까지』(H·와트슨/양호민·박준규), 『현실과 공산주의』(프레드·슈바르츠/강봉식)를 비롯해 D·S·메어즈의 『공산주의비판의 기초』, 뻬떼르·데리아빈의 『비밀의 세계』 등 공산주의의 역사와 이론을 비판적으로 검토한 서적들이다. 『현대위기의 철학』(애드린·코크/박갑성·김용권), 『지식인의 阿片』(레이몽·아롱/안병욱), 『민주정치의 철학』(한스·켈렌/한용희), 『프라그마티즘의 철학』(윌리암·제임스/이남표) 등도 번역되었다. 문학서로는 『돌아온 사람들』(오·헨리/황동규)을 비롯해 헨리 제임스, 포 등 주로 영미문학작품과 『20세기문학평론』(프란시스·브라운/김수영 외), 『문화·정치·예술』(에머슨/김수영), 『현대문학의 영역』(엘린·테이트/김수영 외) 등 신비평을 포함한 최신 문학이론서를 번역했다. 『문학예술』에서뿐만 아니라 중앙문화사의 번역에 김수영이 깊게 개입되어 있다는 흥미로운 사실을 발견할 수 있다. 요컨대 중앙문화사의 번역출판도 『문학예술』의 기조와 유사했다. 이는 잡지주체들의 현대화기획이 구체성과 실행력을 갖추고 상당히 조직적·전략적으로 수행되었다는 것을 의미한다.

이 지점에서 중요한 것은 『문학예술』과 중앙문화사 통틀어 번역의 주류가 세계주의 및 반공주의와 밀접한 관련 속에서 이루어졌다는 사실이다. 물론 그 같은 선택적 번역은 전후 시대정신의 흐름을 반영한 것이지만, 이에 앞서 잡지주체들의 권력 의지가 깊숙이 개입된 산물로 봐야 한다. 『문학예술』의 주체들(오영진, 원응서, 박남수 등)은 해방직후 조만식의 '조선민주당'과 이념적으로 연결된 좌우합작의 예술단체인 '평양예술문화협회'의 결성을 주도했다가 강제 해산당한 뒤 월남했거나 아니면 한국전쟁 중에 월남한 이력을 공유하고 있다. 일종의 지역적·이념적·종교적(기독교) 결사체로서의 성격을 지니는데, 문제는 월남문인들이 '국민'으로 인정받기 위해서는 혹독한 사상검증을 거쳐야 했던 것처럼 이들도 전시 및 전후 사상검증에서 자유로울 수 없었고 문단제도권에 정식 편입되기 위해서는 반공주의자임을 스스로 증명해내야 했다. 특히 한국전쟁 기간에 월남했던 박남수, 장수철, 김이석, 김동진 등은 더욱 그러했다. 박남수가 1·4후퇴 때 월남하자 마자 '북한문단狂態'를 신문에 연재하고(『경향신문』, 1951.11) 곧바로 『赤治六年의 北韓文壇』(국민사상지도원, 1952)을 발간해 북한정권을 비판했던 것도 이런 맥락에 서다.

당연히 그들에게 선험적이었던 반공주의는 극단화된 형태로 표현될 수밖에 없었으며, 그것이 세계주의지향의 폭을 '자유세계'로 한정시키는 결과를 야기하게 된다. 그 자유세계 가운데 미국이 중심이 되는 맥락에는, 아직 확증할 수 없지만, 기독교라는 잡지주체들의 종교적 기반과도 일정한 관련이 있을 것으로 추측된다. 따라서 공산주의비판과 미국(문학) 편향의 번역출판은 잡지주체들의 문화권력을 (재)생산하고 확산하기 위한 장치로 활용된 것이었다고 볼 수 있다.

물론 여기에는 동종 문학지간의 경쟁구도에 따른 매체노선의 차별화 전략의 필요성과 아시아재단의 재정적 후원에 따른 제약 등이 아울러 작용했다고 볼 수 있으나 보다 근본적인 것은 잡지주체들이 처했던 사회문화적 소여(所與)가 지배적으로 관철된 것이었다. 번역연구에 있어 번역적 상황 내지 번역행위의 정치성에 대한 인식이 중요하다는 것을 다시금 환기해준다. 비단 『문학예술』만은 아닐 것이다. 자신을 문화적 후진성을 극복할 주체로 호명하고 번역문학의 적임자로 자처한 1950년대 문화지식인들의 행보에 가로놓인 정치적·이데올로기적 조건과 주체들의 상호작용에 대한 분석적 고찰이 다각적으로 수행되어야만 당대 번역의 정치학의 문제가 온전히 규명될 수 있으리라.

5. 불구적 번역지형과 문화적 사유

한 전문번역가의 발언처럼 온전한 번역문화가 꽃피기 위해서는 외국의 양서(良書)가 많이 들어오고, 그것이 잘 번역되고, 일반에게 널리 애독되는, 적어도 이 세 가지 조건이 제대로 충족되어야 가능하다.[113] 이 조건들을 1950년대 현실에 적용해봤을 때 대체로 불비한 상태였다. 외국의 양서도입과 번역은 관급적인

---

113) 강봉식, 「위기에 선 언론출판의 자유」, 『동아일보』, 1955.2.6.

경우조차도 일일이 관의 허가를 받아야 했고, 무역 및 환율정책의 영향까지 받는 등 정치적(이데올로기적)·경제적 제약으로 인해 원활할 수 없었다. 채정근, 김병규, 임학수 등 해방기 문학번역에 큰 족적을 남겼던 전문번역가가 대거 월북한 가운데 외국어와 국어능력을 두루 갖춘 번역가는 극소수였으며, 그들도 번역에 대한 사회문화적 인식이 저조한 상태에서 번역료로는 생계유지가 불가능했다. 여기에다 출판자본 간의 속도경쟁에 따른 시간의 제약과 번역과정에의 과도한 간섭을 받는 이중적 구속 상태에 놓여 있었다. 이런 악조건 속에서도 문인들은 생계를 위해 번역에 대거 참여하지만 원역이 곤란한 조건에서 민족적·윤리적 죄책감을 감수하며 일어중역을 하게 된다.[114] 펜클럽 한국본부가 번역문화의 권위와 정상화를 위해 일어 중역을 배격할 것을 결의한 바 있으나(『조선일보』, 1955.11.14) 문인들의 생활상의 처지와 출판자본의 영리성 앞에 공염불이 될 수밖에 없었다. 'She=그녀'의 논란에서 보듯 기본적인 번역어조차 통일되어 있지 못했다.

사회문화적 차원에서 번역문화의 중추기관으로 소임을 부여받은 출판 자본들은 문화성/기업성의 이율배반적 논리 속에 균형을 유지하려 하나 경영기반이 허약한 관계로 영리추구 위주의 번역출판을 지향할 수밖에 없었다. 판로 개척과 독자층을 개발해 새로운 번역수요를 창출해야 하는 부담까지 떠안아야만 했다. 상대적으로 적은 제작비에 높은 수익률을 기대할 수 있는 일본작품번역 또는 일어중역에 적극적으로 나섰던 것은 어쩌면 지극히 자연스러운 현상이었는지 모른다.

독자들의 번역 수요 또한 저조했다. 경제적 여건에 따른 구매력의 약화는 물론이고 독자에게 긴절한 번역물이 제때 공급되지 못한 결과이기도 하다. 특히 당시 일어와 외국어(영어) 모두에 어학능력이 미약했던 과도기적인 언어 환경에서 번역의 주독자일 수밖에 없는 대학생층에게는 수요를 감당하지 못하는 공급의 문제가 심각했다. 중요한 것은 이 같은 열악한 조건이 번역의 진작을 방해하는 요인으로 작용하는 한편으로 번역의 필요성과 가치를 사회문화적으로 더욱 고조

---

114) 김광주, 「當路者의 關心의 尺度」, 『신천지』, 1954.1, 157쪽.

시키는 요인으로 작용했다는 점이다. 그것은 1950년대 후반 관련 지표들의 향상을 바탕으로 한 번역문화의 본격적 개화로 수렴되기에 이른다.

이러한 사회문화사적 조건에 주목해 1950년대 번역의 장이 어떻게 구조적으로 형성되어 나갔는지를 중요 번역주체, 즉 국가권력, 출판자본, 문화지식들의 동향에 초점을 맞춰 고찰해보았다. 이들 번역주체는 전후 한국사회의 문화적 후진성에 대한 자의식과 극복의 긴급성을 공유한 가운데 각기 독자의 의도와 논리를 갖추고 번역을 매개로 한 근대화에 주력한다. 그 과정은 이해관계의 마찰에 따른 상호제약의 혼란을 야기했음에도 불구하고 특유의 번역지형을 조형해내는 가운데 번역의 제도화를 촉진시킨다. 그 특유의 번역지형은 크게 보아 탈(반)일본과 일본(어) 의존의 모순적 병존, 미국 중심의 서구 편향이 양립하는 구조이다. 통상 후자의 지점이 강조되어 왔지만 공식적 차원에서 극단의 배제와 차별이 강제되었음에도 불구하고 일본의 영향은 비공식적인 차원에서 여전히 무시할 없는 수준으로 존재했다는 것은 특기할 만하다.[115]

아울러 그 번역지형은 문화적 사유와 질서의 재편을 조건지우며 문화(학), 지식의 영역에 자유민주주의, 반공주의적 기제를 확대 재생산하는데 다대한 영향력을 발휘한다. 그것이 지배이데올로기의 일방적인 관철 혹은 미국의 대한문화정책에 의해 주어진 것이라기보다는 당대 번역의 지형에 따른 구조적 산물이라는 점에 유의할 필요가 있다. 물론 문화주체들의 미국 편향의 내발적 세계주의도 이를 더욱 조장했다. 번역이라는 주제가 권력과 사상 및 문화에 관련한 복잡한 관계사를 집약하고 있다는 사실을 다시금 확인하게 된다.

---

115) 일본적인 것의 영향은 '과거의 오랜 시간과 현실의 지리적인 언어적인 조건으로 인해 일본적인 것이 현재 음성적이긴 하나 뿌리 깊이 박힌 것임에 반하여 미국적인 것이 비록 양성적이고 외형적으로 우세한 것 같이 보이나 비록 생활면에 침투하기 시작했더라도 문화면에서 그다지 뿌리박지 못하고 있다'는 진단(이숭녕, 「日本的'과 '美國的'-해방20년의 문화주체의식의 반성」,『사상계』, 1964.8, 91쪽)을 통해서 짐작할 수 있듯이 1960년대에는 더욱 확대되어 나타난다.

8장

전후의 등단제도

1. 등단제도의 복원

1950년대 문단·문학사에서 특기할 현상 가운데 하나가 등단제도의 전면적인 부활이다. 일간신문의 신춘문예와 순문예지의 추천제 및 대중종합지의 독자현상 문예가 동시다발적으로 등장하여 상호 경합하는 가운데 등단제도가 복원되고 제도적으로 재정착된다. 이는 문학사적으로 두 가지의 의의를 갖는다.

첫째, 한국근대문학이 비약적으로 성장하는데 물적·제도적 토대로 기능했던 등단제도가 해방 후 처음으로 복원됨으로써 문학 발전의 새로운 전기가 마련되었다. 1920년대 초 근대문학의 자율성에 대한 관념이 정립되고 문단이 형성되는 과정에서 출현한 등단제도는 문학의 전문성·대중성을 촉진시키는 한편 신춘문예와 추천제 간의 몇 차례 권력 변환을 거치며 1920~30년대 문학 장의 규모 확대와 안정적인 재생산의 가장 효과적인 제도적 장치로 기능했으나 일제말기 민간신문 및 잡지의 강제폐간으로 시행이 중단되었다. 해방 후 등단제도가 일부 매체에서 부분적으로 복원·실시되나 지속성을 갖추지 못함으로써 문학적 영향력은 미미했다. 다만 정부수립 후 『문예』가 창간호부터 추천제를 주력 사업으로 시행하여 문단 안팎의 폭발적인 호응을 얻는 가운데 순수문학의 제도화와 확대재생산의 매체 거점으로 부상하면서 등단제도의 필요와 가치가 고조된 바 있다.

한 가지 염두에 두어야 할 것은 1950년대 등단제도의 복원이 단절되었던 이전의 제도를 단순 복원하는데 그친 것이 아니라는 점이다. 식민지시기 등단제도의 대표적인 세 유형, 즉 『조선문단』→『문장』의 추천제, 민간지의 신춘문예제도, 종합지 『개벽』이 시행했던 현상문예제 등의 경험과 이로부터 파생된 제도적 관습 및 관념이 계승/갱신되는 과정을 통해서 문학·문단적 권위와 영향력을 확장시켜 나갔다. 신춘문예를 비롯한 등단제도가 문학 권력을 보증하는 장치로 인식되며 지금까지 유지될 수 있는 배경도 여기에 있다.

둘째, 문학의 제도적 위상을 강화하고 사회문화적인 저변을 확충할 수 있는 실질적 기반의 조성이다. 등단제도가 본격적으로 시행됨에 따라 새로운 신인의 수혈이 원활해지는 가운데 문단인구가 점증하면서 한국전쟁으로 축소 · 분산된 문학 장이 정상화되기에 이른다. 문단(학)의 남북 분기와 등단제도의 공백 또는 파행으로 초래된 문단의 소규모적 기형성과 문학의 불안정한 입지가 한꺼번에 해소될 수 있었던 것이다. 아울러 새로운 문학의 출현 가능성을 확장시켰다. 등단제도는 기존 순문학의 규범성을 강화하는 동시에 문학의 범주에서 배제되었거나 기성문학에 대항하는 새로운 경향을 문학제도권으로 진입시키는 양면성을 지닌다. 1950년대는 복수의 등단제도가 부활하여 문학권력을 둘러싼 치열한 경쟁과 더불어 매체별 신춘문예, 추천제, 현상문예 등 각 제도의 주도권 쟁탈이 중층적으로 전개되면서 이 같은 양면성이 최대한으로 발양되는 특징이 있다. 특히 후자의 경우가 대폭 개척되면서 문학의 영토가 확장될 수 있는 제도적 여건이 생성되었다는 점이 중요하다. 더욱이 그 추세가 문단개조론, 문화적 후진성 극복, 민족문학론 정초, 민족문학의 세계문학으로의 지양, 외국문학론 수용 등 전후 문학의 현안과 결부되어 강화되는 흐름은 1930년대에 방불한 문학적 풍요를 만들어 낸다.[1]

그런데 1950년대 중반 등단제도가 복원될 수 있었던 동력은 무엇보다 문학 관련 매체의 번성에 있다. 6장에서 논의했듯이 1950년대는 전 사회적으로 전후복구사업이 추진되면서 일간신문의 발간이 정상화되고, 전시에 등장해 문화기관으로서 영향력을 발휘하던 신흥출판자본들이 출판사업의 다각화와 함께 잡지연쇄전략을 구사함으로써 잡지의 전문화 · 분업화가 촉진되는 가운데 매체별, 분야별 경쟁체제가 구축된다. 여기에 문단의 분열 · 분화에 따른 3대문예지의 경쟁까지 가세하며 문학 발표기관의 전성기를 맞이한다. 이러한 매체 지형은 문학의 효용가치를 증대시키는 구조적 요인으로 작용했다. 무한 경쟁질서 속에서 모든 매체

---

1) 김병익, 『한국문단사』, 일지사, 1973, 212쪽.

가 생존전략의 차원에서 문학을 전략적 동반자로 선택했고 문학중시의 편집노선을 지향했기 때문이다. 문학이 독자획득의 가장 유력한 방편으로 부상했던 것이다. 각종 등단제도의 복원은 그 일환이었다. 더욱이 등단제도가 보편적으로 시행되는 국면은 경쟁관계에 있는 타 매체와의 차별화를 강제했고 따라서 지속성은 물론이고 제도적 갱신이 반복적으로 이루어질 수 있었다. 그 결과 1950년대 등단제도는 양과 질 모두에서 이전보다 현저한 성과를 생산하며 문학의 발전을 촉진시키는 기반이 되기에 이른다.

물론 매체별 문학에 대한 전략적 선택의 방향과 내용의 차이에 따라 등단제도의 운영이 비균질적으로 나타나지만 오히려 이로 인해서 등단제도의 영향력이 증폭될 수 있었다. 등단의 경로, 영역, 방식이 다양해지면서 문학 지망생들 뿐 아니라 일반 독자까지 등단제도로 흡인해내는데 유리했기 때문이다. 이렇게 등단제도를 둘러싼 매체들 및 문학주체들 상호간의 치열한 헤게모니 투쟁이 전개되는 신국면은 등단제도가 문단등용문이라는 의의를 넘어 강력한 문학적 권력장치로 자리매김하게 되는 바탕이 된다. 이는 등단제도가 문학 장의 구조 변동에 적잖은 영향을 끼쳤다는 것을 의미한다. 이 연구가 1950년대 등단제도 복원에 각별하게 주목하는 까닭이다.

등단제도의 전면적 실시가 가져온 효과는 다양하다. 문인 증대와 그에 따른 문단 규모의 확대는 기본이고 문학의 입지 강화와 함께 사회적 저변 확산이 촉진될 수 있었다. 더 중요한 것은 그 결과보다는 제도가 시행되는 과정에서 문학·문단 안팎에 끼친 (비)가시적인 영향력이다. 실제 그 효력은 구조적이고 심층적이었다. 즉 등단제도→문학권력→문단주도권→특정 문학론의 주류화→문학영토의 확대/축소의 길항이라는 회로망이 정착되면서 등단제도는 문학권력의 변환과 문학적 세대교체의 원동력으로 다른 한편으로는 특정 문학담론 및 미학적 규범의 배타적 권위를 창출·강화하는 기제로 작용했던 것이다. 더욱이 그 과정이 당대 문단·문학적 의제를 둘러싼 문학주체들의 갈등과 투쟁을 수반함으로써 등단제도의 영향력이 촉진/제약되는 모순성을 드러낸다는 사실에 주목할 필요가 있다. 따라서 1950년대 등단제도는 매체와 문학, 다기한 문학론과 문학권력에 관련한 복잡한 관계사를 집약하고 있는 지점이라고 할 수 있다.

그렇지만 1950년대 등단제도에 관한 종합적인 연구는 없는 형편이다. 신춘문예에 대해서는 등단제도로서 신춘문예의 위상을 검토한 임원식의 논의[2]와 신문연재소설의 시대적 양상을 고찰하는 가운데 소설현상모집의 현황을 정리한 한원영의 개관[3] 정도가 있을 뿐이다. 이들이 정리한 목록에도 많은 오류가 발견된다. 당선자와 작품명만을 제시한 전자는 당선 등급의 구분이 없고, 『한국일보』 1955년도 가작인 정한숙의 「전황당인보기」를 1956년도 당선작으로 기록하는 등 오기가 많은 편이다. 지방신문까지 포함해 각 신문사별 소설당선자(작)와 심사위원 명단까지 소상히 정리한 후자의 경우 또한 당선자 및 심사위원 명단의 일부 누락이 발견된다. 각 신문사별 신춘문예 운영시스템의 차이를 간과했던 때문으로 보인다. 추천제에 관한 연구 또한 문예지로 한정해 부분적으로 시도된 것밖에 없다.[4] 대체로 일부 등단제도를 고립 분산적으로 다룸으로써 당대 등단제도의 전모와 그 영향을 파악하는데 한계를 드러냈다. 이 연구는 1950년대 등단제도를 신춘문예와 추천제로 대별해 그 전체적인 양상과 작동 과정을 실증적으로 복원하고, 이를 비교 교차시켜 등단제도와 매체 그리고 문학의 상관관계를 살필 것이다. 통상 불모의 연대로 평가되는 1950년대 한국문학의 역사적 존재방식을 탐구하는데 유용한 참조가 될 것으로 기대한다.

2. 신춘문예의 부활과 제도화 양상

1950년대 중반 등단제도가 전폭적으로 부활·시행될 수 있었던 동력은 저널리즘의 매체전략이 주된 것이었지만 다른 한편에서는 독서계의 규모 확장에 따른 문학수요의 증가도 중요하게 작용했다. 당대 독서인구의 규모를 정확히 파악하기 어려우나 적어도 과거 독서계를 제한했던 요소들, 이를테면 문자미해득층의

---

2) 임원식, 『신춘문예의 문단사적 연구』, 국학자료원, 2003, 52~53쪽.

3) 한원영, 『한국현대 신문연재소설연구(하)』, 국학자료원, 1999, 1260~1273쪽.

4) 1950년대 문학잡지 연구에서 추천제를 부분적으로 검토한 것으로는 이봉범, 「전후 문학 장의 재편과 잡지 『문학예술』」, 『상허학보』, 상허학회, 2007, 손혜민, 「잡지 『문학예술』 연구—세계주의와 현대화의 기획」, 연세대 석사학위논문, 2008, 조은정, 「1950년대 문학 장의 재형성과 『현대문학』지 연구」, 성균관대 석사학위논문, 2009 등이 있다.

광범한 분포와 출판계의 토대 허약, 독서대중들의 열악한 경제력(구매력)이 전후 재건사업이 활발하게 추진되면서 점진적으로 개선되고 더불어 학교교육의 정상화와 교육 붐의 조성은 학생층을 중심으로 한 새로운 독자층을 창출·확대시키는 계기가 되었을 것으로 판단된다. 그 과정에서 문학에 대한 수요 또한 증가했다고 볼 수 있다. 문교부 통계에 따르면 1952~57년 동안 전체출판물 중 문학이 차지하는 비율이 매년 수위를 차지하는 것으로 나타나는데,[5] 이는 문학에 대한 적극적인 관심을 지닌 독자층이 비교적 많았다는 것을 말해준다.

주목할 것은 취미의 차원에서 문학을 소비하는 일반 독자층과 구별되는 전문 독자층이 광범하게 존재했다는 사실이다. 오랫동안 등단제도의 공백으로 인해 문학 지망생들, 특히 1920년대 초중반 출생의 문학청년들이 작가로의 입문이 막혀 적체되어 있었고 새로운 지적 교양과 미적 감수성을 습득한 대학의 문과생들이 대량으로 배출되어 전문독자층이 확대된다. 이러한 수요와 공급의 불균형은 등단제도의 권위와 문학주체로서 '작가'의 사회적 위상을 높이는 상황적 요인이 된다. 따라서 신문의 문화란에 토막글이라도 한 번 발표만 되면 그대로 문단데뷔가 됐던 해방기와[6] 달리 1950년대는 등단이란 '공식성'의 권위가 한층 강화될 수 있었다.[7] 신춘문예 및 추천제의 응모자가 식민지시대에 비해 현저히 증가한 것, 또 해방기에 비공식채널로 등단했거나 선외가작 및 추천을 완료하지 못했던 이들이 대거 (재)응모하고 신춘문예와 추천제에 교차·중복 지원하는 사례가 두드러진 것도 이 때문이다.

---

5) 문학이 차지하는 비율은 1952년 239종/1,393종(17%), 53년 404/1,110(36%), 54년 578/1,558(37%), 55년 328/1,308(25%), 56년 257/1,434(18%), 57년 257/1,006(26%)이다. 한국은행조사부, 『1958 경제연감』, III-332쪽. 그 비율은, 1956년을 제외하고는, 2위를 차지한 참고서 및 교과서의 비율을 압도하는 수치이다.

6) 김동리, 「'돈암장신문'이라던 민중일보 언저리」, 한국신문연구소 편, 『언론비화50편』, 1978, 611쪽.

7) 이와 같은 정황은 최태응의 단편 「문단으로 가자던 사람」(1958)에 잘 그려져 있다. 신춘문예에 선외가작으로 뽑힌 바 있는 문학청년 '독각'은 비록 "한국의 문단이 하잘턱 없으며 작단이 어중이떠중이의 난장판이라고 한들" 문단에서 정식 소설가로 인정을 받지 못하는 처지에 놓여 있는 가운데 작가에 대한 욕망이 매우 강한 룸펜이다. 그 욕망은 부정을 저지른 아내와의 이혼 위자료로 받은 이백만 환으로 출판사 또는 잡지사를 차려 본격적인 문학 활동을 하려는 것으로 나타난다. 본격적인 문학 활동이 "평생소원"이었던 독각의 욕망을 통해 당대 문학청년들의 '공식'문인에 대한 욕망의 정도를 충분히 가늠해 볼 수 있다.

1950년대 신춘문예는 1955년에 이르러 본격적으로 부활된다. 1950년 『서울신문』의 신춘문예와 한국전쟁 기간 일부 군소신문 및 지방신문, 예컨대 『전북일보』(1951년 최일남, 곽학송 당선), 『대전일보』(1951년 곽학송 당선), 『대한매일』(1952년 곽학송 당선)의 신춘문예가 실시된 바 있으나 전시 상황에서 정례성과 안정성을 갖추지 못했고, 종목도 일부에 국한된 불구적인 것이었다. 1954년 총 4편의 가작 (가작 2편과 선외가작 2편)을 뽑은 『조선일보』의 '현상단편소설'모집도 소설종목으로 한정된 것이어서 시범적 성격이 짙었다. 1955년 『동아일보』의 '창간35주년작품현상모집'(1955.6) 또한 비록 소설, 시(시조), 소설, 콩트, 동화, 논문 등 다양한 종목에 걸쳐 대규모로 현상을 실시했지만 부정기적인 이벤트이기는 마찬가지였다.

　　따라서 1955년 『조선일보』, 『동아일보』, 『서울신문』, 『한국일보』 등 전국 단위의 중앙일간지들에 의해 일정한 규모와 체제를 갖춘 신춘문예가 동시적·경쟁적으로 실시됨으로써 신춘문예가 정식으로 부활되었다고 봐야 한다. 이후 『경향신문』, 『자유신문』, 『평화신문』이 신춘문예를 운영하게 되고, 『충청일보』(1956)를 비롯하여 『대구매일신문』(1958), 『광주일보』(1959), 『국제신문』(1959) 등 지방신문까지 신춘문예를 도입함으로써 신춘문예는 바야흐로 1950년대의 대표적인 등단제도로 제도화되기에 이른다. 그 양상과 특징을 『조선일보』, 『동아일보』, 『서울신문』, 『한국일보』를 중심으로 살펴본다. 이들 신문이 제도 운용의 정례성과 안정성을 가장 잘 보여주기 때문이다.

　　【부록】에 제시한 중요 일간지의 신춘문예 결과를 바탕으로 1950년대 신춘문예의 특징적 양상을 정리하면 다음과 같다. ①선발종목의 장르적 잡종성이다. 시, 시조, 단편소설, 문학평론, 희곡, 동화(소년소설), 동시, 동요, 시나리오, 영화스토리(영화소설), 라디오 드라마뿐만 아니라 비문학장르인 만화와 논문까지 포괄하는 종합선물세트의 면모다. 장르적 잡종성은 비단 1950년대 신춘문예만의 특징은 아니다. 신춘문예가 시행된 1920년대부터 나타난 신춘문예의 전형적인 특징이다. 그것은 다양한 대중을 독자로 포섭하기 위한 판매 전략의 일환이자 거의 모든 계층과 문화영역을 대상으로 하는 문화적 페스티벌을 벌임으로써 자신의 영

향력을 전 방위적으로 확산시키려는 신문 매체전략의 산물이었다.[8] 모지에 총력을 기울일 수밖에 없었던 1950년대에는 그 전략이 더욱 적극적으로 발현된다. 모든 신문이 독자문예란을 상설화하고 각종 부정기적인 현상문예, 『경향신문』을 예로 들면 '전국남녀대학현상문예'(1954.1), '아마추어사진현상'(1954.11), '50만환 장편소설현상'(1956.1), '글써넣기현상문예'(1957.1) 등을 지속적으로 실시하며, 나아가 일반대중을 대상으로 한 음악, 연극, 무용, 미술, 스포츠 관련 각종 경연을 주최 또는 후원함으로써 문화를 매개로 한 독자와의 긴밀성을 강화하는데 총력을 기울인다.

이런 맥락 속에 위치한 장르적 잡종성은 두 가지 의미를 함축하고 있다. 첫째, 당대 문학의 주류적 흐름을 수렴하고 확산시키는 계기로 작용했다. 장르적 잡종성이란 유사성에도 불구하고 그 실제를 살펴보면 식민지시대와 사뭇 다르다. 시 (시조), 단편, 희곡, 문학평론과 같은 근대문학의 규범적 장르는 여전히 존속되고 있으나 한시(가요), 실화(實話), 민요, 콩트, 전설, 민담, 사화, 작문 등의 장르는 사라지고 시나리오, 라디오드라마, 소년소설, 만화와 같은 장르가 새롭게 등장한다. 장르적 지속성과 차이는 당대 문화(학)의 흐름, 즉 지식 및 문화의 전문화 추세에 따른 문예의 분업화 양상을 반영한 자연스러운 산물로, 여기에는 문화 전체를 관장하려는 신문매체의 의도가 깊숙이 개입된 것으로 볼 수 있다. 예컨대 휴전직후 문학의 한 주류로 급격히 부상하면서 독서시장의 압도적 우위를 점했던 아동문학을 동화, 동시, 동요, 소년소설로 세분화해 각각의 독자성을 강화시킨 점, 문학 이상으로 대중적 영향력이 점증되어 가던 영화, 라디오, 만화로 모집영역을 확대·도입한 것은 모두 이런 맥락에서였다.

비록 장르적 경계가 명확하지 못했고[9] 안정성 또한 취약한 가운데 모집종목이

---

8) 박헌호, 「동인지에서 신춘문예로─등단제도의 권력적 변환」, 박헌호 외, 앞의 책, 102쪽.

9) 신춘문예사상 『한국일보』가 1957년에 처음 도입한 '영화스토리'가 대표적인 사례이다. 영화스토리의 구체적인 성격이 무엇인지 또 시나리오와 어떻게 구별되는지가 사전에 분명하게 공지되지 못함으로써 큰 혼선을 야기한다. 심사위원이었던 김내성조차 선후감에서 '영화스토리'에 대한 해석 내지 개념의 혼란을 일으켜 응모작 74편 대부분이 '스토리' 구성에만 급급할 수밖에 없었다며 '영화소설'이 보다 정확한 명명이라고 주장한 바 있다. 김내성, 「다루어진 엄숙한 체험:명제의 개념 해석에 혼선」, 『한국일보』, 1957.1.21.

끊임없이 유동하는 양상을 보여주지만 모집 종목의 확대는 적어도 새롭게 대두하는 문화적 경향에 대한 후원자임을 공식적으로 '선언'하는 행위였다. 대중성과 전국적 포괄성을 겸비한 신문의 선언이었던 만큼 그 선언은 강력한 폭발력을 내장한 채 새로운 문화적 경향에 대한 사회문화적 인식과 그 저변을 확충하는데 기여할 수 있었다.

둘째, 장르적 잡종성은 각 신문의 문화적 특화 전략과 밀접하게 연관되어 있다. 1950년대 신춘문예는 식민지시대에 비해 각 신문마다 종목의 편차가 심한 편이다. 『조선일보』와 『서울신문』이 비교적 정형화된 모집을 한 편이고 나머지 신문들, 특히 『동아일보』와 『한국일보』가 독특한 면모를 보여준다. 예컨대 『동아일보』는 '논문'과 '만화'에[10] 『한국일보』는 소년소설, 라디오드라마 각본, 영화스토리와 같은 신흥하는 장르에 적극적이었다. '논문'은 1927년 『동아일보』 신춘문예부터 등장했고 해방 후에도 『서울신문』 신춘문예(1950)와 『경향신문』의 경제논문 현상(1952.5)과 같은 특별현상을 통해 신문에서 꾸준히 시행된 분야이지만, 1957년부터 『동아일보』가 상설화 했다. 『동아일보』가 논문 종목을 특화시켜 고정한 것은, '한국 민주주의', '사회 정의와 자유', '국민도의의 진작 방안' 등과 같은 당대적 이슈를 주제로 제시한 것에서 확인할 수 있듯이, 정론성을 본질로 하는 신문매체의 특징이 발현된 것이지만 다른 한편으로는 1951년 9월 국민방위군사건 기사로 필화를 겪은 뒤 이승만 정권과 줄곧 각을 세우면서 정론지의 대표자로서 위상과 권위를 확보하기 위한 『동아일보』의 전략이 반영된 것이기도 하다.

『한국일보』가 소년소설, 라디오드라마, 영화스토리(시나리오) 등 신흥하는 장르를 신춘문예사상 최초로 도입한 것 또한 상업주의를 최우선시한 매체의 전략이 적극적으로 반영된 산물이다. 그리고 해방 후 신춘문예를 처음 시행했던 『경향신문』이 중앙일간지 가운데 뒤늦게 신춘문예를 부활(1959)하게 된 것도 신춘문예보

10) 만화 장르의 신인등용은 주로 『희망』, 『실화』, 『아리랑』과 같은 대중지를 통해서 이루어진다. 특히 『아리랑』은 '만화신인공모전'을 지속적으로 개최해 무명만화가를 다수 등용시킨 산실이었다(대표적으로 김천정, 오룡). 더불어 자매지 형태의 만화전문지 『만화춘추』(1956.8)의 창간, 만화이론에 관한 특집을 자주 실어 1950년대 만화 발전에 중요한 역할을 한 바 있다. 신춘문예에 만화를 처음으로 도입한 것은 『동아일보』(1956)인데, 이후 고정되지 못했으나 만화의 예술성을 공식적으로 추인했다는 점에서 큰 의의를 지닌다.

다는 연극을 중심으로 한 문화전략, 가령 극단('신협'과 '극예술협의회')의 공연을 지속적으로 후원하는 것에 주력했던 사실과 관련이 깊다.[11] 물론 신춘문예만으로 각 신문의 문화전략을 온전히 파악하기란 어려운 일이지만, 적어도 각 신문의 문화전략 및 그에 따른 불가피한 경쟁 속에서 신춘문예가 활성화될 수 있었다는 사실은 눈여겨 볼 필요가 있다. 이렇듯 신춘문예의 장르적 잡종성 내지 잡식성이 경쟁을 통해 증식되는 현상은 1950년대 신춘문예의 독특한 특징으로서 당대 문화적 주류와 현저하게 변화된 전후 대중들의 문화취향을 수렴하는 동시에 이를 사회문화적으로 확산시키는데 중요한 기능을 했다고 볼 수 있다.

②과거에 비해 제도 운용의 투명성이 제고되었다. 모집공고→심사과정→심사결과 발표 및 당선작 게재의 형식적 절차뿐만 아니라 그 내용에서도 투명성 및 구체성이 한층 강화되었다. 특히 심사와 관련된 내용, 즉 심사위원 명단, 각 종목별 응모 현황을 포함한 총 응모 편수, 심사절차(예선→본선→종합 합평), 특징적 경향 및 성과 등을 '社告'를 통해 제시했으며 아울러 선후평(감), 당선작 및 당선소감의 공개적 게재를 정형화했다. 심사 결과의 공개 원칙은 신춘문예의 공정성과 객관성을 보여주는 핵심 지표로서 신춘문예의 권위를 보증하는 원천이다. 신춘문예를 최초로 시행한 『동아일보』가 1935년부터 응모작의 선별절차와 선후언을 공개해 제도 운용의 투명성을 갖춤으로써 신춘문예의 안정성을 비로소 확보할 수 있었던 것도 이 때문이다.[12] 물론 신문에 따라 제도 운용의 부분적 파행, 예컨대 1957년 『한국일보』 '영화스토리' 결과가 1월 21일에 발표되는 것처럼 1월 1일 공표의 약속을 지키지 못해 제도의 신뢰성을 손상시키는 경우가 더러 있었으나, 1950년대 신춘문예는 전반적으로 공개성과 투명성을 엄격하게 갖춤으로써 제도적 정착이 빠르게 이루어질 수 있었다.

---

11) 1950년대 중앙일간지 중 연극에 가장 큰 후원자 역할을 했던 매체가 『경향신문』이다. 1955년 12월 극단 신협의 「느릅나무 그늘의 욕망」을 시작으로 「민중의 적」, 「꽃잎을 먹고사는 기관차」, 「한강은 흐른다」, 극예술협의회의 「裏像」 등을 포함해 많은 공연을 후원한 바 있다. 또 1959년에는 연극(신극) 운동의 후원을 신문의 3대사업에 포함시킬 만큼 중요시했으며 그 일환으로 극단 신협과 공동으로 '백만환 희곡현상모집'(1959.1)을 실시하기도 했다. 이 현상모집은 당선작을 신협에서 상연하는 것을 전제로 함으로써 폭발적인 호응을 얻게 된다.

12) 김석봉, 「식민지시기 『동아일보』 문인재생산 구조에 관한 연구」, 『민족문학사연구』32, 민족문학사학회, 2006, 173쪽 참조.

투명성과 아울러 신춘문예의 권위를 강화시켰던 또 다른 요인은 심사의 객관성이다. 그것은 우선 심사진의 복수(複數) 편성을 통해 심사의 공정성을 최대한으로 이끌어낼 수 있도록 의도한 것에서 확인할 수 있다. 심사위원의 규모는 과거 각 장르 당 익명의 1인 혹은 2인으로 구성했던 것과 달리 복수가 보편적이었고 점차 그 숫자가 확대되는 양상을 보인다. 이를테면 1959년 『서울신문』은 소설 4인(염상섭, 정비석, 박영준, 이무영), 시 4인(김광섭, 김용호, 서정주, 박목월), 희곡 7인(유치진, 오화섭, 이광래, 박동근, 이해랑, 이원경, 김진수)으로 심사진을 편성했다. 당대 각 장르의 권위자들로 구성된 복수의 심사위원이 심사를 관장한다는 것 자체가 심사의 공정성과 객관성을 보증할 수 있는 요인으로 작용했다. 더욱이 심사위원이 고정화·블록화 된 추천제와 달리 비교적 심사진을 유연하게 교체·편성한 것도 공정성을 높이는데 일조했다.

그 효과는 실제 선별과정에서 발휘된다. 대체로 예선을 통과한 작품을 대상으로 합평회를 거쳐 당선작을 선발하는데, 그 과정에서 심사위원들 간의 첨예한 의견 대립이 빈번하게 발생했다. 특히 소설 분야가 심했다. 예컨대 주로 박종화, 최정희, 박영준 3인이 심사를 맡았던 『조선일보』(1956~59)의 경우에는 매년 의견 충돌을 겪는데, 1957년에는 박영준이 「낙일」을 1석으로 밀었으나 박종화가 테마의 불건전성을 지적해 선외가작으로, 최정희가 「노루」를 당선작으로 추천했으나 박종화와 박영준이 문장의 티를 비판해 논란을 겪다가 재차 협의를 거쳐 결국 당선작으로 결정되기에 이른다.[13]

『한국일보』의 경우에는 1955년 백철은 「자유풍속」을 1석 「유예」를 가작으로, 최정희는 「유예」를 당선작으로 밀었으나 결국 전자는 낙선하고 후자가 당선작으

---

13) 최정희, 「'노루'와 '낙일」(선후평), 『조선일보』, 1957. 1.10. 최정희의 선후평을 통해 의견 대립의 양상을 살펴보면, 1956년에는 박종화와 박영준이 작년에 비해 수준이 현저히 저하되었다고 주장한 반면 최정희는 "안 떨어진다고 주장했으나 내 말은 막무가내로 안 들어주니 하는 수가 없어 "당선작을 내지 못했으며(「좀 더 노력을」, 1956.1.1), 1958년에는 「후조의 마음」을 당선1석으로 손색이 없다고 주장한 선자와 문장 및 반항의식의 박약, 소재가 일제시대라는 점을 지적해 반대하는 선자의 의견 대립이 있었으며(「아름다운 태도」, 1958.1.4), 1959년에는 최정희가 「부부유연」(박순녀)를 박영준이 「청계천」(황패강)을 우수작으로 밀었으나 합의를 보지 못한 가운데 가작이라도 내자는 최정희의 의견이 꺾여 당선작뿐만 아니라 가작조차 내지 못했다(「유감스런 소감」, 1959.1.2).

로 뽑혔다.[14] 1957년 백철은 「수난이대」와 「슬픈 첩보」를 박화성은 「수난이대」와 「마부」를 추천해 대립을 보이다가 「수난이대」(당선)와 「슬픈 첩보」(가작)로 결정된 바 있다.[15] 또 「서울신문」 1959년 박영준과 이무영은 「돌각담」을, 염상섭과 정비석은 「승냥이」를 각각 추천해 의견 조율을 거치나 당선작을 내지 못하고 두 편 모두 가작으로 선발하는 어정쩡한 결과를 내놓았다.[16]

심지어 의견 대립이 원만하게 조정되지 않아 공개 사과를 하는 경우까지 있었다. 김기진과 박영준이 심사한 『동아일보』 1956년 소설분야에서 김기진은 「박수위장」을 박영준은 「벽」을 각각 당선작으로 밀었으나 타협이 되지 않은 채 당선작 없이 논란이 됐던 작품을 모두 가작으로 처리하는 문제를 드러냈다. 이에 대해 박영준은 "문학의 자존을 위해" 양보할 수 없었지만 그럼에도 문단의 대선배인 김기진에게 불손한 태도를 취한 당돌함을 자책하는 방식으로 공식 사과를 표명한 바 있다.[17] 만장일치 내지 원만한 협의·조정을 통해 선발되는 경우뿐만 아니라 서로 다른 심사기준으로 격론을 벌인 경우가 많았다는 것은 그만큼 심사가 엄격하게 진행되었다는 것을 일러준다. 게다가 심사의 주관성을 최소화하고 심사의 공정과 충실을 높이기 위해 타 분야 심사위원들의 의견을 종합적으로 수렴한다든지,[18] "사사로운 몇몇 소설가와 시인에게도 응모작품을 일일이 감정을 받아보는"[19] 과정을 거친 것을 통해 심사의 객관성을 위한 심사위원들의 의지를 엿볼 수 있다.

특히 이 모든 것이 '선후평'을 통해 지상 중계됨으로써 심사에 대한 독자들의 신뢰를 얻을 수 있었다는 점이 중요하다. 1950년대 신춘문예에서 당선작을 내지 못한 경우 또 당선작은 물론이고 가작조차 뽑지 않은 경우가 오히려 더 많았다는

---

14) 백철, 「신인의 약진을 의미」(선후평), 『한국일보』, 1955.1.1.

15) 박화성, 「단편소설」(선후평), 『한국일보』, 1957.1.1.

16) 정비석, 「허전한 느낌」(선후평):박영준, 「선정에 곤란」(선후평), 『서울신문』, 1959.1.1.

17) 박영준, 「두 선자의 의견이 대립」(선후평), 『동아일보』, 1956.1.11. 김기진과 박영준의 대립은 1957년에도 이어진다. 「파류상」을 당선작으로 뽑는 데는 일치했으나 박영준이 고평한 「죽음보다 강한 것」이 김기진의 반대로 낙선되고, 김기진이 적극 추천한 「묘지」가 가작으로 선발된다. 김기진, 「탐구욕의 발로 강렬」(선후평):박영준, 「환상적 수법 허다」(선후평), 『동아일보』, 1957.1.10.

18) 김광섭, 「새로운 기약」(선후평):이헌구, 「중요한 문제에 착안」(선후평), 『조선일보』, 1956.1.3.

19) 윤석중, 「역작이 드물다」(선후평), 『조선일보』, 1959.1.2.

것은 이와 무관하지 않다.[20] 흔히 신춘문예의 폐해로 간주되는 정실성 문제는 적어도 1950년대에서는 드물었다. 문학적 완성도 위주의 선발원칙이 관철됨으로써 유능한 신인들이 다수 발굴될 수 있었던 것이다.

그리고 선후평(심사평)의 게재를 정기화한 것도 제도 운용의 투명성뿐만 아니라 심사의 객관성을 제고한 요인이었다. 1950년대는 모든 신문이 심사평을 빠짐없이 게재했고, 대표 집필형식보다는 심사위원별로 심사평을 게재할 정도로 큰 비중을 뒀다. 선후평은 대개 심사의 기준, 과정 등 심사와 관련된 내용 및 당해 연도 응모작의 전반적인 경향과 특징, 당선작들의 장·단점 등을 비교적 소상하게 설명해주는 패턴이 유지됐는데, 이는 잠재적 응모자들에게 응모를 위한 하나의 가이드라인 역할을 했다. 『한국일보』 같은 경우는 예선을 통과한 후보작(및 작가)의 목록을 게재해 낙선자들의 재도전 의지를 북돋아주기까지 했다.

심사기준은 대체로 각 장르의 본질적 요건에 부합하는 충실도뿐만 아니라 신문사의 의도와 권위, 발표매체로서 신문의 특성, 예년의 수준, 1950년대 문학의 시대적 역할 등 외적 조건이 아울러 고려되었다. 예컨대 김기진은 문장, 구상, 화술, 묘사법, 주제 등 5가지를 소설 고선의 기준으로 제시한 가운데 묘사와 화술의 문제를 우선시했으며,[21] 염상섭은 말과 글의 숙달에 의한 표현력, 표현방식에 있어서의 묘사의 묘, 전체 구성의 완성도 등 소설의 기본조건을 중요시했다.[22] 특히 주제의식(사상)의 심각성과 소재의 특이성을 갖춘 작품이라도 문장과 표현력(묘사)이 부족한 경우는 선발하지 않는 것이 소설뿐만 아니라 모든 장르의 심사위원들이 견지한 공통된 고선 원칙이었다.[23]

---

20) 당선작 선정 기준을 어디에 둘 지에 대한 이견이 존재한 바 있다. 가령 황순원은 "반드시 응모작품 중에 제일 나은 것으로 뽑으면 그만이란 것이 능사가 아니"라며 작품의 질적 수준을 우선시 해 사측의 요구를 뿌리치고 해당작을 내지 않았다(황순원, 「예술에 요행이란 없는 것」, 『한국일보』, 1958.1.1). 반면 정비석은 "당선작은 응모작 중 가장 우수한 작품으로 정하는 것이 온당하다"고 판단하여 수준이 좀 떨어지더라도 당선작을 내는 것이 필요하다고 주장한다(정비석, 「소설 선후평」, 『서울신문』, 1956.1.1). 황순원의 입장이 대체로 대세를 이룬다.

21) 김기진, 「두 선자의 의견이 대립」(선후평), 『동아일보』, 1956.1.11.

22) 염상섭, 「신인다운 야심이 부족」(선후평), 『동아일보』, 1958.1.7.

23) 일례로 1957년 『한국일보』 신춘문예에서 하근찬의 「수난이대」가 당선작으로 선정되기까지 우여곡절을 겪었던 것도 '문장' 때문이었다. 취재의 적중, 구성의 묘, 신인다운 특색 등의 장점이 인정되었음에도 문장상의 결점 때문에 문장력이 돋보였던 「마부」와 끝까지 경합하다가 당선된 바 있다.

문학적 완성도에 대한 심사위원들의 강조가 당선작에 대한 가필(加筆) 행위로 나타나기까지 한다.[24] 특기할 것은 작품적 완성도를 성취했다고 해도 입선작이 신문에 발표된다는 신춘문예의 특성이 고선에 큰 영향을 끼쳤다는 점이다. 이를테면 『동아일보』 1958년 소설의 경우 최종후보작 「질투」가 "소매치기의 생태와 빈민가를 배경으로 인간애욕의 세계를 소년에게 축소시켜본 사실적이면서 실험소설적인 면"이 뛰어난 작품으로 인정하면서도 '취재'의 문제, 즉 소재의 어두움 때문에 신춘현상작품으로는 가합(佳合)치 않다고 판단해 가작에도 들지 못한다.[25] 문예지라면 무조건 당선될 수 있는 수작이지만 신춘문예에는 적절하지 않다는 논리다. 『한국일보』 1955년 소설에서 후보작 「자유풍속」이 "우리 문단에서 그 예가 없는 풍자소설의 일형을 창조"한 작품임에도 현실풍자 때문에 발표 관계를 고려할 수밖에 없어 결국 낙선이 된 것도 마찬가지다.[26] 소재 또는 주제의식과 발표지면의 관계가 고선의 중요한 기준이 되었다는 것은 1950년대 신춘문예를 이해하는데 간과해선 안 될 사항이다.

요컨대 선후평의 공개 원칙과 이를 통해 심사와 관련된 전반적인 요소를 구체적으로 제시함으로써 심사의 객관성을 확보하는 동시에 제도가 공신력을 획득하는 데에도 크게 기여하게 된다. 여기에는 신춘문예를 주관한 신문사측의 의지 내지 자신감도 작용했다고 볼 수 있다. 신춘문예 외에 신문이 주최한 각종 현상문예에서도 심사공개 원칙이 관철될 수 있었던 것도 이 때문으로 보인다.[27]

심사위원(백철, 박화성)이 선후평을 통해 문장 공부의 필요성을 신신당부하기까지 했다.

24) 백철·이무영, 「소설 선후평」, 『한국일보』, 1956.1.1. 가필은 추천제에서는 공공연히 벌어지는 현상이지만, 신춘문예에서는 좀처럼 찾아보기 어려운, 더욱이 공식적으로 언급된 경우는 거의 없다. 『한국일보』 1956년 소설 분야는 구성의 수준으로 당선작이 판가름 나는데, 「도정」이 여러 결함에도 불구하고 소설적 구성의 비교 우위로 인해 당선작이 된다. 심사위원들이 이 점을 지적한 가운데 "선자가 약간 손을 댔다."라고 가필했음을 공식적으로 밝히고 있다.

25) 안수길, 「신인다운 야심이 부족」(선후평), 『동아일보』, 1958.1.7. 취재의 어두움으로 인한 신문 발표의 곤란함은 염상섭이 지적했는데, 안수길은 「질투」가 "신인에게 요망되는 패기와 문학적 정열, 현실을 밑바닥까지 응시하려는 완강한 눈" 등을 근거로 천승세의 「점례와 소」(가작)보다 우위에 있는 작품이라고 평가하면서도 염상섭의 의견에 동의해 따랐다고 밝힌 바 있다.

26) 백철, 「신인의 약진을 의미」(선후평), 『한국일보』, 1955.1.1.

27) 가령 당선작은 국립극장에서 상연한다는 전제 아래 『서울신문』이 1958년 주최한 '신춘(장편)희곡 현상모집'의 경우, 심사위원(서항석, 유치진, 박진, 이해랑, 김수원, 이원경, 이무영, 김진수, 오화섭, 이진순, 김정환, 이광래)의 사전 제시와 아울러 사후에 응모 현황(77편), 심사기준 및 절차, 심

③강력한 흡인력이다. 그 정도는 응모 편수를 통해 확인이 가능하다. 고정 종목이었던 소설/시의 경우 1956년 기준으로『동아일보』130편/100편, 『조선일보』101편/421편, 『한국일보』159편/494편, 『서울신문』164편/300편이 응모했다. 숫자상으로 보면 식민지시대 신춘문예의 응모 현황, 예컨대『조선일보』1935년 소설 462편, 시 470편에 비해 낮은 수치이다. 총 응모 편수도 마찬가지이다. 그러나 대부분의 신문이 신춘문예를 시행했고 문학지의 추천제 및 종합지의 현상모집이 동시에 실시되었다는 것을 감안할 때, 결코 적은 규모가 아니다. 더 중요한 것은 응모 편수가 점진적으로 증가한다는 점이다. 『한국일보』의 상황을 보면, 소설은 89편(1955년)→159편(1956)→198편(1957)→285편(1958)→378편(1959)→834편(1960), 시는 219편(1955년)→494편(1956)→553편(1957)→534편(1958)→637편(1959)→965편(1960)으로 나타난다. 신문들의 권위 경쟁에 따른 과장 보도의 가능성을 감안하더라도, 6년 동안의 시행 과정을 통해 응모자 수가 소설은 10배, 시는 5배 이상 각각 증가하고 있음을 확인할 수 있다.

이 같은 비약적인 증가 추세는 신춘문예가 본격적으로 부활된 지 5~6년 만에 신인등용의 가장 유력한 제도로 자리 잡았다는 것을 의미한다. 물론 "상식도 없이 투고하여 담당자를 괴롭히는 수량도 적지 않고, 응모규정을 지키지 않은 것, 동일인의 동일 작품을 타사 동시 모집에 응모하는 일"[28], "한 사람이 여러 가지로 변성명을 해가지고 복권을 노리는 요행심 같은 행동"[29], 모작(模作)의 횡행[30] 등 병폐도 없지 않았지만, 응모 편수의 꾸준한 증가는 신춘문예에 대해 관심을 가진 독자층이 확대되어 갔다는 것을 말해준다. 실제 1959년 응모 편수가『서울신문』소설 875편, 시 2,948편, 『동아일보』시 1,000편 등『한국일보』의 규모를 상회했

사평(이진순, 이광래, 김진수) 등 심사와 관련된 전반적인 사항을 투명하게 공개 게재했다.

28) 「社告」, 『동아일보』, 1956.1.17. 박봉우의 「휴전선」이 동시 투고 문제의 대표적인 경우다. '추봉령(秋鳳嶺)'이란 필명으로 「휴전선」을 1956년 『동아일보』와 『조선일보』에 동시 투고했는데, 『동아일보』에서는 그 때문에 낙선된 반면 『조선일보』에서는 '수상'하다는 의심을 받지만 시상과 표현이 탁월하다는 평가를 받으면서 당선1석을 차지한다. 주요한, 「시 선후평」, 『동아일보』, 1956.1.11.; 김광섭, 「양에서 질로 이향」(선후평), 『조선일보』, 1956.1.3.

29) 윤석중, 「생활이 없다」(선후평), 『경향신문』, 1959.1.2.

30) 마해송, 「모작과 같은 냄새」(선후평), 『동아일보』, 1957.1.10.

다. 이를 통해서 1950년대 말에 이르면 부활된 신춘문예가 빠른 기간에 문인재 생산 제도로서 확고하게 (재)정착됐음을 확인할 수 있다.

그런데 응모 현황을 통해 신춘문예의 제도적 영향력 확보와 관련한 흥미로운 사실, 즉 과거 각종 현상문예를 통해 등단한 작가들이 신춘문예에 다시 응모하는 경우가 많았다는 것을 발견할 수 있다. 예컨대 1955년 『조선일보』에 「흑산도」로 당선(2석)된 전광용은 『동아일보』 신춘문예(1939)에 「별나라 공주와 토끼」가 입선한 바 있고, 1955년 『한국일보』에 「전황당인보기」로 가작 입선한 鄭進(정한숙)은 『예술조선』 신인상작품 모집(1948)에 「흉가」, 『조선일보』 현상소설 모집(1953)에 중편 「배신」이 각각 당선되었다. 1955년 『한국일보』에 「우리는 사리라」(당선), 1955년 『조선일보』에 「포대가 있는 풍경」(가작)이 당선된 김윤(김규동)은 『예술조선』 신인상작품 모집(1948)에 「강」이 당선된 바 있다. 그 외에도 1957년 『한국일보』에 「수난이대」로 당선된 하근찬은 『신태양』 전국학생문예 모집(1955)에 「혈육」이 당선되었으며, 1956년 『조선일보』에 「휴전선」으로 당선(1석)을 차지한 박봉우는 『주간문학예술』 신인추천제(1952)에 「석상」과 「밀어」가 추천된 바 있고, 1955년 『한국일보』에 「유예」로 당선된 허경(오상원)도 극협상연 희곡모집에 「녹쓰는 파편」이 당선된 바 있다. 또 『문예신보』(1947)에 시 「가을」을 발표해 등단한 바 있는 홍윤숙은 1958년 『조선일보』에 희곡 「園丁」으로 당선된다.

이렇듯 문재(文才)를 인정받은 중고 신인들이 대거 신춘문예에 재응모하는 현상은 등단제도로서 신춘문예의 권위와 밀접한 함수관계가 있다. 신춘문예가 대중적·문단적 권위를 공인받는 가운데 작가로서의 입지를 높여 문단 내 운신의 폭을 확대하려는 중고신인들의 욕망이 재도전으로 발현된 것이다. 응모 시 필명 사용이 많았던 것도 이 때문이다. 권위 그리고 작가들의 욕망이 상호 보완적으로 결합되어 등단의 경로 내지 출처가 점차 문단(학) 권력의 중요한 배경으로 작용하는 국면이 도래했다.

그것은 같은 시기 신춘문예에 겹치기로 당선된 신인이 아주 많았다는 것에서도 확인된다. 가령 최현식은 『조선일보』 1956년 가작 1석과 1957년 당선(소설), 이병구는 『조선일보』 1957년 가작 및 『자유신문』 1957년 입선과 『조선일보』 1958년 당선 및 『평화신문』 1958년 입선(소설), 신동문은 『동아일보』 1955년 가작과

『조선일보』1956년 당선2석(시), 차범석은『조선일보』1955년 가작과 1956년 당선(희곡), 김자림은『조선일보』1959년 가작과『서울신문』1959년 장려(희곡), 성학원은『조선일보』1956년 가작2석과『동아일보』1959년 당선(소설), 김포천은『한국일보』1956년 가작4석과『조선일보』1958년 가작(희곡), 박포랑은『서울신문』1956년 가작과『동아일보』1958년 가작(희곡), 송선영은『한국일보』1959년 당선과『경향신문』1959년 당선(시조) 등이 있다. 또한 인태성은『동아일보』1955년 가작과『문학예술』1956년 추천(시), 이제하는『서울신문』1956년 시(가작)와『현대문학』1957년 추천, 천승세는『동아일보』가작(소설)과『현대문학』1958년 추천(소설), 홍윤기는『현대문학』1958년 추천(시)과『서울신문』1959년 당선(시), 송상옥은『동아일보』1959년 가작과『사상계』1959년 추천(소설), 이광숙은『동아일보』1958년 가작과『현대문학』1958년 추천(소설), 김최연(김지헌)은『현대문학』1956년 추천(시)과『조선일보』1958년 당선(시나리오), 조유로는『동아일보』1958년 가작(시조)과『자유문학』1958년 추천(시), 주평은『서울신문』1958년 가작(희곡)과『현대문학』1959년 추천(희곡) 등 신춘문예와 추천제에 겹치기로 당선한 이들도 꽤 많았다.

그 외 중복 응모의 경우로,『조선일보』1958년 낙천(평론)과 1959년 가작(시)의 신동엽,『조선일보』1958년 낙천과 1960년 당선(평론)의 이상비,『조선일보』1959년 및『한국일보』1960년 낙천과『조선일보』1960년 가작2석(소설)의 박순녀,『한국일보』1960년 낙천과『동아일보』1960년 가작(시)의 정진규,『한국일보』1959년 선외가작과 1960년 낙천(시)의 정지하,『조선일보』1958년 낙천과『자유문학』1959년 추천(평론)의 신동한,『한국일보』1956년 낙천과『현대문학』1955년 추천(소설)의 권태응 등 상당한 규모에 달한다. 위의 경우는 모두 '당선'을 위한 도전으로 신춘문예에서 당선 여부가 작가로의 입문 과정에서 대단히 중요한 가치를 지녔음을 알려준다.[31]

---

31) 그것은 신춘문예의 성과를 단행본으로 묶는 과정에서도 여실히 나타난다. 즉『신춘문예당선소설집』(신지성사, 1959)이 당선작과 가작(선외가작 포함)의 엄격한 위계를 두어 당선작만을 수록했음에 비해 신태양사가 1969년에 펴낸『신춘문예당선소설전집』(전4권)에는 작품의 수준(질)을 기준으로 당선작 및 선별된 가작까지 포함해 총 53편을 수록하고 있다.

④제도운용 과정에 신문의 이해관계가 강하게 반영된다. 신춘문예의 주최자가 신문사이고 게다가 자본(상금)이 투입되는 만큼 신문사의 입장이 반영된다는 것은 당연한 현상이지만, 신춘문예를 부활시키면서 표방했던 문화 향상의 후원자라는 수준을 넘어선 관여가 나타난다. 특히 심사와 관련된 부분, 즉 심사의 기준과 당선 범위를 결정하는 과정에서 관여가 두드러졌다. 예컨대 『동아일보』 1959년 단편소설 분야에서 당선후보작 3편(「인맥」, 「검은 이빨」, 「O형과 A형」)을 놓고 심사위원들이 합평을 통해 당선작을 결정하는 과정에 사측의 의견이 개입되어 '단편다운 단편'으로 평가받은 「검은 이빨」이 당선작이 아닌 가작으로 결정된다. 그 이유는 '미국에서의 흑백인의 갈등'을 다룬 제재의 성격 문제였다. 안수길은 사측의 의견을 '참작'한 결과로 굳이 반대하지 않겠으나 「검은 이빨」을 우위에 놓고 싶었다고 심사 결과에 대한 아쉬움을 공개적으로 표명했다.[32]

이로 볼 때 신문이라는 발표 지면의 특수성을 고려해 작품성을 인정받으면서도 민감한 제재 또는 주제의식으로 인해 정당한 대우를 받지 못한 여러 사례가 심사위원들의 자발적 결정으로만 보기 어렵다. 신문사측의 유형무형의 간섭이 있었을 것으로 추정된다. 그것은 심사절차의 시스템과도 긴밀한 연관이 있다. 대체로 1차 예심은 신문사측이 본심은 초빙된 심사위원들이 각각 담당하고 최종 합평회에서 신문사측과 심사진의 조율 과정을 거쳐 당선작을 결정하는 방식이었다. 『한국일보』 같은 경우는 본심 과정에 각 부문별로 신문사측에서 1명씩 참가하는 것을 원칙으로 했다. 이러한 시스템하에서 신문의 자발적인 검열이 작동했다고 볼 수 있다. 1950년대 문학 검열이 국가권력에 의한 폭력적·직접적인 형태보다는 매체(신문과 잡지)의 자기검열 및 국가의 외적 검열과 연계된 문단 내부의 검열이 오히려 강화된다는 점을 감안할 때,[33] 신춘문예에도 신문의 자체 검열이 이루어졌을 것이다. 더욱이 1950년대 검열정책이 사상통제 차원에서 지배이데올로기, 즉 반공주의와 반일주의의 확산과 침투가 주된 목표였고 따라서 정략적

---

32) 안수길, 「지성의 깊이를」(선후평), 『동아일보』, 1959.1.4.

33) 1950년대 문학검열에 대해서는 임경순, 「검열논리의 내면화와 문학의 정치성」, 『상허학보』18, 상허학회, 2006 참조.

이면서 동시에 비체계적이었다는 사실을 고려하면,[34] 이에 반하는 제재(주제)는 검열의 일차적인 대상이 될 수밖에 없었다. 그러므로 부정적인 시각에서 당대 현실 또는 미국을 다룬다는 것은 불가능했을 것이다. 박영준이 일제배경의 장편을 쓰고자 하나 그런 장편을 발표할 매체가 없다는 것을 개탄했던[35] 것도 이런 맥락에서다.

다른 한편으로 당선 범위를 놓고도 신문사측과 심사위원 간에 충돌이 자주 발생한다. 모집 규정에 명시된 입선 범위를 지키려는 신문사측과 작품 수준을 근거로 이를 거부하는 심사위원측의 갈등(대표적으로 『조선일보』 1958년 소설), 반대로 입선 범위를 넓혀 고선하려는 심사위원측의 요구를 신문사측이 반대해 좌절되거나(『동아일보』 1959년 시) 혹은 타협이 되는 사례(『한국일보』 1959 시와 시조)가 많았다. 특히 심사위원들이 당선작을 내지 않기로 결정했을 경우에는 상당한 진통을 겪었다. 그것은 신춘문예를 전략적으로 활용하려는 신문의 의도에 배치되기 때문이다. 신문의 입장에서는 신춘문예는 문화기관이라는 명분뿐만 아니라 당대 신문계의 무한경쟁 체제에서 자사의 이미지를 제고시켜 독자획득을 배가하기 위한 유용한 수단이었다. 『동아일보』의 경우를 통해서 확인할 수 있다.

특기해야 할 것은 소설부 1석에 당년 22세의 여성이 당당 '당선'으로 입선했다는 사실이다. 본사는 우리나라 신문학사와 호흡을 함께 하는 동안 숫한 재사를 문단에 배출하여 왔다. 이제 여성으로서 처음 보는 당선자를 냄에 있

---

34) 이봉범, 「1950년대 문화 재편과 검열」, 『한국문학연구』34, 동국대 한국문학연구소, 2008, 22~32쪽 참조.

35) 박영준, 「일제배경의 장편을」, 『서울신문』, 1957.1.1. 그는 식민지시대를 배경으로 한 작품을 쓰려고 해도 발표기관 문제로 쓸 용기가 없어지고 설령 쓴다고 하더라도 먹고 살 수가 없다. 따라서 우리나라 작가들은 쓰고 싶은 것이 있어도 쓰지를 못하는 것이 많다며 신문(사)의 검열을 우회적으로 비판한 바 있다. 잡지도 마찬가지로 자체 검열이 심했다. 단편 「증인」(『현대문학』, 1955.11)의 창작과정을 밝힌 박연희의 증언에 따르면, 1954년 개헌파동을 겪으며 당대 한국사회에 다수 존재한다고 여긴 이념적 인간형, 즉 인간의 자유를 기본으로 한 사회주의자를 통해 낡은 질서에 항거하는 새로운 현대정신을 표현하고자 했으나 집필 과정에서 검열관의 눈을 어떻게 피할까를 고민하며 3~4차례 다시 썼고, 완성한 뒤 모 잡지의 청탁으로 보냈으나 내용이 위험하다는 이유로 싣지 못하는 곡절을 거친 뒤에 『현대문학』에 실릴 수 있었다고 한다(『한국전후문제작품집』, 신구문화사, 1966, 403~404쪽).

어서 그 뜻이 큼을 재삼 느끼는 바이다. 문단등용의 길은 달리도 있어왔지만 은 전국적인 현상응모에 젊은 여대생이 홀연히 당선자로서 '클로즈 업' 되었다는 것은 우리나라 신문사상 또한 처음 보는 쾌사로서 크게 기록되어 마땅한 일일 것이다.[36)]

이화여대 재학 중이던 정연희가 단편 「파류상」으로 당선이 되자 신문이 대서특필한 광고다. 여대생의 당선이라는 희소성을 적극적으로 활용해 자사가 문단 등용의 대표적 기관임을 선전함으로써 문화기관으로서 자사의 위상을 높이려는 의도를 엿볼 수 있다. 이는 역설적으로 당시 문학의 사회적 위상이 컸다는 것을 말해주는 것이기도 하다. 문학, 특히 연재소설은 신문의 발행부수를 좌우하는 결정적 요소일 뿐만 아니라 신문의 품위를 드러내는 지표로 작용할 만큼 큰 파괴력을 지녔다.[37)] 모든 매체의 섭외 1순위였던 염상섭이 『한국일보』 첫 연재소설인 『미망인』을 신문사측에서 제목은 물론 '가정연애소설'이란 천속(賤俗)한 선전전단을 구사해 독자에 영합하려는 판매정책을 노골적으로 드러냈음에도 결국 신문사와 타협할 수밖에 없었던 정황을 통해서도 신문이 문학을 어떻게 활용했는지를 잘 보여준다.[38)] 문학을 전략적 동반자로 선택한 신문의 입장에서 문학을 매개로 한 독자와의 긴밀성을 강화하는데 대중적 흡인력을 지닌 신춘문예는 매력적인 상품이었다. 그 상품성을 극대화하는 방향으로 문학을 배치했던 신문이 신춘문예의 제도적 작동 전반에 주도권을 행사했던 것이다.

지금까지 살펴본 바와 같이 신춘문예는 1950년대 문화제도권 내에서 상대적 우위를 차지하고 있던 문학의 사회적 위상과 문학시장의 점진적 확장 및 문학수요층의 점증 그리고 정론성이 상대적으로 제약된 상황에서 문학을 매개로 한 신문의 독자중심주의적 문화 전략이 복합적으로 작용하면서 부활될 수 있었고 또

---

36) 『동아일보』, 1957.1.10.

37) 이덕근, 「연재소설 '자유부인'과 그 논쟁」, 한국신문연구소 편, 앞의 책, 639쪽 참조. 작가들도 대체로 독자에 끼치는 영향 면에서 연재소설이 논설보다 비중이 크다고 판단하고 있었다. 「문학과 신문문화면」(좌담회), 『자유문학』, 1957.9, 91쪽.

38) 염상섭, 「소설과 현실―『미망인』을 쓰면서」, 『한국일보』, 1954.6.14.

빠른 기간 안에 제도적으로 정착될 수 있었다. 특히 제도 운용의 투명성과 심사의 객관성을 구비하게 됨으로써 등단제도로서의 권위와 영향력을 유지·강화할 수 있었다. 이후 제도와 권위가 상보적 선순환 관계를 이루면서 신춘문예는 모든 신문의 중요한 문화적 이벤트로 자리 잡는 가운데 문인재생산의 제도적 대표성을 부여받게 된다. 문학사적으로 볼 때 그 과정은 식민지시대 신춘문예의 계승 및 발전이자 1960년대 이후 신춘문예가 가장 강력한 등단제도로 군림하게 되는 문화제도적 토대를 조성하는 것이었다.

3. 추천제의 경쟁 구도와 가부장적 문단 체제

신춘문예와 추천제는 등단제도라는 본질을 공유함에도 불구하고 세부적인 측면에서 여러 차이가 존재한다. 무엇보다 제도를 관장하는 주체가 다르다는 것이 중요하다. 그것이 제도의 목표와 방향, 구성 내용, 운용 방식, 효과, 활용 범위 등의 차이를 규정하기 때문이다. 주체의 문제는 곧 신문 및 잡지의 매체적 속성, 구체적으로는 문학에 대한 태도와 그에 따른 문학배치의 방식 및 수준과 밀접한 관련이 있다. 1950년대 심각한 경영위기에 처한 신문이 생존전략의 차원에서 신춘문예를 선택한 이상 상품성을 극대화시키는 것이 최우선적 목표가 될 수밖에 없었고, 따라서 문학은 교환가치의 크기에 따른 선택적 소비 대상으로 간주된다. 독자의 호응도가 문학 배치의 핵심 준거로 대두됐던 것이다. 신춘문예가 규범적 문학 장르뿐만 아니라 신흥하는 장르 및 퇴행적 장르를 포괄한 장르적 잡종성을 보여주거나 내용적 요소가 심하게 유동했던 것도 당대 독자들의 다양하고 변화하는 문학 취향을 포섭해야 하는 필요 때문이다. 독자를 매개로 한 신문과 문학의 관계방식이 상품성의 크기에 의해 좌우되면서 문학의 도구화가 촉진되는 중심에 신춘문예가 존재했던 것이다.

이에 반해 추천제는 문학의 독자성과 전문성을 강화해 문학의 사회적 가치를 증대시키려는 문학잡지의 전략 속에서 활성화된다. 특히 예술원 발족을 계기로 학술과 예술, 언론과 문화의 제도적 분화가 촉진되고, 신문뿐만 아니라 잡지 전반이 독자획득을 위해 문학을 전략적 동반자로 선택한 가운데 문학의 속화(俗化)

가 가속되는 상황은 문학의 차별화된 고도의 전문성을 필요로 했다. 그런데다가 문단 내부의 분열과 갈등이 문학잡지의 상호 배제적 경쟁 구도로 발현되는 양상은 그 필요성을 더욱 배가시켰다. 이런 맥락에서 『현대문학』, 『문학예술』, 『자유문학』 등 이른바 3대 문예지의 추천제가 경쟁적으로 시행되었다.

3대 문예지가 신춘문예와의 상대적 비교우위 속에 추천제를 공세적으로 시행할 수 있었던 것은 『문예』가 실시한 추천제의 경험적 성과와 문학적 기여 때문이었다. 특히 『현대문학』은 『문예』의 인적·제도적 기반을 온전히 계승해 확대 재생산함으로써 문단주도권 경쟁에서 한 발 앞설 수 있었다. 이와 관련해 『주간문학예술』→『문학예술』의 계선도 중요하다. 오영진이 전시하 부산에서 발행한 『주간문학예술』(1952.7.12.~1953.3.20, 통권 11호)은 특히 학생층을 겨냥해 시, 소설, 평론, 수필, 번역 등의 '신인모집'을 실시했는데, 비록 응모 규모가 작고 성과가 미미했지만 전시하 추천제의 명맥을 유지시킨 점은 높게 평가할 필요가 있다.[39] 『문학예술』이 3년 정도의 짧은 지령에도 불구하고 유망한 신인들을 다수 배출할 수 있었던 것도 『주간문학예술』의 신인모집에 힘입은 바 크다. 3대 문예지의 추천완료 신인의 현황을 바탕으로 1950년대 추천제의 구체적 실상과 특징을 살펴보자.

【표】 3대 문예지 추천완료 신인

연도	현대문학(1955.1~)	문학예술(1954.4~57.12)	자유문학(1956.6~63.4)
1955	이범선(소설). 오유권(소설). 김양수(평론). 한성기(시). 이종학(시). 박재삼(시). 정병우(소설). 정창범(평론). 김관식(시)		
1956	추식(소설). 황금찬(시). 송영택(시). 이수복(시). 최일남(소설). 이채우(소설). 정구창(소설). 박경리(소설). 서기원(소설). 홍사중(평론). 김종후(평론). 이성교(시). 박용래(시). 임강빈(시). 김상억(시). 이석(시). 이성환(시).	이호철(소설). 유종호(번역). 이기석(번역). 이환(평론). 채동배(번역). 최상규(소설). 이어령(평론). 박희진(시). 신경림(시). 민재식(시). 박성룡(시). 성찬경(시). 조영서(시). 인태성(시)	

---

39) 심사위원은 백철, 김동리, 황순원, 유치환, 이한직, 유치진, 곽종원 등이었고, 박봉우(「石像」, 「密語」; 시), 채훈(「애견기」; 수필), 구창환(「牧女」; 소설), 권오택(「鐘樓」; 시), 김명수(「소년」; 소설), 조영서(「瑤池鏡」; 시), 손서영(「동심」; 콩트) 등이 추천된 바 있다. 이창대, 신기선, 조영서 등 1회 추천 및 낙천자들이 이후 『문학예술』을 통해 등단(추천완료)하는 특징이 있다.

연도	현대문학(1955.1~)	문학예술(1954.4~57.12)	자유문학(1956.6~63.4)
1957	한말숙(소설). 이문희(소설). 정인영(소설). 윤병로(평론). 김우종(평론). 김상일(평론). 김상민(희곡). 구자운(시). 김정진(시). 김학(소설).	송원희(소설). 이교창(평론). 선우휘(소설). 송병수(소설). 김성원(소설). 조백우(소설). 이일(시). 이희철(시). 신기선(시). 이종헌(시). 허만하(시)	유승규(소설)
1958	윤혜승(시). 승지행(소설). 권태웅(소설). 오학영(희곡). 장용택(소설). 박상지(소설). 이광숙(소설). 손장순(소설). 김운학(평론). 정공 채(시). 유경환(시). 김선현(시). 박희연(시).	*2회추천:윤일주. 임종국. 정현 웅. 장호룡. 김종원. 황운헌. 윤수병. 민웅식. 박이문. 정렬	김해성(시). 권용태(시). 남구 봉(시). 송혁(시). 심재언(시). 백초(시). 윤명(시)
1959	천승세(소설). 서승해(소설). 정종 화(소설). 오영석(소설). 민영(시). 함동선(시). 홍윤기(시). 조효송 (시).		남정현(소설). 최인훈(소설). 박용숙(소설). 신동한(평론). 이석배(소설). 이항렬(소설). 최진우(소설). 최정순(소설). 이현우(시). 오홍찬(시). 김숙자(시). 강춘장(시). 한찬식(시)

※참고로 1959년까지 『현대문학』에서 시 추천 2회를 받은 신인으로는 이제하, 황동규, 문덕수, 성춘복, 정석모, 이상회, 김정숙, 김혜숙, 황선하, 이성환, 김정진, 하희주, 주명영, 김광회, 강상구, 이범욱, 전기수, 정인성 등이 있다. 이들 대부분은 1960년대 초에 추천을 완료한다.

①규범적 문학 장르로의 집중화를 통해 여타 매체와의 차별성을 극대화했다. 이는 문학잡지의 본질 구현이라는 의미뿐만 아니라 신춘문예와 독자현상문예의 장르적 잡종성과의 차별화를 통한 순수(본격) 문학의 배타적 구축을 위해서 불가피한 선택이었다. 순수문학론의 이론적 갱신이 불가능한 가운데 문단주류들이 줄곧 구사했던 순수/비순수의 이원적 대립 전략은 무엇보다 통속의 진원지로 지목했던 신문과의 경합에서조차 버거웠다. 통속연재소설을 문학의 매춘 행위, 문학을 모욕하는 것으로 규정하고 그것을 방지하기 위한 다양한 대안을 모색해보지만,[40] 그들 또한 신문의 발표지면에 상당 부분 의존해 작가생활을 영위할 수밖

---

40) 「문학과 신문문화면」(좌담회), 『자유문학』, 1957.9, 89~93쪽. '연재소설작가들의 공동결의를 통해 통속소설을 쓰지 않도록 보조를 일치해나가거나 당국에 건의 또는 자체 심사기구를 만들어 점검하자'(정인섭), '소설가들의 자기비판과 비평가들을 총동원해 시시비비를 가리는 자리를 마련하자'(이희승), '학계, 교육계, 평론, 문단이 합해 여론화해 자각을 줄 필요가 있다'(이무영) 등의 제안이 있었지만, 신문소설의 방향 전환이 절실하다는 공통된 문제의식에 비해 현실성이 결여된 제안에 불과했으며 오히려 신문의 압도적 규정력 내지 작가들의 무기력을 드러내는데 그쳤다.

에 없는 모순적 처지에 놓여 있었다.

그리고 대중지 및 그 문학자매지, 예컨대『소설계』,『소설공원』,『대중문예』등이 2~3배 높은 고료를 무기로 문학지면을 확대해 일종의 '중간소설'을 양산하는 상황에 이르면서 순수/비순수의 전략은 실효성이 반감되었다. 고육지책으로 중간소설을 매개로 한 통속문학의 본격문학으로의 질적 전환을 제안하면서 그 위기 상황을 돌파하려는 시도까지 있었지만 오히려 역공을 받는 가운데 순수문학 진영의 이론적 허약함이 폭로되는 역설적 결과를 초래했다.[41] 이렇듯 문단 통합의 지렛대 역할을 하던 순수문학론의 위기 상황에서 그 규범적 제도화가 더욱 요구되는 맥락 속에 추천제의 장르적 집중화가 존재한다. 그리하여 문학적 헤게모니를 상실한 시조, 한시와 같은 퇴행적 장르는 물론이고 신춘문예에서 각광을 받았던 아동문학 관련 장르들이 배제될 수밖에 없었다.

주목할 것은 각 문예지의 문학노선(편집노선)에 따른 장르별 특화 전략이 나타난다는 점이다. 시, 소설, 평론, 희곡 등을 공통으로 하되,『문학예술』은 여기에 번역과 시나리오를 추가해 선발했다. 그것은『문학예술』의 문화주의 매체전략, 즉 선진 외국문화의 수용을 통해 우리문학의 새로운 방향을 모색하겠다는 서구지향적인 세계주의의 발현으로서 '번역'이 채택된 것이었으며, 시나리오는 잡지를 주관했던 오영진의 전문성이 반영된 것이다. 유종호가 번역을 통해 등단하는 흥미로운 장면을 목격할 수 있다. 순수문학 위주에서 탈피해 음악, 회화, 영화, 연극 등 예술 전반의 영역을 아우르고 외국문화에 대한 전폭적인 수용으로 구체화되는 문화주의로 지향하는 노선을 표방함으로써 문화제도권 밖에서 활발하게 개진되고 있던 현대성을 갖춘 외국문학 전공자들이 대거 제도권으로 진입할 수 있었다. 전통서정시 중심의『현대문학』의 시 추천과 극명하게 대조된다.

---

41) 이를 상징적으로 보여주는 것이 김동리 대 김우종, 이어령의 이른바 '중간소설'논쟁이다. 중간소설을 매개로 순수와 통속 관계의 재조정이 필요하다는 김동리의 제안(『서울신문』, 1959.1.9)으로 촉발된 이 논쟁은 특히 신진비평가들의 비평태도에 대한 공격으로 인해 세대 논쟁으로 비화된다. 비평의 태도와 윤리 문제로 논쟁의 초점이 옮겨가면서『경향신문』(1959.2.9~3.22) 문화면을 중심으로 벌어진 김동리/이어령의 대결은 신구를 대표하는 이론적 좌장 간의 논쟁이었기 때문에 문단의 큰 이슈가 되었음에도 알맹이 없는 인신공격이 난무하는 가운데 신구 문학론의 극심한 간극과 세대 간 화해불가능성을 재확인하는 것으로 종결되고 만다.

『현대문학』은 상대적으로 평론 분야의 집중성이 두드러지는데, 그것은 비평행위라는 상징투쟁의 효과적 수단을 확보해 문학 장을 지배해나가려 했던 매체의 전략이 반영된 것으로 볼 수 있다.[42] 그 결과 조연현을 정점으로 홍사중, 정창범, 김우종, 윤병로, 안동민, 김종후, 김양수, 김상일 등 『현대문학』 출신 소장비평가들이 1950년대 후반 비평계를 주도하면서 순수문학담론의 확대재생산이 가능했다. 후발주자였던 『자유문학』은 규범적 문학의 틀을 깨 문학의 외연을 확장하려는 시도를 보여주지만(2호, 1956.6 '편집후기'), 추천제에서만은 규범적 문학 장르로 제한시켰다. 이렇듯 당대 매체 환경에 따른 현실적 필요로 공고화된 규범적 문학 장르로의 집중화를 통해 추천제는 순수문학의 옹벽을 강화하는 역할을 하게 된다. 신춘문예의 장르적 원심력(개방성)과 추천제의 구심력(폐쇄성)이 길항, 교착(交錯)하면서 1950년대 문학의 영토가 조정되어 갔던 것이다.

②운영시스템의 변화를 통해 제도적 결함을 탄력적으로 보완한다. 추천제의 제도적 골격과 운영의 체계는 『문장』에서 마련되었고, 그것이 『문예』를 거쳐 3대 문예지로 승계되는 과정을 통해 한층 정련되기에 이른다. 예컨대 '윤번제' 혹은 '분과합심제' 심사방식의 채택이 대표적인 경우다. 그것은 1인 추천제의 폐해를 극복하고 심사의 엄정성을 강화하려는 의도에서였다. 『문장』 추천제가 합리적 심사기준과 엄격한 심사과정을 공인받았음에도 선자의 고정성에 따른 문단권력화 문제가 제기되자 기성작가 한 사람의 추천으로 그 방식을 변경한 바 있는데,[43] 『문예』에서 다시 시를 제외한 모든 장르에 1인 추천 방식이 복원된다. 그 결과 정실성과 섹트 형성의 문제가 문단 안팎으로 대두된 가운데 추천 방법의 개선이 요청되는 상황이었다. 상당한 공력을 필요로 하는 이 방법들이 제대로 실행되었는지는 의문이다. 윤번제도 엄밀히 말해 두 방식이 존재한다. 복수의 심사위원들이 교대로 심사를 담당하는 것과 다른 하나는 한 응모자에 대해 서로 다른 심사위원이 교대로 심사하는 방식인데, 윤번제를 도입한 애초의 의도를 감안할 때 바람직한 방식은 후자이다. 그러나 후자의 방식은 『문학예술』에서만 부분적으로 시행

---

42) 임영봉, 『상징투쟁으로서의 한국현대문학비평사』, 보고사, 2005, 119쪽.
43) 이봉범, 「잡지 『문장』의 성격과 위상」, 『반교어문연구』22, 반교어문학회, 2007, 124쪽.

되었고『현대문학』,『자유문학』은 주로 전자의 윤번제 방식이 시행되었다.『자유문학』의 '분과합심제'(분과위원 5명 윤독 후 추천)'는 심사기준의 차이에 따른 심사위원들 간의 반목이 심해 제대로 실행되기 어려웠다고 한다.[44)]

이와 관련해 모집규정이 자주 변경된 점도 주목할 필요가 있다.『현대문학』은 심사위원과 작품 분량 및 명칭에 약간의 변화가 있었지만 전반적으로 애초에 표방했던 골격을 견지하면서 안정적 운영을 했음에 비해『문학예술』은 1957년 7월부터 추천제의 결함을 시정한다는 취지에서 시 분야는 그대로 시행하되 단편소설, 단막희곡, 문예평론은 매년 두 차례(7월과 12월) '신인작품특집'으로 틀 자체를 바꾼다. 이를 통해 선우휘(「불꽃」), 송병수(「쑈리킴」)가 추천된 바 있다.『자유문학』은 시와 소설로 종목을 축소하고 1회 추천으로 완료시키는 방식으로 변경했다가(1957.9) 곧바로 기존의 방식으로 환원시켰으며(1957.12) 그 후에도 소소한 변화가 계속됐다. 이와 같은 모집 규정 및 운용시스템의 잦은 변경은 매체의 재생산기반과 밀접한 관련이 있다.『문학예술』은 재정적 취약 때문에 초기에 휴·속간을 반복하다 1955년 6월에서야 월간지로서 면모를 제대로 갖추게 되는데, 영업면의 미숙으로 판로를 개척하지 못하고 누적되는 적자로 인해 자진 휴간하게 된다.[45)] 그런 상황에서 아시아재단의 용지 지원이 끊기면서 폐간의 운명을 맞는다.

후발주자였던『자유문학』또한 창간호부터 재정문제로 곤란을 겪었으며 아시아재단에 용지를 신청했지만 유독 공급받지 못한 관계로 1956년 9~11월에는 발간조차 하지 못한다.『자유문학』이 한국자유문학자협회의 기관지였음에도 협회로부터 재정적 지원을 전혀 받지 못하는 상황에서 자구책을 마련할 수밖에 없었고, 그 일환으로 중고등학생 및 지방의 문학청년들을 대상으로 한 판로 개척에 주력했다. 1회 추천완료 방식으로 변경한 것은 이를 위한 고육책이었으며, 그 결

---

44) 이봉범,『김시철』(한국근현대구술채록연구시리즈), 한국문화예술위원회, 2009, 220쪽 참조. 1958년 3월부터『자유문학』편집장으로 재직했던 김시철의 증언에 따르면, 분과합심제가 초기에는 지켜지다가 심사위원들, 특히 이무영과 안수길의 심사기준이 뚜렷하게 달라 반목이 생기고 그로 인해 1~2회 추천된 신인이 결국 추천 완료하지 못하는 경우가 발생하게 됨으로써 더 이상 시행될 수 없었다고 한다.

45) 원응서,「『문학예술』이 지향했던 새 터전」,『현대문학』128, 1965.8, 247쪽 참조.

과 추천제가 크게 활성화될 수 있었다.[46] 그에 반해『현대문학』은 대한교과서의 튼튼한 재정적 후원에다『문예』의 인적 기반을 고스란히 계승한 관계로 창간호부터 안정된 제도 운영이 가능했다. 이를 바탕으로 1955년부터 매년 '현대문학신인상'(상금 10만환)을 제정해 겸영함으로써『현대문학』 추천제로의 향일성이 더욱 강화될 수 있었다. 매체의 재생산기반→추천제의 안정성(혹은 지속성)→영향력과 권위로 연결되는 순환 흐름을『현대문학』이 주도하게 된 것이다.『현대문학』의 추천제는 모든 신인들이 선망하는 그러나 하늘의 별따기보다도 더 어려운 난문이었다. 그런 까닭에 영향력은 압도적이었고 신인들에 대한 구속력 또한 확대 강화될 수 있었다.

③선자의 블록화에 따른 특정 문학경향의 배타적 규범화가 촉진된다. 추천제의 성패를 좌우하는 핵심 요소는 매체의 영향력과 더불어 심사위원, 즉 (고)선자의 위상이다.『조선문단』의 추천제가 이광수와 주요한의 권위에,『문장』이 이태준, 정지용, 이병기,『문예』가 김동리, 조연현, 서정주의 문학적 위상과 권위를 통해 각각 문학(단) 권력을 창출할 수 있었던 반면에 노자영이 주재한『신인문학』이 다수의 신인(장만영, 장수철, 김용호 등)을 배출했음에도 권위 창출에 실패한 것은 이 때문이다. 그만큼 당대 전문성과 대중적인 권위를 확보하고 있는 전문작가를 선자로 정하는 것이 추천제의 관건적 요소가 된다.

심사위원과 관련해 1950년대 추천제에서 특기할 점은 매체별 선자의 블록화가 뚜렷하게 나타난다는 사실이다.『현대문학』은 애초에 박종화, 염상섭, 계용묵, 황순원, 김동리(소설), 서정주, 박두진, 유치환(시), 곽종원, 백철, 조연현(평론), 유치진, 오영진(희곡) 등으로 심사위원을 구성했고 이후 부분적인 개편이 있었지만,[47] 전반적으로 김동리, 서정주, 조연현 3인이 관장했다.『문학예술』은 김동리, 황순원, 최인욱(소설), 유치환, 이한직, 조지훈, 박두진(시), 백철, 곽종원, 조연현(평론), 유치진(희곡), 오영진(시나리오), 원응서(번역)였다가 이후 박영준, 박

---

46) 정태용,「『자유문학』과 문학단체·문단행사」,『현대문학』128, 1965.8, 248쪽 참조.

47) 제25호(1957.2)부터는 백철과 오영진이 빠지고 이광래가 합류, 제47호(1958.11)부터는 큰 폭의 변화를 보여 최정희, 신석초, 박영준, 김현승, 조지훈, 박목월 등이 새롭게 참여했다. 특히 후자의 변화는『문학예술』이 종간된(1957.12) 것과 밀접한 관련이 있다.

두진이 빠지고 김이석, 박목월, 박남수, 이광래가 합류했는데, 황순원과 백철 그리고 문장파 출신(이한직, 박남수, 조지훈)이 심사를 주도한다. 『자유문학』은 김팔봉, 박영준, 안수길, 이무영, 주요섭(소설분과), 김광섭, 김용호, 모윤숙, 신석정, 양주동(시분과), 김진수, 서항석, 한로단(희곡분과), 백철, 이헌구, 이하윤, 정인섭(평론분과) 등으로 분과별 심사위원을 편성해 가동했는데, 제도 운영체계가 바뀌면서 이들 외에 김종문, 양명문, 이인석 등이 심사에 새롭게 참여한다. 자유문학자협회의 간부들이 골고루 심사를 한 편이었는데, 『자유문학』이 자유문학자협회의 기관지였다는 점에서 불가피했던 것으로 보인다.

그런데 심사위원의 블록화는 각 매체의 기원 및 위상과 불가분의 관련을 지닌다. 『현대문학』은 『문예』을 계승한 가운데 한국문학가협회의 주 발표기관으로, 『문학예술』은 『문장』을 계승한 가운데 서북출신 월남문인들과 『문장』출신 작가들의 매체로, 『자유문학』은 예술원 구성에서 배제된 기성작가를 중심으로 한 문총 산하 자유문학자협회 기관지로 각각 독자적인 색깔을 지니고 있었다. 여기에 당시 문단이 한국문학가협회와 자유문학자협회로 양분되어 고착된 상황에서 그 대립이 매체의 대립으로 시현되는 상황이 작용하면서 블록화가 더욱 심화되기에 이른다. 특히 『현대문학』과 『자유문학』의 블록화가 두드러진 것은 이 때문이다. 두 매체의 대립은 각 잡지의 필진까지도 섹트화해 상대 문예지의 집필까지도 불가능하게 만들 정도였는데, 그것이 추천제 심사위원의 블록화뿐만 아니라 각 매체 출신 신진작가들의 유파적 반목까지 파생시키게 된다.[48] 그 결과 『현대문학』출신은 '한국문협파'로, 『자유문학』출신은 '자유문협파'로 각각 통칭되기도 했

---

48) 두 단체 혹은 매체의 대립이 직접 표출된 경우는 드물다. 다만 순수/비순수를 둘러싸고 한 차례 충돌을 했다. 즉 한국문학가협회가 자유문학자협회와 『자유문학』을 비순수, 대중문학의 집단이라고 규정한 것에 자유문학자협회 쪽이 반론을 제기함으로써 설전을 벌이게 되는데, 그 과정을 통해 양 매체가 지향한 문학노선의 본질이 은연중 드러나게 된다. 이무영은 한국문학자협회 쪽의 규정을 굳이 부정하지 않는 가운데, 순수를 형이상학적으로 신비화하거나 우상화하여 모든 문학을 순수에 가둬 국가와 민족의 요구에 불응하는 것은 순수가 오히려 비순수성을 노정하는 결과를 가져온다고 주장한다. 통속성과 엄밀히 구별되는 대중성과 순수는 병행되어야 한다는 것이다. 그러면서 '순수를 수호하는 그 정신 자체부터가 순수해야 한다'는 말로 한국문학가협회의 순수문학론이 지닌 정치성을 우회적으로 비판한 바 있다. 이무영, 「순수와 비순수」(권두언), 『자유문학』, 1957.9, 12~13쪽.

다.[49] 『문학예술』이 편집과 필진의 다양성을 확보하고 추천제가 내실 있는 성과를 거둘 수 있었던 것은 이 같은 대립구도에서 상대적으로 자유로웠기 때문이었다.

그리고 선자의 폐쇄적 블록화는 추천제가 각 문예지의 문학노선을 확대 강화시키는 핵심기제로 작용한다. 즉 각 매체의 주체들이 선자가 되어 추천제를 관장함으로써 각 매체가 지향하는 문학이념과 담론을 재생산할 수 있는 제도적 기반이 마련되는 것이다. 그것은 추천제의 제도적 본질, 즉 작품성에 관한 절대적인 기준이 존재하지 않는 한 매체 및 선자의 입장과 권력이 전폭적으로 그리고 일방적으로 개입해 작용하기 때문에 가능하다. 중요한 것은 그 과정에서 선택과 배제의 메커니즘이 작동한다는 점이다. 이는 특히 선후평을 통해 이루어지는데, 선후평은 특정 문학론을 배타적으로 전파하고 창작의 공식적인 적절성의 기준을 부과함으로써 일종의 '형식부과 전략'의 효과를 거두게 된다. 즉 작품 창작의 공식적 기준을 제시하는 가운데 표현에의 접근 통로와 표현 형태를 동시에 규제해 형식을 결정할 뿐만 아니라 내용도 결정하며 나아가 수용 형태까지 결정하는 역할을 하는 것이다.[50] 이러한 추천제의 선택/배제의 메커니즘은 새로운 문학의 출현을 억제하고 작가들의 상상력을 일정하게 제한하는 효과를 거두는 동시에 미래의 작가들에게 특정매체의 문학적 규범에 명시적 혹은 암묵적 순응을 강제해 그들을 매체의 기존 질서에로 통합시키는 역할을 한다.

『현대문학』이 보수적 순수문학의 진지로 또 『문학예술』이 광의의 모더니즘 문예의 요람이 되었던 것도 이와 같은 추천제의 기능과 무관하지 않다. 3대 문예지가 공히 신인추천제를 편집노선의 핵심으로 설정한 것, 『자유문학』, 『문학예술』이 열악한 재정 때문에 여러 차례 휴·속간을 반복하고 합병호가 많았음에도 추천제를 끝까지 고수했던 것도 추천제가 매체의 영향력을 확보하는데 가장 효과적인 장치였기 때문이다. 이렇듯 추천제는 제도 자체의 권위와 선자의 권위 그리고 매체의 영향력이 유기적으로 상호 보완하면서 특정한 문학경향을 배타적으로 규범

---

49) 김시철, 『격랑과 낭만』, 청아출판사, 1999, 155쪽.
50) 삐에르 부르디외, 정일준 옮김, 『상징폭력과 문화재생산』, 새물결, 1995, 228~229쪽 참조.

화하는 가운데 가부장적 문단체제를 조장시키는 결과를 낳는다. 전향공간과 한
국전쟁을 거치면서 보수우익의 단일체제로 유지되어 오던 문단이 조직 및 매체
의 분립과 그에 따른 추천제의 경쟁적 시행을 통해 내부적 세포분열을 일으키면
서 한편으로는 분파적인 가부장적 아성을 더욱 강화시키고 다른 한편으로는 그
아성이 추천제를 통해 등장한 신인들의 도전에 직면하면서 급기야 문단 판도가
일원적 가부장체제에서 벗어날 수 있는 계기를 마련하는 모순적 결과를 야기한
다.[51]

④철저한 사후 관리시스템을 가동해 추천제의 대중적 권위를 강화시킨다. 즉
추천과 아울러 승인제도를 겸비한 내적 시스템을 활용해 추천신인들의 안정적
인 문단 진입을 도모함으로써 매체의 영향력을 증대시켰다. 이는 신춘문예와 명
확히 구별되는 추천제만의 특징이자 강점이다.[52] 이러한 제도적 시스템은 『조선
문단』에서 처음 도입된 뒤 『문장』에 와서 확고하게 정착되었다. 고선의 엄격함과
합리적 기준 제시→선후평을 통한 창작 가이드라인의 제시와 논평→추천 완료
한 신인들에 대한 발표기회의 우선권 부여 및 책임 보장→월평을 통한 문학·문
단적 추인의 반복→인적·미학적 네트워크 형성의 재생산회로가 구축된 것이다.
1950년대 추천제 또한 이러한 시스템이 적극적으로 가동되었다.

주로 비평을 통해 이루어지는 승인제도로는 선후평, 월평, (반)연간평 등이 있
다. 선후평은 고선의 객관적인 기준을 제시하고 그에 따른 논평을 통해 작가로
서 승인 내지 추인하는 일차적인 기능을 한다. 물론 『문장』의 정지용과 1950년대
황순원의 가혹하리만큼 엄격했던 선후평이 신인들의 문학 수업의 장으로 기능한
것은 익히 알려진 사실이지만, 그 교육적 기능과 더불어 권위 있는 전문작가의
논평은 신인의 순조로운 문단 진입에 유력한 발판이 된다.

---

51) 이에 대해서는 이호철, 『문단골 사람들』, 프리미엄북스, 1997, 281~283쪽 참조.
52) 안정적 문단 진입이라는 점에서 추천제는 신춘문예보다 제도적 비교 우위를 지닌다. 박영준이 지
    적한 바와 같이 등용 기회(횟수)의 차이뿐만 아니라 발표기관을 보장받을 수 없는 신춘문예에 비
    해 추천제는 관리시스템을 구비함으로써 문단 진출의 유리함과 아울러 지면 할애의 특혜가 보장
    되기 때문에 신인들이 추천제에 의존하는 경향이 두드러질 수밖에 없었다. 그 차이는 응모작 및
    당선작의 질적 수준을 규정하는 요인으로 작용하게 된다. 박영준, 「문학정신의 결여」, 『조선일보』,
    1960.1.18.

이와 관련해 주목할 것은 1950년대에는 공식적인 고선과 아울러 선자와 문학 지망생들의 사적 관계가 활성화되었다는 점이다. 그것은 추천제가 신춘문예와 달리 심사위원이 사전에 공개되고 고정화됐기 때문에 가능했다. 특히 김동리가 대표적인 경우인데, 가령 이범선의 「暗標」와 추식의 「浮浪兒」를 추천하면서 이들이 개인적으로 접촉하고 있는 사람들 가운데 일부라고 언급한 바 있다.[53] 이로 인해 추천제는 특히 추천자의 아류 양산, 추천자 개인의 명성이나 문단 내 세력 유지 수단이라는 공격을 받을 수밖에 없었다. 장용학은 이런 풍토를 신인을 추천자 자신의 졸도(卒徒)일 경우에만 인정하려는 폐습이라고 냉소한 바 있다.[54]

한편 작가 및 작품의 승인제도로서 가장 적극적인 역할을 하는 것은 '월평'이다. 기성작가뿐만 아니라 신인이 월평의 대상으로 호명된다는 것 자체가 작가라는 명칭을 공식적으로 인정받는 것이 된다. 그것은 신인이 문단 내에서 입지를 확보하는데 나아가 독자와의 교섭을 통해 자신의 상품성을 높이는데 효과적인 경로가 된다. 월평을 가장 적극적으로 활용한 매체는 『현대문학』이다. 2호 (1955.2)부터 '단평'란을 개설해 시와 소설을 중심으로 한 월평을 꾸준히 전개했다. 특기할 것은 그 대상이 『현대문학』에 게재되었거나 적어도 『현대문학』의 문학 노선과 부합하는 작가 작품으로 제한하고 있다는 점이다. 물론 월평이 해당기간 동안 발표된 모든 작가 및 작품을 대상으로 한다는 것은 물리적으로 불가능하다. 따라서 월평에는 선택/배제의 원리가 작용할 수밖에 없다.

문제는 그 선택과 배제에 『현대문학』의 자사이기주의가 노골적으로 관철된다는 데 있다. 통속소설과 대중지에 게재된 작품들은 일차적인 배제 대상이었고 경쟁관계에 있던 매체에 수록된 작품은 의도적으로 최소화하는 가운데 『현대문학』 출신들과 순수문학론에 부합하는 작가들을 선별해 반복적으로 호명함으로써 그

---

53) 김동리, 「소설천후기」, 『현대문학』, 1955.4, 206쪽 및 1955.6, 105쪽. 『현대문학』으로 등단한 박경리, 오유권도 김동리와 사적 관계를 통해 충분한 지도를 받은 뒤 비로소 추천되었다는 손소희의 발언은 이를 잘 뒷받침해준다(손소희, 『한국문단인간사』, 행림출판사, 1980, 217~218쪽). 실제 오유권은 작가로 입문하는 과정에서 김동리로부터 사투리가 너무 심해 소설로서 자격 미달이라는 지적을 여러 차례 받은 가운데 문세영이 펴낸 『우리말사전』과 한글학회가 펴낸 『우리말큰사전』을 두 번 베꼈고 이태준의 『문장강화』를 부지런히 외우고 베끼면서 문장력을 습득했다고 회고한 바 있다(오유권, 「月光」, 풀길, 1995, 9쪽).
54) 『현대문학』, 1955.1, 64쪽.

들의 문단 내 입지를 강화시켜 준다. 초기에는 김동리, 황순원 등 순수문학의 권위자들과 『문예』출신 신진들(손창섭, 곽학송, 서근배 등)을 주로 거론하다가 점차 자사 출신 신인들로 그 범위를 넓혀 갔으며 급기야 김양수, 홍사중, 정창범, 김우종, 윤병로, 김상일 등 『현대문학』 출신 신인비평가들이 월평란을 담당하기에 이른다.

월평뿐만 아니라 (반)연간평과 평론을 통해서도 호명·승인의 과정을 반복함으로써 신인들을 지속적으로 관리하고 다른 한편으로는 매체의 권위와 영향력을 확대해나갔다.[55] 주로 모더니즘, 실존주의, 신비평 등 현대문학 이론을 번역·소개하다가 후반(1957년)에 접어들어 비평에 적극적인 관심을 기울인 『문학예술』도 마찬가지 모습을 보여준다. 예컨대 1957년 5~6월의 월평을 보면, 6편의 월평이 총 24명의 작가(品)를 대상으로 하고 있는데 『문학예술』 게재 14명, 『현대문학』 게재 10명이었다. 두 매체 외의 작품은 완전히 배제했다. 특히 『문학예술』을 통해 등단한 박성룡, 박희진, 최상규, 이일 등은 추천완료와 동시에 월평의 대상이 됨으로써 기성작가와 같은 반열에 올라설 수 있는 유리한 입지를 마련할 수 있었다. 이렇듯 추천 완료한 신인들에게 발표 기회의 우선권을 부여하고 월평을 통한 반복적 승인을 겸용함으로써 1950년대 추천제는 문단 내 인적·미학적 네트워크를 형성하는 중요한 기제가 될 수 있었다. 그만큼 월평은 매체의 권위와 영향력을 보증해주는 장치였던 것이다. 『자유문학』이 문단 내 영향력을 지속적으로 확대할 수 없었던 것도 비평에 소극적이었기 때문으로 판단된다.

그리고 1950년대 사후관리시스템의 작동에서 간과할 수 없는 것이 매체가 신인들을 직접 관리하는 방식이 등장한다는 점이다. 『현대문학』은 초기부터 자사 출신 신인들에 대한 발표 지면의 우선적인 할당 외에 신인들의 지면을 특집 형태, 예컨대 '신예평론'특집(1955.4. 전봉건, 김양수, 천상병 등), '추천시'특집(1955.5. 이수복, 박용래, 김관식, 박재삼 등), '신예특집평론'(1955.10. 김양수, 정창범, 최일수) 등을 꾸렸으며, '나의 문학수업'란을 통해 손창섭, 정창범, 임희재, 한성기 등 자사 출신 신인들을 기성들과 동등하게 소개했고, 30명의 '본지추천작가명단'을 발표하

---

55) 이에 대해서는 조은정, 앞의 논문, 99~101쪽 참조.

면서(1956.1)『문예』출신까지 자사의 멤버임을 공식화하기에 이른다. 그 외에도 추천 완료한 신인들을 중심으로 한 '신세대를 말하는 신진작가 좌담회'(1956.7)를 기획하고,『현대문학』출신 신인들만의 추천시를 단행본으로 간행하기까지 한다 (『추천시집』, 백죽문고, 1958). 이렇듯 초기부터 자사 출신은 물론이고 유력한 신인들을 엄선해 직접 관리함으로써『현대문학』은 강력한 응집력을 발휘할 수 있었다. 추천제를 활용한 매체 영향력의 확산과 재귀(再歸)의 선순환 구조가 구축된 것이다.

『자유문학』도 뒤늦게 남정현, 유승규, 박용숙, 신동한 등 추천신인 30명의 환영회를 개최하고(1959.8.15), '추천신인좌담회'를 개최(1959.10)해 자사 출신 신인들을 배려하려는 노력을 보여주나 현실적으로 신인들을 위한 지면 할애가 쉽지 않은 상황이었다.『자유문학』이 문총 산하 자유문학자협회의 기관지였던 관계로 기성작가들끼리의 지면 경쟁이 치열했기 때문이다. 요컨대 1950년대는 특정 매체의 문학노선 또는 기성작가에 타협하지 않는 한 전문작가로 진입하는 것 자체가 봉쇄되는 풍토가 조성된 것이다.[56]

⑤문학(단)의 중앙 집중화를 촉진했다. 즉 추천제가 제도화되면서『창조』이래 한국근대문학(가)의 산실이었던 동인지와 자생적인 지방문단이 급격히 위축되는 가운데 문학의 중앙집중화가 초래된다. 노고수의 조사에 따르면, 1919~1944년에 발간된 동인지가 총 73종이었고 1945~1959년에 발간된 동인지는 총 105종에 이른다.[57] 이 통계로 미루어 볼 때, 해방 이후에도 동인(지) 문학운동이 활발하게 전개되었다는 것을 알 수 있다. 하지만 속을 들여다보면 양적 풍성함에 비해 질적인 문제, 즉 지속성을 갖추고 발간된 동인지가 매우 드물다. 이는 과거에 비해 동인지의 존재방식에 큰 변화가 있었다는 것을 의미한다. 한국전쟁 이전의 동인지, 예컨대『시탑』(1946),『예술부락』(1946),『주막』(1947),『후반기』(1949) 등이 나

---

56) 당대 기성 문단(작가)에 가장 적극적으로 저항했던 신인 중 한 사람이었던 천상병은 구세대에의 타협 속에서만 문단등용이 가능한 현실을 비판하는 가운데 신인의 '문학태도'를 우선적으로 인정해줄 것을 강력히 요청한 바 있다.「신세대를 말하는 신진작가 좌담회」,『현대문학』, 1955.7, 181쪽 참조.
57) 노고수,『한국동인지80년사연구』, 소문출판, 1991, 49쪽과 191쪽.

름의 예술적 지향 속에서 새로운 문학운동의 발원지 역할을 하면서 그 자체가 문단 활동으로 인정되었으나 등단제도가 구축된 1950년대에서의 동인지는 그 제도적 부산물에 불과했다. 즉 1950년대 동인지는 문단 진입에 실패한 작가들의 작품 발표지면, 등단 준비를 위한 습작 활동의 공간 혹은 기성문단에 대한 의도적 거리두기 등 다양한 성격을 보여주는데, 대체로 전자의 방식이 주종을 이룬다.

물론 기성문단의 폐쇄성으로 인해 새로운 (시)문학, 특히 광의의 모더니즘적 경향이 배제되면서 기성작가와 예비문인 공동의 동인활동 및 앤솔러지 운동이 더러 일어난 바 있으나 나름의 '에꼴'을 형성한 경우는 거의 없었다.[58] 또 신춘문예와 추천제를 통과해 문단에 진입한 신인들 상당수가 동인(지)활동을 거쳤지만 진입과 동시에 동인 활동을 중단하는 경우가 일반화되었다.[59] 이 문제에 대해 등단과 별개로 새로운 문학의 진작을 위해 동인지 활동이 필요하다는 주장도 있었지만(오상원), 대체로 동인지는 문단진출을 위한 습작과정의 장소로(정창범) 인식되었던 것이다.[60] 게다가 문단에 진출했음에도 발표 지면을 얻지 못해 자비를 염출해 동인지를 발행하는 경우도 없지 않았다. 따라서 1950년대 동인지는 문단의 외곽 내지 하위에 종속된 마이너리티의 문학 공간이라는 수준을 넘어서지 못하는 위상을 지니게 된다.

다른 한편 지방문단의 쇠퇴도 마찬가지다. 한국전쟁 전후로는 지방문단이 대단히 활성화된 바 있다. 중앙문단이 체계를 제대로 갖추지 못했으며, 전시에는 문인들의 이동에 따라 몇몇 지방 거점을 중심으로 한 문학운동이 꾸준히 전개되

---

58) 김춘수는 해방 이후 앤솔러지 운동의 성과를 종합적으로 정리하는 자리에서, 무수한 앤솔러지와 유사앤솔러지가 나왔지만 시사(詩史)에 기여한 경우는 『청록집』을 포함해 한 둘에 불과하다고 평가한 바 있다. 전후에 『평화에의 증언』(김춘수, 김경린, 김수영, 김규동 등), 『신풍토시집 Ⅰ』(김광림, 박성룡, 권일송 등)이 주목을 받았으나 이 또한 재정적 어려움과 공통의 이념(작품선정 기준의 문제)이 부족했기 때문에 실패할 수밖에 없었다고 본다. 김춘수, 「앤솔러지 운동의 반성」, 『사상계』, 1960.3.

59) 가령 박용래, 정창범, 홍사중, 박성룡, 박봉우, 최현식, 윤삼하, 이일, 박재삼, 이철균, 민재식, 오상원, 낭승만, 송상옥, 손동인, 이제하, 김관식, 허만하, 유경환, 권일송, 이동주, 천승세, 구자운, 문덕수, 오성찬, 유경환, 조영서, 송영택, 박이문 등이 등단 이전에 모두 동인지 활동을 한 바 있다.

60) 「신세대를 말하는 신진작가 좌담회」, 『현대문학』, 1955.7, 181쪽.

었다. 그 결과 기성과 예비문인이 결합한 독특한 형태의 지방 동인지가 대거 출현한다. 앞서 언급한 동인지 발간 현황을 서울/지방으로 대별해 보면 19종/88종으로, 지방이 월등하게 많았다. 이는 적어도 문학에 뜻을 둔 예비작가들이 지방에 많이 존재했다는 것을 말해준다. 그렇지만 전후에 문단의 규모 확대와 이에 따른 영향력이 증대되면서 또 발표 지면을 얻기 위해 중앙으로의 엑소더스(exodus) 현상이 발생한다. "지방 문인들에게 있어서 희망은 오직 중앙 진출"이라는 유승규의 발언은 이를 잘 뒷받침해준다.[61] 예비 작가들에게는 등단제도, 특히 추천제가 이를 위한 유력한 방편이 되었다. 이병기, 김현승, 신석정, 김정한 등 여전히 중앙문단과 연계를 갖고 있는 지방 주재 기성작가들의 영향력(지도와 후원) 때문이었다. 문총 조직을 이용한 지방문단과의 연계망 구축을 통해 매체의 영향력을 확대하려고 노력했던 『자유문학』이 신석정을 심사위원으로 초빙하고 그의 추천을 대부분 존중해준 것이 단적인 예다.

하지만 중앙문단 진출에 성공한 경우는 극소수에 불과하다. 그 결과로 동인지 중심의 지방문학이 외형상 활발하게 전개된 것이다. 동인지가 상대적으로 과잉되어 있던 지방 예비문인들의 자생적 문학 활동의 유일한 거점 역할을 했기 때문이다. 그러나 이 또한 마이너리티의 활동 공간으로 인식되기는 마찬가지였다. 중앙과 지방문학의 차별적 인식이 언제부터 나타났는지 정확히 알 수 없으나, 적어도 등단제도가 제도화되면서 중앙문단의 흡인력이 한층 강화되는 1950년대에 문학을 포함해 지방문화 전반의 소외와 공백이 뚜렷하게 현실화되었다고 볼 수 있다. 따라서 강렬한 색채의 지방문학이 당대 문단의 재건에 유력한 재료라는 백철의 판단은 원칙론에서는 맞는 말이지만, 당대 지방문단이 처한 상황을 감안할 때 현실적으로는 유명무실한 공론이 될 수밖에 없었다.[62] 등단제도가 동인지 및 지방문단의 위상 변화를 거시적으로 규정한 점은 1950년대 문학의 동향을 파악

---

61) 「추천신인좌담회」, 『자유문학』, 1959.10, 203쪽. 여기에는 지방문단의 분열도 한 몫 했다고 볼 수 있다. 같은 좌담회에서, 당시 지방문학의 중요 거점이었던 광주에 김현승파와 박흡파 그리고 중간파가 각기 권위를 위해 타협조차 하지 않고 분열되어 있다는 김해성의 발언을 통해 지방문단의 심각한 분열상을 엿볼 수 있다.

62) 백철, 『문학의 개조』, 신구문화사, 1959, 262쪽.

하는데 큰 시사점을 제공해준다.

이와 관련해 주목할 것은 문단과 대학의 네트워크가 새롭게 형성된다는 점이다. 1950년 서라벌예대가 창립되고 더불어 1950년대 대학 붐에 의해 국문학과를 포함한 문과대학이 급성장함에 따라 문학 관련 분과학문이 제도화될 수 있는 사회문화적 기초가 마련되었다. 그 결과 대학에서 전문적인 문학 교육을 받은 젊은 지성 군(群)이 형성되면서 각 문과대학은 문학(단)의 정예한 신저수지로 주목되기에 이른다. 실제 신춘문예와 추천제를 통해 등단한 신인 대부분이 대학 재학 중이거나 대졸 이상의 학력을 갖춘 문학전공자들이었다. 특히 『문학예술』을 중심으로 외국문학전공자들의 진출이 현저했다. 여기에는 학위제도의 정착에 따른 제도적인 뒷받침도 큰 몫을 했다. 가령 1950년대 문학 석사논문의 비중을 살펴보면 국문학보다 외국문학논문, 특히 영문학이 압도적으로 많다.

다른 한편으로는 대학에서 현대문학이 처한 제도적 위상도 크게 작용했다. 당시 대학의 국어국문학과는 대체로 국어학 내지 고전문학 편중의 교수진과 커리큘럼을 유지하고 있었다. 특히 고전문학의 비중이 75~90%를 차지하고 있었는데, 김동리는 이런 편중 현상을 국문학의 개념을 고전문학으로, 현대문학을 창작문학으로 각각 혼동한 데서 비롯된 현상으로 간주하고 모든 학문 가운데 가장 종합적인 교양과목인 현대문학 본위의 교과 과정과 교재 편찬을 강력히 촉구했다.[63] 따라서 대학에서의 현대문학의 제도적 소외를 극복하고 현대문학의 의의와 가치를 선양하는 방법적 대안은, 김동리가 제시하고 있는 바와 같이, 사회문화적 차원에서의 인정 투쟁이었다.

문단과 대학의 연계가 추천제의 가동과 상응해 촉진된 것은 이런 맥락에서다. 즉 추천제의 고선을 주도했던 기성문인들 상당수가 문인교수였던 관계로 문학전공자나 대학에서 문학 서클활동을 하던 예비 문인들의 문단 진입이 상대적으로 유리했다.[64] 예컨대 『문학예술』을 통해 등단한 박희진, 민재식, 인태성, 이황, 임

---

63) 김동리, 「대학과 문예교육」, 『사조』, 1958.12, 140~143쪽 참조.

64) 1955년 5월 현재 『현대문학』에 발표된 현역문학가명단(216쪽)을 대상으로 문인교수를 찾아보면, 김동리, 김용호, 서정주, 염상섭, 최인욱(서라벌예대), 이하윤, 송욱(서울대), 박두진, 박영준(연세대), 주요섭, 윤영춘(신흥대), 조용만, 조지훈(고려대), 조향, 한로단(동아대), 김정한, 김춘수(부산

종국 등은 모두 '고대문학회' 멤버였는데, 주로 조지훈에 의해 추천을 받게 된다. 이를 근거로 추천제에 학연이 작용했다고 보는 것은 섣부른 단견이다. 학연의 문제가 당대에도 거론된 적이 있으나 적어도 1950년대에는 학연의 폐습보다는 문단과 대학의 연계 고리가 형성됨으로써 문학(단)이 진작될 수 있는 또 다른 물적 기반이 조성된 긍정성을 환기해 둘 필요가 있다.

4. 등단제도와 문학계의 구조 변동

등단제도를 매개로 한 매체와 문학의 상관성을 바탕으로 신춘문예와 추천제의 현황과 특징을 고찰했다. 논의를 종합하는 차원에서 등단제도가 1950년대 문학에 끼친 거시적인 영향을 살펴보자. 1950년대 등단제도 상례화의 효과는 우선 문단 규모의 팽창에서 가시적으로 확인된다. 그것은 단정수립 후 전향공간을 경과하면서 반공주의에 입각한 문단 내부의 평정작업이 완료된 직후의 '한국문학가협회' 규모와 1950년대 말 문인의 숫자를 비교해보면 확연해진다. 즉 140명에서 379명으로 약 270%의 비약적인 증가를 보여준다.[65] 기성 문인과 신춘문예 및 추천제의 공식적인 등단제도를 거치지 않고 작가로 입문하는 방식, 이를테면 작품집 상재, 동인지 발간 및 신문과 잡지에 작품을 발표하면서 문인이 된 몇몇 경우를 감안하더라도 등단제도의 제도적 정착이 문인 격증의 주된 원인이었음을 어렵지 않게 짐작할 수 있다. 비공식적 등단을 했던 상당수가 추후 추천제 내지 신춘문예를 통해 재입문하는 절차를 밟는 것을 감안하면 더욱 그러하다.

대), 김동명(이대), 김현승(조선대), 박종화(성대), 이병기(전북대), 백철(동국대), 이주홍(부산수산대), 홍효민(홍익대), 홍영의(효성여대), 김종길(경북대) 등이다. 주로 한국문학가협회 소속 문인들만을 대상으로 한 것이기 때문에 문인교수의 숫자는 이보다 훨씬 많았으며 이후 새로 대학 강단에 서는 문인이 점증하면서 1950년대 후반에 이르면 문단과 대학의 연계가 한층 강화된다.

65) 1949년 3월 기준으로는 133명(『백민』제5권2호, 1949.3, 257쪽), 1950년 2월에는 140명으로 통계가 잡혀있다(『문예』제2권2호, 1950.2, 188쪽). 그리고 1955년 5월 기준으로는 173명(『현대문학』, 1955.6, 216쪽), 1959년 11월 『자유문학』 편집실에서 조사한 바에 따르면 당시 문학 활동을 하는 문인은 379명이었다(『자유문학』, 1959.11, 250쪽). 더욱이 이들 통계에서 김기림, 정지용, 박태원, 김진섭 등 납·월북 문인과 김영랑, 채만식, 김내성, 윤백남, 노천명 등 작고문인 25여 명을 감안하면 그 증가폭은 더 확대된다.

주목할 것은 각 매체의 문화전략에 따라 신춘문예와 추천제가 세력균형을 이루며 병진함으로써 그 속도가 촉진된 점이다. 문학사적으로 보더라도 두 제도가 상호 경쟁적 대립구도를 형성하면서 등단제도가 활성화된 것은 1950년대가 유일하다. 1930년대와 1960년대 이후에는 주로 신춘문예가, 단정수립 전후로는 추천제가 제도적 우위를 점하면서 문학권력을 생성한 바 있다. 반면 1950년대는 세력 균형을 통한 상호 경쟁적 보완관계를 수반하며 등단제도가 빠르게 정착될 수 있었고 그 필연적인 결과로서 문단의 규모가 급속하게 팽창된 것이다. 물론 등단제도로 인한 신인의 대량생산이 문학의 정체 내지 빈곤을 심화시키고 아울러 당동벌이(黨同伐異) 풍조를 조장하는 주범으로 간주되면서 획기적인 산아제한의 필요성이 제기되었고, 나아가 등단제도의 무용론까지 거론된 바 있다.[66] 특히 추천제가 주된 표적이 되었다.

　이는 『조선일보』의 '추천제의 시비' 특집을 통해 확인할 수 있다.[67] 이희승은 등용문의 기회 확대→신인의 대량생산→신인의 질적 저하→제도의 권위 실추라는 악순환과 두 진영의 대치에 따른 블록화 된 추천의 폐해가 만연된 부정적 결과를 비판하면서 추천기관의 축소 또는 통합을 대안으로 제시했다. 박종화는 제도의 근본 취지를 인정하되 제도 운용의 개선, 즉 실시 횟수의 대폭 축소와 통과(추천완료)의 절차 강화를, 최정희는 추천자와 신인의 분파적 정실관계에 대한 근본적 반성을 각각 주장한 바 있다. 모윤숙은 서구에는 추천제가 없다는 점과 신인 추천은 궁극적으로 독자대중의 몫이기 때문에 추천제를 폐지하고 차라리 신인작품 소개란을 확대하는 것이 바람직하다고 강조한다.

　그렇지만 등단제도로 인한 문단 규모의 팽창은 문학의 영토를 확대하고 그 사회적 위상을 제고시킬 수 있는 기반이 되었다는 것은 부인할 수 없다. 그 과정에서 자생적인 동인지와 지방문단을 전폭적으로 해체해 중앙문단으로 편입시키는 가운데 문학의 중앙 집중화를 촉진시켰고 다른 한편으로는 문단과 대학의 연계

---

66) 백철은 문단개조론을 개진하는 자리에서 해방 후부터 당시까지 등장한 잡다한 신인들에 대해 사사오입의 취사법을 통해 그 태반을 버리고 일부 유력한 신인을 주축으로 한 문단의 신구성을 제기한 바 있다. 백철, 앞의 책, 262쪽 참조.
67) 「推薦制의 是非」, 『조선일보』, 1960.1.25.

를 구축함으로써 위계화 된 문단질서가 새롭게 확립되는 계기가 되었다는 사실 또한 등단제도가 야기한 중요한 결과다. 이렇듯 등단제도는 한국전쟁으로 분산·위축되었던 1950년대 문학(단) 재건의 물질적·제도적 토대를 마련하는 핵심적인 장치로 기능했던 것이다.

그런데 1950년대 등단제도의 제도화가 새로운 문학의 모색과 탄생에 얼마만큼 실질적으로 기여했는가는 여전히 의문으로 남는다. 우리는 등단제도가 새로운 문학의 출현과 성장의 모태로 기능하면서 문학사의 결절을 이끌어낸 사례를 여럿 발견할 수 있다. 예컨대 『개벽』의 현상문예가 신경향파 문학의 탄생과 그 재생산의 시스템을 가시화시켰으며,[68] 『문장』의 추천제가 일제말기 총체적인 위기에 봉착한 조선어문학의 보루로 또 『문예』의 추천제가 한국 현대문학의 주류미학으로 군림해온 순수문학의 진지로 기능하면서 문학사의 중요한 결절을 이루어낸 성과를 거뒀다. 반면 1950년대는 등단제도의 활성화에 비해 문학의 질적 성장을 뚜렷하게 이끌어냈다고 보기 어렵다. 물론 등단제도가 작품에 끼친 영향을 정확히 계량하기는 어렵다. 또 당대 문학계의 전반적인 침체는 "알맹이는 다 이북 가고 여기 남은 것은 다 찌꺼기뿐이야"라는 모욕적인 말이 세상의 지론으로 회자된 점을 감안할 때,[69] 문인(단) 전체의 역량 문제에서 그 원인을 찾아야 마땅할 것이다.

하지만 기성문학에 대한 대안적 입장을 지닌 새로운 문학적 지향들이 다양하게 존재했음에도 등단제도에 의해 그 출현이 상당 부분 억제되었다는 것이 저자의 판단이다. 신춘문예의 경우 선후평을 종합해 보면, 전후문학의 특징으로 공식화된 도시적인 타락과 부패를 배경으로 한 병적인 심리세계의 저회, 윤락의 퇴폐적인 세태묘사와 같은 아프레게르적 요소보다도 현실세계의 모순에 대한 비판적 리얼리티의 구현이나 환상적 수법, 풍자적 방법, 실험소설적인 경향 등 새로운 시도들이 오히려 활발하게 개진되었음에도 소재, 주제의식의 문제를 이유로 대부분 낙천된다.[70] 문학의 상품성을 극대화하려는 신문매체의 문학 전략이 이를

---

68) 최수일, 「『개벽』의 현상문예와 신경향파 문학」, 박헌호 외, 앞의 책, 142~143쪽 참조.

69) 김수영, 「내가 생각하는 시의 뉴 후론티어」, 『민족일보』, 1961.3.2.

70) 신춘문예 응모작의 전반적인 추이 변화에 대해서는 백철, 「선후소감」, 『한국일보』, 1957.1.1.

조장했다는 사실은 앞서 언급한 바 있다. 추천제 또한 3대 문예지의 추천제 운영의 전략에 다소 차이가 존재했지만 전반적으로 순수문학의 배타적 규범화를 목표로 했기 때문에 순수문학 외의 새로운 문학의 출현 자체가 봉쇄될 수밖에 없었다.

추천과 현상(懸賞)의 의의가 새로운 문학작품을 발견해내는데 있다는 조연현의 주장에 "실제로 추천 혹은 당선된 작품이 그럽디까"라고 맞받아친 최일수의 항변이 이를 잘 뒷받침해준다.[71] 기성들 대부분이 문학 침체를 돌파할 수 있는 유력한 대안으로 새로운 신인을 대망했으면서도 실제에 있어서는 그 가능성을 최소화하는 모순적인 행보를 보여준 것이다. 등단제도, 특히 추천제가 새로운 문학(신인)의 출현을 차단하는 혹은 그 가능성을 억제하는 기제로 작용했다는 사실은 1950년대 문학의 저변을 이해하는데 중요한 시사점을 제공해준다.[72]

한편 등단제도의 제도화에 의해 신인들이 대거 등장함으로써 1950년대 문단은 일정한 조정과정을 겪게 된다. 더욱이 그것이 한국전쟁으로 인해 위축되었던 문단의 재건 문제와 맞물려 문학주체들 상호간, 즉 기성 내부와 기성과 신인 사이에 격렬한 갈등과 투쟁을 동반하게 된다. 문단재편을 주도한 것은 김동리와 조연현을 중심으로 한 이른바 '문협정통파'였다. 단정수립 후 전향공간에서『문예』와 한국문학가협회를 물적 기반으로 매체, 조직, 담론(이념)을 관장하면서 문단헤게모니를 장악했던 이들은 휴전 직후 곧바로 문단 재편을 감행한다. 그 양상은 대체로 두 가지로 나타나는데, 첫째는 인위적인 조직 개편이다. 즉 당시 통합적 문학가조직인 한국문학가협회를 정비하면서 세칭 모더니스트에 속하는 소장파들을 전체로 배제해 한국문학가협회를 순수문학 진영의 폐색된 단일체로 확립하는 것이었다. 백철의 비판처럼, 그것은 자신들의 문학경향과 대립되거나 이색적

---

71)「신세대를 말하는 신진작가 좌담회」,『현대문학』, 1956.7, 182쪽.

72) 물론 제도적 차원의 억제뿐만 아니라 당선 또는 추천된 신인들의 차후 행보 또한 지적되지 않을 수 없다. 등단과 동시에 기성작가로서 '대우'를 받게 되고 따라서 지면 확보와 그에 상응하는 고료를 받게 되는 혜택을 누렸음에도 창작활동을 지속하는 신인이 많지 않았고, 발전적인 성과를 생산한 신인은 극소수에 불과했다. 조풍연은 신인들의 이러한 태도를 '기성이 된 신인'이라는 말로 꼬집었다. 조풍연, 「'당선소감'에 대한 소감」,『자유문학』, 1957.9, 69~70쪽.

인 것은 용납할 수 없다는 선언이었다.[73]

둘째는 해방 후 한국문학의 정통성을 재정립함으로써 자신들의 문학적·이념적 정당성과 문학권력의 토대를 강화하는 전략이다. 조연현은 해방 후 10년의 한국문학의 정통성을 대공(對共)투쟁을 통해 획득된 본격문학에 두고, 그것을 주도한 그룹이 청년문학가협회였음을 재천명하면서 기성문인들 대부분이 참여했던 '전조선문필가협회'를 민족주의 문학의 정론성이 지배적인 일종의 정치문학 집단으로 규정하고 그들을 본격문학 진영으로부터 배제시킨다. 나아가 『현대문학』과 『문학예술』을 한국문단을 작품행동 중심으로 발전시켜가고 있는 유일한 기관이자 본격문학 운동의 유일한 심장적 존재로 옹립하고 있다.[74] 전향공간에서 활용한 전략을 그대로 구사하고 있다는 사실을 발견할 수 있다. 이론적 자기갱신이 불가능한 상황에서 불가피한 선택이었다.

중요한 것은 등단제도가 이 같은 문단 재편과정에 적극적으로 이용된다는 사실이다. 특히 추천제는 그 제도적 특성상 특정 문학담론 및 미학적 규범의 배타적 권위를 창출하고 강화하는데 유용하다는 점에서 더욱 그러했다. 그 결과로 등단제도→문학권력→문단주도권→문학담론의 주류화라는 회로망을 구축하고 본격적으로 구동시킴으로써 순수문학 위주의 문단 재편이 제도적으로 그리고 전폭적으로 진행될 수 있었다. 앞서 제시한 두 차원의 독선적인 방법보다는 오히려 추천제의 비가시적인 영향력을 활용한 순수문학 중심의 문단재편이 효과적이었다고 볼 수 있다. 내부적인 반발을 차단하고 순수문학의 장기 지속적인 재생산이 가능하기 때문이다.

이러한 전략을 전형적으로 구사한 것이 조연현이다. 그는 문학적 전문성을 매개로 문단의 비정상성과 후진성을 극복하는 것이 바람직하며, 그 최적의 대안으로 신인 양성을 제시한다. 즉 비문학적인 권위를 행사하는 문인들이 다수 포진한

---

73) 백철, 앞의 책, 263쪽.

74) 조연현, 「문화계 10년의 회고:시·문학」, 『한국일보』, 1955.3.15. 유치진 또한 연극계의 10년을 정리하면서 대공투쟁의 정통성을 주장하는데, 건국을 위한 5·10 선거 때 '한국무대예술원'이 남한 전 지역에 30여 개의 이동극단을 일시에 파견해 전면적인 공세를 취하면서부터 좌익을 완전히 축출할 수 있었다는 공적을 강조한 바 있다.

기성문단을 정비하는 동시에 이를 통해 문학적 권위를 확증 받은 전문적이고 직업적인 기성이 일정한 수준에 도달한 신인과 새로운 문학적 특성을 가진 신인을 발견해 전문적인 작가로 양성함으로써 문학의 새로운 지평을 개척할 수 있다는 것이다.[75]

문제는 이를 관장하는 기성의 성분이 그릇된 문학관 혹은 졸렬한 문학의식을 지닌 인사는 불가하며 동시에 등용된 신인은 기성에 맹목적인 반발과 거부를 해서는 안 된다고 단언하고 있다는 점이다. 그러면서 일부 오도된 신인들의 저항적 태도를 가장 천박한 착각으로 비판한다. 그는 신인의 기본적 위치를 기성의 부족을 보충하고 기성의 정당한 계승과 비판만이 부하된 기성의 보조자로 설정한다. 추천제를 활용한 조연현의 양수겸장의 전략은 조연현 및 순수문학 진영이 문학 권력을 확보하는데 결정적인 역할을 했던『현대문학』의 추천제 운영과 그 결과를 통해 분명하게 드러난다.

이렇게 문협정통파의 문학 권력이 압도하는 협착한 문단구조에서 새로운 감각과 의식을 소유한 신인들의 문단 진입이 쉽지 않았을 뿐더러 설령 진입했다 하더라도 그들의 입지는 대단히 취약했다. 무엇보다 발표 지면의 확보가 어려웠다.『현대문학』조차 자사 출신 신인들이 점증하면서 신인들을 위한 충분한 지면 할당을 할 수 없을 정도였다. 가장 풍부한 지면을 보유하고 있던 신문은 소수 기성들의 몫이었다. 일부 기성들조차 지면 확보를 위해 아동문학으로 전신(轉身)하거나 전봉건처럼 아예 잡지를 창간해 생계를 도모해야 하는 처지였다.

다른 한편으로 신인들에 대한 기성들의 완고한 불신으로 인해 신인들의 문학적 대안 모색이 현실화되기 어려웠다. 신인들의 새로운 문학적 모색, 이를테면 모더니즘적, 아프레게르적 지향은 대체로 하나의 장난 혹은 르포르타주에 불과한 문학정신의 빈곤에서 오는 치기로 취급되기 십상이었다.[76] 그것은 1950년대 신인들의 문학에 대한 종합적인 평가, 즉 전세기적 세계관과 변별되는 드높은 정신적 목표와 고차원의 사상적 지주가 부재한 가운데 남의 글을 이식하거나 일시

---

75) 조연현,『문학과 그 주변』, 인간사, 1958, 83~84쪽.
76)「50년대의 문학을 말한다」(좌담회),『자유문학』, 1959.12, 123~130쪽 참조.

유행적인 무슨 철학에서 거죽을 핥은 것에 불과했다는 것에 잘 집약되어 있다.[77] 6·25 때 동포가 서로 찔러 죽이는 꼴을 당해보지 못한 까뮈와 사르트르의 문학을 백번 이 땅에 모방해 옮아놓아도, 엘리엇의 시편을 천만 편 모방해봤자 영혼을 울리는 감격적인 문학이 결코 될 수 없다는 박종화의 평가도 마찬가지 맥락이다.[78] 물론 기성들에 의해 등단해서 그 기성의 벽을 넘어서야 하는 것이 신인의 보편적인 숙명이다. 그렇지만 1950년대 신인들이 맞닥뜨린 기성문단의 벽은 너무나 높고 완고했다.

물론 기성문단의 침체와 억압에서 벗어나 새로운 세대의 문학을 주창한 신인들도 더러 있었다. 당대 문학적 조건을 '화전민지역', '주어 없는 비극', '신화 없는 민족'으로 규정하고 문단우상 파괴의 전위로 나섰던 이어령, '나는 거부하고 반항할 것'이라는 모토를 내걸고 세대교체의 역사적 필연성을 역설하는 가운데 기성세대의 문학적 업적을 일관되게 거부했던 천상병, 데뷔작에서부터 민족적 리얼리즘을 주창하면서 순수문학의 비순수성을 비판하고 민족문학의 정립 및 분단극복의 문학을 제기했던 최일수, 기성문단의 지배세력을 '純粹餘命派'(김동리류)와 '카프잔류파'(백철류)로 규정한 가운데 그들의 반동적 경향을 비판하고 넘어서려 분투했던 장용학 등이 대표적인 경우다. 또 이들을 포함해 신인들의 기성 문인에 대한 불신이 세대론으로 비화되어 세대논쟁이 간헐적으로 재연되기도 했다. 그러나 문학의 순수성론을 쟁점으로 전개되었던 일제말기 세대논쟁과 달리 뚜렷한 쟁점을 지니지 못한 가운데 신구세대 간 문학적 차이를 확인하고 상호 경원이 증폭되는 결과를 낳는데 그치고 만다.[79]

장용학이 적시한 바와 같이 기성의 신세대 비난의 요점, 즉 새롭지 않다는 것,

---

77) 양주동, 「신인론─직언과 대망」, 『서울신문』, 1960.1.5.

78) 박종화, 「근대문학60년의 과정과 현대문학10년의 전망(하)」, 『서울신문』, 1960.1.5.

79) 1950년대 세대논쟁에 대해서는 김영민, 『한국현대문학비평사』, 소명출판, 2000, 제3장 참조. 그것은 1959년 김동리와 이어령의 문학논쟁에서도 잘 나타난다. '오상원의 문장은 지성적인가', 『신화의 단애』(한말숙)에서의 실존성 개재 여부, 『인간제대』(추식)와 극한의식 문제 등 3가지 쟁점을 가지고 총 6회에 걸쳐 벌어진 이 논쟁은 임중빈의 지적처럼, 새로운 가치관의 산출은커녕 문단패권 쟁취를 둘러싼 서로의 名利만을 위해 자객논법의 곡예를 연출한 부족장 사이의 전형적인 창칼 싸움에 불과했다. 임중빈, 「한국문학과 논쟁」, 『세대』, 1968.6, 309쪽.

서구의 모방이라는 것, 난해하다는 것 등은 분명 비본질적인 독단이었지만,[80] 신인들 또한 기성 극복의 뚜렷한 이념과 방법론을 제시하지 못했던 것이다. 따라서 신인들은 최소한의 성실성에 바탕을 둔 평가를 기성들에게 요청하거나,[81] 아니면 '현대평론가협회'(1958)와 같은 그들만의 조직 결성 또는 앤솔러지 운동 형태로 자신들의 문학적 행보를 강구하게 된다. 따라서 1950년대 문단은 등단제도의 상례화에 의해 그 규모가 크게 확대되었음에도 불구하고 문협정통파 중심의 일원적 가부장체제 아래 기성 내부, 기성과 신인 간의 물리적인 결합조차 불가능한 분열 속에서 각자도생의 길을 걷는 파행성을 드러낼 수밖에 없었다. '文壇七派不同席'의 기습(奇習)이 오히려 문단태평에 유공(有功)했다는 양주동의 발언은 이러한 속사정을 집약·대변해준다.[82]

요컨대 1950년대 등단제도는 문단(문학) 재건의 물적, 제도적 토대를 구축하는 가운데 문단 재편성의 기제로 작용했으나 뚜렷한 세대교체 및 새로운 문학의 출현과 성장의 실질적 계기가 되기엔 많은 한계가 있었다. 그러나 이월된 한계가 극복되고 등단제도가 쇄신을 통해서 한국문학사의 새로운 전환을 이끌어내는 동력이 되는 데에는 많은 시간이 소용되지 않았다. 1960년대 등단제도가 주목되는 이유다. 그 과정에서 1950년대 등단제도를 주도했던 기성문인은 물론이고 새로 등단한 작가 및 이들의 문학적 경향도 부정과 극복의 대상이 되었다는 것은 아이러니다.

---

80) 장용학, 「감상적 발언」, 『문학예술』, 1956.9, 172쪽.

81) 이호철, 「참신한 피의 양성」, 『서울신문』, 1957.1.18. 『서울신문』은 '신인의 발언'시리즈를 기획해 전광용, 오상원, 이호철, 이어령, 김경각, 이종학의 발언을 연재한 바 있는데(1957.1.11~2.1), 대체로 신인에 대한 관심과 신인들에 대한 합리적인 평가를 기성들에게 요청하는 논조를 나타낸다.

82) 양주동, 「문단태평기」, 『조선일보』, 1960.1.2.

▶ 『한국일보』

연도	종목	작가	입선작	입선구분	심사위원
1955	시	김윤(김규동)	우리는 사리라	당선	김광섭, 오상순
		정진경	멸인(滅人)	가작	
		신건호	봄 강물	가작	
	단편	허경(오상원)	유예	당선	백철, 최정희
		정한숙	전황당인보기	가작	
	희곡	주동운	태양의 그림자	당선	유치진
		정길일	혼항(昏巷)	가작	
	동화	서석규	장날	당선	윤석중
		이영희	조각배와 꿈	가작	
1956	시	김종주	수확의 노래	가작1석	서정주, 조지훈
		김태순	낙동강	가작2석	
		김태주	섬광(閃光)	가작3석	
		한길호	작은 물방울들이 자꾸 떨어집니다	가작4석	
		이영식	성야(聖夜)	가작5석	
	단편	백승찬	도정(道程)	당선	백철, 이무영
		염대하	인간상실	가작	
	소년소설	정주상	경재와 하모니까	당선	이원수, 이종환
	라디오드라마	이목영	눈보라 속에서	당선	최요안, 이보라
		이소우	산승(山僧)	가작	
	희곡	정구하	춘뢰(春雷)	가작1석	유치진, 이광래
		이정균	험산(險山)을 넘어 북으로 간다	가작2석	
		심정섭	마른 등나무가 있는 풍경	가작3석	
		김포천	바다가 보이는 언덕	가작4석	
1957	시	권일송	불면의 흉장	당선	조지훈, 노천명
		한정식	포푸라	가작	
		김상빈	산	가작	
	단편	하근찬	수난이대	당선	백철, 박화성
		이창렬	슬픈 첩보(捷報)	가작	
	영화스토리	성우	휴전선	당선	김내성, 조남사, 한운사
		오두상	전야(前夜)	가작	

연도	종목	작가	입선작	입선구분	심사위원
1958	시	윤부현	제2의 휴식	가작	조지훈, 박두진
		남대천	그림자	가작	
	시조	김민부	구열(龜裂)	당선	조지훈, 박두진
		박경용	풍경(風磬)	가작	
		이일강	에밀레	가작	
	단편		해당작 없음		이무영, 황순원
	평론	김웅	문예사조의 새로운 방향	당선	조연현, 곽종원
		백완기	문예사조의 새로운 방향	가작	
1959	시	주문돈	꽃과 의미	당선	조지훈, 박남수
		유수언	몇 마디의 후회	선외가작	
		정지하	입상(立像)	선외가작	
		최수진	전쟁과 호수의 일화	선외가작	
	시조	송선영	휴전선(荒原)	당선	이은상
		유성규	청자(靑瓷)	선외가작	
		김사당	벽	선외가작	
		이웅재	샘	선외가작	
	창작	오승재	제3부두	당선	박화성, 이무영, 황순원
1960	시	박상철	밤의 편력	당선	조지훈, 박남수
		박상배	열도(熱度)	가작	
	시조	김태희	영춘삼제(迎春三題)	당선	조지훈, 박남수
	소설	김학섭	어머니	당선	박화성, 황순원, 곽종원
	동화	최숙경	작은 씨앗의 꿈	당선	이원수, 강소천
	동요	최연수	집 보는 날	당선	이원수, 강소천

▶ 『동아일보』

연도	종목	작가	입선작	입선구분	심사위원
1955	시	황명	분수(噴水)	당선	주요한, 이희승, 김동명
		인태성	낙화부(落花賦)	가작	
		신동문	풍선기(風船記)	가작	
		손우주	葡萄園과 魔笛	가작	
		이교민	나	가작	
	시조	김성연	피자욱	당선	주요한, 이희승, 김동명
		김기호	옹화부(翁花賦)	가작	
		이규완	십춘음(十春吟)	가작	
	동화	심정희	봄과 함께	당선	마해송, 강소천, 이상로
		정재섭	잃어버린 책보	가작	
		김원수	소년과 메리	가작	
		조기완	순이의 마음	가작	
	소설		해당작 없음		김팔봉, 주요섭, 이무영
	콩트		해당작 없음		김팔봉, 주요섭, 이무영
	논문	이규동	농촌궁핍 타개의 대책	당선	이종극, 이동욱, 신상초
		김주동	국민문화수준 향상의 방안	가작	
		정봉래	국민문화수준 향상의 방안	가작	
		박철원	국민문화수준 향상의 방안	가작	
1956	시	이영숙	정의(正義)와 미소(微笑)	당선	주요한, 김동명
		정벽봉	지열(地熱)	가작	
		여영택	담향(淡香)	가작	
	시조		해당작 없음		주요한, 김동명
	단편소설	박영수	벽(壁)	가작	김팔봉, 박영준
		최관호	박수위장(朴守衛長)	가작	
	동화	김종달	일요일에 생긴 일		마해송, 강소천
	동요		해당작 없음		주요한, 김동명
	만화	김근배	최후의 수단	가작	김성환, 신동헌
1957	시	윤삼하	벽(壁)	가작	주요한, 김동명
		박영오	역사부도	가작	
		권일송	강변이야기	가작	
	시조	정소파	설매사(雪梅詞)	당선	주요한, 김동명
		선병지	해녀(海女)	가작	
		김기호	청산곡(靑山曲)	가작	
	단편소설	정연희	파류상(破流狀)	당선	김팔봉, 박영준
		장남식(김동하)	묘지	가작	
	동화	김성탁(김병총)	연과 얼굴과	가작	마해송, 강소천
	동요	오경웅	땅 속의 꽃씨	가작	마해송, 강소천
	논문		해당작 없음		이동욱

연도	종목	작가	입선작	입선구분	심사위원
1958	시	강인섭	산록(山鹿)	당선	김동명
		이상원	석상(石像)	가작	
	시조	송라(박경용)	청자수병	가작	이희승
		조유로	한연(寒戀)	가작	
	단편	천승세	점례와 소	가작	염상섭, 안수길
		이정봉	질투	가작	
	희곡	박포랑	곽센(郭센)	가작	오화섭, 마해송
	동화	심경석	화가 아저씨	가작	마해송, 강소천
	동시	오영이	종이배	당선	마해송, 강소천
	논문	김유송	한국민주주의의 이상적인 인간형	가작	제 논설위원
		황창섭	經援감액에 대한 적응 태세	가작	
1959	시	박경훈	탑	가작	김동명
		권성림	흑(黑)의 연상(聯想)	가작	
	시조	이선재	실솔(蟋蟀)에게	가작	이희승
		오신수	은하의 종이배	가작	
	단편	선학원	인맥(人脈)	당선	김팔봉, 백철, 안수길
		송상옥	검은 이빨	가작	
	희곡	김곤	돌아온 순이	가작	이원경, 이해랑, 오화섭
		김천	발동기	가작	
	동화	노고수	길이네 소	가작	마해송, 강소천
	동시	박용설	푸른 감	가작	마해송, 강소천
		오신수	꿈 그늘	가작	
	논문	김유송	사회정의와 자유문제	당선	제 논설위원
		이용재	경제개발계획의 이론과 실제	가작	
		이기탁	사회정의와 자유문제	가작	
1960	시	박열아	전표지역(戰標地域)	당선	미공개
		정진규	나팔서정(抒情)	가작	
		박소원	가을의 詩	가작	
	시조	배병창	기(旗)	당선	
	소설		해당작 없음		
	희곡		해당작 없음		
	시나리오	서창근	무쇠	가작	
	동화	김용성	돌이와 나	당선	
	동요		해당작 없음		
	논문	김재희	민주정치와 다수결	당선	
		이리근	한국경제의 전기	가작	
		김명훈	우리나라 현 교육제도의 비판	가작	
		정상근	우리나라 현 교육제도의 비판	가작	

※1955년은 '창간35주년작품모집현상' 형식으로 시행

▶ 『조선일보』

연도	종목	작가	입선작	입선구분	심사위원
1954	소설	최창대	별	가작1석	
		박경택	윤회(輪廻)	가작2석	
		정 승	배신	선외가작	
		안동민	밤	선외가작	
1955	시	전영경	선사시대	당선	박영준
		김목인	5월의 목장으로	가작	
		김 윤	포대(砲臺)가 있는 풍경	가작	
	단편	전광용	흑산도	당선2석	
		서윤성	생의 단층(斷層)	가작	
	평론	최일수	현대문학과 민족의식	당선	
	희곡	임희재	기류지(寄留地)	당선	
		차범석	밀주(密酒)	가작	
	동화	김시래	금희와 도둑	당선	
		박재용	영철이	가작	
	동요	전예근	사이도 좋다	당선	
		이우환	산길	가작	
1956	시	추봉령(박봉우)	휴전선	당선1석	김광섭
		신동문	풍선기(風船記)	당선2석	
	소설	최현식	해바라기의 추억	가작1석	박종화, 박영준, 최정희
		성학원	인간고발	가작2석	
	희곡	차범석	귀향	당선	유치진
1957	시	윤삼하	응시자	당선1석	김광섭
		김영옥	표정	당선2석	
	소설	최현식	노루	당선	박종화, 박영준, 최정희
		이병구	낙일(落日)	가작	
	희곡	김홍훈	상청(喪廳)집 골목 안	당선	김진수
		최순호	홍수	가작	
	평론	이상훈	번역론 서설	당선	이헌구
	동화	이서분	옥이	가작1석	윤석중
		김교선	피리·나뭇잎·카나리아	가작2석	
	동시	유경환	아이와 우체통	가작	윤석중
1958	시	안도섭	불모지	가작	박종화, 김광섭
	소설	이병구	후조(候鳥)의 마음	당선2석	박종화, 박영준, 최정희
	희곡	홍윤숙	원정(園丁)	당선	유치진
		김포천	역구(驛構)	가작	

연도	종목	작가	입선작	입선구분	심사위원
1958	시나리오	김지헌(김최연)	종점에 피는 미소	당선	오영진, 유치진
		정무호	낮과 밤	가작	
	평론	장백일	현대문학론	가작	이헌구
	동화	이성훈	싼타크로스	가작	윤석중
	동요		해당작 없음		윤석중
1959	시	김재원	문	가작	박종화, 양주동
		석림(신동엽)	이야기하는 쟁기꾼의 대지	가작	
	소설		해당작 없음		박종화, 박영준, 최정희
	희곡	정 구	도깨비	당선	유치진
		김자림	돌개바람	가작	
	시나리오	윤영식	오색의 꽃구름	가작	오영진, 유치진, 이병일
		정승묵	순정백서	가작	
	평론		해당작 없음		양주동, 이헌구
	동화	정보석	우산과 손수건과 과자	가작	윤석중
	동요	신현득	문구멍	가작	윤석중
1960	시	최 원	효종대왕릉 망부석	당선	양주동
		조정환	허수아비의 서(書)	가작1석	
		이송희	종소리	가작2석	
	시조	신송파	투구	당선	양주동
		김제현	고지(高地)	가작	
		이우종	비원(悲願)	가작	
		김석규	고구려	가작	
	소설	양문길	이류항(異類項)	가작1석	박영준
		박순녀	케이스 워카	가작2석	
	평론	이상비	작역론(作域論)	당선	이헌구
		김우정	시의 본질과 한국의 현대시	가작1석	
		박철희	문예비평의 현대적 방향	가작2석	
	시나리오	김문엽	부두의 어린별들	당선	이병일, 이청기
		정우영	비에 젖은 창	가작1석	
		황규택	신호등	가작2석	
	희곡	이세원	초상화	가작1석	유치진
		박현숙	사랑을 찾아서	가작2석	
	동화	조운	낙엽과 바람	당선	윤석중
		신탄	홍시를 지키는 아이	가작	
	동시	신현득	산	당선	윤석중
		조장희	엄마 마중	가작	

※ 1954년은 '현상단편소설'형식으로 실시

▶『서울신문』

연도	종목	작가	입선작	입선구분	심사위원
1956	시	김형국	해동기(解冬記)	가작1석	변영로, 모윤숙, 조지훈
		이제하	꽃 주전자와 꿈	가작2석	
		김남형	별	가작3석	
	소설	원상범	씨름	당선	김팔봉, 정비석
	희곡	정영복	병든 성좌(星座)	당선	유치진, 박진, 이광래
		박포랑	낙루(落淚)	가작	
1957			〈실시하지 않음〉		
1958	희곡	김담곤	우물	당선	서항석,유치진, 박진,이해랑, 이원경, 이무영,김진수, 오화섭,이진순, 이광래,김수원,김정환
		주평(朱萍)	한풍지대(寒風地帶)	가작	
		호영(湖影)	검은 태양	가작	
1959	시	홍윤기	해바라기	당선	김광섭,김용호, 서정주,박목월
	소설	서석달	돌각담	가작1석	염상섭,박영준,이무영,정비석
		김준붕	승냥이	가작2석	
	희곡(장막)	이석정	공룡(恐龍)	당선	유치진,오화섭, 이광래,이해랑, 이원경,김진수, 박동근
	희곡(단막)	박동화	나의 고백은 끝나지 않았다	가작1석	
		이석정	마을의 봉팔이	가작2석	
		김자림	인공낙원	장려	
1960	시	박응석	야로(夜路)	가작1석	김광섭, 양주동, 박목월
		이봉구	북소리	가작2석	
	소설	차희라	석려(夕麗)	가작1석	박영준, 이무영, 김동리
		천영근	패잔(敗殘)의 영토	가작2석	
	시나리오	서창근	재건주택가	가작1석	유치진, 이병일, 이청기
		박건팔	대춘부(待春賦)	가작2석	
	동화	김종상	산위에서 보며	당선	윤석중, 이원수
		정원영	골목길 담 모퉁이	가작	
	장편소설	신희수	아름다운 수의(囚衣)	당선	박영준, 정비석

※1958년은 '신춘희곡현상모집'의 형식으로 (장편)희곡만을 시행

9

9장

『신태양』과 문학

1. 문학 중점주의

종합잡지 『신태양』(1952.8~1959.8, 통권 81호)[1]은 저널리즘과 문학의 근본적 관계 변화의 시점인 1950년대 매체/문학의 상관성을 가장 잘 보여주는 매체 가운데 하나이다. 전시 대구에서 창간된 『신태양』이 지닌 의의는 무엇보다 1950년대 한국사회의 격동적 변화상을 아래로부터 종합적으로 수렴해냈다는데 있다. 국내외 정치상황의 동향에서부터 사회, 시사, 일상 풍속까지를 망라한 종합지의 전형적 면모를 갖추고 있어 일본의 대표적 종합지 『문예춘추』와 성격이 유사하다는 평가를 받았다.[2] 당대잡지의 편집노선으로 보면 『희망』(1951.5)과 『사상계』(『사상』 포함)의 중간적 성격이었다고 할 수 있다. 즉 창간 초기부터 '문예오락대중잡지'를 표방한 『희망』이 문예·연예·풍속 중심의 대중오락을, 『사상계』가 편집위원과 지식인 중심의 전문학술지·비판적 의견지로서의 노선을 각각 고수·강화했던 것에 비해 『신태양』은 일반대중의 생활현실에 바탕을 둔 대중교양의 노선을 일관되게 고수함으로써 이 시기 종합지의 수준과 성취를 가장 잘 나타내준다.[3] 그것은

---

1) 통권 80호(1959.6)라는 주장(전영표, 『출판문화와 잡지저널리즘』, 대광문화사, 1997, 619쪽)과 1961년 6월에 종간되었다는 견해(최덕교, 『한국잡지백년3』, 현암사, 2004, 493쪽)가 제출된 바 있으나 모두 오류로 보인다. 전자는 81호(1959.8)가 발간되었다는 것에서, 후자는 물증을 제시하지 않았고 또 기타 신태양사에서 발행한 잡지들의 서지사항이 대부분 오류라는 점을 감안할 때 『신태양』에 대한 서지사항 또한 신뢰하기 어렵다. 유족 측도 종간시점을 확증할 단서를 갖고 있지 못했다. 따라서 현재로서는 81호로 종간된 것으로 추정할 수밖에 없다. 신태양사가 자사 발행의 잡지를 매월 일간신문에 광고했는데, 1959년 9월부터는 『신태양』이 빠지고 『실화』, 『명랑』의 광고만 계속해서 싣는 것도 이를 뒷받침해준다.

2) 고은, 『1950년대』, 청하, 1989, 230쪽.

3) 여기서 종합지란 '인문, 사회, 자연과학을 망라하는 내용의 광역성, 일반사회에의 廣布한 보급성, 집필자의 다양성, 남녀노소 구별 없는 독자의 수용(需用)' 등을 구비한 잡지를 말한다(하동호, 「한

이전 신문사잡지들에 의해 구축되었던 정론 위주의 월간종합지 전통에서 벗어나 종합지의 새로운 단계, 즉 상업성과 문화적 계몽성을 겸비한 대중적 종합지로의 전환을 예시해주는 것이기도 했다.

더욱 의미 있는 것은 그것이 편집노선의 지속적 갱신의 산물이었다는 사실이다. 즉 '공산주의 격멸의 선봉기관임을 자임한 가운데 반공 중심, 대중 중심의 편집노선'에 입각한 대중교양지로 출발했다가 '현대인의 생활종합지'(1956.4)로 편집노선의 혁신을 단행한 후 거듭된 수차례의 편집방침의 변화, 이를테면 '이론보다는 국내외 현실문제에 대한 비판·분석의 지성지'(1957.3), '최다수의 독자가 요구하는 공약수적 내용을 반영한 생활지'(1959.3), '학술면의 비중을 약화시키고 역류적(逆流的) 사회현상을 정확하게 반영·비판하는 교양지'(1959.8) 등 자기갱신을 통해 활로를 개척해갔다. 여기에는 특정 목표독자층을 겨냥한 분야별 특수지의 출혈경쟁 구도에 따른 차별화된 매체전략의 필요성과『실화』(1953),『명랑』(1956),『소설공원』(1958) 등 신태양사 자본의 잡지연쇄 전략에 따른 상호보완적 내적 분업체계가 작용했다. 또 초기『신태양』이 거둔 대중적 성공에 힘입은 바도 컸다.[4] 즉 전시 후방사회 및 정전협정 후 일반대중들의 생활현실에 바탕을 둔 대중교양·오락의 기조 속에 비교적 빠른 시간 안에 대중성을 확보함으로써 잡지연쇄가 가능했고 동시에 이를 기반으로 해 전후 한국사회의 동향과 직결된 의제를 능동적으로 반영·비판해내는 의견잡지로 그 기조를 전환시킬 수 있었던 것이다.[5]

국종합잡지60년사」,『세대』, 1968.2, 405쪽).『신태양』은 대중교양을 구심점으로 이 같은 종합지의 성격을 두루 갖춤으로써 당대에도 '종합교양지의 독보적 위치'를 차지하고 있다는 평가를 받았다.『동아일보』, 1958.6.5.

4) 창간 2년 만에 5만부의 발행부수를 기록했다는 것을 통해 대중적 성공의 정도를 가늠해볼 수 있다(박성환,「건강한 독자 위주하라」,『동아일보』, 1954.7.18). 흥미로운 것은 신태양사가 대구에서 환도한 뒤 매달 5만부 중 3만부 정도를 지방으로 보급했다는 점이다. 철도수송을 통해 지방각지로 보급했는데 매달 3천부가 분실돼 연간 백여 만 환의 손실을 입었다고 한다(『경향신문』, 1955.3.7). 전국에 흩어져 있는 불특정 다수를 독자로 겨냥하는 종합지로서 지방 보급에 심혈을 기울인『신태양』의 판로 개척은 한국전쟁으로 붕괴되었던 잡지출판의 유통경로 재건과 잡지 보급의 일단을 드러내준다는 점에서 주목된다.

5) 그것은 혁신호(1956.4) 권두언에 잘 나타나 있다. "4년 전 피난지 대구에서 産聲을 울렸을 때는 기형아를 면치 못했으나 다행히 대중과 호흡을 함께 하는 동안 대중의 智·質과 더불어 건전히 자랐고 이제 대중적인 기반을 토양으로 하여 지식층의 반려로, 현대인의 생활지침으로 개장 변모한다." 황준성,「혁신호 권두의 辯」,『신태양』, 1956.4, 21쪽.

그 결과로『신태양』은 혁신호를 경계로 서로 다른 잡지일 정도로 편집체제와 내용 전반에 뚜렷한 차이를 보인다. 전반기(1952.10~1956.3)가 전시 정치사회적 혼란상과 민심의 동요, 휴전반대와 북진통일론의 번성, 정부조직법 개정과 개헌 파동에 따른 정쟁의 고조, 전후복구사업의 본격적 추진, 분단체제의 고착과 반공주의의 지배이데올로기화, 전후 풍속의 소용돌이 등 짧지만 격렬했던 1950년대 전반의 사상사적·문화사적 분위기와 담론을 풍속 중심으로 담아내고 있다면, 후반기(1956.4~1959.8)는 냉전체제의 정착과 반공주의·반일주의에 의거한 사상검열의 강화, 위로부터의 각종 근대화기획의 본격적 시행, 사회적 근대화·도시화 지표의 가파른 상승, 봉건적·식민지잔재적·근대적·아프레게르적 요소의 공서와 착종, 대중들의 근대적 욕망의 비등과 시민의식의 발아 등 전후 한국사회의 동태적 변화상을 분석·비판해내는 특징을 나타낸다. 이 같은 편집노선의 갱신을 통해 1950년대 사회문화적 동향을 광범하게 수렴해 낸 것이『신태양』의 독보적 특징이자 장점이었다.

『신태양』이 지닌 또 다른 의의는 당대 문예지에 필적할 만한 문학적 면모를 갖추고 있었다는 점이다. 한국전쟁을 계기로 재편성된 남한문단의 중요 문인들 대부분이 필진으로 참여한 가운데 시 400여 편, 소설(연재소설 포함) 230여 편, 희곡·시나리오 20여 편, 동화 10여 편, 수필 450여 편이 실렸다.『신태양』의 문학적 면모를 단적으로 드러내는 것은 편집체계, 즉 지면의 배분과 배치로 매호 평균 1/3이상의 지면이 문학에 할애되었다. 일례로 제4권제3호(1955.3)에는 모두 28개의 기사가 게재되어 있는데, 논문 8편(28%), 교양물 3편(10%)을 제외한 17편(61%)이 문학 관련 부문에 할당되어 있다.

이 같은 문학에 대한 적극적 배려는『신태양』편집체계상의 보편적 현상이다. 특히 전반기에는 문학란과 더불어 28호부터 '특설 (순)문예란'(창작, 해외문학, 평론, 시, 해외작가소개 등의 체제로 구성)을 별도로 개설·고정화함으로써 한 호에 두 개의 문학란을 운영했을 정도로 문학의 비중이 매우 컸다. 양적 규모뿐만 아니라 내용적 측면에서도『신태양』은 일간신문 및 문예지와 달리 세대, 이념, 경향을 초월한 종합성을 보여준다는 점에서 그 의의가 크다. 이는 당시 문단이 한국문학가협회(『현대문학』)와 한국자유문학자협회(『자유문학』)로 양분된 채 필진의 섹트화가 고착된 상황에서 『신태양』이 이들 단체와 거리를 둔 중간파들의 활동 거점이었다는 것과 밀접한 관련이 있다.[6]

그 외에 문학에 대한 특별한 고려를 드러내주는 것으로는 첫째, 독자문예란의 상설화는 물론이고 각종 현상문예제도, 일간신문의 신춘문예와 동일한 방식의 신춘문예작품현상모집, 추천제 등 근대문학사 초기부터 운영되었던 여러 등단제도를 동시다발적으로 시행해 문학의 저변 확대와 신인발굴에 기여했다. 박용구, 하근찬, 이제하, 이희철, 이영순, 안동림, 강상구 등이 주요 당선자다.

둘째, 시 장르를 집중적으로 배치했다. 창간호의 박목월을 비롯해 박두진, 조지훈, 유치환, 박남수, 양명문, 조병화, 김수영, 김규동, 이동주 등 당대를 대표하는 시인들의 작품을 '권두시'란으로 고정해 장기간 수록했다(37호까지). 문예지에서도 발견할 수 없는 독특한 시 장르 중시다. 시는 매호 평균 6편 이상이 게재되는데, 특히 모더니스트들에 대한 지면 할애가 두드러졌다. 전봉건의 시가 한 호에 13편이 실리기도 했다(1958.2). 모더니즘계열의 시는 문예지에도 『문학예술』을 제외하고는 지면 제공에 인색했다. 당시 정기간행물들이 공통적으로 상품성이 가장 큰 소설을 특화시켰던 것과 달리 『신태양』이 소설 이상으로 시를 선호한 점은 특기할 만하다.

셋째, 동서양 고전(classic) 및 한국근대문학사의 고전을 '명작감상란'(4호부터), '명작해설란'(28호부터), '문학감상란'(77호부터)을 통해 지속적으로 소개, 보급했다. 장경모, 석규남, 조능식, 이진섭 등 서양문학 전공자들이 『레미제라블』, 『춘희』, 『죄와 벌』, 『햄릿』, 『이방인』 등 30여 편의 서양문학 고전을, 장덕조, 조연현 등이 『사랑』, 『운현궁의 봄』, 『삼대』, 『모란꽃 필 때』, 『다정불심』 등 근대문학의 대표적인 장편소설을 각각 해설을 곁들여 소개하는 구성이었다. 『사상계』의 '고전해설'란(1955.9~59.11, 41회) 및 '사상과 생애'란(1956.8~59.7, 31회)과 일간신문의 고전해설 연재, 예컨대 『경향신문』의 '작가와 작품'란(1959.3.14), 『한국일보』의 '나의 고전'란(1959.10.21) 등의 개설보다 앞선 것이었다. 1950년대 후반 세계문학전집 및 한국문학전집의 간행에 앞서 이루어진 동서양 문학 고전의 대중화 작업으로

---

6) 「문단:질적 향상 없는 풍작의 해」, 『경향신문』, 1958.12.31.

서 중요한 의의를 지닌다.

넷째, 문예지에서나 가능한 기획 문학비평의 다양한 시도를 통해 비평의 새로운 가능성을 타진했다. 염상섭, 안수길, 최정희, 박영준, 이무영 등 현역 중진작가들에 대한 작가론 연재, 전호(前號)에 수록된 작품에 대한 작품 평을 차호에 릴레이식으로 게재, 1920년대 『조선문단』에서 처음 시도했던 (지면)합평회 개최 등은 종합지에서는 찾아보기 힘든 파격적 시험이었다. 조연현, 곽종원, 임긍재, 이어령, 최일수 등 당대 저명한 비평가들이 참여함으로써 내용적 수준도 높았다. 이와 더불어 정병욱·이태극의 시조부흥론 논전(46~48호), 김사엽·정병욱의 국문학연구 논전(72호), 구자균·장덕순·조윤제의 국문학 논전(73~74호), 황산덕·유기천의 한국문화에 관한 논전(73~74호), 김동욱·최상수의 학문 태도에 관한 논전(73~74호) 등 문학(연구)과 관련한 논쟁의 무대를 제공해 비평의 권역을 능동적으로 확장시켰다.

지면 논전은 문학 분야에 국한되지 않았다. 정치, 경제, 종교, 교육 등을 포괄한다. 신도성·임긍재의 메카시즘 논전(43~44호), 양희석·이남표의 도의교육 논전(66~67호), 애슈원·나익진의 한국경제문제에 대한 논전(67호), 이창윤·김창수의 성직자와 독신제도 논전(70~71호), 한태연·조병옥의 정치논전(72~73호), 황산덕·유기천의 지성의 방향 논전(73~74호), 신사훈·고은의 동양의 종교 논전(74~75호), 서창제·함석헌의 무교회주의 논전(75호), 신사훈·백세명의 종교 논전(75호), 임철호·유승범·민병훈의 의회정치 논전(77~79호) 등으로 연속되었다. 이 논쟁들 상당수가 손세일이 펴낸 『한국논쟁사』(전5권, 청람문화사, 1976)에 재수록되었다. 논쟁의 부재 시대였던 1950년대, 시대성을 함축하고 있는 각 분야의 주요 의제를 지면 논쟁으로 이끌어내 담론 장의 풍부함에 기여했던 것이다.

다섯째, 문학 관련 연재물을 상설화했다. '요설록'(마해송), '불문학산책'(김붕구), '문주편력록'(양주동), '수상록; 조선어학회사건과 나'(이희승), '이조가연기문'(홍효민), '방우한화'(조지훈), '유소기(幼少期)'를 비롯한 성장기(변영로), '네오 슐레알리즘'(조향), '현대시의 제 문제'(이철범) 등 문인 집필의 수상과 평문들이 시리즈로 실렸다. 이 같은 성격의 연재물도 당시 문예지와 종합지에서도 보기 드문 기획이다.

이러한 실험적이고도 참신한 기획은 문학 중심의 편집노선, 문인 중심으로 구성된 편집주체, 필진의 개방과 광범한 동원 능력에 의해 가능했다고 볼 수 있다. 1950년대 잡지 문인시대의 특징적 면모가『신태양』에서 가장 적극적으로 구현된 면모다. 이 연구가 당대 여러 종합지 가운데『신태양』을 각별히 주목하는 이유가 이와 같은 문학배치상의 특징과 다양성 때문이다.

주목할 것은 혁신호(44호)를 경계로『신태양』에서 벌어지는 담론 기조와 편폭의 변화가 문학부문의 변화와 밀접한 상관성을 보인다는 사실이다. 혁신호부터 공동집필 형식의 '直言春秋', 연재鼎談 '愉快한 毒舌'과 같은 사회비판 논설란을 신설해 고정화하고 이후 48호(1956.8)부터는 '비판대', '노이로제', '청우계', '시류', '民聲'(43호부터 개설) 등 주로 서민생활과 밀접하게 연관된 부조리한 사회 병리를 고발하는 5개의 코너를, 65호부터는 국내외 시사문제를 전문적으로 취급하는 '세계의 鼓動'과 '한국의 鼓動'란을 각각 개설해 전후 사회현실에 대한 집중적 비판과 의견 제시의 방향으로 전환하는 것이 담론상의 변화를 함축하는 것이라면, 같은 시기 탈상업적 문예물의 급격한 증가는 문학부문의 변화를 압축적으로 보이는 사례다.

'대중소설'특집(1955.8), '해외탐정소설'특집(1955.10), '명랑소설'특집(1955.11), '괴기소설집'(1955.12), '역사소설'기획(1956.1), 특선야담선(1956.3) 등 당시 대중잡지를 중심으로 번성했던 대중소설 관련 특집을 더 이상 기획하지 않으며 전반기에 자주 다루었던 유머소설, 야화, 실화 등도 자취를 감춘다. 상대적으로 본격문학이 전진 배치된다.[7] 이는 편집주체의 변화(유주현 편집체제→홍성유 편집체제)와 신태양사 자매지『실화』,『명랑』의 안정적 정착에 따른 분업전략의 결과이기도 했다. 요컨대『신태양』은 1950년대 한국문학의 재편기에 매체와 문학의 구조적 역

---

7) 후반기 순문학에 대한 강조는 이효석문학상을 제정한 것과도 상통한다. 현대인의 생활종합지로 전환함과 동시에 문화사업의 일환으로 '이효석문학상'을 제정하는데, 전국 신문잡지에 발표된 문예 단편소설을 대상으로 연 2회, 즉 전반기는 문학 활동 5년 미만의 신진작가를 대상으로 한 신인상과 후반기는 5년 이상의 경력을 지닌 기성작가를 대상으로 한 기성상으로 구분해 선정하는 방식이 었으며 상금은 각 5만 환이었다. 당시 경쟁관계에 있던 사상계사의 동인문학상 제정을 다분히 의식한 조치로 보인다. 이효석문학상은 "후진적 위치에 있는 한국문학의 진작을 꾀하는 동시에 작가들의 창작의식을 앙양함과 아울러 우수한 작품에 시비적(施肥的)인 역할"을 하겠다는 제정 취지에서 확인되듯 순문학의 거점으로서 위상을 확립하고자 했던『신태양』의 전략적 산물이었다. 그러나 야심찬 의욕에도 불구하고 시행되지 못했다. 효석상제정 규정에 대해서는『신태양』, 1956.4, 57쪽 및『경향신문』, 1956.3.11 참조.

학을 선명하게 나타낸 종합잡지다.

『신태양』 창간호(1952.8), 4*6판 76쪽

『신태양』 혁신호(1956.4), 국판 300쪽

　그렇지만『신태양』에 대한 본격적인 관심과 연구는 아직 없다. 잡지사 연구에서 간단한 리뷰 정도가 있으나 서지 사항부터 오류가 매우 많다. 5·16직후까지 (1961.6) 발행되었다는 최덕교의 주장이 답습되고 있는 실정이다. 일제말기 일본어잡지『신태양』[8] 혹은 1949년 2월에 창간된 대중오락잡지『신태양』(통권 10호)과 혼동하는 사례도 종종 있다. 물론 후자는『신태양』과 유관하다. 후자의 판권을 양

---

8) 이『신태양』(1943.1~1950.4)은 마키노 에이지(牧野英二)가 일본에서 창간한 대중오락잡지다. 이 잡지가 논란이 된 이유는 마해송이 주재한 월간『모던일본』(1930.10~1942.12)이 강제 폐간된 뒤 곧바로『신태양』이라고 이름을 바꿔 출간되는 과정을 둘러싸고 민족문제연구소가 마해송의 친일혐의에 대한 의혹을 제기했기 때문이다. 당시 한 달 60만부 이상을 발행하던『모던일본』은 1939.11, 1940.8 두 차례 조선판을 발행했으며, 창간10주년 기념으로 '조선예술상'(상금은 문예춘추사의 사장이자 일본의 문호인 기쿠치 칸이 제공)을 제정 1회(1940)는 이광수의『무명』이, 2회(1941)는 이태준의『복덕방』이 각각 수상한 바 있는데, 문제는『모던일본』및 잡지의 이 두 사업이 일제 파시즘의 전시동원체제기에 전쟁동원 정책에 협력 내지 내선일체를 지향했는가에 대한 평가의 차이에서 비롯되었다. 이에 대해서는 마종기,『아버지 마해송』, 정우사, 2005, 239~260쪽 참조.

도받아『신태양』이란 제호의 종합지가 탄생했기 때문이다. 미군정법령 제88호에 의해 정기간행물 발행이 허가제로 바뀌면서 잡지 창간이 제도적으로 쉽지 않았던 상황의 반영이다.『신태양』에 대한 연구가 부족한 데는 기본적으로 자료 확보의 어려움 때문이기도 하지만 이보다는『신태양』이 이류잡지 혹은 통속적 오락잡지라는 세간의 오해가 더 크게 작용했기 때문이다.

더욱이 동시기『사상계』라는 걸출한 잡지가 1950년대 잡지매체를 대표한다는 인식이 보편화 된 것도『신태양』에 대한 접근을 저조하게 만든 요인이다.『사상계』의 권위와 영향력에는 이론의 여지가 없으나, 두 잡지가 내세운 편집노선과 체제의 차이를 감안할 때 상대적으로 대중교양과 시사성에 역점을 두었던『신태양』에 대한 연구는 오히려 전후 한국사회의 복잡다단한 동태를 파악하는데 유리한 측면이 없지 않다. 따라서『신태양』이 1950년대 (잡지)매체사 나아가 당대 한국사회사 연구의 의미 있는 자료로 취급되어야 할 이유는 충분하다.

이 연구는 우선 전반기『신태양』을 매체전략과 문학의 상관성을 중심으로 복원해 "최초의 종합지다운 종합지"[9]라는 풍문을 넘어『신태양』이 갖는 매체사적, 문학사회사적 의의를 밝히는데 주력하고자 한다.『신태양』에 대한 최초의 복원작업이다. 향후『신태양』에 대한 정당한 이해에 보탬이 되기를 기대한다.

2. 신태양사 출판자본의 잡지연쇄

『신태양』의 전체상을 파악하기 위해서는 잡지출판의 물적 토대, 즉 신태양사에 대한 검토가 우선 필요하다. 신태양사가 잡지연쇄와 문학관련 단행본 출판을 통해 사세를 확장했던 대표적 출판자본이기 때문에 더욱 그렇다. 유족 측의 증언을 참고로 재구성하면 다음과 같다.[10] 신태양사 설립자 황준성(1922~1989)은 부농 집안의 맏이로 태어나 니혼대학(日本大學) 문과를 수료한 후 귀국해 1946년 월

---

9) 한국잡지협회,『잡지예찬』, 1996, 89쪽.

10) 저자는 2011년 신태양사 창립자 황준성의 미망인 송현호 여사, 딸 황주리 서양화가와 두 차례 인터뷰(지면인터뷰, 대면인터뷰 각 1회) 한 바 있다. 신태양사를 이해하는데 유용한 정보를 제공해 준 두 분에게 지면을 빌려 감사의 말씀을 드린다.

북 작곡가 김순남과 함께 '음악문화사'를 설립한다. 회사 직원 10여 명 대부분이 사회주의자들로 경찰에 체포되고 김순남과 사상적 차이로 결별한 뒤(월북을 제의 받았다고 한다) 음악문화사를 동아문화사로 이름을 바꿔 출판 사업에 본격 착수한다. 『전쟁과 평화』(일본어 중역판)를 손수 번역해 조판·인쇄를 마친 즈음 한국전쟁을 맞아 간행이 불발된 상태에서 3개월간 서울에 잔류했고, 1·4후퇴 시 대구로 피난한 뒤 갈팡질팡하던 전시 상황에서 긴요한 것이 지도책이라 판단해 전국지도수첩을 제작해 많은 수익을 거두게 됨으로써 『신태양』의 창간이 가능하게 되었다. 그 결과 단행본 출판의 동아문화사와 잡지 발간의 신태양사(허가번호 529)를 이원적으로 겸영하는 시스템을 마련하기에 이른다. 서울 환도 후 신태양사로 통합되기 이전까지 동아문화사와 신태양사는 잡지와 문학단행본 출판을 매개로 전시 문학(인)의 중요한 거점으로 기능하게 된다. 신태양사의 출판과 『신태양』의 문학중점주의가 태생부터 긴밀하게 연관되어 있었다는 것을 확인할 수 있다.

눈여겨 볼 것은 그 과정에서 신태양사가 대구를 중심으로 한 피난문단의 구심체로서 일익을 담당했다는 사실이다. 1951년 초부터 전황이 교착상태에 빠지면서 대구에 피난한 문인들과 향토문인들이 결합되어 대구에는 종군작가사회라는 독특한 문인집단이 형성되었다. 1951년 3월 9일 공군 종군문인단 '창공구락부'가 결성되었고 곧바로 5월 26일 육군 종군작가단이 '아담다방'에서 결성됨으로써 대구는 종군작가단의 주요 활동 거점이 된다. 이는 문총과 한국문학가협회 등 중앙 문예조직이 옮겨가 중앙문단의 위상을 점했던 부산의 전시문단이 중앙문단, 토착문인, 중도파 등 여러 분파로 나뉘어 극단적 분열상을 드러낸 것[11]과 달리 대구 전시문단이 반(反)공리적 문사 기질을 매개로 토착문인을 포함한 이질적 성향의 문인들이 정적으로 융합·단결했던 분위기로 말미암아 가능했다.[12]

이 같은 풍토를 바탕으로 군 관련 출판매체가 월등한 가운데 전시담론을 주도

---

11) 백 철, 『속·진리와 현실』, 박영사, 1975, 478쪽. 전시문단과 일정한 거리를 유지하고 있던 백철은 부산 전시문단은 청년문학가협회와 문총의 양대 세력에다 조향을 중심으로 한 부산출신 현지그룹, 임긍재를 중심으로 한 『자유세계』그룹, 김내성과 같은 중도파 등 사분팔열(四分八裂)의 모습이 었다고 증언하고 있다.
12) 전시 부산문단과 대구문단의 차이에 대해서는 고 은, 앞의 책, 228~232쪽 참조.

해간 전시 대구문단의 분위기에서 『신태양』의 탄생과 성장이 가능했다.[13] 즉『신태양』은 육군종군작가단과 공군문인단을 중심으로 한 종군작가단 활동의 매체적 거점이 되었고[14] 동시에 종군문학의 중요 발표기관으로 기능했던 것이다. 전시의 열악한 경제적 사정 속에서도 한 번의 결간을 제외하고 지속적 발행이 가능했던 연유도 이와 무관하지 않다.[15]

실제 전쟁 기간 『신태양』의 필진은 대체로 두 종군작가단 소속 문인들이었다. 최정희, 박영준 등의 종군기와 20여 명이 참여한 '종군문화인보고 좌담회'를 개최(1954.8)하는 등 종군문학 관련 글이 다량으로 수록되어 있다. 물론 육군종군작가단의 『전선문학』 및 공군문인단의 『창공』과 같은 기관지가 각각 존재한 바 있다. 그러나 전자가 원고난과 예산 문제로 매월 발간되지 못한 채 7권을 발행하고 중단되었으며 게다가 당초의 발간 목적이 시판보다는 장병 위문에 있었고, 후자 또한 2회 발행에 그쳤던 사실을 감안할 때,[16] 지속적 발표기관으로서의 『신태양』의 종군문학상의 위상과 역할에 주목할 필요가 있다.

여기에는 『신태양』과 종군작가단의 인적 네트워크, 즉 황준성이 육군종군작가단의 출판전문위원이었고[17] 편집주간이던 유주현이 공군문인단의 단원이었다는 점도 크게 작용했다.[18] 한 가지 염두에 둘 것은 『신태양』이 대구 종군문단으로 한정된 지역성에 머무르지 않았다는 사실이다. 1952년 6월 창간준비위원회 결성

---

13) 전시 대구문단의 형성 과정과 출판매체의 활동에 대해서는 박용찬, 「1950년대 대구의 문학공간 형성과 출판매체」, 『국어교육연구』51, 국어교육학회, 2012, 331~345쪽 참조.

14) 황준성, 「신태양 시절」, 『독서신문』, 1976.9.15.

15) 1953년 3월호는 결간되었다. 갑작스런 통화개혁 조치의 여파로 인한 자금난 때문이었다(『동아일보』, 1953.3.18). 이후에는 3번의 휴간, 즉 1956년 11월호는 발간일을 앞당기느라, 1959년 2월호와 7월호는 편집노선의 변화로 인해 각각 휴간했다. 정상적으로 발행되었다면 총 85호이지만 (1952.8~59.8) 4번의 휴간으로 통권 81호가 된다.

16) 신영덕, 「한국전쟁기 종군작가 연구」, 고려대 박사학위논문, 1993, 24쪽.

17) 실제 황준성은 물질적 손실을 감수하고 기관지 『전선문학』의 발행과 배포를 책임진 가운데 종군문인들과 행동을 같이하면서 전후방을 누볐다고 한다. 최독견, 「육군종군작가단」, 한국문인협회 편, 『해방문학20년』, 정음사, 1966, 93쪽.

18) 창간호와 제2호의 편집장은 1930년대 『신인문학』의 편집동인이던 시인 박귀송이었다. 박귀송 또한 육군종군작가단의 단원이다. 그가 2호 발간 뒤 『영남일보』 편집국장으로 이직한 뒤 3호부터 유주현이 편집주간이 된다. 그러나 창간 때부터 편집 업무는 유주현과 홍성유가 담당했으며 이들이 『신태양』 전 시기의 편집을 실질적으로 관장했다고 볼 수 있다.

직후 부산과 서울에 원고청탁서를 발송하고 편집주간이 직접 출장을 통해 원고를 수합해 창간호가 발행된 일련의 경과를 감안할 때(창간호, 74쪽), 처음부터 전국성을 확보하고자 했고 그것이 내용의 영역과 필진에 반영되어 나타난다.

그리고 신태양사는 문학출판을 통해 재생산기반을 구축하고 이를 바탕으로 해서 공격적인 잡지연쇄를 전개한 대표적인 신흥 출판사였다. 전시 대구에서 번역 출판해 연속 10판까지 찍어 약 3만부가 매진된 C. 게오르규의 『25시』(전 2권, 김송 책임완역, 동아문화사)의 판매수익으로 『신태양』이 탄생했다.[19] 이후에도 『슬픔이여 안녕』(프랑수아 사강), 『마음의 샘터』(최요안), 『로리타』(V.나보코프), 『낙화암』, 『격랑』(장덕조의 장편소설), 『내가 설 땅은 어디냐』(허근욱), 『정협지』(김광주), 『저 하늘에도 슬픔이』(이윤복), 『구름은 흘러도』(安本末子)[20], 『비극은 없다』(홍성유), 『朝鮮總督府』(유주현) 등 공전의 베스트셀러가 된 문학단행본들의 판매수익을 잡지 발간에 재투자하는 시스템을 갖춰 잡지 발행의 적자를 보전했다. 만성적 적자가 불가피했던 당대 잡지출판의 악조건 속에서도 『신태양』이 통화개혁 여파로 1회 휴간한 (1953.3) 것을 제외하고 꾸준히 발행될 수 있었던 것은 이러한 시스템을 가동했기에 가능했다.[21]

---

19) 동아문화사는 주로 문학서적을 발간했는데 『25시』외에 김송의 『방랑하는 소년』(소년소설), 쥬베르노의 『十五少年의 모험』(최인욱 역), 이봉구의 『청춘의 화원』 등이 눈에 띈다. 『대학입학시험문제모범해답집』이 연속 히트한 것도 엄청난 수익을 창출했다.

20) 이 같은 외국문학 작품의 번역출판은 저작권법이 제정·공포(1957.1) 됐음에도 우리나라가 국제저작권협회에 가입을 하지 않았기 때문에 가능한 일이었다. 이로 인해 특정 문학작품에 대한 출판사들의 경합 번역과 투기성 출판이 횡행하면서 출판계의 고질적 문제가 된다. 노벨문학상 수상작 『닥터 지바고』의 경우 출판사들의 경쟁적 무단출판으로 다 같이 도산하는 결과를 야기한 바 있다(『경향신문』, 1958.12.14.). 야스모토스에꼬(安本末子)의 수기도 신태양사의 『구름은 흘러도』(유주현 역)와 대동문화사의 『재일한국소녀의 수기』로 각각 무단 출판되었는데, 저자가 대동문화사를 상대로 오역이 많고 사실 아닌 내용이 첨가되었다며 주일대표부를 통해 엄중한 항의와 출판취소 요구를 제기함으로써 큰 논란이 일었다. 이미 7판까지 발간한 신태양사는 부득이했다며 유감을 표한(신태양사출판국 명의의 '성명' 발표, 1959.2.1) 반면 당사자인 대동문화사는 국내 경쟁출판사의 모략으로 치부하는, 서로 다른 대응을 보였다(『경향신문』, 1959.1.26). 모든 출판업자들이 국내 출판계의 위축을 이유로 국제저작권협회 가입이 시기상조라는 논리를 편 데 반해 황준성은 손실을 감수하더라도 출판도의를 위해 가입해야 한다는 주장을 강하게 피력했다(『경향신문』, 1963.1.10).

21) 1950년대 잡지들이 만성적 적자에서 벗어나지 못했던 것은 공급(잡지)과 수요(독자)의 극심한 불균형과 동종잡지 간 출혈경쟁에 따른 것이었지만 잡지 판매제도의 미비로 수요 예측이 불가능했던 것도 이에 못지않은 원인으로 작용했다. 즉 예약구독제와 같은 판로가 없었기 때문에 전 발행

아울러 『요설록』(마해송, 1955), 『올챙이기자 방랑기』(오소백, 1955), 『사상의 장미』(김내성, 1956), 『불문학산고』(김붕구, 1959), 『문주반생기』(양주동, 1960) 등 잡지연재물을 단행본으로 자사 출판하는 시스템을 일찍부터 갖췄으며, 『세계현대문학걸작선집』(전21권, 1958), 『현대불문학전집』(전7권, 1958), 『현대독일문학전집』(전8권, 1958), 『현대세계시문학전집』(전8권, 1959), 『세계소년소녀문학선집』(전12권, 1959), 『한국문학상수상작품전집』(전3권, 1959), 『한국야담전집』(전15권, 1961), 『현대위인전기선집』(전6권, 1965), 『한국역대궁중비사』(전5권, 1966), 『신춘문예당선소설전집』(전4권, 1969), 『한국수상문학전집』(전12권, 1970) 등 대규모 문학관련 전(선)집을 기획 출판하는 등 신태양사는 일종의 문학을 위주로 잡지와 단행본 출판의 환류시스템을 근간으로 했던 독특한 성격의 출판자본이었다. 신태양사에서 출판한 단행본 중 사르트르의 『문학이란 무엇인가』(1959, 김붕구 역), 까뮈의 『예술과 저항』(1959, 박이문 역) 등 번역서를 포함해 문학 분야가 압도적이었던 것도 이와 유관하다.

이런 면모는 대구 토착의 출판사였던 계몽사나 현암사(건국공론사에서 개칭)와 뚜렷이 구별되며 또 문교당국의 지원과 특혜를 받은 교과서출판으로 성장했던 정음사, 을유문화사, 민중서관 등 당대 대다수 출판자본과도 성격이 분명히 다른 것이다.[22] 이는 신태양사가 문학출판 중심의 출판자본이었다는 것을 뜻하는 동시에 신태양사의 대중적 확장성과 성장 동력이 문학특화 전략에 있었다는 것을 가리킨다. 『신태양』의 문학중시 전략도 그 일환이었다. 신태양사와 같은 시기 대구에서 출발한 『학원』(대양출판사)이 비록 뚜렷한 목표독자층으로 한정했으나 같

부수의 평균 20%가 반품되는 실정에서 매호 일정한 적자가 부득이했고, 이것이 누적되면서 1950년대 후반에 이르면 『학원』, 『희망』 등이 (일시)휴간하는 사태가 빚어졌다. 전집류, 백전사전류와 같은 대형 출판 기획 상품이 예약판매제, 할부방식으로 판로 개척에 나섰던 것도 이런 맥락에서다. 강영수, 「종합지는 어디로 갈 것인가」, 『경향신문』, 1958.1.30.

22) 한 가지 혼동하지 않아야 할 것은 1950년대 후반 문고 붐의 흐름 속에 등장한 '태양문고'(포켓북)의 발행주체인 태양출판사와도 별개라는 사실이다. 참고로 태양문고는 어스킨·콜드웰의 작품(『사랑과 돈의 문제』, 『가난한 사람들』, 『신이 버린 領地』, 『그 여인들』, 『여행자』)과 펄 벽의 작품(『龍子』, 『親戚』)을 중심으로 구미 대중소설의 번역출판을 위주로 한 특징이 있다. 특히 『신이 버린 領地』를 비롯한 콜드웰의 소설 대부분은 미국에서 풍기문제로 고소를 여러 차례 당한 바 있다. 어스킨·콜드웰, 「문학작품과 검열」, 『조선일보』, 1959.7.3.

은 전략과 행보를 보였다.

이와 더불어 신태양사는 기성문인뿐만 아니라 문학청년들을 대거 편집에 참여시켜(편집기자 공개채용) 생계와 문단 진출의 발판을 제공했다. 유주현, 홍성유를 필두로 안동림, 이제하, 천승세, 한문영, 이문희, 정인영, 김문수, 유광우, 최남백(소설), 공중인, 김윤성, 김요섭, 한무학, 성춘복, 이경남, 전봉건, 박성룡, 주명영, 황명걸, 박이도, 정현종, 김송희, 주문돈, 김준식(시), 홍현오, 손세일(언론인) 등이 편집국을 거쳤는데, 황준성은 훗날 신태양사편집국이 문단과 언론출판계의 의미 있는 간이역(簡易驛) 구실을 했다고 자평한 바 있다.[23] 이 같은 문인과 신태양사의 공고한 유대관계는 신태양사의 중요한 자산이 되면서 출판사업의 다각화와 잡지연쇄의 전략적 목표를 완성해나가는데 큰 기반이 되었다.[24]

한편 신태양사는 잡지연쇄 전략을 선구적으로 시도해 1950~60년대 잡지의 권역을 확장시키는데 크게 기여했다. 잡지연쇄는 『유벤(雄辯)』을 시작으로 1931년에 『講談俱樂部』, 『현대』, 『킹구』 등 총 9개 잡지에 530여 만의 발행부수를 기록했던 고단샤(講談社, 1909년 창립)의 경우에서 확인할 수 있는 바와 같이 일본의 사례를 모방한 것이다. 신태양사가 잡지연쇄를 통해 발행한 잡지로는 본지 『신태양』을 근간으로 『실화』, 『명랑』, 『소설공원』, 『여상』 등이 있다. 『실화』(1953.12 창간)는 야화, 기담, 야담, 야사, 전설 등 전근대적 설화문학과 사회 저명인사 및 인기 연예인의 성공 출세담, 스캔들에서부터 다양한 하위주체들의 인정애화의 수기에 이르기까지 인물관련 실화와 대중들의 흥미를 끈 사건들에 대한 폭로성 기사를

---

23) 황준성, 앞의 글. 신태양사가 문인을 기자 및 필진으로, 특히 신인들을 대거 동원한 것이 문단과의 유대를 강화하는데 가장 큰 요인으로 작용했다고 봐야 한다. 작품발표의 기회를 제공하는 것은 물론 문인들의 원고료 수입에도 크게 기여했기 때문이다. 1950~60년대 잡지의 고료는 비공개였기에 정확한 액수를 알 수 없으나 대체로 연재소설, 단편소설, 논설이나 일반기사(필자에 따라 다소 격차가 있으나), 생활관계 기사, 투고된 수기 순이었다는 점을 감안하면, 신태양사 발행 잡지들의 편집진 전체와 지면의 95% 이상을 차지한 것이 문인이었다는 것을 미루어볼 때 그 의의를 과소평가할 수 없다.

24) 신태양사에서 9년간 근무하며 『신태양』, 『실화』, 『소설공원』, 『女像』 등의 편집장을 두루 역임한 이경남은 신태양사의 대표적인 특징으로 문학과 잡지, 문학인과 잡지사의 좋은 유착관계를 꼽았다. 이를 포함해 문인, 언론출판인, 화가 등의 신태양사 인적 네트워크에 대해서는 이경남, 「나의 자화상은 잡지인」, 한국잡지협회, 앞의 책, 194~196쪽 참조.

위주로 한 사건실화를 다룬 월간 대중오락지이다.[25] 『실화』는 8·15해방 후 실화를 편집중점주의로 삼은 최초로 잡지로, 잡지사적으로 볼 때 1930년대 성행했던 야담잡지류의 부활을 촉발시키면서 실화중심 잡지의 경쟁적 발간을 견인해낸다. 『실화』가 창간초기 3~4만 부의 판매실적을 올리면서 선풍적인 인기를 끌자[26] 『야담』(1955.7 창간, 희망사), 『야담과 실화』(1957.1 창간, 야담과실화사), 『진상』(1957.3 창간, 진문사), 『화제』(1957.9 창간, 삼중당) 등 동종잡지가 연속으로 발간되어 경쟁체제를 구축하면서 실화·야담·탐정 중심의 논픽션장르가 성행하기에 이른다.

여기에는 출판자본의 이윤 추구를 위한 판매전략의 효율성뿐만 아니라 사상검열에 비해 상대적으로 느슨했던 풍속검열, 픽션에서 논픽션으로 점진적 이동을 보인 독자대중의 취향 변화, 오락적 가치의 증대 등 전후 사회문화적 배경이 복합적으로 작용한 결과였다. 그러나 사활적 경쟁구도가 대중 영합을 강제하고 이에 대응해 노골적인 선정성(특히 '폭로특집'의 상시화)을 더욱 부추기는 악순환이 반복되면서 실화 잡지들의 편집태도가 공론화되고 급기야 정·폐간의 행정처분이 내려지면서 그 기세가 꺾이게 된다. 1958년 12월 『실화』와 『야담과 실화』가 국민도의와 미풍양속을 저해하는 편집이 문제가 되어 형법 243조(음화 등 반포) 위반혐의로 압수 및 판권 취소가 건의되고 이윽고 『실화』는 압수된 뒤 문제된 부분의 삭제를 조건으로 재발매가 허락되며, 『야담과 실화』는 1959년 1월호 신문광고가 국회에서 문제되면서 폐간 처분되는 사태를 맞는다(미군정법령 제88호 위반).[27]

---

25) 그 면모는 창간호부터 분명하게 나타난다. '독점걸작실화'특집(怪異실화, 과학실화, 궁중비화, 범죄실화, 癡情秘話, 배심실화, 청춘실화, 과학실화, 정계실화), '엄정자 치정사건 전모 폭로', '주검의 마굴탈출기' 등과 모델소설 『殘香』(정비석), 실화소설 『黑衣의 여인』(박영준)·『幻想의 여인』(최인욱) 등으로 구성되어 있다. '흥미진진한 트루 스토리'라는 문구의 반복이 눈에 띈다.

26) 홍성유, 「젊음을 불살랐던 '신태양'시절」, 『출판저널』43, 1989, 15쪽. 『실화』창간은 신태양사가 환도 후 첫 사업으로 발간한 잡지로 홍성유가 편집을 주도했다. 『(서울)대학신문』을 편집했다는 이유로 전시 서울(잔류)에서 일급 반동분자로 찍혀 지명수배를 받았던 홍성유는 1·4후퇴 때 대구로 내려가 박인환의 주선으로 헌병사령부 기관지 『사정보』의 민완기자로 취직한 뒤 문인들과 활발한 교류를 벌이다 신태양사에 스카웃되어 1950년대 신태양사 발행 잡지들의 편집장을 10여 년 동안 두루 거친 이력이 있다. 『비극은 없다』가 한국일보창간3주년기념 장편소설 현상에 당선된 뒤 1960년 『명랑』편집장을 끝으로 전업작가를 선언하고 신태양사를 사직했다.

27) 폐간조치에 대한 언론의 대체적 반응은 선정적 편집에 대한 규제는 시의적절한 조치이나 그 방법과 수단은 비민주적이라는 것으로 요약된다. 자율적 반성의 기회조차 주지 않는 전격적 폐간조치

그렇다고 선정적 편집이 완화되었다고는 보기 어렵다. 마땅한 규제 법규가 없는 가운데 언론탄압의 소지가 있었기 때문에 관계당국의 관여가 극도로 제한된 상태에다 독자대중의 수요가 여전했기에 일정기간 존속하게 된다. 다만 1960년 대에 접어들어 시대적 변화에 적응하지 못한 관행적 편집태도로 인해 독자들의 외면을 받으면서 영향력을 점차 상실해갈 수밖에 없었다. 『실화』, 『야담과 실화』 등이 1980년 7월 사회정화조치의 일환으로 강제 폐간되기까지 존속하나 그것은 거듭된 판권 양도를 거쳐 명맥을 유지한 것뿐이었다. 『실화』의 경우 임시증간호로 발행한 『黑幕』(1960. 자유당정권의 사건사고의 비리를 폭로), 『혁명재판』(1960. 3·15 부정선거 및 4·19발포명령관련자 죄상 폭로), 『內幕』(1961. 민주당정권의 내막 폭로)이 베스트셀러가 되면서 잠시 회생의 기미를 보이나 1963년 115호까지 발행한 후 휴간을 거듭하다 1965년 5월 등록이 취소되기에 이른다(『경향신문』, 1965.5.27).

그리고 1956년 1월 창간된 『명랑』은 『아리랑』(1955.3 창간)과 쌍벽을 이루면서 1950~60년대 대중오락과 취미를 선도한 월간 대중오락지다. 홍성유가 편집을 주도한 가운데 '대중취미가정잡지'(창간호)를 표방한 『명랑』은 발간 당시 2만 부의 발행부수를 기록할 만큼 대중적 인기를 얻었다. 영화, 연극, 소설, 만화, 실화, 야담 등 대중문화 전반에 대한 정화운동의 필요성이 고조된 시대적 분위기 속에서도(『경향신문』, 1956.12.16) 편집체제의 혁신 및 편집노선의 공격적 변화, 즉 1956년 10월호부터 국판에서 4*6배판으로 판형 변경과 함께 20대 결혼적령기의 청년층을 주된 목표독자층으로 한 성·연애 중심의 통속오락을 집중적으로 편집함으로써 대중독자층의 취향에 부응하는 동시에 그 취향을 확산하는 기능을 하면서 오락전문지로서의 기능을 적극적으로 전개했다.[28]

의 단행은 행정권의 남용이며, 사문화되다시피 한 미군정법령을 적용한 것은 명백한 출판자유의 침해라는 점을 근거로 들었다. 「『야담과 실화』의 폐간처분은 과연 타당한 조치일가」(사설), 『경향신문』, 1958.12.4), 「출판물단속의 방법과 한계」(사설), 『동아일보』, 1958.12.5. 폐간된 『야담과 실화』는 1960년 10월 판권 양도를 통해 '전진사'가 재간했다.

28) 창간호부터 9호까지는 '人間苦海'에 던지는 '甘露水'라는 지향에 적합한 '명랑'에 초점을 둔 가정, 취미, 오락 등의 건전한 오락문화 조성에 힘쓰려는 의도가 뚜렷한 편집내용을 보인다. 성과 연애관련 기사 및 담론은 일부분이고 명랑강좌, 명랑콩트, 명랑만화, 野話 등이 위주며 명랑소설을 포함한 소설의 지면점유율이 매우 높은 특징을 보인다. 창간호부터 연재된 소설로는 「아름다운 황혼」(장덕조), 「탈선사장」(조흔파), 「고생문」(유호), 「인현왕후」(정한숙, 2호부터) 등이다.

특히 편집체제 혁신 후 『명랑』이 편집중점으로 삼았던 성·연애 담론과 표상은 당시 지식인잡지 및 여성잡지가 아프레걸론과 같은 사회적 위기론을 통해 가부장제를 강화하고 여성의 욕망을 관리함으로써 연애를 국가재건프로젝트의 일부로 포섭하려 했던 것과 달리 연애민주주의의 도래와 그로부터 발생한 비규범적 사랑의 양식들을 가부장적 연애담론과 나란히 배치하는 이율배반적 편집방식을 통해 성=사랑=결혼의 이데올로기로 수렴되지 않는 당대 대중들의 일탈적 욕망과 의식을 노출시킴으로써 연애담론이 대중의 세속적인 일상 속에서 어떻게 수용되고 굴절되었는가를 잘 보여준다.[29] 더욱이 화보, 영화, 사진 등 영상미디어의 요소를 지면으로 소환해 전후 한국사회의 명암을 이미지적으로 풍부하게 시현해 낸 '보는 잡지'로서의 성취는 동종잡지 『아리랑』, 『혜성』, 『흥미』와 변별되는 『명랑』만의 독보적인 특징이다.[30] 1960년대 라디오와 텔레비전 등 뉴미디어의 등장과 그에 따른 잡지시장 잠식에 대응하기 위한 전략적 차원에서 여성잡지·신문잡지를 중심으로 시도된 뉴미디어 밀착형 '보는 잡지'로의 전환을 선구적으로 구현한 의의를 지닌다.[31] 이 같은 편집노선으로 대중지로서의 입지를 확고하게 구축한 가운데 신태양사의 주된 수익 원천이었던 『명랑』 또한 1960년대의 사회변화에 적응하지 못하고 다른 한편으로는 신태양사가 단행본 출판에 주력하면서 누적된 적자를 견디지 못하고 판권을 양도함으로써 신태양사의 품안을 떠나게 된다.

『소설공원』(1958.12 창간)은 '대중오락지의 쇠퇴, 교양종합지의 대두, 문예지의 지반 확보, 각종 전집출판 붐 등으로 해방 후 출판계가 자체 정비'되는 시점에 (경향신문, 1958.12.14) 창간된 소설전문지다. 『실화』·『명랑』 등의 매기 저조에 대응하

---

29) 김지영, 「1950년대 잡지 『명랑』의 '성'과 '연애' 표상」, 『개념과 소통』10, 한림대 한림과학원, 2012, 177~185쪽 참조. 주목할 것은 김지영이 분석해낸 『명랑』의 독특한 편집태도, 즉 지배이념의 제한을 넘어서지 않으면서도 이 제한으로 귀속되지 않는 이질적·전복적 요소를 발설하고 공유하는 이율배반적이면서 부분적으로 전복적인 편집은 『명랑』뿐 아니라 신태양사 발행 잡지들에서 공통적으로 드러나는 특징이라는 점이다.

30) 권두현, 「전후 미디어 스케이프와 공통감각으로서의 교양―취미오락지 『명랑』에 대한 물질 공간론적 접근」, 『한국문학연구』44, 동국대 한국문학연구소, 2013 참조.

31) 고정기는 이 같은 현상을 '활자문화의 구조 분열'로 칭하며 1960년대 잡지의 주목할 만한 변화로 평가했다. 고정기, 「한국의 여성지 60년」, 『세대』, 1968.4, 409쪽.

기 위한 방편에서 그리고 경쟁사였던 삼중당의 『소설계』(1958.7 창간)에 자극받아 창간된 것으로 판단되는데, 국판 체제의 순소설잡지를 표방했으나 순수소설과 대중소설을 겸비한 절충적 편집을 특징으로 했다.[32]

『소설공원』의 편집체제는 기성과 신진을 포괄한 소설 배치를 중심으로 명랑소설·실화소설 등 대중소설류, 체험수기를 중점으로 하고 수필과 시를 아우른 잡종성은 동시기 소설전문지와 유사하나 세 가지의 특징적 편집이 눈에 띤다. 즉 여성작가의 소설란('여류精選') 고정, 장편연재의 기획(창간호 2편에서 2호에는 4편으로 확대), 전국문학동인회 추천작품 순례 등이다. 특히 전국문학동인회에 대한 특별한 배려는 당시 마이너리티 문학으로 치부되던 전국 산재의 동인지(회)를 소개하고 작품발표의 기회를 보장함으로써 동인문학 활동을 진작시키고자 한 기획이라는 점에서 의의가 크다. 동종잡지 『소설계』와의 경쟁에서 뒤처지며 2호로 종간되고 만다(추정). 다만 매체와 소설의 블록화 현상, 즉 통속적 장편연재 위주의 신문과 순수단편을 배타적으로 고집한 문예지의 분할구도 속에서 새로운 소설경향, 특히 당시 순수문학의 위기를 극복하기 위한 대안으로 제시된 '중간소설'의 실험장으로 주목을 받았던 소설전문지의 파격적인 시도는 1950년대 후반 소설문학의 동향을 파악하는데 유용하다. 『소설계』, 『소설공원』, 『대중문예』 등의 소설전문지가 여성작가의 주 발표무대였다는 점은 특기할 사항이다.

『여상(女像)』(1962.11~68.7, 통권 64호)은 『신태양』 폐간 후 신태양사가 가장 심혈을 기울여 발간한 잡지다. '참신하고 아담한 여성생활 잡지'를 표방한 『여상』은 주로 여대생이 읽기 좋은 가벼운 문예물을 중점적으로 편집하는 전략을 구사해 『여원』이 석권하고 있던 여성지계에 새로운 활력을 불어넣으며 5만부 수준의 여성지로 발돋움한다.[33] 당시 베스트셀러 집계를 살펴보면 1963년 5월부터 『여상』이

---

32) 창간호에는 염상섭의 「가정교사」를 비롯한 순수소설(정비석, 김이석, 박연희, 박영준, 유주현, 오상원 등)과 김팔봉의 「蘭鳳艷史」와 같은 대중소설, 박경리의 「雪花」 등 여류소설(장덕조, 손소희), 장편연재(정한숙의 「황진이」, 조흔파의 「서울에서 가장 높은 사나이」) 등으로 구성되어 있다. 최초의 인기배우 모델소설이라 칭한 「겨울에 피는 꽃」(조풍연), 신혼기념 경쟁소설(홍성유의 150매 중편 「여인숙」과 정연희의 중편 「정이 머물던 그 지점」) 등 이벤트성 코너도 포함되어 있다.

33) 1963년 7월 이화여대 교육연구회가 1,807명의 학생을 대상으로 한 매스컴에 대한 인식과 영향 실태 조사의 결과를 보면 남대생에게 많이 읽히는 잡지로는 ①사상계 ②시사영어 ③현대문학 ④여원 ⑤자유문학이고 여대생의 경우에는 ①여원 ②사상계 ③시사영어 ④현대문학 ⑤여상 순이다.

잡지부 베스트셀러에 오르기 시작했고, 1965년부터는 『여원』, 『신동아』, 『사상계』 다음 순위였다.[34] 뒤이어 학원사의 『주부생활』(1965.4 창간, 1970.9 주부생활사로 독립)이 '항상 깨어있는 여성, 그러나 영원한 모성을 간직한 어머니'라는 창간 취지를 내걸고 가세함으로써 여성지의 권역이 대폭 확장되는 가운데 각 여성지가 평균 10만 부 내외를 돌파하는 약진을 보인다. 여성잡지가 『여원』독점의 여성전문지의 범위에서 벗어나 트로이카를 형성하며 가정생활 전반을 포함하는 가정잡지로 변모하기에 이른 것이다.

그러나 동아일보사의 『여성동아』(1967.10 창간)를 비롯해 신문사 여성잡지가 연이어 등장하면서 그 기세가 꺾이며 서서히 몰락하는 비운을 맞는다. 그 첫 희생양이 『여상』이었고, 『여성중앙』(1970.1 창간)이 발간된 뒤에는 『여원』마저 통권 175호로 종간되기에 이른다(1970.4). 여성지의 과당 경쟁에다 자금력, 취재력, 광고력, 정보력 등의 압도적 우월을 바탕으로 한 신문잡지의 파상공세를 견디기란 현실적으로 불가능했다.[35] 『여원』 및 『사상계』의 종간(1970.5, 통권 205호)은 잡지의 질(편집)보다는 자본력·판매망이 잡지의 성패를 좌우하는 시대로 접어들었다는 신호였다. 그것은 곧 한국전쟁기에 등장해 1950~60년대 잡지계의 중흥을 선도했던 잡지자본들의 몰락을 수반한 것으로, 신태양사도 『여상』의 종간과 더불어 잡지발행을 마감하고 문학관련 전(선)집 출판에 주력했다.

『여상』은 그간 별다른 주목을 받지 못했다. 『여원』연구의 보조 자료로서 다뤄졌을 뿐이다. 『여원』의 위상에 가려 있었기 때문이다. 1960년대가 여성잡지사에

남고생은 ①아리랑 ②학원 ③명랑 ④영어생활 ⑤사랑, 여고생은 ①여원 ②사상계 ③영어생활 ④학원 ⑤현대문학 순으로 읽힌 것으로 나타났다. 참고로 대학생들이 잡지를 읽는 이유로는 ①교양 함양을 위해(남대생 37.6%, 여대생 55.9%) ②사회문제의 관심(남대생 35.8%, 여대생29.7%) 등으로 나타났으며, 잡지를 볼 때 사진, 화보, 만화부터 보기 시작하며 기사는 교양면과 문화면을 많이 읽는 것으로 밝혀졌다. 이 조사 결과의 자세한 내용은 「매스컴과 학생」, 『동아일보』, 1963.8.2.

34) 이에 대해서는 이용희, 「한국 현대 독서문화의 형성」, 성균관대 박사학위논문, 2018, '부록' 참고.

35) 방송매체의 성장에 의해 잡지계 전반이 침체되는 상황에서도 여성지가 가정 내 경제권을 여성이 쥐고 있음으로 해서 구매력이 상대적으로 높았고 이에 대응해 광고주들이 여성지에 광고를 물량적으로 높였으며, 여성지가 유행에 민감하기 때문에 편집내용을 탄력적으로 꾸밀 수 있는 장점 등으로 인해 여전히 성장 전망이 높았음에도 불구하고 『여원』이 실패한 것은 『여원』을 의식한 후발 동종잡지들의 새로운 편집전략에 밀린 것도 작용했으나 더 근본적인 것은 광고의 중요성에 대한 인식 부족과 광고수입에 적극적이지 못했기 때문이었다. 최창룡, 「한국판 현대 삼국지; 주부생활·여성동아·여성중앙」, 『세대』, 1971.3, 154쪽.

서 서로 다른 목표독자층과 편집전략을 내세운 여성잡지의 전성시대, 구체적으로는 10대 여학생을 대상으로 한『학원』,『여학생』(1965.11 창간), 여대생을 주 대상으로 한『여원』,『여상』, 광범위한 주부를 대상으로 한『주부생활』,『여성동아』,『여성중앙』,『주간여성』(1969.1 창간, 한국일보사) 등의 치열한 각축으로 야기된 편집, 판매, 수용의 긍정적 변화에 대한 종합적 검토가 필요한 시점이다. 그 맥락에서 여대생·문예물 중심의『여상』에 대한 관심과 연구가 이루어지길 기대해본다.

지금까지 살펴본 것처럼 신태양사가 잡지연쇄 전략을 통해 잡지출판의 다양화·전문화를 선도한 가운데 1950~60년대 잡지사에 뚜렷한 족적을 남긴 것을 확인할 수 있었다. 잡지연쇄는 1950년대 잡지의 공통된 운동방식이었지만, 신태양사는 유독 교과서 및 교재출판에 참여하지 않은 채 잡지출판에 주력했으며 그것도 문학 중심으로 이루어지는 독특한 행보를 보였다. 주목할 것은 더욱이 그 잡지연쇄의 확장성이 각 잡지들의 내적 분업체계를 조정하면서 전개된다는 사실이다. 즉 종합지로서『신태양』의 망라주의 편집에서 실화를 중심으로 한 논픽션이『실화』로, 오락 및 여성 관련이『명랑』으로, 소설은『소설공원』으로 각각 특화·분화되었던 것이다.『신태양』의 편집지침과 지면 배치가 계속해서 바뀐 것도 이 때문이며, 1956년 4월 혁신호를 시점으로 이전과 전혀 다른 성격의 잡지로 탈바꿈한 것은 그 분업화가 완성된 산물이었다. 향후 신태양사 발행 잡지연구에서 이러한 특징을 반드시 유념해 접근해야 한다. 특히 희망사가 발행하던『여성계』가 여성계사로, 학원사 발행의『여원』이 여원사로 각각 독립해 별개로 발행된 것과 달리 신태양사는 시종 단일한 경영(資本) 및 분업체계 속에서 연쇄가 이루어짐으로써 각 잡지의 특화 전략이 전문성을 유지할 수 있었다. 이 연구가『신태양』을 전반기로 한정해 다루고자 한 것도 이런 특성을 감안해서다.

3. 『신태양』의 매체전략과 문학

『신태양』의 매체전략은 정론성(政論性), 대중성, 시사성으로 요약할 수 있다. 통권 44호(1956.4)를 기점으로 편집노선의 일대 전환과 그에 따른 판형, 지면 배치, 의제 설정, 필진 등의 뚜렷한 변화를 겪으며 두 개의 서로 다른 잡지로 존재했음에도 불구하고 이 매체전략은 크게 변하지 않는다. 다만 그 내포가 다소 다르게 나타날 뿐이다. 가령 정론성의 경우 당대 핵심 지배이데올로기였던 반공주의 및 자유민주주의를 선도적으로 주창하고 그 동의적 기반을 확충하려는 실천을 전개한 것에는 변함이 없으나 후반기에는 제대로 된 반공적 자유민주주의의 실현을 위해 그 장애물로 작용하고 있던 이승만정권의 권위주의적 통치를 비판하는 방향으로 기조가 변화했다.

주목할 것은 매체전략과 그 내포의 변모가 담론의 영역에서뿐만 아니라 문학 부문에도 연동되어 나타난다는 점이다. 담론상의 기조 변화에 못지않게 문학배치, 즉 문학의 지면점유율, 작가·작품의 선택, 경향, 양식 등에 뚜렷한 변모가 야기된다. 이는 전시 및 정전협정 직후와 각종 근대화기획에 기반한 본격적인 전후 재건이 수행되는 사회적 추세를 능동적으로 수렴한 것이다. 동시에 신태양사 출판자본의 잡지연쇄 전략에 따른 잡지 간 상호보완적 분업체계로 인해 이러한 변모가 더욱 두드러진다. 따라서 매체전략의 문제는『신태양』의 매체 위상과 역할뿐만 아니라『신태양』에서의 문학적 양상 나아가 매체와 문학의 유기적 관련성을 파악하는데 관건적 요소가 된다.

『신태양』이 매체전략을 공식적으로 표방한 적은 없다. 다만『신태양』이 여느 종합지와 달리 편집노선의 갱신이 현저했고 또 갱신의 지점마다 편집의 방향을 권두언으로 제시하고 있기 때문에 매체전략을 파악하기가 상대적으로 수월한 편이다. 전반기의 경우는 창간호부터 정전협정 때까지 권두언을 대신한 '우리의 주장'이란 고정란을 통해 시국에 대한 잡지주체의 입장을 강경한 어조로 표명하고 있어 잡지 노선을 충분히 가늠케 해준다. 이를 바탕으로 그리고 특집 구성 및 지면 배치상의 특징을 고려해 저자가 귀납적으로 도출해낸『신태양』의 매체전략은 정론성, 대중성, 시사성이다.

물론 이 세 요소는 자체로는 독창적인 것은 아니다. 이전 종합지들이 보편적으로 추구한 관습적 전략이었기 때문이다. 다만 '시사성'은 특기할 만하다. 신문잡지들의 특장이라 할 수 있는 시사성이『신태양』에서 중요한 전략적 방편으로 선택된 것은 전시에 창간되어 잡지의 물적 기반을 시급히 다져야 했던 상황적 요인이 작용했다고 볼 수 있다. 전시의 급변하는 사회상황을 반영해 낼 매체가 열악했던 사정도 작용했다. 시사성이 강하다는 것은 『신태양』이 그만큼 시대성·사회성이 짙은 종합지라는 것을 뜻한다. 시사성의 면모는 특집 목록에 나타난 중점주의 편집을 통해서 확인할 수 있다. 동시기 『사상계』(『사상』포함)와 뚜렷하게 구별되는 특장이다.

전반기 『신태양』의 정론성은 철저한 반공주의 노선에 입각해 있다. 그 반공주의의 핵심은 공격적 성향의 '멸공'이다. 이는 무엇보다 창간사에 명시되어 있다. 즉 '인류의 적 공산주의를 격멸하는데 선봉이 될 것이며, 국토 완전통일의 과감한 역군이 되는 것'(창간호, 19쪽)을 잡지의 주된 사명이자 나아갈 지표로 제시하고 있다.[36] 이승만정권의 호전성을 능가하는 수준의 멸공 기조는 북진무력통일론의 지속적 천명을 통해 강화되는데, 나름의 논리적 체계를 갖추고 있다는 점에서 주목을 요한다.

우선 6·25가 외세(소련)의 세계 공산혁명의 일환으로 발생한 것이며 따라서 그 해결 또한 한민족 자체의 의사나 역량보다는 북한 반역집단 및 그 배후인 소련, 중공 등의 공산진영과 유엔의 자유 민주진영 간의 세력관계에서 모색될 수밖에 없다고 판단하고 있다. 따라서 이 틀 안에서 남북통일을 달성하는 방법은 현실적으로 무력에 의한 방식 아니면 정치적인 해결 방식밖에 없다는 것이다. 이 가운데 후자의 정전회담에 의한 정치협상은 과거 미소공동위원회의 재판이 될 수밖에 없기 때문에 남북통일의 유일한 효과적인 방법은 무력에 의한 북진통일이라고 주장한다.

나아가 무력을 통한 북진통일을 위해서는 정국 안정과 산업경제 부흥에 의한 국민생활 안정이 절실히 필요하고 이를 바탕으로 북한과의 체제경쟁에서 우월한 지위를 확보해 그 역량을 실증해야만 비로소 가능하다고 본다. 이러한 실증에 있어 가장 중요하고도 시급한 과제가 국민전체가 전시체제를 갖추어 전쟁수행에 물

---

36) 북진통일론의 강력한 천명은 정전협정이 조인되기까지, 『신태양』상으로는 1953년 6월호까지 '이 달의 말'이라는 표제로 반복 지속된다. 북한은 민족반역집단이자 민족의 원수이며 북진은 정의의 진격으로 규정하는데, 그 과정에서 흥미로운 것은 북한동포를 대한민국 국민의 일원으로 포함시킨 가운데 북진통일에 대한 그들의 동의 또는 지지 기반을 이끌어내는 것이 중요하다고 강조한 점이다. 김일성이 남한 민중의 지지를 얻지 못한 것을 타산지석으로 삼아야 한다는 논리이다.

심양면으로 총동원체제를 구축하는 것이다.[37] 이 같은 북진무력통일론을 주창한 『신태양』의 반공 담론은 주로 시평(時評)란과 정치평론을 통해 휴전반대와 전후방일체의 총동원체제 구축 방안의 모색, 이 두 가지 논제를 중심으로 구체화된다.

휴전반대의 논리는 대체로 통일 없는 휴전은 한반도의 영원한 평화를 보장할 수 없고 민족의 영구적 분단을 승인하는 것으로서 국가와 민족의 장래를 그르치는 일인 동시에 당시 상태로의 휴전은 민주진영의 단결을 약화시키려는 소련의 술책에 불과하다는 것으로 요약할 수 있다.[38] 다른 한편으로는 이 논리에 입각해 휴전론자들에 대한 비판을 병행한다. 휴전협정을 서둘러 진행하려는 미국의 입장을 망상으로 비판하며, 북진의 현실적 어려움을 근거로 휴전 후 통일문제를 정치적으로 해결할 수 있다고 보는 일부 국내 휴전론자들의 주장에 대해서는 과거 미소공동위원회 및 남북협상의 실패를 근거로 불가능성을 적시해 비판한다. 결국 휴전반대와 북진통일, 그것도 원자탄 사용까지 불사하는 무력적 방법으로 통일을 이루는 것만이 전쟁을 승리로 종결짓는 유일한 대안이라는 논리로 귀착된다.

정전협정 체결 후에는 북진통일론은 수그러들고 동서 냉전체제하 제3차 세계대전의 발발에 대한 우려와 그 대안으로 우리의 반공역량을 결집시킬 수 있는 방안을 모색하는 논의가 주를 이룬다.[39] 총동원체제를 구축하기 위한 급선무로 정치적 안정화와 국민들의 자각을 내세우는데, 둘 다 자유민주주의의 원리를 적극적으로 발양하는 데서 가능하다고 본다. 정치상으로는 헌정질서의 수호와 공명정대한 선거를 통한 민주정치 체제를 실현해야 하며, 국민 개개인도 주권재민의 원칙을 인식하고 민주정치 구현에 적극적으로 참여해야 한다는 것이다.

물론 『신태양』에서 개진된 자유민주주의 담론은 명목상의 자유민주주의에 불과하며 그 의의 또한 반공주의와 반일주의에 의해 뒷받침됐을 때 비로소 성립 가

---

37) 김석길, 「북진무력통일의 전제 조건은 과연 무엇인가?」, 『신태양』, 1952.8, 20~23쪽. 김석길은 『자유신보』(『자유신문』의 속간, 1953.9.7)의 주필이 되기까지 박기준과 함께 『신태양』의 시평을 담당한 대표적 저널리스트였다.

38) 박기준, 「판문점의 怨讐─휴전회담의 하나의 전망」(1952.8), 이건혁, 「휴전회담의 전망」(1952.10), 이건혁, 「한국문제 미해결의 방법」(1953.1), 민재정, 「덜레스장관의 대한책」(1953.5), 박기준, 「마렌코프의 소련」(1953.5), 김진화, 「우리는 휴전을 왜 반대하나?」(1953.6), 박영출, 「소의 평화공세를 분쇄하려면」(1953.6), 김팔봉, 「휴전극의 종횡담」(1953.7) 등.

39) 노희엽·심연섭, 「또다시 전쟁은 일어날 것인가? ─대전위기의 초점 총 해부」, 『신태양』, 1954.12.

능한 것으로 제한된다. 공산주의에 대한 자유민주주의의 이념적·도덕적 우월성을 입증하는 기제로 다시 말해 반공주의를 지지, 재생산하는 방향에서 자유민주주의가 논급되고 있다는 점에서 제1공화국의 지배이데올로기와 동일하다. 실제 이승만을 반공계일(反共戒日)을 창도한 민족의 영도자, 영웅적인 반공지도자, 자유의 대지주로 고평하고 있다.[40]

그렇다고 이승만 정권을 비호하는 노골적인 정파성을 드러내고 있지는 않다. 비록 반공주의를 지탱하기 위한 차원에서 자유민주주의적 가치를 동원·강조하고 있지만, 그 자유민주주의는 정쟁과 분규로 점철된 한국의 정치현실을 비판하는 근거로, 여전히 몽매와 피동의 상태에 머물러 있는 국민 대중을 계몽해야 하는 명분으로 작용하는 가운데 잡지 『신태양』이 그 역할을 자임하고 있었다는 점을 눈여겨 볼 필요가 있다. 전반기 『신태양』의 명목상의 자유민주주의는 후반기 『신태양』에 이르면 1950년대 후반 이승만정권의 반민주적 권위주의가 극단적으로 치닫게 되면서 나타나는 자유민주주의에 대한 훼손·부정과 대응해 인권, 민권에 바탕을 둔 저항적 성격의 자유민주주의로 진전되기에 이른다.

이와 같은 정론성과 대응된 문학 배치로 눈에 띄는 것이 종군문학이다. 『신태양』이 각 군 종군작가단에서 발행한 기관지가 아님에도 종군문학으로 간주할 수 있는 기사나 작품이 다량으로 수록되어 있다. 그 면모는 먼저 필진에서 두드러진다. 『신태양』에서 자체 제시한 중요 필진 명단에서(1954.8) 뿐 아니라 전반기 『신태양』의 필진 대부분이 종군작가단 소속의 문인들이었다. 문학 지면은 물론이고 논설, 시평, 만화 등도 주로 이들이 집필했다. 특히 대구를 거점으로 결성·활동했던 육군 및 공군 종군작가단 소속의 문인이 주축을 이룬다.[41] 앞서 거론했던 『신태양』의 창간 배경과 잡지주체들의 인적네트워크를 감안할 때 자연스러운 현상이다.

---

40) 구본건, 「이대통령 환국—혁명투사 이승만」, 『신태양』, 1954.11, 33~38쪽.

41) 전반기 『신태양』 총 43호의 지면 전체를 대상으로 필진의 내역을 조사해본 결과 주축 필진으로는 김팔봉, 구상, 김송, 정비석, 박영준, 양명문, 김영수, 박귀송, 장덕조, 최태웅, 김진수, 김이석, 이덕진, 박기준, 김용환(이상 육군종군작가단), 마해송, 조지훈, 박목월, 박두진, 최인욱, 최정희, 유주현, 방기환, 이한직, 이상로(이상 공군작가단) 등이다. 후반기 『신태양』에서는 문인의 비중이 상당히 축소되고 세대, 경향을 초월해 다양해지는 양상을 나타낸다.

특이한 것은 종군문학지적 성격이 전쟁 기간에 그치지 않고 계속해서 나타난다는 점에서 이채롭다. 문인들의 종군활동이 전시에만 국한된 것은 아니다. 휴전 이후에도 육군종군작가단의 활동은 1956년까지 지속되었다. 저자가 확인한 바로는 육군종군작가단의 공식적 활동은 1956년 10월 2일 시립극장에서 육군종군작가단 주최 문인극 「호(壕)」(이원경 작·연출)를 2회 공연한 행사까지인 것 같다.[42] 1955~56년의 활동이 기사화된 것만 추려보더라도 1955년 5월 3일, 9월 25일 일선방문 강연활동, 1955년 1월 14~15일 예술제 개최(시공관), 1956년 3월 24일 동부전선 위문강연 등 육군종군작가단의 종군활동이 꾸준히 지속된 것을 확인할 수 있다. 휴전 이후의 종군은 육군본부의 요청으로 10여 명 단위로 일선부대를 방문해 강연을 위주로 한 활동이었다.[43]

『신태양』은 이 같은 종군활동을 점검하는 좌담회를 개최했다.[44] '전 국민에의 귀중한 전방보고'라는 타이틀로 20여 명의 종군문화인들의 종군 경험과 종군활동의 필요성과 의의에 대해 논하고 있는데, 전방부대의 현황과 장병들의 사기, 60%에 달하는 군인 문맹퇴치의 시급함, 전후방의 단절상태 극복, 후방에 만연된 반전사상 소탕의 필요 등이 제기되었다. 일부 인사는 북진할 수 있는 태세를 갖추어야 하며(이하윤), 소설가나 기자 모두 일선으로 나가 전방의 현실을 여실히 보도록 조치해야 한다(이헌구)는 의견까지 서슴지 않고 개진되었다. 이 좌담회 참석 인사의 면면을 볼 때 휴전 이후의 종군활동이 기존 종군작가단 소속 인사만이 아니고 기타 문인들(백철, 이하윤, 이헌구 등), 학자들(왕학수, 조기준, 유진순 등)에까지 확대되어 이루어졌다는 것을 확인할 수 있다.

전반기 『신태양』에서의 종군문학의 면모를 살펴보면, 먼저 1952년에 발행된 1~4호는 종군지의 성격을 농후하게 지니고 있다. 「세계정세와 한국-UN기

---

42) 단장 최상덕에 따르면 육군종군작가단은 공식적으로 해체되지 않은 채 1960년대 중반까지 육군본부에 남아 있었다고 한다(최상덕, 앞의 글, 94쪽).

43) 김광섭, 「종군문화; 雪中의 진지」, 『동아일보』, 1955.1.18.

44) 「종군문화인들의 귀환좌담회」, 『신태양』, 1954.8, 68~75쪽. 이 좌담회는 신태양사가 주최하고 육군본부 정훈감실과 육군종군작가단의 후원으로 마련되었는데, 참석자로는 군부 측에서는 정일권 육군참모총장, 김종문 국방부 정훈부장, 박영준 육군정훈감이 대표로, 문화인 측에서는 육군종군작가단 소속 문인들과 학자들이 참석했다.

자 대 종군작가의 좌담회」(1952.8)를 비롯하여 김광주의 「죽는 날까지 조국을 믿어」(1952.8), 구상의 「구상 씨의 행장연구—그의 애국행장)」(1952.8~9), 김송의 단편 「討伐行」(1952.8), 박귀송의 시 「희천전투의 파편(전선시초)」(1952.9), 이용상의 시 「나의 청춘을」(1952.9), 박영준의 「애민공작과 공비토벌」(1952.11) 등에 잘 나타나 있다. 「세계정세와 한국」좌담회는 육군종군작가단이 제공한 것으로 UN기자(AFP 특파원들)와 종군작가(구상, 박영준, 박귀송) 간의 한국전쟁 및 휴전회담에 대한 인식의 뚜렷한 차이를 드러낸다. UN기자 측이 휴전회담을 자유진영의 승리로 보는 반면 종군작가들은 한국전쟁에 소극적 태도를 보이는 미국을 비판하며 결사 진격의 필요성을 강조했다.

종군체험을 형상화한 작품들은 대체로 르포의 수준으로 국군의 숭고한 희생을 예찬하거나 공산군의 토벌을 악의 징치로 정당화하고 있다. 가령 「討伐行」은 부상당한 북한군에게 인정을 베푸는 국군의 인간애를 강조하거나 적 패잔병의 소탕을 꿩 사냥으로 간주하며 돌진하는 청년방위대원들의 활약에 감탄하는 방식이다. 1953년 이후에도 이무영의 「문인의 군대생활 희비」(1953.5~6), 이선구의 「문인 해군의 변」(1954.1), 최정희의 「동해의 향수」(1954.11), 공중인의 「동해 낙산사—수복지구 '속초'에서」(시, 1955.1) 등의 종군기가 실린다. 전선의 상황을 다각도로 촬영한 사진을 육군본부에서 제공받아 화보로 자주 소개한 것도 『신태양』의 빼놓을 수 없는 특징이다. 물론 종군기(문학)는 『신태양』이 한국전쟁을 형상화한 광의의 전쟁문학 가운데 극히 일부에 속한다. 그럼에도 불구하고 『신태양』의 종군문학의 성격을 강조하는 것은 전반기 『신태양』이 종군작가단과 긴밀한 협조 관계 속에 종군문인들의 유력한 매체 거점으로 기능했다는 특징과 아울러 종군문학 연구를 휴전 이후로까지 그 시기를 확대시켜 좀 더 구체적으로 연구할 필요가 있다는 것을 환기해두기 위함이다.

한편 대중성은 모든 잡지의 생명이자 내면의 목표다. 대중성 확보 정도에 따라 잡지의 존립, 즉 안정적 재생산기반과 잡지의 권위·영향력이 좌우되기 때문이다. 나아가 이 둘의 선순환 관계가 구축되어야만 잡지 발간의 지속성을 보장할 수 있다. 1950년대 전반기 잡지출판계의 만성적인 불황을 고려할 때 『신태양』이 대중성을 확보하기란 쉽지 않은 일이었다. 잡지출판계의 생산, 유통, 수용의 전과정이 그 어느 시기보다 대단히 열악한 상황에 처해 있었다. 용지가 앙등으로 인한 제작비의 지속적 가중, 금융(세제) 혜택에서의 배제, 유통구조의 붕괴에 따른 판로의 어려움, 외상거래 위주의 유통 질서 혼란과 대금회수의 애로, 협소한 시장 규모와 독자구매력의 저하 등이 복합적으로 작용해 잡지출판계가 고사 지경에 내몰리고 있었다.[45]

게다가 잡지발간의 과잉과 출혈경쟁은 그 열악함을 가중시키게 된다. 그렇다고 별다른 수익 창출의 원천이 있는 것도 아니었다. 잡지 수익의 중요 원천인 광고 수익이 극히 저조한 상태에서 온전히 판매 수익에 의존할 수밖에 없는 구조였다. 오히려 매월 소용되는 신문광고비 지출을 감당하는 것도 버거운 현실이었다. 판매 가격을 올리는 것도 독자수요 창출에 부정적으로 작용하기 때문에 제한을 받을 수밖에 없었다. 이런 현실에서 『신태양』이 2년 만에 5만부의 판매부수를 기록할 만큼 대중적 성공을 거둔 가운데 지속적인 증면과 결호 없이 안정적 발간이 가능했던 요인은 무엇이었을까? 『신태양』에서 문학의 위상과 그 역할이 주목되는 지점이다.

전반기 『신태양』이 구사한 대중화 전략은 크게 두 가지다. 첫째, 망라주의 편집체제다. 『신태양』이 종합지인 이상 망라주의는 필수적이다. 종합지라면 기본적으로 불특정독자 그 누구라도 일독의 가치가 있게끔 만들어야 한다. 따라서 정치, 사회, 문화 등 다방면을 대변할 수 있는 지면 구성이 불가피하다. 실제 2대 편집장 홍성유는 '독자층의 범위를 제한하지 않기 위해 각계각층에서 읽을 수 있는 시사, 사회비판, 교양, 취미, 문예, 오락, 해설, 보도 등 대중잡지로서 기사의 범위를 최대한으로 확장'하는 것이 『신태양』의 주된 편집노선이라고 밝힌 바 있다.[46] 실제 이 지침대로 지면 구성이 이루어졌다. 전반기 『신태양』편집의 중심요소는 특집(대중문화 중심), 시평(정치평 중심), 좌담(대담, 정담), 논픽션(수기, 실화, 회고), 문예물(문학, 음악, 미술, 영화 등), 르포, 화보, 만화 등이다.

그런데 편집체제와 지면 배치상의 점유율로 볼 때 이전의 종합지와 다른 특징

---

45) 「출판계가 사는 길」(사설), 『한국일보』, 1954.10.27.
46) 「대중잡지의 현재와 장래(설문조사)」, 『경향신문』, 1955.9.15.

을 발견할 수 있다. 문학, 대중문화, 르포의 중점주의와 논설의 주변화, 즉 논설의 낮은 지면 점유율이다. 전체적으로 문학잡지의 색채가 강했다. 논설과 문학 중점주의편집은 『개벽』단계부터 나타난 우리 종합지의 오랜 편집 전통인데, 전반기 『신태양』은 이 전통에서 다소 벗어난 면모를 보인다. 논설의 현저한 약화는 특집 편성에서도 확인된다. 물론 그것은 전시 및 휴전직후의 혼란기에 전국적 차원의 취재력을 확보하기 어려웠던 것과 관련이 있을 것이다. 전시 일간신문의 지면에서 한국전쟁 관련 기사는 대부분 외국통신사의 통신을 제공받아 전재하는 형식이었기 때문에 보도 내용이 거의 같았던 것도 마찬가지의 맥락이다. 문학의 압도적 점유율은 동시기 대부분의 잡지에서 나타나는 공통된 현상으로 볼 수 있으나 전반기 『신태양』은 여타 잡지에 비해 양은 물론이려니와 대중문학과 순수문학 모두를 포괄하고 있다는 점에서 큰 차이를 보인다. 문학의 압도적인 지면 점유의 편집은 잡지주체 및 필진의 대부분을 문인이 담당했다는 것과 밀접한 연관이 있다.

둘째, 일반 독자대중에게 파고들어가 새로운 독자층을 창출·견인해내는 전략의 구사다. 구체적인 방법으로 모색한 것이 독자대중을 지면 안으로 이끌어내는 다양한 시도다. 독자를 대상으로 한 각종 현상제의 실시가 첫 사업이었는데, 창간호부터 '체험실화원고현상모집'[47]을 실시했고 이를 확대시켜 '100만원대현상—실화·체험담모집'(1952.12, 선자:마해송, 장덕조, 정비석, 구상, 박영준),[48] '3만환대현상모집'(1954.6), '10만환대현상'(1954.10), '독자상'(1955.4) 등으로 지속시켜 나갔다. 문학 지망생들을 위한 현상제로는 '1만환대현상단편소설모집'

---

47) 이 현상은 독자들이 일상생활에서 누구나 겪을 수 있는 소재를 제시해주는 방식으로 진행되었다. 가령 '남성친구의 유혹을 최후의 일선에서 막아낸 체험', '뜻하지 않은 오해로 가정불화를 일으킬 뻔한 실화', '여름이면 생각나는 무시무시한 사건을 겪은 나의 고백', '초혼에 실패하고 재혼으로 행복한 가정을 이룬 체험담'과 같은 것들이다. 2호부터 당선작(이혜숙, 상금 5만원)을 선정·게재했다.

48) 이 실화·체험담 모집은 뚜렷한 목적을 지니고 있었다. 즉 독자들의 진솔한 수기를 통해 전란으로 절망적인 삶을 살아가는 동포들을 상호 구원할 수 있는 계기로 삼겠다는 취지를 내걸었다(1952.12, 61쪽). 당선작 1편 50만원, 가작 5편 각 10만 원 등 총 100만원의 상금 책정은 당시 물가를 감안할 때 또 기존 잡지들의 현상공모제 상금과 비교해볼 때 엄청 큰 액수였다.

(1953.7, 선자:정비석, 박영준, 최인욱, 장덕조, 최정희),[49] '고등·대학생현상문예작품모집'(1955.5)[50] 등의 부정기적인 현상모집과 추천제를 정기적으로 실시했다.

이보다 더 의미 있는 시도는 독자문예란(애독자구락부)의 상설화다. 1953년 1월부터 고정란으로 개설해 1954년부터는 지면을 확대 할애해 매호 평균 시 5편, 수필 2편이 실린다(선외가작은 명단만 제시). 이 같은 지면 배정과 지속성은 이전에는 보기 드문 사례다. 그리고 독자고민(투고)을 상담해주는 코너, 즉 '청춘안내'를 창간호부터 고정적으로 게재한다. 남편이 납치당한 부인의 재혼 고민을 담은 투고에 대한 박목월의 답변(창간호, 66~47쪽)의 예와 같이 주로 여성독자들(그 중에서도 전쟁미망인이 다수) 겪는 애정문제, 가정생활, 성, 결혼, 경제적 빈곤 등 당시 전란으로 인해 보편적으로 겪고 있던 일상생활의 어려움을 문인들이 상담해주는 형식이다. 1953년 7월부터는 독자들의 문의에 회답해주는 '여러분의 응접실'이란 코너를 병행했다.

흥미로운 사실은 독자투고가 초기에는 대구지역 위주였다가 점차 전국 각지로 확산되었다는 것과 여성독자들의 투고가 절대 다수를 차지했다는 점이다. 중요한 사실은 이 같은 독자들의 잡지참여를 유도한 전략이 정기적 지속성을 지녔다는 점이다. 일반 독자들이 접근하기 쉬운 문예, 수기, 상담 등 통해 독자들에게 지면을 적극적으로 개방하고 이를 담당하는 부서를 별도로 설치해 관리하는 방식은 『신태양』이 빠른 시간 안에 대중적 성공을 거두는데 주효했다. 당시 문맹퇴치운동이 거국적으로 실시되면서 사회적 리터러시 수준이 가파르게 상승했음에도 불구하고 독자창출이 지둔했던 사정을 감안할 때, 『신태양』의 독자창출 전략의 일정한 성공은 잡지사적으로도 큰 의의가 있다.[51]

---

49) 이 현상은 상당한 호응을 얻었다. 1차로 158편이 투고되었으며(1953.10, 43쪽) 그 중 1차 예비입선작 21편을 엄선하고 심사위원들의 최종심사 결과 당선작은 배출하지 못했으며 박용구만이 입선되었다.

50) 선자는 박영준, 임긍재(창작), 박두진, 박인환(시) 등이었고, 당선작으로는 창작에서는 「혈육」(하근찬:당선), 「문둥이」(정웅:수석가작), 「閑街」(박영수:차석가작), 시에서는 「어린 시인에게」(이영순:당선), 「항구에서」(이희철:가작), 「街路」(이중한:가작), 「꽃」(이제하:가작) 등이었다.

51) 사회적 리터러시 수준의 상승(문맹률의 저하)과 독서인구의 문제를 직결시켜 판단하는 것은 곡해의 여지가 많다. 1950년대 이후 잡지출판계의 최대 난관 가운데 하나가 문자해득률의 비약적 증가 추세에도 불구하고 독서인구 또는 도서 수요가 지둔하게 증가한 점이다. 그 타개책으로 1954

다른 하나는 전란으로 새롭게 조성된 대중들의 삶, 풍속, 취향 등을 능동적으로 반영해내는 전략이다. 그 중심에 풍속과 대중문화가 존재한다. 이와 관련된 중점주의편집은 무엇보다 특집의 구성에 뚜렷하게 나타나 있다. 미망인을 포함한 여성문제(성, 사랑, 애정 등), 연애, 결혼, 이혼, 자살, 정조, 가정, 댄스, 학생풍기, 계 선풍 등 전시 및 전후 사회의 현안과 주요 사회문화적 의제를 다양하고도 풍부하게 담아내고 있다. 풍속지에 방불한 정도의 풍속의 중점 편집은 전반기 『신태양』만의 고유한 특징은 아니다. 자유부인논쟁과 박인수사건을 계기로 공공의 의제로 부각된 전후사회의 풍속문제는 국가권력 및 모든 매체가 가장 중시한 의제였다. 한국전쟁에 따른 문화변동과 서구 대중문화의 유입에 따른 문화접변 그리고 8·15 해방 후의 압축적 사회변화와 연속에 의해 빚어진 전후 풍속의 소용돌이 국면에서 국가권력은 관급적 국민도의운동,[52] 행정단속, 검열을 동원한 풍기의 관장자로, 매체들은 풍속문제를 매개로 문화 권력의 확보·강화를 위한 풍기조정자로, 일반대중은 몸과 생활의 차원에서 근대적 주체로 신생하려는 욕망이 서로 길항하는 가운데 각기 자신의 이해에 부합하는 새로운 도덕 표준을 제도화하기 위한 헤게모니투쟁을 치열하게 전개했으며, 그 결과 풍속담론이 번성하기에 이른다.

다만 타 매체와 구별되는 『신태양』의 풍속담론의 특징은 여성에 한정하지 않고 모든 계층, 세대를 아우르는 포괄성을 지니고 있으며 동시에 좌담, 르포, 화보 등과 유기적인 관계 속에서 다루어짐으로써 가독성을 높인 장점을 지녔다. 그

년부터 대한출판협회 주최로(미공보원 후원) '독서주간'을 정하고 범국민 독서운동을 전개하나 실효를 거두지는 못한다. 1966년 6월 우리나라에서 처음으로 본격적인 출판현황 조사를 한 AID의 보고서에 따르면, 한국출판계의 위기를 해결하기 위한 방안 가운데 '문자해득을 넘어서 문장이해(독서)로의 제2차 문맹퇴치운동을 벌여야 한다.'고 권장했다. 「명암 속의 출판계−AID조사단 리포트」, 『동아일보』, 1967.1.12.

52) 다양한 경로로 전개된 관급적 국민도의운동이 수렴돼 체계화된 것이 '국민윤리강령'의 제정·선포이다(1959.2). 도의 앙양과 국민생활의 명랑화를 도모하겠다는 취지로 문교부가 제정한 이 국민윤리강령은 '부지런하고 검백하며 남김 없는 생활을 한다.' 등 총 10개항으로 구성되어 있다(유진오, 최현배, 심태진 등이 기초). 아울러 1950년대 후반에는 직능단체별 윤리강령, 이를테면 신문윤리강령(1957.4), 교원윤리강령(1958.11) 등 각종 윤리강령이 제정되면서 유행했는데, 그 유행이 오히려 윤리에 대한 신선한 감각마저 잃게 만들고 도의 강화에 무효하다는 비판이 다수 제기된 바 있다. 최재희, 「윤리강령과 사회환경」, 『동아일보』, 1959.2.18.

담론의 기조는 '아프레적인 면에 기울어가는 혼탁한 공기 속에서 항상 냉철한 자아반성과 혹독한 경계를 늦추지 않겠다'고 천명했듯이[53] 대체로 엄숙하고 교육적이며 윤리적이다. 여성의 성 담론을 특화시킨 동시기 여성잡지와 상업주의(선정주의)에 치우쳤던 대중지들과는 확연한 차이를 보인다.

대중문화의 중시는 『신태양』스스로 '대중문화 발전의 유일무이한 공기'를 자임했던 만큼 대중소설, 탐정소설, 명랑소설 등 당시 유행하던 대중문학과 영화, 연예, 미술, 음악, 만화 등을 중점적으로 배치한다. 특히 영화는 창간호부터 '誌上영화제전'이란 코너를 개설해 「천국의 계단」, 「헨리 5세」(창간호), 「白銀嶺」, 「둘이서 차를」(2호) 비롯한 국내외 예술영화의 줄거리와 중요 정보를 소개하거나 세계 명배우를 사진을 곁들여 소개했다.[54] 이와 같은 풍속 및 대중문화의 중점주의 편집은 대중접근성(가독성)을 높이는 가운데 독자의 창출·견인에 긍정적으로 작용했을 것으로 판단된다.

그리고 전반기 『신태양』의 시사성은 전시 및 전후사회의 급변하는 동향을 저변으로부터 반영·비판해내는 기능을 한다. 이는 '신태양 푸레스', 르포르타주, 좌담회 등의 지면 배치를 통해서 구체화된다. 1952년 9월부터 개설된 신태양프레스는 3면 내외 분량으로 사설, 논평, 전선소식, 문화, 문예작품, 해외토픽, 문화

---

53) 황준성, 「창간2주년기념에 際하여」, 『신태양』, 1954.8. 아프레게르적 풍조에 대한 『신태양』의 강경한 입장은 연재소설에 대해서까지 적용했다. 정비석의 연재소설 『번지없는 주막』(4회분(1952.11)을 자체 전면 삭제했는데, 이 소설이 전시부산을 무대로 인테리 유부녀(석류부인), 금광으로 거부가 된 호색한(변득호), 빠 여급(경애)의 애정행각을 다루고 있는 점을 감안할 때 선정적 내용을 문제 삼은 것으로 추측된다. 이 연재소설을 애독하고 있는 독자가 '작품 속의 석류부인이 자신의 친구의 처지와 흡사해 조마조마해진다며 타락한 여성 중에는 진실로 재생하려는 사람이 더 많다는 것을 유념해 달라'는 편지(1952.12, 48쪽)를 참작할 때 독자들의 의견도 고려한 것 같다. 이 같은 엄숙주의는 수록된 문학작품에서도 공통적으로 나타나는 현상이다. 장덕조의 단편 「淸新」(창간호)은 남편이 납치당한 부인의 신산한 처지와 삶의 의지를 다루고 있는데, 피난지에서 쌀 한 톨 없는 막다른 처지에 내몰린 '정순'은 평소 끼니를 도와주던 부잣집 마나님이 아이들을 고아원에 맡기고 서양집 식모로 들어가 팔자를 고치라는 권유에 아이들을 버릴 수 없다고 저항하고 배고픔을 감수하며 아이들을 위해 삶의 의욕을 되찾는다. 아프레게르적 풍조를 다룬 작품들 대부분이 이 같은 기조를 유지하고 있다.

54) 첫 번째로 소개한 국내영화가 대구 자유극장에서 개봉된 민경식 감독의 「태양의 거리」다(시나리오:김소동, 각색:민경식, 권영팔). 이 영화는 그동안 필름이 없어 묻혀 있다가 2013년 6월 25일 한국영상자료원에서 처음으로 공개되었다. 자유극장(및 낙타다방) 주인이었던 이후근은 육군종군작가단의 유력한 후원자였다. 육군종군작가단의 문인극 「고향사람들」(김영수 작)도 자유극장에서 상연되었다.

인소식 등 다양한 내용을 수록하고 있다. 신문의 축소판과 같은 형식을 갖추고 있다. 우리 잡지사에서 처음 등장한 지면이다. 1952년 8월호에서는 '출판계부진 암을 제거하자'(사설), 일선통신(동부전선), 서울주민의 심각한 생활난, 악질 왜색 잡지가 범람하는 부산의 실태 등을 보도하고 있으며, 1953년 7월호에는 휴전반 대 범국민운동의 재검토(단평), 전염병과 식중독 예방법 등을 기사화했다. 전시 일간신문을 구독하기 어려운 상황을 감안한 아이디어였다. 『신태양』의 지면 배 치상 논설을 대행하는 역할을 하는 가운데 시사적 의제에 대한 잡지 측의 공식적 입장을 개진하는 기능을 했다. 풍문에 기대어 혼란의 사회현실을 가늠할 수밖에 없는 처지에 놓여 있던 독자들에게 유용한 정보를 제공하는 역할을 했다. 이 코 너는 후반기에 국내외 시사문제를 전문적으로 취급한 '세계의 고동', '한국의 고 동'란으로 계승되어 한층 체계화 된다.

르포르타주는 담론으로 포착할 수 없는 전시 및 전후사회 문제적 세태의 다 양한 이면을 발굴해 보고해준다. 종합지에서 르포가 본격적으로 다뤄진 것은 해 방직후 발간된 『신천지』였다. 『신천지』가 신문잡지로서의 취재조직을 십분 활용 해 대중들의 이목이 집중된 사회현상이나 각종 사건을 심층 보도해 독자들의 이 해를 도모하는 전략을 구사했던 것과 마찬가지로 『신태양』 또한 르포 담당 전문 기자를 두고 르포를 특화시켰기에 전문성과 심층성을 지닐 수 있었다. 처음에는 '사회이면 탐방'코너로 1954년부터는 '거리의 정보실'이란 명칭으로 게재된다. 이 와 별도로 만화 르포(신동헌 담당)도 개설했다.

【전반기 『신태양』 르포르타주 목록(1952.8~1956.3)】

호수	르포르타주 제목
1권1호	〈전쟁미망인의 생활 실태〉
1권3호	〈매음굴 여성들〉 〈소록도를 찾아〉
1권4호	〈무허가 요정의 생태 폭로〉
1권5호	〈어둠 속의 여인 군상〉
2권1호	〈아편굴의 한국인 소녀들〉 〈암거래하는 담배〉
2권4호	〈수녀와 고아들의 생태〉
3권4호	〈밤 10시 후의 와룡동 출소기〉 〈처음 공개되는 매춘부 백서〉

호수	르포르타주 제목
3권6호	〈전차껄들이 폭로하는 전차 속의 희비쌍곡선〉
3권7호	〈뚝섬 경마의 진풍경〉
3권8호	〈민주刑政에 이상 없는가, 마포형무소〉
3권9호	〈현대여대생들의 생활 편모〉
3권10호	〈밤과 유혹과 춤(특수 댄스홀 탐방)〉
3권11호	〈백화점 미도파는 어디로 가나〉 〈인신매매업자 비법〉
3권12호	〈일본 大村 한인수용소 폭로〉
4권1호	〈조국의 은총을 기다리는 한국인 戰犯〉 〈나체 무용〉
4권2호	〈소매치기〉 〈양부인들의 처녀 재생〉
4권3호	〈국내 외국상사의 실태 별견〉
4권4호	〈불야성의 요정〉
4권5호	〈다방 20시〉
4권6호	〈서울의 고급 요정〉
4권7호	〈경무대의 24시간〉
4권9호	〈서울 밤의 환상곡〉
4권10호	〈도회의 함정을 아는가〉
4권11호	〈당국은 사창굴을 보호하려는가〉
4권12호	〈누드모델의 생활 백서〉 〈근시안으로 본 산업박람회〉
5권1호	〈들창 너머로 본 비밀 댄스홀의 생리〉
5권2호	〈그늘진 인생-마약중독수용소〉

　　위의 목록에서 확인할 수 있는 바와 같이 르포의 대상이 주로 전란으로 초래된 사회문화적 병리 현상, 가령 전쟁미망인, 전쟁고아, 혼혈아, 매매춘, 아편, 댄스열풍, 사창 등의 심층 취재를 통해 일상 풍속에 내포되어 있는 전쟁의 명암을 사실적으로 보고해 주고 있다. 르포와 관련해 주목할 것은 방종, 퇴폐, 향락, 타락으로 매도되고 있던 아프레게르적 현상을 고발하는데 그치지 않고 그 같은 현상이 발생하게 된 사회구조적인 원인, 적나라한 실태, 당사자들의 입장, 정부정책과의 관련성, 해결의 방향 등 종합적으로 검토함으로써 당시 사회현실의 감광판으로서의 기능에 충실했다는 점이다. 댄스, 아편, 매음, 요정과 관련한 르포는 그 발생 맥락을 해방 후까지 포괄해 다뤄 역사화 하는 시각이 돋보인다.
　　또 르포의 일부가 독자들의 요청에 의해 시행되었다는 것도 특징적이다. 가령 「어둠 속의 여인 군상—사회의 막다른 골목 '사창굴암행기'」(1952.12)는 독자 출제, 즉 "부산·대구 등지에 전란으로 인한 생활고로 사창들이 늘어가고 있다는데 그 실태를 실지로 조사하여 적나라하게 보고하여 주십시오. 될 수 있으면 전략의 과정까지도"에 부응하기 위해 탐방이 시행되었음을 밝히고 있다. 르포가 독자들에게 큰 호응을 받은 가운데 독자층과 긴밀한 유대관계를 형성하는데 중요하게 작용한 일면을 엿볼 수 있다. 그리고 르포가 특집과 같은 다른 지면과 유기적인 관련을 맺고 배치됨으로써 그 의의를 높이고 있는 점도 특징적이다. 가령 「들창 넘어로 본 비밀댄스홀의 생리」(1956.1)는 같은 호 '댄스는 과연 금지돼야 할 것인가?'특집의 일부로 배치해 독자의 이해를 증진시키는데 기여했다.

좌담회도 대부분 전란과 밀접한 관련이 있는 주제로 개최된다. 「다방마담 청담」(1952.9), 「상이군인과 사회」(1952.10), 「남녀대학생의 청춘」(1953.5), 「공개하는 직업여성」(1953.6), 「부부공개비판」(1953.11), 「요정에 나타난 사회 이면—접대부 좌담」(1954.7), 「납치인사 가족들은 어떻게 살고 있는가?」(1955.9) 등 약 20회의 좌담이 실렸다. 다른 잡지의 좌담회와 구별되는 점은 참여자가 지식인들이 아닌 경우가 상당수라는 점이다. 물론 지식인들이 참여한 좌담회, 예컨대 「최근 일본사회상의 폭로」(1953.10), 「제2대 국회의 흑막과 5·20 총선거의 전망」(1954.5), 「또 다시 전쟁은 일어날 것인가」(1954.12) 등도 있지만, 위에서 제시한 좌담회를 포함해 전란으로 초래된 세태, 풍속 등을 다룬 좌담은 대부분 관련 당사자들이 참여했다. 「요정에 나타난 사회 이면—접대부 좌담」은 5명의 접대부가 실명으로 참여했다. 그 결과 좌담의 내용이 구체적이며 실감 있게 다가온다. 지식인들이 주도한 좌담이 대체로 교훈적이며 독해하기 어려운 것과 뚜렷한 차이가 있다. 그만큼 독자들에게 공감의 폭을 넓히고 가독성을 높이는데 크게 기여했을 것이다.

이상으로 전반기 『신태양』의 매체전략을 편집체제 및 지면배치와 연결시켜 살펴보았다. 물론 정론성, 대중성, 시사성이 별개로 작동한 것은 아니다. 밀접한 내적 연관성, 요약하면 시사성을 중심에 두고 이를 매개로 정론성과 대중성이 상호 보완적으로 결합·강화되는 관계를 발휘하는 체계였다. 그 결과로 전반기 『신태양』은 대중교양지, 풍속지, (종군)문학지로서의 성격을 농후하게 지니게 된다. 이것이 전반기 『신태양』의 최대 특장이다. 더욱이 문학을 이 같은 매체전략의 구현에 간판 상품으로 활용함으로써 전반기 『신태양』은 문학중점주의 편집의 최대치를 보여준다.

4. 전반기 『신태양』의 문학 배치

전반기 『신태양』은 문학지에 방불한 수준의 종합지다. 편집을 시종일관 문인들이 책임졌고(유족 측에 따르면 황준성은 잡지편집에 일체 관여하지 않았다고 한다) 필진의 90%가 종군작가단을 중심으로 한 문인이었으며, 문학중점주의 편집에 따른 문학의 지면점유율이 압도적이었다. 따라서 전반기 『신태양』은 전시를 포함해 1950년대 문인(단)과 종합잡지의 공고한 유대관계를 전형적으로 나타내주는 경우라 할 수 있다.

전반기 『신태양』의 문학배치상의 몇 가지 특징적 양상을 살펴 문학의 위상과 그 기능을 정리해본다. 우선 눈에 띄는 것이 권두시다. 전반기 『신태양』에는 권두언이 거의 없다. 38호(1955.9)부터 권두언이 등장하나 이도 문인들이 집필했다(38호:곽하신, 39호:유치환, 40호:박기원, 41호:조지훈 등). 37호까지는 권두시가 권두언을 대신한 것이다. 박목월의 「8월」(창간호)을 비롯하여 박두진, 조지훈, 양명문, 김용호, 박남수, 구상, 김수영, 박인환, 김규동, 조병화, 공중인, 이인석, 김윤성, 조병화 등 세대, 경향을 아우르는 특징을 보인다. 박두진이 3편으로 가장 많이 집필했다. 더욱이 당대 저명 삽화가들(김영주, 이순재, 백영수 등)의 삽화까지 곁들인 지면으로 꾸며 문학성에 세심한 주의를 기울였다. 권두에세이는 더러 있어도 시론(時論)의 성격을 지닌 권두언을 시로 대체한 시도는 문학지에서조차 볼 수 없는 특이한 사례다. 이 기획은 문예란에 다수 수록된 시들과 더불어 시 장르에 대한 『신태양』의 유별난 강조를 나타내는 지표다.

1950년대 미디어에서 시 장르는 상품성이 부족하다는 이유로 배척받았다. 시집출판 또한 대부분 자비로 출판해야 할 만큼 출판시장에서 홀대를 받았다. 이런 정황을 고려할 때 전반기 『신태양』의 시 장르에 대한 선호는 특기할 만하다. 이와 관련해 전반기 『신태양』에 수록된 시 가운데 모더니스트들의 작품이 많았다는 점도 눈여겨 볼 필요가 있다. 김수영, 박인환, 김규동, 박거영, 이활, 조병화, 전봉건, 장호강, 김차영 등의 작품이 여러 편씩 실렸는데, 전반기『신태양』이 문인들에게 문호를 개방한 점도 작용했겠으나 박인환이 중개 역할을 한 것으로 보인다. 박인환이 육군종군작가단의 멤버였고 전반기『신태양』의 육군종군작가단과의 긴밀한 관계를 고려할 때 충분히 가능한 추정이다.[55]

둘째, 순수문학과 대중문학 모두를 아우르는 (소설)문학 지면의 구성이다. 1950년대 매체에서 문학은 일간신문, 대중오락지를 거점으로 증식된 통속 내지 대중문학과 문예지, 『사상계』를 비롯해 일부 종합지의 순수문학의 분할 구도와 극단적 선택(배제)의 관계 속에 배치되었다. 당연히 작가들의 작품 발표도 이의 규정을 받을 수밖에 없었다. 이런 구도 속에 전반기『신태양』은 '대중소설'특집(1955.8), '해외탐정소설'특집(1955.10), '명랑소설'특집(1955.11), '괴기소설'특집(1955.12), '역사소설'특집(1956.1) 등 대중소설류를 특집 형태로 여러 차례 다루었으며, 명랑소설, 유머소설이란 타이틀을 붙인 단편 또한 여러 편 실었다. 김내성의 탐정소설『사상의 장미』를 연재하기도 했다. 순수문학 중심이되 당시 소설의 주류적 흐름이던 대중문학에도 인색하지 않았던 것이다.

순수문학에 대한 중시는 26호(1954.10)부터 '특설 순문예란'을 설치하는 것을 계기로 강화된다. 문예란과 별도의 순문예란을 신설한 것이다. 이는 증면과 맞물려 있다. 즉 전반기『신태양』은 안정적인 재생산구조를 확보하면서 지속적인 증면을 단행하는데 4*6판 80쪽에서 14호(1953.10)부터는 100쪽 내외, 19호(1954.3)부터는 150쪽 내외, 29호(1955.1)부터는 240쪽 내외로 각각 증면된다. 그 증면된 지면 대부분이 특설 순문예란으로 채워진 것이다. 특설문예란은 창작(소설), 시, 평론, 해외문학(작품번역, 작가소개), 작가론, 문단 회고, 작가입문기 등으로 구성되어 있다. 문예지 편집체제의 축소판이다. 문예지 못지않은 수준, 예컨대 작가연구의 경우 조연현의 '염상섭론'과 '최정희론', 곽종원의 '안수길론', 임긍재의 '박영준론'과 '이무영론'은 준수하다. 이 같은 순문예란의 별도 편성은 잡지 측에서 밝힌 바와 같이 당시 순문예지가 전무한 상태에서 그 역할을 대행하고자 시도된 것

---

55) 전반기『신태양』에 박인환의 시, 영화평, 수필, 시평(詩評), 번역, 명작소개 등 다수의 작품이 수록되어 있다. 「센치멘탈·쨔니—수영에게」(시, 1954.7)가 눈에 띈다.

이다.『문예』가 통권 21호로 1954년 3월에 종간되었고,『문학예술』이 1954년 4월에 창간되나 허가취소로 2호만에 휴간된 상태였으며,『현대문학』이 아직 등장하지 않은 1954년 후반에 전반기『신태양』의 특설문예란이 그 공백을 채운 것이다. 물론 특별문예란의 설치는 전반기『신태양』의 문학중점주의 편집을 실증해주는 증좌이기도 하다.

셋째, 동서양 문학고전의 적극적 소개다. 앞서 언급했듯이 동서양 문학고전의 해설은 전/후반기에 걸쳐『신태양』에서 상설화할 만큼 중시한 지면이었다. 잡지에서 지속성과 구체성을 갖춘 고전 소개는『신태양』이 처음인 것 같다. 이후『사상계』와 일간신문에서 고전소개를 연재하는 등 1950년대 후반에 이르면 세계문학전집의 경쟁적 발간을 계기로 모든 활자미디어의 중요 코너로 일반화되지만,『신태양』의 고전소개는 두 가지 점에서 차별성을 지닌다. 서양고전만이 아닌 한국의 문학고전, 예컨대『사랑』,『유정』,『삼대』,『모란꽃 필 때』,『심야의 태양』,『운현궁의 봄』등 한국 근대장편소설까지 포함한 가운데 7~8쪽 분량의 줄거리 요약(외국고전은 발췌역)과 해당 작가작품의 해설로 구성함으로써 고전에 대한 충분한 이해를 하게끔 배려한 점이다. 5꼭지 이상의 삽화를 첨가해 가독성을 높이고자 한 것도 흥미롭다. 서양고전에 치우친 그것도 전문적 해설 중심의 타 매체의 고전소개와 근본적으로 다른 것이다.『학원』창간호부터 연재된 정비석의『홍길동전』으로 인해『홍길동전』이란 실체를 처음으로 접한 학생독자들이 많았다는 사실을 상기할 때,『신태양』의 이 같은 고전소개는 당시 독자들의 문학중심의 교양 함양에 크게 기여했다고 볼 수 있다.

다른 하나는 전반기『신태양』에서 고전소개란의 지면 위치가 예사롭지 않다는 점이다. 즉 고전소개를 10호(1953.6)부터는 전진 배치시켜 잡지 맨 처음 지면에 할당된다. 전반기『신태양』의 지면 배치는 대개 화보(영화소개 포함), 광고(책 광고 위주), 목차란, 권두시, 본 내용 순으로 되어 있는데, 10호부터는 목차란 바로 뒤에 고전소개란을 배치하고 있다. 물론 목차란에서도 고전소개가 제일 먼저 명시된다. 잡지독서의 관행을 고려할 때 첫 지면배치로 인해 구독자들의 우선적인 독서의 대상이 됐을 가능성이 매우 높다. 그만큼 고전소개를 비중 있게 취급했다는 의미다. 이 또한 문학중심주의 편집의 일면인 동시에 문학의 높은 대중접근성을 적극적으로 활용한 사례라고 할 수 있다.

이 연구는 1950년대 매체사 및 문학사에서 중요한 자료로 취급될 만한 충분한 가치가 있음에도 불구하고 그동안 소외, 방기되었던 『신태양』에 대해 그 실체를 학계에 보고하려는 취지에서 작성되었다. 실체를 제대로 파악하기 위해 필요한 여러 지점들, 이를테면 『신태양』의 서지사항, 발행주체인 신태양사의 존재, 신태양사의 잡지연쇄 전략, 1950년대 매체와 문학의 관계 지형, 전·후반기 『신태양』의 서로 다른 존재방식 등을 검토했으며, 매체전략과 문학의 상관성을 중심으로 전반기 『신태양』을 개관했다. 『신태양』 연구의 시론에 해당하나 의미 있는 논제가 다수 창출되었다고 본다. 분석적 차원에서 밝혀야 할 과제가 여전히 많다. 특히 후반기 『신태양』은 편집노선의 갱신을 통해 의견지로 탈바꿈한 가운데 『사상계』와 유사하면서도 다른 대중적 교양지의 한 전형이었다는 점에서 검토가 필요하다. 잡지에 대한 접근과 이해는 무엇보다 지면을 통해서 이루어져야 한다. 전시에 탄생하여 1950년대를 횡단하며 당대 시대적 전변을 적극적으로 담아낸 『신태양』의 지면을 통해서 당대 사회 내부로 한 발 더 다가서는 일은 1950년대를 좀더 객관적으로 이해할 수 있는 의미 있는 통로가 될 것이다.

【부록】전반기 『신태양』(1952.8~1956.3)의 특집 목록

특집명	수록 논설(작품)	연/월	권호
전쟁미망인	〈더욱 심각해가는 생활문제〉〈난처한 재혼문제〉〈실정 딱한 자녀교육문제〉〈유가족은 참고 참는다〉외 2편	1952.08	제1권제1호
인민재판전말기	〈아직 미결 중인 사건 진상〉(김팔봉)	1952.10	제1권제3호
오늘의 정치	〈정계인의 반성을 촉구함〉(김석길), 〈이대통령에 直訴함〉(최태응) 외 2편	1952.11	제1권제4호
1952년의 회고	〈국위선양에 진일보〉(김석길), 〈전시문학의식의 결핍〉(곽종원), 〈횡행한 사이비 영화〉(김소동), 〈국회를 중심한 정계동향〉(한경원)	1952.12	제1권제5호
한국문제	〈한국문제해결의 방책〉(이건혁), 〈아이크의 등장과 戰局〉(김팔봉) 외 2편	1953.01	제2권제1호
정계 특집	〈태풍전야의 정계〉(김석길), 〈현 정계인 총평〉(강영수), 〈대통령저격사건의 진상〉(민소우), 〈바보 일본의 行狀〉(장철수)	1953.04	제2권제3호
주변국 상황	〈國府軍상륙작전의 전망〉(허우성), 〈일본 吉田내각의 고민상〉(이건혁), 〈델레스장관의 對韓策〉(민재정), 〈마렌코프의 소련〉(박기준)	1953.05	제2권제4호
언론인의 사회 비판	〈국회〉(조연현), 〈행정부〉(곽종원), 〈군대〉(박영준)	1953.05	제2권제4호
연애	〈교수와 연애〉(조향), 〈애정 항의〉(이상화)	1953.07	제2권제6호
환도 앞둔 서울	서울의 이모저모를 르포르타주	1953.07	제2권제6호
여성문제	〈현대여대생의 생태〉(안인희), 〈애정의 본질〉(임긍재), 〈애정회화의 연구〉(편집부)	1953.08	제2권제7호
盛夏소설특집	〈비에 젖은 황토자국〉(염상섭), 〈여로에서〉(윤금숙), 〈천심〉(박영준) 외 2편	1953.08	제2권제7호
헐리웃특집	영화도시 헐리웃의 만화경	1953.09	제2권제8호
애정문제 해부	〈신여성의 윤리관 해부〉(김은우), 〈연정의 현대적 윤리〉(조연현), 〈간통의 역사〉(장경학), 〈애정과 성욕〉(임긍재)	1953.09	제2권제8호
서울 특집	〈空都의 회상〉(박종화), 〈서울살림 이모저모〉(최정희), 〈서울의 풍경화〉(전숙희), 〈전쟁과 가로수〉(김규동), 〈화가가 그리는 서울의 설계도〉(백영수) 외 2편	1953.10	제2권제9호

특집명	수록 논설(작품)	연/월	권호
1953년 총결산	〈정치와 사회〉(김석길), 〈문학〉(이봉래), 〈영화연극〉(김소동), 〈악단〉(김종순)	1953.12	제2권제11호
신년 특집	〈한국의 신년풍속과 놀이〉(황의돈), 〈밝아오는 신년에의 제언〉(이헌구), 〈문화사상의 갑오년〉(홍효민), 〈1954년의 염원과 가능성〉(김홍수)	1954.01	제3권제1호
현대여성의위기	〈나는 재혼에 실패했다−어느 미망인의 수기〉(김춘자), 〈로렌스의 비극〉(박화목), 〈내가 본 한국여성들〉(N.사라비아), 〈미국 가정부인의 실태〉 등	1954.01	제3권제1호
청년교양물	〈통일대업과 청년의 진로〉(이선근), 〈국민보건의 포부를 논함〉(최재유), 〈정치와 사회와 교육〉(왕학수), 〈최근 우리학생 기질의 동향〉(이숭녕) 등	1954.02	제3권제2호
3·1절 특집	〈3·1운동 당시의 회상〉(염상섭), 〈청사에 빛나는 애국소년들〉(김진수) 등	1954.03	제3권제3호
제2대 국회결산	〈국회 혼미, 분규 연속이었다〉(김진학), 〈국회는 문화발전책을 위하여 무엇을 하였는가〉(유광렬, 김중희)	1954.04	제3권제4호
5·20총선거	〈총선거를 앞둔 정계 야화〉(김석영), 〈금차 총선거의 전국예상기〉(강영수) 등	1954.05	제3권제5호
현대 여성미의 예술적 해부	〈화가가 본 육체의 매력〉(백영수), 〈시인이 본 지성의 매력〉(박기원), 〈연출가가 본 동작의 매력〉(전근영), 〈작가가 본 여장의 매력〉(최태응) 등	1954.05	제3권제5호
남성 입체미	〈여배우가 본 성격의 매력〉(김신재), 〈무용가가 본 의복의 매력〉(김백초), 〈여교원이 본 교양의 매력〉(이송각), 〈인형가가 본 스타일의 매력〉(임향녀) 등	1954.07	제3권제7호
광복10년 기념	〈광복 후 민족진영 승리의 기록〉(구본건), 〈광복10년의 정치계측면소사〉(김홍수), 〈광복10년의 문화계측면소사〉(홍효민) 등	1954.08	제3권제8호
국내영화	〈한국영화제작에의 새 구상〉(김소동), 〈한국영화 초창기의 천일야화〉(김일해), 〈왕년의 명우 나운규의 청춘기〉(전창근) 등	1954.08	제3권제8호
남녀 우정론	〈무엇이 진정한 우정인가〉(최인욱), 〈남녀우정의 연령적 차별성〉(조능식), 〈남성의 우정과 여성의 우정〉(김영상), 〈남녀 우정과 결혼전후의 연관성〉(윤고종) 등	1954.09	제3권제9호
연예계대특집	〈신극초창기의 회고〉(김팔봉), 〈연극계의 아라비안나이트〉(최무룡), 〈소인극과 학생극의 진미〉(전근영), 〈인상 깊었던 지방공연〉(김동원) 등	1954.09	제3권제9호
윤리문제	〈친부타살사건의 원인과 그 의견〉(정태균), 〈본처 독살사건의 원인과 그 의견〉(정광모), 〈세칭 신홍재사건과 그 의견〉(김태운) 등	1954.10	제3권10호
이혼과 현대 모랄 해부	〈이혼은 현대모랄과 배치되지 않는가?〉(김은우), 〈이혼의 일방적 자유는 허용할 것인가?〉(김석길), 〈이혼의 근본원인은 어디에 있는가?〉(차태진) 등	1954.10	제3권제10호
가정을 위한 특집	〈부부생활 절제법〉(신상오), 〈부부싸움 해결하는 아내의 태도〉(고금옥), 〈여성이 남성을 매혹시키려면〉(박상운), 〈양복을 입는 법, 보는 법〉(김난공) 등	1954.10	제3권제10호

특집명	수록 논설(작품)	연/월	권호
결혼문제-결혼의 신성과 순결	〈약혼시절의 남녀교제〉(김석길), 〈결혼생활의 도덕과 양심〉(한정동), 〈결혼의 순결과 법률적 견지〉(김준원), 〈결혼의 순결을 위한 남편의 태도〉(유광렬)	1954.11	제3권제11호
1954년 총결산	〈투쟁과 분규의 불연속성〉(김진학), 〈긴장이 풀린 사회상〉(성인기), 〈대결정신이 왕성했다〉(곽종원), 〈국내외 10대 뉴스〉(김광섭) 등	1954.12	제3권제12호
학원탐조등	〈미국유학자에의 제언과 안내〉(김증한), 〈남자대학생의 생태〉(이황백), 〈학원에 대한 비판서〉(박동림) 등	1954.12	제3권제12호
蕩子蕩女의 대책을 검토한다	〈남성의 방탕에 대하여〉(정충량, 임항녀), 〈여성의 방탕에 대하여〉(김용호, 박성환)	1954.12	제3권제12호
윤백남추도기념	〈백남의 청춘과 염문〉(현철), 〈백남프로덕션 이후〉(김팔봉), 〈해군시절의 백남선생〉(이무영), 〈인간백남과 작가백남〉(최독견) 등	1954.12	제3권제12호
음악계 대특집	〈한국양악50년의 발자취〉(양태희), 〈고뇌하는 한국악단의 타개책〉(나운영), 〈음악의 요람지 '동지숙'의 회상〉(정동연) 등	1955.01	제4권제1호
학원의 자유와 학문의 자유	〈대학의 발달과 대학의 권위〉(김성식), 〈학원자유의 이념과 그 방향〉(윤영춘), 〈학생운동의 과거, 현재, 장래〉(이철승), 〈학원의 자유와 교수의 입장〉(서석순) 등	1955.02	제4권제2호
한국인이 본 외국여성의 특색	〈내가 본 미국여성들의 특색〉(배상명), 〈내가 본 비율빈 여성들의 특색〉(황태석), 〈내가 본 영국여성들의 특색〉(임영빈), 〈내가 본 불란서 여성〉(이명화) 등	1955.02	제4권제2호
3·1운동 당시의 비화들	〈3·1선언과 나의 변론〉(이인), 〈사사건건이 신묘했다〉(김도태), 〈여걸 유관순 양과 나〉(서명학) 등	1955.03	제4권제3호
한국 언론계의 발자취	〈신문발달소사〉(유광렬), 〈나의 신문회고록〉(우승규), 〈나의 견습기자생활〉(조동건), 〈나의 필화사건〉(이건혁), 〈논설위원의 생활 점철〉(강영수) 등	1955.05	제4권제5호
월남 동포들의 결혼문제	〈남북통일에 대한 수습책〉(유광렬), 〈처자를 버리고 온 남편의 경우〉(김정호), 〈가정을 버리고 온 여성의 경우〉(박현숙) 등	1955.06	제4권제6호
자살자는 왜 늘어만 가는가	〈자살자 격증의 원인〉(김석길), 〈자살의 예방과 그 대책〉(강영수), 〈자살자의 심리상태 해부〉(김기환), 〈신문사회면에 나타난 자살자의 경향〉(박운대) 등	1955.07	제4권제7호
무용예술과 육체의 음률	〈무용과 대중〉(김백봉), 〈무용생활 12년〉(송범), 〈연구생과 더불어〉(박외선), 〈인기무용인 40인집〉(김상파), 〈나의 연구생 시절〉(임성남) 등	1955.07	제4권제7호
해방10주년기념논고	〈민주적 정치제도의 확립 위한 투쟁으로〉(조병옥), 〈기형경제상태 청산, 안정체제 확립 시급〉(배제인), 〈아주반공전선과 한국군〉(이형근), 〈혼란했던 과거를 버리면 미구에 아정 기대〉(박술음), 〈단결로 아집버려라〉(이헌구),	1955.08	제4권제8호
학생과 민주주의	〈학도는 민주주의의 실천자〉(오천석), 〈학도와 정치운동에 대하여〉(신기석), 〈학생의 사회적 지위〉(양기석), 〈민주교육과 학생의 윤리〉(윤영춘) 등	1955.08	제4권제8호

특집명	수록 논설(작품)	연/월	권호
대중소설	〈초상〉(최정희), 〈노처녀〉(박영준), 〈회귀〉(조흔파), 〈등외묘지〉(김광주) 등 7편	1955.08	제4권제8호
사회비판	〈시민은 목마르다-물 안 나오는 수도〉, 〈쓰레기의 사태〉, 〈국민의 암-잡부금〉, 〈불통 전화〉, 〈세정(稅政)을 쇄신하라〉, 〈특선과 암흑의 전기〉 등	1955.09	제4권제9호
차기 올림픽과 한국체육계의 전망	〈멜보른 올림픽과 한국〉(정상희), 〈한국체육의 과거와 현재〉(김창문), 〈멜보른 올림픽을 앞둔 한국축구〉(이유형), 〈멜보른 올림픽을 앞둔 한국농구〉(안병석), 〈멜보른 올림픽을 앞둔 한국육상〉(이지섭) 등	1955.10	제4권제10호
해외탐정소설	〈떨어진 별〉(죤 코리엘), 〈미녀의 시체〉(제임스 얼맨), 〈둥근 초상화〉(애드가이란보), 〈얼굴가린 여인〉(코난도일) 등	1955.10	제4권제10호
한국외교와 일본의 망언	〈한일국교 조정에의 提要〉(정기원), 〈대한정책과 우리의 각성〉(윤치영), 〈일본의 외교술을 폭로한다〉(양유찬), 〈외교와 商術〉(임병직) 등	1955.11	제4권제11호
결혼과 가정	〈혼담중의 남녀에의 진언과 안내〉(조흔파), 〈신혼부부생활에의 진언과 안내〉(이명온), 〈교제결혼의 형태와 그 실제〉(박명호), 〈결혼실격자로서의 일언〉(김용호) 등	1955.11	제4권제11호
명랑소설	〈바람없는 풍파〉(조흔파), 〈깜박깜박하는 밤〉(유호), 〈결혼명령Z호〉(최성수) 등 5편	1955.11	제4권제11호
박인수사건의 재검토	〈애정과 정절과 유희〉(오소백), 〈박인수사건과 이대생〉(이태희), 〈나의 딸은 박인수사건의 제물인가〉(피해 입은 여대생이 공개하는 실토기) 등	1955.12	제4권제12호
땐스는 과연 금지돼야 하는가	〈금지란 이해할 수 없다〉(김봉수), 〈땐스는 인격을 향상시킨다〉(송영근), 〈사교란 하나의 구실이다〉(한춘식), 〈공인할 수는 도저히 없다〉(박문진) 등 11편	1956.01	제5권제1호
남성의 정조	〈남성의 방종은 왜 사회적으로 관용한가〉(한정동), 〈매음녀와 남성정조에의 영향〉(우승규), 〈간통죄는 왜 존재하여 있는가〉(장후영) 등 7편	1956.02	제5권제2호
외국유학 희망자에의 안내	〈유학을 앞둔 학생에의 제언과 안내〉(최석훈), 〈해외유학자의 알바이트는 가능한가〉(이수영), 〈여권수속 창구에 비친 유학생의 동태〉(정성관) 등	1956.02	제5권제2호
3·1절 특집	〈나는 파고다공원에서 독립선언서를 낭독했다〉(정재용), 〈노령 간도지구 기미독립운동소사〉(갈막) 등	1956.03	제5권제3호
남녀우정	〈한국사회와 남녀우정〉(마해송), 〈직장생활과 남녀우정〉(김안제), 〈학창생활과 남녀우정〉(왕학수), 〈남녀교제 異變 三態〉(최석훈) 등	1956.03	제5권제3호

제3부

혁명과
쿠데타의 교차,
1960년대
문학의 존재

10

1960년대 등단제도와 문학

1. 1960년대 문단과 등단제도

등단제도는 근대문학의 성립과 상응해 등장한 이래 한국 근대문학의 발전적 전개를 추동하는 요인으로 작용하면서 제도적으로 상례화 되어 오늘에까지 이르고 있다. 1910년대 『매일신보』, 『청춘』을 중심으로 각종 매체들의 현상문예제도의 실험을 거쳐 1920년대 중반, 특히 1924년 순문예지 『조선문단』이 본격적으로 실시한 추천제와 1925년 『동아일보』가 시행하면서부터 연례화 된 신춘문예제도를 통해 등단제도는 확고한 제도적 성립을 보게 된다.[1] 이는 문단사적·문학사적으로 중요한 의의를 내포한 변화였다. 신인작가 선발 메커니즘의 정착에 따른 문사(인)에 대한 객관적인 기준 제공 및 문단인구의 확대를 비롯한 근대적 문단의 형성에 그치지 않고 근대문학에 대한 인식의 정립과 그 확산을 촉진시키는 바탕이 된다. 즉 문학의 자율성·전문성에 대한 관념의 성립, 문학 장르의 분화와 그에 따른 순문학 규범의 제도화, 자족적·폐쇄적 동인지문학 시대의 종언, 활자미디어(신문, 잡지)와 문학·문인의 혈연적 관계 정착 등 근대문학의 본격적 전개를 촉진시키는 제도적 기제였던 것이다. 무엇보다 빠르게 '정기성(定期性)'을 확보했기 때문에 가능했다.

그 흐름은 1930년대 3대 민간지의 신춘문예제가 신문의 권위와 영향력을 바탕으로 활성화돼 이른바 신춘문예의 황금시대(1934~38년)를 이룸으로써 더욱 가속된다. 신춘문예가 제도적 권위를 공인받게 된 데에는 당시 신문이 조선에서 새

---

1) 순문예지 『조선문단』의 추천제에 대해서는 이봉범, 「1920년대 부르주아문학의 제도적 정착과 『조선문단』」, 『민족문학사연구』29, 민족문학사학회, 2005 참조.

로운 문학 및 문단의 형성에 절대적인 영향을 끼치는 가운데 출중한 신인을 연속 배출한 점도 작용했지만, 그보다는 각 신문사가 별도로 출판국을 두고 월간지를 발행하며 당선 신인들에게 기성작가 대우를 해 후원했기 때문이었다.[2] 더욱이 순문예지가 문단적 권위를 확실하게 보증 받지 못한 것에 비해 신문잡지(『신동아』, 『중앙』, 『조광』)가 당시 가장 권위 있는 월간지로 인정받음으로써 신인이 등단할 기회는 실질적으로 신춘문예밖에 없었으며 따라서 신춘문예 당선이 그대로 영예로운 문단 데뷔가 되었다.

이와 더불어 1930년대 후반 『문장』(1939.2~1941.4)이 비록 짧은 기간이었지만 매체의 권위와 추천제가 선순환 관계를 이루며 추천제의 긍정적 성과를 생산해냄으로써 추천제 또한 등단제도로서의 공신력을 다시금 확보하는 계기가 되었다.[3] 이렇게 각기 독자적으로 시행·정착된 신춘문예와 추천제가 등단제도를 대표하는 장치로 기능하면서 여러 제도적 유산과 이로부터 파생된 관행과 내면화된 관념이 생성된다. 그것은 매체의 권위를 창출·보증해주는 유력한 장치로 활용, 자사출신 신인들에 대한 우선적 지면 제공을 통한 특정한 인적·미학적 네트워크 형성, 비평(월평)을 통한 추인시스템 가동, 대작(代作)·표절·모작의 범람, 창작가이드라인 제시(선후평 또는 심사평)를 통한 문학교육의 장, 문학의 에피고넨(epigonen)화, 맞춤형 응모의 성행 등 긍·부정의 양면성을 내포한 것이었다.

해방 후에도 신춘문예와 추천제는 이전의 제도적 유산 및 관행의 연속/단절을 수반한 가운데 이전보다 더 강력하게 문학·문단의 존재방식에 관여한다. 특히 1955년 모든 일간신문에서 신춘문예가 복원되고 『문예』(1949.8~54.3)의 추천제가 3대 문예지에서 확대 재생산되어 상호 경쟁구도를 형성함으로써 등단제도의 기능은 신인등용문이라는 초보적 의의를 넘어서 새로운 문학경향의 출현을 촉진/차단하거나 작가지망생들의 상상력을 제한하는 검열의 역할까지 수행한다. 그 같은 부정성은 추천제에서 한층 심화된 형태로 나타난다. 『문예』의 추천제가 해방 후 한국문학의 주류미학으로 군림해온 순수문학의 재생산장치로 활용되

---

2) 김동리, 「新春文藝 今昔語」, 『동아일보』, 1963.1.10.

3) 이에 대해서는 이봉범, 「잡지 『문장』의 성격과 위상」, 『반교어문연구』22, 반교어문학회, 2007 참조.

면서 이른바 문협정통파의 문학·문단 권력을 보증해주는 원동력으로 작용했던 전통을 그 후신인 『현대문학』(1955.1)이 계승해 더욱 강화시키고 이에 대항해 『문학예술』(1954.4~57.12)과 『자유문학』(1956.6~63.4)이 각기 차별화된 추천제를 가동해 치열한 생존경쟁을 벌임으로써 과거의 부정적 관행이 심화되기에 이른 것이다. 문단의 분열(한국문학가협회/한국자유문학자협회) 및 그 대리전으로 비화된 문예지 간의 경쟁이 추천제를 매개로 격화되었기에 그 병폐가 증폭될 수밖에 없었다. 그러나 당대 문학 장 전체로 보면 순수문학뿐만 아니라 현대성을 갖춘 새로운 경향, 현실참여적인 문학이 문학제도권 안으로 진입하는 발판이 되었으며, 선진 외국문학의 수용으로 근대적 문학 지평이 개척되는 등 문학 발전의 새로운 전기가 마련된 긍정적 효과가 여러 폐단에 못지않게 컸다는 점을 간과해선 안 된다.

신춘문예제도 또한 신문매체 특유의 대중성·전국성에다 제도 운영의 투명성과 구체성, 심사의 공정성 등과 같은 제도적 개선 그리고 신문사 간 경쟁체제로 말미암아 15년의 공백 기간이 무색하게 빠른 기간 안에 등단제도로서의 권위와 영향력을 회복했다. 그 과정에서 신문의 문학·문인에 대한 압도적 지배력에 따른 신문사의 이해관계, 특히 상업주의 전략이 제도 운영에 우세적으로 관철되면서 모집 규정을 벗어난 입선자의 남발, 민감한 제재 혹은 주제의 당선 봉쇄와 같은 구조적 결함이 발생하기도 했다. 1968년 김수영이 문제시 한 '신춘문예의 응모작품 속에 끼어있던 불온한 내용의 작품'(당선에서 배제된)은 1950년대 신춘문예 운용에서 이미 나타난 부작용이었다. 요컨대 신춘문예와 추천제를 주축으로 한 1950년대 등단제도의 활성화는 문학의 사회적 위상을 제고하고 한국전쟁으로 분산되고 위축된 문단 재건의 물질적·제도적 토대를 구축한 의의를 지닌다. 아울러 문학(단)의 중앙 집중화를 촉진시켜 지방문단 및 동인지문학의 마이너리티화가 초래되고, 추천제를 매개로 문단-대학의 공고한 네트워크가 형성되는 새로운 관행을 만들어낸다. 그 과정에서 자생적 문학 활동의 거점 역할을 했던 동인지가 문단의 중앙집권화가 완성되는 1950년대에는 "무명작가가 得名하기까지의 한 過度 道程物"[4]이란 초창기 동인지가 지녔던 의의에도 미치지 못하는 수

---

4) 김치홍 편, 『김동인평론전집』, 삼영사, 1984, 417쪽.

준으로 퇴행하는 부작용이 나타나기도 했다.

1960년대 이후에도 신춘문예와 추천제는 그 제도적 폐해가 끊임없이 논란되었음에도 불구하고 줄곧 등단제도의 중추적인 역할을 담당했다.[5] 어쩌면 이 같은 기지의 사실, 특별할 것도 없을 것 같은 1960년대 등단제도를 본 연구가 문제 삼는 이유는 등단의 유력한 제도라는 의의를 넘어 이른바 '4·19세대'문학을 위시한 1960년대 문학의 새로운 전개와 문단질서 재편성을 강력하게 추동해내는 제도적 토대로 기능했다는 잠정적인 판단에서다. 그 저간의 맥락을 살펴보자.

당시의 문단데뷔는 지금 되돌아보면 협소하기로는 조선시대 과거급제 유형의 계승이기는 했습니다. 그러함에도 무슨 고등고시니 행정고시니 하는 것에 견주자면 '문청기질'을 누릴 여유가 있었지요. 『현대문학』, 『문학예술』 등의 추천제도 통과 등단방향과 일간지의 신춘문예와 『사상계』의 신인문학상 공모에 뽑히는 진입의 형태가 있었습니다. 나는 후자 쪽으로만 19차례 응모했는데, 나름대로 자기기준을 마련했습니다. 1)본명 숨긴 가명으로, 2)서울 아닌 지방 농촌 주소로, 3)가능한 한 중앙 5대일간지 모든 곳에 매년마다 다른 작품들로 응모한다는 것이었지요. 심지어 『사상계』에는 다른 가명으로 다른 내용의 작품 2편을 동시에 응모해보기도 했습니다. (중략) 그리하여 5회의 본선 진출(시 포함)과 3회의 당선작 없는 가작 입선(『사상계』, 『경향신문』, 『한국일보』), 그리고 1회 추천(『창작과비평』제2호, 1966년 봄호), 이어서 마지막 수순으로 월간 『세대』가 처음으로 공모한 '중편소설 신인상'의 당선(1966년 4월호)이라는 '수확'을 거두어 나의 문청시대는 마감되었습니다.[6]

---

5) 『문학사상』1986.3~4월호의 '한국문인 1,101명의 모든 것'이란 기획을 살펴보면, 당시 1,101명의 문인(시인 480명, 소설가 226명, 평론가 50명, 아동문학가 121명, 시조시인 86명, 수필가 91명, 희곡작가 33명, 번역문학가 14명)의 데뷔 경로가 문예지의 신인상 및 추천제 497명, 신춘문예 239명으로 나타나 있는데 전체의 66.8%가 추천제 및 신춘문예를 통해 작가로 입문했음을 확인할 수 있다. 이 같은 사실은 추천제 및 신춘문예가 1960년대 이후에도 유력한 등단방법이었다는 것을 말해준다. 참고로 출신학교를 보면 서울대 86명, 동국대 78명, 서라벌예대 54명 등의 순으로 나타나는데, 이는 1950년대에 등단제도로 형성된 (특정)대학-문단의 연계가 확대된 산물로 간주할 수 있다.

6) 박태순, 「1960년대 문학, 문화원형의 문학공간으로 평가되기를 기대하며」, 『상허학보』40, 상허학

나도 신문사의 신춘문예의 심사원의 말석을 더럽히고 있는 몸이라 큰 소리는 할 수 없지만 귀하의 말 중에서 가장 실감이 나는 것은 귀하가―담배값밖에 안된다고 하지만―추천료에 유혹을 느끼고 있다는 점이오. 이것은 지극히 한심스러운 일이지만 사실이오. 그리고 이보다도 더 한심스러운 일은 심사원의 권위―아무리 低落한 권위라 할지라도―에 대한 매력이오. 이것도 지극히 유치한 일이지만 사실이오. (중략) 그러면 타성이오. 오늘날 추천제도가 욕을 먹고 있는 것은 이 타성 때문이오. 추천제도를 끌고나가는 문학잡지사의 타성이고, 그 문학잡지사의 추천제도를 모방하는 ABC의 문학잡지와 XYZ의 詩誌의 타성이고, 이런 타성에 끌려가는 추천자 甲乙丙의 타성이고, 이런 추천제에 응모하는 시를 생활할 줄 모르는 풋내기 문학청년들의 타성이오. (중략) 나의 이상으로는 개성있는 시인의 대망을 가진 사람이라면 매너리즘에 빠진 오늘날과 같은 치욕적인 추천제도에는 도저히 응해지지 않을 것이오. 오늘날의 문단의 추천제는 '007'의 영화를 보려고 새벽 여덟시부터 매표구 앞에 줄을 지어 늘어선 관객들을 연상케 하는 치욕적인 것이오.[7]

박태순의 술회는 4·19세대의 등단에 대한 입장과 작가로의 입문 과정의 특징적 양상을 시사해준다. 우선 문예지 추천제에 대한 의도적 거리두기가 눈에 띈다. 1950년대에 비해 문단 데뷔의 관문이 특별히 확장된 것도 아닌 상황에서 당시 하늘의 별따기만큼이나 어려웠으나 큰 영예로 간주되던 추천제를 의식적으로 거부했다는 것은 추천제의 폐해에 대한 비판을 넘어 추천제를 매개로 문단·문학 권력을 재생산하고 있던 기성 문단(세대)의 질서에 대한 능동적인 거부 의지를 표명한 것으로 볼 수 있다. 더욱이 『현대문학』추천제의 영향력과 매력, 즉 추천신인들에 대한 지면 제공과 같은 보호·육성의 각종 특혜조치나, 또 기성세대의 엄호를 받지 않거나 적어도 그들의 양해, 묵인이 없으면 어떤 문학 활동조차 철저히 통제하던 당시의 문단 풍토를 감안할 때 이 같은 대응은 쉽지 않은 선택이었다.

    회, 2014, 309~310쪽.
7) 김수영, 「문단추천제 폐지론」, 『김수영전집2』, 민음사, 1981, 147~149쪽.

장용학의 경우처럼 기성 문인의 추천을 받아 등단하되 이후 대안적 모색을 적극적으로 전개할 수도 있었고,[8] 동세대의 상당수 문청(文靑)들이『현대문학』의 추천을 받아 등단했던—추천완료의 시점으로 마종기(1960.2), 백인빈(1960.3), 이성부(1962.12), 정을병(1963.2), 이승훈(1963.4), 윤정규(1963.7), 문병란(1963.11), 홍기삼(1964.6), 정현종(1965.8), 이문구(1966.7), 임헌영(1966.8), 오세영(1968.1), 오규원(1968.10), 유재용(1969.1) 등—경우를 감안할 때, 일군의 4·19세대의 추천제 거부가 과연 최상의 선택이었을까? 더불어 그들이 선호했던 신춘문예와 종합지의 신인문학상 제도는 추천제가 드러낸 폐해와는 무관했던 것인가?

작가 입문의 어려움을 자처하면서까지 추천제를 거부한 것이 나름의 의도를 관철시키기 위한 선택이었다면, 이는 20대에 의한 기성세대 불신 풍조가 팽배했다는 사실, 따라서 이들의 문학적 행보가 '독자적으로' 전개될 것이라는 사실을 암시해준다고 볼 수 있다. 실제로 이들은 등단 전후 동인지 활동을 거점으로 기성문학과 변별되는 새로운 문학을 모색했고 더불어 전후세대의 동인지운동까지 가세하면서 1960년대는 '신문학사상 일찍이 볼 수 없던 동인지의 전성시대'[9]가 열린다. 또 같은 세대 비평가들에 의해 '60년대 작가'라는 문학적 세대 규정(정체성)이 정립되는 가운데 기성세대 및 전후세대와의 인정투쟁을 끊임없이 전개했고, 독자적인 조직을 결성하고 매체를 창간해 그들만의 새로운 문학의 물적 토대를 구비하려는 시도와 동시에 대안적 문학이념을 지속적으로 모색하기에 이른다.

그리고 19차례 응모했다는 사실도 주목된다.[10] 비단 박태순만이 아니고 상당

<hr/>

8) 『문예』추천완료(1952.1. 김동리 추천)로 등단한 장용학은 추천제가 추천자의 아류를 양산하고 문단권력 유지의 수단으로 변질된 풍토를 '신인을 추천자 자신의 졸도(卒徒)일 경우에만 인정하려는 폐습'으로 비판한 바 있다(『현대문학』, 1955.1, 64쪽). 그는 기성문단에 대한 저항의 표시로 일체의 문인단체에 가입하지 않았으며, 다른 한편으로는 '사상은 한자어에만 있고 순우리말에는 없다는 전제 아래 한글전용의 소설쓰기를 일그러진 쇼비니즘으로 간주하고 사상성을 중시한 한자어 중심의 관념소설에 주력한다(장용학, 「나는 왜 소설에 한자를 쓰는가」, 『세대』, 1963.9, 「한글신화의 허구」, 『신동아』, 1968.6).

9) 이형기, 「동인지」, 한국문인협회 편, 『해방문학20년』, 정음사, 1966, 197쪽.

10) 박태순은 또 다른 글에서 21차례 응모했으며 그중 14번은 예선에서도 탈락했다고 말한 바 있다. 사용한 가명도 밝혔는데, 1964년 『사상계』신인문학상 모집에는 '권중석'이란 이름으로(「공알앙당」 입선), 1965년 『경향신문』신춘문예에는 '김재소'로(「향연」, 가작), 『한국일보』신춘문예에는 '박

수의 문청들이 반복적으로 등단제도에 도전한 바 있다. 가명, 필명을 사용한 것도 마찬가지이다. 문청의 객기로 치부하기엔 정도가 심하다. 대다수 문청이 반복적으로 응모했다는 사실에서 그것이 당대 일반적인 현상이었다고 간주해도 무리가 없을 듯하다.[11] 실제 등단한 결과만을 놓고 보더라도 그 경로가 매우 복잡하다. 신춘문예 가작·입선→신춘문예 당선의 경우(최하림; 1961년 『조선일보』 가작→1964년 『조선일보』 당선), 문예지 추천완료→신춘문예 당선의 재데뷔 경우(백시종; 1966.5 『현대문학』 추천완료→1967년 『대한일보』 당선), 신인문학상→신춘문예 당선의 재데뷔 경우(김광협; 1963 『신세계』→1965년 『동아일보』 당선), 신인문학상→신춘문예 당선의 경우(황석영; 1962년 『사상계』 신인문학상 가작→1970년 『조선일보』 당선), 신인문학상→추천제의 경우(박상륭; 1963년 『사상계』 신인문학상 가작→1964년 『현대문학』추천), 신춘문예 당선→추천제의 경우(이세기; 1968년 『조선일보』 소설당선→1968.5 『현대문학』 추천완료), 지방신문 신춘문예→중앙일간지 신춘문예의 경우(이성부; 1959년 『전남일보』당선→1962.12 『현대문학』 추천완료→1966년 『동아일보』당선), 같은 해 신춘문예 동시 입선의 경우(한승원; 1968년 『대한일보』 당선, 『신아일보』 입선), 신춘문예 복수장르 당선의 경우(오탁번; 1966년 『동아일보』 동화 당선, 1967년 『중앙일보』 시 당선, 1969년 『대한일보』 소설 당선) 등 종횡으로 다양하다. 이근배는 5대 중앙일간지 신춘문예를 휩쓰는 기록을 세우는가 하면(1961년 『서울신문』, 『조선일보』, 『경향신문』 시조부문 당선, 1962년 『동아일보』 시조 당선, 1964년 『한국일보』 시 당선), 최인호는 모든 등단제도를 섭렵해 입문한다(1963년 『한국일보』 입선, 1967년 『조선일보』 당선, 1968년

내우'로(『약혼설』, 가작) 응모했다고 한다. 아울러 1960년대의 문단입문자들은 선배작가와 달라서 의식구조상 밀항자와 같은 고독을 느꼈는데, 이를 '앙팡테리블(enfant terrible)로 표현했다. 말 그대로 기성세대가 만들어 놓은 도덕적 개념과 사회적 명성에 대해 정면으로 도전을 감행했던 젊은 세대들의 독특한 의식구조를 엿볼 수 있다. 박태순, 「나와 60년대」, 『경향신문』, 1969.12.3.

11) 그 같은 현상은 김동리의 중복 당선(1934년 『조선일보』신춘문예 시 입선, 1935년 『중앙일보』소설 당선, 『동아일보』소설당선), 곽하신의 재데뷔(1938년 『동아일보』신춘문예 소설당선, 1939.12 『문장』추천완료) 등에서 확인할 수 있듯이 식민지시기에도 나타난 바 있으며, 1950년대는 더욱 확대돼 다양한 경로, 이를테면 신춘문예의 중복 입선(신동문; 1955 『동아일보』가작, 1956 『조선일보』 당선), 신춘문예→추천제(인태성; 1955 『동아일보』가작, 1956 『문학예술』추천완료, 송상옥; 1959 『동아일보』가작, 1959 『사상계』추천), 추천제→신춘문예(홍윤기; 1958 『현대문학』추천, 1959 『서울신문』당선) 등을 보여주었다. 1960년대는 거의 모든 문청들에서 이 같은 사례가 나타난다는 것과 또 1950년대의 재데뷔가 대부분 신춘문예→추천제였던 것과 달리 그 경로가 매우 다양해졌다는 점에서 앞 시기와 구별된다.

『사상계』 신인문학상 입선, 1969.2 『현대문학』 추천완료). 황석영, 조해일, 조선작, 김주영 등은 1960년대 신춘문예 단골낙방생이었다. 조해일은 1962년부터 8차례 낙방한 뒤 가까스로 1970년에 당선되었으며(『중앙일보』), 조선작은 계속 낙방하다가 1971년 『세대』가 특별 기획한 '신춘문예낙선소설모집'을 통해 데뷔한 바 있다.[12]

신춘문예든 추천제든 신인문학상이든 당시 심사위원(고선위원) 진용이 엇비슷한데도 불구하고 20대 문청들이 등단에 이상적 열병을 보인 것, 특히 신춘문예가 선망의 표적이 되었던 것은 무슨 까닭일까? 단순히 신춘문예 특유의 대중적 스포트라이트 때문으로 보기는 어렵다. 아마도 김승옥의 『현대문학』작품 게재 거부 사건을 통해 실마리를 찾을 수 있겠다. 1962년 『한국일보』신춘문예에 당선된 뒤 김승옥이 제2작 「力士」를 『현대문학』에 게재하려 했으나 조연현으로부터 '신춘문예당선을 1회 추천으로 간주할 테니 이 작품으로 2회 추천을 받으라'는 권고를 받고 이를 거부한 바 있다(이후 김승옥이 『현대문학』에 단 한 번도 작품을 발표하지 않은 것은 널리 알려진 사실이다). 다시 말해 조연현의 발언처럼 문예지가 신춘문예 당선을 문단 데뷔로 인정하지 않거나 추천제를 실시한 문예지 간에도 상호 배타적으로 지면을 제공하는[13] 등의 당대 문단의 구조적 권위주의의 산물로 볼 수 있다. 따라서 1960년대에 등단한 신진문인들은 그 구조적 권위주의가 유지되는 한 이에 순응하든지 아니면 거부하든지 선택이 불가피했다. 이는 단순히 신춘문예→추천제의 경로를 순응·편승으로, 추천제의 의도적 기피를 저항으로 보는 수준을 넘어서는 사안이라고 할 수 있다.

한편 김수영의 글은 1960년대 추천제도가 타성에 젖어 있어 질적으로 우수한 신인(작품)의 출현이 불가능하다는 점을 적시한 가운데 추천제의 폐지를 강력

---

12) 당선작은 「志士塚」이었고, 심사위원은 김승옥, 김현, 박태순, 염무웅, 유현종 등이었다(『세대』, 1971.6). 「志士塚」은 1969년 『중앙일보』신춘문예에 최종심까지 올라 경합을 벌였으나 탈락한 바 있다. 문장력이 우수하고 현실관도 신랄하나 작위성과 우연성이 많다는 이유에서였다(심사위원; 김동리, 황순원, 강신재).

13) 한국자유문학자협회가 4·19혁명 직후인 1960년 5월 발전적 자진 해체를 결의하면서 "특히 우리에게 심통한 것은 신인을 추천함에 있어 자유문협파니 한국문협파니 하는 불행한 별명이 신인작가들에게 붙어 다니는 사실이었다. 미래에까지 좋지 못한 영향을 미치게 할 이 달갑지 못한 사실을 초극할 시기가 바로 이날이라 할진대"(결의문)를 통해 문예지 간 상호 배타적 관계가 얼마나 심각했는지 어렵지 않게 추측해볼 수 있다.

히 촉구하고 있다. 추천제의 문제, 즉 '문인의 대량 생산→양질의 작품 생산 부족→추천제의 권위 실추'의 악순환으로 요약되는 세간의 지적에 대한 추천자의 변명을 공박하는 형식으로 제기된 그의 주장에서 주목할 것은 문제의 근원인 매너리즘이 추천자, 문학잡지사, 문청의 타성이 상호 결합된 산물로 본 점이다. 추천제의 병폐는 이미 1960년대 초부터 공론화된 바 있다. 추천자의 아류 생산, 추천자의 명성 및 문단세력 유지의 방편, 시행 기관인 잡지사나 고선자의 문단세력 구축·확장을 위한 수단 등이 지적된 가운데 시행 기관의 반성과 제도 운영의 개선이 촉구되었다.[14] 4·19직후에는 전후세대 문인의 집결체인 '전후문학인협회'가 문단정화를 요구하는 성명서를 통해 한국문학가협회의 해체와 추천제의 시정을 발표했다.[15] 대체로 폐지보다는 제도 운영의 개선이 필요하다는 주장이 주류였다. 실제 『현대문학』도 1950년대와 달리 추천위원을 복수화 하고 심사의 엄격함을 강화하는 개선책을 시행한 바 있다.

개선을 통한 추천제의 견실한 유지를 다수가 요망했음에도 불구하고 그 폐해가 불식된 것은 아니었다. 어쩌면 추천제의 특성상 불가피한 결과였을 것이다. 1960년대 후반에도 추천제는 아류 범람과 정실로 얼룩진 '문단의 사창가'라는 혹평이 쏟아졌고,[16] 신춘문예 또한 여러 폐해가 불거지면서 제도 자체에 대한 회의론 또는 무용론이 팽배해진다.[17] 이런 흐름 속에서 김수영이 주목한 제도적 메커

---

14) 「추천제의 시비」, 『조선일보』, 1960.1.25. 이희승, 박종화, 최정희 등은 『현대문학』(한국문학가협회)과 『자유문학』(한국자유문학자협회)간의 대립에 따른 블록화된 추천의 폐해를 비판하면서 추천기관의 통합, 실시 횟수의 대폭 축소, 통과 절차의 강화, 분파적 정실 청산 등의 제도 개선을 제기했다. 반면 모윤숙은 서구에는 추천제가 없다는 점과 신인 추천은 궁극적으로 독자의 몫이기 때문에 추천제를 폐지하고 신인작품 소개란을 확대하는 것이 바람직하다는 주장을 폈다.

15) 오상원, 서기원, 구자운, 박희진, 유종호, 홍사중 등 전후에 등단한 문인들이 문단파쟁과 문단정치를 불식·지양하고 범문단적인 새로운 결속을 촉구하면서 발족한 전후문학인협회(1960.5.28)는 한국문단의 혁신을 위한 성명서를 발표한 바 있다. 그 내용은 ①문단정화는 보다 과감해야 한다 ②한국문협은 해체되어야 한다 ③신인추천제는 시정되어야 한다 ④원고료의 기본수준을 올려야 한다 등이다. 추천제에 대해서는 '문예지의 추천방법은 심사위원 구성이 고정됨으로써 정실이 개재하여 일부 심사위원의 맹목적인 아류를 길러내어 작품의 질적 저하를 초래했으며, 이런 폐단은 신문 및 일부 종합지에 대해서도 지적될 수 있다'고 밝히고 추천제의 시정 방안으로 고정된 심사위원의 구성을 지양할 것과 추천제의 월중 행사화를 폐지할 것을 제안했다. 「한국문단의 혁신을 위하여」, 『경향신문』, 1960.7.5.

16) 「신문학60년:오늘의 풍속(1) 문단입문」, 『경향신문』, 1968.4.20.

17) 「龍 없는 登龍門-'新春文藝學'을 論한다」(좌담회), 『세대』, 1969.2.

니즘의 문제는 1960년대 등단제도의 근본적 문제를 환기해준다. 동시에 그것이 찬반 여부를 초월해 문학의 본질론과 맞닿은 문제제기이기에 예사롭게 보기 어렵다. 특히 제도의 시행기관인 매체의 타성 문제는 그가 수차례 밝혔듯이 당시 모든 매체가 '획일주의를 강요하는 대제도의 유형무형의 문화기관의 에이전트로 전락한 검열자'로 군림하고 있었다는 점을 고려할 때, 매체와 등단제도의 상관관계에 대한 검토의 필요성을 제기해준다. 매체와 등단제도의 상관성 문제는 아마도 김수영이 신춘문예와 추천제의 심사위원으로 참여했던 경험이 반영되었을 것으로 추정된다.[18]

문제는 김수영도 대안을 확실하게 제시하지 못하고 있다는 점이다. 임중빈이 등단제도 질서체계의 전면적 재검토가 필요하다는 전제 속에 여러 가지 대안을 제시한 바 있으나 당대 한국문단이 처한 조건에서는 실현가능성이 매우 낮다.[19] 이 지점에서 『문학춘추』와 『창작과비평』의 서로 다른 행보는 시사하는 바가 크다. 『문학춘추』(1964.4~65.6, 편집장 전봉건)는 기존 문예지의 타성을 벗어나 범문단지로 기획되어 창간되었지만 기성의 권위에 기대어 잡지의 권위를 확보하고자 시도한 가운데 추천제를 실시하나 기존 추천제 방식을 답습한다.[20] 반면 『창작과비평』은 제2호부터 '신인과 기성의 구별 없이 내용에 따라 채택한다, 길이의 제한도 없다'는 원칙하에 파격적인 신인선발 방식을 시행한다. 그 실험은 심사위원을 별도로 두지 않고 편집주체가 직접 선정해 좋은 작품을 싣겠다는 것으로 잡지 주체가 문학적 이념과 척도에 부응하는 작가작품을 선정한다는 점에서 또 다른

---

18) 김수영은 1965~68년 『조선일보』와 1967~68년 『서울신문』 신춘문예 시 부문 심사위원이었다. 또 문예지 『문학춘추』 추천제의 시 부문 추천위원이었는데, 추천한 신인은 없었다.

19) 임중빈이 제시한 대안으로는 첫째, 중견작가의 적극적인 신인배출 방법으로 중견이 3편 이상의 시(시조), 동시에 10매 이상의 시론 또는 2편 이상의 소설, 평론, 희곡에 20매 이상의 작품론을 첨부해 등단시키는 방법, 둘째 단독 처녀작품집 출판을 전제로 하는 신인등장의 방식, 셋째, 일본처럼 전국 각처의 동인지를 중앙문단에서 논평하여 우수한 작품에 대해 철저한 작품론과 함께 신인을 등장시키는 방식 등이었다. 임중빈, 「문단질서개편론」, 『否定의 文學』, 한얼문고, 1972, 285~287쪽.

20) 그것은 편집위원 제도의 시행을 통해서 확인할 수 있다. 박남수, 백철, 서정주, 안수길, 조지훈, 최정희, 황순원 등이 편집위원이었는데, 이는 영향력을 지닌 문인단체이자 문단갈등의 분파였던 한국시인협회, 한국문인협회, 한국자유문학자협회 등의 핵심 멤버를 망라한 형식적 통합의 성격이 짙다.

문제를 야기할 우려가 없지 않으나 기성/신인의 구별을 없앤다는 원칙만은 대단히 획기적인 방법이었다.[21]

1960년대 등단제도는 4·19혁명을 계기로 여러 혁신 방안이 제시되었음에도 불구하고 이전부터 지속되어온 파쟁적인 문단 질서와 불가분의 관계를 지니면서 1960년대 문학의 다채로운 전개에 직·간접적인 영향을 끼친다. 1960년대 내내 존폐의 논란 속에서도 유례없는 뛰어난 문인들을 배출하였으며, 특히 4·19세대의 대거 등장은 1960년대 문학의 양과 질 모두에서 획기적인 발전에 중대한 영향력을 발휘했다는 것에 주목해야 한다. 이런 문제의식을 바탕으로 1960년대 등단제도의 대표적 유형인 신춘문예, 추천제, 신인문학상 등의 운영과 성과를 살피고 이를 바탕으로 등단제도가 끼친 문단적·문학적 의의와 그 영향을 동인지 전성과 세대교체론에 초점을 맞춰 고찰하고자 한다.

2. 신춘문예, 세 욕망의 경합 메커니즘

1960년대는 등단제도를 통과한 신인이 매년 50여 명씩 문단에 새로 편입되면서 문단 규모가 대형화된다. 1959년 11월 379명(『자유문학』, 1959.11)에서 1970년 12월 975명(『월간문학』,전국문인주소록)으로, 260% 증가한 셈이다. 천여 명의 문인이 신문, 문예지, 종합지의 문예란을 차지하기 위해 겨루는 형국, 이것이 1960년대 문단의 구조적 풍경이었다. 발표 지면의 공급/수요 간 극심한 불균형에 따른 갖가지 병폐가 야기된 것은 필연적이었고, 혁명적인 산아제한이 필요하다는 의견이 대두된 것도 당연하다 할 것이다. 그런데 등단제도에서 신춘문예가 차지하

---

21) 그 결과로 선정된 작가작품은 박태순의 「凍死者」(1966년 가을호), 송영의 「鬪鷄」(1967년 봄호), 방영웅의 장편 『분례기』(1967년 여름호~겨울호, 3회 분재), 최창학의 중편 「槍」(1968년 가을호) 등이었다. 김우창도 「서평; 김종길 저 『시론』」(창간호), 「詩에 있어서의 知性」(1967년 봄호) 등을 발표하면서 문단에 이름을 올렸다. 이러한 실험에도 불구하고 『창작과비평』의 판매 실적은 저조했고, 1966년 12월 공보부로부터 등록취소를 당하는 어려움을 겪었으나 사회과학 분야의 논문들이 대학가에서 주목을 받게 되면서 안정된 기반을 구축할 수 있었다. 다만 작품 게재의 원칙(신인 선발 방식)이 잡지의 개성을 확보하는데 긍정적으로 작용했던 것만은 부인할 수 없다. 실제로 『창작과비평』이 시도한 작품(질) 위주의 신인작품 발굴 방법은 성공적이라는 평가를 받는 가운데 기존 등단제도의 한계를 극복할 수 있는 대안적 가능성으로 주목을 받았다.「양상 달라지는 신인 추천방식」, 『동아일보』, 1967.5.20.

는 비중은 등단의 실제 결과를 놓고 볼 때 대략 20%를 차지했다. [22]

관문 통과가 상대적으로 쉽지 않았고, 게다가 기회 횟수의 부족과 당선 후 미래 보장이 없는 제도적 취약성을 지닌 신춘문예를 문인지망자들이 선호했던 이유는 무엇일까? 무엇보다 신춘문예제도 자체의 장점, 특히 경쟁의 공정성과 심사의 객관성이 작용했다고 볼 수 있다. 비록 추천제에 비해 상대적인 장점에 불과한 것이었지만 신춘문예는 한꺼번에 응모된 수많은 작품을 복수의 심사위원이 종합심사를 통해 가장 뛰어난 작품을 골라낸다는 점에서 얼마간 신뢰성을 지녔다. 아울러 우수한 문인 배출의 산실이었다는 역사적 전통에다 당시 팽배한 기존 문단에 대한 혐오, 가부장적 문단체제를 조장하는 추천제에 대한 반감 등으로 인해 신춘문예제의 장점이 부각된 면도 컸다. [23]

신춘문예 운영의 메커니즘에는 서로 다른 세 욕망이 작동한다. 어쩌면 신춘문예제도는 관장자인 신문사(자본), 문인지망자, 문학·문단 권력자로 편성된 심사위원 등의 욕망이 교류하고 갈등하는 장이라고 할 수 있다. 그것이 어떻게 조정되느냐에 따라 제도 자체의 본원적인 장·단점이 시대마다 다르게 나타나고 그 제도적 성과 또한 좌우된다. [24] 1960년대는 어떠했는가를 이 틀로 살펴보자. 신춘문예의 일차적 특징은 신문매체라는 물적 토대를 기반으로 시행된다는 점이다. 상식이나 이 점이 중요한 것은 이로 인해 신문자본의 의도가 제도 운영에 깊숙이 관여될 수밖에 없다는 사실이다. 실제 신춘문예의 역사는 신문의 생명과 운

---

22) 염무웅, 「한국문인의 생태의 병리」, 『한국문학의 반성』, 민음사, 1974, 206쪽. 그가 현역문인 493명을 임의로 선정해 등단방식을 조사한 결과에 따르면, 잡지를 통해서 301명(약 60%), 신문을 통해서 94명(20%), 기타 단행본 및 동인지를 통해서 98명(20%) 등으로 나타났다.

23) 조지훈은 해방 후 추천신인의 범람에 따른 질적 저하로 1960년대 접어들어 다시 신춘문예에 집중하는 경향이 불면서 수준이 상승하는 특징이 있다고 신춘문예의 동향을 언급한 바 있다(『동아일보』, 1966.1.11).

24) 이재복은 신춘문예제도의 특성 또는 한계로 이벤트성과 일회성, 심사위원의 편중과 중복, 심사 대상 작품수와 심사기준의 부족, 당선작품의 패턴화와 매너리즘화, 공모시기의 편중, 공모분야의 한정과 전문화, 문학의 왜소화 등을 든 바 있다(이재복, 「우리 문학의 행로와 신춘문예−신춘문예90년사」, 『열린시학』, 2004 봄, 88~95쪽). 신춘문예에 대해서는 많은 논의가 이루어진 바 있으나, 대체로 신춘문예제만을 대상으로 공과를 논하거나 한계에 대한 비판을 통한 제도 개선을 제시하는 것에 집중되었다. 그러나 신춘문예의 공과와 그 문학사적 의의는 추천제와 더불어 그리고 특정 시기의 문단·문학상황과 결부시켜 논의해야만 좀 더 객관적인 파악이 가능하다. 이재복이 거론한 신춘문예의 문제점도 1960년대의 실상과는 상당부분 상치되는 점이 없지 않다.

명을 같이 했고, 또 특정시기 신문자본의 생존전략에 따라 확장, 축소, 폐기 등의 부침을 겪었다.[25] 1960년대 신문은 1955년 모든 신문이 동시다발적으로 신춘문예를 부활시켜 신문의 문화 권력을 강화하고 상업적 이해를 아울러 도모했던 전략을 그대로 유지한다. 그러면서도 부분적인 변화를 꾀한다.

우선 제도 운영의 정례성과 안정성에 균열이 나타난다는 점이 눈에 띈다. 즉 몇몇 신문이 더러 신춘문예를 실시하지 않는다. 『경향신문』은 1960년(정간 상태), 1963년, 1969~71년에, 『서울신문』은 1962년에 각각 실시하지 않았다. 정례성의 상실은 식민지시기 정간과 같은 불가피한 상황이나 신문발행이 여의치 못한 형편이 아니면 없었던 일로 특히 1955년 이후에는 매우 드물었다. 물론 1960년대 전체적인 흐름을 보면 신춘문예가 여전히 신문자본의 유력한 문학전략의 일환이었음은 분명하나, 이 같은 변화는 신문/문학(단)의 관계 변화를 암시해준다는 점에서 주목을 요한다.

1960년대 신문에서 문학은 1950년대까지와 달리 신문 제작의 필수적인 요소가 아니었다. 단적으로 말해 문학이 없어도 신문 제작에 큰 지장을 받지 않았다. 평균기사량과 기사건수비율을 보면 확연해지는데, 전체기사 건수에서 문학이 차지하는 비율이 38.5%(1960)에서 17.3%(1963), 19.7%(1966), 16.4%(1969)로 점차 낮아졌고 그 수준은 1930년대 이래 평균 30%대보다도 낮은 수준이었다.[26] 기사량도 과학, 학술, 출판, 일반상식, 사상 등에 비해 턱없이 적었다. 문화면의 지배적 위치를 점했던 문학의 자리를 영화를 비롯한 예술의 각 분야, 연예, 스포츠 등이 대체한다. 1958년 이후 모든 중앙일간지가 조·석간 8면 체제를 확립한 뒤 증면된 지면은 문학의 몫이 아니었다. 연재소설 외에 문학은 배제되다시피 한다. 문학은 더 이상 저비용고효율의 상품이 아니었다. 오히려 문학을 주변화 함으로써 수익성 창출에 유리해진 면이 없지 않았다. 각종 신문의 독자여론조사 결과를 보면 독자들의 지면선호도와 열독률도 경제부문으로 뚜렷하게 옮아가는 변화를

25) 이에 관한 통시적 고찰은 이봉범, 「문학과 신문, 그리고 권력:신문의 문학적 기능과 신춘문예제도」, 채백·김영희 외, 『언론사 문화사업의 역사와 사회적 의미』, 한국언론진흥재단, 2014 참조.

26) 이준우, 「한국신문의 문화적 기능 변천에 관한 연구」, 연세대 박사논문, 1987, 84~85쪽 〈표IV-2〉 참조.

보였으며, 연재소설을 제외한 문학에 대한 선호도는 항상 순위 밖이었다.

한 가지 유의할 것은 그렇다고 신문이 문학을 배제한 것이 아니라는 사실이다. 선택·집중화 전략을 통해 문학의 효용성을 극대화시켰다. 그 특화 상품이 바로 상품성이 큰 다시 말해 독자의 선호도가 높은 연재소설이다. 식민지시기의 규모를 상회할 정도로 장편이 신문의 품안에서 번성하는 시대가 재래한 것이다. 신춘문예를 실시하지 않은 연도에도 상품성이 높은 장편현상 혹은 희곡현상이 대신했다.[27] 또 신춘문예와 병행해 대부분의 신문이 부정기적으로 파격적인 상금을 내걸고 장편소설현상을 실시하는 것이 두드러졌다.[28] 이 같은 장편 현상의 활성화는 경제적인 자극을 매개로 신인들의 관심을 시에서 소설로 이동시켰고(김동리), 또 장편으로의 전향의 촉매제(조연현) 역할을 한다.[29] 요컨대 1960년대 이 같은 신문/문학(인)의 권력관계 변환은 신문의 문학에 대한 압도적인 주도권을 더욱 확대시켰으며 반면 문단(인)은 정치권력 아니면 다소 공공성이 강한 신문을 후원자로 삼아야 하는 선택에 몰린 가운데 신문과의 수세적 제휴를 통해 문학의 영토를 유지해야 했다. 따라서 신문의 문화권력 유지에 신춘문예는 과거에 비해 그 가치가 다소 떨어질 수밖에 없었다. 신춘문예에 대한 신문의 적극성이 경감되면서 신춘문예의 제도적 위상이 다소 축소된 것도 불가피했다.

신문의 문학(인)에 대한 압도적인 주도권은 신춘문예 운영에도 관철된다. 신문

---

27) 『경향신문』의 경우 1961년 6백만환현상장편모집, 1963년 30만원현상장편모집, 1965년 1백만원 장편현상모집, 1966년 150만원장편현상모집, 1968년부터 국립극장과 공동으로 20만원현상장막 희곡모집, 1969년은 40만원희곡모집, 1970년은 50만원고료논픽션공모로 신춘문예를 대체하거나 병행했다.

28) 동아일보사가 가장 적극적이었는데, 1962~64년 장편소설모집(1963년 당선자; 이규희, 이석봉, 1964년 홍성원), 1966년부터 장막희곡모집, 1969년 200만원고료장편소설공모 등을 실시했고, 『신동아』는 1964년부터 1970년대까지 매년 논픽션공모를 했고, 『소년동아』는 1966년부터 장편만화를 모집했으며, 『여성동아』는 1968년부터 50만원고료여성장편소설을 모집했다(1970년 3회 때 박완서가 『나목』으로 당선되어 등단하게 된다). 그 외에도 서울신문사는 1965년 1백만원고료장편소설모집을, 『신아일보』는 1966년 50만원현상소설모집을 각각 실시했고, 한국일보사는 1959년부터 시행한 장편소설공모를 이어갔다. 신문들이 매일 2~3편의 장편연재와 파격적인 고료로 부정기적 장편 현상을 실시해 장편소설의 요람으로 부상하는 것에 자극받아(?) 『현대문학』에서도 1968년부터 10만원장편소설을 공모한다. 1회 당선작은 이동하의 「우울한 귀향」, 준당선작은 김원일의 「어둠의 축제」였다. 김원일은 1966년 대구 『매일신문』신춘문예에 당선된 바 있으나 이 현상을 통해 중앙문단에 이름을 올릴 수 있었다.

29) 『경향신문』, 1964.7.27.

의 의도가 관철된 지점을 구체적으로 살펴보면 첫째, 선발종목의 잡종화가 현저해진다. 선발종목의 확대는 신춘문예 역사상 항상 나타나는 현상이나 1960년대는 특이한 면모를 보여준다. 시(시조), 단편소설, 희곡, 문학평론 등 규범문학 외에 사진, 학생논문, 시사논문, 한시, 논픽션(사건실기, 수기 등), 음악·미술·연극·영화·무용 평론, 수필 등으로 확대되었다. 논문, 논픽션, 예술분야 평론의 경쟁적 실시가 두드러진다. 신춘문예가 '문예'의 영역을 탈피한 면모이다. 이는 4·19혁명과 5·16을 거치며 새롭게 조성된 한국사회의 구조 변화, 대중독자의 관심 영역과 취향의 변화, 잡지매체의 대거 등장과 방송매체의 급성장에 따른 매스미디어들의 상호 경쟁체제, 언론자본의 기업적 성장과 독과점 체제 확립에 따른 내적 분업시스템 등이 복합적으로 작용한 산물로 볼 수 있다.

학생논문은 4·19혁명의 주체이자 이후 사회적 지도층으로 대두돼 발언권을 확대해갔던 대학생층을 겨냥한 것이며, 시사 논문 또한 근대적 참여자로 전위한 지식인층의 대담한 사회비평의 시대적 동향을 수렴한 것이었다.[30] 『서울신문』은 1968년부터 문예부문과 평론부문(시사논문과 문학·예술평론)을 독립시켜 모집하고 응모 시기도 달리해 평론영역을 강화시키는 실험을 하기도 했다. 주부 및 직업인의 생활수기, 사건 실기(實記) 등 신춘문예사상 처음으로 채택된 수기류는 당시 논픽션에 대한 대중적 선호 현상을 반영해 대중들의 신문접근성을 높이기 위한 의도로 보인다. 낡은 장르로 간주되어 1950년대 신춘문예에서 배제되었던 한시의 부활은 '(한)국학 붐'과 '교양 국학'이 강조되면서 제기된 고전번역과 전통문화 연구의 필요성[31]에 대한 신문의 응답이라 할 수 있다.

---

30) 논문모집은 주제를 미리 지정했는데, 그 주제는 매년 가장 중요하게 대두된 사회적 의제들이었다. 가령 1965년부터 학생논문을 채택한 『조선일보』가 지정한 주제는 '한국이 요구하는 지도적 인간상'과 '우리는 남북통일을 위해 무엇을 할 것인가'였다. 그것은 잡지의 경우도 마찬가지였다. 예컨대 『세대』가 '창간1주년기념10만원현상'에서 논문부와 소설부로 나눠 모집했는데, 논문부는 6개의 주제, 즉 '한국의 근대화를 저해하는 요소', '민족자립자주에의 길', '새로운 엘리트의 형성을 위한 방안', '민족중흥을 위한 위정자와 국민의 기본자세', '세계 속의 한국을 논함', '한국의 새로운 비전' 등의 제시에서 지식인층의 사회비평을 수렴하려는 의도를 엿볼 수 있다. 응모자 및 입선자 대부분이 대학생들이었다(심사위원-최석채, 홍이섭), 『세대』, 1964.7, 117쪽.

31) 「한국학의 문제점」, 『동아일보』, 1968.10.19; 「한국의 아카데미시즘: 국학」, 『동아일보』, 1968.10.22.

이 같이 당대 새로운 사회문화 현상을 수렴·확산시키고자 의도한 선발종목의 신설 및 다양화는 신춘문예라는 제도적 그릇의 용적률을 높이는 동시에 문화기관으로서의 신문의 상징권력을 공고히 하기 위한 전략이었다고 볼 수 있다. 그 결과 또한 상당한 긍정적 의의를 지녔다. 일례로 미술, 음악, 영화, 연극, 무용 분야의 평론은 황무지와 같던 각 분야에 비평가들을 배출·수혈함으로써 본격적인 예술평론의 시대를 여는데 촉매 역할을 톡톡히 했다.[32]

둘째, 심사과정에 관여해 심사의 기준과 입선의 범위를 조절한다. 신문이 주최자이고 일정 자본이 투여되기에 신문사의 개입은 당연하다 하겠으나 또 심사기간을 고려할 때 예선을 문화부가 담당하는 것이 관례로 용인되었으나 본·결선에의 개입은 신춘문예의 근본적인 취지를 훼손시키는 처사였다. 물론 부당한 개입이 공식화된 적은 없다. 선후평이나 심사위원들의 언급을 통해 부분적으로 확인해볼 수 있을 뿐이다. 가령 '전위적인 작품으로 심사위원들이 의견일치를 보았으나 신문사 자체의 심사기준으로 인해 그 작품이 배제되고 무난한 작품이 당선되거나', '참 좋은 소설이었는데 당선작으로 강력하게 못 밀었던 이유는 말썽을 감당해 낼 것 같지 않아', '무엇인가 불안해질 테니까 사회(현실) 참여적 경향, 실험적인 작품보다는 안정성이 있는 작품이 뽑힐 가능성이 크다'[33] 등에서 그 흔적을 엿볼 수 있다. 신문이라는 발표지면의 특수성을 고려해 작품성을 인정받았으면서도 민감한 제재 혹은 주제의식으로 인해 정당한 대우를 받지 못한 사례들을 심사위원들의 온전한 자발적 결정으로만 보기 어렵다.[34] 신문사의 유형무형의 간섭이 있었을 것으로 추정해도 억측은 아닐 것이다. 김수영이 안타까워했던 '신

---

32) 미술평론의 경우 1963년 『동아일보』신춘문예(오광수 당선)에서 처음 도입돼 대부분의 신문으로 확산되는데, 오광수, 김해성 등 미학이나 미술사전공자들이 신춘문예를 통해 등단하는 것을 계기로 미술비평은 1950년대까지의 인상비평의 시대가 청산되고 전문비평의 시대로 전환되기에 이른다. 윤진섭, 「신춘문예와 비평의 권위」, 『미술평론』223, 2004, 66~68쪽.

33) 「龍 없는 登龍門-'新春文藝'學을 論한다」(좌담회; 박남수, 박영준, 이어령, 이원수, 김정각), 『세대』, 1969.2, 236~250쪽; 「新春文藝의 뒤안길」(鼎談; 박남수, 박목월, 안수길), 『세대』, 1971.2, 180~187쪽.

34) 김승옥의 1962년 『한국일보』당선작 「생명연습」도 작가의 윤리적 태도에 약간의 불안을 금할 수 없다는 심사위원(최정희, 황순원, 박영준)의 평과 더불어 외국인선교사가 手淫하는 장면 몇 행이 삭제된 채 신문에 게재된 바 있다.

춘문예 응모작품 속에 끼어있던 불온한 내용의 시', 그 불온한 작품들의 배제는 신문사의 부당한 간섭을 예증해준다.

이는 권력/언론 간 사활을 건 대립이 첨예화되는 상황과 그 대립이 정치권력의 완승으로 끝난 국면에서 자체 불온검열과 외설검열을 강화하는 방어적 전략으로 생존을 도모할 수밖에 없었던 신문사의 처지가 신춘문예 운영에도 반영된 것으로 볼 수 있다.[35] 피검열자이자 동시에 또 다른 권능을 지닌 검열자로서 신문의 양면성이 발현된 일 면모이다. 그리고 모집규정에 명시된 애초의 입선 범위를 초과해 가작을 남발하거나 작품이 시원찮아도 타사와의 경쟁을 의식해 당선작을 내도록 요구했던 것도 신문사의 이해가 강하게 반영된 또 다른 산물이다. 가시적 성과의 풍성함을 통한 제도의 포획성 증대였던 셈이다.

셋째, 당선자들에 대한 후원자로서의 역할을 강화해 신춘문예의 흡인력을 배가시킨다. 신춘문예의 가장 큰 제도적 취약성은 당선자에 대한 지속적 후원이 어렵거나 없다는 점이었다. 그래서 신춘문예 출신 신인들은 문단의 고아, 이방인, 기아(棄兒)로 불렸다. 신춘문예가 연례적 이벤트에 불과하다는 비판을 받았던 것도 이 때문이었다. 당선된다손 치더라도 신문, 잡지에서는 과객(過客) 취급을 받았고, 심지어 당선시킨 신문에서조차 지면을 얻기란 거의 불가능한 형편이었다. 앞서 언급했듯이 신문문화면은 연예오락 등속이 점령했고 그나마 얼마 안 되는 문학지면은 기성들이 독점하고 있는 상태에서 '신인들은 발표지면을 얻기 위해 기성으로부터 권모술수부터 배워 모함, 분당, 파쟁의 개가 되든지, 추천제의 재등단을 거치는 원숭이노릇을 하거나 아니면 부모를 잘못 만난 불행을 탄식하며 자구책의 차원에서 동인지를 발행해 자신들의 영토를 개척하는 길밖에 없었다.[36]

종합지에서 신춘문예 당선자에 대한 지면 배려, 예컨대 『세대』의 '신춘문예당선작가(시인)선'(1963.12, 1966.3), 『사상계』의 '신춘문예당선작가 단편선'(1964.7) 등이 더러 있었으나 지속적이지 못했다. 『현대문학』도 지면폐쇄성에 대한 비판이

35) 1960년대 불온검열·외설검열과 문학의 상관성에 대해서는 이봉범, 「불온과 외설-1960년대 문학의 존재방식」, 『반교어문연구』36, 반교어문학회, 2014 참조.

36) 장윤우, 「낳는 것만이 부모가 아니다-신춘문예출신 시인을 고아취급 말라」, 『서울신문』, 1966.1.6.

비등하자 1966년부터 문호를 다소 개방해 신춘작가특집을 개설하나 지면이 턱없이 부족했다. 특히 시가 신문지면 메우기 용으로 전락한 형편에서 지면 얻기가 더욱 힘들었던 신춘문예 출신 시인들이 이구동성으로 신문의 실지(失地) 회복을 위해서라도 신문이 선의의 공공 패트론(patron)이 돼 줄 것[37]을 읍소하나 쉽게 받아들여지지 않았다.

흥미로운 것은 이 같은 상황이 1965년부터 조금씩 개선돼 신문이 신춘문예 당선자들에 대한 적극적 후원자로서의 역할을 강조하고 나선 점이다. 동아일보사가 그 서장을 여는데, 『신동아』복간(1964.9) 후 신춘문예모집공고에서 당선자는 『신동아』에 작품 발표 기회를 제공하겠다는 특전을 공약했으며, 실제 이를 확실하게 지켰다. 『신동아』의 문예란을 보면 당시로서는 생소한 동아신춘문예 출신 신인들의 작품이 대가들과 나란히 대거 게재되고 있다는 것을 확인할 수 있다. 더욱이 일회성에 그치지 않고 1970년대까지 매호 지속적으로 지면을 할애했다. 서울신문사도 1969년부터 자매지 『선데이 서울』을 통해 당선자를 뒷받침하겠다고 공약한 바 있다.

이 같은 신문의 태도 변화는 1964년 『주간한국』, 『신동아』복간으로 촉발된 신문잡지의 전성(全盛)과 밀접한 관련이 있다. 즉 신문사들이 본지와의 유기적 분업관계 속에서 자매지의 문학란을 본지의 보완적 지면으로 활용함으로써 신문제작의 저비용고효율의 구조를 창출한 것이다. 대중적 인지도가 없는 당선신인에게 신문지면을 할애하는 것은 모험에 가까운 일이다. 따라서 자매지를 활용한 신춘문예 및 현상공모 당선자에 대한 후원자 혹은 조력자로서의 역할 강화는 경제적일 뿐만 아니라 신춘문예의 제도적 권위를 제고할 수 있는 일석이조의 효과가 있었다. 이로 인해 신춘문예의 흡인력이 높아진 것은 두말할 나위가 없다. 문청들의 신춘문예 선호도 이와 무관하지 않다. 수다한 신문잡지들이 신인들의 문학을 담아내는 새 그릇으로 등장한 것은 1960년대 신춘문예제도의 긍정적 부산물이었다.

---

37) 「문단의 신진들은 말한다」, 『동아일보』, 1962.1.18; 김열규, 「추방된 생의 숙명자들—신춘문예당선 시인론」, 『세대』, 1963.12, 220~225쪽.

그리고 신춘문예에 대한 1960년대 문청들의 관심은 폭발적이었다. 매년 각 신문의 신춘문예에 대략 천 편 이상의 시와 3~4백 편의 소설이 응모되는 것을 감안할 때 전국에 문인지망자가 시와 소설만 한정하더라도 5천 명 이상이었다는 추산이 가능하다. 이뿐만이 아니다. 신춘문예 당선의 이면을 들여다보면 박태순의 예와 같이 당선을 위해 반복적으로 응모하는 행태가 일반적이었고, 추천제→신춘문예 또는 신춘문예→추천제로의 재등단 경우, 신춘문예 및 추천제→신인문학상 및 그 역의 경우, 장르를 바꿔 재등단한 경우, 지방신문→중앙일간지로의 재등단 등이 비일비재했다.

그 난맥상은 무엇을 의미하는가? 조연현의 조사에 따르면, 1967년 11월 기준으로 10년 이상 작가생활을 한 문인들조차 글 쓰는 일로 최소한의 생계비를 마련할 수 있는 문인이 3%에 불과하고, 발표 무대가 없어 월 평균 집필량이 50장 이하인 문인이 34%이며, 시집의 90% 이상이 자비 출판이며 문학의 수요가 사회적으로 확대될 가능성도 적은 상황이었다.[38] 게다가 문단이 사회적 지탄의 대상이 된 풍토에서 말 그대로 문인이 되겠다는 이 집단적 욕망의 정체는 무엇일까? 저자의 능력으로는 이 독특한 문학적 현상을 해명하기 쉽지 않다. 그 난맥상이 적어도 한국문학사의 획기적 전환을 추동한 원천이었다는 것은 분명하다는 판단 정도다. 그리고 신춘문예가 과열될 수밖에 없었던 구조적 요인 정도는 파악이 가능하다.

신춘문예에 대한 과잉 열풍은 앞서 언급했듯이 신춘문예제도 자체의 장점과 당대 문단의 구조적 병폐가 복합적으로 작용한 산물이다. 여기에다 이로부터 파생된 여러 요소도 아울러 작용했다. 먼저 등단제도 및 문단풍조에 대한 문청들의 위악적 조소의 팽배이다. 홍성원은 『세대』가 실시한 '창간1주년기념10만원현상'에 당선된 뒤 '작가가 아닌 문학청년이 되고 싶다는 파격적인 당선 소감을 발

---

38) 조연현, 「한국문학의 사회학적 고찰」, 『문예비평』(조연현문학전집4), 어문각, 1977, 140~143쪽. 이 글은 통계적인 형식을 통해 작가 및 독자의 현황을 사회학적으로 고찰한 것으로 당대 문학의 실존을 여러 측면에서 객관적으로 보여주는 의의를 지닌다. 작가의 경우는 현역문인 260명(230명 참여-소설가 73명, 시인 113명, 평론가 28명, 극작가 8명, 아동문학가 8명)을 대상으로 했다.

표한 바 있다.[39] 추천신인에 대한 잡지 간 불통과 출입 엄금, 신문을 통해 등단한 작가에 대한 잡지사와 문단의 무시가 횡행하는 등단제도의 미로 속에 편승해 치사한 작가가 되기보다는 차라리 문청으로 있으며 현상문예에 계속 도전하는 것이 생활에도 보탬이 된다는 것이다. 이미 신춘문예 당선으로 작가로 입문한 문청의 치기로도 볼 수 있겠으나, 그의 발언은 기성문단에 대한 강력한 항의와 더불어 당선이 곧 실질적인 기성작가의 대우를 보장했던 이전과 달리 연속해서 작가로서의 능력을 검증받아야 그나마 살아남을 수 있다는 절박함을 함축하고 있다. 재등단과 복수 등단이 요구될 수밖에 없는 실정이었던 것이다. 1회의 당선은 작가 입문의 필요조건에 그치고 더욱이 신문이 애매한 위상의 가작을 남발한 상태에서 (재)당선의 가치가 점증되는 조건이 문청들의 과잉 욕망을 조장했다고 볼 수 있다. 상대적으로 거액의 상금과 지면 보장의 혜택이 주어진 신인문학상이나 장편현상에 대한 재도전이 두드러진 것도 이 때문이다. 특히 장편현상은 당선작이 신문에 연재되고 또 영화, 라디오드라마로 각색되는 사례가 많아짐으로써 매력적인 표적이 되었다.[40]

다른 하나는 문청들 사이의 치열한 경쟁의식이다. '문인제조공장'이라 일컬어진 서라벌예대 문예창작과의 경우 1958년 입학생 93%가 등단했으며(유현종, 천승세, 김주영, 이근배, 박이도, 홍기삼 등 39명), 1959년 입학의 백인빈, 이향아 등, 1960년 입학의 김원일, 양문길, 신중신 등, 1961년 입학의 이문구, 조세희, 박상륭,

---

39) 『세대』, 1964.8, 319쪽. 홍성원은 1961년 『동아일보』신춘문예에 소설 가작1석(「戰爭」), 1964년 『한국일보』신춘문예에 소설 당선(「氷點地帶」), 1964년 『세대』'창간1주년기념10만원현상' 당선(「機關車와 송아지」), 1964년 『동아일보』장편현상모집 당선(「디·데이의 兵村」) 등 주로 전쟁 및 군대를 제재로 유니크한 소설세계를 개척함으로써 문단의 큰 주목을 받았다. 1960년대에 등단한 작가로 중앙일간지에 가장 먼저 신문연재 소설을 발표한 작가가 되었고, 1966년 「막차로 온 손님들」(『주간한국』), 1967년 「孤獨에의 招待」(『부산일보』), 「山神의 딸」(『여성동아』), 「호두껍질 속의 外出」(『세대』), 1968년 「曲藝師의 革命」(『경향신문』), 1970년 「육이오」(『세대』) 등을 각각 연재한 바 있다.

40) 신춘문예 당선소설과 각종 문학상 수상작(소설)은 상품성이 컸다는 점도 영향을 미쳤다. 가령 신춘문예 당선작은 전집 형태로 다시금 반복 출판돼 독자와 소통하는 길이 열렸는데, 『신춘문예당선소설집』(신지성사, 1959) 이래 『신춘문예당선소설전집』(전4권, 신태양사, 1969)에 해방 후 당선소설 53편이 수록되었다(가작이었으나 이후 우수한 작품 활동을 한 작가의 입선작도 일부 포함). 또 『한국수상문학전집』(전12권, 신태양사, 1970) 중 8~12권이 1930년대 이후 신춘문예 소설당선작으로 구성되어 있는데 1960년대 당선작은 10~12권에 총 44편을 수록하고 있다.

한승원, 이건청, 김지연 등이 앞서거니 뒤서거니 등단하면서 1960년대 초에 이른바 '서라벌 문화권'을 형성한 바 있다.[41] 치열한 입학경쟁에다 대학 재학 중 동기생(동문)의 등단이 속출하는 상황은 엄청난 자극제가 되었을 것이다.[42] 물론 서라벌예대 출신들의 대거 등단은 당시 교수진을 형성하고 있던 김동리, 안수길, 서정주, 박목월, 백철, 정태용 등 문단·문학 권위자들의 교육과 직·간접적인 조력이 없지 않았겠지만 일군의 문청들 사이의 경쟁심리가 서로의 문단 진출을 촉진시킨 자극제로 작용했음을 어렵지 않게 추정할 수 있다. 서울대 문리대의 경우도 마찬가지였을 것이다. 대학 때부터 동인지활동을 함께 하며 학문과 문학을 병행했던 이들 그룹도 1962년 김승옥의 등단 이후 경쟁적으로 등단의 과정을 밟는다. 이 두 그룹의 존재와 약진은 등단 성과도 성과이려니와 1960년대 이후 문학의 주역으로 새로운 문학을 선도해갔다는 점에서 어쩌면 한국문학사의 큰 행운이었을지도 모른다.

이러한 신춘문예 과열 현상은 작가수업의 과정이라는 긍정적 면이 없지 않았으나 부작용 또한 수반할 수밖에 없었다. 대표적인 예가 동일인의 동일작품 동시투고, 변명(變名), 표절 문제다. 조지훈은 이 세 가지 중 하나라도 저촉되어 당선이 취소되고 재 고선된 바 있다며 자제를 권고하기도 했으나(『동아일보』, 1966.1.11) 완화되기는커녕 더욱 기승을 부렸다. 앞의 두 경우는 신춘문예가 사전에 심사위원을 공개하지 않는 조건에서 당선 확률을 높이기 위한 수단으로 활용된 것이라는 점에서 동정론이 일기도 했지만, 표절은 신춘문예의 의의를 근본적으로 부정하는 중대 사안이었다.

---

41) 정규웅, 『글 동네에서 생긴 일』, 문학세계사, 1999, 35~44쪽 참조.

42) 한승원은 1965년 『서울신문』 신춘문예 최종심에서 떨어지고, 1966년 『신아일보』 신춘문예에 입선한 뒤 신춘문예에 낼 소설을 쓰며 방황하다가 동기생 이문구가 『현대문학』에 추천 완료된 것을 보고 정신을 차려 1968년 『대한일보』 신춘문예에 당선되었다고 한다. 한승원, 『해변의 길손 外』, 동아출판사, 1995, 517쪽 '작가연보'. 이 같은 문청 간의 관계는 과거에도 마찬가지였던 것 같다. 김동리는 자신이 1933~36년 신춘문예에 전력했던 것이 서정주와의 교류를 통해 서양 및 한국고전에 대해 지속적으로 토론하면서 일거에 모든 과거의 명작을 능가하는 작품을 쓸 수 있다는 문청다운 야망과 영웅심을 자극받았기에 가능했다고 한다. 김동리, 「시 『白鷺』의 신춘문예 입선 무렵」, 『조선일보』, 1968.3.5. 이런 교류는 두 사람 모두 신춘문예 당선으로 귀결되었고 동인지 『詩人部落』 발간으로 진척된다(서정주, 「旅館집에 看板 걸고」, 『현대문학』, 1966.8, 247쪽).

급기야 1966년에 공론화된다. 『주간한국』이 1966년 『중앙일보』시 당선작과 『한국일보』동시 당선작의 표절 여부를 가리는 특집기사―표절에 연루된 두 작품을 동시에 각각 재수록, 당사자의 의견, 심사위원(서정주, 박목월, 조병화)의 의견―를 실어 신춘문예의 문제를 집중적으로 거론했다. 표절 여부에 대한 판단은 독자에게 맡긴다는 결론으로 마무리되었으나 결국 『한국일보』동시 당선작은 이 여파로 취소되기에 이른다.[43] 표절노이로제에 걸리다시피 한 각 신문사와 심사위원들이 표절 여부를 보다 엄격하게 심사하나 전면표절은 쉽게 가려낼 수 있으나 부분표절 내지 정도 높은 모작은 그 기준이 불분명하기에 여전히 시비의 대상이 되면서 신춘문예의 권위를 약화시키는 요인이 된다.[44] 표절, 모작(模作), 대작(代作) 등의 부작용이 야기됐음에도 불구하고 신춘문예에 대한 문청들의 관심은 1970년대에까지 이어져 매년 7천 명의 문청이 2만 편을 응모하는 규모로 확대된다.[45]

한편 신춘문예제도에는 심사위원들의 욕망 또한 강하게 개입·작동한다. 신문사의 위촉에 의해 심사위원이 된다는 점에서 심사의 권능을 발휘하는데 일정한 한계가 있을 수 있었으나 심사위원은 신춘문예의 질적 가치를 이끌어내는 중요한 요소이다. 신춘문예의 권위와 영향력은 심사위원의 권위에 직결된다. 제도의 성패를 좌우하는 요소이기에 신문사는 권위 있는 심사위원을 위촉하는데 심혈을 기울일 수밖에 없다. 지방신문들의 경우도 그 지역의 대가에다 대중적 인지도가 높은 심사위원을 위촉하는 것이 관행이었다. 일례로 『전북일보』의 경우 이병

---

43) 해당작의 심사위원이었던 박목월은 도의적인 책임을 모면할 길이 없다며, 작품이 공개되는 신춘문예의 심사에서조차 투고자에게 인간적인 신뢰를 걸 수 없는 불안감을 가지게 된 자괴감을 토로한 바 있다. 박목월, 「剽竊과 模作·其他」, 『현대문학』, 1967. 3, 227~228쪽.

44) 표절은 1960년대 매스컴의 발달과 대중문화의 확산으로 난무한 가운데 학문, 예술, 문화 전 영역에 걸쳐 표면화되면서 한국사회의 빈곤과 저개발성을 상징하는 毒素로 인식되었다. 이영일은 표절로 점철된 剝製文化의 범람을 '매스컴을 주범으로 비양식적인 작가, 행정기관의 사실상의 승인으로써 공범한 삼위일체의 사회적 스캔들'로 간주하고 근대화를 가장한 새로운 식민지문화로서 박제문화의 생산과 소통의 메커니즘을 사회구조적으로 분석한 바 있다(이영일, 「剝製文化를 分析한다―剽竊·心臟없는 부엉이의 年代記」, 『사상계』, 1963. 8, 275~281쪽). 예술분야 가운데 대중가요의 표절이 가장 심했는데, 직접표절보다는 조립표절, 무드표절, 표절의 표절이 양산되며 대중음악의 존립 기반이 위협받는 실정이었다(김투생, 「한국가요표절사」, 『세대』, 1971. 1, 338~342쪽). 각종 민간자율기구의 검열에 의해 표절이 상당부분 걸러지고 이를 통해 작가들의 저작권에 대한 인식이 점차 강화되는 면모는 검열의 아이러니컬한 긍정성이었다.

45) 정규웅, 『오늘의 문학현장』, 행림출판, 1982, 41쪽.

기, 신석정, 최승범 등 전북지역 문인과 함께 김동리, 박목월, 백철 등 중앙문단의 권위자를 심사위원으로 위촉했다. 심사위원 또한 물질적 보수에다 자신의 문단적 권위를 보증하는 동시에 증대시킬 수 있는 절호의 기회가 된다는 점에서 심사위원직은 매력적이었고 민감한 사안이었다.

이런 요인으로 인해 심사위원진의 풀은 좁을 수밖에 없었다. 저자가 1961~70년 6대 중앙일간지(『중앙일보』는 1966~70년) 심사위원의 분포를 종합해본 결과, 시 분야는 대략 박남수 19회, 조지훈 16회, 박목월 13회, 서정주 10회, 박두진 9회, 김종길 8회, 김수영과 김현승 6회, 조병화 5회, 박태진 3회 순이었다. 소설은 황순원 26회, 김동리 14회, 안수길 13회, 박영준 11회, 최정희 8회, 강신재 6회, 유주현 5회, 정비석·전광용·이호철 4회, 김이석·박종화 3회, 이어령·선우휘·유종호·최인욱 2회 순이었다. 희곡은 유치진 22회, 여석기 14회, 오화섭 11회, 차범석 10회 순이었고, 문학평론은 백철 11회, 정명환 7회, 이어령 6회, 이헌구 3회, 조연현·유종호 2회 순으로 나타난다. 다소의 오차가 있겠으나 분포도에는 큰 영향을 주지 않을 것이다.

1950년대에 비해 전후세대의 일부가 심사위원으로 새롭게 편입되었으나 여전히 소수 기성문인에게 편중된 면모다. 아동문학은 더욱 심해 마해송, 윤석중, 강소천이 독점하다시피 했으며 시조 또한 이희승, 이은상, 이태극에게 집중되었다. 1960년대 문청들은 어떤 경우이든 그들이 비판·극복하려 했던 기성문인들의 손을 거쳐 문단에 입문할 수밖에 없는 처지였다.

그리고 특정신문/심사위원의 연속성 및 특정신문/심사위원 조합의 연속성도 많이 나타난다. 이를테면 황순원이 『한국일보』에 13회 연속(1958~71), 윤석중이 『동아일보』에 10회 연속(1961~70), 백철이 『동아일보』에 7회 연속(1963~69), 조지훈이 『경향신문』에 6회 연속(1961~66), 김동리가 『동아일보』에 4회 연속(1964~67), 서정주가 『서울신문』에 4회 연속(1963~66), 김수영이 『조선일보』에 4회 연속(1965~68) 등이며, 심사위원 조합의 연속도 『경향신문』의 조지훈+조병화 조합(1959~62), 『중앙일보』의 서정주+김종길 조합(1968~70), 『조선일보』의 김수영+박태진 조합(1965~67), 『동아일보』의 조지훈+김현승 조합(1964~66), 『서울신문』의 서정주+박남수 조합(1963~65), 『동아일보』의 백철+정명환 조합(1967~69)

등 거의 모든 신문에서 이 같은 현상을 보인다. 신춘문예에 정실의 개입과 심사위원의 아류 생산 문제가 불거진 것은 이 때문이었다.

신춘문예의 심사는 보통 세 명의 합의제(종합심사)로 이루어진다. 비공개 상황이고 합의제로 인해 심사위원 개개인의 자율성·개성이 발휘될 여지가 충분한 시스템이다. 그러나 선후평과 단골 심사위원들의 경험담을 종합해보면,[46] 우열을 가리기 어려울 때는 심사위원들의 견해차가 부각되기도 하나 대체로 서로의 의견의 평균치를 구하다보니 늘 톱이 떨어지고 개성이 부족한 누군가 봐도 무난하다고 볼 수 있는 작품으로 낙착되는 경향이 강했다고 한다. 의외로 심사위원의 개성이 발휘되기 어려운 시스템 운용을 보여준다. 그래서 심사위원이 보수적인 것이 아니라 제도 자체가 보수적이며, 심사위원의 아류보다는 신춘문예라는 제도의 아류가 만들어진다는 것이다. 따라서 당선작이 절대적으로 뛰어난 것만이 아니기 때문에 당선자들만을 대상으로 옥상옥(屋上屋)의 또 하나의 관문이 있었으면 좋겠다는 의견이 제기되기도 했다.

심사위원들의 심사기준은 예술적 완성도를 기본으로 하되 기성작가를 능가하는 완성도를 중시할 것이냐 아니면 어떤 가능성을 풍부히 지니고 있는 것을 중시할 것이냐로 갈라졌다. 가장 뛰어난 작품의 객관성 여부가 논란될 수밖에 없는 관계로 대체로 후자로 기울었는데, 문제는 이를 작품 한두 편을 대상으로(시는 점차 3편 이상으로 확대되었지만) 또 일회적인 검증으로 가능한가였다. 소설의 경우는 이를 보완하기 위한 구체적인 개선책으로 중편소설로의 전환이 제기된 바 있다.[47] 가능성에 대한 심사위원들의 판단 기준은 기성작가의 모방, 근래 신춘문예 당선작의 스타일 추수, 창작적 유행 등이 우선 배제되는 경향이 강했는데, 그로 인해 현실참여적 성격이 강한 작품, 장시(長詩), 난해시(難解詩), 실험적·전위적 작품들이 선정되기란 쉽지 않았다. 결국 무난한 작품의 당선 확률이 높을 수밖에

---

46) 「龍 없는 登龍門-'新春文藝'學을 論한다」(좌담회; 박남수, 박영준, 이어령, 이원수, 김정각), 『세대』, 1969.2, 236~250쪽; 「新春文藝의 뒤안길」(鼎談; 박남수, 박목월, 안수길), 『세대』, 1971.2, 180~187쪽.

47) 「신문학60년:오늘의 풍속(1) 문단입문」, 『경향신문』, 1968.4.20. 중편소설이 신춘문예 종목으로 채택된 것은 1969년 『신아일보』신춘문예(10만원고료 중편소설만 모집)에서였고, 본격화된 것은 1978년 『동아일보』에서였다.

없었다. 그리하여 시에서는 정통적인 서정시가 뽑힐 가능성이 상대적으로 높았는데, 김현승은 순 서정적인 작품이 많고 시대적이고 민족적 현실을 노래한 의욕적인 작품이 드물다며 응모의 패턴화 경향을 비판한 바 있다(『서울신문』, 1966.1.3). 김수영이 지적한 매체, 심사위원, 문청들의 타성이 결합된 등단제도의 매너리즘화는 이 같은 메커니즘에서 비롯되었다고 할 수 있다. 아울러 신춘문예에서의 불온한 작품의 배제는 문화에이전트로 전락한 신문사의 부당한 개입뿐만 아니라 심사시스템의 문제와도 밀접하게 연관된 결과였다고 할 수 있다.

요컨대 심사위원들은 '商術에 노예화된 신문사와 결탁한 상업적 賣文家'[48]로 지탄을 받기도 했으나 적어도 1960년대에는 문학적 완성도 및 잠재적 가능성을 위주로 한 선발원칙을 관철시킴으로써 신춘문예가 유능한 신인을 배출하는 등단제도로서 공신력을 인정받는데 기여했다는 점은 부인할 수 없다. 신문사와 문청의 협공 속에서도 당선작을 내지 않는 연도가 많았으며(1961년에는 중앙일간지 모두에서 소설당선작이 없었다), 신춘문예의 폐해로 거론된 정실 개입도 찾아보기 어렵다. 대부분 추천제 및 신인문학상 심사위원이기도 했던 신춘문예 심사위원들의 감식안(鑑識眼)에 의해 새로운 문학이 잉태되고 있었던 것이다.

이렇게 세 주체의 동상이몽 속에 1960년대 신춘문예는 그 어느 시기와 비교할 수 없는 정도의 우수한 신인들을 다량 배출해내는 성과를 거둔다. 이제하(1961), 김승옥, 박이도, 이근배, 박현숙(1962), 전상국(1963), 염무웅, 조태일, 홍성원, 최하림, 이탄(1964), 조세희, 백승철, 김광협, 임중빈, 김화영, 유재용(1965), 김치수, 김채원, 양문길, 이가림, 이동하, 손순익(1966), 최인호, 윤후명, 오탁번, 백시종, 오태석, 김지연(1967), 마종하, 윤흥길, 한승원, 오정희, 金鍾鐵, 신대철, 윤금초, 정하연(1968), 송기원, 김성종, 강준식, 김재홍(1969), 정희성, 황석영, 조해일, 오생근, 김종철(1970) 등이 눈에 띈다. 4·19세대가 주축을 이룬 소위 '60년대 작가군'이 신춘문예를 경로로 급부상하고 있었음을 확인하게 된다.

---

48) 장윤우, 「낳는 것만이 부모가 아니다─신춘문예출신 시인을 고아취급 말라」, 『서울신문』, 1966.1.6.

3. 잡지의 추천제와 신인문학상

1960년대 잡지가 시행한 등단제도는 신인추천제와 신인문학상모집으로 대별된다. 추천제는 『현대문학』이 주도했다. 『자유문학』이 4·19직후 40호부터 한국자유문학자협회 기관지를 벗어나 김광섭 개인에 의해 발행되면서 이전과 달리 편집위원제도를 두고 기존 추천제를 신인작품당선제로 변경해 김현, 유현종, 황명걸 등 40여 명의 신인을 배출하나 종간(1963.4, 통권71호)과 함께 중단되었다. 이후 창간된 문예지들이 추천제(『문학춘추』, 『문학』 등) 아니면 신인작품모집(『월간문학』, 1968.11 창간)을 실시했지만 조기 종간 또는 잡지발간의 불안정성으로 인해 지속성을 지니지 못했으며 영향력 또한 미미했다.[49] 1950년대 3대문예지가 경쟁적으로 추천제를 시행해 각 잡지의 편집노선 및 문학론에 상응하는 다양한 경향의 신인들을 등단시킨 것과 달리 『현대문학』이 추천제를 독점하다시피 한다. 1950년대에 이미 100여 명의 신인을 등단시킨 『현대문학』은 잡지 재생산구조의 확고한 안정성을 바탕으로 지령(誌齡) 150호(1967.6) 만에 문단 인구의 1/3인 250명을 배출하는 성과로 약진했으며, 이후 그 흐름이 가속된 바 있다.

신인문학상은 『사상계』가 1960년 처음 실시한 이래 대부분의 종합지가 이를 도입함으로써 1960년대 등단제도로서의 유력한 지위를 획득해갔다.[50] 『사상계』의 지속적 시행과 함께 문단의 주목을 끈 당선작을 연이어 내고 『세대』가 독특한 '중편'신인문학상 제도를, 『여원』·『女像』과 같은 여성지가 '여류신인문학상'을 기타 종합지 『신세계』(1962.10 창간), 『동서춘추』(1967.5 창간) 등이 신인작품공모제를 각각 실시함으로써 신인문학상의 권위가 자리를 잡게 된다. 이런 현상은 종합지 편집 전통의 연장선상에서 이루어진 문학중점주의 편집의 일환이었다. 특히 신인문학상 제도가 주목을 끌었던 것은 대안적 등단제도로서 각별한 의미를 지녔

---

49) 시 전문지들도 신인발굴에 의욕적이었는데, 新서정주의를 지향한 『현대시학』(1966.2~10, 통권8호)에서는 신인작품심사제를 실시했으며, 『시문학』(1965.4~67.3, 통권24호)은 독특하게 연구작품 제도와 지도작품 제도를 두어 신인을 발굴했다. 추천심사위원은 김광섭, 김용호, 김춘수, 김현승, 박남수, 박두진, 박목월, 서정주, 송욱, 유치환, 전봉건 등 16명이었다.

50) 박경수는 『사상계』신인문학상이 당시 국내 일간지의 신춘문예제도를 압도하는 권위가 있었다고 평가한 바 있다. 박경수, 『(재야의 빛) 장준하』, 해돋이, 1995, 354쪽.

기 때문이다. 즉 추천제 폐지 논란 속에 추천제를 폐지할 경우 더 좋은 대안이 없다며 추천제를 옹호하는 측의 논리와 명분을 신인문학상 제도가 문학적 성과를 바탕으로 대안으로서의 가능성을 보기 좋게 입증했다.

최인훈, 백낙청, 김현 등의 지적처럼 추천제의 작가 중심이 아닌 작품 중심 경쟁의 신인문학상이 합리적이며 등단제도의 취지에 부합한다는 것이었다(『동아일보』, 1967.5.20). 실제로 신인문학상은 작품성 강조의 원칙을 고수함으로써 당선작을 쉬이 내지 않았다. 물론 추천제와 신인문학상을 단순 비교하는 것은 무리가 있다. 일장일단이 있기 때문이다. 다만 두 제도가 1960년대 문단구조와 관련해 그 구조의 유지/해소의 대립적 힘이 충돌하는 장으로 구실을 했다는 점에서 그 관계를 상호적으로 다룰 필요가 있다. 『현대문학』의 추천제와 '현대문학(신인)상'(1955~)/『사상계』의 신인문학상제와 '동인문학상'(1955~)의 공존적 대립이 1960년대 문학 발전의 중요한 토대로 작용했다고 볼 수 있다.

추천제는 그 자체 특유의 장점을 지니고 있다. 무엇보다 2~3회 심사를 통해 추천 완료시키는 시스템이기에 신인의 문학적 능력을 검증하는데 유리하다. 유능한 신인을 발굴한다는 등단제도의 근본적 취지를 극대화할 수 있는 방식인 것이다. 『문학』(1966.6 창간)이 1회 추천으로 간소화시킨 경우도 있으나 지속적이지 못했다. 그 장점은 1930년대 후반 『문장』에서 정지용의 혹독한 심사를 거쳐 청록파가 탄생했다는 것에서 확인할 수 있는 바다. 더욱이 1950년대 대중지들의 추천제가 명랑소설, 만화 등 대중문예에까지 『자유문학』이 1960년대에 신인작품 당선제로 변경하며 수필, 시나리오까지 추천 범위를 넓힌 바 있으나,[51] 문예지의 추천제가 일반적으로 전통적 규범문학, 즉 시(시조 포함), 단편소설, 희곡, 문학평론 등 본격문학 위주로 실시했다는 점에서 한국문학의 계기적 발전에 이바지할 수 있는 나름의 이점도 있었다.

---

51) 비문학·주변장르로 치부되었던 수필이 등단제도의 종목으로 편입된 것은 1960년대 초 『자유문학』의 신인작품당선제와 『신세계』(신인작품공모)에서 시작되었으며 신춘문예에서는 1970년 『한국일보』에서 처음으로 개설된다. 이후 수필전문지 『수필문학』(1972.3 창간)의 수필공모제에 의해 본격화된 뒤 『월간문학』, 『현대문학』(1977.2부터) 등 문예지로 확대되면서 수필가가 대거 양산되기에 이른다. 수필의 비전문성과 부담 없이 읽힌다는 특성이 근대 도시대중들의 사고의 단편화, 중간화 경향과 맞물리며 1970년대 꾸준히 독자를 확보해가며 호황을 누리게 된다.

문제는 이를 어떻게 운영하느냐에 달려 있다. 그 운영 여하에 따라 긍정/부정의 양면적 결과가 극명하게 엇갈려 나타나게 된다. 『현대문학』의 추천제가 주로 비판을 받게 된 것은 부정적 결과가 압도적이었다는 인식 때문이었다. 이는 대체로 『문예』(1949.8~54.3) 때부터 소수의 보수적 문단권력자들, 이른바 '문협정통파' (김동리, 서정주, 조연현)가 문학·문단 권력을 유지·확장하는 수단으로 추천제를 악용했고, 그것이 『현대문학』에서 고질화되었다는 판단에 따른 것이었다. 물론 문협정통파가 두 잡지의 추천제를 활용해 순수문학(론)의 정당성을 제도적으로 정착·공고화시키는 과정에서 다양하고 새로운 문학경향의 제도권 진입을 억제·차단함으로써 해방 후 한국문학을 왜소화시킨 점은 분명한 사실이다. 하지만 한국문단 재건의 토대를 구축한 것과 같은 긍정적 성과를 무시할 수는 없다. 강신재, 손창섭, 장용학, 전봉건, 송욱, 천상병 등(『문예』), 이범선, 박재삼, 김관식, 추식, 최일남, 박경리, 서기원, 홍사중, 한말숙, 김우종 등(1950년대 『현대문학』)이 이들의 추천을 통해 등단한 이래 나름의 문학세계를 개척해 간 도정도 환기해 둘 필요가 있다.

정작 중요한 문제는 이런 인식 태도가 1960년대 『현대문학』추천제에 무매개적으로 적용된다는 사실이다. 특히 1968년 1월 17일 한국문인협회 7차 정기총회를 통해 폭발한 조연현/김동리의 문협주도권 쟁탈의 이전투구와 조연현 측의 입장을 옹호한 『현대문학』의 태도로 인해 『현대문학』이 문단정치의 온상으로 간주된 바 있는데, 이 사태를 실질적으로 주도했던 양측의 충신배들은 모두 1950년대에 추천 받은 문인들이었다. 또 『현대문학』의 주간인 조연현의 문단권력, 즉 문인들의 생사여탈권을 장악하고 있다는 평판이 회자되었으나[52] 이 또한 추천제와 직결된 문제는 아니다. 1960년대 『현대문학』추천제에서 조연현의 영향력이 과거에 비해 압도적이거나 독점적이지도 않았다. 보다 객관적으로 그 실상을 파악할 필요가 있다.

추천제에서 우이(牛耳)를 점하는 것은 추천자이다. 추천자의 영향력이 직접적·전폭적으로 관철되는 시스템이기 때문이다. 따라서 매체의 영향력과 아울러 추

---

52) 한국문인협회 편, 『文壇遺事』, 월간문학출판부, 2002, 175쪽.

천자의 전문성과 권위의 수준이 추천제의 성패를 좌우하는 관건적 요소가 된다. 따라서 학연, 지연 등 정실이 개입될 여지가 클 수밖에 없다. 추천자의 명단을 사전에 공지했기 때문에 더욱 그러했다. 사실 추천제가 가장 비판을 받았던 이유 가운데 하나가 정실이 개입돼 수준 이하 추천자 아류의 신인을 대량 생산함으로써 결국 문학의 발전에 부정적으로 기여한다는 것이었다. 적실한 비판인 것만은 틀림없다. 조연현도 '고정된 심사위원으로 인해 정실로 흐를 수 있다'고 시인하면서도 신인의 역량 파악에 가장 현실적이고 합리적인 방법이라는 논리로 추천제 무용론에 대응한 바 있다(『동아일보』, 1967.5.20). 고은은 서정주가 '추천의 過幅을 통해 서정주제국을 건설했지만 말라르메의 발레리가 나올 수 없게 하는 치사량에다 발레리가 나오는 것을 근원에서 숙청해 버리는 비극'을 범하고 있으며, 그래서 "혼자 시를 지배하고 혼자 시론, 시학을 지배하고 혼자 서정주론까지 다 지배하는 꽉 찬 계획경제의 독재제국"[53]이라며 추천제를 통해 성립된 서정주제국의 비극을 폭로한 바 있다.

간과해선 안 될 것은 1960년대 『현대문학』의 심사위원이 다변화되어 있다는 점이다. 『문예』와 『현대문학』초기의 김동리, 서정주, 조연현의 압도적 지위와 달리 이들 외에 박종화, 염상섭, 계용묵, 황순원, 박영준, 최정희, 안수길, 오영수(소설), 김현승, 박두진, 박목월, 신석초, 유치환, 조지훈(시), 백철, 곽종원, 정태용(평론) 등처럼 복수화의 폭이 점차 확대된다. 희곡도 유치진 중심에서 오영진, 이광래 등으로 넓혀졌다. 더욱이 '매월 윤번제로 1인의 심사위원에게 위임'하는 방식 또 '어느 종목을 막론하고 최종 추천작품에 대해서는 분과별 심사위원회의 인준을 얻어야 하는 절차에서 '심사위원을 지명 응모했을 때는 지명된 위원에게 심사를 위촉'할 수 있었고 최종 인준절차도 생략되는 방향으로 변경됨으로써 다변화된 심사위원 개개인의 자율성이 보장될 수 있었다.

---

53) 고은, 「現代韓國의 唯我獨尊; 서정주」, 『세대』, 1967.9, 210~217쪽. 김현은 해방 후의 시단은 많은 시인들의 월북 때문에 청록파가 대가가 되었고 그 덕분에 自然禮讚詩가 한 주류를 형성하는데, 서정주의 큰 과오라고 알려져 온 자연예찬의 시는 사실 청록파의 정치적 압력 밑에서 형성된 것에 지나지 않는다고 평가한 바 있다. 정치적 압력은 아마도 청록파가 모든 등단제도의 대표적 심사위원이었다는 사실과 밀접한 관련이 있는 것으로 판단된다. 김현, 「왜 詩를 쓰는가」, 『사상계』, 1969.12, 221쪽.

김동리 추천의 송숙영, 백인빈, 정을병, 이문구, 백시종 등, 서정주 추천의 김초혜, 강우식, 김송희 등, 조연현 추천의 김병걸, 김윤식, 임헌영, 이선영 등의 경우가 있었지만, 박두진-마종기, 정현종, 강위석, 천양희 등, 박목월-허영자, 주성윤, 유안진, 오세영, 이승훈, 이건청 등, 김현승-문병란, 오규원, 이성부 등, 황순원-최인호 등, 안수길-김국태 등, 박영준-한문영, 박시정 등, 오영수-윤정규, 유재용, 조정래 등, 곽종원-홍기삼, 박동규, 강인숙 등, 정태용-김시태 등의 다양한 추천이 이루어진 바 있다.[54] 물론 이 다변화에도 학연, 지연이 개입된 흔적을 엿볼 수 있으나, 적어도 1960년대 『현대문학』추천제가 다양한 경향의 신인을 문단에 진입시킨 긍정적 성과를 부정할 수는 없다. 조연현의 추천(자) 사례에서 보듯 추천제가 문단정치의 도구로만 기능했다는 단정은 지나친 매도로 볼 수 있다.

『현대문학』추천제가 원성을 샀던 또 다른 이유는 지면의 배타성이다. 이는 추천제가 지닌 장/단점의 양면성을 가장 잘 드러내주는 지점이다. 추천제는 등단한 신인을 사후적으로 관리하는 체계, 즉 지면의 우선적 배정뿐만 아니라 비평(선후평, 월평, 연간평 등)을 통해 승인하는 제도를 매체 자체 내에 겸비함으로써 신인이 작가로 성장할 수 있는 발판을 마련해주는데 비교우위의 장점이 있다. 『현대문학』은 이뿐만이 아니라 자사가 제정한 '현대문학(신인)상'을 통해 자사 출신 신인의 문학적 능력을 정당화시켜 주고[55] 나아가 『추천작품전집』(전3권, 1960)과 같은 출판을 통해 그 정당성을 사회적으로 확산시키는 이중삼중의 후원자 역할을 했다. 이 같은 시스템은 신인문학상을 운영한 『사상계』, 『세대』도 마찬가지였다. 다만 매월 쏟아져 나오는 자사 출신의 신인들에게 지면을 할애하는 것조차도 버거운 상태에서 발표 지면이 현저히 부족한 환경으로 인해 『현대문학』의 이러한 시스템이 자사 이기주의의 폐쇄성으로 비춰진 것이다.[56] 이미 등단한 신인이 지

---

54) 1960년대 『현대문학』의 추천 신인과 심사위원 명단은 600호 기념 특대호(2004.12) 717~725쪽에 잘 정리되어 있다.

55) 현대문학사가 제정한 현대문학(신인)상 1955~1970년의 수상자 면면을 보면 시, 소설, 희곡, 평론을 통틀어 총 39명 중 이호철, 박봉우, 최상규 등을 제외한 33명이 『문예』및 『현대문학』출신 작가들이었다.

56) 『시문학』지가 창간된(1971.7) 것도 이런 맥락에서였다. 『현대문학』추천제 출신 시인들이 많아지

면을 얻기 위해 『현대문학』의 추천을 다시 받는 행태가 횡행하며 이 같은 폐쇄성이 더욱 부각된 점도 크게 작용했다.

타 잡지의 추천도 1회 추천으로 인정해주고, 신춘문예 및 타사 추천신인들에게도 지면을 점차 개방하는 방향으로 폐쇄성이 다소 완화되나 관리·후원의 시스템은 추천제를 존립시키는 근간이라는 점에서 폐쇄성은 어느 정도 불가피한 것이었다고 봐야 한다. 어쩌면 문학의 발표 지면이 턱없이 부족했던 당대 매체 환경이 문제의 근원이었다. 많은 비판과 질시 속에서 『현대문학』추천제는 옥석을 가려야 하지만 추천의 결과만 놓고 보면 추천제에 관련한 각종 시비를 상쇄케 하는 성과를 거둔다. 60년대작가군에서 추천제를 통해 등단한 작가의 규모가 신춘문예 출신을 웃도는 수준이었다는 사실은 중요한 의의를 지닌다. 여성작가의 등단 기회가 확대된 것도 추천제의 의미 있는 성과였다.

한편 종합지에서 실시한 신인문학상 제도가 1960년대 등단제도의 대안적 성격을 지녔다고 언급한 바 있다. 이를 가장 잘 보여주는 것이 『사상계』의 신인문학상 제도다. 1960년 7월 처음 실시한 후 폐간(1970.5) 때까지 매년 시행되어 '내일의 한국문단 형성에 새로운 기틀을 마련'했다는 자찬(自讚)처럼 1960년대 문단에 신풍(新風)을 불어넣었다. 신인문학상은 『사상계』특유의 문학중시 편집 전략, 이를테면 1955년부터 증가한 문학의 높은 지면점유율 및 각종 문학특집(문학중심의 임시증간호 발행 포함), 동인문학상 제정 등과 더불어 그 중요한 일환이었다. 간헐적으로 실시한 신인 발굴, 창간2주년현상공모, 신인작품모집(1959, 현재훈 당선) 등의 기존 신인 발굴 방법을 발전적으로 계승한 것이기도 하다. 대략 시 1,000여 편 단편소설 300여 편이 응모될 정도로 문청들의 관심도 뜨거웠다. 7회(1965) 때는 시 1,425편(244명) 소설이 483편이나 응모될 정도였다. 당연히 『사상계』가 지닌 권위 때문이었다.

아울러 제도 운영의 엄격성과 투명성도 중요하게 작용했다. 철저하게 작품 중

고 발표 지면의 증면이 불가능한 상태에서 문덕수의 제의로 기금을 마련하여 현대문학사에 전달한 것이 계기가 되어 『현대문학』자매지로 『시문학』이 창간되었다. 적자가 누적되면서 1년 11개월(1971.7~73.6)만에 문덕수가 인수받아 오늘에까지 이르고 있다. 문덕수, 「네 개의 '시문학'과 하나의 '시문학'」, 한국문인협회 편, 앞의 책, 197쪽.

심의 심사원칙으로 당선작을 내지 않는 경우가 더 많았고, 초선대상자 명단 발표, 중간심사 발표와 같은 심사과정에 대한 수시 공개, 예·본선의 절차와 사측과 심사위원측의 종합합평회의를 통한 입선작 결정 등 체계적 절차를 거쳐 당선작을 민주적인 방식으로 뽑는 것 등이 제도의 공신력을 높였다. 선외(選外) 우수작에 대한 평을 포함한 심사평도 상대적으로 구체적이었다. 물론 연 1회 실시하는 방식이었으므로(애초에는 1월과 7월 연 2회로 실시하기로 했으나 2회부터 7월 1회로 변경) 정선할 수 있는 충분한 시간적 여유가 있었기에 가능한 것이었지만, 제시한 심사 경위의 세부를 참조할 때 사상계사 특유의 원활한 내부시스템이 신인문학상 운영에도 적용되었던 것 같다.

심사위원진은 황순원, 안수길, 조지훈, 박목월, 김성한, 여석기, 오영수, 유종호, 정명환, 오상원, 선우휘, 송욱 등으로 구성되었는데, 『사상계』와 밀접한 관련이 있는 주요 필진들로 신구 조합이 눈에 띈다. 심사의 기본 원칙은 "새로운 문학의 발굴자, 옹호자로서의 사명을 다하고 문단등용문의 권위를 더욱 높이기 위해"[57] 개설한다는 취지에 부합한 새로운 문학 경향의 중시였다. 문학적 수준을 도외시한 것은 아니다. 심사위원들이 역대 가장 뛰어난 신인으로 평가한 서정인의 「後送」(1962년 4회 당선작)이 이후 작품 선정의 기준으로 설정될 정도로 문학적 완성도도 중요한 고려 사항이었다. 매년 시의 후보작을 선정하는 역할을 담당했던 송욱은 '신인상'은 신인 발굴의 추천보다 한 단계 높은, 즉 새로운 경향과 더불어 예술적 개성을 뚜렷하게 보여주는 수준이 되어야 한다며 나름의 당선작의 가이드라인을 제시한 바 있다.[58] 잡지의 신인문학상 제도가 매체의 (문학)이념과 노선이 지배적으로 관철된다는 점에서 『사상계』의 담론 전략이 적용되는 것은 당연하다 할 것이다. 정혜경은 신인문학상을 『사상계』의 중요 이슈였던 분단시대 근대적 주체를 탐색하는 '청년담론'(신세대론)의 문학적 실천으로 평가한 바 있다.[59]

흥미로운 것은 『사상계』의 신인문학상 운영에서 추천제를 일부 겸용했다는 사

---

57) 『사상계』, 1960.1, 412쪽, '제1회 사상계 신인상작품모집' 공고.

58) 송욱, 「詩神의 逃避」(선후평), 『사상계』, 1961.7, 333쪽.

59) 정혜경, 「『사상계』등단 신인여성작가 소설에 나타난 청년표상」, 『우리어문연구』39, 우리어문학회, 2011, 583쪽.

실이다. 즉, 5회(1963년) 이후부터 '가작 입선자를 대상으로 다음해 6월까지 작품을 보내면 심사해 그 기량이 인정되면 본지에 발표함과 동시에 기성작가로 대우'하는 보완책을 구사했다. 이 경우를 '추천작'으로 명명했으며, 4회(1962) 가작 박순녀와 5회(1963) 가작 박상륭이 이 절차를 밟아 정식 등단한다. 잠재적 가능성을 발양시킬 수 있는 기회를 제공하기 위한 조치였다. 당선작을 제대로 배출하지 못한 것도 큰 부담이었을 것이다(총 13회 중 8회에 걸쳐 당선작이 없었다). 『사상계』의 신인등용의 의욕은 신인문학상과 별도로 1968년 이후에는 '신인문학작품모집'을 병행했다.[60] 기존 시, 단편소설 외에 희곡, 문학평론 등으로 영역을 확대하고 수시로 접수해 선발하는 방식이었다.

정치적 외압과 그로 인한 운영난 속에서도 중단 없이 각종 신인선발 제도를 운영한 것은 각별한 의미를 지닌다. 『사상계』의 등용문을 통과한 작가로는 강용준, 서정인, 박순녀, 황석영, 신태범, 이상태, 윤태수, 신중신, 박상륭, 박태순, 이청준, 이세방, 최인호, 서영은, 강은교, 유순하 등이 있다(일부 가작 포함). 『사상계』 또한 자사출신 신인에 대한 배려가 유별났다. 자사출신 신인들의 명단을 활자화해 수차례 제시했으며 지면 배려를 통한 후원도 지속적이었다.[61] 100호기념 특별증간호(1961.11)에서는 '사상계출신 소설가집·시인집'(김광식 외 9인, 윤일주 외 19인)을 꾸밀 정도였다. 1966년 이후 문학중시가 현저히 약화된 지면 편성일 때도 좁은 지면임에도 자사출신 신인들의 작품을 꾸준히 게재했다.

『사상계』 신인문학상 제도를 1960년대 대안적 등단제도로 간주한 것은 서정

---

60) 작품모집과 별도로 문학논문도 모집했다. 1969년부터 정치·경제·사회·과학·문화·문학 등 전 분야에 걸쳐 신인필자를 발굴·등용하고자 매월 논문형태로 '새로운 필자를 위한 청장년층 투고 모집'을 시행한 바 있다.

61) 한 가지 유의해서 봐야 할 점은 『사상계』가 자사출신으로 호명한 신인들 가운데 상당수가 『문학예술』 추천제 출신이라는 점이다. 이는 객관적 사실과 분명히 다르다. 『문학예술』과 사상계사가 친연관계, 이를테면 이념적(반공주의)·지역적(『문학예술』 주체들은 평양 중심의 조선민주당계열)·종교적(기독교) 기반을 공유했고, 『문학예술』의 인쇄를 사상계사가 도왔으며, 아시아재단의 용지 지원 중단으로 『문학예술』이 종간된 뒤 그 주체들(오영진, 박남수 등)이 대부분 『사상계』 진영(편집위원 및 중요 필진)에 가담했다는 점을 감안하더라도 『문학예술』 출신을 자사출신 신인으로 편입시킨 것은 타당성이 부족하다. 『문학예술』에서 추천완료를 하지 못한, 즉 2회 추천에 그친 윤일주, 황운헌, 정렬 등이 『사상계』에서 작품을 발표하면서 추천 완료한 경우라도 엄격히 말해 이들을 『사상계』 출신으로 간주하는 것도 무리가 있다.

인, 이청준, 박상륭, 박순녀 등 결과만을 근거로 한 판단은 아니다. 작품 위주의 선의의 경쟁을 통해 문학 수준 자체를 향상시킬 수 있는 제도적 장치로 기능했다는 것이 제일 중요하다. 추천 완료나 당선이 문학 활동의 중단으로 끝나는 경우가 많았던 타 등단제도와 달리 신인문학상은 장편현상모집과 더불어 작품 자체로 대결해야 한다는 풍조를 조성함과 동시에 그 출신들의 문학적 약진이 이를 입증해냄으로써 당대에도 각광을 받았던 것이다. 제도 운영상 불협화음이 발생하지 않았던 것도 한 요인이었다. 물론 그 장점이 실현되기 위해서는 조건이 있었다. 잡지매체의 안정적 발간과 매체의 권위가 사회문화적으로 공인되었을 때만 지속 가능한 제도이다.『사상계』는 매우 드물게 이 두 조건을 갖추고 있었고 따라서 매체의 권위와 신인문학상 제도가 상보적 선순환 관계를 유지한 가운데 제도적 권위를 창출할 수 있었던 것이다. 새로운 문학을 주창한 신진들에게 문호를 개방하고 적극적으로 지면을 제공한 것과 김승옥이 10회 동인문학상(1965)을 이청준이 12회 동인문학상(1967)을 수상했던 것도 제도적 권위를 창출하는데 기여했다.

한편『세대』의 중편신인문학상은 무엇보다 중편을 공모했다는 점이 주목을 끌었다. 신춘문예, 추천제,『사상계』신인문학상이 공히 단편을 대상으로 한 것과 뚜렷한 차별성을 지녔기 때문이다. 원래는 신인문학상(소설부와 시부)으로 시작해서 2회 때 같은 명칭으로 중편소설모집으로 정비되었고(10만원현상), 3회 때부터는 '세대문학상'으로 명칭을 변경해 '세대희곡상'과 함께 모집한 가운데 1979년 종간 때까지 14회 실시된다(세대희곡상은 1970년 3회로 폐지).『세대』의 신인문학상 또한 종합지『세대』(1963.6~79.12)의 문학중점주의 편집노선의 산물이다.『세대』는 발행 기간 동안『신동아』를 비롯해 신문잡지들과의 지속적인 생존 경쟁을 겪으며 여러 차례 운영난을 겪은 바 있는데, 신문잡지와 달리『세대』는 창간 때부터 문학중점주의 편집노선으로 독자성을 확보하고자 했고 이후 그 노선을 확대시켜 갔다. 비록 1차 후보작을 선정·발표한 것에서 그쳤으나(시 분야 253편 투고 중 1차 예선 통과 21편 가운데 김화영의「果園」외 1편이 당선작, 심사위원:박남수, 박목월, 서정주) 창간과 더불어 '이상문학상'을 제정했고, '시와 시작노우트'란을 개설·고정시켜 시에 대한 지면을 대폭 제공했으며, 에세이 특집 및 중편소설의 특화를 통해 새로운 문학 양식의 발굴에도 심혈을 기울였다. 특히 필화사건을 겪고 검열당국으로부터 불온서적으로 규정당한 뒤 그 흐름이 더욱 강화되는 특징을 보여준다.[62] 중편신인문학상은 이 같은 『세대』의 중편소설 특화전략, 즉 '전작중편시리즈'(1965.4~70.3), '신예작가중편시리즈'(1971.10) 등과 연계된 기획이었다.

중편공모는 차별성으로 인해 경쟁력을 지녔으면서도 동시에 약점이 있었다. 중편은 우리 문학의 취약성으로 지적된 단편중심주의를 극복하는 계기로서 또 소설의 대형화(장편화)를 추동하는 의의를 지닌 것이었으나 당시 중편양식에 대한 작가들의 인식 부족으로 소기의 성과를 거두었다고 보기는 어렵다. 더구나 모집 규정에서 '상업紙·誌의 작품모집에서 당선되거나 추천된 사실이 없는 자'(해당자는 당선되어도 무효가 된다)라는 까다로운 규정으로 응모 편수가 40~50편 정도에 그쳤다.[63] 1960년대 심사위원은 백철, 안수길, 김동리, 선우휘, 최인훈 등이 담당했는데, 최인훈이 여러 차례 맡았다(예심 겸임). 『세대』첫 장편연재 작가가 최인훈이었다는 것과 관련이 있는 듯하다(『회색의 의자』). 당선작은 박태순의 「形成」(1회, 1966.4)과 신상웅의 「히포크라테스 胸像」(3회, 1968.6)이었는데, 「형성」은 '부정일변도의 대전제가 젊은 세대의 위험사상 같아 두렵다'는 평가를 받으면서, 「히포크라테스 胸像」은 마지막까지 「槍」(최창학)과 경합을 벌이다 각각 당선되었다. 「形成」이 이후 당선작 선정의 가이드라인이 되었다.

『세대』중편신인문학상도 당선작을 내지 못한 경우가 더 많았다. 총 14회 중 6회만 당선작을 냈는데(1973년 8회 때는 구중관·유시춘이, 1975년 10회 때는 김남·이외수가 각각 공동 당선), 이 또한 『사상계』의 경우처럼 작품 중심의 심사원칙이 엄격하게 적용된 결과였다고 할 수 있다. 흥미로운 것은 당선되지 못했을지라도 단골 응모자의 면면이 화려하다. 1회 때의 최종 후보는 방영웅(「秘密」), 이건영(「기다리

---

62) 이른바 '황용주필화사건'으로 『세대』는 '불온서적'으로 규정당해 해당 논문이 실린 1964년 11월호(18호) 11,000부 중 10,500부를 압수조치 당한다(『경향신문』, 1964.11.10). 이 사건 후 『세대』는 자숙의 차원에서 1964.12~1965.1월호를 자진 휴간한다.

63) 『사상계』신인문학상도 '商業紙誌에 발표되지 않은 작품'을 단서로 달았는데, 『세대』는 이보다 좀 더 까다로운 규정을 내세웠다. 두 잡지 모두 1960년대 일간지, 주간지, 종합지의 상업주의 문학편집에 대한 강한 거부 의식의 소산이었다고 할 수 있다. 다만 세대희곡상은 이 규정을 적용하지 않은 듯하다. 1회 당선자 정하연(「무지개 쓰러지다」)은 직전 1968년 『한국일보』신춘문예에 희곡부문에 당선되었음에도 불구하고 당선된 바 있다.

며 사는 사람들), 2회 때는 송영(「迷路」), 3회 때는 최창학(「槍」) 등이었는데, 이건영은 『사상계』7회(「회색이 흐르는 鋪道」) 송영은 3회(「被殺」)의 최종후보이기도 했다.[64] 이정환, 안철환, 권오운 등도 『사상계』의 단골응모자였다. 신인문학상에 집중적으로 도전한 일군의 문청이 있었다는 얘기다. 신인문학상 제도가 중·장편 작가 수업의 계기가 된 일면이다. 『세대』의 중편신인문학상은 그 결과 이상으로 중편의 필요와 가치를 제기하고 이에 대한 인식을 제고시킴으로써 1960년대 문학의 새로운 전개를 추동·수혈하는데 일익을 담당했다고 볼 수 있다. 더욱이 『세대』의 중편소설 특화와 중편신인문학상은 1970년대 『창작과비평』, 『한국문학』, 『문학사상』을 중심으로 한 중편 전재(全載)에다 『세대』, 『신동아』 등 종합지가 이 흐름에 가세하면서 조성된 본격적인 중편시대의 개막을 연 선구적인 역할을 했다는 점에서 큰 의의를 갖는다.[65]

이렇듯 1960년대는 문예지의 추천제와 종합지의 신인문학상 제도가 서로 상대를 의식하는 가운데 각기 제도를 보완하고 더욱 강화시킴으로써 가장 다채롭고 역동적으로 잡지를 통한 신인 배출이 이루어진다. 그것은 당대 문단구조의 특성에서 발원한 것으로서 그 문단구조를 유지/해체하기 위한 의도를 내포한 것이기도 했다. 물론 제도 시행의 결과가 이러한 대립적 의도에 온전히 귀속되는 것은 아니나 그 충돌이 등단제도를 매개로 현실화된 것만은 분명하다. 그 대립과

---

64) 방영웅, 송영, 최창학 등이 결국 『창작과비평』의 신인 발굴에 의해 작가로 입문하는 장면도 흥미로운 대목이다. 방영웅의 『秘密』은 이효석과 김동리를 사숙한 사람으로 보인다며 리얼리티가 부족하다는 이유로 낙선된 바 있는데(『세대』, 1966.4, 335쪽), 이 작품이 장편으로 확대돼 『분례기』가 탄생했다. 이건영은 1966년 『한국일보』장편현상공모에 당선되었다(『回轉木馬』).

65) 1970년대 문학의 특징적 현상 가운데 하나가 연작형식의 성행과 함께 중편소설 시대가 본격화됐다는 점이다. 『분례기』의 분재(分載) 방법에 의해 촉발된 잡지의 많은 분량의 게재방식이 확대되고 문예잡지의 전작중편 게재가 활발하게 이루어지면서 야기된 이 같은 특징은 문학과 상업주의의 연계가 긍정적으로 작용한 산물이라는 점에서 주목을 요한다. 정치상황의 경직, 물질주의의 팽배, 대중사회적 특징으로서 여가의 이용증대 등이 사회적 분위기로 조성됨에 따라 잡지들은 단편중심의 소설집중적 편집방법에서 중·장편 강조의 진일보한 편집태도로 전환하는데, 그것은 작품의 통일된 인상을 독자가 받을 수 있고, 작가는 통일된 긴장감 속에서 작품을 쓸 수 있으며 상품으로서의 잡지의 수준을 높여주는 등 여러 측면에서 고무적인 의미를 갖는 것이었다. 박완서의 『휘청거리는 오후』가 신문연재라는 제약을 넘어서서 뛰어난 소설적 성취를 보여주고 중편에서 역작이 다수 산출되면서 소설분야의 상업주의적 방향으로의 유익한 발전은 이전과 뚜렷하게 구별되는 현상이었다. 1970년대 연작소설과 함께 중편소설의 전성이 갖는 사회적·문학적 맥락과 그 의의에 대해서 관심을 기울일 필요가 있다.

경합이 제도적으로 표면화되었다는 것 자체가 이미 당대 문단구조가 해체·재편성될 수밖에 없었다는 사실을 시사해준다고 봐야 한다. 문단사적 측면과 더불어 신인문학상이 새로운 문학 출현의 교두보 구실을 했다는 점에서 등단제도가 갖는 문학적 의미 또한 큰 것이었다. 그것이 『창작과비평』을 필두로 고질적인 보수성을 탈피해 작품 위주로 문호를 개방하고 새로운 문학경향을 담아낸 잡지들이 속속 창간되면서 실효성을 지닐 수 있었던 것이다.[66]

4. 동인지 전성과 세대교체론

1960년대는 여러 등단제도가 당대 문단구조와 결부돼 동시다발적으로 실시되면서 다양한 문학적 소양과 태도를 지닌 문청들이 작가로 정식 입문하면서 새로운 문학의 출현 가능성이 고조된 연대다. 특히 1940~43년생들, 대학 재학 중 4·19와 5·16을 직접 경험하고 그 체험을 밑거름으로 새로운 경향의 문학 질서를 창출하고자 했던 4·19세대를 주축으로 한 일군의 60년대작가군이 1965년을 전후로 하여 대거 등장함으로써 그 기운이 팽배했다. 이는 4·19세대가 여타 세대와 달리 빠르게 아웃사이더에서 문학적 기성층으로 진입하였고 이 흐름 속에서 세대적 정체성을 확립하고자 하는 의욕을 분출시키는 동인으로 작용하면서 거세진다.[67]

문단 저변인구의 급격한 확충은 문단사적으로 볼 때 문단1세대 문인들의 잇따른 사망과 맞물려 자연스러운 세대교체의 분위기를 조성한다.[68] 더욱이 기성 문

---

66) 「한국문학 근대화의 계기」, 『경향신문』, 1966.2.12.

67) 여성문인의 대거 등장도 1960년대 등단제도의 빼놓을 수 없는 중요 성과다. 소설로 한정해보더라도 신춘문예를 통해 김지연, 김청조, 오정희 등이, 추천제를 통해 송숙영, 김영희, 이정호, 이세기, 박시정 등이, 신인문학상을 통해 박순녀, 서영은, 김이연, 장편소설현상을 통해 전병순, 김의정, 이규희, 이석봉 등이, 동양라디오 현상문예로 박계형이 각각 등단하는데 1950년대에 비해 경로도 다양하고 규모도 컸다. 시 분야는 규모가 더 커서 '청미', '여류시' 등 여성시인들만의 동인이 결성될 정도였다. 이 같은 규모 확장으로 '한국여류문학인회'의 결성(1965.9)이 가능했으며 이 단체를 기반으로 『여류문학』창간(1968.11), '한국여류문학전집'발간 사업이 추진되면서 여성문인들의 독자적인 문학 활동이 활성화되기에 이른다.

68) 1960년대 사망한 문인을 살펴보면, 이무영(1960년), 변영로, 계용묵(1961), 김말봉, 임긍재(1962), 염상섭, 오상순, 이양하, 강소천(1963), 최재서, 김이석(1964), 현철, 공중인(1965), 박계

인(학)과 이질적인 정체성과 문학론을 지닌 60년대작가군의 대거 등장으로 그 흐름이 추동되었다. 그것은 서로 다른 문학적 정체성을 공유한 여러 세대 간의 갈등과 대립을 불가피하게 수반했다. 여전히 문학제도권의 권력을 장악하고 있던 기성세대(戰前세대), 사회적 위상과 비중을 확대해나가면서 기성적 문화를 형성하고 있던 전후세대, 등단 과정에서부터 기존 문단질서에 대한 능동적 거부의사를 표명하며 작가로 입문해 독자적인 세력화를 꾀했던 4·19세대 등의 각축이 문단 재편, 문학 이념과 지향, 매체 등을 둘러싸고 길항하는 가운데 1960년대 특유의 문학적 다양성·역동성이 나타날 수 있었다. 어쩌면 1960년대 문학은 기성세대/전후세대의 세대교체를 둘러싼 갈등으로 시작해서 전후세대/4·19세대의 갈등 및 4·19세대의 분화·대립으로 마무리된 연대라고도 할 수 있다.

신인들 특유의 자생적이고 독자적인 세력화를 가장 잘 보여주는 것이 동인지 운동이다. 물론 동인활동의 활성화가 당대 문단구조의 폐쇄성에 따른 발표 지면의 타율적 제한을 타개하려는 목적에서 비롯된 점이 크고 또 5·16후 '출판사 및 인쇄소의 등록에 관한 법률' 제정(1961.12), '신문·통신등록에 관한 법률' 제정(1963.12) 등 언론통제 강화의 부산물이기도 했으나,[69] 무엇보다 기존 문단질서와 타협하지 않고 스스로의 문학적 운명을 개척하려 했던 60년대작가군의 집단적 욕망이 집약되어 표출된 결과였기에 이채롭고도 중요하다. 살아남기 위한 자구책 이상의 의미를 갖는다. 따라서 등단제도와 동인지 전성 및 세대교체론이 어떻게 내접되어 1960년대 문학질서의 변동을 초래했는가를 탐문하는 일은 당대 문학·문단의 역동적 변화를 파악하는데 필요하고 또 유용하다.

1960년대 초·중반에 간행된 동인지는 50여 종이 넘는다. 수적인 면에서뿐만 아니라 순수문예지를 중심으로 전개되었던 1950년대와 달리 1960년대 문학의

주, 마해송(1966), 유치환(1967), 이병기, 전영택, 김동명, 조지훈, 김수영(1968), 신동엽(1969), 이호우(1970) 등이다.

69) 강화된 언론통제의 역설적 효과라고 볼 수 있다. 당시 동인지는 법률상 정기간행물도 잡지도 아니었기 때문에 언론통제의 규제 대상에서 자유로울 수 있었다. 흥미로운 것은 1970년대 후반에 가면 당국이 동인지를 잡지류에 포함시킴으로써 등록이 억제되었고 정기적으로 간행하면, 즉 같은 제호로 계속 발간하거나 발행호수가 들어가면 불법적인 정기간행물로 인정돼 처벌 대상이 되었다. 문학동인지들이 (부)정기간행물로 하고 싶어도 할 수 없는 상황이 초래된 것이다. 「문학동인지 발간이 어렵다」, 『동아일보』, 1979.2.9.

시작이 동인활동 중심으로 이루어졌다는 점은 특기할 만하다. 1950년대는 등단 제도, 특히 추천제가 제도적으로 정착돼 강력한 흡인력을 발휘하며 문학·문단의 중앙집권화가 초래됨으로써 동인지문학의 마이너리티화가 촉진된 바 있다. 이에 반해 1960년대는 그렇게 형성된 문단구조의 폐쇄성에 의해 동인지활동이 자극되어 동인지 붐이 조성되는 역설적 결과가 나타난다. 물론 이들 동인지를 하나로 묶을 수 있는 공통성을 찾기란 쉽지 않다. 결성 목적, 조직 체계, 구성원의 성격, 에꼴(école)의 형성 여부 등에서 많은 차이를 보인다. 다만 문단에서 소외된 20~30대 젊은 문인에 의해 결성되었으며 기성 문단·문학적 질서에 대한 비판을 바탕으로 자기들만의 영토를 확보해 독자적인 세력화를 의도했다는 점만은 공통적이었다.[70] 아울러 동인지를 거점으로 한 세력화가 세대 결집 또는 세대 간 연대 문제와 결부돼 전개되는 특징이 있다.

1960년대 동인지의 서장을 연 것은 시동인지 『現代詩』(1961.6~69.4, 20집)와 『六十年代詞華集』(1961.9~67.5, 12집)이다. 두 동인지 모두 추천제를 통해 1950년대에 등단한 신진시인들이 주도해 창간되었고 점차 1960년대 등단한 신인들이 합류하는 과정을 거쳐 나름의 응집력과 지속성을 갖춘 대표적 동인지라는 공통점을 지닌다. 특히 이 동인지 주체들은 비교적 여러 지면에 적잖은 작품을 발표해온 30대 시인들로서 발표 지면의 창출보다는 문학적인 이유, 즉 기성 문단과 시단(詩壇)에 대한 항의를 바탕으로 주체적인 제3의 길을 개척하고자 했던 의욕의 산물이라는 점에도 큰 주목을 받았다.[71]

동인지 『현대시』는 내면 탐구를 지향하는 가운데 자생적인 모더니즘, 맑고 투명한 시와 시론을 추구했다. 순수시를 표방했기 때문에 예술지상주의적, 현실도피적이라는 비판과 찬사를 동시에 받았지만 1960년대 시단의 대명사로 위치를 굳히며 발행된 최장수 동인지였다. 유치환, 박남수, 조지훈을 편집위원으로 김광림, 박태진, 전봉건 등 한국시인협회 멤버들이 주축이 된 『현대시』는 6집부터 4·19세대 신진 시인들이 새로 참여하고 이전의 '半동인지·半시지적'성격에서

---

70) 「詩壇에 흐르는 새 기류」, 『동아일보』, 1963.3.12.

71) 박남수, 「詩壇時評; '제3의 길'을 모색」, 『동아일보』, 1962.4.27.

벗어나 에꼴에 대한 뚜렷한 의식을 개진함으로써(1964.11, 262쪽 '후기') 새로운 전환을 꾀한 바 있다. 중진시인 3인을 편집위원으로 영입함으로써 기성시단의 영향권 속에서 권위를 인정받으려 하는 한편 애초에 표방한 주지적 서정이란 틀에서 크게 벗어나지 못하다가 6집을 계기로 새로운 변화, 즉 내면의 리얼리티를 이념으로 소품적 질서의 감각성에서 벗어나지 못한 전대의 모더니즘을 극복·계승할 것을 주창한다.[72] 그 이후의 행보는 당대 시동인지 가운데 보기 드물게 독특한 내면적 서정시를 추구하는 비교적 에꼴에 가깝다는 평가를 받았다(『동아일보』, 1967.6.6).

『60년대詞華集』은 구자운, 박재삼, 박희진, 성찬경 등 『문학예술』·『현대문학』 출신들을 주축으로 '현실참여시와 전시대적 풍류시가 범람'하는 당시 시단에 대한 강력히 문제제기를 통해 한국시의 주체성 정립을 주창하며 독자적인 길을 모색했다. 구자운, 박희진 등 기존 문단체제의 해체를 강력히 촉구했던 전후문학인협회 중심 회원들이 창간 동인으로 참여한 특징이 있다. 『현대시』와 달리 기성 중진시인을 철저히 배제했다는 점에서 제3의 길의 모색이 가장 강렬할 수밖에 없는 동인지였으며, 실제 그 같은 입장을 반복적으로 표명한 바 있다. 9명으로 출발해 20명 내외로 동인 규모가 확장되었으나 애초부터 특정 이념을 공유한 것이기보다는 스스로의 길을 타개하고자 한 의도가 강했던 관계로 뚜렷한 에꼴을 형성하지 못했다는 것이 당대의 일반적인 평가였다. 그들이 표방한 한국시의 주체성이 무엇이고 그 방법론이 어떤 것인지를 분명하게 제시하지 못했다는 것이며, 동인들 또한 이런 한계에 봉착하면서 "동인운동의 제1단계는 끝났다"고 선언하고 자진 종간했다.

주지하다시피 동인지는 문학이념이나 작품 경향을 공유한 작가들이 개성을 뚜렷이 살릴 수 있다는 점에서 문예지의 가장 이상적인 형태로 간주된다. 따라서 예각적인 이론과 그 이론의 강렬한 실천을 위해서는 정선된 멤버들로써 동인이 구성되는 것이 필수적인데,[73] 이 두 동인지는 그 동인 구성에서부터 에꼴을 형성

---

72) 박슬기, 「1960년대 동인지의 성격과 『현대시』동인의 이념」, 『한국시학연구』18, 한국시학회, 2007, 208쪽.

73) 김종길, 「피로와 침체와?」, 『동아일보』, 1963.8.22~23.

하기 어려운 조건이었다. 1960년대 등단한 신인들이 가세하나 그 한계를 극복하고 시단의 새로운 지평을 개척하는 데까지는 진전되지 못했다고 볼 수 있다.

두 동인지에 이어 시 동인지는 1963~64년에 봇물을 이룬다. 신춘문예당선 시인들의 계간동인지 『新春詩』(1963.4~69.12, 19집), 최초의 여류시동인 '靑美會'(1963.1)의 『돌과 사랑』(1963.4, 1968년 『靑美』로 개제)과 또 다른 여류시동인지 『여류시』(1964.8), 문덕수, 신동엽, 유경환 등 주로 『현대문학』 출신 동인들이 발간한 『詩壇』(1963.5), 『자유문학』·『현대문학』 출신 중심의 『新年代』(1964.7) 등이 족출하면서 시 동인지의 전성시대가 열린다. 대부분 1950년대에 등단한 시인이 주축이 되고 1960년대에 등단 신인이 참여하는 형태로 창간되어 이후 규모가 확대되는 추세를 보이는 공통점이 있다.

특히 박봉우, 이수익, 강인섭, 박이도 등 1950~60년대 신춘문예 출신들이 매체의 지면 배타성에 반발해 자신들의 독자적인 시영토를 개척하기 위한 목적으로 창간한 『新春詩』는 멤버들의 탈퇴, 신규 가입 및 재가입 등의 잦은 변화를 겪으면서도 신춘문예 출신들의 각광을 받으며[74] 동인지의 새로운 지평을 마련해갔다. 이런 목적의식은 어느 동인보다 견고한 유대를 강화할 수 있는 토대가 되었다. 타 동인지에 소속되지 않은 신춘문예 당선자로만 가입 제한을 하는 다소의 폐쇄성과 동인 구성의 계속된 유동성(1~19집까지 시종 참여한 동인은 9명에 불과) 등의 불리함을 딛고 "1960년대의 역사현실에 대해 날카로운 인식과 비판을 보여주는 현실참여적 동인지"[75]로서의 개성을 확보할 수 있었던 것도 이 같은 태생적 유대의 견고함이 작용했다고 볼 수 있다.

그런데 시 동인지 붐은 1967년을 계기로 점차 잦아들면서 정리의 단계를 거친다. 1967년 기준 전국을 통틀어 동인그룹이 30여 개로 추산되나 기성시인이 참

---

74) 앞서 언급했듯이 신춘문예 출신들이 발표 지면을 얻기란 대단히 불리했고 실제 어려웠다. '문학동우회'('동아일보』신춘문예 및 장편현상 당선자 모임, 『동아일보』, 1964.12.24)와 같이 공동으로 이에 대처하는 경우도 있었으나 현실적으로 실효를 거두기 어려웠다. 이런 정황에서 『신춘시』의 가치가 더욱 부각되었다. 신춘문예 출신인 김열규는 『신춘시』야말로 '시단에 새로운 공화국을 건설하는 새 국면'의 징후로 간주한 가운데 '시단의 독재나 전횡을 견제하고 나아가 참된 시단의 공화제 수립을 위한 일종의 혁명적 운동으로 격찬과 경하를 받아' 마땅한 쾌사로 평가했다. 김열규, 앞의 글.

75) 박대현, 「1960년대 동인지 『신춘시』의 위상」, 『상허학보』39, 상허학회, 2013, 285~287쪽.

여하고 동인지를 계속 발행하는 것은 5종에 불과했다. 특히 『六十年代詞華集』의 자진 종간은 동인지운동의 새로운 전환을 촉발하는 계기가 된다. 동인지운동이 쇠락한 데에는 경제적인 열악함, 시 월평에서도 동인지가 제외되는 기성문단의 냉대, 매체의 증가에 따른 발표기회의 점증 등 외적 조건에도 원인이 있었지만 동인지운동 자체에도 문제가 있었다고 봐야 한다. 즉 10개의 동인지 대표들이 자인하고 있듯이 동인지 대부분이 이념 없이 기성문단 및 재래의 문학 형식에서 탈피해 스스로의 시적 실험을 위한 작품 활동의 광장을 마련하는데서 비롯된 것이고,[76] 이후의 행보에서도 '시를 발표하기 위한 시가 모자라는 에꼴의식의 결여', '시가 동인지 대신 잡지나 신문으로 도피하는 현상', '중견시인이 되자 동인지가 주는 불리한 이미지로부터 해방되려는 욕망' 등으로 인해 '시가 나쁘니 영향력이 없고 영향력이 없으니 좋은 시를 안 낸다는 악순환' 구조가 정착되었기 때문이다.[77] 물론 동인지 대표들이 언급하고 있듯이 점차 에꼴의 가능성을 좀 더 강력하게 모색하려 했고 『현대시』, 『신춘시』, 『四季』처럼 나름의 에꼴 형성의 가능성을 시현한 경우도 있지만, 동인지들이 애초에 목표로 내걸었던 당대 한국 시단(문단)의 구조적 병폐를 척결하고 새로운 문학 질서를 창출하는 수준으로는 나아가지 못했다.

여기에는 보다 근본적으로 이들 동인지들이 1960년대 순수시/참여시의 대립 구도에 갇혀 있었기 때문이었다. 『詩壇』의 결성 목적처럼 동인지 상당수가 순수와 참여의 변증법적 지양을 동인지의 이념으로 설정하고 있으나 오히려 양자 중 한 쪽으로 경사된 에꼴의식을 노골적으로 드러냈다. 그 점은 김현이 날카롭게 지적한 바 있다. 그는 순수시인가, 참여시인가를 결정하면 시작(詩作)의 방법, 발표지, 동원되는 비평가까지 확보되는 기이한 판국이 형성되는 구조, 즉 순수시를 쓰려는 시인들은 발표지로는 『현대시학』을, 동인지로는 『現代詩』, 동원되는 평론가로는 전봉건, 김춘수, 김광림, 이승훈 등을 목표로 한 반면 참여시를 쓰려

---

76) 「同人誌의 理念과 現實」(좌담회), 『현대문학』, 1966.8, 252~267쪽. 당시 동인지들은 6~20명 규모로 2만 원 정도의 제작비와 약 300부의 판매 수준이 공통된 실태이며 당사자들이 꼽은 동인지 발간의 가장 큰 타격은 문단의 무관심이었다.

77) 「『六十年代詞華集』종간이 던진 조용한 파문, 전환기에 선 동인지운동」, 『동아일보』, 1967.6.6.

는 시인들은 발표지로는 『詩人』을, 동인지로는 『新春詩』를, 동원되는 평론가로는 구중서, 임헌영, 백승철을 목표로 함으로써 순수시/참여시의 패턴화가 철저하게 이루어졌다는 것이다. 이 같은 기이한 구도는 시를 순수시와 참여시로 가르고, 순수시를 언어의 시로, 참여시를 행동의 시로 못박아버린 김수영의 돌이킬 수 없는 과오에서 비롯됐다고 비판한다.[78] 다소 과격한 비판일 수 있으나, 당시 에꼴의 가능성을 보여준 것으로 평가받았던 『현대시』, 『신춘시』조차 순수시/참여시 대립구도에 갇혀 있었다는 지적은 1960년대 시 동인지의 존재방식을 이해하는데 중요한 시사점을 제공해준다.

김현이 또 다른 글에서 지적했다시피 1960년대 시 동인지들이 당대의 시대적 의미를 드러내고 다음 연대에 극복의 계기가 되어 주는 시사적 의의와 업적을 부정할 수는 없겠으나, 여전히 가능성의 수준에 머물러 있었다는 사실이 동인지 운동의 쇠락 및 전환을 추동하는 요인으로 작용했던 것만은 분명해 보인다. 동인 구성의 한계도 크게 작용했을 것이다. 대부분의 동인지가 전후시인과 1960년대에 등단한 시인 간 일종의 문학적 연대에 의해 동인지가 탄생되는 맥락을 감안할 때, 의식적 연대를 승화시킨 하나의 통일된 에꼴을 정립하기가 쉽지 않았을 것으로 보인다. 또 동인 결성의 원천으로 작용했던 전후시인들의 출신적 동류의식의 한계와 그에 따른 동인지에의 중복 참여, 기성시단과의 일정한 연계도 장애가 되었을 것이다. 가령 여성동인지의 경우 '청미'동인은 한국문학가협회와 『현대문학』을 그 뿌리로 한국시인협회와의 연계 속에서, '여류시'동인은 자유문학자협회와 『자유문학』을 뿌리로 현대시인협회와 연계하에 각각 동인활동을 전개했던 것에서 그 면모를 확인할 수 있다.

---

78) 김현, 「왜 詩를 쓰는가」, 『사상계』, 1969.12, 222~223쪽. 그 패턴화는 순수시를 쓰려는 시인들은 여성적 이미지, 내면, 內亂, 예감, 전율, 儀式, 달빛, 징조, 은빛 등등의 어휘와 관능적인 분위기 묘사를 '시적'인 것으로 배당받는 반면 참여시를 쓰려는 시인들은 남성적 이미지, 사물과 인간에 대한 욕설, 김수영의 우상화, 항거의 분위기, 전라도 지방의 지명을 '행동적'인 것으로 배당받는다며, 어느 한 파에 속하겠다는 생각만 하면 그리고 약간의 소재만을 갖고 있기만 하면 창작의 고통을 겪지 않더라도 유능한 시인 행세를 할 수 있다고 힐난한다. 1960년대 詩史를 정리하는 이 글에서 김현이 겨냥한 것은 '시는 왜 쓰는가? 순수파에 속하기 위해서? 아니면 참여파에 속하기 위해서?'의 질문에 함축되어 있듯이 순수/참여문학의 구도를 넘어선 새로운 시적 지평에 대한 고민과 대망이다.

시 동인지들과 다른 경로를 보여주는 동인지도 존재했다. 『散文時代』 (1962.6~64), 『批評作業』(1963), 『四季』(1966.6~68.7), 『68문학』(1969.1) 등이다. 이들 동인지가 지닌 가장 큰 특징은 '얼어붙은 권위와 구역질나는 모든 화법을 저주하며 새로운 언어의 창조로 어둠을 제거하고자 탕아, 청소부, 농부를 자처'했던 『산문시대』동인의 선언처럼 한국문학의 전통에 반기를 들고 앞 세대와 변별되는 문학의 영토를 개척하려는 4·19세대의 세대론적 전략에서 등장했다는 점이다. 독특한 동인 구성을 보인 '正午評團'의 비평동인지 『비평작업』 또한 "역사와 싸워야 할 필연성 앞에서 우리는 기성의 질서와 관념에 대한 일대수술을 시행한다."는 선언에 명시된 바와 같이 백철, 이어령, 조연현의 이론에 공격을 가하며 현실참여적인 비평작업을 천명했다는 점에서 마찬가지였다.[79] 4·19세대의 독자적인 이들 동인지에 대한 연구는 여러 각도에서 많이 이루어졌기에 굳이 재론의 필요를 느끼지 못한다.

다만 『산문시대』와 『68문학』은 그 위상이 다르다는 점만큼은 주목하고자 한다. 『산문시대』가 서울대 문리대그룹이 등단 전 혹은 등단한 직후 그들 특유의 불온하고 혁명적인 열정의 문학 실천의 장으로서 창간되었다면, 『68문학』이 이미 문학적·문단적 입지를 확보한 이들 세대에 의해 또 다시 발간되었다는 사실은 석연치 않다. 왜 같은 전략적 목표로 동인지를 창간할 수밖에 없었는가 하는 점이다. 『68문학』을 『산문시대』 – 『사계』 – 『68문학』 – 『문학과지성』으로 이어지는 언어에 주력하는 소위 미학주의 계열의 연속적 발전으로 인정한다 하더라도 1960년대 후반 참여문학과 세대의식을 축으로 이미 상호 견제 및 분화의 징후를 뚜렷이 보인 4·19세대들이 다시 집단적 결집을 감행하지 않으면 안 되었던 저간의 맥락이 존재했을 것으로 추정되기 때문이다. 『산문시대』의 공격적 태도와 달리 『68문학』은 4·19세대의 다소 수세적 방어 차원의 봉합이라는 분위기가 강한 것도 같은 맥락이다.

이는 1960년대 후반 사회문화적 통제가 한층 강화됨에 따라 자체 독자적인 조직화가 와해되고 전후세대의 총력적 역비판에 봉착한 4·19세대의 대항 혹은 위

---

79) 「문학인 현실참여를 주장」, 『비평작업』, 『동아일보』, 1963.2.13.

기의식의 소산이었다는 판단이다. 『68문학』의 멤버였던 박태순은 『68문학』이 독일의 '그루페47'과는 조금 다른 양상이나 4·19세대가 새로운 문학지도를 그려보려는 욕망에서 시도된 앤솔러지로 기성 문단·문학의 반응을 이끌어내지는 못한 가운데 4·19세대 문학의 출정식에 그치고 말았다고 평가한 바 있다.[80] 4·19세대 문학의 서로 다른 지류가 총합된 그것도 "작품을 통한 조용한 도전"[81]으로 최초의 집단적 인정투쟁(『68문학』)이 녹록지 않았음을 엿볼 수 있다.

다른 한편으로는 동인지운동의 전환과도 관련이 깊다. 『六十年代詞華集』이 종간된 뒤 제2 동인지운동의 바람직한 방향으로 프랑스의 잡지 형태와 같은 '개방형 동인지'가 하나의 대안으로 제시된 바 있다. 즉 사르트르가 주간인 변증론 계열의 『현대』, 바따이유 중심의 反소설의 『크리티끄』처럼 문학이념을 미리 노출해 그들의 개성에 따라 투고와 기고 작품을 게재하는 개방적 동인체제를 말하며, 『창작과비평』이 비교적 이러한 성격을 선구적으로 보인다는 것이다.[82] 엄밀히 말해 『창작과비평』을 동인지로 보기는 어려우나 초기의 『창작과비평』이 젊은 지식인들의 연합체로서 이 같은 면모를 어느 정도 보인 것은 맞다. 이러한 경향은 『창작과비평』과 동시기에 발간된 『한국문학』에서도 발견된다. 『한국문학』은 '상업성에 반발한다, 충실한 자료를 엮는다, 작품합평을 언제나 각주(脚註)로 삼는다'는 의도 아래 창간된 전후세대문인 17명 공동의 합동단행본이라는 성격을 지닌 잡지였다.[83] 『한국문학』이 뚜렷한 이념을 제창한 것은 아니나 제2세대, 즉 전후세

---

80) 박태순, 앞의 글, 390쪽. '그루페47'(Gruppe47)은 1947년 한스·베르너·리히터에 의해 창설된 독일의 전후작가비평 단체로서 극단의 사회주의에서부터 기독교정신의 대변자에 이르기까지 다양한 이념적 분포를 지녔으나 전혀 외적 지원을 받지 않고 독자적인 목적 추구(정치사회적 현실에 대한 소극적 비판)를 한 개방적 동인단체다. 산업사회 비판에 집중한 '도르트문트그루페61'과 함께 그 활동이 1960~70년대 여러 차례 소개되었다. 고은에 따르면 『문학과지성』이 '그루페47'에서 암시받아 창간되었다고 한다(고은, 「나의 산하 나의 삶 169」, 『경향신문』, 1994.2.13). 사르트르의 『현대』와 『창작과비평』의 관계, 귄터 그라스 등의 '그루페47'과 『문학과지성』의 관계를 따져볼 필요가 있다. 특히 '그루페47'의 활동은 1970년대 동인지운동에 상당한 영향을 끼치는데, 가령 김문수, 전상국, 김원일 등 중견작가 9인이 문학의 상품화에 반발하며 본질적인 문학세계를 추구하고자 창간한 동인지 『작단』(1979)도 '그루페47'과 같은 성격을 띤 것으로 평가되었다(『경향신문』, 1979.5.9)

81) 「문화 한국의 비전:문학」, 『경향신문』, 1969.1.27.

82) 「『六十年代詞華集』종간이 던진 조용한 파문, 전환기에 선 동인지운동」, 『동아일보』, 1967.6.6.

83) 참여한 문인은 소설 분야 9명(강신재, 박경리, 서기원, 선우휘, 유주현, 이범선, 이호철, 장용학,

대의 세대의식을 건설하려는 공동의 목표 아래 이에 동조하는 잡지 안팎의 글을 수록하겠다는 개방형 동인체제의 성격을 농후하게 지녔다고 볼 수 있다.

개방형 동인지는 주체들의 이념적 기치를 선명하게 드러내는 동시에 이를 매개로 담론 장에서 그 이념에 동조하는 인사를 흡인해내는 구심점으로 작용할 수 있는 이점이 있다. 『68문학』도 이런 흐름에서 특히 전후세대뿐만 아니라 동 세대의 대립적 위치에 있던 『창작과비평』의 세력화에 자극받아 미학주의 계열의 문학적 지향을 재천명할 필요성이 대두됨에 따라 발행된 것으로 판단된다(편집자의 말). 그들이 지속적으로 전개한 비평을 통한 인정투쟁, 즉 전(前)세대 및 『창작과비평』 계열의 동 세대에 대한 비판과 자기류의 작가들에 대한 문학적 정체성을 긍정하는 양면적 전략은 자신들의 이념을 전파하기에 부분적인 한계가 있었다. 그러나 『산문시대』 단계와 달리 『68문학』에 참여한 동인들은 이미 내부적으로 문학적 이념의 차이가 잠복해 있던 상태였기에 구심력을 발휘하기가 어려웠다. 곧바로 미학주의 계열이 『문학과지성』을 창간했던 것은 당연한 수순이라 할 것이다. 같은 시기 또 다른 일군의 4·19세대가 반매판 역사의식을 강조하며 『狀況』(1969)으로 독자적인 세력화를 꾀했던 것도 마찬가지의 맥락에서였다. 서로 다른 문학이념으로 무장한 일종의 개방형 동인지가 각축을 벌이며 4·19세대의 분화가 본격화되었던 것이다.

한편, 1960년대는 세대론(쟁)의 연대라고 해도 과언이 아니다. 세대 간의 대립과 갈등은 역사의 기본 리듬으로 어느 사회, 시대에나 존재하기 마련이지만 1960년대는 4·19와 5·16의 연속에 따른 정치현실의 격변과 문단권력 주체의 변화에 대응해 그 갈등의 정도가 높을 수밖에 없었다. 4·19혁명 후 도덕적 순결과 정의의 사도라는 이미지를 부여받으며 사회 지도세력으로 부상한 청년학생층, 5·16 후 '지식인정부'로 일컬어질[84] 만큼 역사의 전면에 나선 젊은 군인엘리트와

최인훈), 시 분야 5명(김구용, 김수영, 김춘수, 박성룡, 전봉건), 평론 분야 3명(유종호, 이어령, 홍사중) 등으로 모두 전후에 데뷔한 30~40대의 대표적 중견들이 망라되었다. 이들 17명은 종신 참여 멤버로서 저마다 자기분야의 편집권을 행사할 수 있었고, 오너게스트의 기고를 개방하며 그 초대원고는 우대하는 지침을 지녔다. 「새 문학지 탄생, 창비, 한국문학」, 『중앙일보』, 1966.1.8.
84) 「지식인의 분발을 바란다」(사설), 『경향신문』, 1962.5.19.

지식인 및 양자의 공고한 유대관계를 바탕으로 제기된 세대론은 근대화론, 지식인론, 지도자론 등과 결합되어 담론의 핵심 의제로 부상한다. 잡지『세대』도 그 같은 사회적 분위기 속에서 세대의 가교 역할을 자임하며 창간되었다. 문학의 영역에서도 마찬가지여서 4·19혁명이 문화적 교체기의 계기가 되는 가운데 전후세대를 중심으로 세대교체론이 강력하게 제기되고 이후 4·19세대의 등장으로 세대 연대론, 갈등론, 가교론, 교감론, 교체론 등이 종횡으로 교차하면서 서로 다른 문학적 이념과 정체성을 지닌 세대 간의 논쟁이 고조되기에 이른다. 더욱이 세대논쟁이 문단질서 개편론, 문단 혁신론 등 문단적 의제 및 순수/참여논쟁, 전후문학/4·19세대문학, 소시민문학/시민문학논쟁 등 문학적 의제와 중층으로 맞물려 복잡하게 전개되면서 1960년대 문단·문학 질서가 새롭게 재편·조형되는 원동력이 된다는데 그 의의가 있다.

4·19혁명 후 세대론의 선편을 쥔 것은 전후세대였다. 그 중심은 앞서 언급한 전후세대가 결성한 '전후문학인협회'다. 그들은 "현 문단은 물론 각 분야에서 자파세력의 불식과 야합으로 독선적 주도권 장악을 획책하는 반민주적 정파나 단체 관료적인 기관 또는 그에 편승하는 자를 배척하고 문학인의 통속적인 타락을 自戒한다."[85]라는 창립 취지에 명시된 바와 같이 기성문단의 해체와 범 문단적인 새로운 결속을 도모하고자 했다. 3·15부정선거 때 일부 기성문인들(박종화, 이은상, 김말봉, 조연현 등)이 자유당 각 도별 유세반에 편성돼 독재정권의 나팔수로 활동했던 오점이 불거지고,[86] 『경향신문』·『조선일보』지상에서 이전투구의 만송족(晩松族) 논쟁이 벌어지면서 기성문단의 과오가 낱낱이 폭로되는 상황은 이들의 등장에 충분한 도덕적 명분을 제공해주었다. 또 1950년대 백철이 줄곧 제기한 문단개조론이 보수우익문단 내의 기득권투쟁의 성격을 띤 것임에 반해 이들

---

85) 「전후문학인협회를 창립, 오상원 씨 등 16명 젊은 작가들」, 『동아일보』, 1960.5.27.

86) 이들과 반대편에는 '공명선거추진전국위원회'에 참여해 선거활동을 적극적으로 전개했던 문인들, 이를테면 김팔봉, 박계주, 정비석, 이한직, 유치환, 정한숙, 조지훈, 안수길, 박두진 등이 있었다. 기성문단의 분파적 대립이 여/야로 갈라져 정치적 참여서도 재현되었던 면모다(「공명선거운동과 지식인의 참여」(사설), 『동아일보』, 1960.2.8). 이 같은 기성문인의 현실정치 참여에 대해 시민으로서의 사회참여와 문학인으로서의 사회참여는 엄격히 구별되어야 하며, 문학인의 바람직한 사회참여는 문학(작품)을 통해서만 가능하다는 주장이 비등한 바 있다(이광훈, 「문학인의 사회참여 소론―광장의 미아를 위한 도표」, 『경향신문』, 1960.11.17).

의 문단개편론은 기성문단의 해체를 전제한 것이기에 큰 주목을 받을 수밖에 없었다.

앞 세대에 대한 최초의 도전을 통해 바라크(baraque)를 떠나 자신들의 영토를 마련하려 했던 전후세대의 시도는 그러나 좌절되고 만다. 곧바로 5·16을 맞게 되고 이어 포고령 제6호로 인해 기존의 모든 사회문화 단체가 타율적으로 해산되는 것과 더불어 한국문인협회에 흡수·통합되고 만다. 자체 내의 문제도 컸다. 여러 차례의 성명서를 통해 빈곤문제, 정당정치의 모순, 경제정책의 결함, 대일 외교정책의 원칙, 통일에의 염원 등 당시 중요한 정치적 이슈에 대한 입장을 적극적으로 개진했음에도 불구하고 구체적인 실천이 결여된 구호적인 앙가주망에 그치고 말았다.[87]

포고령 제6호 이후 세대교체의 빌미가 되었던 문단개편 문제가 통합 예술문화 단체인 '예총'의 발족(1962.1)과 통합 문인단체인 '한국문인협회'의 결성(1962.12)으로 귀결되면서 문학상 세대교체론은 수그러든다. 시단의 세대교체도 요란스러움에 비해 "詐欺와 협잡의 舊惡"이 번성했으며,[88] 창작계도 '새로움의 의욕이 困憊'에 빠진 가운데 특히 과거의 문학을 상징하고 있던 염상섭의 죽음과 함께 전후세대가 시도한 세대교체의 저항선이 무너진다.[89] 낡은 문학이 후퇴한 뒤의 공백을 어떻게 채울 것인가에 대한 명확한 비전을 전후세대가 장만하지 못한 채 세대교체론은 수면 아래로 가라앉는다. 그 와중에 여러 차례 문학논쟁, 예컨대 조연현/정명환의 논쟁(1962~63년), 정태용/이어령의 논쟁(1963), 서정주/김종길의 논쟁(1964), 장용학/유종호의 논쟁(1964), 박경리/백낙청의 논쟁(1964) 등 대체로 작가/외국문학전공의 비평가 간의 논쟁이 활발하게 벌어지나 인신공격의 구태를 노출하는 가운데 새로운 문학의 비전 모색과는 거리가 먼 것이었다.[90]

---

87) 「전후문협과 앙가주망」, 『경향신문』, 1961.2.28. 고은도 정치적 조건의 변화를 인정하더라도 이들이 역사에 대한 작가의식이 좀 더 치열한 것이었다면 이후에도 독자적인 문학운동에 기여할 여지가 없지 않았다며, 전후문학인협회의 역사의식의 불철저함을 못내 아쉬워했다. 고은, 「나의 산하 나의 삶 140」, 『경향신문』, 1993.7.17.

88) 김수영, 「世代交替의 延手標─1963년의 詩壇年評」, 『사상계』, 1963.12, 330~332쪽.

89) 홍사중, 「默示錄의 世代」, 『사상계』, 1963.12, 339쪽.

90) 이 가운데 정명환의 기성 평단에 대한 비판으로 점화된 조연현/정명환의 논쟁은 외국문학전공비

세대론이 재점화되는 것은 1966년 1월 이어령의 '제3세대론'에 의해서다. 우선 그는 '세대의 단절은 역사발전의 空洞이며, 세대와 세대는 탄력 있는 유대'라야 한다며 세대연대론에 입각한 제3세대를 선언한다.[91] 이 글은 당시 문학적 세대구분과 각 세대의 고유성을 관계적으로 가장 예리하게 정리해주고 있다는 점에서 대단히 중요한 의미를 지닌다. 그는 역사에 위치하는 태도의 차이를 기준으로 3개의 세대로 구분한다. 제1세대(기성세대)는 언어상 한어(漢語)세대, 일어세대로서 하나의 뿌리를 가지고 있으며, 식민지 역사에 반항하든 순응하든 자신을 투신할 수 있는 선택, 이를테면 공자든 마르크스든 그들은 주어진 계명의 인사이드로 살았던 반면에 제2세대(전후세대)는 허공에 매달린 역사의 기아 같은 존재로서 뿌리가 없는 아웃사이더의 이력을 가진 세대로 이들의 문화는 부정, 자조, 기피, 불신의 언어를 만들어냈으며, 그들이 펼쳐 놓은 것은 역사의 종기와도 같은 통증의 문화, 부정의 문화, 환멸과 기분적인 반역의 문화였다는 것이다. 이런 제2세대가 1960년대에 들어 인사이더의 기성적 문화를 형성하기에 이르렀고 모든 매스컴에서 8할 이상을 차지하는 현역 대표급의 작가, 시인, 비평가가 되었는데, 점차 전후의 상처를 팔던 그들의 감각이 시대와 불화하며 이류 단계에 들어서고 있다고 본다.

제3세대는 모국어세대, 민주헌법의 아이들로서 성장한 계층으로, 4·19로 역사를 바꾼 경험의 소유자들로서 비교적 역사에 대한 편견을 갖지 않고 뿌리를 찾고 그것을 내리려는 적극성을 지닌 세대로 본다. 제2세대와 제3세대의 차이는 무국적자의 무드를 대체한 국제주의적 성격→민족주의적으로, 행동의 거세→행동의 창조로, 기분→합리적 이성으로 사물을 사고하기 시작하는 것으로 이행하는 가운데 새로운 가능성을 풍부하게 지니고 있음을 강조한다. 그러면서

평가와 기성평단의 첫 맞부딪침이라는 점에서 문단의 큰 주목을 받았다. 임중빈은 '뒤늦게 60년대에 와서 실존문학도입론이 등장한 점과 정명환의 치밀한 논리 구사에도 불구하고 외국어에 대한 특권의식이 노출된 점'을 들어 별다른 의의를 부여하지 않았다(임중빈, 앞의 책, 311~313쪽). 반면 김건우는 '비평주체의 교체, 즉 일본어 독서의 시대는 저물고 原語능력을 갖춘 전문비평가의 시대 또는 아카데미비평의 시대가 열리는 중요한 전환점'으로 평가한 바 있다. 김건우, 「조연현-정명환 논쟁」再論」,『대동문화연구』83, 성균관대 대동문화연구원, 2013, 466~483쪽.
91) 이어령, 「제3세대」,『중앙일보』, 1966.1.5.

제3세대로 관심을 돌려야 할 때가 도래했다고 본다.

중요한 것은 그가 이 같은 세대 구분을 통해 제2세대와 제3세대의 연대의 필요성을 역설했다는데 있다. 그것도 제2세대의 주도로써 말이다. 즉 제3세대는 작든 크든 제2세대의 영향 밑에서 컸으며, 제2세대는 구시대의 마지막이자 동시에 새로운 시대의 첫머리이기에 '橋梁의 세대', '調律의 세대'라는 역사적 소임을 다해야 하며 또 그렇게 되기를 바란다는 것이다. 발표 시점으로 볼 때, 이어령의 세대연대론은 1965년을 전후해 급부상한 4.19세대에 대한 견제의 포석으로 볼 수 있다. 이어령 특유의 현란한 수사, 김현의 표현으로는 '자극적이고 선정적인 어휘들'[92]을 관통하고 있는 핵심은 세대교체론의 주도권을 장악하려는 전후세대의 욕망이다. 앞서 언급한 『한국문학』을 거점으로 전후세대가 집결한 것도 이러한 집단적 욕망이 구체적으로 가시화된 산물이었다. 이어령의 제3세대론과 제3세대의 기수로 호명된 김승옥의 인터뷰가 나란히 실린 지면의 묘한 대조적 풍경은 당시 양 세대가 처한 입지의 상징적 단면을 보여준다.[93]

이에 대한 일종의 화답으로 제출된 것이 김병익의 세대연대론이다.[94] 그는 우리나라에서의 세대 변천이 계기 현상이 아닌 공존 상태가 일어났고 가치관의 변화가 아닌 동위(同位)의 가치 대결이 있었다고 전제한 뒤 1960년대 중반부터 일기 시작한 '55년대작가'(아프레·겔)와 '65년대작가'(아프레·아프레·겔)의 세대교체 문

---

92) 김현, 「文化엘리뜨交替論; 世代交替의 眞正한 意味」, 『세대』, 1969.3, 201쪽. 그는 이어령의 '제3세대론'의 반향에 대해 위험하고도 고무적이라고 평가한다. 위험하다는 것은 세대교체라는 말이 단순한 생리적인 현상으로 이해될지 모른다는 점에서, 고무적이란 한국문학의 고질적인 면이 적나라하게 드러날 수 있다는 점에서 그러하며 세대교체란 문화사적인 의미를 획득했을 때라야만 진정한 의미를 지닌다고 강조한다.

93) 김승옥의 인터뷰 내용을 추리면, 8·15해방 때 아버지 등에 업혀 만세가 아닌 '반자이!'를 불렀고, 여순사건 때는 순천에서 울부짖는 소리, 죽은 사람의 모가지가 새끼줄에 묶여 트럭 뒤에 매달아 갔으나 설명해주는 누구도 없었으며, 6·25때는 국민학교 3년생으로 남해도로 피난 가서 보리죽을 먹던 일 정도로 전쟁이 방학으로 기억되며, 유엔군이 한밤중에 함포사격을 해 불기둥이 순천을 벌겋게 불태웠던 일과 그때는 '고향이 타누나' 먼 섬에서 울먹거리다 말았던 정도가 기억될 뿐이다. 문학은 도스토예프스키 시대보다는 현대의 사르트르에서 절정을 이루고 있으며, 50대 작가들이 절실했던 문제가 통 이해되지 않으며 그들의 작품을 역사책 읽듯, 청자를 보듯 한다. 한국문학은 개척 분야가 얼마든지 있다. 단편적이기는 하지만 이전 세대와는 분명히 다른 역사적 경험과 의식의 편린을 엿볼 수 있다. 『중앙일보』, 1966.1.5.

94) 김병익, 「文壇의 世代連帶論」, 『사상계』, 1967.10.

제는 비록 전쟁이 개입되어 있더라도 불과 10년 연령의 차이에 불과하기에 전혀 독립되거나 이방인의 관계일 수 없다는 것이다. 세계의 진상과 인간의 이해에 작품과 문학관이 다른 것은 분명하나 연대감 없는 세대교체는 역사와 전통의 끊임없는 단절에 불과하다며 세대마다의 독특한 세계를 인정하고 연대하는 것이 필요하다고 강조한다. 그의 세대연대론은 김현과 달리 비교적 균형 잡힌 접근태도를 보이며 직접 거론하지는 않았으나 세대론적 연대의식을 외면한 세대교체론은 문제가 있다며 김현의 입장을 에둘러 비판하고 있다.

염무웅은 조금 다른 각도에서 이어령의 세대연대론을 비판적으로 거론한다. 그는 신진세대와 기성세대를 나누어 대립시키는 것은 문제추구의 중절(中絶)과 작가의 조로를 부채질하는 것에 불과하며, 이어령이 세대 차이를 고의적으로 부각시킨 것은 허영과 무능을 은폐하기 위한 심리적 안간힘일 뿐이라고 비판한다. 그러면서 새로운 세대의 문학은 없으며 다만 새로운 문제를 제기하거나 지금까지 있어온 문제에 새롭게 접근하는 문학이 있을 뿐이라고 주장한다.[95] 따라서 세대의 틀로서 문학을 보는 것이 아닌 끊임없이 새로움을 추구하는 문학에 가치를 부여한다. 김정한의 재출발을 신인의 면모로 보는 것도 이 때문이다. 그런 맥락에서 전후세대는 하근찬, 이호철 등 소수를 제외하곤 1960년대 문단에서 새로움을 길어 올리지 못하고 있으며 그로 인한 전후세대의 과도적 정돈(停頓) 상태를 동인문학상으로 공인된 김승옥의 폭발적인 팽창력을 계기로 새로운 감수성, 새로운 언어로 무장한 미감아들(4·19세대)의 질주에 의해 대체되고 있다고 진단한다. 이들이 미래의 한국문학의 운명을 좌우할 것이라는 신뢰를 보내면서 동시에 새로움을 추구하는 질주를 멈추거나 서로의 성과를 교환하고 누적시켜 한국문학에 기여하도록 노력하는 자세가 필요하다고 강조한다.

4·19세대의 상호 협력과 아울러 비록 전후세대와의 종적인 세대연대를 직접적으로 거론하지는 않았으나 적어도 전후세대/4·19세대의 이분법적 대립 구도를 탈피하고 있음을 확인할 수 있다. 이에 덧붙여 백낙청이 제기한 횡적으로 『산문시대』와 『창작과비평』, 종적으로 1950년대 전후문학과 1960년대 문학의 연대

95) 염무웅, 「未感兒의 疾走」, 『세대』, 1967.7, 178~183쪽.

론까지를 감안하면[96] 1966~67년은 제1세대가 배제된 상태에서 각기 문학관의 차이를 노정한 종횡의 세대 간 연대 모색, 즉 4·19세대의 연합과 이를 바탕으로 한 전후세대와의 종적 연대까지 대체로 긍정적인 차원에서 광범한 세대연대가 타진되고 있었던 것으로 판단할 수 있다.

아마도 이런 분위기 속에서 4·19세대의 독자적인 조직 결성의 모색이 가능했던 것 같다. 1967년 4월 구중서, 조동일, 임중빈, 김현, 김승옥, 김치수, 염무웅, 이근배, 이성부, 김광협, 이청준, 홍성원, 박태순 등 4·19세대의 주축 멤버 20여 명이 '청년문학가협회'를 결성한다. 기존 문단구조에 거역하는 4·19세대의 실천이 동인지 활동을 탈피해 하나의 조직형태로 가시화된 것이다. 비록 조직운동의 이념이나 방향에 대해 각성된 의식을 갖지 못한, 따라서 자유주의의 한계를 벗어나지 못한 맹아적 활동에 그쳤으나,[97] 창립취지문[98]에도 명시되어 있는 바와 같이 기성세대와 다른 새로운 세대의 출현을 대내외적으로 과시하는 동시에 4·19세대가 비평을 통한 인정투쟁의 차원에서 한 단계 나아가 문단의 인사이더로 진입해 독자적 영토를 개척하려는 시도를 펼친 징표라는 점에서 의의가 있다. 청년문학가협회가 공식적으로 벌인 활동은 사월문학제 개최, 공개적인 상호 작품 합평회 개최와 '분지필화사건'의 유죄 판결(선고유예, 1967.6)에 항의하는 성명서를 발표한 것 정도다. 통혁당 사건(1968.8)으로 중앙정보부가 임중빈을 매개로 통혁당과 청년문학가협회를 연결시키려 조동일, 이근배, 이탄 등을 취조했는데, 아마도 이것이 계기가 되어 활동이 위축되는 가운데 곧바로 해체된 때문으로 보인다.[99] 4·19세대들이 이후 문예조직보다는 매체를 창출해 이를 거점으로 자신들

---

96) 백낙청, 「서구문학의 영향과 수용」, 『신동아』, 1967.1.

97) 염무웅, 『혼돈의 시대에 구상하는 문학의 논리』, 창작과비평사, 1995, 360쪽. 그는 그럼에도 불구하고 1970년대의 자유실천문인협의회가 전후문학인협회·청년문학가협회 구성원들을 주축으로 결성되었다는 사실을 강조해 환기시키고 있다.

98) "1960년대 이후에 출발한 우리 젊은이들은 문학의 정당한 보급과 인식을 위해 적극 노력하고, 문학인의 권익을 옹호하며 현실을 직시하여 문학사의 건전한 방향을 모색하고 실천하기 위해 여기 모인다."(정규웅, 「글 동네에서 생긴 일」, 문학세계사, 1999, 243쪽). 청년문학가협회의 조직 형태는 동인지도 아니고 그렇다고 본격적인 문학단체라고도 보기 어려운 독특한 문학그룹이라고 할 수 있다. 다만 4·19세대가 동인지 활동에서 벗어나 단체라는 물적 토대를 창출하고자 했다는 사실만은 청년문학가협회가 분명히 입증해준다고 볼 수 있다.

99) 이항녕, 「作家의 社會的 現實―작가의 자율성과 타율성」, 『세대』, 1969.6, 315쪽. 임중빈은 '간첩

의 문학 활동을 전개했던 것도 청년문학가협회의 경험이 크게 작용했을 것으로 추측된다.

같은 시기 전후세대 및 4·19세대의 협공을 받았던 기성문단도 나름의 변화를 겪는다. 포고 제6호(정당사회단체의 해체령단서)에 의해 '예총'과 그 산하 기구로 '한국문인협회'가 발족된 뒤 군사정부의 원고료 과세부과 조치(15%)에 대한 철회 등 몇 가지 권익 옹호를 위한 운동을 벌이기도 했으나 의미 있는 사업을 추진하지 못했다. 오히려 국민재건운동본부와 같은 관변단체 참여나 민간자율기구인 각종 윤리위원회에 포진해 운영을 주도하면서 권력과 유착된 제도적 권위를 재생산하는데 주력하는 행태를 보임으로써 문단무용론을 더욱 부추겼다. 예총은 재창립된 한국시인협회 주요 멤버들(박두진, 조지훈, 박남수, 장만영, 김현승 등)이 주도해 결행했던 '한일협정반대성명서'(1965.7.9, 82명 서명), 재경문인 일동의 '한일회담비준반대성명서'(1965.7.9) 발표에 곧바로 사실상의 한일국교정상화지지 성명서를 발표해 대응함으로써 공분을 사기도 했다.[100]

이 같은 기성문단의 부정적 행태와 반목이 한국문인협회 7차 정기총회(1968.1)를 통해 폭발하기에 이른 것이다. 이른바 '문협파동'으로 일컫는 이 사건은 표면적으로는 기성문인들 간의 문단주도권 쟁탈전의 성격을 띤 것이었으나 그보다는 해방 후 한국문학가협회(1949.12)에서부터 반복·누적되어온 문인단체의 지나친 어용화 경향, 특정 몇 개 파벌의 이권화 도구, 문단정치의 횡행, 권익옹호에의 무력 등 고질화된 문단의 치부를 스스로 드러냈다는데 문제의 심각성이 있었다. 더욱이 문단의 세대교체를 주창했던 전후세대 상당수가 파동의 실질적인 주체였

인 靑脈社 주간 김질락의 하부조직인 간첩 이진영으로부터 순수문학에 도전하여 참여문학을 한국문단의 주류로서 등장시키라는 지시를 받아 평론가 조동일, 시인 김광협 등에게 사회주의 사상을 고취하여 반국가단체를 이롭게 했다'는 혐의로 기소되어 제1심에서 징역 10년의 구형을 받고 3년 징역을 선고 받았다. 중앙정보부가 발표한 통혁당사건의 개요에도 김질락─이진영─임중빈─청년문학가협회의 계선이 명시되어 있다. 이항녕은 임중빈이 참여문학론 그 자체로 유죄판결을 받은 것은 아니나 그의 용공혐의를 농후하게 하는데 작용했을 것이라며, 당시 참여문학론에 대한 국가권력의 태도가 용공적 혐의를 갖고 있었다고 본다.

100) 「조선일보」, 1965.7.11. 7면 광고란. 예총 명의로 발표된 이 성명서에는 우리의 자주성 확립의 필요성을 제기하면서도 예술인의 직접적인 정치활동 및 단체적인 참여는 삼가야 하며, 재경문화인의 반대성명서 발표가 예총과는 관계가 없다는 점을 명시하고 있는데, 논조로 볼 때 지지성 명서에 가깝다.

던 관계로 전후세대의 문단개편론은 명분을 잃게 된다. 20여 명의 중진문인들이 탈퇴 및 탈퇴의사를 밝히는 등 파동 후유증 속에 문협에 대한 총체적인 점검과 반성,[101] 문단해체 및 개편론이 재차 비등했지만 분열상만 노출한 채 마무리되고 만다.[102]

한 가지 유의할 것은 이 같은 기성문단의 분규에도 불구하고 그들의 문학제도권 내에서의 주도권이 와해된 것이 아니라는 점이다. 이미 전후세대 및 4·19세대로부터 문학적 파산 내지 임종을 선고받았고 또 자체 문학적 갱신이 불가능한 상태에서-안수길, 김광섭, 박목월, 서정주 등의 갱신을 고려하더라도- 맞이한 위기 국면을 특유의 문단정치로 돌파해간다. 하나는 해방문학20년 나아가 신문학60년의 문학사 전유를 통한 상징권력의 공고화이며, 다른 하나는 현실권력에의 능동적·자발적 참여를 통해 권력과의 유착관계를 강화하는 방식이다.[103] 후자의 경우 한국문인협회는 새로 발족된 문화공보부의 후원 아래 기관지『월간문학』[104]과 『한국전쟁문학전집』(전5권, 휘문출판사, 1969)을 발간하고, 자발적으로 국민교육헌장을 문학적으로 구체화한 『새국민문고』(전 5권)를 간행하는 등 문학의 정치도구화의 행보를 이전보다 더욱 강화해간다. 예총도 마찬가지여서 1969년

---

101) 「文學活動과 團體活動」(좌담회), 『현대문학』, 1968.5, 292~303쪽. 조연현의 사회로 탈퇴의사를 밝힌 김현승, 정태용, 김수영, 조병화, 김종문, 방기환, 김윤성 등이 참여해 문협 탈퇴의 배경, 문협의 기능과 역기능, 문학단체의 존재 의의 등을 논의했는데, 이 좌담을 통해 문협 및 기성문단의 고질적 폐해가 적나라하게 드러난다. 이 좌담회가 논란을 불러일으킨 것은 좌담회 및 문협파동을 집중적으로 다룬 『현대문학』이 문협의 새로운 체제(김동리 부이사장)를 비판하는데 초점을 맞춘 논조 때문이었다.

102) 김현승은 격렬한 어조로 문단정치에만 열을 올리는 문단풍토를 비판하는 가운데 문학단체무용론을 제기했다. 그러면서 탈퇴한 문인들이 또 다른 문학단체를 만들려는 꿈을 버려야 할 것이라고 강조한 바 있다. 문단분열의 가능성을 경계한 그의 경고에도 불구하고 정태용, 최일수, 김우종, 원형갑 등 탈퇴비평가들은 '비평문학연구회'를 곧바로 발족시켰다. 김현승, 「文學團體 無用論」, 『현대문학』, 1968.5, 304~306쪽.

103) 이봉범, 「검열의 내면화와 그 정치적 발현-1960년대 보수우익문학의 동향을 중심으로」, 『상허학보』21, 상허학회, 2007, 148쪽.

104) 한국문인협회 기관지 『월간문학』(1968.11 창간)은 문협파동 후 문협의 실질적인 리더가 된 김동리를 주간으로, 그의 제자인 서라벌예대 출신의 이문구, 이동하, 김형영이 편집실무를 담당했다. 흥미로운 것은 『월간문학』이 기관지였던 관계로 작품을 게재할 수 있는 자격이 한국문인협회 회원으로 제한되어 있었고 따라서 문협파동으로 등을 돌리고 있던 상당수 문인들을 다시 불러들이는 계기가 되었다는 사실이다.

8월 25일 박정희의 '7·25담화'를 뒷받침하는 시대역행적 '개헌지지성명서'(김동리가 초안 작성)를 자발적으로 발표함으로써 태생적 관제성을 노골적으로 드러냈다.[105] 이후 문단적·문학적 입지 축소와 권력과의 연계가 악순환적 구조를 형성·가속화되면서 기성문단의 성채가 서서히 무너지는 수순을 밟는다.[106]

이와 같은 일종의 암중모색과 조정의 과정들이 1968~69년 거세게 대두된 두 개의 문학적 의제와 결부되면서 세대론은 세대교체론으로 급속히 선회한다. 1968년 초에 정점을 보인 참여문학론으로 인해 횡적인 균열이 심화되고, 1969년에 재점화된 제2세대/제3세대의 세대의식 논쟁으로 종적 연대감이 파괴되면서 1960년대 초에 배태되어 협력/비판의 구도 속에 다중 모색을 거친 세대론이 확실하게 정리되기에 이른 것이다. 그것은 1960년대 문학을 총정리하는 작업이었으며, 서로 다른 문학이념을 지닌 문학그룹이 상호간의 대결을 통해 각각 자신들의 정체성을 역설적으로 확보·분화해가는 과정의 완료였다.

다만 『사상계』의 특집(1969.12) '우리에게 文學이 있었는가?'를 중심으로 두 문학적 의제와 세대론이 어떻게 교차하며 종적 연대가 균열·결별되는가를 간략히 점검해본다. 김병익은 1967년 김붕구의 「작가와 사회」로 촉발되어 연쇄적으로 거듭된 작가의 현실참여 논쟁은 결국 김수영, 백낙청, 염무웅 등 아놀드 하우저의 영향을 깊게 받은 소위 사회학파(社會學派)의 입장, 즉 현실의 비극과 타락을 개혁하기 위해 문학이 활용되어야 한다는 것과, 문학이 실용적이라기보다 미학적 구조 위에 선 승화된 의식이라는 이어령, 선우휘, 김현, 김주연, 김치수 등의

---

105) 강인섭, 「르뽀:예술문화단체총연합회」, 『신동아』, 1969.12, 154~171쪽. 구중서는 예총의 개헌 지지 성명에 나타난 비민주성과 민주시민으로서의 패배주의에 대해 비판하며 부끄러움을 토로한 바 있다. 구중서, 「문학인의 시대적 입장」, 『사상계』, 1969.9, 162~164쪽.

106) 그 같은 행보를 잘 보여주는 몇 사례로는 전국문화예술인대회에서 채택한 '문예중흥선언'(1973.10.20, 박종홍, 박종화, 박목월, 곽종원, 조연현, 김형석 등 6인이 기초)을 통해 제1차 문예중흥5개년계획의 기조를 마련했으며, 문화인시국선언발기회(1974.12, 김동리 외 53인) 명의로 '한국문학인시국선언'("자유민주주의의 이념을 실현해나가기 위해서는 보다 더 안정된 사회, 보다 더 강력한 군사, 보다 더 안전한 국민총화가 선택되어야 한다.")발표, '민주회복국민선언'(1974.12.27), '문학인 101인 선언'(1974.11.18 자유실천문인협의회 결성식에서 발표된 선언), '문학인165인 선언'(1975.3.15, 동아, 조선 기자협회보 등의 심각한 사태와 김지하 재구속에 우려를 표명) 등에 대응한 예총의 '시국안정을 위한 예술인 4,000인 성명서'발표(1975.4.2) 등이 있다.

입장으로 분화·정리되었고, 그 분화된 대립구도가 1969년 1월 김주연·김현과 서기원의 '역사의식/소시민의식'논쟁(종적인 세대의식 논쟁)과 다른 한편으로 백낙청과 김치수의 '시민의식(시민문학론)/소시민의식(소시민문학론)'논쟁(횡적 차이 또는 분열) 등과 중층적으로 결부되면서 예리한 대립을 노정하고 있다고 보는 가운데 전후세대와 동세대의 대립적인 위치에 있는 참여파 평론가로부터 공격을 받는 미학주의계열을 옹호하는 작업을 전개한다.[107]

물론 그가 수행한 미학주의 계열에 대한 옹호와 평가는 김현, 김주연, 김치수 등이 이미 1960년대 중반부터 지속적으로 정립해 놓은 '언어의 중시', '개인으로서의 인식'이란 개념 틀에서 크게 벗어난 것은 아니다. 다만 그가 전후문학과 1960년대 문학이 대위적(對立的)이 아니라 상관적으로, 단절이 아닌 승계로, 배제적이 아니라 종합적으로 설정되어야 하며, 『산문시대』 - 『사계』 - 『68문학』으로 이어지는 미학적 문학과 『창작과비평』을 중심으로 한 사회학적 문학의 공존을 보조적 관계로 파악하는, 당시로서는 비교적 객관적이고 유연한 입장을 지닌 유일한 논자이며 또한 1960년대 문학상황을 공정하게 조감하고 있다는 점에서 이 시점의 상황을 읽어내는데 유용한 지침이 된다. 김병익이 소위 문지계열에 합류하기 이전이고 저널리스트로서의 위치가(동아일보 기자) 긍정적으로 작용한 듯하다.

이 시기 종적인 세대의식 논쟁을 촉발시킨 것은 김현의 「1968년의 작가상황」[108]이다. 김현은 이 글에서 참여론 시비는 사르트르적 참여의 한계라는 선에 머무르고 있음에도 불구하고 문학과 정치의 관계가 정식으로 논쟁의 재료로 등장했고, 통시적으로는 55년대의 문학이론이 새것 콤플렉스에 지나지 않았다는 한국문학의 고질적인 질병의 확인과 공시적으로는 분파 작용이 확인되었다는 점에 큰 의의를 부여한다. 아울러 65년대 세대의 반응이 지극히 온건하고 논리적이었는데, 이는 공허한 참여론 시비가 작품으로 그것을 표현할 수 없다는 점에서 무익하고, 또 도식적인 참여론, 반사회적이기를 강요하는 기계론적 참여론이 패

---

107) 김병익, 「60년대 文學의 位置」, 『사상계』, 1969.12, 212~220쪽.
108) 김현, 「1968년의 作家狀況」, 『사상계』, 1968.12, 128~140쪽.

배주의에 입각해 있기 때문이라며 결국 우리에게 필요한 것은 논쟁·시비가 아니라 한국현실에 대한 정당한 논리적인 고찰, 즉 '文化의 考古學的' 자세라는 것이다. 이 같은 관점에서 그는 공시적인 분파 작용에 대해서보다는 65년대 세대의 문학적 특성을 재차 강조하는 가운데 세대교체를 확증한다.

그 과정에서 서기원이 60년대의 작가들의 결점으로 지적한 '역사의식의 결여'에 대해 논리적으로 반박한다. 즉 65년대 세대의 특성은 '역사의식의 결여로 인한 세련된 감수성에 있는 것이 아니라 역사에 대한 뚜렷한 자각'에 있으며 그들의 세련된 언어구사는 저절로 얻어진 것이 아닌 한국적 현실에서 영혼의 영토를 지키기 위한 힘든 노력 끝에 얻어진 것이기에 보다 더 뚜렷한 현실감각을 입증한다는 것이다. 1960년대 시인들의 특질을 소시민의식으로 정립했던[109] 김주연은 이 점을 좀 더 확대해 50년대작가(장용학, 오상원, 이호철, 서기원)와 60년대작가(김승옥, 박태순, 이청준, 서정인)의 비교를 바탕으로 '50년대는 현실의 실체가 없는 관념의 덩어리'인 반면에 '60년대는 사소한 것에서부터 가치를 찾는 인식의 출발을 보이고 있다'며, 이런 현상은 현대문학의 당위인 개인이라는 이념을 찾으려는 긍정적인 노력으로 고평한다.[110] 김현도 또 다른 글에서 '55년대 작가의 주인공들에겐 치욕적인 어휘로 들렸던 소시민, 개인의 왜소함, 개성의 중요성, 역사보다 앞서는 개인의식 등등이 65년대 작가들의 중요한 그리고 애용하는 어휘가 된 것은 그러한 사소주의에 빠지기 위한 것이 아니라 그것을 극복하고 지양해 내기 위한 노력의 일부로서 된 것'으로, 이는 시대의 병폐와 고질에 대한 문화사적인 탐구의 산물이라는 점에서 55년대 작가들의 역사에의 몸부림이 패배주의의 소산이었던 것과는 근본적으로 다르다며 65년대 세대에 의한 정당한 세대교체의 가능성을 재차 타진·확신한다.[111]

---

109) 김주연, 「60년대의 詩人意識-小市民의식과 浪漫主義의 가능성」, 『사상계』, 1968.10, 257~264쪽. 그는 황동규에서 출발해서 마종기, 김영태, 정현종으로 확장된(소시민의식을 깔고 있으면서도 조금 다른 방향을 나타내는 박이도, 이성부까지 포함해) 소시민의식은 현실에 대한 허위의 진단이나 의식 속에서 부풀리기 쉬운 허세와 같은 그릇된 사실 파악을 배제한다는 점에서 문학사적 의미가 있다고 평가한다.

110) 김주연, 「새 시대 文學의 成立-인식의 출발로서는 60년대」, 『아세아』, 1969.1.

111) 김현, 「文化엘리트交替論; 世代交替의 眞正한 意味」, 『세대』, 1969.3, 205쪽.

주지하다시피 이후 서기원의 반론(「戰後文學의 擁護」, 『아세아』, 1969.5)과 김현의 재반론이 이어지며 논쟁이 계속되나 그것은 최초 제기된 논지가 반복되는 가운데 전후세대와 4·19세대의 간극을 극명하게 드러내는 것일 뿐이었다. 서기원의 전후문학에 대한 옹호에도 불구하고 1960년대 후반에 이르러 전후세대의 문학적 도정은 쇠락의 기운을 분명하게 나타나고 있었다. 전후세대의 기수였던 손창섭, 장용학은 본격적인 문단 권외(圈外)로 소외되거나 김성한, 서기원과 같이 역사소설로 침잠하는가 하면 이어령, 이철범 등 비평가들도 저널리스트로서 활약을 보이며 유종호와 더불어 비평 일선에서 후퇴한다. 그나마 이호철, 박경리 등 소수의 작가들에게서 문학적 갱신이 보일 뿐이었다.

횡적인 균열, 특히 4·19세대의 분열도 점차 가시화된다. 1969년 이전에 창비그룹과 문지그룹이 직접 부딪친 경우는 없었다. 자기세대의 출현과 문학적 성과를 포지티브한 입장에서 논리화하는데 공동으로 주력했던 관계로 상호간의 차이는 크게 불거지지 않았다. 참여론 시비에서 개별적 차원의 입장 차이가 노출되는 정도였는데,[112] 백낙청의 「시민문학론」(『창작과비평』, 1969 여름호)이 제출된 전후로 그 대립이 구체화되기에 이른다. 1969년 4월 17일 서울대 문리대에서 열린 문학강연회에서 백낙청은 '최근 논의되고 있는 소시민의식은 정당한 시민의식과는 구별되어야 한다'며 김주연이 60년대문학의 인식론적 특징으로 정식화했던 소시민의식에 대해 비판적인 주장을 제기했고(「시민의 문학과 소시민의 문학」), 염무웅 또한 전통의 계승을 논하면서 전통이 단절되었다는 주장이 심화될 때 무의미한 세대론으로 발전할 수 있다며 새 세대의 특징을 강조하는 것은 전통의 단절을 초래한다며 우려를 표명했다(「전통과 현실」). 곧바로 5월 9일 서울대 문리대의 '전통론과 세대론'을 주제로 한 세미나에서 김현은 '시민이란 하나의 관념이고 실재하

---

112) 이 시기 참여론을 둘러싼 창비그룹과 문지그룹의 관계에 대해서는 김병익과 염무웅의 기억에 다소의 차이가 있다. 김병익은 참여논쟁으로 진영이라는 것이 성립될 만큼 한국문단이 거의 반분돼 창비진영과 그 밖의 진영, 참여파와 순수파로 갈라졌고, 참여파가 창비를 중심으로 진영이 짜인 것에 대응해 흩어져 있던 순수파들을 결집할 미디어가 필요하다는 취지에서 『문학과지성』이 창간되었다고 본 반면 염무웅은 당시 창비는 문단 일각에 갓 등장한 젊은이들의 기관지에 불과해 참여논쟁에 창비가 중심적 역할을 할 위치에 있지 않았으며 창비가 앞장서려고 한 적도 없었다고 한다. 『『창작과비평』, 『문학과지성』을 말한다」(김병익·염무웅 대담), 서은주 외 편, 『권력과 학술장: 1960년대~1980년대 초반』, 혜안, 2014, 318~323쪽.

는 것은 소시민이기 때문에 이들은 구별될 것이 아니다'라면서 소시민 개념의 정당성을 역설했으며, 또 '전통은 단절되었다는 인식을 통해 계승되는 것'이라면서 '새 세대의 특징을 밝히는 것은 전통의 단절이 아니라 전통을 창조하는 일'이라고 밝히며, 백낙청과 염무웅이 문학강연회에서 비판했던 것에 정면으로 반박한다.[113] (소)시민문학과 전통론을 축으로 두 그룹의 날카로운 대립이 표면화된 것이다.

그 분열·대립은 백낙청의 시민문학론 발표와 이에 대한 김치수의 비판(「백낙청의 시민문학론과 문학의 사회참여」, 『세대』, 1969.12)을 계기로 확대되면서 두 그룹은 이후 상대방을 의식하며 '시민의식(시민문학론)/소시민의식(소시민문학론)'의 대립적 공존의 틀 속에서 이론적 정련·체계화 작업을 수행하는 가운데 한국문학(론)/민족문학(론)으로 수렴·정립되는 것이다. 그것은 4·19세대의 재편성을 수반하는 과정이기도 했다. 김병익은 소시민의식/시민의식이 한국적 상황에 대한 해석상의 차이, 즉 백낙청은 이념을 강조하고 김주연은 통로를 제시함으로써 개념상의 혼동을 일으킨 것에 불과하다며 같은 차원의 문제를 둘러싼 상호 보족적 관계로 봐야 한다고 했지만,[114] 그가 지적한 한국적 상황에 대한 해석의 조준점은 그 조준부터 질적으로 큰 격차를 지닌 것이었다.

그런데 간과해선 안 될 것이 4·19세대의 횡적 분열의 지점에 또 다른 한 그룹이 존재한다는 사실이다. 구중서, 임헌영을 중심으로 한 '역사의식파'[115] 혹은 『狀況』동인그룹이다. 구중서는 1960년대 비평사를 조감하는 자리에서 김주연이 제기한 소시민문학론을 맹렬히 비판한다.[116] 즉 소위 문지그룹(구중서는 이들을 '소시

---

113) 두 강연회의 내용은 「文學논쟁 '世代論'—50년대와 60년대의 攻防」(『경향신문』, 1969.5.14)에서 간추린 것이다.

114) 김병익, 「60년대 文學의 位置」, 『사상계』, 1969.12, 212~220쪽. 그런 그도 백낙청이 시민의식의 60년대 수행자로 꼽은 김수영과 방영웅 가운데 방영웅의 「분례기」가 현실참여적 또는 시민문학적 요소가 강한가에 대해서는 다분히 회의적이라고 밝히고 있다.

115) 이 용어는 김윤식이 1960년대 비평사를 점검하는 글(「비평의 변모」, 『월간문학』, 1969.12)에서 명명한 '역사의식에 강한 울림'을 보인 일군의 그룹을 지칭한 것이다. 그는 이 그룹의 역사의식의 강한 울림이 '문학의 본질과는 직결되지 않은 자리에서 울리는 듯한 인상이 짙다'며 '참담한 심미주의의 밑바닥을 헤매는 오랜 과정'을 통해 문학의 본질에 접근할 수 있을 것이라고 비판한 바 있다.

116) 구중서, 「歷史意識과 小市民意識—60년대의 문예비평」, 『사상계』, 1969.12, 239~242쪽.

민문학그룹'이라 칭했다)이 정립한 소시민의식은 '기껏해야 市井의 시대의식에 지나지 않는 非知性的 차원의 사고형태'로 '문학의 기본심리가 될 수도 없고 더욱이 현대문학의 지향에 연결될 수도 없는 차원의 요소'라고 본다. 그는 소시민문학그룹의 지성 이하의 애매한 비평정신에 의해 한국의 문학은 1940~50년대의 도피적 순수에 뒤이어 60년대에 다시 불명료한 의식의 피해를 입게 되었다며 소시민문학의 폐해를 집중적으로 거론한다. 시민문학론에 대해서는 방법론의 막연함을 비판하는 정도로 그쳤다.

임헌영은 한 발 더 나아가 소시민문학과 시민문학을 싸잡아 비판한다. 그는 보수적 전후세대문학이 4·19를 계기로 문학적 무대에서 사라진 후(문단적 무대는 독점) 1960년대 문학은 두 갈래의 기본적인 문학 형태가 심류(深流)하며 전개되었다고 보고 그 계보를 '전통부정(친서구파)-소시민의식-문학軟派-감각파소설·私詩·新批評'과 이의 안티테제인 '창조적 전통론(한국파)-시민의식-문학硬派-역사인식의 소설·公的情緖의 시·역사적 비평'로 대별해 정리한다.[117] 철저하게 4·19혁명을 어떻게 평가하느냐를 기준으로 설정한 것이다. 다소 거친 도식이기는 하나 임헌영의 입각점과 논리는 명쾌하다. 소시민문학은 세계의 문학사 어디를 뒤져봐도 소시민의식을 위한 문학사는 기록된 게 없다며 소시민 운운 자체가 문젯거리도 안 되며, 김승옥 소설의 참된 모습은 감각에 의한 세계관의 변혁인데, 실제 그의 감각은 세계인식을 위한 감각이 아닌 감각을 위한 감각, 현실의 주관적 유희에 불과하다고 폄하한다. 소시민문학그룹의 비평가들이 공통적으로 가진 것도 언어와 의사(擬似)과학에의 의존일 뿐이라는 것이다.

백낙청의 시민문학론은 서구적 시민의식을 직수입해 근사한 체계를 세웠으나 해석상의 많은 오류를 드러내고 있다고 비판하는 가운데 그의 시민문학은 식민문학(植民文學)의 변형이라고 본다. 그는 우리에게 중요한 것은 서구의 완제품인 시민의식이 아니라 우리 자신의 시민계급을 형성하는 일로서, 문학적으로는 두 계열의 일원론적 지양이 시급히 요청되며 또 이를 대망한다.

그 가능성을 신동엽의 시적 성취에서 찾는다. 김수영의 私의식에서 역사의식

---

117) 임헌영, 「挑戰의 文學」, 『사상계』, 1969.12, 243~250쪽.

으로의 승화도 높게 평가할 수 있으나 이보다는 개인과 집단, 사회와 역사, 한국적 정의와 인류의 평화 사이의 조화 등을 시로 승화시킨 신동엽이야말로 60년대 시의 재생의 푯말이라는 것이다. 실제 이 그룹의 매체인 동인지『상황』창간호(1969.8)에는 신동엽의 미발표유고「서울」과 박봉우의「시인 신동엽」을 게재하고 있다. 이 그룹의 과도한 역사의식의 강조는 문학과 역사현실의 관계를 다소 무매개적으로 연결시켜 문학의 사회적 기능을 강조하는 쪽으로 기울어진 점이 없지 않으나, 4·19혁명의 철저한 계승을 통해 분단체제의 한국적 상황에 대한 도전으로서의 문학, 즉 민족주의 문학을 일찌감치 주창했다는 것만큼은 큰 의의를 지닌다.[118) 그 문학적 지향은 소위 문지계열, 창비계열과는 분명히 다른 4·19세대의 또 하나의 중요한 지점이라 할 수 있다.

이렇듯 1960년대 세대교체론은 저널리즘이 의도적으로 조장한 면이 있으나 문단개편론과 맞물려 제기된 뒤 참여논쟁을 거치며 역사의식/소시민의식, 소시민문학/시민문학 간의 종횡의 논쟁을 거치며 전후세대의 전반적 퇴조와 4·19세대의 세 지점으로의 분화로 마무리되었다. 원래 세대교체는 전 세대의 사라짐을 전제한 따라서 결국은 새로운 세대의 입장만을 대변하는 은밀한 권력욕망이 작동하는 것이 일반적이지만, 1960년대의 세대론은 전혀 그런 점이 없는 것은 아니나 기본적으로 자기세대의 긍정적 가치에 대한 이론적 정립과 확산을 위한 차원에서 전개되었고 또 그것이 당시 사회문화적 중심 의제였던 참여논쟁과 결부되어 전개됨으로써 문학적 성격과 의미를 지닐 수 있었다. 즉 참여논쟁과 세대논쟁이 당대 한국적 상황에서 '어떻게 문학을 해야 하고, 어떤 문학이 있어야 하는가' 하는 본질적 문제를 하나의 쟁점으로 해서 이루어졌다고 볼 수 있다.[119) 따라서 1960년대 세대론은 앞 세대의 전면적·일방적 부정을 통해 자신의 영토를 구축하려 했던 이어령 및 그의 동조자의 전후세대와는 전혀 다른 긍정적·생산적 의의를 갖는다.

1960년대는 한국문학사에서 유일하게 세대논쟁을 통해 중층의 종적 연대의

118) 『상황』의 창간배경 및 그 문학적 성과에 대해서는 하상일,『1960년대 현실주의 문학비평과 매체의 비평전략』, 소명출판, 2008, 제5장 참조.

119) 염무웅,「肉彈으로 俗物主義 극복」,『경향신문』, 1969.12.30.

파괴와 횡적 연대의 분열이 동시에 이루어지진 연대라 할 수 있다. 아울러 세대론의 결과보다는 그것이 문단적·문학적 의제와 결합해 진행되는 과정에서 각 세대가 역설적으로 자기정체성을 이론적으로 정련해감으로써 1960년대 문학의 다양성과 발전적 전개가 추동된 것이다. 물론 그것이 가능했던 것은 일차적으로 등단제도를 통한 4·19세대의 대거 등장과 문학적 약진이었다.

신춘문예, 추천제, 신인문학상 등을 중심으로 1960년대 등단제도의 실태를 살피고 이를 바탕으로 동인지의 전성과 세대(교체)론에 초점을 맞춰 그 문단적·문학적 의미를 고찰했다. '문학'이 작가, 작품, 문학이론으로만 구성되는 것이 아니라 그것의 생산을 가능케 하는 특정시대 문학적 제도 및 관습들, 예컨대 등단제도, 문학단체, 비평행위, 미디어 등에 의해 구성된 실체라는 점 그리고 그 제도 및 관습의 중요한 일환인 등단제도는 근대문학 발생기부터 작가생산의 유력한 장치라는 의미를 넘어 여타 제도적 장치들과 영향을 주고받는 가운데 문학의 역사적·사회적 존재방식에 장기 지속적인 영향을 끼친 요소로 기능했다는 점에 착안한 접근이었다. 또한 기존의 등단제도에 대한 연구가 등단제도만 독립시켜 접근하거나 아니면 등단제도의 여러 형태 가운데 하나만을 살피는 방향으로 이루어졌다는 점도 고려했다. 문단사와 문학사는 별개의 영역이다. 다만 문단사가 문학사가 존재하기 위한 공간적·시간적 무대라는 사실을 적극 감안해서[120] 등단제도로 촉발된 1960년대 문학 지형의 변동을 문단사와 문학사의 영역과 계기적으로 결합시켜 다룸으로써 당대 문학의 저변과 관계망을 탐색해보자는 취지였다는 것을 환기해둔다.

---

120) 김병익, 『한국문단사』, 일지사, 1973, 21쪽.

11

11장

1960년대 검열체제와 민간자율기구

1. 1960년대 검열의 중요 지점

1960년대, 특히 5·16쿠데타 이후의 검열체제와 그 작동 양상을 살펴보면 이전과 다른 몇 가지 중요한 특징적 현상을 발견할 수 있다. 가장 먼저 눈에 띄는 것은 민간검열기구인 각종 윤리위원회의 자율적 검열이 확대되는 가운데 국가권력의 관제검열을 능가하는 수준으로 검열이 시행된 사실이다. 즉 한국신문윤리위원회(1961.7)를 비롯해 방송, 잡지, 주간신문, 도서출판, 문화예술, 아동만화 등 당시 대표적 미디어와 문학예술 전반에 걸쳐 자율기구(윤리위원회)가 다발적으로 설립되어 자체 설정한 '윤리강령' 및 '윤리실천요강'에 의거한 자율심의가 광범하게 이루어진 것이다.

일부 윤리위원회는 산하에 별도의 직능별 자문위원회를 설치해―방송윤리위원회 산하 가요자문위원회, 광고자문위원회, 보도자문위원회와 같은―심의의 전문성과 공정성을 높이거나, 심의전담기구를 발족시켜 외부로부터의 제소사건은 물론이고 자체적으로 이 기구를 활용한 윤리강령위반 사례에까지 심의 범위를 능동적으로 확장시켜 윤리위원회의 위상과 권위를 강화하는 추세를 보인다. 예컨대 신문윤리위원회는 1964년 9월 심의실 신설을 계기로 전국에서 발행되는 모든 일간신문과 통신을 대상으로 기사, 논설, 해설, 사진, 만화, 회화 등 거의 모든 기사내용으로 심의 범위를 확대했으며 이후 신문연재소설 및 창작에 준하는 기명(記名)된 비평, 수필, 기행, 보고문 등까지도 제재 대상에 포함시킨다.

그 심의대상의 확대와 아울러 제재 규정의 점진적 강화, 윤리위원회의 심의결정에 대한 강제성 부여조치가 수반되면서 1960년대 후반 신문윤리위원회는 제소심의와 자율심의를 겸비한 검찰관(檢察官)의 권능을 지니게 된다. 방송윤리위원회 또한 공보부의 재정 보조가 이루어진 시점부터(1965.3) 전 방송을 대상으로 한 감청과 전국 5대 도시에 주재모니터요원을 배치해 지방방송의 자체제작 프로 그램까지 감청의 범위를 확대해나가는 가운데 1965~1972년 총 585곡의 방송금지가요 처분 결정을 내린 바 있다.

이 같은 민간검열기구의 권한 강화는 각 윤리위원회의 심의결정 '내용'의 강화와 결정 '이유'의 다변화로 현시된다. 도서잡지윤리위원회의 경우를 통해 살펴보면, 결정의 내용은 도서와 잡지에 다소 차이가 존재하나 대체로 주의, 경고, 정정, 해명, 사과, 기각, 게재중지, 판매중지, 당국에 제재 건의 등 등급순위의 차이를 내포한 다양성을 나타내는데 게재중지, 판매중지와 같은 상대적으로 강력한 결정조치가 점차 증가하는 추세를 보인다. 만화에 대한 사전심의(검열) 권한까지 포함하면 도서잡지윤리위원회의 권능이 자율의 한계를 넘는 수준에까지 미치고 있었음을 확인할 수 있다. 이와 관련해 신문윤리위원회 같은 경우는 결정의 내용을 이행하지 않을 경우 해당 기관의 자격정지와 추방의 제재를 발동할 수 있는 권한까지 지닌, '세계윤리기구 중 유례를 찾아보기 힘든 가장 강력하고도 엄격한 권능'[1]을 지닌 바 있다.

결정의 이유로는 저속, 음란, 불법전재, 외설, 부실기재, 허위광고, 명예훼손, 저작권 침해, 미풍양속, 품위, 사회도덕, 기사불공평, 보도기준, 프라이버시 침해, 범죄행위 조장, 불건전(인심불안), 표절, 왜곡보도, 과장보도, 사회정의, 인심현혹 등으로 세분화되어 있다. 그것은 심의의 기준인 도서잡지윤리위원회의 윤리실천요강에 따른 소산이다. 따라서 결정의 이유는 각 윤리위원회별로 윤리실천요강의 차이에 따라 그 내역에 다소의 차이가 존재할 수밖에 없으나, 대체로 이와 유사하게 세분화된 형태를 보이는 것은 마찬가지였다. 중요한 것은 결정 이유의 세분화가 민간자율기구의 심의가 매우 구체적이고 적극적이었다는 것을 일러준다는 데 있다. 이와 같은 기조는 문화행정이 문화공보부 신설로 일원화됨으로써(1968.7) 또 관계법령의 제정 및 개정에 따른 윤리위원회의 제도적 위상의 변화에 따라 한층 강화되는 양상을 보인다.

---

1) 엄기형, 『신문윤리론』, 일지사, 1982, 179쪽.

이로 볼 때 1960년대 광범하게 존재했던 민간자율기구는 조직체계와 실행력을 갖춘 명실상부한 검열기관으로서의 위상과 권한을 지니고 있었다고 간주할 수 있다. 과거 관제검열에 대한 방어적 차원에서 설립된 민간 자율심의기구였던 1950년대의 '영화윤리위원회'(1957.8) 그리고 4·19혁명 직후의 '영화윤리전국위원회'(1960.8), '전국무대윤리위원회'(1961.3)가 유명무실한 형식적 기구로 존재했거나 혹은 단명함으로써 본래의 기능을 발휘하는데 한계를 드러냈던 것과는 분명한 차이가 존재한다. 김수영이 정치권력의 탄압(검열)과 더불어 문화 타살의 주범으로 지목했던 '숨어 있는 검열자, 대제도의 검열관으로서의 문화기관의 에이전트'[2]는 바로 이 민간자율기구를 지칭한 것이었다고 볼 수 있다.

아마도 관제검열과 민간검열이 각기 뚜렷한 독자의 영역을 갖고 제도적으로 상보적 검열이 시행된 최초의 사례가 아닌가 한다. 따라서 태생 자체에 외적 차원의 자율과 내적 차원의 통제의 모순성을 지닌 민간자율기구가 '자의에 의한 자박(自縛), 관의 검열의 예비심사자'[3] 또는 '자유가 따르지 않는 사이비 자율'[4]이라는 안팎의 비난 속에서 국가권력의 검열과 어떤 관계를 형성하면서 검열기능을 발휘했는지에 대한 규명은 이 시기 검열체제를 파악하는데 중요한 열쇠가 되리라 본다. 이 두 층위의 검열이 1960년대의 내적 결절, 특히 1964년 언론파동을 겪으면서 어떻게 동태적으로 길항, 교섭, 파열했는가는 당대 검열체제를 재구성하는데 요목이 될 것이다.

둘째, 박정희정권이 상대적으로 뛰어난 검열 기예(技藝)를 갖추고 있었다는 점이다. 각종 행정기구의 제도적 정비를 통한 문화행정의 능률성 제고, 진흥과 규제를 겸비한 균형적 문화정책, 지속적인 문화관련 입법 추진과 이에 의거한 검열의 절차적 합법성, 각종 이데올로기적 국가기구를 적극적으로 동원한 헤게모니 지배력의 확장과 동의기반의 창출 등 이전 이승만 정권과는 비교할 수 없을 정도로 제도적 문화규율시스템을 구축하고 이를 효과적으로 가동했다. 검열의 기예

---

2) 김수영, 「실험적인 문학과 정치적 자유」, 『조선일보』, 1968.2.29.

3) 「예술문화의 자유」(사설), 『동아일보』, 1966.2.2.

4) 천관우, 『言官 史官』, 배영사, 1969, 98쪽.

가 특히 돋보이는 부분은 '분할통치(divide-and-rule)'에 의한 언론통제이다.[5] 이윤 추구를 선호하는 언론의 기업적 속성을 백분 활용한 '채찍/당근'의 양면적 통제 전략을 구사해 권언유착을 유인해내는 한편 언론사조직의 이원화(경영과 편집의 분리)를 조장해 언론의 내부 결속력을 분쇄시킴으로써 언론의 정론성을 약화·무력화시키는 방법이었다. 이 전략은 경영합리화라는 미명 아래 경영진을 통로로 한 구조적·간접적 통제와 결부돼 강력한 효과를 발휘하는 가운데 언론전반을 순치시키는 성과를 거두게 된다.

강권적 수단을 동원하는 것보다 더 큰 실질적 효과를 거둘 수 있는 방법을 검열당국이 이미 파악하고 구사했던 것으로 볼 수 있다. 1960년대 후반으로 갈수록 언론필화가 현저히 감소한 것도 이와 밀접한 관련이 있다. 그 분할통치는 '5·16군부의 준비된 목표, 즉 쿠데타를 통한 집권의 정당성 확보와 집권연장을 위한 국민동원의 필요에 따른 언론 포섭 및 동원'[6]의 일환책이었다고 할 수 있다. 이 같은 전략이 신문을 비롯한 정기간행물뿐만 아니라 여타 미디어 및 문학예술 부문에도 그대로 적용됨으로써 정치권력에 의해 '관리되는' 권력의존적인 언론 및 문화가 조성되기에 이른다. 간과해선 안 될 것은 그러는 가운데서도 검열당국이 언론에 대한 체계적인 감시를 주도면밀하게 수행했다는 사실이다. 공보부조사국에서 발행한 비공개검열자료 『신문논조평가』 및 『주간 국내정세 신문분석』이 이를 잘 보여준다.[7]

'테스트케이스(testcase)'전략도 검열기예의 일종으로 볼 수 있다. 즉 검열권을 전면적·강압적으로 발동하지 않고 사안별 케이스에 대한 제재 조치를 공시해 문

---

5) 이에 대해서는 조상호, 『한국언론과 출판저널리즘』, 나남출판, 1999, 109쪽 참조.

6) 강상현, 「1960년대 한국 언론의 특성과 그 변화」, 한국정신문화연구원 편, 『1960년대 사회변화연구』, 백산서당, 1999, 182쪽.

7) 이 두 자료는 공보부조사국이 신문검열의 결과를 주간 단위로 정리해 발행한 비공개자료이다. 주간 『신문논조평가』는 1961.7~1964년까지 발간되었으며, 이를 확대시킨 『주간 국내정세 신문분석』은 1965.1~1968.6까지(1968년부터는 월간) 발간된 바 있다. 이 자료들은 1961.6.21 정부조직법 개정(법률 제631호)에 따라 '법령과 조약의 공포, 보도, 정보, 정기간행물, 대내외 선전, 영화, 방송에 관한 사무를 掌理'하는 공보부가 새로 출범한 시점부터 1968.7 정부조직법 개정(법률 제2041호)에 의해 문화예술업무 전반을 관장하는 문화공보부가 신설될 때까지 약 7년 동안의 신문검열의 존재와 그 객관적 실상을 잘 드러내준다는 데 의의가 있다. 1960년대 언론검열에서 이 자료들이 지닌 위상과 가치를 주목할 필요가 있다.

제를 공론화하는 방법이다. 주로 문화상 풍속검열 분야에서 구사되는데, 일례로 『경향신문』 연재소설 『계룡산』(박용구 작, 김세종 화)을 음화판매 혐의로 입건한 사건(1964.6)을 들 수 있다. 일간 및 주간신문의 연재소설에 대해 형법 제243조(음화 등의 반포 등) 위반 사례를 내사하는 가운데 이 『계룡산』을 테스트케이스로 입건 조치한 뒤 법원에 증거보전신청서를 제출하는 동시에 백철을 비롯한 문화계, 교육계 인사 40여 명의 외설죄 성립 여부를 의뢰하는 절차를 밟는다.[8] 증거보전신청이 기각되고 전문가들의 감정 결과를 수용해 더 이상의 적극적 조치를 취하지 않은 가운데 작품도 무난히 연재돼 470회(1965.5.31)로 종료되었고, 곧바로 세기상사 제작으로 영화화된다(이강천 감독). 물론 법원에 의해 증거보전신청이 기각된 점도 작용했으나 이 같은 방식을 통해 검열의 절차적 정당성(합법성)을 과시하는 동시에 해당분야의 자율 정화를 권장·유도하는 효과를 거둔다.

이 사건을 계기로 문학 및 신문연재소설의 외설성에 대한 의제가 공론화되고,[9] 관련 분야의 내적 격론을 거치면서 급기야 신문윤리위원회의 신문연재소설에 대한 자율심의가 정착되는 일련의 과정을 통해 이 전략이 지닌 효과를 확인할 수 있다. 문화검열을 민간에 위임하고 이를 관리하는 방식, 이런 맥락에서 민간자율기구의 검열이 존재했다고 볼 수 있다. 따라서 민간자율기구의 심의도 검열기예의 일환이었다고 할 수 있다. 교묘하고 세련된 방법이다. 여기에는 검열에 의한 행정처분 및 사법처분이 언론의 지사적 면모를 상징해주는 역사적 경험이 일반화된 상태에서 비록 실정법에 근거한 것이라도 무리한 행정권의 발동이 초

---

8) 「신문소설 입건 제1호」, 『동아일보』, 1964.6.20.

9) 그것은 문학(신문소설)/외설의 관계와 형법상 외설죄 적용의 법리 검토 두 차원으로 전개된다. 가령 유종호는 외설의 혐의가 있더라도 이는 작가의 자율적 규제에 일임할 문제이며 외설과 비외설의 한계가 지극히 애매한 상태에서 무리한 법 적용은 법적 제재 만능을 유발하는 부작용을 초래할 것이라고 경계하면서도 신문소설의 폐해와 그 극복의 방향(흥미와 온건한 계몽성의 추구)을 제시했다(유종호, 「문학과 외설의 한계」, 『세대』, 1964.8, 146~153쪽). 그리고 외설에 관한 형법 적용에 대해서는 미국, 영국, 일본 등의 판례 검토를 바탕으로 우리 실정에 맞는 법적 규제의 가이드라인을 만들어낼 필요성이 강조되는데, 대체로 법적 제재는 사회전반의 문화가 용납하는 범위 내에서 '법은 도덕의 최소한'이라는 명제를 실현해나가는 방향으로, 법 적용의 한계는 사회의식구조가 허용하는 범위 내에서 결정된다는 원칙론이 주류를 이룬다(오윤덕, 「'외설'의 의미를 분석한다」, 『세대』, 1964.8, 154~162쪽).

래할 역효과에 대한 검열당국의 참작이 크게 작용하고 있었다.[10] 물론 그 기조는 오래 지속되지 못하고 1969년 검찰의 외설검열 강화조치를 거쳐 1970년대 유신 체제하 총력안보체제 구축과 긴급조치 발동을 경과하면서 전면적 통제로 치닫는 다.[11]

유념할 것은 이러한 검열기예가 정치(사상)검열에서는 적용되지 않았다는 사실이다. 반국가적, 정부비판적인 경우에는 반공법(제4조1항, 반국가단체활동의 찬양 고무), 형법(제90조2항, 내란의 선동선전), 특정범죄처벌에 관한 임시특별법(제3조3항, 허위사실 유포·정부비방), 집회시위에 관한 법률 등 가동할 수 있는 모든 실정법을 동원해 이적 행위로 규정하고 무자비한 검열을 단행했다. 그 범위도 국시, 즉 반공에 저촉된 경우뿐만 아니라 발전주의이데올로기에 도전·비판하는 일체의 행위로까지 광범위했다.[12] 잡지필화의 경우를 통해 본다면 전자는 통일문제 거론 논문으로 발생한 『세대』필화사건(1964.11)이,[13] 후자는 '차관(借款)'이란 심층보도

---

10) 한국신문윤리위원회, 『각국 신문윤리강령집』, 1963, 116~117쪽 참조.

11) 이에 관해서는 이봉범, 「유신체제와 검열, 검열체제 재편의 동력과 민간자율기구의 존재방식」, 『한국학연구』64, 인하대 한국학연구소, 2022 참조.

12) 국시 위반의 경우는 신문의 논조까지 적용시켰다. 가령 군사정권에 의한 민주개헌은 불가능하다는 주장을 편 『동아일보』의 사설(「국민투표는 결코 만능이 아니다」, 1962.7.28)의 내용 중 '우리나라가 아직 유엔에 가입하지 못하고 있는 것은 국가로서의 승인을 받지 못하고 있다는 것을 의미한다.'라는 구절을 문제 삼아 중앙정보부가 주필(고재욱)과 필자(황산덕)를 반공법 제4조 및 특정범죄처벌에 관한 임시특례법 제3조제3항 위반으로 구속하고 발행인까지 환문했다. 또한 중립국가들의 유엔에서의 활동사항을 분석하면서 한국정부가 현실적 대응으로서 유엔에 남북한 동시 가입 제안으로 정책적 전환을 모색하고 있다는 『조선일보』보도기사(「남북한 동시 가입 제안 준비」, 1964.11.21. 지방판 1면)에 대해 중앙정보부가 '대한민국의 비영속성에 관한 회의를 시사했다'는 혐의로 선우휘(편집국장), 리영희(정치부 기자)를 반공법 및 특정범죄처벌에 관한 임시특례법 위반으로 구속하고 해당신문 6만2천 부을 압수 조치했다(형사소송법 제216조 3항 적용). 이 사건으로 리영희는 징역 6월 집행유예 1년을 선고받고 언론계를 떠나게 된다. 이 사건들은 검열당국, 특히 중앙정보부의 언론검열이 어느 수준으로까지 행사되었는가를 잘 예시해준다.

13) '현대 민주주의의 제 양상'이란 특집의 일환으로 발표된 당시 MBC사장 황용주의 「강력한 통일정부에의 의지」(『세대』, 1964.11)로 촉발된 『세대』필화사건은 여타의 사건과 여러모로 특이했다. 필자가 박정희와 친분관계가 있는 친여 인사라는 점, 공안기관이 아닌 국회(국방위원회)에서 국시 위반을 문제제기하면서 사건이 불거졌고 야당이 여당(공화당)을 불온세력으로(排美容共) 공격하면서 정치권의 사상논쟁으로 비화된 정략성을 농후하게 지녔다. 황용주는 반공법 위반(대한민국의 합헌국가 부정, 반미사상 고취, 한미 이간 책동, 남북불가침조약 체결 및 남북군대 감축, 남북 협상 촉구 등)으로 구속되었고, 『세대』 발행인 및 주요 편집진 입건, 잡지 회수 조치가 단행되면서 세대사는 일간신문에 '석명서'을 내고 근신의 차원에서 두 호의 자진휴간 발표, 당사자 황용주의 해명서 발표를 거치며 사건이 일단락된다. 문제는 중앙정보부가 뒤늦게 개입하여 통일논의에 대

가 빌미가 된 『신동아』필화사건(1968.11)이 각각 이를 대변해준다.[14] 이는 박정희체제가 반공주의정권이면서 동시에 강력한 발전주의정권이었다는 점, 내적으로는 발전주의가 반공주의 및 남북한 체제경쟁과 굳건하게 결합되어 있었기 때문에 그것에 대한 저항과 비판은 곧 체제위협적인 것으로 철저히 배제의 대상이 되었다는 것을 의미했다.[15]

그 결과 1960년대 반국가적 불온성은 용공, 중립주의, 사회민주주의, 반미, 계급사상, 반전사상, 자본주의 적대시, 성장주의 비판 등 지배이데올로기의 잔여 개념으로 그 임의성이 증폭되기에 이른다.[16] 불온의 자의성 증대는 점차 외설까지 불온, 즉 이적 행위로 간주되는 확장성을 초래한다. 아울러 그것은 지배의 국민동의 기반을 확장하기 위해 반공주의적 동원과 개발주의 동원을 핵심적인 동원의 축으로 삼았던 박정희 개발동원체제의 성격[17]을 잘 보여주는 것이다. 물론 국민 동원은 외부적 타자뿐만 아니라 내부적 타자를 아우르는 광범한 비국민의 창출을 수반했다.

민간자율기구가 사상검열의 권한을 관련 민간자율기구에 이양할 것을 지속적으로 요구함으로써 이에 대한 갈등이 야기된 바 있으나 사상검열만은 국가권력이 독점적으로 행사했다. 관제검열/민간검열의 이중성과 아울러 사상검열/외설검열의 이중성이 1960년대 검열체제의 또 다른 특징이었던 것이다. 그렇다고 중앙정보부(남산), 반공법으로 상징되는 박정희정권의 폭력성을 묵인하자는 것은 결코 아니다. 다만 폭력적 억압성만으로 이 시기 검열을 살피는 것은 1960년대

한 전면적 봉쇄와 함께 간행물의 사전검열제에 대한 필요성과 법적 보강을 강조한 점이다. 이 필화사건에 대해서는 김삼웅 편저, 『한국필화사』, 동광출판사, 1987, 157~161쪽 참조.

14) '차관'이란 기사의 성격은 "특혜나 폭리가 말썽되어 국민이 지탄으로 특별 국정감사까지 받게 된 차관업체들의 실태와 정부의 외자도입정책의 공과를 분석하고 앞으로의 상환능력 등을 진단한 총보고서"라고 자체적으로 밝히고 있는 바와 같이 정부의 외자도입정책을 비판적으로 검토한 것이었다. 중앙정보부가 직접 다루었고 적용 법규도 반공법위반 혐의였다. 이에 대해서는 정진석, 『한국현대언론사론』, 전예원, 1985, 185~189쪽 참조.

15) 정용욱·정일준, 「1960년대 한국근대화와 통치양식의 전환」, 노영기 외, 『1960년대 한국의 근대화와 지식인』, 선인, 2004, 18~19쪽.

16) 이에 관해서는 이봉범, 「불온과 외설-1960년대 문학예술의 존재방식」, 『반교어문연구』36, 반교어문학회, 2014, 452~464쪽 참조.

17) 조희연, 『동원된 근대화』, 후마니타스, 2010, 22쪽.

검열체제의 중요한 부면을 간과할 수 있는 위험성이 존재한다는 것을 환기해두기 위함이다. 어찌 보면 폭력성의 배타적 강조는 너무나 자명한 것이기에 실상은 아무것도 설명해주지 못한다고도 할 수 있다.

검열기예와 관련해 주목할 점은 박정희체제에서 검열이 법적 기제에 근거해 이루어졌다는 사실이다. 5·16직후 반공법을 비롯해 공연법, 출판사 및 인쇄소의 등록에 관한 법률, 영화법, 신문통신 등의 등록에 관한 법률, 외국정기간행물 수입배포에 관한 법률 등 문화관련 심의(검열)을 규정하고 있는 법안의 제정과 다양한 행정입법(administration legislation), 즉 법규명령(대통령령, 총리령, 부령, 각령 등)에 의한 각종 시행령, 시행규칙 및 집행명령(훈령, 고시 등)에 따른 검열사무요강 등을 통해 검열이 적법성과 절차적 정당성 속에서 시행되는 특징이 있다. 형식상으로는 철저한 법치주의에 입각한 사회문화 통제(검열)가 이루어진 것이다. 박정희체제 18년 간 검열의 심층과 정점에 있던 중앙정보부도 합법적 검열자였다. 1963년 개정중앙정보부법 규정(제2조2항)에 의해 정보 및 보안업무의 조정·감독권이 부여되고 산하 정보위원회의 설치·운영을 통해서 국가정보의 완전한 독점과 검열의 최종결정권자로서의 법·제도적 기반이 마련된 뒤 중앙정보부는 검열, 대내외 심리전, 프로파간다를 일사불란하게 기획·조종하는 '빅 브라더'로 군림했다.[18] 따라서 교묘한 법치주의로 분식된 박정희체제 검열의 조건과 논리를 검열체제 안팎의 구조적 역학으로 접근해야만 그 실체 파악이 가능하다.

셋째, 검열로 상징되는 국가권력의 억압적 통제에 대한 반면적인 지향이 그에 비례해 고조되는 것과 더불어 피검열자들의 대응방식에 분열(분화) 양상이 가시화된다는 점이다. 문학검열의 차원으로 한정해보면 '분지필화사건'에 대한 서로 상반된 해석과 대응, 즉 '남정현의 표면적이고 즉흥적인 저항에 대한 성찰을 바

---

18) 이봉범, 「유신체제와 검열, 검열체제 재편의 동력과 민간자율기구의 존재방식」, 『한국학연구』64, 인하대 한국학연구소, 2022, 369~373쪽. 중앙정보부의 해당기관 감독 범위를 (문화)공보부로 한정해보더라도 ㉮신문·잡지 기타 정기간행물과 방송·영화 등의 대중전달매체의 활동 동향과 조사·분석·평가에 관한 사항, ㉯공연물 및 영화의 검열에 관한 사항, ㉰자유진영제국·중립진영제국 및 공산진영제국의 정세의 조사·분석·평가에 관한 사항, ㉱대공심리전에 관한 사항, ㉲대공 민간 활동에 관한 사항 등 대내외 심리전 및 검열 전반을 통할할 수 있는 강력한 권한을 확보했다는 사실을 확인할 수 있다

탕으로 당시 한일회담을 계기로 점증되고 있던 또 이로부터 촉발될 예측 가능한 대중적 저항을 기반으로 한 저항문학의 필요성[19]을 역설한 입장이 있는가 하면, '자유진영의 우월성에 대한 강조와 함께 보다 적극적, 실리적, 우위적 반공의 필요성과 정치적 훈련이 안 된 작가들을 대상으로 한 정부기관의 교양사업의 필요성[20]을 강조하는 입장이 나란히 제출된 바 있다. 또 다른 한편에서는 자유의 회복이라는 당면과제에 한 발 비켜 관망할 수밖에 없었던 김수영의 무력한 자기모멸이 존재했다(「어느 날 고궁을 나오면서」). 문학이 처한 억압적 상황에 대한 문제 인식의 공유에도 불구하고 그 억압의 주체와 작동 방식에 대한 '해석의 갈등'(자살이냐/타살이냐)을 극명하게 드러낸 이어령과 김수영 사이에 벌어진 이른바 '불온시 논쟁' 또한 적절한 예가 될 수 있다.[21]

미디어가 보인 대응에서도 마찬가지의 면모가 나타난다. 김지하의 오적필화 사건에 대한 신문의 서로 다른 입장, 즉 '부정·부패에 대한 불공정한 접근과 표현의 상스러움으로 채워진 하찮은 작품'(「경향신문」), '판소리형식을 빌려 사회를 풍자하려는 뜻은 분명했으나 다소 지나침'(「중앙일보」)과 같이 「오적」의 작품성에 대한 문제제기로 이 필화사건이 내포하고 있는 국가권력의 폭력적 억압에 대해 애써 은폐하려는 경향이 있는가 하면, '狂歌狂言에 불과한 헛소리이며 대한민국의 현 체제를 전면 부인하고 폭력혁명을 선동해 북괴도당에 阿從하는 것'(「한국일보」)으로 간주함으로써 국가권력의 입장에 동조하는 논조를 보인 경우도 있었다.[22]

---

19) 백낙청, 「저항문학의 전망; 작가 남정현씨 구속사건과 관련하여」, 「조선일보」, 1965.7.13.

20) 김재원, 「정치적 현실과 문학적 현실; 남정현씨의 필화사건에 대한 소견」, 「동아일보」, 1965.7.15.

21) 1960년대 초반 박탈당한 문학적 자유를 회복하고자 하는 열망을 적극적으로 개진했던 두 사람, 즉 '우리는 통금시대(자유의 구속)에 살고 있다는 비장한 현실인식을 바탕으로 비상구를 돌파하는 미학, 어둠의 가시에 도전하는 불꽃같은 언어들'을 문학의 새로운 모럴로 설정한 이어령(「통금시대의 문학」, 삼중당, 1966, 4쪽), 4·19혁명 후 이전에 비해 최대한의 언론자유의 지평이 전개된 상황에서도 '단 1퍼센트의 언론자유라도 훼손되지 않는 창작자유의 완전한 보장을 위한 문학인의 단결을 촉구하고 자유의 회복을 자신의 신앙'으로 삼은 바 있는 김수영(「창작자유의 조건」, 「김수영전집2」, 민음사, 1981, 131쪽)이 문학 통제가 강화되는 1960년대 후반에 들어 검열에 대한 해석을 놓고 갈라지는 지점은 당대 문학인의 분화 양상을 상징적으로 보여준다.

22) 분지필화사건 후 「현대문학」지가 보여준 태도도 대단히 문제적이었다. "본지 지난 3월호에 발표된 소설 「분지」는 본사의 부주의로 인하여 게재된 것으로서 이로 인하여 사회에 물의를 일으킨 데 대하여 정중히 사과하는 바이다."(「현대문학」, 1965.8, '편집후기')라며 사건을 작가 개인의 차원으로 한정짓는 책임 회피의 입장을 표명한 바 있다.

이런 양상은 정치권력의 억압에 대해서 뿐만 아니라 그에 못지않게 당대 문화생산의 억압적 기제로 작용했던 자본의 통제에 대한 대응에서도 마찬가지였다. 관권/민권, 특권/인권을 기축으로 비교적 단일한 자유민주주의 전선을 형성했던 1950년대와는 사뭇 다른 양상이 전개된 것이다.

이 같은 현상은, 다소 비약하자면, 사회문화 세력의 분화가 가시화 되는 징후로 간주할 수 있다. 실제 1960년대 중반 언론윤리위원회법 파동과 6·3사태를 계기로 권력/언론, 자본/언론, 권력/지식(인), 권력/문화 등의 관계 조정이 빚어지는 가운데 지배/저항의 구도가 분명한 실체로 형성되고 이에 따른 사회문화 세력의 분화가 광범하게 촉발되기에 이른다. 지식인사회가 근대화론과 민족주의론에 대한 입장 차이를 축으로 분화되면서 협력/비판(저항)의 양극적 구도로 재편되는 것도 이즈음이다.[23] 곡필(曲筆)이 필화와 대칭적으로 증가하는 현상도 이와 무관하지 않다.[24] 그것은 지배/저항의 관계가 상호간의 대결 속에서 각각 자신들의 정체성을 역설적으로 확보해나가는 과정이었다고 할 수 있다.

검열 형태의 이원화(관제검열/민간검열), 검열 작동방식의 다변화(제도적/비제도적), 검열주체의 다원화(국가권력, 미디어자본, 독자)와 연동된 피검열자(저항 집단)의 분화 그리고 이 요소들의 역동적 관계에 대한 분석에 입각해 1960년대 검열체제를 재구성할 필요가 있다는 것이 본 연구의 문제의식이다. 당대 검열체제의 구조적 역학 및 심층에 대한 탐사다. 이에 그 첫 작업으로서 민간검열기구의 존재를 당대 자료들을 바탕으로 조망해보고자 한다.

2. 박정희체제의 언론정책과 민간자율기구

민간자율기구인 각종 윤리위원회는 대부분 5·16후에 발족된다. 1961년 9월 한국신문윤리위원회 출범을 시작으로 1962년 6월 한국방송윤리위원회, 1965년 7월 한국잡지윤리위원회, 1966년 2월 예술문화윤리위원회, 1966년 5월 한국주

---

23) 박태순, 김동춘, 『1960년대 사회운동』, 까치, 1991, 제9장 참조.
24) 1960년대 곡필의 양상에 대해서는 김삼웅, 『한국곡필사(1)』, 신학문사, 1989, 제6장~8장 참조.

간신문윤리위원회, 1968년 8월 한국아동만화윤리위원회, 1969년 3월 한국도서 출판윤리위원회가 순차적으로 설립되었으며, 이후 문화공보부의 산하 각종 위원회 통합 방침과 부문별로 독립된 출판물관련 기구들의 효율적인 업무 수행의 필요성이 제기되면서 한국잡지윤리위원회, 한국아동만화윤리위원회, 한국도서출판윤리위원회를 통합한 한국도서잡지윤리위원회가 발족되는(1970.1) 과정을 거친다. 따라서 1960년대 후반에 이르면 신문, 방송, 도서출판, 문화예술 등 사회문화의 핵심 영역 전반에 윤리위원회 설치가 완비된 가운데 민간주도의 자율적 규제(심의)가 일반화되었다고 볼 수 있다.

눈여겨볼 대목은 그 일반화의 도정에는 4·19혁명과 5·16쿠데타가 중요한 역학적 동인으로 작용하고 있었다는 점이다. 우선 윤리위원회의 탄생은 4·19혁명의 역설적 부산물이었다. 4·19직후 "사회가 국가를 포위한 시대"[25] 공간에서 역사상 최고 수준에 달한 언론출판의 자유와 이에 따른 사이비언론·부정부패언론(인)의 발호에 의한 폐해가 극심하게 야기된 모순적 상황 그리고 '제1공화국은 경찰에 의해서 망했고 제2공화국은 기자로 해서 망하리라'[26]는 국민여론이 비등한 상황에서 일종의 자구책 차원에서 신문윤리위원회 창설이 추진되었던 것이다.[27] 언론의 자유 나아가 이를 근간으로 한 민주주의제도 자체에 대한 전 사회적인 회의·비판에 직면한 언론계의 자성과 자율정화책의 소산이었다.

그러나 신문윤리위원회(이하 '신륜')가 공식 발족한 것은 5·16후였다(1961.9.12). 이는 모색과 발족간의 시차상의 불가피성 이상으로 외부의 타율적 요소가 개입되었다는 사실을 뜻한다. 즉 5·16쿠데타, 구체적으로는 마찬가지의 이유와 명분

---

25) 김일영, 『건국과 부국』, 생각의 나무, 2004, 317쪽.

26) 「공갈기자 물러가라」(사설), 『한국일보』, 1961.2.22.

27) 한국신문윤리위원회는 4·19직후 '언론정화위원회' 설치 시도에서 그 연원을 찾을 수 있는데, 본격적으로 가시화된 것은 언론의 사회적 책임론이 확산 고조된 1961.4.6 한국신문편집인협회 주도로 '한국신문윤리위원회' 설치안과 윤리강령 제정원칙을 결의하고 운영위원회에 그 구체적 추진을 일임한 것에서부터다. 동시기에 IPI(국제언론인협회)의 지원을 얻어 '신문명예재판소'를 설치해(1960.7.24) 언론의 자율규제를 실현해가고 있던 터키의 사례가 큰 참조가 되었다는 것은 널리 알려진 사실이다. 한국신문윤리위원회 설치의 경과에 대해서는 한국신문윤리위원회, 『한국의 신문윤리』, 1965, 20쪽 참조.

으로 시행된 군사정부의 언론정책이 개재되어 있었던 것이다.[28] 5·16직후 비상계엄하 포고 제1호에 의한 사전검열제의 시행, 포고 제11호에 의거한 신문통신을 비롯한 정기간행물의 대대적 정비 및 사이비기자의 대량 구속, 경계계엄하 최고회의령 제15호("언론·출판보도 등은 국가보안상 유해로운 기사·논설·만화·사진 등을 공개해서는 안 된다.")에 의한 강력 규제, 명예훼손기사 게재금지와 등록의 취소 조항을 골자로 한 '정당등 등록법안'(전8조, 1961.7.28)의 제정 시도 등으로 이어지는 군사정부의 위압적 언론통제 정책이 신륜의 발족을 촉진시켰다고 볼 수 있다.[29] 군사정부의 강압적 권력 발동 및 그에 따른 언론계의 위기의식 내지 "강압을 완화시켜보려는 희망적 관찰"[30]이 신륜 발족의 또 다른 배경이 된 셈이다. 여타 윤리위원회 발족도 비슷한 발생 맥락을 지니고 있다. 자활책이라는 성격이 특별히 부가될 뿐이다.

이렇듯 자율과 타율의 모순적 배경을 바탕으로 탄생한 신륜의 태생적 한계는[31] 1960년대 광범하게 존재했던 민간자율기구의 제도적 위상과 기능을 이해하는데 중요한 시사점을 제공해준다. 즉 1960년대 민간자율기구가 국가권력의 대사회문화적 통제력의 극대화 전략과 사회문화세력들의 독자적 권역 확보의 이

---

28) 박정희는 4·19후 언론의 난립상만 조장한 구정권의 무력함과 군사정부의 언론 정비를 대비시키는 가운데 일간신문의 대대적 정비가 언론의 위기 구출과 권위 회복에 기여했다고 자평한 바 있다. 박정희, 『국가와 혁명과 나』, 향문사, 1963, 129쪽.

29) 5·16군사정부의 언론정책에 대해서는 정진석, 앞의 책, 281~303쪽 참조. 군사혁명위원회가 발동한 각종 포고(1~18호)는 국가재건비상조치법에 의해 국가재건최고회의가 국회의 권한을 대행할 수 있게 됨에 따라 법률의 형식을 갖게 되는데, 50일 동안 60개의 법률을 제정했을 정도로 그 입법 능률과 밀도가 높았다. 입법의 내용은 구악과 부패를 일소하기 위한 '처벌입법', 절망과 기아에 허덕이는 민생고를 해결하기 위한 '경제입법', 정부기구와 행정조직의 능률적 재편성을 위한 '조직입법'으로 대별할 수 있는데, 언론문화 관련 법률은 대체로 조직입법이 주종을 이룬다. 한 신문은 입법능률이 높았던 이유로 혁명정부가 정당적 파당성이 전혀 없었다는 것, 비교적 유능한 입법 자문기관을 갖고 있었다는 점을 꼽은 바 있다. 「혁명입법의 방향과 내용」(사설), 『동아일보』, 1961.7.30.

30) 박권상, 『자유언론의 명제』, 전예원, 1984, 36쪽.

31) 한국신문윤리위원회가 4·19혁명 후 초래된 언론계의 부정적 유산에 대한 자율적·능동적 극복을 통한 '신문의 자유와 책임 확보를 위한 자율적 통제기구'로 자신의 정체성을 천명한 바 있으나(한국신문윤리위원회, 『결정(제1집)』, 1962.7, 4쪽), 5·16직후 방어적 자구책의 차원이 또 다른 탄생 배경으로 작용했다는 사실은 이후 한국신문윤리위원회의 행보를 이해하는데 중요하게 고려돼야 한다.

해관계가 충돌하는 지점에서 탄생한 제도적 산물이었다는 점에서 상호간 역관계에 의해 민간자율기구의 존립 및 자율성의 수준이 근본적으로 결정될 수밖에 없었다.

그 역관계는 곧바로 '6·3사태'를 겪으면서 파열되어 나타난다. 민정 이양(제3공화국 출범) 직후 대일굴욕외교 반대 운동이 전 사회적으로 확산·고조된 가운데[32] 권력은 비상계엄령을 선포하고 학원가에 위수령을 발동하는 한편 언론에 대한 사전검열제를 재실시하는[33] 동시에 학원과 언론을 통제하기 위해 '학원보호법'과 '언론윤리위원회법'의 제정을 강행하기에 이른다. 그것은 언론의 무책임한 선동, 학생들의 불법적 행동, 정부의 지나친 관용 등을 6·3사태의 중요 원인으로 판단한 정치권력의 문제인식에서 비롯된 것이었다(박정희의 5.23 광주발언). 언론의 자율성 규제 강화를 명분으로 여야 합의로 제정된 언론윤리위원회법안(전20조 부칙)의 골자는 각 언론기관(신문, 잡지, 통신, 방송, 기타 정기간행물 등)의 윤리위원회 가입의 의무화, 언론보도에 대한 심의와 제재를 위한 윤리위원회 설치, 이를 전담하는 심의회 설치, 심의기준이 되는 윤리강령의 제정과 처벌의 명문화 등이다.[34] 특히 윤리강령에 국가의 안전 및 공안의 보장, 헌법상 기관의 존엄성 보장, 정기간행물 및 방송의 사회적 책임, 타인의 명예나 사생활의 비밀보장, 사회윤리와 공중도덕의 보장 등 9개 항의 삽입과 정간, 권고, 경고, 정정, 사과, 해명 등의 제

---

32) 한일수교문제는 일반적으로 미국의 동아시아전략과 경제개발계획의 원활한 추진을 위한 박정희 정권의 필요가 결합돼 추진된 것으로 알려져 있다. 이와 더불어 아시아적 차원의 문제도 충분히 감안할 필요가 있다. 아세아반공연맹이 주최한 제8차 아세아민족반공대회(1962.10, 동경)에서 필리핀의 제안으로 '한일국교정상화촉진에 관한 결의안'이 제출된 바 있는데, 그 골자는 한일 양국의 선린관계와 협조가 아세아의 평화와 안정은 물론 동아의 반공태세를 확고히 하기 위해서 절실히 필요하다는 전제 아래 교착상태에 있는 한일 간의 국교 정상화를 강력히 촉구한다는 것이었다. 아세아반공블럭과 한일국교문제의 긴밀한 상관성에 주목해볼 필요가 있다. 이 결의안에 대해서는 한국아세아반공연맹, 『제8차 아세아민족반공대회 경과보고서』, 1962.12, 21쪽 참조.

33) 6·3계엄선포 후 56일 동안 사전검열에 따른 신문 삭제건수는 1천여 건으로(자구 수정 제외), 성문화된 검열규정이 없었으나 '게라' 검열에서 점차 '대장'(조판을 끝낸 대형사본) 검열로 확대되면서 신문의 체재까지 변경시킬 정도로 그 영향력이 컸다. 「56일간의 신문검열」, 『경향신문』, 1964.7.29.

34) '언론윤리위원회법안'과 '학원보호법안'의 골자는 『경향신문』, 1964.8.1에 잘 정리되어 있다. 간과해선 안 될 것은 이 법안의 취지, 체계, 내용 등이 1952.3 광무신문지법이 폐기된 후 곧바로 그 대체법안으로 제출된 '출판물법안'(제정 실패)과 이후 여러 차례 입법이 시도된 언론출판 관련 규제 법안들을 대체로 수용하고 있다는 점이다.

재 사항을 명시하고 있는 점은 위헌성의 여부를 차치하고서라도 기존 민간자율기구를 폐기하고 미디어 전반을 관제(官制) 윤리위원회를 통해 관리하겠다는 의도를 노골적으로 드러낸 것이었다.

그것은 군사정부가 언론을 정권의 가상 적(假想 敵)으로 간주한[35] 가운데 '신문·통신 등록에 관한 법률'(법률 제1486호, 1963.12)을 제정해 등록제를 활용한 간접적 통제,[36] 비공식적 경로를 통한 신문의 재편성 시도 및 기능 강화 요구 등 다소 유연했던 언론통제 방식에서 군정 연장에서 6·3사태에 이르는 일련의 정치적 위기를 맞아 공세적·강권적 방식으로의 전면적 전환을 시도했다는 것을 의미한다. 이 법안에 대한 국민여론은 압도적인 입법반대론이 주류를 이루는 가운데 윤리위원회 강화를 통한 언론계 자율에 맡길 것을 촉구하는 것으로 나타난다(『경향신문』, 1964.8.1 시민설문조사 결과 및 『조선일보』, 1964.8.1 각계 인사들의 의견). 사회문화계가 제기한 반대론의 골자는 실질에 있어 자율성의 전적인 매장, 언론윤리심의회의 관 주도 가능성, 사법권 침해, 위헌성 등이었다.[37] 직접적 당사자인 언론단체의 대표회는 '언론대책5개방안'을 발표하면서 자체 강화된 자율적 심의를 역제안하는 것으로 대응했다. 즉 '윤리위원회에 심사기구를 상설해 모든 신문을 분석함으로써 적극적인 윤리 및 질적 향상을 꾀한다, 정부에 대해 필화혐의를 가급적 윤리위원회에 제소하는 관행을 확립토록 요청한다, 윤리위원회의 결정을 실천키 위해 언론단체로 하여금 그 규약에 강제성을 띤 제재 규정을 설치토록 한다.' 등

---

35) 金光涉, 『고백과 증언』, 정우사, 1988, 174쪽.

36) 언론사상 주목할 만한 입법례로 평가되는 이 법률은 헌법 제18조(3항)에 근거를 둔 신문통신 등의 시설기준의 규정을 주요 골자로 하고 있으나 문제의 핵심은 언론자유 침해 여부였다. 반대론자들은 행정부의 재량에 의해 등록행위의 승인이 결정되고 기등록간행물도 규정 위반일 경우 등록이 취소될 수 있다는 조항이 간접적 통제수단을 의미한다는 논리였으며, 찬성론자들은 합헌적이며 언론의 과당경쟁을 억제하는 효과가 있고 언론자유의 본질을 적극적으로 침해한 것이 아니라는 논리를 폈다. 법 시행 후 허가제는 아닐지라도 엄격한 시설기준을 적용해 비판적 논조의 정기간행물 창간은 허용되지 않은 반면 『신아일보』와 같은 상업지를 표방한 신문이 창간되는 결과를 야기했다. 권력에 의한 간접적 통제수단으로 기능했던 것이다. 이에 대해서는 정현준, 「언론과 실정법」, 『언론과 법률』(매스콤관계세미나 제3집), 1967, 53~54쪽 참조.

37) 「민주정치에 큰 오점을 찍었다」(사설), 『조선일보』, 1964.8.4. 특히 『조선일보』는 이 법률안이 광무신문지법, 미군정법령 제88호에 이어 역사상 세 번째의 언론단속법인데, 실질적으로는 한국민족의 손으로 우리언론을 적대시하여 입법을 한 것은 이번이 처음이라며 반동적인 시대착오적 입법으로 규정해 비판한 바 있다.

이 골자였다. 관련단체의 입법 반대와 폐기 요청에도 불구하고 언론윤리위원회 법은 공화당 단독으로 상정돼 국회에서 전격 통과된다.

이후 언론계의 악법반대투쟁, 즉 언론윤리위법철폐투쟁위원회 결성, 전국언론인대회의 개최와 선언문 채택, 한국기자협회 결성과 반대투쟁 가세, 정부의 보복조치 방침과 『한국일보』, 『서울신문』 등 7개 언론기관의 철폐투쟁위원회 이탈, 신문편집인협회와 한국기자협회의 강경성명 발표, 『동아일보』, 『조선일보』 등 법 시행에 협력하지 않는 반대 언론기관에 대한 강경조치 천명과 이에 대한 국제적 비난 및 전 국민적 저항 비등 등 언론계와 정부 간의 극한적인 대결이 고조되는 이른바 '언론파동'을 겪는 가운데[38] 언론계와 정부의 막후 협상에 의해 법 시행이 보류되기에 이른다. 박정희가 직접 개입해 보류 결정을 내린 것으로 알려져 있다.

법정기구로서 강력한 제재력을 지닌 관제윤리위원회의 설치를 저지시켜 최소한의 언론자유를 확보했다는 점에서 사회문화계의 승리로 볼 수 있으나, 타협에 의한 법 시행 보류의 대가는 매우 컸다. 무엇보다 언론윤리위원회법 자체가 시행이 보류되었을 뿐 폐기되지 않았다는데 있다. 즉 1980년 공식 폐기되기까지 언제든지 시행 가능성이 존재했다는 점에서 언론을 위협하는 잠재적 족쇄로 기능했다.[39] 한마디로 국가권력에 의해 관리되는 언론 통제의 여지를 그대로 존속시킨 채 언론파동이 일단락되었던 것이다. 그 결과 거시적으로는 언론 순치의 시발점이자 언론사간 차별성이 생기고 언론자본(경영)과 언론인(편집)이 분열하는 계기가 됨으로써 권언유착 및 권력의존적인 언론계 풍토가 조성된다.[40]

그런데 그 자율규제 강화의 흐름은 윤리위원회가 설치된 일간신문·방송 분야는 물론이고 문화계 전반으로 확산되어 나타난다. 제한된 자율성조차 인정하지 않겠다는 정치권력의 강력한 의지가 확인된 이상 법 시행에 따른 자율성의 완전

---

38) 일련의 과정에 대해서는 한국신문윤리위원회, 『한국신문윤리30년』, 1994, 137~159쪽 참조.

39) 언론윤리위원회법이 공식 폐기된 것은 5공화국 출범 직후 '언론기본법'이 제정·공포(법률 제3347호, 1980.12.31)되면서다. 언론기본법은 언론규제에 관한 일반법으로서의 성격을 지닌 관계로 기존 '신문·통신 등의 등록에 관한 법률'과 '언론윤리위원회법', '방송법' 등 기존의 언론관계법이 폐지되었던 것이다.

40) 조상호, 앞의 책, 109쪽 참조.

고사를 방어하기 위한 대응이 불가피했던 것이다. 그것이 수렴돼 집합적으로 표출된 것이 예총(한국예술문화단체총연합회)을 비롯해 당시 언론과 문학예술을 대표하는 10개 단체들이 공동으로 참여한 '매스콤윤리 선언'(1965.5.3)이다.

1. 우리 매스콤의 創作 및 製作活動에 있어 反社會的이며 非倫理的인 要素를 果敢히 除去함으로써 매스콤의 基本姿勢를 確立할 것을 굳게 다짐한다. 2. 오로지 大衆의 口味에 迎合하여 商業的 眼目에만 偏重하는 나머지 故意로 煽情, 猥褻, 不義 등의 內容을 取扱하여 우리의 美風良俗을 沮害하는 모든 創作 및 製作態度를 嚴戒하며 排擊한다. 3. 剽竊과 같은 非行을 一掃하고 보다 높은 創意性과 보다 充實한 內容을 期하여 國民의 敎養과 文化生活에 利益되도록 모든 作品活動을 淨化한다. 4. 虛僞事實의 報道나 個人 團體의 名譽毁損을 避하기 위하여 最善을 다한다. 5. 民族固有文化를 保護育成하는데 이바지하는 동시 低俗하고 浮薄한 外來文化에 對한 警覺心을 높인다. 6. 각종 매스콤이 靑少年善導에 이바지하도록 促求한다. [41]

이들이 밝힌 윤리선언의 배경과 취지는 "오늘날 우리 신문·잡지·방송·영화·연예·음반 등 매스콤이 지닌바 사명과 그 사회적 책임은 참으로 막중하다. 그러나 작금 우리 주위에는 왕왕 매스콤의 탈선이 노정됨으로써 적지 않은 물의와 빈축을 촉발"하고 있는 상황에서 매스컴의 중대한 사명을 재확인하고 반사회적, 비윤리적인 요소를 시정해 민족문화 육성에 앞장서겠다는 것이었다. 매스컴의 탈선을 반성하고 자율적으로 윤리성을 회복·향상시키겠다는 의지의 천명이다. 문제는 한 신문의 지적처럼, 반사회성과 비윤리성, 선정성, 외설성, 표절, 명예훼손 등은 매스컴이 당연히 지켜야 할 것임에도 새삼스럽게 관련 제반단체가 총동원되어 대국민선언의 형식으로 발표했다는 점에 있다. [42]

---

41) 『서울신문』, 1965.5.4. 윤리선언에 참여한 단체로는 예총, 대한레코드제작가협회, 전국극장연합회, 주간신문발행인협회, 한국방송윤리위원회, 한국신문발행인협회, 한국신문윤리위원회, 한국연예단장협회, 한국영화업자협회, 한국잡지발행인협회 등이었다.

42) 「매스콤 윤리선언」(사설), 『경향신문』, 1965.5.7. 이 신문은 오히려 선언의 조항이 왕왕 위반·유린

물론 여기에는 윤리선언 발표 즈음에 스스로 탈선이라고 간주했던 만연된 일탈 행위들이 공론화됨으로써 빚어진 문화계의 절박한 위기감이 크게 작용했다. 문학 분야로만 한정해보더라도 『벌레먹은 장미』(최인욱), 『밤에 피는 꽃』(방인근), 『처녀림』(허문녕) 등 소설단행본이 외설죄 성립 여부로 검찰의 내사를 받았으며,[43] 국제저작권협약에 가입하지 않아 외서의 무단번역이 법률적 인책 대상이 되지 못하는 상황을 틈타 나타난 출판사간 경합번역과 출혈 경쟁,[44] 희망출판사가 발간한 『한국고전문학전집』(전5권)의 표절 및 무단전재에 대한 한국문인협회의 성명서 발표(1965.3),[45] 명의도용에 대한 명예훼손 피소[46] 등 자기부정에 가까운 비윤리적 행태가 창궐하였다. 또 자체 윤리위원회가 설치돼 자율규제가 시행되고 있던 신문과 방송분야에서조차 신문연재소설이 외설로 입건되고(『계룡산』), 연예오락의 저속성으로 인한 코미디언 출연정지 조치가 내려졌으며(백금녀, 송해, 박시명 등의 1~2개월 출연정지, 서영춘에 대한 경고), 광고의 선정성이 사회적 물의를 일으

되는 근본 문제로 매스컴의 과도한 상업성을 들고, 이에 대한 시정이 없는 한 매스컴의 허다한 병리나 결함은 계속될 것이라고 봤다. 하지만 이 선언발표가 권력과 언론기관의 타협의 산물이었다는 본질을 놓치고 있었다.

43) 「애정의 탈 쓴 에로소설」, 『서울신문』, 1965.4.10. 윤리선언 직후에도 방인근, 허문녕 등 작가 11명과 출판업자 7명이 음화 등 제조·판매 혐의로 구속되는 사건이 발생한 바 있다. 방인근의 경우는 이름이 도용된 것이었다. 「서리 맞은 상소리책─5백여 권 압수」, 『서울신문』, 1965.5.12.

44) 「난장판 출판계」, 『경향신문』, 1965.6.10. 경합번역 문제는 1964년 셰익스피어 번역논쟁 시비를 통해 논란된 바 있다. 셰익스피어탄생 400주년 기념으로 양문사와 정음사가 셰익스피어전집 역간 사업에 뛰어들고 양문사가 포기하자 휘문출판사가 가세해 사운을 건 '누가 먼저 내느냐'하는 이전투구의 양상으로 비화된다. 한 신문은 그 양상을 '추월경쟁에 시달리는 셰익스피어'로 비꼰 바 있다(『한국일보』, 1964.7.30). 출판사간 경쟁은 번역자들의 대립으로 비화돼 김재남(휘문출판사측)과 한로단(정음사측) 사이에 일인 번역과 집단 번역의 우위성 논란 그리고 일역 중역의 오역 시비가 제기되면서 당시 번역을 둘러싼 제반 문제가 한꺼번에 드러나게 된다. 이 논쟁에 대해서는 김병철, 『한국현대번역문학사연구(상)』, 을유문화사, 1998, 222~230쪽 참조.

45) 「왜곡된 '고전문학전집'에 대한 성명서」, 『현대문학』, 1965.7, 284쪽. 한국문인협회는 조사위원회를 구성해 2개월간 면밀한 조사 작업을 벌여 전집에 수록된 작품 각각에 대한 무단전재, 개작, 무단표절의 양상을 실증한 자료를 제시했다. 자기표절 문제도 논란된 바 있는데, 『사상계』에 발표한 「기만」을 개작해 『현대문학』(1964.3)에 재발표한 것이 알려져 독자들의 항의 투고가 쇄도했다. 해당 작가는 "앞으로도 재탕을 해먹을 것"이라고 대응했다. 현재훈, 「작품의 개작문제」, 『경향신문』, 1964.5.12.

46) 일례로 성찬경이 휘문출판사 刊 『세계의 문학100선』 가운데 자신이 번역한 7편 중 3편만 자신의 이름으로 또 알지도 못하는 20편의 작품에 자신의 명의가 붙여져 있고 무더기 오역이 섞여 있어 명예훼손 혐의로 해당출판사를 고소한 사건이 있었다. 『경향신문』, 1964.7.4.

키면서[47] 민간자율기구의 기능에 대한 부정적 여론이 지배적이었다. 문화단체들의 집단적 윤리선언과 다른 한편에서 이은상 주도로 얼(정신)과 우리 말·글을 통한 정신재건운동을 표방한 '문화선언' 및 이에 기반한 '민족문화협의회'가 창립된 것도(1965.3) 이와 무관하지 않다. 한일협정 반대투쟁으로 재발흥된 (반일)민족주의의 고조를 수렴하는 동시에 권력의 문화적 압박에 문화정화운동으로 맞선 대응 전략이었던 셈이다.[48] 민족문화협의회 산하에 3개 분과의 심의위원회를 둔 것도 이런 맥락에서다.

그러나 윤리선언을 더욱 압박한 것은 정치권력의 직접적 통제위협이었다. 언론윤리위원회법의 잠재적 위협에다 이만희 반공법위반 구속사건(1965.2), 검경의 외설성·선정성에 대한 연이은 수사와 단호한 처벌 방침 등으로 조성된 경색 국면에서 언론문화계는 생존을 도모해야 하는 처지에 내몰렸고, 그 생존전략은 법 수준 이상의 자율검열을 강화하는 도리밖에 없었던 것이다. 따라서 매스컴윤리선언은 권력 발동의 후환에 대비한 언론문화계의 고육지책이었던 셈이다. 각종 윤리위원회가 탄생한 비밀이다.

문제는 타협의 산물이라는 태생적 본질이 이후 민간자율기구의 존재방식을 거시적으로 규정짓는 기제가 된다는 점이다. 특히 언론윤리위원회법을 통해 정치권력이 애초 구상했던 규제의 대상, 범위, 기준을 능가하는 수준으로 민간자율기구의 조직 구성과 기능 설정이 초래된다. 무엇보다 언론·통신·방송에 국한되었던 영역이 문화예술 전반으로 확대되었기 때문이다. 또 제13조4항에 명시된 사상검열, 즉 형법·국가보안법·반공법 저촉 심의는 배제되었다. 관의 일방적 주도라는 성격을 희석시키는 데는 성공했으나 문화주체들이 치른 대가는 혹독할 수밖에 없었다.

---

47) 한 신문은 광고에 현혹되는 독자의 약점을 이용한 출판광고의 선정성과 이를 기준으로 책을 선택하는 독자들의 감상적 취향을 '출판의 불륜'으로 표현한 바 있다. 「서글픈 독서경향」, 『경향신문』, 1964.9.30.
48) 「민족정기로 우리 얼 살리자」, 『경향신문』, 1965.3.31.

3. 윤리위원회의 실태와 자율심의 결과

따라서 언론윤리위원회법 파동과 매스컴윤리선언을 계기로 이전에 존재했던 민간자율기구는 일정한 조정과정을 거칠 수밖에 없었다. 관제윤리기구를 거부한 것에 대응한 아울러 언론윤리위원회법의 발동을 사전에 봉쇄하기 위한 차원에서라도 응분의 대처는 부득이했다. 먼저 신륜의 경우는 자기방위의 기조가 강화된다. 이는 자체규율의 강화로 현시된다. 회칙 개정(1964.9)을 통해 자율심의를 위한 심의실의 신설, 정치인의 위원 영입, 재심의청구권 보장, 위반사에 대한 기간단체 자격정지 및 제명 등을 요체로 한 심의 범위의 확대와 제재 규정을 대폭 강화하는 방향으로 기구를 재정비한다.[49] 심의실은 매일 발간되는 신문·통신의 기사, 논설, 단평, 사진, 회화 등 게재 내용의 신문윤리강령 및 그 실천요강의 저촉 여부를 자체적으로 심의하는 전담기구로 강화된 윤리위 기능의 중추 역할을 담당하게 된다. 언론윤리위원회법의 대용품 및 그 파동의 부산물이란 일부의 우려에도 불구하고 금권력(金權力)과 곡필을 방지함으로써 진정한 언론자유를 수호할 수 있는 보루로 기대를 모았다.[50] 심의실의 설치는 신륜의 심의활동이 이전 제소 심의만 다뤘던 것에서 제소심의와 함께 자율심의의 병행 나아가 자율심의 중심으로 전환되는 계기가 되었다. 자율심의제도 도입에 따른 심의 영역의 확대는 곧 신륜의 권한이 강화되는 제도적 기반이 된다.

물론 권한 강화의 실질적 토대가 된 것은 제재 규정의 강화였다. 즉 회칙 개정 전 "위원회는 사건 또는 분규를 심사, 중재 또는 가해자에게 제재를 가할 수 있다"는 막연하고 비교적 유순한 규정이 "윤리위원회는 신문윤리강령 및 그 실천요강을 위반한 신문·통신사에 제재를 가할 수 있다. 제재의 종류는 ①권고 ②경고 ③해명 ④정정 ⑤취소 ⑥사과로 하고 그 위반의 정도가 특히 중대한 때에는

---

49) 김지운, 『신문윤리위원회의 비교연구』, 성균관대출판부, 1986, 236쪽 참조. 그에 따르면 법제 언론윤리기구 설치를 규정한 언론윤리위원회법의 시행보류 속에 민간자율기구(신문윤리위원회)가 명맥을 유지한 것 자체가 타국에서는 거의 예를 볼 수 없는 특이한 경우라고 한다.

50) 「신문윤리위심의실 시무 」(사설), 『동아일보』, 1964.10.20., 「신문윤리심의실 시무에 즈음하여」(사설), 『경향신문』, 1964.10.22. 자율심의의 전문성을 제고하기 위해 그 밑에 간사제도를 두었는데, 문화담당 간사는 최일수였다.

기간단체에 대하여 그 회원자격의 정지 또는 제명을 요구할 수 있다"로 구체적·적극적으로 변경되었으며 제재의 종류도 다변화됐다. 동시에 윤리위의 결정을 각 신문·통신이 이행할 강제 규정도 신설했다.[51]

한 발 더 나아가 4차 개정(1968.4)에서는 제재 대상과 순위를 명시하고, 사안의 경중에 따라서 병과(倂課)할 수 있게 했다. 즉 제재종별 순위는 주의→비공개경고→공개경고→정정→취소→사과→관련자에 대한 위원회가 정한 징계의 요구→당해 신문사 및 통신사가 소속하는 기간단체의 회원자격 정지 또는 제명 요구로 위계가 다양하고도 제재 강도가 높아진다(회칙 13~14조). 특히 결정 이행을 거부할 경우 기간단체의 회원자격의 정지 또는 박탈이라는 최종수단을 쓰도록 그 권한을 명시한 것은 민간자율기구 고유의 자율 한계를 넘어선 강권 규정이었다고 봐도 과언이 아니다.

이 같은 제재 규정의 강화 및 강제성 명시는 정부당국의 대신문 불만을 잠재우는 동시에 정부의 필화 남발을 적절히 제어하지 못한 신륜에 대해 불만과 경시를 표명했던 언론인들로 하여금 윤리위원회를 존중하는 기풍을 조성시키고자 했던 이중적 포석이었다고 볼 수 있다. 이러한 조건 속에서 시행된 신륜의 심의 실적[52]을 밝히면 아래와 같다.

<표 1> 한국신문윤리위원회 〈記事 自律審議 統計〉

內容	1964~65	66	67	68	69	70	71	72	計
① 注 意	192	207	114	96	32	46	41	87	815
② 非公開警告				41	37	65	40	66	249
③ 公開警告	16	30	57	10	37	88	51	15	304
④ 訂 正	6			2					8
⑤ 取 消		1							1
⑥ 謝 過	1	2				1			4
⑦ 勸 告	10	2	2			1	1	2	18

---

51) 3차 회칙개정 전후의 내용 변화에 대해서는 한국신문윤리위원회, 앞의 책, 189쪽 '대조표' 참조.
52) 한국신문윤리위원회, 앞의 책, 810~811쪽.

內容	1964~65	66	67	68	69	70	71	72	計
合計	225	242	173	149	106	201	133	170	1,399
不問	189	60	41	26	23	34	28	117	518
其他	224							21	245
總審議件數	638	302	214	175	129	235	161	308	2,162

〈표 2〉 한국신문윤리위원회 〈記事決定理由別內譯〉

	이유	1964~65	66	67	68	69	70	71	72	計
報道와 評論의 態度章 違反	① 誤報	106	109	64	31	10	37	23	74	454
	② 誇張報道	12	2	8	15	4	8	5	4	58
	③ 歪曲報道	2	2	2	4	5	8		16	39
	④ 공공성저해									0
他人의 名譽와 自由章 違反	① 逢辱한 女人의 身元公開	15	30	25	8	9	6	3	6	102
	② 未成年 被疑者의 身元公開	12	62	12	9	4	21	16		136
	③ 프라이버시 侵害	1		8	8	4	17	13	11	62
	④ 편파報道	6		5	2	5	34	26	17	95
	⑤ 名譽훼손	27	30	7	34	27			3	128
品格章 違反	① 小說			14	3	5	3	14	5	44
	② 만화			1		2		3		6
	③ 寫眞	1	1	1			4	1	2	10
	④ 通信轉載(無斷)	24	2	5	9	6	15	3	13	77
	⑤ 廣告性 記事	4	1		2	13	27	21	10	78
報道基準 違反	① 藥名公開				17	8	7	3	1	36
	② 集團自殺 用語			16	4	2	2		1	25
	③ 容疑者 身元公開				1		4	1	7	13
	④ 誘拐事件				1	2	2	1		6
	⑤ 간첩申告者 身元公開									
	⑥ 强力犯申告者 身元公開									
獨立性章 違反	① 美風良俗 저해 ② 혼돈기사	6	3	5	1		6			21
責任章 違反										
決定件數總計		216	242	173	149	106	201	133	170	1,390

〈표 1〉은 심의실 설치 후 자율심의의 실적과 제재 결정에 대한 통계이다. 이 통계에는 생략되어 있지만 회칙 개정 이전(1961.9~1963) 총 심의건수 27건, 결정 건수 15건이었던 것과 비교해보면 심의실적이 비약적으로 증가했다는 것을 확인할 수 있다. 또 1965년 이후 제소심의와 자율심의의 관계를 비교해보더라도, 즉 제소심의 건수/자율심의 건수/총 심의 건수의 관계가 33/638/671(1964~65년), 25/302/327(1966년), 13/214/227(1967년), 29/175/204(1968년), 15/129/144(1969년), 15/235/250(1970년) 등으로 나타나는데 자율심의가 약 90~93%를 차지했을 만큼 자율심의의 비중이 압도적이었다. 그 추세는 큰 변화 없이 1970년대까지 지속된다. 양적 측면 뿐 아니라 질적 측면에서도 심의기능이 향상되었다는 것을 간취할 수 있다. 즉 자율심의 건수 대비 '불문'의 비율이 30%(1964~65년)에서 20%~10%대로 매년 격감한 것, 달리 말해 결정 건수의 점증을 확인할 수 있는데, 이는 심의실의 전문성 내지 그 기능이 그만큼 제고되었다는 것을 말해준다. 자율심의 제도를 통해 신륜이 고발자 혹은 제소자의 기관이 되기에 이른 것이다. 물론 자율심의가 확대·강화되는 과정은 상당한 진통을 동반한다. 뒤에서 언급하겠지만 자율심의 범위 확대의 일환으로 채택된 신문소설에 대한 심의대상 포함 여부를 둘러싼 신륜과 문인단체의 첨예한 갈등, 신문광고에 대한 심의 여부를 둘러싼 신문자본과의 갈등을 빚게 된다.

그리고 〈표 1〉과 〈표 2〉를 통해 제재 규정이 대폭 강화되었고 그 적용 또한 엄격했다는 사실도 확인할 수 있다. 신문윤리강령 및 그 실천요강에 준한 결정 결과이다. 신문의 자유, 책임, 보도와 평론의 태도, 독립성, 타인의 명예와 자유, 품격 등 6항으로 구성된 신문윤리강령은 1957년 4월 이승만정권의 언론탄압에 맞서 언론자유 수호와 신문의 자율적 품위 향상을 위한 대안으로 한국편집인협회가 제정했으며, 보도와 평론의 태도, 독립성, 타인의 명예와 자유, 품위 등 총 19개 세부 항목으로 구성된 실천요강은 1961년 8월 신문윤리위원회 창설과 함께 제정된 것인데, 주로 실천요강이 결정의 근거로 적용됐다. 〈표 1〉에서 가장 낮은 순위의 '주의'의 비중이 85%(1964~65년)에서 점락해 30%(1969년)로 낮아지고 상대적으로 공개경고와 같은 다소 무거운 제재는 8%→35%로 점증하는 현상을 통해 제재의 강도가 점차 높아졌음을 알 수 있다. 이 같은 결과는, 각 결정내용에 대한 면밀한 분석이 수반되어야겠지만, 적어도 신륜의 권위가 점진적으로 향상되었다는 것과 아울러 신문통신의 기업화 추세가 가속화됨에 따른 상업주의 기조가 팽배했다는 것을 시사해준다 하겠다.[53]

〈표 2〉 결정이유 내역은 제재의 다양성을 잘 보여준다. 실천요강의 세부 항목별 위반사례를 분류화해 제시한 것이지만 전체적으로 저촉사항이 고루 분포되어 있으며 보도 및 평론기사뿐만 아니라 소설, 만화, 사진 등 창작물도 엄격한 심의를 받았다는 점이 눈에 띤다. 몇 가지 흥미로운 사실은 오보가 급감해갔고 통신 전재와 타인의 명예·자유 위반이 고질적인 문제였다는 점이다. 전자를 통해 신륜의 순기능의 일면을 엿볼 수 있다. 후자는 국제저작권협회 미가입으로 외국저작권에 대한 법적 규제가 불가능했던 상황과 공공성과 개인의 프라이버시의 명확한 경계 설정이 어려운 상황에서 야기된 양자 간의 충돌이 각각 반영된 산물로 판단된다. 이렇듯 비교적 일찍감치 명문 규정으로 자율심의 제도를 도입하고, 세계 어느 나라 신문평의회보다도 경중 순위가 다양하고도 엄한 제재를 규정·실행한 것은 우리 신륜의 고유한 특징이었다.[54]

본원적으로 자기규율과 자기방위의 모순성에서 발족한 신륜이 언론파동을 계기로 권한이 강화되는 역설적인 결과가 야기됐다고 볼 수 있다. 타율에 의한 권환 강화라는 아이러니에도 불구하고 그것은 신륜의 권위를 향상시킨다. 독특하게 재심청구권을 1회에 한해 보장했는데도 결정에 이의를 제기한 재심청구가 극

---

53) 1960년대 언론이 처한 상황은 신문주간표어를 통해 역으로 확인해볼 수 있다. 1959년 '언론의 자유', 1960년 '악법의 철폐', 1961년 '신문의 책임', 1962년 '신문의 품위', 1963년 '신문의 독립', 1964년 '신문의 공정', 1965년 '신문의 성실', 1966년 '신문의 긍지', 1967년 '국민의 알 권리를 지키자', 1968년 '신뢰받는 신문', 1969년 '신문의 자주' 등인데. 특히 신문의 자주성은 독자에 대한 자주성 문제와 권력에 대한 자주성 문제 양면에서 거론된 바 있다. 당시 독자획득의 차원에서 독자에게 아부하는 신문의 풍조가 거세게 비난받았다는 점을 감안할 때, 1960년대 후반 신문의 상업성이 농후했다는 것을 유추해볼 수 있다. 「신문의 자주적 자세」(사설), 『동아일보』, 1969.4.17.

54) 김지운, 앞의 책, 241쪽 참조. 대부분의 타국 신문평의회의 설치 목적이 언론자유 수호와 더불어 신문통신업계의 소유 집중·독과점·발행부수 등에 대한 동태 파악과 언론관계 입법조치 등에 대한 제언 및 로비활동이었다는 점과 비교해볼 때 우리 신문윤리위원회의 기능이 심의(검열) 중심이었다는 사실은 1960년대 권력과 언론의 긴장관계 속에서 신륜이 출현하게 된 맥락을 다시금 주목하게 만든다.

히 드물었다는 사실, 관계당국도 신문에 제소하는 관행을 일정 기간 보여줬다는 사실, 예컨대 내무부가 1969.2.21『조선일보』연재소설『백조산인』과 논픽션연재물「남녀신헌법」의 삽화를, 1969.5.14 문화공보부가『부산일보』연재소설『거울』을 미풍양속을 해친다고 고발한 것에서 그 권위의 일단을 확인해볼 수 있다. 그 향상된 권위와 심의의 엄격성·전문성이 상보적 선순환을 이루는 가운데 신문의 자율검열은 1980년 12월 언론기본법에 의해 탄생한 관제 언론중재위원회의 활동이 개시되기 전까지 지속되기에 이른다.

한 가지 의문이 들 수 있는 것은 신문과 정치권력의 관계, 즉 정치인(국회의원)의 윤리위원 참여와 운영기금 중 일부를 정부보조금으로 충당했다는 객관적 사실을 감안할 때 신문이 얼마만큼 독립성을 지녔는가가 논란될 수 있다. 다만 위원장은 언론인과 국회의원이 아닌 위원 중에서 선출하도록 규정을 변경했고, 정부의 재정지원금 제안을 받아들였지만 윤리위와는 별도로 운영협의회를 설치해 이 기구를 통해 조달게 함으로써 정부의 간섭을 최대한 배제했다는 점에서 나름의 충분한 자율성을 보전했다고 볼 수 있다.[55]

한편 방송윤리위원회(이하 '방륜')는 특이한 변화를 겪는다. 즉 1962년 6월 방송사업자들의 자율규제 기구로 창립된 뒤 1963년 12월 제정된 방송법(법률 제1535호)에 의거 법정위원회로 격상되었다가, 언론윤리위원회법 통과와 방송법 개정(방송윤리위원회에 관한 규정 삭제)으로 일시 해체되었으나 언론윤리위원회법의 시행 보류로 인해 1964년 9월 재발족되는 과정을 거친다. 박정희정권의 공보 정책의 기조 변화를 온전히 체현해낸 면모라 할 수 있다. 매스미디어로서 새롭게 부상한 방송의 가치를 간접적으로 드러내준 표식이기도 하다. 잘 알려졌다시피 1960년대는 본격적인 민영상업방송 시대가 개막된 연대이다. 그것은 박정희정권의 방송정책의 산물이었다. 조국근대화를 시정의 기본목표로 설정한 군사정부는 국민들에게 경제개발에 대한 신념을 고취시키고 적극적인 참여·동원을 위한 경제홍보와 4·19혁명 후 다소 이완되었던 반공사상을 재무장시키기 위한 반공홍보가 절실히 요청되는 상황에서 방송을 그 주된 홍보매개체로 활용하는 전략을 구사

---

55) 엄기형, 앞의 책, 185쪽 참조.

했다.

그 전략은 민간방송국 개설의 대폭 허용과 방송 기간시설인 라디오 및 TV 보급에 주력하는 것으로 구체화된다. 그 결과 최초로 개국한 MBC(1961.12)를 비롯해 3개 민간 TV방송국, 4개 FM방송국, DBS, MBC, TBC계열의 지방방송국 상당수가 개국함으로써 본격적인 상업방송 시대가 열리게 되었다. 라디오수신기 보급도 현저했는데, 약 42만대(1960)→약 90만대(1963, 총가구수 대비 보급률 18%)→약 196만대(1965)→340만대(1971, 보급률 55.2%)로 급증했다. 특히 정부 주도로 농어촌에 '라디오·스피카 보내기 운동'을 범국민운동으로 전개함으로써 농어촌보급률도 상당했다. TV수상기 보급도 마찬가지였다. KBS-TV개국(1962) 당시에는 보급 대수가 약 8천대에 불과하다가 1963년에는 약 3만5천대(세대보급률 0.7%), 1969년에는 약 22만3천대(보급률 3.9%)로 각각 증가했는데, 도시/농촌의 분포대비는 1969년까지는 도시에 100% 편중되었다가 1970년부터 농촌에 처음으로 보급(5.5%)되기 시작하는 특징을 보인다.[56] 이 같은 정부의 적극적인 수신기보급 시책으로 가시청권(可視聽圈)이 확장되고 그것이 아래로부터 높아가는 국민들의 정신적 오락수요와 맞물려 방송의 비약적인 발전이 가능하게 된다.[57]

전국적 대중매체로 자리 잡은 라디오를 중심으로 한 방송전성시대, 특히 민간방송시대가 도래함으로써 방송계에 큰 변화가 초래된다. 광고시장의 점진적 성장과 이와 불가분의 관계에 있는, 제한된 광고수입을 놓고 치열한 청취율·시청률 경쟁이 필연적으로 발생한다. 특히 재벌정책의 일환으로 삼성의 라디오·TV 방송국이 허가되고 또 동아일보사와 같이 신문자본이 방송에 진출해 겸영하는 구조가 정착됨으로써 광고수입 경쟁이 더욱 고조될 수밖에 없었다. 그 경쟁의 중심에는 프로그램의 편성이 놓여 있었다. 즉 청취율·시청률 중심의 편성이 일반화되면서 라디오드라마가 1966~68년 매년 평균 150편이 방송됐고, 1966년 KBS와 TBC는 전체 편성에서 오락프로그램이 차지하는 비율이 70% 내외로 상당한 비중을 차지했으며, 기타 주 시청시간대 외화의 집중적 편성 경쟁, 일일연

---

56) 문화공보부, 『문화공보30년』, 1979, 215쪽 '연도별 보급현황표' 참조.
57) 「대중연예의 질적 수준에 붙이는 우리의 요망」(사설), 『조선일보』, 1965.5.28.

속극의 제작 경쟁, 오락프로그램 시청률 전쟁, 프로레슬링과 스포츠중계 방송 경쟁, 아침방송 경쟁, 방송요원 스카우트 경쟁 등 전반적으로 극심한 상업주의 현상이 만연되기에 이른다.[58] 게다가 동아방송 사건('앵무새사건', 1964.6) 을 계기로 시사고발적 보도프로그램은 당국의 엄격한 검열대상이 된다는 것이 확인됨으로써 민간방송으로 하여금 보도보다는 안정적인 오락프로그램을 선호하게끔 만든 것도 작용했다고 볼 수 있다.[59] 각 방송국마다 다소의 차이가 있으나, 이 모든 것은 방송의 통속화 및 저속화로 귀결된다. 이것이 방륜 발족의 필요성 및 자율심의의 정당성의 원천이 된 것이다.

중요한 것은 그 심의의 주체와 방법이었다. 일반적으로 공공성이 강한 전파는 적절한 국가의 감시와 통제를 받도록 되어 있는, 우리의 경우 이에 대한 법제화는 1963년 12월 방송법과 1964년 2월 동 시행령이 제정 공포되면서부터였다. 식민지시기는 조선총독부의 강력한 행정적 조치로, 정부수립 후는 주로 방송행정에 관한 법령만이 제정·시행되다가 민간상업방송의 활발한 진출과 함께 방송의 공공성 및 자유 보장을 유지하기 위한 차원에서 법제화가 추진될 수 있었던 것이다(방송만이 유일한 허가제). 1958년 1월 방송윤리의 기본 지침이었던 '방송의 일반적 기준에 관한 내규'에 대응한 방송사업자들의 자율심의 기구였던 방륜이 법정기구로 격상된 것은 이런 맥락에서다.

법정기구화 이전의 방륜은 방송내용의 윤리규정 저촉 여부 판정, 비위 방송사실에 대한 조사와 관계인의 견책 건의, 방송내용의 질적 향상을 위한 건의, 피해자의 제소사건에 대한 심의 및 조치 등을 골자로 한 자율적 방송윤리 확립을 목표로 두고 있었다. 라디오드라마를 중심으로 방송의 윤리문제가 공론화된 상황을 반영한 것이었다.[60] 그러나 발족과 동시에 증설되어가고 있던 민영방송을 획

---

58) 최창봉·강현두, 『우리방송100년』, 현암사, 2001, 162~181쪽 참조.

59) 보도프로그램 뿐 아니라 이 시기 김정욱의 방송극 「송아지」필화사건(1965.3), 즉 1964년 11월 대전방송국을 통해 방송된 「송아지」가 반공법(제4조1항) 위반 혐의로 작가가 중앙정보부에 체포·구속된 사건을 거치며(1969.2 대법원에서 무죄 판결) 당시 대중문화의 일 주류로 부상하고 있던 방송극에 대한 검열이 강화되기에 이른다. 이 필화사건에 대해서는 김지하 외, 『한국문학필화작품집』, 황토, 1989, 395~410쪽 참조.

60) 일례로 「사랑과 미움의 계절」(조남사 작), 「상한 갈대를 꺾지 말라」(민구 작) 등과 같은 연속극의 과다한 섹스묘사가 청취자들의 거센 항의를 받게 되면서 방송극의 윤리문제가 강하게 대두된 바

일적으로 통제하기 위한 방송법 제정이 추진되면서 별다른 활동을 전개하지 못
한다. 따라서 방륜의 본격적 활동은 법정기구로 격상되면서 시작되었다고 볼 수
있는데, 문제는 언론윤리위원회법 제정으로 일시 존립의 법적 공백상태→재발
족의 과정을 거치면서 그 제도적 위상과 권한에 변화가 있었다는 점이다. 즉 제
도적 위상은 1973년 2월 2차 방송법 개정으로 재(再)법정기구화 되기 이전까지
는 자율기구로 존재했지만, 실질적으로는 타 윤리위원회에 비해 공보부의 막대
한 재정 보조와 간섭을 받음으로써 법정기구에 준한 위상을 지니게 된다. 권한은
역으로 법적 구속력을 상실할 수밖에 없었다. 이 같은 미묘한 조건 속에서 시행
된 방륜의 심의결과[61]는 아래와 같다.

〈표 3〉 방송윤리위원회 〈방송국에 대한 제재〉

	'63	'64	'65	'66	'67	'68	'69	'70	'71	'72	계
경고	208	356	309	539	349	352	533	663	476	1,090	4,875
해명	1	—	2	—	—	1	1	—	4	—	9
정정	—	—	1	1	—	1	4	—	2	—	9
사과	—	—	1	2	1	1	1	4	—	2	12
계	209	356	313	542	350	355	539	667	482	1,092	4,905

〈표 4〉 방송윤리위원회 〈관계자에 대한 제재〉

	'64	'65	'66	'67	'68	'69	'70	'71	'72	계
견책·근신	—	1	—	—	1	3	12	8	2	27
출연정지	1	2	2	—	—	—	—	—	—	5
집필정지	—	1	—	1	—	1	2	—	—	5
계	1	4	2	1	1	4	14	8	2	37

〈표 5〉 방송윤리위원회 〈방송 금지 결정〉

	'65	'66	'67	'68	'69	'70	'71	'72	계
방송금지가요결정	116	64	95	60	52	63	73	62	585
방송금지광고결정	—	—	—	24	112	115	214	207	672
계	116	64	95	84	164	178	287	269	1,257

있다. 「방송극과 윤리문제」, 『동아일보』, 1961.9.6.
61) 한국방송공사, 『한국방송70년사』, 1997, 338쪽.

기본적으로 방송법에 의거한 심의결과이다. 〈표 3〉과 〈표 4〉는 윤리규정을 위반한 방송국에 대해 경고·해명·정정·취소·사과 등의 제재를 의결할 수 있고 그 결과를 통보받은 방송국은 결정사항을 고지해야 된다는 규정과 방송국에 해당프로그램 제작 관계자에 대한 견책·근신·출연정지·집필정지 등의 징계를 요구할 수 있는 규정(제6조 '심의결정')에 따른 결과이다. 〈표 5〉은 제5조 '윤리규정'에 적시된 8개 사항, 즉 인권존중, 보도논평의 공정성 보장, 아동 및 청소년의 선도, 공중도덕과 사회윤리의 신장, 공서양속에 관한 사항 등을 반영해 구체화시킨 실천요강에 의거한 심의결과 가운데 주류를 이루었던 가요 및 광고 금지 결과이다.

1973년 이전까지 총 심의건수 대비 방송국에 대한 제재가 5104/7952건으로 대부분을 차지했는데, 그 중 경고 처분이 주류를 이루는 가운데 매년 점증하는 추세를 나타낸다. 이는 민영방송의 대폭 확장에 따른 치열한 청취율·시청률 경쟁으로 야기된 프로그램의 저속화 경향이 반영된 것으로 보인다. '저속하지 않은 시청자들에게 저속한 것을 강요'하는 방송제작시스템이 고착될 정도로 저속성은 방송계의 최대 문제였다.[62] 32개 지방방송국의 위반사례가 중앙의 곱절에 달했던 것도 크게 작용했다고 볼 수 있다.[63] 방송작가와 출연배우까지 포함하는 관계자에 대한 제재는 그 수효가 매우 적은데, 가장 무거운 결정인 출연정지의 경우 초기에 코미디언들에 집중돼 있다가 이내 사라진다(1973~79년에는 151건). 주로 저속어 구사가 원인이 되어 발생한 것으로서 방륜의 결정이 이에 대한 자정을 강제하는 긍정적 역할을 했다고 볼 수 있다.

방륜의 심의 중 큰 비중을 차지했고, 가장 논란이 많았던 처분이 방송금지 결정이다. 주의 처분이 900건, 방송금지가요 처분이 585건, 방송금지광고 처분이 672건이었다. 가요와 광고의 심의는 전문성·공정성을 높이기 위해 별도의 자문위원회를 통해 이루어지는데, 가요자문위원회는 1965년 11월에 광고자문위원회는 1968년 1월에 각각 설치되었다. 금지가요는 일정 수준으로 지속된 반면 금지광고는 격증했음을 확인할 수 있다. 이는 부문별 저촉 비율로도 확인된다. 즉

---

62) 「방송의 저속화」(사설), 『동아일보』, 1968.11.20.

63) 『경향신문』, 1969.5.25. 특히 지나친 외설과 명예훼손이 많았다.

1962~65년 3년 동안에는 보도논평이 18%, 사회교양이 15%, 음악이 13%, 연예오락 54%로 방송극과 코미디가 큰 비중을 차지한 연예오락이 수위였는데,[64] 1960년대 후반(1969년 1년 동안)에는 CM광고 위반이 39.56%, 음악이 22.86%, 보도논평이 15.12%, 연예오락이 12.21%, 사회교양이 6.18%, 간접PR이 6.18%로, 광고와 음악부문이 60%를 상회하는 것으로 변화됐다(『동아일보』, 1969.12.16.). 방송금지 광고가 증가한 것은 광고를 주 수입원으로 하는 민간상업방송의 증설과 1973년 개정방송법 이전에는 광고방송의 시간·횟수에 대해 특별한 법적 제한이 없었던 것이 작용했다. 물론 광고방송 규제를 둘러싸고 민방 측과 방륜이 몇 차례 첨예한 대립을 보였으나[65] 광고자문위원회 설치를 계기로 방륜의 심의대상에 포함되었다.

저촉사유별로 보면 과장 및 배타적인 표현이 대부분이었으며 기타는 품위 없는 표현, 법규 위반, 표절, 어린이의 품성손상 등이었다. 방송금지가요의 이유로는 왜색, 저속, 표절, 월북작가작품 등이었다. 월북작가작품의 경우 초기에는 1/3 정도 개조하면 가능했으나 1965년 8월부터는 절대 엄금하는 것으로 강화된 바 있다. 각 사안별 분포는 엇비슷했다. 1967년 11월부터 1968년 10월 사이에는 금지가요 처분이 25.78%였는데 표절 30곡, 왜색 및 왜색창법 30곡, (가사)저속 15곡이었고(『동아일보』, 1968.11.16), 1969년에는 22.86% 가운데 표절 17곡, 월북가가요 16건, 저속가요 12건, 왜색가요 6건, 기타 1건(『동아일보』, 1969.12.16) 등이었다. 왜색 및 저속가요가 끊이지 않았던 것은 무엇보다 그 기준이 불명확했기 때문이다.[66] 아울러 방륜의 심의방식에도 문제가 있었다. 즉 방륜의 가요심사

---

64) 「방송계의 골칫거리-방륜 3년의 결산」, 『서울신문』, 1965.6.3.

65) 일례로 '외국상품 광고방송에 관한 규정'을 놓고 대립한 바 있는데, 최대 쟁점은 광고방송 시간을 1일 기준 총 상업방송시간의 15% 이내로 한다는 규정이었다. 민방 측은 운영권의 간섭이라고 적극 반발하나 대체로 규모는 조정하되 규제는 필요하다는 의견이 주조를 이뤘다. 「民放 간섭인가-외국상품광고방송 시비」, 『서울신문』, 1965.9.2.

66) 당연히 당사자인 작사·작곡가의 반발이 거셀 수밖에 없었다. 백영호는 자신이 작곡한 「추풍령」이 저속인 이유와 기준을 대라며 방륜의 결정에 실소를 금할 수 없다고 반발한 바 있다. 「서리맞은 저속가요」, 『서울신문』, 1965.9.16. 금지된 가요의 상당수가 당시 실력 있는 유명인이었는데, 반야월, 임희재, 하중희 등(작사가), 백영호, 김부해, 이인권 등(작곡가), 이미자, 남진, 위키리, 최희준, 남일해, 하춘화, 유주용, 문주란 등(가수)이 눈에 띤다. 흥미로운 것은 저속 가요로 방송금지가 되지 않았다 하더라도 신중히 다뤄야 할 작사가, 작곡가, 가수의 명단을 방륜이 구체적으로

는 원칙적으로 사후심의였기 때문에 「동백아가씨」처럼 금지가요들은 히트된 뒤 1~2년 지나 인기가 하락세를 보일 때 처분되는 경우가 대부분이었고 따라서 별다른 손실을 입지 않는 제작자 측이 방륜의 결정을 경시하는 사례가 많았다.[67]

방륜의 권능이 제한적이었던 것은 방륜의 결정이 법적 구속력을 지니지 못했다는 것에서 기인한다. 그러나 사후심의 방식도 권능을 부분적으로 약화시키는 원인이 된다. 일례로 음반(가요)심의는 문화예술윤리위원회의 업무와 중복되는데, 문화예술윤리위원회는 사전심의 방식이었다. 따라서 표절, 왜색에 대한 심의결정이 양자 간에 종종 충돌하기도 했다. 길옥윤의 「사랑하는 마리아」 표절 시비, 즉 방륜은 표절이 아니라는 결정을, 문화예술윤리위원회는 무드화음의 진행 등이 같다는 이유로 표절로 결정함으로써 혼선을 빚은 바 있다.[68] 사후심의는 징계 위주의 결정이 불가피했기에 사전심의보다는 상대적으로 사전 예방의 실효를 거두기 어렵고 또 결정의 구속력도 약할 수밖에 없었다. 방송법 개정 때 사전심의제를 부활한 것은 이런 맥락에서다. 그러나 비록 사후심의 방식으로 인해 방송윤리 확립에 실효를 거두는데 다소 미흡했다 할지라도 방륜은 다방면의 막강한 제재권을 보유한 가운데 지속적인 강경 조치를 취하면서 1960년대 내내 방송계의 권력자로 군림했다.

한편 매스컴윤리 선언을 고비로 민간자율기구가 대거 새롭게 출현한 것에 주목할 필요가 있다. 법 제정의 반대와는 다른 차원에서 자체 정화의 필요성에 대한 사회적 공론의 압박 속에서 불가피한 수순이었다. 처음으로 발족한 것은 한국잡지윤리위원회다(1965.7.10, 이하 '잡륜'). '잡지인들의 자율적인 자치기관'을 자

제시해 방송국에 통보했다는 점이다. 또 문제된 부분을 수정하면 금지를 해제해주기도 했는데, 차중락의 「마음은 울면서」가 가사를 고쳐 금지해제를 받은 것이 일례이다.

67) 「사후약방문의 윤리위 심의」, 『동아일보』, 1970.5.3.

68) 이 사건은 『주간경향』에서 이 곡이 이탈리아 칸초네 「푸른 하늘과 검은 눈동자」의 첫 4소절을 표절했다는 보도로 촉발되었다. 문화예술윤리위원회의 표절 결정은 우여곡절을 겪은 결과였다. 즉 사전심의에서는 표절이 아닌 것으로 판명됐으나 사후심의를 통해 표절로 최종 결정했다. 문화예술윤리위원회는 사전심의 기구지만 표절, 왜색 등 결함이 밝혀지면 승인을 취소하여 문공부에 보고할 수 있고 문공부는 레코드제작 판매중지 처분을 내리게 되어 있었다. 혼선이 빚어지면서 당사자 길옥윤은 이의 신청을 문공부에 제출하기에 이른다. 「예륜, 방륜 '사랑하는 마리아' 표절시비」, 『경향신문』, 1970.6.20.

임하면서 잡지의 권위와 국민적 신망의 회복을 기치로 내걸고 잡지윤리실천강령을 제정하고 10명의 윤리위원을 선임한 가운데 공식 출범한다.[69] 14항으로 구성된 윤리실천강령은 미풍양속과 사회정의를 해치는 내용 게재 금지, 용공적·반국가적 내용 게재 금지, 정치문제 기사의 불편부당한 취급, 인심을 현혹 동요시키는 기사의 신중한 취급, 표절 일소, 진실에 위배되는 기사에 대한 취소·정정 지시 가능 등이 중심 내용이었다. 언론윤리위원회법의 조항을 대부분 수용했다는 것을 확인할 수 있다.

아울러 당시 잡지에 대한 비난의 표적이었던 외설성, 선정성, 프라이버시 침해, 스캔들의 폭로, 상식에 위배되는 불건전성 등의 지적을 적극적으로 반영해낸 동시에 『세대』필화사건(1964.11),[70] 세무조사 및 반품공작을 통한 『사상계』 무력화 시도[71] 등 비판적 성향의 잡지에 대한 당국의 노골적 탄압에 대응하기 위한 전략이기도 했다. 여타 윤리위원회에서는 찾아볼 수 없는 '용공적·반국가적 내용 게재 금지'를 강령에 명시한 것은 이 때문으로 보인다. 잡륜의 자체 발표에 따르면 발족 이래 2년 동안 윤리실천강령 저촉을 이유로 제재한 건수는 총 40건이다. 미

---

69) 공보부조사국, 『주간 국내정세 신문분석』제27호, 1965.7, 23쪽. 선임된 윤리위원은 김기두(위원장), 김명엽, 최원식, 민영빈, 조연현, 고영복, 김기석, 곽종원, 이태영, 박영준 등이었으며 사무국장은 이원용이었다.

70) 이에 대해서는 정진석, 앞의 책, 356~469쪽 참조. 5·16주체세력의 일원인 이낙선이 창간한 친여잡지 『세대』가 통일문제를 거론한 황용주의 논문으로 필화를 겪고 일시 휴간한 것을 통해 1960년대 정치(사상)검열의 수준을 가늠해볼 수 있다. 마찬가지의 배경을 바탕으로 『세대』가 1960~70년대 문예스폰서로서 기여한 바는 중요한 의미를 갖는다. 문학에 대한 상당한 지면 할애(『회색인』, 『소시민』의 연재 등), 세대신인문학상을 통한 신인등용의 역할(박태순, 신상웅, 조선작, 이외수 등) 뿐만 아니라 특히 친여잡지라는 보호막을 활용해 검열을 피해갈 수 있었던 관계로 사회비판적 작품들(『아메리카』, 『뫼비우스의 띠』 등)이 다수 실릴 수 있었던 사실에 주목할 필요가 있다. 문예후원자로서 『세대』에 대해서는 한국잡지협회, 『잡지예찬』, 1996, 25~27쪽 참조.

71) 이에 대해서는 김건우, 「1960년대 담론환경의 변화와 지식인 통제의 조건에 대하여」, 『대동문화연구』74, 성균관대 대동문화연구원, 2011, 144~145쪽 참조. 그는 이와 더불어 정치교수 축출을 위한 당국의 압력에 따른 교수편집위원의 이탈과 그로 인해 편집위원회가 붕괴되는 1965년에서 1966년으로 넘어가는 시점에 『사상계』는 이미 종말을 고했다고 평가하고 있다. 한때 7만 부를 돌파했던 『사상계』가 발행인의 교체를 전후해 경영난에 봉착, 납본용만을 찍어 명맥을 유지하는 형편이 도래한 것을 두고 한 신문은 '민권투쟁에 앞장섰던 『사상계』의 쇠퇴는 정치적 절규만으로 독자를 계몽하던 시대가 끝나고 보다 구체적이며 분석적인 내용을 원하는 독자들의 요구를 반영하는 것으로 종합지의 앞날에 큰 교훈'을 준 사례라는 색다른 분석을 내놓은 바 있다. 「탈바꿈하는 잡지계」, 『동아일보』, 1969.4.11.

풍양속을 해친 것이 31건, 개인의 인권 및 명예 훼손이 8건, 건전한 지식과 교양 제공의 의무를 위반한 것이 1건이다. 미풍양속 위반, 즉 외설기사 게재 때문에 제재를 받은 것이 압도적이었고, 그 대상은 주로 대중잡지였다.[72]

다소 저조하다고도 볼 수 있는 이 심의 결과 및 내용은 1960년대 잡지계의 구조적 특성과 이와 관련된 잡륜의 권능을 시사해준다. 오랫동안 허가제였다가 4·19혁명 직후 등록제로 변경된 뒤 난립을 보인 잡지계는 법적 발행실적을 유지하지 못한 81개 잡지에 대한 정부의 행정처분(1963.7.31), 즉 등록취소 처분 25종, 정간 처분 19종, 경찰 처분 37종 등의 대대적 정비를 거친다. 그러나 일관되게 언론의 경영합리화·기업화를 권장한 정부정책과 잡지판권을 하나의 기득권으로 악이용하는 사례가 늘면서 사행적(射倖的) 경향이 조장되는 가운데 잡지의 기업성(상업성)이 공기성을 압도하는 풍조가 재현된다.[73] 또 『신동아』 복간(1964.9)과 『주간한국』 창간(1964.9)을 계기로 신문사잡지가 경쟁적으로 발간되고 급기야 조선, 동아, 한국, 중앙 등 일간, 주간, 월간을 거느린 언론대기업이 형성되면서 이들 대기업에 의한 잡지시장의 독점화가 발생함으로써 기업성이 더욱 강화되기에 이른다. 신문사잡지가 존재하지 않았던 1950년대의 잡지 환경과 전혀 다른 1960년대 신문사잡지의 주류화 현상은 잡지계의 엄청난 지각변동을 야기했다.

그것은 독자난, 필자난, 광고난의 가중과 출혈경쟁에 따른 채산성의 악화를 필연적으로 야기하는 가운데 양육강식의 시장구도를 극단화시키는 것으로 나타난다. 일례로 일간지의 세력을 등에 업은 『여성동아』의 등장은 7~8만의 판매부수를 기록하면서 여성잡지계를 주도하던 『여원』, 『주부생활』의 운영난, 구체적으로 전 제작비의 60%선에 육박하는 용지가의 앙등에 의한 제작비의 증가, 광고수입의 감소, 독자 뺏기의 암투 등이 불가피해짐으로써 오로지 자본력의 싸움으로 여성잡지계가 재편될 수밖에 없게 된다.[74] 여성의 교양과 지적 취미를 주기 위한 여성교양지를 표방한 신생 여성지 『여상(女像)』(신태양사, 1962.11 창간)이 초기에 상당한 발행부수를 보이다가 통권 64호를 끝으로 자진 정간한 것도(1968.2) 결국

---

72) 이에 대해서는 김동철, 「한국잡지의 사회적 책임」, 『세대』, 1968.10, 242~243쪽 참조.

73) 고정기, 「범람 속에 틀 잡히는 잡지계」, 『조선일보』, 1964.8.5.

74) 「격전, 여성지」, 『신아일보』, 1967.8.31.

신문사 여성잡지와의 경쟁력에서 뒤처졌기 때문이다. 이 같은 현상은 여성잡지
계뿐만 아니라 모든 분야에 공통적으로 나타나는 현상으로 소년지의 경우, 편집
과 내용면에서 모범으로 평가되면서 한때 2만부의 발행부수를 자랑하던『새벗』
(1952.1 창간)이 우후죽순 등장한 호화판 소년잡지와 언론대기업의 소년일간지 참
여(『소년조선일보』, 1965.1, 『소년동아일보』, 1961.4 등)로 인해 적자 운영을 감당치 못
하고 폐간 위기에 봉착한 바 있다.[75] 악화가 양화를 구축하는 사태가 광범하게
벌어진 것이다.

이 같은 출혈 경쟁 및 적자생존 구도의 정착은 이전에 비해 압도적인 상업주
의의 확산과 비윤리적 저속성의 범람으로 현시된다. 즉 독자층의 절대량 증대가
현실적으로 불가능한 상태에서의 출혈 경쟁으로 인해 표지, 화보의 화려한 전시
효과 경쟁, 대중의 구미에 영합한 센세이셔널리즘의 일반화와 같은 비정상적 제
작 관행이 조장되고 그로 인해 잡지 편집과 내용이 대동소이한 획일성을 드러낼
수밖에 없었다. 자승자박의 옐로저널리즘화가 초래된 것이다. 물론 여기에는 잡
지 외적인 요인도 크게 작용했다. 즉 라디오와 텔레비전의 보급에 따른 잡지의
매스미디어로서의 권위 상실, 표현의 자유에 대한 극도의 제한에 따른 성문제,
범죄문제, 폭력문제 등에 집중할 수밖에 없는 편집 경향의 편향성[76] 그리고 잡지
의 신문화, 다시 말해 잡지로서의 개성 확립보다는 백화점식 진열로 각계각층의
독자들에게 관심을 끌려는 망라주의식 편집 방침의 관행 답습[77] 등도 잡지의 위
기를 부추겼다. 『농원』(1964.6 창간)과 같이 특정 목표독자층을 겨냥하고 군 단위
보급원제도를 창안해 10만부 이상의 판매실적을 올림으로써 잡지 활로 개척의
새로운 가능성을 보여주거나, 또『창작과비평』, 『논단』과 같은 잡지 고유의 전문
성과 대중성을 겸비한 계간지의 창간 등으로 인해 잡지계에 새로운 활력을 불어
넣어준 사례도 없지 않았지만, 전반적으로 1960년대 잡지계는 옐로저널리즘의
오명에서 자유롭지 못한 상태였다.

이에 비추어 볼 때 잡륜의 실적은 분명 저조한 것이었다. 심의 결과의 양적 규

---

75) 「폐간의 암운 서린『새벗』」, 『서울신문』, 1968.7.9.

76) 「한국대중문화와 잡지의 모랄」(좌담회), 『세대』, 1968.12, 347~353쪽 참조.

77) 고명식, 「잡지저널리즘의 장래」, 『세대』, 1968.11, 365쪽.

모와 윤리위원회의 권능이 직결되는 것은 아니나 당대 잡지가 옐로저널리즘의 속성이 다분했고 그것이 대중지를 중심으로 점차 심화돼 '불륜과 변태로 전락해 가던 상황[78]'이었음을 감안하면 자율규제를 통한 정화운동이 소기의 성과를 거둔 결과였다기보다는 잡륜의 권능에 문제가 있었다는 것을 시사해준다. 잡륜이 심의의 합리적 방안을 마련하기 위해 다양한 조사·분석 작업을 활발하게 전개했음에도[79] 심의가 저조했던 것은 타 윤리위원회에 비해 잡륜이 심의의 결정을 강제할 수 있는 구속력이 부족했기 때문으로 판단된다.

잡륜의 윤리실천강령에는 '자율규제를 누구도 강요할 권한이 없으며' 따라서 잡지계 공동의 이익을 위해 자발적 참여를 촉구하는 수준의 실천 의무만이 명문화되어 있다. 모든 잡지에 "본지는 잡지윤리강령을 준수한다."라는 서약을 의무적으로 게재하되,[80] 강제력이 없고 따라서 분쟁 조정 및 해결의 권능이 부족한 잡륜에 일반인 또는 잡지 간 제소가 활발하게 이루어지기를 기대하기란 애초부터 어려웠다고 볼 수 있다. 특히 한국잡지협회가 잡륜을 관장했다는 점에서 이해관계가 복잡하게 얽혀 있는 회원사간 고소고발이 쉽지 않았을 것이다. 강제력 혹은 구속력의 결여로 인해 불법을 고발 못하는 무기력 상태에 놓여 있다는 것이 잡륜 안팎의 공론이었다.[81]

아울러 옐로저널리즘의 대명사로 맹비난을 받았던 주간지가 잡륜의 심의 대상에 포함되지 않은 점도 작용했다고 볼 수 있다. 주간지붐은 잡지판도를 뒤바꿔 놓을 정도로 엄청났는데, '대중오락지보다 한 술 더 뜨는 주간지붐에 눌려' 대중지들이 거의 문을 닫고 『아리랑』 정도가 가두판매로 겨우 명맥을 유지하는 형편이었다.[82] 일반적인 잡지분류법으로는 주간지는 잡지로 분류하나 당시에는 신문으로 분류돼 주간신문윤리위원회의 심의 대상이었다. 이와 같은 잡륜의 한계는

---

78) 「잡지의 건전성과 윤리(제3회 잡지윤리세미나)」, 『경향신문』, 1969.4.11.

79) 대표적인 예로 국내 발행 8개 어린이잡지 및 당시 대중지의 모델이 되었던 일본대중지 14종의 경향에 대한 조사를 들 수 있다. 그 조사결과는 「어린이잡지, 편집은 건전한가」(『신아일보』, 1967.5.18)와 「일본대중지의 경향」(『신아일보』, 1967.6.24)에 자세히 소개되어 있다.

80) 『현대문학』의 경우는 1965년 10월호부터 이 서약을 게재하고 있다.

81) 「잡지의 건전성과 윤리(제3회 잡지윤리세미나)」, 『경향신문』, 1969.4.11.

82) 「탈바꿈하는 잡지계」, 『동아일보』, 1969.4.11.

정책당국에 자율규제의 실효성에 대한 의혹을 증폭시키는 가운데 직접적 통제의 빌미를 제공하기에 이른다. 정치권력이 잡류을 문화공보부 산하 단체로 강제 편입시키는 동시에 1969년부터 외설성에 대한 강도 높은 직접적 통제로 전환한 것은 이런 명분을 바탕으로 가능했던 것이다.

그리고 두 번째로 발족한 것이 한국예술문화윤리위원회다(1966.1.27. 이하 '예륜'). 예총의 주도 아래 영화제작자협회 등 총 15개 단체로 구성된 예륜은 "예술활동의 질서를 자율적으로 규제함으로써 문화발전에 기여함을 목적"(회칙 제1장 3조)으로 한 민간 예술심의기구다. 각 분야별로 1~5명씩 추대된 27명의 위원으로 구성되었는데, 회칙에 의하면 윤리규제 대상은 영화, 무대예술, 문학, 미술, 음악 및 음반 등 문학예술 전반을 포괄한 가운데 영화, 공연물 및 음반의 내용에 대한 심사(제5장22조 제1항), 예술문화 활동의 분쟁에 대한 조정(동 제2항)을 중요 기능으로 하고 있고, 심사결과에 따라 그 행위자에게 활동정지, 근신, 사과, 경고, 권고 등의 구분에 의한 제재를 가할 수 있는 제재 규정을 두고 있다(제5장23조). 예륜은 1964년 초 예술문화단체간의 심의기구 설치에 관한 의견, 1965년 윤리선언문과 기본강령의 기초를 위한 기초위원 위촉(김동리, 모윤숙, 서항석, 이종환), 1965년 10월 19일 선언문과 기초강령이 채택되는 일련의 과정을 거쳐 탄생한다.[83] 앞서 언급한 매스콤윤리선언에의 적극적 참여와 일간신문과 방송 등 문화계 전반에 거세게 인 정화기풍[84]이 예륜의 창립을 촉진시킨 것으로 보인다. 더불어 1964~65년에 거쳐 거센 논란이 일었던 표절, 에로티시즘, 한일협정과 관련된 사회참여, 반공법저촉 사건 등 문학예술계가 공통적으로 당면한 문제해결을 위한 대안 모색의 시급성도 작용했다.[85]

하지만 창립과 동시에 그 위상과 운영을 둘러싼 내부 격론이 발생한다. 논란의 핵심은 예술의 윤리규제가 과연 타당한가의 문제였다. 크게 보면 저속한 작품은 마땅히 규제를 받아야 한다는 찬성론과 예술의 본성이 자유에 있는 만큼 관

<hr />

83) 그 과정에 대해서는 이종화, 「공연윤리위원회가 걸어온 길」, 공연윤리위원회, 『공연윤리』, 1997.9, 6쪽 참조.

84) 「문화계의 자율적 정화는 시급하다」(사설), 『서울신문』, 1965.10.29.

85) 「예술문화의 자유」(사설), 『동아일보』, 1966.2.2.

의 제재 위에 또 제재 기관을 스스로 설치한다는 것은 부당하다고 보는 반대론이 팽팽히 맞섰다. 세부적으로는 '순수예술과 전혀 상관없는 사이비예술의 제거 기능만 하며, 영화연극의 이중검열문제는 검열권을 예륜에 이월시키면 된다'(박종화, 위원장), '예술/비예술의 엄격한 기준하에 규제보다는 권익옹호가 필요'(김자경), '양심에 맡길 일이지 예륜이 재판한다는 것은 언어도단'(홍사중), '이중검열은 없는 것만 못하나 관의 검열권을 이월 받아 다수 예술인의 민주주의적 검열에 의한 검열의 단일화를 꾀할 필요'(유현목), '운영만 합리적으로 한다면 관의 간섭을 배제할 수 있다'(이종환, 위원), '관의 힘을 빌려 예술 활동을 스스로 규제한다는 것은 집행 자체가 어려우며, 영화연극의 사전검열권을 이월받는다고 해도 예륜이 관의 기구가 될 우려가 짙다'(유치진)[86] 등 대체로 비판론이 우세하지만, 윤리위원회에의 참여 여부 또 직능별에 따라 다소 미묘한 입장 차이를 보인다. 찬성론자들도 실제 문학에 대한 자율검열에 대해서는 이율배반적인 태도를 보이는데, 가령 주간신문윤리위원회의 「有醫村」(정을병)에 대한 연재중단 결정에 대해 한국문인협회는 '작가의 창작의 자유를 침해한 횡포'로 규정하고 시정을 촉구하는 성명서를 발표한 바 있다(1968.7.22.).

예술의 자율규제 자체가 어불성설이라는 원칙론을 제외하면, 기능과 운영상에서의 관의 간접적 통제와 옥상옥(屋上屋)식 이중검열에 대한 우려가 반대론의 골자였다고 할 수 있다. 실제 예륜은 어떠한 법적 지위도 갖지 않는 임의단체였으나, 소액의 국고보조금(200만원 수준)을 받았으며 공보부에 예·결산의 보고 의무와 조직 구성에 있어서 공보부에서 선출된 공무원 2인이 당연직 위원으로 위촉되는 등 정부의 일정한 관여 속에 있었다.[87] 따라서 일부 인사의 우려는 당연

---

86) 「예술의 윤리규제-윤리위 발족과 각계 의견」, 『동아일보』, 1966.2.3.

87) 배수경, 「한국영화 검열제도의 변화」, 김동호 외, 『한국영화 정책사』, 나남출판, 2005, 487쪽 참조. 배수경은 이를 근거로 예륜이 정부산하단체나 다름없었으며, 그것은 문학예술계가 국가의 통제에 자발적으로 참여한 것으로 평가한 바 있는데, 저자가 보기엔 다소 비약된 평가라고 판단된다. 예륜을 포함해 제반 윤리위원회가 권력과 문화주체들 상호간의 충돌과 그것의 조정과정에서 창설된 것이고 그 타협의 일환으로 국고보조금 수령과 해당부처 관리가 당연직 위원으로 참여하는 길을 열어놓은 것은 분명하나 이는 당시 양자의 역관계에서는 불가피했다고 본다. 중요한 것은 그 타협의 정도인데, 적어도 관련법의 제정에 의해 법정기구로 탄생하거나 전환되기 이전의 윤리위원회는 권력의 간섭 이상의 자율적 권역이 존재했다는 사실이다. 예륜과 공연윤리위원회

한 것이었다. 공보부의 검열권을 이월 받아 예륜 주도하의 단일하고 민주주의적인 검열 시행을 희망한 인사도 더러 있었지만, 이는 현실적으로 불가능한 것이었다. 게다가 4·19혁명 직후의 민간자율심의기구였던 영화윤리전국위원회(1960.8.5 출범) 활동에 대한 경험, 즉 관권적 검열을 대신해 영화의 윤리성을 자율적으로 유지하려는 목적에서 출발했으나 법적 구속력도 없고 검열권을 둘러싼 검열당국(문교부)과의 첨예한 갈등으로 인해 소기의 성과를 거두지 못하고 관권적 검열의 틀 안으로 회귀했던 부정적 경험도 작용했을 것으로 판단된다.[88]

이러한 논란 속에서 예륜의 심의는 회칙의 포괄적 대상 규정과 달리 쇼, 희곡 등 무대공연물에 국한되어 수행됐다. 1967년 3월 음반법의 제정 공포와 그 시행령에 의해 동법 시행 이전에 제작된 국내 제작 및 복사 음반에 대한 경과 심의를 위탁받았고 이후 음반제작은 모든 작사, 악보에 관한 내용의 사전심의를 실시했으며, 1970년 2월부터는 극영화시나리오 사전심의가 예륜에 위탁·이관됨으로써 영화시나리오, 무대공연물, 음반 등 3개 분야로 심의업무가 확대되는 과정을 거쳤다. 예륜 창설 이후 공연윤리위원회로 전환되기까지(1976.5) 10년 동안의 심의 실적은 영화시나리오 1,386편(1970.2 이후), 무대공연물 2,127편, 국내가요 가사 27,410편, 악보 30,681편 등 계 58,091편이었으며, 외국복사음반 21,404건(1970~75년), 외국라이센스음반 12,415건(71~75년) 등 총 95,423건에 달했다.[89] 1960년대의 심의실적이 매우 저조했고 전반적으로 볼 때는 문학 분야의 심의가

(1975) 사이의 위상과 그 기능을 비교해보면 확인할 수 있듯이 예륜을 정부산하단체로 규정하는 것은 예륜의 일정한 기능을 권력에의 순응으로만 일방화 할 수 있는 관점이다. 국고보조금의 문제는 당시에도 문화단체의 자율성의 척도로 거론, 일례로 소규모의 국고보조금을 받는 한국문인협회가 자율적 단체인가에 대한 이견에서 나타나듯이 이를 자율성의 절대적 기준으로 삼는 것은 무리가 있다. 「無所屬文人鼎談」(좌담회), 『현대문학』, 1968.4, 20쪽.

88) 김윤지, 「최초의 민간영화심의기구, 영화윤리위원회 성립-4·19혁명의 성과로서 영화윤리위원회」, 함충범 외, 『한국영화와 4·19』, 한국영상자료원, 2009, 119쪽. 조준형은 8개월여의 짧은 기간이었지만 한국영화사를 통틀어 유일한 민간자율심의 기간의 영화윤리위원회의 활동은 이전과 비교할 수 없을 정도로 검열을 약화시켰으며 「하녀」, 「오발탄」과 같은 문제작이나 작품성이 있다면 나체의 상영도 가능케 했다며 나름의 긍정적 역할에 주목한 바 있다.

89) 문화공보부, 『문화공보30년』, 1979, 267쪽. 영화시나리오 사전심의 통계를 보면 수정·반려 비율이 1970년(3.7%), 1971년(25%), 1972년(58%), 1974년(41%), 1975년(80%) 등으로 나타나는데, 수정·반려 비율의 급증은 1970년대 초반 유신체제하 초법적 검열의 산물로 볼 수 있다. 배수경, 앞의 글, 489쪽 참조.

전무했다는 것을 확인할 수 있다(무대대본 및 가사 제외).[90] 외설적 문학창작이 비난의 표적이었던 것을 감안할 때 의아심이 든다.

두 가지 이유를 들 수 있다. 먼저 신륜, 잡륜, 출판윤리위원회 등의 강령에 의해 이미 규정을 받고 있는 실정이었고, 예륜의 주된 심의대상인 연극대본과 음반조차 방륜의 업무와 중복됨으로써 예륜의 입지가 상대적으로 좁았기 때문이다.[91] 그리고 당대 문화행정의 이원화로 인해 심의관할권이 제도적으로 불명확했기 때문이다. 즉 1961년 6월 공보부 발족을 계기로 공보부는 음악, 연극, 무용, 국악, 사진, 영화 등 각 예술부문을 비롯해 연예부문에 이르기까지 7개 부문을 관리했고, 문교부에서는 문학, 미술, 건축·공예 등 3개 분야를 관할하는 행정의 이원화가 문화공보부로 통합되기까지 지속된 바 있다. 정적/동적 예술로의 불합리한 구분 기준이 적용된 것으로 알려져 있었다. 따라서 예총 산하 10개 부문단체 중 한국문인협회, 한국미술가협회, 한국건축가협회는 예총 산하의 복합체로서는 공보부에, 단일단체로서는 문교부에 각각 이중적으로 등록되어 일관성 있는 예술 활동이 불가능한 지경이었다.[92]

출판물에 대한 행정도 이원적으로 관리되고 있었는데, 신문·잡지 등 정기간행물은 공보부, 단행본 등 부정기간행물과 저작권 문제 등은 문교부에서 각각 관장하고 있어 같은 작품이라 할지라도 신문 및 잡지에 게재될 때에는 공보부의 그리고 한 권의 단행본으로 묶어낼 때에는 문교부의 소관사무로 간주되는 셈이었다. 이 문화행정의 이원화는 사무상의 번잡뿐만 아니라 양 부처의 의견 상치로 예술 활동 전반이 위축되는 결과를 야기할 수밖에 없었다. 당연히 관권적 검열에서도 또 윤리위원회의 자율검열에서도 그 이원성이 관철되어 파행을 겪게 된다. 이로 인해 문학작품에 대한 자율검열은 신륜, 주간신문윤리위원회, 출판윤리위원회,

---

90) 문학뿐만 아니라 예륜이 존재했던 10년 동안 미술, 음악, 사진 등 이른바 순수예술 분야의 심의가 1건도 다루어지지 못한 것이 큰 문제로 제기된 바 있다. 「대중문화 계도에 큰 공, 예륜창립 10돌의 공과」, 『경향신문』, 1976.1.27.

91) 「옥상옥격인 예륜」, 『경향신문』, 1966.5.16.

92) 「문화정책 건널목에서; 문화행정의 일원화」, 『한국일보』, 1967.5.16. 그 이원성은 문학 활동의 경우만 보더라도 집필단계까지는 문교부가 관장하고 이것이 영화, 연극 및 방송극화 될 경우에는 공보부의 관리 아래 들게 된다.

잡류 등에서 주로 다뤄지게 되었던 것이다. 물론 자율심의가 '예술문화인 스스로 예술문화인의 주체성과 양식을 과소평가'한 것으로 동업자간 제재를 가하는 것이 웃지못할 소극이라는 비판론이[93] 예륜의 소극적인 활동을 강제했다는 것은 두말할 나위가 없다.

예륜의 활동은 심의보다는 오히려 소속 산하단체별로 문학예술의 권익 옹호와 사이비예술의 제거를 위한 제도적 장치 마련에 집중했다고 볼 수 있다. 이런 분위기 속에서 학·예술원 등 문화계 전체의 문화행정의 일원화에 대한 지속적 요구가 관철되어 문화공보부가 창설됨으로써 이원적 문화 행정이 통합되기에 이른다. 공보행정의 강화를 통해 국민동원의 효율성을 제고하고자 한 권력의 의도가 강력하게 작용했으나 문화계가 예술 진작의 합리적인 행정 기반을 이끌어낸 긍정성을 간과해선 안 된다. 문학예술계의 오탁(汚濁)을 제거하기 위한 노력은 특히 저작권 보호와 한일문화 교류에 대한 합리적 대안 모색으로 구체화된다. 이두 가지가 당시 예술분야의 비윤리성을 초래한 원인이라는 공통된 인식 때문이었다.[94]

전자는 1957년 1월 저작권법이 제정·공포되었음에도 불구하고 문화적 후진성과 과다한 외화 유출을 명분으로 한 시기상조론에 밀려 10년 간 유보된 국제저작권협회 가입 문제를 문인협회 주도로 재추진하는 것으로 나타난다. 국가 위신, 무책임한 경합번역, 표절, 해적판과 저속한 에로티시즘의 범람, 무질서한 국내 출판계의 정화 등을 위해 긴요하다는 저작자 측과 국외저작료 지불의 현실적 불가능성, 과중해질 독자 부담, 번역출판의 고사, 국내출판계의 위축 등 시기상조라는 출판사 측의 첨예한 대립이 재연된다.[95] 이를 계기로 학술, 문학예술, 방송, 연예 등 문화 전반의 정화를 위해선 불가피하다는 여론과 아니면 차선책으로 문화교류가 활발한 몇 나라와의 개별조약이라도 체결해야 한다는 주장이 비등하기

93) 「예술문화의 자유」(사설), 『동아일보』, 1966.2.2.

94) 그것은 1967.7.28 매스컴관계 6개 윤리위원회 대표들이 국제저작권협회 가입 문제, 대일문화 교류의 신중책에 대해 간담회를 개최한 것에서도 확인할 수 있는 바다.

95) 「'국제저작권협회' 가입 시비(곽종원/정진숙)」, 『한국일보』, 1966.2.8.

에 이른다.[96] 이후 한국음악협회를 비롯한 관련 단체의 요구가 지속적으로 이어졌다. 당장에 가시적 성과를 거두지 못했더라도,[97] 문교부와의 권한 갈등을 거쳐 저작권 관리 소임처가 문화공보부로 결정된 뒤[98] 산하 출판윤리위원회를 중심으로 저작권 문제를 해결하기 위한 구체적 방책을 강구하는 방향으로 진전시키는 데 기여했다고 볼 수 있다. 저작권에 대한 정책 기조가 그 침해에 대한 단속행정 위주에서 체계적인 저작권 정책 추진으로 전환되는데 일조한 것이다.

후자의 문제는 진통 끝에 한일국교정상화가 이루어진 뒤 문화계의 초미의 과제로 부상한다. 문화계 인사들 대부분이 한일국교정상화에 반대 입장을 표명한 바 있지만,[99] 정상화 후 개방 상태에서의 문화교류에 대비한 방법, 한계, 시기 등에 대한 논의가 불가피했다. 일본의 문화적 침투는 과거에도, 특히 극단적 반일주의 정책을 폈던 이승만정권기에 비정상적 루트를 통해 오히려 활발하게 이루어진 바 있다. 이 같은 왜곡된 형태의 유입의 누적으로 인해 초래된 비윤리적 현상들, 이를테면 대중가요의 왜색 문제, 일본 대중문학의 해적판,[100] 일본어중역에 따른 번역의 저질, 일본시나리오 표절 등의 고질화가 대두된 상태에서 한일문화의 개방적 교류에 대한 문제는 관계당국을 포함해 문화주체들 모두의 초미의 관심사가 되기에 충분했다. 한일정상화 직후에는 일본문화에 대한 친밀감으로 인해 안이한 수용이 확장됨으로써 결국 문화적 식민지화가 초래될 것이라는 우려가 우세했다.[101]

---

96) 「국제저작권협회에 가입함이 옳다」(사설), 『한국일보』, 1966.2.9.

97) 국제저작권협회에 정식 가입은 1986년 한미 지적소유권 협상이 체결되면서 저작권법 개정과 국제조약의 가입을 약속함으로써 비로소 가능했다. 문화관광부 저작권위원회, 『한국저작권50년사』, 2007, 119쪽.

98) 문화행정일원화 과정에서 문화공보부와 문교부가 첨예한 권한 갈등을 보인 사안은 저작권, 비정기간행물 관리, 도서관관리 업무였다. 『중앙일보』, 1968.6.22.

99) 범 문학예술단체로는 유일하게 한국문인협회가 반대성명서를 발표한 바 있다. 골자는 한일국교의 정상화가 현실적 요청임을 인정하나 일본이 한국에 대한 과거의 모든 속죄를 구체적으로 제시, 실천하는 것을 선결조건으로 하는 한국우위의 원칙이 관철되어야 한다는 것이었다. 박종화, 이은상, 마해송, 김광섭 등 84명이 참여했다. 『조선일보』, 1965.7.10.

100) 신문에 연재 중이던 『빙점』이 한국에서 해적판으로 번역 출판된 사실을 일본신문이 보도함으로써 큰 파장이 일었다.

101) 홍사중, 「민족문화의 재발견」, 『정경연구』, 1966.1, 41쪽. 그러한 우려 속에 봉쇄할 것과 수용할 것에 대한 선별 논의가 활발히 이루어지는데, 음반 수입 및 복사 금지, 밀수입 출판물 단속, 왜

그러던 것이 각종 서적의 수출입 증가, 우리 극영화의 일본시장 개척 등 상호 교류가 활발해지는 것과 아울러 1967년 8월 일본의 문화영화 25편의 국내 상영이 결정된 것을 기점으로 다양한 찬반 양론이 개진되기에 이른다. 여전히 왜색이 일소될 때까지 교류를 봉쇄해야 한다는 폐쇄론자도 없지 않았으나 단계적 교류의 신중론이 주류를 이룬다. 무조건 꺼리거나 겁낼 필요가 없다며 시기 조정을 거쳐 완전 개방해 겨루어보자는 적극론자도 일부 등장한다.[102] 우려되는 쇼·오락, 대중가요, 영화 등의 저속한 일본대중문화의 대거 유입에 따른 문제는 엄격한 검열기준을 정해 통제한다면 된다는 논리였다. 양풍과 달리 왜풍만 비난하는 불합리성에 대한 지적도 많았다.[103]

이 같은 논의들에 바탕을 두고 한일문화 교류는 문화공보부의 첫 사업으로 채택되었으며, 기본 원칙은 순수예술의 대일 교류는 장려하되 쇼, 대중가요, 영화 등 대중예술의 교류는 허용하지 않는다는 것이었다.[104] 이렇듯 내적 연관을 지닌 국제저작권협회 가입과 한일문화 교류를 중심으로 사후적 심의에 앞선 예방 차원의 제도 개선을 통한 문학예술계의 정화 운동이 주류를 이루면서 예륜의 역할은 상대적으로 약화되었던 것이다. 1972년 극영화 시나리오 심의를 완전히 이관받기 전까지 예륜의 자율심의는 미미했으며 그것도 공보부의 검열 과정에 직·간접으로 참여하는 방식이었다.[105] 긴급조치 9호가 발동된 1976년 5월 개정된 공

색프로그램 방송 금지와 같은 방법으로 일본 대중문화를 봉쇄하자는 쪽과 수용하되 관련 업자들의 철저한 양식이 필요하다는 견해로 크게 나뉜다. 「한일문화교류, 받아들일 것과 막을 것」, 『동아일보』, 1966.2.10.

102) 「한일문화교류 그 문제점」, 『신아일보』, 1967.8.19.

103) 「소비음악 폽송 선풍 '청춘'을 휩쓴다」, 『신아일보』, 1966.2.10. 당시 방송국의 프로 중 음악프로가 40%이상이었고 대부분 외국팝송과 경음악으로 젊은 층에 폭발적인 인기를 얻고 있었다. 주체성 확립의 차원에서 가사나 창법의 저속성에 따른 악영향이 거세게 논란되지만, 민영방송의 상업성에 의한 불가피한 현상이기에 당국의 강력한 규제로 시정되어야 한다는 논리가 압도적이었다.

104) 「닻올린 문공부의 첫 작업」, 『서울신문』, 1968.7.30.

105) 그것은 1967년 6월 영화 「기적」(이만희 감독)의 각본 표절 시비에서 여실히 나타난다. 즉 영화업자협회의 각본심의위원회(이청기, 이진섭)에선 표절이 아닌 것으로 반면 문공부의 영화위원회는 논의하다가 자체 결정을 내리지 못하고 예륜에 넘긴 상태에서 예륜은 전체줄거리 등 7개 항목의 유사성을 근거로 표절로 단정한 바 있다. 제작자 측이 가세해 영화전문심의기관도 아닌 예륜이 표절로 판단한 것을 경솔한 처사로 비난하는 가운데 5개월이 지난 뒤 문공부가 표절이 아

연법(제25조3항)에 근거해 한국공연윤리위원회(이하 '공륜')로 개편된 뒤 막강한 검열권을 실질적으로 행사했던 것과 뚜렷이 비교되는 지점이다. 자율기구/법정기구의 큰 차이를 확인할 수 있는 지점이다.

그 다음으로 창립된 것이 한국주간신문윤리위원회다(1966.5. 이하 '주륜'). 주간신문과 주간지를 심의 대상으로 한 한국주간신문협회의 자율심의기구였다. 신륜이나 잡륜의 소관이 아닌 별도의 심의 기구를 통해 주간 매체의 자율심의가 이루어진 것은 週刊紙/誌가 매스미디어로 일익을 담당했던 1960년대 매체 지형이 반영된 결과로 볼 수 있다. 1960년대 초반에는 '독서인구의 부족, 용지가격의 점증으로 인한 염가보급의 어려움, 생활이 주 단위로 안정되지 못한 점' 등에 의해 주간지의 발행이 미미했고,[106] 게다가 "사이비언론을 단속하라"는 박대통령의 지시에 의해 발행실적이 부실한 일반주간지 23개(51%)가 등록취소, 자진 폐간·정간의 형식으로 정비된 바 있다.[107] 그러나 후반에 이르면 신문자본의 매스컴 영역의 확장욕, 경제개발계획의 성과에 따른 생활 수준의 점진적 향상, 도시 화이트칼라의 이상비대화와 도시의 과잉소비 성향에 의한 읽을거리의 요청 등이 복합적으로 작용하면서 활자미디어의 새로운 장르인 주간지의 전성시대가 개막된다.[108] 좁은 시장에서 독자 쟁탈을 위한 기성주간지의 경쟁이 가열되는 것과 동시에 신문지면이 상대적으로 좁다는 점, 주말오락거리가 적다는 이유가 주간지 붐을 더욱 촉진시켰다.

물론 그 배면에는 '언론 통제를 통해 국민들을 산업역군으로, 반공전사로 호명하고 동원하고자 했던 그리고 전근대적 생활관습에 빠져 있던 국민들에게 근대적 시간과 라이프스타일을 습성화·일상화시켜 심화되어 가는 한국사회의 모순과 갈등을 호도하고 허위적으로 해결'하고자 했던 개발독재 권력의 정치적 의도도 깊숙이 간여되어 있었다.[109] 이 같은 시대 문맥에서 주간지는 전문화되어 가

닌 것으로 최종 결정을 내림으로써 시비가 마무리된다. 『동아일보』, 1967.6.24 및 11.30.

106) 고정기, 「범람 속에 틀 잡히는 잡지계」, 『조선일보』, 1964.8.5.

107) 『경향신문』, 1966.9.15. 서울에서 발행된 일반주간지를 대상으로 한 것이다. 지방의 주간지는 권력층의 배경이 도사리고 있어 섣불리 행정조치를 단행할 수 없었다고 한다.

108) 「다가온 주간지 붐」, 『동아일보』, 1968.10.15.

109) 전상기, 「1960년대 주간지의 매체적 위상」, 『한국학논집』36, 계명대 한국학연구원, 2008,

는 직업인이 현대의 다양한 뉴스를 손쉽게 정리할 경로로서의 시사지, 가볍게 읽고 처리함으로써 시간을 보낼 수 있는 읽을거리로서의 신문과 잡지의 중간체제로서의 종합주간지 등 서로 다른 발생 동기를 지닌 두 유형의 주간지가 경쟁적으로 족출하고 도시중산층의 찰나주의·감상주의 의식 풍토가 접점을 이루는 가운데 소비문화의 전형적 매체로 자리를 잡게 되었던 것이다.

주륜은 '전문지로서 조국의 민주통일 독립국가의 완성과 근대화 작업 및 국민생활의 명랑화에 기여함'을 목적으로 신문의 자유, 책임, 독립성, 품격 등 총 7개 항목을 골자로 한 윤리실천강령을 준거로 자율심의를 시행한다. 그 강령은 신륜의 신문윤리강령과 유사했다. 중복성 문제가 제기되면서 1968년 2월 29일 신문윤리강령을 받아들여 강령으로 재설정하고 이를 기초로 한 윤리실천요강을 새로 마련해 심의 원칙으로 삼았다. 이전의 윤리실천강령과 대체로 유사하나 '독립성' 항목 중 "국가의 안전보장에 위해되는 보도를 해서는 안 되며 국가기밀을 최대한으로 보장해야 한다."는 규정의 명시와 '타인의 명예와 자유' 항목의 내용을 구체적으로 밝힌 것이 두드러진 차이점이다. 기존 민간자율심의에서 자율성과 실정법의 상충으로 가장 큰 논란을 빚었던 국가기밀 보호와 명예훼손 문제를 적극적으로 반영해낸 것으로 보인다. 당시 모든 주간지는 이 윤리강령을 준수할 것을 전제로 주륜에 가입한 후에야 비로소 발행이 가능했다.[110] 최소한의 의무 규정이었던 것이다.

발족되고 나서도 한참 뒤, 즉 1967년 3월부터 시무된다. 윤리강령과 함께 윤리위원회 회칙을 정했음에도 심의 작업이 늦어진 것은 윤리위원 구성과 심의 부서 및 조사실 설치 등 업무 집행을 위한 운영기구 설치 준비 때문이었다. 윤리위원회 위원은 2년 임기의 11인(신문인 6인과 비신문인 5인)으로 구성되었고, 윤리위원회의 권한은 강령 및 윤리요강 저촉 여부 판정, 저촉기사에 대한 조사, 피해자의 제소사건에 대한 심의와 조처 등을 관장했으며 제재 조항은 주의, 권고, 경

225~258쪽 참조.

110) 1969년 1월 기준 회원사는 48개였으며, 종교, 교육, 의약, 경제, 지역 등 전문 주간지가 40개로 압도적이었다. 『동아일보』, 1969. 1. 27.

고, 해명, 정정, 취소, 삭제 등이었다.[111] 1개월 이내의 재심의 요청에 대한 결정 (재적위원 2/3의 찬성)도 윤리위원회의 고유 권한이었다. 제소심의 뿐 아니라 사무국 조사실의 직접 조사에 의한 자율심의를 병행했음을 알 수 있다. 1기의 심의 결과를 살펴보면 아래와 같다.

〈표 6〉 주간신문윤리위원회 〈1967~68年度 決定內容〉

	一般綜合週刊誌			專門週刊誌			總計
	提訴審議	自律審議	計	提訴審議	自律審議	計	
注意喚起		17	17		35	35	52
勸 告					11	11	11
警 告	1	73	74	1	13	14	88
訂 正					2	2	2
取 消				4	1	5	5
謝 過				2		2	2
棄 却				2	16	18	18
合 計	1	90	91	9	78	87	178

〈표 7〉 주간신문윤리위원회 〈1968年度 抵觸內容〉

	一般綜合週刊誌	專門週刊誌	計	%
名譽毁損	11	26	37	28
低俗, 猥褻	55		55	40
悖倫, 性犯罪	22	6	28	20
品 格	2	16	18	12
計	90	48	138	100

1967년은 윤리실천강령에 준한 결정이었고, 1968년은 윤리실천요강을 심의 원칙으로 한 결정내용이다. 제소심의보다는 자율심의가 압도적이었으며(94%), 경고 및 주의환기와 같은 경미한 제재가 주종을 이뤘다는 것을 확인할 수 있다 (81%). 경고 내지 권고는 대체로 게재 중지를 권유한 것이기에 자체로는 무거운

---

111) 한국주간신문윤리위원회, 『결정(1~2집)』, 1969.4, 303~317쪽 참조. 초대 윤리위원은 계창업 (변호사, 위원장), 김자환, 곽복산, 심효당, 이덕종, 이성수, 이판개, 조덕송, 정준모, 최대용, 성 승기 등이었으며, 사무국장(최창룡), 심의부장(최영보), 조사부장(이상근)이 있었다.

결정내용이지만 주륜이 게재 중지를 강제할 수 없었기 때문에 구속력이 약할 수밖에 없었다는 점에서 경미한 제재로 볼 수 있다. 또 저촉내용의 정도는 저속외설, 명예훼손, 패륜성 범죄, 품격 순으로 나타나 있는데, 전문주간지는 수도 적거니와 특히 저속외설이 전무했다는 점이 눈에 띤다. 다시 말해 당시 저속화의 주범으로 비판받았던 일반종합주간지, 특히 신문사발행의 주간지가 저속외설의 온상이었다는 사실이 결정사항을 통해서도 확인된다. 결정문을 분석해보면 『주간중앙』이 9건으로 가장 많았고, 『주간한국』・『선데이서울』・『주간경향』이 뒤를 잇는다. 저속외설의 구체적 내용으로는 나체사진(32건), 기사(18건), 만화(5건) 등의 순이었다.[112] 비단 주간지만을 저속외설의 표본으로 간주할 수는 없으나 짧은 기간 동안의 비교적 높은 심의결과에 비추어볼 때, 주간지의 비윤리성이 매우 컸다는 것은 의심의 여지가 없을 듯하다.[113]

문제는 이러한 풍조가 1968년을 고비로 신문사주간지가 족출하는 것과 맞물려 증폭・가속된다는 사실이다. 주간지=옐로저널리즘의 공식이 시대어가 되기에 이른다. 그것은 일본잡지의 모방, 독자 획득을 위한 치열한 경합과 이에 따른 외설적 편집방향의 고착, '읽는 잡지'에서 '보는 잡지'로의 잡지 풍조의 전환에 따른 원색화보 및 화보 분량의 점증[114] 등 주간잡지계 내부의 경영, 제작편집상의 특징에서 오는 필연적인 산물이었다. 그렇지만 통틀어 예술을 위장한 상업주의의 소산이라는 의미 이상의 시대성이 각인되어 있다는 것에 유의할 필요가 있다. 그 외설적 퇴폐풍조의 근원에는 물량적 근대화 내지 경제제일주의를 지나치게 강조해온 부작용[115]과 그 일환으로서 도시중산층의 생활을 지배하는 의식과 지적 풍토가 간여되어 있었던 것이다.

1960년대 한국사회의 특징을 표면적인 고도성장을 지향한 근대화로 이행되는 과도기적 상황으로 파악하고 있는 고영복의 진단에 따르면, 물질적 근대화가 강

---

112) 한국주간신문윤리위원회, 『결정(1~2집)』, 1969.4, 300쪽.

113) 「품위 낮추는 에로화」, 『동아일보』, 1969.3.20. 독자들 대부분 주간지의 저속외설 기사에서 외설의 자극을 받았다는 통계수치를 제시해주고 있다.

114) 김명엽, 「잡지경영론」, 『세대』, 1968.8, 323쪽 참조.

115) 「저속 퇴폐한 풍조의 소탕작전」(사설), 『조선일보』, 1969.6.29.

조된 나머지 사회일반의 의식구조를 기형적으로 이끌어냈고, 특히 자본의 도시 집중과 경제적 중앙집권화에 따른 도시중산층의 이상비대화 및 과잉 소비성향에 바탕을 둔 왜곡된 의식과 지적 풍토가 대중문화의 오도와 사치풍조를 더욱 부채질하여 옐로주간지의 성행을 야기했다는 것이다.[116] 주간지의 옐로저널리즘화에 잠재되어 있는 도시대중의 정치적 무의식을 간파한 것이다. '주간지가 소비문화의 가장 악성적인 면모를 수치심 없이 깔고 있다'는 김현의 분석도[117] 이 같은 주간지의 매스소사이어티(mass society)의 일면을 지적한 것으로 볼 수 있다.

그리고 주륜의 결정 결과는 주륜이 지닌 위상의 양면성을 잘 보여준다고도 할 수 있다. 나름의 구속력을 지닌 면이 있었다. 가령 전문주간지의 경우 대부분 명예훼손 위반이었고 이에 대한 재심의 요청이 한 건도 없었다는 점에서 조정의 긍정적 역할을 발휘했다고 판단할 수 있다. 반면 저속외설의 저촉이 빈번했던 일반주간지의 경우 경고 처분을 받은 문제된 연재분이나 사진이 계속 게재되는 사례가 비일비재한[118] 가운데 주륜이 이를 강제할 권한이 없었던 관계로 외설의 문제를 실질적으로 완화시키는 데는 명백한 한계가 있었다. 외설의 기준에 대한 명백한 법적 기준도 불명확했거니와 일반주간지의 발행주체인 거대 신문자본의 막강한 권력이 버티고 있었기 때문이었다. '주간지의 타락과 함께 신문의 공신력도 손상된다는 점을 알아야 할 발행인 자신의 양식에 호소할 수밖에 없다'는 사무국장(최창룡)의 발언이 이를 잘 뒷받침해준다.

결국 '윤리위만이 일반주간지의 저속화를 방지할 수도 없거니와 윤리위의 강화 없이는 그레샴법칙과 같은 주간지의 악화 현상이 더욱 심해질 것이 물론'[119]이라는 딜레마 상황이 당시 주륜이 처한 실체적 위상이었다. 많은 논자들이 대

---

116) 「지적풍토의 과도기, 근대사회로 넘어가는 한국사회의 진통」, 『경향신문』, 1969.12.20. 그는 표준문화가 없는 상태에서 기존 미국문화와 한일국교정상화를 통해 유입된 일본문화가 중첩돼 주류로 부상한 대중문화를 곧 상층문화로 오인케 했으며 그 결과 1960년대는 서구의 정신문화, 물질문화, 전통적인 한국 행동문화가 서로 융합, 통합, 재창조되지 못하고 어우러져 병존하는 기형적 의식구조와 문화형태를 야기했다고 평가한다.

117) 김현, 「주간지 시비」, 『대학신문』, 1968.10.7.

118) 「지탄받는 에로잡지 규제와 정화의 방향」, 『동아일보』, 1969.6.14.

119) 「저속일로 주간지」, 『동아일보』, 1969.1.27.

안으로 제시한 주륜의 권한 강화를 통한 대응은 현실적으로 무력할 수밖에 없었다. 심의를 압도하는 저속외설의 가속화 앞에 주륜의 무기력이 공론화되고 급기야 해체로 귀결된다(1970.7). 이후 1970년대 주간지는 문화공보부의 종용으로 전문주간지는 신륜의 심의 대상이 되고, 일반주간지는 도서잡지윤리위원회의 심의 대상이 되는 분화를 통해 보다 전문적인 심의를 받게 된다.

민간자율기구 중 마지막으로 발족한 것이 한국도서출판윤리위원회다(1969.3. 이하 '출륜'). 발족까지에는 많은 우여곡절이 있었다. 출륜은 매스컴윤리선언의 여파 속에 대한출판문화협회가 1965년 10월 29일 출판계의 자율정화 조치의 차원에서 출판인들의 행동 지표를 담은 7개 항의 출판윤리강령을 선포하고 그 산하 부서로 기획윤리분과위원회를 둔 데서 출발했다. 당국의 법적 제재 조치에 앞서 출판계의 자율 규제를 통한 악서 추방이 요망된다는 여론에 힘입은 바 컸다.[120] 그러나 1967년 9월 실천요강과 회칙을 채택해 본격적인 활동을 전개할 즈음에 당시 출판행정의 관할 부처인 문교부와 마찰을 빚는다. 즉 덤핑에 대한 출륜의 결정과 사직당국의 결정, 회칙의 비준수사와 출판협회 비가입사에 대한 문제, 5만 종으로 추산되는 간행유통 도서의 심사, 2천여 개나 되는 출판사의 일괄 참여 문제, 위원회의 운영비 염출 등 현안이 원만하게 해결되지 못한 채 곧바로 출판행정이 문화공보부로 이관되면서 자율심의가 시행되지 못했다.[121]

여기에는 출륜의 권한에 대한 갈등 및 출판행정의 변화 등 행정적 문제가 작용한 바 크지만, 이에 못지않게 출판계의 구조적 문제가 관여되어 있었다. 5·16 직후 군정 기간 약 809개의 출판사가 등록 취소된 후에도 등록제에 따른 신흥 군소출판사의 난립과 과잉 경쟁, 전국적 조직과 자본을 가진 신문자본이 잡지 발간을 통해 출판계에 뛰어듦으로써 잡지출판을 겸영했던 기존 출판사들의 도산, 1950년대 후반부터 지속된 전집출판 붐에 따른 중복출판과 저작권 분쟁, 할부 방문판매제의 확대로 야기된 끼워 팔기의 관행과 서점의 유통 능력 마비, 정규시장을 압도한 덤핑시장의 번성 등 도서출판의 생산-유통판매 질서 전반이 마비

---

120) 「출판계에도 윤리위원회를 두라」(사설), 『한국일보』, 1965.5.18.

121) 대한출판문화협회, 『대한출판문화협회50년사』, 1998, 135쪽 참조.

된 지경에 이르렀고,[122] 이 같은 비정상성에 대한 출판계의 자체 통제 능력도 불능 상태에 놓여 있었다.

1967년부터 영업세가 완전 면제되고,[123] 제2차 경제개발계획(1967~71년)의 추진에 기여할 전문서적의 수요가 증가함에 따라 출판 영역의 다양화, 제작 기술 및 판매 방법의 다변화가 시도되는 등 긍정적 변화에도 불구하고 덤핑 출판시장의 영향력에 그 긍정성이 잠식될 정도였다. 덤핑시장의 근절이 없는 한 출판계의 불황·고사가 불가피하다는 것이 당시의 세론이었다. 정상 발행서적들 중 베스트셀러본의 재발행 해적판과 해방 이전 국내판 명작소설의 리바이벌을 위주로 한 덤핑시장은 독자적 판매망과 고정 독자를 확보한 상태에서 정규시장을 압도하는 것[124]은 물론이고 그 출판 전략이 정상출판에까지 영향을 끼치게 된다. 가령 1967년부터 전집물 붐, 월부 붐이 수그러들면서 삼중당을 비롯한 대형 출판자본이 자정 내지 새로운 활로 개척의 차원에서 시도한 문고판 발행은 흥미 중심의 센세이셔널리즘으로서 베스트셀러류의 장점을 십분 살린 덤핑판시장의 아이디어를 차용한 것에 불과했다.[125] 이렇듯 1960년대 출판계는 악서가 양서를 구

---

122) 「서점가 도산 선풍」, 『서울신문』, 1967.8.3. 호화로운 대형전집물 중심의 할부판매 방식으로의 공격적 전환은 출판업계의 매출 규모를 급격하게 증가시켜 출판의 기업화를 촉진하고 출판계의 양적 성장을 이끌어내는 긍정적 결과를 야기했음에도 불구하고 출판사 직영에 의한 시장지배 구조를 형성시킴으로써 자금 회수의 부진 및 경합출판에 따른 부도 빈발, 서점의 상대적 침체, 연고판매의 의존 등 모순과 결함이 매우 많았다. 이중한 외, 『우리출판100년』, 현암사, 2001, 124~125쪽.

123) 1958년부터 출판계가 출판업 육성정책의 하나로 영업세 면제와 소득세 인하를 요구하나 5·16 후 소득세법이 개정되면서 오히려 저자의 인세에 대한 소득세가 부활되고, 이에 세법상 같은 출판물로 규정한 정기간행물에 대한 면세조치에 준하는 조치, 즉 조건부 영업세 면제(공서양속을 해하는 외설 이외의 도서는 모두 면세)를 대안으로 제시한 가운데 정부·국회와 줄다리기를 벌이다가 결국 그 요구가 받아들여져 1966년 말 국회에서 완전면세안이 통과되기에 이른다.

124) 이중한, 「출판계의 8월」, 『신아일보』, 1967.8.8. 문학해적판과는 별도로 문예단체와 출판자본의 제휴에 의한 문학전집 출판이 봇물을 이루며 제2의 문학전집 붐이 인 것도 기억해 둘 필요가 있다. 문인단체 운영을 정부의 보조금에만 의존하던 것에서 벗어나 전집류의 출판을 통해 자체기금을 조성하자는(작가들의 원고료수익 포함) 의도에서 기획된 이 사업은 정음사와 제휴해 『신문학60년대표작가전집』, 『한국단편문학대계』(전12권, 삼성출판사), 『한국전쟁문학전집』(전5권, 휘문출판사), 『한국문학전집』(삼중당과 협약)으로 한국펜클럽이 『오늘의 세계문학』(전12권, 민중서관) 출판으로 구체화된다. 이 기획출판은 이후 더욱 확장되는데, 1950년대 후반 대형 출판자본의 주도로 나타난 문학전집 붐과는 성격이 다른 것이었다. 「기금조성의 발돋움; 출판에 손댄 문학단체」, 『동아일보』, 1969.11.4.

125) 「다시 고개 든 문고판」, 『신아일보』, 1967.7.15. 비교적 정통적인 문학의 고전들이나 사회·인문

축하고 불량·부정 출판물이 판을 치는 비정상성이 구조적으로 정착된 상태였고, 이에 대한 출판행정 당국 및 출륜의 대응 또한 속수무책에 가까웠다.

이 같은 통제 불능 상황 속에 출판 업무를 관장하게 된 문화공보부가 출판문화의 자율적 규제와 불건전한 출판사의 정비를 위해 출판윤리위원회 설치 운영, 불건전한 내용의 출판물에 대한 사전 심사, 불법출판물에 대한 단속 강화를 강력히 천명하고[126] 이에 대해 출륜이 윤리위원회 결정사항에 대한 권위 존중, 출판자유와 규제가 자율적으로 운영되도록 사전조치와 보장책 마련을 요구한 가운데, 그 타협의 과정에서 한국도서출판윤리위원회가 발족될 수 있었던 것이다. 출판윤리실천요강과 회칙 일부를 수정하고 비출판인 6명, 출판인 5명 등 모두 11명의 위원을 선임하면서 심의를 위한 제반 조건을 갖추게 된다.[127] 하지만 공식 업무개시가 늦춰지면서 공전을 거듭한다. 재정 관계, 인원 부족 외에 제소되는 것이 없는 상태에서 자율심의 위주로 심의 활동이 이뤄질 수밖에 없었는데, 문제는 동대문을 무대로 한 출판계 고질의 덤핑 시장, 해적판 시장을 상대로 한 외설 서적 심의가 현실적으로 불가능했으며, 또 외설에 대한 합리적인 심의기준을 정하기가 매우 어려웠기 때문이었다.[128]

한 신문은 자율규제 범위를 넘어 헌법상의 언론출판의 자유에 대한 위축과 국

과학 서적을 대상으로 한 해방 전(정음, 박문문고 등), 해방직후(을유, 정음문고), 1950년대 후반의 전성기(양문, 위성, 박문문고 등) 등 3차례의 문고 붐과는 전연 성질이 다른 것이었다. 따라서 고정 독자 확보와 독자 성장에 도움이 안 될 것이라는 의견이 지배적이었다.

126) 「출판물을 사전 심사; 연내 윤리위 구성」, 『경향신문』, 1968.9.5. 이 같은 강경 기조가 구체화된 첫 작업이 아동만화윤리위원회의 발족이다(1968.8.31). 당시까지 만화업계는 작가와 발행업자가 양립되어 각기 다른 자율심의 기구를 가지고 있었는데, 심의기준이 모호하고 형식적인 절차에 그쳐 불량만화가 범람하고 이의 추방에 대한 사회여론이 대두하기에 이르자 문화공보부가 사전심의제를 근간으로 한 아동만화윤리 확립에 직접 나서게 된 것이다. 이에 대한 당시 여론은 출판의 자유를 위반하지 않는 범위 내에서의 윤리위 설치와 강력한 행정조치 천명에 찬성을 표한 가운데 만화가의 자질 향상, 만화출판업 등록 강화 등의 병행을 주문했다. 「불량만화 추방운동」(사설), 『서울신문』, 1968.8.19.

127) 초대 윤리위원으로는 백철(위원장), 이항녕, 민병기, 장하구, 강주진, 유익형, 정진숙, 황종수, 조상원, 권기주, 최덕교 등이었고, 이경훈(사무국장), 박소리(심의실장)가 실무를 맡았다. 수정된 윤리실천요강은 출판인의 품위 유지, 출판물의 품위 유지, 경합 조정 등 총 12개 항으로 구성되어 있다. 그 전문은 한국도서잡지윤리위원회, 『결정』1집, 1971, 418~419쪽 참조.

128) 「간판조차 못 거는 출판윤리위원회」, 『서울신문』, 1969.5.13. 당시 '동대문시장을 뜯어고치지 못하면 출판윤리위원회는 있으나마나'라는 말이 출판계의 공공연한 사실이었다고 한다.

가간섭을 경계하면서도 미등록 간행물, 불법출판물, 불법 유입된 외국서적에 대한 적발·폐기와 강력한 행정규제가 무엇보다 필요하다는 다소 모순된 주문을 한 바 있다.[129] 출륜의 권능으로는 외설적 불법출판물에 대한 근절이 사실상 불가능하다는 인식이었다. 이 같은 안팎의 우려 속에 출륜은 뚜렷한 가시적 성과를 거두지 못한 채 문화공보부 산하 각종 윤리위원회의 통합 방침에 따라 한국도서잡지윤리위원회로 통폐합되었으며(1970.1), 이후 행정당국의 간섭 비중이 높아진 자율심의가 이루어지게 된다. 도서에 관한 민간 심의가 본격화된 것은 도서잡지윤리위원회의 재발족 때부터다. 1970년대에 심의건수 40,580건, 결정건수 2,322건인데, 주된 심의 대상은 정기간행물(잡지)에 대한 (사후)심의가 9,130건, 도서가 465건으로 조사된다. 도서는 사상·학술도서가 심의 대상에서 배제된 상태였기 때문에 규모가 작았으나 외설도서에 대한 집중적 심의를 통해서 금서가 양산되는 특징이 있다. 도서잡지윤리위원회가 1969~1973년 판매부적절의 이유로 제재를 건의한 국내도서 108종에 대해 유신선포 후 문화공보부가 '불법불량도서목록'(1973.12, 총 152종)을 작성해 시판을 금지시킨 것이 그 시작이었다.

4. 민간자율기구의 제도적 위상과 기능

국가권력과 문화주체들의 대립과 그로 인해 창출된 타협과 소통의 공간에서 각종 윤리위원회가 출현한 맥락과 그 권능에 대해 살펴보았다. 권력과 문화주체 간의 대립만큼이나 타협의 여지도 많았고 그것이 상호 역관계의 변화에 따라 동태적으로 재구성되어 갔으며, 윤리위원회 간에 제도적 위상, 권한, 심의의 성격과 절차 등에 다소간의 차이가 있다는 것을 확인할 수 있었다. 그렇다면 한국 검열사에서 처음으로 등장한 가운데 1960년대적인 시대성을 담지하고 있는 윤리위원회의 존재를 어떻게 평가해야 할 것인가의 문제가 제기된다. 즉 그 제도적 위상과 기능이 무엇인가를 종합적으로 고찰해야 이 연구가 애초에 의도했던 1960년대 검열체제의 재구성이 가능하리라 본다. 저자는 윤리위원회를 민간자

---

129) 「출판계의 자율정화」(사설), 『신아일보』, 1969.1.17.

율기구라고 했고 민간검열기구라고도 했다. 전자는 제도적 위상의 차원이고 후자는 기능적 차원의 규정이었다. 그러면 각 윤리위원회를 민간 '자율'의 검열기구라고 규정할 수 있는가?

윤리위원회의 발족 맥락에서 짐작할 수 있듯이 각 윤리위원회는 언론 및 문화단체의 자율기구였다. 신륜과 한국신문편집인협회, 한국신문발행인협회, 한국통신협회, 한국기자협회, 잡륜과 한국잡지협회, 출륜과 대한출판문화협회, 예륜과 예총을 비롯한 15개 단체, 주륜과 한국주간신문협회 등과 같은 관계이다. 따라서 당시 등록되어 현존했던 모든 공적 단체는 관련 윤리위원회에 가입했다고 볼 수 있다. 미(未)가입 시에는 존립 자체가 불가능하게끔 한 자체 규약 때문이었다. 그로 인해 윤리위원회는 권력과 문화주체 그리고 문화자본들의 상호 이해관계가 경합하는 장으로서의 성격을 지니게 된다.

자율/타율의 판단 기준의 핵심은 자발성에 있다. 즉 문화주체들의 주체적 참여와 설치·운영의 자발성이 존재했는가의 여부다. 전 세계적인 분포를 보이는 신문 관련 자율기구에 대한 비교·분석 연구에 따르면, 정부의 입법조치를 통해 강권적으로 설치·운영했거나 미국의 전국신문평의회처럼 민간 주도라 할지라도 언론인의 자발적 참여 없이 학술연구단체 또는 민간연구단체가 언론의 자유 남용과 그 폐해 시정을 위해 설치·운영한 경우도 타율적 기구로 분류하고 있다.[130] 이 같은 다소 엄격한 기준을 적용하더라도 우리의 신륜은 물론이고 여타 윤리위원회도 분명히 민간자율기구였다고 할 수 있다. 발족과정에서의 자발적·직접적 참여뿐만 아니라 설치·운영의 자율성을 지니고 있었기 때문이다. 시행 보류된 언론윤리위원회법상의 언론심의회와 1980년대 언론기본상(제50조) 언론중재위원회와 같은 관제기구와 분명히 다르며, 1970년대 공연윤리위원회처럼 관련법에 의거해 발족됐던 법정기구와도 본질이 다르다는 것에서도 확인할 수 있는 바다.

다만 방륜처럼 자율기구로 출발했으나 법정기구로 일시 바뀐 경우, 신설된 문

---

130) 엄기형, 앞의 책, 99쪽. 그는 우리 신륜만 지니고 있는 특징으로 윤리기구 설치의 자율성, 위원회 구성의 다양성, 위원회 기능의 특이성, 위원회 권한의 강력성, 재정 운영의 독립성 등을 들었다(160쪽).

화공보부 주도로 재발족된 아동만화윤리위원회와 출륜 및 여기에다 잡륜이 통합돼 곧바로 탄생한 한국도서잡지윤리위원회가 문제될 수 있다. 전자의 방륜의 일시적 법정기구화는 전파의 공공성으로 인한 방송의 법정기구화가 동서양 일반의 보편성이라는 차원에서 이해가 가능하다. 물론 재발족한 뒤 방송법 개정으로 재법정기구화(1973.2) 되는 기간은 법정기구가 아니었다. 후자는 민간심의의 효율화 차원에서 이루어진 것으로 당국의 행정적·재정적 뒷받침을 크게 받는 산하기구가 됨으로써 관 개입의 여지가 이전보다 증대했으나 민간자율의 본질 자체가 변질됐다고 할 수 없다.[131] 앞서 언급했듯이 정부의 재정 지원(보조금) 문제를 자율성의 잣대로 삼는 것은 본말전도의 우를 범할 수 있다. 따라서 적어도 1960년대 윤리위원회의 주조는 민간자율이었으며 당시로서는 세계에서 유례를 찾아볼 수 없는, 심의기능에 중점을 둔 독특한 검열기구였다고 할 수 있다.

그리고 윤리위원회의 기능은 공통적으로 심의에 있었다. 사전 또는 사후 심의의 방식상 차이가 있을지언정 심사와 심의를 위주로 한 검열이 주된 기능이었다. 제소사건, 즉 이해당자들의 분쟁을 조정하는 역할도 부분적으로 수행했지만 자율심의가 주류였다는 것은 앞서 언급한 바 있다. 제소사건도 심의를 통해 조사·조정하는 절차를 밟았기 때문에 심의에 속한다. 법정기구 시기 방륜도 독자의 윤리강령과 실천요강을 갖추고 회칙에 입각한 윤리위원회, 사무국, 심의실, 자료실 등을 자율적으로 구성·운영했다는 점에서 자율검열로 취급해도 무리가 없다. 물론 소관 부처인 공보부에 감독권이 있었으나 검열과정을 전일적으로 관장하지 않았고 또 관장할 수도 없는 시스템을 구비하고 있었다. 법정(法定)이었기에 오히려 방륜의 검열은 법적 구속력을 지니는 장점이 있었다.[132] 유의할 것은 어떤 형태이든지 민간자율기구의 검열은 관권검열에 대한 승인을 전제로 또 문화주체

---

131) 한국도서잡지윤리위원회(1970)는 한국도서잡지주간신문윤리위원회로 명칭 변경(1976.6)→사단법인 한국간행물윤리위원회(1989.8)→청소년보호법에 의거해 법정기구화(1997.7)의 변화를 거쳐 오늘에 이르렀다. 간행물윤리위원회 측에서도 한국도서잡지윤리위원회는 엄연한 민간자율 심의기구였다고 규정하고 있다. 한국간행물윤리위원회, 『간행물윤리30년』, 2000, 18쪽.

132) 방송법 개정으로 인해 방송은 민간자율의 방륜의 일원심의체제에서 삼원심의체제, 즉 기존 방륜에다 법정기구로 탄생한 방송윤리위원회, 각 방송국의 자체 심의실을 통한 사전심의 등으로 검열이 한층 강화된다.

들의 자기검열, 즉 높은 수준의 검열의식 속에서 이루어졌다는 사실이다.[133]

그렇다면 민간검열로서의 윤리위원회 심의가 갖는 본질적 특징과 의의는 무엇인가? 앞서 개관한 각 윤리위원회의 심의 양상을 귀납적으로 종합해 그 핵심을 정리해본다. ①검열 기준이다. 각 윤리위원회의 심의는 자체 설정한 윤리강령 및 윤리실천요강을 기준으로 수행된다. 특히 실천요강이 심의의 준칙으로 기능했다. 자율심의와 제소심의 모두에 적용되었다. 각 윤리위원회마다 다소의 차이는 있으나 대체로 처음 발족된 신륜의 강령 및 실천요강에서 크게 벗어나지 않는다. 15개국의 윤리강령을 참조한 가운데 맨 먼저 제정되었다는 점과 언론자유의 전취 및 자율정화(정확, 공평, 균형, 품위)를 목표로 설정했다는 것이 후발 윤리위원회에 표준으로 작용했다고 볼 수 있다. 심의 기준으로 볼 때 윤리위원회의 검열은 비정치적인 검열 위주였다. '용공적 또는 반국가적 내용'을 요강에 포함시킨 두 곳의 윤리위원회가 있었지만, 심의 결과를 통해 봤을 때 이에 대한 검열을 적극적으로 실시했다고 보기 어렵다. 정략적 필화(환문, 연행, 소환, 구속 등)에 대응 내지 방어를 위한 전략이었을 따름이다.

②검열圈(영역)/검열權(권능) 문제다. 윤리위원회가 필화의 심의권과 영화검열 권한을 양도해줄 것을 관계당국에 여러 차례 요구한 바 있으나 성사되지 못했다. 정치(사상) 검열을 독점함으로써 대사회적 통제력을 극대화시키고자 한 권력이 결코 양보할 리 없었다. 따라서 윤리위원회가 사상검열을 스스로 제한했다기보다는 권력에 의해 제한을 당했다고 보는 것이 적실할 듯싶다. 반면에 비정치적 검열, 이른바 풍속검열에 대해서만큼은 상당한 권한을 할애했다. 언론윤리위원회법 제정을 강행해 이마저도 직접 통제하겠다는 의도를 노골적으로 드러낸 바 있으나, 시행 보류가 되면서 민간자율기구에 위임하게 된다. 정치검열/풍속검열의 이원적 분할구도가 정착된 것이다.

---

133) 일례로 영화 「춘몽」(1965)이 반공법 위반 및 음화제작 혐의로 기소돼 음화제조 혐의로만 3만원의 벌금형을 선고받은 유현목은 일본작 「백일몽」을 영화화할 것을 제의받은 뒤 처음에는 검열 통과가 불가능할 것을 예견하고 고사하다가 영화미학적 실험작으로 「춘몽」을 제작했음을 강조하면서 음란으로 규정한 것에 강한 거부감을 표시한 바 있다. 그러면서 "감독은 스스로의 검열의식이 있다"고 주장했는데, 그의 발언은 당시 문화생산주체들의 검열 의식의 수준을 잘 보여준다. 유현목, 「'예술의 광장'은 좁다」, 『한국일보』, 1967.3.19.

그러나 그 구도는 1969년에 가면 파열된다는 것에 유의해야 한다. 즉 권력이 저속·퇴폐·음란 풍조를 근절하겠다며 1달 이상 집중적 행정단속을 실시함으로써 윤리위원회의 자율검열을 부정하기에 이른 것이다. 내무부, 문화공보부 등 4개 부처 합동 '생활환경 정화계획'이란 범사회정화운동의 일환으로 정기·부정기 간행물, 영화, TV, 라디오 등 모든 미디어에 대한 외설 단속을 대대적으로 벌여 전봉건을 비롯해 15명의 월간지편집자를 구속하고 소설(『서울의 밤』, 「반노」 등), 영화(『내시』, 「벽 속의 여자」 등), 월간지(『아리랑』, 「인기」 등) 등을 외설로 규정해 입건 조치했다. 명분은 '언론출판계의 자율적 음란규제에 기대했으나 소기의 성과가 없으므로 지상 목표인 제2경제과업 수행에 암적 존재인 에로상품과 음란범죄를 엄단·일소해 건전한 사회풍조를 조성'[134]하겠다는 것이었다. 민간자율기구의 검열을 못 믿겠다며 공권력에 의한 직효(直效)를 거두겠다는 것을 명시적으로 밝힌 것이다. 서울대의 에로규탄대회도 일조했다.[135] 문화계는 대체로 원칙에는 찬성하되 독단의 위험성을 경계하며 비평가들의 의견을 존중해줄 것을 요청한다.[136] 그러나 검찰의 입장은 단호했다. 애초에는 예술의 음란성에 대해 '전체적 평가 원칙', '예술성 고려의 원칙', '전문적 의견의 존중 원칙'을 배제하지 않겠다고 천명했다가 '창작물에 있어서도 예술성과 음란성은 양립하는 것으로 음란 부분은 형법의 제재를 받아야 한다'[137]며 입장을 스스로 번복해 더욱 강도 높은 단속을 벌인다.[138]

---

134) 이종원(서울지검 차장검사), 「음란성, 그 기준과 한계-검찰권 발동에 즈음한 몇 가지 의견」, 『조선일보』, 1969.7.13.

135) 서울대생들이 불량만화 및 도서, 영화, 잡지 등 20여 종의 에로물을 분서하고 불매운동을 벌임으로써 대중매체를 통한 외설문제가 재차 공론화되기에 이르고 외설에 대한 당국의 강력한 규제 요구가 일었다. 「지탄받는 에로잡지 규제와 정화의 방향」, 『동아일보』, 1969.6.14. 흥미로운 것은 이 대회가 공화당이 3선 개헌을 계획하게 되자 이에 반대하는 데모의 전초전으로 거행된 것이라는데 있다.

136) 「예술이 다쳐선 안 된다」, 『동아일보』, 1969.7.10. 지식인들이 음란 단속에 찬성한 것은 정치적 표현의 자유는 고급한 것인 반면 성 표현의 자유는 저급한 것이라는 확신 비슷한 것에서 기인된 바 크다. 음란 관련법과 판례에 대해서는 강준만, 『대중매체 법과 윤리』, 인물과사상사, 2009, 제12장 참조.

137) 「외설 단속기간 연장」, 『서울신문』, 1969.7.30.

138) 그렇지만 무분별한 단속에는 한계가 있었다. 영화의 경우, 엄격한 검열기준으로 인해 수출용 영화의 시장경쟁력이 저하됨으로써 당국의 영화수출 진흥책에 지장을 초래했고, 사전심의를 마친

여기에는 다분히 정치적 동기가 작용했다고 볼 수 있다. 국가주의적·권위주의적 동원에 입각한 경제적 근대화의 일정한 성취에도 불구하고 근대성의 다른 차원, 즉 개인의 정치적 자유, 시민사회의 자율성, 절차적 민주주의의 실현을 억압함으로써 빚어진 개발동원체제의 근본적 모순이 3선 개헌을 둘러싸고 폭발하면서 빚어진 위기 국면을 돌파하기 위한 사회·문화통제의 강화책이었다고 볼 수 있다.[139] 어찌 보면 저속·퇴폐 풍조는 경제제일주의의 배타적 강조가 낳은 또는 조장한 산물이었다. 요컨대 윤리위원회의 검열권을 침해한 당국의 외설 단속으로 관권/민간 검열의 분할구도에 균열이 야기됨으로써 양자 간의 관계 조정이 불가피해진다. 권력 우위의 조정의 진통 속에 1970년대 윤리위원회의 법정기구화가 광범하게 추진된 것이다. 법정기구화는 관 주도의 부정적 통제의 전면화를 의미한다. 이는 특히 국가안보를 지배이데올로기로 한 국가비상사태 선언(1971.12.6)→유신헌법 공포→긴급조치 발동의 법·제도적 토대에 기반한 박정희 정권의 권위주의 통치가 극단화 되는 추세에 대응하여 퇴폐, 왜색, 저질 등은 반국가적 요소로서 국민총화를 저해하는 사회 내부의 적이자 명백한 이적 행위로 단죄됨에 따라 더욱 추동되기에 이른다.

③윤리위원회 구성과 운영이다. 이는 각 윤리위원회가 자체로 정한 회칙에 규정을 받는다. 회칙은 대체로 구성의 원칙과 인원 수, 사무국 및 심의 전담부서인 심의실의 업무, 운영의 원칙 등으로 구성되어 있는데, 윤리위원회마다 다소의 차이가 존재한다. 따라서 공통점과 차이점을 변별해내야 하는데, 몇 가지는 일치한다. 첫째, 이중부제소(二重不提訴) 규정이다. 신륜의 경우 '제소인은 제소장에 고소고발 또는 소송을 제소하지 않을 것을 서약하는 문서를 제소와 동시에 제출해야 한다.'(15조1항), 또 '위원회는 제소사건에 있어 사직기관에 입건 중이거나 법원에 소송계류 중의 사건은 접수 처리하지 아니한다.'(16조)로 되어 있다. 이는 동

영화가 검찰에 단속됨으로써 검열당국의 책임이 부각되었으며, 감독들은 '검열에서 가위질 당할 것을 예상하고 엉뚱한 필요 없는 대목을 삽입해 그곳에 가위질을 하게 함으로써 잘릴 만한 곳을 구제하는' 편법이 동원되는 등 부작용이 발생했던 것이다. 「음란이냐 아니냐-끝없는 벗기기 시비」, 『서울신문』, 1969.7.18.

139) 조희연, 앞의 책, 242~249쪽 참조.

일사건의 이중 제소 및 법원과 위원회의 동시 심의를 방지하고 위원회의 결정이 형사고발 또는 민사소송자료로 이용되는 것을 방지하려는데 목적이 있었다. 사법권의 존중이자 윤리위의 고유 권한을 보호하기 위한 최소한의 안전장치였다.

둘째, 재재심의(再再審議) 청구 금지 조항이다. 즉 윤리위원회의 결정에 재심의를 청구할 수 있으나 재심의 결정에 대해서는 거듭 이의를 제기하지 못한다는 규정이다. 이는 민간자율기구의 권위를 보전하기 위한 방편인데, 결정 이행의 지연을 방지하고 이행 의무를 신속히 하도록 하게끔 재심청구 기간을 단축시키는 추세를 보인다(신륜은 한 달→15일).

셋째, 심의실의 상설화이다. 언론파동 후 심의실의 신설과 자율심의의 상보적 관계는 앞서 언급했다. 중요한 것은 심의실은 어느 누구의 간섭, 심지어 윤리위원회의 지시 없이 독자적으로 저촉사항을 조사·심의하는 고유 업무기관이었다는 점이다. 자율심의 주류화 속에서 심의실은 실질적인 검열관이었다. 물론 증거제일주의를 원칙으로 삼았다.

넷째, 독립성의 보전과 밀접한 관련을 지닌 운영자금 문제이다. 대체로 기금, 윤리위원회 참여단체의 출연금, 관의 보조금이 운영자금의 요소였다. 관변자금은 지극히 일부였으며 그것이 윤리위원회의 독립성을 훼손시킬 정도가 아니었다는 점을 다시금 환기해두고자 한다. 다만 잡륜, 출륜과 같이 운영자금 부족으로 그 권능을 제대로 발휘하지 못한 경우도 있었다.

④검열의 효과와 직결된 윤리위원회의 통제력 문제이다. 일단 회칙의 '권한규정'(제재규정)에 의해 형식적 통제력은 확보하고 있었다. 윤리위원회 가입 단서조항으로 강령 및 그 요강의 준수 의무와 그 서약의 매호 게재 의무 그리고 결정사항을 이행할 의무를 명시해 놓았기 때문이다. 특히 의무를 이행하지 않으면 기간단체로부터의 추방 또는 자격 정지의 강제적 제재를 가할 수 있는 권한이 요체였다. 모든 언론문화단체가 윤리위원회에 가입하고 있었다는 사실을 감안하면, 윤리위원회의 통제력은 그 자체로 강력했다고 볼 수 있다. 실질적 측면에서는 결정이 법적 구속력을 지니지 못했기 때문에 제한적일 수밖에 없었다. 실제 결정불이행의 경우도 더러 있었다. 또 방륜과 문화예술윤리위원회 간에 심의 권역의 중복으로 혼란이 야기된 것처럼 윤리위원회의 난립에 따른 심의의 혼선이 결정의 권

위를 약화시키기도 했다. 그러나 추방과 같은 강력한 제재 규정에다 당해사에 결정문 게재 의무를 부과하고, 결정문의 공표 가능 권한을 통해 비판에 노출시킴으로써 관련기관의 공신력을 약화시킬 수 있었다는 점에서 나름의 충분한 강제력이 존재했다고 볼 수 있다.

더욱이 기사가 아닌 창작물의 경우 게재중지 조치는 작품의 생명력을 끊는 것이고, 경고라 하더라도 그것이 게재중지로 이어질 가능성이 높았다는 점에서 가벼운 제재로 보기 어렵다. 방륜이 저속·왜색이 농후한 리스트를 방송국에 전달했던 사례와 같이 제재 결정을 내리지 않았던 경우에도 결정 이상의 효과를 거둘 수 있는 잠재력도 지니고 있었다. 아울러 윤리위원회의 직접적 결정조치와 별도 차원의 효과도 감안해야 한다. 즉 제소사건의 경우 당사자 간의 분쟁으로 갈등과 분열이 야기된 바 있다. 1969년 7월 『사상계』와 『동아일보』 사이에 제소→해명 및 기각→재심청구→기각(재심)으로 이어지는 첨예한 대립이 이를 잘 예시해준다.[140] 관련 주체들의 갈등과 분열, 바로 이 점이 결정조치와 관련 없이 민간검열이 핵심적 본질이 아닐까 한다. 권력이 민간기구의 자율정화를 권장하고 기구의 자율성을 일정 정도 보장해준 의도도 여기에 있었다. 따라서 1960년대 민간자율기구를 국가권력에 포획된 혹은 자발적 복종의 형식적 기구로, 관권검열의 예비심사자로 평가하는 것은 드러난 외적 형식성만을 중시한 피상적 논단에 가깝다.

그런데 민간자율기구의 검열이 갖는 위상과 그 의의에 대한 종합적 판단은 『결정』의 분석이 선행되었을 때 가능하다. 『결정』은 각 윤리위원회가 심의 결과를 주기적으로(통상 1년 단위로) 펴낸 심의백서이다. 공개 자료이다. 자율심의와 재심의인 경우는 〈결정, 주문, 사실, 이유, 참여윤리위원 명단〉의 체제로, 제소심의

---

140) 이 사건은 사상계사가 『동아일보』의 1968.4.11 기사(「탈바꿈하는 잡지계」)에 대해 사실을 왜곡했다며 신륜에 정정, 사과기사 보도 및 공개경고 처분을 요구 내용으로 한 제소를 함으로써 발생한 것으로(제291호), 이에 동아일보사는 『사상계』의 실태 그대로를 논급한 것이며, 장준하와 부완혁의 불화관계, 사상계사 기자의 무원고료 설문조사 등도 사상계의 명예를 위해 보도하지 않았고 사상계사의 항의에 대해서도 기자를 보내 성의 있는 해명을 했다는 해명서를 제출한 상태에서 신륜은 사실 왜곡이나 불공정한 논평이 아니라며 기각 결정을 내렸다. 사상계사가 이에 불복해 5가지 이유를 근거로 재심을 청구했으나(재심 제17호), 신륜이 또 다시 5가지 모두 이의 없다며 기각으로 결정을 내린다. 재재심청구가 불가능했기 때문에 기각으로 최종 마무리된 것이다. 한국신문윤리위원회, 『결정(9집)』, 1970.3, 53~60쪽 및 195~197쪽.

인 경우에는 〈제소인(인적사항), 피소인(인적사항), 주문, 사실, 이유, 참여윤리위원 명단, 제소장(청구의 요지, 제소이유, 증빙방법, 증거자료들), 피소인 답변서, 윤리위자체 조사보고서〉의 형식으로 되어 있다. 따라서 『결정』은 민간검열의 실상을 총체적으로 보여주는 자료적 가치가 있다. 적어도 각 윤리위원회별 심의의 방식(제소심의/자율심의/재심의)과 대표성 있는 결정을 조합해 표본을 추출·분석하고, 이 결과를 1960년대 전체 차원에서 수렴해 검토하는 작업이 필요하다.

다른 한편 민간자율기구의 검열이 1990년대, 적어도 1997년 4월 공연윤리위원회가 폐지되는 시점까지 연장·변형되어 장기 지속되었다는 점을 고려할 때, 『결정』을 비롯한 심의 자료들을 망라해 총체적으로 분석·고찰하는 연구의 필요성이 더 커진다.[141] 그랬을 때 세계적으로 유례를 찾아보기 어려운 한국 특유의 검열기구이자 박정희체제 최대 검열유산인 민간자율기구의 위상과 그 기능에 대한 진상이 제대로 밝혀질 수 있을 것이다. 다만 이 연구에서는 민간자율기구의 검열과 문학의 관계를 통해 민간검열이 지닌 효과의 일단을 살펴보는 것으로 대신하고자 한다.

5. 민간검열과 문학

신륜이 신문(연재)소설을 심의 대상으로 채택하는 맥락 및 심의 결과와 주륜의 「有醫村」에 대한 결정(경고처분)이 야기한 파장, 이 두 가지 실례를 통해 1960년대 민간검열이 문학에 끼친 영향을 조감해본다. 일간신문의 연재소설에 대한 심의론이 대두되면서 신륜은 1965년 9월부터 심의 기준을 마련하고 이후 3차례의 간담회를 거쳐 1967년 3월 마침내 심의 규제하기로 결정한다(삽화 포함).

그 과정은 자율규제의 현실론과 창작의 자유라는 원칙론이 충돌하면서 지난했다. 권력과 문학의 대립이 아닌 문화주체들 내부의 분열적 대립이라는 새로운 국면이 조성된 것이다. 1차 간담회(1965.11.27.)에서는 신륜 측(최석채, 민재정, 김중

---

141) 이에 대한 접근으로 이봉범, 「1980년대 검열과 제도적 민주화」(『구보학보』20, 구보학회, 2018), 「유신체제와 검열, 검열체제 재편의 동력과 민간자율기구의 존재방식」(『한국학연구』64, 인하대 한국학연구소, 2022)을 참조할 것.

한, 정충량)은 당시 연재 중이던 『계룡산』, 『현부인』, 『구름에의 架橋』, 『다시 어둠 속에』 등의 저속성을 근거로 프라이버시 침해, 성 장면 묘사의 지나친 저속성이 야기될 경우 심의해야 하며 소설 외에 기명된 비평, 수필, 기행문, 보고문까지 포함시켜야 한다는 주장을 편 데 반해 초청자들(강원룡, 백철, 마해송, 조기홍, 박인호, 홍사중, 권순영) 중 작가들은 창작활동의 침해로 불가하다는 논리를 폈다. 심의해야 한다는 당위론이 지배적이었다.[142] 여론의 동향도 마찬가지여서 신륜이 적극적으로 개입해 근절시켜야 한다는 방향으로 전개된다.[143]

문제는 신륜 측이 이미 종교단체 비방, 실명소설에서의 타인의 프라이버시 침해, 정상성을 상실한 성 묘사, 존속 직계의 상간 또는 윤간, 미풍양속 파괴 등 9개 항목으로 구성된 심의 기준을 마련해 놓았다는 점이다. 어찌 보면 간담회는 요식 절차에 불과했다. 박종화, 김팔봉, 박화성, 황순원, 장용학, 선우휘, 최정희, 정비석, 정연희, 남정현 등이 초청된 2차 간담회(1965.12.11)에서는 작가들이 여전히 심의불가론을 고수했으나, 심의 규제하되 작가보다는 신문사 측에 책임을 물어야 한다는 타협적 결론으로 귀결되었다.[144] 이에 신문제작의 실무자들을 초청해 개최된 3차 간담회(1966.3.26)에서는 심의하되 6개월 간 연구기간을 두고 조사 검토한 뒤 그 여부를 최종 결정짓자는 것으로 의견이 수렴된 후 1967년 3월부터 정식 심의 대상으로 포함되기에 이른다. 이로써 신문소설은 최초로 민간 자율기구의 심의를 받게 되었고, 그것은 이후로도 오랜 기간 계속되었다.

1960년대 신문소설은 '문학의 대표자의 지위를 가지고 독자 위에 군림했으며 일반독자들에게도 신문소설은 문학의 대표적인 이미지로 연상'[145]될 만큼 막강한 영향력을 지니고 있었다. 문화주의를 매개로 한 신문과 문학의 숙명적 혈연관계가 해체되면서 신문자본의 상업주의 기조의 품 안에서 제2의 전성기를 맞이했던

---

142) 「신문소설 심의론에 이견」, 『서울신문』, 1965.11.30.

143) 「신문소설의 자율규제」(사설), 『동아일보』, 1965.12.1. 『동아일보』는 단행본과 달리 신문소설이 지닌 특성, 즉 독자층의 규모와 범위의 광대함, 모든 계층의 강한 접근성, 부분적 추악함도 전체의 일부로 평가할 수밖에 없는 점을 들어 규제의 필요성을 강조했다.

144) 「신문소설도 훌륭한 창작」, 『서울신문』, 1965.12.14.

145) 유종호, 「신문소설의 공과―그 생태와 금후를 위한 노오트」, 『동아일보』, 1961.9.26.

신문소설의 대세[146]는 1960년대에 들어 더욱 확장된 것이다. 중앙 5대일간지에 약 97편의 장편이 연재되었고 모든 신문에 1일 평균 2~3편이 동시 연재되는 수준이었다.[147] 문제는 시장성(상업성)에 대한 적극적 고려가 불가피한 신문소설의 근본적 제약성에다 신문자본의 치열한 경쟁구도가 이를 더욱 조장하면서 신문소설은 저속의 대명사로 인식·각인되었다는데 있다. '국민전체를 타락케 하는 음란한 신문소설이야말로 적군과 간첩 이상의 엄연하고 악랄한 적'[148]이라는 극단론까지 제기된다. 모럴의 문제만으로 신문소설을 인식하는 지식인들의 일방적인 접근 태도, 즉 '예술의 숭고성을 내세우는 나머지 이를 목적으로 하지 않는 경향까지 표현의 자유라는 구실 밑에 사회에 악영향을 준다고 비난'하는 편협한 인식에 대한 문제제기가 없지 않았지만,[149] 지식인들의 관습화된 이 같은 태도는 신문소설 고유의 오락적 기능까지도 저속으로 몰아가는 형국이었다.

실상 당시 음란과 음란 아닌 것의 명확한 구분 기준도 없었으며 사법적 판례에서조차 절대적이고 구체적인 기준이 없었다. 더욱이 음란물과 사회적 폐해 사이에 인과관계가 존재하는지 여부도 불명확했다. 그런 상황임에도 사회일반과 지식인 그리고 문단 내부의 일부 인사까지 가세해 신문소설=저속의 공식하에 신문소설은 당국의 통제 위협과 신륜의 심의라는 이중적 규제에 묶이게 된 것이다.

연재소설에 대한 신륜의 결정은 소설은 1967년 8월 30일 방기환의 「端宗逆亂」(『매일신문』 연재) 478회분 공개경고, 삽화는 1967년 7월 19일 유호의 「잘 아실텐데」(『서울신문』 연재) 164회분 공개경고로 시작해 이후 주의환기, 비공개·공개 경고처분 위주로 점증해 품격 위반만 1970년대에 233건의 결정이 있었다.[150] 프라

---

146) 이봉범, 「1950년대 신문저널리즘과 문학」, 『반교어문학연구』29, 반교어문학회, 2010, 275~291쪽.

147) 중편을 제외하더라도 『서울신문』 16편, 『조선일보』 19편, 『동아일보』 22편, 『경향신문』 20편, 『한국일보』 20편의 장편이 연재되었으며, 지방지도 마찬가지여서 『대구매일』 19편, 『부산일보』 20편, 『국제신문』 21편, 『광주일보』 18편, 『전북일보』 11편 등 중앙지에 버금가는 규모였다.

148) 김문룡, 「신문소설에 할 말이 있다」, 『경향신문』, 1966.6.13. 그는 신문자본의 상업성과 이에 굴복해 어용화된 작가들의 의식에 근본 원인이 있다고 보았다.

149) 이만갑, 「신문소설에 관한 소견-매혹의 마취제 아니다」, 『서울신문』, 1965.4.6.

150) 제재 대상이 된 작가 작품과 문제된 부분에 대해서는 장백일, 『외설이냐 예술이냐』, 지목, 1979, 141~238쪽 참조. 『도시의 사냥꾼』(최인호), 『초토』(조선작), 『사계의 후조』(천승세), 『바람과 구

638 전향. 순수. 전후. 참여—대한민국 문학의 형성과 매체

이버시 침해·명예훼손과 삽화까지 포함하면 그 숫자는 엄청 늘어난다. 심의 대상이 되었지만 미결정된 경우는 이보다 더 많았다. 그 수효 자체보다도 중요한 것은 민간자율기구/신문자본·작가(삽화가)의 갈등관계가 정착되었다는데 있다. 이전까지의 권력/문학의 대립과는 전혀 다른 대립구도가 조성된 것이다. 문학에 대한 감시와 통제가 다원화됨으로써 창작 자유의 제한은 물론이고 문학의 존립 기반 자체가 그만큼 협소해질 수밖에 없었다. 순수/통속의 이원적 대립 인식이 더욱 완고해진 것은 두말할 나위가 없다.

「有醫村」사건은 이 같은 파생 효과를 잘 보여준다. 이 사건의 발단은『주간한국』에 연재 중이던「유의촌」(정을병)의 1968년 6월 16일 및 30일 자 내용에 대해 이용우 외 59인이 의료인의 명예훼손 등 5가지 이유로 주륜에 제소하면서부터다. 이에 주륜이 문제가 된 부분의 저속성만을 인정해 실천요강의 '독립성'장 제3항 위반 혐의로 경고처분을 내림과 동시에 발행기관에 차후로 여사한 표현을 지면에 반영하지 말 것을 경고하는 처분을 내린다(제13호 제소).[151] 문제는 이 결정 직후『주간한국』이 작가의 사전 양해 없이 연재를 중단하고, 서울시의사회가 작가의 해직을 대한가족협회에 요청함으로써 사회적·문단적 쟁점으로 부각되기에 이른다. 한국문인협회는 '작가의 창작의 자유를 침해한 횡포'라며 시정을 촉구하는 성명서를 발표하고 대책위원회를 구성해『주간한국』과 대한가족협회를 항의 방문하기에 이른다.

이 사건은 '소재의 자유 없이' 어떻게 작가의 창작활동이 가능하냐는, 당시 문학이 직면한 심각한 풍토를 적나라하게 드러내주었다. 1960년대 초에는 정비석의『혁명전야』연재중단 사태, 손창섭의『부부』에 대한 기독교단체 부인들의 위협과 같이 등장인물과 관련된 직업 또는 계층의 압력과 반발이 더러 있었는데, 그

름과 碑』(이병주),『장길산』(황석영),『사랑하는 소리』(남정현),『밤의 찬가』(한수산),『비극은 있다』(홍성유) 등 당시 중요 신문연재소설이 포함된 바 있다.

151) 한국주간신문윤리위원회,『결정1~2집』, 1969. 4, 101~106쪽. '조사보고'에서 작가는 의약계 전문지에 4~5년 근무한 경험에 비추어 의사들의 부패만큼은 용납할 수 없었다며 국민의 장래를 위해 이를 시정하기 위한 글을 쓸 수밖에 없었다고 주장했으며,『주간한국』편집장(김성우)은 '소설의 테마를 설정함에 있어 직업인을 대상으로 작품을 발표할 때마다 이러한 부당한 압력이 가해진다면 앞으로 무직자를 대상으로 하는 글을 게재할 수밖에 없다'며 불만을 제기했다.

것이 민간자율기구의 심의가 본격적으로 이루어지는 것과 동시에 각종 압력단체의 제소가 사태를 이루게 된다. 명예훼손과 언론자유의 상관성에 대한 논란이 지속되는 상태에서 모든 윤리위원회가 명예훼손 및 프라이버시 침해를 심의 기준으로 설정한 결과였다. 한 신문은 '등장인물을 모조리 성인군자로 그려내거나 『동물농장』처럼 동물만을 등장시키거나 아니면 압력단체의 요구에 따라 멋대로 소설을 고쳐 쓰는 신축성을 가져야만 할 것'이라고 당시의 사태를 꼬집은 바 있다.[152] 이데올로기적 제약과는 별도의 차원에서 소재의 자유를 제한받게 됨으로써 창작의 자유가 중대한 위협을 맞게 된 것이다.

이 사건은 여기에 그치지 않고 작가와 평론가 사이의 에로티시즘 논쟁으로 비화된다. 이어령이 『유의촌』이 미학이 없는 에로티시즘에 불과한 것으로 문학의 범주에 넣을 수 없다'고 비판하고 이에 정을병이 망발이라며 오히려 이어령의 문학이 내시문학이라고 역공을 가함으로써[153] 문인들의 분열상이 노정되기에 이른다.[154] 이렇듯 민간검열의 상시화는 관 검열 이상의 가시적·비가시적 효력을 발휘하는 가운데 당대 문학의 존재방식에 깊숙이 관여했던 것이다. 1960년대 후반의 (소설)문학은 관권검열, 신문사(자본)의 검열, 윤리위원회의 민간검열, 작가의 자기검열 등 몇 겹의 칼날을 통과해야만 독자와 만날 수 있었다. 당시 검열체제의 작동으로 보면 문학예술은 불온과 외설의 '서로 소(coprime)'의 지대에서 합법

---

152) 「소재에 관련된 창작의 자유」, 『서울신문』, 1968.7.23. 「유의촌」사건과 같은 시기에 『終章』(최미나)의 드라마화를 법조기자들이 명예훼손으로 소송을 제기했으며, 역사소설 상당수가 '조상을 모독했다'는 후손들의 항의에 시달려야만 했다.

153) 「에로티시즘의 논쟁」, 『경향신문』, 1969.4.5. 이어령의 비판은 YMCA 주최 시민토론회('주간지의 에로티시즘')에서 주간지의 저속화는 현대사회의 메커니즘의 반영으로 자연발생적이며 한 번은 겪어야 하는 홍역이라며 나름 주간지의 긍정성을 언급하는 가운데 나온 것이었다. 또 다른 발표자였던 최창룡(주륜 사무국장)은 주간지에 연재되는 작품들은 문학의 이름 아래 추잡한 외설로 일관해 현실도피를 조장하고 건전한 사회건설의 암적 존재로 비판했다. 『신아일보』, 1969.3.20.

154) 그 면모는 박승훈이 외설혐의로 유죄판결(우리 문학사 최초의 외설혐의 유죄판결)을 받은 뒤 문인들의 서로 다른 입장 표명에서도 나타난다. 검찰의 개입이 창작활동에 심리적인 제약을 가할 것이라는 공통된 우려에도 불구하고 '작품의 표현방법이 졸렬하고 유치했다'(박종화), '출륜이 자기의 직분을 다하지 못한 결과로 심의의 강화가 필요하다'(김동리) 등 다소 이율배반적인 입장이 제기된 바 있다. 「자갈물린 문학」, 『경향신문』, 1969.12.17.

적 소통이 가능한 영역으로 축소·제약된 상태였다고 할 수 있다.[155]

민간자율기구의 검열은 텍스트에 칼날을 들이대는 것보다는 문화주체들을 피검열자에서 검열자로 전이시키면서 문화계 내부의 분화가 촉진되고 그로 인한 지속적인 분열과 갈등을 야기한 것에 더 큰 효력을 발휘했다. 그런 면에서 박정희 정권이 거둔 검열정책의 중요한 성과 목록의 하나라고 할 수 있다. 결과적으로 민간자율기구의 존재와 운영은 그 자체로 뛰어난 검열기예였던 셈이다.

---

155) 이에 대해서는 이봉범, 「불온과 외설―1960년대 문학예술의 존재방식」, 『반교어문연구』36, 반교어문학회, 2014, 464~478쪽. 1965년 8월 구상의 희곡 〈수치〉의 공연금지 사건은 이를 잘 보여주는 사례다. 드라마센터에서 공연 예정이던 〈수치〉가 당국에 의해 돌연 공연보류 조치로 상연이 중지되는데, 대본을 심사한 서울시가 밝힌 이유는 내용 가운데 "북괴를 찬양한 반국가적 언사와 작중인물 대한민국의 경찰관으로서 불순하고 상식 밖의 언사를 묘사하고 있는 대목을 발견, 곧 경찰과 중앙정보부 등에 조회한 결과 '검토의 여지가 있다'는 결론을 얻어 상연을 보류시켰다"는 것이다(『동아일보』, 1965.3.8.). 5·16 후 연극이 공연 중지된 첫 사례였다. 대사 일부(순경이 여공비의 도피를 권유하는 내용 등)를 수정한 후 대본심사에 통과함으로써 무대화가 이루어졌으나(이원경 연출, 1965.4.1~4), 반공산주의적인 내용이 불온으로 동시에 경찰대원의 언사가 외설로 취급되어 이적의 판단을 받은 것을 통해서 당시 불온과 외설검열이 텍스트의 어느 지점에까지 미치고 있었는가를 확인해준다.

12

불온성, 대중교양 그리고 문학−1960년대 복간 『신동아』론

1. 동아일보사 『신동아』의 복간

1964년 9월 월간종합지 『신동아』가 이른바 '일장기말소사건'으로 정간을 당한 지 28년 만에 정식 복간(復刊)된다. 널리 알려졌다시피 베를린올림픽 마라톤에서 세계신기록으로 우승한 손기정의 사진을 게재하면서 유니폼의 가슴에 달린 일본 국기 표식을 가필말소(加筆抹消)한 일장기말소사건은 일제말기 최대 필화사건으로 기록될 만큼 민간언론들의 정간사태를 야기했다.

이 사건으로 동아일보사는 『동아일보』가 제4차 무기정간 처분을 당했고 (1936.8.26) 자매지 『신동아』가 통권 59호(1931.11~1936.9)로, 『신가정』이 통권 45 호(1933.1~1936.9)로 각각 정간처분을 받았으며,[1] 조선중앙일보사도 『조선중앙일 보』가 무기 정간되고 자매지 『중앙』이 정간된 바 있다. 이후 『동아일보』가 정간이 해제된 뒤 279일 만에 속간된(1937.6.3) 것을 제외하고는 모두 속간되지 못한 채 폐간되고 만다. 『신동아』와 『신가정』의 경우는 속간을 기획했으나 곧바로 중일전 쟁이 발발하면서 일제의 탄압이 극심해짐에 따라 속간을 포기하고 자체 폐간했 다.[2] 출판법의 적용에 따른 이중검열(사전 원고검열 및 조판검열), 실제로는 조판된

---

1) 정간처분과 함께 『동아일보』는 사회부장 현진건, 편집자 장용서·임병철, 사진과장 신낙균, 사진 부의 백운선·서영호, 운동부 이길용, 전속화가 이상범 등이 연행되었고, 『신동아』에서는 편집부 장 최승만이 구속되고 편집 겸 발행인 양원모가 연행되었다가 '문화기관(언론계)에 종사하지 않는 다'는 서약서를 쓰고 40여 일만에 풀려난다. 이에 대해서는 「옛 『신동아』 시절」(좌담회), 『신동아』, 1964.9, 466쪽 참조.

2) 전영경, 「『신동아』誌의 沿革」, 『신동아』, 1964.9, 457쪽. 속간의 자발적 중단은 시국의 급변과 더불 어 총독부와 동아일보사 간의 타협에 의한 결과라는 혐의가 짙다. 처음 일장기를 말소해 보도한 것 은 『조선중앙일보』였다(1936.8.13. 조간 4면). 체육부기자 유해붕이 일본의 『요미우리신문(讀賣新 聞)』이 보내준 손기정 사진에서 일장기를 말소하여 게재한 것으로, 총독부 검열당국의 눈에 띄지

교정쇄검열 위주의 탄압[3] 속에서도 "朝鮮民族의 前途의 大經綸을 提示하는 展覽會요 討議場이요 養成所"(창간사)를 사명으로 민족·사회의 공기(公器)를 자임한 가운데 내용과 편집체제의 혁신을 통해 한국잡지사의 새로운 차원을 개척했던『신동아』가 오랜 공백 끝에 복간된다는 것은 그 자체로 큰 이슈가 되기에 충분했다.

그런데『신동아』의 복간은 한국잡지사의 차원에서 몇 가지 중요한 의의를 지닌다. 첫째, 신문(사)잡지의 복원과 함께 제2의 신문잡지 시대를 견인해내는 선구적인 역할을 한다. 구『신동아』가 1930년대 신문잡지 시대를 이끌어낸 것에 방불한 것이었다. 구『신동아』의 출현은 한국잡지사에서 최초로 근대적인 잡지경영의 가능성을 개척함으로써 이후 신문잡지가 문화적 근대화운동의 거점기관으로 부상하는 결정적인 계기가 된다. 그것은 무엇보다 신문잡지 고유의 이점, 즉 거대 신문자본의 뒷받침 속에 당시 잡지경영의 최대 난관이었던 재정난, 원고난(필자난)에서 비교적 자유로울 수 있었고, 모지(母紙)를 통한 광고·선전 및 이미 구축된 판매망을 적극적으로 활용한 판로 개척의 유리함 등으로 잡지발간의 안정적인 재생산이 가능했기 때문이다.[4]

더욱이 이로부터 파생된 가격경쟁력(『신동아』는 지속적 증면에도 불구하고 시종 30

않아 별 문제 없이 넘어갔으나 8월 24일(석간 2면)『동아일보』가 다시 일장기가 지워진 손기정의 사진을 게재한 뒤(주간 아사히스포츠에 게재된 사진을 이용) 일장기 말소사건이 발생했던 것이다. 위기봉은 사건 관련자들이 경기도 경찰부로 연행된 뒤 33일 만에 모두 재판 없이 풀려난 것과 무기 정간 처분 후 십여 명의 사원을 해직시키는 조건으로 9개월 만에 정간이 해제된 사실에 주목하여 좀 더 이용가치가 있는 동아일보를 살려두기 위한 미나미(南次郞) 총독의 계략으로 평가한 가운데 동아일보사가 이 사건을 거사적(擧社的)인 항일투쟁으로 주장하는 것은 왜곡이라고 비판한 바 있다. 일장기 말소사건의 진상에 대해서는 위기봉,『다시 쓰는 동아일보사』, 녹진, 1991, 164~179쪽 참고.

3) 출판법의 적용과 교정쇄검열 위주의 검열이 시행됨으로써『신동아』는 약간의 원고게재 금지와 압수, 부분적인 삭제를 제외하고는 시종 결호가 없었다. 게재금지를 당한 것은 이광수의「新三災八難과 新三頭八爪鷹」외 3편(1932.3), 신기언의「上海大戰揷話」외 1편(1932.4), 김동인의 소설「雜草」외 2편(1932.6) 등 총 9편이다. 1933년 9월부터 잡지에 대한 총독부의 검열이 대부분 교정쇄검열로 이루어졌기 때문에 그 이후로는 여타 잡지와 마찬가지로 공식적인 게재금지 조치가 거의 없었다고 볼 수 있다.

4) 김근수,『한국잡지사』, 청록출판사, 1980, 181쪽, 백순재,「잡지를 통해본 일제시대의 근대화운동⑥-비판없는 비판시대」,『신동아』, 1966.6, 362~375쪽, 하동호,「한국종합지60년사」,『세대』, 1968.2, 411~414쪽 참조.

전의 파격적인 정가를 고수했다)과 망라주의 편집체제는 타 잡지와의 압도적 비교 우위를 쥘 수 있었다. 이 같은 비교 우위를 배경으로 한 『신동아』가 등장해 대중적·상업적 성공을 거둠으로써 이전, 즉 1920년대까지 개인 및 특정집단의 주의주장에 치우쳤던 잡지들이 대거 소멸하는 동시에 타 신문잡지의 발간을 촉발시켰다. 전자는 1920년대 잡지계를 주도했던 '개벽사'의 여러 잡지들, 이를테면 『혜성』의 종간(1932.4 통권 13호)과 그 후신인 『第一線』의 폐간(1931.5~1933.3 통권 11호), 『婦人』의 후신인 『新女性』의 종간(1923.9/1931.1속간~1934.4 통권 38호) 등에서 그 일단을 확인해볼 수 있다. 물론 이들 잡지의 폐간은 만주사변 후 더욱 가혹해진 일제의 민족운동에 대한 탄압이 주된 이유였으나 신문잡지의 경쟁력을 견디지 못한 것도 이에 못지않게 작용했을 것으로 보인다. 동시기 사회주의 노선을 지향한 『비판』(1931.5~1940.3 통권 114호)이 비교적 긴 수명을 이어갔으나 대중적 영향력은 『신동아』를 비롯한 신문잡지에 미치지 못했다.

후자는 민간신문들 간의 경쟁 관계로 인해 더욱 촉진되는데, 동아일보사가 『신동아』에 이어 여성교양·계몽을 표방한 『신가정』을 창간해(1933.1) 종합지의 영역을 확장해가자 여운형체제하 조선중앙일보사가 『중앙』(1933.11), 『소년중앙』(1935.1)을, 그 뒤를 이어 조선일보사가 『조광』(1935.11), 『여성』(1936.6), 『소년』(1939.10) 등을 잇달아 창간하면서 일간지에서뿐만 아니라 종합지, 특정 목표독자층을 겨냥한 특수지에서도 3대 민간신문자본의 경쟁 구도가 새롭게 정착되기에 이른다. 총독부어용지 매일신보조차 『월간매신』(1934.2~1935.2)을 발간해 이 경쟁에 뛰어든 바 있다.

여기에는 『신동아』의 성공에 자극을 받은 것과 더불어 극도로 축소된 합법적 민족운동 공간에서 농민야학, 귀농운동, 『조선일보』의 문자보급운동과 『동아일보』의 브나로드운동, 기독교회의 계몽활동 등 주로 민중의 문화 향상이나 생활개선에 치중한 일체의 민족개량주의운동조차 금지되는 국면에서 시사성을 매개로 민족주의 사상의 생산·전파를 종합지를 통해 추구하고자 했던 민간언론의 방어적 전략이 작용했다고 볼 수 있다. 이 같은 경쟁 구도와 그에 따른 상호 차별화된 매체전략이 수반되면서 종합지의 외연 확장을 바탕으로 한 신문잡지 중심의

종합지전성시대가 도래한 것이다.[5]

하지만 일장기말소사건으로 상당수의 신문잡지가 폐간되고 더욱이 1940년 8월 양대 민간지가 발행 금지되면서『조광』(1935.11~1945.6 통권 113호)만이 신문잡지의 명맥을 이어간다. 이러한 흐름 속에서 일제말기 조선학과 고전부흥운동의 성과를 적극적으로 수렴해 교양을 갖춘 전문독자를 견인해내는 한편 신문매체 및 신문잡지와의 차별화된 문학주의 원칙의 엄격성을 바탕으로 문화제도권 내에서 배타적인 권위와 영향력을 지녔던 순문예지『문장』(1939.2~1941.4, 통권 26호)도 강제 폐간이 비운을 맞는다.[6] 지성주의를 표방하며 전체주의적 세계질서에 대응하고자 했던『인문평론』(1939.10~1941.4, 통권 16호) 또한 폐간되고 곧바로 일본어 문학 출판 및 조선문인협회(조선문학보국회)의 기관지『국민문학』발간으로 전신함으로써 일제말기는『조광』과 내선일체의 실천 강화를 노골적으로 표방한 프로파간다용 일본어종합지(『동양지광』,『신세기』등)만이 존재했다.

그렇다고『신동아』복간 이전까지 신문잡지의 명맥이 끊긴 것은 아니었다. 해방직후 서울신문사 발행『신천지』(1946.2~1954.10 통권 68호)가 신문잡지의 전통을 계승한 가운데 진보적 민주주의노선에 입각해 당대 사상사적·문화사적 분위기와 담론을 능동적으로 수렴·확산해내면서 오피니언리더로서의 역할을 수행한 바 있다. 그 외에『조광』이 좌파적 색채로 변신을 꾀하면서 복간호(1946.3)와 중간(重刊)호(1948.6)를 단속적으로 발간한 가운데 1949년 5월까지 발행된 바 있지만

---

5) 1930년데 신문(사)잡지들에 대한 본격적인 연구는 최수일에 의해 수행되었다. 최수일,「잡지『조광』을 통해 본 '광고'의 위상변화—광고는 어떻게 '지(知)'가 되었나」(『상허학보』32, 상허학회, 2011),「『조광』에 대한 서지적 고찰—종간, 복간, 중간의 문제를 중심으로」(『민족문학사연구』49, 민족문학사학회, 2012),「1930년대 미디어 검열에 대한 독법(讀法)의 문제」(『민족문학사연구』51, 민족문학사학회, 2013),「잡지『조광』의 목차, 독법, 세계관」(『상허학보』40, 상허학회, 2014),「1930년대 잡지편집과 문학 독법—창간『신동아』론」(『민족문학사연구』60, 민족문학사학회, 2016),「『신동아』와 기획문학」(『반교어문연구』52, 반교어문학회, 2019),「잡지『신동아』와 검열의 역학」(『한국학연구』57, 인하대 한국학연구소, 2020) 등이 있다. 1930년대 잡지 연구는 제시한 최수일의 연구들을 바탕에 두고 진행되어야 한다는 판단이다.

6) 순문예지『문장』의 문학주의 원칙과 그 재생산시스템에 대해서는 이봉범,「잡지『문장』의 성격과 위상」(『반교어문연구』22, 반교어문학회, 2007) 참조. 기존 문학사 서술에서『문장』은 "유일한 문학적 민족적 燈臺"(조연현,『한국현대문학사』, 성문각, 1993, 588쪽), "우리문학의 埠頭僑"(이병기·백철,『국문학전사(중판)』, 신구문화사, 1993, 442쪽)로 각각 평가된 바 있다.

당대 미디어 공간에서의 위상과 그 역할은 미미했다.[7] 또 경향신문사가『신경향』 (1949.12~1950.6)과 『부인경향』(1950.1~6)을 발간해 매체영향력의 확대를 도모했 으나 한국전쟁으로 발행이 중단되었고 전시에『신경향』의 속간을 시도했으나 끝 내 좌절되고 만다.『신천지』가 장기간 지속된 것은 신문잡지 특유의 물적 배경(특 히 매일신보사의 유산)에 의해 가능했던 것인데, 다만 종합지로서의 권위와 영향력 에 뚜렷한 족적을 남긴 것은 잡지자본 및 편집주체가 문총 소속의 보수우익에 장 악되기 이전, 즉 1949년 8월 이전까지 민족 중심, 민중 중심의 편집노선을 지향 한 기간이었다. 그 이후로는 냉전적 반공주의를 즉자적으로 반영한 보수우익의 대변지 내지 정부기관지로 기능하는데 불과했다. 그 극적 전환은 서울신문사가 정부소유로 편입되는 과정에 대응된 결과로 신문잡지가 지닌 태생적 운명이기도 하다. 이후 1930년대 신문잡지시대를 주도했던 신문자본은 모지(일간신문) 발행 에 총력을 기울여야할 정도로 경영상태가 열악한 형편이었다.

출혈 경쟁에 따른 적자 누적과 근대화 추세로 전환되는 사회문화적 흐름에 뒤 쳐진 기존 잡지들, 특히 종합지에 대한 대중독자의 피로가 누적된 시점에『신동 아』가 드디어 복간되어 제2의 신문잡지시대의 서막을 연 것이다. 결과는 대성공 이었다. 초판 3만 부가 매진돼 이틀 만에 1만 부를 증쇄했으며, 그 판매실적이 꾸준히 점증해 1960년대 후반에 이르면 여성지를 제외한 종합지 가운데 유일하 게 평균 5만의 발행부수를 기록한다.[8] 뒤늦은 복간이 결과적으로는 유리하게, 즉 일제의 탄압에 의해 폐간된 불운의 민족지(誌)의 재귀라는 프리미엄에다 1951 년 9월 '국민방위군사건' 보도를 계기로 지배 권력과의 동거 관계를 깨고 반독재 민주주의 투쟁의 중심 언론기관으로 거듭난 동아일보의 권위라는 후광을 입고 빠르게 자리를 잡을 수 있었다. 조선일보사가『조광』의 부정적 유산으로 말미암 아 1980년 4월에 가서야『조광』의 맥을 잇는 월간종합지『월간조선』을 발간하는 것과 뚜렷하게 비교되는 지점이다.[9]

---

7) 『조광』의 정확한 서지 고찰은 최수일, 「『조광』에 대한 서지적 고찰-종간, 복간, 중간의 문제를 중심 으로」, 『민족문학사연구』49, 민족문학사연구소, 2012 참조.

8) 「허덕이는 잡지계」, 『동아일보』, 1970.3.24.

9) 『월간조선』 창간호 편집후기를 보면, 잡지발행의 명분을 "일제치하 '조선의 광명'으로서 겨레의 어

그리고 『신동아』의 복간과 성공적 안착은 1930년대의 경우처럼 타 신문자본의 경쟁적 잡지 발간을 유인해낸다. 동아일보사는 『신가정』의 복간인 『여성동아』의 창간(1967.11)으로 잡지 영역을 확장해갔으며, 한국일보사는 『주간한국』(1964.9), 『주간여성』(1969.1)을, 중앙일보사는 『월간중앙』(1968.4), 『주간중앙』(1968.8), 『소년중앙』(1969.1), 『여성중앙』(1970.1)을, 조선일보사는 『주간조선』(1968.10)을, 경향신문사는 『주간경향』(1968.11), 『소년경향』(1969.9)을, 서울신문사는 『선데이 서울』(1968.9), 『소년서울』(1970.4)을 각각 창간한 바 있다. 따라서 1960년대 후반에 이르면 일간지는 물론이고 주간지, 월간종합지, 여성지, 소년지(소년신문 포함) 등 신문잡지의 분업화 및 전문화가 일반화되면서 제2의 신문잡지시대를 현출한다. 동시에 민영방송시대가 도래하면서 신문자본들은 라디오 및 텔레비전의 전파매체까지 소유·겸영(兼營)하게 됨으로써 종합미디어로서 신문자본들의 사활적인 경쟁이 재차 전개되기에 이른다. 그 흐름은 1970년대에 더욱 확장된 형태로 진행되는 가운데 1980년대까지 지속된다. 따라서 『신동아』복간은 한국(종합)잡지사의 역사적 맥락에서 뿐 아니라 이의 주류적 존재로서 최강의 영향력을 행사했던 신문잡지사의 새로운 전환을 이끌어낸 분기점으로서의 의의를 갖는다고 할 수 있다.

둘째, 1960~70년대 잡지계 재편의 기폭제가 된다. 그것은 두 차원으로 나타난다. 우선 신문잡지들이 잡지계를 과점(寡占) 지배하는 현상이 대두한다. 물론이 문제적 현상은 동아, 조선, 한국, 중앙 등 당대 4대 언론자본의 대기업화와 그로 인해 언론계가 이들 대자본으로의 집중화 및 과점되는 현상의 반영이었다.[10]

둠을 밝혔던 『조광』을 근원으로 하여 10여 년 전 본사가 인수, 속간작업까지 벌이다 좌절되었던 『사상계』의 맥을 이어 등장"한다고 밝히고 있다. 조선일보사가 1968년과 1970년 두 차례 『사상계』 인수 작업, 특히 1970년에는 인수 협상과 동시에 『조선일보사상계』 10월호를 편집 완료한 상태에서 김지하의 '오적필화사건'으로 『사상계』가 등록 취소됨으로써 인수가 무산된 것은 분명한 사실이나 이를 과장해 발간의 명분으로 내세운 것은 대단히 궁색한 것이었다. 조선일보사가 『주간조선』을 창간했으면서도(1968.10) 월간종합지를 1980년에 와서야 발행한 것은 아마도 『조광』의 부정적 유산 때문이었을 것으로 추정된다. 조선일보사는 "『월간조선』의 등장으로 그동안 독주하던 『신동아』와 쌍두마차 시대가 전개되었다"고 자평한 바 있다. 『조선일보70년사(제2권)』, 조선일보사, 1990, 4~41쪽.

10) 이에 대해서는 정진석, 『한국현대언론사론』, 전예원, 1985, 424~428쪽 참조.

언론기업에 대한 세제혜택 등 각종 선별적 특혜조치가 주어지고 특히 한일국교 정상화 후 제공받은 일본자금의 일부가 언론계에 투입되면서 언론기업의 성장이 현저해지는데, 이 같은 조치 속에 상대적으로 경영의 안정을 확보한 대언론기관의 미디어사업이 확장될 수 있었고 그 맥락에서 각종 신문잡지가 족출했던 것이다.

신문잡지가 언론자본 간 미디어공간의 장악을 위한 하나의 첨병으로 등장한이상 사활을 건 경쟁은 불가피했다. 더욱이 이 와중에 삼성계열의 『중앙일보』가창간돼(1965.9.22) 후발주자로서의 약점을 극복하기 위한 공격적인 경영, 이를테면 창간호부터 일정기간 무가지에 경품까지 붙여 판매하는 상략을 구사하고, 상업신문을 사시(社是)로 천명한 『신아일보』가 창간됨으로써(1965.5.6) 언론자본 간과당경쟁이 한층 심화된다. 그 경쟁은 제3공화국과 언론의 전면적 대립과 착종된 형태로 전개된다. 특히 1964년 권력이 언론을 완전히 장악하고자 시도한 '언론윤리위원회법'의 제정을 둘러싸고 빚어진 권력/언론의 극단적 대립, 즉 '언론파동'을 거치면서 동아일보사와 조선일보사를 제외한 대부분의 신문자본이 권력에 포섭·순치되면서 그 중층적 경쟁 구도가 더욱 조장된다(경향신문사는 권력에 끝까지 저항했으나 그 보복조치로 경영권이 대기업으로 넘어가 자연스럽게 순치의 과정을 밟는다). 이에 대응해 일간신문을 비롯한 신문잡지 전반에 기업적 경영이 편집에 우선하는 상업주의적 지면 제작의 관행이 정착되기 시작했다.

이 일련의 과정은 우리 언론이 비로소 근대적 경영체제로 전환되는 그리고 활자미디어 공간의 대폭적인 확대라는 긍정적 결과를 야기했음에도 불구하고 지면의 획일성, 상업주의의 전면화와 같은 부작용을 낳았다. 이러한 맥락 속에서 신문잡지의 분업화가 이루어졌으며 총량적으로 신문잡지의 과점적 지배가 두드러지게 되었다는 사실을 염두에 둘 필요가 있다. 신문잡지가 잡지계를 재편해나가는 과정은 간단하지 않다. 권력과의 상시적 긴장관계와 언론자본 간의 경쟁뿐만아니라 10여 년 이상 잡지계를 주도했던 기존 잡지들 그리고 이들 잡지의 판권양도로 (재)창간된 잡지들 나아가 뉴미디어로 대두된 방송매체와의 결합/대립을아울러 수반했기 때문이다.

이와 관련해 신문잡지가 주도한 잡지계 재편이 가시화된 첫 번째 현상은 기존 잡지를 구축(驅逐)시킨 것이다. 1950년대 잡지전성시대를 선도했던 잡지자본들이 발간한 잡지가 1960년대까지 지속된 경우는 그다지 많지 않다. 시장 개척이 지둔한 상태에서 경쟁적으로 잡지연쇄 전략을 구사했기 때문에 수요/공급의 불일치에 오는 누적 적자를 견디지 못하고 1958년을 경과하며 자발적 조정과정을 거쳐 경쟁력이 있는 잡지만을 발간하는 것으로 전략이 수정되었기 때문이다. 그 과정에서 교과서출판으로 비교적 양호한 경영 상태를 유지하고 있던 일부 출판사가 세계문학전집, 한국문학전(신)집 출판과 함께 잡지계에 뛰어들었으나 단명하고 만다. 을유문화사가 『학풍』(1948.9~1950.6 통권 13호)의 후신으로 발간한 계간 『지성』(1958.6~12), 동아출판사가 국제문화연구소와 공동으로 창간한 『세계』(1959.12)가 대표적인 경우다. 『여원』의 성공에 힘입어 남성판 『여원』을 목표로 창간했던 여원사의 『현대』(1957.11~1958.4) 또한 제6호로 종간했다. 따라서 신문잡지가 등장할 때까지 발행을 지속했던 잡지는 『명랑』(신태양사), 『아리랑』, 『소설계』(삼중당), 『여원』(여원사), 『학원』(학원사), 『사상계』(사상계사) 정도다.

이들 잡지들조차 신문잡지의 과점화가 가속되면서 점진적으로 몰락한다. 가령 여성지의 경우 『여성동아』의 출현으로 인해 『여원』, 『주부생활』(1965.4 창간), 『여상』, 『여성동아』 등 4파전의 치열한 경쟁구도를 이루다가 5만부 수준의 여성교양지로 각광을 받았던 『여상』이 자진 종간하고(1962.11~1968.7 통권 64호), 『여성중앙』이 가세하면서 각 여성지가 10만 부 내외를 돌파하는 약진을 보이나 결국 『여원』은 종간되기에 이른다(1970.4, 통권 175호). 1955년 창간 이후 항상 여성지 최고의 발행부수를 기록한 『여원』의 몰락은 잡지의 질보다는 자본력과 조직망(판매망)이 잡지의 성패를 좌우하는 시대가 되었다는 것을 시사해준다.

당시 종합지가 생존하기 위해서는 과당경쟁과 대금회수의 난점으로 1년 동안 60%의 적자운영을 감당할 수 있어야 가능한 구조였는데(『동아일보』, 1968.1.13), 『여원』이 신문사여성잡지의 대공세에 맞서 본지와 함께 분책(分冊) 형태의 『생활여원』까지 발행해 공세를 폈으나 속수무책이었다. 여성지는 특히 호화판 과당경쟁, 무리한 증면 경쟁(잡지협회가 약속한 매월 500페이지 한도를 1백 페이지 이상 초과), 일본 여성잡지의 모방 등이 일반화된 상태였기 때문에 일반여성잡지의 경쟁력이 더욱 취약할 수밖에 없었다. 다른 분야도 마찬가지여서, 대중오락잡지의 대명사였던 『아리랑』, 『명랑』 등도 (신문사)주간지 붐에 눌려 쇠퇴할 수밖에 없었으며 두 잡지가 1980년 7월 사회정화조치의 일환으로 폐간되기까지 발간을 지속했으나 판권 양도를 통해 명맥을 유지하는 수준이었다.

월간종합지의 경우 『신태양』, 『희망』이 폐간된 뒤 『세대』(1963.6~1979.12), 복간 『신동아』, 『사상계』 등이 3파전의 경쟁구도를 조성했는데, 『사상계』가 1965년을 기점으로 점차 퇴조하고 『월간중앙』이 출현해 또 다른 3파전 구도를 형성하나 『세대』는 두 신문잡지의 자본경쟁력을 견디지 못하고 1979년 자진 종간한다. 종간한 『세대』의 판권을 양도 받아 『월간조선』이 창간된 것이다. 전시 『희망』의 창간(1951.5)으로 대중잡지의 길을 개척한 뒤 『여성계』(1952.7), 『문화세계』(1953.7), 『야담』(1955.7), 『주간희망』(1955.12) 등을 연이어 창간하면서 잡지계를 선도했던 희망사가 1960년대 들어 『희망』의 판권으로 『동아춘추』(1962.12 창간), 『동서춘추』(1967 창간. 1968년 1월 통권 9호로 종간)를 연이어 창간하며 종합지 시장에 뛰어들었으나 결국 종합지 시장에서 퇴출된 것에서 신문사종합지의 압도적인 영향력을 확인할 수 있다. 1970년대에는 한국브리태니커회사가 창간한 『뿌리깊은 나무』(1976.3 창간), 경향신문사가 『정경연구』(1965.1 창간)를 인수해 『정경문화』(1979.6)를 각각 발행하나 오래가지 못한다. 요컨대 『신동아』 복간과 『주간한국』의 등장으로 조성된 제2의 신문잡지시대는 해방 후 잡지계의 판도를 완전히 탈바꿈시킨 가운데 이후 한국잡지계의 틀을 주조해내는 역할을 했다. 『신동아』로 볼 때 긍정적이든 부정적이든 그 가치평가를 떠나 이 과정의 중심에 나아가 1931년부터 당대에 이르는 한국 월간종합지의 산증인이라는 의의를 지니고 있다.[11]

그런데 신문잡지가 잡지계를 주도적으로 재편할 수 있었던 요인은 자본력과 조직만이 아니었다. 모지의 뒷받침으로 광고 및 판로를 안정적으로 확보할 수 있었고, 가격쟁쟁력 면에서도 압도적 비교우위를 가졌다. 정보력, 기획력, 취재력 또한 막강했다. 모지의 역할을 분담할 수 있어 특정 분야의 전문성을 제고하고 유동하는 대중독자의 기호를 능동적으로 반영하는 데도 유리했다. 이 같은 특유

---

11) 잡지저널리즘에서 차지하는 『신동아』의 위상과 그 의의에 대해서는 정진석, 「'민족의 지성' 신동아 600호의 언론사적 의미」, 『신동아』, 2009.9, 650~664쪽 참조.

의 이점을 바탕으로 신문잡지가 잡지계를 주도하면서 국내 잡지의 외연 확대와 질적 발전을 이루어낼 수 있었던 것이다.

다만 신문잡지는 본원적인 취약성 또한 지니고 있었다. 특정 신문자본의 정파성이 개입될 여지가 컸기 때문이다. 이는 편집의 독립성 침해로 나타나는가 하면 정치권력과의 마찰이 발생하는 원인이 되기도 한다. 『신동아』의 경우 1968년 필화사건으로 잡지 주체들뿐만 아니라 동아일보사의 경영진과 편집진이 강제 교체되는 수난을 겪었다. 또 동아일보기자들의 '자유언론 실천선언'(1974.10.24.)로 촉발된 언론자유 실천운동이 고조되는 국면에서 이루어진 동아일보광고탄압 때는 동아일보만이 아니라 『신동아』와 『여성동아』에까지 여파가 미쳤다. 『신동아』도 백지 광고로 호응했으나 경영 타격은 불가피했다. 민주수호국민협의회를 비롯해 재야단체들의 연대투쟁과 자유실천문인협의회 주도로 유료광고격려운동이 국내외에 걸친 국민적 저항운동으로 고양되는 과정을 거치나, 중앙정보부와 동아일보사의 모종의 타협으로 사건이 일단락되기에 이른다.[12] 세계의 이목이 동아일보 사태에 집중된 가운데 동아일보 폐간설이 난무하고 긴급조치 제7호가 발동되어 고려대학교에 휴교령이 내려진 상태에서 동아일보사자본의 굴복은 불가피했다고도 볼 수 있다. 다만 이 사건은 신문잡지의 동향이 당국의 언론통제(검열) 뿐 아니라 모 자본의 정치적 성격에 직접적으로 노출·규정되는 동시에 동일자본 내의 경영/편집의 비대칭적 관계에 따라 좌우되었다는 사실을 시사해준다. 『신동

---

12) 「깊고 견고한 자유직업인의 의식」, 『동아일보』, 1975.2.26. 동아일보(동아방송, 『신동아』, 『여성동아』포함)에 대한 광고탄압에 맞선 유료격려광고운동은 자유실천문인협의회가 주축이 되어 범국민 대자보운동의 장으로 발전한다. 자유실천문인협의회는 동아일보 광고탄압에 대한 성명 발표(1974.12.27)와 '자유실천문인협의회의 편지'(『동아일보』, 1975.1.4, 1면 대표간사 고은 등 136인이 서명한 격려광고)를 발표하여 언론자유와 문학의 표현의 자유 및 작가의 시민적 활동의 동질성을 천명한 뒤 '자유실천문인협의회의 편지②'(1.27) 게재와 함께 연재소설 「미스양의 모험」 옆 돌출광고란을 범문학인 상설란 만들기 운동을 제안하는 동시에 해임된 기자들이 복직될 때까지 동아일보와 조선일보에 집필 거부 등 3개항을 결의했다(3.25). 상설란 만들기는 '문인의 자유수호'란으로 명명된 뒤 39회(1.28~3.17) 계속되었다. 이와 별도로 '언론자유 수호격려'란 고정란이 1975년 1월 1일 부로 동아일보 지면에 상설되어 이를 중심으로 국내외를 막론하고 폭발적으로 쇄도한 격려광고가 5월 7일까지 지속되면서 자연발생적인 저항적 문화운동으로 확산되기에 이른다. 격려광고는 1975년 5월 긴급조치 제9호 발동 이후 자취를 감춘 뒤 7월 16일부터 광고 게재가 되는데 동아일보사와 중앙정보부의 타협에 따른 결과였다는 것이 정설이다. 그 막후 과정에 대해서는 위기봉, 앞의 책, 310~320쪽 참조.

아』의 존재방식, 특히 편집노선의 부침은 이 같은 복잡한 외적 요인에 따른 필연적 산물이었다.

셋째, 동아일보사 자본으로 볼 때도 『신동아』의 복간은 중요한 의미를 지닌다. 동아일보사 자본이 종합미디어 기업으로 성장하는데 큰 전환점이 되었기 때문이다. 1963년 4월 25일 동아방송(DBS)의 개국으로 한국언론사상 최초로 활자매체와 전파매체를 동시에 보유한 언론기관으로 부상한 가운데 『소년동아일보』의 창간(1964.7.15.), 『신동아』 복간, 『여성동아』의 창간으로 이어지는 일련의 미디어 권력의 확장 흐름 속에 『신동아』 복간이 위치하고 있다. 조선일보사의 『사상계』 인수 시도와 경향신문사의 『정경연구』 인수를 통해 월간종합지 영역에 진입하고자 노력했던 것에서 확인할 수 있는 바와 같이 월간종합지는 특히 신문언론 자본에 있어 미디어 권력을 유지·확대하는데 필수적인 요소이자 주요 물적 토대다. 신문의 '무엇'과 '누구'에 초점을 둔 신속하고 정확한 보도기능과 달리 (종합)잡지는 '왜'와 '어떻게'에 초점을 맞춘 상보(詳報)와 해설 및 논설과 주장을 담아내는데 유리하기에 발행주체의 대사회적 입장을 개진할 수 있는 유력한 매체가 된다는 점에서 그렇다. 더욱이 월간은 간기를 감안할 때 시사적인 주제를 종합적·분석적으로 심도 있게 다룰 수 있다는 점에서 요긴한 매체였다고 볼 수 있다.

게다가 1964년 3월 비상계엄하에서 신문에 대한 사전검열이 다시 강도 높게 시행되고(56일간) 그 와중에 동아방송의 시사프로그램 '앵무새'가 반공법위반 혐의로 1964년 6월 군재(軍裁)에 회부되면서 프로그램이 강제 폐지된 상태에서 동아일보사자본의 입장에서는 월간지의 필요성이 더욱 증대됐다.[13] 권력의 강력한 통제로 인해 정론의 제약을 받는 신문을 대체하는 저널리즘으로서 월간지가 요청된 것이다. 주간지가 간기상 상보와 해설에 더 유리한 면이 있으나 당시 주간

---

13) 앵무새사건은 6·3사태 당시 비상계엄령하에서 1964년 5월 20일~6월 3일 사이 방송된 동아방송의 뉴스(14종)와 앵무새프로그램(13종)에 대해 국헌 문란 등 반공법위반 혐의로 최창봉(방송부장), 고재언(뉴스실장) 등 관계자 6명을 구속, 군재에 회부한 사건이다. 계엄사령부가 밝힌 구체적인 혐의는 '4월 이후 정부시책과 정부기관을 비방하여 반정부의식과 학생들의 불법 데모를 선전 선동하여 국헌을 문란하게 하는 방송을 했다'(공소장 전문은 『동아일보』, 1964.7.14. 2면)는 것인데, 이후 지루한 법정 공방 끝에 전원 무죄를 선고받았다(1966.12.29.). 이 사건은 방송매체에 대한 검열이 모든 프로그램을 대상으로 한층 강화되는 출발점이었다.

지가 대체로 옐로저널리즘의 성격을 농후하게 지녔다는 점에서 월간의 이러한 특장(特長)이 더 중시되기에 이른다.

더불어 우리나라 종합지가 시사성을 매개로 한 문화성을 강조한 가운데 대중계몽과 국내외 새로운 지식을 보급·소개하는 대중교양의 거점으로 기능한 전통이 이어지면서 1960년대 한국사회의 급변에 대응하는 종합지의 역할이 상대적으로 부각된 것도 종합지의 가치를 높이는데 작용했다. 실제 1960년대 미디어 공간의 다변화 속에서 신문은 보도적 기능에, 라디오와 텔레비전은 오락적 기능에, 잡지는 교양적인 기능에 각각 주력해야 한다는 논의가 일반적이었다.[14] 물론 잡지의 논조는 발행주체의 지배를 받는 본원적인 한계를 지닌다. 다만 1960~70년대 동아일보사의 도정을 볼 때 『신동아』의 논조는 적어도 월간지 고유의 기능을 적극적으로 수행하는데 유리한 점이 없지 않았다. 이렇듯 『신동아』는 동아일보사 종합미디어 기업의 일원으로서 또 그 체제의 상호보완적 기능 역할분담 체계 속에서 일익을 담당하게 된 것이다.

넷째, 『신동아』복간 및 이로부터 촉발된 신문사종합지의 재편은 문학의 영토 확장을 촉진시켰다. 문학과 매체의 관계는 기본적으로 작품의 공급/수요 관계에 따라 조정된다. 문학의 입장에서는 등단제도의 활성화로 문인의 공급이 폭증하나 이들의 작품을 수용할 수 있는 표현기관이 절대적으로 부족한 형편 속에서 종합지는 작품발표의 대체제로 각광을 받았다. 1960년대는 『현대문학』이 거의 유일한 순문학지로 문단 내 작품의 핵심적 발표기관이었으나 극히 일부를 수용하는 것에 불과했다. 월간 『문학춘추』가 새롭게 창간되었으나 통권 12호 발간에 그쳤고(1964.4~1965.6), 『사상계』와 『창작과비평』이 문학중시 전략에 따라 문학작품에 지면을 지속적으로 개방하나 총량적으로는 지면이 턱없이 부족한 상태였다. 『월간문학』의 창간과(1968.9) 1970년대 들어 창간된 문학지들, 가령 계간 『문학과지성』(1970.8 창간), 월간 『문학사상』(1972.10 창간), 월간 『한국문학』(1973.11 창간), 월간 『세계의 문학』(1976.9 창간) 등이 속속 등장하면서 발표기관이 대거 확충되기까지 문학은 만성적인 발표 매체의 부족에 허덕일 수밖에 없다. 이런 구조적 정

---

14) 「한국대중문화와 잡지의 모랄」(좌담회), 『세대』, 1968.12, 320쪽.

황에서 새롭게 전개된 신문잡지 시대, 특히 신문사종합지는 문학작품뿐만 아니라 문학담론을 생산·유통시킬 수 있는 유력한 대안으로 부상할 수 있었다.

더욱이 일정 정도 규모의 지면이 요구되는 장편소설(연재)의 경우 당시로서는 이를 보장할 수 있는 매체는 종합지가 유일했다. 신문사잡지의 입장에서도 문학은 편집노선의 중요한 대상이었다. 전통적으로 정치적 논설과 함께 문학중시 전략을 구사했던 종합지의 관례적 유산에다 당시에도 문학은 대중성을 획득·확장하는데 가장 실효성이 큰 상품이었기 때문이다. 결국 문단(학)과 신문사잡지의 이해관계가 철저히 부합한 가운데 신문사종합지는 문학의 또 다른 표현기관으로서의 권위와 영향력을 배가할 수 있는 국면이 열린 것이다.

신문잡지와 문학의 관계는 이러한 당대 문학/매체의 구조적 역관계 속에서 이루어져야 충분한 이해가 가능하다. 더욱이 신문사자본이 발행한 여러 매체들의 기능적 역할분담 체계까지 손이 미쳐야 한다. 『신동아』복간과 관련한 여러 지점을 살핀 것도 이를 위한 배경을 파악하기 위함이었다. 다만 이 연구는 복간『신동아』를 1960년대 대중교양의 관점에서 검토하는 것으로 한정한다. 이 차원에서 신문사잡지의 문학중시 전략이 어떤 시스템 속에서 구현되는가를 살필 것이다. 논의의 편리를 위해 동시기 경쟁 상대였던 종합지 『세대』와의 비교 검토를 부분적 차원에서 시도하고자 한다. 최근 대중(생활)문화, 민족문화, 근대화론, 학술(지식)사적 동향, 대중독자의 존재 등 다차원적으로 1960~70년대 잡지 연구가 활성화되는 실정에서 이 연구가 보탬이 되기를 기대한다.

2. 편집체제와 종합지의 새 모델

『신동아』의 구체적인 면모를 살피기에 앞서 『신동아』가 복간된 시점에 주목할 필요가 있다. 1964년 9월, 준비기간까지 포함하면 1964년 중반인데 이때는 권력과 언론이 가장 격렬하게 대립하던 시기다. 이른바 '6·3사태', 즉 굴욕적인 한일회담반대운동이 전 사회적으로 확산·고조되자 비상계엄령을 선포하고 일체의 옥외 집회시위 금지, 대학의 휴교, 언론출판에 대한 사전 검열 등 제3공화국의 억압적 통제가 최고조에 달한 상황이었다. 또 언론의 무책임한 선동, 학생들의 불법적 행동, 정부의 지나친 관용 등을 6·3사태의 원인으로 판단한 박정희정부는 학원과 언론을 통제하기 위해 '학원보호법'(국회통과 실패)과 '언론윤리위원회법'(국회통과)의 제정을 강행하고, 특히 과거 (광무)신문지법을 능가하는 수준의 언론통제를 합법화한 언론윤리위원회법 제정으로 인해 언론출판계 및 문학예술계 전반이 최대 위기에 봉착한 국면이었다. 비록 국제적 비난과 전 사회적 저항에 직면해 막후협상을 거쳐 법 시행이 보류되나 여전히 언론을 위협하는 잠재적 족쇄로 기능한 조건에서 대다수 언론이 권력에 순치되는 과정을 밟는다.

이로 볼 때 『신동아』의 복간은 그 자체로 무모한 도전이었다. 당시 『동아일보』가 권력의 언론장악에 맞서 끝까지 저항했다는 점을 감안할 때 『신동아』의 복간은 권력의 횡포를 정면 돌파하겠다는 동아일보사의 강력한 의지에 의해 탄생했다고 볼 수 있다. 당대 민주주의의 기로가 '왕도(민주주의 정치)와 패도(독재·전제)의 분기점'에 있다는 비장한 시대인식 아래 패도로 인한 부조리의 악순환과 국민적 부담만 과중하게 만든 권력의 역설적 업적을 정시함으로써 진정한 민의(民意)를 창도하겠다는 목표를 천명한[15] 복간사에서도 확인할 수 있는 이 점은 향후 『신동아』의 전도를 시시해준다. 어찌 보면 복간 『신동아』의 최대 위기였던 1968년 '신동아필화사건'은 예비된 것이나 마찬가지였다.

복간 『신동아』의 편집체제는 여느 종합지와 마찬가지로 망라주의 편집이다. 1931년 『신동아』에서 본격화된 망라주의 편집은 중점주의의 대상 및 영역에 차이가 있을 뿐 종합지가 보편적으로 추구한 편집지침이다. 전국적 차원의 불특정 다수를 대상으로 할 수밖에 없는 종합지의 본질상 다양한 내용 구성으로 독자대중의 접근성을 확대·제고하려는, 일종의 대중성 확보의 유력한 방편이었다. 월간이란 간기도 망라주의 편집을 가능케 한 요인이다. 『신동아』 편집구성의 중심 요소는 특집 및 기획물(논설 중심), 좌담(방담, 정담, 대담, 인터뷰), 논픽션(수기, 평전, 체험기, 회고, 자전, 실화, 전기, 증언, 여행기 등), 문예물(수필, 시, 소설, 평론, 장편연재), 르포르타주, 백서(White paper), 화보, 중간독물('(만화)시평', '뉴스와 화제', '통신' 등 각종 연재물) 등이다. 필수적인 것은 아니지만 칼럼, 서평, 부록(권말, 별책) 등

---

15) 이희승, 「민주주의의 기로에 서서-복간에 際하여」, 『신동아』, 1964. 9, 36~43쪽 참조.

도 주기적 지속성을 갖춘 연재물이었다. 중점주의와 다양성을 두루 겸비한 면모다.

그런데 편집체제와 지면 배치(점유율)로 볼 때 이전 및 동시기 종합지와는 다른 특징을 발견할 수 있다. 논픽션, 백서, 르포르타주 등의 중점주의와 문학의 주변화, 즉 상대적으로 낮은 지면점유율이다. 전체적으로 신문 편집의 색채가 강했다고 볼 수 있다. 이는 신문잡지 본래의 성격, 즉 발간주체 및 편집주체의 구성과 밀접한 관련이 있다. 『신동아』의 편집주체 대부분은 전문성을 갖춘 저널리스트들이다. 천관우 주간(권오철 월간부장) 체제에서 홍승면 주간(이종구, 손세일 월간부장) 체제로(1965.7) 그리고 필화사건을 계기로 천관우, 홍승면, 손세일이 반공법위반 혐의로 구속·해직된 뒤에는 김성한 체제로 교체되는(1969.1) 과정을 겪었으나 저널리스트 위주의 편집주체는 변함이 없었다. 중점주의 편집의 필진도 최고 수준의 지식인들(학자)과 동아일보사 소속 전문기자들이었다.

문학의 주변화도 이런 맥락에 있는데, 이 점은 중요한 의미를 지닌다. 한국의 종합지가 망라주의 속에서도 가장 중점을 둔 것은 정치 논설과 문학이었다. 1930년대 『신동아』를 비롯한 신문잡지들은 물론이고 해방 후에도 신문잡지뿐만 아니라 대부분의 종합지가 고수한 편집의 관습화된 원칙이었다. 문학이 전통적으로 지닌 강한 대중접근성과 문학중시 전략을 통해 종합지가 문화주의 기관으로 인식된 상징성 때문이었다. 그것이 복간 『신동아』에서 파기된 것이다. 게다가 필진 구성에 있어서도 문인의 참여가 극히 저조하다는 점까지 고려하면 이 점은 특기할 만하다. 1930년대 『신동아』때는 신문잡지임에도 문인중심의 편집주체로 일관했고 이에 상응해 문예물의 비중이 매우 컸으며, 그것은 『중앙』, 『조광』도 마찬가지였다.[16]

---

16) 1930년대 『신동아』는 처음에는 『동아일보』 편집국장인 설의식의 주관하에 있다가 '잡지부'로 독립해 발간하게 되면서 부장체제로 바뀌어 주요섭(1933.11)→최승만(1934.8)이 주도했으며 기자로는 김자혜, 이은상, 고형곤, 최영수, 김원정, 변영로, 이무영, 황신덕 등이 있었다. 편집국 기자들이 잡지원고를 쓰기도 했으나 원고난으로 인해 문인기자들이 주로 담당했다. 한 호에도 여러 편을 동시에 집필해야 했기에 가명을 여럿 사용했다. 가령 梁斗植, 명텅구리(주요섭), 弗雲, 仁旺山人(최승만) 같은 경우이다. 검열 때문만은 아니었다. 『신가정』도 이은상→변영로(1935.4) 편집장 체제였다. 『조광』, 『여성』 등을 발간한 조선일보사는 산하에 출판부를 두었고(1940년 이후 조광사까지 포함) 초대 주간 이은상(1935.7)을 비롯해 최정희, 함대훈, 안석주, 정현웅, 윤석중, 노

1950년대 종합지를 비롯해 모든 잡지의 편집주체는 문인들이었다. 동시기 『세대』는 '에세이특집', '전작중편시리즈', '시와 시작노우트', '나의 신작(시)'과 같은 특화된 문학물의 장기 연재, 그 외 각종 문학특집, 이상문학상 제정, 세대신인문학상, 신춘문예낙선모집 등 문학중점주의가 뚜렷했으며 당연히 문인들의 집필 참여가 현저했다. 『세대』 기자였던 권영빈에 따르면 『세대』는 문예스폰서, 후원자로 자처했다고 한다.[17] 『사상계』 또한 1965년까지는 몇 차례의 '문예특별증간호'발간(5·16후의 경우 1961.11, 1962.11, 1963.11 등)을 비롯해 문학에 큰 비중을 둔 편집체제를 유지한 바 있다. 이 같은 복간 『신동아』의 편집체제상의 변화와 논픽션류 등의 중점주의의 특징은 종합지의 새로운 변모를 암시하는 동시에 1960년대 한국사회의 급격한 변동에 대응하기 위한 매체전략이었다는 점에서 주목을 요한다.

그러면 복간 『신동아』 편집의 특징을 좀 더 자세히 들여다보자. 말미에 제시한 〈부록〉에서 확인할 수 있듯이 특집 및 기획물이 다양하고 풍성하다. 그렇다고 그 자체가 잡지의 수준을 보증해주는 것은 아니다. 상당 부분을 차지하고 있는 시의성 있는 특집은 어느 종합지에서나 발견할 수 있는 것이다. 실제 3·1운동, 6·25전쟁, 8·15해방, 4·19혁명, 5·16쿠데타, 신문주간 등 매년 주기적 반복성을 갖는 시사적 의제는 어떤 형태로든 1960년대 모든 잡지의 특집으로 꾸려진다. 또 1960년대 국제질서 변동과 관련한 중요한 사건들, 이를테면 베트남전, 중동분쟁, 동구 사회주의권의 동향, 중공의 변화, 미소의 세계전략 등과 국내 정치의 현안, 예컨대 한일국교정상화, 베트남 파병, 대통령 및 국회의원 선거, 개헌안 등을 둘러싼 쟁점들, 그리고 압축적 산업화와 관련한 의제들 가령 근대화론, 경제개발계획, 제반 경제정책, 도시/농촌 문제, 민족주의 문제 등도 공통적으로 확인할 수 있는 특집이다. 따라서 이 같은 특집 구성을 중시해 잡지의 성격과 의의

자영, 노천명, 이헌구, 방종현, 최영주(아동문학가), 이훈구, 김내성, 계용묵, 최근배(화가), 백석, 이석훈, 최석복, 문동표, 현인규, 황의돈 등이 몸담았는데 대체로 문인예술가들이었다. 조선일보사는 1969년 9월에 일제말기 운영했던 출판국을 부활시켜 소년조선일보와 『주간조선』을 통괄하는 시스템을 다시 가동한 바 있다.

17) 권영빈, 「잡지, 내 젊음의 이력서」, 한국잡지협회, 『잡지예찬』, 1996, 27쪽.

를 평가하는데 신중할 필요가 있다. 물론 어떻게 다루었는가, 즉 논조를 비교·분석해 접근하는 것은 정당하고 필요하다.

그렇다면 복간『신동아』특집의 차별화된 특징은 무엇인가? 첫째, 대규모적인 특집이 많다는 점이다. 〈전후 20년의 학문과 예술〉특집(1965.2)은 제2차 세계대전 이후 변모된 세계상에 대한 이론과 기술이 어떻게 전개되었는가를 확인하기 위해 28분야 세분화된 분야별로 접근한 기획으로 당시에도 타의추종을 불허한 대특집으로 평가받았다. 〈20년의 영광과 비애〉(1965.8/10), 〈동남아의 춘추전국시대〉(1966.1), 〈한국사의 논쟁사〉(1966.8), 〈월남문제에 대한 50문50답〉(1966.11) 등도 엄청난 지면을 할당했다. 『세대』의 경우 평균 2~3개의 특집을 싣는데, 대부분 4편 내외의 소논문으로 편성된 것이 일반적이었다.

둘째, 거시적 계획으로 특집을 기획한다. 가령 1966년을 '아시아의 해'로 정하고 그 타이틀 아래 〈동남아의 춘추전국시대〉(1966.1), 〈세계열강의 對아세아정책〉(1966.3), 〈미국의 對월남정책 논쟁〉(1966.4), 〈도전하는 붉은 대륙〉(1966.5), 〈월남문제에 관한 50문50답〉(1966.11) 등의 특집 및 기획물과 아시아 관련 소논문, 르포, 대담, 여행기, 리포트, 인터뷰, 통신 등을 집중적으로 게재하는 방식이다.

셋째, 다른 편집의 요소와 유기적인 관련 속에 특집을 구성함으로써 특집 주제에 대한 종합적 접근을 시도한다. 〈교육의 좌표를 찾아서〉특집(1966.2)의 경우 종합적 분석을 행한 백서, 심포지엄(리포트, 토의), '한국교육의 진단과 처방'(5편의 논문), 인터뷰(김활란), 좌담회, 관련 외국학자의 논문 등으로 편성함으로써 당면 현안인 교육문제에 대한 종합적·심층적 이해를 도모한다. 〈한국과 미국〉특집(1966.9)도 마찬가지로 학술논문, 심포지엄(백서, 토론), 논문 5편, 르포(6개 도시의 미군부대 주변), 화보 등의 체계로 구성되었다. 대부분의 특집이 이 같은 구성 체계를 보이는데, 신문잡지로서의 이점, 즉 정보력, 취재력, 신속성이 적극적으로 구현된 결과다.

넷째, 연속성, 즉 특집 후속호에 관련 특집이나 기획물을 추가 배치하는 방식이다. 〈휴전선 저 너머의 현실〉특집(1965.8) 후에 통일문제 기획(1965.9)−좌담회, 앙케트(7편의 외국학자), 논문− 의 배치, 〈세계의 국토개발〉특집(1965.11)과 다음호에 '도시계획' 심포지엄(1965.12)−리포트, 토의, 좌담회−의 배치, 〈자본론100

년과 마르크스주의〉특집(1967.9) 뒤 〈공산혁명 50년 후의 소련〉특집(1967.11)-논문 4편, 자료, 좌담회, 대담(스칼라피노/양호민)-을 배치해 특집 주제를 당대 우리의 현실과 포괄적으로 연관시켜 접근하고자 했다.

다섯째, 지상(誌上) 심포지엄을 개설해 학술적 토론의 장으로 기능하고자 했다. 심포지엄은 대담, 토론과는 별도로 1966년부터 특집을 보완하는 차원에서 등장하다가 연속기획물로 확대되는 과정을 거친다. 〈신문화60년 기념〉심포지엄(1968.6~12, ⑦회), 〈1970년대의 한국〉심포지엄(1970.1~3, ④회), 〈한국사의 거시적 재구성과 대중화〉(1971.1~5, ⑤회) 등이 대표적인 경우다. 대담, 토론, 지상공청회 등을 통해 첨예한 사회문제에 대한 공개토론의 장을 제공하는 것과 동시에 심포지엄난을 통해 학계의 쟁점을 포함한 아카데미즘의 성과를 대중적으로 보급·확산시키는 역할을 한다. 〈토론, 한국사의 쟁점〉(1971.1, 천관우 사회)을 비롯해 학술토론이 1970년대 초에는 더 확대된다. 아카데미즘과 저널리즘의 제도적 분화가 완전히 정착되지 못한 상황적 조건에서 『신동아』가 수행한 학술지의 역할은 1960년대 후반 한국학 붐을 조성하는데 상당한 기여를 했다. 이는 학술적 내용을 대중과 연결시켜 학술의 저변 확대 및 대중화를 촉진시키는 일이기도 했다. 『세대』도 창간호부터 〈지상세미나〉난을 개설한 뒤(1963.6~10, ④회) '특집세미나' (1965.6) '사회학세미나'(1965.9~10), '경제학 심포지움'(1966.9) 등으로 연장한 바 있으나 단속적이었고 다소 이벤트성이었다.[18] 종합지들의 이러한 학술 기획은 인문사회과학 분야 전문 학자들의 학술적 현실참여의 의미 있는 통로였다는 점에서 중요한 의미를 갖는다.

여섯째, 장기 기획연재, 특히 한국근대사의 희귀한 역사 자료를 발굴하고 역사의 토론장이 되었다. 〈3·1운동 50주년기념 시리즈:광복의 증언〉(1969.3~12 ⑩회)을 비롯해 〈일제고등경찰이 내사한 한국독립운동에 관한 비밀정보〉(1967.1~8 ⑥회), 〈잡지를 통해본 일제시대의 근대화운동〉(1966.1~7 ⑦회) 등 식민지시기를

---

18) 〈지상세미나〉의 내용은 '역사의식과 비판정신'(김계숙/지명관, 1963.6), '신라문화의 정체'(서정주/김동욱, 1963.7), '오늘이 말세인가'(신사훈/이종진, 1963.8), '순수문학이냐 참가문학이냐'(서정주/신동문, 1963.10) 등이다. 1970년대 들어 '세대연구논문시리즈'(1971.5~10, ⑥회)를 개설해 학술적 성과를 반영하려는 의욕을 보이나 이 또한 지속성을 갖지는 못했다.

중심으로 한 한국근대사의 중요 자료를 발굴하고 대부분 권말부록으로 이를 전재(全載)함으로써 당대 국학연구를 활성화시키는 조력자가 된다.[19] 그 같은 역할은 1970년대 더욱 확장되어 〈한국사의 조류〉(1972.5~1973.7 ⑫회), 〈개항100년 특별기획〉(1975.1~12 ⑪회) 등과 같은 대기획으로 이어진다. 동아일보사가 1920년 창간 이래 한국근현대사의 격동 한복판에 존재했던 대표적인 언론사라는 저력 때문에 가능한 일이었다. 『신동아』가 발굴한 근대사 기초자료가 1960년대 후반 민족주의 재발흥의 시대분위기 속에서 대두된 식민사관의 극복 및 민족주의 역사학의 이론적 정립과 연계됨으로써 그 가치가 배가되기에 이른다.

이와 관련해 『신동아』편집에서 '별책(separated edition) 부록'은 각별히 주목할 필요가 있다. 본책 못지않은 문헌적 가치를 지니고 있기 때문이다. 『신동아』는 매년 신년호 발간을 기해 단행본 별책 부록을 발행했다. 1965년 1월 헌법, 얄타협정, 카이로선언, 한미 원조협정, 농지개혁법 등의 문헌을 집대성한 『광복20년 기념 연표·주요문헌집』을 시작으로 규모와 체계를 갖춘 별책 부록을 1999년까지 발행했다. 『일정하 동아일보 압수사설』(1974), 『일정하의 금서 33권』(1977) 등 대체로 근현대사의 중요 의제를 자료적으로 복원하는 것을 지향했다.[20] 철학, 사상, 문학예술 분야까지 다뤘다. 별책 부록에는 발굴자료 소개, 좌담회, 관련자료 목록 등이 담겨 학술적 가치가 매우 크다.

---

19) 〈광복의 증언〉만을 예로 들면 이 시리즈는 3·1운동 이후 10대 항일투쟁사건을 선별해 해당사건의 관련자나 목격자를 찾아 생생한 실증을 기록한 자료로 당시로서는 전혀 알려져 있지 않은 것들이 대부분이다. 10대 항일투쟁사건으로 꼽은 것은 '3·1운동', '대한민국 임시정부의 수립과 그 활동', '총독 제등을 저격한 3대 의거', '만주독립군의 활동', '의열단의 3대 의거', '신간회운동', '6·10만세운동과 광주학생운동', '민족 실력향상 운동', '애국단의 활동', '조선어학회사건' 등이다.

20) 매년 1회 발행한 별책 부록의 내역을 살펴보면(1965~1980년), 『광복20년기념 연표·주요문헌집』(1965, 149쪽), 『근대한국명논설집, 100년간의 한국을 만든 33편』(1966, 175쪽), 『속·근대한국명논설집』(1967, 134쪽), 『세계를 움직인 백권의 책』(1968, 326쪽), 『한국의 고전백선』(1969, 335쪽), 『한국근대인물 백인선』(1970, 326쪽), 『현대의 사상 77인』(1971, 326쪽), 『한국현대명논설집(1919~1944)』(1972, 32쪽), 『일정하동아일보압수사설집』(1974, 340쪽), 『세계의 인권선언』(1975, 276쪽), 『개항100년 연표·자료집』(1976, 330쪽), 『일정하의 금서 33권』(1977, 276쪽), 『현대세계의 예술가 129인』(1978, 272쪽), 『전후세계 문제논설』(1979, 335쪽), 『중국고전 100선』(1980, 264쪽) 등이다. 1980년대 이후에도 『세계의 민족주의문헌 56선』(1981, 264쪽), 『한미수교 10년사, 관계자료 및 연표』(1982, 272쪽), 『자본주의와 사회주의, 아담스미스와 칼 마르크스의 후예들』(1983, 266쪽) 등으로 계속 이어져 발간되었다.

종합지의 별책 부록 발행은 1930년대『삼천리』가 시도한 뒤 이후 명맥이 끊겼다가 1950~60년대 잡지, 특히 여성잡지가 매호 발행하면서 하나의 출판관행으로 자리 잡게 된다. 당대 별책 부록이 과당경쟁의 산물로, 잡지출판계의 질서를 파괴하는 주범으로 지목되기도 했으나,『신동아』의 별책 부록은 성격과 수준이 달랐다. 1년 단위로 기획함으로써 충분한 자료 조사와 엄격한 고증을 목표로 했기 때문에 완성도가 높았고 평균 200쪽 이상의 학술적 접근방식을 취함으로써 그 무게가 달랐다. 동아일보출판부가 별책 부록 상당수를 단행본으로 출간·판매함으로써 대중적 접근성을 높인 점도 특징이다.

『신동아』편집에서 특집과 부록의 유기적 결합으로 특화시킨 일련의 근대사 기획은 문학의 배치와도 밀접하게 연동되어 나타난다. 특히 장편소설 연재에서 두드러지는데, 유주현의『소설 조선총독부』(1964.9~1967.6, 34회)와『소설 대한제국』(1968.4~1970.5, 26회), 서기원의『혁명』(1964.9~1965.11, 15회), 하근찬의『야호』(1970.1~1971.12, 20회), 송병수의『소설 대한독립군』(1970.6~1972.2, 21회), 안수길의『성천강』(1971.1~1974.3, 37회), 박연희의『여명기』(1976.1~1978.9, 33회) 등 연재소설 대부분이 한국근대사를 새롭게 조명한 역사소설이었다. 이는『신동아』가 문학중시를 탈피했음에도 잡지의 편집노선에 부합하는 소설을 유효적절하게 선택·배치했다는 것을 의미한다. 문학 배치의 효용성을 극대화하는 방법이었다.

다른 한편으로 민족독립운동사 중심의 근대사 복원에 심혈을 기울인 것은 동아일보사의 상징자본을 확충하는 전략적 방편이기도 했다. 해방 후 동아일보사는 민족지의 전통을 지고의 정체성으로 내세우며 미디어권력을 보증·확장하고자 했다. 검열로 인한 수난사를 중심으로 식민지시기 동아일보 사사를 재구성하는 작업을 반복적으로 시도하는가 하면[21] 매년 창간기념일을 비롯해 여러 지면

---

21) 그 시초에 해당하는『동아의 지면반세기, 1920.4~1970.3』(1970)는 맨 앞자리에 총론격인 '紙面半世紀 (附)檢閱의 實際'를 배치한 가운데 검열의 흔적이 여실한 지면을 제시하면서 창간 20년 동안 무기정간 4회, 발매금지 63회, 압수 489회, 삭제 2023회 그리고 삭제부분은 사설 267, 정치면 381, 사회면 1509, 문화면 193, 사진 73으로 명시하고 있다(9~13쪽). 신문지법과 출판법의 규제, 총독부제령의 적용, 음성적인 치안유지법의 적용 등 조선총독부의 가혹한 언론탄압에 맞선 역정이 동아일보의 역사임을 강조하려는 의도다. 이 같은 기조는 "동아일보의 70년사는 필화사로 불릴 만큼 필화의 연속이었다."(「반일–반독재의 길, 필화 풍상 70년」,『동아일보』, 1990.4.1)와 같이 갈수록 강화되는 가운데 주기적으로 편찬된 사사에도 반복된다.

을 통해서 "영원한 민족지, 영원한 민권지, 영원한 민의지"(『동아일보』, 1970.4.1)로
서의 정체성과 권위를 강조해왔다.[22] 『신동아』가 복간 이후 시장에 성공적으로
안착한 것도 민족잡지로서의 정통성이 크게 작용했다. 구호적인 자기규정보다는
지면에 권위의 실질이 있다고 할 때 적어도 1960년대 『신동아』의 편집노선과 그
일환으로 집중 배치된 근대사 기획은 어느 정도 민족지로서의 정체성을 드러내
준 사례라고 할 수 있다.

그리고 『신동아』의 지면 배치에서 각별히 주목할 부분은 상당한 규모의 논픽
션물이다. 이는 『신동아』의 독보적인 특장이라 할 수 있다. 수록된 논픽션은 크게
수기, 전기류, 르포르타주, 백서로 나눌 수 있다. 1950~60년대 논픽션의 범주를
소설과 구별되는 산문, 좀 더 세부적으로는 에세이 및 수필과 구분되는 여행기,
수기류 등을 포괄해 논픽션으로 규정한 문법을 고려할 때 르포와 백서가 논픽션
에 포함될 수 있는지는 이론의 여지가 있겠으나 보고의 성격이 강하고 『신동아』
의 편집체제상 논설과 구별되는 동시에 픽션물과도 다르다는 점에서 논픽션에
포함시켜도 무리가 없을 듯하다. 먼저 『신동아』에 논픽션이 활성화될 수 있었던
것은 복간 당시부터 매년 실시한 '복간기념 30만원고료 논·픽숀모집'에 힘입은
바 크다.[23] 논픽션물이 실화 중심으로 대중지 및 취미오락지의 주요 독물로 취급
되었고 종합지에서도 시사성이 짙은 르포, 체험수기 등이 더러 게재된 바 있으나
논픽션 '현상(懸賞)'이 실시된 것은 『신동아』가 최초다.

논픽션 공모는 "아직 미개척인 이 분야를 진작하는 계기" 마련에 취지가 있다
고 밝히고 있으나(복간호 편집후기), 1960년대 접어들어 대두된 논픽션 붐, 예컨대
『구름은 흘러도』(야스모토 스에코, 安本末子), 『내가 설 땅이 어디냐』(허근욱), 『저 하

---

22) 조선일보사도 마찬가지였다. 『조선일보 역사 단숨에 읽기 1920~』(조선일보 사사편찬실, 2004)을
   통해서 보면, 민간지 최초로 정간조치를 당했으며 동아일보와 신문기사 압수 처분의 비교를 통해
   일제 때 가장 많은 기사와 논설을 압수당한 항일신문임을 강조한다.
23) 논픽션모집의 규정은 2백자 원고지 300매 내외에 名人전기, 회고기, 전쟁기록, 직장체험기, 여행
   기, 탐험기 등 광범위한 영역을 포괄한 것으로 매년 2~3월 말에 마감해 최우수작과 우수작을 뽑
   아 9월호부터 게재했는데, 상금은 처음에는 30만원으로 책정했다가 60만원(5회, 1969년), 100만
   원(11회), 120만원(12회), 170만원(15회), 200만원(16회)으로 상금을 증액하면서 1980년대까지
   지속된다. 상금이 매우 높았고 비전문가들도 쉽게 참여할 수 있었기 때문에 선풍적인 인기를 끌
   었다.

늘에도 슬픔이』(이윤복)와 같은 수기류, 『사랑과 영원의 대화』(김형석), 『고독한 군 중』, 『흙속에 저 바람 속에』(이어령) 등의 철학적 수상집, 『세계일주 무전여행기』(김 찬삼), 『나는 이렇게 보았다』(오다 마코트, 인태성 역) 등의 여행기가 베스트셀러화되 는 출판 및 독서시장의 흐름을 적극 감안한 조치였다고 할 수 있다. 독서문화의 주류적 경향을 논픽션으로 특화시켜 선도하겠다는 편집전략이었던 것이다.

『논픽션 공모의 영역을 전기, 보고, 일기, 수필, 회고, 여행기 등 기존의 규범문 학에서 벗어난 장르 전반을 포괄한 개방성과 잡종성을 보인 것도 이 때문이다. 『세대』가 에세이 특집(1963.7~64.11)을 지속했던 것도 같은 맥락이었다. 동기야 어쨌든 『신동아』가 복간 때부터 기획한 논픽션의 특화는 현상 공모를 통한 작가 의 발굴, 풍부한 지면 제공, 장르적 개방과 30만 원이란 파격적인 고료(동시기 사 상계의 동인문학상 상금이 3만원)로 글쓰기의 동기 부여, 공모제도의 안정적 지속성 등이 상보적 선순환 관계를 지닌 '제도'로 정착되면서 『신동아』의 간판상품으로 정착된 가운데 독자 확보의 촉진제 역할을 톡톡히 했다. 그런 맥락에서 픽션과 논픽션(다큐멘터리 형식)을 절충한 『조선총독부』가 첫 장편 연재소설이었다는 사실 은 시사하는 바가 크다.

『신동아』에 게재된 다양한 양식의 논픽션은 크게 보아 저명인사(지식인)의 논 픽션물과 논픽션 공모에 당선된 비전문가의 글로 나뉜다. 전자는 수기, 전기 가 주류였다. 신상초의 자서전적 수기 3부작, 즉 「日軍탈출기」(1964.9), 「중공탈 출기」(1965.3), 「북한탈옥기」(1966.3)를 비롯하여 김종빈의 「소련 포로수용소 생 활기」(1964.10), 이가형의 「버마전선 패잔기」(1964.11), 오기완의 「평양·모스크바· 서울」(1966.5~7, ③회), 한교석의 「시베리아 幽囚記」(1967.1~3, ③회), 김우종의 포 로학도병 탈출기인 「조양강에 비 내리다」(1967.4), 이철주의 「북괴 조선노동당」 (1965.5) 등의 체험적 자전수기와 이경손의 「무성영화시대의 자전」(1964.12), 「상 해임시정부시대의 자전」(1965.6), 배정자의 「배정자 실기」(조중연 역주, 1966.2), 채 덕신의 「한국휴전회담회고」(1966.7), 이인의 「해방전후 편편록」(1967.8), 말로의 자서전 「反회고록」(하동훈 역, 1967.11~12), 손세일의 「이승만 박사와 김구선생」 (1969.9~10,70.3,9) 등의 전기 등이 대표적인 경우다. 1970년대에는 다소 축소 되나 최승만의 「관동대진재의 한국인」(1970.2~3)과 같은 체험기, 고은의 「이중섭 평전」(1973.6~9)을 비롯해 국내외 저명인사에 대한 전기, 「나의 교우반세기」(1971.3~74.7)와 같은 연재물로 연속된다.[24] 논픽션 한 편 당 평균 250매 분량과 시리즈 형식의 연재까지 지면을 제공한 것은 타 잡지에서 찾아보기 드문 경우다. 대체로 식민지시기에서 한국전쟁에 이르는 현대사를 민족수난사의 관점으로 증언하고 있는 이 체험적 논픽션들은 현대사 발굴의 자료적 가치가 있다. 월남지식인과 전향남파간첩(오기완, 이철주)의 증언수기가 많다는 특색이 있다. 『신동아』의 반공 민족주의의 일면을 엿볼 수 있는 대목이다.[25]

그리고 『신동아』 논픽션물의 절대다수를 차지하는 것은 논픽션 공모 당선작을 포함해 무명 작가들의 논픽션들이다. 공모 당선작은 1965년 9월호에 제1회 당선작 발표, 즉 「모멸의 시대」(최우수작, 박순동), 「殉教譜」(우수작, 이사례), 「장백산에서 임진강까지」(우수작, 이기붕), 「壁과 인간―어느 전향자의 수기」(우수작, 김웅), 「졸장부의 일기」(우수작, 이경식) 등을 시작으로 매년 5편 내외의 당선작이 발표된다. 1970년대까지 약 80편의 당선작이 게재된다고 보면 된다. 그 외 투고된 논픽션, 가령 미군부대 근무 여성의 수기인 「자라나는 삼각주」(윤명자, 1966.4), 「면서기의 고백」(임춘구, 1966.8) 등 30여 편까지 포함하면 총 110편을 상회한다. 대부분 체험수기로 민초들의 과거 역사적 격변(식민지시기, 해방과 전쟁)에서 겪은 특정한 체험과 당대적 삶의 생생한 기록들이다. 상궁, 목사, 전쟁포로, 학병, 징병(용)자, 의용군, 재소자, 나환자, 촌부(村婦), 행상인, 면서기, 밀정으로 오인되어 암살된 유가족, 엿장수, 낙도 교사, 화전민, 밀항자, 원양선원, 운전기사, 월남파병사병, 인텔리,

---

24) 『세대』에는 김팔봉의 회고록(1964.7~1966.3)과 고은의 '1950년대'(1971.1) 연재, '박열 평전'(1971.4, 최홍규) 정도가 눈에 띈다. '1950년대'의 연재는 '공익에 의하지 않고 개인의 명예를 훼손할 우려가 많다'는 이유로 도서잡지윤리위원회로부터 게재 중지의 처분을 받는 우여곡절을 거친 가운데 연재된 바 있다(윤리강령 제4항 '개인의 명예' 위반).

25) 1960년대 언론의 반공주의는 정부의 반공개발동원에 공명한 상태에서 국가 주도의 승공통일을 뒷받침하는 범국민운동을 전개하는 특징이 두드러진다. 가령 『동아일보』는 남북대치가 고조되는 상황에서 한국반공연맹과 공동주관으로 '간첩색출민간인희생자가족돕기운동'(1967)과 '반공사업기금조성운동'(1968)을 대대적으로 시행해 전 사회적 반공동원체제 구축에 기여했으며, 『조선일보』는 유엔총회 상정을 목표로 '납북인사송환요구 백만인 서명운동'(1964)을 거족적으로 전개하여 납북의제를 국내외로 이슈화하는 동시에 북한과의 심리전 대결을 민간 차원에서 수행했다. 이 같은 경향은 강제된 동원보다는 언론이 미디어크라시 확보를 위해 반공주의를 적극적으로 활용한 사례라고 할 수 있다.

미국유학자, 남사당패, 사할린동포, 조총련계 교포, 대북방송 병사, 파독 광부, 함장, 암태도 소작쟁의에 참여한 농민, 맹아, 불우청소년, 카츄샤, 이민자 등이 1960년대에 게재된 논픽션의 집필자들이다. 해외 한국인들의 참여도 활발했다.

1970년대에는 이 부류와 더불어 더 다양한 계층, 예컨대 농촌여성, 비구니, 농민, 이농 도시변두리인, 부두노동자, 집배원, 택시기사, 버스안내양, 승무원, 장돌뱅이, 야경원, 소매치기, 귀순빨치산, 말단공무원, 재수생, 면도사, 경비원, 월부책장사, 주부 등이 등장한다. 서민들에 의해 쓰인 서민들의 삶의 기록인 것이다. 여기에 '오늘을 사는 한국의 서민'시리즈(1967.1 청량리역장~1975.4 앵아원 원장, 100회)까지 추가하면 『신동아』을 통해 당대를 살아가는 각계각층 서민들의 다종다양한 삶의 양태와 애환을 접할 수 있다. 『신동아』 소재 논픽션을 집성하면 전통과 근대를 아우른 서민 삶의 총체적 보고서로서 손색이 없다. 1970년대 토박이 민중문화의 가치에 주목하고 다양한 전통문화의 발굴에 힘썼던 월간 『뿌리깊은 나무』(1976.3~1980.8)의 시도보다 앞선 일이다.

그런데 공모에 의한 것일지라도 이 같은 서민들의 주체적 글쓰기는(수많은 비당선 응모자들까지 포함해) 문화사적으로 중요한 의미를 지닌다. 해방직후 오기영의 일련의 수기를 비롯한 학병, 독립운동가의 수기, 전시 및 전후 전쟁체험의 증언과 수기(집), 1950년대 대중오락지를 거점으로 범람한 각종 생활실화 등이 있었지만 『신동아』 소재 수기는 이와 분명한 차이가 있다. 이전의 수기가 몇몇 특정체험, 이데올로기적 규율에의 속박, 가십 수준에 그친 것과 달리 『신동아』의 수기들은 철저한 체험적 내용으로 그 폭이 매우 다양하고 특히 당선작들은 300매 내외의 분량임에도 회를 거듭할수록 문학적 완성도를 갖춘 작품이 생산된다. 공모와 심사의 투명한 시스템을 통해서 엄정한 심사를 거쳤기 때문이다(심사자의 상당수는 선우휘, 최정희, 박화성, 한무숙, 방기환, 박완서 등 문인). 그 결과로 다수의 수기문학 작가를 배출하기도 했다. 제1회 최우수작 당선자인 박순동은 필명을 바꿔가며 제4회 최우수작 당선(「전명운傳」, 1968.10), 제5회 당선(「암태도 소작쟁의」, 1969) 등 세 차례 당선기록을 세워 유망한 논픽션 작가로 등단한다.[26] 제1회(「장백산에서 임진강

---

26) 박순동(1969년 사망)의 당선작들은 출중한 수기로 평가받으며 이후 출간된 논픽션 작품집의 단

까지』)와 제2회(『1950년의 여름과 가을』)에 우수작으로 연속 당선된 이기봉도 논픽션 당선을 통해 수기작가로 전신한 가운데 반공주의 수기 창작의 대표적인 작가가 된다.[27]

또한 논픽션 공모제는 수기문학의 장르 개척에 선구적인 역할을 했다. 전문 작가가 독점해온 글쓰기 영역을 대중에게 확대하고, 하위문화로 치부되던 수기 장르를 문학으로 부상시키는 성과를 거두었기 때문이다. 여기에는 제1회 논픽션 당선작을 『모멸의 시대』(지문각, 1967)란 단행본으로 출간했을 정도로 제도 시행 초기부터 대중적 인기를 확보한 가운데 대중들의 참여가 지속적으로 확대된 것도 크게 작용했다. 기존에 다양한 매체를 통해 분산적으로 발표된 수기의 창작 및 발표를 논픽션 공모제와 더불어 독립된 범주로 제도화하고자 했던 매체전략이 주효했던 결과다. 문학의 장르적 확대, 다시 말해 문학의 논픽션 장르 개척은 1980년대 사회변혁 운동의 고조와 대응하여 본격화된 노동자·농민 주체의 수기문학의 전사로서의 의의를 갖는다.

이는 논픽션 공모를 기반으로 해서 당대 압축적 산업화와 사회전반의 근대화 물결 속에서 주변부로 배제·소외되었던 서발턴(Subaltern)의 말할 수 있는 권리를 잡지를 통해 구현된 민권 신장의 징표라 할 수 있다. 민권 잡지를 표방한 『신동아』의 매체노선이 편집체제 및 지면을 통해 실천된 면모다. 말할 수 있는 권리를 주체적 글쓰기로 전환시킨 『신동아』의 논픽션 특화는 잡지 대부분이 시행한 독자 투고나 독자들의 잡지 평 모집과 같은 소극적 차원의 참여 방식과는 질적으로 달랐던 것이다. 논픽션 공모제가 '독자카드'란 운영과 함께 잡지 독자를 잡지편집의

골로 채택된다. 「암태도 소작쟁의」는 『한국논픽숀선서1』(이부영 외, 청년사, 1976), 「모멸의 시대」는 『한국논픽숀선서3』(오소백 외, 청년사, 1976)과 『식민지시대의 지식인』(계훈제·박순동 공저, 청년사, 1984)에 각각 재수록되었다. 그의 「암태도 소작쟁의」는 이 소작쟁의를 민중주체적 관점에서 형상화한 송기숙의 장편소설 『암태도』(창작과비평사, 1981)보다 훨씬 앞선 것이다.

27) 이기봉은 한국전쟁기 중공군 포로였다가 탈출한 전쟁포로였는데, 논픽션 당선에 이어 1965년 경향신문 신춘문예에 가작(「북한포로수용소 탈출기」) 당선으로 수기작가로 입지를 굳힌 뒤 중앙정보부 국제문제연구소 수석연구원으로 재직하며 전쟁수기의 대표적 집필자로 공보부의 심리전 자료 생산에 주도적으로 기여한 바 있다. 그 연장에서 『북의 문학과 예술인』(사사연, 1986)이 집필되었던 것이다.

주체로 유입·포섭하는 과정이기도 했다는 점에서 『신동아』의 권위와 영향력을 확대하는데 유력한 자원이 된다.

한편 중점주의 편집의 또 다른 백미는 르포와 백서다. 르포는 꼭지명을 '르포·이색지대'로 시작했다가 1967년 1월부터는 '지대'에서 인물중심의 '오늘을 사는 한국의 서민'으로 변경해 지속되었다(1967.1~1975.4, 100회). 동시에 별도의 '르포' 난이 신설·고정된다. 1967년 2월 〈유치원〉에서 1979년 11월 〈축산정책〉까지 총 140여 편이 게재되는데 한 호에 2~3편이 수록되는 경우가 많았다. 1977년 6월에는 〈혼혈아〉, 〈검인정교과서 파동〉, 〈국립극장〉, 〈광고전쟁〉 4편이 한꺼번에 실리기도 했다. 르포의 대상은 초기에는 미군부대 주변, 폐광촌, 재활용사촌, 서산간척지, 나환자촌 등 소외된 특수지대에 대한 탐사를 통해 담론으로는 포착되지 않는 또는 포착할 수 없는 당대 급격한 사회변동으로 야기된 사회병리의 다양한 이면을 고발하는 방식을 띠다가 고정란으로 배치된 뒤에는 그 범위를 넓혀 공론의 장에서 쟁점이 된 시사적 주제를 심층 취재하는 경향으로 바뀐다.

당대 한국사회 전반을 다루었다고 해도 무리가 없을 정도로 광범하다. 경제문제(사채시장, 부동산투기, 대기업, 중소기업, 무역, 산업재해, 수출자유지역, 재벌, 대일차관업체, 수출·수입, 기업자금, 유통구조, 기술도입, 공해, 은행 등), 농어촌문제(쌀값, 어민, 새마을운동, 농약, 축산정책 등), 노동문제(임금, 평화시장, 노동자, 인력난, 노동조합 등), 서민생활과 직결된 현안(주택, 물가, 세금, 상하수도, 철도, 버스 등 교통문제, 보험, 집값, 불량식품 등), 종교(불교, 기독교, 신흥종교 등), 교육(유치원, 학교잡부금, 검인정교과서, 청소년범죄, 사립학교, 고교평준화 등), 언론·문화(문화재단, 예총, 국립극장, 출판, 자유언론운동, 외국인학교, 유학, 예능교육, 연예계, 문화재단 등), 각종 공공기관(국세청, 보건소, 종합병원, 국립경찰, 자선단체, 농협 등) 등 1960~70년대 경제개발과 성장 위주의 산업화 및 사회적 근대화의 파행으로 야기된 사회 전반의 현안을 망라하고 있다. 재일한국인, 이민 문제를 여러 차례 다룬 것도 눈에 띈다.

주로 강인섭, 윤여준 등 신동아 및 동아일보 기자들이 담당한 이 르포들은 공통적으로 문제적 각 사안의 객관적 실태와 그 병폐의 역사적·구조적 원인에 대한 분석, 시정책을 제시하는 종합보고서의 성격을 지닌다(평균 200매 내외의 분량). 따라서 당연히 정부 정책의 맹점, 즉 정책 입안, 추진, 관리감독의 문제와 이로부터 파생된 비리, 부정부패에 대한 고발을 수반한다. 더욱이 상당수를 특집·기획물의 유기적 일부로 배치하고 화보를 통해 그 실상을 시각적으로 재현함으로써 르포의 내용과 기능을 확장하는 동시에 가독성을 높이고자 의도한 점도 눈여겨볼 필요가 있다.[28] 베테랑저널리스트들이 담당했기에(공동 집필도 많다) 내용의 심층성·종합적 체계성을 갖출 수 있었다.

이들 르포는 해석·논평보다는 기록성이 강화된 특징을 나타내며, 문제의 원인을 구조적으로 분석하고 해결책을 제시하는 종합보고서와 같았다. 르포는 해방 후 잡지, 특히 『신천지』, 『신태양』 등에서 중요하게 취급했다. 하지만 『신동아』에 와서야 비로소 규모와 체계 그리고 지속성을 갖춘 르포가 완성됐고 중점주의 편집의 주된 대상으로 자리를 잡았다. 이것은 이후 등장하는 종합지 편집의 롤 모델이 된다.

『신동아』 백서(white book)는 한국잡지사에서 찾아보기 어려운 편집 요소다. 백서는 르포와 유사하면서도 조금 다르다. 종합보고서라는 점은 마찬가지이나 백서는 르포에 비해 좀 더 길고 자세한 심층보고서로서 논평 성격이 강하다. 1960년대 개발동원체제의 모순과 병폐를 두루 다루는데, 주로 정경연합체인 지배 권력의 모순과 비리를 파헤치는데 초점을 둔 특징이 있다. 정쟁과 부정부패의 온상인 정치자금 문제를 외국 사례와 비교해 파헤친 복간호 「정치자금—한국민주정치의 비용」(이웅희·김진현)을 시작으로 6·25의 영웅, 5·16의 주체, 제3공화국의 지배엘리트그룹인 육사 8기생의 단합과 분열과정을 다룬 「육사8기생」(강인섭), 번의(翻意)와 관련해 난마와 같이 얽힌 권력계보를 추적한 「박대통령을 움직이는 사람들」(1964.10), 민주공화당의 기원의 음험한 맥락을 파헤친 「민주공화당 사전조직」(1964.11), 쿠데타세력의 정치적 야망의 투영체인 「재건국민운동」(1965.2), 경제

---

28) 복간 『신동아』가 표지화와 화보를 중시했다는 것은 당시에도 널리 알려진 사실이다. 복간호부터 표지화를 담당했던 김병기에 따르면 세 번씩이나 다시 그려야 할 정도로 복간 『신동아』의 화보가 까다로웠으며, 대신 화료(畵料)가 대단한 수준이었다고 한다(『경향신문』, 1964.11.7). 주로 표지나 화보가 중시된 것은 여성지이다. 그것이 판매부수에 영향을 줄 정도로 절대적이었기 때문인데, 문제는 치열한 원색화보 경쟁이 가열되면서 경영난을 압박하는 요인으로 작용하여 높은 발행부수에도 불구하고 만성적인 적자에 허덕이는 악순환 구조가 초래된다. 복간 『신동아』의 화보 중시는 '읽는 잡지'에서 '보는 잡지'로 변화해 가던 당대 독서대중의 취향을 적극적으로 반영한 결과로 잡지의 경쟁력을 높이는 한 요인이 된다.

개발계획 입안 과정의 흑막을 추적한 「한국장기개발계획의 내막」(1966.9), 쿠데타 정부가 경제재건의 상징으로 내건 울산공업지구건설과정에 얽힌 차관의 내막을 밝힌 「울산공업센터」(1967.11), 정·관·재계의 실력자로 부상한 쿠데타세력의 분포를 다룬 「예비역장성」(1967.12), 부정축재처단, 사기업특별금융, 정부보증의 대규모 차관도입에 따른 독점과 부패의 재계판도를 조명한 「5·16이후의 재계개편」(1968.5), 집권당의 급작스런 파동과 새로운 권력구조, 정치자금의 내막을 분석한 「민주공화당」(1968.8), 특혜와 폭리로 사회문제화 된 차관업체들의 실태와 정부의 외자도입 정책의 공과를 분석한 보고서 「借款」(1968.12) 등으로 지속된다.

대강만 살펴보아도 지배 권력구조의 모순, 정부의 실책, 정경유착의 비리 등 박정희 정권의 내막, 흑막을 비판적으로 해부하는데 초점이 맞춰져 있다는 사실을 확인할 수 있다. 당시 정부가 여러 방면으로 제기·선전한 추상적이고 낙관적인 전망으로 치장된 정부의 공식보고서(백서 내지 靑書)에 맞선 대항보고서였던 것이다. 따라서 권력과의 마찰은 필연적이었다. 특혜와 폭리 문제로 대두된 차관업체들의 실태와 정부의 외자도입 정책의 공과를 분석한 백서 「차관」(1968.12, 김진배·박창래 공동집필)이 필화를 당하게 된 것은 어쩌면 예정된 수순이었다. 중앙정보부와 동아일보사의 물밑 교섭으로 필화사건이 일단락되고 『신동아』는 경영진, 편집진이 전면 교체된 가운데 잡지 발간이 지속되나 그 여파는 만만치 않았다. 매체 전략의 전반적인 조정과 함께 지면의 연성화가 불가피했다.

필화사건 후 편집노선의 연성화로 정치비판과 심층보도의 편집이 대단히 어려워지면서 백서의 비판적 논조가 퇴조될 수밖에 없었다. 객관적인 정부비판의 보고서가 반공법에 저촉되는 공포분위기가 조성되고 잡지 전반이 중앙정보부의 감시와 통제에 갇힌 상태에서 부득이한 일이었다.[29] 1972년까지는 사회문화적인 병리를 다룬 약화된 논조의 백서가 이어지다가 유신체제 선포 후로는 논평이 배제된 다큐멘터리로 대체되거나 르포의 집중화로 바뀌게 된다. 백서의 중요성

---

29) 필화사건 당시 기자로 있던 이종석(1968~75년 근무)의 회고를 통해 당시의 공포분위기, 특히 중앙정보부의 감시와 통제가 얼마나 심했는가를 알 수 있다. 그에 따르면 필화사건 이후 정치비판과 심층보도의 편집이 대단히 어려워 이전과 같은 잡지편집이 쉽지 않았는데, 무엇보다 강골의 단골필자들에게 집필 의뢰를 할 수도 없었고 당사자들도 눈치를 보기에 이르렀다고 한다(한국잡지협회, 앞의 책, 224~225쪽).

은『신동아』가 처음 시도한 중점주의 편집 요소로 국민이 당연히 알아야 하는 권리, 즉 민권의 보루로 기능했다는 것을 증명해준다는데 있다. 타 잡지가 주로 지식인들의 논설 위주로 다룬 것과 뚜렷이 비교되는 특징이다. 비뚤어진 시대상을 고발하고 비정(秕政)을 질타하는 잡지의 예언자적 역할[30]이 강조되는 국면에서 『신동아』의 백서는 이 같은 시대적 소명이 가장 잘 발현된 편집이었다.

백서도 르포와 마찬가지로 특집·기획물과 유기적 관계 속에서 기획되었다는 점이 중요하다. 백서와 르포가 각기 독자성과 밀접한 상호연관성을 지니고 전체 편집체제의 유기적 체계 속에 배치됨으로써『신동아』의 중점주의 편집이 더욱 부각될 수 있었던 것이다. 이 모든 것은『신동아』의 기획력, 취재력, 정보력을 잘 드러내주는 것으로 신문잡지로서의 장점을 극대화한 결과다. 외국 언론기관(AP통신, 독일의『슈피겔』등)과의 특약으로 독점 전재한 특종에 가까운 백서들이 많았던 것도 마찬가지다.『사상계』가 전문가, 학자(교수)의 논문을 중심으로 편집해 권위를 높였다면,『신동아』는 백서를 중심으로 한 시사성을 통해 대중의 호응을 받았다고 할 수 있다.

한편『신동아』의 또 다른 편집요소인 중간독물은 다양성과 지속성을 지녔다. 따라서 장기연재물이 대부분이다. 대표적인 것으로 〈한국의 맥박〉, 〈세계의 맥박〉, 〈뉴스와 화제〉, 〈시사만화〉, 〈대담〉, 〈잊을 수 없는 사람〉, 〈세계의 대학〉, 〈오늘을 사는 한국의 서민〉, 〈칼럼〉, 〈세시기〉, 〈인터뷰〉, 〈의학방담〉, 〈생활방담〉 등인데 몇 개 영역을 특화시킨 특징이 있다. '맥박'시리즈, 특히 〈세계의 맥박〉은 세계 여러 나라의 동향을 현지에 파견된 특파원(일본-권오기, 영국-김성한, 미국-박권상 등)의 '통신'과 함께 국내외 중요 사건 위주로 소개하고 단평을 가한 것으로 1966년 11월부터는 〈오늘의 맥박〉으로 통합해 지속된다. 이때 '여성', '북한의 동향'을 필수적인 요소로 포함시켰다. 〈뉴스와 화제〉 또한 복간호부터 계속된 것으로 학술, 문예, 과학, 취미, 스포츠 등 10개 이상의 분야에 걸쳐 각계의 이슈를 소개하는 코너였다. 이 시리즈들은 1950년대『사상계』,『신태양』두 잡지에서 개설한 것으로 그리 새로운 것은 아니나 신문잡지 특유의 장점을 살려 그

---

30) 이광훈, 「다시 잡지문화의 꽃을」,『동아일보』, 1970.11.2.

취재 범위가 넓고 정보량이 많은 편이다. 신문잡지의 장점을 살린 〈대담〉은 동아일보 논설위원 급들이 전담했고 〈칼럼〉은 시사, 사회, 풍속 등에 대한 단평을 사회문화계 저명인사(이어령, 조지훈, 박용구, 이병주, 노재봉, 홍승면, 송지영 등)가 평균 5회씩 집필했다. 〈시평(만화)〉란과 더불어 시사성을 강화라는 요소였다. 칼럼이 종합지에서 장기적으로 고정된 것은『신동아』가 처음이다.

중간독물 배치의 또 다른 특징은 지속성을 바탕으로 선택과 집중이다. 가령 의상, 결혼, 극장, 예배당, 해수욕, 다방 등 40여 분야에 이르는 한국의 세시기(歲時記) 시리즈(이서구 집필)와 〈옛 생활의 유산〉시리즈 등을 병재(竝載)함으로써 한국근대풍속사 혹은 생활문화사의 방대한 자료를 구축해낸다.『뿌리깊은 나무』가 시도했던 전통의 탐색·복원작업과 같은 맥락이다. 또 대중들의 실생활에 유익한 실용적 지식과 정보 제공에도 심혈을 기울였는데 〈의학방담〉, 〈생활방담〉이 대표적이다. 〈의학방담〉(1968.2. 당뇨병~1971.11. 출산)은 건강과 관련한 질병들에 대한 전문적 지식과 증상, 예방법, 치료법 등을 해당분야 의사들의 방담 형식으로 제공한 격월간 시리즈다. 〈생활방담〉(1972.1~1979.12. '좋은 영화 왜 못 만드는가' 등)은 〈의학방담〉의 후속으로 기획된 것으로 독서, 팁의 사회병리, 광고의 홍수, 방범대책, 아파트촌, 조기교육, 아동만화, 외재소비재 등 대중들이 처한 일상생활의 문제이자 공공의 문제인 사회문화적인 병리현상 50여 가지 이상을 다각적으로 진단하고 해결을 모색하는 내용이었다. 이런 주제를 논문이나 시평과 같은 딱딱한 형식이 아닌 방담(放談)의 형식으로 제공함으로써 독자대중의 이해의 폭을 넓히고자 한 시도는 다른 잡지에서는 찾아보기 힘든 신선한 기획이다. 이 독물들은 중점주의 편집을 보완하는 기능을 했다. 이렇듯『신동아』의 중간독물은 취미, 오락, 가십을 최대한 배제하고 사회성, 시대성, 실용성이 짙은 내용을 선택, 집중적으로 배치하여 대중 교양의 함양에 기여하게 된다.

3. 매체 전략과 대중교양

『신동아』가 매체 전략을 공식적으로 표명한 적은 없다. 다만 복간 초기의 편집후기를 통해서 잡지주체가 지향한 편집노선의 대강은 파악이 가능하다. 이를 간

추리면 『신동아』의 정신은 민족적 경륜을 선양하는데 있으며 따라서 지고(至高)의 잡지인 동시에 '읽히는' 잡지를 양립시키겠다는 목표를 누차 천명한다. 그것은 사회적 공기성과 상업성의 조화를 말한다. 잡지의 생명력은 사회적 공공성과 상업성의 조화에서 나온다. 한쪽이 편중되면 독자의 외면을 받을 수밖에 없고 잡지의 재생산 자체도 불가능해진다. 한국잡지사에 등장한 수많은 잡지가 수명이 짧았던 근본적인 이유다. 더욱이 잡지가 근대적 경영체제로 전환된 1960년대 이후로는 독자들의 욕망과 시대정신의 추이를 민감하게 고려해야 했다.

1960년대 최고의 발행부수와 가장 저항적인 논조를 펼쳤던 『동아일보』조차도 [31] 1964년 언론파동 후 미디어 전반이 상업성을 강화하는 추세에서 정론성 중심의 고급지냐 아니면 독자에 영합한 상업지로 갈 것인가 하는 성격 문제를 놓고 내부적인 격론을 두 차례 치렀고 결국 흥미 30%, 건전 70% 비율로 절충했다.[32] 『여성동아』도 60~70%는 품위 있는 교양에 치중하고 30~40%에 상업성을 띠도록 편집방침을 정한 바 있다. 『신동아』도 동아일보사 미디어의 이러한 기조에 영향을 받을 수밖에 없었으나 공공성과 상업성 사이 딜레마를 특유의 매체전략으로 돌파하고자 했다. 앞서 상세하게 살핀 편집체제 및 지면 배치, 논조 등을 종합해 볼 때 『신동아』의 매체 전략은 시사성, 정론성, 대중성으로 파악된다. 시사성을 중심으로 정론성과 대중성이 상보적으로 결합한 체계다.

물론 이러한 매체 전략은 특히 신문잡지의 보편적 현상이다. 1930년대 『신동아』도 시사성을 매개로 국내외 정치현실에 대한 정론을 설파하는 전략을 기본으로 삼았다. 다만 『신동아』가 격동의 1960~70년대, 즉 혁명과 쿠데타 그리고 권위주의와 민주주의의 첨예한 갈등이 고조된 정국에서 복간됐고 이후 권위주의 독재의 극단화와 저항의 대두, 경제 성장과 파행성의 심화, 사회문화적 근대화와

---

31) 1966년 4월 기준 『동아일보』의 발행부수는 46만 5천 부였다(1967년 4월에 50만 부 돌파). 다소의 과장이 없지 않겠으나 경쟁지 『조선일보』가 1974년 11월 63만 부를 기록한 것과 비교해 보면 압도적인 수치인 것만은 분명하다. 그 발행부수는 당시 일본의 주요 신문의 5~6백만 부에는 턱없이 적은 것이지만 다른 아시아 국가의 대표적 신문, 즉 인도의 최대지 『인디안 엑스프레스』의 23만 부, 필리핀 『마닐라 타임즈』의 13만 부보다는 월등한 수준이었다. 「동아자화상」, 『동아일보』, 1966. 4. 1.

32) 이에 대해서는 동아일보사사편찬위원회 편, 『동아일보사사(권3)』, 동아일보사, 1985, 382~386쪽 참조.

급격한 사회변동이 초래한 가치관의 혼란 등 한국사회 전반이 역동적으로 재편되는 연대 한 복판을 가로지르며 『신동아』가 존재했다는 사실은 이 같은 매체 전략을 예사로이 볼 수 없게 만든다.

시사성은 종합지의 본질이다. 단순한 보도보다는 사회성이 강한 시대적 현안을 의제화, 담론화해서 정리, 분석, 논평을 수행하는 역할이다. 시사적 의제를 단편적으로 보도하는데 특색이 있는 일간신문과 달리 월간종합지의 생명력은 시사성이다.[33] 『신동아』는 편집체제의 참신한 기획과 시사적인 의제 중심의 중점 편집으로 시사성의 최대치를 구현했다. 특집과 기획물, 르포, 백서를 통해서 급격한 사회변동이 초래된 한국사회 전반의 저변을 탐색하여 병리적 현상들을 폭로, 고발하는 것에서부터 권력구조 안팎의 모순과 비리를 적발, 비판하는 것에 이르기까지 공공의 의제를 심층적으로 해부하는데 주력했다.[34] 그런 면에서 『신동아』의 시사성은 잡지의 공공성을 높이는 기초로 작용했다고 볼 수 있다. 시사적 문제를 취급한 〈한국 및 세계의 맥락〉, 〈뉴스와 화제〉, 〈생활방담〉 시리즈와 같은 중간독물도 시사성을 강화하는 보완재로 배치되었다. 이는 기획력, 정보력, 취재력이 뒷받침되었기 때문에 실현 가능했다. 시의성이 강한 사회적 의제의 발굴, 여론의 형성과 선도, 사회적 감시자로서의 역할에 충실한 가운데 시사 잡지의 한 전형을 만들어냈던 것이다.

이러한 시사성은 『신동아』의 정론성을 강화하는데 기여한다. 잡지의 편집에서 무엇을 다루었는가의 문제 이상으로 그것을 어떻게 다루었는가, 즉 논조가 중요하다. 의견잡지를 지향한 『신동아』의 기본 논조는 객관적 사실에 바탕을 둔 합리적 비판이었다. 그래서 『신동아』는 당시 종합지의 지형에서 항상 야당지로 분

---

33) 송건호, 「이달의 잡지」, 『동아일보』, 1969.10.9.

34) 『신동아』가 다룬 시사적 의제들의 영역은 1960년대 시대성을 강하게 담고 있는 유행(어)과도 밀접한 관계가 있다. 김병익이 정리한 1960년대 유행어로는 구악/신악, 국민이 원한다면, 나처럼 불운한, 누구 왕세에, 무장공비, 무한정치, 미니(미니스커트), 민족적 민주주의, 바캉스, 반혁명, 번의, 부익부빈익빈, 자동케이스, 자의반타의반, 재건, 저자세, 정치교수, 제2경제, 주체세력, 징그러운, 체질 개선, 초치다, KS마크, 경기고서울대, 하극상, 호남푸대접, 화형식, 불도저, 부정축재, 비전, 사꾸라, 산책, 선심공세, 소비는 미덕, 소신, 아더메치(아니꼽고 더럽고 메스껍고 치사한), ABC행정(군대, 브리핑, 차트), 외유, 우골탑, 이거 되겠습니까 등이다. 『동아일보』, 1969.12.20.

류되었다.[35] 그렇다고 특정 정파의 입장을 대변한 것은 아니다. 철저한 조사와 실증을 무기로 했기 때문에 사회적·대중적 파급력이 컸다. 『신동아』의 정론성이 부정적 비판으로만 일관한 것은 아니다. 대안적 한국사회를 모색하는 데도 적극적이었다. 대안의 방향은 복간사에 천명된 바와 같이 관권, 특권을 거부하고 민권, 인권에 기초한 민주주의사회였다. 민주주의 담론의 적극적 개진과 더불어 일련의 '~상(像)'시리즈, 즉 '한국의 정치상'(1965.5)을 비롯하여 '한국의 행정상'(1965.10), '한국의 대학상'(1965.11), '한국의 교육상'(1966.2), '한국의 경제상'(1966.2), '한국의 종교상'(1966.5), '한국의 농촌상'(1966.10), '한국의 지식인상' (1967.3), '아시아의 미래상'(1968.1), '한국의 미래상'(1968.5) 등을 통해서 한국사회의 전망을 타진하고 이를 토론, 심포지엄, 좌담 등을 통해 비전의 구체성을 도모하고 그 필요성을 여론화 하고자 노력했다.

그런데 『신동아』가 다룬 시사적 의제 자체가 당시로서는 불온한 것이었고 정론, 즉 비판적 논조는 더더욱 불온한 것으로 간주될 수밖에 없었다. 박정희 정권에 정면으로 도전하는 의미를 지녔기 때문이다. 반공주의와 발전주의가 내적으로 결합된 박정희 정부의 반공개발동원 체제에 대한 비판과 저항이 체제 위협적인 적으로 규정된 이상 중앙정보부가 『신동아』의 사회문화적 기반을 완전히 붕괴시키려고 했던 것은 당연한 수순이었다. 신동아 필화사건은 어쩌면 그 시점이 늦춰진 감이 없지 않다. 특히 필화사건 전반을 중앙정보부가 직접 관장했다는 사실은 '차관' 백서만이 아니라 『신동아』의 매체 전략과 그 실천이 정권의 폐부를 예리하게 꿰뚫었다는 것을 반증해준다.

동아일보사가 중앙정보부를 정면으로 공격하는 사설을 싣고[36] 이에 중앙정보

---

35) 한국잡지협회, 앞의 책, 25쪽. 『사상계』 폐간 후의 종합지 구도와 성격은 대체로 『신동아』가 야당지, 『세대』는 친여잡지, 『월간중앙』은 중간 위치로 분류된다. 『세대』가 친여잡지로 분류된 것은 논조와 더불어 잡지의 사주가 5·16주체세력의 일원인 이낙선이었다는데 근거한 것으로 보인다. 다만 그 보호막을 잘 활용해 검열을 빠져나갈 수 있다는 계산으로 조해일의 「아메리카」나 조세희의 「뫼비우스의 띠」와 같은 경향의 소설을 자주 실을 수 있었다고 하니 상당히 아이러니컬한 대목이다. 유신체제 '물밑 검열'의 한 예로 볼 수 있다.

36) 「신동아 필화」(사설), 『동아일보』, 1968.11.29. 사건의 경위와 함께 문제가 된 내용을 요약 소개한 뒤 중앙정보부가 수사를 담당한 점, 반공법 적용의 문제점을 제기하는 가운데 '광명의 민주주의를 키우고 그것을 바탕으로 승공통일을 이룩하기 위해 알 권리, 알릴 권리의 완전한 전취'를 강조

부가 『신동아』 1968년 10월호에 실린 논문 「북괴와 중소분쟁」(조순승)의 영문원고 번역본 등을 조사·압수하는 수사 확대를 거쳐(반공법 위반 혐의로 주간 홍승면과 부장 손세일이 구속된다) 중앙정보부와 동아일보사가 막다른 대결로 치닫는 과정이 결국 동아일보사가 권력의 압력에 굴복함으로써 일단락되지만[37] 정권의 입장에서 『신동아』가 얼마나 눈엣가시였는가를 역설적으로 드러내준다. 제3공화국 시기 정권과 언론의 최후적 대결이었던 이 필화사건으로 동아일보사와 『신동아』가 최대 위기를 맞지만 『신동아』가 비판적 저널리즘의 대명사라는 상징성을 재차 추인 받는 계기가 된다. 이렇듯 『신동아』의 정론성은 권력과의 관계에 따라 부침을 겪지만 종합지가 나아갈 방향을 제시한 표본이었다는 것만은 부인하기 힘들다.

한편 시사성은 『신동아』가 대중성을 확보하는데 긍정적으로 작용했다. 잡지는 내용도 중요하지만 독자대중에게 읽히는 것이 무엇보다 필요하다. 특정 목표독자층을 겨냥한 잡지들에 비해 불특정다수를 독자층으로 하는 종합지는 더욱 중요하고도 어려운 과제였다. 『신동아』도 대중에게 친근한 잡지를 강조한 가운데 널리 읽힐 수 있는 대중친화적인 편집과 논픽션 현상과 같이 대중 참여의 기회를 확대하는 새로운 기획을 통해 대중성을 제고하려고 노력했다. 그 결과로 최고의 판매부수와 지식인뿐만 아니라 다양한 독자층에게 호응을 받는 성과를 거둔다.

대중성이란 불특정 다수의 독자대중의 언론에 대한 지대지평에 부응함으로써 대중접근성을 높여 매체의 지향을 전파시킬 수 있는 요소 나아가 전파시킨 수준을 말한다. 이를 계량화하는 것은 불가능에 가깝고 발행(판매) 부수를 절대지표로 삼아 판단하는 것도 다소 설득력이 약하다. 다만 1960년대 대중의 지향과 언론에 대한 요구를 통해서 『신동아』의 대중성을 가늠해볼 수는 있다. 가령 1966년 10월~11월 지식인(교수, 언론인) 1,515명을 대상으로 '지식인의 가치관'에 대한 홍승직의 사회조사 결과를 보면,[38] 한국의 경제발전을 위해 가장 시급한 과제로 부정부패(51.16%), 재부(財富)의 편중(14.72%), 기업의 독점(10.10%) 등을 순차적으

하며 중앙정보부와 전면전을 불사하겠다는 의지를 표명한다.

37) 이에 대해서는 정진석, 「민족의 공기로서 독재의 저항, 잡지 저널리즘의 새 지평을 열다」, 『신동아』, 2021.11, 178~180쪽 참조.

38) 홍승직, 『지식인의 가치관 연구』, 삼영사, 1972, 161~175쪽 참조.

로 꼽았고, 당대 근대화 과정의 최대 수혜층으로 재벌 및 대기업주(51.31%), 도시인(14.13%), 집권층(12.81%), 상류층(12.08%), 봉급생활자(0.20%), 농민(0.66%), 중소기업층(0.92%) 등을 들었다는 점을 감안할 때, 당대 지식인들은 경제개발계획을 중심으로 강력하게 추진된 근대화프로젝트에 대해 비판적 입장이었다는 것을 알 수 있다. 이는 역으로 그 부정적 결과에 대한 해결의 기대욕구가 높았다는 것을 말해주는 것으로, 복간『신동아』의 시사성에 바탕을 둔 정론이 당대 지식인들에게 큰 호응을 받았을 것으로 추정할 수 있다.[39]

또 1960년대 신문에 대한 독자여론의 추이를 보더라도 1960년대 이념과 정론을 위주로 한 언론의 공공성에 대한 기대수준이 매우 높았다는 것을 확인할 수 있다. 여론 형성의 주도층인 지식인들이 생각하는 신문의 사명은 정경과 사회논평(50.5%), 서민생활과 직결되는 정보(19.4%), 대중계몽의 지도 기사(18.4%), 정부 및 정치세력의 비정을 폭로 규탄(7.6%) 순으로 나타나며 이런 사명을 신문이 제대로 수행하지 못하고 상업성에 치중하고 있다고 보았다.[40] 일반독자들도 마찬가지여서 1966년 10월 신문으로서 사명과 구실을 제대로 못하고 있다는 의견이 76.5%이며 신문이 나아갈 방향으로는 '부정부패 일소와 고발의 소임'이 69%로 압도적이었고, 1969년 10월에도 신문이 본래의 사명을 다하지 못한다는 의견이 75.9%였고 신문이 권력·금력에 휘둘리거나 부정부패 근절에 적극적이지 못한 것을 가장 큰 이유로 꼽았다.[41] 대학생들은 개성 없는 지면, 해설의 빈약, 패기가 없고 보도의 설득력 부족 등을 신문의 병폐로 보는 가운데 사건의 전말을 심층적으로 접근한 해설, 논단의 강화, 폭넓은 시야와 미래 제시 등을 주문한 바 있다.[42]

특정언론사 그것도 신문에 한정한 여론조사 결과를 잡지에 적용하는 것은 무

---

39) 1965년 정치학, 행정학 교수 100명을 대상으로 한 경향 조사에서 가장 위신 있는 신문으로 『동아일보』를 꼽았으며, 잡지로는 『신동아』와 『사상계』를 50%이상 지명했다는 결과를 통해 그 일단을 확인할 수 있다. 김계수, 『한국정치학』, 일조각, 1969. 150~151쪽.

40) 「한국신문 오늘의 문제」, 『경향신문』, 1971.4.6.

41) 「신문을 보는 눈, 경향신문 독자조사결과 분석」, 『경향신문』, 1966.10.6.; 「경향에 바란다―여론조사에 나타난 독자의 소리」, 『경향신문』, 1969.10.6.

42) 「남녀대학생이 보고 느낀 오늘의 한국신문」, 『경향신문』, 1969.4.5.

리일 수 있겠으나, 적어도 1960년대 대중들은 여전히 정론을 언론의 본령으로 간주하고 있었으며 그 적극적인 발현을 요망하고 있었다는 것을 확인하기에는 충분하다. 이 점 또한 『신동아』의 매체 전략이 당대 독자대중의 기대와 부합했던 면이다. 『신동아』에 대한 선호도가 높았던 것은 대중독자들의 이 같은 기대에 부응했기 때문이다. 1960년대 후반 잡지계의 활로를 모색하는 세미나에서 가장 공감을 얻었던 견해는 잡지편집자들의 그릇된 자세, 즉 독자취향 오판이었다. 대중의 수준이 낮으며 대중의 요구가 천박한 것이라는 오판 속에 지도·계몽의 역할을 과도하게 강조하거나 아니면 옐로저널리즘으로 편향됨으로써 잡지계의 불황과 줄도산을 자초했다는 것이다.[43] 4·19와 5·16의 정치경험이 주체성과 근대화에 대한 관심을 촉발했다고 할 때 그것이 지식인들의 몫만은 아니었다. 대중들 또한 근대화프로젝트의 성과 및 폐해가 가시화되는 흐름 속에서 근대화에 대한 매혹과 실망의 복잡한 시선을 동반한 채 적어도 1950년대보다는 사회현실에 대한 관심과 문제의식이 대폭 확대되었다고 볼 수 있다.

『사상계』가 1960년대 후반 급격히 쇠퇴한 것도 이와 무관하지 않다. 주된 독자층이 학생층에서 30대로 교체되고,[44] 보다 구체적이며 분석적인 내용을 원하는 쪽으로 독자들의 취향이 바뀌는 흐름에서 『사상계』가 외압과 경영난 속에 이러한 변화에 적극적으로 대처하기는 어려웠다고 볼 수 있다. 요컨대 복간 『신동아』는 시사성을 매개로 한 정론을 극대화한 전략이 당시 독자대중에게 주효한 가운데 민도 향상에 크게 기여했다고 볼 수 있다. 시사잡지사의 측면으로 볼 때도 『신동아』는 시사 잡지 특유의 장점, 이를테면 다루는 내용과 주제의 시사성으로 인해 사회의 여론 형성과 선도, 사회적 의제의 발굴, 사회적 감시자로서의 역할 등에 충실한 가운데 1970~90년대 뚜렷한 저널리즘의 사명을 수행했던 시사잡지의 선구자적인 존재였다.[45]

---

43) 「斜陽잡지 활로 모색」, 『신아일보』, 1968.9.21.

44) 「도서책」, 『매일경제신문』, 1966.10.10. 월간잡지 중 가장 인기 있는 것은 『신동아』(2만 5천부), 여성지는 『여원』(3만 부), 학생지는 『학원』이었으며, 대학생들에게는 『사상계』와 『시사영어연구』가 가장 인기가 있었다.

45) 한국 시사잡지사에 대해서는 김영주, 『시사잡지와 잡지저널리즘』, 한국언론재단, 2006, 12~27쪽 참조.

그렇다면 『신동아』는 누구에게 얼마나 읽혔을까? 이 문제도 잡지 연구의 난제다. 여성지, 학생지, 아동지 등 뚜렷한 목표독자층을 겨냥한 잡지들에 비해 불특정 다수를 대상으로 하는 종합지의 경우는 더욱 중요하고도 어렵다. 판매 부수로 잡히지 않는 누가, 무엇을 읽었는가, 이를테면 주 독자층(지역, 세대, 계층, 젠더 등의 분포), 지면(기사) 선호도, 공람률,[46] 열독률 등의 파악은 사실상 불가능에 가깝기 때문이다. 특히 잡지의 수용력에서 중요한 지표인 공람률에 대한 조사는 더 그렇다. 『신동아』는 제작 단계에서부터 판매영역(광고, 판로 등)에서도 신문잡지로서의 장점을 적극 활용해 단기간에 매체 영향력을 확보할 수 있었다. 1969년 4월 기준 부산총국을 비롯해 10개 지사, 503개 지국, 884개 분국(서울에는 따로 38개 보급소) 등 총 1,380개의 전국적 보급망과 일본, 미국, 베트남 등 해외지국의 보급망, 동아일보를 통한 지면광고(5회 이상의 1면 하단 광고를 포함해 한 달 평균 10회 이상)를 이용함으로써 홍보, 판로에 큰 어려움이 없었다.[47] 해외교포의 투고가 많았던 것도 이의 결과다.

이렇게 잡지 발간과 유통의 전 영역에 걸쳐 타 잡지에 비해 우월한 경쟁력을 확보하고 있었던 관계로 원고난, 경영난을 겪지 않고 발간의 안전성과 지속성을 유지할 수 있었다.[48] 단 한 차례의 결호도 없었다는 것은 정기간행물의 특성상 잡지의 신뢰도를 높이는 결정적 요인이 된다. 1960년대 후반에 이르러 평균 5만

---

46) 1960년대 잡지의 공람률을 파악할 수 있는 자료는 아직까지 발견하지 못했다. 없는 것 같다. 신문의 경우 1959년 신문 한 부의 공람률에 대한 조사 결과를 보면(전국 114개 국민학교 학부형 5,423명을 대상, 『동아일보』, 1960.1.5), 3~4명 공람이 가장 큰 비중을 차지하는데(1명 공람 3%, 2명 공람 17%, 3명 공람 28%, 4명 공람 18%, 5명 공람 7% 등) 1960년대에는 문자해득률의 상승, 교육의 보편화, 문화생활에 대한 욕구 향상 등을 고려할 때 공람의 정도가 더 확장되었을 것으로 추정할 수 있다. 잡지의 경우 신문과 단순 비교는 문제가 있으나 간기, 가격 등을 고려할 때 최대 신문보다 높고 최소 2명의 공람은 가능하지 않았을까. 다소 특수한 경우지만 1970년 기준 최고 발행부수를 기록한 『새농민』(18만 부)은 농촌지역에서 마을주민 상당수가 공람한 바 있다.
47) 1960년대 광고의 중심은 신문이었다. 가령 영화의 경우 광고비의 80~90%가 신문광고비였는데, 1970년대까지 신문광고 비중이 절대적이었으며 특히 매체영향력이 큰 중앙일간지의 광고 단가가 비싼 편으로 조간신문이 영화 광고를 무척 중요시했다고 한다. 『영화천국』, 한국영상자료원, 2013.1, 18~21쪽 참조.
48) 이런 안정성을 바탕으로 1966년 2월부터 정기구독제를 시행한다. 정기구독자의 규모를 확인하기 어려우나 20%의 할인 혜택(130원 정가에 6개월 624원, 1년 1248원)을 제공했기 때문에 독자 배가에 긍정적으로 작용했을 것으로 보인다.

부의 발행부수를 기록한 것도 이 효과 때문이었다. 대한출판문화협회에서 처음으로 시도한 사회계층을 무시한 일반적인 독서여론 조사를 보면 잡지의 경우 한 달에 1종밖에 안 본다(33%), 3~4종을 본다(14%), 1년 내내 한권의 잡지도 안 본다(15%)는 결과를 감안할 때[49] 상당히 의미 있는 수치이다.

1960년대 본격화된 베스트셀러 집계나 신문기사를 종합해보면 『신동아』의 독자층이 비교적 다양한 세대 및 계층에게 권위를 인정받고 있었다는 것을 확인할 수 있다. 『신동아』는 복간 당시부터 잡지부의 베스트셀러였다. 1960년대 초는 대체로 『여원』, 『사상계』, 『현대문학』 순이었으나 1965년부터는 『여원』, 『신동아』, 『주부생활』, 『사상계』 순으로 그리고 교양잡지 항목을 독립시킨 1968년 후반부터는 『신동아』, 『중앙』, 『사상계』 또는 『현대문학』 순으로 집계된다.[50] 잡지 전체 또는 교양잡지 분야에서 『신동아』의 수용력이 막강했다고 볼 수 있다. 수용자층으로 볼 때도 앞서 언급했듯이 지식인(정치학, 행정학 교수)에게 가장 위신 있는 잡지가 『신동아』였고, 서울시내 시점에서의 베스트셀러 잡지는 『신동아』, 『여원』, 『사상계』, 『여상』, 『현대문학』 등이며(『경향신문』, 1965.1.25), 월간지(남성잡지) 중 가장 인기 있는 것은 『신동아』(『매일경제신문』, 1966.10.10), 수원을 비롯한 7개 시군의 교사(100명)를 대상으로 한 조사에서 가장 많이 구독한 잡지로 『사상계』, 『신동아』, 『현대문학』(『경향신문』, 1966.10.19.), 이화여대생 450명을 대상으로 한 독서실태조사에서 정기구독 잡지의 순위가 『여원』, 『현대문학』, 『주부생활』, 『여상』, 『신동아』, 『사상계』, 『세대』, 『라이프』, 『타임』이라는(『동아일보』, 1966.9.27) 조사 결과는 『신동아』가 지역, 계층, 젠더를 초월해 다양한 부류의 독서대중에게 호응을 얻었다는 사실을 실증해준다. 이 같은 결과는 일부의 독자층에 편중된 이전의 종합지나 목표독자층이 분명한 여성지와 같은 특수 잡지의 수용과 구별되는 『신동아』의 특장이었다. 이렇듯 안정적인 발간, 높은 발행부수, 다양한 계층·세대에게 인정받은 권위, 다양한 독서대중에게 수용되는 특징은 복간 『신동아』의 매체 영향력이 매우 컸다는 것을 뒷받침해준다.

---

49) 「책은 얼마나 읽히나」, 『서울신문』, 1968.12.24.

50) 이용희, 「한국 현대 독서문화의 형성」, 성균관대 박사학위논문, 2018, 248~294쪽, 〈부록:1960년대 베스트셀러 목록〉 참조.

『신동아』의 매체 전략과 편집체제 그리고 이 같은 수용 및 매체 영향력은 『신동아』가 당대 교양의 지평을 넓힌 가운데 대중들의 교양 함양에 크게 기여했을 것으로 판단된다. 특히 『신동아』가 추구한 대중성이 시사 교양을 주 내용으로 하고 있다는 점이 중요하다. 그것은 일방적인 계몽성을 강조한 과거의 종합지, 선정적인 기사와 화보를 통한 주간지나 대중오락잡지들의 대중추수성, 문학중심의 교양을 지향했던 종합지 등과는 전혀 다른 방식이었다. 중산층을 중심으로 호화판 문학전집류에 대한 소장·소비를 통해 급속도로 확산된 속물교양과도 구별된다. 세계문학전집과 같은 명작의 소비를 통해 구축된 속물교양의 전통은 그 식민성이 탈각되지 않은 채 1960년대까지 지속되고 있었다.[51] 1950년대 말 세계문학전집의 경쟁적 출판과 세계문학 번역 위주의 염가 문고본이 대중적으로 보급되고 다른 한편에서는 대중오락지의 범람과 광범한 수용을 통해 조성된 오락적 취향이 착종된 상태에서 건전한 시사 교양을 표방한 『신동아』의 등장은 대중 교양의 영역을 정치, 사회, 문화로 확대하는 효력을 발휘했다.

여전히 독서가 교양을 위한 수단으로 간주되고,[52] 그 교양 함양을 위한 구체적 프로그램이 문학 중심, 예컨대 1963년 관제적인 '자유교양추진회'(1955년 설립된 '세계고전간행회'를 모태로 창립)가 범국민교양의 선양 및 국민개독운동을 위해 마련한 독서계획의 목록과 국민독서운동의 일환으로 시행된 마을문고운동의 선정도서 등이 주로 문학(고전) 위주인 것을 감안하면[53] 시사교양이 갖는 의미는 매우

---

51) 박숙자, 『속물교양의 탄생−명작이라는 식민의 유령』, 푸른역사, 2012, 10∼19쪽.

52) 앞의 대한출판문화협회의 독서여론 조사를 보면, 책을 읽는 이유로 교양을 위해 읽는다(50%), 취미로 읽는다(20%), 목적없이 읽는다(8%) 등으로 나타나는데, 주로 읽는 책은 세계문학전집과 한국문학전집이 78%, 가벼운 에세이 종류가 14%였다. 당시 대중들의 교양 함양의 매체가 문학중심이었다는 것을 알 수 있다. 『서울신문』, 1968.12.24.

53) 자유교양추진회가 독서운동 및 학원, 직장, 농어촌의 자유교양운동을 목표로 추진한 독서계획5개년의 시안을 보면 한국과 동서양 고전 총 100권을 선정해 연차별로 그 목록을 제시하고 있는데 그 고전 가운데 괴테, 도스토예프스키 저작 등 문학고전이 상당수 포함되어 있으며(『동아일보』, 1966.8.16), 이 계획을 중학생까지 포함한 국민개독운동으로 확대해 재구성한 독서계획목록(중1∼고3 총 62권)에는 한국고전문학과 『걸리버 여행기』, 『베니스의 상인』 등 문학 관련 고전이 매우 많다(『동아일보』, 1966.9.22). 또 마을문고 선정도서에는 '교양부문' '문학부문' '아동부문'(제2회 선정부터 농어업부문, 교양부문, 문학부문, 아동부문으로 분리) 등에는 '한국문학전집', '세계문학전집', '한국단편문학선집', '노벨문학상전집', '학원명작선집' 등 동서양 문학고전이 대부분을 차지하고 있다(『마을문고』, 1966.12, 23∼48쪽, 1968.12, 20∼23쪽, 1969.12, 14∼18쪽 등 참조).

중요하다.

또한 시사 교양은 신문에 대한 독자들의 선호도와 열독률의 추이, 즉 1960년 대 후반으로 갈수록 가정, 문화, 스포츠, 문예보다 국내외 정치, 재정 경제, 사회 문제에 관심이 급증하고, 특히 시민생활과 가장 밀접한 분야로 관심이 뚜렷하게 옮아가는 현상과 부합하는 것이었다. 『신동아』는 이러한 대중의 관심사가 변모하는 흐름을 예리하게 간파한 가운데 시사적 교양을 특화시켰던 것이다. 더욱이 『신동아』의 불온한 시사성이 중간층의 비대화와 계급 및 직업이동에 있어 세대 간의 비세습성이 일반화되는 급격한 사회변동[54] 속에 가치관의 조정이 요구되었던 당대 대중들에게 어필할 수 있었다. 고답적인 교양담론과 처세론이 비등한 1960년대 『신동아』는 시사 교양이란 새로운 영역을 개척하여 생활에 뿌리를 둔 시사 교양으로의 전환을 추동했던 것이다. 그것은 새로운 독서대중을 창출하는 과정이기도 했다.

4. 『신동아』와 문학

『신동아』는 기본적으로 문학중심의 종합지가 아니라는 점을 강조한 바 있다. 이 점은 한국잡지사에서 종합지와 문학의 관계가 새롭게 조정되는 전환점이라는 의의를 지닌다. 그렇다고 『신동아』가 문학을 홀대한 것은 아니다. 문학의 지면점 유율이 낮았지만 타 종합지와 마찬가지로 문학에 대해 적극적인 배려를 했다. 다만 새로운 방식으로 문학을 활용·배치한다. 논픽션 현상을 통해 수기문학의 장르를 개척하고 제도화 했던 방식과 같이 문학의 효용을 극대화하는 전략이었다.

지면상으로 『신동아』의 문학 배치를 보면 수필을 포함한 논픽션을 전면화 하고 매호 평균 시 4~5편, 창작(1967년 1월부터는 소설로 개칭) 3편, 장편연재 2~3편 등 종합지 일반의 수준을 유지한다. 문학지에 비해 오히려 긍정적인 배려도 있었다. 지면의 제약을 절대로 주지 않았고,[55] 중·장편의 선호, 외국 중·장편소

---

54) 「서울시 사회계층과 계급구조」, 『동아일보』, 1968.5.21.

55) 『신동아』, 1964.11 편집후기. 잡지저널의 새로운 차원을 개척한다는 차원에서 창작에 매수를 제한하지 않겠고, 중요한 문제 또는 자료의 경우 2백여 장 이상씩을 전재하는 것 등의 지면 배당을

설의 (독점)전재, 장편연재의 무한적 보장(이병주의 『산하』는 68회 연재) 등은 문학후원자로서의 면모를 잘 보여주는 부분이다. 시, 소설, 문학평론, 연극, 미술, 음악 등 문학예술 제 분야의 60년사를 심포지엄형식(리포트+토론)으로 조명한 '신문화60년기념심포지움'(1968.6~12, ⑦회)은 당시 모든 저널리즘이 다룬 관련 기획 중 가장 체계적이고 심층적이었다. '동남아작가3인집'(1965.11), '중근동작가집'(1966.4), '단편소설10인집'(1967.8), '세계제일선작가7인선'(1969.8), '신춘소설11인집'(1971.2), '신춘소설특집'(1972.1), '해외신작소설특집'(1972.3) 등으로 연속되는 일련의 소설특집도 종합지에서는 쉽지 않은 기획물이다. 다만 중점주의 편집의 구성에서 제외됐을 뿐이다.

동시기 문학을 중점 편집한 종합지는 단연 『세대』다(『사상계』는 1965년까지). 그 같은 현상은 1964년 필화사건 이후 더욱 두드러지는데, 에세이의 특화, 시와 시론(시평)의 특화, 월평을 포함한 비평의 특화, 중편소설의 특화는 『세대』만의 독보적인 편집이었다. 특히 시에 대한 중시는 매우 이색적이다. 문학지 외에는 독자 대중이 찾지 않는다는 이유로 모든 신문·잡지에서 편집의 양념 구실(일명 '양념시') 정도로 소용되고 있던 시를 창간호부터 '시와 시작노우트'난(시, 노트, 비평)을 개설하고, 동일한 구성체계로 이루어진 '나의 신작발표'(1964.5)란으로 승계해 오랫동안 지속시켰다. 중편소설 특화 또한 '전작중편 시리즈'(1965.4~1970.3), 이어서 '신예작가중편 시리즈'(1971.10~) 등을 통해 이루어지는데, 을유문화사의 전작장편 시리즈 출판(1960)에 버금가는 의의를 지닌다고 할 수 있다. 당시 장편소설(주로 신문연재 장편)의 통속화, 등단제도의 대안으로 제기된 바 있는 중편소설에 대한 『세대』의 특화 전략이 갖는 의의는 크다.

경쟁 관계에 있던 『세대』의 이 같은 문학중심주의와 달리 『신동아』가 문학을 중점주의에서 배제한 것은 무엇 때문일까. 여기에는 신문 잡지라는 본질이 깊숙이 개입되어 있다. 본지와의 분업적 관계가 작용했다. 즉 본지인 『동아일보』와 유기적 관계 속에서 문학을 선별·배치한 것이다. 그 상호 유기성은 여러 지점에서

할 것이며, 공동 집필 등의 모험적인 시도를 할 것이라고 밝힌 바 있다. 실제 이 새로운 의욕과 시도는 정확히 관철되었다.

나타난다. 일차적으로 본지의 문학란을 보완하는 차원인데, 가령 『신동아』복간 후 동아일보신춘문예 공고를 보면 신춘문예 당선자는 『신동아』에 작품발표 기회를 제공하겠다는 특전을 공약했으며 실제 지켜졌다. 『신동아』에는 대가 또는 중견작가 외에 당시로서는 생소한 신인들, 예컨대 윤행묵, 양문길, 백시종, 강준식 등(소설), 이가림, 한수현, 마종하, 송기원 등(시), 김종출, 나종인, 김인홍(평론) 등의 작품이 많다. 모두 동아일보신춘문예 당선자들이다. 일회성에 그치지 않고 발표 기회를 계속 부여했으며, 일부의 당선작은 그대로 실기도 했다. 종합지에서 그것도 축소된 문학 지면에서 갓 등단한 신인의 작품을 게재하는 것은 모험에 가까운 일이다. 문학지 외엔 찾아보기 힘들다.

이뿐만 아니다. 본지가 주관한 여러 공모전의 당선작, 예컨대 동아연극대상 수상작과 수상극단의 공연희곡, '명랑사회건설을 위한 3천만의 지혜'공모 당선작들이 꾸준히 게재된다. 장편희곡(장막극)이 상대적으로 많이 실린 것은 이 때문이다. 장편연재의 경우에도 마찬가지여서 『신동아』의 연재소설은 역사소설이나 시대성이 강한 일종의 사회소설이 주종이다. 대하소설급도 많다. 그것은 연재소설이 신문의 간판상품으로 신문 판매를 좌우하는 결정적인 역할을 하는 상황에서 아무래도 독자의 기호에 영합할 수밖에 없는 제약이 불가피했기 때문이다. 모지에 사회성이 짙은 장편의 연재는 검열로 인해 부담스러웠기 때문에 취해진 조치이기도 했다.[56] 다른 한편으로는 본지의 장편을 보완하는 차원, 즉 인기연재 작가에 대한 배려, 작품경향의 특화를 위한 방편이기도 했다.[57] 이것은 동아일보사

---

56) 1960년대 신문문예에서 검열의 제약은 정치권력에 의한 직접적 통제보다도 오히려 음성적 압력이 더 컸다고 할 수 있다. 이데올로기, 종교, 외설, 개인 및 집단의 명예훼손 등 다방면으로 창작에 간섭을 받음으로써 소재 선택의 자유조차 구속당하는 형편이었다. 특히 기독교 계통의 압력, 송기동의 「회귀선」(1958년 『현대문학』추천작)이 그리스도를 성 불구자로 묘사했다는 이유로 타 잡지, 신문의 맹렬한 비난과 기독교 단체의 불매운동, 고소 위협이 있었고 이에 추천인 계용묵이 사과를 포함한 해명서를 조연현이 경위서와 함께 발표함으로써 일단락된 된 바 있는데 그 같은 종교적 차원의 간섭은 1960년대에 더욱 확대되어 나타난다.

57) 참고로 『신동아』와 동시기(1965~70년) 동아일보에 연재된 소설은 다음과 같다. 박경리의 『파시』, 정한숙의 『이성계』, 홍성원의 『디·데이의 병촌』, 이호철의 『서울은 만원이다』, 김광주의 『飛虎』, 이규희의 『수줍은 연가』, 안수길의 『창은 남으로』, 김성한의 『요하』, 손창섭의 『길』, 박영준의 『고속도로』, 유주현의 『통곡』, 박경수의 『흔들리는 산하』 등이다. 『신동아』에 실린 소설(작가)과 비교해 보면 긴밀한 연관 관계를 발견할 수 있다.

가 연재물심사위원회를 설치해 연재작가·작품을 선정하는 시스템을 가동했기에 가능한 일이었다.[58] 또 긴 분량으로 인해 본지에 싣기 곤란한 장편의 전재를 『신동아』에 발표한 것도 같은 맥락이다.

오히려 본지 『동아일보』가 타 신문에 비해 문학을 강조한 면이 있다. 매주 한 차례 '동아시단'란을 고정해 시와 작가의 시 해설(시작 배경) 등을 소개했고, 시평·월평을 통한 비평의 활성화를 기했으며 특히 문학 관련 장기연재물, 이를테면 주 1회 '측면으로 본 신문학 60년 시리즈'(1968.1.27.~11.2, 30회), '한국소설문학50년 기념 시리즈'(1967.8.1.~12, 6회)[59] 등은 기획력이 돋보이는 수준 높은 연재물이다. 최일남(문화부장, 1967월 8월부터는 『여성동아』부장), 김병익(1965~75 문화부기자) 등 문인들이 문화면을 주도적으로 편집했기 때문에 가능한 일이었다. 재직 기간 동안 김병익이 집필한 글은 실로 엄청나다.(1973. 4.14~7.19 '문단반세기' 연재는 그 일부다).『동아일보』에 4·19세대의 글이 많은 것도 이 때문으로 판단된다. 『여성동아』까지 포함해 본지와 자매지의 유기적 분업관계 속에서 문학의 선택과 배치가 이루어졌다는 사실을 염두에 두어야만 『신동아』가 왜 문학을 중점주의 전략으로 내세우지 않았는가를 제대로 이해할 수 있다. 『신동아』가 특이하게 논픽션 공모제를 장기 지속적으로 실시한 연유도 이런 맥락에서다.

그렇다고 『신동아』의 문학이 모지의 청부 역할에 그친 것은 아니다. 『신동

---

58) 신문사 자체의 연재물심사위원회를 통해 연재물을 결정하는 것은 1930년대부터 행해진 관행이었다. 해방 후에는 다소의 변화가 있었으나 그 골격은 그대로 유지된다. 1960년대 동아일보사의 경우는 장기기획심의위원회가 결정권을 가졌는데, 이 위원회는 편집국장, 논설위원, 심의위원, 문화부장 등으로 구성되었으며, 시스템의 대강은 연재소설이 끝나기 전 2~3개월 쯤 회의를 소집 3~4명의 필자 후보를 정하고, 이 후보들을 대상으로 논의를 거쳐 필자를 결정한 뒤 삽화가를 선정하는 절차를 거쳤다. 소설의 내용은 역사물이냐, 현대물이냐, 추리물이냐 정도만을 정해 필자에게 청탁했다고 한다(『동아일보』, 1964.4.1).

59) 『무정』이후 소설문학을 결산하는 차원에서 41명의 작가, 평론가, 시인의 투표로 문학사적 의의와 문학적 가치가 있는 문제작 11편과 작가 10명을 선정했는데 그 결과가 흥미롭다. 선정된 작품은 「날개」(28표), 「무녀도」(단편집, 25표), 「무정」(24표), 「메밀꽃 필 무렵」(21표), 「감자」(20표), 「비오는 날」(단편집, 18표), 「삼대」(14표), 「북간도」(14표), 「광장」(14표), 「동백꽃」(단편집, 12표), 「서울, 1964년 겨울」(12표) 등이며, 선정된 작가는 이광수(40), 김동인(36), 김동리(33), 염상섭(29), 이상(29), 황순원(28), 이효석(26), 손창섭(21), 최인훈(16), 안수길(15) 등이다. 장편이 4편에 불과한 것은 우리소설의 후진성을 드러내는 것으로 평가되었다. 『분례기』가 2표를 얻은 대목 또한 흥미롭다. 새로운 문학발전을 위한 문제의식을 제기한 시리즈의 필자는 김현, 염무웅, 김치수, 임중빈, 조동일, 백낙청 등이었다.

아』특유의 문학전략을 아울러 관철시켰다. 그 핵심은 장편소설 연재다. 그것도 한국근대사(개화기~식민지시기)를 형상화 한 장편의 집중적 배치다. 1970년대까지 연재된 장편은 유주현의『소설 조선총독부』(1964.9~67.6, 34회), 서기원의『혁명』(1964.9~65.11, 15회), 선우휘의『사도행전』(1966.1~6, 5회), 이문희의『論山』(1966.11~67.12, 14회), 최상규의『斜塔』(1968.3~12, 10회), 김승옥의『동두천』(1968.3~4, 중단), 유주현의『소설 대한제국』(1968.4~70.5, 26회), 박경수의『凍土』(1969.1~12, 12회), 하근찬의『夜壺』(1970.1~71.12, 20회), 송병수의『소설 대한독립군』(1970.6~72.2, 21회), 안수길의『성천강』(1971.1~74.3, 27회), 강용준의『黑焰』(1972.1~73.12, 22회), 이병주의『산하』(1974.1~79.9, 68회), 이청준의『당신들의 천국』(1974.3~75.12, 20회), 박연희의『여명기』(1974.1~78.9, 33회), 한수산의『流民』(1978.10~), 이병주의『黃白의 문』(1979.9~) 등이다. 식민지시기를 중심으로 근대사를 다룬 소설이 많다는 것을 확인할 수 있다. 유주현, 이병주의 작품 연재가 눈에 띈다. 참고로『세대』소재(1963.6~71.11) 장편 연재소설로는 최인훈의『회색의 의자』(1963.6~64.6, 13회), 이호철의『소시민』(1964.5~65.8, 12회), 최태응의『소설 경무대』(1967.1~12, 미완), 장용학의『청동기』(1967.8~68.12, 15회), 홍성원의『호두껍질 속의 외출』(1967.9~68.10, 13회), 정을병의『피임사회』(1970.9~71.11, 12회), 홍성원의『남과 북』(1970.9~), 이영신의『실록소설; 소설 제2공화국』(1970.12~) 등이다. 단순 비교이나 장편연재에 있어서는『세대』에 비해『신동아』의 연재가 규모나 지속성에서 앞선다는 것을 알 수 있다.

식민지시기를 역사적으로 복원한 장편연재는『신동아』편집노선과 밀접하게 연계된 산물이다. 민족주의의 분출과 함께 대두된 식민사관 극복에 대한 시대적 열망과 민족지의 정통성을 추인·확대시키고자 했던 동아일보사의 욕망이 결합한 근대사 기획의 중점주의 편집에 따라 선택된 소설 배치였던 것이다. 따라서『신동아』소재 역사소설은 1950~70년대 신문연재 소설의 주류를 형성했던 역사소설과는 관점과 형상화 방법이 다르다. 민족주의의 시각에서 철저한 고증을 중시한 특징이 있다.

첫 연재 장편인『소설 조선총독부』는 제목에 소설이란 명칭까지 달았지만 등장인물, 사건, 시공간이 대체로 역사적 사실과 일치한 논픽션에 가까운 소설이다. 픽션 부분도 실제 사건에 종속시켜 처리함으로써 소설 전체가 하나의 객관적 기록으로 읽히게 만들었다. 당시 식민지시기 자료가 전혀 정리되지 않은 상태였고 역사학에서조차 공백지대로 되어 있던 식민지시기를 복원하기 위해 저자가 언론인이자 문인인 이경남과 함께 방대한 자료를 수집하고 관련 인사를 인터뷰해 자료적 고증을 거친 뒤 집필한 것은 널리 알려진 사실이다.[60] 『소설 조선총독부』와 동시에 신문에 연재된『대원군』(『조선일보』, 1965.7.1.~67.8.13, 645회)도 자세한 고증 과정을 거친 대하역사소설이었다. 고증에 바탕을 둔 소설과 논픽션의 중간지대, 즉 실록소설로서의『소설 조선총독부』는 역사소설의 새 분야를 개척했다는 평가를 받았다.[61] 더불어 식민지시대에 대한 본격적인 소설적 형상화의 서막을 연 의의도 있다. 『신동아』를 거점으로 증식된 근대사 중심의 역사소설을 이러한 기조가 관철된 별책부록들과 더불어 1960년대 민족주의 및 한국학의 성립과 연관시켜 살펴볼 필요가 있다.

긴 역사를 자랑하는『신동아』를 평가하기란 쉬운 일이 아니다. 신문잡지라는 특수성을 앞세워 동아일보사의 이미지를 투영시키거나『신동아』의 외면만을 강조하는 접근법은 또 다른 편견을 만들어낸다는 점에서 지양해야 한다. 어떤 방향에서 접근하든『신동아』의 지면에서 출발하지 않는 평가는『신동아』의 실체를 왜곡할 우려가 크다.『신동아』편집의 실제와 체계를 살피면『신동아』가 종합지의 새로운 모델을 만들었다는 사실을 알 수 있다. 이를 통해 적어도 1970년대까지는 민족, 민권, 민주 잡지로서의 지향과 실천 의지가 지면에 촘촘히 스며있다는 것을 발견하게 된다.[62]『신동아』가 잡지출판사, 독서문화사, 생활문화사 차원에서 최적의 보고(寶庫)라는 가치가 제대로 조명되기를 기대해본다.

---

60) 오인문 편, 『유주현 연구』, 도서출판 서울, 1992, 286쪽.

61) 유주현은 자신이 창작한 일련의 역사소설을 "도큐멘터리한 현대소설"로 규정했다(「문단작황」,『마산일보』, 1966.10.5).

62) 이봉범, 「1964년 복간 '신동아'의 가치」,『신동아』, 2011.11, 201쪽.

【부록】복간 신동아 특집 목록

발행연월	특집 제목	수록 내용의 내역
1964.9	계엄은 해제되었으나	〈계엄과 헌정〉(오병헌), 〈신문검열의 변천〉(김광섭), 〈법질서의 파괴〉(홍종인), 〈학원감방화의 망상〉, 〈6·3사태 수습을 위한 국회연설문집〉(자료)
1964.10	비평의 전환기	〈전환기비평의 임무〉(여석기), 〈비평의 기능〉(G·슈타이너), 〈상상력과 판단〉(J·웨인), 〈비평의 몇 가지 원칙〉(R·웰렉), 〈프랑스 비평의 경향〉(L·삐까르), 〈창작능력과 비평능력〉(H·마이어), 〈경험론적 비평〉(E·체키)
1965.1 ~2	전후20년의 학문과 예술	〈크게 부각된 分立像; 철학〉(조가경), 〈가치언어분석과 사회문제 추구; 윤리학〉(김태길), 그 외 교육학, 심리학, 역사학, 사회학, 물리학, 의학 등 인문·사회·자연과학 전반에 걸친 26개 분야+종교학, 농학, 〈외국에서의 한국연구〉 등 3분야(1965.2), 총 29편
1965.3	1919년 3월(48년 만에 처음으로 밝혀지는 지방의 기미운동)	개성, 천안, 광주, 대구, 동래, 울산, 평양, 선천, 원산, 철산, 청진 등 전국21곳의 주동자들의 증언
1965.4	역사로서의 4·19	〈5년만의 弔辭〉(선우휘), 〈4·19정신론〉(민석홍)등 3편
1965.6	한일회담 이대로 조인돼도 좋은가	〈일본외교정책의 기조〉(박준규), 〈협력이냐 侵蝕이냐〉(홍성유) 등 4편
1965.7	亞阿시대의 개막	〈남북전쟁론〉(이갑섭), 〈亞阿사회의 정치구조〉(하경근), 〈제2차 AA회담의 성격과 전망〉(양흥모)등 8편
1965.8	휴전선 저 너머의 현실	〈북한정권의 정책결정과정〉(박동운), 〈북한정권의 외교정책〉(스칼라피노) 등 7편
1965.8 /10	20년의 영광과 비애(기획)	〈1946년 청년문학가협회의 창립〉(조연현)등 1945~65년의 각 년도의 특징적 사건+'追記'(10월호), 〈헐뜯긴 농지개혁법 초안〉(강진국) 등 3편
1965.9	이승만·이승만주의·이승만시대	〈이승만박사의 정치사상〉(송건호), 〈이승만시대의 특성〉(이정식) 등 9편
1965.10	한국과 전후일본	〈전후일본의 대한정책〉(엄영달), 〈일본경제의 동향〉(김정세)+'좌담회'(대일감정/대한감정)
1965.11	세계의 국토개발	〈한국국토개발론〉(홍춘식), 〈이스라엘의 관개사업〉(박권상) 등 6편
1965.12	도시계획(심포지움)	〈리포트; 도시계획의 현황과 문제점〉(윤정섭)+〈토의; 한국도시의 미래상〉(박병주, 윤정섭, 주원, 최영박, 한정섭)
1966.1	동남아의 춘추전국시대	〈동남아시아의 오늘과 내일−국제정치적 동향을 중심으로〉(민병기)외 인도, 필리핀, 버마 등 12개국+〈동남아시장과 국산품〉(이갑섭) 등 2편의 논문
1966.2	교육의 좌표를 찾아서	〈한국의 교육상〉(정범모)+「심포지움; 과학기술진흥교육」+〈리포트; 과학기술개발의 현황과 문제점〉(전상근)+「토의」〈내일의 과학교육〉(김동일.권영대.안동혁 등)+「한국교육의 진단과 처방」; 〈균형을 위한 제도적 전략〉(백현기)등논문5편+〈인터뷰; 김활란〉+「좌담회」〈가정교사들의 생활과 의견〉(고윤자 등 5인) +〈교육과 정치적 발전〉(콜만)
1966.3	세계열강의 對아세아 정책(기획)	〈실효단계의 맥나마라 전략〉(미국/김홍철) 등 영, 소, 중, 프랑스 등 5편
1966.4	미국의 對월남정책 논쟁	〈월남 내의 거점 확보 전략〉(개빈) 등 4편의 외국논문

발행연월	특집 제목	수록 내용의 내역
1965.5	도전하는 붉은 대륙	〈공산세계의 양분〉(김영준) 등 4편 논문+「미국의 對중공 정책논쟁」; 〈접근을 통한 견제〉(스칼라피노) 등 4편
1966.7	문화재보존을 위한 캠페인	〈국보와 보물의 관리〉(황수영) 등 7편의 논문
1966.8	한국사의 논쟁사	〈근대화의 기점은 언제인가?〉(고병익) 등 19편의 논문
1966.8	해외의 한국학자·예술가	〈지역연구 붐 속의 한국학(학술/이근무) 등 6편
1966.9	제2차 경제개발계획의 이상과 현실	〈다수국민이 배제된 계획－2차5개년계획의 비전〉(이갑섭) 등 4편의 논문+「앙케이트; 내가 보는 2차5개년계획의 맹점」(6인)+〈한국장기 개발계획의 내막－1차2차5개년계획이 만들어지기까지〉(김진현/지동욱)
1966.9	한국과 미국	〈한미우호의 正道〉(장이욱)+「심포지움; 한미행정협정」+〈토론; 명분만 살린 불평등협정〉+〈미국원조와 한국경제〉(임종철) 등 논문 6편+「르포; 미군부대 주변」
1966.10	한국의 농촌문제(기획)	〈한국의 농촌상〉(김준보) 등 4편의 논문+〈체험기; 누구를 위한 농협이냐〉+「르포; 모범농촌을 찾아서」(3편)
1966.11	월남문제에 관한 50문50답	〈월남의 기초지식 10문〉〈월남의 역사 10문〉〈월남전쟁의 실태 10문〉〈월남과 한국 10문〉〈월남전쟁의 전망 10문〉 등에 대해 30명 집필
1966.11	재벌문제(기획)	〈재벌이란 무엇이냐〉(이창렬) 등 3편+「앙케이트; 산업건설·외자도입·韓肥처리」; 〈농업이 희생된 공업건설〉(조동필) 등 6편의 논문
1966.12	한국의 민족주의	〈한국민족주의의 제문제〉(이용희), 〈한국민족주의의 역사적 성격〉(홍이섭) 등 6편의 논문
1967.1	1970년대의 한국	〈일·중공냉전의 틈바귀에서〉(국제정치; 민병산), 교육, 예술문화, 도시농촌, 풍속윤리 등 총8편
1967.2	교육 이대로 좋은가	〈교육이념은 있는가〉(유형진)등 6편+「좌담회; 이유있는 반항의 주변」(6명)+「르포; 유치원」
1967.3	농촌(외롭지 않은 도전자)	〈전국1위 다수확(벼)〉(장윤덕) 외 총10경우
1967.5	국산품 어디까지 왔나?	〈국산품의 어제와 오늘〉(최경선)외 1편+소비자의 채점(의약품류 등 11분야)+〈국산품애용 구호 없이도〉
1967.6	한국전쟁을 재고한다(심포지움)	「리포트; 한국전쟁의 몇 가지 문제점(박봉식)」+「토론; 한국전쟁의 국제정치학적 성격」(4인)
1967.7	6·8선거의 반성	〈내가 치른 6·8선거〉(김영삼 외 8인)+「대담; 부정선거를 따진다」+「좌담회; 선거 후 사태의 원인과 수습방안」(최석채 외 3인)
1967.8	현대일본인의 생활	〈시간과 정력을 선거구에〉(정치가/김인호) 등 교수, 공무원, 기술자, 노동자, 농민 등 11분야
1967.9	자본론100년과 마르크스주의	〈마르크스와 자본론〉(신상초) 등 4편
1967.10	농민 경시의 중농정책	〈새농지법안에의 제언〉(강진국) 등 4편+「백서; 농업협동조합」+「좌담회; 농업정책 20년의 기복」(5인)
1967.10	문학과 他學問	〈문학과 타학 간〉(김진만)+〈과학과 문학〉(잭슨) 등 외국학자의 논문 6편－「더 타임즈」(1964.10) 문예부록의 내용을 발췌 번역
1967.11	공산혁명50년 후의 소련	〈미소관계의 어제와 오늘〉(김종휘) 등 논문4편+「자료; 소련실력자인명록」+「좌담회; 레닌시대에서 브레지네프시대까지」(김상협 외 3인)+「대담; 볼세비키혁명과 아시아의 공산주의」(스칼라피노/양호민)

발행연월	특집 제목	수록 내용의 내역
1968.1	세계 속의 한국	〈월남전시비로 부유하는 관심〉(주철수/미국) 등 8편+〈국제연합 속의 한국〉(봉두완) 등 2편의 논문+「백서; 재외공관」
1968.2	도시혁명	〈도시화와 도시행정〉(노정현) 등 논문4편+「백서; 도시와 시민」+「대담; 도시계획의 미학」
1968.3	한반도의 긴장(기획)	〈한국사태와 미국의 對亞정책〉(양흥모) 등 2편+「인터뷰; 최규화(외교부장관)」
1968.3	3·1운동 즈음에(기획)	〈적 치하의 망향−사할린 교포〉(박경석) 등 2편+「좌담회; 일제잔재는 청산되었는가」
1968.6	6·25특집	〈북한의 전후세대〉(정운학)+「백서; 북괴 김일성대학/한국분단 한국독립 한국전쟁(트루만)」+「자료; 적치하의 무장봉기 5시간(황해도 10·13반공의거)」
1968.6	신문화60년기념심포지움 ①시	「리포트; 신시60년의 문제들(김춘수)」+「토론; 언어 사상 시대」(조지훈, 김우창 등 5인)
1968.7	신문화60년기념심포지움 ②소설	「리포트; 소설60년의 문제들(전광용)」+「토론; 근대소설 전통 참여문학」(김동리, 백낙청 등 5인)
1968.8	신문화60년기념심포지움 ③평론	「리포트; 신시60년의 문제들(조연현)」+「토론; 사회사상에 휘말린 문학론」(안수길, 이어령 등 5인)
1969.9	동구 공산주의의 향방	〈동구제국의 전통과 변혁〉(이태영) 등 4편+「백서; 격동하는 동구」+「대담; 체코사태를 어떻게 볼 것인가(이용희, 김상협)+「자료; 체코2천어 선언/체코에의 5개국 서한」
1969.9	신문화60년기념심포지움 ④연극	「리포트; 연극60년의 문제들(여석기)」+「토론; 전통의 단절과 몰이해 속에서」(서항석, 차범석 등 5인)
1968.10	신문화60년기념심포지움 ⑤미술	「리포트; 미술60년의 문제들(이경성)」+「토론; 창조적 실험의 부족」(김인승, 최순우 등 6인)
1968.11	이것이 궁금하다	〈박대통령은 3선에 출마할 것인가〉〈세금은 얼마나 오르고 있는가〉 등 8개 분야
1968.11	신문화60년기념심포지움 ⑥음악	「리포트; 음악60년의 문제들(이상만)」+「토론; 연주는 있어도 작곡이 없다」(김성태, 박용구 등 6인)
1968.12	차관(기획)	「백서; 차관」+「리포트; 차관 나는 이렇게 본다」(부완혁, 최호진 등 7편)
1968.12	신문화60년기념심포지움 ⑦	「좌담회; 2세들이 말하는 신문화60년의 주역들」(고흥찬, 염재용 등 7인)
1969.2	우주시대의 개막	〈아폴로8호가 개서하기까지〉(서진태), 〈우주과학은 인류에 얼마나 공헌하는가〉(박익수) 등 4편
1969.3	한국노동문제의 재검토	〈노동입법과 정책의 표리〉(임홍빈) 등 3편+「르포; 노동조합」
1963.3	3·1운동50주년기념시리즈; 광복의 증언① 3·1독립운동	〈남대문 驛頭의 독립운동〉(정석해) 등 3편
1969.4	중동 분쟁의 근원과 현실	〈숙명의 무기한 전쟁〉(김덕) 등 4편
1969.4	3·1운동50주년기념시리즈; 광복의 증언② 대한민국 임시정부의 수립과 그 활동	〈상해임시정부 탄생의 전야〉(윤병석) 등 3편
1969.5	세제개혁 이후(심포지움)	「리포트; 세금」+「토론; 세제와 세정의 문제점」(잇갑섭 등 8인)+「백서; 탈세작전」

발행연월	특집 제목	수록 내용의 내역
1969.5	3·1운동50주년기념시리즈; 광복의 증언③ 총독 제등을 저격한 3대의거	〈독립군의 압록강상 습격사건〉(신재홍) 등 3편
1969.6	현대전략으로서의 게릴라전	〈핵무기시대의 게릴라전략〉(임동원)+〈모택동의 위장 혁명전략〉 등 외국의 사례 6편
1969.6	3·1운동50주년기념시리즈; 광복의 증언④ 만주독립군의 활동	〈만주독립군의 편성〉(윤병석) 등 4편
1969.7	3·1운동50주년기념시리즈; 광복의 증언⑤ 의열단의 3대의거	〈나석주의사의 동척 투탄〉(나응서) 등 3편
1969.8	세계제일선 작가 7인집	〈前귀부인〉(윌슨/영국/역·해설 김진만), 〈風景〉(르 끌레지오/프랑스/하동훈) 등7편
1969.8	3·1운동50주년기념시리즈; 광복의 증언⑥ 신간회운동	〈신간회운동〉(참여자 이병헌의 實記)
1969.9	대학의 고민	〈한국의 아카데미즘〉(장이욱) 등 3편의 논문+「좌담회; 스튜던트 파워의 사상」(고여복 등 5인)
1969.9	3·1운동50주년기념시리즈; 광복의 증언⑦ 6·10만세운동과 광주학생운동	〈인산에 모여든 민족의 통분〉(박용규) 등 2편
1969.10	3·1운동50주년기념시리즈; 광복의 증언⑧ 민족실력향상운동	〈식민교육에 맞선 민립대학운동〉(이인), 〈3대민족지의 언론투쟁〉(최승만) 등 3편
1969.11	농촌	〈농민은 왜 못 사는가〉(유인호)+「좌담회; 농촌은 잘 살 수 없나」(신중목 등 4인)+「한국의서민35; 농민은 어떻게 살고 있나」
1969.11	3·1운동50주년기념시리즈; 광복의 증언⑨ 애국단의 활동	〈홍구공원에 작렬한 항일투혼〉 등 2편
1969.12	3·1운동50주년기념시리즈; 광복의 증언⑩ 조선어학회활동	〈조선어학회 사건〉(이희승)

13장

1960년대 권력과 지식인 그리고 학술의 공공성

1. 권력/지식인 관계의 다층성과 다면성

우리는 서구 영어권과 달리 지식(인)과 지성(인)을 엄격히 구별하는 독특한 언어관습이 있다. 구별 짓기 뿐 아니라 부정과 긍정의 양극적 가치평가까지 수반하는 관습이다. 여러 이유가 작용했겠지만, 근현대사에서 대다수 지식인이 보인 부정적 행태에 대한 역사적 경험의 산물로 봐도 무방할 듯하다. 동시에 소수이나마 역사와 민족적 현실에 1인칭으로 대결하여 의미 있는 변화를 이끌어낸 지사적 지식인에 대한 외경과 사회적 기대의 반영이기도 할 것이다. 다소 모순적 경험에서 발원한 지식인에 대한 이 같은 통념으로 인해 지식인은 적어도 지배 권력을 견제·비판하면서 발전적 전망과 대안적 사회제도를 제시하거나 아니면 체제 내적인 차원의 정책과 비전을 제공함으로써 민주주의 정치체제를 견인해 내는 사회집단이어야 한다는 기대수준이 일반화되기에 이른 것으로 볼 수 있다.

따라서 권력과 지식인이 밀월관계를 맺고 있다면, 그것은 결코 바람직한 상황이 아니며 그 이면에는 부자연스러운 왜곡이 깔려있다고 간주한다. 4·19혁명 직후 어용교수(지식인)가 공론화된 후 1990년대 중반 '진보/보수'진영 가르기로 전환되기 전까지 어용교수가 공론 장에서 시비 대상이 되었던 것도 이런 맥락에서다. 1980년대 유신체제에 참여했던 지식인들이 어용교수라면 몰라도 유신교수는 아니었다고 완강히 부정하는 희극을 연출했던 것도 마찬가지다.[1] 언론(인)에 대한 인식 또한 식민지시기부터 보편화된 공공성/상업성의 대립적 인식태도가

---

1) 1985년 서울대 총장이던 박봉식은 야당이 과거 전력을 문제 삼자 "어용교수라 지칭하는 것은 감수할 수 있으나 유신교수라고 규정하는 것은 말도 안 된다."고 항변했던 것에서 확인할 수 있다. 「동아일보」, 1985.8.30.

확대 재생산되는 가운데 언론(인)의 지사적 역할이 강조되었으며, 언론의 공공성이 침식·훼손되는 것에 상응해 그 같은 인식태도가 더욱 고착된 바 있다.

그러나 이 같은 역학관계는 특정한 시대상황에서는 간명하게 설명할 수 없는 지극히 복잡한 성격과 내용을 지닌다. 권력의 속성 및 지식인의 정치·경제(자본)·종교 등으로부터의 자율성, 즉 전문성과 권위의 수준 나아가 양자의 관계를 매개하는 여러 조건들, 이를테면 역사적 배경, 국민심리, 경제사회적 발전단계, 사회계급구조, 사회구조의 지적 활동에 대한 개방성, 아카데미즘의 수준 등에 따라 다르게 나타난다. 보편적 도식으로 설명해내기 어려울 만큼 실로 다양한 형태로 얽혀 나타난다. 때로는 견제하고 때로는 화해하며, 어느 면에서는 적대관계마저 빚으나 또 다른 면에서는 서로 야합한다. 특히 지식의 사회적 공급과 유통이 외적 요인에 의해 제한·왜곡되고 지식인의 창조적·비판적 기능이 억압되는 폐쇄적인 사회에서는 지식인이 그러한 현상의 타개를 위한 비판과 그 비판적 실천이 가능할 수 있는 여건을 아울러 조성해야 하는 이중적 부담을 질 수밖에 없기 때문에 왜곡된 형태의 관계방식이 더 번성할 가능성이 높은 것도 사실이다.

아마도 이 연구가 주목하는 1960년대는 권력/지식인의 관계방식이 한국근대사에서 최초로 가장 다면적으로 나타난 연대일 것이다. 격변의 역동성을 보인 시대 상황만큼이나 권력/지식인의 결합은 다양하고도 긍정/부정의 양면성을 내장한 채 동태적으로 전개되었다. 자본의 요소까지 개입되면서 그 다면성이 증폭된다. 명분이야 어떻든 지식인의 현실정치 참여의 양태는 드러난 것만을 추려보더라도 1965년부터 박정희 정권이 종말을 맞이할 때까지 15년 간 평가교수단에 참여한 교수들, 지배이데올로기와 정책 홍보에 나선 언론인들, 국민교육헌장 작성을 주도한 철학자들 및 그 대중적 보급·침투에 앞장선 문학예술인들, 유신헌법 기초를 비롯해 각종 시대역행적인 입법을 기초한 법학자들, 승공 논리의 개발을 통해 냉전적 반공주의를 이론적으로 뒷받침하고 반공개발동원체제 구축에 앞장 섰던 이론가들, 박정희의 영웅적 생애사를 집필한 문학자들, 정치인을 위한 조찬기도회를 주도한 종교인들, 국회(여당)에 진출해 현실정치에 적극적으로 가담한 지식인 일군, 대통령보좌관 및 행정부처의 정책자문 위원으로 참여한 교수들 등 분야 및 경로도 다양하다. 비공식적인 차원까지 포함하면 지식인들의 현실참여는 자발적이든 동원된 것이든 자못 방대하다.

물론 그 배면의 또 다른 참여, 즉 저항적 지식인들 또한 존재했다. 지속적인 정치적 탄압에도 불구하고 비판적 지식인들의 저항운동, 예컨대 4·19혁명과 교수데모단 및 혁신세력, 범국민적 한일협정반대운동에 적극적으로 나선 교수와 지식인들(문학예술인, 언론인), 반독재 민주화 투쟁에 앞장섰던 일군의 대학생 등의 저항운동이 1960년대 후반 6·8부정선거 및 3선개헌 국면을 거치며 정치투쟁 형태로 발전하는 흐름이 존재한 바 있다. 다만 저항운동의 터전은 대단히 취약했다. 1960년대 권위주의적 박정희체제는 노동·농민조합이나 진보적 정당의 존재를 인정하지 않았고, 그 같은 참여를 용공분자로 몰아갔기 때문에 혁신적 단체는 물론이고 개량적인 운동단체 및 학술단체를 결성해 정치적 의사를 표현하고 정치적 과정에 참여하기란 현실적으로 불가능했기 때문이다. 선언문 위주의 게릴라적 미디어 실천에 근거한 담론투쟁과 비폭력 평화운동이 저항운동의 주류를 형성한 것도 이 때문일 것이다.[2] 이로 볼 때 박정희체제 지식인의 현실참여는 민족적 사회현실에 대한 그리고 시대적 중심 가치에 대한 지지적 참여와 소수적 저항이 병존하는 구도였다고 할 수 있다.

물론 가치중립적인 아카데미즘에 충실했던 지식인들이 더 광범하게 존재했을 것이다. 하지만 당대 지식인들(교수와 언론인) 대다수가 참여 방식의 차이가 있을지언정 – '전공지식의 현실에의 최대 활용'(33.9%), '맡은 자기 분야에 대한 최선의 노력'(28.85%), '국민정신혁명에의 헌신'(9.70%), '국가발전을 위한 정책에의 참여'(8.38%), '비판적 입장에서의 정부시책의 감시'(8.05%) 등 – 당대 최우선적 시대적 의제로 대두된 근대화 과정에 참여하고자 하는 의욕이 컸다.[3] 다만 사회참여를 가로막는 요소나 – 이를테면 교육공무원법상 국립대학 교수들의 타직 겸무 금지와 같은 법적 제약 – 또 자신들이 원하는 여건이 조성되어 있지 않아 참여에 소

---

2) 1960~70년대 발표된 양심세력의 주요 선언문, 성명서, 호소문, 결의문, 경고문, 양심선언 등에 대해서는 김삼웅, 『민족·민주·민중선언』, 일월서각, 1984 참조. 이 자료집도 출판되자마자 시판금지 종용 문제도서(금서)로 지정되었고 경찰의 압수대상이 된 바 있다. 해방 후 주요 선언문(성명서)와 표현의 자유 그리고 검열의 상관성에 대한 고찰은 이봉범, 「검열국가 대한민국과 표현의 자유」, 『내일을 여는 역사』79, 내일을여는역사재단, 2020 참고.

3) 홍승직, 『지식인의 가치관연구』, 삼영사, 1972, 138~139쪽.

극적이거나 방관·침묵하고 있었을 뿐이지 상당수는 상황이 개선된다면 참여에의 가능성을 잠재적으로 지니고 있었다고 봐야 한다.

그것이 어떻게 전개될 것인지는 추단하기 어려우나 적어도 아카데미즘과 사회현실의 결합의 밀도는 과거에 비해 높아졌다고 판단해도 무리가 없다. 대학교수의 사회참여가 불가결한 시대적 요청이며, 관학협동 및 산학협동 체제로 아카데미즘이 제도화되어야 한다는 주장이 비등했던 것도 이와 무관하지 않다.[4] 요약하건대 지지적 참여든, 소수적 저항이든, 잠재적 참여를 내포한 소극적 방관이든 이 모든 양상은 지식(학술)의 공적 기능이 확산되는(될 수 있는) 조건이었다고 할 수 있다.

주목할 것은 이 같은 권력/지식인의 다면적 결합이 시대적 결절에 대응해 동태적으로 변화한다는 사실이다. 관련 기존연구에서 공통적으로 지적했던 바와 같이 1960년대에는 냉전체제의 유동성 확대에 따른 미국의 세계냉전 전략 및 동아시아 전략의 변화를 비롯한 국제적 수준과 4·19혁명과 5·16쿠데타, 한일협정과 월남파병, 3선 개헌파동 등의 국내정세의 급변 그리고 더 구체적으로는 이러한 조건의 규정 속에서 빚어진 지배 권력의 지식인 정책에 의해 끊임없는 변동의 과정을 거친다. 1970년대 정권안보를 구축하기 위해 추진된 유신체제 및 긴급조치 시기를 관통한 총력안보체제 국면에서는 그 폭이 확대되는 가운데 새로운 관계 재편으로 나타난다.

유신헌법을 기초한 헌법학자들, '유신정책심의회' 및 그 산하 각종 위원회의 조사연구위원으로 발탁돼 장기적인 미래 정책들을 연구·건의했던 수백 명의 대학교수들, 유신 대열에 헌신할 불퇴전의 결의를 천명한 학술원성명서 발표에 서명했던 학술원 소속의 원로학자들, '유신학술원'의 국민사상강좌를 통해 유신이념의 홍보에 앞장섰던 교수들, 새마을운동의 이데올로기적 기반을 제공한 여러 부류의 지식인들과 문학예술인들 등이 있는가 하면 자유언론실천 운동에 헌신했던 언론출판인들, 자유실천문인협의회를 결성해 표현의 자유와 문화적 양심 확보를 위한 사회문화적 투쟁에 앞장섰던 문학인들, 대학자율화운동을 벌인 대학

---

4) 「교수의 사회참여와 산학협동」(사설), 『경향신문』, 1969.8.1.

생들, 각계각층의 반독재 투쟁을 규합해 반유신 저항운동 및 민주회복국민운동으로 발전시키며 박정희정권에 항거했던 재야(在野) 세력, 긴급조치시기 민주화운동에 가담했다는 이유로 정치교수로 규정 당해 강단에서 해직되었던 수십 명의 교수들 등이 병존한 바 있다.

1960~70년대의 이 같은 병존은 권력/지식인의 관계가 지배/저항의 구도로 분극화(polarization) 되는 추세에 따라 참여/저항의 구도로 정렬화 되기에 이른다. 지배/저항의 관계가 고착되고 교차적 대립의 질서화로 상호 간의 대결 속에서 각각의 정체성을 역설적으로 확보해 나갔던 결과였다.[5] 지식인집단의 입장에서 보자면 지식인사회가 근대화론과 민족주의론에 대한 입장 차이를 축으로 분화되면서 협력/비판(저항)의 양극적 구도로 재편되기 시작한 1960년대 중반 이후의 상황[6]이 좀 더 분명한 실체를 갖고 현실화된 것이기도 하다. 그 일련의 과정에는 지식인집단의 세대교체와 4·19세대, 6·3세대 등 신지식인층의 대두, 기성지식인의 발전적 갱신/퇴행적 전향 등 지식인집단 내부의 복잡한 변동이 수반되어 있다.

이와 관련해 이 연구는 1970년대 지식인사회가 참여(협력)/저항의 구도로 명확하게 분극화되기 이전 단계인 1960년대 지식인의 현실참여의 다면성을 중심으로 권력/지식인의 관계를 살펴보려 한다. 이와 관련한 연구는 상당히 축적되어 있다.[7] 대체로 권력/지식인의 역학관계를 바탕으로 지식인, 특히 비판적(저항

---

5) 1980년대는 12·12쿠데타 직후 국가보위비상대책위원회(국가보위입법회의)에 김상협, 윤근식, 김대환 등 20여 명의 교수들이 참여해 부실한 통치이념을 보완하거나 각종 자문위원회에 위원으로 참여해 정책 입안에 적극적으로 기여한 지식인의 사회참여의 부정적·퇴행적 면모가 여전히 지속되었지만, 상대적으로 저항적(비판적) 지식인층이 다면적으로 출현해 연대를 형성할 정도로 급성장하는 특징을 나타낸다. 1970년대 지식인집단의 협력/저항의 구도가 정치적 변동과 한국사회 변혁운동의 확대 발전으로 인해 분열·재편이 불가피했다.

6) 박태순·김동춘, 『1960년대의 사회운동』, 까치, 1991, 제9장 참조.

7) 저자가 주의 깊게 살펴본 연구로는 김동춘, 「1960, 70년대 민주화운동세력의 대항이데올로기」(『한국정치의 지배이데올로기와 대항이데올로기』, 역사비평사, 1994), 홍석률, 「1960년대 지성계의 동향」(한국정신문화연구원 편, 『1960년대 사회변화연구』, 백산서당, 1999), 임대식, 「1960년대 초반 지식인들의 현실인식」(『역사비평』65, 2003), 정용욱, 「5·16쿠데타 이후 지식인의 분화와 재편」(노영기 외, 『1960년대 한국의 근대화와 지식인』, 선인, 2004), 이상록, 「1960~70년대 비판적 지식인들의 근대화 인식」(『역사문제연구』18, 2007), 김건우, 「1964년의 담론 지형-반공주의·민족주의·민주주의·자유주의·성장주의」(『대중서사연구』22, 2009), 오제연, 「1960년대 전반 지식인들의 민족주

적) 지식인의 분화와 재편에 초점을 맞춰 수행되었다. 구체적으로는 비판적 지식인들의 근대화 인식과 그 인식의 분화와 차이, 비판적 지식인집단의 이데올로기 지형, 이데올로기상의 권력/지식인의 공유 지점과 분화의 지점, 비판적 지식인집단의 저항 논리, 『사상계』를 비롯한 저항적 미디어의 담론투쟁 등이 다각적으로 분석·고찰되었다. 각 논의의 미묘한 차이를 감안하더라도 6·3사태를 계기로 권력/지식인의 유대가 파열되는 것과 동시에 지식인집단이 협력/저항의 양극적 진영으로 재편되었다는 것에는 대체로 의견을 같이한다. 특히 위의 논의들이 공통적으로 주목하고 있는 1960년대 초반 권력과 지식인 관계의 다중성, 즉 권력의 성격도 다중적이고 지식인사회에서도 다양한 이념의 분화가 이루어졌으며, 지식인들의 권력에 대한 인식도 다중적이었던 권력과 지식인의 복잡 미묘한 관계에 대한 분석적 고찰은[8] 1960년대 권력/지식인 관계를 지배/저항의 이분법적 구도로 접근했던 기존의 협애한 시각을 넘어서 이 논제에 대한 새로운 차원의 논의 지평을 제공했다는 점에서 주목할 만하다.

기존의 연구 성과와 변별되는 새로운 논의를 전개하기란 쉽지 않다. 다만 기존의 논의가 주로 비판적 지식인들의 동향에 집중한 결과 1960년대 권력/지식인 간의 연대와 충돌의 복잡성을 다소 단순화시킨 문제가 있다고 판단한다. 아울러 비판적 지식인 진영에 속하는 않는—그 경계 구획도 선명하지 않다—현실참여 지식인들의 내적 편차에 대한 충분한 고려가 이루어지기 불가능한 접근법이다. 그 반대편의 동향을 적극적으로 포함시켜 좀 더 종합적으로 검토할 필요가 있다. 6·3사태를 경과하면서 지식인 집단의 양극화가 가시화된 것은 분명한 사실이나 1960년대 후반에도 여전히 참여/저항의 구도로 수렴되지 않는 또는 그 경계에서 침묵·관망하는 자세를 취한 지식인층이 다수로 존재했다. 그들 중 상당수는 권력의 근대화정책에 공명한 상태에서 현실정치 참여에의 의지를 지니고 있었음에도 불구하고 권력이 그 참여를 제약함으로써 오히려 권력과 불화하는 경우도 많았다. 현실참여의 다면성에 주목하는 것은 이 때문이다. 문단의 경우에도 5·16

의 모색—'민족혁명론'과 '민족적 민주주의' 사이에서」(『역사문제연구』25, 2011), 문지영, 『지배와 저항—한국 자유주의의 두 얼굴』(후마니타스, 2011) 등이다.

8) 임대식, 「1960년대 초반 지식인들의 현실인식」, 『역사비평』65, 역사비평사, 2003.

쿠데타 직후 이질적인 경향과 세대가 군사정부의 문화정책에 의해 타율적으로 봉합된 이래 6·3사태를 기점으로 이질적 복잡성이 문학의 새로운 방향 모색을 둘러싸고 갈등 양상으로 표출되었으나—제2의 순수·참여논쟁, 불온시논쟁, 전후세대와 4·19세대의 세대논쟁 등— 권력과 유착도 불화도 아닌 불안한 동거상태가 유지되고 있었다.[9]

1960년대 정치적 현실참여에 적극적이었던 지식인 그룹은 그 참여의 동기(사익/공익), 형태(자발적·주체적/동원), 방법(현실정치/학술), 경로(정치·행정/민간연구기관), 종류(대학교수/언론인/대학생), 학문분야(인문사회과학/자연과학) 등에 따라 다양한 내적 분포를 나타낸다. 참여의 수준을 기준으로 한 적극적/소극적 참여로 대별하기 곤란할 정도로 복잡하고 유동적이다. 또 이들 가운데 상당수는 1960년대 이전 및 이후와 서로 다른 행보를 보인 이들도 꽤 많다. 따라서 현실참여 지식인들의 동향을 총체적으로 재구성해내는 작업은 결코 만만치 않다. 어느 면에서는 문학작품을 통해 살펴보는 것이 더 유리할 수도 있다.

일례로 5·16쿠데타 후 10여 년 간 '참여적 비판'을 표방하고 부당한 권력에 포섭되거나 자발적으로 참여한 지식인 군상의 부정적·퇴행적 행적을 그린 최일남의 장편『하얀 손』(문학사상사, 1994)을 들 수 있다. 정치학 교수였다가 여당 몫 전국구 의원으로 진출한 최수달, 신문사부국장에서 선전부 차관으로 변신한 나동탁, 대학총장 출신으로 대통령의 부름을 받고 관변단체인 '도의실천협의회' 본부장으로 나가는 송원로 등을 중심에 두고 그 주변에 예비역 장성으로 국회 상임위원장인 현진로, 영관급 출신의 쿠데타 주체세력인 이필기, 야당 정치인이었다가 여당으로 돌아선 서길달, 반정부단체의 의장으로 간통 혐의를 뒤집어쓰고 의장 사퇴 압력을 받는 정의장 등을 배치해 지식인과 권력의 야합을 다방면으로 파헤쳐 고발한 작품이다. 소설이라기보다는 논픽션에 가까울 정도로 등장인물들의 행태를 권력의 지식인 정책(포섭, 회유, 협박 등)의 교묘함과 결합시켜 당대 실존인물 누군가를 떠올리게 할 만큼 실감 있게 그려내고 있다. 작가의 의도는 이들 반

---

9) 고은,「나의 산하, 나의 삶 186」,『경향신문』, 1994.6.5. 고은은 이 상태를 박정희정권하 문단이 마지막 행복을 누린 시기로 본다.

동적 지식인에 대한 철저한 '윤리적' 단죄에 있다. 그 단죄가 궁극적으로 박정희 정권의 부당성과 비민주성을 겨냥하고 있음은 두말할 나위가 없다. 윤리적 단죄가 작품 전체를 과도하게 규율함으로써 적극적인 현실참여 지식인 군상의 동태적 존재방식을 리얼리즘적으로 재현해내는 데는 미흡할 수밖에 없었으나, 이들의 존재를 '어용'으로 일방화 하는 시각이 포착할 수 없는 현실정치 참여의 다단한 맥락을 과정적으로 드러낸 점은 미덕이라 할 수 있다.

그 단죄보다 저자의 관심을 끈 것은, 비록 부차적으로 다루어졌으나, 첫 부분에 그려진 국회의원직을 수락하면서 망설이는 최수달의 미묘한 내적 갈등을 비롯해 작품 도처에 등장하는 제각각의 참여적 비판의 명분과 논리다. 궤변으로 치부할 수만은 없는 그 명분과 논리를 당대적 차원에서 추적·평가해보는 것, 즉 변론(辯論)도 의미 있는 작업이 아닐까 한다. 난제이다. 저자가 소설을 쓸 수도 없는 노릇이다. 그렇지만 박정희정권의 권위주의적 발전론이─적어도 제3공화국 시기만은─성공적인 조국근대화의 토대였으며 나아가 유신체제가 중화학 공업화의 중요한 기반이 되었다는 견해가 대두되는 상황에서 참여 동기를 떠나 그 과정에 지지적 참여를 했던 다수 지식인의 실상을 검토해보는 것은 나름의 시의성이 있을 것 같다. 『하얀 손』에서 최수달이 보여준 '망설임'의 역사성 검토라고 해두자. 혹은 양심적이고 정의감이 강한 법대교수 박진우가 어용교수, 유신교수로 전향해 유신체제의 불가피성과 의의를 강력하게 역설하다 고위층에 발탁되어 차관까지 지냈으나 죽음을 앞두고 결국 양심을 회복하고자 했던 참회에 대한 문제제기라고 하자.[10] 아니면 박정희정권에 지속적인 현실정치 참여를 했던 두 경제

---

10) 장용학의 중편 「何如歌行」(『현대문학』, 1987.11)의 주인공 박진우를 말한다. 이 중편은 데모학생의 처벌문제로 학장과 언쟁을 벌인 끝에 사표를 제출한 S대 법대 박진우 교수가 삼류대학 시간강사로 전전하면서 생활고에 허덕이다 끈질긴 회유로 인해 유신교수로 재발탁하고 권력에 기생했던 과정을 중심으로 지식인의 윤리의식의 훼절을 고발한 작품이다. 더불어 그의 훼절과 연관된 유신체제를 지탱해주었던 문제적 요인들, 예컨대 영원히 무너지지 않으리라고 확신하는 독재정권의 망상, 발전을 핑계 삼아 분배를 왜곡한 부도덕한 정책 추진, 국민의 상식을 초월한 공작정치, '근대화' '민족중흥'이라는 명분 아래 자행된 투기들, 부정부패 도덕적 타락 등 갖가지 부작용들을 한 지식인 양심과 정의를 저버리는 과정과 결합시킴으로써 궁극적으로는 유신체제의 비민주성을 고발하고자 했다. 작가는 작품 말미에서, 박진우가 죽으면서 한 참회("나는 버린 몸이오.") 한 마디로 그의 변절자로서의 많은 과거를 감당시키기는 어렵다고 보는 동시에 "새는 죽을 때 그 우는 소리가 슬프고, 사람은 죽을 때 그 하는 말이 선하다"라는 古言을 인용하며 그가 행한

학자의 대비적 회고에 나타난 간극, 즉 이기준의 '드러냄'(자긍심)과 최호진의 '감춤'(의도적 은폐) 사이를 횡단하고 있는 학술적 사회참여의 정도(正道)에 대한 되새김질이라고 하자.[11] 논의의 편리를 위해 1950년대 학술의 동향을 포함시킨다.

2. 지식인 현실참여의 배경과 지점

1)1950년대 학술과 지식인 현실참여의 특징

1960년대 이전 제1공화국 시기에 지식인들의 정치적·사회적 현실참여는 저조했다. 극소수 진보적 지식인들뿐만 아니라 지배이데올로기에 동의한 체제옹호 지식인들도 예외는 아니었다. 전자의 경우 독립운동에 헌신했던 민족주의자 및 사회주의자들이 미군정, 단정수립, 한국전쟁을 거치면서 철저히 제거되었고 납북 내지 월북하지 않고 남한에 잔류한 일부도 지속적인 감시와 탄압 속에서 4·19혁명 전까지는 공적 활동 자체가 현실적으로 불가능했다. 특히 자주적 통일국가 건설에 실천적으로 참여했던 광범한 중도파 민주주의지식인들의 몰락은 남한지성계의 빈곤을 초래한 주된 원인이 되었다는 점에서 비극이었다. 학술, 문학

참회에서 최소한의 인간적 진실성만은 수긍하는, 다소 애매한 가치평가를 행하고 있다.

11) 4·19혁명 직후 어용교수로 낙인을 받아 서울대 상대 교수직에서 타의로 물러난 바 있는 이기준은 회고(『一學一生』, 일조각, 1990)에서 경제학의 특수성, 즉 현실참여라는 성격으로 인해 경제학도는 정부뿐만 아니라 민간기업에 참여해 사회에 공헌할 수 있다고 보며 이 부류의 지식인을 어용교수가 아닌 '民用教授'라고 칭하는 것이 마땅하다는 인식 아래 중앙정보부장 김종필의 직속기관이었던 '청파동연구실'에의 참여(1962.2)를 시작으로 이후 정부시책평가위원(평가교수단) 참여(1965.7), 한국경제개발위원회(KDA) 위원(1965.7), 경제과학심의회의 상임위원(1971.6~79.2), 한국개발연구원(KDI) 이사(1971.3~81.3) 등의 참여 동기와 그 활동상을 자세히 기술하는 가운데 이 일련의 참여를 지행합일의 실천적 도정으로 자평한 바 있다. 반면 최호진은 헌법심의특별위원회 민간인전문위원(1962.7), 정부시책평가위원(평가교수단, 1965.7) 등 박정희정권에서의 현실참여 경력을 자신의 회고(『강단 반세기, 나의 학문 나의 인생』, 매일경제신문사, 1991)에서 전혀 언급하지 않는다. 이에 비해 해방 직후 백남운이 주도했던 조선학술원과 민족문화연구소에 참여해 활동했던 경력과 국대안 파동 와중에서 경제학과 신설 과정에의 기여 및 경제학 관련 학술서 편찬 등의 업적을 자신의 학문적 도정의 중심으로 강조했다. 그가 의도적으로 은폐했는지는 확증할 수 없으나, 1960~80년대의 학문적 활동을 연대기적으로 기술하고 있음에도 불구하고 그 경력을 빼고 당시 경제학자로서 제기한 한국경제 상황에 대한 비판적 견해나 경제학계의 상황을 위주로 회고하고 있다는 점을 고려할 때 의도적 은폐의 혐의가 짙다. 이기준의 경우도 유신체제 하 유신정책심의회 산하 중화학위원회 연구위원으로 참여했던(1973.5) 경력은 거론하고 있지 않다.

예술, 언론 분야 등을 망라한 중도파지식인들의 통일 민족국가 건설을 위한 집단적 현실참여, 예컨대 '108인 문화인성명'(1948.4), '문화언론인 330명 선언'(1948.7)을 통해 극좌/극우의 정치노선 배제, 단독정부 수립 기도 반대, 반외세(반미반소) 자주적 국가수립을 기치로 내걸고 단정수립 전야 뿐 아니라 1949년 초까지 민족국가 수립을 위해 분투했으나 결국 좌절된 바 있다.[12] 그 좌절은 대다수 참여인사들이 곧바로 강제적인 전향을 해야 하는 것으로 이어졌고, 이후 잠재적 위협세력으로 규정당해 의혹과 통제의 대상이 됨으로써[13] 4·19혁명 이전까지 공적 활동이 위축될 수밖에 없었다.

중도파 문학예술인, 학자들 상당수는 게다가 한국전쟁 기간 부역 혐의에 연루됨으로써 창작활동의 제약뿐 아니라 특정한 경향의 예술 활동이 강제된 바 있다.[14] 배성룡, 조동필, 최호진, 박동길, 고승제 등 해방직후 학술문화 운동에 적극적으로 참여했던 민족주의적 중도파 학자들은 아카데미즘의 영역 안으로 침잠하거나 진보적 매체에 논설을 더러 발표하는 정도였다. 지식인집단의 주류를 형성했던 자발적 체제 옹호 지식인들은 이와는 다른 차원, 즉 전문성을 구현할 수 있는 장이 제도적으로 부족했고 정치권력도 이들을 충원할 필요성이 크지 않았기에 현실정치에서 소외되었다. 일부가 논공행상의 이권 다툼을 거쳐서 관직에 등용되었을 뿐이고 대다수는 대학 붐의 흐름 속에 대학교수로 진출했다. 이들 중 상당수의 문학·예술인들은 '만송족'이란 어용곡필 집단을 형성해 체제옹호의 곡필을 대가로 기득권을 확충하려는 왜곡된 형태의 참여에 나섬으로써 공분을 샀다.

---

12) 중도파 민족주의자들의 자주적 통일 민족국가 수립을 위한 실천운동과 일련의 성명서에 참여했던 인사들의 명단은 이봉범, 『한국의 냉전문화사』, 소명출판, 2023, 368~370쪽 참조. 참여한 인사들의 면면을 보면 당시 학술분야의 전문가들이 대거 참여한 특징을 발견할 수 있는데(대략 70여 명), 이순탁, 손진태, 배성룡, 윤행중, 김양하, 조동필, 박동길, 김계숙, 최호진 등 대부분은 조선학술원 및 민족문화연구소를 거점으로 해방 후 진보적 학술운동을 전개했던 학자들이다.

13) 휴전협정 후 공안당국의 사찰·통제의 우선순위는 중도파(좌우합작파, 남북협상파, 제3세력(자주노선)이었다. 서울대학교 한국교육사고, 『한국정당사·사찰요람』, 1994, 1~6쪽. 중도파가 대부분이었던 전향 문화인에게는 "반공민주 건설"에 동원·협력해야 하는 동시에 전향의 진정성을 "작품 활동을 통해 實證해야" 하는 과제가 부여되었다. 김삼규, 「전향문화인의 진로」, 『민족문화』2호, 1950. 1, 128쪽.

14) 이에 대한 자세한 고찰은 이봉범, 「냉전 금제와 프로파간다―반란, 전향, 부역 의제의 제도화와 내부냉전」, 『대동문화연구』107, 성균관대 대동문화연구원, 2019, 123~131쪽 참조.

물론 학술분야 전문성의 수준도 빈약했다. 이전에 비해 1950년대는 학술·예술이 진작될 수 있는 제도적 토대가 마련되기는 했다. 대표적으로 1954년 학·예술원의 창설이다. 문화계 내부의 분란과 진통을 거쳐 출범한 학·예술원은 국가가 공권력에 의거하여 학술 및 문화와 관련한 공공문제를 해결하는 과정으로서 나름의 긍정적 의의를 지닌다. 1936년 중앙아카데미 구상→1945년 민립 조선학술원→1951년 민립 전시과학연구소 창설로 이어지는 지식인들의 오랜 숙원이었던 학술원 설립의 결실이었다는 점에서 더욱 그렇다. 또 문화와 언론출판, 학술과 예술의 제도적 분화를 촉진시키는 계기로 작용한 가운데 분야별 기능적 전문성을 제고할 수 있는 제도적 기반을 제공했다.[15]

그러나 학·예술원 창설의 전반을 국가권력이 주도해 태생부터 국가가 학·예술을 관장하는 제도적 시스템을 지니게 됨으로써 자율적인 권능이 제한될 수밖에 없었고, 학·예술 단체를 산하에 포섭해 관장할 수 있는 권한이 제도적으로 보장되지도 않았다. 그 결과 학·예술에 관한 시의적절한 대응은 물론 학·예술 관련 연구의 실질적 성과를 생산해내는데 기여하기 어려웠다.[16] 해방직후 학술계의 좌우합작을 통해 건국운동을 전개했던 조선학술원과는 전혀 다른 행보를 보인다. 그 유명무실함으로 인해 5·16직후 폐지해야 한다는 여론이 거세게 일었다. 오히려 전문성이 우선적으로 중시되면서 그동안 타의적으로 침묵하고 있던 학·예술 관련 친일인사들의 복권을 제도적으로 승인해주는 결과를 초래한 점이 없

---

15) 이에 대한 자세한 논의는 이봉범, 「8·15해방~1950년대 문화기구와 문학」, 『현대문학의 연구』44, 한국문학연구학회, 2011, 278~292쪽 참고.

16) 다른 한편으로 학·예술원 회원들의 정치적 성향도 작용했다고 봐야 한다. 학술원의 초대 회원은 인문과학부(6분과), 자연과학부(4분과) 등 10분과 총 51명으로 구성되었는데, 그 중 민립 조선학술원 출신 학자는 24명이었으며 대부분 보수우익 성향의 학자들이었다. 백남운을 도와 조선학술원 창립을 주도하고 학술운동에 적극적이었던 서기장 김양하를 비롯한 마르크스주의자 및 중도좌파의 학자들은 월북한 상태였다. 그 24명 중 15명은 학문 연구를 통해 남북전쟁 수행을 천명한 전시과학연구소에 참여했었다. 예술원은 문학, 미술, 음악, 음악, 연예 등 4류 총 25명으로 구성되었는데, 그 중 16명(64%)이 1949년 1월 설치된 '예술위원회' 출신이었다. 예술위원회는 문교부 산하에 장관 직속으로 설치된 기구로 총 68명의 우익예술가로 편성됐는데, 문학예술계의 좌익을 척결하는데 앞장선 인사들을 위주로 한 논공행상으로 당시에도 세간의 비판을 받은 바 있다. 그 같은 논공행상의 이권 다툼은 예술원회원 선거를 둘러싸고 빚어진 이른바 '예술원파동'을 통해 재연되었다.

지 않다. 더욱이 학·예술원 창립을 계기로 촉발된 학·예술계의 재편과 제도화가 이전 좌익 전력, 전향, 부역 등 이데올로기적 의제를 둘러싼 내부냉전의 틀 속에서 이루어짐으로써 이념 과잉의 내부 분열이 증폭되기에 이른다.

이렇듯 학·예술원이 법적·제도적으로는 중앙아카데미의 위상을 지녔으되 명실상부한 기능을 수행하지 못함으로써 1950년대 학·예술 활동은 각 분야의 전문 학회를 거점으로 한 분산된 형태로 그것도 대체로 각 학회의 주춧돌을 놓는 초보적 수준의 학술활동이 전개된다. 대체로 남한잔존 학자들을 중심으로 각 학술 분야별 전국 단위의 학회 창립과 교육·연구 활동의 활기를 바탕으로 한 물적 토대의 재건과 새 학풍의 수립 단계였다고 할 수 있다. 그 새로운 학풍은 한국전쟁 이전 지배적이었던 마르크스주의 경제학에 대하여 경제학의 순수중립성을 강조하는 방향으로의 학풍 조성을 거쳤던 경제학의 경우와 같이 탈이데올로기적 또는 또 다른 이데올로기적 편향을 내포한 전환이었다.[17] 검열로 인한 학술의 왜소화도 문제였다. 1955년 한태연의 『헌법학』판금조치, 대학교재 『문화세계의 창조』의 저자 조영식의 국가보안법위반 구속사건 등 정치적인 중립을 띤 이론이나 학설조차 금압되고 학문 자유의 암묵적 가이드라인이 설정되는 상황에서 학술적 연구, 저술, 교육 전반이 냉전적 반공주의의 자장 안에 갇히게 된다. 외서 수입에 대한 과도한 규제로 긴급한 기초자료의 공급도 원활하지 못했다. 냉전이데올로기의 허가구역 안에서의 지식과 이론, 이것이 1950년대 학술의 존재영역이었던 것이다.

---

17) 고려대학교 민족문화연구소, 『한국현대문화사대계Ⅱ; 학술·사상·종교사』, 1976, 300~301쪽 참조. 경제학, 정치학, 법률학, 사회학, 교육학, 과학기술학, 문학 등 거의 모든 분야에서 나타나는 이 같은 현상은 다른 한편으로 몇 가지 중요한 진전을 내포한 변화이기도 했다. 즉 일본을 통한 서구 지식의 도입에서 벗어나는 등 일본 학계의 영향권에서 탈피하는 계기가 되었고, 연구 인구의 점증과 해외시찰, 교환교수와 같은 경로를 통한 학자들의 구미 각국 학계와의 교류 기회가 증대함으로써 연구경향의 다양성 및 학술적 전문성의 강화가 가능했으며, 특히 1950년대 말부터 도미 유학생이 귀국하기 시작해 학계에 진출하고 최신 미국 학문의 연구 내용이 소개됨으로써 대학교육의 풍토 및 교육 내용이 일신되기에 이른다. 이러한 긍정적 변화에 주목하여 대체로 1950년대 말을 해방 후 학술의 중대한 전환기로 평가하고 있다(259~265쪽, 301~305쪽, 344~355쪽, 368~374쪽, 461~465쪽 참조). 미국 학문의 편향적·적극적 수용을 핵심으로 한 학술계의 일대 전환은 수용상의 균형 상실에도 불구하고 1960년대 각 학술분야의 비약적 성장을 가능케 한 토대였으며 또한 1960년대 학술적 지식인들의 적극적 현실정치참여를 추동하는 중요한 요인으로 작용했다는 점에서 주목할 필요가 있다.

중요한 것은 제1공화국 시기 지식인이 처한 이 같은 주체적·객관적 조건 속에서 학문은 서구처럼 과학적·논리적 지식으로서 발전하지 못하고 일종의 '윤리학'으로 성장할 수밖에 없었다는 사실이다.[18] 즉 보편타당성을 본질로 하는 과학으로서의 학문보다는 선악의 이분법에 기초한 그것도 냉전체제에 침윤된 이분법적 체계 속에서 학문의 정당성 및 효용을 구하는 풍토가 조성·만연되었던 것이다. 그런 상황에서 학문은 당대 한국사회에 대한 구조적이고 역사적인 연구로 추진될 수 없었고 이론적 체계의 축적도 불가능했다. 지배이데올로기(자유민주주의, 반공주의)에 결박된 (자유)민주/독재라는 규범적 이분법으로 사회현실의 복잡성을 설명하기란 사실상 불가능에 가까웠다. 이 시기 한국의 정치, 경제, 사회를 독자적인 분석의 대상으로 삼은 연구 논문이나 비평은 찾아보기 힘든 것은 이 때문이다. 지식인들이 사용한 개념, 지식, 이론, 가설 등도 대부분 일본이 남기고 간 것이 아니면 미국에서 수입한 것이었다. 1950년대 학술계에서 외국이론의 권위에 의존하는 학문적 사대주의와 맹목적인 학문적 쇼비니즘이 공서하는 가운데 분극적인 편향으로 치닫던 것은 이러한 학문적 주체성의 결여에서 오는 필연적 결과였다. 새것으로 치장된 외국이론의 경쟁적 도입은 자연스런 현상이었다.

그에 비해 정치, 경제, 사회 등에 관련된 공공의 의제를 윤리적 차원에서 판단하고 해결하려는 경향이 상대적으로 팽배하게 된다. 사실지(知)가 결여된 윤리주의의 강조는 지식인의 행동양식 또는 현실참여 방식을 규율하는 기제로도 작용한다. 1950년대 비판적 저널리즘을 거점으로 증식된 지식인담론에서 지식인의 역사적 사명으로 가장 강조된 것은 일체의 사회악에 저항하는 레지스탕스 정신이었다. 지식인들은 자유민주주의가 관주주의(官主主義)로 변질되면서 나타난 무능, 부정부패, 독선, 무책임, 무질서 등 불의의 정치사회적 악에 대해 절망, 무관심, 도피의 태도를 과감히 청산하고 정의와 양심의 이름으로 불의에 저항하고 민중을 계도하는 지도계급이 되어야 한다는 것이다.[19] 이는 관권/민권, 특권/인권, 비법/합법, 부패/혁신, 억압/자유 등의 기축으로 비교적 단일한 자유민주주

18) 송건호, 「한국근대화론」, 『세대』, 1966.4, 71~73쪽 참조.
19) 안병욱, 「지식인과 정치」, 『동아일보』, 1955.1.26.

의 전선이 형성됐던 당시의 정치적 역학구도에서는 충분한 타당성과 명분을 지닌 것이었다고 볼 수 있다.

그러나 무엇을, 어떻게 라는 구체성과 실행력을 결여한 것이었기에 다분히 원칙적 명분주의, 그것도 대체로 '반공 승리의 가장 필수적인 조건'이라는 차원[20]의 선언으로 그치고 만다. 가령 당대 최고의 비판 잡지였던『사상계』조차 민권수호 투쟁의 기관임을 자임했음에도 불구하고 한국적 현실에 기초한 민권담론은 상대적으로 빈약했다. 민권옹호의 중요한 요소였던 여성문제에 대한 논의는 거의 없다고 해도 과언이 아니다. 지식인의 현실정치로의 참여가 봉쇄·제한되고 소극주의, 무사주의가 팽배한 가운데 일부 비판적 지식인들에 의해 주로 '논설'을 통한 담론투쟁의 차원으로 수행된 현실참여조차 윤리적 명분에 치중되었던 것이 당대적 주소였다. 그것은 재래의 지사적 전통에다 지식인집단의 현실개혁을 실행할 계획과 능력의 부족, 이를 실증해 낼 지도세력의 부재, 대안적 한국사회에 대한 비전의 상실, 권위주의 통치의 강화에 따른 현실의 벽 등에 의해 조성된 것으로 볼 수 있다. 특히 정치현실의 제약 앞에서 부정과 불신이 생리화 되고 자학적인 냉소 방관이 팽배하면서 윤리주의가 더욱 경화되었다고 판단된다.

저자가 이렇게 1950년대 윤리주의에 경도된 지적 풍토와 지식인의 현실참여 태도를 각별히 문제 삼는 이유는 이 기조가 당대에만 국한된 것이 아니기 때문이다. 4·19와 5·16을 계기로 지식인의 현실참여에 획기적인 전환이 이루어졌음에도 지식인의 강고한 윤리주의 태도는 쉽게 극복되지 못한다.[21] 외적 제약과 별도로 이 문제에 대한 지식인들의 자체적 극복의 여부가 지식인의 현실참여 내지 학술의 공공성의 지평을 좌우하는 일 요인이었다는 사실을 환기해두고자 한다.

---

20) 「국회·정당·지식인」(사설),『동아일보』, 1954.12.16.

21) 이상록은 1960년대 사상계식인들의 각종 비판적 제안이 매우 규범적이고 윤리적이었다고 평가한 바 있다(이상록, 「1960~70년대 비판적 지식인들의 근대화 인식」,『역사문제연구』18, 역사비평사, 2007, 230쪽). 송건호 또한 "우리는 사상의 민족성을 강조하는 일부 지성인들의 이념 과잉으로 사실지를 결하고 있음을 본다. 그들의 학문은 유럽적인 객관지가 아니라 보다 더 관념지에 속한다. 엄격한 의미에서 학문이라기보다는 일종의 윤리에 속하고 있다."라며 소위 비판적 지식인들의 관념성, 윤리성에의 경도를 비판한 바 있다. 송건호, 「민족지성의 반성과 비판」,『사상계』, 1963.11, 241쪽.

2) 1960년대 권력/지식인의 결합·분화와 '파르티씨파숑'(participation)의 등장

　4·19혁명과 5.16쿠데타는 이전의 권력/지식인의 관계 구도를 일거에 바꾸어 놓았으며, 그 전환의 시공간은 지식인들에게 있어서는 새로운 기회이자 도전을 의미했다. 즉 전통적 소외자의 위치에서 근대적 참여자로 전위(轉位)할 수 있는 계기가 마련된 것이다. 4·19혁명이 최초의 아래로부터의 혁명이었고 더욱이 대학생, 교수 등 지식인 계층이 혁명의 과정에서 중요한 일익을 담당했다는 점에서 [22] 지식인층에 대한 사회적 기대가 고조되는 것과 동시에 지식인집단 또한 이제까지의 패배적, 수동적인 심리상태에서 벗어나 사회참여에 적극적으로 나서게 된다. 이에 상응해 학계의 발언권에까지도 활기를 띠게 되고 그 발언권의 확대는 현실정치 참여로까지 진전되기에 이른다. 제2공화국 수립 전후 지적 해방의 분위기 속에서 경제정책 및 문화정책의 수립에 학자 및 학회의 소신들이 각종 건의, 공청회, 강연회, 좌담회, 토론회 등을 통해 다방면으로 피력되면서 8·15직후의 상황을 능가할 정도로 학술적 사회참여가 활발하게 이루어진 다. [23]

　지식인사회 또한 그동안 잠재되어 있던 갖가지 이념과 지향이 현실화될 수 있는 열린 시공간에서 근대화의 지향성을 둘러싼 다양한 가능성과 방향을 놓고 각 지식인집단 사이에 경쟁적 질서가 구축된 가운데[24] 지식인의 사회참여가 과잉 폭발되기에 이른다. 이 같은 지식인의 사회참여는 언론의 적극적인 지지를 받았다. 언론들은 대체로 4·19혁명 후 가장 현저한 사회현상으로 지식인의 사회참

---

22) 교수들의 혁명 참여는 250여 명이 동참한 대학교수단 데모를 통해 극적으로 현시되는데, 그 과정에서 발표된 '시국선언문'(1960.4.25, 15개항의 소신과 구호)을 살펴볼 때 교수들의 혁명에 대한 인식 태도는 당시 범국민적 요구였던 3·15부정선거 규탄과 정권퇴진 요구를 명시하고 있으나 학원 및 학생 보호의 수준을 크게 넘지 못한다. 실제 선언에 참여했던 이항녕은 적극적으로 학생들에게 사과하라는 주장과 적극적으로 학생의 의도를 관철시키자는 주장이 격론을 벌였고 결국 후자의 방향으로 시국선언문을 작성·공표했다고 증언한 바 있다(이항녕, 「4·19와 교수단 데모」, 『신동아』, 1965.8, 383~388쪽). 15개의 선언 내용에는 4·19를 북한 및 남한 내 일부세력이 정치적으로 악이용할 수 있다는 점을 학생들에게 주지시키는 가운데 학생들은 흥분을 자제하고 학업의 본분으로 돌아가라는 권고를 담고 있다. 곡학아세의 사이비학자, 정치도구화한 문화예술인 배격을 주장한 점이 이색적이다.

23) 최호진, 「4·19 이후의 학계」, 앞의 책, 89쪽.

24) 이에 대해서는 정용욱, 「5·16쿠데타 이후 지식인의 분화와 재편」, 노영기 외, 『한국의 근대화와 지식인』, 선인, 2004, 167~169쪽 참조.

여를 꼽는 가운데 4월 혁명의 성부(成否)를 지식인에게 걸고 싶다고까지 했다.[25] 4·19의 성패를 지식인의 능력에 기댄, 지식인의 사회참여에 걸고 무한한 신뢰를 보냈던 것이다. 그러나 그 같은 가능성과 사회적 기대 또는 지식인들의 희망과 의지는 곧바로 실망·좌절로 바뀐다. 5·16으로 인해 민주화운동, 민족통일운동이 금압되고 진보적 지식인 또한 제거되는 비운을 맞는다. 5·16 이전에도 지식인들의 사회참여가 극심한 사회혼란을 초래한 원인으로 지목되어 비판된 바 있고, 특히 언론계는 '제2공화국은 기자로 인해 망할' 것이라는 국민여론이 비등할 정도로 사이비언론이 득세했다.

사회혼란의 책임을 지식인에게만 전가할 수는 없다. 다양한 주의주장을 포용해 제도권으로 흡수할 만한 사회경제적 조건이 미성숙했고, 혼란과 불안의 악순환을 수습해 공공질서를 회복하고 국민이 염원하는 개혁과 건설을 실행할 능력을 가진 정치적 지도세력도 없었으며, 보수적 지배정당을 지지한 지식인집단도 무능력과 부적합을 드러냈다. 그렇지만 "지식인들의 대담한 사회비평의 시대"[26]였던 4·19혁명의 시공간에서 지식인들이 쏟아낸 수많은 담론이 대안적 사회체제에 대한 구체적인 비전을 지녔다고 보기 어렵다. 대중에 아부하는 곡학아세의 사이비지식인이 오히려 양산되었다. 이로부터 파생된 분노와 실망이 5·16쿠데타 및 그 주체세력인 군부에 대한 더 큰 기대감을 증폭시켰다고 볼 수 있다. 5.16 쿠데타 직후 당시 지식인들 상당수가 쿠데타에 대해 긍정적인 반응을 보였고, 서울시민들 또한 40%가 호의적, 20%가 호의적이거나 시기상조라고 생각한다는 반응을 나타낸 것은[27] 이와 무관하지 않다.

5.16쿠데타는 권력과 지식인 관계의 새로운 국면을 창출해낸다. 그 변화된 관계는 권력과 지식인의 높은 관계밀도의 형성으로 요약할 수 있다. 권력과 지식인의 이해가 상호 부합했기 때문이다. 지배권력, 즉 군사정부는 무엇보다 국가재건 프로젝트를 시급히 시행하는데 필요한 전문 인력이 요청되었다. 국정수행에 필

---

25) 「이제부터는 지식인이 일 할 때」(사설), 『경향신문』, 1961.1.2.

26) 지명관, 「지식인의 굴절과 안주」, 『신동아』, 1971.5.

27) 홍석률, 「1960년대 지성계의 동향—사업화와 근대화론의 대두와 지식인사회의 변동」, 정신문화연구원 편, 『1960년대 사회변화 연구』, 백산서당, 1999, 197~198쪽.

수적인 전문지식과 경험은 학계 인사나 전문 행정 관료에게 대부분을 의존할 수밖에 없었다. 박정희는 민주주의 재건에 있어 펜의 힘이 무기보다 강하다는 점을 강조하면서 지식인의 편달과 협조를 요망했으며 그것도 철학적 뿌리와 이론적 뒷받침이 필요하다고 누차 공언한 바 있다. 근대화를 실제로 담당·추진시켜 나갈 기술지식인뿐만 아니라 국정철학과 이론을 개발할 이데올로기적 지식인까지 두루 소용되었기에 지식인들을 광범하게 동원하는 정책을 구사한다.

지식인에게도 마찬가지였다. 동원의 형식이 아니어도 군사정부의 지배이데올로기(반공주의, 개발주의)에 공명한 상태에서 지식인 본래의 내면의 목표, 즉 지행합일을 실행하고자 하는 욕망이 팽배했고 그 내재적 욕망을 적극적인 현실참여로 실천할 수 있는 유리한 여건이 조성되었기 때문이다. 미국발 근대화론에 영향을 받은 것도 있지만, 이 당시에는 "지도자 중심의 근대화 프로젝트를 통해 민주주의의 토대를 다져 나가야 한다는 인식이 지식인층에 광범위하게 공유"[28]되어 있었다. '지식인정부'[29]로 일컬어질 만큼 권력/지식인의 유기적 관계 조성은 이전과 다른 지식인의 현실참여 형태를 빚어낸다. 논설을 통하여 비판자로 혹은 문제해결의 제시자로 참여했던 종전과 달리 전문성을 무기로 직접적인 정치참여가 활발하게 전개되었다. 또 이전의 지식인의 현실참여가 소신에 따른 개별적 차원에서 이루어진 것과 달리 집단적이고도 다면적인 현실참여가 주를 이룬다. 동원에 못지않게 자발적 현실정치 참여의 비중도 매우 컸다. 쿠데타 직후에 나타난 이 같은 권력/지식인의 결합은 근대화프로젝트가 본격적으로 추진되면서 가속된다.

하지만 그 가속화는 갈등을 내장한 것이었다. 특히 6.3사태를 계기로 양측의 갈등은 최고조에 달하고 결국 파열되기에 이른다. 제3공화국 출범 직후 범국민적 대일굴욕외교 반대운동이 전사회적으로 확산·고조된 가운데 권력은 비상계

---

28) 이상록, 앞의 글, 227~228쪽.

29) 「지식인의 분발을 바란다」(사설), 『경향신문』, 1962.5.19. 이 신문은 혁명정부를 군사정부라고 하기 보다는 지식인정부라고 하는 것이 더 적절하다며 군사정부가 지식인들을 존중하는 것을 고맙게 생각하는 동시에 정부의 기대에 어긋나지 않도록 모든 지식인들의 분발을 촉구했다. 당시 쿠데타에 대한 언론의 호의적인 태도, 권력과 지식인의 유대에 대한 기대를 엿볼 수 있다.

엄령을 선포하고 학원가에 위수령을 발동하는 한편 언론에 대한 사전검열제를 재시행하는 동시에 학원과 언론을 통제하기 위해 학원보호법과 언론윤리위원회법의 제정을 강행한다. 이는 언론의 무책임한 선동, 학생들의 불법적 행동, 정부의 지나친 관용 등을 6.3사태의 중요 원인으로 판단한 정치권력의 문제인식에서 비롯된 것이었다. '한일협정비준반대선언문'을 발표한 재경대학교수단 중 양주동, 김경탁 등 12명의 교수를 정치교수로 매도하고 강제 해직시켰다.[30] 권력의 이 같은 공세에 대응해 지식인들의 권력 비판 또한 강경해진다. 비준반대선언에 참여했고 그로 인해 해직된 바 있는 김성식은 박정희의 '진해 발언'(학생데모는 애국적이 아니다, 언론은 무책임하다, 지식인은 옹졸하다)을 정면으로 반박하는데, 그는 극소수의 언론인과 지식인의 항변마저 틀어막는 정권의 정치적 빈곤을 한탄하며 오히려 '위정자들은 양심이 살아 있는지 자성해보라, 죄의식이 마비되었나를 살펴보라, 잘한 것이 많은가 못한 것이 많은가를 통계적으로 설명해보라'며 권력의 비정(秕政)을 질타하며 지식인에 도전하는 우를 버리라고 강력 경고한다.[31]

이 갈등과 파열은 쿠데타 직후부터 조성된 박정희 정권에 대한 지식인집단의 기대가 완전히 불식되는 계기가 되었다. 또 발전주의의 패러독스, 즉 경제적 근대화와 정치사회적 근대화의 괴리가 극명하게 노정·인식되면서 반공주의와 성장주의에 입각한 지배 권력과 민주주의, 진보적 민족주의에 입각한 비판적 지식인집단 간 민족주의와 근대화론의 전유를 위한 치열한 담론투쟁이 전개되기에 이른다.[32] 이 과정을 거치며 지배/저항의 양극적 구도가 질적으로 재편성되는 동

---

30) 당시 정부에 의해 '정치교수'로 규정된 학자(교수)는 21명이다. 양호민, 황성모(서울대), 서석순, 이극찬, 정석해, 권오돈(연세대), 김성식, 김경탁, 조동필, 조지훈, 이항녕(고려대), 정범석(건국대), 양주동(동국대), 김윤경(한양대), 이헌구, 김성준(이화여대), 김삼수(숙명여대), 김경연(한국신학대), 박삼세(대구대), 조윤제, 김경광(청구대) 등이다(『조선일보』, 1965.9.12.). 대부분 각종 한일협정비준반대성명서에 참여했다. 문교부가 학교당국에 강력한 징계 지시를 내리는데 그중 상당수가 해직되기에 이른다. 이극찬은 숙청 기준을 이해할 수 없다며 강한 이의를 제기하는 가운데 정부비판적 태도를 보였던 소위 '동아(일보)교수', '사상계교수' 등을 제거하기 위한 조치로밖에 판단할 수 없다고 본다(『동아일보』, 1965.9.28). 또 비준반대에 서명했다는 이유로 연세대 (의대)박사논문 4편이 승인 취소되었다.

31) 김성식, 「지식인에 도전하는 우를 버리라, 박대통령의 진해 발언을 박하다」, 『동아일보』, 1965.5.6.

32) 김건우, 「1964년의 담론 지형─반공주의·민족주의·민주주의·자유주의·성장주의」, 『대중서사연구』 22, 대중서사학회, 2009, 74쪽.

시에 지식인집단 내부의 분화가 현저해진다.

그리고 정치교수란 규정과 이들에 대한 공권력의 탄압이 본격화 된 것을 계기로 아카데미즘의 현실정치 참여수준이 논란되기에 이른다. 대학교수가 국가사회의 중대한 사안에 대해 의견을 내는 것이 교수의 활동에 속하는 것인가, 아니면 대학교수는 아카데미즘의 권역에서 지식만 전달하는 임무에만 충실해야 하는 것인가 하는 문제였다. 강제 해직조치는 이 문제에 대한 권력의 입장과 가이드라인을 분명하게 밝힌 것으로, 이로부터 아카데미즘의 각 분야마다 현실참여에 대한 논의가 촉발되었다. 가령 정치학의 경우 제1회 정치학심포지엄(1966.6.4~6)에서 '학자가 이론을 위한 이론의 추구보다는 현실에 관련하여 정책결정에 영향을 미쳐야 한다는 것'에 대체로 공감하면서도 '정치참여는 정치적이고 정책적인 차원에서 논의될 문제'라는 다소 애매한 결론을 내린다. 이는 학자들마다 아카데미즘의 현실참여에 대한 입장이 분분했다는 것을 말해주는 것으로, 실제 '학자가 현실에 참여할 때 그는 이미 학자가 아니다.'(민병태), '오늘날 정치가 대중 속에 뿌리박지 못한 상태에서 대중 속으로 뛰어 들어가야 한다.'(구범모), '권력에 접근하면 편벽되기 쉬우므로 현실과 거리를 유지하면서 접촉하되 냉정하게 시시비비를 가려야 한다.'(차기벽), '어디까지나 의견을 학문적으로 내놓아야 한다.'(김상협) 등 가지각색이었고 입장의 스펙트럼 또한 매우 넓다는 것도 확인할 수 있다.[33]

정치학 등 학술분야뿐만 아니라 1960년대 중반에는 권력과 지식인집단 양측의 입장이 실체적으로 드러나는 것을 계기로 지식인들의 근대화 인식과 현실참여에 대한 태도가 다양하게 분기되는 가운데 권력/지식인의 관계가 재조정되는 과정을 거친다. 양자 간의 관계 뿐 아니라 지식인 내부에서도 적대, 견제, 화해, 야합 등이 착종되어 나타나고 그것이 다양한 제도적 활동으로 구현되는 특징을 보인다.

---

33) 「정치학자가 본 정치」, 『경향신문』, 1966.6.8. 1965년 전국 대학의 정치·행정학 교수 165명을 대상으로 한 설문조사 결과에 따르면, '정치학의 발전은 정치학자의 비학문적 활동 때문에 그 발전이 저해되고 있다'는 조항에 대한 찬성이 50%, 반대가 20%로 각각 집계되었다. 이 수치는 미국의 정치학자의 압도적인 다수가 비정치적 활동이 필요하다고 생각하고 있는 것과는 대조적이었다. 당시 우리 학자들이 현실정치 참여에 대해 긍정적으로 생각하는 입장은 고무적인 것으로 평가된 바 있다. 김계수, 『한국정치학―현황과 경향』, 일조각, 1969, 129~130쪽.

이와 관련해 1964~65년 언론윤리위원회법 제정·공포를 둘러싼 권력과 문학예술 및 언론출판 주체들의 관계 전환은 시사하는 바가 크다. 언론문화에 대한 강권적·공세적 통제로 급선회한 국면전환기에 이를 위한 법적 장치로 제정된 언론윤리위원회법(1964.8.5)으로 인해 모든 문화계가 고사 위기에 몰리자 권력과 문화계의 막후 타협으로 문화 제 분야에 자율적 심의를 담당하는 민간자율기구(윤리위원회)가 탄생하게 된다. 윤리위원회는 권력과 문화언론계의 야합의 결과이자 권력의 의도가 우세적으로 관철된 산물이다. 그 제도적 시행과정에서 권력과 문화언론계의 마찰뿐만 아니라 문화계 내부의 분열과 갈등을 끊임없이 수반하며 박정희정권이 종말을 고할 때까지 언론출판, 문학예술, 미디어 전반을 규율했다. 문제는 권력과의 대립보다도 오히려 문화언론계 내부의 적대, 견제, 비방, 공모 등이 종횡으로 작동했다는 점이다. 특히 문화주체들이 피검열자에서 검열자로 전이되면서 오랫동안 문화계 내부냉전의 기제이자 문화 권력의 (재)생산 원리였던 친일, 전향, 부역 등의 이데올로기적 기제가 퇴색하는 한편 심의권이 문화 권력의 향방을 결정하는 요소로 군림하면서 문화계 내부의 공방과 분열이 가속되었다. 권력/문화계 및 문화계 내부의 분열이 교차적으로 대립하는 신국면이 전개된 것이다.

이 같은 징후는 한일회담반대투쟁에서 재경문화인 한일협정반대성명 발표(1965.7.9.), 재경대학교수단의 한일협정비준반대선언(1965.7.12.), 한국시인협회의 한일협정비준반대성명서 발표와 동시에 다른 한편에서는 범예술단체조직인 예총이 문학예술인들의 비준반대 성명 행동을 집단적 정치행위로 비판하고 사실상 비준 찬성의 성명서를 발표하는 것에서 나타났다.

서론에서 제시한 현실정치 참여의 다양한 양태도 이 시점부터 본격적으로 등장한다. 대체로 권력/지식인의 관계가 지배/저항·협력의 구도로 재편되는 것과 동시에 지식인집단 내에서는 다수적 협력/소수적 저항/최다수적 침묵·방관으로 분화되는 중층성을 보인다. 그만큼 권력/지식인의 관계를 지배/저항의 구도로 단순화할 수 없는 복잡성을 띠게 되는 것이다. 이는 이데올로기적 대립(담론 투쟁)과 분화를 수반한 것이지만 이 차원만으로는 설명하기 곤란한 지점들이 존재한다. 이 연구가 '평가교수단'의 동향에 주목한 것도 이런 맥락에서이다.

물론 이러한 구도는 권위주의 통치의 확대, 강화와 맞물려 계속 변동된다. 특히 국가권력이 구사한 지식인정책의 변모에 따라 더 촉진된다. 그 추세는 선별적 동원/배제의 강화로 요약할 수 있다. 그것은 여러 논자가 지적했듯이 박정희정권의 개발동원체제가 연속적 위기를 겪으면서도 성장주의의 성과[34]에 자신감을 확보하면서 지식인들의 효용가치가 상대적으로 축소되었기 때문이다. 또 제도적 영역에서는 지배체제의 안정적 재생산에 장애가 될 만한 요소들은 1960년대 후반에 이르면 이미 선제적으로 상당 부분 제거한 상태였다. 박정희가 가상의 적으로 규정한 바 있는 언론은 '신동아필화사건'(1968.12)을 계기로 비판적 저널리즘의 마지막 보루였던 동아일보(사)가 순치의 과정을 밟으며 권력에 완전히 장악된다. 박정희는 국력 배양을 위해서는 지식인들의 헌신적인 참여와 기여가 절대적으로 필요하다는 입장을 지속적으로 피력하면서도 정권에 비판적인 지식인들을 배제·박멸할 것임을 아울러 공공연하게 언급했다.

그것은 1970년대에 접어들어 더욱 노골적으로 표명되는데, 국민교육헌장선포 5주년 치사에서 '위대한 민족적 이상을 실현시키려는 것이 10월 유신'이라고 규정한 뒤 '이 발전의 진운에 역행하는 활동을 한 지식인들은 새 역사 속에서 영원히 사라져버리고 말 것'이라고 언급했다.[35] 언론인, 학자, 지식인 등이 정부에 협조, 이해하도록 유도해 나가라고 문공부에 지시하면서 '모든 문화사업 종사자들이 정부가 하는 일에 근본적으로 부정적, 비판적이며 저항적 자세를 취하는 것은 정부가 일하는데 정력과 시간을 낭비하게 할 뿐 아니라 역행하는 것'[36]이라고 강력히 경고한 바도 있다. 이렇듯 1960년대 중반부터 강화되기 시작하는 동원/배제의 이원 전략, 구체적으로는 포섭·동원의 집중과 배제의 무차별적인 구사는 지식인의 현실참여가 새로운 차원으로 전환되는데 지대한 영향을 끼치게 된다. 필화와 곡필(曲筆)이 급격하게 동반 증가한 현상도 이의 필연적 산물이었다.

---

34) 경제성장률 지표 한 가지만 보더라도 1960년대는 연평균 8.6%의 고도성장을 구가했다. 이는 유엔이 1960년대를 '개발의 연대'로 설정하여 성장 목표를 5%로 책정한 것을 훨씬 능가하는 수치였다. 1969년에는 15.9%라는 유례없는 성장을 기록했다.

35) 「지식인 헌신적 참여를」, 『동아일보』, 1973.12.5.

36) 「지식인은 건전비판을」, 『경향신문』, 1974.2.1.

1967년 순수—참여논쟁이 재현된 것에서 확인할 수 있듯이 이 시기 지식인의 현실참여 문제를 둘러싼 논란이 다시 점화되었던 것도 이런 맥락에서다. 지식인, 특히 저개발국가 지식인의 현실참여의 필요성 및 불가피성을 인정한다고 할 때(당시 지식인 대다수가 동조한), 어떤 참여의 방법이 유효적절한지 다시 말해 참여의 방법이 주 논점이었다. 홍석률은 이 논쟁의 성격을 산업화와 근대화론의 확산 속에 실용주의·기능주의적 사고가 확산되자 지식의 전문성과 기능성을 강조하는 새로운 지식인관이 강력하게 대두되는 가운데 역사·사회 발전의 총체적 방향 설정을 고민하는 지식을 강조하는 총체적 지식인관과 전문성과 기능성을 강조하는 지식인관이 분화되고 양자 간에 갈등이 표출된 것으로 파악했다.[37] 당시 한국사회에 적합한 지식인상과 이로부터 서로 다른 현실참여론이 분화·갈등하는 양상을 집어낸 것은 타당하다고 판단된다. 저자는 당시 제기된 복수의 현실참여론 가운데 앙가주망과 구별되는 '파르티씨파숑'(participation)에 주목하고자 한다. 이 현실참여 방법은 1960년대 지식인론을 지속적으로 개진했고 또 이 논쟁의 중심에 있던 김붕구가 제기한 것이다.

파르티씨파숑은 '협동의 참여'를 의미하며 이는 고락을 같이 나누고 일을 서로 분담한다는 뜻의 참여로, 고발이나 반항을 특징으로 하는 앙가주망과 뚜렷하게 구별된다. 김붕구는 근대 프랑스의 지식인론과 마르크스주의 지식인론을 종합적으로 고찰한 가운데 산업사회, 기술사회로 이행하려는 단계에 처해 있는 한국사회에서 앙가주망보다는 파르티시파숑이 더욱 유효한 현실참여 방법이며 그것이 시급히 요청된다고 주장한다. 나아가 '자립의 자유', 즉 자유민주사회에서 성인에게 주어진 사회 내 사생활의 자유와(소극적인 사회적 자유) '참여의 자유', 즉 파르티시파숑(적극적인 정치적 자유), 이 두 가지 면의 자유를 아울러 종합하려는 노력이 분단된 조국의 통일을 지향하는 지식인의 근본과제라고 강조했다.[38] 다소 프

37) 홍석률, 앞의 책, 206~216쪽 참조.
38) 김붕구, 「한국의 지식인상」, 「신동아」, 1967.3, 70~85쪽. 그가 한국 근대지식인의 전형적인 유형을 이광수, 최남선, 임화, 김기림 등 4가지로 나누고 그 유형들의 특징과 해방 후 각각이 어떻게 변용되었는가를 검토한 부분은 음미해 볼 만한 가치가 충분하다. 특히 '視覺型'(이광수의 유형), 즉 '역사의식에 의한 결단으로서의 신념이 아닌 그래서 회의와 추리와 모색 없는 단호한 신념은 명분(계몽과 민족)에 전적으로 기댄 일면의 지적인 맹목과도 통하며, 1960년대에도 이런 유형의

랑스적인 전통에 치중되어 있고 또 앙가주망을 마르크스주의와 직결시켜 불온시하는 레드콤플렉스가 침윤된 글이나, 그의 파르티씨파숑은 당시 상당수 지식인이 새롭게 모색·제기하고 있던 현실참여 방법의 특징적 양상을 살피는데 적절한 참조가 된다. 특히 학술적 현실참여 문제 및 학술의 공공성 실현 문제와 관련해서는 시사하는 바가 매우 크다.

이 연구가 주목하는 학술의 현실정치 참여도 이런 거시적 흐름 속에서 대두·전개되었다. 그런데 학술적 지식인들의 현실참여가 주로 파르티시파숑으로 구현된 데에는 학술이 지닌 제도적 성격에서 비롯된 것이 크지만, 1960년대 지식인들의 근대화 인식과 아카데미가 처해 있던 상황적 조건도 아울러 작용했다. 전자는 학자의 현실참여 그 자체를 아카데미즘의 본령에서 벗어난 일탈로 간주하는 소수의 경우를 제외한다면 대학교수들의 근대화 인식 및 그에 따른 현실참여의 방법적 선택에 따라 다양하게 나타날 수밖에 없다는 점에서, 후자는 개인적 신념에 의해 현실참여가 결정되나 아카데미 영역의 객관적 조건에 일정한 규정을 받을 수밖에 없었다는 점에서 당대적 접근을 통해서 각각의 현황을 살펴볼 필요가 있다.

당대 지식인들의 근대화 인식과 이에 따른 현실참여를 어떻게 생각하고 있었는가는 홍승직의 조사연구를 통해서 대강을 파악할 수 있다. [39] 지식인들은 근대화의 가장 중요한 요소로 '공업화 내지 산업화'(29.24%), '국민생활 수준의 향상'(22.91%), '중간계급의 성장 및 확대'(14.59%), '생활의 합리화'(12.61%)로 꼽은 것으로 볼 때 근대화를 주로 경제적 관점에서 접근, 이해했다는 것을 알 수 있다. 근대화와 서구화의 관계에 대해서는, 양자가 '완전히 같다'(2.24%), '완전히 다르다'(9.57%)에 비해 '어느 정도 같다'(37.96%), '같지 않은 점이 많다'(46.87%)가 다수엿

지식인이 많다'라는 지적은 1950~70년대 퇴행적 훼절(전향)로 비판받는 상당수 지식인의 내적 논리를 이해하는데 큰 시사가 되리라 본다.

39) 홍승직, 『지식인의 가치관연구』, 삼영사, 1972. 이 책은 761명의 교수와 745명의 언론인, 당대 지식인 총 1,515명을 대상으로 1966.10~11월에 실시한 '근대화 과정에 대한 한국의 교수와 언론인들의 태도에 관한 종합보고서'다. 규모와 조사내용의 구체성뿐만 아니라 당대 그것도 권력/지식인의 갈등이 고조되는 동시에 지식인집단의 분화가 본격적으로 이루어진 시기의 조사라는 점에서 자료적 가치가 매우 높다. 미국적 사회조사방법론이 적용되었고, 포드재단의 고려대 아세아문제연구소 원조의 일환으로 수행된 연구였다.

다는 것을 볼 때 양자의 상호 관련성을 부정하지는 않지만 그렇다고 동일시하고 있지는 않았다. 근대화의 전제조건으로는 '공업 및 과학기술의 발달'(17.16%), '장기적 경제계획'(11.22%), '산업의 근대화'(10.10%) '민족자본의 육성'(6.4%) 등 주로 경제적 요인을 강조하고 있으며, '남북통일'(12.28%), '정치적 안정'(11.02%) 등 전체응답자의 약 20%가 정치문제를 중요 조건으로 지적했다는 것도 눈여겨 볼 필요가 있다. 지배 권력이 내세운 '강력한 지도자의 출현'(3.5%)은 강조되고 있지 않다. 근대화에 가장 유망한 자원은 인력- '인력자원'(47.46%), '기술자원'(17.49%)- 이었고, '외자'(2.05%)에 대해선 비관적으로 보았다.

이와 관련해 한국의 근대화를 위해 가장 필요한 학문으로는 자연과학(33.27%), 공학(31.22%), 농학(5.08%) 등 소위 자연과학 분야가 압도적인데 비해 인문과학 분야는 순이론적인 것-역사학(1.91%), 심리학(2.31%)-보다는 실제적으로 활용할 수 있는 경제학(8.05%), 경영학(4.36%), 사회학(4.09%) 등이 상대적으로 높은 평가를 받았다. 현재 진행 중인 근대화의 중요한 성취 지표로는 경제적 변화를 꼽았다. 즉 자립경제를 달성하고(20.78%) 국민소득이 국제 수준에 도달하고(23.30%), 부의 균등한 분배가 이루어지며(8.91%), 실업자가 없어지고(8.58%), 공업화가 실현(5.28%)되었을 때 비로소 근대화가 되었다고 보는 것이다. 인권 존중(7.33%), 평화적 정권교체(2.77%), 교육의 민주화(1.58%) 등 사회적 근대화의 지표는 낮은 편이었다. 그러나 지식인들은 과정 중인 근대화가 가져다주는 혜택을 국민이 공평하게 분배받지 못하고 있다고 판단하고 있었다. 일부 특권층, 즉 '재벌 및 대기업주'(51.35%), '집권층'(12.81%), '상류층'(12.08%) 등이 그 혜택을 독점하고 있는데 비해 농민(0.66%), 여성(0.86%), 중소기업층(0.92%), 봉급생활자(0.20%), 전문직종사자(1.52%) 등은 이로부터 소외되어 있다고 보았다.

세부적으로 대학교수와 언론인의 입장에 미묘한 차이가 있다는 점을 감안하더라도 당시 지식인들이 근대화를 주로 경제적 관점, 즉 산업화로 이해했다는 사실은 지배 권력의 경제제일주의와 지식인들의 태도가 상통했다는 것을 시사해준다. 쿠데타 직후뿐만 아니라 1960년대 중반에도 적어도 '근대화가 학계나 지식인들의 화두이면서 5·16세력으로 보자면 집권과 개발독재의 명분이 되고 그래서 두 개의 어떤 부분에서는 '합치'되는[40] 지점이 여전히 존재하고 있었던 것이다. 대학생들도 크게 다르지 않았다. 전국 14개 대학 4천 명을 대상으로 한 설문조사에서 대학생들은 '정치적 자유보다 좋은 직장, 넉넉한 경제생활이 중요하다'는 질문에 53%가 동의했다는 것은(33% 부정) 적어도 명분보다는 실리 위주로 의식상태가 변모한 가운데 경제적 근대화에 대한 기대가 높았다는 것을 추론해 볼 수 있다.[41] 일반국민들 절대다수도 근대화를 경제성장 내지 공업화와 동일시하는 경향이 압도적이었고(68%) 근대화관이 가시적이고 물량적인 개선(경제성장, 수출증대, 건설, 농촌근대화, 고속도로, 고층빌딩 등)에 편중된 반면 분배의 문제(복지사업, 실업자 구제, 균형성장 등)는 2%에 불과했으며 윤리적 입장(정신개조, 가치관 확립, 부정일소 등)으로 인식한 경우도 5%나 되었다.[42]

성장주의 전략에 대한 국민적 동의뿐만 아니라 지식인들의 이 같은 (잠정적)동의 기반은 성장주의의 강력한 추진의 바탕이 되는 가운데 권력/지식인이 근대화론을 매개로 결합할 수 있었던 요인으로 작용했다고 볼 수 있다. 권력의 입장에서 볼 때는 양날이 검이었다고 봐야 한다. 다만 경제적 근대화의 성취 지표 가운데 자립경제 및 부의 균등한 분배에 대한 중요시, 또 근대화 혜택이 지배계급에 편중·독점되는 것에 대한 부정적 입장은 권력의 잠재적 불안요소였으며, 이 문제를 해결할 수 있는 정책적 비전을 마련하지 않는 한 권력/지식인의 관계가 언제든지 파열, 갈등할 수밖에 없었다는 것을 암시해준다. 경제발전을 위해 정부가 통제해야 할 것으로 부정부패 일소(29.98%)와 재부(財富)의 편중 시정을 우선적으로 들었고, 경제발전을 위해 개인의 자유가 어느 정도 희생될 수 있다고 보는 것이 약 60%였다는 것을 감안할 때 그렇다.

이 같은 지식인들의 근대화 인식은 지식인의 현실참여를 촉진/제약하는 요소

---

40) 「4월혁명과 60년대를 다시 생각한다」(좌담), 최원식·임규찬 엮음, 『4월혁명과 한국문학』, 창작과비평사, 2002, 48쪽.

41) 「대학생의 의식상태」, 『경향신문』, 1970.3.28. 기타 주목할 만한 조사결과로 '국민이 지지하는 소수의 강력한 리더가 필요하다'(61% 동의), 선의의 군주형 지도자도 필요하다고 인정했으며(27%), 국가발전의 장애요인으로는 빈부의 차, 부정부패, 낭비성, 배금사상의 팽배, 불신의식, 가치관 혼란, 준법정신의 결여 등을 순차적으로 꼽았다.

42) 「한국인의 가치관⑥:근대화관」, 『조선일보』, 1972.2.10. 국회의원 150명, 일반국민 409명을 대상으로 한 한국인가치관 조사 결과다.

가 된다. 당시 지식인의 역할 수행에 대한 자기 평가는 대다수가 가치 창조와 가
치 전파의 활동에 소극적이거나(67.73%) 참여하지 않는다(20.33%)고 생각하고 있
었다. 당위적 차원 및 지식인에 대한 사회적 기대에 부응하지 못하고 있다는 것
을 자인하고 있는 것이다. 그것은 '협동정신'(40.79%), '참여정신'(9.84%), '합리적
비판'(9.11%), '주체의식'(8.19%) 등의 결여가 근대화를 위해서 한국의 지식인에게
가장 부족한 요소로 본 것과 관련이 깊다. 지식인들 중 정부시책에 참여하는 사
람들은 '개인적 명예욕 때문에'(26.01%), '물질적 혜택을 얻기 위해'(19.01%), '자기
이념을 시책에 반영하기 위해'(17.29%), '시책에 공명하기 때문'(11.95%) 등 공익보
다는 사적 이익이 동기가 되고 있다고 판단했다.

반면 정부시책에 직접 참여한 경험이 있는 지식인들은 '이념의 반영'(18.69%),
'시책 공명'(13.98%) 등 공익적 동기에 의해 정부시책에 참여하고 있다고 믿는 경
향이 강했다. 정부시책에 참여하지 않는 이유로는 '정치적 불신감 때문'(34.46%),
'참여해도 효과가 없기 때문'(22.64%), '무관심하기 때문'(11.02%) 등으로 나타났는
데, 지배적인 이유가 정치적 불신이라는 것은 그것이 해소되면 그리고 참여의 효
과가 가능할 수 있다면 참여할 용의가 있다는 것을 함축한다는 점에서 당시 지식
인들이 정치참여에 대해 적극적으로 부정의 태도를 보인 것은 아니라고 할 수 있
다. '시책에 반대해서'(3.10%), '비판적 입장을 취하기 위해'(6.73%) 참여하지 않는
다는 경우가 극히 소수라는 점도 이런 추정을 뒷받침해준다. 따라서 일정한 동기
부여가 있다면 현실참여에 '주저'하거나 잠재적 차원의 자발적 참여의지를 지녔
던 다수의 지식인들이 현실정치에 참여할 수 있는 여지는 컸다고 할 수 있다.

실제 정부가 주관하는 연구 사업에 초대된다면 일정한 조건하에, 즉 개인연구
에 도움, 이용당하지 않는 범위 내에서, 아이디어의 제공자로서만 등 93%가 긍
정적 관심을 표시했다. '무조건 참여'(10.17%)를 표명한 지식인들을 전공분야별
로 보면 자연과학(12.58%)과 사회과학(11.66%)이 인문과학(7.98%) 전공자보다 높
게 나타났는데, 전자가 현실정치 참여에 좀 더 호의적이었다고 볼 수 있다. '가능
한 한 참여하지 않는다'(4.62%), '단호히 거부한다'(0.73%) 등은 극소수였다. 그러
면 지식인들이 근대화과정에 참여하는 최선의 방도는 무엇으로 판단하고 있었는
가? '전공지식의 현실에의 최대 활용'(33.93%)이 압도적이었고, 교수들은 40.21%

가 이 방법을 최선으로 보았다. '맡은 자기분야에 대한 최선의 노력'(28.85%), '국민정신혁명에의 헌신'(9.70%), '국가발전을 위한 정책에의 참여'(8.38%), '비판적 입장에서의 정부시책의 감시'(8.05%)[43] 등이 그 뒤를 이었다.

이상의 조사결과를 거칠게 종합하면 과거 전통적 소외자, 국외자, 냉소자였던 지식인들이 1960년대 근대화 과정에서 지식인에 대한 사회적 기대 수준에 부응하지 못한다는 자각 속에서 근대의 참여자로 전위하고자 하는 의욕이 상대적으로 고조되고 있었다는 사실을 확인할 수 있다. 또 그것이, 비록 지식인 개개인의 개인적 자각과 도덕적 결단의 차원에서 이루어졌다 하더라도, 현실참여에 대한 내발적 적극성으로 표출되는 가운데 실무적 참여든 비판자로의 참여든 구체적 실천의 행보로까지 진전되는 국면이 새롭게 조성되었다고 볼 수 있다.[44]

더욱이 학술적 지식인들의 현실 정치참여에의 높은 기대와 잠재적 참여의지를 보인 것은 특기할 만하다. 정치와 지식인은 별개라는 일종의 아카데미즘의 중립성을 고집하는 경우가 적었고(10.12%), 정치적 불신감 및 참여 무효과가 제거된다면 정부시책에 협력할 수 있다는 조건적(잠재적)인 자발적 참여의지가 높았다는 사실은 적어도 같은 이유로 현실정치에 대해 부정·적대시가 만성화되었던 상태에서 벗어났다는 것을 일러준다는 점에서 고무적인 현상으로 판단된다. 학술계의 내적 차원에서 파르티씨파숑의 주체적 지반이 마련되었던 것이다.

---

43) '비판적 입장에서의 정부시책의 감시' 응답에 있어 언론인(10.87%)이 교수(5.26%)보다 그 비율이 높은 특징을 보인다. 이 부분 말고도 언론인과 교수의 입장은 여러 지점에서 미묘한 차이를 드러내고 있다. 근대초기부터 형성된 언론(인)의 지사적 전통이 당대에도 여전히 작동되는 가운데 특히 언론윤리위원법 제정을 강행하면서 노골화된 권력의 언론통제 정책에 대항해 언론의 본질적 사명에 대한 인식이 고조되었던 사정이 반영된 것으로 판단된다. 한국지식인에게 부족한 특성으로 언론인은 '참여정신의 부족'(13.53%)을 두 번째로 본 반면 교수는 여섯 번째로(6.18%) 본 것에서도 확인할 수 있다. 실제 1960년대 중반 이후 저널리즘과 아카데미즘의 사명 및 관계에 대한 논의가 족출하는데, 연세춘추사가 주최한 심포지엄에서 제기된 발언을 보면 대체로 본래의 기능과 사명은 다르되 권력·지배계급과의 대결이라는 차원에서는 공동의 목표를 지니고 있으므로 진실의 파악을 통한 진단과 처방으로서 양자는 서로 긍정적인 협조를 활발히 해야 한다는 것이 대체적인 결론이었다. 흥미로운 지적 가운데 하나는 '대학교수들이 저널리즘을 타락했다고 비난하면서도 신문, 잡지에 잡문이나 발표하는 다이제스트적 안이한 참여는 중지하는 것이 당연하다'(남재희)는 비판이다. 「아카데미시즘과 저널리즘」, 『동아일보』, 1970.6.10.

44) 학문 활동이 조직적, 물질적 토대를 갖추고 사회운동의 차원으로 전환된 것은 1980년대 중반에 가서야 가능했다. 이에 대한 자세한 논의는 김동춘, 「한국사회에서의 지식인의 위상과 학술운동」(『경제와 사회』, 1988.12); 「학술운동의 현황과 전망」(『현상과 인식』12, 1989.2) 등을 참조.

아울러 그것의 최선의 방도가 전공지식의 최대 활용이었다는 것은 그만큼 학술의 공공성이 현실정치와 결부돼 발휘될 가능성이 높아졌다는 것을 암시해준다. 실제 대학교수의 연구가 직접적으로 정치, 경제, 산업, 문화의 현장에서 적용되는 폭이 넓어졌고 그 기여의 긍정적 성과가 가시화된 가운데 대학교수의 사회참여는 불가결한 국가사회의 요청으로 받아들여졌다.[45] 특히 미국의 실용적·경험론적 학풍에 영향을 받은 미국학위의 '아메리카형 학자'(1978년 기준 약 4천명)들의 권력 지향적(권력에의 등용), 부(富) 지향적 성향은 높은 사회현실 참여로 현시되면서 대학뿐만 아니라 정치, 경제, 사회, 과학 등 각 분야에 적극적으로 참여, 발전에 기여를 함으로써 이후 학자들의 사회참여를 더욱 촉진시키는 기폭제가 된다.[46] 따라서 1960년대 중반 비등해진 지식인들의 현실정치 참여를 권력의 지식인 포섭 전략에 굴복, 투항, 설득당한 것으로 평가하는 것은 권력의 압도적 규정력을 과도하게 절대화하거나 지식인집단의 이 같은 내발적 자발성을 간과한 재단에 불과하다.[47] 상당수 대학교수들이 학자적 양심에 따라 한일협정비준반대투쟁에 적극적으로 나섰던 것도 적어도 이 같은 맥락 위에서 전개된 또 다른 현실정치 참여의 형태였다.[48] 요컨대 1960년대 중반 지식인들의 근대화 인식은 지식인의 현실정치 참여를 제약하기보다는 촉진시키는 원동력이 되었던 것이다.

한편, 파르티씨파숑의 대두 및 확대는 당시 아카데미즘이 처한 객관적 여건과도 밀접한 관련이 있다. '한국의 아카데미시즘' 기획시리즈(『동아일보』, 1968.7.23~10.22)를 중심으로 살펴보자.[49] 1950년대의 대학 붐이 가속되면서

---

45) 「교수의 사회참여와 산학협동」, 『경향신문』, 1969.8.1.

46) 「한국과 미국 '백년지교'를 넘어서; 아메리카형 학자」, 『동아일보』, 1978.12.1.

47) 1960년대 사상계지식인들의 분열을 박정희정권의 대규모 지식인 포섭 전략에 설득, 포섭당한 결과로 보는, 다시 말해 권력의 압도적 규정력을 절대화한 이용성의 견해(「1960년대 비판적 지식인 잡지 연구」, 『동아시아문화연구』37, 한양대 동아시아문화연구소, 2003)는 동의하기 어렵다. 부분적으로는 맞지만 또한 틀리기 때문이다. 사상계집단 내에서 개인적 신념에 따라 자발적 현실정치 참여를 기도했던(상당수의 학술적 지식인 포함) 다수의 지식인들의 공과를 논의할 수 있는 여지를 원천적으로 봉쇄하기 때문이다. 1960년대 『사상계』를 평가할 때 이른바 사상계지식인들의 행보가 하나의 유형으로 묶어내기 어려울 정도로 복잡다단하다는 점에서 집단적 차원에서 논급하는 것은 적절성이 다소 떨어진다는 생각이다. 종합/분할의 오류가 불가피하다.

48) 박두진, 「한일협정·대학·대학교수」, 『신동아』, 1965.8, 66~70쪽 참조.

49) 이 시리즈는 '학문의 총화는 그 나라 대학이'라는 전제 속에 사학 위주로 외형만 비대해진 한국 대

1960년대에도 대학주식회사라는 말이 떠돌 정도로 망국적(?) 대학진학 과열과 학사 과잉에 따른 아카데미즘의 변질은 시급한 사회문제였다. 과잉된 학사의 44%만이 일자리를 얻었고(병역의무 이행이 상당한 비중을 차지) 나머지 학사에다 누진적으로 과잉된 학사가 합쳐져 거대한 실업대군을 형성했다. 그것은 경제적 후진성, 즉 외국원조에 의존한 경제구조와 정부의 안목 없는 정책에서 비롯된 결과였다. 고등룸펜을 양산할 수밖에 없는 학사의 과잉 상태는 중대한 사회적 불안의 요소로 작용했으며, 학생 및 교수들의 불만이 언제 터질지 모르는 지경이었다.[50]

대학 내 학과 불균형도 심각한 문제였다. 1968년에는 대학생 12만4천 명 중 사회과학계가 1/3수준인 3만7천, 공학계 2만, 어문학계와 의약계가 각각 1만 수준이었고, 과별로는 상학과(8천4백), 경제학과(6천8백), 법률학과(6천7백), 영문학·행정학·약학·기계공학·화학공학(3~4천) 순이었다. 즉 사회과학계열의 편중이 심각했다. 교육당국이 인문사회과학:자연과학의 비율을 47:53으로 조정해 자연과학계의 정원을 늘리려는 정책을 구사하기도 했는데, 전체적으로 국가발전을 위한 인력수급 계획에 입각해 고등교육의 분야별 균형을 확보하는 과제가 대두되었으며 특히 인기 없는 한국학 분야의 장기적 육성과 아카데미의 기간을 이루는 인문계열에 고급두뇌를 유입하는 방안이 강조되었다(8월 6일). 그리고 대학이 대중화되어감에 따라 학문의 전당으로서 대학의 기능을 대학원이 떠맡게 되는데, 1948년 서울대에 대학원이 생긴 이후 50여 개의 대학원으로 확장되었으나 직장인을 위한 특수대학원이 대학원생의 절반을 차지하는 실정이었다. 그것도 일부 전공에 편중된, 즉 1964년 기준 49개 대학 5,900명의 석사재학생 중 특수대학원인 경영학과가 1,239명, 행정학과가 541명이었고 그 뒤를 의학과, 법학과가 이었다.

이 같은 결과를 초래한 주된 원인은 사학의 장삿속이었다. 그로 인해 '대학

학의 규모와 제도를 비판적으로 점검하고 개발도상국가에서의 학문의 의의를 살피고자 기획되었다. 참고는 날짜만 본문 속에 제시한다.

50) 「한국의 숙제②:학사군」, 『경향신문』, 1964.12.5. 이 신문은 한국의 숙제, 즉 근대화의 진전을 가로막는 중요 장애로 판잣집(도시의 인구집중), 소년범죄, 외국간행물 정책, 재벌과 결탁·조달되는 정치자금, 야간통금, 문화재 보존문제와 함께 과잉된 학사군을 들었다. 학사과잉 문제의 심각성에 대한 당대적 인식을 확인할 수 있는 대목이다.

의 사생아'라는 오명에서 벗어나 대학원이 전문교육기관으로서의 위상에 걸맞은 학문풍토를 조성하는 것이 당대 아카데미즘의 시급한 과제로 부각된다(7월 23일). 이와 관련해 1960년대에는 박사학위란 대학교수가 필요한 것이 아니라 개업의가 필요한 것이라는 우스갯소리가 떠돌 정도로 그 권위를 인정받지 못했다. 1952~67년 국내에서 수여된 총 박사학위 1,346위 중 87%(1,165)가 의학박사학위였으며 그것도 서울대 의대박사가 64%를 차지했다. 여타 부문 박사, 즉 문학(22명), 철학(8명), 경제학(13명), 법학(16명), 이학(52명), 약학(14명), 공학(38명), 농학(38명), 수의학(8명) 등을 모두 합쳐야 의학의 15%(180명)에 그치는 수준이었다(9월 17일).

아카데미의 연구 기능과 밀접하게 관련된 연구기관, 연구비, 연구풍토, 도서자료 등도 일천한 수준이었다. 각종 연구기관과 학술단체의 규모는 관련 자료가 부족해 정확한 파악은 어려우나 1968년 기준 대략 학술단체는 70여 개소, 연구기관은 정부산하 연구단체 86개, 대학부설연구소 84개 정도였다. 연구기관 중 연 천만 원 이상 예산을 보유한 곳은 30개, 그 중 대학부설은 2곳밖에 없었고 나머지는 모두 국공립연구소였다. 정부산하 연구기관은 타율적인 연구 사업을 이행할 뿐 학문 발전에 별 도움이 안 되는 집행기관으로 고급공무원의 대기소 역할을 하는데 그쳤고, 대학부설연구소는 1년에 학회지 한 번 낼 수 있는 예산조차 가지지 못한 곳이 1/3, 최소한의 예산을 확보해 연구를 계속하고 있는 곳도 예산이 모두 외원(外援)에 의존하는 형편이었다.

외원에 의존한 관계로 연구의 자율성이 부족했고, 국학분야 연구를 외세에 의존해 해야 했기에 연구기능을 제대로 발휘할 수 없었다. 관(정부산하):민(대학 및 사설 연구기관)의 비율은 82:28이었으며 절반이 사회과학 부문이 차지하고 있었다(10월 8일). 요컨대 예산 기근, 연구기관의 타율성, 관의 개입, 외원 의존의 상태에서 연구의 질적 발전을 기대하기란 불가능했으며 그나마 연구 활동의 지속성도 장담할 수 없었던 것이 1960년대 후반의 실정이었다. 대학교수들이 수혜 받은 연구비의 4/5는 대학당국이나 문교부를 통한 코스가 아닌 타 기관, 특히 외원기관이나 외국재단으로부터 조달되었다. 따라서 연구주제 선택 및 그 방법론의 자유까지 제약을 받을 수밖에 없었다. 문교부 학술조성비가 1963년 707만 원에서 1968년 1억2천만 원으로 증가했으나 1968년의 선정 수는 1,400건 신청 중에 337건이 선정되는 것에 불과했다(7월 30일).

가장 이상적인 연구풍토는 연구자 자신의 자연발생적인 착상에서 연구된 창조활동이라 할 수 있겠으나 외부(정부, 외국원조기관 등)의 필요에 따라 이루어지다보니 어용학자, 매스콤 교수, 부업교수가 범람하고 대학생 99%가 존경하는 교수가 한 명도 없다는 대학생의 설문조사가 알려주듯이 대학은 학문 부재, 인간관계 부재의 풍토가 만연된 실정이었다. 게다가 이데올로기적 제한과 도서자료의 구입이 부자유한 상황으로 인해 연구가 위축될 수밖에 없었고, 학풍이 비학문성에로 전락하기에 이른다(9월 3일). 당시 국학을 제외한 모든 부문의 학문은 몇 안 되는 외서(外書) 수입상에 전적으로 의존할 수밖에 없는 데다 실수요자의 주문이 불가능한 것이 당시 한국의 외서였다. 전공서적을 비롯한 외서를 구입할 수 있는 채널은 유네스코쿠폰을 사거나, IMG(정보매개물협정) 달러를 이용하거나, 정부달러를 쓰는 경우인데(『경향신문』, 1965.1.27), 어떤 경로를 통하든 정부의 쇄국적인 외국간행물정책으로 인해 특히 몇 단계의 유통과정과 그 과정마다 검열을 거쳐야 했기 때문에 주문을 한 지 8~12개월 후에나 얻어 볼 수 있는 상태였다.

국내간행 자료는 다량이나 산재해 있고 대부분이 해방 전 간행물, 서울대 중앙도서관의 경우 총 64만여 권 가운데 해방 전 간행물이 56만 권이었으며, 규장각 도서 13만 8천 권 중 5만 8천 권의 고문서와 경제문고가 아직 목록조차 정리가 안 된 상태였다. 따라서 한국의 학문은 지역학의 테두리를 벗어날 수 없었으며 그래서 범람하는 것이 수필교수였다(9월 10일). 1960년대 중반 민족사의 주체적인 움직임으로 한국학 붐이 일어났으나, 국학연구의 재원은 모두 외원뿐이었으며 분산되어 있는 국학 자료를 통합해 활용할 방안도 없었고 연구할 기관과 해당전문가도 턱없이 부족한 형편이었다(10월 22일). 그래서 한국학은 도서관학의 단계에도 들어서지 못했고, 관련학자들조차 '학(science)'으로서의 한국학의 성립 여부에 대해서 부정적인 의견이 다수였다.[51]

아카데미즘의 양적 비대에도 불구하고 교육, 연구 등에서 아카데미즘이 처한

---

51) 「한국학의 문제점」, 『동아일보』, 1968.10.19.

여건은 대단히 열악했다는 것을 확인할 수 있다. '연구는 고사하고 먹고사는 일조차 힘겹다'는 당시 대학교수들의 비명이 결코 과장이 아니었을 듯싶다. 더욱이 대학은 외부의 압력, 특히 정치권력의 간섭·통제에 무기력한 상태에 놓여 있었다. 대학이 자율성조차 지켜내기 버거운 형편은 아카데미즘의 위기를 더욱 심화시키게 된다. 당시 대학은 대학의 자율성 확보와 아카데미즘의 수호·신장이라는 이중의 과제를 안고 있었던 것이다.[52]

저자가 아카데미즘의 현황을 장황하게 살핀 이유는 대학 및 대학교수의 역할이 교육, 연구에 더해 사회참여가 하나의 사명으로 대두된 상황에서 아카데미즘의 당대적 조건이 대학교수들의 근대화 인식과 결합되어 대학(학문)과 정치·사회의 관계를 직결시키는 방향으로 확장·추동했다는 판단에서다. 특히 연구와 관련된 악조건은 대학 자체로 해결이 불가능한 사회구조적인 문제였고, 결국 정부 및 산업계와의 협조적 관계를 통해 인프라를 구축할 수밖에 없었다. 관학협동 및 산학협동 체제의 제도화 문제가 공론화된 것은 이런 맥락에서다. 미국 아폴로계획의 성공은 이 문제의 시급함을 더욱 부각시켰다. 당시 70% 이상의 대학교수들이 정부가 지식인의 개인적 자유를 제약한다고 판단했음에도 불구하고 90% 이상이 정부의 연구 사업에 참여하겠다는 적극성을 보인 것은 이 같은 아카데미즘의 상황적 조건이 작용한 결과로 보인다. 권력의 의도와는 별도로 아카데미즘의 주체적·객관적 조건 전반에서 파르티씨파숑의 필요와 가능성이 진작된 1960년대

---

52) 이러한 과제를 해결하기 위한 일환으로 제시된 것이 서울대 교수들의 '대학자주화선언'이다(1971.8). 대학의 자율성 보장, 대학시설의 확충, 교수처우 개선 등을 골자로 한 이 선언은 대학의 자유와 아카데미즘을 보호하기 위한 최후적 방어의 수단이었다. 하지만 이 과제는 대학구성원들로만 가능한 것이 아니라 전 사회적인 제도의 모순을 시정했을 때에만 가능한 난제였다(「대학의 자율화와 아카데미즘」, 『기독교사상』15, 1971.11, 142~144쪽). 유신체제기에 들어서면 대학의 자주권은 더욱 훼손된다. 특히 대학(생)이 반유신 투쟁의 거점으로 부상하면서 이를 분쇄하기 위한 공작이 횡행하는데, 그 중심에 있던 서울대 문리대를 해체시키는 것으로 나타난다(김경재, 『혁명과 우상:김형욱 회고록4』, 인물과사상사, 2009, 212쪽). 실제 중앙정보부가 개입한 '서울대설치령' 개정 통과로(1975.2) 서울대종합화계획이 확정되면서 문리대와 상대가 해체되고 캠퍼스이전이 추진되었다. 서울대 학부모 일동 명의의 성명서('우리의 다짐', 『조선일보』, 1975.5.13, 1면 하단 광고), 즉 "국가안보태세를 강화하기 위한 국민총화에 적극 참여하기 위하여 대학정상화를 충심으로 바란다"는 명분으로 자녀지도(가정교육)에 충실할 것과 면학분위기를 흐리게 하는 경우 학칙에 의한 여하한 처벌도 감수하겠다는 의견 표명에서 보듯 학부모의 개입도 대학 교육에서는 중요한 변수였다.

중·후반이었다.

당대 아카데미즘의 실상과 학술의 현실정치 참여와 관련해 외국 민간재단의 존재를 거론하지 않을 수 없다. 앞의 기획시리즈에서도 언급된 바와 같이 외원(外援), 특히 미국 민간재단의 학술 원조는 당시 한국학술이 존립할 수 있는 원동력이었다. 1950년대 미네소타협약에 의한 미네소타대학과 서울대, 워싱턴협약에 의한 워싱턴대학과 연대·고대의 협력 관계로 국내 대학의 인문사회과학이 토대를 갖출 수 있었던 것이 1960년대에 더 확장된 가운데 학술 원조에 기초한 아카데미즘의 진작이 한층 강화되기에 이른다. 포드재단의 아세아문제연구소에 대한 장기간 막대한 지원으로 인해 아세아문제연구소가 유수의 공산주의연구 기관으로 성장할 수 있었고, 아시아재단의 지원에 의해 동남아 연구를 비롯한 냉전지역학의 토대가 마련되었다. 또 아시아재단이 1964년부터 한국 원조의 주력 분야로 선택한 서울대 법학(로스쿨)과 외무공무원교육원(현 국립외교원)에 대한 지원은 해당 분야의 학술적 기반뿐만 아니라 학문적 전문성을 갖추는데 획기적인 기여를 했다.[53]

다른 한편으로 한국의 근대화가 추진되는 실질적인 동력이기도 했다. 방위비에 편중된 공적 원조와 달리 기술 협약, 제도 이식, 전문가 양성 및 훈련 등에 중점을 둔 사회문화 영역의 원조는 한국사회 전반의 제도적 근대화의 근간이 되었다. 가령 USOM(United States Operations Mission)의 '기술협력계획'(1954~77)을 통해 평균 1년의 미국연수를 수료한 교육, 행정, 언론, 학술, 사법, 군사, 보건 분야의 4천 명의 달하는 기술관료(technocrat), ICA원조에서 기술원조자금에 의한 해외파견계획(ICA TC Participant Program)을 통해 1955~61년 기간 미국에 파견되어 관련 분야의 선진 지식, 제도, 시스템에 대한 학습을 마친 총 8,143명의 지식인 관료들은 미국화를 한국사회 전반에 제도화시킨 첨병이자 박정희체제의 근대화 프로젝트를 실행한 전위였다. 기술 관료들뿐만 아니라 미국이 시행한 각종 프로그램의 수혜를 받은 지식인(학자) 엘리트 대부분은 박정희권의 지식동원 체제에 주도적으로 참여함으로써 관학(官學)협동 체제를 구축했다. 미국학위를 받은

---

53) 이에 대한 자세한 연구는 이봉범, 『한국의 냉전문화사』(소명출판, 2023) 제1장 및 제8장을 참고.

4천여 명의 아메리카형 학자들 상당수도 현실정치에 참여 의지가 강했고, 실제 행정 분야의 테크노크라트로 주도적인 역할을 수행했다.

유솜은 이들 테크노크라트 양성을 미국원조가 한국에 물려준 가장 큰 유산으로 평가한 바 있다. 이렇듯 외원, 특히 미국의 달러가 1960년대 한국 학술의 진흥에 기여하는 동시에 자주적 학술의 성장에 장애가 되는 양면성을 지닌 채 학술의 미국화 및 한국 근대화정책의 입안·추진의 자원이었던 것이다. 이 과정에서 탄생한 학술관료가 한국 지식인의 주된 현실참여의 통로였다는 것은 특기할 만하다.

3. 학술적 파르티씨파숑의 특징과 공과─평가교수단의 활동을 중심으로

이 연구가 '평가교수단'을 주목한 데에는 몇 가지 이유가 있다. 첫째, 1960년대 중반 학술의 현실참여의 가장 전형적인 형태라는 점이다. 평가교수단은 1965년 7월 국무총리실의 기획조정실장의 추천으로 각 학계의 전문교수 14명을 정부시책평가위원으로 위촉한 것에서 시작되어 곧바로 평가교수단으로 개칭된 가운데 박정희정권이 붕괴될 때까지 유지되었다. 또 여기에 참여한 대학교수도 초기에는 20여 명 안팎이었다가 1970년대에 들어서는 90여 명 수준으로 확대되었고, 중앙 차원에서뿐만 아니라 지방자치단체에도 평가교수단을 두어 중앙과 지방 도합 300여 명 규모의 평가교수단이 구성되었다. 중앙의 경우 해마다 10명 내외를 교체했다는 것을 감안하더라도 총량적으로 볼 때 15년 간 평가교수단에 참여한 대학교수의 수는 엄청난 규모였다고 할 수 있다. 물론 그 규모의 확대가 평가교수단의 기능이 확대·강화되는 것과 연동된 결과이었음은 두말할 나위가 없다. 아마도 박정희체제 전 기간에 걸쳐 이 같은 규모와 지속성을 지닌 제도적 차원에서의 학술적 지식인의 현실정치 참여 사례는 없었다. 5.16쿠데타 직후 최고회의 산하 각종 위원회에 자문위원 혹은 전문위원으로의 참여, 재건국민운동본부에 참여, 국민교육헌장의 기초, 유신헌법의 기초에 참여 등은 일부 특정 전문가에 의해 그것도 단기간의 활동에 그친 것과 비교되는 지점이다.

둘째, 박정희정권이 구사한 지식인정책의 특징과 운영을 대변해준다는 점이다. 다시 말해 모든 정부정책들을 전문가들로부터 수집, 집약하는 이른바 '지식동원 체계'[54]의 제도적 산물이었다. 박정희체제하에서 지식동원 체계의 핵심은 평가교수단과 '유신정책심의회'(1973)이다.[55] 평가교수단은 정부시책 및 경제개발계획에 대한 과거 지향적 평가와 건의를 하는 것이 주 기능이었다면, 유신정책심의회는 중화학공업 등 주로 유신정책에 대한 자문 및 건의를 하는 미래지향적 기구라는 점에서 다소의 차이는 있지만 정부시책에 대한 평가, 자문, 건의하는 기능을 담당한다는 것은 공통적이었다. 따라서 이 두 기구를 당시에도 박정희정권의 "두 개의 브레인트러스트"[56]로 간주했다.

유신정책심의회의 규모는 60~70명의 대학교수로 구성되었으며 이 또한 평가교수단과 마찬가지로 점차 증원되는 추세였고 부분적 인원교체도 있었다. 1980년대에 일명 '유신교수'라 칭했던 지식인들은 바로 이 유신정책심의회 출신을 일컫는 말이었다. 1976년 기준으로(중앙) 평가교수단 89명, 유신정책심의회 67명 등 총 156명의 대학교수가 한 해 정부정책의 입안·평가에 참여하고 있었던 셈이다. 평가교수단의 기능적 권역은 경제 분야에만 할당된 것은 아니었다. 이는 물론이고 정치, 사회, 문화, 교육, 학술, 문학예술 등 정부의 모든 행정 분야를 포함했다는 점에 유의할 필요가 있다. 당연히 평가교수단에 참여한 대학교수들의 전공 분야도 모든 학문분과를 아우른다. 평가교수단을 지식동원체계라 할 때, 이에 대한 검토는 권력의 지식인 정책과 아카데미즘(대학교수들)이 결합해 어떻게 제도적으로 성립·작동되었는가를 살피는데 유력한 전거가 될 수 있다.

셋째, 위의 연장에서 평가교수단이 관학협동 체제(부분적으로는 산학협동 체제)로

---

54) 「국정에 두뇌 총동원」, 『경향신문』, 1973.5.9.

55) 한 가지 주의할 것은 이 유신정책심의회와 '한국유신학술원'은 별개의 단체라는 점이다. 후자는 1973년 7월 19일 유신사업의 선양을 목표로 발족된 민간단체로 1979년까지 유신이념의 연구 발표와 정책 건의, 학술강연회, 세미나 등을 개최하고 출판활동을 꾸준히 전개했다. 특히 학계의 저명한 교수들을 동원한 국민정치사상 강좌를 통해 유신이념의 보급과 국민생활화에 주력했다. 그 성과의 일환으로 발간한 것이 『유신의 참뜻』(1977.1)이다. 4차례의 강좌 교안 42개를 종합적으로 정리·체계화해낸 이 책자의 필자로는 이항녕, 김대환, 김두헌, 이규호, 한태연, 이정식, 한승조, 박봉식, 민병천, 고영복, 신상초, 남광우, 이선근, 조영식 등 모두 대학에 재직하고 있던 학자였다. 그 내용에 대해서는 곡필의 관점에서 비판적으로 분석한 김삼웅, 『유신시대의 곡필』, 신학문사, 1990, 174~192쪽 참조.

56) 「엇갈린 평가교수단의 평가」, 『동아일보』, 1974.6.15.

학술의 제도화의 시원이 된다는 점이다. 케네디 대통령이 취임 후 하버드대 교수를 대상으로 정부프로젝트를 맡겨 연구시킨 후 이를 정부시책에 반영시켰던 사례를 벤치마킹한 것으로 알려져 있다. 평가교수단은 국무총리 산하 내각기획조정실 소속의 기구다. 유신정책심의회도 마찬가지의 위상을 지녔다. 정부의 입김이 개입될 여지가 없지 않았으나 관변기구라는 점이 오히려 학술의 전문성을 사회적으로 실현하는데 유리했다고도 볼 수 있다. 행정적 권한 보장에다 최고통수권자의 든든한 후원도 있었다. 부여된 권능도 컸고 활동 범위도 비제도적 기구, 이를테면 민간 학회, 대학, 단체 등과 합동심포지엄을 개최하는 등 정부-학계의 교량 역할도 담당했다.

참여교수 개개인에게는 물질적 보수뿐만 아니라 신분 보장, 관 또는 국회로 진출할 수 있는 지위 향상의 기반이 되었기에 참여를 위한 치열한 경쟁이 속출해 문제가 된 적이 많았다. 관학협동체제로서의 평가교수단의 공과를 살펴보는 것은 1960~70년대 학술이 공공성의 성과와 한계를 가늠해볼 수 있는 잣대가 될 것이다. 특히 유신체제로 전환되기 이전 단계와 그 이후의 실제 활동에 차이가 있다는 사실을 충분히 감안해야 하며 유신과업의 수행을 위한 목적에서 설치·운영된 유신정책심의회와 구별해 다룰 필요가 있다. 유신체제 이후의 지식동원 체계는 학술(학자)의 전문성이 유신이념의 적극적으로 옹호하는 편향을 노골적으로 드러낸다는 점에서 조심스럽게 다룰 필요가 있다. 다만 이 시기를 근거로 평가교수단의 활동을 어용으로 일방화 하는 것은 경계할 필요도 있다. 평가교수단은 1981년에 공식적으로 해체되었고, 제5공화국에서는 정책자문위원회의 형식으로 변형되어 지속되었다.[57]

넷째, 파르티시파숑을 검토할 수 있는 희귀한 자료다. 따라서 그 실체에 대한 객관적 검토가 필수적이다. 지금이야 이 같은 학술의 참여방식에 거부감을 갖거나 윤리적 단죄를 서슴지 않는 관행이 사라졌지만 어용으로 단죄했던 과거의 평가가 지속되는 면도 없지 않다. 당시에도 평가교수단에 대한 평가는 극명하게 엇

---

57) 「평가교수단 해체, 정책자문위 설치」, 『경향신문』, 1981.2.6. 자문위원회의 첫 구성은 학계인사 84명, 연구기관 등 민간인사 18명 등 총 102명으로 구성되었다.

갈렸다. 아카데미즘 내부에서는 '지식을 조국의 발전에 바친다'(참여파)/'연구의 태만, 학생지도에 차질을 빚는다'(비판파)로 나뉘었고, 사회적으로도 사회발전에 기여/평가를 위한 평가의 유명무실함과 같은 엇갈린 평가가 있었다. 여러 부작용을 야기하기도 했으나 평가교수단의 건의가 행정 각 부처에서 시행되는 반영도가 80%로 나타났다는 결과를 볼 때(『동아일보』, 1972.11.11), 어용으로 치부할 수만은 없다고 본다. 더욱이 서구는 물론이고 당시 가까운 일본에서도 290개의 각종 정책자문기구에 자문위원으로 대학교수들이 50%이상 차지하고 있다는 보고를 감안하면 권력/학술의 공고한 결합에 기반한 평가교수단(관학협동 체제)을 지식인의 현실참여의 한 가능성으로 취급해볼 여지는 충분하다.

평가교수단과 관련한 중요 지점들을 짚어 보았다. 활동을 부연하면서 1960년대 학술적 지식인의 현실참여의 특징적 면모와 가능성을 살펴본다. 15년간에 걸쳐 존속했기에 많은 활동을 전개했을 것으로 예측되나 그 내역을 확인할 수 있는 자료는 많이 알려져 있지 않다. 아마도 공개되지 않은 것이 많았을 것으로 추정된다(저자가 검토한 자료들도 대부분 비매품이었다). 앞서 언급했듯이 평가교수단은 주로 정부시책과 경제개발5개년계획에 대해 연차 및 분기별로 평가보고서를 작성해 대통령에게 보고하고 때로는 정치 외적으로 대통령과 국무총리에게 정부정책에 대한 의견을 제시하는 역할을 했다.

선임은 대학별, 전공별로 부교수급 이상의 교수 가운데 국무총리기획실장이 제청하거나 각 대학 총장이 추천해 국무총리가 임명했으며, 최신 학문을 연구한 학자들이 임명되는 경우가 많았다. 분야별 구성분포는 초기에는 경제학, 경영학, 공학, 농학 등 경제 분야가 큰 비중을 차지하다가,[58] 90명으로 확대된 1970년부터는 경제 분야가 여전히 비중이 크지만(30%) 정치(15%), 사회문화(20%), 이공(20%) 등의 비중도 점차 확대된다. 처음에는 제2차 경제개발5개년계획을 수립

---

58) 1기 구성은 1차 산업부문(박진환; 농업경제학, 조동필; 경제학, 표현구; 농학), 2차 산업부문(유진순; 경제학, 윤동석; 공학, 이기준; 경제학, 장석윤; 공학, 최호진; 경제학), 3차 산업부문(김상겸; 경제학, 남덕우; 경제학, 이석륜; 경제학, 이창렬; 경제학, 조래훈; 경영학, 최영박; 공학) 등 총 14명의 교수로 편성되었다. 1966년부터는 30명으로 확대되어 기존 멤버에다 김윤환, 성창환, 변형윤, 황병우, 박희범, 육지수, 안림, 박진환(경제학), 박동길(광공업) 등이 새로 선임되었다. 총괄은 조동필, 이창렬, 최응상, 변형윤, 박희범이 맡았다.

하는데 충실한 자료를 동원하기 위한 방편으로 대통령령으로 구성되었으나 그 규모와 기능이 확대되면서 '정부기획과 심의분석에 관한 규정'(1972)과 같은 법적 근거까지 마련되면서 활동이 더욱 활발해질 수 있었다.

평가교수단의 위상과 역할은 동시기 비슷한 성격을 지녔던 '경제과학심의회' (1964.2~1979.2), '한국경제개발협회'(1965~1971)와 비교해 보면 좀 더 뚜렷해진다. 전문학자와 민간인사(공무원, 실업계 등)로 구성된 대통령 직속 경제과학심의회는 일종의 자문기구로 오랜 기간 가동되었고 정책 보고 및 건의도 많았으나 그것이 직접 정부시책에 반영되는 경우는 적었다.[59] 특히 '민간주도형 경제논쟁' (1971), 즉 민간주도형 경제를 건의한 것을 계기로 박정희정권의 정부주도형 경제정책과 불화를 겪게 됨으로써 그 기능이 약화되었다고 한다.[60] 한국경제개발협회는 한국경제개발을 위한 장기계획 정책수립에 관한 연구를 위해 설립된 재단법인으로 주로 정부 각 부처와 USOM으로부터 학술용역을 받아 그 연구결과를 총괄하는 기능을 했다. 학술용역을 위주로 했기에 연구 성과가 적지 않았으나 그것이 실제 정책에 반영되었다고 확증하기 어렵다. 더욱이 한국개발연구원 (KDI)이 설립되면서(1971.3) 용역 규모도 대폭 축소될 수밖에 없었다.

이에 비해 평가교수단의 활동 영역은 매우 넓었다. 정부시책 및 경제개발계획 추진에 대한 단계별, 연차별 평가를 기본으로 하되 거의 모든 분야를 망라한 정책에 대한 자문, 건의까지 포함하였고, 그 기능 수행의 구체성과 체계성을 위해 부문별로 적임의 평가교수를 배치해 전문성을 제고하는 동시에 월례회의를 정기화해 토론의 과정을 거쳤다. 매년 심포지엄을 개최해 민간의 관련 의견을 광범위하게 청취·수렴하고 이를 정책에 반영시키고자 했으며, 매년 국내외 주요 산업시설을 직접 시찰해 평가의 적합성 제고를 기도하기도 했다.

---

59) 경제과학심의회와 관련해 시인 주요한의 활동이 특기할 만하다. 1966년 심의회 위원으로 참여한 주요한의 친일 부역과 반민특위에 체포 및 불치벌, 조선민주당 가입과 정치 투신, 4·19 후 민주당 정권에서 부흥부(상공부) 장관, 공화당 정권에서 공기업 및 전경련 간부 등으로 이어지는 역정에서 박정희체제 경제분야 지도자로 변신하는 면모는 지식인 (재)전향의 왜곡된 일면을 잘 드러내 준다. 이에 대해서는 김종성, 「어느 유명 시인의 놀라운 변신」, 『오마이뉴스』, 2022. 12.18 참조.

60) 이기준, 앞의 책, 48~54쪽 참조. 경제과학심의회의 심의보고 목록은 이 책 부록(239~250쪽)에 수록되어 있다.

실제 평가교수단의 정책 평가보고서를 일별해 보면 정부정책의 문제점과 보완(건의) 사항이 매우 구체적이고 학문적 전문성을 띠고 있다는 것을 어렵지 않게 발견할 수 있다. 가령 1966년 제2차 경제개발계획안 및 과학기술진흥계획안에 대한 평가교수단의 평가를 보면 8개 항목 총 60항의 세목의 평가가 이루어지고 있으며, 종합평가도 장기 추세에 의하지 않고 1962~65년의 단기 추세에 기준을 둔 7%의 성장률 설정은 비현실적이며 양보다 실질적 정책수단을 강구할 것을 촉구하는 등 정부와 마찰을 빚을 가능성이 높은 지적도 낱낱이 제기하고 있다.[61]

물론 이 같은 평가교수단의 평가와 건의가 실제 정책에 얼마만큼 반영됐는지는 실증하기는 어렵다. 다만 평가교수단의 평가, 건의의 반영도가 80%에 달했다는 저널리즘의 평가, 집권 여당에서 평가교수단이 야당보다 못할 게 없다며 불만을 토로한 것 등에서 평가교수단이 단순히 정부정책을 이론적(학술적)으로 옹호·선전하는 기구가 아니었다는 것만은 충분히 인정할 수 있다. 이렇듯 평가교수단은 특히 학술적 지식인의 현실참여의 기회를 확대했을 뿐만 아니라 학술이 당대 시대정신이던 근대화 과정에 참여 및 기여, 즉 대학교수들이 근대화과정에 참여하는 최선의 방도로 '전공지식의 현실에의 최대 활용'(40.21%), '국가발전을 위한 정책에의 참여'(7.36%), '비판적 입장에서의 정부시책의 감시'(5.26%) 등을 꼽았다는 사실과 관련지을 때 유력한 중요 통로였다는 점에서 관학협동의 긍정적 가능성을 시현한 사례로 볼 수 있다.

평가교수단의 학문적 전문성은 평가교수들의 활동 보고 및 이와 밀접한 연관이 있는 관련 연구논문들을 묶어낸 『한국경제발전의 이론과 현실』(전9권, 1969~70)에 잘 나타나 있다. 1차분 3권을 보면, Ⅰ권(이론·정책 편 34편의 논문), Ⅱ권(성장·발전 편 17편), Ⅲ권(자립·공업화 편 21편) 등 총 72편의 보고·연구논문이 수록되어 있다.[62] 당시 한국경제의 이론, 정책, 현황, 발전방향 등을 모색, 평가, 전

---

61) 「제2차5개년계획 및 기술개발계획에 대한 평가교수단의 종합 보고」, 『매일경제신문』, 1966.7.27~28. 평가교수단의 산업시찰 소감에서도 비판적·전문적 의견 제시가 많았다. 일례로 25명의 평가교수가 참여한 1970년의 경우 조순은 시설이나 기술도 중요하지만 경영이 합리화될 수 있도록 기업의 소유권 운영방식을 개선해 자립할 수 있도록 해야 한다고 강조했다. 내각기획조정실 편, 『약진하는 조국의 이모저모』, 1970.10, 88~89쪽.
62) 대강의 내용 영역을 확인해보기 위한 차원에서 각 권의 장별 주제와 필자를 밝히면 다음과 같다.

망 제시 등을 아우르는 평가보고서로의 종합적·체계적 면모를 갖추고 있다. 그 내용도 경제문제를 중심으로 하되 경제개발에 필요한 경제외적 요인, 이를테면 교육, 과학, 기술, 통신, 인구, 복지, 인재양성, 이데올로기, 국민심리 등의 문제를 포함한 1960년대 근대화에 대한 총체적인 평가보고서로서 손색이 없다.[63]

특히 평가교수단의 제반 평가보고서, 즉 〈제1차 경제개발계획5개년계획, 1962~1966〉(1967)과 같은 단계별 평가보고서 및 〈제2차 경제개발5개년계획 제1차년도 평가보고서〉(1967)와 같은 각 연차별 평가보고서들을 수렴한 것이기에 전문성·구체성·체계성이 한층 정제되어 있다. 아울러 1960년대 근대화 추진과정에서 제기된 지식인집단의 비판적 담론, 예컨대 내포적 공업화론, 중산층론(중산층육성론, 중소기업육성론), 민족주의론(제3세계근대화론, 민족자본론), 한국사회구조론 등을 둘러싼 치열한 논쟁의 성과를 충실히 반영해내고 있기도 하다. 책을 관통하는 평가의 태도도 정부 측에서는 경제개발계획 및 조국근대화의 치적을 홍보하기 위한 기획이었겠지만, 학문적 전문성에 입각한 비판적 접근의 태도를 견지하고 있으며 이에 근거한 바른 개선책이 개진되어 있다. 가령 정부가 천명한

Ⅰ권은 후진국개발이론과 한국경제(3편; 유진순, 변형윤, 이만갑), 한국경제의 발전과 그 개발요인 및 접근방향(3편; 이창렬, 이기준), 국제경제환경과 한국경제(3편; 성창환, 민병구, 황병준), 한국경제의 제문제(4편; 이창렬, 변형윤, 박진환, 한기춘), 한국경제와 조국근대화(4편; 박진환, 유진순, 안림, 한기춘), Ⅱ권은 한국경제의 성장과 그 구조(9편; 이기준, 한기춘, 조익순, 변형윤, 이창렬, 최영박), 제1차산업의 성장구조(4편; 박진환, 최응상, 심종섭, 표현구), 제2차산업의 성장구조(11편; 이상만, 김창식, 전풍진, 장석윤, 신윤경, 정선모, 한만춘, 임익순, 홍윤명, 황병준), 제3차산업의 성장구조(8편; 한만춘, 안림, 민병구, 최영박, 이창렬, 이상만, 이만갑), 자립화의 전망(유진순, 남덕우), Ⅲ권은 경제자립화와 개발전략(3편; 남덕우, 한기춘, 변형윤), 경제자립화와 국제수지(이창렬, 한기춘, 남덕우), 재정·금융정책의 과제와 문제의식(5편; 성창환, 이창렬, 임익순, 유진순, 변형윤), 농업정책의 과제와 전망(6편; 박진환, 최응상, 조동필), 공업화과정의 제단계(이기준, 민병구), 경영합리화의 제문제(황병준, 조익순, 이기준) 등으로 짜여 있다. 나머지 4~9권도 비슷한 체제와 주제로 되어 있다.

63) 이와 관련해 정부가 1962년부터 매년 발간한 '행정백서'도 눈여겨 볼 필요가 있다. 대체로 정치(외교, 국방, 행정, 법제·사법), 경제(종합경제개발계획, 국토건설, 재정금융, 농업 및 수산, 상공, 운수, 통신), 사회(사회질서, 보건위생, 공공복지, 노동, 부녀 및 아동복리, 주택, 원호), 문화(교육, 과학, 체육, 종교, 문화예술, 공보) 등의 체제와 광대한 규모를 지닌 백서는 발행주체가 백서발간위원회(1962~65년)였다가 1966년부터는 내각기획조정실로 변경된 후 1979년까지 지속된다. 그 변경 시점이 평가교수단이 출범한 것과 같은 시기이며 또 발간주체가 평가교수단이 소속된 내각기획조정실이었다는 점에서 평가교수단의 활동(성과)과 행정백서의 밀접한 관련성을 예상해볼 수 있다. 적어도 평가교수단의 분기별, 연차별 평가보고서가 행정백서의 내용에 영향을 끼쳤다고 봐도 전혀 억측은 아닐 것이다.

지속적인 고도성장을 위해서는 민족자본의 형성이 절대적으로 필요하며(Ⅰ권 4장 1절), 1~2차 경제개발계획이 사회개발(사회적 근대화)과 절연되어 있음을 비판하고 시급히 지역적 격차, 계층적 격차를 해소하고 사회복지를 강화하는 정책 추진을 권고한다(Ⅱ권 4장8절).

평가교수단의 전문성이 강조되어야 하는 이유는 참여 동기가 사익적이든 공익적이든, 전공지식의 현실에의 최대 활용, 국가발전을 위한 정책에의 참여, 비판적 입장에서의 정부시책의 감시 등 당시 대학교수들이 꼽은 근대화 과정에의 최선의 참여가 나름의 학술적 전문성을 갖추고 이루어졌기 때문이다. 더욱이 공익적 동기, 즉 '자기이념을 시책에 반영하기 위해'(17.29%), '시책에 공명하기 때문'(11.95%)에 현실정치 참여에 적극적으로 나섰던 일군의 지식인 학자들의 현실 참여 또한 적어도 마찬가지의 성격을 지니고 있었다는 사실을 이 종합보고서를 통해 엿볼 수 있다.

물론 전문성을 지녔으되 평가교수들의 정치참여가 왜곡된 형태로 나타난 경우도 있었다. 대표적으로 『민족의 등불』(내각기획조정실 편, 1971.1)이다. '박정희 대통령의 치적'(조국근대화를 위한 10년), '박정희 대통령의 지도이념과 지도자상', '70년대 조국의 미래상과 우리의 사명', '70년대의 내외정세와 국가의 안전보장', '국민정신의 근대화와 우리의 각성' 등 5개 항목으로 편집되어 있는데, 전체 내용의 기조는 한마디로 박정희에 대한 영웅화 작업이다. 5·16쿠데타의 미화는 물론이고 박정희를 '일찍이 역사상에 보기 드문 철학자요 사상가요 예언가'로 치켜세우며 1970년대 제2경제와 민족중흥을 이끌 지도자는 박정희밖에 없다는 것이다. 발간 시점으로 보아 제7대 대통령선거를 앞두고 박정희를 홍보하는데 평가교수들을 동원해 집필케 한 것으로 보인다.

집필자는 평가교수단 소속 교수들이다. 김명회(연세대), 김점곤(경희대), 민병기(고려대), 박준규(서울대), 여석기(고려대), 유형진(건국대), 이정식(동국대) 등이 공동 집필했다. 그렇기 때문인지 내용이 대단히 논리적·체계적이다. 또 간결하고 해설적인 서술로 대중들이 쉽게 이해할 수 있도록 노력한 흔적이 역력하다. 집필자 중에는 이후 공화당(및 유정회)에 진출한 인사도 있었다. 이유야 어쨌든 결과적으로 이들의 행위는 학술을 매관(賣官)의 수단으로 사용한 어용지식인이었다는 혐의에서 자유로울 수 없다.[64] 그것은 유신체제 성립 후 더욱 두드러진다. 평가교수들 개인적 신념의 문제였지만, 평가교수단 전체의 차원으로는 유신체제를 이론적·실천적으로 옹호하는 활동이 빈번해진다. 예컨대 '새마을운동 심포지엄'에서 200여 명의 평가교수단이 '범국민적 새마을운동과 이를 모체로 하는 10월 유신의 성취에 그 중추적 역할을 할 것'을 결의하거나(『동아일보』, 1972.11.11), '유신정신의 국민침투가 미흡하다며 유신정신의 진의를 밝히고 보완의 필요성이 절실하다'고 건의하는(『경향신문』, 1975.3.15) 등의 부정적 행태가 속출했다. 비록 정부시책에 대한 비판적 태도를 표명했다 하더라도—후자의 경우에는 분배의 공정화·균등화, 부정공무원 숙정, 재벌의 횡포에 대한 가차 없는 조치 등을 건의—기본적으로 유신체제의 승인·정착을 전제한 것이기에 그 과오가 면제되는 것은 아니다.

다만 유신체제 이전의 평가교수단의 활동은 옥석을 가려 평가할 필요가 있다. 일부의 행태, 특히 정책비판자라기보다 정책대변자로 평가 작업을 수행한 1970년대의 활동을 과잉일반화해 학술의 부정적 속화(俗化)현상 나아가 반동적 어용으로만 치부하는 우를 범하는 것은 역사적 객관을 방기하는 행위가 될 수 있다. 앙가주망과는 또 다른 차원에서 평가교수단은 학술의 공공성의 제도적 실현의 가능성을 넓힌 파르티씨파숑이었기 때문이다. 요약하건대 박정희정권의 핵심적인 지식동원 체계와 아카데미즘의 역할에 대한 시대적·전사회적 요청 및 학술적 지식인들의 근대화 과정에의 참여 의욕이 결합한 파르티씨파숑의 유력한 형태인 평가교수단은 1960년대 지식인의 현실정치 참여의 대표적인 사례로서의 위상을

---

64) 평가교수단 출신 대학교수가 국회(여당), 고위관료에 등용된 경우는 매우 많았다. 유정회(구범모, 이범준, 서영희, 김명회, 오주환 등), 공화당(민병기, 박준규 등 다수), 행정부에는 남덕우(재무장관), 박진환(청와대 특별보좌관), 박희범(문교차관), 윤동석(원자력 청장) 등 많은 교수가 고위 관료로 진출했으며 경제과학심의회 (비)상임이사(고승제, 박희범, 이창렬, 이기준, 조동필, 성창환 등)와 같은 정부 산하 각종 국책연구기관의 고위직에 진출한 인사도 상당수였다. 그로 인해 평가교수단에 들어가려는 교수들의 경쟁이 치열해지기도 했고, 국회에서는 평가교수단이 정치적으로 어용화되고 있다는 비판이 야당에 의해 끊임없이 제기된 바 있다(『동아일보』, 1971.11.13). 이 같은 유신체제하 지식인들의 왜곡된 행태에 대한 비판적 소설화 작업으로 주목되는 작품으로는 현길언의 장편 『불임시대』(전예원, 1987, 유신정권을 위해 역사를 왜곡시키는 역사학자의 행태), 최일남의 「틈입자」(심지, 1987, 저항적 지식인들조차 정권에 투항할 수밖에 없게 만든 공포정치의 실상) 등이 있다.

지닌다. 또 이들의 활동은 학술의 공공성 실현의 모순적 양면성을 압축적으로 보여주었다.

4. 학술적 현실참여의 가능성

파르티씨파숑이 대세인 오늘날에도 파르티씨파숑의 지식인을 바라보는 시선은 곱지 않다. 당사자들 대다수도 자체적으로 윤리적 검열을 행한다. 그것이 불가피한 면이 있고 어쩌면 학술의 가치를 제도적·사회적으로 구현하는 합리적 방편이며 동시에 나름의 긍정성이 존재한다는 것이 검증되고 있음에도 불구하고 그 시선을 쉽게 거두지 못한다. 저자 또한 예외가 아니다. 파르티씨파숑보다는 앙가주망이 지식인의 역사적 책무에 부합하며 지식인이 지향해야 할 정도(正道)라는 인식의 소산이다. 또 학술적 현실참여의 사회적 필요성과 의의가 어느 때보다도 더 강조되는 시대적 요청의 반영이기도 하다.

물론 파르티씨파숑의 부정적 역할에 대해서 엄격한 비판은 마땅하다. 그러나 이 부분에 대해서도 과잉일반화는 시정될 필요가 있다. 지식인의 사회참여라는 명분하에 명백히 권력과 양심을 바꾼 일부의 지식인 사례를 근대화 추진에 강한 열망을 갖고 현실정치에 참여해 한국의 근대화에 기여한 경우와 구별할 필요가 있다. 한국정신문화연구원의 해방30년 지식인 해부('국가발전과 한국지식인의 의식구조', 1983)의 결과에 따르면, 해방30년 동안 식민청산과 근대화의 이중 과제를 수행한 지도세력은 지식인이었으며, 그 가운데서도 비판적 지식인보다 제도화된 기능적 지식인의 역할이 실질적이었다고 평가한 바 있다.[65] 그러면서 이 과제를 주도한 김영모는 '국가발전계획에 대한 비판적인 검토 없이 맹목적으로 기여하는 지식인이나 우리 역사적 상황에 대한 이해 없이 이상론만 펴는 일부 지식인의 태도도 반성의 여지가 있다'며 '바른 정치방향과 추진력을 제공할 수 있는 보존가적 지식인의 창조적 역할이 더 요청'된다고 지적했다. 대학, 학문, 지식이 공권력 및 자본에 포획된 이즈음 아카데미즘의 현황을 감안할 때 지식인의 역할과 파르

---

65) 이에 대한 자세한 분석 결과는 「과거 권력지식층 서구편향적」, 『경향신문』, 1983.2.21.

티씨파숑에 대한 유연한 시각이 필요하다.

현재 학술적 전문성을 기조로 한 지식인의 현실참여는 일반적인 현상이다. 참여의 형태 및 동기도 다양하다. 과거와 차이가 있다면 학술의 공공성에 대한 인식이 다소 축소된 반면 제도적 권력 또는 자본 지향적인 경향이 강화되는 추세다. 이를 바라보는 강고한 윤리주의도 여전하다. 그리고 1960년대 후반 학술의 발전과 공공성 증대 및 사회참여의 가능성을 확대하기 위한 방법적 대안으로 제기된 관학협동체제, 산학협동체제는 이제는 대세가 되었다. 특히 '학술진흥법'(법률 제3205호, 1979.12.28)에 의해 학술진흥재단이 설립되는 과정을 거치며 관학협동의 학술 진흥이 제도적으로 정착되었다. 학술활동 전반에 대한 국가 차원의 종합적인 지원 조정과 관리를 위한 체계가 제도적으로 확립됨으로써 기존 외원에 의탁한 학술의 영세성을 탈피하고 학술연구의 기반 조성과 국내외 학술 교류·협력을 진작시키는 획기적인 전환을 이루었다. 한국연구재단의 발족으로(2009.6) 그 추세가 확대 강화되고 있다. 이를 권력과 학술의 주종관계로 인식하는 지식인은 드물다. 학술적 현실참여의 타당한 방법으로 보든 아니면 불가항력적인 대세에 순응한 것이든 간에 학술이 아카데미즘의 영역에 침잠하는 시대는 지났다는 인식은 대체로 공유하고 있다. 그렇다면 이 시대에 적합한 학술의 공공성과 현실참여 방법은 무엇인가?

이 연구는 이러한 문제의식에 바탕을 두고 지식인의 현실참여가 본격적으로 대두된 맥락을 1960년대 국가권력과 지식인의 동태적 관계를 바탕으로 살폈다. 기존 연구와 달리 적극적인 현실정치 참여를 기도한 지식인들의 동향에 초점을 맞춘 이유는 학술의 공공성의 지평이 어떻게 제도적으로 구현되었는가를 점검하기 위해서였다. 당대 비판적(저항적) 앙가주망에 못지않은 현실참여의 주류적 형태로 등장했던 자발적·주체적인 파르티씨파숑의 제도화는 학술의 공공성에 대한 역사적 경험으로서 충분한 의의가 있다. 지식인의 현실참여, 특히 파르티씨파숑은 지식(인)과 권력 그리고 근대화와 관련한 복잡한 관계사를 집약하고 있다는 점에서 실증적·분석적 차원에서 여전히 밝혀야 할 과제가 많다. 박정희정권의 지식동원체계와 관련된 파르티씨파숑의 다양한 형태에 대한 고찰, 특히 한태연, 신상초, 최석채와 같이 유신체제를 적극적으로 옹호했던 지식인 일군의 퇴행적 현실참여 행보에 개재된 논리를 따지는 작업은 오늘의 학술 및 지식인이 추구해야 하는 길을 탐색하는 길이기도 하다.

| 참고문헌 |

〈기본자료〉

『개벽』, 『결정』, 『경향신문』, 『국제신문』, 『대동신문』, 『대조』, 『대한뉴스』, 『독립신보』, 『동아일보』, 『명랑』, 『문교월보』, 『문예』, 『문장』, 『문학』, 『문학사상』, 『문학예술』, 『문화세계』, 『민성』, 『민족일보』, 『민중일보』, 『방송윤리』, 『백민』, 『부산일보』, 『사상』, 『사상계』, 『새벽』, 『서울신문』, 『세대』, 『신동아』, 『신세계』, 『신아일보』, 『신천지』, 『신태양』, 『실천문학』, 『주간애국자』, 『아리랑』, 『여상』, 『여원』, 『예술정보』, 『예술통신』, 『인문평론』, 『자유공론』, 『자유문학』, 『자유신문』, 『전망』, 『전선문학』, 『조선일보』, 『조선중앙일보』, 『주간문학예술』, 『중앙공론』, 『중앙일보』, 『지성』, 『창작과비평』, 『청맥』, 『학생계』, 『학원』, 『한겨레』, 『한국문학』, 『한국일보』, 『한성일보』, 『현대』, 『현대공론』, 『현대문학』, 『현대일보』, 『희망』

〈단행본〉

강준만, 『한국현대사산책: 1940년대편 1권』, 인물과사상사, 2004.

강준만, 『대중매체 법과 윤리』, 인물과사상사, 2009.

경상대학교 사회과학연구소, 『한국전쟁과 한국자본주의』, 한울, 2000.

고려대 민족문화연구소, 『한국현대문화사대계 II ; 학술·사상·종교사』, 1976.

고 은, 『1950년대』, 청하, 1989.

곽종원, 『생활의 예지를 찾아서』, 지혜네, 1996.

권영민, 『한국민족문학론 연구』, 민음사, 1988.

권영민 편, 『월북문인연구』, 문학사상사, 1989.

김계수, 『한국정치학』, 일조각, 1969.

김광섭, 『고백과 증언』, 정우사, 1988.

김근수, 『한국잡지사』, 청록출판사, 1980.

김기진, 『끝나지 않은 전쟁 국민보도연맹』, 역사비평사, 2002.

김남식, 『남로당 연구자료집(제 II 집)』, 고려대출판부, 1974.

김덕호·원용진 엮음, 『아메리카나이제이션』, 푸른역사, 2008.

김동윤, 『신문소설의 재조명』, 예림기획, 2001.

김동춘, 『분단과 한국사회』, 역사비평사, 1997.

김동호 외, 『한국영화 정책사』, 나남출판, 2005.

김동환, 『한국소설의 내적 형식』, 태학사, 1996.

김득중 외, 『죽엄으로써 나라를 지키자』, 선인, 2007.

김민환, 『미군정기 신문의 사회사상』, 나남출판, 2001.

김병익, 『한국문단사』, 일지사, 1973.

김병철, 『한국현대번역문학사연구(상)』, 을유문화사, 1998.

김삼웅, 『민족·민주·민중선언』, 일월서각, 1984.

김삼웅, 『한국곡필사(1)』, 신학문사, 1989.

김삼웅, 『유신시대의 곡필』, 신학문사, 1990.

김성칠, 『역사 앞에서』, 창작과비평사, 1993.

김수영, 『김수영전집2』, 민음사, 1981.

김시철, 『격랑과 낭만』, 청아출판사, 1999.

김시철, 『김시철이 만난 그 때 그 사람들(3)』, 시문학사, 2010.

김영민, 『한국현대문학비평사』, 소명출판, 2000.

김영주, 『시사잡지와 잡지저널리즘』, 한국언론재단, 2006.

김용섭, 『남북 학술원과 과학원의 발달』, 지식산업사, 2005.

김용직, 『해방기 한국 시문학사』, 민음사, 1989.

김용환, 『코주부 漂浪記』, 융성출판, 1983.

김윤식, 『백철 연구』, 소명출판, 2008.

김을한, 『한국신문사화』, 탐구당, 1975.

김일영, 『건국과 부국』, 생각의 나무, 2004.

김지운, 『신문윤리위원회의 비교연구』, 성균관대출판부, 1986.

김지하 외, 『한국문학필화작품집』, 황토, 1989.

김철범 편, 『한국전쟁을 보는 시각』, 을유문화사, 1990.

김치홍 편, 『김동인평론전집』, 삼영사, 1984.

김행선, 『6·25전쟁과 한국사회 문화변동』, 선인, 2009.

노고수, 『한국동인지80년사연구』, 소문출판, 1991.

노상래 편역, 『전향이란 무엇인가』, 영한, 2000.

노영기 외, 『1960년대 한국의 근대화와 지식인』, 선인, 2004.

대한출판문화협회, 『대한출판문화협회50년사』, 1998.

동아일보사, 『동아의 지면 반세기, 1920.4~1970.3』, 1970.

동아일보사사편찬위원회 편, 『동아일보사사』, 동아일보사, 1985.

동아일보80년사편찬위원회, 『민족과 더불어 80년:동아일보 1920~2000』, 동아일보사, 2000.

로렌스 베누티, 임호경 옮김, 『번역의 윤리』, 열린책들, 2006.

류영익 외, 『한국인의 대미인식-역사적으로 본 형성과정』, 민음사, 1994.

리영희, 『역정』, 창작과비평사, 1988.

마종기, 『아버지 마해송』, 정우사, 2005.

문학과비평연구회, 『한국 문학권력의 계보』, 한국출판마케팅연구소, 2004.

문학사와비평연구회, 『한국근대문학 연구의 반성과 새로운 모색』, 새미, 1997.

문화공보부, 『문화공보30년』, 1979.

문화관광부 저작권위원회, 『한국저작권50년사』, 2007.

문화방송경향신문 편, 『문화경향사』, 1976.

민족정경문화연구소 편, 『親日派群像』, 1948.9.

박경수, 『(재야의 빛) 장준하』, 해돋이, 1995.

박권상, 『자유언론의 명제』, 전예원, 1984.

박명림, 『한국전쟁의 발발과 기원(Ⅱ)』, 나남, 1996.

박명림, 『한국 1950 전쟁과 평화』, 나남, 2002.

박민수, 『아동문학의 시학』, 양서원, 1993.

박상익, 『번역은 반역인가』, 푸른역사, 2006.

박숙자, 『속물교양의 탄생-명작이라는 식민의 유령』, 푸른역사, 2012.

박정희, 『국가와 혁명과 나』, 향문사, 1963.

박지영, 『번역의 시대, 번역의 문화정치』, 소명출판, 2019.

박치우, 『사상과 현실』, 백양당, 1946.

박태순, 김동춘, 『1960년대 사회운동』, 까치, 1991.

박태순, 『어느 사학도의 젊은 시절』, 심설당, 1980.

박헌호 외, 『작가의 탄생과 근대문학의 재생산제도』, 소명출판, 2008.

박현수, 『근대 미디어와 문학의 혼종』, 성균관대출판부, 2021.

박현채, 『민족경제론의 기초이론』, 돌베개, 1989.

방기중, 『한국근현대사상사연구』, 역사비평사, 1993.

백 철, 『문학의 개조』, 신구문화사, 1959.

백 철, 『문학적 자서전』, 박영사, 1976.

삐에르 부르디외, 정일준 옮김, 『상징폭력과 문화재생산』, 새물결, 1995.

서광운, 『한국신문소설사』, 해돋이, 1993.

서영채, 『소설의 운명』, 문학동네, 1996.

서정주, 『나의 문학적 자서전』, 민음사, 1975.

선우종원, 『사상검사』, 계명사, 1993.

손세일 편, 『한국논쟁사』(전5권), 청람문화사, 1976.

손소희, 『한국문단인간사』, 행림출판, 1980.

신형기, 『해방직후의 문학운동론』, 제3문학사, 1988.

신형기 편, 『해방3년의 비평문학』, 세계사, 1988.

엄기형, 『신문윤리론』, 일지사, 1982.

에두아르트 푹스, 이기웅·박종만 옮김, 『풍속의 역사 I 』, 까치, 1988.

염무웅, 『한국문학의 반성』, 민음사, 1974.

염무웅, 『혼돈의 시대에 구상하는 문학의 논리』, 창작과비평사, 1995.

오기영, 『삼면불』, 성각사, 1948.

오인문 편, 『유주현 연구』, 도서출판 서울, 1992.

오제도, 『국가보안법실무제요』, 서울지방검찰청, 1949.

오종식, 『硯北漫筆』 , 민중서관, 1960.

우승규, 『나절로漫筆¶』, 탐구당, 1978.

위기봉, 『다시 쓰는 동아일보사』, 녹진, 1991.

유병용 외, 『한국현대사와 민족주의』, 집문당, 1996.

유선영 외, 『한국의 미디어 사회문화사』, 한국언론재단, 2007.

유종호, 『나의 해방전후』, 민음사, 2004.

윤민재, 『중도파의 민족주의운동과 분단국가』, 서울대출판부, 2004.

윤상인 외, 『일본문학번역 60년 현황과 분석』, 소명출판, 2008.

윤충로, 『베트남과 한국의 반공독재국가형성사』, 선인, 2005.

윤해동 외, 『근대를 다시 읽는다1』, 역사비평사, 2006.

윤희상, 『그들만의 언론』, 천년의 시작, 2006.

을유문화사, 『을유문화사50년사』, 1997.

이경훈, 『속·책은 만인의 것』, 보성사, 1993.

이기준, 『一學一生』, 일조각, 1990.

이동하, 『한국문학과 비판적 지성』, 새문사, 1996.

이봉범, 『한국의 냉전문화사』, 소명출판, 2023.

이병기, 『가람문선』, 신구문화사, 1969.

이병기·백철, 『국문학전사(중판)』, 신구문화사, 1993.

이승희, 『숨겨진 극장−식민지 흥행장의 치안과 통속』, 소명출판, 2021.

이재철, 『한국현대아동문학사』, 일지사, 1978.

이종소, 『한국석사·박사학위논문 총목록:1945~1968』, 은하출판사, 1980.

이중연, 『책, 사슬에서 풀리다』, 혜안, 2005.

이중한 외, 『우리출판100년』, 현암사, 2001.

이호룡, 『한국의 아나키즘-사상편』, 지식산업사, 2001.

이호철, 『문단골 사람들』, 프리미엄북스, 1997.

임영봉, 『상징투쟁으로서의 한국현대문학비평사』, 보고사, 2005.

임원식, 『신춘문예의 문단사적 연구』, 국학자료원, 2003.

임중빈, 『否定의 文學』, 한얼문고, 1972.

장백일, 『외설이냐 예술이냐』, 거목, 1979.

전영표, 『출판문화론』, 대광문화사, 1987.

정규웅, 『오늘의 문학현장』, 행림출판, 1982.

정규웅, 『글 동네에서 생긴 일』, 문학세계사, 1999.

정기수, 『한국과 서양-프랑스문학의 수용과 영향』, 을유문화사, 1988.

정비석, 『소설작법(중판)』, 정음사, 1981.

정진석, 『한국현대언론사론』, 전예원, 1985.

정진석, 『한국언론사』, 나남, 1990.

정진석, 『극비 조선총독부의 언론검열과 탄압』, 커뮤니케이션북스, 2007.

조상원, 『책과 30년』, 현암사, 1974.

조상호, 『한국언론과 출판저널리즘』, 나남출판, 1999.

조선문학가동맹, 『건설기의 조선문학』, 온누리, 1988.

조선일보사, 『조선일보70년사(제2권)』, 조선일보사, 1990.

조선일보 사사편집실, 『조선일보 역사 단숨에 읽기 1920~』, 2004.

조연현, 『문학과 그 주변』, 인간사, 1958.

조연현, 『韓國新文學考』, 문화당, 1966.

조연현, 『한국현대문학사』, 성문각, 1993.

조연현, 『한국신문학고』, 을유문화사, 1977.

조연현, 『문예비평』(조연현문학전집4), 어문각, 1977.

조영복, 『월북예술가 오래 잊혀진 그들』, 돌베개, 2002.

조용만, 『울밑에 핀 봉선화야』, 범양사출판부, 1985.

조재룡, 『번역의 유령들』, 문학과지성사, 2011.

조희연, 『동원된 근대화』, 후마니타스, 2010.

채백 외, 『언론사 문화사업의 역사와 사회적 의미』, 한국언론진흥재단, 2014.

천관우, 『言官 史官』, 배영사, 1969.

천정환, 『근대의 책읽기』, 푸른역사, 2003.

최덕교, 『한국잡지백년3』, 현암사, 2004.

최원식·임규찬 엮음, 『4월혁명과 한국문학』, 창작과비평사, 2002.

최 준, 『(개정판) 한국신문사』, 일조각, 1970.

최창봉·강현두, 『우리방송100년』, 현암사, 2001.

최호진, 『강단 반세기, 나의 학문 나의 인생』, 매일경제신문사, 1991.

파냐 이시악꼬브나 샤브쉬나, 김명호 역, 『1945년 남한에서』, 한울, 1996.

하상일, 『1960년대 현실주의 문학비평과 매체의 비평전략』, 소명출판, 2008.

학술단체협의회 엮음, 『우리 학문 속의 미국』, 한울, 2003.

학원김익달전기간행위원회 편, 『학원세대와 김익달』, 1990.

한국간행물윤리위원회, 『간행물윤리30년』, 2000.

한국문인협회 편, 『해방문학20년』, 정음사, 1966.

한국문인협회 편, 『文壇遺事』, 월간문학출판부, 2002.

한국방송공사, 『한국방송70년사』, 1997.

한국부인회총본부, 『한국여성운동약사』, 1986.

한국신문연구소 편, 『언론비화 50편－원로기자들의 직필수기』, 1978.

한국신문윤리위원회, 『각국 신문윤리강령집』, 1963.

한국신문윤리위원회, 『한국신문윤리30년』, 1994.

한국연구도서관, 『한국 석·박사학위논문 목록; 1945~1960』, 1960.

한국일보30년사편찬위원회, 『한국일보30년사』, 한국일보사, 1975.

한국잡지협회, 『잡지예찬』, 1996.

한국정신문화연구원 현대사연구소 편, 『1950년대 후반기의 한국사회와 이승만정부의 붕괴』, 오름, 1998.

한국정신문화연구원 편, 『한국전쟁과 사회구조의 변화』, 백산서당, 1999.

한국정신문화연구원 편, 『1960년대 사회변화연구』, 백산서당, 1999.

한국정신문화연구원 한민족문화연구소 편, 『내가 겪은 해방과 분단』, 선인, 2001.

한림대 아시아문제연구소 편, 『미군정기 한국의 사회변동과 사회사1』, 한림대출판부, 1999.

한배호 편, 『한국현대정치론 I』, 오름, 2000.

한기형, 『식민지 문역』, 성균관대출판부, 2019.

한원영, 『한국현대신문연재소설연구 (상)/(하)』, 국학자료원, 1999.

함충범 외, 『한국영화와 4·19』, 한국영상자료원, 2009.

홍승직, 『지식인의 가치관 연구』, 삼영사, 1972.

후지타 쇼조, 최종길 역, 『전향의 사상사적 연구』, 논형, 2007.

〈논문〉

권두현, 「전후 미디어 스케이프와 공통감각으로서의 교양-취미오락지 『명랑』에 대한 물질 공간론적 접근」, 『한국문학연구』44, 동국대 한국문학연구소, 2013

권보드래, 「『사상계』와 세계문화자유회의; 1950~1960년대 냉전 이데올로기의 세계적 연쇄와 한국」, 『아세아연구』54-2, 고려대 아세아문제연구소, 2011.

김건우, 「1964년의 담론 지형-반공주의·민족주의·민주주의·자유주의·성장주의」, 『대중서사연구』22, 대중서사학회, 2009.

김건우, 「1960년대 담론환경의 변화와 지식인 통제의 조건에 대하여」, 『대동문화연구』74, 성균관대 대동문화연구원, 2011.

김건우, 「'조연현-정명환 논쟁' 再論」, 『대동문화연구』83, 성균관대 대동문화연구원, 2013.

김경민, 「1960~70년대 독서국민운동과 마을문고 연구」, 성균관대 석사학위논문, 2012.

김동춘, 「한국사회에서의 지식인의 위상과 학술운동」, 『경제와 사회』, 1988.12.

김석봉, 「식민지시기 『동아일보』 문인재생산 구조에 관한 연구」, 『민족문학사연구』32, 민족문학사학회, 2006.

김용권, 「문학이론의 번역과 수용(1950~1970)」, 『외국문학』, 한국외국어대 외국문학연구소, 1996.8.

김재용, 「냉전적 반공주의와 남한문학인의 고뇌」, 『역사비평』, 역사비평사, 1996 가을호.

김준현, 「전후 문학 장의 형성과 문예지」, 고려대 박사학위논문, 2008.

김준현, 「1940년대 후반 정치담론과 문학담론의 관계-『신천지』를 중심으로」, 『상허학보』27, 상허학회, 2009.

김준현, 「단정수립기 문단의 재편과 『신천지』」, 『비평문학』35, 한국비평문학회, 2009.

김지영, 「1950년대 잡지 『명랑』의 '성'과 '연애' 표상」, 『개념과 소통』10, 한림대 한림과학원, 2012.

김진만, 「한국문화속의 아메리카니즘」, 『신동아』, 1966.9.

김철, 「한국보수우익문예조직의 형성과 전개」, 『실천문학』, 1990.6.

김한식, 「학생잡지 『학원』의 성격과 의의」, 『상허학보』28, 상허학회, 2010.

김 현, 「테러리즘의 문학-50년대 문학 소고」, 『김현문학전집②』, 문학과지성사, 1991.

김현미, 「문화번역:근대적 성찰의 비판적 작업」, 『문화과학』27호, 문화과학사, 2001.

류경동, 「해방기 문단 형성과 반공주의 작동 양상 연구」, 『상허학보』21, 상허학회, 2007.

박대현, 「1960년대 동인지 『신춘시』의 위상」, 『상허학보』39, 상허학회, 2013.

박슬기, 「1960년대 동인지의 성격과 『현대시』동인의 이념」, 『한국시학연구』18, 한국시학회, 2007.

박용찬, 「1950년대 대구의 문학공간 형성과 출판매체」, 『국어교육연구』51, 국어교육학회, 2012.

박지영, 「해방기 지식 場의 재편과 '번역'의 정치학」, 『대동문화연구』68, 성균관대 대동문화연구원, 2009.

박지영, 「번역'의 시대, 번역의 문화 정치−1950년대 번역정책과 번역문학장」, 『대동문화연구』71, 성균관대 대동문화연구원, 2010.

박지영, 「1950년대 번역가의 의식과 문화정치적 위치」, 『상허학보』30, 상허학회, 2010.

박태순, 「1960년대 문학, 문화원형의 문학공간으로 평가되기를 기대하며」, 『상허학보』40, 상허학회, 2014.

손혜민, 「잡지 『문학예술』 연구」, 연세대 석사학위논문, 2008.

신남철, 「남조선에 대한 미제의 반동적 사상의 침식」, 『근로자』11, 평양노동신문사, 1955.11.

윤지관, 「번역의 정치학; 외국문학 번역과 근대성」, 『안과 밖』, 영미문학연구회, 2001.

윤진섭, 「신춘문예와 비평의 권위」, 『미술평론』223, 2004.

이민영, 「한국전쟁기 문예지 『문예』와 냉전지리학의 구성」, 『한국근대문학연구』42, 한국근대문학회, 2020.

이봉범, 「1920년대 부르주아문학의 제도적 정착과 『조선문단』」, 『민족문학사연구』29, 민족문학사학회, 2005

이봉범, 「반공주의와 검열 그리고 문학」, 『상허학보』15, 상허학회, 2005.

이봉범, 「잡지 『문장』의 성격과 위상」, 『반교어문연구』22, 반교어문학회, 2007.

이봉범, 「검열의 내면화와 그 정치적 발현−1960년대 보수우익문학의 동향을 중심으로」, 『상허학보』21, 상허학회, 2007.

이봉범, 「전후 문학 장의 재편과 잡지 『문학예술』」, 『상허학보』20, 상허학회, 2007.

이봉범, 「해방공간의 문화사−일상문화의 실연과 그 의미」, 『상허학보』26, 상허학회, 2009.

이봉범, 「1950년대 문화재편과 검열」, 『한국문학연구』34, 동국대 한국문학연구소, 2008.

이봉범, 「1950년대 문화정책과 영화 검열」, 『한국문학연구』37, 동국대 한국문학연구소, 2009.

이봉범, 「해방10년, 보수주의문학의 역사와 논리」, 『한국근대문학연구』22, 한국근대문학회, 2010.

이봉범, 「8·15해방~1950년대 문화기구와 문학」, 『현대문학의 연구』44, 한국문학연구학회, 2011.

이봉범, 「불온과 외설−1960년대 문학예술의 존재방식」, 『반교어문연구』36, 반교어문학회, 2014.

이봉범, 「1980년대 검열과 제도적 민주화」, 『구보학보』20, 구보학회, 2018.

이봉범, 「검열국가 대한민국과 표현의 자유」, 『내일을 여는 역사』79, 내일을여는역사재단, 2020.

이봉범, 「1964년 복간 '신동아'의 가치」, 『신동아』, 2011.11.

이봉범, 「유신체제와 검열, 검열체제 재편의 동력과 민간자율기구의 존재방식」, 『한국학연구』64, 인하대 한국학연구소, 2022.

이상록, 「1960~70년대 비판적 지식인들의 근대화 인식」, 『역사문제연구』18, 역사비평사, 2007.

이선미, 「명랑소설의 장르인식, '오락'과 '(미국)문명'의 접점」, 『한국어문학연구』59, 한국어문학연구회, 2012.

이승희, 「'예륜'의 역사적 추이와 제도적 임계」, 『민족문학사연구』63, 민족문학사학회, 2017.

이영미, 「추리와 연애, 과학과 윤리」, 『대중서사연구』2, 대중서사학회, 2009.

이용성, 「1960년대 비판적 지식인잡지 연구」, 『동아시아문화연구』37, 한양대 동아시아문화연구소, 2003.

이용희, 「한국 현대 독서문화의 형성」, 성균관대 박사학위논문, 2018.

이재복, 「우리 문학의 행로와 신춘문예-신춘문예90년사」, 『열린시학』, 2004 봄.

이정희, 「전후의 성담론 연구-종전에서 4·19 이전 시기의 여성잡지와 전후세대 여성작가의 소설을 중심으로」, 『담론201』8-2, 한국사회역사학회, 2005.

이준우, 「한국신문의 문화적 기능 변천에 관한 연구」, 연세대 박사논문, 1987.

임경순, 「검열논리의 내면화와 문학의 정치성」, 『상허학보』18, 상허학회, 2006.

임대식, 「1960년대 초반 지식인들의 현실인식」, 『역사비평』65, 역사비평사, 2003.

전상기, 「1960년대 주간지의 매체적 위상」, 『한국학논집』36, 계명대 한국학연구원, 2008.

정혜경, 「『사상계』등단 신인여성작가 소설에 나타난 청년표상」, 『우리어문연구』39, 우리어문학회, 2011.

조대형, 「미군정기의 출판연구」, 중앙대 석사학위논문, 1988.

조은정, 「1950년대 문학 장의 형성과 『현대문학』지 연구」, 성균관대 석사학위논문, 2009.

조은정, 「해방 이후(1945~1950) '전향'과 '냉전국민'의 형성-전향성명서와 문화인의 전향을 중심으로」, 성균관대 박사논문, 2018.

주명중, 「해방기 잡지 『문예』에 나타난 시 세계 고찰」, 『한국시학연구』44, 한국시학회, 2015.

주창윤, 「1950년대 중반 댄스 열풍; 젠더와 전통의 재구성」, 『한국언론학보』53, 한국언론학회, 2009.

최미진, 「1950년대 신문소설에 나타난 아프레걸」, 『대중서사연구』18, 대중서사학회, 2007.

최수일, 「『조광』에 대한 서지적 고찰」, 『민족문학사연구』49, 민족문학사학회, 2012.

최수일, 「1930년대 잡지편집과 문학 독법-창간 『신동아』론」, 『민족문학사연구』60, 민족문학사학회, 2016

최수일, 「『신동아』와 기획문학」, 『반교어문연구』52, 반교어문학회, 2019.

최수일, 「잡지 『신동아』와 검열의 역학」, 『한국학연구』57, 인하대 한국학연구소, 2020.

한기형, 「해방 직후 수기문학의 한 양상」, 『상허학보』9, 상허학회, 2002.

한기형, 「근대문학과 근대문화제도, 그 상관성에 대한 시론적 탐색」, 『상허학보』19, 상허학회, 2007.

한만수, 「만주침공 이후의 검열과 민간신문 문예면의 증면, 1929~1936」, 『한국문학연구』37, 동국대 한국문학연구소, 2009.

【장별 논문의 원문 출처】

제1장: 「잡지 『신천지』의 매체 전략과 문학」, 『한국문학연구』39, 동국대 한국문학연구소, 2010.12.

제2장: 「단정수립 후 轉向의 문화사적 연구」, 『대동문화연구』64, 성균관대 대동문화연구원, 2008.12.

제3장: 「잡지 『문예』의 성격과 위상─등단제도를 중심으로」, 『상허학보』17, 상허학회, 2006.6.

제4장: 「8·15 해방 후 신문의 문화적 기능과 신문소설─식민유산의 해제와 전환을 중심으로」, 『한국문학연구』42, 동국대 한국문학연구소, 2012.6.

제5장: 「한국전쟁 후 풍속과 자유민주주의의 동태」, 『한국어문학연구』56, 한국어문학연구학회, 2011.2.

제6장: *「1950년대 신문저널리즘과 문학」, 『비교어문연구』29, 비교어문학회, 2010.8.
　　　 *「1950년대 잡지저널리즘과 문학」, 『상허학회』30, 상허학회, 2010.10.

제7장: 「1950년대 번역 장의 형성과 문학 번역─국가권력, 자본, 문학의 구조적 상관성을 중심으로」, 『대동문화연구』79, 성균관대 대동문화연구원, 2012.9.

제8장: 「1950년대 등단제도 연구─신춘문예와 추천제를 중심으로」, 『한국문학연구』36, 동국대 한국문학연구소, 2009.6.

제9장: 「1950년대 종합지 『신태양』과 문학─전반기(1952.8~1956.3)의 매체전략과 문학의 관련을 중심으로」, 『현대문학의 연구』51, 한국문학연구학회, 2013.10.

제10장: *「1960년대 등단제도 연구」, 『상허학보』41, 상허학회, 2014.6.
　　　　 *「1960년대 등단제도의 문단적·문학적 의의와 영향」, 『비교어문연구』37, 비교어문학회, 2014.8.

제11장: 「1960년대 검열체재와 민간검열기구」, 『대동문화연구』75, 성균관대 대동문화연구원, 2011.9.

제12장: 「잡지미디어, 불온, 대중교양─1960년대 복간 『신동아』론」, 『한국근대문학연구』27, 한국근대문학회, 2013 상반기.

제13장: 「1960년대 권력과 지식인 그리고 학술의 공공성─적극적 현실참여정치 지식인의 동향을 중심으로」, 『비교문학』61, 한국비교문학회, 2013.10.

전향, 순수, 전후, 참여–대한민국 문학의 형성과 매체

초판 1쇄 발행 2023년 2월 28일
초판 2쇄 발행 2023년 12월 28일

지은이 이봉범
펴낸이 유지범
펴낸곳 성균관대학교 출판부
등록 1975년 5월 21일 제1975-9호
주소 03063 서울특별시 종로구 성균관로 25-2
대표전화 02)760-1253~4
팩스밀리 02)762-7452
홈페이지 press.skku.edu

© 2023, 대동문화연구원

ISBN 979-11-5550-586-1 94810
      978-89-7986-275-1 (세트)